50 JAHRE
HEYNE VERLAG

HEYNE
BÜCHER

In derselben Reihe erschienen
außerdem als Heyne-Taschenbücher:

Spannung · Band 50/1
Das biologische Gartenbuch · Band 50/2
Die großen Filmromane · Band 50/3
Das Heyne Jubiläumskochbuch · Band 50/4
Fantasy · Band 50/5
Thriller · Band 50/6
Heiteres · Band 50/7
Liebe · Band 50/8
Europäische Erzähler des 20. Jahrhunderts · Band 50/10
Keep smiling · Band 50/11
Das große Buch der alternativen Heilmethoden · Band 50/12
Action · Band 50/13
Die beste Dr. Oetker Kalte Küche · Band 50/14
Erotik · Band 50/15
Ratgeber Geld · Band 50/16
Deutsche Erzähler des 20. Jahrhunderts · Band 50/17
Agenten · Band 50/18
Klinik · Band 50/19
Witze · Band 50/20
Horror · Band 50/21
Hallo, Liebling · Band 50/22
Spione · Band 50/23
Der Versicherungs-Ratgeber · Band 50/24
Crime · Band 50/25
Das endgültige Buch der Sprüche und Graffiti · Band 50/26
Amerikanische Erzähler des 20. Jahrhunderts · Band 50/27
Hochspannung · Band 50/28
Angst · Band 50/29
Schicksal · Band 50/30
Sinnlichkeit · Band 50/31
Ratgeber Recht · Band 50/32
Schocker · Band 50/33
Noch mehr Witze · Band 50/34
Ratgeber Geld 1989 · Band 50/35

HEYNE
JUBILÄUMS
BAND

Unheimliches

Horror und übersinnliche Geschichten

Zusammengestellt von Bill Pronzini,
Barry N. Malzberg
und Martin H. Greenberg

Mit einer Einleitung von Stephen King

Deutsche Erstveröffentlichung

WILHELM HEYNE VERLAG
MÜNCHEN

HEYNE JUBILÄUMSBÄNDE
Nr. 50/9

Titel der amerikanischen Originalausgabe
THE ARBOR HOUSE TREASURY
OF HORROR & THE SUPERNATURAL

7. Auflage

Printed in Germany 1992
Umschlagfoto: Don Pünchatz/Luserke
Umschlaggestaltung: Atelier Ingrid Schütz, München
Gesamtherstellung: Presse-Druck Augsburg

ISBN 3-453-37009-9

Inhalt

Für
Cornell George Hopley-Woolrich
1903–1968

STEPHEN KING

Einleitung

I.

Zunächst einmal (und dies ist von grundsätzlicher Bedeutung) gebe ich Ihnen die freundliche Erlaubnis, mich zu erschießen, wenn ich in die klassische duckmäuserische Haltung verfalle und anfange, die Horrorgeschichte zu verteidigen. Ihr Recht, sie zu lesen, oder das Recht eines jeden Schriftstellers — der in diesem Band vertretenen, der nicht vertretenen und der noch nicht geborenen —, solche Geschichten zu erzählen. Ich schriftstellere, seit ich achtzehn bin, und mache das hauptberuflich, seit ich fünfundzwanzig bin, und das meiste, was ich geschrieben habe, wird den Horrorgeschichten zugerechnet (die Erzählung »Die Kiste«, die die Herausgeber freundlicherweise in diesen Band aufgenommen haben, ist dafür ein recht gutes Beispiel). Deshalb stellt sich diese defensive Haltung ganz von selbst bei mir ein, wie sie sich bei jedem Schriftsteller einstellt, dem man auf Cocktailparties bis zum Überdruß bestimmte Fragen stellt (und diese Fragen kommen immer von Leuten, die meinen, sie seien die ersten, die diese Frage stellen). Einige solcher Prachtstücke lauten: *Wo kriegen Sie Ihre Ideen her? Was für Träume haben Sie? Sind Sie selbst auch so merkwürdig wie das Zeug, das Sie schreiben?* Es gibt noch mehr solche Fragen, aber ich möchte Sie nicht langweilen. Die Frage, die in der Tat jeden Autor von Horrorgeschichten (oder Erzählungen über das Übernatürliche) automatisch in eine defensive Haltung verfallen läßt, ist eigentlich gar keine Frage, sondern ein verschleierter Lektoratskommentar. Für gewöhnlich lautet der etwa so: *Mann! Ihr letztes Buch* (oder Ihre letzte Geschichte) *hat mir gefallen, aber wann schreiben Sie denn endlich mal etwas Ernsthaftes?*

Ich hoffe, daß dieses Buch — zusammen mit den zwei oder drei anderen wichtigen Bänden kurzer, sich dem Übernatürlichen widmender Erzählungen, die in der Nachkriegszeit (falls dieses Wort nicht endlich überholt ist) veröffentlicht worden sind — eine solche defensive Haltung etwas abbaut. Denn wenn das Buch irgend etwas beweist, dann dies, daß die Geschichte des Grauens und/oder des Übernatürlichen wirklich ernst zu nehmen sind, wirklich wichtig, wirklich notwendig . . . nicht nur für die Menschen, die lesen, um zu denken, sondern auch für die riesige Schar der Leser, die lesen, um zu fühlen. Dieser Band kann vielleicht sogar dazu beitragen, die Vorstellung zu bekräftigen, daß solche Geschichten, wenn nun schon dieses verrückte Jahrhundert seinem Ende zurast — einem Ende, das immer bedrohlicher und absurder erscheint —, möglicherweise die wichtigste Erzählform darstellen, über die der an einer Art Moral interessierte Schriftsteller verfügt.

Schauen wir uns doch, wenn Sie wollen, »Das glückliche Eck« von Henry James an. Das ist vielleicht die schwierigste Geschichte in dem Band, den Sie in den Händen halten, zum einen wegen James' Prosa, die es schafft, zugleich intellektuell und leidenschaftlich zu sein, weil die Einstellung von James so vernunftbetont, so ruhig und so vergeistigt ist. Aber trotz alledem ist die Triebfeder in dieser Geschichte so düster und schaurig, so offensichtlich wahnhaft, daß der Leser von einer Flut grauenerregender Vermutungen hinweggerissen wird. Die Hauptfigur ist in ihrer Jugend von Amerika nach England aufgebrochen, eigentlich aus einer Laune heraus, doch wie es so kommt (nicht zuletzt aus Liebe zur britischen Kultur, so können wir, die wir das Leben von James kennen, schließen), er kehrt erst zurück, als er schon ein Mann ist, der sich unwiderruflich den letzten Jahren des mittleren Lebensabschnitts nähert. Er sucht sein Kindheitsdomizil in New York auf und entwickelt allmählich eine Zwangsvorstellung hinsichtlich dieses Ortes, des »glücklichen Ecks« seiner frühen Jahre, das sich besser für die Hauptfigur in einer Geschichte Poes als für die in einer Erzählung von James eignet. Er fängt an, sich zu fragen, was er wohl für ein Mensch geworden wäre, wenn er in New York geblieben wäre, und er gelangt — nach und nach, wie immer in den besten Werken über das Übernatürliche und Schreckliche — zu der Überzeugung, daß in dem glücklichen Eck ein Geist lebt. Nicht der Geist eines toten Menschen, wohlgemerkt, sondern der Geist von ihm selbst, wie er gewesen sein könnte, wenn er nicht weggegangen wäre. Wie er sich an diesen Geist heranpirscht — diesen Doppelgänger, wenn Sie so wollen — ist wirklich gruselig, um so gruseliger, als diese im Prinzip wahnsinnige Suche in der vernünftigsten Prosa, die man sich denken kann, beschrieben wird. Die Herausgeber dieses Bandes meinen, daß das Thema von James, die Suche nach dem Ich, die gesamte Literatur im 20. Jahrhundert unterschwellig begleitet, und natürlich haben sie recht (zumindest haben sie recht, wenn wir diese Aussage auf die amerikanische und, in geringerem Maße, die englische Literatur beschränken). Doch James' Geschichte steht im Kontext eines solchen Schreckens und einer solchen Verfremdung, daß es den Leser kalt überläuft, betäubt und zutiefst erschüttert. Solch eine Geschichte braucht man nicht zu verteidigen. Man müßte sie in alle Welt posaunen. Man *muß* sie lesen. Und es ist die *schwierigste* Geschichte in diesem Band, die geistig anspruchsvollste, eine, in der kein Tropfen Blut vergossen wird. Wenn schon solch eine Geschichte einen Schauder des Schreckens auslösen kann, dann stellen Sie sich erst einmal die anderen Köstlichkeiten vor, die Sie hier erwarten. Aber ... warten Sie noch einen Augenblick, ja?

Schon der französische Begriff *frisson,* die Bezeichnung für jenes teils schreckliche, teils erregende kalte Schaudern, welches nur die besten Schauergeschichten hervorrufen, ist von den Kritikern eines Genre entwürdigt worden, das man immer mehr als populäre Unterhaltung ansehen muß — und sonst gar nichts. Dieses Wort *frisson,* einst solchen Augenblicken vorbehalten wie dem, als der Geist von Hamlets Vater den Wachposten erscheint, wendet man heute auf solche Momente an wie zum Beispiel, wenn Lutzens Toilette in *Schrecken in Amityville* von schwarzer Brühe überläuft oder wenn das kleine Mädchen im *Exorzist* einen Priester, der sie untersucht, mit Erbsensuppe vollkotzt. Es ist bedeutungslos geworden, dieses Wort. In der abgegriffenen Prägung einer Gesellschaft, die jedes Jahr von Tausenden von Büchern und Hunderten von wenig überzeugenden Geistergeschichten überschwemmt wird (alle Ketten klingen darin wie Plastik und alle Seufzer wie Akkorde auf einem Moog-Synthesizer), ist dieses Wort gleichbedeutend mit Flucht vor der Wirklichkeit geworden — wie in Unterhaltungsliteratur, in populärer Literatur, in Massenkultur und in Schundliteratur.

Bei einem Buch wie diesem scheint es mir angebracht, gleich zu Anfang — bevor der erste Geist umgeht und bevor sich die erste Grabtür weit auftut — auf eine Tatsache hinzuweisen: Eine Geschichte des Grauens und des Übernatürlichen ist wirklich eine Flucht, aber der Leser darf niemals glauben, daß es nur eine Flucht nach außen ist, in eine Art Traumwelt (jene Welt, wenn Sie so wollen, die die Phantasiehelden von Alistair MacLean, Ian Fleming, Phyllis Whitney, Sidney Sheldon oder Judith Krantz bevölkern — Bücher, die man liest, wenn man gezwungen ist, auf Flugzeuge, in Waschsalons oder unter Trockenhauben zu warten); die Geschichten des Grauens und des Übernatürlichen sind auch eine Flucht *nach innen,* unmittelbar zum Zentrum unserer Auffassung vom Leben. Die besten Schauergeschichten befassen sich mit Fragen der Erinnerung und des Sterbens, und die Tatsache, daß sie uns so oft heimsuchen, wenn die Lichter verloschen sind, daß sie bedrohlich in der Dunkelheit lachen, ihre scharfen und langen Zähne aufblitzen lassen, beweist nur die Wahrheit und den Realitätsanspruch ihrer Traumbilder.

Das ist keine Verteidigung, sondern eine Warnung. Sie dürfen sich solchen Geschichten nicht schutzlos nähern. Diese Erzählungen werden Sie unterhalten, sie werden sowohl Ihren Ärger erregen, als auch Ihr Vergnügen wecken (in einer von diesen Geschichten begegnen Sie zum Beispiel einem Menschen, der sich zu Tode lacht . . . aber am Ende ist das gar nicht mehr lustig, o nein, keineswegs), aber sie werden keine Beruhigung für Sie sein. Man fühlt sich versucht, etwa folgendes Rezept zu verordnen: „Eine abends beim Zubettgehen, gegen die Träume, die sich vielleicht einstellen; doch dem gesunden Verstand verschreibt man am besten nichts, und der Geist eines normalen Mannes oder einer normalen Frau ist der beste Arzt. Deshalb . . . nehmen Sie so viele, wie notwendig scheinen, morgens, mittags oder in jenem Tal der Träume, das wir Nacht nennen. Aber seien Sie vorsichtig. Die Reise geht nicht nach außen, sondern nach innen. Hier gibt es keine Helden, die Panzer stürmen, und keine bezaubernden Hollywood-Sternchen, die sich ausziehen. Wenn Sie danach suchen, dann sind Sie in der falschen Traumfabrik gelandet. Hier existiert nur das leise Ticken Ihrer schlimmsten Träume, das, was Sie um drei Uhr morgens hellwach erlebt haben, als der einzige Lichtschein vom Aufglimmen der Zigarette und das einzige Geräusch vom Wind draußen herrührte. Diese Geschichten gehören zum Besten vom Besten, und sie zu lesen bedeutet, sich nach innen zu kehren und sich der Erinnerung zuzuwenden. Einige von ihnen haben etwas Beruhigendes an sich, aber keine wiegt einen in Sicherheit . . . was heißen soll: Sie spiegeln das Leben wider, wie wir es kennen.

II.

Als ich diese Geschichten durchlas und mir überlegte, was ich dazu sagen könnte (besagtes Lesen und Denken geschah während einiger ruhiger Tage im Januar, mit Temperaturen unter Null . . . die perfekte Stimmung für Geschichten über das Widersinnige und Unnatürliche), kam mir der Gedanke, daß das, worüber ich eigentlich vor allem sprechen wollte, der *Ausdruck* der Horrorgeschichte ist. Bei Ausdruck denke ich — obwohl ich mir nicht ganz sicher bin — an jene Dinge, die Handbücher für angehende Autoren *Stil* und *Stimmung* nennen. Worte haben, so meine ich, bei diesem Thema sowieso keine allzu große Bedeutung; die Rhetoriker stellen Definitionen auf, bis sie sich den Mund fusselig geredet und die Finger wundgeschrieben haben, aber worauf es bei allen hinausläuft, ist doch, wie die Geschichte klingen würde, wenn wir wirklich im Kopf des Autors steckten und mit anhörten, wie sich die Geschichte entfaltet. Wir sprechen vom Rhythmus und von der Melodie; vielleicht spiegelt sich sogar der Ausdruck, den wir spüren, auf dem Gesicht des Schriftstellers — als bestimmte Worte oder Entwicklungen, die im Kopf des Schriftstellers oder der Schriftstellerin zusammenlaufen. Hier ist die Rede von etwas, das eine so starke Rückentwicklung darstellt, daß es schon fast atavistisch ist: die Erzählung, die nicht in einem Buch niedergeschrieben ist, sondern am offenen Feuer erzählt wird, während der Wind die Bäume draußen peitscht und über das öde Land hinweg stöhnt. Von Stil und Stimmung zu sprechen, das heißt meiner Meinung nach, vom

Ausdruck zu sprechen, und bedeutet, die Kunst, eine Geschichte zu erzählen, wieder der mündlichen Tradition anzunähern, einem Bereich, in dem die Schauergeschichte einzig und allein zu Hause ist.

Einer meiner Freunde, David Morrell, der gute, spannende Romane verfaßt (und ich würde eine spannende Erzählung schlicht so definieren: »eine Geschichte, in der Grauen technisch möglich ist«), schrieb mir einst in einem Brief, daß er — was vielleicht dem Außenstehenden grotesk erscheinen mag — festgestellt hat, wie er *lächeln* mußte, während er die schrecklichsten Passagen entwarf oder unvergleichlich schaurige Szenen erfand. Ich stimmte in meinem Antwortbrief zu, tatsächlich erleichtert, daß jemand diese widernatürliche Erfahrung mit mir teilte, und stellte plötzlich fest, wie viele Schauergeschichten in der Tat dieses eine gemeinsam haben: Die Atmosphäre, von der sie leben, macht auf uns den Eindruck einer gewissen bedrohlichen Heiterkeit. Ich will nicht behaupten, daß diese Atmosphäre in allen Geschichten des Grauens und des Übernatürlichen zu spüren ist (ich kann sie zum Beispiel in Truman Capotes grausiger — in dieser Sammlung abgedruckter — Erzählung über einen Scheißkerl, dem der Scheiß ausgetrieben wird, »Schließ die letzte Tür«, nicht entdecken), aber sie findet sich in einer erstaunlichen Anzahl von diesen Geschichten.

In Poes Klassiker »Das verräterische Herz« berichtet der mordende Erzähler seine Geschichte, so daß es wie ein aus dem Wahnsinn geborenes Kichern klingt. Er erklärt lachend, wie geschickt er sich der Leiche des alten Mannes entledigte, indem er sie in einem Zuber zerstückelte und die Teile unter den Dielen versteckte. (Ich habe diesen Einfall ganz bewußt für meine eigene Geschichte »Die Kiste« ausgeborgt, in der der Erzähler unkontrolliert lacht, als er sein Miststück von Frau unter die Treppe schubst, wo ein solch wildes Ungeheuer sie erwartet, daß es eigentlich schon eine Karikatur ist.) Poes Geschichte ist nicht in diesem Band enthalten (was nichts ausmacht, weil die meisten Leser dieses Genres sie auswendig kennen), aber eine andere, weniger bekannte, doch genauso schaurige Erzählung von Poe, »Hopp-Frosch«, findet sich hier. Die Hauptfigur dieser Geschichte ist, der Idee ganz angemessen, ein Spaßmacher. Und wenn auch der letzte Spaß dieses buckligen Kerls ziemlich schrecklich ist — eine Kette, ein Flaschenzug und eine Fackel kommen darin vor ... aber mehr verrate ich nicht —, so ist er doch, auf etwas verzerrte Art freilich, eher lustig.

Eine andere Geschichte, »Der mittlere Zeh vom rechten Fuß« von Ambrose Bierce, beschreibt ebenfalls einen Spaß, der fürchterlich schiefgeht. und das Genre wimmelt von weiteren Beispielen, aber in ihnen geht es mehr um die Handlung als um Ausdruck. Doch in dem Werk von Robert Bloch, der hier mit »Ihr sehr ergebener Jack the Ripper« vertreten ist, begegnen wir derselben gefährlichen Heiterkeit. (Bloch, der Interviewern gerne erzählt, er besitze tatsächlich das Herz eines kleinen Jungen — »ich bewahre es in einem Glas auf meinem Schreibtisch auf« — hält wunderbare Tischreden und lebte in den vierziger Jahren eine Zeitlang davon, daß er Einzeiler verfaßte.) »Sardonicus« von Ray Russell, vielleicht das beste Beispiel für die moderne Schauererzählung, beschreibt die Geschichte eines Mannes, der nicht aufhören kann zu lächeln. In »Die Hand« arbeitet der normalerweise stilistisch sehr nüchterne Theodore Dreiser laufend mit Interjektionen (»Denken Sie mal!« oder »Stellen Sie sich das vor!«), die an Kurt Vonneguts Ausrufe erinnern (»He-ho«, »so geht's«, »und so weiter« und so weiter). Und auch Thomas M. Dischs »Küchenschaben«, mit Sicherheit eine der schauerlichsten Geschichten in dieser Sammlung, ist düster und urkomisch. Solch einen Ausdruck treffen wir einfach außerhalb dieses in sich gegensätzlichen, widerspenstigen und makabren Genres nicht an.

Es gibt noch zahlreiche weitere Beispiele. In einer Geschichte von Dennis Etchison, »Die Spätschicht«, stellen sich die nachts arbeitenden Verkäufer in den Läden, Geschäften und Supermärkten als wieder zum Leben erweckte Leichen heraus. In J. G. Ballards »Betoninsel« sieht sich das Opfer eines Autounfalls außerstande, den vierspurigen Verkehr auf der M 15, außerhalb von London, zu durchqueren und verlegt deshalb seinen ständigen Wohnsitz auf den Mittelstreifen der Straße. In Bram Stokers »Dracula« (Stoker ist hier mit »Die Squaw« vertreten, einer der besten kurzen Horrorgeschichten, die dieser irische Herr je geschrieben hat — sie verfügt über eine ihr eigentümliche, grimmig-ironische Art von Humor) verfällt van Helsing nach Lucy Westenras Beerdigung in hysterisches Gelächter und trägt dem Bestürzten John Seward einen unvergeßlichen Monolog über den König Lachen vor, »der«, so sagt van Helsing, »kommt, wann er will, mein Freund John ... zweifle nicht daran!«

Wer jemals im Theater war, der hat sich die siamesischen Zwillinge Komödie und Tragödie angesehen, die sich in allem gleichen, außer daß sich der Mund der einen nach oben schwingt, der Mund der anderen dagegen nach unten. Wer sich auch nur ein wenig mit der neoklassizistischen Tragödie beschäftigt hat, weiß, daß die Komik als wesentlicher Bestandteil der Tragödie galt, als das Licht, das den unentbehrlichen Schrekken der Situation nur noch deutlicher hervorhob.

Die lange anhaltende Beliebtheit von solchen Geschichten ist Beweis genug für ihren Unterhaltungswert, aber wenn der Leser unterhalten wird, so ist das kein Grund zur Annahme, der Autor sei nicht auch unterhalten worden. Tatsächlich trifft für gewöhnlich das Gegenteil zu — was den Leser unterhält, hat zunächst um ein Zehnfaches mehr den Autor unterhalten.

Eine Möglichkeit — eine ziemlich phantasielose — zu begründen, warum die Atmosphäre der Schauergeschichte oft so grimmig-ironisch oder ausgesprochen lustig ist (und wenn Sie an einer Geschichte wie »Junker Tobys Testament« nichts lustig finden, wo doch der dem Alkohol verfallene alte Junker als Bulldogge zurückkehrt, mit weißem Körper und schwarzem Kopf, dann wage ich in aller Bescheidenheit zu behaupten, daß mit Ihrem Sinn für Humor etwas nicht ganz stimmt), besteht darin, daß »es beginnt, lustig zu sein, wenn es aufhört, uns zu betreffen«. Darin steckt natürlich ein Körnchen Wahrheit; es erklärt zum Beispiel, warum wir lachen, wenn irgend jemand eine Torte ins Gesicht geklatscht kriegt oder einer auf einer Bananenschale ausrutscht; und es bildet die Grundlage für das, was wir »Klamauk« nennen ... eine Art Komik, die eng mit dem Schrecken verwandt ist. Das wird uns vielleicht klarer, wenn wir innehalten, um es etwas näher zu betrachten.

Der Grundsatz »jemand anders, aber nicht ich« ehrt einen nicht besonders, und wenn wir versuchen, ihn auf das Horrorgenre anzuwenden, dann zeitigt er deprimierende Ergebnisse:

Er besagt in Wirklichkeit, daß uns schreckliche Ereignisse unterhalten, solange sie uns nicht selbst zustoßen. Diese Schlußfolgerung stellt die Horrorgeschichte auf eine Stufe mit öffentlichen Hinrichtungen, und dahin, so behaupten einige Kritiker, gehöre sie auch zu Recht . . . aber das ist doch ungefähr so, als wollte man erklären, es gäbe keine Komik außer Klamauk. Wie es verschiedene Schichten der Komik gibt, so gibt es auch verschiedene Schichten ihres siamesischen Zwillingsbruders, des Schreckens.

Zu irgendeiner Zeit sind wir alle einmal mit jener romantischen Idee (jenem Ideal?) eines Mannes oder Frau in Berührung gekommen, die so mutig sind, daß sie „über den Tod lachen". In gewisser Hinsicht ist dies genau das, was die Schauergeschichte macht, und so betrachtet wird sie zu einer Konzeption für das auf eigenartige Weise Würdevolle. „Du weißt nicht, wann der König Lachen kommt", sagt van Helsing in Stokers berühmtem Roman, aber angesichts von Schrecken und Unwissenheit lachen zu können, übersteigt menschliches Vermögen: Solch eine Fähigkeit ist beinahe göttlich. Und wenn wir noch einen Schritt weiter gehen, dann deutet die bloße Fähigkeit, solche Erzählungen zu einem Bestandteil unserer populären Unterhaltung zu machen, auf etwas Lebendigeres und Menschlicheres als nur geistige Leistung hin — sie deutet darauf hin, daß sogar unsere Gefühle zu einer besonderen Art von Ekstase fähig sind (geht dieses Wort zu weit? Es scheint so, und doch glaube ich es nicht). Allein schon die Tatsache, daß Komik und Schrecken so eng miteinander verwandt sind, läßt meiner Meinung nach erkennen, daß wir in der Tat ganz besondere Geschöpfe sind. Sie läßt erkennen, daß die Horrorgeschichte die letzte Stufe des Lebens symbolisiert, hervorragend geeignet für Zeiten, wenn Terroristen in Kellerräumen Atombomben zusammenbasteln und wenn Staatsregierungen — ob nun begeistert oder nicht — tödliche Viren billigen, die so wirksam sind, daß ein Teelöffel davon ausreicht, um ein Fünftel der Weltbevölkerung zu vernichten. Die Horrorgeschichte, in Maßen genossen, stumpft die Gefühlswelt nicht ab; vielmehr ist die Fähigkeit, sich von der Aussicht auf eine Falle, eine Falltür oder eine allein im Dunkeln verbrachte Nacht unterhalten zu lassen, etwas beinahe Un-

erwartetes außerhalb dieses Genres, das voll schwarzen Humors und übler, aggressiv gemeinter Witze steckt.
Fragen Sie doch Eleazar Hunt aus Cornel Woolrichs „Das gellende Lachen", wie unvereinbar diese beiden eigentlich sind.

III.

Das meiste, so glaube ich, ist jetzt gesagt — vielleicht ist das Allerwichtigste, daß die Geschichten, die Sie jetzt im Begriff sind zu lesen, einzigartig sind, nicht nur, weil sie zu den besten zählen, sondern weil sie das strengste Diktum populärer Literatur, „den Leser zu vergnügen", bis in die dunkelsten und entferntesten Bereiche ausweiten. Ich komme jedoch zum Ende, indem ich eine Beobachtung wiederhole, die ich schon an anderer Stelle gemacht habe, daß nämlich nur wenige Leute Einleitungen lesen. Wenn Sie natürlich Student sind und dieses Buch zur Arbeitsgrundlage im Kurs zählt und wenn Ihr Dozent diese einleitenden Seiten zur Pflichtlektüre bestimmt hat, dann plagen Sie sich ohne Zweifel verbissen zum Ende durch und wünschen sich, daß ich mich beeile und möglichst schnell aus Ihrem Blickfeld verschwinde. Wer eine Einleitung zu solch einem Band wie diesem schreibt, gleicht einem Tischredner, dem man herzlicher fürs Schlußmachen Beifall spendet als für seine wie auch immer gearteten Ausführungen. Wie ein Tischredner verspüre ich das unleugbare Bedürfnis, noch weitere zehn Seiten (oder weitere hundert!) herunterzuleiern, aber ich schaffe es schon, zu einem Ende zu kommen.

Es reicht also wohl zu sagen, daß Geschichten des Schreckens und des Übernatürlichen einer der wenigen Wege gewesen sind (neben dem, der Kirche Ihrer Wahl anzugehören), die wir seit der Zeit der Höhlenmenschen haben, um die großen Geheimnisse des Sterbens, der Erinnerung und des Überlebens zu erforschen, und vielleicht der einzige Weg, den wir einschlagen können, ohne irgend eine besondere Glaubenshaltung einzunehmen, die uns für alle anderen Möglichkeiten blind macht. Wir können solche dem Wesen nach heidnische Vorstellungen wie Werwölfe, Vampirismus und Umgehen der Toten erforschen. Wir können uns, falls man mal das Schlimmste annimmt, auf dieser Grundlage mit unserem eigenen Tod auseinandersetzen (wenn wir uns zum Beispiel mit dem „Mädchen mit den hungrigen Augen" in Fritz Leibers mitreißender Geschichte über psychosexuellen Vampirismus beschäftigen, dann fällt es uns vielleicht ein wenig leichter, uns mit den weltlicheren Vampiren in unserem eigenen Leben zu befassen, mögen dies nun Krebs, Diabetes oder schlicht die alte, ganz gewöhnliche Neurose sein) und uns an unsere eigene Vergangenheit erinnern, sowohl persönlich als auch allgemein-menschlich. Wenn wir uns so unserer eigenen Kultur versichern, könnten wir vielleicht über die grausige Befriedigung nachdenken, die wir der Rache des Spaßmachers aus Poes „Hopp-Frosch" verdanken, oder wir könnten über das kalte Gefühl des Grauens Überlegungen anstellen, das uns am Ende von Charles L. Grants „Wenn Damon kommt" oder Karl Edward Wagners „Stöcke" überkommt.

Geschichten des Grauens und des Übernatürlichen erfüllen eine für den Menschen noch wertvollere Funktion. Außer daß sie uns vor Augen führen, wo der tabuisierte Bereich unserer Gesellschaft anfängt, betonen sie das Licht, indem sie den Punkt bestimmen, wo die Dunkelheit einsetzt. Die besten Geschichten in diesem Genre machen immer wieder auf einen bestimmten Punkt aufmerksam — daß nämlich die vernunftbestimmte Welt, sowohl in uns selbst als auch außerhalb von uns, klein ist, daß unser Verständnis noch kleiner ist und daß, soweit wir das sagen können, ein großer Teil des Universums, in dem wir leben, chaotisch ist. Deshalb schaffte es die Horrorgeschichte, daß wir unser eigenes, gut beleuchtetes Eckchen in diesem chaotischen Universum zu schätzen lernen, und sie schenkt uns einen Augenblick der aufrichtigen und dankbaren Verwunderung, daß wir in jenem zerbrechlichen Lichtraum überhaupt existieren dürfen.

Deshalb kann ich Ihnen diesen wundervollen Stoß von Schauergeschichten, die die Augen röten und nach Schwefel riechen, mit uneingeschränkter Begeisterung empfehlen. Sie haben mich paradoxerweise an einem kalten Wochenende im Januar gewärmt — dadurch, daß sie meinen Körper erschauern und mein Blut gefrieren ließen, ein Trick, den unsere Vorfahren, die

Höhlenmenschen, wohl verstanden haben könnten, wenn sie einem der Ihren zuhörten, wie er von dem Wesen erzählte, das ihn durch den Wald nach Hause verfolgt hatte, nachdem die Dunkelheit der Nacht hereingebrochen war. Solch ein Wesen könnte immer noch da draußen sein, haben unsere Vorfahren vielleicht gedacht, wenn sie sich die schaurigen Zeichnungen an den Höhlenwänden betrachteten, und in der nächsten Nacht wird vielleicht einer von uns — möglicherweise sogar ich — nicht entkommen. Aber heute abend brennt das Feuer, vertreibt durch seine Wärme die Kälte um unser Herz und erleuchtet die Dunkelheit draußen, wo jedes Ding, jedes *Wesen,* durch die Nacht ziehen könnte.

Und da sind sie nun, meine Freunde, wie eine Geistermannschaft, die rittlings auf Pferdeskeletten sitzt. Da existiert ein gewisser länglicher Raum, den Sie mit Edward D. Hoch aufsuchen. William F. Nolan möchte, daß Sie sich einen lustigen Hut aufsetzen, sich einen Krachmacher schnappen und mit ihm zu einer besonders unangenehmen Party gehen. Sie sind mit Henry Slesar in einem Tunnel verabredet, wo Sie und er das zweifelhafte Vergnügen eines „Staus" erleben werden. Sie begegnen einem verwünschten Künstler namens Pickman und einem Mädchen namens Bianca; Sie umkreisen die Welt von Mictlantecutli bis nach Deutschland, bis zum Haus oder Wohnblock gleich um die Ecke. Eine Geschichte, eine glänzende Erzählung des verstorbenen Frederic Brown, heißt „Komm und werd verrückt", aber die Leser von Horrorgeschichten, die es seit hundert (oder tausend!) Generationen gibt, haben oft festgestellt, daß solche Erzählungen eine Möglichkeit sind, in einer verrückten Welt normal zu bleiben.

Wir sind jetzt an der Grenze des Lichts angekommen, und ich glaube, ich lasse Sie hier allein, damit Sie sich Ihren eigenen Weg suchen können.

Sie brauchen nur diese Seite umzublätten und in die Dunkelheit zu treten.

Bangor, Maine
5. Januar 1981

EDGAR ALLAN POE

Hopp-Frosch

Diese Geschichte, die von Gegenbeschuldigungen und Rache handelt, stammt von dem nicht nur besten amerikanischen Autor auf dem Gebiet der Schauergeschichte, sondern von dem besten amerikanischen Autor seines Jahrhunderts. Poes Name hat nichts von seinem Glanz verloren, aber in den letzten Jahrzehnten haben Klassifizierungen wie »der erste Autor von Detektivgeschichten«, »der erste amerikanische Autor, der das Übernatürliche thematisiert« oder »die erste tragische Gestalt in der amerikanischen Prosaliteratur« von seiner eigentlichen Vielseitigkeit und von seiner tatsächlichen Bedeutung abgelenkt. Bei keinem anderen vereinen sich die visionäre Kraft des Schriftstellers und seine Prägung durch die Umwelt in gleicher Weise wie bei Poe; er verkörperte in vielfacher Hinsicht das 19. Jahrhundert in Amerika, und »Hopp-Frosch« ist – wenn wir von Einzelheiten der zeitlichen Entstehung absehen – eine bedeutende Darstellung des Lands der Träume, kurz bevor dieses (oder sogar während es) zum erstenmal auf die fürchterliche Maschinerie des alltäglichen, schicksalhaften Lebens trifft.

Ich habe nie jemand gekannt, der ein größeres Vergnügen an Scherzen gehabt hätte als der König. Er schien zum Scherzen geboren zu sein. Eine recht spaßhafte Geschichte zu erzählen, sie *gut* zu erzählen, war der sicherste Weg zu seiner Gunst. So war es denn erklärlich, daß seine sieben Minister wegen ihrer Talente als Spaßmacher berühmt waren. Sie ahmten in allem den König nach und waren, wie er, nicht nur unübertreffliche Spaßmacher, sondern auch ebenso wohlbeleibt und fett. Ob nun die Leute vom Spaßmachen dick werden, oder ob umgekehrt die Wohlbeleibtheit eine Neigung zum Scherzen mit sich bringt, ist mir noch nie klar geworden. Jedenfalls ist ein magerer Spaßmacher eine rara avis in terris.

Um feine Anspielungen oder, wie er sich ausdrückte, um die

›Geister‹ eines Witzes kümmerte sich der König herzlich wenig. Er hatte eine besondere Vorliebe für derbe Späße. Spintisierereien ermüdeten ihn. Er würde Rabelais' ›Gargantua‹ vor Voltaires ›Zadig‹ den Vorzug gegeben haben; und im allgemeinen waren spaßhafte Taten mehr nach seinem Geschmack als witzige Reden.

In der Zeit, da meine Erzählung spielt, war es noch Mode, an Höfen professionelle Spaßmacher zu halten. Mehrere der großen Höfe des Kontinents hielten sich noch ihren Hofnarren, der in buntscheckigen Kleidern mit Narrenkappe und Schellen umherlief und für die Brosamen, die von des Königs Tafel für ihn abfielen, jeden Augenblick ein passendes, scharfes Witzwort bereit haben mußte.

Es versteht sich von selbst, daß auch unser König sich einen ›Narren‹ hielt. Es war ihm sozusagen ein Bedürfnis, stets irgend etwas aus dem Reich der Narrheit in seiner Nähe zu haben, sei es auch nur als Gegengewicht gegen die schwerfällige Weisheit der sieben Männer, die seine Minister waren — von ihm selbst gar nicht zu reden.

Sein Narr oder berufsmäßiger Spaßmacher war jedoch nicht nur ein Narr. Sein Wert wurde in den Augen des Königs durch den Umstand verdreifacht, daß er zugleich ein Zwerg und ein Krüppel war. Man fand damals an Höfen Zwerge ebenso häufig vor wie Narren; viele Menschen hätten nicht gewußt, womit sie ihre Tage ausfüllen sollten — an Höfen sind die Tage länger als anderswo — ohne einen Narren, *mit* dem sie, und einen Zwerg, *über* den sie lachen konnten. Aber wie ich schon bemerkte, sind die Spaßmacher in neunundneunzig von hundert Fällen fett, rund und unbehilflich, so daß unser König wahrhaftig nicht geringe Ursache hatte, sich zu gratulieren, daß er in Hopp-Frosch — so hieß der Narr — einen dreifachen Schatz in einer Person besaß.

Ich glaube, den Namen ›Hopp-Frosch‹ hatte der Zwerg nicht bei der Taufe von einem seiner Paten erhalten, er war ihm vielmehr nach gemeinsamem Übereinkommen der sieben Minister wegen seiner Unfähigkeit, sich wie andere Menschen fortzubewegen, verliehen worden. Hopp-Frosch konnte nämlich nur durch eine Art ruckweisen Hüpfens vorwärtskommen — eine

Bewegung, die ein Mittelding zwischen Springen und Rutschen war und dem König ein unbegrenztes Vergnügen und große Genugtuung gewährte, da er selbst, obwohl er an einem Hängebauch und einer chronischen Anschwellung des Kopfes litt, bei Hofe für eine prächtige Erscheinung galt.

Doch obwohl Hopp-Frosch sich zu ebener Erde nur mit großer Mühe und Schwierigkeit fortbewegen konnte, befähigte ihn die wunderbare Muskelkraft, mit der die Natur, gleichsam als Entschädigung für die Gebrechlichkeit seiner unteren Gliedmaßen, seine Arme ausgestattet hatte, wahre Wunderwerke der Geschicklichkeit zu vollbringen, sobald es sich darum handelte, einen Baum oder dergleichen zu erklimmen oder sich an einem Seil hinaufzuziehen. Bei solchen Übungen glich er viel eher einem Eichhörnchen oder einem kleinen Affen als einem Frosch.

Ich kann nicht mit Bestimmtheit sagen, aus welchem Lande Hopp-Frosch eigentlich gekommen. Jedenfalls stammte er aus einer wilden Gegend, von der niemand etwas wußte — weit weg von des Königs Hof. Man hatte Hopp-Frosch und ein junges Mädchen, das nur um ein kleines weniger zwergenhaft, sonst aber von erlesenem Körperbau und eine wundervolle Tänzerin war, mit Gewalt aus ihrer Heimat fortgeschleppt; einer der immer siegreichen Generale des Königs hatte beide als Geschenke an den Hof gebracht.

So ist denn nicht verwunderlich, daß zwischen den beiden kleinen Gefangenen eine innige Freundschaft entstand, daß sie unzertrennliche Kameraden wurden. Hopp-Frosch war am Hof, obwohl er soviel zur Belustigung beitrug, nichts weniger als beliebt, und es stand nicht in seiner Macht, der Trippetta größere Dienste zu leisten; sie jedoch wurde wegen ihrer Anmut und seltener Schönheit trotz ihrer zwergenhaften Erscheinung von allen bewundert und verhätschelt, so daß sie einen großen Einfluß erlangte, von dem sie, wo immer sie konnte, zugunsten ihres Freundes Hopp-Frosch Gebrauch machte.

Zur Feier irgendeiner großen Staatsaktion — ich vergaß welcher — beschloß der König, einmal wieder einen Maskenball zu veranstalten. Bei jedem Kostümfest oder ähnlichem Anlaß mußten Hopp-Frosch und Trippetta ihre Talente zeigen. Hopp-Frosch besonders war so erfinderisch im Anordnen von Aufzügen, in der Zusammenstellung von neuen Kostümen und dergleichen, daß sein Beistand unentbehrlich war. Der Abend, an dem das Fest gefeiert werden sollte, kam heran. Eine weite Halle war unter Trippettas Augen mit allem, was einer Maskerade Glanz verleihen kann, ausgeschmückt worden. Der ganze Hof befand sich in einem Fieber der Erwartung. Es läßt sich denken, daß sich alle ihr Kostüm und ihre Rolle längst ausgesucht hatten. Manche hatten schon seit Wochen, ja seit Monaten darüber nachgedacht, welchen Charakter sie an dem Abend darstellen wollten. Alle waren mit ihren Vorbereitungen fertig — nur nicht der König und seine sieben Minister. Warum sie sich noch nicht entschlossen hatten, kann ich nicht sagen; vielleicht handelte es sich auch hier um einen Scherz. Wahrscheinlicher jedoch ist, daß sie wegen ihrer Beleibtheit zu keinem Entschluß kommen konnten. Doch die Zeit verging, und in letzter Stunde schickten sie zu Trippetta und Hopp-Frosch.

Als die beiden kleinen Freunde dem Befehl des Königs nachkamen, fanden sie ihn mit seinen Beratern beim Wein sitzen; doch schien er in sehr schlechter Laune zu sein. Er wußte, daß Hopp-Frosch Wein nicht vertrug, denn sein Genuß brachte den armen Krüppel stets in eine Aufregung, die an Wahnsinn grenzte. Aber der König liebte, wie gesagt, spaßhafte Taten, und es machte ihm Vergnügen, Hopp-Frosch zum Trinken zu zwingen, damit er, wie er sich ausdrückte, »lustig werde«.

»Komm her, Hopp-Frosch«, sagte er, als der Spaßmacher und seine Freundin das Gemach betreten hatten, »trinke diesen Humpen auf das Wohl deiner fernen Freunde« (hier seufzte Hopp-Frosch) »und laß uns dann deine Erfindungsgabe zugute kommen. Wir brauchen Charaktermasken — Charaktermasken, mein Sohn —, irgend etwas Neues, Außergewöhnliches. Wir sind der ewigen Wiederholungen müde. Komm und trink! Der Wein wird deinen Witz aufstacheln.«

Hopp-Frosch bemühte sich, die Aufforderung des Königs mit einem Witz zu beantworten, doch ging es diesmal über seine Kräfte. Der arme Zwerg hatte zufällig an jenem Tage Geburtstag, er hatte viel an sein Heimatland gedacht, und der Befehl, auf seine fernen Freunde zu trinken, trieb ihm Tränen ins Auge. Viele schwere bittere Tropfen fielen in den Becher, als er ihn demütig aus der Hand des Tyrannen entgegennahm.

»Hahahaha!« brüllte der König vergnügt auf, als der Zwerg den Wein mit Widerstreben hinuntergoß, »seht doch einmal an, was ein Glas guten Weins nicht alles fertigbringt! Wahrhaftig, deine Augen glänzen schon.«

Armer Kerl! Seine großen Augen glühten mehr, als daß sie leuchteten; der Wein wirkte auf sein erregbares Gehirn ebenso schnell wie heftig. Er stellte den Becher zitternd auf den Tisch zurück und blickte mit halb irrsinnigem Stieren im Kreise umher. Die Minister schienen sich alle höchlichst über diesen ›Scherz‹ des Königs zu amüsieren.

»Und nun das Geschäftliche«, sagte der Premierminister, ein *sehr* dicker Herr.

»Ja«, meinte der König, »Komm, Hopp-Frosch, hilf! Also Charaktermasken, mein edler Bursche, Charaktermasken müssen wir haben, ja, wir alle — hahahaha!« Da er seine Worte für einen Witz hielt, lachte er, und die sieben lachten im Chor mit.

Hopp-Frosch lachte auch, obwohl nur schwach und wie unbewußt.

»Komm, komm!« rief nun der König mit Ungeduld, »ist dir noch nichts eingefallen?«

»Ich bemühe mich, etwas ganz Neues zu erdenken«, stammelte der Zwerg, den der Wein schon ganz verwirrt hatte.

»Bemühen!« schrie der Tyrann wütend, »Was willst du damit sagen? Ach, ich sehe schon, du bist noch nicht in Stimmung und mußt mehr Wein haben. Hier, trink!« Und er goß noch einen Becher voll und bot ihn dem Krüppel dar, der, nach Atem ringend, ihn angstvoll anstarrte.

»Trink jetzt, sag ich dir!« schrie das Ungeheuer, »oder der Teufel —«

Der Zwerg zögerte. Der König wurde purpurrot vor Wut. Die Höflinge lächelten albern. Trippetta, bleich wie eine Leiche, ging auf den König zu, fiel vor ihm auf die Knie und bat um Gnade für ihren Freund.

Der Tyrann betrachtete sie einige Minuten lang; offenbar wunderte er sich über ihre Kühnheit. Er schien nicht recht zu wissen, was er tun oder sagen sollte, wie er seine Entrüstung am schicklichsten zum Ausdruck brächte. Endlich stieß er sie, ohne eine Silbe zu reden, von sich fort und goß ihr den Inhalt des übervollen Bechers ins Gesicht. Das arme Mädchen erhob sich zitternd, und ohne einen Seufzer zu wagen, nahm es seinen Platz am unteren Ende der Tafel wieder ein.

Während einer halben Minute war es so totenstill, daß man eine Feder oder ein Blatt hätte fallen hören können. Da wurde die Stille durch ein leises, aber scharfes, andauerndes Geräusch unterbrochen, das zu gleicher Zeit aus jeder Ecke des Zimmers zu kommen schien.

»Wa-wa-warum machst du den Lärm da?« wandte sich der König wütend an den Zwerg.

Der schien sich jedoch von seiner jähen Betrunkenheit vollständig erholt zu haben, und den Tyrannen fest, doch ruhig anblickend, sagte er bloß: »Ich? – Ich? Wie könnte ich das getan haben?«

»Mir schien es«, bemerkte einer der Höflinge, »als käme der Ton von außen. Ich glaube, es war der Papagei dort am Fenster, der seinen Schnabel an den Käfigstäben wetzte.«

»Mag sein«, erwiderte der Monarch, als fühle er sich durch diese Erklärung beruhigt, »aber ich hätte auf meine Ritterehre geschworen, daß jener Vagabund mit den Zähnen geknirscht habe.«

Bei diesen Worten lachte der Zwerg laut auf (der König war zu sehr für Späße eingenommen, um etwas dagegen zu haben, wenn jemand in seiner Gegenwart lachte) und entblößte dabei eine Reihe beängstigend großer, starker Zähne. Überdies erklärte er sich bereit, so viel Wein zu trinken, wie man nur von ihm verlange. Der Monarch war besänftigt, und nachdem Hopp-Frosch noch einen Humpen Wein ohne äußerlich schlimme Wirkung hinuntergestürzt hatte, setzte er mit viel Laune seine Pläne betreffs der Maskerade auseinander.

»Ich weiß nicht, welche Ideenverbindung mich darauf gebracht hat«, begann er ganz ruhig, als habe er in seinem ganzen Leben noch keinen Wein gekostet, »aber gleich nachdem Majestät das Mädchen geschlagen und ihm den Wein ins Gesicht gegossen hatten – also gleich nachdem Majestät das getan, und während der Papagei jenes wunderliche Geräusch am Fenster machte, erinnerte ich mich plötzlich eines prächtigen Maskenscherzes, den man oft in meiner Heimat aufführte. Hier wird er jedoch ganz neu sein. Unglücklicherweise sind jedoch acht Personen dazu nötig und –«

»Wir sind ja gerade acht!« rief der König lachend über seine scharfsinnige Entdeckung – »Genau acht, ich und meine sieben Minister – also los, was ist das für ein Scherz?«

»Wir nennen es«, erwiderte der Krüppel, »die acht aneinandergeketteten Orang-Utans. Es ist wirklich ein ausgezeichneter Scherz, wenn er gut durchgeführt wird.«

»Wir werden ihn schon durchführen«, sagte der König, indem er aufstand und die Augenlider senkte.

»Der Hauptspaß dabei«, fuhr Hopp-Frosch fort, »ist der Schreck, den er den Damen verursacht.«

»Vorzüglich«, brüllten der König und seine sieben Minister im Chor.

»Ich werde Sie als Orang-Utans ausstaffieren«, fuhr der Zwerg fort. »Sie können mir alles überlassen. Die Ähnlichkeit wird so vollkommen, daß die ganze Gesellschaft Sie für wirkliche Bestien halten wird — man wird sicherlich ebenso erschrokken wie überrascht sein.«

»Das ist ja wirklich famos!« rief der König. »Hopp-Frosch, ich will noch mal was Ordentliches aus dir machen!«

»Die Ketten haben den Zweck, durch ihr Klirren die Angst und die Verwirrung zu erhöhen. Man wird glauben, Sie seien *en masse* Ihren Wärtern entflohen. Majestät können sich gar nicht vorstellen, was für einen Effekt das macht, wenn bei einer Maskerade plötzlich acht aneinandergefesselte Orang-Utans erscheinen, die die ganze Gesellschaft für wirkliche Tiere hält; wenn sie so mit wildem Geschrei unter die Menge der vornehm und prächtig gekleideten Damen und Herren stürzen. Der Gegensatz ist unvergleichlich!«

»Das *wird* gemacht«, sagte der König, und die Gesellschaft erhob sich eilig, denn es war höchste Zeit, um zur Ausführung des Planes zu schreiten.

Hopp-Froschs Mittel, die Gesellschaft als Orang-Utans zu verkleiden, waren äußerst einfach und entsprachen seinen Absichten bestens. Die fraglichen Tiere waren zur Zeit, in der meine Geschichte spielt, noch sehr selten, und nur an wenigen Orten der zivilisierten Welt gesehen worden. Da die von dem Zwerg hergestellten Kostüme den Trägern ein ziemlich bestialisches, ja mehr als fürchterliches Aussehen verliehen, glaubte man von ihrer Naturwahrheit wohl überzeugt sein zu dürfen. Der König und die Minister wurden zuerst in engschließende Hemden und Hosen aus halbwollenem Zeug eingenäht. Dies wurde mit Teer getränkt. Als die Sache bis zu diesem Stadium gediehen war, machte einer der Gesellschaft den Vorschlag, jetzt Federn aufzukleben. Diesem Gedanken trat jedoch der Zwerg entgegen und überzeugte die acht bald durch augenscheinliche Erläuterungen, daß das Haar des Orang-Utans viel täuschender durch Flachs nachgebildet werde. So wurde dann eine dichte Lage Flachs auf die geteerte Unterlage aufgeklebt und dann eine lange Kette herbeigeschafft und zuerst um die Taille des Königs geschlungen und befestigt und hierauf um die Taille jedes der Minister und jedesmal fest verhakt. Als man dann damit fertig war und die Gesellschaft so weit wie möglich voneinander Abstand nahm, bildeten sie einen Kreis; um den Anschein der Natürlichkeit noch zu erhöhen, zog Hopp-Frosch das noch übrige Ende der Kette als zwei rechtwinklig zueinander stehende Durchmesser durch den Kreis, wie es heute noch von Affenjägern auf Borneo gemacht wird. Der große Saal, in dem das Maskenfest stattfinden sollte, war kreisrund, sehr hoch und empfing das Licht nur durch ein einziges Fenster von oben her.

Abends jedoch — der Raum wurde eigentlich nur zu nächtlichen Festen benutzt — wurde er von einem großen Kronleuchter beleuchtet, der an einer Kette vom Mittelpunkt des gewölbten Fensters herabhing und wie gewöhnlich mittels eines Gegengewichts herauf- und heruntergezogen werden konnte. Diese Kette hing jedoch des besseren Aussehens wegen nicht im Innern, sondern außerhalb der Kuppel über das Dach herab.

Der Raum war nach Trippettas Angabe ausgeschmückt worden; doch schien sie sich in einigen Besonderheiten der klügeren Einsicht ihres Freundes, des Zwerges, unterworfen zu haben. Auf seinen Vorschlag hatte sie den Kronleuchter entfernen lassen. Das Abtröpfeln des Wachses, das unmöglich zu vermeiden gewesen wäre, hätten den prächtigen Gewändern der Gäste leicht verderblich werden können, denn bei der Überfülle im Saal war es unmöglich, seine Mitte, das heißt die Stelle unter dem Kronleuchter, freizuhalten. Dagegen wurden Wandleuchter angebracht und jeder der Karyatiden, die die Mauer stützten — es waren fünfzig oder sechzig — eine Fackel, die lieblichen Duft ausströmte, in die rechte Hand gegeben.

Die acht Orang-Utans befolgten Hopp-Froschs Rat und warteten mit ihrem Erscheinen geduldig bis Mitternacht, da der Saal vollständig mit Masken gefüllt war. Doch kaum war der zwölfte Glockenschlag verhallt, als sie alle zusammen hereinstürzten oder vielmehr sich hereinwälzten, denn die schwere Kette machte, daß die meisten hinfielen und alle stolperten.

Die Aufregung unter den Masken war außerordentlich groß und erfüllte des Königs Herz mit unbändiger Heiterkeit. Wie man es erwartet hatte, gab es nicht wenige unter den Gästen, welche die wild aussehenden Wesen wenn auch nicht gerade für Orang-Utans, so doch für wirkliche Bestien hielten. Viele Damen wurden vor Entsetzen ohnmächtig, und hätte der König nicht vorsichtshalber das Waffentragen im Saal verboten, so hätte es leicht geschehen können, daß er und seine Gesellschaft ihren Scherz mit ihrem Blut bezahlt hätten. Es entstand ein allgemeiner Andrang nach den Türen; der König hatte jedoch befohlen, daß dieselben unmittelbar nach seinem Eintritt geschlossen werden sollten; und auf des Zwerges Vorschlag waren diesem die Schlüssel übergeben worden.

Als der Tumult aufs höchste gestiegen war und jeder nur daran dachte, sich in Sicherheit zu bringen — es war durch das Gedränge nämlich eine Gefahr entstanden —, hätte man bemerken können, daß die Kette, an der gewöhnlich der Kronleuchter hing und die man nach seiner Entfernung aufgezogen hatte, nach und nach herabgelassen wurde, bis ihr mit einem Haken versehenes Ende nur noch drei Fuß von der Erde entfernt war.

Bald darauf befanden sich der König und seine sieben Minister, nachdem sie die Halle in jeder Richtung durchstolpert hatten, in ihrem Mittelpunkt und in fast unmittelbarer Berührung mit der Kronleuchterkette. Als sie hier standen, stachelte sie der Zwerg, der ihnen stets auf dem Fuße folgte, an, den Tumult aufrechtzuerhalten, und ergriff dabei die Kette an ihrem Kreuzungspunkte in der Mitte des Kreises; mit der Schnelligkeit eines Gedankens hatte er diese in den Haken eingehakt, an dem sonst der Kronleuchter hing. Durch irgendeine unsichtbare Macht wurde nun die Kronleuchterkette noch so hinaufgezogen, daß der Haken von unten her nicht mehr zu erreichen war und die Orang-Utans, Gesicht an Gesicht, schwebend in der Luft hingen.

Die Maskengesellschaft hatte sich mittlerweile einigermaßen von ihrem Schrecken erholt und betrachtete die ganze Sache als einen gut erfundenen Scherz. Ein lautes Gelächter über die hilflose Lage der Affen durchscholl den Saal.

»Überlaßt sie mir!« schrie Hopp-Frosch mit seiner schrillen

Stimme, die all den Lärm durchdrang und leicht verständlich war. »Überlaßt sie mir. Ich glaube, ich kenne sie. Wenn ich sie nur erst recht betrachten könnte, würde ich schon sagen können, wer sie sind.«

Bei diesen Worten drängte er sich durch die Menge, bis an die Wand, nahm einer der Karyatiden die Fackel weg und kehrte, wie er gekommen, in die Mitte des Raumes zurück, schwang sich mit affenartiger Geschwindigkeit auf den Kopf des Königs, kletterte noch ein paar Fuß an der Kette empor und senkte die Fackel, um die Orang-Utans zu beleuchten, und schrie wiederum:

»Ich werde bald herausfinden, wer sie sind!«

Und während nun die ganze Gesellschaft, die Affen mit einbegriffen, von Lachen durchschüttelt wurde, ließ der Spaßmacher einen schrillen Pfiff hören, worauf die Kette mit Heftigkeit ungefähr dreißig Fuß in die Höhe schnellte, die geängstigten, zappelnden Orang-Utans mit sich zog und in der Mitte zwischen dem Gewölbefenster und dem Fußboden hängen ließ. Hopp-Frosch, der sich an der Kette, als sie aufgezogen wurde, festgehalten hatte, hing also ein gut Stück über den acht Masken und hielt seine Fackel noch immer gesenkt, als sei nichts vorgefallen, als sei er noch immer bemüht, herauszubringen, wer sich hinter den Masken verstecke. Die Gesellschaft war über das Hinaufziehen der Kette so erstaunt, daß ein minutenlanges Stillschweigen entstand. Es wurde endlich durch ein leises, scharfes, knirschendes Geräusch unterbrochen, welches dem, das die Aufmerksamkeit des Königs und seiner Räte auf sich gezogen hatte, als der Tyrann der Trippetta den Wein ins Gesicht gegossen hatte, vollständig ähnlich war. Doch konnte jetzt kein Zweifel mehr darüber herrschen, woher der Ton kam. Er kam von den fangartigen Zähnen des Zwerges, der schäumenden Mundes mit ihnen knirschte und mit einem Ausdruck wahnsinniger Wut in die aufwärtsgewandten Gesichter des Königs und seiner sieben Minister starrte.

»Aha!« sagte endlich der wutentbrannte Narr, »jetzt wird mir allmählich klar, wer diese Leute sind.«

Bei diesen Worten hielt er, als wolle er den König noch genauer betrachten, seine Fackel an die Flachshülle, die denselben

Alfred Kubin

umgab. Im Augenblick ging sie in Flammen auf, und in weniger als einer halben Minute standen alle Orang-Utans in hellem Brande. Die Menge unten schrie wild auf und blickte voll Entsetzen hinauf, ohne auch nur die geringste Hilfe leisten zu können.

Die Flammen, die immer heftiger wurden, nötigten den Narren bald, die Kette noch weiter hinaufzuklettern, um ihrem Bereich zu entfliehen. Während er dies ausführte, trat in der Menge ein erneutes kurzes Schweigen ein, das der Zwerg benutzte, um zu reden.

»Ich sehe jetzt deutlich«, sagte er, »was für Menschen sich hinter diesen Masken verbergen. Es ist ein großer König und seine sieben geheimen Kabinettsräte — ein König, der es wagte, ein hilfloses Mädchen zu mißhandeln, und seine sieben Räte, die zu allem, was er Schimpfliches tat, ja sagten. Und ich — ich bin nur Hopp-Frosch, der Narr, und dies hier ist mein letzter Scherz.«

Bei der leichten Verbrennbarkeit der beiden Stoffe, aus denen die Kostüme der Orang-Utans bestanden, war das Werk der Rache schon vollbracht, als der Zwerg seine kurze Ansprache beendet hatte. Die acht Körper hingen nur noch als eine rauchende, übelriechende Masse in ihren Ketten. Der Krüppel schleuderte seine Fackel auf sie herab, kletterte gelassen zur Decke empor und verschwand durch das Gewölbefenster.

Man nimmt an, daß Trippetta, die oben auf dem Dach stand, die Mitschuldige bei diesem feurigen Rachewerk ihres Freundes gewesen war und daß beide zusammen in ihre Heimat geflohen sind. Denn man hat keinen von beiden jemals wiedergesehen.

NATHANIEL HAWTHORNE

Rappaccinis Tochter

Dies ist eine der ersten amerikanischen Schauergeschichten, und sie wurde zur selben Zeit in den vierziger Jahren des 18. Jahrhunderts niedergeschrieben, als Poe einige seiner besten Arabesken verfaßte. Innerhalb eines Buches erschien diese Erzählung zum erstenmal in Hawthornes Sammlung Mosses from an Old Manse (1846). Würdigt man »Rappaccinis Tochter« als literarisches Werk, dann ist dies eine glänzende Schilderung des Wahnsinns und des Bösen, die Hawthornes Beschäftigung mit puritanischen Symbolen und Sinnbildern nachdrücklich unterstreicht. Aber es ist auch eine klassische Geschichte über das Unheimliche, die dem Kenner keine geringe Zahl von frissons de horreur, von Schauern des Schreckens, bescheren wird.

Vor sehr langer Zeit kam ein junger Mann namens Giovanni Guasconti aus dem südlicheren Teil Italiens nach Padua, um an der dortigen Universität zu studieren. Giovanni, der nur einen bescheidenen Vorrat an Golddukaten in der Tasche hatte, quartierte sich in einem hohen, düsteren Zimmer eines alten Gebäudes ein, das so würdig aussah, als ob es der Palast eines paduanischen Edelmanns gewesen wäre, und das tatsächlich über dem Portal das Wappen einer längst ausgestorbenen Familie trug. Der junge Fremdling, der in dem großen Gedicht seines Landes nicht unbewandert war, erinnerte sich, daß Dante einen Ahnherrn dieser Familie und vielleicht sogar einen Bewohner eben dieses Hauses als einen Teilhaber an den unendlichen Qualen seines »Inferno« geschildert hatte. Diese Erinnerungen und Gedankenverbindungen sowie die Neigung zu Herzenskummer, die bei einem jungen Mann, der zum erstenmal von seiner Heimat getrennt ist, ganz natürlich ist, bewogen Giovanni, einen tiefen Seufzer auszustoßen, als er sich in dem trostlosen und schlecht möblierten Zimmer umsah.

»Heilige Jungfrau, Signore«, rief die alte Dame Lisabetta, die, bezaubert durch die auffallend schöne Gestalt des Jünglings, freundlich bemüht war, dem Zimmer ein wohnliches Aussehen zu geben, »was für ein Seufzer aus der Brust eines jungen Mannes! Kommt Ihnen dieses alte Bauwerk düster vor? Dann stekken Sie um Himmels willen den Kopf zum Fenster hinaus, und Sie werden sehen, daß die Sonne hier genauso hell scheint wie in Neapel."

Guasconti befolgte mechanisch den Rat der alten Frau, aber er war nicht ganz ihrer Meinung, daß die Sonne in der Lombardei so heiter sei wie in Süditalien. Immerhin fiel ihr Licht auf einen Garten unter dem Fenster und umfing mit ihrem wohltuenden Einfluß eine Vielzahl von Pflanzen, die offenbar mit ungewöhnlicher Sorgfalt gepflegt wurden.

»Gehört dieser Garten zum Haus?« fragte Giovanni.

»Gott bewahre, Signore — es sei denn, er brächte bessere Küchenkräuter hervor als die, welche jetzt da unten wachsen«, antwortete die alte Lisabetta. »Nein; der Garten wird eigenhändig von Signor Giacomo Rappaccini besorgt, dem berühmten Arzt, von dem man gewiß bis hinunter nach Neapel gehört hat. Es heißt, daß er aus diesen Pflanzen Arzneien destilliert, die so heilkräftig sind wie Zaubertränke. Sie können den Signor Doktor oft bei der Arbeit sehen, vielleicht auch die Signorina, seine Tochter, wenn sie die seltsamen Blumen pflückt, die in dem Garten wachsen.« Die alte Frau hatte nun für das Äußere des Zimmers so viel getan, wie sie nur konnte, und entfernte sich, indem sie den jungen Mann dem Schutz der Heiligen anbefahl.

Giovanni wußte vorerst nicht Besseres zu tun, als auf den Garten unter seinem Fenster hinabzuschauen. Aus dessen Aussehen schloß er, daß es sich um einen jener botanischen Gärten handelte, die es in Padua früher gab als anderswo in Italien, ja in der ganzen Welt. Möglicherweise war er einstmals auch der Lustgarten einer reichen Familie, denn in der Mitte stand die Ruine eines Marmorbrunnes, der mit erlesener Kunst gestaltet, aber so elend verfallen war, daß man aus den übriggebliebenen Resten den ursprünglichen Entwurf nicht mehr erschließen konnte. Das Wasser sprudelte und glitzerte im Sonnenlicht noch immer so fröhlich wie einst. Ein leises Plätschern stieg zum Fenster des jungen Mannes empor und gab ihm das Gefühl, als wäre der Brunnen ein unsterblicher Geist, der unaufhörlich und ohne Rücksicht auf die Veränderungen um ihn her sein Lied sang — in einem Jahrhundert in Marmor eingefaßt, in einem anderen als vergängliche Fragmente auf der Erde zerstreut. Rings um den Teich, in den sich das Wasser ergoß, wuchsen verschiedene Pflanzen, die sehr viel Feuchtigkeit zu benötigen schienen, um ihre riesigen Blätter und in einigen Fällen hinreißende Blüten zu ernähren. Ein Strauch vor allem, der aus einer Marmorschale in der Mitte des Teichs hervorwuchs, trug eine verschwenderische Fülle purpurner Blüten, von denen jede einzelne den Schimmer und die Üppigkeit eines Edelsteins hatte; und alle zusammen erzeugten einen solchen Glanz, daß er wohl genügt hätte, den Garten zu erhellen, selbst wenn die Sonne nicht geschienen hätte. Jedes kleinste Stück des Bodens war bestanden mit Pflanzen und Kräutern, die, wenn auch weniger schön, dennoch von eifriger Pflege zeugten, als besäßen sie alle individuellen Vorzüge, die dem wissenschaftlichen Geist, der sie betreute, wohl bekannt waren. Einige standen in reich mit alten Bildwerken verzierten Urnen, andere in gewöhnlichen Blumentöpfen; manche krochen schlangengleich über den Boden oder rankten sich hoch empor, wo sie beim Klettern jede Möglichkeit ausnutzten, die sich ihnen bot. Eine Pflanze hatte sich um eine Statue des Vertumnus gewunden, die von dem hängenden Laubwerk, welches so geschickt angeordnet war, daß es einem Bildhauer als Vorlage hätte dienen können, gänzlich verschleiert und umhüllt war.

Während Giovanni noch am Fenster stand, vernahm er ein Rascheln hinter einem Laubvorhang und erkannte, daß jemand im Garten bei der Arbeit war. Bald darauf kam die Gestalt in Sicht, und es zeigte sich, daß es kein gewöhnlicher Arbeiter war, sondern ein hochgewachsener, abgezehrter, fahl und kränklich aussehender Mann, der ein schwarzes Gelehrtengewand trug. Er hatte die Mitte des Lebens überschritten, hatte graues Haar, einen schütteren grauen Bart und ein Gesicht, das von Intelligenz und Bildung in einzigartiger Weise geprägt war, aber wohl niemals, selbst nicht in jungen Jahren, viel Herzenswärme ausgestrahlt hatte.

Nichts hätte die Aufmerksamkeit überbieten können, mit der dieser wissenschaftliche Gärtner alle Pflanzen untersuchte, die an seinem Weg standen; es war, als dränge sein Blick in ihr innerstes Wesen ein, um ihre schöpferische Natur zu beobachten und zu ergründen, warum ein Blatt diese Form und ein anderes jene angenommen hatte und weshalb sich die einzelnen Blüten in Färbung und Duft unterschieden. Doch trotz seines scharfen Wahrnehmungsvermögens gab es keinen Ansatz zu einer vertrauten Beziehung zwischen ihm und diesen pflanzlichen Wesen. Im Gegenteil, er vermied es, sie tatsächlich zu berühren oder ihre Düfte unmittelbar einzuatmen, und das mit solcher Vorsicht, daß es Giovanni höchst unangenehm auffiel; denn der Mann benahm sich wie jemand, der zwischen feindlichen Mächten umherwandelt, etwa zwischen wilden Tieren oder tödlich giftigen Schlangen oder bösen Geistern, die ihm ein furchtbares Ende bereiten würden, falls er sie auch nur einen Augenblick gewähren ließe. Auf die Phantasie des jungen Mannes wirkte es seltsam erschreckend, dieses unsichere Gebaren an einem Mann zu bemerken, der einen Garten hegte, sich also der einfachsten und unschuldigsten Beschäftigung hingab, die für die Stammeltern des Menschengeschlechts vor dem Fall Freude und Mühe zugleich bedeutet hatte. War dieser Garten vielleicht das Paradies der modernen Welt? Und war dieser Mann, der in dem, was unter seinen Händen gedieh, soviel Böses verspürte, der Adam?

Während der mißtrauische Gärtner die toten Blätter abriß und den allzu üppigen Wuchs der Sträucher beschnitt, waren seine Hände von dicken Handschuhen geschützt. Als er auf seinem Gang durch den Garten zu der prachtvollen Pflanze kam, die ihre purpurnen Edelsteine neben dem Marmorbrunnen herabhängen ließ, bedeckte er Mund und Nasenlöcher mit einer Art Maske, als verberge sich in all dieser Schönheit noch ein tödlicheres Unheil. Doch als ihm selbst dann noch seine Aufgabe als zu gefährlich erschien, trat er zurück, legte die Maske wieder ab und rief laut, aber mit unsicherer Stimme eines von inneren Leiden befallenen Menschen: »Beatrice! — Beatrice!«

»Hier bin ich, Vater! Was möchtest du?« rief eine kräftige, jugendliche Stimme aus dem Fenster des gegenüberliegenden

Hauses, eine Stimme, die so kräftig war wie ein Sonnenuntergang in den Tropen und Giovanni, der nicht wußte, warum, an tiefe Purpur- oder Scharlachtöne und an köstliche Wohlgerüche gemahnte. »Bist du im Garten?«

»Ja, Beatrice«, erwiderte der Gärtner, »und ich brauche deine Hilfe.«

Kurz darauf erschien in einem reliefverzierten Portal die Gestalt eines jungen Mädchens, mit ebensoviel Geschmack geschmückt wie die prächtigste der Blumen, schön wie der Tag und in so voller und lebhafter Jugendblüte, daß eine Nuance mehr schon zuviel gewesen wäre. Sie strotzte vor Leben, Gesundheit und Energie, welche Eigenschaften indes alle in ihrer Fülle gleichsam durch den Gürtel der Jungfräulichkeit zusammengehalten und eingeengt und zusammengeschnürt waren. Doch Giovannis Phantasie schien sich krankhaft verändert zu haben, während er in den Garten hinabschaute; denn die fremde Schöne machte auf ihn den Eindruck, als wäre sie ebenfalls eine Blume, eine menschliche Schwester der Pflanzenwesen, ebenso schön wie diese, ja noch schöner als die herrlichste von ihnen, die man aber auch nur mit Handschuhen berühren und der man sich nicht ohne Maske nähern dürfe. Als Beatrice den Gartenweg entlang schritt, war zu erkennen, daß sie mehrere Pflanzen berührte und deren Duft einatmete, denen ihr Vater so beharrlich ausgewichen war.

»Hier, Beatrice«, sagte der letztere, »sieh einmal, wieviel Pflege unser kostbarster Schatz dringend verlangt. Doch da ich so hinfällig bin, müßte ich es vielleicht mit dem Tode bezahlen, wenn ich mich ihm so weit näherte, wie es die Umstände erfordern. Deshalb muß ich wohl diese Pflanze deiner alleinigen Obhut anvertrauen.«

»Das tue ich doch mit Freuden«, erklang wiederum die volle Stimme der jungen Dame, indem sie sich zu der prächtigen Pflanze niederbeugte und die Arme ausbreitete, als ob sie sie umarmen wollte. »Ja, meine Schwester, mein Augenstern, es wird Beatrices Aufgabe sein, dich zu hegen und zu pflegen; und du wirst es ihr lohnen mit deinen Küssen und deinem wohlriechenden Atem, der für sie der Odem des Lebens ist!«

Dann wandte sie mit der ganzen Zärtlichkeit ihres Wesens,

die schon in ihren Worten so deutlich zum Ausdruck gekommen war, der Pflanze all jene Aufmerksamkeit zu, die dies zu verlangen schien; und hoch oben am Fenster rieb sich Giovanni die Augen und begann fast zu zweifeln, ob dort unten nun ein Mädchen seine Lieblingsblume pflegte oder ob eine Schwester der anderen ihre Zuneigung bekundete. Die Szene dauerte nicht lange, ob nun Doktor Rappaccini seine Gartenarbeit beendet oder ob sein wachsames Auge das Gesicht des Fremden erspäht hatte, jedenfalls nahm er jetzt seine Tochter beim Arm und zog sich mit ihr zurück. Schon brach der Abend herein; bedrückende Ausdünstungen schienen von den Pflanzen aufzusteigen und am offenen Fenster vorbeizustreichen, und Giovanni schloß den Laden, legte sich zu Bett und träumte von einer üppigen Blume und einem schönen Mädchen. Blumen und Mädchen waren verschieden und dennoch gleich und beide umgeben von einer seltsamen Gefahr.

Aber das Licht des Morgens hat die Eigenschaft, die Verirrungen der Phantasie oder selbst des Urteilsvermögens wieder zu klären, denen wir beim Niedergang der Sonne oder in den Schatten der Nacht oder im weniger bekömmlichen Mondschein verfallen können. Als Giovanni aus dem Schlaf auffuhr, stieß er als erstes das Fenster auf und schaute hinunter auf den Garten, den er in seinen Träumen so reich mit Geheimnissen gefüllt hatte. Er war überrascht und ein wenig beschämt, als er sah, wie real und handfest er sich in den ersten Strahlen der Sonne erwies, welche die Tautropfen an Blättern und Blüten vergoldeten und, indem sie jeder seltsamen Blume eine leuchtendere Schönheit verliehen, alles wieder in die Grenzen der alltäglichen Erfahrung rückten. Der junge Mann freute sich, daß er inmitten der öden Stadt das Vorrecht besaß, seinen Blick an diesem Fleckchen Erde mit seiner lieblichen und üppigen Vegetation weiden zu können. Es würde ihm, so sagte er sich, als eine symbolische Sprache dienen und seine Verbindung mit der Natur aufrechterhalten. Freilich waren jetzt weder der kränkliche und vom Denken verzehrte Doktor Giacomo Rappaccini noch dessen wunderschöne Tochter zu sehen, so daß Giovanni nicht zu entscheiden vermochte, wieviel von der Einzigartigkeit, die er den beiden zugestand, ihren eigenen Eigenschaften und wieviel seiner persönlichen wunderwirkenden Phantasie zuzuschreiben war. Doch er war bestrebt, das Ganze so nüchtern wie möglich zu betrachten.

Im Lauf des Tages suchte Giovanni Signor Pietro Baglioni auf, Professor der Medizin an der Universität und Arzt von hervorragendem Ruf, dem er ein Empfehlungsschreiben überbracht hatte. Der Professor war ein älterer Herr von augenscheinlicher heiterer Gemütsart und mit einem Benehmen, das beinahe aufgeräumt genannt werden konnte; er behielt den jungen Mann zum Mittagessen da und vertrieb ihm die Zeit sehr angenehm durch seine freimütige und anregende Unterhaltung, vor allem, nachdem er sich mit ein oder zwei Flaschen Toskanerwein aufgewärmt hatte. Da Giovanni annahm, daß Vertreter der Wissenschaft, die in derselben Stadt wohnten, miteinander verkehren müßten, benutzte er die Gelegenheit, den Namen von Doktor Rappaccini zu erwähnen. Aber der Professor reagierte darauf nicht mit der erwarteten Herzlichkeit.

»Es stünde einem Lehrer der göttlichen Heilkunst schlecht an«, entgegnete Professor Pietro Baglioni auf die Frage Giovannis, »bei einem so hervorragend tüchtigen Arzt wie Rappaccini mit verdientem und wohlwollendem Lob zu sparen. Doch andererseits könnte ich es schwerlich mit meinem Gewissen vereinbaren, wenn ich es zuließe, daß ein vortrefflicher Jüngling wie Sie, Signor Giovanni, der Sohn meines alten Freundes, irrige Vorstellungen von einem Mann hegt, der vielleicht einmal Ihr Leben und Sterben in der Hand haben wird. Die Wahrheit ist, daß unser verehrter Doktor Rappaccini ein ebenso bedeutender Wissenschaftler ist wie nur irgendein Mitglied unserer Fakultät — von einer einzigen Ausnahme vielleicht abgesehen — in Padua oder in ganz Italien. Aber es bestehen gewiß schwere Bedenken gegen seine Berufsauffassung.«

»Und welche wären das?« fragte der junge Mann.

»Leidet mein Freund Giovanni an irgendwelchen körperlichen oder seelischen Krankheiten, daß er sich so eifrig nach Ärzten erkundigt?« sagte der Professor mit einem Lächeln. »Doch was Rappaccini angeht, so heißt es von ihm — und ich, der ich den Mann gut kenne, kann bezeugen, daß es wahr ist —, er kümmere sich unendlich viel mehr um die Wissenschaft als um die Menschen. Seine Patienten interessieren ihn nur als Objekte für irgendein neues Experiment. Er würde menschliches Leben, übrigens auch sein eigenes, oder das, was ihm am teuersten ist, opfern, um den Berg des von ihm angehäuften Wissens auch nur um den Umfang eines Senfkornes zu vergrößern.«

»Er scheint mir in der Tat ein schrecklicher Mann zu sein«, versetzte Guasconti, der sich das kalte und rein intellektuelle Erscheinungsbild Rappaccinis ins Gedächtnis rief. »Und doch, verehrter Professor, »ist er nicht ein edler Geist? Sind denn viele Menschen einer so durchgeistigten Liebe zur Wissenschaft fähig?«

»Gott behüte!« antwortete der Professor etwas gereizt, »es sei denn, Sie haben eine vernünftigere Auffassung von der Heilkunst, als sie Rappaccini vertritt. Nach seiner Theorie sind alle heilkräftigen Wirkungen in jenen Stoffen vereinigt, die wir als vegetabilische Gifte bezeichnen. Diese erzeugt er mit eigener Hand, und er soll sogar neue Giftarten hervorgebracht haben, noch zerstörerischer als alle, mit welchen die Natur ohne den Beistand des gelehrten Herrn jemals die Welt heimgesucht hätte. Daß der Signor Doktor mit derlei gefährlichen Substanzen weniger Unheil anrichtet, als man erwarten könnte, ist unbestritten. Hin und wieder, das muß man zugeben, hat er tatsächlich — oder scheinbar — wunderbare Heilerfolge erzielt. Doch wenn Sie meine persönliche Meinung wissen wollen, Signor Giovanni: Man sollte diese vereinzelten Erfolge nicht zu hoch bewerten — sie waren wahrscheinlich ein Werk des Zufalls —, sondern ihn streng zur Verantwortung ziehen für seine Mißerfolge, die man zu Recht als eigenes Werk betrachten muß.«

»Ich weiß nicht, hochgelehrter Herr Professor«, entgegnete Giovanni, nachdem er über das, was er von Rappaccinis ausschließlichem wissenschaftlichen Streben gehört hatte, gründlich nachgedacht hatte, »ich weiß nicht, wie sehr dieser Arzt seine Kunst liebt, aber sicherlich gibt es etwas, was ihm noch teurer ist. Er hat eine Tochter.«

»Aha!« rief der Professor lachend. »Jetzt ist unser Freund Giovanni mit seinem Geheimnis herausgerückt. Sie haben von seiner Tochter gehört, nach der alle jungen Männer in Padua verrückt sind, obwohl nicht einmal ein halbes Dutzend das Glück gehabt haben, sie von Angesicht zu sehen. Ich weiß nicht viel über Signorina Beatrice, außer daß Rappaccini sie tief in seine Wissenschaft eingeführt haben soll und daß sie, jung und schön, wie die Fama sie beschreibt, schon jetzt befähigt wäre, einen Lehrstuhl zu besetzen. Vielleicht hat ihr Vater sie für den meinen bestimmt! Es mögen noch andere absurde Gerüchte umgehen, über die zu reden oder auf die zu hören sich nicht lohnt. Doch nun, Signor Giovanni, trinken Sie Ihr Glas Lacrimae Christi aus!«

Guasconti kehrte zu seinem Quartier zurück, ein wenig erhitzt von dem Wein, dem er kräftig zugesprochen hatte und der nun sein Gehirn mit absonderlichen Phantasien überschwemmte, die jetzt alle um Doktor Rappaccini und die schöne Beatrice kreisten. Als er unterwegs an einem Blumenladen vorbeikam, erstand er einen frischen Strauß.

Oben in seinem Zimmer angekommen, nahm er am Fenster Platz, doch im Schatten der dicken Mauer, so daß er in den Garten hinabschauen konnte, ohne große Gefahr zu laufen, entdeckt zu werden. Alles, worauf sein Blick fiel, lag in tiefer Einsamkeit da. Die seltsamen Pflanzen badeten sich im Sonnenlicht und nickten einander zuweilen sanft zu, als wollten sie sich ihrer Anteilnahme und Zusammengehörigkeit versichern. In der Mitte, neben dem verfallenen Brunnen, stand der herrliche Strauch, dicht behängt mit seinen purpurnen Edelsteinen; sie funkelten in der Luft und strahlten zurück aus der Tiefe des Teiches, der überzufließen schien vor dem farbigen Schimmer des üppigen Spiegelbildes, das in ihn eingetaucht war. Zunächst lag, wie gesagt, der Garten ganz einsam da. Doch schon bald — wie Giovanni es halb gehofft, halb befürchtet hatte — tauchte in dem reliefgeschmückten antiken Portal eine Gestalt auf und kam zwischen den Reihen der Pflanzen näher, deren unterschiedliche Düfte sie einatmete wie eines jener alten klassischen Fabelwesen, die von süßen Wohlgerüchen lebten. Als der junge Mann Beatrice nun zum zweitenmal betrachtete, wurde er mit einem jähen Erschrecken gewahr, wie sehr ihre Schönheit das Bild seiner Erinnerung übertraf; so leuchtend, so lebhaft war der Charakter dieser Schönheit, daß das Mädchen im Sonnenschein strahlte und, wie sich Giovanni selber zuflüsterte, die schattigen

Stellen des Gartenwegs regelrecht erhellte. Da er ihr Gesicht jetzt deutlicher erkennen konnte als bei der ersten Gelegenheit, überwältigte ihn der Ausdruck der Schlichtheit und Lieblichkeit — Eigenschaften, die in seine Vorstellung von ihrem Wesen noch nicht eingegangen waren und ihn aufs neue fragen ließen, was für eine Art Mensch sie wohl sein möge. Auch diesmal konnte er nicht umhin, eine Analogie zwischen dem schönen Mädchen und dem herrlichen Strauch, der seine juwelengleichen Blüten über den Brunnen niederhängen ließ, festzustellen oder sich einzubilden, eine Ähnlichkeit, die Beatrice in einer phantastischen Laune offensichtlich durch den Schnitt ihres Kleides und die Auswahl seiner Farben noch zu steigern trachtete.

Als sie sich dem Strauch näherte, breitete sie wie mit leidenschaftlicher Inbrunst die Arme aus und drückte die Zweige in einer so innigen Umarmung an sich, daß ihre Züge in diesem Blätterbusen verschwanden und ihre schimmernden Locken sich gänzlich mit den Blüten vermischten.

»Gib mir deinen Hauch, Schwester«, rief Beatrice aus; »denn ich vergehe in der gewöhnlichen Luft! Und gib mir diese deine Blüte, die ich mit sanftester Hand vom Stengel löse und dicht an meinem Herzen berge.«

Mit diesen Worten pflückte Rappaccinis schöne Tochter eine der vollsten Blüten vom Strauch und wollte sie gerade an ihrem Busen befestigen. Doch in diesem Augenblick, sofern der Weingenuß Giovannis Sinne nicht verwirrt hatte, geschah etwas Eigenartiges. Ein kleines orangefarbenes Reptil, eine Eidechsen- oder Chamäleonart, kroch zufällig unmittelbar vor Beatrices Füßen über den Weg. Es kam Giovanni so vor — doch aus dieser Entfernung hätte er eigentlich etwas so Winziges kaum erkennen können —, es kam ihm jedenfalls so vor, als ob ein paar Tropfen von dem abgebrochenen Blütenstengel auf den Kopf der Eidechse fielen. Einen Augenblick lang wand sich das Reptil heftig und lag dann reglos in der Sonne. Beatrice beobachtete dieses erstaunliche Phänomen und bekreuzigte sich traurig, aber ohne Überraschung; und sie zögerte deswegen auch nicht, sich die todbringende Blume an den Busen zu stecken. Dort wirkte sie noch röter und funkelte fast mit der blendenden Wirkung eines kostbaren Steines, und sie fügte damit dem Kleid der Erscheinung des Mädchens den einzigen angemessenen Zauber hinzu, den nichts auf der Welt hätte ersetzen können. Giovanni beugte sich indes aus dem Schatten des Fensters vor und schrak murmelnd und zitternd wieder zurück.

»Bin ich wach? Habe ich meine Sinne beisammen?« sprach er zu sich selber. »Was für ein Geschöpf ist das? Soll ich es schön nennen — oder unaussprechlich schrecklich?«

Beatrice schlenderte unterdessen unbekümmert durch den Garten und näherte sich immer mehr der Stelle unter Giovannis Fenster, so daß er den Kopf ganz aus seinem Versteck vorrecken mußte, um die gespannte und schmerzliche Neugier befriedigen zu können, die sie in ihm erregte. Im selben Augenblick kam ein wunderschönes Insekt über die Gartenmauer geflogen; es war vielleicht durch die Stadt geirrt und hatte zwischen den alten Behausungen der Menschen weder Blüten noch Grün gefunden, bis die schweren Düfte von Doktor Rappaccinis Gewächsen es aus der Ferne herlockten. Das geflügelte Leuchtwesen ließ sich nicht auf den Blüten nieder, sondern schien von Beatrice angezogen zu werden, hielt zögernd in der Luft inne und umschwirrte ihren Kopf. Nun, in diesem Fall mußten sich Giovanni Guascontis Augen wirklich getäuscht haben. Doch wie dem auch sei, er hatte den Eindruck, daß das Insekt, während Beatrice es noch mit kindlichem Entzücken betrachtete, ermattete und zu ihren Füßen niederfiel; seine leuchtenden Flügel erbebten, dann war es tot — und er konnte dafür keine andere Ursache entdecken als die Wirkung ihres Atems. Beatrice bekreuzigte sich abermals und seufzte tief auf, als sie sich über das tote Insekt beugte.

Eine impulsive Bewegung Giovannis veranlaßte sie, die Augen zum Fenster zu erheben. Dort erblickte sie den schönen Kopf des jungen Mannes — eher einen griechischen als italienischen Kopf, mit feinen, ebenmäßigen Zügen und golden schimmernden Locken —, der auf sie hinabstarrte, wie ein in der Luft schwebendes Wesen. Ohne recht zu wissen, was er tat, warf Giovanni den Blumenstrauß hinunter, den er bisher in der Hand gehalten hatte.

»Signorina«, sagte er, »dies sind reine und gesunde Blumen. Tragen Sie sie Giovanni Guasconti zuliebe!«

»Danke, Signore«, erwiderte Beatrice mit ihrer volltönenden Stimme, die wie Musik aus ihr hervorströmte, und mit einer fröhlichen, halb kindlichen und halb fraulichen Miene. »Ich nehme Ihr Geschenk an und würde es gerne mit dieser kostbaren Purpurblüte vergelten; doch wenn ich sie in die Luft werfe, wird sie nicht bis zu Ihnen gelangen. So muß sich Signor Guasconti eben mit meinem Dank begnügen.«

Sie hob den Strauß vom Boden auf und eilte dann, als schäme sie sich innerlich, ihre jungfräuliche Zurückhaltung aufgegeben und den Gruß eines Fremden erwidert zu haben, durch den Garten zurück ins Haus. Doch so wenige Augenblicke auch indessen vergingen, es schien Giovanni, daß sein schöner Strauß in ihrem Griff bereits zu welken begann, als sie gerade in dem reliefgeschmückten Portal verschwinden wollte. Es war ein müßiger Gedanke, denn er konnte auf diese große Entfernung unmöglich eine welke Blume von einer frischen unterscheiden.

Viele Tage nach dieser Begebenheit mied der junge Mann das Fenster, das auf Doktor Rappaccinis Garten hinausging, als könnte ihm, wenn er sich zu einem Blick verführen ließe, durch etwas Häßliches und Ungeheuerliches das Augenlicht geraubt werden. Ihm war bewußt, daß er sich durch die Aufnahme der Beziehung zu Beatrice bis zu einem gewissen Grade dem Einfluß einer unbegreiflichen Macht ausgesetzt hatte. Sollte sich sein Herz in einer echten Gefahr befinden, so wäre es das klügste gewesen, seine Wohnung und sogar Padua auf der Stelle zu verlassen, das nächstklügste, sich so weit wie möglich an den vertrauten und alltäglichen Anblick Beatrices zu gewöhnen, um sie auf diese Weise entschieden und systematisch in den Bereich der gewöhnlichen Erfahrung einzubeziehen. Am allerwenigsten durfte Giovanni ihren Anblick meiden und dennoch gleichzeitig diesem außerordentlichen Wesen so nahe bleiben, daß die Nähe und die Möglichkeit gar des vertrauten Umgangs den wilden Phantasiegebilden, die seine Vorstellungskraft ihm unablässig vorgaukelte, eine Art Substanz und Realität verleihen würden. Guasconti hatte kein tief empfindendes Herz — oder zumindest waren dessen Tiefen noch nicht ausgelotet worden —, aber er verfügte über eine lebhafte Phantasie und ein leidenschaftliches südländisches Temperament, das jeden Augenblick einen höheren Fiebergrad erstieg. Ob nun Beatrice diese schrecklichen Eigenschaften besaß oder nicht — den todbringenden Atemhauch, die Verwandtschaft mit jenen so schönen und unheilvollen Blumen, auf die Giovannis Beobachtungen hindeuteten —, auf jeden Fall hatte sie seinem Organismus ein brennendes und subtiles Gift eingeflößt. Es war nicht Liebe, obgleich ihn ihre üppige Schönheit rasend machte, auch nicht Entsetzen, selbst wenn er glaubte, daß ihr Geist von derselben verderblichen Essenz durchsetzt sei, die auch ihren Leib zu durchdringen schien, sondern ein wilder Trieb der Liebe und des Entsetzens, der beiden entstammte und wie die eine brannte und wie das andere erschauerte. Giovanni wußte nicht, was er fürchten, und noch weniger, was er hoffen sollte; doch Hoffnung und Furcht bekriegten sich ständig in seiner Brust, abwechselnd einander besiegend und immer wieder sich erhebend, um den Kampf zu erneuern. Gesegnet seien alle einfachen Gefühle, ob sie nun dunkel oder hell sind! Die unziemliche Mischung aus beiden ist es, welche die flackernde Lohe der höllischen Regionen hervorbringt.

Zuweilen versuchte er das Fieber seines Geistes durch einen raschen Gang in den Straßen Paduas oder vor den Stadttoren zu lindern; seine Schritte paßten sich dem Pochen in seinem Gehirn an, so daß sich der Spaziergang gewöhnlich zu einem Wettrennen steigerte. Eines Tages jedoch hielt ihn jemand an; sein Arm wurde von einem würdevollen Herrn ergriffen, der sich, als er den jungen Mann erkannt hatte, umwandte und ihn heftig atmend einholte.

»Signor Giovanni! Bleiben Sie doch stehen, mein junger Freund!« rief er. »Kennen Sie mich denn nicht mehr? Das könnte schon sein, wenn ich mich ebenso verändert hätte wie Sie.«

Es war Baglioni, dem Giovanni seit ihrem ersten Zusammentreffen ausgewichen war, da er befürchten mußte, der scharfsinnige Professor könne zu tief in seine Geheimnisse eindringen. Um Fassung ringend, starrte er wild aus seiner inneren Welt hinaus in die äußere und sagte, wie in einem Traum befangen: »Ja, ich bin Giovanni Guasconti. Und Sie sind Professor Pietro Baglioni. Doch jetzt lassen Sie mich gehen!«

»Noch nicht — noch nicht, Signor Giovanni Guasconti«, sagte

der Professor lächelnd, aber den Jüngling zugleich mit einem ernsten Blick musternd. »Wie? Bin ich Seite an Seite mit Ihrem Vater aufgewachsen und soll nun seinen Sohn in diesen alten Straßen Paduas wie einen Fremden vorüberlassen? Bleiben Sie stehen, Signor Giovanni, denn wir müssen ein paar Worte wechseln, ehe wir auseinandergehen.«

»Dann aber schnell, hochverehrter Herr Professor, schnell!« sagte Giovanni mit fieberhafter Ungeduld. »Sehen Euer Gnaden denn nicht, daß ich es eilig habe?«

Während er noch sprach, kam ein schwarzgekleideter Mann die Straße entlang, vornübergebeugt und mit unsicheren Schritten wie ein Kranker. Sein Gesicht war ganz von einer kränklichen und fahlen Farbe überzogen, aber dennoch so stark vom Ausdruck eines durchdringenden und lebhaften Verstandes geprägt, daß ein Betrachter leicht die bloß physischen Merkmale hätte übersehen und nur diese wunderbare Kraft bemerken können. Im Vorübergehen wechselte diese Person einen kühlen und distanzierten Gruß mit Baglioni, richtete jedoch seine Augen mit solcher Schärfe auf Giovanni, als wollte er alles, was an diesem bemerkenswert war, genau erfassen. Nichtsdestoweniger lag in dem Blick eine eigentümliche Gelassenheit, die nur ein spekulatives, aber kein menschliches Interesse an dem jungen Mann zu verraten schien.

»Das ist Doktor Rappaccini!« flüsterte der Professor, als der Fremde vorbeigegangen war. »Hat er jemals zuvor Ihr Gesicht gesehen?«

»Nicht daß ich wüßte«, antwortete Giovanni, der bei dem Namen zusammengefahren war.

»Er *hat* Sie gesehen! Er muß Sie gesehen haben!« versetzte Baglione hastig. »Aus irgendeinem Grund sind Sie für diesen Mann der Wissenschaft ein Studienobjekt. Ich kenne diesen Blick an ihm. Er ist der gleiche, der sein Gesicht kalt erhellt, wenn er sich über einen Vogel, eine Maus oder einen Schmetterling beugt, die er bei der Durchführung irgendeines Experiments durch den Duft einer Blume getötet hat — ein Blick, so tief wie die Natur selber, aber ohne die wärmende Liebe der Natur. Signor Giovanni, ich setze mein Leben dagegen, daß Sie das Objekt in einem Experiment Rappaccinis sind!«

»Wollen Sie mich zum Narren halten?« rief Giovanni leidenschaftlich aus. »Dies, Signor Professor, wäre ein ungehöriges Experiment.«

»Geduld, nur Geduld!« entgegnete der Professor unbeirrt. »Ich sage Ihnen, mein armer Giovanni, daß Rappaccini ein wissenschaftliches Interesse an Ihnen hat. Sie sind in schreckliche Hände gefallen! Und die Signora Beatrice? Welche Rolle spielt sie in diesem mysteriösen Vorgang?« Doch hier riß sich Guasconti los, weil er Baglionis Hartnäckigkeit unerträglich fand, und er war schon verschwunden, bevor ihn der Professor abermals am Arm packen konnte. Dieser sah dem jungen Mann aufmerksam nach und schüttelte den Kopf.

»Das darf nicht sein«, sagte Baglioni zu sich selber. »Der Jüngling ist der Sohn meines alten Freundes, und ihm soll kein Leid geschehen, von dem ihn die Elixiere der Heilkunst bewahren können. Im übrigen ist es eine unerhörte Unverschämtheit von Rappaccini, mir den Burschen gewissermaßen aus den Händen zu reißen und ihn für seine teuflischen Experimente zu benutzen. Und dann seine Tochter! Man muß auf der Hut sein. Vielleicht, hochgelehrter Rappaccini, kann ich dich dort treffen, wo du nicht einmal im Traum daran denkst!«

Unterdessen war Giovanni auf Umwegen weitergewandert und stand schließlich vor der Tür seiner Wohnung. Als er die Schwelle betrat, begegnete ihm die alte Lisabetta, die schmunzelte und offenkundig darauf bedacht war, seine Aufmerksamkeit zu erregen — allerdings vergebens, denn die Aufwallung seiner Gefühle war vorübergehend einer kalten, dumpfen Leere gewichen. Er wandte den Blick voll dem verwelkten Gesicht zu, das sich zu einem Lächeln verzog, schien es jedoch nicht wahrzunehmen. Die alte Dame hielt ihn deshalb am Mantel fest. »Signore! — Signore!« flüsterte sie, noch immer übers ganze Gesicht lächelnd, so daß es einer grotesken, in Jahrhunderten nachgedunkelten Holzschnitzerei nicht unähnlich sah. »Hören Sie, Signore! Es gibt einen privaten Eingang zum Garten!«

»Was sagen Sie da?« rief Giovanni und drehte sich schnell um, als ob ein lebloser Gegenstand jäh zu fieberischem Leben erwacht wäre. »Ein privater Eingang zu Doktor Rappaccinis Garten?«

»Pst! pst! — nicht so laut!« wisperte Lisabetta, indem sie ihm ihre Hand auf den Mund legte. »Ja, in den Garten des ehrwürdigen Doktors, wo sie alle seine schönen Gewächse sehen können. So mancher junge Mann in Padua würde Gold dafür geben, wenn er Zugang zu diesen Blumen fände.« Giovanni drückte ihr ein Goldstück in die Hand.

»Zeigen Sie mir den Weg!« sagte er.

Ein Verdacht, wahrscheinlich geweckt durch seine Unterredung mit Baglioni, fuhr ihm durch den Kopf, daß nämlich das Eingreifen der alten Lisabetta vielleicht mit der Intrige, welcher Art sie auch sei, zusammenhängen könne, in die nach Ansicht des Professors Doktor Rappaccini ihn hineinzuziehen trachtete. Doch obwohl ein solcher Argwohn Giovanni verwirrte, war er nicht geeignet, ihn zurückzuhalten. Sobald er die Möglichkeit erkannte, sich Beatrice zu nähern, erschien es ihm absolut lebensnotwendig, dies zu versuchen. Es war ihm gleichgültig, ob sie ein Engel oder ein Dämon war; er befand sich unwiderruflich in ihrem Bann und mußte dem Gesetz gehorchen, das ihn in immer enger werdenden Kreisen einem Ziel entgegenwirbelte, welches er nicht vorauszuahnen wagte. Und doch befiel ihn seltsamerweise plötzlich ein Zweifel, ob sein starkes Interesse ihn nicht täuschte — ob es wirklich so tief und aufrichtig war, daß es ihm das Recht gab, sich jetzt auf eine unberechenbare Situation einzulassen —, ob es nicht nur die Phantasievorstellung eines jugendlichen Gehirns war, die bloß oberflächlich oder überhaupt nicht mit seinem Herzen in Beziehung stand!

Er blieb stehen — zögerte — drehte sich halb um — ging dann aber weiter. Seine verrunzelte Führerin geleitete ihn durch mehrere finstere Gänge und schloß endlich die Tür auf, durch die, sobald sie sich auftat, der Anblick und das Geräusch raschelnder, im gebrochenen Sonnenlicht schimmernder Blätter drangen. Giovanni trat vor, und nachdem er sich einen Weg durch das Laubgewirr eines Busches gebahnt hatte, der mit seinen Ranken den verborgenen Eingang verhüllte, stand er unter seinem Fenster, auf dem freien Platz in Doktor Rappaccinis Garten.

Wie oft kommt es vor, daß wir uns, wenn Unmögliches geschieht und Träume ihre flüchtige Substanz zu greifbarer Wirklichkeit verdichten, gelassen, ja kalt-selbstbeherrscht inmitten von Umständen wiederfinden, deren Vorahnung uns in einen Taumel der Freude oder Qual versetzen würde. Dem Schicksal gefällt es, uns auf solche Weise zu hintergehen. Die Leidenschaft wählt sich selber die Zeit aus, wann sie auf die Bühne stürzen will, und hält sich träge zurück, wenn ein günstiges Zusammentreffen von Ereignissen ihren Auftritt zu fordern scheint. Genauso verhielt es sich jetzt mit Giovanni. Tag für Tag hatte sein fieberndes Blut in den Pulsen gepocht bei dem unwahrscheinlichen Gedanken, mit Beatrice zu sprechen, ihr von Angesicht zu Angesicht in ebendiesem Garten gegenüberzustehen, eingetaucht in das orientalische Sonnenlicht ihrer Schönheit, und ihrem unverstellten Blick das Geheimnis zu entreißen, das er für das Rätsel seines eigenen Daseins hielt. Doch jetzt war seine Brust von einem sonderbaren und unangemessenen Gleichmut erfüllt. Er ließ seinen Blick über den Garten schweifen, um festzustellen, ob Beatrice oder ihr Vater zugegen sei, und als er erkannt hatte, daß er allein war, begann er die Pflanzen kritisch zu untersuchen.

Er betrachtete sie samt und sonders mit Unbehagen; ihre Pracht erschien ihm wild, hemmungslos und sogar unnatürlich. Da gab es kaum ein Gewächs, von dem ein Wanderer, der einsam durch einen Wald streift, nicht entsetzt zurückweichen würde, wenn er es wild wachsend anträfe, so als starre ihn ein unirdisches Gesicht aus dem Dickicht an. Manche würden ein zartfühlendes Gemüt durch den Schein der Künstlichkeit abstoßen, denn sie ließen auf eine solche Vermischung, ja gleichsam auf ein so ehebrecherisches Verhalten verschiedener Pflanzenarten schließen, daß das Ergebnis nicht mehr Gottes Schöpfung war, sondern die monströse Ausgeburt einer verderbten menschlichen Phantasie, die nur auf eine böswillige Verhöhnung der Schönheit aus war. Sie waren wahrscheinlich das Resultat von Versuchen, bei denen es in einigen Fällen gelungen war, Pflanzen, die an und für sich lieblich waren, zu einer Mischung von jener fragwürdigen und unseligen Art zu vereinen, die für die gesamte Vegetation des Gartens bezeichnend war. Kurzum, Giovanni erkannte nur zwei oder drei Pflanzen der Sammlung, und diese gehörten, wie er sehr wohl wußte, giftigen

Arten an. Während er noch eifrig mit solchen Betrachtungen beschäftigt war, vernahm er das Rascheln eines seidenen Gewandes und, sich umwendend, erblickte er Beatrice, die gerade aus dem reliefgeschmückten Portal heraustrat.

Giovanni hatte sich keine Gedanken darüber gemacht, wie er sich verhalten solle; ob er sich wegen seines Eindringens in den Garten entschuldigen müßte oder ob er so tun sollte, als befinde er sich hier mit dem geheimen Einverständnis, wenn nicht gar auf Wunsch von Doktor Rappaccini oder dessen Tochter. Doch Beatrices Benehmen beruhigte ihn, obwohl es ihn noch immer im Zweifel darüber ließ, auf wessen Betreiben er hier Zugang erlangt hatte. Sie schritt leichtfüßig den Pfad entlang und traf neben dem verfallenen Brunnen mit ihm zusammen. Ihr Gesicht verriet Überraschung, die sich jedoch bald durch einen schlichten und freundlichen Ausdruck der Freude aufhellte.

»Sie sind ein Blumenkenner, Signore«, sagte Beatrice lächelnd und spielte damit auf den Strauß an, den er ihr aus dem Fenster zugeworfen hatte. »Es ist deshalb nicht verwunderlich, daß der Anblick der kostbaren Sammlung meines Vaters Sie gereizt hat, sie sich einmal näher anzuschauen. Wenn er hier wäre, könnte er Ihnen viele merkwürdige und interessante Dinge über das Wesen und die Lebensgewohnheiten dieser Gewächse erzählen, denn er hat sich ein Leben lang mit solchen Forschungen befaßt, und dieser Garten ist seine Welt.«

»Und Sie selber, mein Fräulein«, bemerkte Giovanni, »auch Sie kennen sich, wenn man dem Gerede glauben darf, gründlich aus mit den Eigenschaften, welche diese reichen Blüten und diese würzigen Wohlgerüche anzeigen. Wenn Sie sich herabließen, meine Lehrerin zu werden, so würde ich mich als ein tüchtigerer Schüler erweisen, als wenn mich Signor Rappaccini persönlich unterwiese.«

»Gibt es solche müßigen Gerüchte?« fragte Beatrice, die ihre Worte mit der Musik eines freundlichen Lachens begleitete. »Meinen die Leute wirklich, ich sei bewandert in der Pflanzenwissenschaft meines Vaters? Was für ein Witz! Nein; obgleich ich zwischen diesen Blumen aufgewachsen bin, kenne ich von ihnen nicht mehr als ihre Farben und Düfte; und manchmal kommt es mir vor, als würde ich selbst diese geringen Kenntnisse gern wieder loswerden. Es gibt viele Blumen hier, und zwar ganz unauffällige, die mich erschrecken und beleidigen, wenn mein Blick auf sie fällt. Doch bitte, Signore, glauben Sie nicht diese Geschichten über mein Wissen! Glauben Sie von mir nichts, was Sie nicht mit eigenen Augen sehen!«

»Und muß ich alles glauben, was ich mit eigenen Augen gesehen habe?« fragte Giovanni anzüglich, während ihn die Erinnerung an die voraufgegangenen Szenen schaudern ließ. »Nein, Signorina, Sie verlangen zu wenig von mir. Heißen Sie mich nichts glauben, außer was von Ihren eigenen Lippen kommt!«

Es schien, als habe Beatrice ihn verstanden. Eine tiefe Röte schoß in ihre Wangen, aber sie sah Giovanni offen in die Augen und erwiderte seinen unbehaglich argwöhnischen Blick so hoheitsvoll wie eine Königin.

»Ich bitte Sie darum, Signore!« entgegnete sie. »Vergessen Sie alles, was Sie sich in bezug auf mich eingebildet haben. Es mag zwar den äußeren Sinnen wahr erscheinen, kann aber dennoch in seinem Wesen falsch sein. Doch die Worte, die von Beatrice Rappaccinis Lippen kommen, gelangen wahr aus den Tiefen des Herzens nach außen. Ihnen können Sie glauben!!«

Ein leidenschaftlicher Ernst durchglühte ihre ganze Erscheinung und strahlte auf Giovannis Bewußtsein aus wie das Licht der Wahrheit selber. Doch während sie sprach, war die Luft um sie her erfüllt von einem reichen und köstlichen, wenngleich flüchtigen Duft, den der junge Mann aus einem unbestimmten Widerwillen dennoch kaum in seine Lunge einzusaugen wagte. Es war vielleicht der Geruch der Blumen. Konnte es aber nicht auch Beatrices Atem sein, der ihre Worte mit einer seltsamen Kraft erfüllte, als hätte sie ihn mit ihrem Herzblut durchtränkt? Eine Schwäche überkam Giovanni wie ein Schatten und verging wieder; es war ihm, als blicke er durch die schönen Augen des Mädchens in ihre durchsichtige Seele, und seine Zweifel und Ängste verflogen.

Der Anflug der Leidenschaft, der Beatrices Verhalten bestimmt hatte, verschwand; sie gab sich jetzt heiter und schien an dem Umgang mit dem Jüngling ein reines Vergnügen zu finden, ganz wie ein Mädchen auf einer einsamen Insel empfinden mag, wenn es sich mit einem Reisenden aus der zivilisierten Welt unterhält. Augenscheinlich waren ihre Lebenserfahrungen auf den Umkreis dieses Gartens beschränkt. Sie sprach nun über so einfache Dinge wie das Tageslicht oder die Sommerwolken und stellte Fragen, die sich auf die Stadt oder auf Giovannis ferne Heimat, seine Freunde, seine Mutter und seine Schwestern bezogen — Fragen, in denen sich eine solche Abgeschiedenheit und ein solcher Mangel an Vertrautheit mit Gebräuchen und Gegenständen kundtaten, daß Giovanni ihr antwortete wie einem kleinen Kind. Ihr Geist verströmte vor ihm wie ein frisches Bächlein, das gerade den ersten Sonnenstrahl auffängt und sich über die Spiegelbilder der Erde und des Himmels wundert, die auf seine Oberfläche fallen. Doch es stiegen auch Gedanken aus einer tiefen Quelle auf und juwelengleich funkelnde Phantasien, als ob Diamanten und Rubine mit den Blasen des Brunnenwassers emporsprudelten. Hin und wieder durchzuckte die Seele des jungen Mannes ein Gefühl der Verwunderung, daß er Seite an Seite mit dem Wesen schritt, das seine Vorstellungskraft so stark beeinflußt, das er sich in solchen Schreckensfarben ausgemalt und in dem er so eindeutige Anzeichen furchtbarer Eigenschaften beobachtet hatte — und daß er sich nun mit Beatrice wie ein Bruder unterhielt und sie ihm so menschlich und mädchenhaft vorkam. Derartige Überlegungen währten indes nicht lange; die Ausstrahlung ihres Charakters war zu real, als daß er einem nicht sogleich vertraut gewesen wäre.

Unter solch freimütigen Gesprächen waren sie durch den Garten gewandert und nach mancherlei Umwegen bei dem verfallenen Brunnen angelangt, neben dem der prachtvolle Busch mit seinem Reichtum glühender Blüten stand. Er verströmte einen Duft, in dem Giovanni den gleichen erkannte, den er Beatrices Atem zugeschrieben hatte, nur daß er unvergleichlich viel kräftiger war. Als ihr Blick auf den Busch fiel, bemerkte Giovanni, wie sie ihre Hand an den Busen preßte, als ob ihr Herz plötzlich pochte.

»Zum erstenmal in meinem Leben«, murmelte sie, zu dem Busch gewandt, »habe ich dich vergessen!«

»Ich erinnere mich, Signorina«, sagte Giovanni, »daß Sie mir neulich versprochen haben, mich mit einem dieser lebenden Edelsteine für den Strauß zu belohnen, den ich, vor Glück kühn geworden, Ihnen vor die Füße geworfen habe. Gestatten Sie mir, daß ich mir jetzt als Andenken an diese Begegnung einen abpflücke.«

Mit ausgestreckter Hand machte er einen Schritt auf den Busch zu. Doch Beatrice stürzte vor und stieß einen Schrei aus, der ihm wie ein Dolch durchs Herz fuhr. Sie ergriff seine Hand und zog sie mit der ganzen Kraft ihrer schmalen Gestalt zurück. Giovanni erschauerte bei ihrer Berührung bis in die letzte Faser.

»Fassen Sie ihn nicht an!« rief sie mit einer Stimme voller Todesangst. »Nicht um Ihr Leben! Er bringt Unheil!«

Damit entfloh sie, ihr Gesicht verhüllend, und verschwand in dem reliefgeschmückten Portal. Als Giovanni ihr mit den Augen folgte, gewahrte er die abgezehrte Gestalt und das bleiche durchgeistigte Gesicht Doktor Rappaccinis, der — wer weiß, wie lange schon — im Schatten des Eingangs die Szene beobachtet hatte.

Kaum war Guasconti allein in seinem Zimmer, als das Bild Beatrices in seine leidenschaftlich aufgewühlten Gedanken zurückkehrte, erfüllt von all dem Zauber, der es umgab, seit er sie zum erstenmal erblickt hatte, und nun gleichermaßen durchdrungen von der milden Wärme mädchenhafter Fraulichkeit. Sie war ein Mensch: In ihrer Natur waren alle sanften weiblichen Eigenschaften vereint; sie war im höchsten Maße verehrungswürdig; sie war gewiß der größten und heroischen Liebe fähig. Jene Zeichen, die er bislang als Beweise für eine erschreckende Absonderlichkeit ihrer körperlichen und moralischen Verfassung angesehen hatte, waren nunmehr entweder vergessen oder hatten sich dank der subtilen Selbsttäuschung der Leidenschaft in eine goldene Zauberkrone verwandelt, die Beatrice um so bewundernswerter machte, je einzigartiger sie war. Was häßlich gewirkt hatte, war jetzt schön, oder es schlich sich, falls ein solcher Wandel nicht gelang, davon und verbarg sich unter jenen formlosen Halbgedanken, die sich in dem dunklen Bereich jenseits des Tageslichts unseres vollen Bewußtseins zusammendrängen. So verbrachte er die Nacht und schlief nicht eher ein, als bis die Morgendämmerung die schlummernden Blumen in Doktor Rappaccinis Garten aufzuwecken begann, wohin die Träume Giovanni unfehlbar führten. Die Sonne ging auf zu der ihr vorgeschriebenen Zeit, und als ihre Strahlen auf die Lider des jungen Mannes fielen, erwachte er mit einem Gefühl des Schmerzes. Sobald er hellwach war, verspürte er ein Brennen und Stechen in der Hand — in der rechten Hand — in jener Hand also, die Beatrice mit der ihrigen ergriffen hatte, als er eine der juwelengleichen Blüten pflücken wollte. Auf dem Rücken dieser Hand war jetzt ein purpurnes Mal, wie der Abdruck von vier schmalen Fingern, und am Handgelenk das Zeichen eines schlanken Daumens sichtbar.

Oh, wie eigensinnig hält doch die Liebe — oder selbst das heimtückische Trugbild der Liebe, das in der Phantasie erblüht, aber im Herzen keine tiefen Wurzeln schlägt —, wie eigensinnig hält sie an ihrem Glauben fest, bis der Augenblick kommt, da sie sich in dünnen Nebel auflösen muß! Giovanni wickelte ein Taschentuch um die Hand und fragte sich, was für ein böses Wesen ihn wohl gestochen haben mochte, doch vergaß er bald seinen Schmerz, weil er wieder seinem Traum von Beatrice nachhing.

Auf die erste Begegnung folgte eine zweite im unausweichlichen Ablauf dessen, was wir Schicksal nennen. Eine dritte; eine vierte; und schließlich war das Zusammensein mit Beatrice im Garten kein besonderes Ereignis mehr in Giovannis Alltag, sondern machte gleichsam den ganzen Zeitraum aus, in dem er lebte; denn die Vorfreude auf diese verzückte Stunde und die Erinnerung an sie füllten den Rest seiner Tage aus. Nicht anders erging es auch Rappaccinis Tochter. Sie wartete auf das Erscheinen des Jünglings und flog mit so vorbehaltlosem Vertrauen an seine Seite, als ob sie seit frühester Kindheit Spielgefährten gewesen wären — als ob sie immer noch solche Spielgefährten wären. Wenn ihn ein ungewöhnlicher Zufall daran hinderte, zur verabredeten Zeit zu kommen, stand sie unter seinem Fenster und ließ den lieblichen Klang ihrer Stimme emporsteigen, der ihn in seinem Zimmer umschwebte und in seinem Herzen widerhallte: »Giovanni! Giovanni! Warum zögerst du? Komm herunter!« — und er eilte hinab in dieses Paradies der giftigen Blumen.

Doch trotz all dieser innigen Vertrautheit lag in Beatrices Benehmen eine gewisse Zurückhaltung, die sie so streng und unveränderlich beibehielt, daß der Gedanke, sie zu durchbrechen, ihm kaum kam. Nach allen erkennbaren Zeichen zu urteilen, liebten sie einander; Liebe sprach aus ihren Augen, die das heilige Geheimnis aus den Tiefen der einen Seele in die Tiefen der anderen übertragen, als wäre es zu kostbar, um einem beiläufigen Flüstern anvertraut zu werden; Liebe lag auch in ihren Worten, in jenen Ausbrüchen der Leidenschaft, da aus ihrem Herzen geformte Laute hervorbrachen wie die Zungen einer lange verborgenen Flamme; und doch hatte es kein Lippensiegel, keinen Händedruck und nicht einmal die leiseste Liebkosung gegeben, wie sie die Liebe fordert und heiligt. Er hatte noch nie eine ihrer schimmernden Locken berührt; ihr Kleid — so streng war beider Körper durch eine Schranke getrennt — hatte ihn noch nie in einem Windhauch gestreift. In den wenigen Fällen, in denen Giovanni versucht zu sein schien, die Grenze zu überschreiten, wurde Beatrice so traurig, so ernst, und ihr Gesicht nahm dann einen Ausdruck so hoffnungsloser, vor sich selbst schauernder Einsamkeit an, daß kein gesprochenes Wort nötig war, ihn zurückzuhalten. In solchen Augenblicken erschrak er über den furchtbaren Verdacht, der gleich einem Ungeheuer aus den Höhlen seines Herzens aufstieg und ihm ins Gesicht starrte, seine Liebe wurde dann schwach und matt wie der Morgennebel; nur seine Zweifel hatten noch Gewicht. Doch wenn sich Beatrices Gesicht nach dieser flüchtigen Beschattung aufhellte, ging in dem rätselhaften undurchsichtigen Wesen, das er mit soviel Scheu und Entsetzen betrachtet hatte, eine jähe Verwandlung vor; sie war nun wieder das schöne und ungekünstelte Mädchen, und er fühlte, daß sein Geist sie mit einer Sicherheit kannte, die alles andere Wissen überstieg.

Geraume Zeit war unterdessen seit Giovannis letzter Begegnung mit Baglioni vergangen. Eines Morgens wurde er jedoch unangenehm überrascht durch einen Besuch des Professors, an den er seit Wochen kaum gedacht hatte und den er gerne noch länger vergessen hätte. Da er sich so lange einer ihn völlig beherrschenden Erregung überlassen hatte, ertrug er keine anderen Menschen, es sei denn, sie nähmen uneingeschränkt Anteil an seinem gegenwärtigen Gefühlszustand. Doch eine solche Anteilnahme war von Professor Baglioni nicht zu erwarten.

Der Besucher plauderte ein Weilchen unbekümmert über den Klatsch, der in der Stadt und in der Universität umging, und wandte sich dann einem anderen Thema zu.

»Ich habe kürzlich einen alten Klassiker gelesen«, sagte er, »und dabei bin ich auf eine Geschichte gestoßen, die mich sonderbar gefesselt hat. Vielleicht kennen Sie sie. Sie handelt von einem indischen Prinzen, der Alexander dem Großen eine schöne Frau als Geschenk sandte. Sie war so lieblich wie die Morgenröte und so prächtig wie der Sonnenuntergang; doch was sie besonders auszeichnete, war ein gewisser köstlicher Wohlgeruch ihres Atems — köstlicher als ein Garten voll persischer Rosen. Alexander verliebte sich, wie es einem jugendlichen Eroberer wohl ansteht, auf den ersten Blick in diese wunderbare Fremde. Doch ein zufällig anwesender weiser Arzt entdeckte ein furchtbares Geheimnis, das diese Frau betraf.«

»Und worin bestand es?« fragte Giovanni, der die Augen niederschlug, um denen des Professors auszuweichen.

»Daß diese schöne Frau«, fuhr Baglioni mit Nachdruck fort, »seit ihrer Geburt mit Giften genährt worden war, bis sich ihr ganzer Organismus damit so vollgesogen hatte, daß sie selber zum tödlichsten Gift wurde, das es je gegeben hat. Gift war ihr Lebenselement. Mit dem köstlichen Hauch ihres Atems verpestete sie selbst die Luft. Ihre Liebe wäre Gift gewesen! Ihre Umarmung der Tod! Ist das nicht eine wunderliche Geschichte?«

»Eine kindische Fabel«, erwiderte Giovanni, der nervös von seinem Stuhl aufsprang. »Ich wundere mich, daß Euer Gnaden neben Ihren ernsthafteren Studien noch Zeit finden, solchen Unsinn zu lesen.«

»Übrigens«, versetzte der Professor, der sich beunruhigt umschaute, »was für ein sonderbarer Duft ist in Ihrer Wohnung? Ist das der Geruch Ihrer Handschuhe? Er ist schwach, aber köstlich und trotzdem durchaus nicht angenehm. Wenn ich ihn länger einatmen müßte, würde mir vermutlich übel. Er ist wie der Duft einer Blume — aber ich sehe nirgendwo Blumen im Zimmer.«

»Es sind auch keine da«, entgegnete Giovanni, der bei den Worten des Professors blaß geworden war, »und es gibt, glaube ich, hier auch keinen Duft, außer in Eurer Gnaden Einbildung. Gerüchte, die ja eine Art Element aus sinnlichen und geistigen

Bestandteilen sind, täuschen uns gern auf diese Weise. Die Erinnerung an einen Duft, ja die bloße Vorstellung eines solchen, kann leicht für bare Wirklichkeit gehalten werden.«

»Gewiß; aber meine nüchterne Einbildungskraft spielt mir nur selten einen solchen Streich«, sagte Baglioni, »und wenn ich mir schon irgendeinen Geruch einbilde, dann ist es bestimmt der einer scheußlichen Arznei, der höchstwahrscheinlich an meinen Fingern haftet. Unser verehrungswürdiger Freund Rappaccini versetzt, wie ich gehört habe, seine Medikamente mit Essenzen, die köstlicher sind als die Wohlgerüche Arabiens. Ebenso wird zweifellos die schöne und gelehrte Signorina Beatrice ihren Patienten Tränke verabreichen, die so süß sind wie der Atem einer Jungfrau. Aber wehe dem, der sie schluckt!«

In Giovannis Gesicht spiegelten sich viele widerstreitende Empfindungen. Der Ton, in dem der Professor auf die reine und liebliche Tochter Rappaccinis angespielt hatte, war eine Folter für seine Seele; und dennoch verlieh die angedeutete Auffassung ihres Charakters, die seiner eigenen widersprach, mit einemmal tausend vagen Verdächtigungen einen festen Umriß, die ihn nun angrinsten wie ebenso viele Dämonen. Doch er gab sich alle Mühe, sie zu unterdrücken und Baglioni mit dem unerschütterlichen Glauben eines wahren Liebenden zu antworten.

»Signor Professor«, sagte er, »Sie waren der Freund meines Vaters — vielleicht haben Sie die Absicht, sich auch seinem Sohn gegenüber freundlich zu erweisen. Ich möchte Ihnen keine anderen Gefühle entgegenbringen als Ehrerbietung und Ergebenheit. Aber ich bitte Sie zu bedenken, Signore, daß es ein Thema gibt, über das wir uns nicht unterhalten sollten. Sie kennen die Signorina Beatrice nicht. Sie können deshalb nicht das Unrecht — ich könnte sogar sagen, die Lästerung — ermessen, das man ihrem Charakter durch ein leichtfertiges oder verletzendes Wort antut.«

»Giovanni! Mein armer Giovanni!« erwiderte der Professor mit einer sanften Miene des Mitleids. »Ich kenne dieses unglückliche Mädchen weit besser als Sie. Sie werden jetzt die Wahrheit über den Giftmischer Rappaccini und seine giftige Tochter erfahren. Ja, sie ist ebenso giftig wie schön! Hören Sie mich an; denn selbst wenn Sie meinem grauen Haar Gewalt antun sollten, so werden Sie mich damit nicht zum Schweigen bringen. Die alte Fabel von der indischen Frau ist durch die tiefe und tödliche Wissenschaft Rappaccinis und in der Person der holden Beatrice Wirklichkeit geworden!«

Giovanni stöhnte und verbarg sein Gesicht in den Händen.

»Ihr Vater«, fuhr Baglioni fort, »ließ sich durch natürliche Zuneigung nicht davon abhalten, sein Kind auf diese entsetzliche Weise seinem krankhaften Wissensdrang zu opfern. Denn er ist — wir wollen ihm Gerechtigkeit widerfahren lassen — ein so wahrer Wissenschaftler wie jeder, der jemals sein eigenes Herz in einer Retorte destilliert hat. Welches Schicksal steht nun aber Ihnen bevor? Ohne jeden Zweifel sind Sie als Material für irgendein neues Experiment ausersehen. Vielleicht wird der Tod das Resultat sein — vielleicht aber auch ein noch furchtbareres Geschick! Wenn Rappaccini das vor Augen hat, was er das Interesse der Wissenschaft nennt, schreckt er vor nichts zurück!«

»Das ist ein Traum!« murmelte Giovanni vor sich hin. »Es ist bestimmt nur ein Traum!«

»Aber«, versetzte der Professor, »seien Sie guten Mutes, Sohn meines Freundes! Für die Rettung ist es noch nicht zu spät. Möglicherweise gelingt es uns sogar, dieses unselige Kind in die Grenzen der normalen Natur zurückzubringen, denen ihres Vaters Wahnsinn sie entfremdet hat. Betrachten Sie dieses kleine Silbergefäß! Der berühmte Benvenuto Cellini hat es mit eigener Hand gearbeitet, und es ist gewiß würdig, der schönsten Dame in Italien als Liebesgabe überreicht zu werden. Doch sein Inhalt ist von unschätzbarem Wert. Ein einziger kleiner Schluck dieses Gegengifts hätte die stärksten Gifte der Borgias unschädlich gemacht. Zweifeln Sie nicht, daß es gegen die eines Rappaccini genauso wirksam sein wird. Schenken Sie das Gefäß und die darin enthaltene kostbare Flüssigkeit Ihrer Beatrice, und warten Sie das Ergebnis hoffnungsvoll ab.«

Baglioni legte eine kleine, kunstvoll gearbeitete Silberphiole auf den Tisch und zog sich zurück, damit das, was er gesagt hatte, seine Wirkung auf das Gemüt des jungen Mannes tun möge.

»Wir werden Rappaccini schon noch in die Quere kommen!« sagte er kichernd zu sich selber, als er die Treppe hinabstieg. »Aber wenn wir die Wahrheit über ihn bekennen sollen, so ist er ein wunderbarer Mann! — Wirklich ein wunderbarer Mann! Allerdings auch ein schändlicher Empiriker in seinen Methoden und darum untragbar für all jene, welche die guten alten Regeln des ärztlichen Berufs achten!«

Seit Giovanni mit Beatrice bekannt war, hatten ihn zuweilen, wie gesagt, dunkle Zweifel an ihrem Charakter geplagt. Doch sie hatte sich ihm so eindringlich als ein schlichtes, natürliches, höchst liebevolles und argloses Geschöpf zu erkennen gegeben, daß ihm das Bild, das Professor Baglioni entworfen hatte, so fremd und unglaubwürdig vorkam, als befände es sich nicht in Übereinstimmung mit seiner eigenen ursprünglichen Auffassung. Gewiß, es verbanden sich häßliche Erinnerungen mit dem Augenblick, in dem er das schöne Mädchen zum erstenmal flüchtig gesehen hatte; er konnte nicht völlig den Blumenstrauß vergessen, der in ihrer Hand welkte, und auch nicht das Insekt, das augenscheinlich durch keine andere Einwirkung als den Duft ihres Atems in der sonnigen Luft verendet war. Aber diese Vorfälle, die sich im lauteren Licht ihres Charakters auflösten, besaßen nicht mehr die Beweiskraft von Tatsachen, sondern waren inzwischen als fehlgedeutete Phantasien erkannt worden, durch welches Zeugnis der Sinne sie auch scheinbar bestätigt worden sein mochten. Es gibt etwas, was wahrer und wirklicher ist als das, was wir mit den Augen sehen und mit dem Finger berühren können. Auf solche besseren Beweise hatte Giovanni sein Vertrauen in Beatrice gegründet, auch wenn er sich dabei eher von der bezwingenden Macht ihrer guten Eigenschaften als von einem tiefen und großmütigen Glauben auf seiner Seite bestimmen ließ. Doch nunmehr vermochte sich sein Geist nicht mehr auf der Höhe zu halten, zu der ihn der anfängliche Enthusiasmus der Leidenschaft emporgetragen hatte; er sank hinab, wühlte im Schmutz irdischer Zweifel umher und besudelte damit die lichte Reinheit von Beatrices Bild. Nicht, daß er sie aufgegeben hätte; er war nur von Mißtrauen erfüllt. Er beschloß, sie einer entscheidenden Probe zu unterwerfen, die ihm ein für allemal Gewißheit darüber verschaffen sollte, ob es in ihrer physischen Natur jene schrecklichen Eigenarten gab, von denen man annehmen mußte, daß sie ohne eine entsprechende Entartung der Seele nicht existieren konnten. Was die Eidechse, das

Insekt und die Blumen betraf, so hätten ihn bei der großen Entfernung seine Augen täuschen können. Wenn er jedoch in einem Abstand von nur wenigen Schritten das plötzliche Absterben einer einzigen frischen und gesunden Blume in Beatrices Hand beobachten könnte, dann wäre jede weitere Frage überflüssig. Mit diesem Gedanken eilte er zum Blumenladen und erstand einen Strauß, auf dem noch die Juwelen der morgendlichen Tautropfen funkelten. Es war die gewohnte Stunde der täglichen Zusammenkunft mit Beatrice. Ehe Giovanni in den Garten hinabstieg, versäumte er es nicht, seine Gestalt im Spiegel zu betrachten — eine Eitelkeit, die bei einem schönen jungen Mann zu erwarten war, die aber, da sie in diesem aufgeregten und fieberhaften Augenblick zutage trat, auf eine gewisse Oberflächlichkeit des Gefühls und Unaufrichtigkeit des Charakters hindeutete. Jedenfalls blickte er in den Spiegel und sprach zu sich selber, daß nie vorher seine Züge eine so reiche Anmut, seine Augen ein solches Feuer und seine Wangen einen so warmen Schimmer überschäumenden Lebens besessen hatten.

»Zumindest«, sagte er sich, »ist ihr Gift noch nicht in meinen Organismus eingedrungen. Ich bin keine Blume, die in ihrer Hand verdorrt!«

Bei diesem Gedanken wandte er seinen Blick auf den Strauß zu, den er noch nicht aus der Hand gelegt hatte. Ein Schauer unbeschreiblichen Entsetzens durchzuckte seinen Körper, als er bemerkte, daß die betauten Blumen bereits die Köpfe hängen ließen; sie sahen aus wie etwas, was tags zuvor noch frisch und lieblich gewesen war. Giovanni wurde bleich wie Marmor und stand regungslos vor dem Spiegel, in dem er sein Abbild anstarrte wie die Erscheinung eines Ungeheuers. Ihm fiel Bagliónis Bemerkung über den Duft ein, der angeblich das Zimmer erfüllte. Es mußte das Gift in seinem Atem gewesen sein! Dann schauderte ihn vor sich selbst! Aus seiner Erstarrung erwachend, beobachtete er mit neugierigen Augen eine Spinne, die eifrig damit beschäftigt war, ihr Netz am altertümlichen Gesims des Zimmers aufzuhängen, und das kunstvolle Gewebe der sich kreuzenden Fäden so tatkräftig und lebhaft hin und her spann wie nur je eine Spinne, die von einer alten Decke herabbaumelte. Giovanni beugte sich dem Tier entgegen und hauchte tief und lange seinen Atem aus. Die Spinne hielt plötzlich in ihrer Arbeit inne; das Netz erzitterte unter einem Beben, das vom Körper der kleinen Künstlerin ausging. Noch einmal stieß Giovanni seinen Atem aus, tiefer, länger und durchsetzt mit einem giftigen Gefühl, das aus seinem Herzen kam; er wußte nicht, ob es aus Bosheit oder aus Verzweiflung geschah. Die Spinne zuckte krampfhaft mit den Gliedern und hing tot über dem Fenster.

»Verfluchter! Verfluchter!« murmelte Giovanni, sich selber anredend. »Bist du schon so giftig geworden, daß dieses widerliche Tier durch deinen Atem verendet?«

Im selben Augenblick stieg der Klang einer vollen, süßen Stimme aus dem Garten empor: »Giovanni! Giovanni! Die Stunde ist schon angebrochen! Warum zögerst du? Komm herab!«

»Ja«, murmelte Giovanni wieder. »Sie ist das einzige Geschöpf, das mein Atem nicht umbringen kann! Ich wollte, er könnte es!«

Er stürzte hinunter und stand einen Augenblick später vor Beatrices leuchtenden und liebevollen Augen. Eben noch waren sein Zorn und seine Verzweiflung so heftig aufgeflackert, daß er nichts sehnlicher gewünscht hätte, als sie mit einem Blick zu vernichten. Doch in ihrer unmittelbaren Gegenwart wurden Einflüsse spürbar, die zu wirklich waren, als daß er sie sogleich hätte abschütteln können: Erinnerungen an die zarte und gütige Macht ihrer weiblichen Natur, die ihn so oft in fromme Ruhe eingehüllt hatte; Erinnerungen an so viele heilige und leidenschaftliche Ergießungen ihres Herzens, wenn die lautere Quelle aus ihren Tiefen hervorbrach und sich in ihrer Klarheit seinem inneren Auge zu erkennen gab; Erinnerungen, welche Giovanni, wenn er sie zu schätzen gewußt hätte, davon überzeugt haben würden, daß dieses ganze häßliche Geheimnis nichts als eine irdische Täuschung und die wahre Beatrice ein himmlischer Engel war, trotz des Nebels des Bösen, der sich über ihr zusammengezogen zu haben schien. Auch wenn er zu solch hohem Glauben nicht fähig war, so hatte ihre Gegenwart doch noch nicht gänzlich ihren Zauber verloren. Giovannis Wut wurde herabgemildert zu einem Ausdruck düsterer Empfindungslosigkeit. Mit ihren wachen Sinnen spürte Beatrice sofort, daß sich zwischen ihnen ein schwarzer Abgrund aufgetan hatte, den weder er noch sie zu überschreiten vermochten. Sie gingen nebeneinander her, traurig und schweigsam, und kamen so zu dem Marmorbrunnen und zum Teich, in dessen Mitte der Busch mit den juwelengleichen Blüten wuchs. Giovanni erschrak, als ihm bewußt wurde, mit welchem Genuß — ja, mit welchem Heißhunger — er den Duft der Blumen einatmete.

»Beatrice«, fragte er unvermittelt, »woher stammt dieses Gewächs?«

»Mein Vater hat es erschaffen«, antwortete sie einfach.

»Erschaffen! Erschaffen!« wiederholte Giovanni. »Was meinst du damit, Beatrice?«

»Er ist auf eine erschreckende Weise vertraut mit den Geheimnissen der Natur«, entgegnete Beatrice, »und in derselben Stunde, in der ich den ersten Atemzug tat, brach diese Pflanze aus der Erde hervor, der Sproß seiner Wissenschaft, seines Geistes, während ich nur sein irdisches Kind war. Komm ihr nicht zu nah!« fuhr sie fort, als sie mit Schrecken bemerkte, daß Giovanni sich dem Busch nähern wollte. »Sie besitzt Eigenschaften, von denen du kaum etwas ahnst. Aber ich, liebster Giovanni — ich wuchs auf und erblühte mit dieser Pflanze und wurde genährt mit ihrem Atem. Sie war meine Schwester, und ich liebte sie mit menschlicher Zuneigung dann — ach! hast du es nicht vermutet? — da war ein furchtbares Verhängnis.«

Hier blickte Giovanni sie so finster an, daß sie innehielt und zu zittern begann. Doch ihr Glaube an seine zärtliche Liebe beruhigte sie wieder und ließ sie erröten, weil sie einen Augenblick an ihm gezweifelt hatte. »Da war ein furchtbares Verhängnis«, fuhr sie fort, »die Folge von meines Vaters unseliger Liebe zur Wissenschaft, die mich am Umgang mit meinesgleichen hinderte. Bis der Himmel mir dich gesandt hat, liebster Giovanni — oh, wie einsam war deine arme Beatrice!«

»War das ein schlimmes Verhängnis?« fragte Giovanni.

»Erst seit kurzem weiß ich, wie schlimm es war«, erwiderte sie zärtlich. »O ja, aber mein Herz war erstarrt und darum ruhig.«

Aus Giovannis düsterer Bedrücktheit brach seine Wut hervor wie ein Blitzstrahl aus einer dunklen Wolke.

»Verflucht!« schrie er voll bösartigem Hohn und Ingrimm. »Und weil dir deine Einsamkeit lästig war, hast du mich ebenfalls von der Wärme des Lebens getrennt und in dein Reich der unaussprechlichen Schrecken gelockt!«

»Giovanni!« rief Beatrice und wandte ihre großen leuchtenden Augen seinem Gesicht zu. Die Gewalt seiner Worte hatte ihre Seele noch nicht erreicht; sie war nur wie vom Donner gerührt. »Ja, du giftiges Geschöpf!« fuhr Giovanni fort, vor Erregung außer sich. »Das hast du getan! Du hast mich zugrunde gerichtet! Du hast meine Adern mit Gift gefüllt! Du hast aus mir eine ebenso hassenswerte, häßliche, widerliche und todbringende Kreatur gemacht, wie du selber bist — ein Weltwunder von ungeheuerlicher Abscheulichkeit! Nun, wenn uns schon das Glück beschieden ist, daß unser Atem auf uns selber genauso tödlich wirkt wie auf andere, wollen wir unsere Lippen in einem einzigen Kuß unsäglichen Hasses vereinen und so sterben!«

»Was ist über mich gekommen?« murmelte Beatrice, und ein leises Stöhnen entrang sich ihrer Brust. »Heilige Jungfrau, erbarme dich meiner, eines armen Kindes mit gebrochenem Herzen!«

»Du! Du betest?« rief Giovanni, noch immer mit dem gleichen teuflischen Hohn. »Sogar die Gebete, die von deinen Lippen kommen, verpesten die Luft mit Tod. Ja, ja; laß uns beten! Gehen wir zur Kirche und tauchen wir unsere Finger in das geweihte Wasser am Portal! Die nach uns kommen, werden dann sterben wie an der Pest. Laß uns das Kreuzzeichen in der Luft machen! Sie wird den Fluch in der Gestalt des heiligen Symbols überallhin verbreiten!«

»Giovanni«, sagte Beatrice ruhig, denn ihr Gram überstieg ihre Leidenschaft, »warum machst du dich mit mir gemein durch diese schrecklichen Worte? Ich, das ist wahr, ich bin das entsetzliche Wesen, als das du mich bezeichnest. Aber du! — was brauchst du anderes zu tun, als dich schaudernd von meinem gräßlichen Elend abzuwenden, fortzugehen aus diesem Garten, dich unter Menschen deines Schlages zu mischen und zu vergessen, daß auf Erden jemals ein solches Ungeheuer umherkroch wie die arme Beatrice?«

»Willst du dich unwissend stellen?« fragte Giovanni, der sie finster betrachtete. »Sieh her! Diese Macht verdanke ich der reinen Tochter Rappaccinis!« Ein Schwarm sommerlicher Insekten schwirrte durch die Luft auf der Suche nach Nahrung, die ihnen die Blumendüfte des verhängnisvollen Gartens verhießen. Sie umkreisten Giovannis Kopf und wurden offensichtlich aus dem gleichen Grund von ihm angezogen, der sie einen Augenblick lang in den Bannkreis verschiedener Büsche gelockt hatte. Er hauchte sie mit seinem Atem an und lächelte Beatrice bitter zu, als mindestens zwanzig Insekten tot zu Boden fielen.

»Ich sehe es! Ich sehe es!« schrie Beatrice auf. »Das ist die todbringende Wissenschaft meines Vaters! Nein, nein, Giovanni; ich war es nicht! Niemals, niemals! Ich habe nur davon geträumt, dich zu lieben und eine Weile mit dir zusammenzusein und dich dann gehen zu lassen, um nur dein Bild in meinem Herzen zu behalten. Denn, Giovanni, glaube mir, wenn auch mein Körper mit Gift ernährt worden sein mag, mein Geist ist Gottes Schöpfung und verlangt nach Liebe wie nach dem täglichen Brot. Doch mein Vater! — er hat uns in diesem entsetzlichen Bund der Sympathie vereint. Ja, verachte mich! — zertritt mich! — töte mich! Oh, was bedeutet schon der Tod nach solchen Worten aus deinem Mund? Aber ich war es nicht! Nicht um eine Welt der Wonne hätte ich das tun können!«

Giovannis leidenschaftliche Erregung hatte sich in ihrem Ausbruch erschöpft. Jetzt überkam ihn ein Gefühl der Trauer, vermischt mit Zärtlichkeit, über die innige und einzigartige Verbindung zwischen Beatrice und ihm. Sie standen da, gleichsam umfangen von einer äußersten Einsamkeit, die auch der heftigste Andrang menschlichen Lebens nicht hätte verschlimmern können. Doch hätte nicht die Wüste der Menschheit ringsum dieses verlassene Paar enger zusammenschließen müssen? Wenn die beiden grausam zueinander waren, wer sollte dann freundlich zu ihnen sein? Im übrigen, so dachte Giovanni, bestand denn für ihn nicht noch die Hoffnung, in die Grenzen der gewöhnlichen Natur zurückzukehren und dabei Beatrice — die erlöste Beatrice — an der Hand zu führen? O schwacher und selbstsüchtiger und unwürdiger Geist, der noch von der Möglichkeit einer irdischen Vereinigung und eines irdischen Glücks träumen konnte, nachdem eine so tiefe Liebe wie die Beatrices durch Giovannis zerstörerische Worte so bitter geschmäht worden war! Nein, nein; eine solche Hoffnung konnte es nicht geben. Beatrice mußte mit gebrochenem Herzen traurig die

Schwelle der Zeitlichkeit überschreiten — sie mußte ihre Wunden in einer Quelle des Paradieses kühlen und ihren Gram im Licht der Unsterblichkeit vergessen — und *dort* wieder gesunden!

Aber Giovanni wußte das nicht.

»Liebe Beatrice«, sagte er und trat auf sie zu, während sie wie stets bei seiner Annäherung zurückwich, doch diesmal aus einem anderen Grund, »liebste Beatrice, unser Schicksal ist noch nicht ganz so aussichtslos. Schau! Hier habe ich eine Arznei, die, wie mir ein weiser Arzt versichert hat, mächtig und fast göttlich in ihrer Wirkung ist. Sie besteht aus Ingredienzien, die jenen, mit denen dein entsetzlicher Vater dieses Unheil über dich und mich gebracht hat, genau entgegengesetzt sind. Sie wurde aus geweihten Kräutern destilliert. Sollten wir sie nicht gemeinsam trinken und uns so von allem Bösen befreien?«

»Gib sie mir!« sagte Beatrice, die Hand nach der kleinen Silberphiole ausstreckend, die Giovanni aus seinem Busen zog. Mit besonderem Nachdruck fügte sie hinzu: „Ich will davon trinken — aber warte du das Ergebnis ab.«

Sie setzte Baglionis Gegengift an die Lippen, doch im selben Augenblick trat Rappaccinis Gestalt aus dem Portal hervor und kam langsam auf den Marmorbrunnen zu. Als der bleiche Mann der Wissenschaft sich näherte, schien er den schönen Jüngling und das Mädchen mit triumphierender Miene zu betrachten, wie ein Künstler, der sein Leben damit verbracht hat, ein Bild oder eine Statue zu schaffen, und am Ende mit seinem Erfolg zufrieden ist. Er blieb stehen — sein gebeugter Körper straffte sich in einer bewußten Anstrengung, und er breitete seine Hände über den beiden aus mit der Gebärde eines Vaters, der Segen auf seine Kinder herabfleht. Aber es waren dieselben Hände, die Gift in den Strom ihres Lebens geträufelt hatten! Giovanni zitterte. Beatrice erschauerte nervös und preßte eine Hand an ihr Herz.

»Meine Tochter«, sagte Rappaccini, »du bist nicht mehr einsam in der Welt! Pflücke einen dieser kostbaren Edelsteine von deiner Schwesterpflanze und fordere deinen Bräutigam auf, ihn an seiner Brust zu tragen. Das wird ihm jetzt nicht mehr schaden! Meine Wissenschaft und die Sympathie zwischen dir und ihm haben so tief auf seinen Organismus eingewirkt, daß er nun nichts mehr gemein hat mit gewöhnlichen Männern, so wie du, Tochter meines Stolzes und meines Triumphes, nichts mehr mit gewöhnlichen Frauen gemein hast. So wandert denn weiter durch die Welt, einander in höchster Liebe zugetan, doch allen anderen Menschen ein Grauen!«

»Mein Vater«, sagte Beatrice mit schwacher Stimme — und während sie sprach, hielt sie noch immer die Hand auf ihr Herz gepreßt —, »warum hast du dieses elende Schicksal über dein Kind verhängt?«

»Elend!« rief Rappaccini aus. »Was meinst du damit, törichtes Mädchen? Hältst du es für ein Elend, daß du mit wunderbaren Gaben bedacht bist, gegen die keines Feindes Gewalt oder Stärke etwas ausrichten kann? Elend, daß du imstande bist, den Mächtigsten mit einem Atemzug zu vernichten? Elend, daß du ebenso schrecklich wie schön bist? Möchtest du denn lieber in der Lage einer schwachen Frau sein, die allem Übel ausgesetzt und zu keinem fähig ist?«

»Ich wäre gern geliebt und nicht gefürchtet worden", murmelte Beatrice, zu Boden sinkend. »Doch darauf kommt es jetzt nicht mehr an; ich gehe dorthin, Vater, wo das Böse, das du meinem Wesen einzuflößen bestrebt warst, vergehen wird wie ein Traum — wie der Duft dieser giftigen Blumen, der inmitten der Blumen des Paradieses meinen Atem nicht mehr verpesten wird. Lebe wohl, Giovanni! Deine haßerfüllten Worte sind wie Blei in meinem Herzen — aber auch sie werden von mir abfallen, wenn ich emporsteige. Oh, war nicht von Anfang an mehr Gift in deiner Natur als in der meinen?«

Da für Beatrice — so gründlich hatte Rappaccinis Kunst auf ihre irdische Hülle eingewirkt — Gift Leben bedeutet hatte, bedeutete das mächtige Gegengift ihren Tod. Und so starb das arme Opfer des menschlichen Scharfsinns, der hintergangenen Natur und jenes Verhängnisses, das alle solche Versuche entarteten Wissens begleitet, zu ihres Vaters und Giovannis Füßen. In diesem Augenblick schaute Professor Pietro Baglioni aus dem Fenster und rief mit einer Stimme, in der sich Triumph und Entsetzen mischten, dem wie vom Donner gerührten Mann der Wissenschaft zu: »Rappaccini! Rappaccini! Ist *dies* das Ergebnis Ihres Experiments?«

JOSEPH SHERIDAN LE FANU

Junker Tobys Testament

Keiner schrieb im 19. Jahrhundert bessere Geistergeschichten als J. Sheridan Le Fanu, der berühmte irische Romancier, Kurzgeschichtenautor und Dichter. Sein Werk hatte einen starken Einfluß auf nachfolgende Meister der Erzählung des Übernatürlichen wie M. R. James, Algernon Blackwood und H. Russell Wakefield. Diese Geschichte über die Rache eines Geistes zählt zu seinen besten — und das macht sie in der Tat zu etwas Hervorragendem.

Manch einer, der zur Zeit der Postkutsche die alte Straße zwischen York und London benützt hat, wird sich entsinnen, daß er auf der Fahrt zur Hauptstadt, vielleicht an einem Herbsttag zu früher Abendstunde, etwa drei Meilen südlich der Stadt Applebury und eineinhalb Meilen vor dem Wirtshaus ›Zum Alten Engel‹ an einem großen schwarzweißen Fachwerkhaus vorbeikam, verfallen und verwittert, mit breiten Gitterfenstern, deren kleine Butzenscheiben in der Abendsonne funkelten, umstanden von uralten Ulmen. Ein breiter Weg, heute von Gras und Unkraut überwuchert wie ein Kirchhof, gesäumt von Doppelreihen der gleichen finsteren, riesenhaften Bäume, deren feierliches Spalier manche Lücke aufweist, führt, da und dort von einem umgestürzten Baum versperrt, zu seinem Tor.

Blickt man vom Fenster einer Postkutsche, wie ich es oft getan, den dunklen, unbelebten Weg hinab, sieht man so viele Zeichen der Leere und Verlassenheit — Grasbüschel, welche aus Ritzen der Treppen und Fenstersimse sprießen, rauchlose Schornsteine, über welchen Dohlen ihre Kreise ziehen, das Fehlen jeder Spur menschlichen Lebens —, daß man sogleich erkennt: das Haus ist unbewohnt und dem Verfall anheimgegeben. Der Name dieses uralten Gutes ist Gylingden Hall. Hohe Hecken und dichtes Laubwerk entziehen es alsbald dem Blick, und etwa eine Viertelmeile weiter taucht, eingebettet zwischen finstere Bäume, die Ruine einer kleinen Kapelle auf, die undenklich lange Zeiten der Familie Marston als Begräbnisstätte diente und gleich dem Wohnhaus verödet und verfallen ist.

Die erhabene Düsternis des abgeschiedenen Tales von Gylingden, welches, still wie ein verwunschener Wald, einem wilden, unberührten Reiche gleicht, beherrscht von Krähen, welche zu ihren Schlafplätzen zwischen den Bäumen huschen, und scheu unter ihren Zweigen hervorlugenden Rehen, läßt Gylingden Hall noch trostloser erscheinen.

Seit vielen Jahren wurde nichts instand gesetzt; das Dach ist stellenweise abgedeckt und bedürfte dringlichst der Ausbesserung. An jener Seite des Hauses, welche den Stürmen ausgesetzt ist, die durch das Tal fegen wie ein reißender Sturzbach durch sein Bett, ist kein Fenster heil, und die Läden halten nur unvollkommen den Regen ab. Die Wände und Decken sind voll Schimmel und feuchter grüner Flecken. Da und dort fallen Tropfen von der Decke, und die Dielenbretter faulen. In stürmischen Nächten kann man, berichtete mir der Wächter, das Klappern der Türen in dem alten Haus und das Heulen und Schluchzen des Windes in seinen leeren Gängen bis zur alten Gryston-Brücke hören.

Vor etwa siebzig Jahren starb der alte Gutsherr, Junker Toby Marston, weithin in jenem Teil des Landes berühmt wegen seiner Hunde, seiner Gastfreundschaft und seiner Laster. Er hatte gute Taten vollbracht und Zweikämpfe ausgefochten; er hatte seine Leute mit Geld beschenkt und mit der Pferdepeitsche durchgeprügelt. Ihm folgten einige Segenswünsche und viele Flüche, und er hinterließ einen Berg von Schulden und Lasten auf dem Besitz, zum Entsetzen seiner Söhne, die, ohne jede Neigung zu Geschäften, bis zum Tode des gottlosen, freigebigen, frevlerischen Edelmannes nie geahnt hatten, wie nahe er das Gut dem Bankrott gebracht.

Sie trafen sich in Gylingden Hall. Vor ihnen lag das Testament, und ihre Advokaten wiesen sie rückhaltlos auf die Verpflichtungen hin, welche der Verblichene ihnen aufgebürdet hatte. Das Testament war derart abgefaßt, daß es die beiden Brüder sogleich in Todfeindschaft stürzen mußte.

Die Brüder unterschieden sich in mancher Hinsicht; doch einen Zug, welcher auch ihrem toten Vater eigen gewesen war, hatten sie gemeinsam. Sie begannen keinen Streit mit halbem Herzen, und hatten sie ihn einmal aufgenommen, kannten sie kein Maß.

Der ältere und gefährlichere der beiden, Scroope Marston, hatte nie des Junkers Gunst besessen. Er hatte keinen Hang zur Jagd und zu den Freuden des Landlebens. Er war kein Athlet und sein Äußeres durchaus nicht ansehnlich. Dies alles erregte des Junkers Groll. Der Junge, der ihm keinerlei Respekt entgegenbrachte und, als er ins Mannesalter kam, auch die Furcht vor seiner Roheit überwand, erwiderte dieses Gefühl. So schlug die Abneigung des bösen Alten denn in offenen Haß um. Er schimpfte den schwächlichen, buckligen Scroope oft einen Nichtsnutz, der besseren Männern aus dem Wege gehen möge — womit er seinen jüngeren Sohn Charles meinte; und wenn er viel getrunken hatte, sprach er in einer Weise, die selbst die alten und jungen Kumpane, welche bei der Jagd seinen Hunden folgten und seinen Portwein tranken und einiges an Brutalität gewohnt waren, erschreckte.

Scroope Marston war leicht verwachsen, und er hatte gleich vielen körperlich Mißgestalteten ein fahles, mageres Gesicht, stechende schwarze Augen und glattes schwarzes Haar.

»Ich bin nicht der Vater dieser buckligen Kreatur, dieser verdammten widerlichen Spinne«, pflegte der Alte auszurufen und damit auf die dünnen, langen Glieder seines Sohnes anzuspielen: »Charlie ist ein Mann, doch der da ist bloß ein Hanswurst. Er hat keinen Verstand und kein Geschick und ist kein Mann; nicht eine Spur von einem Marston ist in ihm.«

Und war er stockbetrunken, konnte es sein, daß der Alte schwor, er werde ihn »von seinem Tische jagen, den schwarzen Lump mit seinem Axtgesicht«. Schön Charlie sei der rechte Mann für Gylingden Hall. Er verstünde sich gut auf Pferde und vertrage einen ordentlichen Schluck und sei ein Marston vom Scheitel bis zur Sohle.

Doch mit Schön Charlie geriet der Alte gleichfalls zuweilen hart aneinander. Er konnte nicht allein die Zunge schwer im Zaum halten, sondern war auch schnell mit seiner Pferdepeitsche bei der Hand, und schien ihm keine dieser beiden Waffen die rechte, so hatte er manchen seiner Kumpane schon die Fäuste schmecken lassen. Es kam jedoch die Zeit, da Schön Charlie nicht mehr willens war, seine Züchtigungen hinzunehmen; und eines Abends, als der Port in Strömen floß, kam die Rede auf Marion Hayward, des Müllers Tochter, welche der Alte aus irgendeinem Grund nicht mochte. Sternhagelvoll und somit dem Gebrauch der Fäuste mehr zugeneigt als dem des Hirns, schlug er, zum Erstaunen aller Gäste, auf Schön Charlie ein. Der Junge warf gewandt den Kopf zurück, und die Weinkaraffe zerschellte auf dem Boden. Allein, das Blut des alten Junkers kochte, und er fuhr hoch von seinem Stuhl. Da sprang, entschlossen, sich zu wehren, auch Schön Charlie auf. Der gleichfalls angetrunkene Junker Lilbourne wollte dazwischentreten. Er fiel der Länge nach zu Boden, und die Splitter zerschnitten ihm das Ohr. Schön Charlie fing den Schlag ab, welchen ihm der Alte mit offener Hand versetzte, packte ihn am Halstuch und schleuderte ihn mit dem Rücken an die Wand. Man sagt, der Alte sei noch nie so purpurrot gewesen, noch habe man ihn je derart die Augen rollen sehen; jedoch Schön Charlie hielt ihn fest und drückte ihn mit beiden Armen an die Wand.

»Nun hör schon auf — komm, laß mich los. Red keinen solchen Unsinn, dann brauchst du keine Prügel zu fürchten«, krächzte der alte Junker. »Komm, Junge, gib mir deine Hand, wir wollen uns wieder setzen.« So endete der Streit; und es war, soviel ich weiß, das letztemal, daß der Junker gegen Schön Charlie seine Hand erhob.

Doch diese Zeiten waren nun vorbei. Der alte Toby Marston lag kalt und still unter der mächtigen Esche in der verfallenen Kapelle, in der so viele von der alten Marston-Sippe wieder zu Staub geworden waren. Die morschen, schmutzigen Stiefel, die ledernen Reithosen, der Dreispitz, welchen alte Edelmänner in jenen Tagen zu tragen pflegten, die weitbekannte rote Weste, welche bis unter seine Hüften reichte, und das Hundsgesicht des alten Junkers verfielen der Vergessenheit. Die beiden Brüder, zwischen die er so tiefen Haß gesät, saßen heftig streitend in ihren neuen schwarzen, noch faltenlosen Röcken am Tisch des großen eichenen Saals, der einst so oft widerhallte von den

Scherzen und rauhen Liedern, den Flüchen und dem Lachen der Kumpane, welche der alte Junker von Gylingden Hall hier zu versammeln liebte.

Die jungen Herren, in Gylingden Hall herangewachsen, waren nicht gewohnt, ihre Zungen zu hüten, und sie scheuten auch nicht lange vor einem Schlag zurück. Keiner der beiden hatte am Begräbnis des Alten teilgenommen. Der Tod hatte ihn unversehens überrascht. Nachdem man ihn, berauscht von Port und Punsch, in heiterer, schwatzhafter Laune zu Bett gebracht, wurde er am nächsten Morgen tot aufgefunden — sein Kopf hing aus dem Bett, und sein Gesicht war schwarz und aufgedunsen.

In seinem Testament sprach der Junker Gylingden Hall seinem älteren Sohne ab, obwohl es seit ewigen Zeiten stets dem Erstgeborenen zugefallen war. Scroope Marston war außer sich. Man hörte, wie er mit tiefer, zorniger Stimme dem toten Vater und dem lebendigen Bruder fluchte und seine Verwünschungen mit heftigen Schlägen auf den Tisch unterstrich. Auch Charlie erhob nun wütend seine Stimme, es flogen kurze Sätze zwischen ihnen hin und her, die beiden Stimmen schwollen immer lauter an, sodann verstärkten noch die mahnenden und beschwichtigenden Zwischenrufe der bestürzten Advokaten den Tumult, und schließlich fand die Konferenz ein jähes Ende. Scroope stürzte aus dem Saal; mit seinem bleichen, zornigen Gesicht, das weiß von seinem langen schwarzen Haar abstach, seinen blitzenden Augen, seinen geballten Fäusten wirkte er linkischer und häßlicher denn je.

Es scheint, daß überaus verletzende Worte zwischen ihnen fielen, denn Charlie war, obgleich er Sieger blieb, fast ebenso außer sich wie Scroope. Der ältere Bruder war entschlossen, um den Besitz des Gutes vor Gericht zu streiten, doch seine Advokaten rieten ihm davon ab. So fuhr er, Gift und Galle speiend, nach London und suchte die Firma auf, die seines Vaters Besitztümer verwaltet hatte. Man sah in den Kontrakten nach und stellte fest, daß Gylingden von der gesetzlichen Erbfolge ausgenommen war. Das schien sehr seltsam, doch dem war so, und somit stand das Recht des alten Junkers, testamentarisch darüber zu verfügen, außer Frage.

Scroope, racheschnaubend und durchaus bereit, sich selbst zu ruinieren, wenn es ihm nur gelang, seinen Bruder zu vernichten, verklagte dessen ungeachtet Schön Charlie und legte Junker Tobys Testament dem Prärogativgericht vor, und außerdem einem gewöhnlichen Gerichtshof. So weitete die brüderliche Fehde sich aus, und die Erbitterung beider stieg von Tag zu Tag.

Scroopes Klagen wurden abgewiesen, und die Niederlage besänftigte ihn nicht. Mag sein, daß Charlie ihm seine harten Worte verziehen hätte; doch bei manchen der Scharmützel und Gefechte dieses langen Krieges, in dem die Marston-Brüder einander als Gegner gegenüberstanden, hatte er allzu tiefe Wunden davongetragen, und auch die Höhe der Gerichtskosten tat das ihre, ihn, einen Mann mit durchaus eingeschränkten Mitteln, zu erzürnen. Dahin flogen die Jahre und brachten keinen Frieden auf ihren Flügeln. Im Gegenteil, der Haß fraß sich im Lauf der Zeit noch tiefer. Keiner der Brüder heiratete. Dann stieß dem jüngeren, Charlies Marston, ein Unglück zu, das ihm auch noch den Rest an Lebensfreude nahm.

Es war ein böser Sturz von seinem Jagdpferd. Er erlitt verschiedene Brüche und eine Erschütterung des Gehirns, und eine Weile schien es, als werde er nicht mehr gesund. Den schlimmen Prophezeiungen zum Trotz genas er zwar, doch hatte dieser Unfall wesentliche Folgen. Eine Hüftverletzung verurteilte ihn dazu, dem Reiten zu entsagen, und so versiegte eine Quelle, aus welcher er stets neue Kraft geschöpft, für immer.

Er befand sich fünf Tage lang in einem Zustand absoluter Empfindungslosigkeit, und als sein Bewußtsein wiederkehrte, befiel ihn eine unsagbare Angst.

Tom Cooper, der schon in den glorreichen Zeiten Gylingden Halls, unter dem alten Junker Toby, Butler gewesen war, verharrte auch in diesen Tagen schwindenden Glanzes und sparsamen Haushaltens mit altmodischer Treue auf seinem Posten. Zwanzig Jahre waren seit dem Tode seines alten Herrn verstrichen. Er war nun hager und gebeugt, sein Gesicht, runzlig und zerfurcht, hatte das dunkle Braun des Alters, und er gab sich, außer gegenüber seinem Herrn, mürrisch und verdrossen.

Sein Herr fuhr zur Kur nach Bath und Buxton und kehrte hinkend wie zuvor zurück, düster auf einen Stock gestützt. Mit dem Verkauf des Jagdpferdes schwand das letzte, was an das alte Leben auf Gylingden Hall gemahnte. Der junge Herr, wie man Charles noch immer nannte, zog sich, seit ihn sein Mißgeschick gezwungen hatte, die Jagd aufzugeben, gänzlich zurück und hinkte langsam und allein, selten nur den Blick vom Boden hebend und mit einer Miene, die von tiefster Schwermut kündete, in dem alten Haus herum.

Der alte Cooper durfte sich gelegentlich die Freiheit nehmen, ganz unverhohlen mit seinem Herrn zu reden; und eines Tages sagte er, als er ihm in der Halle Hut und Stock reichte: »Ihr solltet Euch ein wenig zusammenraffen, Master Charles!«

»Für mich gibt's kein Zusammenraffen mehr, mein guter Cooper.«

»Ich glaube, mit Verlaub gesagt: Es liegt Euch etwas auf der Seele, und Ihr wollt zu niemandem darüber reden. Es tut nicht gut, dergleichen in sich hineinzufressen. Ihr würdet Euch viel leichter fühlen, wenn Ihr es mir erzähltet. Nun sagt, was ist es, Master Charlie?«

Der Junker blickte mit seinen runden grauen Augen offen in Coopers Augen. Ein Gefühl erfüllte ihn, als sei ein Bann gebrochen. Es erging ihm wie dem Geist in jener alten Sage, welcher nicht sprechen kann, solange ihn nicht jemand anspricht. Er blickte dem alten Cooper einige Sekunden ernst ins Gesicht und seufzte tief.

»Es ist nicht das erstemal in deinem Leben, Cooper, daß die Wahrheit du errätst, und ich bin sehr froh, daß du mich angesprochen hast. Du hast ganz recht, es liegt mir etwas auf der Seele, die ganze Zeit schon seit dem Unfall. Komm hier herein und schließ die Tür.«

Der Junker stieß die Tür des Eichensaales auf und ließ den Blick versunken über die Gemälde schweifen. Er war sehr lange nicht in diesem Raum gewesen, und als er an dem großen Tisch Platz genommen hatte, betrachtete er Cooper wieder eine Weile, bevor er sprach.

»Es ist gar keine große Sache, Cooper, doch sie bedrückt mich, und mit dem Pfarrer oder Doktor möchte ich nicht darüber reden; Gott weiß, was sie dazu sagen würden, obwohl es nichts von Bedeutung ist. Du hingegen warst der Familie stets treu ergeben, und ich glaube, dir kann ich mein Vertrauen schenken.«

»Das könnt Ihr, Master Charles. Bei Cooper ist's so sicher, als sperrtet Ihr's in eine Kiste und versenktet es in einem Brunnen.«

»Es ist nur dies«, fuhr Charles Marston fort und blickte auf die Spitze seines Stocks, mit welchem er Linien und Kreise auf den Boden malte. »Die ganze Zeit, die ich, wie ihr glaubtet, nach dem Unfall wie tot darniederlag, war ich mit dem alten Herrn beisammen . . .« Er hob, während er sprach, den Kopf und sah Cooper wiederum an, und wiederholte dann in qualvollem Ton: »— ich war mit ihm beisammen, Cooper!«

»Er war ein guter Mensch, Master Charles, auf seine Art«, erwiderte Cooper mit ehrfurchtsvollem Blick. »Er war mir ein guter Herr und Euch ein guter Vater, und ich hoffe, er ist selig. Gott schenke ihm den ewigen Frieden!«

»Gewiß«, sprach Junker Charles, »es ist nur dies: Ich war die ganze Zeit bei ihm, oder er war bei mir — ich weiß nicht, was. Das Wesentliche ist, wir waren beisammen, und ich fürchtete, ihm nie mehr zu entrinnen, und all die Zeit hat er mich bedrängt und wollte irgend etwas von mir; doch hinge gar mein Leben davon ab, Tom Cooper — seit jenem Augenblick, da ich erwachte, kann ich mich einfach nicht erinnern, was es war; ich gäbe diese Hand drum, es zu wissen; und wenn du zu wissen glaubst, was es sein könnte — um Christi willen! Hab keine Angst, Tom Cooper, sag's frei heraus, denn er drohte mir fürchterlich, und ich hege keinen Zweifel, daß er's war.«

Er versank in Schweigen.

»Und was nehmt Ihr an, daß es gewesen sein könnte, Master Charles?« sagte Cooper.

»Ich habe nicht die leiseste Ahnung. Ich werde nie draufkommen — *nie*. Vielleicht, so dachte ich, hat er erfahren, daß Scroope, dieser vermaledeite bucklige Schuft, vor Richter Gingham schwor, wir hätten einen Kontrakt verschwinden lassen — ich und mein Vater; bei meinem Seelenheil, Tom Cooper, es gibt keine größere Lüge! Ich hätte ihn dieser Behauptung wegen verklagt; doch Richter Gingham tut nichts mehr für mich, seit auf Gylingden das Geld knapp geworden ist, und ich kann mich an keinen andern Richter wenden; ich schulde ihm schon so viel Geld. Gleichviel — er schwor, daß er mich deshalb hängen werde. Genau dies waren seine Worte: Er werde nicht ruhen, bevor er mich deshalb *gehängt* habe, und es mag sein, daß dies den alten Herrn nicht ruhen läßt. Es bringt mich noch um den Verstand, daß ich mich nicht daran erinnern kann. Nicht eines Wortes, das er sagte, kann ich mich entsinnen — ich weiß nur, daß er mir schrecklich drohte und daß er — Gott sei uns gnädig! — furchtbar böse blickte.«

»Dazu hat er doch keinen Grund. Möge der Herr ihm gnädig sein«, sagte der alte Butler.

»Nein, gewiß nicht. Du darfst aber keiner Seele etwas davon sagen, Cooper — hörst du, keiner Menschenseele.«

»Gott behüte!« sagte Cooper und schüttelte den Kopf. »Doch könnte es nicht sein, Sir, daß er empört ist, weil er nun so lange schon unter der Erde liegt, ohne daß ein Stein ihn deckt und ohne daß auch nur ein Wort davon kündet, wer er war?«

»O weh, daran dacht' ich gar nicht! Setz deinen Hut auf, Cooper, und begleite mich; ich werde sogleich danach sehen.«

Ein schmaler Seitenpfad, den ein kleines Tor sichert, führt durch den Park zu der malerischen kleinen Grabkapelle, die, umschlossen von uralten Bäumen, an der Straße steht. Es war ein schöner Herbstabend, und die untergehende Sonne warf fahlgoldene Strahlen und lange Schatten auf den Weg, als ›Schön Charlie‹ und der alte Butler langsam zu der Stätte wanderten, wo dereinst auch Schön Charlie seine ewige Ruhe finden sollte.

»Welcher unserer Hunde hat denn die ganze letzte Nacht so laut geheult?« fragte der Junker, als sie ein Stück gegangen waren.

»Es war ein fremder Hund vor dem Haus, Master Charlie; die unseren waren alle auf dem Hof — ein weißer Hund mit einem schwarzen Kopf, der schnuppernd um die kleine Treppe strich, die unser alter Herr, Gott hab' ihn selig, errichten ließ, als ihn damals sein Knie plagte. Als der Köter dann hinaufsprang und vor den Fenstern heulte, hätte ich am liebsten etwas nach ihm geworfen.«

»Holla! Ist er das etwa?« sagte der Junker.

Er blieb stehen und deutete mit seinem Stock auf einen schmutzigweißen Hund mit einem großen schwarzen Kopf, der in einem weiten Kreis um sie herumlief, halb kriechend, in jener scheuen, demütigen Haltung, die Hunde so gut einzunehmen verstehen.

Er pfiff dem Hund. Es war eine große, magere Bulldogge.

»Er hat, scheint's, einen weiten Weg hinter sich — seine Krallen sind ganz abgewetzt, und er ist dürr wie ein Stecken und ganz schmutzig«, sagte der Junker nachdenklich. »Es ist kein übler Hund, Cooper. Mein Vater schätzte gute Bulldoggen und wußte eine gute von einer schlechten wohl zu unterscheiden.«

Der Hund blickte mit der seiner Rasse eigenen grimmigen Miene zu ihm auf, und der Junker dachte respektlos, wie sehr doch sein Gesicht dem seines Vaters glich, wenn dieser, wütend seine Pferdepeitsche schwenkend, einen Knecht beschimpfte.

»Man sollte ihn erschießen. Er wird das Vieh ängstigen und unsere Hunde anfallen«, sagte der Junker. »Ich werde dem Hirten sagen, er soll aufpassen. Womöglich reißt er ein Schaf. Er soll sich nicht an meinem Hammelfleisch gütlich tun.«

Der Hund ließ sich jedoch nicht abschütteln. Er blickte dem Junker sehnsüchtig nach, und kaum hatten sie sich ein paar Schritte entfernt, folgte er ihnen zaghaft.

Vergebens suchten sie ihn zu vertreiben. Der Hund umkreiste sie in weitem Bogen, fast wie der Höllenhund in ›Faust‹; nur, daß er keinen Feuerstrudel nach sich zog. Er tat dies mit einer seltsam flehentlichen Miene, die das Objekt dieser wunderlichen Zuneigung schmeichelte und rührte. So rief ihn denn der Junker zu sich, streichelte ihn und nahm ihn so gewissermaßen an.

Der Hund trottete ihnen nun gehorsam nach, als sei Schön Charlie schon seit je sein Herr. Cooper sperrte die kleine eiserne Tür auf, und dicht von dem Hund gefolgt, begaben sie sich zu der kleinen dachlosen Kapelle.

Unter dem Boden dieses kleinen Baus lagen die Marstons aufgereiht. Es ist keine Gruft. Ein jeder hat sein eigenes Grab, von einer gemauerten Einfassung umschlossen. Auf jedem Grab liegt eine Steinplatte, auf deren oberem Teil der Name steht, nur auf dem des armen alten Junker Toby nicht. Über ihm war nichts als Gras und die gemauerte Einfassung, die bis zu diesem Tag der steinernen Platte harrte.

»Bei Gott, es sieht erbärmlich aus. Zwar wär's des älteren Bruders Sache, sich drum zu kümmern, doch wenn er's nicht tut, werde ich's besorgen, alter Junge. Am liebsten würde ich's tief in den Stein einmeißeln lassen, daß der ältere Bruder es versäumte.«

Sie verließen die Kapelle und schlenderten draußen eine Weile auf und nieder. Die Sonne war nun hinterm Horizont verschwunden, und die rote Glut der Wolken, die ihre Strahlen noch erhellten, gab dem Dämmerlicht etwas Unheimliches. Als Charlie noch einmal in die Kapelle lugte, sah er, daß der häßliche Hund ausgestreckt auf Junker Tobys Grab lag; er schien fast doppelt so lang als zuvor, und sein Gebaren ließ den jungen Junker erstaunt erstarren. Wer einmal sah, wie eine Katze sich, ein Sträußlein Baldrian in den Krallen, auf dem Boden streckt und windet und schnurrend und voll Wollust damit übers Maul streicht, der hat einen Begriff davon, welches Bild sich Schön Charlie bot.

Der Kopf des Tieres schien so groß, sein Leib so lang und dünn und seine Glieder waren so widerlich verrenkt, daß der Junker, neben sich den alten Cooper, nur einen Augenblick voll Ekel zusah; dann holte er mit seinem Stock aus und hieb darauf ein. Der Köter erwachte aus seiner Ekstase, sprang zum oberen Teil des Grabes, wandte sich, plötzlich wieder gedrungen und krummbeinig wie zuvor, zu dem Junker um, der am Fuß des Grabes stand, und starrte ihn schrecklich grinsend und mit grünen, funkelnden Augen an.

Im nächsten Augenblick kauerte der Hund unterwürfig zu des Junkers Füßen.

»Ein gräßliches Biest«, sagte Cooper und musterte ihn böse.

»Mir gefällt er«, erwiderte der Junker.

»Mir nicht.«

»Man darf ihn nur nicht wieder in die Kapelle lassen«, sagte der Junker.

»Es würde mich nicht wundern, wenn er eine Hexe wär'«, sagte der alte Cooper, der mancherlei Geschichten über Hexen kannte.

»Er ist ein guter Hund«, sagte der Junker versonnen. »Früher, als ich noch jagte, hätte ich viel für ihn gegeben — doch damit ist's ein für allemal vorbei. Komm her.«

Und er bückte sich und streichelte den Hund. Der sprang sogleich auf und blickte Charlie ins Gesicht, als suche er von seiner Miene abzulesen, was er tun solle.

Cooper gefiel auch nicht ein einziger Knochen unter der Haut dieses Hundes. Er begriff nicht, was sein Herr an ihm bewunderte. Er sperrte ihn die Nacht über in die Gewehrkammer, und der Hund folgte ihm auf Schritt und Tritt, wenn er hinkend das Haus durchstreifte. Je lieber ihn sein Herr gewann, um so mehr verabscheuten ihn Cooper und das andere Gesinde.

»Er hat nicht eine Spur von einem guten Hund an sich«, brummte Cooper. »Master Charlie muß einfach blind sein. Und Old Captain« (ein alter roter Papagei, der im Eichensaal angekettet auf einer Stange saß und den ganzen Tag mit sich selber plauderte und an seinen Krallen knabberte und in seine Stange biß) —, »Old Captain, der einzige im Haus außer einem oder zwei von uns und dem Junker selbst, der den alten Herrn noch kannte, der kreischte, sowie er den Hund erblickte, laut auf, sträubte erschrocken seine Federn, kippte von der Stange und krallte sich, von einem Krampf gepackt, mit seinen Füßen dran, der Arme.«

Doch über Geschmack läßt sich nicht streiten, und der Junker war einer jener Dickköpfe, die sich um so störrischer an ihre Grillen klammern, je mehr man sich bemüht, sie ihnen auszureden. Charles Marstons Lahmheit beeinträchtigte zunehmend sein Wohlbefinden. Der erzwungene Verzicht auf die gewohnte körperliche Bewegung und auf jegliche Anstrengung wirkte sich ungünstig auf seine Gesundheit aus. Äußerst lästige Störungen der Verdauung, deren Existenz er früher nie auch nur geahnt, plagten ihn oft. Sie waren sicher auch der Grund für seine häufigen Angst- und Schreckensträume. In ihnen kam stets der geliebte Hund vor, im allgemeinen oft als zentrale und oft auch alleinige Gestalt. In diesen Träumen schien er zu dem Junker aufs Bett zu springen und riesengroß ihm zu Füßen zu sitzen, grausig, ähnlich dem alten Junker Toby mit seinem Hundsgesicht, wie er den Kopf wiegte und das Kinn vorstreckte; und dann sprach er zu ihm über Scroope und sagte ihm, »es sei nicht alles ehrlich zugegangen« und er »müsse sich mit Scroope einigen«, und er, der alte Junker, habe ihn »schlecht beeinflußt«, »die

Zeit dränge« und »Recht müsse Recht bleiben« und »er mache sich um Scroope Sorgen«.

Dann näherte im Traum dies halbmenschliche Ungeheuer sein Gesicht dem seinen; es kroch, schwer wie Blei und sich wie auf des alten Junkers Grab streckend und abscheulich windend, an ihm herauf und legte den Kopf auf sein Gesicht, und Charlie erwachte mit einem lauten Schrei und in Schweiß gebadet, und starr aufgerichtet in seinem Bett sitzend, glaubte er zu sehen, wie etwas Weißes am Fuß des Bettes zu Boden glitt. Zuweilen dachte er, es sei der weiß gesäumte Vorhang seines Bettes oder die Decke, die er, erschrocken auffahrend, ins Rutschen gebracht hatte; doch stets war ihm in diesem Augenblick, als sähe er etwas Weißes rasch vom Bett hinuntergleiten; und immer, wenn ein solcher Traum ihn heimgesucht, war der Hund am nächsten Morgen ungewöhnlich zärtlich und servil, als wolle er durch besonders freundliche Begrüßung das Gefühl des Schauders, das die Schrecknisse der Nacht hinterlassen hatten, vertreiben.

Der Doktor beschwichtigte den Junker mit der Versicherung, daß solche Träume nichts Ungewöhnliches seien; sie würden durch Verdauungsstörungen sehr häufig ausgelöst.

Wie zur Erhärtung dieser Theorie tauchte der Hund für eine Weile nicht mehr in ihnen auf. Doch schließlich kam ein Traum, schrecklicher als alle anderen, in dem er wieder seinen alten Platz einnahm.

In diesem Alptraum schien das Zimmer fast völlig dunkel; er hörte, wie etwas, das nur der Hund sein konnte, langsam von der Tür auf sein Bett zuschlich und drum herum auf jene Seite, von der er immer auf das Bett gesprungen war. Ein Teil des Raums war ohne Teppich, und er hörte ganz deutlich an dem Scharren der Krallen, daß es die Schritte eines Hundes waren. Er schien zu schleichen, ganz leise und verstohlen, doch bei jedem Tritt erzitterte das ganze Zimmer; er spürte, wie sich etwas auf dem Fußteil des Bettes niederließ, und sah im Dunkeln zwei grüne Augen auf sich starren, von denen er den Blick nicht wenden konnte. Dann hörte er, so schien es ihm, den alten Junker Toby sagen — »Die elfte Stunde ist vorbei, Charlie, und du hast nichts getan — du und ich, wir haben uns an Scroope versündigt!« — und dann: »Du hast nicht mehr viel Zeit — gleich wird die Uhr schlagen.« Und mit einem langgezogenen tiefen Knurren kroch das Monstrum seine Beine herauf; er sah das Glühen seiner grünen Augen über der Bettdecke, als es sich langsam über seinen Leib seinem Gesicht entgegenschob.

Mit einem schrillen Schrei wachte er auf. Die Kerze, die der Junker seit einiger Zeit in seinem Schlafraum brennen ließ, war verlöscht. Er wagte nicht, sich zu erheben, ja nicht einmal im Zimmer sich umzusehen, so sicher war er, daß die grünen Augen ihn im Finstern von irgendeiner Ecke aus belauerten. Kaum hatte er sich von dem ersten Schreck erholt, den Alpträume zu hinterlassen pflegen, da schlug die Uhr zwölfmal. Gleich fielen ihm die Worte ein »Die elfte Stunde ist vorbei — gleich wird die Uhr schlagen!«, und Furcht stieg in ihm auf, die Stimme werde wieder sich erheben.

Als er am nächsten Morgen herunterkam, sah der Junker blaß und elend aus.

»Kennst du einen Raum, mein guter Cooper«, sagte er, »den man einst König Herodes' Kammer nannte?«

»Gewiß, mein Herr; als ich ein Knabe war, war ihre Wand mit einer Tapete verkleidet, welche die Geschichte König Herodes' zeigte.«

»Neben dieser Kammer ist ein kleines Kabinett, nicht wahr?«

»Das weiß ich nicht genau; doch es lohnt nicht, nachzusehen; die Tapete war verfault und löste sich schon von der Wand, bevor Ihr zur Welt kamt; heute ist nichts in jener Kammer als allerlei Gerümpel und ein paar zerbrochene Möbel. Ich sah damals, wie der arme Twinks sie hineinstellte. Ihr erinnert Euch doch an Twinks, den Diener, der auf einem Auge blind war? Er starb hier im Haus, in dem Winter, als soviel Schnee fiel. War eine Heidenarbeit, ihn zu begraben, den Armen!«

»Hol den Schlüssel, Cooper; ich will mir den Raum ansehen«, sagte der Junker.

»Was zum Teufel hofft Ihr denn darin zu finden?« sagte Cooper, das Vorrecht eines alten Butlers, gelegentlich sich keck zu zeigen, nützend.

»Was zum Teufel geht dich das an? Doch ich will's dir sagen. Ich mag nicht, daß der Hund in der Gewehrkammer nächtigt. Ich will ihn anderswo unterbringen. Warum nicht in dieser Kammer?«

»Eine Bulldogge in einem Schlafgemach! Beim Himmel, Herr, die Leute werden glauben, Ihr seid rein von Sinnen!«

»Bekümmere dich nicht um die Leute; hol den Schlüssel und laß uns die Kammer ansehen.«

»Ihr solltet ihn wirklich erschießen, Master Charlie. Wenn Ihr nur gehört hättet, was für einen Lärm er die ganze letzte Nacht in der Gewehrkammer machte. Er schlich knurrend auf und nieder wie ein Tiger in einem Käfig! Sagt, was Ihr wollt — der Hund ist nicht sein Futter wert; er ist ein schlechter Hund.«

»Ich verstehe mehr von Hunden als du — er ist ein guter Hund«, sagte der Junker ärgerlich. »Wenn Ihr ein Hunderichter wärt, würdet Ihr ihn hängen«, sagte Cooper.

»Ich werde ihn nicht hängen, Schluß damit. Geh jetzt und hol den Schlüssel. Aber erzähl dem Gesinde nichts davon. Vielleicht besinne ich mich doch noch eines andern.«

Dieser Einfall, König Herodes' Kammer zu besichtigen, hatte in Wahrheit einen völlig anderen Grund als jenen, den der Junker vorgab. Die Stimme in dem Alptraum hatte ihm eine Weisung erteilt, welche ihn verfolgte und ihm keine Ruhe lassen würde, solange er sich nicht überzeugte, was es damit auf sich hatte. Der Hund erfüllte ihn mit einem fürchterlichen Argwohn; er war weit davon entfernt, ihn noch zu lieben, und hätte Coopers vorlauter Rat nicht seinen Eigensinn herausgefordert, so würde er sich dieses unheimlichen Hausgenossen wohl vor dem Abend noch entledigt haben.

Hinauf zum lange schon nicht mehr bewohnten dritten Stock stiegen der Junker und der alte Cooper. Am Ende eines staubbedeckten Ganges lag die Kammer. Die alte Tapete, von der die Kammer ihren Namen hatte, war längst durch eine andere ersetzt, die auch schon voller Schimmel war und stellenweise in Fetzen von der Wand hing. Eine dicke Schicht Staub lag auf dem Boden. Ein paar zerbrochene Stühle und Regale, ebenfalls voll Staub, waren zusammen mit anderem Gerümpel in einer Ecke aufgestapelt. Sie traten in das Kabinett, das gänzlich leer war. Der Junker sah sich um; es war ihm nicht anzumerken, ob er erleichtert war oder enttäuscht.

»Hier ist kein einziges Möbelstück«, sagte er und blickte durch das staubige Fenster. »Sagtest du nicht neulich einmal — ich meine nicht, heute morgen — irgend etwas über dieses Kabinett oder über die Kammer? Was war es nur?«

»Gott bewahre! Ich ganz sicher nicht. Ich habe vierzig Jahre nicht an diesen Raum gedacht.«

»Gab es hier irgendwo einen Schrank? Kannst du dich erinnern?« fragte der Junker.

»Einen Schrank? Bei Gott, ja — jetzt fällt's mir ein — in diesem Kabinett hier gab es einen Schrank.«

»Und wo ist er?«

»Dort in der Wand«, erwiderte der Alte. »Unter der Tapete.«

»Zeig mir die Stelle.«

»Hm — ich glaube, irgendwo hier muß er sein«, sagte Cooper und klopfte mit der Faust an die dem Fenster gegenüberliegende Wand. »Ja, hier«, rief er, als ein dumpfer, hohler Laut anzeigte, daß sich unter der Tapete eine hölzerne Tür befand.

Der Junker riß das Papier von der Wand und legte die Türen eines Schränkchens bloß, das in die Wand eingelassen war und etwa zwei Fuß im Quadrat maß.

»Genau das rechte für meine Pistolen und Messer und allerlei Kleinkram«, sagte der Junker. »Der Hund soll bleiben, wo er ist. Hast du einen Schlüssel zu dem Schränkchen?«

Nein, er habe keinen. Der alte Herr habe es geleert und zugesperrt und mit der Tapete überkleben lassen; das sei alles, was er wisse.

Der Junker ging hinunter und nahm einen kräftigen Schraubenzieher aus dem Gewehrschrank; dann stieg er leise wieder hinauf zu der Kammer und brach mit einiger Mühe die Tür des Schränkchens in der Kabinettwand auf. Er fand darin verschiedene Briefe und abgelaufene Pachtverträge und darunter eine Urkunde aus Pergament, die er, ans Fenster tretend, mit wachsender Erregung las. Es war ein Supplementkontrakt, abgefaßt vierzehn Tage nach den andern, vor der Eheschließung seines Vates, und er enthielt die ausdrückliche Bestimmung, daß Gylingden an den älteren Sohn fallen solle. Schön Charlie, der sich im Prozeß gegen seinen Bruder einiges an juristischen Kenntnissen angeeignet hatte, war sogleich klar, daß er diesem Dokument zufolge nicht nur das Haus und die Ländereien seinem Bruder Scroope würde übergeben müssen, sondern daß es ihn auch auf Gnade und Ungnade seinem erzürnten Bruder auslieferte, denn es gab Scroope das Recht, ihm jede Guinea, die ihm der Besitz seit dem Tode seines Vaters eingebracht, abzufordern.

Es war ein trüber, bewölkter Tag; etwas Bedrohliches schien in der Luft zu liegen, und das Halbdunkel des Raumes, in dem er stand, wurde noch vertieft durch den Wipfel eines der riesenhaften alten Bäume, der das Fenster überdeckte.

Zutiefst verwirrt mühte er sich, seine Lage zu überdenken. Er steckte das Dokument in seine Tasche, halb entschlossen, es zu vernichten. Vor kurzem noch hätte er damit nicht einen Augenblick gezögert; doch seine Gesundheit und seine Nerven waren bereits zerrüttet, und eine beklemmende Unruhe erfüllte ihn, welche die seltsame Entdeckung dieses Dokumentes noch verstärkte.

In diesem Zustand tiefer Aufgewühltheit hörte er ein Schnüffeln an der Kabinettstür, dann ein ungeduldiges Scharren und ein langgezogenes tiefes Knurren. Er nahm all seinen Mut zusammen, stieß unwissend, was seiner harrte, die Tür auf und sah den Hund, nicht in seiner Traumgestalt, sondern vor Freude schwänzelnd und sich demütig duckend. Dann wandte sich das Tier von ihm ab, wanderte im Kabinett herum, lief in alle seine Ecken und knurrte, in höchster Aufregung, wie es schien.

Schließlich kehrte der Hund zurück und schwänzelte und duckte sich zu seinen Füßen.

Alsbald faßte sich der Junker; Abscheu und Furcht schwanden, und er schämte sich fast, daß er die Liebe dieses armen, freundlosen Tieres mit einer Abneigung vergolten hatte, die es nicht verdiente.

Als er die Treppe hinabstieg, trottete der Hund ihm nach. Seltsam, der Anblick dieses Tieres schien ihn zu beruhigen; es war so anhänglich, so gutmütig, so offensichtlich nichts als ein Hund.

Bis zum Abend kam der Junker zu dem Entschluß, einen Mittelweg einzuschlagen und weder seinen Bruder von der Entdekkung zu unterrichten noch das Dokument zu zerstören. Er würde nicht mehr heiraten; dazu war es für ihn zu spät. Er würde einen Brief an den einzigen überlebenden Kurator — der das Ganze sicherlich vergessen hatte — hinterlassen, der die Entdeckung des Dokuments erklärte. So konnte er bis zu seinem Ende den Besitz behalten, und nach seinem Tode würde man alles regeln. War das nicht gerecht? Auf jeden Fall besänftigte es sein Gewissen, und so machte er sich gegen Sonnenuntergang zu seinem gewohnten Spaziergang auf.

Auf dem Rückweg im abendlichen Zwielicht wurde der Hund, der ihn wie stets begleitete, auf einmal unruhig; zuerst tollte er in weiten Kreisen, den großen Kopf tief gesenkt, um ihn herum. Allmählich wurde sein Gebaren immer erregter, er zog immer engere Kreise und knurrte wild und laut, und schließlich blieb der Junker stehen und packte fest den Stock, denn die glühenden Augen und das Zähnefletschen des Tiers schienen einen Angriff anzukünden. Um und um drehte sich der Junker, vergeblich mit dem Stock auf den Köter einschlagend, der wütend ihn umkreiste, und bald wurde er so müde, daß es ihm beinah nicht mehr möglich schien, ihn sich vom Leib zu halten. Da hielt der Hund auf einmal inne, kroch schwanzwedelnd zu seinen Füßen und duckte sich unterwürfig.

Seine Haltung drückte tiefste Demut aus; und als der Junker ihm zwei kräftige Schläge mit dem Stock versetzte, winselte er nur und leckte ihm, sich windend, die Füße. Der Junker setzte sich auf einen umgestürzten Baum, und sein schweigsamer Gefährte begann sogleich zwischen den Wurzeln herumzuscharren und zu schnuppern. Der Junker griff in seine Brusttasche nach dem Dokument, um sich zu vergewissern, daß es noch da war; und wieder, in dieser tiefen Einsamkeit, fing er an, nachzugrübeln. Sollte er es aufbewahren, damit man nach seinem Tod Scroope in seine Rechte einsetzte, oder sollte er es lieber gleich vernichten? Er begann sich immer mehr der letzten Lösung zuzuneigen, als er plötzlich aufschreckte: Gar nicht weit von sich hörte er das langgezogene, tiefe Knurren des Hundes.

Er saß inmitten eines düsteren Hains von alten Bäumen, der sich nach Westen hin leicht neigte. Der gleiche seltsame Lichteffekt, den ich schon einmal schilderte — eine blaßrote Glut, in welche die untergegangene Sonne die Wolken hoch am Himmel tauchte, verlieh der hereinbrechenden Dunkelheit etwas Unheimliches, und dieser Hain, welcher in einer leichten Senke lag und so von allen Seiten umschlossen und nur nach einer offen war, war von besonderer Trostlosigkeit.

Er erhob sich, lugte über eine Art von Schranke, welche die übereinanderliegenden Stämme gefällter Bäume bildeten, und sah, daß auf der andern Seite der Hund sich hochreckte; sein vorgestreckter häßlicher Kopf wirkte zweimal so groß wie sonst. Sein Traum stieg wieder vor ihm auf. Jetzt steckte das Tier seinen widerlichen Kopf zwischen die Stämme, zwängte den langen Hals hindurch und zog den Körper nach, gleich einer riesigen weißen Echse sich windend, und dabei knurrte es und starrte den Junker an, als ob es ihn verschlingen wollte.

So schnell wie seine Lahmheit es zuließ, floh der Junker den unheimlichen Ort und eilte zu seinem Haus. Welche Gedanken ihm dabei durch den Kopf gingen, hätte er, des bin ich sicher, selbst nicht genau zu sagen gewußt. Doch als der Hund ihn einholte, schien er wieder besänftigt, ja ganz besonders guter Laune und ähnelte nicht im mindesten mehr dem Monstrum, das ihn in seinen Träumen heimsuchte.

An jenem Abend gegen zehn Uhr schickte der Junker, den wieder schlimme Unruhe gepackt, nach dem Wildhüter und sagte ihm, er glaube, daß der Hund toll sei, und er solle ihn erschießen. Er solle dies in der Gewehrkammer tun, wo er sich befinde — wenn er ein paar Schrotkörner die Wandtäfelung träfen, so mache dies nichts aus, viel wichtiger sei, daß der Hund nicht entkomme.

Der Junker gab dem Hüter sein doppelläufiges, mit schwerem Schrot geladenes Gewehr. Er ging nicht mit ihm. Er legte seine Hand auf des Hüters Arm; der Hüter sagte, daß sie zitterte und daß er »weiß wie Quark« war. »Horch!« flüsterte der Junker.

Sie hörten, wie der Hund in der Kammer zornig knurrte: Aufgeregt sprang er auf die Fensterbank und gleich wieder herab und lief auf und nieder.

»Du mußt gut zielen, hörst du — darfst ihn nicht verfehlen —, schieß beide Läufe auf ihn ab!«

»Glaubt Ihr, es ist der erste tolle Hund, den ich erschieße?« sagte der Mann und spannte mit finsterer Miene das Gewehr.

Als er die Tür öffnete, sah er, daß der Hund in den Kamin gesprungen war. Er sagte später, er habe »noch nie solch einen bösen, grausigen Teufel gesehen«.

Die Bestie krümmte sich zusammen, als wollte sie den Kamin hinaufspringen, dann stieß sie einen Schrei aus — nicht wie ein Hund — wie ein Mensch, der zwischen zwei Mahlsteine geraten ist, doch noch bevor er springen konnte, feuerte der Hüter den einen Lauf ab. Der Hund stürzte, sich überschlagend, auf ihn zu, und als er röchelnd zu des Hüters Füßen niedersank, schoß dieser ihm die zweite Ladung in den Kopf.

»So etwas habe ich noch nie gesehen, solch einen Schrei noch nie gehört!« sagte der Hüter, als er aus der Kammer trat. »Mir ist ganz schlecht davon.«

»Ist er wirklich tot?« fragte der Junker.

»Der hat kein Fünkchen Leben mehr in sich«, sagte der Mann. Er packte ihn am Hals und zerrte ihn heraus.

»Leg ihn vor die Haustür«, befahl der Junker, »und verscharre ihn heute abend außerhalb des Zauns — Cooper glaubt, daß er eine Hexe ist«, der blasse Junker lächelte, »er darf deshalb nicht auf dem Hof begraben werden.«

Man kann sich denken, wie erleichtert der Junker war; er schlief die nächste Woche so gut wie lange Zeit schon nicht.

Niemals sollte man zögern, einen ehrbaren Entschluß sogleich in die Tat umzusetzen. Das Böse zieht uns so stark an, daß es, ist man nicht auf der Hut, die gute Absicht bald vergessen läßt. Hatte der Junker, gepackt von abergläubischer Furcht, beschlossen, ein großes Opfer zu bringen und seinen Bruder über das auf solch sonderbare Weise gefundene Dokument ehrlich aufzuklären, so wich dieser Entschluß schon sehr bald der bösen Lockerung, es ihm zu unterschlagen und auf diese Weise die Übergabe des Besitzes auf eine Zeit hinauszuschieben, da er selbst keinen Vorteil mehr aus ihm zu ziehen vermochte. Dann kamen wieder unbeherrschte, beleidigende Briefe Scroopes, immer mit der gleichen Drohung — daß er keinen Stein auf dem andern lassen werde, um zu beweisen, daß es ein Dokument gab, welches Charles verheimlicht oder vernichtet hatte, und daß er nicht ruhen werde, bis er ihn gehängt habe.

Dieses Geschwätz hatte Charles anfangs nur erzürnt; doch

seit er von der Existenz des Dokumentes wußte und sich der Unterschlagung schuldig machte, erfüllte es ihn mit Angst. Das Dokument brachte ihn in Gefahr, und allmählich rang er sich dazu durch, es zu vernichten. Erst nach langem Schwanken und Zögern konnte er sich überwinden, dieses Verbrechen zu begehen. Doch schließlich tat er es und beseitigte das Zeugnis, das ihn in Schande und Ruin zu stürzen drohte. Danach erfüllte ihn Erleichterung, doch auch ein tiefes, furchtbares Gefühl der Schuld.

Seine abergläubische Furcht war geschwunden. Was ihn jetzt quälte, war eine Ruhelosigkeit ganz anderer Art.

Doch in jener Nacht war es ihm, als werde er durch ein heftiges Rütteln an seinem Bett geweckt. Er sah in der fast völligen Finsternis zwei Gestalten zu seinen Füßen stehen, sich an die Pfosten seines Bettes lehnend. In der einen glaubte er seinen Bruder zu erkennen, die andere war zweifellos sein Vater, und sie mußten ihn aus dem Schlaf gerüttelt haben. Als Charlie erwachte, hob Junker Toby an zu sprechen, und er hörte ihn sagen: »Aus unserem eigenen Hause hast du uns gejagt! Doch nicht für lange. Bald werden wir gemeinsam kommen und hierbleiben. Trotz aller Warnungen hast du es getan, mit Vorbedacht und sehenden Auges; und nun wird Scroope dich hängen! Wir werden dich gemeinsam hängen! Sieh mich an, du Teufelsbraten.«

Und der alte Junker reckte ihm sein Gesicht entgegen, von Schrot zerfetzt und blutig, und von Sekunde zu Sekunde sich immer mehr in einen Hund verwandelnd, streckte er sich und klomm über das Fußbett auf das Bett, und er sah, wie die Gestalt auf der andern Seite, die nicht viel mehr war als ein schwarzer Schatten, gleichfalls das Bett bestieg; und plötzlich war ein schrecklicher Tumult und Aufruhr in dem Zimmer, ein Poltern und ein Lachen; er verstand nicht die Worte, doch dann erwachte er mit einem lauten Schrei und fand sich auf dem Fußboden stehend. Die Gestalten waren fort, der Lärm verstummt, nur ein helles Klirren war in seinen Ohren. Die große porzellanene Schale, in welcher Generationen von Marstons auf Gylingden getauft worden waren, war vom Kaminsims gestürzt und lag zertrümmert auf dem Boden.

»Ich hab' die ganze Nacht von Master Scroope geträumt, und es sollte mich nicht wundern, mein guter Cooper, wenn er gestorben wäre«, sagte der Junker, als er am nächsten Morgen herunterkam.

»Gott behüte! Auch ich habe von ihm geträumt, Herr: Mir träumte, daß er wegen eines Lochs, das in seinen Rock gebrannt war, fluchte und schimpfte, und der alte Herr, Gott sei ihm gnädig!, sagte — ganz deutlich — ich kann beschwören, daß er's war — ›Cooper, steh auf, du verdammter Lump, und hilf uns, ihn zu hängen — denn er ist ein toller Köter und keiner von meinen Hunden.‹ Mir ging wohl noch der Hund im Kopf herum, den Ihr gestern abend habt erschießen lassen. Mir war, als stieße mich der alte Herr mit seiner Faust, und ich wachte auf und sagte ›Zu Euern Diensten, Herr‹; und eine ganze Weile noch hatte ich ein Gefühl, als sei der Herr bei mir im Zimmer.«

Alsbald überzeugten Nachrichten aus der Stadt den Junker, daß Scroope weit entfernt davon war, tot zu sein, ja daß er sich im Gegenteil ganz besonderer Rührigkeit befleißigte; und Charlies Advokat schrieb ernstlich bestürzt, er habe zufällig erfahren, daß er gedenke, dem Gericht Beweise dafür vorzulegen, daß ein Supplementkontrakt existierte, der ihm Gylingden zuspreche. Schön Charlie lachte nur höhnisch über diese Drohung und schrieb mutig seinem Advokaten; doch harrte er des Kommenden mit einem bösen Vorgefühl.

Scroope drohte nun ganz offen, verfluchte ihn in seiner rauhen Weise und wiederholte sein Versprechen, den betrügerischen Bruder zu hängen. Inmitten dieser Racheschwüre und Attacken jedoch trat unversehens Frieden ein: Scroope starb, ohne daß ihm auch nur Zeit blieb, Vorkehrungen für einen posthumen Angriff gegen seinen Bruder zu treffen. Es war einer jener Fälle von Herzversagen, in denen der Tod so plötzlich kommt, als träfe einen eine Kugel.

Charlies Freude war erschreckend, wenn auch nicht gänzlich unbegreiflich. Denn nicht nur der Grund für seine geheime Furcht war nun beseitigt, sondern außerdem wollte es eine Ironie des Schicksals, daß Scroope nur einen Tag zuvor sein altes Testament vernichtet hatte, in dem alles, was er besaß, einem Fremden vermacht war; dies in der Absicht, einen oder zwei

Tage später einen anderen Letzten Willen abzufassen, in welchem die begünstigte Person verpflichtet wurde, den Prozeß gegen Charlie weiterzuverfolgen.

Die Konsequenz war, daß Scoopes Gesamtbesitz bedingungslos seinem Bruder Charlie als Erben zufiel. Hier lag der Grund für Charlies überschwengliche Freude, und Charlie, infolge der ein halbes Menschenalter währenden Attacken und Schmähungen von tiefem Haß erfüllt, war ein Mann, der einen Groll zu nähren und eine Rache zu genießen mit ganzem Herzen fähig war.

Er hätte nur zu gern verhindert, daß sein Bruder in der alten Kapelle von Gylingden bestattet wurde, wo er zu liegen wünschte; doch seine Advokaten bezweifelten, daß er dazu berechtigt sei, und so beschloß er, einen Skandal riskierend, dem Begräbnis, an dem, wie er wußte, einige Angehörige des ländlichen Adels und andere den Marstons durch Tradition verbundene Personen teilnehmen würden, fernzubleiben.

Seinen Dienstboten untersagte er streng, es zu besuchen, und drohte, jeden, der es dennoch tat, bei seiner Rückkehr vor die Tür zu setzen.

Ich glaube nicht, daß die Bediensteten, mit Ausnahme des alten Cooper, dies Verbot schmerzte; es sei denn, sie bedauerten, daß es sie um eine der in diesem einsamen Landstrich so raren Abwechslungen brachte. Cooper war sehr empört darüber, daß der älteste Sohn des alten Junkers ohne ein Zeichen gebührenden Respekts seitens der Bewohner Gylingden Halls bestattet werden sollte. Er fragte Charlie, ob er nicht zumindest etwas Wein und etliche Erfrischungen im Eichensaal auftischen lassen wolle, falls einige der adeligen Herren, welche der Familie auf diese Weise ihre Achtung zollten, im Hause vorsprachen. Doch der Junker beschimpfte ihn nur, er solle sich um seine eigenen Dinge kümmern, und befahl ihm, in diesem Fall zu sagen, er sei ausgegangen, und sie fortzuschicken. Cooper protestierte störrisch, und des Junkers Wut wuchs; und schließlich machte er der Auseinandersetzung ein Ende, indem er Hut und Stock nahm und das Haus verließ, just als der Kondukt vom ›Alten Engel‹ her, ins Tal herabsteigend, sich nahte.

Verdrossen strich der alte Cooper vor dem Tor herum und

zählte die Wagen, soweit er sie aus dieser Ferne erkennen konnte. Als das Begräbnis vorüber war und sie sich anschickten, wieder fortzufahren, ging er zum Haus zurück, dessen Türe offenstand. Bevor er es noch ganz erreichte, fuhr eine Trauerkutsche vor, und zwei Herren in schwarzen Mänteln, schwarze Flore an den Hüten, entstiegen ihr und gingen, weder nach rechts noch nach links blickend, die Treppe hinauf und ins Haus. Cooper folgte ihnen langsam. Die Kutsche, schien ihm, mußte wohl auf den Hof gefahren sein, denn als er an die Türe kam, war sie nicht mehr da.

So ging er denn den beiden Trauergästen ins Haus nach. In der Halle stieß er auf einen Diener, der ihm sagte, er habe die zwei Herren gesehen; sie seien durch die Halle und dann, ohne ihre Hüte abzunehmen oder von irgend jemandem die Erlaubnis zu erbitten, die Treppe hinaufgegangen. Cooper, der das äußerst seltsam und ungebührlich fand, ging in den oberen Stock hinauf, sie zu suchen. Er fand sie jedoch weder jetzt noch später. Und von dieser Stunde an spuckte es im Haus.

Nach kurzer Zeit schon gab es keinen unter den Dienstboten, der nicht etwas zu erzählen wußte. Schritte und Stimmen folgten ihnen manchmal durch die Korridore, Kichern und drohendes Flüstern drang um Ecken und aus dunklen Winkeln, so daß sie angstgepackt das Weite suchten, was ihnen Mrs. Becketts Schelte eintrug, welche solcherlei Geschichten mehr als dumm fand. Doch bald darauf mußte Mrs. Beckett sich darüber ein gänzlich anderes Urteil bilden. Sie hörte selbst nun diese Stimmen, und was das Ganze noch schlimmer machte: Sie meldeten sich stets, wenn sie ins Gebet vertieft war, und rissen jäh sie aus der Andacht. Sie wurde in solchen Augenblicken von Worten und Sätzen aufgeschreckt, welche, wie sie behauptete, Drohungen und Blasphemien darstellten.

Diese Stimmen waren nicht immer im gleichen Zimmer. Sie drangen, so schien es ihr, durch die in diesem alten Haus sehr dicken Wände aus den Nachbarräumen, zuweilen auf der einen, zuweilen auf der andern Seite; manchmal war es, als riefen sie aus fernen Gängen und kämen leise, doch unverkennbar drohend, durch die mit Holz getäfelten Korridore. Sie näherten sich, und es klang, als sprächen mehrere Stimmen wütend durcheinander. Wann immer, wie gesagt, diese ehrenwerte Frau sich ihrer Andacht hingab, nahten diese gräßlichen Stimmen ihrer Türe, und fuhr sie dann entsetzt von ihren Knien auf, verstummten sie, und sie hörte nur noch, am ganzen Leibe zitternd, das Pochen ihres Herzens.

Was diese Stimmen sagten, dessen konnte Mrs. Beckett, kaum waren sie verstummt, sich schon nicht mehr entsinnen; ein Satz jagte den andern in die Flucht, und Spott und Drohung und unverschämte Schmähung waren, obgleich von grauenhafter Deutlichkeit, sowie gehört, bereits vergessen. Daß sie, so sehr sie sich auch mühte, den genauen Sinn jener furchtbaren Beschimpfungen und Beleidigungen, deren schrecklicher Charakter ihr gleichwohl lebhaft bewußt war, nicht ins Gedächtnis rufen konnte, erhöhte noch ihre Wirkung.

Lange Zeit schien der Junker der einzige im Haus zu sein, welcher nichts von dem Spuk bemerkte. Mrs. Beckett war zweimal schon zu dem Entschluß gekommen, zu kündigen und binnen Wochenfrist zu gehen. Doch eine kluge Frau überlegt es sich mehr als zweimal, ein Haus, das über zwanzig Jahre ihre Bleibe war, zu verlassen. Alleine sie und der alte Cooper entsannen sich noch der guten alten Zeiten unter Junker Toby. Die wenigen anderen konnte man kaum als richtige Dienstboten bezeichnen. Meg Dobbs, das Stubenmädchen, wollte nicht länger im Haus schlafen und ging jeden Abend, begleitet von ihrem kleinen Bruder, heim zu ihrem Vater ins Pförtnerhaus. Mrs. Beckett, welche ansonsten ein äußerst strenges Regiment führte, ließ sich plötzlich herab, Mrs. Kymes und das Stubenmädchen zu ersuchen, ihre Betten in ihrem großen Zimmer aufzustellen und die schreckensvollen Nächte mit ihr zu teilen.

Der alte Cooper war über diese Geschichten sehr erbost. Ihn ärgerte es schon genug, daß diese zwei in Schwarz gekleideten Gestalten das Haus betreten hatten, woran es aber keinen Zweifel gab. Er hatte sie mit eigenen Augen gesehen. Doch weigerte er sich, den Frauen zu glauben, und neigte zu der Ansicht, daß die beiden Trauergäste das Haus, als niemand sie empfing, wieder verlassen hatten und fortgefahren waren.

Eines Abends befahl der Junker Cooper in den Eichensaal, wo er saß und rauchte.

»Sag einmal, Cooper«, sprach der Junker, »wie kannst du diese dummen Weiber mit deinen verteufelten Geschichten nur so in Angst versetzen? Verdammt, wenn du Gespenster siehst, dann ist kein Platz für dich in diesem Haus und du solltest deine Sachen packen. Ich kann mich mit dem übrigen Gesinde schon behelfen. Die alte Beckett war mit der Köchin und dem Stubenmädchen bei mir. Sie drängten mich, außer sich vor Furcht und weiß wie Kalk, einen Pfarrer zu holen, der bei ihnen schlafen und den Teufel durch Gebete vertreiben solle! Bei meiner Seel, was hast du ihnen nur für Grillen in den Kopf gesetzt? Meg geht des Abends stets ins Pförtnerhaus, weil sie sich hier nicht mehr zu schlafen traut — das alles hast du mit deinem Altweibergeschwätz angerichtet —, du hirnverbrannter Narr!«

»Ihr tut mir unrecht, Master Charles. Ich hab' den Weibern nichts erzählt und ihnen immer nur gesagt, daß alles Unsinn ist. Mrs. Beckett wird Euch bestätigen, daß wir uns dieser Dinger wegen oft gestritten haben. Was ich auch immer davon halten mag«, sagte Cooper bedeutungsvoll und sah den Junker mit ernster, furchtsamer Miene an.

Der Junker wandte seine Augen ab, murmelte ärgerlich etwas in sich hinein und drehte sich zum Kamin, um seine Pfeife auszuklopfen; dann wandte er sich plötzlich wieder zu Cooper und sagte, blaß im Gesicht, doch nicht mehr so zornig wie zuvor:

»Ich weiß, Cooper, du bist nicht so dumm, wie du manchmal tust. Angenommen, es ginge hier so etwas wie ein Geist um, dann würde er doch sicher nicht diesen schnepfenköpfigen Weibern seine Geschichte erzählen. Was ist in dich gefahren, Mann, daß du so etwas glaubst? Du hattest stets ein gutes Köpfchen, Cooper, laß dir doch keine Narrenkappe drüber ziehen; zum Teufel, alter Junge, wie kannst du denn nur zulassen, daß man solche dummen Dinge über Gylingden und die Familie schwatzt? Das kann dir doch nicht recht sein, Cooper, ganz sicher nicht. Die Weiber sind jetzt nicht mehr in der Küche; geh hinunter, mach Feuer und hol deine Pfeife. Wenn ich mit dieser fertig bin, komm ich zu dir, und wir rauchen eine zusammen und trinken ein Glas Brandy.«

Der alte Butler ging hinunter; ihm war solche Leutseligkeit seitens des Junkers, der in dieser einsamen, abgelegenen Gegend nicht viel Möglichkeit hatte, seine Gesellschaft auszuwählen, nicht gänzlich ungewohnt.

Nachdem er ein wenig aufgeräumt, setzte er sich in der großen Küche nieder und legte seine Füße auf den Herd, neben sich auf dem Tisch in einem großen Messinghalter die Kerze, die Brandyflasche, Gläser und die Pfeife. Sodann versank der alte Butler in Gedanken und allmählich in tiefen Schlaf.

Ein leises Lachen neben seinem Kopf weckte ihn halb. Er träumte eben von alten Zeiten in Gylingden Hall, und im Glauben, einer der ›jungen Herren‹ spiele ihm einen Streich, murmelte er in seinem Schlaf etwas vor sich hin, doch eine tiefe, ernste Stimme weckte ihn vollends; sie sagte: »Du warst nicht beim Begräbnis; ich könnte dir dein Leben nehmen, aber ich nehme nur dein Ohr.« Im gleichen Augenblick spürte er einen harten Schlag auf die Seite seines Kopfes, und er sprang auf. Das Feuer war ausgegangen, und ihn fröstelte. Die Kerze in dem Halter war am Erlöschen und warf lange Schatten an die weiße Wand, welche vom Boden bis zur Decke auf und nieder tanzten, und ihm war, als glichen sie den beiden Männern in den schwarzen Mänteln, deren er mit tiefem Schrecken sich entsann.

Er ergriff die Kerze, stürzte auf den Korridor hinaus, an dessen Wänden die schwarzen Schatten weitertanzten, und lief zu seinem Zimmer, voll Angst, das Licht könnte verlöschen, bevor er es erreichte. Vor Schreck verlor er beinah den Verstand, als plötzlich, dicht über seinem Kopf, die Glocke seines Herrn wild schellte.

»Ha, ha! Das war es also — ja, ganz gewiß«, rief Cooper, sich selbst beschwichtigend, indem er weitereilte und immer deutlicher das wilde Schellen hörte. »Er ist, wie ich, eingeschlafen, und sein Licht ausgegangen; das ist's, ich möchte wetten —«

Als er die Klinke an der Tür des Eichensaales niederdrückte, rief entsetzt, fast wie im Tone eines Mannes, der eines Räubers harrt, der Junker: »Wer da?«

»Ich bin's, der alte Cooper! Was ist denn, Master Charlie, Ihr wolltet Euch doch zu mir in die Küche setzen?«

»Ich fühl' mich gar nicht wohl, Cooper; ich weiß nicht, was mir ist. Hast du jemanden gesehen?« fragte der Junker.

»Nein«, sagte Cooper.

Sie starrten sich gegenseitig an.

»Komm herein — bleib bei mir! Laß mich nicht allein! Sieh dich im Saal um, ist niemand da? Gib mir die Hand, mein guter Cooper, laß sie mich halten.« Des Junkers Hand war feucht und kalt und zitterte wie Espenlaub. Die Morgendämmerung war nicht mehr fern.

Nach einer Weile sprach der Junker: »Ich habe viel getan, was ich nicht hätte tun dürfen; ich bin noch nicht bereit zum Sterben, und so Gott will, hat's noch ein wenig Zeit damit. Ich bin lahm und krank und werde nie mehr zu etwas taugen; so will ich denn das Trinken aufgeben und heiraten, was ich längst schon tun hätte sollen — keine feine Dame, sondern ein gutes, schlichtes Mädchen; vielleicht des Bauern Crump jüngste Tochter, sie ist ein nettes, ruhiges Frauenzimmer. Warum sollte ich sie nicht nehmen? Sie könnte für mich sorgen und mich pflegen, und sie hat den Kopf nicht voller Schwärmereien und Schrullen. Ich werde mit dem Pfarrer sprechen und alles in die Wege leiten. Glaube mir, Cooper, ich bereue vieles, was ich getan.«

Ein rauher, kalter Morgen war indessen angebrochen. Der Junker, sagt Cooper, sah »schrecklich schlecht« aus, als er Hut und Stock nahm und statt, wie Cooper ihn dringlichst bat, zu Bett zu gehen, zu einem Spaziergang sich aufmachte — so verstört und ruhelos, daß man merkte, es ginge ihm nur darum, dem Hause zu entfliehen. Erst gegen zwölf Uhr mittags trat er in die Küche; er sah aus, als sei er seit dem gestrigen Tag zehn Jahre gealtert. Er zog einen Schemel an den Herd und setzte sich, ohne ein Wort zu sprechen. Cooper hatte nach Applebury um den Arzt geschickt, und dieser war soeben eingetroffen, doch der Junker wollte nicht zu ihm gehen. »Wenn er mich sehen will, dann soll er hierherkommen«, murmelte der Junker, sooft Cooper ihn bedrängte. Unwillig kam der Doktor schließlich und fand den Junker in viel schlimmerem Zustand, als er erwartet hatte.

Der Junker widersetzte sich seiner Anordnung, zu Bett zu gehen. Erst als der Doktor ihm erklärte, sein Leben sei bedroht, gab er nach.

»Schön, ich will tun, was Ihr sagt, doch nur unter der Bedingung, daß Cooper und Dick Keeper bei mir sein dürfen. Man darf mich nicht allein lassen, und sie müssen nachts an meinem Bette wachen; habt ihr gehört? Wenn ich wieder ein wenig bei Kräften bin, geh ich von hier fort und lasse mich in einer Stadt nieder. Das Leben hier ist mir zu öde, nun, da ich nichts mehr tun kann, was mir früher Freude machte; ich will mein Leben noch genießen, und mögen auch die Leute lachen, ich werde mit dem Pfarrer reden. Ja, sollen sie nur lachen; es beweist mir nur, daß ich das Rechte damit tue.«

Der Doktor, nicht geneigt, seinen Patienten der Obhut zu überlassen, welche dieser selbst gewählt, schickte zwei Schwestern aus dem Grafschaftshospital und fuhr am Abend nochmals nach Gylingden, sie einzuweisen. Er befahl dem alten Cooper, nachts im Ankleideraum zu wachen, womit der Junker, der in einem seltsam erregten Zustand und, wie der Doktor sagte, bedroht von Fieber war, sich zufriedengab.

Spät abends kam der Pfarrer, ein alter, gütiger, bibelfester Mann, und sprach und betete mit ihm. Als er gegangen war, rief der Junker die Schwestern an sein Bett und sagte:

»Zuweilen kommt jemand mich besuchen; ihr dürft euch nicht um ihn kümmern. Er schaut zur Tür herein und nickt — ein dürrer, buckliger Bursche in Trauerkleidung, mit weißen Handschuhen; ihr werdet ihn an seinem mageren Gesicht erkennen, es ist braun wie das Wandpaneel; achtet nicht auf sein Lächeln. Ihr dürft weder zu ihm hinausgehen, noch ihn hereinbitten; er wird nichts sagen; und wenn er zornig wird und euch böse anschaut, habt keine Angst, denn er kann euch nichts tun; er wird des Wartens müde werden und wieder fortgehen; doch um Gottes willen bittet ihn nicht herein und geht nicht zu ihm hinaus!«

Die Schwestern steckten die Köpfe zusammen, als er dies gesagt, und dann berieten sie sich flüsternd mit dem alten Cooper. »Gütiger Himmel! — nein, niemand dergleichen ist im Haus«, rief er; »keine Seele, außer jenen, die ihr saht — es muß das Fieber sein, es hat ihn wohl verwirrt.«

Im Lauf der Nacht verschlimmerte sich des Junkers Zustand. Er verlor die Besinnung und phantasierte alles mögliche — von Wein, von Hunden und von Advokaten, und dann schien es, als spräche er mit seinem Bruder Scroope. Während er dies tat, glaubte Mrs. Oliver, die Schwester, die an seinem Bett saß, zu hören, wie sich eine Hand draußen auf die Klinke der Türe legte und jemand heimlich sie zu öffnen suchte. »Gott schütze uns! Wer ist da?« rief sie, und ihr Herz begann wild zu pochen, denn sie dachte, sogleich werde der bucklige Mann in Schwarz den Kopf durch die Türe stecken und lächelnd nicken. »Mr. Cooper!« rief sie, »kommt, Mr. Cooper — bitte kommt schnell.«

Der alte Cooper, aufgeschreckt aus seinem Schlummer am Kamin, stürzte vom Ankleideraum herein, und Mrs. Oliver klammerte sich fest an ihn.

»Der Bucklige war an der Tür, Mr. Cooper, so wahr ich hier steh'.« Der Junker seufzte und murmelte in seinem Fieber, während sie sprach.

»Nein, nein! Mrs. Oliver, das ist unmöglich, es gibt keinen solchen Mann im Haus — was sagt Master Charlie?«

»Er sagt immer wieder *Scroope.* Was er damit wohl meinen mag? Da — da — horcht — es drückt wieder jemand auf die Klinke!« und mit einem lauten Schrei fügte sie hinzu: »Schaut, dort in der Tür sein Kopf und Hals!« und zitternd klammerte sie sich an den alten Cooper.

Die Kerze flackerte, und an der Türe sah man einen zuckenden Schatten, welcher dem Kopf eines Mannes mit langem Halse glich, und mit einer langen spitzen Nase, und es schien, als luge der Kopf herein und ziehe wieder sich zurück.

»Was für ein Unsinn, Madame!« rief Cooper leichenblaß und schüttelte sie mit aller Kraft. »Das ist nur die Kerze, glaubt mir — sonst nichts. Seht ihr nicht?« und erhob die Kerze; »ich bin ganz sicher, es war niemand an der Tür; laßt mich los, ich werde nachsehen.«

Die andere Schwester schlief auf dem Sofa, und Mrs. Oliver rief sie voll Angst zu sich, als Cooper zu der Tür ging und sie öffnete. Niemand stand davor, doch in einem Winkel des Korridors war ein Schatten, der jenem ähnelte, welchen er im Zimmer gesehen hatte. Er hob die Kerze ein wenig, und der Schatten schien mit einer langen Hand zu winken und den Kopf zurückzuziehen. »Ein Schatten von der Kerze!« sagte Cooper laut, entschlossen, sich von Mrs. Olivers Angst nicht anstecken zu lassen, und mit der Kerze in der Hand ging er zu der Ecke. Es war nichts da. Er konnte sich nicht enthalten, von dieser Stelle durch den langen Gang zu blicken, und als er die Kerze leicht bewegte, sah er ein Stück den Korridor hinunter genau den gleichen Schatten und als er vortrat, zog dieser wieder sich zurück und winkte. »Unsinn«, sagte er, »es ist nur die Kerze.« Und er ging weiter; die Hartnäckigkeit, mit welcher dieser widerliche Schatten — er war sich sicher, daß es nur ein Schatten war — sich zeigte, erfüllte ihn halb mit Zorn und halb mit Furcht. Als er sich der Stelle nahte, wo er in diesem Augenblick zu sehen war, schien er zu schrumpfen und auf der Türfüllung eines alten, mit Schnitzereien geschmückten Schrankes beinah zu verschwinden.

In der Mitte dieser Schranktür befand sich ein geschnitzter Wolfskopf. Das Licht der Kerze fiel darauf, und der flüchtige Schatten schien sich aufzulösen, und dann fügte er sich auf merkwürdige Weise neu zusammen. Der Augapfel des Wolfskopfes funkelte im Licht der Kerze, und grinsend schimmerte der Mund in ihrem Schein, und Cooper sah die lange, spitze Nase von Scroope Marston, und ihm war, als blicke ihn sein Auge fest und wütend an.

Der alte Cooper stand und starrte, unfähig sich zu rühren, und schließlich sah er, wie das Gesicht und die Gestalt, welche dazu gehörte, allmählich aus dem Holz sich lösten. Zugleich vernahm er Stimmen, die aus einem Seitengang rasch nahten, und mit einem lauten »Gott sei uns gnädig!« wandte sich der alte Cooper um und lief zurück, verfolgt von einem Laut, welcher das alte Haus wie ein mächtiger Windstoß erbeben und erzittern ließ.

Er stürzte, halb besinnungslos vor Angst, in seines Herren Zimmer, schlug hinter sich die Türe zu und drehte mit einer Miene, als seien ihm Mörder auf den Fersen, den Schlüssel um.

»Habt ihr's gehört?« flüsterte Cooper, jetzt neben der Tür des Ankleideraumes stehend. Sie alle lauschten, doch nicht ein Laut zerriß die tiefe nächtliche Stille. »Gott schütze uns! Ich bezweifle, daß es mein alter Kopf ist, der verrückt geworden ist!« rief Cooper aus.

Er wollte nichts weiter sagen, als daß er ein »alter Narr« sei, der sich durch ihr Geschwätz Angst habe machen lassen und daß »das Klappern eines Fensters oder das Fallen einer Nadel« nun genüge, ihn zu erschrecken; dann ließ er sich am Kamin seiners Herrn nieder und trank sich mit Brandy den Mut an, den er brauchte, die Nacht zu überstehen.

Der Junker erholte langsam sich von seinem Fieber, doch nicht völlig. Die geringste Kleinigkeit, meinte der Doktor, genüge, ihn wieder umzuwerfen. Er sei noch nicht genug gekräftigt, das Zimmer zu verlassen und an die frische Luft zu gehen, was nötig wäre, um ihn völlig wiederherzustellen.

Cooper schlief in dem Ankleideraum und versorgte ihn nun des Nachts allein. Die Gewohnheiten des Kranken waren seltsam: Er liebte es, im Bette sitzend, nachts seine Pfeife zu rauchen, und er bat den alten Cooper, sich an den Kamin zu setzen und ebenfalls sich seine Pfeife anzustecken. So saßen denn der Junker und sein ergebener Freund und schwiegen, denn Rauchen ist eine der stillen Freuden, und erst nach seiner dritten Pfeife eröffnete der Herr von Gylingden ein Gespräch, dessen Thema dem alten Cooper jedoch gar nicht behagte.

»Komm, Cooper, sieh mir ins Gesicht und sei ganz ehrlich«, sagte der Junker und blickte ihn mit einem leisen, verschmitzten Lächeln an; »du weißt doch die ganze Zeit genausogut wie ich, wer im Haus ist. Du brauchst es wirklich nicht zu leugnen: Scroope ist es, und mein Vater?«

»Ich bitt' Euch, Charlie, sprecht nicht so«, sagte der alte Cooper nach langem Schweigen ernst und furchtsam und sah ihm ins lächelnde Gesicht.

»Warum denn nicht ganz offen sein, mein guter Cooper? Es war doch Scroope, der dich aufs rechte Ohr geschlagen hat — du weißt es ganz genau. Er ist, scheint's, wütend. Er hat mich beinah umgebracht mit diesem Fieber. Doch ganz ist es ihm nicht gelungen, und deshalb ist er furchtbar böse. Du hast ihn doch gesehen — ich weiß es.«

Coopers Angst war schrecklich, und jenes seltsame Lächeln auf den Lippen seines Herrn erhöhte sie noch mehr. Er nahm die Pfeife aus dem Mund und starrte den Junker schweigend an. Ihm war, als ob er träumte.

»Wenn Ihr das glaubt, dann solltet Ihr nicht lächeln«, sagte Cooper grimmig.

»Ich bin sehr müde, Cooper, und deshalb will ich lächeln, solange ich's noch kann. Du weißt, was sie mit mir zu tun gedenken. Das war's, was ich dir sagen wollte. Nun, alter Junge, rauch nur weiter — ich werde schlafen.«

Und damit drehte sich der Junker im Bette um und legte seinen Kopf aufs Kissen. Der alte Cooper sah ihn an und warf einen Blick zur Tür; dann schenkte er sein Glas zur Hälfte mit Brandy voll und trank ihn aus, worauf er, sich viel besser fühlend, in den Ankleideraum ging und sich zu Bett legte.

Mitten in der Nacht weckte ihn der Junker plötzlich; er stand in Schlafrock und Pantoffeln neben seinem Bett.

»Ich bring' dir ein Geschenk«, sprach er. »Gestern bekam ich von Hazelden den Pachtzins — da, dieser Fünfziger ist für dich —, den Rest werde ich morgen Nelly Carwell geben. Jetzt werde ich bestimmt gut schlafen. Übrigens, ich habe vorhin Scroope gesehen; er ist gar kein so übler Bursche! Er hatte einen schwarzen Flor vor sein Gesicht gebunden, weil ich ihm sagte, ich könne seinen Anblick nicht ertragen. Wirklich, ich würde heute vieles für ihn tun. Und du weißt, Halbheiten sind nie mein Fall gewesen. Nun schlafe wohl, mein guter Cooper!«

Und der Junker legte freundlich seine zitternde Hand auf des alten Mannes Schulter und ging wieder in sein Schlafgemach.

›Ich weiß nicht, er gefällt mir gar nicht. Der Doktor kommt nicht oft genug. Wie seltsam ist dies Lächeln, und seine Hand war eisig kalt. Ich hoffe nur, er hat nicht den Verstand verloren!‹ Nach diesen Überlegungen wandte sich Cooper dem erfreulicheren Thema des Geschenkes zu und fiel schließlich in Schlaf.

Als er am Morgen in des Junkers Zimmer trat, fand er das Bett des Junkers leer. ›Nur keine Sorge; er kommt zurück, gleich einem falschen Shilling‹, dachte der alte Cooper und räumte wie gewöhnlich das Zimmer auf. Doch dann ergriff ihn Unruhe, gefolgt von Panik, als sich erwies, daß der Junker nicht im Hause war. Wo mochte er nur sein? Bis auf des Junkers Schlafrock und Pantoffeln fehlte keines seiner Kleider. Hatte er das Haus verlassen, in seinem kranken Zustand, so bekleidet? Wenn dem so war, konnte er dann recht bei Sinnen sein; und würde er solch eine kalte, feuchte Nacht in Freien überleben?

Tom Edwards sprach im Hause vor und erzählte, er habe gegen vier Uhr morgens, als er den Bauern Nokes, welcher mit seinem Karren in die Stadt zum Markte fuhr, ein Stück begleitete, im Dunkeln — es schien kein Mond — drei Männer vor dem Pferde hergehen sehen, keine zwanzig Yards entfernt, das Ganze Stück von Gylingden Hall bis zur Grabkapelle; deren Tor sei von innen geöffnet worden, die drei Männer seien eingetreten, und das Tor habe sich geschlossen. Tom Edwards glaubte, sie seien hineingegangen, um die Bestattung irgendeines Mitglieds der Familie Marston vorzubereiten. Doch Cooper, welcher wußte, daß keinerlei Begräbnis stattfinden sollte, erschien der Vorfall schrecklich ominös.

Er machte sich daran, das Haus sorgfältig zu durchsuchen, und entsann sich schließlich König Herodes' Kammer. Er fand sie unverändert vor, nur die Türe des Kabinetts war geschlossen, und im Morgendunkel sah er etwas, das einem großen weißen Knoten glich, durch den Türspalt ragen.

Die Türe widersetzte sich eine Weile seinen Versuchen, sie zu öffnen; irgend etwas Großes, Schweres drückte sie auf den Boden nieder; schließlich jedoch gab sie nach, und ein lautes Poltern, welches den ganzen Boden erzittern machte und dessen Echo, vermischt mit einem Laute, der wie leises Lachen klang, durch die stillen Korridore hallte, ließ ihn erstarren.

Als er die Türe aufstieß, lag sein Herr tot auf dem Boden. Sein Halstuch, gleich einer Schlinge um die Kehle fest geknüpft, hatte seinen Dienst getan. Der Körper war erkaltet und mußte lange schon tot sein.

Der Leichenbeschauer führte seine Untersuchung durch, und die Jury verkündete, »daß der Verblichene, Charles Marston, von eigener Hand gestorben sei, in einem Zustand geistiger Verwirrung«. Der alte Cooper hatte seine eigene Meinung über des Junkers Tod, doch seine Lippen blieben fest verschlossen, und er sprach nie ein Wort darüber. Er zog nach York, wo er den Rest seiner Tage zubrachte, und es gibt heute dort noch Leute, welche sich seiner erinnern, eines schweigsamen, mürrischen alten Mannes, welcher regelmäßig zur Kirche ging und oft ein Gläschen trank, und von dem man wußte, daß er ein wenig Geld auf der Seite liegen hatte.

BRAM STOKER

Die Squaw

Der Ruf des Autors von Dracula hängt eigentlich genausowenig von nur einem einzigen Buch ab wie der von Somerset Maugham oder Mary Shelley, aber gerade die Wirkung und Formkraft seines berühmtesten Werkes haben ironischerweise das Gesamtbild und die Ausmaße seines Oeuvre geschmälert. ›Die Squaw‹, eine archetypische Rachegeschichte, gewinnt dadurch an Überzeugungskraft, daß sie die Hauptfigur sorgfältig und geschickt umdeutet (es stellt sich am Ende heraus, daß sie ganz anders ist, als man am Anfang vermutet). Und diese Geschichte hat von allen, die in diesem Buch enthalten sind, vielleicht das schrecklichste Ende.

Zu jener Zeit war Nürnberg noch nicht so von Touristen überlaufen, wie es heute ist. Irving war noch nicht als *Faust* aufgetreten, und sogar der Name der alten Stadt war der großen Masse der Reisenden kaum bekannt. Da meine Frau und ich bereits die zweite Woche auf der Hochzeitsreise waren, lag uns daran, daß eine dritte Person sich uns anschloß. Als dann jener aufgeräumte Fremde namens Elias P. Hutcheson aus Isthmian City, Bleeding Gulch, Maple Tree District (im Staate Nebraska), am Bahnhof in Frankfurt auftauchte und so nebenbei bemerkte, er sei unterwegs, den garantiert urältesten Methusalem eines Städtchens in Yurrup aufzusuchen, glaube aber, das lange Alleinreisen könnte einen intelligenten, unternehmungslustigen Bürger womöglich noch in die Abteilung für Depressive in einem Irrenhaus treiben, da honorierten wir diesen Wink mit dem Zaunpfahl und schlugen ihm vor, sich uns doch anzuschließen. Etwas später hatten meine Frau und ich Gelegenheit, uns über diesen Entschluß etwas deutlicher auszusprechen — und da fanden wir heraus, daß wir eigentlich etwas kritischer und zögernder hatten antworten wollen, um uns nicht den Anschein zu geben, allzu großes Interesse für den Vorschlag des Fremden zu bekunden. Warf es doch auf unser noch so junges eheliches Leben ein nicht allzu günstiges Licht! Diese Absicht aber war uns gründlich vereitelt worden, da wir beide zur selben Zeit zu reden begonnen hatten; dann schwiegen wir beide zugleich — und sprachen im nächsten Augenblick beide weiter. Gleichviel, es war nun einmal geschehen: Elias P. Hutcheson leistete uns von da an Gesellschaft. Und sogleich enthüllte sich für Amelia und mich ein angenehmer Vorteil: Anstatt uns zu zanken, wie wir das vorher getan, fanden wir den hemmenden Einfluß eines Dritten so groß, daß wir von da an eine jede Gelegenheit wahrnahmen, in allen möglichen Ecken miteinander zu kosen. Amelia erklärt, sie rate seither — gestützt auf diese Erfahrung — all ihren Freundinnen, einen Freund auf die Hochzeitsreise mitzunehmen. Nun, wir ›erledigten‹ Nürnberg zusammen und genossen behaglich die kühnen Bemerkungen unseres Freundes aus Übersee, der seiner seltsamen Sprechweise und den wunderbaren Abenteuergeschichten nach, die er ständig von sich gab, geradewegs einem Roman hätte entsprungen sein können. Als letzte Sehenswürdigkeit der ganzen Stadt hatten wir uns die Burg aufgehoben. Und so spazierten wir denn an dem dafür vorgesehenen Tag der östlichen Außenseite der Stadtmauer entlang.

Die Burg thront auf einem die Stadt überragenden Felsen, und ein unerhört tiefer Graben schirmt sie auf der Nordseite ab. Nürnberg hat das große Glück gehabt, daß es nie geplündert und gebrandschatzt wurde; denn sonst wäre diese Stadt heute nicht so blitzsauber und perfekt. Der Graben hat seit Jahrhunderten seine eigentliche Aufgabe nicht mehr erfüllen müssen, so daß sich jetzt hier Gartenlokale und Obstkulturen breitmachen, und ein paar der Bäume haben eine bemerkenswerte Höhe erreicht. Als wir so der Mauer entlang bummelten, die in der heißen Julisonne dalag, mußten wir immer wieder stehenbleiben und die prachtvolle Aussicht bewundern — die herrliche weite Ebene, wie besät mit Städten und Dörfern bis zum Horizont, der von einer blauen Hügelkette abgeschlossen wurde —; man wurde an ein Bild von Claude Lorrain erinnert. Und dann drehten wir uns mit noch größerem Entzücken dem Blick auf die Stadt zu, mit ihren Tausenden von malerischen alten Dachgiebeln und dem Meer von roten Ziegeldächern, aus dem sich in ganzen Reihen die Fensterluken abhoben. Rechts von uns stiegen die Türme der Burg in den Himmel, uns am nächsten drohte der Folterturm, wohl schon immer die interessanteste Sehenswürdigkeit der Stadt. Seit Jahrhunderten hat die Eiserne Jungfrau von Nürnberg als Beispiel des Schreckens und der Grausamkeit gegolten, deren der Mensch fähig ist; lange schon hatten wir uns danach gesehnt, diese Eiserne Jungfrau zu sehen. Da also befand sie sich.

Während einer Rastpause lehnten wir uns über die Mauer und blickten hinunter. Der Garten befand sich gut und gern zwanzig Meter unter uns, und die Sonne brannte mit einer regelrechten Ofenhitze darauf. Und darüber erhob sich die furchteinflößende graue Mauer von scheinbar nicht enden wollender Höhe, die sich nach rechts und links in den Winkeln von Bastion und Böschung des Festungsgrabens verlor. Bäume und Sträucher krönten den Wall, und darüber wiederum stiegen die kühnen Bauten der Burg in den Himmel, deren massive Schönheit durch ihr Alter noch unterstrichen wird. Direkt unter uns sahen wir etwas Niedliches: Eine riesige schwarze Katze lag ausgestreckt in der Mittagssonne da, und um sie herum tollte graziös ein winziges junges, ebenso schwarzes Kätzchen. Die Mutter bewegte ständig ihren Schwanz hin und her, damit das Junge etwas zum Spielen habe; dann wieder stieß sie das Kätzchen mit ihren Pfoten von sich, um es zu weiterem Spiel zu ermuntern. Sie befanden sich beide direkt am Fuße der Mauer, und Elias P. Hutcheson wollte zu diesem Spiel beitragen, indem er einen Kieselstein mittlerer Größe vom Spazierweg aufhob.

»Sehen Sie mal her«, sagte er, »ich lasse den Stein nun neben das Kätzchen fallen, und die beiden werden sich fragen, wo er herkam.«

»Ach, passen Sie aber doch ja auf«, mischte sich meine Frau ein, »Sie könnten das Kleine treffen!«

»Ach wo, gnädige Frau«, gab Elias P. zurück. »Na, ich bin so empfindlich wie ein Kirschbäumchen aus Maine. Aber nein doch! Ich würde dem kleinen Tierchen so wenig etwas zuleide tun, als ich ein hilfloses Menschenkind skalpieren würde! Und darauf können Sie Ihre farbigen Strümpfe wetten! Sehen Sie nur, ich werfe den Stein möglichst weit außer Reichweite der beiden, damit nichts passiert!« Und während er das sagte, lehnte er sich über die Brüstung, hielt seinen Arm so weit hinaus wie nur möglich und ließ den Stein fallen. Nun ist es möglich, daß eine gewisse Anziehungskraft besteht, die kleinere Dinge zu den größeren hinzieht; es ist auch möglich, daß die Wand nicht genau senkrecht war, sondern an der Basis etwas breiter — was wir von oben jedoch nicht sehen konnten. Jedenfalls fiel der Stein mit einem ekelerregenden Geräusch — wir konnten das deutlich vernehmen — direkt auf den Kopf des Kätzchens und verspritzte dessen Gehirn nach allen Richtungen. Die schwarze Katze warf einen blitzschnellen Blick zu uns herauf und faßte Elias P. Hutcheson genau ins Auge, wobei ihren Augen wie in grünem Feuer leuchteten. Dann aber wandte sie ihre Aufmerksamkeit ihrem Jungen zu, das mit noch zuckenden Gliedern dalag, während sein Blut in einem dünnen roten Faden aus der klaffenden Wunde floß. Mit einem unterdrückten kleinen Schrei, als sei sie ein menschliches Wesen, beugte sich die Katzenmutter über ihr Junges und leckte seine Wunde, wobei sie jammernde Laute von sich gab. Plötzlich schien ihr bewußt zu werden, daß ihr Junges tot war. Und da schaute sie noch einmal zu uns herauf. Nie werde ich diesen Blick vergessen können: Er verkörperte absoluten tödlichen Haß. Ihre grünen Augen blitzten in düsterem Feuer, und ihre weißen, scharfen Zähne blitzten durch das Blut, mit dem sie ihr Maul und ihren Schnurrbart besudelt hatte. Sie knirschte mit den Zähnen, und die Krallen an allen vier Pfoten waren in ihrer ganzen Länge deutlich zu erkennen. Und dann rannte sie wild an der Mauer hoch, als wollte sie an uns herankommen, doch als der Anlauf verebbte, fiel sie zurück, was ihr Aussehen noch entsetzlicher gestaltete, denn sie fiel genau auf das Kätzchen, so daß ihr schwarzes Fell von dem Blut und dem Hirn des toten Jungen beschmiert wurde. Amelia fiel in eine tiefe Ohnmacht, so daß ich sie von der Mauer herabheben mußte. Gleich bei uns stand ein Stuhl im Schatten einer Platane. Dort setzte ich sie hin, und sie kam wieder zu sich. Dann begab ich mich zu Hutcheson zurück, der bewegungslos dastand und auf die wütende Katze hinabschaute.

Als ich zu ihm trat, sagte er:

»Well, das ist so ziemlich das wildeste Biest, das ich je gesehen habe —, mit Ausnahme jener indianischen Squaw vom Stamm der Apachen. Die hatte es auf ein Halbblut abgesehen, das man ›Schächter‹ nannte — wegen der Art und Weise, in der es ihr Kind zugerichtet hatte, das es bei einem Überfall auf das Indianerdorf gestohlen hatte. Und das tat es, um seine Mutter zu rächen, die von den Indianern mit Feuerbränden gefoltert und umgebracht worden war. Diese Apachen-Squaw schaute genauso drein, und zwar ständig. Sie spürte Schächter über drei Jahre lang nach, bis ihn schließlich die Bravados erwischten und ihr auslieferten. Und jene Kerle haben behauptet, sie hätten nie einen Mann — sei er Weißer oder Indianer gewesen — so langsam und so qualvoll sterben gesehen. Die Apachen hätten ihn auf furchtbare Weise zu Tode gemartert. Das einzige Mal, daß ich jene Squaw lächeln sah, war damals, als ich sie erledigte. Kam gerade zurecht, den Schächter in jenem Lager den Geist aufgeben zu sehen, und wie gern der starb! Er war ein harter Bursche, und obgleich ich es seit jener Geschichte mit dem Indianerkind nie mehr über mich gebracht hatte, ihm die Hand zu geben — es war ja auch eine bitterböse Gemeinheit, was er damals tat, obschon er aussah wie ein Weißer und sich auch entsprechend hätte benehmen sollen —, mußte ich zugeben: Er war mit gleicher Münze bezahlt worden. Verdammt noch mal, ich nahm mir ein großes Stück von seiner Haut, die an einem Schandpfahl hing, und hab' mir dann daraus eine Geldtasche anfertigen lassen! Da hab' ich sie bei mir!« Und mit diesen Worten schlug er sich mit der Hand auf die Brusttasche seiner Jacke.

Die ganze Zeit, während er erzählt hatte, versuchte die Katze an der Mauer herauf an ihn heranzukommen. Sie nahm dabei jedesmal einen Anlauf und gelangte auch wirklich ein großes Stück die Mauer herauf. Und es schien ihr nichts auszumachen, daß sie nach jedem Versuch einen schweren Fall tat, denn sie versuchte es mit erneuter Wut immer wieder. Und nach jedem Fall sah sie schrecklicher aus. Hutcheson war ein gutartiger Mann — meine Frau und ich hatten wiederholt beobachten können, wie nett er zu Tieren und Menschen sein konnte —, und der Zustand ohnmächtiger Wut, in den die Katze sich hineingesteigert hatte, schien ihm ernstlich zu denken zu geben.

»Nununu! Ich muß schon sagen, das arme Tier scheint wirklich verzweifelt zu sein! Beruhige dich doch, du armes Ding! Es war doch nur ein Unfall – zwar bringt dir das dein Kleines nicht wieder zum Leben. Sieh! Ich würde so etwas doch nie absichtlich tun! Das zeigt wieder mal, was für ein linkischer Tropf ein Mann sein kann, wenn er spielen möchte! Scheint, als sei ich nicht mal imstand, mit einer Katz zu spielen, wenn mir die Hand derart ausrutscht! Sie, Herr Oberst!« – er hatte eine gewinnende Art, den Leuten freigebig Titel zu verleihen – »Ich hoffe doch, Ihre Frau ist mir nicht bös wegen dieses unangenehmen Zwischenfalls? Ich gäbe alles darum, wenn ich ihn ungeschehen machen könnt!«

Dann kam er zu meiner Frau herüber und entschuldigte sich überschwenglich, und sie in der ihr üblichen Herzensgüte beeilte sich, ihm zu versichern, sie verstehe das alles durchaus und daß es sicherlich ein unglücklicher Zufall gewesen sei. Und dann traten wir alle wieder zur Mauer und schauten hinunter. Da es der Katze nicht gelungen war, Hutcheson ins Gesicht zu springen, war sie auf die andere Seite des Grabens gegangen, wo sie sich sprungbereit hingesetzt hatte; und wirklich: In demselben Augenblick, als sie Hutchesons wieder ansichtig wurde, sprang sie tatsächlich, und das mit einer blinden, unvernünftigen Wut, die lächerlich gewirkt hätte, wäre sie nicht so schrecklich echt gewesen. Sie versuchte diesmal nicht, die Mauer hochzukommen, sondern sprang durch die Luft auf Hutcheson zu, als könnten der Haß und die Wut ihr Flügel verleihen, mit denen sie die große Distanz zwischen ihnen zu überbrücken vermöchte. Amelia, wieder einmal ganz fraulich, wurde sehr ernst und sagte zu Elias P. mit warnender Stimme:

»Oh, Sie müssen aber sehr, sehr vorsichtig sein! Dieses Tier würde ohne weiteres versuchen, Sie zu töten, wenn es an Sie herankönnte! In seinen Augen steht Mord!«

Er aber lachte gutmütig dazu: »'tschuldigen Sie, Madame, aber nun muß ich wirklich lächeln. Ich, der Mann, der gegen Grislybären und Indianer gekämpft hat, soll mich davor in acht nehmen, daß ich nicht von einer Katz ermordet werde!«

Als die Katze ihn lachen hörte, änderte sich ihr Benehmen schlagartig. Sie versuchte überhaupt nicht mehr, die Mauer hochzuspringen oder zu laufen, sondern sie schlich still zu ihrem toten Jungen hinüber, setzte sich zu ihm und leckte und säuberte es, als wäre es noch am Leben.

»Da siehst du's wieder einmal!« sagte ich. »Das ist die Wirkung eines wirklich willensstarken Menschen. Sogar dieses Tier in seiner aufgepeitschten Wut erkennt die Stimme seines Meisters und beugt sich vor ihm!«

»Wie 'ne Squaw!« war alles, was Elias P. dazu zu sagen hatte, als wir nun auf unserem Spaziergang den Stadtwall entlang weitergingen. Immer wieder schauten wir dabei über die Mauer hinunter — und konnten jedesmal bemerken, daß die Katze uns im Graben unten verfolgte. Anfangs war sie ständig zu ihrem toten Jungen zurückgelaufen; dann jedoch, als ihr die Entfernung zu groß wurde, hatte sie ihr totes Junges mit dem Maul gepackt und schleppte es mit sich. Nach einiger Zeit aber mußte sie es doch fallen gelassen haben, denn nun folgte sie uns allein; offenbar hatte sie die kleine Leiche irgendwo versteckt. Amelias Angst wurde immer größer, je länger sie sich von der Hartnäkkigkeit der Katze überzeugen konnte, und sie gab dieser Angst durch wiederholte Warnungen Ausdruck. Der Amerikaner aber lachte belustigt darüber. Schließlich, als er sah, daß sie sich ernstlich Sorgen zu machen schien, tröstete er sie mit den Worten:

»Also hören Sie, gnädige Frau, Sie müssen sich wegen dieser Katz wirklich keine Sorgen machen! Ich bin nämlich bewaffnet, verstehen Sie!« Und mit diesen Worten tätschelte er auf seine Pistolentasche an der Hüfte. »Also wirklich! Ehe Sie sich meinetwegen Sorgen machen müssen, hab' ich das Biest schon erschossen, wenn's sein muß jetzt und hier, auf die Gefahr hin, daß die Polizei sich in die Angelegenheiten eines amerikanischen Staatsbürgers einmischt und ihn wegen Waffenbesitz, was ja gegen die Vorschrift ist, bestraft!« Noch während er sprach, blickte er über die Mauer hinunter, und im Moment, als die Katze ihn erblickte, verzog sie sich knurrend in ein Blumenbeet, um sich seinem Blick zu entziehen. Elias P. fuhr weiter:

»Ich will gesegnet sein, wenn das Biest dort nicht mehr Sinn und Verstand dafür hat, was gut für es ist, als ein Christ! Ich rechne, wir haben sie zum letztenmal gesehen. Wetten, jetzt geht sie zum kaputten Jungen zurück und beerdigt es ganz allein für sich!«

Amelia wollte nicht mehr darüber reden, aus Angst, er könnte seine Drohung doch noch wahr machen und die Katze erschießen. So gingen wir denn unseres Weges weiter und schritten über die kleine hölzerne Fallbrücke, von der aus ein steiler, gepflasterter Weg von der Burg zum fünfeckigen Folterturm führte. Beim Überqueren der Brücke sahen wir plötzlich die Katze wieder unter uns. Kaum hatte sie uns erblickt, schien sich ihre Wut zu erneuern, und sie machte gewaltige Anstrengungen, über die steile Mauer an uns heranzukommen. Hutcheson sah lachend hinunter und sagte:

»Ade, alte Dame. Tut mir leid, daß ich deine Gefühle verletzt habe, aber du wirst schon wieder darüber hinwegkommen! Auf Nimmerwiedersehn!« Und dann schritten wir auch schon durch den langen, düsteren Bogengang, nach welchem wir das Burgtor erreichten.

Als wir nach der Besichtigung dieses herrlichen alten Gebäudes — das nicht einmal die gutgemeinten Anstrengungen der Gotik-Restaurateure vor vierzig Jahren zu beschädigen vermochten, obgleich das Gebäude nach seiner Restauration in grellem Weiß dastand — wieder ins Freie kamen, hatten wir die unangenehme Episode vom Vormittag längst vergessen. Der alte Lindenbaum mit seinem von neun Jahrhunderten gezeichneten Stamm, der tiefe Ziehbrunnen, der einst von den Gefangenen dieser Burg aus dem harten Fels herausgehauen worden war, sowie die herrliche Aussicht von der Stadtmauer, auf welcher wir, fast eine Viertelstunde lang, die unzähligen Glocken der Stadt bimmeln hörten, all das hatte mitgeholfen, den Zwischenfall mit dem erschlagenen Kätzchen aus unserem Gedächtnis zu verwischen.

Wir waren an jenem Morgen die einzigen Besucher des Folterturmes — wenigstens behauptete das der alte Wächter —, und da wir also das ganze Gebäude sozusagen für uns allein hatten, vermochten wir einen genaueren und befriedigenderen Überblick zu gewinnen, als das sonst der Fall gewesen wäre. Der Wächter, der in uns seine einzige Einnahmequelle des Tages sehen mußte, war darum bereit, uns in jeder Weise entgegenzukommen. Dieser Folterturm ist in der Tat ein finsteres Gebäude, auch heute noch, wo die vielen Tausende von Besuchern einen Strom von Leben und Lebensfreude, die dazu gehört, an diesen Ort gebracht haben. Doch gerade zu jener Zeit, von der hier die Rede ist, sah der Turm besonders finster und grausig aus. Der Staub der Jahrhunderte schien sich überall niedergelassen zu haben, und die Dunkelheit und das Entsetzen beim Gedanken an das, was hier einst geschah, wurden so spürbar, daß auch die pantheistische Seele von Spinoza oder Philo damit zufrieden gewesen wäre. Das untere Verlies, in das wir als erstes eintraten, schien in seinem normalen Zustand in konstantes Dunkel getaucht; sogar das durch die Tür hereinströmende Sonnenlicht wurde sozusagen von den dicken Mauern verschluckt. Man konnte gerade noch knapp die Maurerarbeit erkennen, als wäre eben erst das Gerüst entfernt worden. Und alles war mit grauem Staub bedeckt, und da und dort zeigten sich dunkle Flecken, die — könnten Mauern sprechen — entsetzliche Erinnerungen an Furcht und Schmerzen hätten von sich geben können. Wir gingen ganz gern die staubige Holztreppe zum nächsten Stockwerk hinauf, wobei der Wächter die Eingangstür offenließ, damit wir doch wenigstens den Weg zu finden vermöchten; denn unsere Augen hatten an der einen blakenden Kerze, die als Wandleuchte einen übelriechenden Schein von sich gab, wenig Hilfe. Als wir nun durch die offene Falltür in der einen Ecke des Verlieses heraufkamen, klammerte sich Amelia so eng an mich, daß ich ihren Herzschlag zu spüren vermochte. Wenn ich ehrlich sein soll, muß ich gestehen, daß mich ihre Angst nicht in Erstaunen versetzte, denn dieser obere Raum war noch grausiger als der darunterliegende. Gewiß, hier war es etwas heller, aber doch bloß um so viel, daß wir die schrecklichen Einzelheiten dieses Ortes genauer erkennen konnten. Die Erbauer des Turms hatten offensichtlich beabsichtigt, daß nur die Menschen zuoberst das Tageslicht genießen sollten. Dort oben gab es — wie wir von außen hatten feststellen können — ganze Reihen von Fenstern, von mittelalterlicher Enge zwar. Doch überall sonst an diesem Turm gab es bloß schmale Schießscharten, wie sie im Mittelalter zur Verteidigung üblich waren. Und hier nun gaben einige wenige davon spärliches Licht, und dazu befanden sie sich so hoch oben an den Wänden, daß man von keiner Stelle des Raumes aus das Tageslicht oder den Himmel sehen konnte, weil die Mauern so dick waren. In Gestellen oder auch einfach unordentlich an den Wänden lehnend, fanden sich Richtschwerter, große Zweihänder mit breiter Klinge und scharfen Schneiden. Dicht daneben gab es verschiedene Holzblöcke zu sehen, auf welche die Verurteilten ihren Kopf hatten legen müssen. In den Holzblöcken ließen sich tiefe Kerben feststellen, dort, wo das Schwert hineingesaust war, nachdem es den Kopf abgetrennt hatte. Im ganzen Raum herum verstreut sahen wir allerlei Folterinstrumente, bei deren Anblick das Herz sich verkrampfte — Stühle mit scharfen Nägeln darin, die augenblicklich die schrecklichsten Schmerzen verursachen mußten; Liegebetten und Stühle mit stumpfen Höckern, die auf den ersten Blick weniger qualbereitend aussahen, die jedoch mit der Zeit bestimmt nicht weniger schmerzhaft wirkten; Streckmechanismen, Eisengürtel, Stiefel, Handschuhe, Kragen, alle zum Einschnüren konstruiert; Körbe aus Stahl, in denen der Kopf des Gefolterten langsam zermalmt werden konnte, bis nur noch eine breiige Masse übrigblieb; sogenannte Wächterhaken mit langem Griff und scharfer Klinge, die durch jeden Widerstand zu schneiden vermochte — es ist dies eine alte Nürnberger Spezialität der Polizeitruppe; schließlich eine Unzahl von andern Folterinstrumenten, mit denen der Mensch den Menschen quälen konnte. Amelia war leichenblaß geworden beim Gedanken an all das Entsetzen, fiel aber, Gott sei Dank, nicht in Ohnmacht. Sie setzte sich in einen Folterstuhl, sprang aber mit einem Schrei des Entsetzens wieder auf. Nun hatte sie keine Lust mehr, in Ohnmacht zu fallen. Wir beide gaben vor, zu glauben, sie habe wegen der Beschädigung ihres Kleides durch den Staub und den Rost auf dem Stuhl so geschrien. Mr. Hutcheson quittierte diese meine Erklärung mit einem gutmütigen Lachen.

Doch das wichtigste Stück in dieser Kammer des Schreckens war bestimmt jener Apparat, der als Eiserne Jungfrau bekannt geworden ist. Sie stand fast genau in der Mitte der Kammer und stellte auf ordinäre Art eine Frauengestalt dar, eine Frauengestalt in Glockenform — oder, wenn wir einen genaueren Vergleich anstellen wollen, sie sah aus wie die Gestalt der Frau Noah in jenem Kinderbuch über die Arche, doch ohne jene schlanke Taille und die vollkommene Rundung der Hüften, wie sie für den ästhetischen Typ der Noah-Familie so charakteristisch ist. — Eigentlich hätte man das Ding gar nicht als menschliche Figur erkannt, wenn nicht der Erbauer in groben Zügen das Gesicht einer Frau daran angebracht hätte. Auf der Außenseite war der Apparat fast völlig mit Rost und Staub überzogen; auf der Vorderseite der Figur war ein Ring angebracht, der mit einem Seil verbunden war, ungefähr dort, wo die Taille hätte sein müssen. Das Seil lief über eine Rolle an einer hölzernen Säule, die die Decke zu stützen hatte. Der Wächter zog am Seil und zeigte uns so, daß ein Teil der Vorderseite der Eisernen Jungfrau sich wie eine Tür an zwei Angeln öffnen ließ. Und dann erkannten wir, daß der Apparat eine beträchtliche Dicke aufwies, so daß ein Mann ganz knapp darin Platz fand. Die Tür war ebenfalls sehr dick und von erstaunlichem Gewicht. Der Wächter mußte beim Öffnen seine ganze ihm zu Gebote stehende Kraft anwenden, obgleich die Rolle ihm diese Arbeit etwas erleichterte. Die Schwere der Tür hatte offensichtlich einen bestimmten Zweck zu erfüllen: Sie sollte sich von selber nach unten schließen, sobald man das Seil losließ. Die Innenseite war dick mit Rost bedeckt — und mit noch etwas anderem, denn Rost allein hätte sich kaum so tief in die eisernen Wände eingefressen. Und erst, als wir uns die Innenseite der Tür genauer besahen, erfaßten wir die diabolische Absicht des Erbauers. Es befanden sich an der Tür eine Anzahl langer spitzer Nägel, an ihrer Basis vierkantig, breit und massiv. Sie waren so angebracht, daß sie — sobald die Tür losgelassen wurde — die Augen des Opfers durchbohren mußten, die unteren Nägel hingegen das Herz und den Unterleib. Diesmal war es wirklich zuviel für Amelia: Als sie die teuflische Einrichtung voll erfaßte, fiel sie in tiefe Ohnmacht, und ich mußte sie die Treppe hinuntertragen und draußen im Freien auf eine Bank legen. Wie sehr sie damals bis ins Innerste entsetzt sein mußte, zeigte sich später deutlich: Mein ältester Sohn hat auf seiner Brust ein häßliches Muttermal davongetragen, das die ganze Familie einstimmig als ein Bild der Eisernen Jungfrau von Nürnberg erkannt hat...

Als wir dann in die Folterkammer zurückkamen, stand Hutcheson immer noch vor der Jungfrau; offenbar hatte er darüber philosophische Betrachtungen angestellt, denn er ließ uns sogleich an seinen Gedanken teilhaben:

»Well, schätze, ich habe hier was gelernt, während Madame ihre Ohnmacht überstanden hat. Scheint mir doch, wir sind auf unserer Seite des großen Schlucks Wasser noch ziemlich hinter dem Mond zu Hause. Wir in den weiten Ebenen des Westens waren bisher immer der Meinung, der Indianer könne uns beibringen, wie man einem Menschen das Leben verdammt unangenehm machen kann; aber nun vermute ich, eure mittelalterlichen Gesetzeshüter hätten unserem Indianer noch viel beibringen können. Jener ›Schächter‹ verstand es zwar recht gut, der Squaw zu imponieren, aber diese hier, die junge Dame, hat ihm gegenüber sämtliche Trümpfe in der Hand. Die Spitzen dieser Nägel sind immer noch recht scharf, obschon sogar ihre Kanten von dem zerfressen sind, was an ihnen hängengeblieben sein muß. Das täte unseren Rothäuten ganz gut, wenn sie ein paar Exemplare dieses Spielzeugs im Lande herumschicken würden, damit sie endlich sehen, daß ihre harten Männer — und die harten Weiber — von der alten Zivilisation noch einiges lernen können. Schätze, ich werde nun doch noch einen Moment in diese Kiste steigen, nur um so 'n bißchen zu sehen, wie das ist!«

Amalie schrie auf: »O nein! Das ist doch zu entsetzlich!«

»Schätze, Madame, nichts ist zu entsetzlich für einen wahren Forscher. Ich bin in meinem langen Leben in etlichen seltsamen Lagen gewesen. Hab 'ne Nacht in einem toten Pferd verbracht, als ein Waldbrand über mich wegfegte — das war in Montana, und ein andermal übernachtete ich in einem toten Büffel, als die Komantschen auf dem Kriegspfad waren und es mir nicht paßte, ihnen meine Visitenkarte unter die Nase zu halten. Einmal bin ich zwei Tage lang in dem verschütteten Gang einer Goldmine von New Mexico eingeschlossen gewesen, dann wieder war ich einer von jenen vier Männern, die Dreiviertel eines Tages in einer umgestürzten Zementkiste verbringen mußten, als wir die Fundamente für die Buffalo-Brücke gossen. Noch nie bin ich einem unangenehmen Erlebnis aus dem Weg gegangen, wenn es sich mir bot. Warum sollte ich jetzt?«

Wir sahen ein, daß er sich nicht von seinem Plan abbringen ließ, darum sagte ich rasch:

»Nun gut, beeilen Sie sich damit, alter Herr, und bringen Sie die Geschichte hinter sich!«

»Zu Befehl, Herr General«, gab er zurück, »aber ich glaube, wir sind noch nicht ganz soweit. Die Herren, die vor mir in dieser Blechbüchse standen, haben sich nicht freiwillig dafür gemeldet — wohl kaum! Und ich vermute, sie wurden recht ornamental zusammengeschnürt, ehe der entscheidende Schlag gegen sie geführt wurde. Ich will dieses Experiment nach allen Regeln der Kunst durchgeführt sehen, darum muß ich auch entsprechend dafür vorbereitet werden. Ich will doch hoffen, der alte Bursche hier wird imstand sein, etwas Schnur zu beschaffen und mich damit zu fesseln, genau nach Muster?«

Das sagte er in fragendem Ton zum Wächter, doch dieser, der zwar den allgemeinen Sinn der Rede zu erfassen schien — obschon er vielleicht die dialektischen Feinheiten nicht ganz mitbekam —, schüttelte den Kopf. Sein Protest war jedoch bloß formaler Art und leicht zu überwinden. Der Amerikaner drückte ihm ein Goldstück in die Hand und bemerkte dazu: »Nimm's nur, Kumpel! Es gehört dir. Und hab bloß keine Angst. Das hier ist keine Hängepartie, der du beiwohnen mußt!« Der Wächter brachte eine etwas dünne, zerschlissene Schnur zum Vorschein, die ausreichte, unseren Begleiter für den beabsichtigten Zweck genügend fest zu binden. Als der obere Teil seines Körpers gefesselt war, sagte Hutcheson:

»Jetzt wart mal 'ne Sekunde, Richter. Schätze, ich bin zu schwer für dich, als daß du mich in die Blechkiste hineinheben kannst. Laß mich mal selber 'reinsteigen, und dann kannst du mit meinen Beinen fertigmachen.«

Während er sprach, hatte er sich rückwärts durch die enge Öffnung gedrängt, die gerade groß genug war, ihn aufzunehmen. Es war eine äußerst knappe Sache. Amelia schaute mit angsterfüllten Augen zu, mochte sich aber offenbar nicht dazu äußern. Dann vollendete der Wächter seinen Auftrag und band die Füße des Amerikaners fest zusammen, so daß dieser nun völlig hilflos in seinem freiwillig aufgesuchten Käfig stak. Er schien die Situation regelrecht auszukosten, denn das immerwährende Grinsen auf seinem Gesicht erblühte zu einem richtigen Lächeln, als er nun sagte: »Schätze, die Eva da wurde aus der Rippe eines Zwergs geformt! Läßt einem ausgewachsenen Bürger der Vereinigten Staaten nicht viel Platz zum Umsichschlagen. In Idaho sind ja die Särge geräumiger als das da. So, Richter, jetzt laß mal langsam die Tür da herab, aber wirklich langsam! Ich will denselben Genuß empfinden wie jene anderen Vögel, die vor mir hier drin staken, als diese Nägel sich auf ihre Augen zuzubewegen begannen!«

»Oh, nein! Nein! Nein!« fing nun Amelia hysterisch zu schreien an. »Das ist einfach zu entsetzlich! Ich ertrage es nicht, so etwas zu sehen — ich ertrage es nicht!« Doch der Amerikaner zeigte sich halsstarrig. »Sagen Sie mal, Oberst: wie wär's, wenn Sie Madame auf einen kleinen Spaziergang führten? Ich möcht um alles in der Welt ihre Gefühle nicht verletzen; wenn ich aber schon hier bin, nachdem ich achttausend Meilen dafür hergereist bin, wär's doch wirklich eine harte Sache, das Experiment, nach welchem ich mich so gesehnt hab, einfach aufzugeben. Es ist doch selten, daß ein Mann sich vorkommen darf wie Eingemachtes! Ich und der Richter da werden die ganze Geschichte im Nu hinter uns haben, und dann kommt ihr beide zurück, und wir lachen uns eins!«

Und wieder einmal gewann der aus Neugier geborene Entschluß die Oberhand, und Amelia klammerte sich fest und zitternd an meinen Arm, während der Wächter die eiserne Tür durch Nachgeben des Seiles Zentimeter um Zentimeter herabzulassen begann. Hutchesons Gesicht strahlte direkt, als er sah, wie sich die Nägel zu bewegen begannen.

»Well«, sagte er, »schätze, ich hab seit New York nicht so viel Genuß gehabt. Ausgenommen ein Streit mit einem französischen Matrosen in Wapping — und das war dann etwa auch kein Picknick für mich —, hat's für mich in diesem verdammt faulen Kontinent nicht den Schein eines wirklichen Vergnügens gegeben, denn hier gibt's ja keine Bären und keine Indianer, und selten triffst du 'nen Mann, der bewaffnet 'rumläuft. — Langsam jetzt, Richter! Mach ja nicht zu schnell bei diesem Geschäft! Für mein Geld will ich eine regelrechte Schau aus diesem Spiel gemacht sehen — worauf du dich verlassen kannst!« Der Wächter mußte wohl etwas vom Blut seiner Vorfahren, die in diesem Turm gehaust hatten, in seinen Adern haben, denn er betätigte den Apparat mit berechnender und quälender Langsamkeit, was Amelia nach fünf Minuten — während welcher die Tür sich kaum um die Hälfte an Zentimetern bewegt hatte — den Rest gab. Ich sah, wie ihre Lippen schneeweiß wurden, fühlte, wie ihr Druck an meinem Arm nachließ. Einen Augenblick lang sah ich mich nach einem Ort um, an dem ich sie hinlegen könnte, und als ich mich ihr wieder zuwandte, bemerkte ich, daß ihre Augen starr auf einen Punkt neben der Eisernen Jungfrau gerichtet waren. Ich folgte ihrem Blick — und da sah ich die schwarze Katze, die sich insgeheim hereingeschlichen hatte, zusammengekauert dahocken. Ihre grünen Augen leuchteten wie Warnungslampen aus dem dunklen Winkel hervor, und das Grün hob sich besonders deutlich gegen das rote Blut ab, das immer noch ihren ganzen Pelz besudelte, ihr Maul verschmierte. Ich schrie auf:

»Die Katze! Nehmt euch vor der Katze in acht!« Denn in demselben Moment sprang sie aus ihrem Versteck auf den Apparat zu. Sie sah dabei aus wie ein triumphierender Dämon. Ihre Augen sprühten vor Wildheit, ihre Haare standen vom Körper ab, so daß sie doppelt so dick schien, als sie in Wirklichkeit war, und ihr Schwanz peitschte durch die Luft wie der eines Tigers vor seiner Beute. Elias P. Hutcheson mußte lächeln, als er ihrer ansichtig wurde, und auch seine Augen funkelten, aber vor Vergnügen, während er ausrief:

»Will verdammt sein, wenn die Squaw nicht in Kriegsbemalung aufgetreten ist! Schlagt sie einfach weg, falls sie einen ihrer Tricks an mir versuchen will! Ich bin nämlich so für ewige Zeiten zusammengeschnürt vom Chef hier, daß ich — bei meiner verdammten Haut — nicht mal meine Augen vor ihr zu schützen vermag, falls sie sie haben will! Sorgfältig jetzt, Richter! Laß mir das Seil nicht fahren, sonst bin ich geliefert!«

In diesem Augenblick fiel Amelia wieder in Ohnmacht, und ich mußte sie um die Taille festhalten, sonst wäre sie zu Boden gesunken. Während ich mich noch um sie kümmerte, sah ich, wie die schwarze Katze zum Sprung ansetzte; ich sprang auf die Füße, um das Tier hinauszuwerfen.

Doch im gleichen Moment schleuderte sich die Katze mit

einem höllischen Schrei nicht — wie wir erwartet hatten — auf Hutcheson, sondern dem Wächter mitten ins Gesicht. Ihre Krallen rissen wild an seinem Gesicht, wie das der chinesische Drache auf Zeichnungen zu tun pflegt, und ich konnte genau sehen, wie die eine ihrer krallenbewehrten Pfoten dem armen Mann ins Auge fuhr, es durchriß und dann die ganze Wange hinunter eine breite Blutspur hinterließ. Das Blut schien aus jeder der betroffenen Adern zu spritzen.

Mit einem fürchterlichen Entsetzensschrei, der rascher gekommen sein mußte als das Schmerzgefühl, sprang der Mann rückwärts — und dabei ließ er das Seil fahren, das die Tür zur Eisernen Jungfrau festgehalten hatte. Ich machte einen Sprung darauf zu, aber ich kam zu spät: das Seil lief wie der Blitz über die Rolle — und die schwere Eisenmasse fiel durch ihr Eigengewicht vorwärts.

Noch als die Tür sich schloß, konnte ich einen Blick auf das Gesicht unseres unglücklichen Begleiters werfen. Er schien vor Schreck erstarrt. Seine Augen stierten in betäubter Angst, und von seinen Lippen kam kein Laut.

Und dann taten die Nägel ihr Werk. Glücklicherweise kam das Ende schnell, denn als ich die Tür zurückriß, sah ich, daß die Nägel ihn so tief durchbohrt hatten, daß sie sich in den Schädelknochen festgefahren hatten und ihn nun buchstäblich aus seinem eisernen Gefängnis herausrissen. Und gebunden wie sie war, fiel die Leiche mit Übelkeit erregendem glucksenden Ton zu Boden, so daß sie mit dem Gesicht nach oben zu liegen kam.

Ich rannte auf meine Frau zu, hob sie auf und trug sie hinaus, denn ich fürchtete um ihren Verstand, falls sie plötzlich aus ihrer Ohnmacht erwachen sollte und das grausige Bild sehen würde. Ich legte sie draußen auf die Bank und rannte in den Folterraum zurück. Der Wächter lehnte an der Holzsäule und stöhnte vor Schmerzen. Er hielt sein Taschentuch, das sich rasch mit Blut tränkte, vor seine Augen. Und auf dem Kopf des armen Amerikaners saß die Katze und schnurrte laut, während sie das Blut leckte, das aus den Augenhöhlen des Mannes sickerte.

Ich glaube, daß keiner mich für grausam halten wird, weil ich nun eines der alten Richtschwerter in beide Hände nahm und die Katze in zwei Teile spaltete, während sie so dasaß.

HENRY JAMES

Das glückliche Eck

Hier begegnet es uns wieder, das zentrale Thema bei Henry James, das schon bald die moderne Auffassung von Literatur unterschwellig begleitete: das Verschieben der Ebenen, das Sich-Abwechseln von Phantastischem und Wirklichem, ihr beunruhigendes Zusammentreffen und ihre letztliche Verschmelzung. The Turn of the Screw leistet dies in erstaunlicher Weise bei einer Länge, die etwa der eines Romans entspricht; »Das glückliche Eck« dagegen, eine weniger bekannte, aber keineswegs weniger erschreckende Geschichte, schafft dasselbe bei weniger als einem Drittel des Umfangs. Wie Poe, aber gleichsam mit einem anderen Prisma, sah James nicht nur das Jahrhundert voraus, sondern auch schon seine Konsequenzen — daß nämlich der vernunftbedingte Glaube an die Theorie der Kausalität nicht zu halten ist.

1.

»Jeder fragt mich, was ich von allem ›halte‹«, meinte Spencer Brydon, »und ich antworte, so gut ich kann — weiche der Frage aus oder lenke mit irgendeinem Unsinn ab. Es würde ihnen ja auch gar nichts sagen«, erklärte er, »denn selbst wenn es möglich wäre, eine derart alberne Frage über ein solch wichtiges Thema wie aus der Pistole geschossen zu beantworten, bezöge ich alles, was ich von einer Sache ›halte‹, immer nur auf mich selber.« Er sprach mit Miß Staverton, bei der er nun schon seit Monaten jede nur mögliche Gelegenheit zu einer Unterhaltung wahrnahm; diese Gelegenheit, die ihm Stütze, Trost und Beistand war, hatte sich nach seiner so unbegründet verspäteten Rückkehr nach Amerika als die erste aller Überraschungen erwiesen; aber dies war wohl ganz natürlich, wenn man alles so lange und hartnäckig vernachlässigt und den Überraschungen so viel Spielraum zur Vorbereitung gelassen hatte. Er hatte ihnen mehr als dreißig Jahre Zeit gegeben — dreiunddreißig, um genau zu sein; und nun kam es ihm vor, als hätten sie ihre Darbietungen dementsprechend vorbereitet. Als er New York den Rücken gekehrt hatte, war er dreiundzwanzig gewesen — heute war er sechsundfünfzig; dies kam noch zu der Tatsache hinzu, daß er, wie schon so oft seit seiner Rückkehr, dem Gefühl nachging, er hätte eigentlich länger leben müssen, als es dem Menschen im allgemeinen verstattet ist. Er hätte ein ganzes Jahrhundert gebraucht, sagte er sich wieder und wieder und sagte es auch zu Alice Staverton — er hätte viel länger fort sein und sich im Geist viel weiter abkehren müssen, als er es schuldhafterweise getan hatte, um all die Unterschiede, das Neue und Ungewohnte, ob es nun besser oder schlechter war, und vornehmlich das Gewaltige, das ihm bei jedem Blick ins Auge fiel, aufzeigen zu können. Das überraschendste jedoch war die Unberechenbarkeit gewesen; er hatte nämlich von einem Jahrzehnt zum andern geglaubt, sich so großzügig und weitschauend wie möglich auf die Faszination der Veränderung einzustellen. Jetzt aber mußte er erkennen, daß er sich auf nichts eingestellt hatte; er vermißte, was er bestimmt zu finden geglaubt hatte, und fand, was er sich nie erträumt hätte. Alle Proportionen und Werte standen auf dem Kopf; die häßlichen Dinge, die er erwartet hatte — all die häßlichen Dinge seiner weit zurückliegenden Jugend, da er gar zu gewaltsam zum Gefühl für das Häßliche erwacht war —, diese unheimlichen Phänomene wirkten auf ihn jetzt eher anziehend; die ›protzigen‹, die modernen, ungeheuerlichen, berühmten Dinge hingegen, jene Dinge, um deretwillen er vor allem — wie Jahr für Jahr viele Tausende von arglosen Neugierigen — herübergekommen war, wurden ihm jetzt eher zur Quelle des Mißvergnügens. Sie glichen lauter abschreckenden, ja abwehrenden Fallen, deren Feder von seinem rastlosen Schritt unaufhörlich gespannt wurde. Zweifellos war diese Schau wirklich sehenswert, aber sie wäre gar zu verwirrend gewesen, hätte nicht eine erfreuliche Tatsache seine Situation gerettet. Er war in Wahrheit überhaupt nicht der Sehenswürdigkeiten wegen herübergekommen; er war vielmehr — und dies nicht unbewußt, sondern durchaus bewußt — in einer Absicht gekommen, mit dem sie nicht das geringste zu tun hatten. Er war (um es hochmütig auszudrücken) gekommen, um nach seinem ›Besitz‹ zu sehen, dem er seit drei Jahrzehnten sich nie mehr als auf viertausend Meilen genähert hatte; oder, um es weniger habsüchtig auszudrücken; er hatte dem Bedürfnis nachgegeben, wieder einmal sein Haus am Glücklichen Eck zu sehen — wie er es zärtlich zu nennen pflegte —, jenes Haus, in dem er das Licht der Welt erblickte, in dem verschiedene Mitglieder seiner Familie gelebt hatten und gestorben waren, in dem er die Ferien seiner in Internaten verbrachten Knabenzeit genossen und die wenigen gesellschaftlichen Blüten seiner öden Jünglingsjahre gepflückt hatte und das — nachdem es ihm so lange fremd gewesen — durch den kurz aufeinanderfolgenden Tod seiner zwei Brüder und das Erlöschen alter Vereinbarungen schließlich ganz in seinen Besitz übergegangen war. Er besaß auch noch ein anderes, nicht ganz so ›gutes‹ Haus — das Glückliche Eck hatte er von jeher weit über alles gestellt und verehrt —, und der Wert dieser beiden Häuser bildete sein Kapital; sein Einkommen bestand nun aus den eingehenden Mieten, die (dank der luxuriösen, ausgezeichneten Bauart dieser Häuser) nie niedrig gewesen waren. Von dem Ertrag dieser reichlichen New Yorker Mieten ließ sich durchaus leben — und dies noch besser, seitdem das zweite Haus, eine bloße Nummer in einer langen Reihe, innerhalb eines Jahres baufällig geworden war und seine Renovierung sich als im höchsten Maße günstig erwiesen hatte.

Diese beiden Häuser bedeuteten tatsächlich Besitz, aber schon seit seiner Ankunft machte er mehr denn je zwischen ihnen einen Unterschied. Das Haus innerhalb der Straße, das ein Stück weiter westlich lag, wurde bereits zu einem großen Mietshaus umgebaut; schon vor einiger Zeit hatte er den zu einem solchen Umbau nötigen Änderungen zugestimmt — und nun die Sache vorwärtsschritt, erstaunte es ihn nicht wenig, sich von heute auf morgen und ohne auch nur die geringste Erfahrung in der Lage zu sehen, mit einer gewissen Intelligenz, ja fast einer gewissen Kompetenz an den Arbeiten teilzunehmen. Er hatte sich in seinem Leben so wenig mit derlei Dingen befaßt und sich so völlig anderen Interessen hingegeben, daß er höchst verwundert war über dieses lebhafte Erwachen seines kaufmännischen Talents und seines Sinns für Konstruktion, über diesen Bezirk seines Geistes, in den er bisher nie eingedrungen war. Diese Tugenden, die in seiner Umgebung etwas ganz Alltägliches waren, hatten in ihm bisher geschlafen; man kann wohl sagen, sie hatten den Schlaf der Gerechten geschlafen.

In diesen schönen Herbsttagen — der Herbst war wirklich ein Segen in solch einer gräßlichen Stadt — machte er sich, im stillen leicht erregt, unerschrocken an seine ›Arbeit‹; es war ihm dabei einerlei, daß die Leute sagten, dieses Projekt sei ordinär und ein Zeichen von Habgier; stets war er bereit, auf Leitern zu klettern, über Bretter zu balancieren, Material zuzureichen, gescheit dreinzusehen und Fragen zu stellen, Erklärungen zu fordern und sich ernsthaft mit Zahlen ›zu befassen‹.

Es war eine amüsante, ja geradezu charmante Tätigkeit; auch Alice Staverton fand sie amüsant, vielleicht noch mehr als er, wenn auch wohl nicht so charmant. Sie würde dadurch jedoch nicht ihre Lage verbessern, wie er es in so erstaunlichem Maße tat: durch nichts konnte sie, wie er wußte, ihre Lage verbessern, in der sie sich jetzt befand — am Nachmittag ihres Lebens als die feine, schlichte Besitzerin und Bewohnerin des kleinen Hauses am Irving Place, das sich zu erhalten ihr in ihrer New Yorker Karriere unauffällig gelungen war. Er kannte den Weg dorthin jetzt besser als zu irgendeiner andern Adresse unter den unzähligen schrecklichen Nummern, die ihn die ganze Stadt wie die riesige Seite eines Hauptbuches erscheinen ließen: übergroß, exzentrisch, voller Linien und Karos und Zahlen; und wenn ihm dieser Gang zur Gewohnheit, zum Trost geworden war, dann vor allem wegen des Glücks, in dieser weiten Wildnis des Engroshandels, diesem Dschungel des allgemeinen Wohlstands, Erfolgs und der Gewalt, ein stilles Plätzchen gefunden zu haben, wo jedes Ding und jeder Schatten in seiner Zartheit die klare, hohe, geschulte Stimme festhielten und wo die Sparsamkeit wie der Duft über einem Garten schwebte. Seine alte Freundin hatte nur ein Hausmädchen und wischte selber Staub, putzte die Lampen und polierte das Silber. Sie hielt sich, wo sie nur konnte, dem entsetzlichen modernen Gedränge fern, trat aber aus ihrer Zurückgezogenheit heraus und kämpfte, wenn es um den ›Geist‹ ging — jenen Geist, zu dem sie sich stolz und ein wenig scheu als zu dem einer besseren Zeit bekannte: der Zeit ihrer gemeinsamen, weit zurückliegenden, ja vorsintflutlichen gesellschaftlichen Epoche und Ordnung. Zwar benützte sie, wenn es sein mußte, die Straßenbahnen: diese scheußlichen Kästen, an die sich die Leute klammerten wie in Panik geratene Schiffbrüchige an Rettungsboote; sie hielt erstaunlicherweise allen öffentlichen Püffen und Stößen stand; und doch war sie — mit ihrer schlanken, verwirrend graziösen Erscheinung, die einen zu dem Vergleich herausforderte, sie sehe aus wie eine schöne junge Frau, die durch großes Leid älter wirkt, oder wie eine schöne, zarte ältere Dame, die durch die Gabe der Gleichgültigkeit jünger wirkt, mit ihren einmaligen Erinnerungen und Geschichten, an denen auch er teilhaben konnte — für ihn so etwas wie eine verblaßte gepreßte Blume (eine Seltenheit natürlich) und, da ihm andere Köstlichkeiten fehlten, eine hinreichende Belohnung für seine Anstrengungen. Sie besaßen ein gemeinsames Wissen, ›ihr‹ Wissen (dieses bezeichnende Possessivpronomen lag ständig auf ihren Lippen) von einem Dasein in einem andern Zeitalter, einem Dasein, das bei ihm überdeckt war von der Erfahrung des Mannes und der Freiheit des Wanderers, überdeckt von Vergnügen, Untreue und Lebensphasen, die ihr fremd und undurchsichtig erschienen: kurz, überdeckt von Europa; aber doch nicht völlig verdunkelt, immer noch geschätzt und vorhanden unter dieser zärtlichen Heimsuchung des Geistes, von der *sie* nie abgelenkt worden war.

Eines Tages begleitete sie ihn, weil sie einmal sehen wollte, wie sein ›Apartment-Haus‹ in die Höhe wachse; er half ihr über Abgründe weg, erklärte ihr die Pläne und hatte während ihres Besuches eine kurze, aber lebhafte Debatte mit dem Bauführer der Firma, die den Auftrag übernommen hatte. Er stellte sich energisch auf die ›Hinterbeine‹, weil diesem Menschen ein Fehler in einem Punkt ihrer Vereinbarungen unterlaufen war, und er vertrat seine Ansicht so temperamentvoll, daß sie — die während des Gespräches vor Freude über seinen Triumph charmant errötet war — nachher zu ihm sagte (wenn auch um eine gewisse Ironie bemüht), er habe offensichtlich jahrelang ein beachtliches Talent brachlos liegen lassen. Wäre er zu Hause geblieben, wäre er zweifellos der Erfinder des Wolkenkratzers geworden. Wäre er zu Hause geblieben, hätte er sein Genie beizeiten entdeckt, hätte ganze Straßen gebaut und ein Vermögen gescheffelt. Diese Worte hallten, während die Wochen vergingen, in ihm wieder wie ein helles, silbernes Geläut, das ihm immer wieder zum Bewußtsein brachte, daß eben jene Worte in der merkwürdigsten und tiefsten seiner eigenen, in letzter Zeit gedämpften, ja erstickten Schwingungen verklungen waren.

Dies dämmerte ihm bereits nach den ersten vierzehn Tagen, war seltsam jäh über ihn hereingebrochen: dieses maßlose Staunen; hier begegnete es ihm — in diesem Bild sah er den Fall, zumindest erregte er sich und errötete er nicht wenig dabei —, gleich einem Fremden, einem unerwarteten Bewohner an der Ecke eines dunklen Ganges in einem leeren Haus. Dieser abwegige Vergleich verfolgte ihn geradezu, sofern er ihn nicht durch einen noch einprägsameren ersetzte: daß er eine Tür öffne, hinter der nichts zu finden er überzeugt war, eine Tür in einen verdunkelten und leeren Raum, wo er, innerlich zusammenschrekkend, auf ein ihm aufrecht gegenüberstehendes Wesen stoße, das sich mitten in den Raum gestellt habe und ihn durchs Dämmer anstarrte. Nach diesem Besuch des im Umbau befindlichen Hauses ging er mit seiner Gefährtin zu dem andern, weit schöneren, das in östlicher Richtung die Ecke einer recht konservativen Avenue und einer Straße bildete, die nach Westen zu jetzt übel geschändet und entstellt war. Die Avenue erhob, wie Miß Staverton sagte, noch immer einen gewissen Anspruch auf Achtbarkeit; die einstigen Bewohner waren fast alle nicht mehr da, die alten Namen jetzt unbekannt, und nur hier und dort schien eine Reminiszenz ziellos umherzuschweifen wie ein Greis, der noch spät unterwegs ist und dem man am liebsten hilfreich folgen möchte, um ihn sicher nach Hause zu bringen.

Sie traten zusammen ein, unsere Freunde; er schloß selber auf, da, wie er erklärte, niemand hier wohnte: aus bestimmten Gründen zog er es vor, das Haus leer stehen und nur eine Frau aus der Nachbarschaft kommen zu lassen, die täglich eine Stunde lüftete und fegte und Staub wischte. Ja, Spencer Brydon hatte seine Gründe, und er wurde sich ihrer immer stärker bewußt; jedesmal, wenn er hier war, überzeugten sie ihn noch mehr, obgleich er sie seiner Begleiterin nicht alle nannte — genausowenig wie er ihr erzählte, daß er oft, ja lächerlich oft hierherkam.

Jetzt zeigte er ihr nur, als sie durch die großen unbewohnten Räume schritten, daß hier die absolute Leere herrschte und daß vom Speicher bis zum Keller außer Mrs. Muldoodys Besen nichts weiter zu finden sei, was einen Einbrecher in Versuchung hätte führen können. Mrs. Muldoody war auch gerade da und begleitete die Gäste geschwätzig durchs Haus, führte sie von Zimmer zu Zimmer, stieß Läden zurück und schob Fenster hoch — alles, um ihnen, wie sie sagte, zu beweisen, daß hier ›rein nichts‹ zu sehen sei. Es war tatsächlich nicht viel zu sehen in dieser großen, dunklen Muschel, die in ihren Perspektiven, ihrer Raumeinteilung und ihrem Stil eines großzügigeren Zeitalters dennoch eine aufrichtige, flehende Botschaft für ihren Herrn bereithielt, wobei sie ihm vorkam wie ein guter alter Diener, wie ein lebenslänglicher Lehnsmann, der um eine Stellung, wenn nicht gar eine Alterspension bittet. Mrs. Muldoody erwähnte jedoch außerdem, daß sie zwar froh sei, hier ihre mittägliche Runde machen zu dürfen, daß es aber etwas gebe, von dem sie hoffe, es möge ihr nie zugemutet werden. Sollte er aus irgendeinem Grunde von ihr verlangen, nach Dunkelwerden hierherzukommen, dann müßte sie ihm sagen, er möge doch die ›Güte‹ haben, jemand anders darum zu bitten.

Die Tatsache, daß es hier nichts zu sehen gab, widerlegte für die gute Frau keineswegs das, was man sehen *könnte,* und sie sagte freiheraus zu Miß Staverton, man dürfe von keiner Dame erwarten, daß sie ›in den Stunden des Teufels zu einem finsteren Speicher hinaufklettere‹. Gas und elektrisches Licht waren im Haus abgeschaltet. Mrs. Muldoody beschwor ein gespenstisches Bild herauf, wie sie mit glimmendem Span durch die großen, grauen Räume wanderte, die kein Ende nehmen wollten. Miß Staverton lächelte ihr zu und bekannte offen, vor solchem Abenteuer würde zweifellos auch sie zurückschrecken. Spencer Brydon schwieg — wenigstens einen Augenblick; die ›Stunden des Teufels‹ in seinem alten Heim waren bereits ein zu ernstes Problem für ihn geworden. Er ›kletterte‹ hier schon seit einiger Zeit herum, und er wußte genau, warum er vor drei Wochen ein Paket Kerzen zuhinterst in eine Schublade des schönen alten, in einer tiefen Eßzimmernische eingebauten Büfetts versteckt hatte. Er lachte zwar über seine Begleiterinnen, wechselte dann aber schnell das Thema: erstens, weil ihn sein Lachen selbst in diesem Moment an das sonderbare Echo, den menschenähnlichen Widerhall (er wußte kaum, wie er es anders nennen sollte) erinnerte, den, wenn er allein hier war, jedes Geräusch in seinem Ohr oder seiner Phantasie weckte; und zweitens, weil er befürchtete, Alice Staverton könne ihn jeden Augenblick in einer plötzlichen Erleuchtung fragen, ob *er* denn manchmal hier herumschleiche. Es gab Erleuchtungen, auf die er jetzt nicht vorbereitet war, aber noch bevor Mrs. Muldoody sie verließ, gelang es ihm, alle weiteren Fragen dadurch zu verhindern, daß er gänzlich andere Themen anschnitt.

Zum Glück gab es genug, was man an einem so hochgeschätzten Ort frei und offen aussprechen konnte; und so folgte eine ganze Kette von Erklärungen, als seine Freundin sehnsüchtig umhergespäht und gerufen hatte: »Aber ich hoffe doch, Sie werden dies hier nicht auch noch abreißen wollen!« In wiedererwachtem Zorn schleuderte er ihr die Antwort entgegen: Genau das verlange man von ihm, genau deswegen belästige man ihn Tag für Tag mit der Hartnäckigkeit von Leuten, die es nicht verstehen können, wenn ein Mann Pietät besitze. Er empfinde das Haus so, wie es sei, und mehr, als er in Worten auszudrücken vermöge, voll Bedeutung und als eine wahre Freude. Es gebe doch auch noch andere Werte als Mietzinsen — kurz, kurz ... Hier unterbrach ihn Miss Staverton: »Kurz: Sie wollen Ihren Wolkenkratzer so raffiniert ausbauen, daß Sie von dem Wuchergeld behaglich leben und es sich leisten können, hier noch eine Weile sentimental zu sein.«

In ihrem Lächeln und ihren Worten schwang jene feine Ironie mit, die ihm nie bei ihr entging: es war eine Ironie ohne Bitterkeit, die einfach ihrer starken Phantasie entsprang, eine Ironie ohne jenen billigen Sarkasmus, mit dem die meisten Menschen über die ›Gesellschaft‹ herziehen, womit sie einen Anspruch auf Überlegenheit erheben möchten, obwohl davon bei ihnen wirklich nicht die Rede sein kann. Es beglückte ihn, im selben Augenblick — als er nach kurzem Zögern geantwortet hatte: »Ja, genauso könnte man es ausdrücken!« — sicher zu wissen, daß ihre Phantasie ihm immer noch gerecht wurde. Er erklärte, daß er dieses Haus, selbst wenn ihm das andere nie einen Dollar einbrächte, nach wie vor hochschätzen würde; und er erzählte, während sie umhergingen und wieder stehenblieben, von der Verblüffung, die er damit stets erregte, von der völligen Verwirrung, die er überall schuf.

Er sprach von dem Wert, den er in alles hineinlegte: in das Gesicht der Wände, den Umriß der Räume, den Widerhall der Böden, das Gefühl, wenn man die alten, silberbeschlagenen Knöpfe an den Mahagonitüren berührte, ein Gefühl, als berührte man die Hände von Toten; kurz, in die siebzig Jahre Vergangenheit, die diese Dinge repräsentierten, die Annalen von fast drei Generationen, eingeschlossen die seines Großvaters, die hier geendet, und die feine Asche seiner längst erloschenen Jugend, die in der Luft schwebte wie mikroskopisch kleine Stäubchen. Sie hörte sich alles an; sie war eine Frau, die Antwort gab, aber nicht schwatzte. Und deshalb verbreitete sie auch nicht eine Wolke von Worten; sie konnte ohnedies beipflichten, zustimmen und vor allem ermutigen. Erst ganz zum Schluß ging sie ein wenig weiter als er: »Wer weiß, vielleicht möchten Sie doch noch einmal hier wohnen.« Dies rüttelte ihn auf; daran hatte er noch nicht gedacht, wenigstens nicht so, wie sie es meinte. »Sie glauben, ich könnte mich um des Hauses willen zum Bleiben entschließen?«

»Nun ja, mit solch einem Heim —!« Sie besaß jedoch soviel Taktgefühl, das Thema nicht breitzutreten — und das war einer der zahlreichen Beweise dafür, daß sie nicht sinnloses Zeug plapperte. Im übrigen: Wie konnte ein vernünftiger Mensch auf die Idee kommen, daß jemand den Wunsch habe, in New York zu leben?

»Ja«, sagte er. »Ich hätte natürlich hier wohnen können (dazu wurde mir schon früh Gelegenheit geboten); ich hätte all die Jahre hier verbringen können. Dann wäre alles ganz anders gewesen — ich darf wohl sagen, komisch. Aber das ist eine andere Sache. Im übrigen ist ja gerade das Schöne daran — ich meine an meiner Schrulle, meiner Weigerung, ein Geschäft zu machen —, daß mir jeder vernünftige Grund fehlt. Sie verstehen doch: Wenn ich einen Grund hätte, dann wäre es genau umgekehrt; dann wäre dies unvermeidlich ein Grund, bei dem es um Dollars ginge! Hier gibt es keine anderen Gründe als die der Dollars.

Verzichten wir lieber auf alle Gründe — selbst auf das Gespenst eines Grundes.« Sie standen bereits wieder in der Halle, zum Gehen bereit. Von dort hatte man einen weiten Ausblick durch eine offene Tür in den riesigen, quadratischen Salon mit der geradezu ehrwürdigen Schönheit großer Flächen zwischen den einzelnen Fenstern; schließlich wandte sie den Blick davon ab, und ihre Augen begegneten sich. »Sind Sie sicher, daß auch nicht das Gespenst eines solchen —?«

Er fühlte, wie er erblaßte. Weiter jedoch vermochten sie jetzt nicht vorzudringen. Denn er antwortete, wie er glaubte, leicht grinsend: »Gespenster? Bestimmt wimmelt es hier von Gespenstern. Ich würde mich schämen, wenn es nicht so wäre. Die arme Mrs. Muldoody hat ganz recht, und deshalb habe ich sie ja auch nicht gebeten, mehr zu tun als jeden Tag hereinzusehen.«

Abermals verlor sich Miss Stavertons Blick, und man ahnte, daß ihr manch unausgesprochener Gedanke durch den Kopf ging. Vielleicht sah sie sogar drüben in dem herrlichen Raum irgendeine dunkle Gestalt sich erheben. Schlicht wie die Totenmaske eines schönen Antlitzes mochte diese auf sie wirken, gleich dem bewegten Ausdruck in dem ›starren‹, von Erinnerungen schweren Stuck. Doch was immer sie auch empfand — sie sprach lediglich ein paar unverbindliche Worte: »Nun ja, wenn es möbliert und bewohnt wäre —«

Sie schien damit andeuten zu wollen, daß er, wenn es noch möbliert wäre, der Rückkehr wohl nicht so abgeneigt sein würde. Dann aber ging sie schnell in den Flur, als wollte sie ihre Worte zurücklassen, und gleich darauf hatte er die Haustür geöffnet und stand mit ihr draußen auf der Treppe. Er verschloß die Tür, und während er den Schlüssel in die Tasche steckte, blickten sie umher und betrachteten die plötzlich so harte Realität der Avenue, die ihn an den Zusammenprall der Wüstensonne mit dem einem ägyptischen Grab entsteigenden Touristen erinnerte. Doch noch ehe sie auf die Straße traten, wagte er eine abschließende Antwort: »Für mich ist es bewohnt. Für mich ist es möbliert.« Daraufhin war es für sie ein leichtes, vage und diskret »ja, ja« zu flüstern, wußte sie doch, daß seine Eltern und seine Lieblingsschwester, ganz zu schweigen von den unzähligen anderen Verwandten, hier gelebt und ihren irdischen Lauf vollendet hatten. In solchen Mauern bedeutete dies unauslöschliches Leben.

Wenige Tage danach, als er wieder einmal eine Stunde mit ihr verbrachte, äußerte er seinen Unwillen über die aufdringliche Neugier jener Leute, denen er dauernd begegnete und die alle wissen wollten, wie ihm New York gefalle. Er hatte nicht das geringste erreicht, mit dem er in der Gesellschaft prunken konnte, und was sein ›Von-einer-Sache-Halten‹ betraf (sei es nun bejahend oder ablehnend), war er ausschließlich von einem einzigen Thema in Anspruch genommen. Es sei reiner Egoismus, erklärte er ihr — wenn sie wolle, könne sie es auch eine krankhafte, fixe Idee nennen. Für ihn laufe einfach alles auf die Frage hinaus, was aus ihm geworden wäre, was für ein Leben er geführt und wie er sich ›herausgemacht‹ hätte, würde er es nicht schon gleich zu Beginn aufgegeben haben. Zum ersten Male bekannte er ihr, wie sehr ihn diese absurde Spekulation beschäftigte — die ja auch nur beweise, daß er gewohnt sei, egoistisch zu denken —, und erklärte ihr, daß ihn hier sonst ›rein nichts‹ interessiere, daß er sich von der Stadt in keiner anderen Weise angesprochen fühle. »Was wäre wohl dann aus mir geworden, was wäre aus mir geworden? Wie ein Idiot frage ich mich das wieder und wieder — als könnte ich es je ergründen! Ich sehe bloß, was aus vielen anderen geworden ist, denen ich begegnet bin und es schmerzt mich bis zur Verzweiflung, daß dann auch aus mir etwas geworden wäre. Und doch bekomme ich einfach nicht heraus, *was,* und wenn ich mich darüber in unstillbarer Neugierde zermartere, dann befällt mich immer wieder jenes Gefühl, das mich ein paarmal überkam, als ich aus bestimmten Gründen und nach bestem Ermessen einen wichtigen Brief ungeöffnet verbrannte. Ich fand es schrecklich, es tat mir leid — und nie habe ich erfahren, was in dem Brief stand. Sie werden natürlich sagen, das sei eine Bagatelle —!«

»Ich sage nicht, es sei eine Bagatelle«, unterbrach ihn Miss Staverton ernst.

Sie saß am Feuer, während er rastlos vor ihr auf- und abschritt und sich in diesen Gedanken vertiefte oder durch sein Monokel mit blindem Blick die hübschen alten kleinen Dinge auf ihrem Kaminsims betrachtete. Bei dieser Unterbrechung nun sah er sie für einen Moment scharf an. »Es wäre mir auch gleichgültig, wenn Sie es täten!« sagte er dann jedoch und lachte. »Es ist ja nur ein Beispiel für das, was ich jetzt empfinde: daß ich den mir unnatürlich erscheinenden Weg meiner Jugend nicht weiterverfolgt habe — fast dem Zorn meines Vaters zum Trotz; daß ich ihn ›drüben‹ nicht, von jenem Tage bis heute, unbeirrt und ohne Angst weitergegangen bin; und vor allem, daß ich ihn nicht mochte, nicht liebte, nicht über alles liebte und mir in meiner Maßlosigkeit einbildete, etwas Besonderes zu sein — etwas davon ist wohl schuld an diesem so ganz anderen Verlauf meines Lebens und meiner Entwicklung gewesen. Ich hätte hierbleiben sollen — wenn es möglich gewesen wäre; aber mit dreiundzwanzig war ich zu jung, um *pour deux sous* zu beurteilen, ob es überhaupt möglich wäre. Hätte ich abgewartet, dann hätte ich auch gesehen, daß es möglich war, und wäre ich hiergeblieben, wäre ich vielleicht einer jener Typen geworden, die durch die Lebensbedingungen hartgeschmiedet und tüchtig werden. Nicht, daß ich sie sehr bewundere — aber die Frage, ob sie Charme besitzen, irgendeinen Charme über die ihnen durch die Umstände aufgezwungene, widerliche Geldleidenschaft hinaus, hat damit nichts zu tun. Es geht lediglich darum, ob ich nicht eine phantastische und doch durchaus mögliche Entwicklung meiner Anlagen versäumt habe. Und dann sage ich mir, daß ich damals vielleicht ein *alter ego* in mir getragen — so wie in der kleinsten Knospe bereits die volle Blüte ruht — und mit ihm jenen Weg eingeschlagen, jenes Klima aufgesucht habe, das diese Blüten ein für allemal vernichtet hat.«

»Sie denken also an die Blüte«, sagte Miss Staverton. »Ich auch, wenn Sie es wissen wollen. Ich denke schon seit Wochen daran. Und ich glaube an die Blüte«, fuhr sie fort. »Ich weiß, sie wäre herrlich und groß und phantastisch geworden.«

»Vor allem phantastisch!« rief ihr Besucher. »Und vermutlich auch häßlich und abstoßend.«

»Das glauben Sie ja selber nicht«, entgegnete sie. »Wenn Sie es glaubten, würden Sie sich keine Gedanken mehr machen. Sie würden es wissen, das würde Ihnen genügen. Was ich jedoch fühle — und auch Sie fühlen —, ist, daß Sie ein einflußreicher Mann geworden wären.«

»Und das hätte Ihnen gefallen?« fragte er.

Sie zauderte kaum. »Warum nicht?«

»Ich verstehe. Als Billionär hätten Sie mich gemocht, ja vorgezogen.«

»Warum hätte ich Sie auch nicht mögen sollen?« fragte sie schlicht. Starr ob ihrer Worte stand er vor ihr. Er saugte alles in sich ein — was schon allein bewies, daß er nicht weiter darauf einging.

»Nun weiß ich wenigstens, was ich bin«, sagte er schließlich. »Die Kehrseite der Medaille liegt klar vor mir. Ich habe kein erbauliches Leben geführt — ja, ich bin überzeugt, viele glauben sogar, es sei nicht einmal anständig gewesen. Ich bin fremde Wege gegangen und habe fremden Göttern gedient. Sie selbst müssen doch wieder und wieder gedacht haben — Sie haben es ja schon mehr oder weniger zugegeben —, daß mein Leben in diesen dreißig Jahren nur selbstsüchtig, frivol und skandalös gewesen sein kann. Und Sie sehen ja, was es aus mir gemacht hat.«

Sie lächelte ihm zu. »Sie sehen, was es aus *mir* gemacht hat.«

»Sie sind doch ein Mensch, den nichts zu ändern vermag. Sie sind dazu geschaffen, das zu sein, was Sie sind, immer und überall. Sie sind von einer Vollkommenheit, an die nichts rühren kann. Und verstehen Sie denn nicht, daß ich, wäre ich nicht ins Exil gegangen, nicht bis heute gewartet hätte —?« Er verstummte, weil ihn plötzlich eine seltsame Angst überkam.

»Das Wunderbare an allem«, erwiderte sie, »scheint mir zu sein, daß Ihr Exil nichts verdorben hat. Es hat Ihre schließliche Rückkehr nicht verdorben. Diese hat es nicht verdorben. Und es hat auch Ihre Worte nicht verdorben —«. Aber nun stockte sie ebenfalls.

Er fragte sich, was sich wohl hinter ihrer verhaltenen Erregung verbergen mochte. »Meinen Sie wirklich — das wäre ja kaum zu glauben —, daß ich heute noch so gut bin wie eh und je?«

»O nein! Weit entfernt davon!« Damit stand sie auf und trat auf ihn zu. »Doch das macht nichts«, sagte sie lächelnd.

»Sie finden also, ich bin gut genug?«

Sie dachte ein wenig nach. »Werden Sie es mir glauben, wenn ich ja sage? Ich meine, wird damit die Frage für Sie erledigt sein?« Und dann, als läse sie in seinem Gesicht, daß er auswich, daß ihm ein, wenn auch absurder, Gedanke gekommen war, den er nicht mehr zu verdrängen vermochte: »Ach, für Sie macht es auch nichts — allerdings aus einem anderen Grund —, Sie kümmern sich doch um nichts anderes als um sich selbst.«

Spencer Brydon dachte darüber nach: Tatsächlich, genau dies maßte er sich an. Er machte jedoch eine wesentliche Einschränkung. »Er ist aber nicht ich. Er ist ein ganz anderer. Und doch, ich möchte ihn einmal sehen«, setzte er hinzu. »Und man kann ihn sehen. Und ich werde ihn sehen.«

Ihre Blicke kreuzten sich, und er erriet aus dem ihren, daß sie den Hintersinn seiner Worte ahnte. Aber keiner von beiden sprach ihn laut aus, und ihr offensichtliches Ahnen, das frei war von jedem schockierten Protest, jedem leichtfertigen Spott, berührte ihn tiefer als alles bisher und umgab seinen unterdrückten, absonderlichen Gedanken unversehens mit einem Element, das der Luft zum Atmen glich. Was sie jedoch schließlich sagte, kam ihm recht unerwartet. »Nun, *ich* habe ihn gesehen.«

»Sie —?«

»Ich habe ihn im Traum gesehen.«

»Ach, im Traum —« Sein Interesse erlosch.

»Aber gleich zweimal hintereinander«, betonte sie. »Ich habe ihn vor mir gesehen wie jetzt Sie.«

»Sie haben denselben Traum —«

»Zweimal hintereinander gehabt«, wiederholte sie. »Genau denselben.«

Dies rührte ihn, ja schmeichelte ihm sogar. »Sie träumen also von mir?«

»Von ihm!« rief sie lächelnd.

Wieder forschten seine Augen in den ihren. »Dann wissen Sie also alles über ihn?« Und als sie nichts darauf erwiderte: »Wie sieht der Kerl denn aus?«

Sie zögerte, und man hätte meinen können, er bedränge sie so sehr, daß sie, die aus nur ihr bekannten Gründen widerstand, sich abwenden mußte. »Ich erzähle es Ihnen ein andermal.«

2.

Von da an lag für ihn das größte Vergnügen, der kultivierteste Reiz, die absurdeste Erregung darin, sich in einer ganz bestimmten Form seiner fixen Idee zu überlassen und sich dem zu widmen, was ihn mehr und mehr sein Recht dünkte. Dafür allein lebte er in diesen Wochen; wenn Mrs. Muldoody von der Szene abgetreten war, fühlte er, wie das Leben für ihn begann: er durchstreifte das riesige Haus vom Speicher bis zum Keller, vergewisserte sich, daß er allein war, genoß den unangefochtenen Besitz und ließ sich, wie er es diskret nannte, gehen. Oft kam er sogar innerhalb von vierundzwanzig Stunden zweimal; vor allem liebte er die aufkommende Dämmerung, das kurze, herbstliche Zwielicht; dies war die Zeit, von der er sich immer wieder am meisten erhoffte. Dann vermochte er, wie ihm schien, am ungestörtesten umherzuwandern und zu warten, zu verweilen und zu lauschen und zu fühlen, daß sich seine gespannte Aufmerksamkeit — nie zuvor im Leben war sie so gespannt gewesen — auf den Puls des großen, leeren Hauses konzentrierte. Diese Stunde ohne Licht war ihm die liebste, und er wünschte jeden Tag, den Zauber des Dämmers verlängern zu können. Später — selten vor Mitternacht, dann aber für geraume Zeit — streifte er mit der flackernden Kerze umher, schritt langsam dahin, hielt das Licht hoch, ließ es spielen, freute sich von Herzen über die weiten Durchblicke und die verbindenden Linien zwischen den einzelnen Räumen und den langen Fluren, freute sich über die geradlinige Perspektive oder Aussicht, wie er es genannt haben würde, auf die Offenbarung, die herauszufordern er vorgab. Es war dies eine Gewohnheit, der er seiner Ansicht nach, ohne Aufsehen zu erregen, nachgehen konnte; niemand ahnte auch nur etwas davon; und selbst Alice Staverton, die überdies ein Muster an Diskretion war, vermochte sich sein heimliches Treiben nicht ganz vorzustellen. Mit der Sicherheit des selbstbewußten Eigentümers schloß er auf und zu; und der Zufall kam ihm dabei so weit entgegen, daß er, falls ihn überhaupt einer dieser feisten patrouillierenden Polizisten um halb zwölf eintreten sah, bei seinem Herauskommen um zwei Uhr seines Wissens noch nie ertappt worden war. So wanderte er an den kalten Novemberabenden zu seinem Haus und kam stets gegen Mitternacht dort an; dies war für ihn, nachdem er auswärts gegessen hatte, genauso einfach, wie wenn er zum Klub oder zu seinem Hotel gegangen wäre. Wenn er nicht auswärts gegessen hatte und später seinen Klub verließ, mußte man annehmen, daß er ins Hotel gehe; und wenn er das Hotel verließ, nachdem er den Abend dort zugebracht hatte, mußte man annehmen, daß er in den Klub gehe. So war also alles ganz leicht; alles verschwor sich zu seinen Gunsten, kam ihm entgegen; selbst in der Art seines Abenteuers lag etwas, was sein Bewußtsein bis ins letzte beschwichtigte, beruhigte. Er schweifte umher und redete und erneuerte zwanglos und freundlich alte Bekanntschaften, nährte sogar, soweit dies möglich war, neue Hoffnungen und erkannte, daß man ihn alles in allem, trotz seinem Werdegang, trotz den andersartigen Begegnungen, die manchen Zeugen wenig erbaulich erscheinen mochten, eher gern als nicht gern mochte. Er war, gesellschaftlich gesehen, nicht völlig erfolglos — in den Augen von Leuten, die ihn nicht im geringsten kannten. Das ganze Willkommgeschrei und Knallen der Korken, das war doch nur oberflächlich — genauso wie seine erwidernden, übertriebenen Gesten nicht mehr bedeuteten als die verzerrten Schatten eines *Ombreschinoises*-Spiels. Den ganzen Tag über sprang er n Gedanken über die mit harten, geistlosen Schädeln gespickte Mauer, sprang er hinein in das wirkliche wartende Leben, in jenes Leben, das für ihn — sobald er die riesige Haustür hinter sich ins Schloß fallen hörte — stets ebenso faszinierend begann, wie wenn die langsamen Eröffnungsakte einer großen Symphonie dem Klopfen des Dirigentenstabes folgen.

Die erste Freude bereitete ihm die Stahlspitze seines Spazierstocks auf dem alten Marmorboden der Halle: auf den großen schwarzen und weißen Quadraten, die er, wie er sich erinnerte, schon als Kind bewundert hatte, worin sich bereits damals sein früherwachtes Stilgefühl verraten haben mußte. Diese Freude war der dünne, widerhallende Klang, der dem einer fernen Glocke glich, einer Glocke, die irgendwo tief im Innern des Hauses hing, in jener vergangenen, geheimnisvollen Welt, die sein eigen gewesen wäre, hätte er sie nicht, ob nun zu seinem Wohl oder Wehe, aufgegeben. Unter diesem Eindruck tat er stets das gleiche: er stellte seinen Stock behutsam in eine Ecke, wobei er das Haus erneut als eine große muschelförmige Schale aus kostbarem, geschliffenen Kristall empfand, eine Schale, der man mit dem an ihrem Rand entlangfahrenden Finger zarte Töne zu entlocken vermochte. Diese geschliffene Kristallschale umschloß jene geheimnisvolle andere Welt, und das unbeschreiblich schöne Summen ihres Randes war für sein gespannt lauschendes Ohr der Seufzer, die kaum hörbare, pathetische Klage all der alten, verleugneten, vereitelten Chancen. Durch seine stumme Gegenwart erweckte er sie gerade so weit zu einem gespenstischen Leben, wie sie es noch zu genießen vermochten. Sie waren scheu, fast unüberwindbar scheu, aber doch nicht unheimlich; wenigstens waren sie es bisher nicht gewesen — ehe sie jene Form angenommen hatten, von der er sich so sehr gewünscht hatte, daß sie sie annehmen möchten: die Form, die er manchmal vor sich sah, wenn er in seinen Abendschuhen auf Zehenspitzen behutsam von Raum zu Raum und von Stockwerk zu Stockwerk auf Jagd ging.

Dies ungefähr war das Wesentliche seiner Vision — eine, wenn man wollte, offenkundige Narrheit, solange er außerhalb des Hauses und anderweitig beschäftigt war, die jedoch der letzten Wahrheit gleichkam, sobald er sich allein sah. Er wußte, was er meinte und was er wollte; dies war so klar wie die Zahl auf einem Scheck, den man einlöst. Sein *alter ego* ›ging umher‹ — so jedenfalls in seiner Vorstellung; seine Vorstellung vom Motiv seines eigenen merkwürdigen Zeitvertreibs dagegen war der dringliche Wunsch, ihm den Weg zu versperren und entgegenzutreten. Er streifte bedacht, umsichtig und doch ruhelos umher — Mrs. Muldoody hatte ganz recht gehabt mit ihrem ›Herumschleichen‹; und das zweite Ich, nach dem er Ausschau hielt, streifte wohl ebenfalls ruhelos umher. Aber sicherlich ging es genauso vorsichtig und raffiniert zu Werke wie er; die Überzeugung, daß dieses andere Ich wahrscheinlich, wenn nicht gar sichtbar und hörbar, der Verfolgung auszuweichen versuchte, wurde für ihn von Nacht zu Nacht größer und umschloß ihn schließlich mit einem Zauber, dem nichts in seinem bisherigen Leben gleichkam. Manche oberflächlich urteilenden Leute waren der Meinung gewesen, er verschwende dieses Leben an lauter Sensationen; und doch hatte er noch nie ein Vergnügen gekostet, das so köstlich gewesen war wie seine augenblickliche Hochspannung, keinem Sport gehuldigt, der solche Geduld und auch solche Nerven erforderte, wie er sie bei seiner Pirsch auf ein Geschöpf brauchte, das listiger, doch in seiner Bedrängnis vielleicht herrlicher war als jedes Tier des Waldes. Es herrschten nun wieder die alten Bedingungen, Verhältnisse und Praktiken der Jagd; es gab sogar Augenblicke, da seine geringen Erfahrungen als Sportler wieder wach wurden und die Erinnerungen an seine Jugend in Moor, Gebirge und Wüste in einer sich steigernden Kühnheit auflebten, und das alles durch die zwingende Kraft des Vergleiches. Manchmal ertappte er sich dabei, wie er — nachdem er sein Licht auf einen Kaminsims oder in eine Nische gestellt hatte — ins Dunkel oder in den Schatten trat und sich hinter einer Tür oder einem Vorsprung verbarg, so wie er früher den Schutz eines Felsens oder Baumes gesucht hatte; und er ertappte sich dabei, wie er den Atem anhielt und ganz dem Augenblick hingegeben war, dieser äußersten Spannung, die man nur auf einer großen Jagd erlebt.

Er hatte keine Angst (wenn er sich auch die gleiche Frage stellte, die sich seiner Ansicht nach jene Herren gestellt hatten, die Bengaltiger gejagt oder in den Rockies den großen Bären gegenübergetreten waren), und dies vornehmlich deshalb — was er doch wohl offen zugeben durfte —, weil er den gewohnten und doch so fremden Eindruck hatte, daß er eine Furcht, zumindest eine Beklommenheit verbreitete, die seine eigene bei weitem übertraf. Die Anzeichen des Schreckens, der von seiner Gegenwart und Wachsamkeit ausging, häuften sich und wurden ihm bereits vertraut; und zu seiner Freude gaben sie ihm auch zu bedenken, daß er vielleicht eine Beziehung geschaffen habe und ein Wissen genieße, das in der Erfahrung des Menschen einmalig sei. Schon immer hatten sich die Leute vor Erscheinungen gefürchtet, doch wer hatte je zuvor gleich ihm den Spieß umgedreht und war in der Welt der Erscheinungen selber zu einem unberechenbaren Schrecknis geworden? Er hätte dies vielleicht überwältigend gefunden, würde er nur gewagt haben, ernsthaft daran zu denken; aber er legte nicht allzuviel Gewicht auf diese

Seite seines Privilegs. Durch die wiederholte Übung erlangte er bis zu einem ungewöhnlichen Grade die Macht, den Nebel der Entfernungen und das Dunkel in den Ecken zu durchdringen und den Trug des diffusen Lichtes und die schreckenerregenden Umrisse, die im Dämmer aus den Schatten, den Luftspiegelungen und den verzerrten Perspektiven entstanden, in ihre Unschuld zurückzuverwandeln. Wenn er seine flackernde Kerze abgestellt hatte, vermochte er ohne sie weiterzugehen, andere Räume zu betreten und im Bewußtsein, daß sie im Notfall ja irgendwo hinter ihm stehe, seinen Weg zu suchen und eine für seinen Zweck ausreichende Helle zu finden. Mit dieser neuerworbenen Eigenschaft kam er sich wie eine riesige schleichende Katze vor; und er fragte sich, ob man bei ihm in solchen Stunden vielleicht leuchtende, gelbe Augen entdeckt hätte und was es für das schwergeprüfte *alter ego* bedeute, sich einem derartigen Gesicht gegenüberzusehen. Dabei liebte er es trotz allem, wenn die Läden offen waren; alle, die Mrs. Muldoody geschlossen hatte, schlug er zurück (und machte sie nachher sorgfältig wieder zu, damit sie nichts merke); denn er liebte — und dies vor allem in den oberen Räumen — das harte Silber der herbstlichen Sterne, die durch die Fensterscheiben hereinfunkelten, und er liebte nicht weniger das Flimmern der Straßenlaternen, das weiße Strahlen der Glühlampen, das man nur durch Vorhänge hätte fernhalten können. *Dies* war menschlich, wirklich, gesellig; dies kam aus der Welt, in der er gelebt hatte, und der Schutz, den sie ihm, so kalt und gleichgültig und unpersönlich sie war und obwohl er sich von ihr getrennt hatte, gewährte,erleichterte ihm manches. Die größte Sicherheit fand er daher in den Zimmern an der Vorderfront und der Längsseite, während er sich in den hinteren Räumen ziemlich verlassen fühlte. Aber wenn er auch bei seinen Runden manchmal froh war über seine Sichtweite, so erschien ihm der rückwärtige Teil des Hauses doch oft als der eigentliche Dschungel seiner Jagd. Dort gab es mehr Einzelräume, besonders in jenem Teil des Hauses, wo sich die vielen Dienstbotenkammern, unzähligen Nischen und Ecken, Alkoven und Gänge und vor allem eine gewundene breite Hintertreppe befanden, über die er sich oft beugte, um hinunterzuschauen: ohne Angst vor seiner Schwerkraft und wohl wissend, daß ihn jeder, der ihn so gesehen, für einen Verstecken spielenden Narren hätte halten müssen. Außerhalb des Hauses hätte er dies ironische *rapprochement* sicherlich selber gemacht; innerhalb der Mauern jedoch war seine Logik trotz der hellen Fenster gegen das zynische Licht New Yorks gefeit.

Es gehörte zu jener Vorstellung von dem verzweifelten Bemühen, sein Opfer gewahr zu werden, daß er sie geradezu als Bewährungsprobe empfand; hatte er sich doch von Anfang an eingeredet, er könne — wie bezeichnend für ihn! — seine Wahrnehmungen ›kultivieren‹. Er hatte das Gefühl gehabt, daß sie für die Kultivierung besonders geeignet seien — was nur eine andere Charakterisierung für die Art war, in der er seine Zeit verschwendete. Er brachte es durch ständige Übung bis zur Perfektion darin, und durch seine Bemühungen erreichte er etwas so Einmaliges, daß er jetzt Eindrücke gewann und Bestätigungen all seiner Forderungen fand, die ihm sonst nicht so einfach zugefallen wären. Dies traf noch weit mehr auf ein Phänomen zu, das er in den oberen Räumen schließlich recht häufig erlebte: die Erkenntnis — ganz unmißverständlich und in einer bestimmten Stunde gewonnen, bei Wiederaufnahme seiner Kampagne nämlich nach einer diplomatischen Pause, nach einem absichtlichen Fernbleiben in drei Nächten —, daß ihm jemand in wohlüberlegter Entfernung folgte, und zwar allein zu dem Zweck, daß er sich weniger zuversichtlich, weniger arrogant als Verfolger vorkomme. Dies beunruhigte, ja zermürbte ihn, denn es bestätigte von allen faßbaren Eindrücken gerade den, der ihm am wenigsten gelegen kam. Man behielt ihn im Auge, während er — was den Grund seiner Situation betraf — nichts zu sehen vermochte, und das einzige, was ihm übrigblieb, waren unvermittelte Kehrtwendungen und schnelles Gewinnen an Boden. Er wirbelte herum und lief zurück, als könnte er dadurch wenigstens die von einer anderen schnellen Drehung bewegte Luft spüren. Es war tatsächlich so, daß diese verwirrende Vorstellung ihn an den Hanswurst im Weihnachtsspiel erinnerte, der vom allgegenwärtigen Harlekin hinterrücks gepufft und überlistet wird; doch dies beeinflußte die Umstände, denen er täglich ausgesetzt war, nicht nachteilig, so daß seine Assoziation, hätte er sie auf die Dauer anerkannt, in gewisser Weise seinen Ernst vertieft haben würde.

Er war wie gesagt, drei Nächte ferngeblieben, um an Ort und Stelle ein unheimliches Gefühl der Verzögerung aufkommen zu lassen; und das Ergebnis der dritten war, daß es die Nachwirkung der zweiten erfüllte.

Bei seiner Rückkehr an jenem Abend, der seiner letzten Unterbrechung folgte, stand er in der Halle und blickte mit einer stärkeren Gewißheit als je die Treppe empor. ›Er ist da, steht dort oben und wartet, aber diesmal wird er nicht wie sonst verschwinden. Unerschütterlich steht er dort zum ersten Male, und dies beweist wohl, daß etwas mit ihm geschehen ist.‹ So argumentierte Brydon, der, die Hand auf dem Geländer, die unterste Stufe betrat; und in dieser Haltung spürte er wie nie vorher den Eiseshauch der Logik. Es wurde ihm ganz kalt: auf einmal glaubte er zu wissen, was dies bedeutete. ›Schwer geprüft? — Ja, er nimmt es hin und macht sich klar, daß ich, wie man so sagt, gekommen bin, um zu bleiben. Und das mag er nicht: weil sein Zorn, seine bedrohten Interessen jetzt sicherlich seiner Furcht die Waage halten. Ich habe ihn gejagt, bis er umgekehrt ist: daß er da oben steht, ist das Ereignis — er ist das Tier mit dem scharfen Gebiß oder dem großen Geweih, das endlich gestellt werden konnte.‹ Wie unerschütterlich seine Gewißheit war, vermochte er, wie gesagt, nicht zu übersehen — und dennoch wurde sie durch etwas beeinflußt, was außerhalb meiner Beschreibung liegt. Und so brach ihm schon in der nächsten Minute der Schweiß aus — ein Schweiß, den er ebensowenig geneigt gewesen wäre als Angstschweiß zu bezeichnen, wie er es gewagt hätte, auf dieses Zeichen der Exaltation hin unverzüglich zu handeln. Immerhin, er kennzeichnete eine starke Erregung, eine Erregung, die zweifellos ein plötzliches Erschrecken, aber in der gleichen Sekunde die beglückendste und seltsamste und in der nächsten Minute schon die kühnste Verdoppelung des Bewußtseins war.

›Bisher hat er sich geduckt, zurückgezogen, versteckt, jetzt aber wird er in seinem Zorn den Kampf aufnehmen!‹ — dieser zwingende Eindruck bedeutete Entsetzen und Beifall zugleich. Das eigentliche Wunderbare daran war jedoch, daß der Beifall so lebhaft einsetzte; denn wenn es wirklich sein zweites Ich war, das er da zu Tode hetzte, dann war diese unfaßbare Identität genaugenommen der seinen durchaus würdig. Da krümmte sie sich nun — irgendwo in nächster Nähe, aber noch nicht sichtbar — wie eine gejagte Kreatur, ja wie der getretene Wurm im Sprichwort sich schließlich krümmen *muß*. Und Brydon erlebte wohl in diesem Augenblick ein komplexeres Gefühl, als es mit einem gesunden Verstand je zu vereinbaren war. Fast beschämte es ihn, daß es einem so eng mit ihm verbundenen Charakter gelungen sein sollte, sich erfolgreich zu drücken, und daß er es nicht gewagt hätte, ihm entgegenzutreten. Daß diese Gefahr nun nicht mehr bestand, gab daher seiner Situation sofort einen ungeheuren Aufschwung. Doch durch eine weitere ungewöhnliche und ebenso spitzfindige List versuchte er bereits festzustellen, wieviel mehr er selbst jetzt vielleicht in der Gefahr der Furcht schwebe; und so genoß er es geradezu, daß er diese Furcht in anderer Gestalt aktiv erregen und gleichzeitig zittern konnte um jene Gestalt, in der er sie womöglich passiv erfahren würde.

Dieses Bewußtsein war offenbar nach und nach in ihm gewachsen, und wohl der merkwürdigste Augenblick seines Abenteuers, der denkwürdigste und vielleicht auch bedeutungsvollste seiner Krise war das Erlahmen eines krampfhaft, konzentriert geführten Kampfes, war die zwingende Notwendigkeit, um jeden Preis durchzuhalten, wenn auch gleich einem Mann, der auf einer beängstigenden Schräge tiefer und tiefer gleitet, war vor allem der lebhafte Drang, sich zu bewegen, zu handeln, irgendwie und irgendwas anzugreifen — mit einem Wort: sich selbst zu beweisen, daß er keine Angst hatte. So war er also gegenwärtig auf das Stadium des Durchhaltens beschränkt; hätte es in der großen Leere irgend etwas Greifbares gegeben, würde er zweifellos sofort zugepackt haben — so wie er zu Hause in einem Wutanfall die nächste Stuhllehne gepackt hätte. Jedenfalls war er — das ließ sich nicht bestreiten —, seit er das Haus übernommen hatte, noch nie von etwas so Beispiellosem überrascht worden; er hatte die Augen geschlossen, sie eine Minute lang nicht geöffnet, aus instinktiver Angst vor diesem Bild. Als er sie wieder aufschlug, schienen ihm der Raum und die angrenzenden Zimmer wie durch ein Wunder heller geworden — so hell fast, daß er zuerst glaubte, es sei Tag. Er jedoch wich nicht von der Stelle, wo er stehengeblieben war; sein Widerstand hatte ihn gestärkt — es war, als hätte er bereits etwas überwunden. Bald schon wußte er auch, was es war: die drohende Gefahr der Flucht. Er hatte seinen ganzen Willen dagegen eingesetzt; ohne ihn wäre er zur Treppe gehastet; und er war überzeugt, daß er sie mit geschlossenen Augen hinuntergerannt wäre und daß er seinen Weg schnell und sicher gefunden hätte.

Nun aber, da er hier ausgehalten hatte, konnte er — der sich nach wie vor im Labyrinth der oberen Räume befand, herausgefordert von den anderen Zimmern, ja von dem ganzen übrigen Haus —, wenn es Zeit war, zu verschwinden, immer noch weglaufen. Er würde zu seiner Zeit verschwinden — erst zu seiner Zeit: verschwand er nicht jede Nacht etwa zur selben Stunde? Er zog seine Uhr heraus — dafür war es hell genug: es war knapp Viertel nach eins; so früh war er noch nie gegangen. Meist erreichte er gegen zwei sein Hotel, und für seinen Weg dahin brauchte er nur fünfzehn Minuten. Er würde bis Dreiviertel warten — eher wollte er sich nicht vom Fleck rühren; so hielt er den Blick auf seine Uhr gerichtet und sagte sich, daß dieses vorsätzliche Warten, ein Warten, dessen Anstrengung ihm durchaus bewußt war, völlig für den gewünschten Beweis genügen würde. Es würde seinen Mut beweisen — es sei denn, er beweise noch mehr Mut darin, daß er sich schließlich doch noch von der Stelle rührte. Was ihn jedoch am stärksten beschäftigte, war, daß er, da er nicht gleich Reißaus genommen hatte, seine ganze Würde — die ihm noch nie im Leben so vielfältig erschienen war — wahren und wie eine Fahne hochhalten mußte. Dies stand fast wie ein greifbares Bild vor ihm — ein Bild, das in ein romantischeres Zeitalter gepaßt hätte. Diese Erkenntnis jedoch dämmerte erst schwach in ihm, aber schon im nächsten Augenblick erstrahlte sie im reinsten Licht; denn welches romantische Zeitalter wäre überhaupt seiner Verfassung oder — wie man so sagt: objektiv betrachtet — seiner wundersamen Situation angemessen gewesen? Der einzige Unterschied hätte darin gelegen, daß er, der seine Würde über dem Kopf schwang wie eine Pergamentrolle, in einem heroischen Zeitalter mit gezogenem Schwert in der anderen Hand die Treppe hinuntergestürmt wäre.

Für den Moment jedoch mußte die Kerze, die er auf den Kaminsims im Nebenzimmer gestellt hatte, das Schwert ersetzen; um sich dieses Requisits zu versichern, hatte er im Lauf einer Minute einige Schritte darauf zu getan. Die Tür zwischen den beiden Zimmern stand offen, und von dem zweiten führte eine Tür in ein drittes Zimmer. Diese drei Räume gingen, wie er sich erinnerte, alle auf denselben Flur, aber hinter ihnen lag noch ein viertes Zimmer, das man nur durch das davorliegende erreichen konnte. Sich bewegt, die eigenen Schritte gehört zu haben, war bereits eine gewisse Hilfe. Als ihm dies aber klar wurde, blieb er geraume Zeit vor dem Kamin stehen, auf dem sein Licht gestanden hatte. Nun er sich wieder rührte und noch überlegte, wohin er sich wenden solle, entdeckte er etwas, was ihm nach der ersten und verhältnismäßig ungewissen Wahrnehmung einen Schock versetzte, wie man ihn oft bei wiederkehrenden Erinnerungen erlebt: die heftige Erschütterung, wenn man aufhört, sich in glücklichem Vergessen zu wiegen. Er hatte jene Tür erblickt, bei der die kurze Kette der Verbindungen endete und auf die er nun von der nächsten Schwelle aus, die nicht genau gegenüberlag, starrte. Hätte sie etwas weiter links gelegen, würde sie ihm Einblick in den vierten Raum gewährt haben, jenen Raum ohne zweiten Zu- oder Ausgang — wäre jene Tür nicht, wovon er fest überzeugt war, seit seinem letzten Gang vor einer Viertelstunde *geschlossen* worden. Er blickte entsetzt ob dieser mysteriösen Tatsache, stand wie festgenagelt, hielt den Atem an und überprüfte seine Sinne. Wahrhaftig, die Tür war geschlossen worden — denn vorhin erst, als er vorbeigegangen war, hatte sie bestimmt offengestanden.

Es war ihm ganz klar, daß etwas geschehen sein mußte — daß er vorher (während seiner ersten nächtlichen Runde durch alle Räume) nicht bemerkt haben konnte, was für ein Hindernis sich ihm hier entgegenstellte. Seit jenem Augenblick hatte er allerdings derart erregte Minuten durchlebt, daß sich seine Erinnerung getrübt haben mochte; und er versuchte sich einzureden, daß er dabei vielleicht in jenes Zimmer gegangen sei und beim Herauskommen unabsichtlich, automatisch die Tür hinter sich geschlossen habe. Doch die Sache war eben die, daß er dies niemals tat: dies entsprach so gar nicht seinem Verfahren, wie er es genannt hätte — einem Verfahren, bei dem es darum ging, den Durchblick nicht zu verdecken. Von Anfang an hatte er ständig nur an das eine gedacht: Die seltsame Erscheinung seiner verwirrten ›Beute‹ (zu der durch eine scharfe Ironie dieses Wort auf einmal so gar nicht mehr paßte) am äußersten Ende des einen Durchblicks war eine Art des Triumphs gewesen, die seine Phantasie am meisten beglückt und in die sie eine noch verfeinerte Schönheit projiziert hatte. Wenigstens fünfzigmal hatte er eine erregende Wahrnehmung gemacht, die sich nachher als nichtig erwiesen, wenigstens fünfzigmal hatte er in beglückender, kurzer Halluzination ›Halt‹ gerufen. Das Haus eignete sich dafür prächtig; er mochte manchmal zwar staunen über den Geschmack, die Architektur jener Epoche, die sich in der Vielzahl der Türen bekundete — ganz anders als die moderne Zeit, die Türen fast ganz verbot; aber diese Architektur hatte immerhin dazu beigetragen, jene beklemmende Erscheinung hervorzurufen, die er, auf den Ellbogen gestützt, sozusagen durch ein Teleskop verkleinert wahrgenommen hatte.

Mit solchen Betrachtungen befaßte er sich jetzt; sie unterstrichen das Außergewöhnliche seiner Situation geradezu vollkommen. Er konnte keinesfalls versehentlich jene Tür geschlossen haben; und wenn dem so war, wenn dies wirklich undenkbar war, dann konnte es doch gar nicht anders sein, als daß da ein anderer gewesen sein mußte. Ein anderer? — er versetzte sich zurück: er hatte buchstäblich dessen Atem auf sich gespürt; aber wann war er ihm je so nahe gewesen wie in diesem schlichten, diesem natürlichen, diesem ganz persönlichen Akt? Ich meine, es war so natürlich, daß man ihn für persönlich nehmen *mußte;* doch wofür nahm ihn Brydon, fragte er sich selbst, unterdrückt keuchend, wobei er das Gefühl hatte, die Augen mußten ihm aus den Höhlen springen. Nun also waren sie endlich anwesend, seine beiden Ichs; und damit erhob sich wirklich die Frage der Gefahr. Mit ihr erhob sich wie nie zuvor auch die Frage des Mutes — denn das nackte Gesicht der Tür sagte zu ihm: ›Nun zeig uns, wie mutig du bist!‹ Mit dieser Herausforderung starrte es ihn an; es stellte ihm die Alternative, sie aufzustoßen oder nicht. Aber dieses Gefühl hieß *Denken* — und Denken bedeutete, wie Byrdon während dieser verstrichenen Minuten wußte, nicht gehandelt zu haben. Nicht gehandelt zu haben — welch entsetzliches Bewußtsein — bedeutete wiederum: nicht handeln; es bedeutete nichts anderes, als alles in neuer und schrecklicher Sicht zu erleben. Wie lange stand er nun schon hier, und wie lange debattierte er? An nichts ließ sich dies abmessen; denn auch sein Schwanken hatte sich, wie durch seine eigene Intensität, bereits verändert. Hier eingeschlossen, wankend und herausfordernd, in der Überzeugung, den andern greifbar vor sich zu haben, Zeichen gebend gleich einem riesigen Wegweiser — mit dieser Verschiebung des Akzents hatte sich auch die Situation selbst verändert; und Brydon machte sich schließlich klar, wozu sie sich verändert hatte.

Sie hatte sich zu einer Warnung ganz anderer Art verändert, zu einer deutlichen Anspielung auf den Wert der Besonnenheit. Es dämmerte ihm zweifellos nur langsam, es hatte ja auch Zeit; noch immer stand er starr auf der Schwelle, hatte sich weder vorgewagt noch zurückgezogen. Und das merkwürdigste war: wenn er jetzt zehn Schritte machte und die Hand auf die Klinke und notfalls sogar Schulter und Knie gegen die Türfüllung stemmte, dann würde all seine ursprüngliche Sehnsucht erfüllt, seine Neugier gekrönt, seine Unruhe gestillt werden — es war erstaunlich, aber es war auch ungeheuerlich und unglaublich, daß sein Verlangen durch eine einzige Bewegung plötzlich nichtig geworden wäre. Besonnenheit — darauf sprang er geradezu; aber nicht, weil sie seine Nerven oder seine Haut rettete, sondern weil sie, was viel wichtiger war, die Situation rettete. Wenn ich sage, er ›sprang‹ darauf, dann denke ich dabei auch daran, daß er — ich weiß nicht, nach wie langer Zeit — sich von der Stelle rührte und geradenwegs auf die Tür zuging. Er wollte sie nicht berühren — wenn er jetzt auch meinte, daß er es wirklich könnte, so er nur wollte: aber er wollte lediglich ein wenig warten, um zu zeigen, zu beweisen, daß er nicht wollte. Er erlebte somit noch eine weitere Station nahe der dünnen Trennwand, durch die ihm die Enthüllung verborgen wurde — doch nun mit gesenktem Blick und die Hände in der vollkommenen Stille ausgestreckt. Er lauschte, als gäbe es etwas zu hören. Aber dies galt nur seinen eigenen Worten. »Wenn du also nicht willst — gut: ich verschone dich und gebe dich auf. Du rührst mich wahrhaftig, als bätest du um Mitleid; du überzeugst mich, daß wir beide aus was weiß ich für harten und undurchsichtigen Gründen hätten leiden sollen. Ich will sie respektieren, und obgleich ich im Schwung und im Vorteil bin wie wohl selten ein Mann zuvor, verzichte ich und werde es, auf Ehre, nie wieder versuchen. So ruhe also für immer — und laß mich gehen.«

Dies war für Brydon der tiefere Sinn seiner feierlichen und abgemessenen und richtungsweisenden Geste. Er beendete sie, wandte sich ab; und jetzt erst spürte er, wie aufgewühlt er war. Er ging zurück, nahm seine Kerze auf, die nun fast bis zum Halter heruntergebrannt war und, als er sie wieder anzündete, erneut die feierliche Art, in der er sich bewegte, sichtbar machte; und gleich darauf merkte er, daß er im andern Teil des Hauses war. Er tat dort, was er zu dieser Stunde noch nie getan hatte: er öffnete eines der Vorderfenster und ließ die Nachtluft hereinströmen: dies hätte er bisher stets als eine grobe Verletzung des Banns betrachtet. Aber jetzt war der Bann gebrochen, und das beunruhigte ihn nicht einmal — war gebrochen durch seine Ergebung und Übergabe, durch die es von nun an sinnlos wurde, daß er je wieder zurückkehrte. Die einsame Straße, deren ganz anderes Leben selbst in ihrer großen, von Lampen erhellten Leere überdeutlich war, lag unter ihm in Ruf- und Reichweite; er verharrte, als stünde er auf ihr, obwohl er in Wahrheit hoch über ihr stand; er suchte sie nach einer tröstlichen Gemeinsamkeit ab: nach einer Menschenstimme, nach einem vorübergehenden Straßenfeger oder Dieb oder Nachtschwärmer, mochte er auch noch so ordinär sein. Solch ein Lebenszeichen hätte er jetzt begrüßt; er hätte geradezu frohlockt über das langsame Heranschreiten seines Freundes, des Polizisten, den er bisher lediglich zu vermeiden gesucht hatte, und er war sich nicht sicher, ob er nicht, wäre der Polizist in Sichtweite gekommen, das Bedürfnis verspürt hätte, sich bemerkbar zu machen: unter irgendeinem Vorwand vom vierten Stock hinunterzurufen. Es war ihm allerdings keineswegs klar, unter welchem Vorwand — ein Vorwand, der in solch einem nicht in den Büchern stehenden Fall nicht gar zu albern oder kompromittierend gewesen wäre und der seine Würde und seinen Namen geschont hätte. Er war so beschäftigt mit dem Gedanken an seine Besonnenheit — als der

Wirkung eines Schwurs, den er seinem intimen Gegenspieler geleistet hatte —, daß dessen Bedeutung alles überragte und ihm komischerweise auch jedes Gefühl für Proportionen raubte. Hätte an der Vorderfront eine Leiter gestanden — und wäre es nur eine jener senkrecht aufgestellten, schwindelerregenden Leitern gewesen, wie sie Maler und Dachdecker benützen und manchmal über Nacht stehenlassen —, dann hätte er sich über den Sims geschwungen und es auch sicherlich fertiggebracht, mit ausgestreckten Armen und Beinen diese ungewöhnliche Treppe zu erreichen. Und hätte es hier so etwas gegeben, wie er es in Hotelzimmern schon gefunden hatte: eine brauchbare Feuerleiter in Form eines geknüpften Seils oder einer Segeltuchgleitbahn — er hätte sich ihrer jetzt bedient als eines Beweises für seine, nun ja, seine jetzige Zurückhaltung. So wie die Dinge jedoch lagen, gab er sich mit dieser Frage vergeblich ab, und schließlich — er wußte wieder kaum, nach wie langer Zeit — geriet er, da die Außenwelt auf die Aktivität seines Geistes zu antworten versäumte, in eine unbegreifliche Wut. Er glaubte, eine Ewigkeit darauf gewartet zu haben, daß das große, grausame Schweigen gebrochen würde; doch selbst das Leben der Stadt lag unter einem Bann; auf all den vertrauten und recht häßlichen Dingen lastete eine unnatürliche Leere und Stille. Hatten sie je, fragte er sich, diese hartgesichtigen Häuser, die im aufkommenden Dämmer auffallend fahl aussahen, auch nur im geringsten seinem geistigen Bedürfnis entsprochen? Die große erbaute Leere und die große überfüllte Stille legen im Herzen der Städte zu manchen Stunden düstere Masken an, und dieser riesigen, kollektiven Verneinung wurde sich Brydon plötzlich bewußt — um so mehr, als zu seinem Erstaunen auf einmal der Tag anbrach und ihm enthüllte, was für eine Nacht er hinter sich hatte. Wieder blickte er auf die Uhr und sah, wie er sich in der Zeit verschätzt hatte (ihm waren Stunden wie Minuten vorgekommen — nicht, wie sonst in spannungsreichen Situationen, Minuten wie Stunden), und die eigentümliche Atmosphäre auf der Straße beruhte auf nichts weiter als dem schwachen, schwermütigen Schein der Morgendämmerung, in der noch alles schlief. Sein erstickter Ruf aus dem offenen Fenster war der einzige von Leben kündende Ton gewesen, und er konnte nun nichts weiter tun, als verzweifelt aufbrechen. Und doch zwang er sich in seiner tiefsten Demütigung zu einer Entscheidung, die — wenigstens nach seinen augenblicklichen Maßstäben — ungemeine Entschlußkraft verlangte: seine Schritte dorthin zurückzulenken, wo er vorhin bis in den letzten Nerv erstarrt war in der Ahnung, daß hier noch ein anderer sei als er selbst. Dies verlangte einen solchen inneren Anlauf von ihm, daß ihm fast übel wurde; doch er hatte einen Grund, der im Augenblick alles andere überschattete. Er mußte noch durch das ganze Haus gehen; wie aber würde er sich dazu überwinden können, wenn die Tür, die er geschlossen gesehen hatte, plötzlich offenstünde? Er konnte sich natürlich einreden, daß das Schließen sozusagen ein Gnadenakt gewesen sei, eine Gelegenheit, die ihm geboten worden war, damit er hinunter- und weggehe, das Haus verlasse und es nie wieder entweihe. Diese Vorstellung überzeugte, hatte einen Sinn; aber was sie für ihn bedeutete, hing jetzt ganz davon ab, wieviel Nachsicht seinem letzten Tun — oder besser Nicht-Tun — entgegengebracht wurde. Das Bild des ›Anwesenden‹, wer immer er auch war, der da wartete, daß er gehe — dieses Bild war ihm noch nie so konkret erschienen wie in dem Augenblick, da er kurz vor jener Stelle haltmachte, an der ihm Gewißheit kommen sollte. Denn trotz all seiner Entschlossenheit, genauer gesagt, trotz all seiner Angst, hielt er inne, wich er der Gewißheit aus. Die Gefahr war zu groß und seine Furcht zu offensichtlich: schon im selben Moment nahm sie eine entsetzliche, sonderbare Form an.

Er wußte — wußte es, wie er nie zuvor etwas gewußt hatte: Wenn er die Tür offen fände, würde dies ein jämmerliches Ende für ihn bedeuten. Es würde bedeuten, daß der Urheber seiner Schande — dieser jämmerlichen, abgrundtiefen Schande — wieder obenauf und Herr der Situation war; und die Konsequenz, die er daraus ziehen müßte, stand ihm grell vor Augen. Er würde direkt aufs Fenster zugehen müssen, das er offengelassen hatte; und schon sah er sich durch dieses Fenster, mochte die lange Leiter oder der baumelnde Strick vorhanden sein oder nicht, wie irre und ohne nachzudenken den Weg zur Straße nehmen. Diese gräßliche Aussicht wenigstens wollte er vermeiden; aber er konnte sie nur vermeiden, indem er rechtzeitig vor der Gewißheit zurückschreckte. Er hatte noch das ganze Haus zu durchwandern — noch immer stand ihm diese Tatsache vor Augen; nur wußte er jetzt wenigstens, daß allein die Ungewißheit ihn zum Gehen zu treiben vermochte. Er stahl sich fort von der Stelle, an der er innegehalten hatte — schon dies kam ihm nun der Sicherheit gleich —, tastete sich blind zu der breiten Treppe und ließ klaffende Räume und hallende Gänge hinter sich. Dann der Anfang der Treppe, das schöne hohe, düstere Treppenhaus, und schließlich drei breite Absätze, die es zu meistern galt. Sein Instinkt befahl ihm völlige Stille, seine Schritte aber hallten, und, so merkwürdig es war, als ihm dies nach einigen Minuten zum Bewußtsein kam, empfand er es sogar als Hilfe. Zu sprechen hätte er nicht vermocht; der Klang seiner Stimme würde ihn erschreckt haben, und die übliche Zuflucht und Stärke des ›Pfeifens im Dunkeln‹ (ob nun wörtlich oder nur im übertragenen Sinn) wäre ihm einfach unwürdig und ordinär erschienen; immerhin hörte er gern seine Schritte, und als er den ersten Treppenabsatz erreicht hatte, den er ohne Hast, aber beharrlich hinter sich brachte, entlockte ihm sein Erfolg einen Seufzer der Erleichterung.

Wieder kam ihm das Haus riesig vor und die Ausdehnung der Räume grenzenlos; die offenstehenden Zimmer, zu denen sein Blick nicht hinschweifte, glichen mit den geschlossenen Läden Höhleneingängen. Nur das hohe Oberlicht, das den Treppenschacht überwölbte, schenkte ihm genug Helligkeit zum Weitergehen, wenn es auch in seiner seltsamen Farbe einer Unterwasserwelt hätte entstammen können. Er versuchte, an etwas Schönes zu denken, wie zum Beispiel, daß sein Besitz doch wahrlich großartig, ja geradezu feudal sei; aber auch dieses Schöne verwandelte sich schließlich in helles Entzücken — in dasselbe Entzücken, mit dem er das Haus opfern würde. Mochten sie also kommen, die Bauleute, die Zerstörer — mochten sie kommen, sobald sie Lust hatten. Nach zwei Treppenabsätzen hatte er eine andere Zone erreicht, und vom dritten Absatz aus, als ihm nur noch einer blieb, gewahrte er bereits den Einfluß der unteren Fenster, der zur Hälfte heruntergelassenen Jalousien, des gelegentlichen Aufleuchtens der Straßenlaternen und den schimmernden Glanz der Eingangshalle. Dies war der Meeresgrund mit der ihm eigenen Beleuchtung, den er — als er sich in einem begnadeten Augenblick aufraffte, einen langen Blick über das Geländer zu werfen — mit den Marmorquadraten seiner Kindheit belegt sah. In diesem Stadium fühlte er sich, wie er es bei einem alltäglichen Anlaß genannt hätte, bereits besser, durfte er doch stehenbleiben und Atem holen, und als er dann die alten schwarzen und weißen Platten sah, wurde ihm noch einmal leichter. Was er jedoch am stärksten empfand, war das Gefühl der Immunität, das ihn wie eine feste, sichere Hand geleitete, denn nun hatte sich entschieden, was er oben gesehen haben würde, wenn er jenen letzten Blick gewagt hätte. Die vorhin geschlossene Tür — jetzt wohltuend fern — war nach wie vor geschlossen, und er hatte nur noch eine kurze Strecke bis zur Haustür zurückzulegen.

Er ging weiter hinunter und überquerte den Gang, der zum ersten Treppenabsatz führte; und wenn er hier noch kurz stehenblieb, dann nur wegen der starken Erregung über die gelungene Flucht. Er mußte die Augen schließen — und öffnete sie erst, um das letzte Stück der Treppe hinunterzugehen. Hier war er wieder immun, wenn auch auf eine geradezu übertriebene Weise: die Seitenfenster und das hohe Fächergewölbe des Eingangs schimmerten hinein in die Halle; dies war, wie er im nächsten Augenblick begriff, nur dadurch möglich, daß der Flur offen vor ihm klaffte und die Flügel der Innentür weit zurückgeschlagen waren. Und nun sprang ihn wieder die Frage an und ließ ihm die Augen fast aus dem Kopf springen — wie vorhin oben im Haus angesichts der anderen Tür. Wenn er jene offengelassen hatte, hatte er diese hier doch wohl geschlossen gehabt; befand er sich etwa im Bann einer unfaßlichen okkulten Macht? Diese Frage durchbohrte ihn wie ein Messer, aber noch blieb die Antwort aus und schien sich in dem diffusen Dunkel zu verlieren, das von der matten, nahenden Dämmerung, die in einem Bogen über der Außentür stand, halbkreisförmig begrenzt wurde: ein kaltes, silbriges Leuchten, das sich unter Brydons Blick zu bewegen, auszudehnen und zusammenzuziehen schien.

Es war, als umschlösse das Halbdunkel etwas, was in der Verschwommenheit Schutz suchte, und berührte in der Ferne das dahinterliegende Dunkel, die gestrichene Täfelung des letzten Hindernisses, das sich seiner Flucht entgegenstellte und zu dem er den Schlüssel in der Tasche trug. Diese Verschwommenheit spottete seiner, während er dastand und starrte, spottete seiner mit verhüllender oder anklagender Gewißheit, so daß er, nachdem er auf der letzten Stufe gezögert hatte, sich plötzlich dem Gefühl überließ, hier endlich gebe es etwas zu treffen, zu berühren, hinzunehmen, zu erfahren — etwas Widernatürliches und Entsetzliches, dem sich zu nähern für ihn Befreiung oder Niederlage bedeute. Der dichte, dunkle Halbschatten war tatsächlich die Maskierung einer Gestalt, die so regungslos darin stand wie die aufrechte Figur in einer Nische oder wie die in einer Rüstung steckende Schildwache vor einem Schatz. Später erst wurde Brydon klar, erinnerte und erklärte er sich, was er während der letzten Schritte die Treppe hinunter gedacht hatte. Er sah in dem großen grauen Halbkreisschimmer die Undeutlichkeit von der Mitte her entschwinden und jene Form annehmen, nach der er sich in tagelanger leidenschaftlicher Neugier gesehnt hatte. Es flimmerte, es schwankte, es war etwas, war jemand: das Wunder einer plötzlichen Gegenwart.

Steif und gespannt, gespenstisch und doch menschlich, ein Mann aus seinem Stoff und von seiner Statur — so wartete er, um sich mit Brydons Macht, Angst zu erregen, zu messen. Es konnte nicht anders sein — nicht anders, vermeinte Brydon, bis er nach ein paar weiteren Schritten erkannte, daß das, was das Gesicht verdunkelt hatte, die erhobenen Hände waren, in denen es wie zur Abbitte vergraben lag, und daß der andere weit davon entfernt war, sich ihm trotzig entgegenzustellen. Jetzt erst nahm der vor ihm stehende Brydon seinen Anblick in dem nun besseren Licht klar und deutlich auf: die völlige Starre, die überzeugende Echtheit, der graumelierte, gesenkte Kopf und die weißen, das Gesicht verbergenden Hände, die kuriose Realität des Abendanzugs, des baumelnden Lorgnons, des seidenglänzenden Rockaufschlags und der weißen Hemdbrust, der Perle und der goldenen Uhrkette und der glänzenden Schuhe. Kein Porträt eines modernen Meisters hätte ihn mit größerer Genauigkeit wiedergegeben, ihn künstlerischer aus dem Rahmen heraustreten lassen können, so daß man hätte meinen mögen, jeder Schatten und jeder Zug sei in einem neuartigen ›Malverfahren‹ erzielt worden. Die Umstellung war für unseren Freund, noch ehe er sich dessen bewußt wurde, ungeheuer: diese Erleichterung, als er das unergründliche Manöver seines Widersachers wahrnahm! So wenigstens mußte er, der immer noch starrte, die Sache ansehen; denn als er in diesem ganz anders gearteten Zorn auf sein zweites Ich blickte, mußte er es unwillkürlich voll Staunen anstarren, weil dieser da, der hier für das erfolgreiche, genossene, siegreiche Leben stand, nicht als Sieger betrachtet werden konnte. Lag der Beweis dafür nicht in den schönen, bedeckenden Händen, die er so kraftvoll und weit gespreizt hielt? — so bewußt gespreizt, daß trotz einer ganz bestimmten Übereinstimmung, die alle anderen übertraf — nämlich daß an der einen Hand zwei Finger fehlten, von denen, als wären sie zufällig weggeschossen worden, nur noch die Stummel dastanden —, das Gesicht gänzlich bedeckt und verborgen blieb.

Doch würde es wirklich verborgen bleiben? fragte sich Brydon keuchend, bis die Immunität seiner Haltung und die Hartnäckigkeit seines Blicks plötzlich eine Bewegung erzeugten, die schon im nächsten Moment zu einem bedeutsamen Vorzeichen wurde, und der Kopf sich hob und eine mutige Absicht verriet. Und während er noch starrte, rührten und öffneten sich die Hände, und dann, als hätten sie sich blitzartig entschieden, fielen sie herunter und boten das Gesicht frei und schutzlos dar. Bei diesem Anblick überlief Brydon eiskalter Schrecken, und er keuchte, weil er keinen Laut hervorbrachte: das entblößte Gesicht war zu scheußlich, um das seine zu sein, und sein Blick dokumentierte die Leidenschaft seines Protestes. Das Gesicht, dieses Gesicht sollte Spencer Brydon gehören? Noch immer suchte er darin, blickte jedoch voll Abscheu und Abwehr zur Seite und stürzte jählings von seinem Podest der Vornehmheit. Es war fremd, unfaßbar, schrecklich, weit entfernt von jeder Wahrscheinlichkeit —! Er war, stöhnte er innerlich, als er sich auf dieses Spiel eingelassen hatte, ›verraten‹ worden, der Anwesende war anwesend, der Schrecken war schrecklich, aber die Verschwendung all der Nächte war lediglich eine Groteske und der Erfolg seines Abenteuers eine Ironie. Diese Identität paßte in keinem Punkt zu der seinen und machte seine Wahl zu etwas

Ungeheuerlichem. Wohl tausendmal mußte er denken, während dieses Gesicht auf ihn zukam: Dies ist das Gesicht eines Fremden. Denn nun kam es auf ihn zu und glich einem dieser sich verzerrenden phantastischen Bilder, die in seiner Kindheit von der Laterna magica an die Wand projiziert worden waren; der Fremde, wer immer er auch sein mochte, dieser böse, gräßliche, widerliche, vulgäre Fremde, kam langsam und feindselig auf ihn zu, und Brydon spürte, wie er selbst zurückwich. Dann, als er immer weiter zurückgedrängt wurde, schwindlig ob des erlittenen Schocks und zurückweichend vor dem heißen Atem und der aufgerührten Leidenschaft eines Lebens, das größer war als das seine, einer Glut der Persönlichkeit, vor der die seine zusammenbrach, verdunkelte sich das ganze Bild auf einmal, und seine Beine gaben unter ihm nach. Der Kopf drehte sich ihm; er verlor das Bewußtsein; hatte das Bewußtsein verloren.

3.

Was ihn wieder zu sich brachte — nach wie langer Zeit? —, war die in der Nähe erklingende Stimme von Mrs. Muldoody, so nah erklingend, daß er, der im Liegen zu ihr aufblickte, wahrhaftig meinte, sie kniee neben ihm; das heißt, er lag nicht ganz auf dem Boden, sondern halb aufgerichtet, wurde festgehalten, und spürte eine zärtliche Stütze und merkte dann auch, daß sein Kopf in etwas außerordentlich Weichem und erfrischend Duftendem ruhte. Er grübelte und überlegte mühsam, da sein Gehirn noch nicht wieder arbeiten wollte; dann aber trat ein zweites Gesicht dazwischen, das sich noch tiefer über ihn beugte, und auf einmal wußte er, daß Alice Staverton ihren Schoß zu einem breiten und bequemen Kissen für ihn gemacht und sich zu diesem Zweck auf die unterste Treppenstufe gesetzt hatte, während seine lange Gestalt sich auf den alten schwarzen und weißen Quadraten ausstreckte. Sie waren kalt, diese Marmorplatten seiner Jugend; und doch fühlte er die Kälte nicht, als er nach und nach das Bewußtsein wiedererlangte, in der schönsten Stunde, die er je erlebt hatte und die ihn so dankbar und so unendlich träge machte und wobei ihm dennoch zumute war, als wartete ein wahrer Schatz von Neuigkeiten auf ihn und seine stille Billigung: wartete verstreut, wie er es hätte nennen können, in der szenischen Atmosphäre und zauberte das goldene Glühen eines späten Herbstnachmittags hervor. Er war zurückgekehrt — jawohl, er war zurückgekehrt, und zwar von so weit her, wie vor ihm noch nie ein Mensch gereist war; und doch: das Merkwürdigste war das Gefühl, er sei zurückgekehrt zu dem, was nun wirklich das Große zu sein schien, und daß er seine ganze wundersame Reise nur um dessentwillen unternommen habe. Langsam und stetig wuchs sein Bewußtsein und vervollständigte die Erkenntnis seines Zustands: er war auf geheimnisvolle Weise zurückgeholt, hochgehoben und weitergetragen worden von dort, wo man ihn aufgelesen hatte: dem äußersten Ende eines nicht endenwollenden grauen Ganges. Selbst dann noch hatte er weitergeschlummert, und was ihn nun wieder zur Erkenntnis brachte, war das Verebben der langen, sanften Bewegung.

Es hatte ihn zur Erkenntnis gebracht, ja zur Erkenntnis — das war das Schöne an seinem Zustand: er glich mehr und mehr dem eines Mannes, der vor dem Schlafengehen von einer großen Erbschaft erfahren und der, nachdem er diese Nachricht im Traum mit Dingen, die nichts damit zu tun haben, profaniert hat, nun zur vollen, heiteren Gewißheit erwacht und jetzt nur noch dazuliegen braucht, um sie hell vor sich erstehen zu sehen. Das war der Zweck seiner Geduld: daß er sie nur vor sich hell erstehen zu lassen brauchte. Überdies mußte er in Abständen noch einmal hochgehoben und getragen worden sein; denn warum und wie hätte er sich sonst geraume Zeit später, als das Nachmittagslicht weiterhin zugenommen hatte, nicht mehr am Fuße der Treppe finden sollen — die ihm jetzt am anderen Ende des dunklen, langen Tunnels gelegen schien —, sondern auf einer niedrigen Fensterbank des hohen Salons, über die wie ein Kissen ein weicher, mit grauem Pelz gefütterter Mantel gebreitet worden war, ein Mantel, der ihm bekannt vorkam und den seine Hand zärtlich betastete, als wäre es ein Unterpfand der Wahrheit. Mrs. Muldoodys Gesicht war verschwunden, aber das andere, das zweite, das er erkannt hatte, schwebte noch immer über ihm, und daran merkte er, daß er nach wie vor gestützt und in Kissen gebettet war. Er nahm alles in sich auf, und je intensiver er es in sich aufnahm, desto mehr genügte es ihm: er fühlte sich so wohl, als hätte er gegessen und getrunken. Die beiden Frauen hatten ihn gefunden, nachdem Mrs. Muldoody zur gewohnten Stunde das Schnappschloß geöffnet hatte und überdies zu einer Zeit gekommen war, da sich Miss Staverton noch in der Nähe des Hauses aufhielt. Sie war gerade, nachdem sie vergeblich die Glocke gezogen hatte, in großer Sorge weggegangen, denn eigentlich hatte sie zu dieser Stunde mit dem Besuch der braven Frau gerechnet, doch dann war diese ihr zum Glück entgegengekommen, um sie nicht zu verfehlen, worauf sie zusammen das Haus betreten hatten. Dort hatten sie ihn dann gefunden, gleich hinter der Vorhalle, fast genauso, wie er jetzt noch dalag — das heißt genauso, wie er offenbar gefallen war, und doch wie durch ein Wunder ohne jede Prellung oder Verletzung, nur eben in tiefer Ohnmacht. Was er nun jedoch, da sein Blick klarer wurde, am stärksten in sich aufnahm, war, daß Alice Staverton für einen langen, unbeschreiblichen Moment geglaubt hatte, er sei tot.

»Und ich muß es auch gewesen sein«, sagte er mühsam, während sie ihn stützte. »Ja — ich kann nur tot gewesen sein. Und Sie haben mich im wahrsten Sinne des Wortes zum Leben erweckt. Nur —«, so fragte er und hob den Blick zu ihr, »im Namen aller Heiligen, warum?«

Unvermittelt neigte sie ihr Gesicht und küßte ihn, und irgendetwas in der Art, wie sie das tat und die Hände um seinen Kopf schlang, während er ihre kühlen, gütigen und reinen Lippen spürte, irgend etwas in all dieser Glückseligkeit war die Antwort auf jede Frage. »Und nun halte ich dich fest«, sagte sie.

»Halte mich! Halte mich!« bat er das über ihm schwebende Gesicht, das sich als Antwort darauf abermals neigte und ihm nahe blieb, ganz nahe. Dies war das Siegel ihres Schicksals, und für einen langen, gesegneten, stillen Augenblick spürte er seinen Druck. Doch dann fand er seine Stimme wieder. »Aber woher hast du gewußt —?«

»Ich war so unruhig. Du wolltest doch kommen... und du hattest keinerlei Nachricht geschickt.«

»Ja, ich entsinne mich. Ich wollte um eins bei dir sein.« Dies erinnerte ihn an ihr ›altes‹ Leben und Verhältnis — das so nah und doch schon so fern war. »Da war ich noch ganz in diesem fremden Dunkel — aber wo war das nur, was war es? Ich muß sehr lange dort gewesen sein.« Er konnte über die Tiefe und Dauer seiner Ohnmacht nur staunen.

»Schon seit gestern nacht?« fragte sie mit einem Anflug von Furcht, indiskret zu erscheinen.

»Seit heute morgen — ja, es muß Morgen gewesen sein, kalte, graue Morgendämmerung. Wo war ich nur?« sagte er leise, klagend, »wo war ich nur?« Er spürte ihre Hände, die ihn festhielten, und es war ihm, als vermöchte er dadurch befreit zu stöhnen. »Was für ein langer, dunkler Tag!«

Voll zärtlicher Rücksicht wartete sie einen Augenblick. »In der kalten, grauen Morgendämmerung?« fragte sie dann. Aber er dachte bereits weiter, fügte nun die einzelnen Mosaiksteine des Wunders aneinander. »Als ich nicht kam, bist du direkt hierher —«

Diesmal zögerte sie nicht. »Zuerst bin ich in dein Hotel gegangen, aber dort sagte man mir, du seiest nicht da. Du habest gestern abend auswärts gegessen und seist bisher nicht zurückgekehrt. Offenbar wußten sie jedoch, daß du im Klub gewesen bist.«

»Und dann hast du daran gedacht —«

»An was?« fragte sie schnell.

»Nun — an das, was passiert ist.«

»Jedenfalls nahm ich an, du seiest hier. Ich wußte ja die ganze Zeit schon«, sagte sie, »daß du immer hierhergingst.«

»Du wußtest es?«

»Ich dachte es zumindest. Wenn ich auch seit unserem Gespräch vor einem Monat nichts mehr darüber gesagt habe, so war ich mir meiner Sache doch ziemlich sicher. Ich wußte, du würdest —«, erklärte sie.

»Ich würde darauf bestehen, meinst du?«

»Ihn zu sehen.«

»Aber ich habe ihn ja nicht gesehen!« schrie Brydon auf. »Da war zwar einer, ein scheußliches Untier, das ich zu meinem eigenen Entsetzen gestellt habe. Aber es war nicht ich.«

Und wieder beugte sie sich über ihn, und ihre Augen blickten in seine Augen. »Nein — du warst es nicht.« Solange ihr Gesicht über ihm schwebte, war es ihm, als hätte er einen bestimmten, von einem Lächeln verwischten Sinn darin erkennen können — wäre es ihm nicht so nah gewesen. »Nein, dem Himmel sei Dank!« rief sie und wiederholte: »Du warst es nicht! Aber so sollte es auch gar nicht sein.«

»O doch«, beharrte er sanft. Und er starrte vor sich hin wie nun schon seit so vielen Wochen. »Ich wollte mich doch kennenlernen.«

»Das konntest du nicht«, entgegnete sie tröstend. Und dann griff sie wieder zurück, als wollte sie Rechenschaft über ihr Verhalten ablegen. »Aber es war nicht nur, daß du nicht daheim warst. — Ich habe bis zu der Stunde gewartet, zu der wir damals Mrs. Muldoody hier angetroffen hatten; und sie kam, wie ich dir erzählt habe, in genau dem Augenblick, da es mir nicht gelungen war, jemanden herauszuklingeln, und ich verzweifelt auf der Treppe stand. Wenn sie nicht zu meinem Glück doch noch gekommen wäre, hätten sich schon Wege gefunden, sie aufzutreiben. — Aber das war es nicht«, sagte Alice Staverton, wieder mit dieser bedeutsamen Anspielung, »das war es nicht.«

Im Liegen wandte er ihr den Blick zu. »Was war es dann?« Nun endlich beantwortete sie die Frage, die sie aufgeführt hatte.

»In der kalten, grauen Dämmerung, sagtest du? Nun, in genau derselben kalten, grauen Dämmerung habe auch ich dich gesehen.«

»Du hast mich gesehen?«

»Ihn gesehen«, sagte Alice Staverton. »Es muß im selben Augenblick gewesen sein.« Einen Momant lag er sinnend — als wollte er sich konzentrieren. »Im selben Augenblick?«

»Ja — abermals im Traum, dem gleichen, von dem ich dir schon erzählt habe. ›Er‹ ist wiedergekommen. Da wußte ich, daß dies ein Zeichen war — daß er auch zu dir gekommen war.«

Brydon richtete sich auf; er mußte sie deutlicher sehen. Sie half ihm, da sie seine Absicht erriet, und er setzte sich, wobei er sich auf die Fensterbank stützte und mit der Rechten ihre Linke unklammerte. »Er ist nicht zu mir gekommen.«

»Du selbst bist zu dir gekommen«, sagte sie mit schönem Lächeln.

»Ja, ich bin zu mir gekommen — dank dir, Liebste. Aber dieses Ungeheuer, dieses entsetzliche Gesicht — dieses Untier ist nichts als ein Fremder. Er hat nichts mit mir zu tun und ist auch nicht so, wie ich hätte sein können«, beharrte Brydon weiter.

Sie jedoch behielt ihre Klarheit. »Geht es denn nicht nur darum, daß du anders gewesen sein würdest?«

Er knurrte unmutig. »So anders wie dieser —«

Ihr heller Blick wirkte wie Balsam. »Aber du hast doch genau wissen wollen, wie anders. Und so bist du mir heute morgen auch erschienen«, schloß sie.

»Wie er?«

»Ein Fremder!«

»Woher hast du dann gewußt, daß ich es bin?«

»Weil ich, wie ich dir schon vor Wochen erzählt habe, immer wieder im Geist, in der Phantasie überlegte, was du hättest werden und nicht werden können — dies nur, um dir zu zeigen, wie sehr ich an dich gedacht habe. Und mitten in diesen Überlegungen kamst du mir — und meine Frage war beantwortet. So wußte ich also Bescheid«, fuhr sie fort, »und glaubte, da die Frage dich auch so beschäftigte, wie du mir damals erzählt hast, daß du ebenfalls eine Antwort fändest. Und als ich ihn nun heute morgen abermals sah, da wußte ich, daß ich ihn sah, weil du ihn gesehen hattest — und ich spürte auch augenblicklich, daß du mich brauchtest. Er selbst schien es mir zu sagen. Warum also«, meinte sie abgründig lächelnd, »sollte ich ihn nicht gern haben?«

Spencer Brydon schnellte auf. »Du hast dieses Scheusal gern?«

»Ich hätte ihn gern haben können. Und für mich«, erklärte sie, »war er kein Scheusal. Ich hätte ihn akzeptiert.«

»Akzeptiert?« fragte Brydon verstört.

»Vorher — aus Teilnahme am Anderssein, ja. Und weil ich ihn nicht verleugnet habe, weil ich ihn erkannte — was du schließlich, als du seinem Anderssein gegenüberstandest, grausamerweise nicht getan hast, mein Lieber —, ja, siehst du, darum konnte er mir nicht so greulich erscheinen. Und vielleicht hat es ihm sogar gutgetan, daß ich ihn bemitleidet habe.«

Sie stand neben ihm und hielt immer noch seine Hand, wobei sie ihn mit dem Arm stützte. Aber da ihm alles nur langsam dämmerte, grollte er: »Du hast ihn bemitleidet?«

»Er war so unglücklich, so entstellt«, sagte sie.

»War ich vielleicht nicht unglücklich? Bin ich vielleicht nicht — sieh mich doch an! — entstellt?«

»Ich habe ja nicht gesagt, daß ich ihn lieber mag«, gab sie nach kurzem Nachdenken zu. »Aber er ist verbittert, erschöpft — er hat so viel mitmachen müssen. Er behilft sich, um besser sehen zu können, nicht wie du mit einem charmanten Monokel.«

»Nein«, rief Brydon einsichtig. »Downtown, im Geschäftsviertel, hätte ich das meine auch nicht tragen können. Sie hätten mich ausgelacht.«

»Seinen riesigen Zwicker mit den starken Gläsern — ich habe ihn gesehen —, brauchte er für seine armen ruinierten Augen. Und seine arme rechte Hand —«

»Ach!« stöhnte Brydon — ob seiner bewiesenen Identität oder seiner verlorenen Finger? Dann aber rief er heiter: »Er hat eine Million im Jahr. Aber er hat nicht dich.«

Und als er sie sanft an seine Brust zog, flüsterte sie: »Ja — und er ist nicht du!«

WINSTON CHURCHILL

»Mann über Bord!«

Diese wenig bekannte Kurzgeschichte aus der Feder des Mannes, den viele Leute für den größten Staatsmann unseres Jahrhunderts halten, erschien erstmals 1898 in einer Ausgabe des Harmsworth Magazine. (Churchill schrieb eine ziemliche Menge Kurzgeschichten für diese Zeitschrift und andere populäre Magazine jener Zeit, ein biographisches Detail, das den meisten Leuten nicht bewußt ist.) Daß er das Genre der kurzen Horrorgeschichte kannte und sich darauf verstand, beweisen die folgenden Seiten.

Es war kurz nach halb zehn, als der Mann über Bord fiel. Das Postschiff durcheilte das Rote Meer, in der Hoffnung, die Zeit einzubringen, die die Strömungen im Indischen Ozean gekostet hatten. Die Nacht war klar, obwohl sich der Mond hinter den Wolken versteckte. Feuchtigkeit erfüllte die warme Luft. Die ruhige Oberfläche des Wassers wurde nur von der Bewegung des großen Dampfers durchbrochen, von dessen Achterschiff aus lange, schräg schlängelnde Wellen ausgingen, wie Federn vom Schaft eines Pfeiles, und in dessen Kielwasser sich der Schaum und die Luftblasen, die die Schiffsschraube aufwirbelte, in einer immer enger werdenden Linie in der Dunkelheit des Horizonts verloren.

An Bord fand ein Konzert statt. Alle Passagiere freuten sich, daß die Eintönigkeit der Reise unterbrochen wurde, und scharten sich um das Klavier in der Messe. Die Decks lagen verlassen. Der Mann hatte sich die Musik angehört und in die Gesänge eingestimmt. Aber es war heiß im Raum, und er ging nach draußen, um eine Zigarette zu rauchen und den Luftzug zu genießen, den die rasche Fahrt des Liniendampfers bewirkte. Es war an jenem Abend der einzige Wind im Roten Meer.

Seit sie Aden verlassen hatten, war das Fallreep nicht wieder hochgezogen worden, und der Mann ging auf die Plattform wie auf einen Balkon hinaus. Er lehnte sich mit dem Rücken an die Reling und blies nachdenklich eine Rauchwolke in die Luft. Das Klavier setzte mit einer lebhaften Nummer ein, und eine Stimme fing an, die erste Strophe des Liedes »Die rauhen blauen Jungs« zu singen. Das bedächtige Klopfen der Schiffsschraube war eine gedämpfte zusätzliche Begleitung. Der Mann kannte das Lied. Es war die große Mode in allen Varietés gewesen, als er vor sieben Jahren nach Indien aufgebrochen war. Es erinnerte ihn an die leuchtenden und belebten Straßen, die er so lange nicht mehr gesehen hatte, die er aber bald wiedersehen sollte. Er wollte gerade in den Refrain einstimmen, als die nur unzulänglich befestigte Reling plötzlich nachgab und er nach hinten in das warme Meereswasser fiel, das hoch aufspritzte.

Einen Augenblick lang war er viel zu überrascht, um nachdenken zu können. Dann wurde ihm klar, daß er schreien mußte. Er fing damit an, bevor er wieder an der Oberfläche war. Er brachte schließlich einen heiseren, undeutlichen, halberstickten Schrei hervor. Sein erschrecktes Gehirn gab ihm das Wort »Hilfe!« ein, und er brüllte es sechs- oder siebenmal ohne Unterbrechung heraus, urwüchsig und mit verzweifelter Anstrengung. Dann lauschte er.

He! He! Macht doch Platz,
Die rauhen blauen Jungs sind nicht weit.

Der Refrain trieb langsam über die ruhige See zu ihm zurück, denn das Schiff hatte ihn schon passiert. Und als er die Musik hörte, gab es ihm einen schmerzhaften Stich durchs Herz. Zum erstenmal dämmerte seinem Verstand die Möglichkeit, daß man ihn nicht bergen würde. Der Refrain setzte wieder ein:

Dann — sage — ich — Jungs,
Wer hat auf 'ne Sauferei Lust?
Rum — dum — diedel — dum,
Wer nimmt mit mir einen zur Brust?

»Hilfe! Hilfe! Hilfe!« schrie der Mann in Todesangst.

Liebte ein Glas hier und da,
Liebte Tamtam und 'nen Streit;
He! He! Macht doch Platz,
Die rauhen blauen Jungs sind nicht weit!

Die letzten Worte zogen sich, immer leiser werdend, hin. Das Schiff kam schnell voran. Der Beginn der zweiten Strophe war wegen der stetig wachsenden Entfernung nur mehr undeutlich und bruchstückhaft zu hören. Die dunklen Umrisse des großen Schiffsrumpfes wurden unscharf. Das Hecklicht entschwand.

Er machte sich daran, dem Schiff mit ungestümer Kraft nachzuschwimmen, und hielt jeweils nach einem Dutzend Zügen inne, um lange, wilde Schreie auszustoßen. Das aufgewühlte Wasser des Meeres begann sich wieder zu beruhigen. Die sich ausweitenden Wellen gingen in ein sanftes Kräuseln über. Ein luftdurchtränkter Wirbel perlte von der Schiffsschraube auf und verlosch. Der Lärm der Bewegung und der Klang des Lebens und der Musik verebbten.

Der Liniendampfer war nur noch ein vereinzeltes, immer blasser werdendes Licht in der Schwärze des Meeres und ein dunkler Schatten auf dem blassen Himmel.

Endlich wurde sich der Mann seiner Lage voll bewußt, und er hörte auf zu schwimmen. Er war allein — verlassen. Als er dies begriff, geriet sein Verstand ins Wanken. Er fing wieder an zu schwimmen, nur betete er jetzt, anstatt zu schreien — wilde, zusammenhanglose Gebete, deren Worte sich stammelnd aneinanderreihten.

Plötzlich schien in der Entfernung ein Licht aufzuflackern und heller zu werden. Eine Woge der Freude und Hoffnung erfaßte seinen Verstand. Sie hielten an — um zu wenden und zurückzukommen. Und mit der Hoffnung stellte sich zugleich Dankbarkeit ein. Sein Gebet war erhört worden. Stammelnde Worte des Dankes kamen über seine Lippen. Er hielt inne und sah dem Licht nach — seine Seele spiegelte sich in seinen Augen. Als er das Licht beobachtete, wurde es allmählich, aber stetig kleiner. Da wußte der Mann, daß sein Schicksal besiegelt war. Auf die Hoffnung folgte Verzweiflung. Dankbarkeit machte Flüchen Platz. Er peitschte das Wasser mit den Armen und tobte hilflos. Unflätige Flüche brachen aus ihm hervor, so abgehackt wie seine Gebete — und so unbeachtet.

Der leidenschaftliche Ausbruch ging vorüber, verdrängt von der zunehmenden Müdigkeit. Er wurde ruhig — so ruhig wie das Meer, denn selbst das Kräuseln schwächte sich ab; das Wasser wurde zu einer spiegelglatten Oberfläche. Er schwamm dem Schiff mechanisch nach und schluchzte leise in sich hinein, angstvoll und jammernd. Und das Hecklicht wurde zu einem winzigen Flecken, heller, aber kaum größer als einige Sterne, die hier und da zwischen den Wolken hervorblitzten.

Es vergingen fast zwanzig Minuten, und die Müdigkeit des Mannes ging allmählich in Erschöpfung über. Das unabänderliche Gefühl der Aussichtslosigkeit lastete auf ihm. Mit der Müdigkeit stellte sich ein seltsamer Trost ein. Er brauchte nicht die ganze lange Strecke nach Suez zu schwimmen. Es gab einen anderen Weg. Er wollte sterben. Er wollte sein Leben aufgeben, weil er so verlassen war. Er streckte spontan die Hände in die Höhe und ging unter. Er sank in dem warmen Wasser nach unten, immer weiter nach unten. Der physische Tod erfaßte ihn, und er begann zu ertrinken. Der Schmerz jenes grausamen Griffs rief ihm seinen Ärger wieder in Erinnerung. Wütend kämpfte er dagegen an. Er schlug mit Armen und Beinen um sich, um wieder an die Oberfläche zu kommen. Es war ein schwerer Kampf, aber er entkam als Sieger und tauchte, nach Luft schnappend, wieder auf. Verzweiflung erwartete ihn. Er planschte matt mit den Händen und stöhnte verbittert und elend:

»Ich kann nicht — ich muß. O Gott! Laß mich sterben!«

Der Mond stand im dritten Viertel; er drängte sich hinter den Wolken, die ihn versteckten, hervor und verströmte ein blasses, sanftes Glitzern über das Meer. Fünfzig Meter weiter war aufrecht im Wasser ein dreieckiges Ding zu sehen. Es war eine Flosse. Sie näherte sich ihm langsam.

Seine letzte Bitte war erhört worden.

THEODORE DREISER

Die Hand

Zwischen der Veröffentlichung seiner beiden bekanntesten Werke, Sister Carrie (1900) und An American Tragedy (1925), war Theodore Dreiser gelegentlich aufgrund finanzieller Schwierigkeiten gezwungen, die Schriftstellerei nicht mehr als Hauptberuf auszuüben, sondern auch Redaktionsarbeiten anzunehmen. (Seine Bücher verkauften sich wegen ihres kontroversen Inhalts, der sich recht häufig des Themas Sexualität annahm, das in der Zeit vor der Prohibition als tabu angesehen wurde, nicht besonders gut.) Von 1907 bis 1910 war er Chefredakteur bei Butterick Publications, einer Kette von Magazinen, zu denen auch das Pulp-Magazin Adventure gehörte. Während seiner Tätigkeit dort besserte er seine Einkünfte auf, indem er einige »unterhaltende« Geschichten schrieb und herausbrachte. »Die Hand« gehört zu den besten darunter — es handelt sich um eine packende Geschichte von Habsucht und Rache aus dem Jenseits, die — zumindest dem Thema nach — an B. Travens The Treasure of the Sierra Madre erinnert.

I

Davidson konnte sich ganz deutlich daran erinnern, daß es zwei bis drei Jahre nach dem gräßlichen Vorfall in den Monte-Orte-Bergen war — das widerliche und dennoch verdiente Ende Mersereaus, seines einstigen Kompagnons und Gefährten bei verschiedenen Abenteuern —, daß irgend etwas in seinem Leben auftauchte, das mit Mersereaus bösen Absichten gegen ihn zusammenhing und damit, daß Mersereau jetzt wahrscheinlich in der Welt der Geister weiterexistierte.

Er und Mersereau hatten lange Zeit gemeinsam Gold geschürft, investiert und Grundstücke erschlossen. Erst nachdem sie am Klondike auf eine Goldader gestoßen waren, war Davidson um so vieles fähiger und gewitzter in allem, was das Geschäft und die Finanzen anbelangte, geworden; Mersereau hingegen schien auf der Stelle zu treten — und er erwies sich als den großartigen Möglichkeiten, die sich ihm damals eröffneten, nicht gewachsen. Nun, in einigen jener späteren Geschäfte war es Davidson nicht einmal gelungen, seinen alten Kompagnon einem der finanzkräftigen Männer vorzustellen, mit denen er geschäftlich zu tun hatte. Dennoch hatte Mersereau auf seinem Recht, bitte sehr, bestanden, an allem »beteiligt« zu werden — an allem!

Nehmen wir nur einmal jenen großartigen Besitz in Monte Orte, die Ursache des ganzen späteren Unheils. Er, Davidson — nicht Mersereau —, hatte die Mine entdeckt oder von ihr gehört, und er hatte die Angelegenheit vorangetrieben, mit dem alten Besmer als Werkzeug oder Lockvogel — Besmer spielte nur den Strohmann —, bis alles soweit war, daß er übernehmen und entweder verkaufen oder erschließen konnte. Da geschah es, daß Mersereau, weil er schließlich so lange sein Kompagnon gewesen war, eine volle Hälfte forderte — mindestens jedoch ein Drittel —, mit der Begründung, daß sie einmal übereingekommen waren, in all diesen Angelegenheiten zusammenzuarbeiten.

Man stelle sich das einmal vor! Und das, wo Mersereau mit jedem Tag und mit jedem Jahr träger und immer weniger zu gebrauchen und widerwärtiger wurde! Er hatte doch tatsächlich bis zuletzt damit gedroht, den Trick aufzudecken, durch den sie — gemeinsam — sieben Jahre zuvor in den Besitz der Mine am Skyute Pass gelangt waren, Davidson aus dem öffentlichen Leben und der Geschäftswelt zu vertreiben, ihn verhaften und vor Gericht stellen zu lassen — zusammen mit sich selbst natürlich. Man stelle sich das einmal vor!

Aber er hatte es ihm schon gezeigt — ja, das hatte er, verdammter Kerl! Er war Mersereau in jener Nacht bis zu der Hütte des alten Besmer am Monte Orte gefolgt; Besmer war damals gerade nicht da. Mersereau war mit der Absicht dorthin gegangen, den Plan von dem neuen Feld zu stehlen, und er hatte ihn auch tatsächlich gefunden. Ein Dieb war er, verdammter Kerl. Aber als er sich gerade unbemerkt aus dem Staub machen wollte, ganz so, wie er es sich gedacht hatte, hatte er, Davidson, ihm mit jener schweren, dicken Schraube, die am Ende eines Stockes aus Walnußholz befestigt war, gekonnt über den Kopf geschlagen, und der erste Schlag, und aus war's mit ihm.

O Gott, wie hatte der Knochen über Mersereaus Ohr geknackt, als er brach! Und wie blutig war das eine Ende der Schraube gewesen! Mersereau hatte keine Gelegenheit mehr gehabt, noch irgend etwas zu unternehmen, bevor er völlig außer Gefecht gesetzt war. Er war jedoch nicht auf der Stelle tot, sondern drehte sich um und sah ihn, Davidson, mit diesem grausamen, finsteren Gesicht und diesen lodernden, tierischen Augen an. Halb auf seinen linken Ellbogen gestützt, reckte ihm Mersereau jene große, rauhe, knochige rechte Hand entgegen — jene Rechte, mit der er immer geprahlt hatte, soviel Schaden bei dieser, jener und noch einer anderen Gelegenheit angerichtet zu haben —, starrte ihn böse an, wie um zu sagen:

»Oh, wenn ich dich bloß für einen Augenblick erwischen könnte, bevor ich sterbe!«

Da hatte er, Davidson, wieder mit dem Knüppel ausgeholt. So entsetzt er auch war, er war dennoch entschlossen, sein eigenes Leben zu retten; er hatte sein Werk zu Ende geführt und den Körper zu einer alten Grube hinter der Hütte gezerrt, ihn mit Ästen zugedeckt, mit einem großen Haufen von Kiefernwedeln und hundertfünfzig großen und kleinen Steinen; dann hatte er sich aus dem Staub gemacht. Eine widerwärtige Arbeit und ein widerwärtiger Anblick — aber es mußte sein.

Als er fertig war, schlich er sich in düsterer Stimmung davon, wie ein Schakal, dachte an jene Hand im Licht des Mondes, die sich so wild hochgereckt hatte, und an jenen Blick. Daraus hätte sich nicht unbedingt etwas entwickeln müssen, wenn er nicht den Hang gehabt hätte, soviel darüber nachzubrüten, über die Monstrosität des Ganzen.

Nein, es war nichts geschehen. Ein Jahr war vergangen, und wenn da etwas aufgekommen wäre, wäre das sicher bis dahin passiert. Er, Davidson, war zuerst nach New York gegangen, später nach Chicago, um die Parzelle am Monte Orte zu verkaufen. Dann, zwei Jahre später, war er hierher, nach Mississippi, zurückgekehrt, wo er vergleichsweise friedlich lebte. Er schaute gerade nach einer Zuckerplantage, die ihm einmal gehört hatte und die er nun wieder zurückerwerben konnte und der Obhut seiner Schwester übertragen wollte als Zuflucht in regnerischen Tagen. Denn eine andere Zuflucht hatte er nicht.

Aber dieser Körper damals! Jene im Mondlicht hochgereckte Hand — hochgereckt, um ihn zu packen, wenn es ihr nur gelänge. Jene Augen.

II — Juni 1905

Nehmen wir zum Beispiel einmal jenes erste Jahr, als er nach Gatchard, Mississippi, zurückgekehrt war, von wo er und Mersereau ursprünglich gekommen waren. Nachdem er seine eigenen Vermögensangelegenheiten geregelt hatte, war er zu einem heruntergekommenen Besitz seines Onkels im Issaqueena County hinausgefahren — einem undichten alten Haus mit schrägem Dach, wo ihm in einem Schlafzimmer im obersten Stockwerk die Bedeutung oder die Gegenwärtigkeit der Hand zum erstenmal vor Augen geführt wurde.

Ja, das war der Ort, wo er sie wirklich in jener seltsamen, unglaublichen Art abgebildet gesehen hatte; nur: Wer würde glauben, daß das Mersereaus Hand war? Sie würden sagen, daß es ein Zusammentreffen unglücklicher Umstände, Zufall, der heruntertropfende Regen war. Aber die Hand war todsicher an der Decke dieses Zimmers erschienen nach einem heftigen, stürmischen Regen — fast ein Wirbelsturm —, bei dem durch jede Ritze des alten Daches Wasser zu tropfen schien.

In dieser Nacht, nachdem er, mit der kleinen Öllampe aus Glas in der Hand, über jene düstere Treppe und den großen Flur zu dem Zimmer hinaufgestiegen und zum Schlafen — zumindest versuchte er das — niedergesunken war in dem massiven, breiten, feuchten Bett, dachte er — wie er es in jenen Tagen immer tat — an Monte Orte und Mersereau, und da kam der Sturm auf. Als er lauschte, wie draußen der Wind stöhnte, hörte er zum erstenmal das Kratz, Kratz, Kratz irgendeines Körperteils (da gab es gar keinen Zweifel) an der Wand — es klang, oder so erschien es ihm wenigstens in seiner fieberhaften Unruhe, als würde jemand mit einer abgenutzten, rostigen Feder eine Anklageschrift gegen ihn verfassen.

Und dann ging er, während der Sturm immer heftiger wurde, in einem Anfall von Verärgerung und Selbstverachtung wegen seiner eigenen Nervosität zum Fenster, gerade, als der Blitz in einen Ast des Baumes einschlug, der direkt vor dem Fenster stand, so schrecklich nahe bei ihm — wie wenn jemand, etwas, danach trachtete, ihn zu treffen — (Mersereau?), wie wenn er von diesem Kratzen angelockt worden wäre. O Gott! Er wich zurück mit dem Gefühl, daß das ihm zugedacht gewesen war.

Aber jene große, knorrige Hand, die das tropfende Wasser während der Nacht an die Decke malte! Dort war sie, genau über ihm, als er aufwachte, nachgezeichnet oder -gemalt wie mit feuchter, grauer Tünche über dem trüben, normalerweise, in trockenem Zustand, blassen Blau der Decke. Dort war sie — eine große, geöffnete Hand gerade wie die, die Mersereau in jener Nacht hochgereckt hatte — riesig, knorrig, rauh, die Finger ausgestreckt, verkrampft zu einer Kralle. Und (vielleicht glauben Sie es) daneben befand sich etwas, das aussah wie eine Feder — eine alte Feder mit langem Griff —, die zu diesem Kratz, Kratz, Kratz gehörte!

»Huldah«, hatte er die alte Negermami gefragt, die am Morgen hereinkam, um ihm frisches Wasser zu bringen und die Fensterläden zu öffnen, »wofür hältst du . . . diesen Fleck an der Decke, wo der Regen durchgekommen ist?«

Er wollte eine Bestätigung haben, was die Beschaffenheit des Dinges anbelangte, das er sah — daß es nicht vielleicht doch nur ein Geschöpf seiner fiebrigen Fantasie war, verstärkt durch die düstere Atmosphäre dieses Ortes.

»Glaub', 's schaut am ehesten aus wie 'ne große Hand, Massa Davi'son«, erklärte Huldah, wartete ein wenig und starrte hinauf. »Eher 'ne große Faust oder so. Is' wahrscheinlich 'n neues Leck heut' nacht gekomm'. Der ganze alte Kastn macht's nimma lang, wenn jetz nich' mächtich schnell 'n paar Reparaturen passiern. Jawoll, is' 'n neues Leck, könn' S' Gift drauf nehm', un' 's is' erst heut' nacht gekomm', hab' ich vorher noch nie gsehn.«

Und dann fragte er, in Erinnerung daran, wie heftig der Sturm gewesen war: »Huldah, gibt's viele solche Stürme hier droben?«

»Um Gotts Willn, Massa Davi'son, ham kein' solchn Wind

mehr ghabt seit — seit drei Jahrn jetz. Hab' kein' solchn Blitz gsehn, weiß nich' wie lang nich'.«

War es nicht seltsam, daß alles in der Nacht, ausgerechnet der Nacht, in der er hier war, passieren sollte? Und kein vergleichbarer Sturm in den letzten drei Jahren!

Huldah schaute sich träge um, immer bereit, langsam zu machen und — wenn möglich — sich auszuruhen, während er sich gereizt abgewandt hatte. Sich von solchen Gedanken beunruhigen zu lassen! Immer an jene Angelegenheit am Monte Orte zu denken! Warum konnte er sie nicht vergessen? War das nicht Mersereaus eigene Schuld gewesen? Er hätte den Mann nie getötet, wenn er nicht gezwungen gewesen wäre.

Und auf diese Weise verfolgt zu werden, einen Elefanten aus einer Mücke zu machen, wie er damals dachte! Es mußte seine eigene elende Fantasie sein — und doch hatte Mersereau ihn so drohend angeschaut. Dieser Blick hatte etwas zu bedeuten gehabt; er war zu furchtbar gewesen, als daß er nichts bedeutet hätte.

Davidson wollte vielleicht nicht mehr darüber nachdenken, aber wie sollte er damit aufhören? Mersereau war vielleicht nicht mehr in der Lage, ihm etwas anzutun, jedenfalls nicht in dieser Welt; aber trotzdem — konnte er es nicht vielleicht doch? Wollte das Erscheinen dieser Hand nicht anzeigen, daß er es vielleicht würde? Er war natürlich tot. Sein Körper, sein Skelett befand sich unter jenem Haufen von Steinen und Felsen, manche von ihnen so groß wie ein Waschzuber. Warum sich darüber beunruhigen, und das nach zwei Jahren! Und dennoch . . .

Diese Hand an der Decke!

III — Dezember 1905

Nehmen wir dann noch die Tatsache, daß Davidson gerade zu jener Zeit, noch in derselben Woche, in Gatchard Pringle traf. Daran war Davidsons Schwester schuld. Sie hatte eines Abends Mr. und Mrs. Pringle eingeladen, damit sie ihn kennenlernten, aber sie hatte nichts davon gesagt, daß sie Spiritisten waren und vielleicht über Spiritismus reden würden.

»Hellsehen«, so nannte es Pringle, sehen, was man nicht mit körperlichen Augen sehen kann, und »Hellhören«, hören, was man nicht mit körperlichen Ohren hören kann, außerdem Materialisierungen oder Geister und Tischerücken und ähnliches. Tischerücken — dieses verdammte Klopf-Klopfen, das er seither die ganze Zeit gehört hatte!

Es war eigentlich Pringles Schuld. Pringle hatte darauf bestanden zu reden. Er, Davidson, hätte gar nicht zugehört, aber irgendwie faszinierte ihn das, was Pringle zu dem, was er zu seiner Zeit gehört und gesehen hatte, zu sagen hatte. Mersereau mußte wohl auch *da*hinter gesteckt haben.

Jedenfalls bedauerte er es, nachdem er zugehört hatte, denn Pringle hatte so Zeit gehabt, sein Gehirn mit all jenen furchtbaren Tatsachen oder Vorstellungen vollzustopfen, die ihn seither so sehr quälten — das ganze Gerede, daß Trunkenbolde, Geistesgestörte oder schwache Menschen immer von abscheulichen, bösen Geistern verfolgt und von diesen Geistern benutzt werden, um deren Ziele und Bestrebungen in dieser Welt zu verwirklichen. Schrecklich!

War das nicht furchtbar? Pringle — groß und tranig wie er war, schwach und träge wie ein Teich ohne Quelle — betonte, daß er sogar in der Straßenbahn, im Zug und nachts, an dunklen Ecken, die Schleier dieser Geister über Trunkenbolden, Geistesgestörten und ähnlichen schweben gesehen hatte. Einmal, so erzählte er, hatte er nur einen einzigen bösen Geist gesehen — man denke sich nur! — der einem gewissen Mann die ganze Zeit auf dem Fuß gefolgt war —, ein dunkles, böses, rotäugiges Ding, bis der Mann schließlich bei einem Streit getötet wurde.

Pringle beschrieb diese Gestalten, diese Geister, als mannigfaltig. Sie waren kleine, dunkle, unregelmäßige Schleier mit roten oder grünen Flecken irgendwo als Augen, sie veränderten ihre Form und wurden länglich oder rund wie eine Qualle oder sogar wie eine mißgestaltete Katze oder ein Hund. Sie konnten nach Belieben jede Gestalt annehmen — sogar die eines Menschen.

Einmal, so erklärte Pringle, hatte er ganze fünfzig von ihnen rund um einen Trunkenbold herum gesehen, der gerade die Straße hinunterwankte; sie alle hatten versucht, ihn in die nächstbeste Kneipe zu drängen, so daß sie das Gefühl der Trunkenheit, das sie selbst, die sie in ihrem Leben Trunkenbolde gewesen waren, zu irgendeinem Zeitpunkt genossen hatten, von neuem erfahren konnten.

Es wäre das gleiche bei einem Drogensüchtigen oder bei jedem Menschen mit Schwächen oder schlechten Angewohnheiten. Sie versammelten sich wie die Fliegen um einen solchen Menschen, ihre roten oder grünen Augen leuchteten dabei — und sie versuchten, vielleicht etwas von ihm zu bekommen, und sei es auch nur ein bißchen von dem Gefühl ihres früheren Erdendaseins.

Das Ganze war zu dieser Zeit so schrecklich und beunruhigend — besonders der Gedanke daran, daß Menschen soweit beeinflußt oder überredet werden konnten, daß sie mordeten —, daß er, Davidson, es nicht mehr länger aushielt und aufstand und ging. Aber oben in seinem Zimmer grübelte er vor dem Spiegel darüber nach. Plötzlich — wie könnte er das jemals vergessen —, als er gerade Kragen und Krawatte abnahm, hörte er dieses merkwürdige Klopf, Klopf, Klopf direkt an seiner Frisierkommode oder darunter, zum erstenmal, genauso, wie es Pringle gesagt hatte, das Geräusch, das Geister machen, wenn sie auf eine Beschwörung mit Tischerücken antworten oder ihre Anwesenheit anzeigen.

Dann sagte etwas, fast so deutlich, als ob er es tatsächlich hörte, zu ihm:

Ich bin's, Mersereau, der endlich zurückgekommen ist, um dich zu holen! Ich habe Pringle nur vorgeschoben, um dir mitzuteilen, daß ich jetzt komme, und genauso war es auch mit der Hand in dem Haus in Issaqueena County. Das war die meine! Ich bleibe von jetzt an bei dir. Glaube nicht, daß ich dich jemals verlasse!

Das hatte ihn in Schrecken versetzt und ihm fast Übelkeit verursacht, so aufgewühlt war er. Zum erstenmal fühlte er, wie ihm kalte Schauer den Rücken hinauf- und hinunterliefen — Gänsehaut. Er hatte das Gefühl, als stünde jemand über ihm — Mersereau natürlich —, nur, daß er nichts sehen oder hören konnte außer dieses anfangs schwache Klopfen, das später ein wenig lauter und ziemlich ungehalten wurde, als er sich bemühte, es zu ignorieren.

Menschen lebten also doch nach ihrem Tode weiter, insbesondere böse Menschen — Menschen, die vielleicht stärker waren als man selbst. Sie hatten die Macht zurückzukehren, einen zu quälen und zu plagen, wenn ihnen etwas, was man ihnen angetan hatte, nicht gefiel. Zweifelsohne verfolgte Mersereau ihn nun in der Hoffnung auf Rache, dort in der Geisterwelt, gleich anschließend an die unsere, war ihm auf den Fersen, wie jener böse Geist, der jenen anderen Mann begleitete, den Pringle beschrieben hatte.

IV — Februar 1906

Und nehmen wir mal jenen Fall, wo die Hand in weichen Teig und Gips eingedrückt war, jener Fall, der in einem Artikel beschrieben wurde, den er im Wartezimmer eines Zahnarztes draußen in Pasadena in die Finger bekam — Mersereaus eigene Hand, soweit er das beurteilen konnte. Und sollte es etwa auch ein Zufall sein, daß er über jene Illustrierte mit dem beunruhigenden Artikel über psychische Materialisierung in Italien und später in Bern in der Schweiz stolperte, wo Wissenschaftler zusammengekommen waren, um diese Angelegenheit zu untersuchen? Und das ausgerechnet, als er gerade dabei war, sich endgültig von der Vorstellung freizumachen, daß es so etwas geben könnte.

Dem Artikel in jener Zeitschrift zufolge hatte irgendein altes Weib drüben in Italien — Spiritistin, Hexe oder so etwas Ähnliches — eine Menge von Experimentatoren oder Professoren in einem verlassenen Haus auf einer fast verlassenen Insel vor der Küste von Sardinien zusammengerufen. Dort hatten sie Experimente mit Geistern angestellt — sie nannten das Materialisierung — und hatten dabei den Abdruck der Finger einer Hand oder einer ganzen Hand und eines Armes oder eines Gesichtes auf einer Glasscheibe erhalten, die mit Ruß bedeckt und in einem kleinen Tresor in der Mitte des Tisches, um den sie saßen, eingeschlossen war!

Er, Davidson, konnte natürlich nicht verstehen, wie das vor sich ging, aber es geschah jedenfalls. In dieser Zeitschrift gab es ein halbes Dutzend Bilder, Reproduktionen von Fotografien einer Hand, eines Armes und eines Gesichtes — oder jedenfalls eines Teiles davon. Und wenn sie überhaupt irgend etwas ähnelten, dann Mersereau! Hatte nicht Pringle damals in Gatchard, Mississippi, behauptet, daß Geister sich überall bewegen könnten, über lange Strecken hinweg, mit Lichtgeschwindigkeit? Und wäre es für Mersereau etwa ein Kunststück, dort in Sardinien aufzutauchen und dann diese Zeitschrift in seine Hände zu spielen, hier in Los Angeles? Wäre es das? Nein, das wäre es nicht. Geister waren *da drüben* vielleicht frei und mächtig.

Es gab nicht den geringsten Zweifel, daß diese Hände, jener teilweise Abdruck eines Gesichts Mersereau gehörten. Jene großen Knöchel! Jene lange, schwere, gekrümmte Nase und jener große Kiefer! Zu wem sonst sollten sie gehören? Es waren diejenigen von Mersereau; als sie dort drüben in Italien gemacht wurden, waren sie dazu bestimmt, daß er, Davidson, sie später hier in Los Angeles sehen würde. Ja, das waren sie! Als er auf jenes unheilverkündende Gesicht blickte, das in der Zeitschrift abgebildet war, schien es mit Mersereaus gewohntem groben Hohn zu sagen:

Siehst du? Du kannst mir nicht entkommen! Ich zeige dir, wie lebendig ich hier drüben bin, genauso lebendig wie auf der Erde. Und ich krieg' dich schon noch, auch wenn ich dazu noch weiter als bis nach Italien muß!.

Es war erstaunlich, was für einen Schock er damals erlitten hatte. Es war nicht nur das allein, sondern die Beharrlichkeit und das ständige Wiederauftauchen dieser Sache mit der Hand. Was konnte es bedeuten? War das wirklich Mersereaus Hand? Was das Gesicht anbelangte, so war es nicht vollständig — nur Kiefer, Mund, Wange, linke Schläfe und ein Teil der Nase und des Auges; aber das alles gehörte mit Sicherheit zu Mersereau. Er war da drüben geradewegs nach Italien gegangen, in ein einsames Haus auf einer Insel, um ihm diese Botschaft von seinem nie verlöschenden Haß zu übermitteln. Oder waren es nur Geister, böse Geister, die darauf aus waren, ihn zu plagen, weil er jetzt so nervös und empfindlich war?

Selbst jetzt ausgebuchte Hotels und neue Gebäude boten ihm nicht den Schutz, den er anfangs von ihnen erhofft und erwartet hatte. Nicht einmal dort war man sicher — jedenfalls nicht vor einem Mann wie Mersereau. Nehmen wir einmal den Zwischenfall in Los Angeles, oder dann wieder den in Seattle, der jetzt erst zwei Monate her war, als es Mersereau gelang, jenes furchtbare, knallende oder krachende Geräusch zu erzeugen, wie wenn jemand eine große, luftgefüllte Papiertüte zum Platzen bringt oder eine Porzellanvitrine voll Glas umstößt und alles zerbricht, obwohl in Wirklichkeit überhaupt nichts passierte. Es hatte ihn die ersten zwei oder drei Male furchtbar erschreckt, weil er glaubte, daß irgend etwas Entsetzliches passiert sei. Nachdem er aber festgestellt hatte, daß es nichts — oder Mersereau — war, gewöhnte er sich jetzt allmählich daran; andere Menschen jedoch taten das unglücklicherweise nicht.

Er saß normalerweise — wie er es auch jenes erste Mal getan hatte — vollkommen still in seinem Zimmer und versuchte, sich die Zeit zu vertreiben oder nicht nachzudenken, wenn plötzlich dieser furchtbare Krach begann. Es war verblüffend! Andere hörten es natürlich auch. Das war auch in Los Angeles so gewesen. Beim ersten Mal kamen ein Hausmädchen und ein Portier herbeigelaufen, um sich wegen des Lärms zu erkundigen, und er mußte versichern, daß er nichts gehört hatte. Sie konnten das zuerst nicht glauben und gingen in die anderen Zimmer, um nachzusehen. Als es das zweite Mal passierte, beschwerte sich die Hotelleitung, weil man dachte, daß er sich einen Jux machte; und um dem Risiko einer Enthüllung aus dem Weg zu gehen, verschwand er.

Danach konnte er keinen Diener und keine Pflegerin längere Zeit um sich haben. Bedienstete wollten nicht mehr bleiben, und Hotelchefs wollten nicht mehr, daß er blieb, wenn sich solche Dinge ereigneten. Dennoch konnte er nicht allein in einem Haus oder einer Wohnung leben, denn dort waren die Geräusche und atmosphärischen Störungen schlimmer denn je.

Nehmen wir einmal jenes letzte alte Haus in Anne Haven, in dem er gewohnt hatte — aber niemals wieder wohnen würde! Dort stand ihm diese Hand tatsächlich vor Augen — ein Ding, zuerst so groß wie ein Waschzuber, etwas wie Rauch oder Schatten in einem dunklen Raum, das sich über dem Bett und überall hin- und herbewegte. Dann, als er so dalag, es gebannt anstarrte, verdichtete es sich langsam, und er begann, es zu fühlen. Es war nun eine Hand von normaler Größe — es gab da überhaupt keinen Zweifel —, die sanft über ihn hinwegstrich, ohne Druck auszuüben, gerade so, wie es sich für eine Geisterhand schickt, die keine richtige körperliche Kraft hat, jedoch die ganze Zeit umgeben von etwas Seltsamem, Elektrischem, Geheimnisvollem, als ob sie ihrer selbst nicht ganz sicher wäre und auch nicht ganz sicher, ob er wirklich da war.

Die Hand, oder so schien es jedenfalls — O Gott! —, bewegte sich geradewegs zu seinem Nacken hinauf und begann diesen abzutasten, als er so dalag. Es war in diesem Augenblick, daß er merkte, was Mersereau eigentlich vorhatte.

Sie war genau wie eine Hand, die Finger und der Daumen bildeten einen Ring und schlossen sich über seiner Kehle, nur daß sie zuerst sanft über ihn hinwegstrich, weil sie eigentlich noch nichts ausrichten konnte, da sie noch nicht die körperliche Kraft dazu hatte. Aber schon allein die Absicht! Das Gefühl erbarmungsloser, grausamer Entschlossenheit, das damit verbunden war!

Und doch, wenn man deswegen zu einem Nervenspezialisten oder einem Arzt ging, wie er es später tatsächlich tat, was würde der Arzt sagen? Er hatte zu beschreiben versucht, wie er allmählich unter der Anspannung zusammenbrach, wie er wegen dieses ganzen Klopfens und all der Geräusche nicht schlafen konnte; aber in dem Moment, wo er seine Erlebnisse, besonders die mit der Hand oder den Geräuschen, auch nur andeutete, rief der Arzt aus:

»Na ja, das sind ganz eindeutig Wahnvorstellungen! Sie sind mit den Nerven am Ende, das ist alles, was Ihnen fehlt — schon fast perniziöse Anämie, würde ich sagen. Sie müssen aufpassen, was diesen Wahn mit den Geistern anbelangt. Versuchen Sie, die Geschichte aus Ihren Gedanken zu verscheuchen. Es steckt nichts dahinter!«

Klang das nicht ganz so wie einer jener Nervenspezialisten, die in ihren engstirnigen Vorstellungen über das befangen waren, was sie kannten oder sahen oder zu sehen glaubten?

VII — November 1907

Und nehmen wir nun einmal die allerneueste Entwicklung am Battle Creek, wohin er gegangen war, um durch die Kost dort wieder zu Kräften zu kommen. Hatte nicht Mersereau, unversöhnlicher Teufel, der er war, noch diese letzte List ausgeheckt, daß nämlich das Essen für ihn entweder unangenehm schmeckte oder merkwürdig roch?

Er, Davidson, wußte, daß es Mersereau war, denn er fühlte ihn neben sich am Tisch, sobald er sich hinsetzte. Außerdem schien er etwas zu hören — »Hellhören« nannten sie das wohl —, er begann also nun auch noch diese Fähigkeiten zu entwikkeln. Es war natürlich Mersereau, der in einer Stimme sagte, die eher die Erinnerung an eine Stimme war als etwas wirklich Existierendes — die Stimme eines Menschen, an deren bestimmten Klang von vor, sagen wir einmal zehn oder mehr Jahren, man sich erinnerte:

Ich hab's so eingerichtet, daß du nichts mehr essen kannst, du…

Darauf folgte eine lange Reihe von unflätigen Flüchen, die allein schon ausreichten, Übelkeit zu erzeugen.

Von nun an — trotz aller Versuche, zur gegenteiligen Einsicht zu gelangen, da er ja wußte, daß das Essen eigentlich in Ordnung war — hatte Davidson immer das Gefühl, daß der Geruch oder Geschmack ihn anwiderten, und daß er das nicht überwinden konnte, so sehr er es auch versuchte. Die Hotelleitung versicherte ihm, daß alles in Ordnung war, und das wußte er auch — aber eben nur für andere. Er sah, wie sie es aßen. Aber er konnte es nicht — er mußte aufstehen und gehen, und das Wenige, das er hinunterwürgen konnte, konnte er nicht bei sich behalten; jedenfalls reichte es nicht aus, ihn am Leben zu erhalten.

O Gott, er würde also sterben! Verhungern, wie er es sicherlich jetzt schon ganz allmählich tat.

Und Mersereau, der immer dabeizustehen schien. Wenn es nicht manchmal an Verkaufs-Ständen frisches Obst und einfaches frischgebackenes Brot in den Fenstern der Bäckereien gegeben hätte, das er kaufen und schnell essen konnte, hätte er überhaupt nicht überleben können. So schlimm stand es schon!

VIII — August 1908

Aber das war immer noch nicht das Schlimmste, so schlimm es auch stand. Das Schlimmste war, daß er unter all der Anspannung langsam, aber sicher zusammenbrach, und daß es Mersereau schließlich doch gelingen könnte, ihn aus diesem Leben zu vertreiben — und ihm drüben etwas, wenn überhaupt irgend etwas, anzutun! Was? Es war ein so übles Gesindel, das ihn nun umgab, jene, die gleich auf der anderen Seite lebten und sich auf der Erde herumtrieben, gemeine, verdorbene Kreaturen, wie sie Pringle beschrieben und wie sie Davidson nun selbst kennengelernt hatte, und die er samt ihren Handlungen so sehr fürchtete, und die er manchmal wirklich sah.

Seit er so schwach und empfindlich geworden war, konnte er sie selbst sehen — widerlich wie sie waren, sie glitten vor seinen Augen in der Dunkelheit herum, sooft er es wagte, in der Dunkelheit zu sein, was nicht häufig vorkam —, Freunde Mersereaus zweifellos, und gewillt, diesem aus lauter Bosheit zu helfen.

Davidson hatte sich nun schon vor langer Zeit angewöhnt, bei eingeschaltetem Licht zu schlafen, egal wo er war, und er band sich nur ein Taschentuch vor die Augen, um ein wenig von dem blendenden Licht abzuhalten. Sogar dann konnte er sie noch sehen — sonderbare, mißgestaltete Dinge, wie wogende, zähe Quallen oder dichte, gelblich-schwarze Rauchkringel, die sich bewegten, manchmal ihre Form veränderten, jedoch immer irgendwie schmutzig oder abstoßend aussahen, und die diesen seltsamen, matten rötlichen oder grünlichen Schimmer als Augen hatten. Es war ekelhaft!

Nachdem er schon soviel erreicht hatte, wollte Mersereau sich auf keinen Fall damit zufriedengeben und ihn entkommen lassen. Das wußte Davidson! Er konnte jetzt gelegentlich mit ihm sprechen oder konnte ihn, wenn er wollte, zumindest hören und ihm antworten, wenn er allein und ganz sicher war, daß niemand zuhörte.

Mersereau sagte immer, wenn Davidson überhaupt bereit war, ihm zuzuhören — und das war er nicht oft —, daß er ihn schon noch erwischen würde, daß er es ihm schon noch heimzahlen würde, oder er warf ihm Betrug und Mord vor.

»Ich erwürg' dich schon noch!« Diese Worte schienen von irgendwoher hereinzugleiten, wie wenn er sich daran erinnerte, daß Mersereau das irgendwann einmal in seinem zornigen, grausamen Tonfall gesagt hatte — nicht wie wenn er es wirklich hörte; und dennoch hörte er es natürlich.

Ich erwürg' dich schon noch! Du entkommst mir nicht! Du denkst vielleicht, daß du eines natürlichen Todes stirbst, aber das wirst du nicht, und deswegen vergifte ich jetzt dein Essen, um dich zu schwächen. Du entkommst mir nicht! Ich erwisch' dich schon, krank oder gesund, wenn du hilflos bist, wenn du schläfst. Ich werd' dich erwürgen, so wie du mich mit diesem Knüppel erschlagen hast. Deswegen siehst und fühlst du die ganze Zeit meine Hand! Ich bin nicht allein. Ich hab' dich viele Male schon fast gehabt, dir ist es nur bis jetzt immer wieder gelungen, dich 'rauszuwinden, indem du aufgesprungen bist, aber eines Tages wirst du das nicht mehr können — verstehst du? Dann…

Die Stimme schien manchmal zu ersterben, sogar mitten im Satz, aber sonst — oft, oft — konnte er hören, wie sie den Gedanken ganz zu Ende brachte. Manchmal wandte er sich gegen das Ding und rief aus:

»Ach, scher dich zum Teufel!« oder »Laß mich in Ruhe!« oder »Halt den Mund!« Sogar in einem abgeschlossenen Raum und wenn er ganz allein war, kamen ihm solche Ausrufe merkwürdig vor, da sie sich an einen Geist richteten; aber manchmal konnte er, geplagt wie er war, nicht widerstehen. Er nahm sich nur sehr in acht, nicht zu reden, wenn irgend jemand in der Nähe war.

Es kam allmählich soweit, daß es für ihn keinen richtigen

Platz mehr außerhalb einer Anstalt gab, denn oft wachte er in der Nacht schreiend auf — er mußte einfach schreien, so fest war der Griff an seiner Kehle —, und dann kam immer, wo er sich auch gerade befand, irgendein Bediensteter herein und wollte wissen, was los war. Er mußte dann gewöhnlich sagen, daß es ein Alptraum gewesen war — nur daß die Hotelleitung ihm immer nach dem, sagen wir ersten, zweiten oder dritten Mal oder nach einem Knall oder zwei nahelegte zu gehen. Es war furchtbar!

Er konnte sich jetzt genausogut an eine private Anstalt oder ein Sanatorium wenden mit all dem Geld, das er hatte, und erklären, daß er unter Wahnvorstellungen litt — Wahnvorstellungen! Man stelle sich das einmal vor! —, und darum bitten, daß man sich seiner annahm. An einem solchen Ort würde man sich von seinem Aufspringen und Schreien in der Nacht nicht gestört fühlen, wenn er das Gefühl hätte, erdrosselt zu werden, was auch tatsächlich geschah, und auch nicht davon, daß er den Tisch verließe, wenn er die Nahrung nicht zu sich nehmen konnte, oder davon, daß er Mersereau antwortete, wenn sie ihn zufällig hören sollten, oder von den Geräuschen, wenn diese entstanden.

Dort könnte man ihm eine eigene Schwester und ein eigenes Zimmer zuweisen, wenn er wünschte, — nur, er wollte nicht allzuviel allein sein. Sie konnten ihn jemandes Obhut übergeben, der alles verstünde oder dem er alles erklären könnte. Er konnte nicht erwarten, daß normale Menschen oder Hotels, die normale Menschen betreuten, sich noch länger mit ihm abmühten. Mersereau und seine Freunde machten zuviel Ärger.

Er mußte gehen und irgendwo einen passenden Ort ausfindig machen, wo man Verständnis hatte für solche Dinge, oder sie doch zumindest tolerierte, und mußte sich erklären, und dann würde alles als Wahnvorstellung eines Verrückten gedeutet werden — obwohl er in Wirklichkeit überhaupt nicht verrückt war. Es war nur allzu wirklich, nur der durchschnittliche oder sogenannte normale Mensch konnte nicht so sehen oder hören, wie er es konnte — hatte nicht erlitten, was er erlitten hatte.

»Das Problem, Doktor, ist, daß Mr. Davidson unter der Wahnvorstellung leidet, er werde von bösen Geistern verfolgt. Er ist nicht von irgendeinem Gericht eingewiesen worden, sondern vor etwa vier Monaten freiwillig hierhergekommen, und wir lassen ihn frei herumstreifen, ganz wie es ihm beliebt. Aber es scheint immer schlimmer zu werden mit ihm, je mehr Zeit vergeht. Eine seiner schlimmsten Wahnvorstellungen, Doktor, besteht darin, daß er glaubt, es gebe einen besonderen Geist, der versucht, ihn zu erdrosseln. Dr. Major, der Leiter unserer Abteilung, meint, er leidet unter beginnender Tuberkulose im Halsbereich mit gelegentlichen spasmodischen Kontraktionen. Sein Hals weist hier und da kleine Beulen oder Schwielen auf, die von äußerem Druck herrühren könnten, und dennoch versichert uns die Schwester, daß kein solcher äußerer Reiz existiert. Er will das nicht glauben: Aber jedesmal, wenn er versucht zu schlafen, besonders mitten in der Nacht, springt er auf, kommt in den Flur herausgerannt und behauptet, daß einer dieser Geister, die seiner festen Überzeugung nach hinter ihm her sind, versucht, ihn zu erdrosseln. Er scheint das tatsächlich zu glauben, denn er kommt hustend und keuchend heraus, die Hände am Hals, wie wenn jemand gerade versucht hätte, ihn zu erwürgen. Er erklärt mir die ganze Angelegenheit immer so, daß das Ganze das Werk böser Geister sei, und bittet mich, dem keine Aufmerksamkeit zu schenken, es sei denn, er rufe um Hilfe oder drücke seine Klingel; und deshalb denke ich mir jetzt nichts mehr, außer wenn er ruft oder läutet.

Eine andere seiner Vorstellungen ist, daß eben jene Geister seiner Meinung nach etwas mit seinen Mahlzeiten anstellen — daß sie Gift daruntermischen oder ihnen einen schlechten Geruch oder Geschmack verleihen, so daß er sie nicht essen kann. Wenn er tatsächlich etwas findet, was er essen kann, schnappt er es sich und verschlingt es fast unzerkaut, bevor, wie er sagt, die Geister Zeit haben, etwas damit anzustellen. Er hat einmal, so sagt er, mehr als hundert Kilo gewogen, aber jetzt wiegt er nur noch sechzig. Sein Fall ist außerordentlich merkwürdig und erschütternd, Doktor!

Dr. Major ist der festen Überzeugung, daß es einzig und allein eine Wahnvorstellung ist, daß, was das Erdrosselungsgefühl angeht, die beginnende Tuberkulose daran schuld ist, und daß seine Magenbeschwerden von derselben Ursache herrühren; aber durch Gedankenassoziationen oder Wahnvorstellungen glaubt er, daß jemand versucht, ihn zu erdrosseln und sein Essen zu vergiften, auch wenn das gar nicht so ist. Dr. Major meint, er kann sich nicht vorstellen, was der Auslöser dafür gewesen sein könnte, aber jedesmal, wenn er anfängt, ihm Fragen zu stellen, weigert sich Mr. Davidson zu sprechen und steht auf und geht.

»Zu den Besonderheiten seines Wahnes, daß er erdrosselt wird, Doktor, gehört, daß er, wenn er nur so vor sich hindöst, immer rechtzeitig aufwacht und die Kraft hat, es abzuschütteln. Er behauptet, daß die Kraft jener Geister der seinen nicht gleichkommt, wenn er wach oder auch nur im Halbschlaf ist, daß aber, wenn er schläft, ihre Kraft größer ist und sie ihm dann Schaden zufügen könnten. Manchmal, wenn er gerade so einen Schrekken erlitten hat, kommt er heraus auf den Flur und zu meinem Schreibtisch am anderen Ende herüber und fragt, ob er sich zu mir setzen darf. Er meint, das beruhige ihn. Ich sage immer ja, aber es dauert gewöhnlich keine fünf Minuten, und er steht wieder auf und geht und sagt, daß er geplagt wird, oder daß er nicht mehr an sich halten können wird, wenn er noch länger bleibt, wegen der Bemerkungen, die über seine Schulter oder in sein Ohr geflüstert werden.

Oft sagte er: ›Haben Sie das gehört, Miss Liggett? Es ist schon erstaunlich, was für gemeine, widerwärtige Dinge dieser Mann manchmal sagen kann!‹ Wenn ich dann sage: ›Nein, ich habe nichts gehört‹, sagt er immer: ›Dann bin ich aber froh!‹«

»Vermutlich hat bis jetzt niemand versucht, ihn durch Hypnose davon zu befreien?«

»Nicht daß ich wüßte, Doktor. Dr. Major könnte es versucht haben. Ich bin erst seit drei Monaten hier.«

»Tuberkulose ist sicherlich die Ursache seiner Halsbeschwerden, genau wie Dr. Major sagt, und was die Magenbeschwerden anbelangt, so haben sie denselben Grund — das ist nur natürlich unter diesen Umständen. Wir müssen vielleicht ein wenig später zur Hypnose greifen. Mal sehen. In der Zwischenzeit warnen Sie lieber alle, die mit ihm in Kontakt kommen, davor, ihn zu bedauern oder sich auch nur den Anschein zu geben, irgend etwas von dem zu glauben, was ihm seiner Meinung nach widerfährt. Das würde ihn nur in seinen Vorstellungen bestärken. Und bringen Sie ihn dazu, daß er seine Medizin regelmäßig nimmt; sie wird ihn nicht heilen, aber sie wird helfen. Dr. Major hat mich gebeten, diesem Fall besondere Aufmerksamkeit zu schenken, und ich möchte, daß die Bedingungen so perfekt wie möglich sind.«

»Ja, Sir.«

XI — Januar 1909

Das Schlimme mit diesen Ärzten war, daß sie wirklich von nichts eine Ahnung hatten, außer davon, was sich an der Oberfläche abspielte, nämlich von dem wenigen, was sie in einem Ärzteseminar oder in der Praxis gelernt hatten, hauptsächlich, wie gewisse Drogen, die von ihren Vorgängern bei bestimmten Fällen angewendet worden waren, bekanntermaßen wirkten. Sie hatten keinerlei Fantasie, nicht einmal dann, wenn man es ihnen zu erklären versuchte.

Nehmen wir einmal diesen letzten jungen Menschen, der jetzt hier ankam in seinen guten Kleidern und mit seinem Auto, der geradezu platzte vor Kenntnissen auf dem Gebiet der — wie er es nannte — Psychiatrie, der so angestrengt in Davidsons Augen blickte und ihm Schläfen und Hals glättete — Massage, wie er es nannte — und dabei sagte, daß er unter beginnender Tuberkulose im Halsbereich und Magenbeschwerden leide, und dabei die Dinge, die er, Davidson, selbst sehen und hören konnte, völlig außer acht ließ! Man stelle sich vor, wie der Kerl versuchte, ihn in diesem späten Stadium davon zu überzeugen, daß das einzige, was ihm fehlte, Tuberkulose war, daß er Mersereau nicht manchmal direkt neben sich stehen, sich über ihn beugen und jene Hand hochhalten sah und nicht hörte, wie er ihm mitteilte, daß er ihn doch noch umzubringen beabsichtige — daß all das eine Illusion war!

Man stelle sich einmal vor, daß er sagte, Mersereau könne ihn nicht wirklich an der Kehle packen, wenn er schlief oder fast schlief, wenn doch Davidson selbst, sobald er seine Kehle im Spiegel betrachtete, noch einen Augenblick danach die ganz realen Fingerabdrücke – Mersereaus – sehen konnte. Jedenfalls war seine Kehle nun rot und schmerzte von Mersereaus Griff, da dieser in letzter Zeit in der Lage war, ihn zu packen! Und das war auch die Ursache dieser Druckstellen. Und dann zu sagen, wie sie es anfänglich getan hatten, daß er sie selbst herbeiführte, indem er an seiner Kehle rieb und sie abtastete, und daß es Tuberkulose war!

Reichte das nicht aus, um einen zum Gehen zu veranlassen? Wenn es da nicht Miss Liggett und Miss Koehler, seine Privatschwester, und ihre hingebungsvolle Pflege gäbe, würde er das auch tun. Diese Miss Koehler war ihr Gewicht in Gold wert, wie sie seine Eigenheiten studiert hatte, so gleichbleibend freundlich war und seinen Schwierigkeiten gegenüber mit solcher Liebenswürdigkeit Nachsicht übte. Er würde ihr in seinem Testament etwas vermachen.

Diesen Ort zu verlassen und woanders hinzugehen wäre jedoch, wenn er sie nicht mitnehmen könnte, töricht. Und überhaupt, wo sollte er sonst hingehen? Hier waren wenigstens noch andere Menschen, Patienten wie er selbst, die ihn verstehen und bedauern konnten – Menschen, die nicht wie diese Ärzte davon überzeugt waren, daß alles, worüber er klagte, nur ein Wahn war. Man stelle sich das vor! Der alte Anwalt Rankin zum Beispiel, der unter der unsäglichen Verfolgung durch verschiedene lebende Personen, vor allem Politiker, gelitten hatte, war davon überzeugt, daß dies, Davidsons Leiden, echt war, und ließ sich gern davon erzählen, genauso wie Miss Koehler. Diese beiden waren nicht wie die Ärzte der festen Überzeugung, daß er unter langsam fortschreitender Halstuberkulose litt und noch lange leben und seine Leiden besiegen könnte, wenn er es nur wollte. Sie waren ganz einfach nur gute Gesellschafter in solchen Zeiten, wo Mersereau ihm genug Ruhe ließ, um gesellig zu sein.

Das einzig wirklich Schlimme war jedoch, daß er wegen des Mangels an Schlaf und Nahrung – daß er die Mahlzeiten nicht essen konnte, die sein Feind verhexte, und daß er nachts nicht zu schlafen vermochte, wegen des Erdrosselungsgefühls — nicht mehr lange würde leben können. Dieser neue Arzt, den Dr. Major hinzugezogen hatte, war der festen Überzeugung, daß er, abgesehen von seinen Halsbeschwerden, auch noch unter akuter Anämie litt, die von langfristiger Unterernährung herrührte,und daß ihm nur eine Veneninjektion mit einer Strychninlösung helfen konnte. Aber was die Tatsache anbelangte, daß Mersereau sein Essen vergiftete — davon wollte er kein Wort hören. Außerdem, jetzt, wo er praktisch bettlägrig war, nicht mehr in der Lage, so wie früher aufzuspringen, war er einem wahrhaftigen Ansturm von Mersereaus Mißhandlungen ausgesetzt. Er konnte nicht nur sehen — besonders gegen Abend und in den sehr frühen Morgenstunden —, wie Mersereau um ihn herumschwebte wie ein schwarzer Schatten, ein großer, massiger Schatten, aber ihm dennoch in seinen Umrissen ähnlich —, sondern er konnte auch fühlen, wie die Hand seines Feindes über ihn hinwegglitt. Was noch schlimmer war, hinter ihm oder um ihn herum sah er oft eine wahre Wolke von bösen Geschöpfen, Mersereaus Genossen oder Werkzeuge, die da waren, um ihm zu helfen, und die wie Fische in dunklen Gewässern herumschwammen und den Vorgang mit Befriedigung zu beäugen schienen.

Wenn ihm — egal, ob früh oder spät und egal, in welcher Form — Essen gebracht wurde, waren Mersereau und sie da, ganz nahe, wie ein Fliegenschwarm, und glitten darüber hinweg und setzten sich darauf, ganz offensichtlich bestrebt, es zu verderben, bevor er es verzehren konnte. Ihnen dabei zuzuschauen, reichte schon aus, es für ihn zu vergiften. Außerdem konnte er ihre Stimmen hören, wie sie Mersereau antrieben.

»So ist's recht — vergift es!«

»Er macht's nicht mehr lange!«

»Bald ist er schwach genug, und wenn du ihn packst, wird er wirklich sterben!«

So redeten sie — er konnte sie hören.

Er hörte auch gemeine Sätze, die Mersereau an ihn richtete, wieder und immer wieder die Worte *Mörder* und *Betrüger* und *Schwindel*, dort, mitten in der Nacht. Oft sah er, obwohl das Licht noch an war, gleich sieben dunkle Gestalten, die derjenigen Mersereaus sehr ähnelten, auch wenn sie sich voneinander unterschieden, und die nahe um ihn versammelt waren — wie Männer, die sich berieten — böse Männer. Manche von ihnen saßen auf seinem Bett, und es schien, als ob sie Mersereau dabei helfen wollten, ihm den Garaus zu machen, indem sie ihre Hände der seinen zur Seite gesellten.

Hinter ihnen wiederum war ein geschlossener Kreis jener bösen, schwimmenden Dinger mit grünen und roten Augen, die immer wachten — vielleicht mithalfen. Er hatte tatsächlich gespürt, wie der Druck der Hand in letzter Zeit fester wurde, wenn sie alle da waren. Allein, immer wenn er das Gefühl hatte, ohnmächtig zu werden, und weil er nun nicht mehr aufspringen konnte, schrie er jedesmal oder würgte ein keuchendes Atmen hervor und drückte mit dem Finger auf den Knopf, der Miss Koehler herbeirief. Dann kam sie, hob ihn hoch und rückte seine Kissen zurecht. Sie versicherte ihm auch immer, daß es nur sein entzündeter Hals war und rieb ihn mit Alkohol ein und gab ihm ein paar Tropfen von irgend etwas zu trinken, um ihm Erleichterung zu verschaffen.

Nach all dieser Zeit und trotz allem, was er ihnen auch sagte, glaubten sie immer noch, oder gaben jedenfalls vor zu glauben, daß er an Tuberkulose litt und daß alles andere Wahn, ein Stadium des Wahnsinns war!

Und Mersereaus Skelett immer noch da draußen am Monte Orte!

Und Mersereaus Plan — natürlich mit der Hilfe anderer ausgeheckt — war, ihn zu erwürgen: Daran gab es jetzt keinen Zweifel mehr; und dennoch würden sie, wenn er tot war, glauben, daß er an Halstuberkulose gestorben war. Man stelle sich das einmal vor.

XII — 10. Februar 1909, Mitternacht

Der Geist Mersereaus *(über Davidson gebeugt)*: »Sachte! Sachte! Er schläft tief und fest! Er hat nicht geglaubt, daß wir ihn kriegen könnten — daß ich es könnte! Aber diesmal — ja. Miss Koehler schläft am anderen Ende des Flurs, und Miss Liggett kann nicht kommen, kann nichts hören. Er ist zu schwach jetzt. Er kann sich kaum bewegen, nicht einmal stöhnen. Stärkt meine Hand, bitte! Ich packe ihn diesmal so fest, daß er nicht mehr entkommt! Seine Schreie werden ihm diesmal nichts helfen! Er kann nicht mehr so schreien wie früher! Jetzt! Jetzt!«

Eine Wolke Böser Geister *(herumschwimmend)*: »Recht so! Recht so! Gut! Gut! Jetzt! Ja!«

Davidson *(erwachend, keuchend, schreiend und schwach zuckend)*: »Hilfe! Hilfe! Hiiil-fe! Miss — Miss — H-i-l-f-e!«

Miss Liggett *(im Halbschlaf auf ihrem Stuhl)*: »Alles ist still. Niemand geistert herum. Ich kann beruhigt schlafen.« *(Ihr Kopf sinkt nach vorn.)*

Die Wolke Böser Geister: »Gut! Gut! Gut! Endlich seine Seele! Da ist sie! Er konnte nicht mehr entkommen diesmal! Ja! Gut! Gut! Jetzt!«

Mersereau *(zu Davidson)*: »Du Mörder! Endlich! Endlich!«

XIII — 11. Februar 1909, 3 Uhr morgens

Miss Koehler *(neben dem Bett, voller Kummer und blaß)*: »Er muß irgendwann zwischen eins und zwei gestorben sein, Doktor. Ich hab' ihn um ein Uhr alleingelassen, nachdem ich es ihm so bequem wie nur möglich gemacht hatte. Er sagte, er fühle sich den Umständen entsprechend. Er ist in den vergangenen Tagen sehr schwach gewesen und hat nur ein wenig Haferschleim zu sich genommen. Zwischen halb zwei und zwei glaubte ich ein Geräusch zu hören und ging nachsehen. Er lag genauso da, wie Sie ihn jetzt sehen, nur seine Hände waren an seinem Hals, wie wenn er schmerzte oder sich ihm zuschnürte. Ich habe sie heruntergenommen, weil ich befürchtet habe, daß sie in dieser Stellung erstarren würden. Als ich gerade eben versucht habe, eine der anderen Schwestern zu rufen, habe ich festgestellt, daß die Klingel defekt ist, obwohl ich weiß, daß sie in Ordnung war, als ich gegangen bin, weil er mich immer gebeten hat, sie zu überprüfen. Er kann also durchaus versucht haben zu klingeln.«

Dr. Major *(dreht den Kopf herum und untersucht den Hals)*: »Es sieht so aus, als hätte er diesmal seinen Hals ziemlich fest gepackt, muß ich sagen. Hier ist der Eindruck seines Daumens auf der einen Seite und der seiner vier Finger auf der anderen. Ziemlich tief für das bißchen Kraft, das er noch hatte. Merkwürdig, daß er sich vorgestellt hat, jemand anderer versuche ihn zu erwürgen, wenn er sich immer selbst den Hals zudrückte! Tuberkulose im Halsbereich kann sehr schmerzhaft sein. Das würde seinen Drang, seinen Hals zu packen, erklären.«

Miss Liggett: »Er hat immer geglaubt, daß ein böser Geist versucht, ihn zu erwürgen, Doktor.«

Dr. Major: »Ja, ich weiß... Gedankenassoziationen. Dr. Scain und ich sind uns einig. Er litt unter einer schweren chronischen Tuberkulose im Halsbereich, verbunden mit Unterernährung, die von dem Einfluß des Halses auf den Magen herrührte; und seine Vorstellung, daß ihn böse Geister verfolgten und versuchten, ihn zu erwürgen, war einfach zurückzuführen auf eine natürliche Neigung des Unterbewußtseins, Dinge miteinander zu verbinden — irgendeine Vorstellung, sagen wir einmal, mit irgendeinem Schmerz. Wenn er ein krankes Bein gehabt hätte, hätte er sich eingebildet, daß böse Geister versuchen, es abzusägen oder etwas in der Art. Der Zustand seines Halses hat denjenigen seines Magens auf dieselbe Weise beeinflußt, und er hat geglaubt, daß die Geister etwas mit seinem Essen anstellen. Stellen Sie eine Bescheinigung aus, die akute Tuberkulose in der Region der Speiseröhre im physischen und Verfolgungswahn im mentalen Bereich als Todesursache angibt. Wenn ich schon hier bin, könnten wir eigentlich auch gleich bei Mr. Baff vorbeischauen.«

H. G. WELLS

Das Tal der Spinnen

Spinnen haben wahrscheinlich mehr Menschen in Angst und Schrecken versetzt als jedes andere Lebewesen, sei es nun groß oder klein. Die Spinnen in dieser klassischen Geschichte des »kalten Grauens« sind besonders groß und deshalb besonders entsetzlich; auf ihre Art sind sie ebenso schrecklich wie die weitaus besser bekannten Marsmenschen aus The War of the Worlds. H. G. Wellls verstand sich auf die Schauergeschichte genauso gut wie auf Science Fiction. Ganz bestimmt.

Gegen Mittag erblickten die drei Verfolger plötzlich an einer Biegung des Strombetts ein sehr breites, weites Tal. Der schwierige, gewundene Kiespfad, auf dem sie nun schon so lange die Flüchtlinge verfolgt hatten, öffnete sich plötzlich zu einem breiten Hang, und wie auf Verabredung hin verließen die drei Männer den Pfad, ritten auf eine kleine, von dunkelgrünen Bäumen besetzte Anhöhe zu und hielten dort. Zwei von ihnen, wie es sich gebührte, ein bißchen hinter dem Mann mit dem silberbeschlagenen Zaum.

Eine Weile durchspähten sie die große Fläche unter ihnen mit begierigen Augen. Ferner, immer ferner erstreckte sie sich: Nur einige Gruppen dürrer Dornsträucher da und dort und ein ferner Streifen wie von einer wasserlosen Schlucht, der die Öde des gelben Grases durchschnitt. Die purpurnen Ausläufer schmolzen dahin in die blauen Hänge ferner Hügel — grünerer Hügel, so schien es. Und darüber, auf unsichtbaren Trägern — schwebend im Blau —, erhoben sich schneebekleidete Gipfel von Bergen, die immer kühner und größer wurden, je mehr sich das Tal gegen Nordwesten verengte. Gegen Westen öffnete es sich auch, und ein fernes Dunkeln unter dem Horizont deutete beginnende Wälder an. Aber die drei Männer schauten weder nach Osten noch nach Westen, sondern stetig vorwärts, geradeaus über das Tal hin.

Der Hagere mit der narbigen Lippe sprach zuerst.

»Ich kann sie nirgends sehen!« sagte er, mit einem Seufzer der Enttäuschung. »Aber freilich — sie haben ja bereits einen Tag Vorsprung vor uns gewonnen.«

»Sie wissen ja nicht, daß wir hinter ihnen her sind«, sagte der Kleine auf dem Schimmel.

»*Sie* weiß es wohl!« sagte der Anführer bitter, als spreche er zu sich selbst.

»Aber sie kommen auch so nicht schnell weiter. Sie haben nichts bei sich als ein Maultier, und heute, den ganzen Tag, hat der Fuß des Mädchens geblutet . . .«

Der Mann mit dem Silberzaum ließ einen wütenden Blick nach dem Sprecher aufblitzen. »Glaubst du, ich hab es nicht gesehen?« zischte er.

»Immerhin . . . es hilft uns weiter«, flüsterte der Kleine vor sich hin.

Der Hagere mit der narbigen Lippe starrte gleichmütig geradeaus. »Sie können das Tal noch nicht durchquert haben«, sagte er. »Wenn wir tüchtig reiten . . .«

Er blickte nach dem Schimmel und verstummte.

»Der Teufel hol alle Schimmel!« sagte der Mann mit dem Silberzaum und drehte sich um, um das Tier, dem seine Verwünschung galt, näher zu betrachten.

Der Kleine richtete den Blick zwischen die melancholischen Ohren seiner Stute.

»Ich hab mein Bestes gegeben!« sagte er.

Wieder starrten die beiden anderen eine ganze Weile über das Tal. Der Hagere fuhr sich mit dem Handrücken über die narbige Lippe.

»Vorwärts!« sagte der Mann mit dem Silberzaum plötzlich. Der Kleine fuhr zusammen und zog krampfhaft die Zügel an, und die Hufe der drei Pferde trappelten rasch und kaum hörbar über das dürre Gras, während sie nach der Fährte zurücktrabten.

Vorsichtig ritten sie den langen Hang hinab und kamen so durch eine Wirrnis von dornigen, ineinander verwachsenen Sträuchern und seltsamen, trockenen Ästen, die zwischen den Felsen wuchsen, hinunter in das Flachland. Da wurde die Spur immer schwächer, denn der Boden wurde immer trockener, und das einzige Kraut war das versengte, dürre Gras, das überall auf der Erde lag. Trotzdem — durch unablässiges Suchen und Wittern, durch stetiges Anhalten — gelang es auch diesen Weißen, ihre Beute im Auge zu behalten.

Zertrampelte Grasplätze sahen sie — niedergetretene, geknickte Halme — und immer wieder eine verräterische Fußspur. Einmal entdeckte der Anführer einen braunen Blutfleck, dort, wo die Mestizendirne möglicherweise gegangen war . . . und leise . . . unhörbar fluchte er . . .

Der Hagere ritt dicht hinter dem Anführer; ihm folgte der Kleine auf dem Schimmel, traumverloren. So ritten sie, einer hinter dem anderen. Der Mann mit dem Silberzaum voraus. Keiner sprach ein Wort. Nach einer Weile fiel es dem Kleinen auf dem Schimmel auf, daß es so merkwürdig still war. Er fuhr auf aus seinem Traum. Mit Ausnahme der kleinen Geräusche, die die Pferde verursachten, lag über dem ganzen Tal die brütende Stille eines Genrebildes . . .

Vor ihm ritten sein Gebieter und sein Genosse; jeder leidenschaftlich nach links strebend; jeder unwillkürlich im Tritt seines Pferdes sich bewegend. Und vor ihnen wanderten ihre Schatten . . . stumme, lautlose, schwankende Begleiter. Und näher — dicht neben ihm — ein zusammengekauertes, kaltes Etwas . . . das war sein eigener. Er blickte sich um. Was war denn auf einmal weg? Der Widerhall von den Schluchträndern — das unablässige Geräusch der aufspritzenden, knirschenden Kiesel fiel ihm ein. Na . . . und was noch? Das war es. Es regte sich kein Windhauch. Was für eine endlose, stille Gegend das war! Was für ein schweigender Nachmittagsschlummer: und der Himmel so leer und weit . . . mit Ausnahme eines düsteren Dunstschleiers, der sich über das obere Tal gezogen hatte . . .

Er richtete sich straff auf . . . zog die Zügel an . . . spitzte die Lippen zum Pfeifen . . . und seufzte. Dann wandte er sich im Sattel und starrte eine Weile nach dem Schlund der Bergschlucht zurück, aus dem sie gekommen waren. Kahl! Kahle Hänge zu beiden Seiten. Nirgends die Spur eines freundlichen Tieres, eines Baumes, geschweige denn eines Menschen! So ein Land! So eine Wildnis! . . . Und er sank wieder zurück in seine vorige Stellung.

Mit einer plötzlichen Freude erfüllte es ihn, als er — schlangengleich — einen purpurnen Blitz aufflammen und wieder im Braun verschwinden sah. Also war dieses höllische Tal *doch* nicht ganz tot! Dann — zu seiner noch größeren Freude — strich plötzlich ein leiser Hauch über sein Gesicht, ein Flüstern, das kam und wieder verschwand — das leise Wehen eines starren, dunkelknospenden Strauches auf einer kleinen Anhöhe —, die ersten Anzeichen einer etwaigen Brise ... Und langsam netzte er seinen Finger und reckte ihn in die Luft ...

Ganz plötzlich hielt er an, um einen Zusammenstoß mit dem Hageren zu vermeiden, der mit einemmal die Spur verloren hatte. Aber just in diesem schulderfüllten Moment begegnete er dem Blick seines Gebieters, der auf ihn gerichtet war ...

Eine Zeitlang zwang er sich zu einem Interesse an der Verfolgung. Dann — während sie immer weiter ritten — vertiefte er sich in das Studium des Schattens seines Gebieters, seines Hutes und seiner Schultern, wie sie hinter der Silhouette des Hageren auftauchten und wieder verschwanden. Seit vier Tagen ritten sie so — jenseits der Grenzen der Welt — in diese Einöde hinein, ohne Wasser, nichts als ein bißchen Rauchfleisch unter dem Sattel, über Felsen und Berge, die sicherlich noch kein Fuß betreten hatte, außer dem der Flüchtlinge ... Und all das deshalb?

Wegen einer Dirne ... eines eigensinnigen Kindes! Und der Mann hatte ganze Städte voll von Leuten, die jeden, aber auch jeden seiner Wünsche erfüllen konnten! Mädchen ... Weiber! Weshalb ... im Namen des leidenschaftlichen Wahnsinns ... gerade die, fragte sich der Kleine, verwünschte die ganze Welt und leckte sich mit ausgedörrter Zunge die trockenen Lippen. Der Gebieter wollte es so ... das war alles, was er wußte. Einzig und allein, weil sie sich ihm entziehen wollte ...

Ein Streifen dichtgefiederten Schilfs tauchte vor ihm auf; ihre seidigen Wedel neigten sich, beugten sich ... sanken ... Der Wind wurde stärker. Er nahm den Dingen ihre starre Stummheit — und das war gut so.

»Hallo!« sagte der Hagere. Alle drei hielten plötzlich an.

»Was denn?« fragte der Herr. »Was?«

»Dort drüben!« erwiderte der Hagere und deutete das Tal hinauf.

»Was?«

»Etwas kommt auf uns zu.«

Und während er sprach, hob sich auf einer Anhöhe ein gelbes Tier ab, das gleich darauf auf sie zukam. Es war ein großer, wilder Hund, der vor dem Wind lief, mit heraushängender Zunge, und so stetig und zielbewußt, daß er die Reiter, denen er sich näherte, gar nicht zu sehen schien. Er hielt die Nase hoch, und es war klar, daß er weder Fährte noch Beute verfolgte. Als er näher kam, griff der Kleine nach seinem Säbel. »Er ist toll!« sagte der Hagere.

»Schreien!« sagte der Kleine und stieß einen Schrei aus. Der Hund kam heran. Dann, als der Kleine schon die bloße Klinge bereit hielt, bog er ab und lief keuchend an ihnen vorüber und weiter. Die Augen des Kleinen folgten ihm. »Er hatte keinen Schaum!« sagte er. Eine Weile starrte der Mann mit dem silberbeschlagenen Zaum das Tal hinauf. »Ach was, vorwärts!« rief er schließlich. »Was macht das schon?« Und spornte sein Pferd wieder an.

Der Kleine ließ das unerklärliche Rätsel eines Hundes, der vor nichts floh als vor dem Wind, ungelöst und versank in tiefes Sinnen über den menschlichen Charakter. »Vorwärts!« flüsterte er vor sich hin. »Wieso hat ein Mensch die Macht, mit solch wunderbarer und plötzlicher Wirkung ›Vorwärts!‹ zu sagen. Immer, sein ganzes Leben lang, hat der mit dem silbernen Zaum das gesagt. Wenn ich es sagte . . .«, dachte der Kleine. Aber alle wunderten sich, wenn einmal jemand dem Herrn nicht gehorchte — und war es in den unsinnigsten Dingen. Diese junge Mestizendirne kam ihm und jedermann geradezu verrückt — beinahe gotteslästerlich vor! Dann — wie zum Vergleich — dachte der Kleine über den Hageren mit der narbigen Lippe nach: der war so kraftvoll wie sein Gebieter, ebenso tapfer, ja tapferer vielleicht; und doch gab es für ihn nur Gehorsam, fraglosen, selbstverständlichen Gehorsam . . .

Gewisse Empfindungen in Händen und Knien riefen den Kleinen zu näherliegenden Dingen zurück. Etwas fiel ihm auf. Er ritt an die Seite seines hageren Genossen. »Merkst du es? Die Pferde . . .!« sagte er leise.

Das hagere Gesicht sah ihn fragend an.

»Sie mögen den Wind nicht«, sagte der Kleine und fiel dann, als der Mann mit dem Silberzaum sich nach ihm umwandte, wieder zurück.

»Schon recht!« sagte der Hagere.

Eine Zeitlang ritten sie schweigend weiter. Die beiden Vordermänner hielten den Blick auf den Weg gesenkt, der Hintermann beobachtete den Dunst, der die Weite des Tals herunterkroch, immer näher und näher, und merkte, wie der Wind von einem Moment zum andern an Stärke zunahm. Ganz fern zur Linken sah er eine Reihe dunkler Klumpen — wilde Schafe vielleicht — das Tal heruntergaloppieren; aber er sagte nichts; er machte auch keine weitere Bemerkung mehr über die Unruhe der Pferde.

Und dann sah er zuerst eine, darauf eine zweite große, weiße Kugel — eine große, glänzende, weiße Kugel, wie der Riesenkopf einer Wolldistel — vor dem Wind her über den Pfad treiben. Die Kugeln flogen hoch in der Luft, fielen und stiegen wieder, fingen einander für einen Augenblick und flogen dann weiter, vorüber; aber die Unruhe der Pferde nahm zu bei ihrem Anblick.

Dann, gleich darauf, sah er noch mehr von diesen treibenden Bällen — und bald darauf noch viele, viele, die das Tal herab auf ihn zuwehten.

Ein Gequieke tönte an ihr Ohr. Über den Pfad stürzte ein riesiges Wildschwein, das nur einmal hastig den Kopf nach ihnen wandte und dann weiter das Tal hinabsauste. Jetzt hielten alle drei an und saßen ganz still und starrten in den immer dichter werdenden Nebel, der auf sie zukam.

»Wenn nicht dieses Wolldistelzeug wäre . . .«, begann der Anführer.

Eben trieb eine große Kugel kaum ein paar Ellen weit von ihnen vorüber. Es war in Wirklichkeit gar kein gleichmäßig runder Ball, sondern ein ungeheures, weiches, zerfetztes, halb durchsichtiges Etwas, wie ein an den Ecken zusammengefaßtes Tuch, eine Art Luftquelle, die sich aber, während sie näher kam, unaufhörlich um sich selber drehte und lange, spinnartige, schwimmende Fäden und Fühler hinter sich herschleifte.

»Das ist keine Distelwolle!« sagte der Kleine.

»Das Zeug gefällt mir nicht!« sagte der Hagere.

Und sie blickten einander an.

»Zum Henker!« rief der Anführer. »Die Luft ist ganz voll davon da droben. Wenn das noch lange so weitergeht, wird's uns ganz und gar den Weg abschneiden!«

In einem instinktiven Gefühl, wie es das Wild beim Nahen von etwas Unbestimmtem zeigt, wandten sie ihre Pferde gegen den Wind, ritten ein paar Schritte vorwärts und starrten die herantreibende Menge der schwebenden Massen an. Mit einer Art geschmeidiger Schnelligkeit flogen sie vor dem Wind daher, lautlos steigend und fallend, zur Erde sinkend, wieder hoch in die Lüfte schnellend, schwebend — alle in einer einzigen großen Geschlossenheit, in einem stummen, sicheren Zielbewußtsein... Schon kamen die Pioniere dieser seltsamen Armee rechts und links an den Reitern vorbei. Vor einem, der am Boden entlang rollte und zu einer formlosen Masse auseinanderbrach, die sich widerstrebend in lange, zuckende Fasern und Bänder auflöste, fingen alle drei Pferde an zu scheuen und zu steigen. Den Anführer überfiel plötzlich eine ganz unvernünftige Ungeduld. Er stieß heftige Verwünschungen gegen die um ihn herum treibenden Kugeln aus. »Weiter!« rief er. »Weiter! Was macht das schon? Was *kann* das schon ausmachen? Zurück auf den Weg!« Und fluchend sägte er seinem Gaul das Gebiß durchs Maul. Er brüllte vor Wut. »Und ich *werde* die Fährte verfolgen!« schrie er. »Wo ist sie, die Fährte?«

Er packte den Zügel seines sich bäumenden Pferdes und suchte im Gras nach. Ein langer, klammernder Faden fiel ihm über das Gesicht, ein grauer Fühler legte sich um den Arm, der den Zügel hielt, etwas Großes, Bewegliches, mit vielen Beinen, lief ihm über den Hinterkopf. Er blickte auf und entdeckte eins von den grauen Dingern, das sozusagen auf diese Weise über ihm verankert hatte und dessen Außenränder sich fortwährend wellig bewegten, wie ein Segel, wenn das Boot zum Stillstand kommt — bloß lautlos.

Er hatte einen Eindruck wie von vielen Augen, von einer dichtgedrängten Mannschaft von plattgedrückten Körpern, von langen, vielgliedrigen Armen und Beinen, die an der Vertäuung zerrten, um das Ding auf ihn herabzusenken. Eine Weile starrte er in die Höhe, sein sich bäumendes Pferd mit dem Instinkt jahrelangen Reitertums zügelnd. Dann fühlte er an seinem Rücken die flache Klinge eines Säbels, Stahl blitzte auf über ihm und durchschnitt den schwebenden Spinnwebballon, und die ganze Masse stieg sachte in die Höhe und schwebte und trieb davon.

»Spinnen!« rief die Stimme des Hageren. »Die Dinger sind voll von großen Spinnen! Da seht, Herr!« Der Mann mit dem Silberzaum blickte noch immer der Masse nach, die da davontrieb.

»Seht, Herr!«

Der Anführer starrte auf ein rotes, zerquetschtes Etwas auf der Erde, an dem, trotz teilweiser Vernichtung, noch einzelne Glieder zappelten und sich wanden. Dann, als der Hagere auf eine zweite Masse deutete, die sich ihnen näherte, zog er hastig seinen Säbel. Das ganze Tal aufwärts war jetzt eine einzige, in Fetzen gerissene Nebelbank. Er versuchte, sich die Situation klarzumchen.

»Zurück!« schrie der Kleine. »Zurück! Das Tal hinunter!«

Was dann geschah, entsprach einem Schlachtengetümmel. Der Mann mit dem Silberzaum sah den Kleinen an sich vorüberstürmen, wild nach unsichtbaren Spinnweben schlagen, sah ihn in das Pferd des Hageren hineinrennen und es samt seinem Reiter über den Haufen reiten. Sein eigenes Pferd stürmte ein Dutzend Schritte vorwärts, bevor er es wieder im Griff hatte. Darauf blickte er hinauf, nach unsichtbaren Gefahren aus — und wieder rückwärts. Er sah ein Pferd, das sich auf der Erde wälzte, und den Hageren, der daneben stand und in eine zerrissene, zuckende, graue Masse einhieb, die über die beiden hereinflutete und sich um sie beide schloß. Und dicht und rasch wie Distelflaum über ödem Land an einem windigen Julitag wehten die Spinnweben heran.

Der Kleine war vom Pferd gestiegen; aber er wagte es nicht loszulassen. Er versuchte, das widerstrebende Tier mit einem Arm rückwärts zu zerren, während er mit dem andern blindlings zuhieb. Die Fühler einer zweiten grauen Masse hatten sich in diesen Kampf verschlungen, sich verankert und ließ sich langsam herab.

Der Anführer biß die Zähne zusammen, griff in die Zügel,

senkte den Kopf und gab seinem Gaul die Sporen. Das Pferd, das dort am Boden lag, wälzte sich auf den Rücken; Blut und bewegliche Schatten auf seinen Flanken... Und plötzlich drehte der Hagere ihm den Rücken zu und rannte zu seinem Gebieter... vielleicht zehn Schritt weit. Seine Beine waren ganz von Grau umsponnen und beschwert; ziellos fuchtelte er mit seinem Säbel hin und her. Graue Fäden hingen überall an ihm herum. Ein dünner, grauer Schleier lag über seinem Gesicht. Er schlug mit der Linken nach etwas, das an seinem Körper klebte; und auf einmal stolperte er und fiel. Er versuchte krampfhaft aufzustehen, fiel wieder nieder, und plötzlich begann er grauenvoll zu heulen: »Oh! O — oh! O — o — o — oh!«

Sein Herr sah deutlich die großen Spinnen auf ihm und andere am Boden.

Während er versuchte, sein Pferd zu dieser wild gestikulierenden, schreienden, grauen Gestalt, die wie wild kämpfte, hinzulenken, näherte sich Hufgeklapper, und der Kleine, halb wieder auf sein Pferd gesprungen, ohne Säbel, auf dem Bauch schräg am Schimmel hängend und an die Mähne geklammert, wirbelte vorüber. Und wieder streiften klammernde graue Fäden das Gesicht des Anführers. Rings um ihn her, über ihm, überall schien dieses treibende, lautlose Spinnennetz sich zusammenzuziehen, ihn einzuschließen... Noch auf seinem Sterbebett hätte er nicht sagen können, was in jenem Augenblick eigentlich geschah. Wandte er selber sein Pferd? Oder galoppierte es wirklich von selbst hinter seinem Gefährten her? Jedenfalls — im nächsten Augenblick raste er Hals über Kopf, mit wütend über dem Haupt geschwungenen Säbel, das Tal hinab. Und um ihn — bei kräftiger Brise — schien alles, die Spinnenluftschiffe, die Luftballen und Luftfetzen in bewußter Verfolgung hinter ihm herzustürmen.

Kling-klang, bumm-bumm-bumm... der Mann mit dem Silberzügel ritt ohne auf die Richtung zu achten, das erschreckte Gesicht bald nach rechts, bald nach links gewandt, der Schwertarm immer bereit zuzuhauen... Und ein paar hundert Schritte vor ihm, mit einem Schweif zerfetzter Spinnweben, der hinter ihm herschleifte, ritt der Kleine auf seinem Schimmel — immer noch halb im Sattel hängend. Das Schilf neigte sich vor ihnen...

der Wind blies frisch und stark. Über seine Schulter weg sah der Anführer die Spinnweben, die hinter ihm herhasteten...

So ganz und gar waren seine Gedanken darauf gerichtet, den Spinnweben zu entgehen, daß er erst, als sein Pferd zum Sprung ansetzte, die Schlucht vor sich bemerkte. Und als er es merkte, war es zu spät zum Einhalten. Zu spät beugte er sich vor auf den Hals des Pferdes, zu spät strammte er sich zurück.

Aber wenn in der Erregung auch der Sprung mißlang, wie ein Reiter fallen muß, das hatte er nicht vergessen. Er flog gekonnt durch die Luft. Er selber trug weiter nichts davon als eine Schramme an der Schulter, sein Pferd aber überschlug sich, hieb krampfartig aus und blieb still liegen. Der Säbel fuhr in den harten Erdboden und brach ab, als ob das Glück ihn endgültig aus seinen Reihen gestoßen hätte. Kaum einen Zollbreit fuhr die abgesplitterte Spitze an seinem Gesicht vorbei.

Es währte keine Sekunde, und er stand wieder auf den Füßen, atemlos den einherwirbelnden Spinnweben entgegenblickend. Einen Augenblick lang dachte er an Flucht. Aber dann fiel ihm die Schlucht ein. Und er wandte sich um. Einmal lief er zur Seite, um einem der treibenden Greuel zu entgehen. Dann kletterte er die Felsen hinab, aus dem Bereich des Sturms.

Im Schutz der steilen Ufer des ausgetrockneten Stromes konnte er sich hinkauern und in Sicherheit die seltsamen grauen Erscheinungen vorüberziehen sehen, bis der Sturm sich legte, und er fliehen konnte. So hockte er da, lange, und sah zu, wie die unheimlichen, grauen zerfetzten Massen ihre Fäden über seinen engen Horizont zogen.

Einmal fiel eine aus der Reihe verirrte Spinne dicht neben ihn in die Schlucht — einen Fuß lang war sie von Bein zu Bein, und der Rumpf halb so groß wie eine Manneshand. Nachdem er eine Zeitlang ihr leidenschaftliches Angreifen und Flüchten, und ihre Versuche, in seinen zerschmetterten Säbel zu beißen, beobachtet hatte, hob er einen seiner nägelbeschlagenen Stiefel auf und zertrat sie. Er fluchte dabei und eine ganze Weile blickte er das Tal auf und ab, nach einer zweiten.

Bald darauf, als er sicher war, daß die Spinnenschwärme nicht in die Schlucht fallen konnten, suchte er sich einen Platz, wo er sich setzen konnte. Da saß er nun und überlegte und nagte, wie das so seine Gewohnheit war, an seinen Fingerknöcheln und biß an den Nägeln. Die Ankunft des Schimmelreiters rüttelte ihn auf.

Er hörte ihn, lang ehe er ihn sah, Hufgeklapper, stolpernde Schritte, eine beschwichtigende Stimme. Dann tauchte der Kleine auf, ein Ritter von der traurigen Gestalt, mit einem Schwanz weißer Spinneweben hinter sich. Ohne zu reden, ohne Gruß starrten sie einander an. Der Kleine war müde und beschämt, in hoffnungsloser Bitterkeit hielt er an, Aug in Aug mit seinem sitzenden Herrn. Dieser duckte sich unmerkbar unter dem Blick seines Untergebenen. »Na?« sagte er endlich. Es lag nichts Gebieterisches mehr in seiner Stimme.

»Ihr habt ihn zurückgelassen?«

»Mein Pferd ging durch.«

»Ich weiß. Meines auch.«

Er lachte seinen Herrn freudlos an.

»Ich sage ja, mein Pferd ging mit mir durch!« sagte der Mann, der einst einen silbernen Zaum geführt hatte.

»Feiglinge sind wir beide!« sagte der Kleine.

Der andere knabberte ein paar Augenblicke lang nachdenklich an seinen Knöcheln, während er seinen Untergebenen starr anblickte.

»Nenn mich nicht Feigling!«

»Ein Feigling seid Ihr, wie ich.«

»Vielleicht ein Feigling. Aber es gibt eine Grenze, über die kein Mensch hinauskann. Das hab ich endlich gelernt. Aber nicht wie du! Darin liegt der Unterschied...«

»Das hätt ich mir nie träumen lassen, daß Ihr ihn im Stich lassen würdet! Keine zwei Minuten vorher hat er Euch das Leben gerettet... Wieso seid Ihr unser Gebieter?«

Wieder nagte der Anführer an seinen Knöcheln, und sein Antlitz war düster.

»Noch nie hat mich einer einen Feigling genannt!« sagte er. »Noch nie... Ein zerbrochener Säbel ist immer noch besser als keiner... Ein lahmer Schimmel kann nicht zwei Männer vier Tage lang tragen! Ich hasse Schimmel! Aber diesmal hilft es nichts! Du verstehst mich! Ich weiß schon, du möchtest mich nur zu gern mit dem, was du gesehen hast... und mit dem, was du dir einbildest, anschwärzen! Männer deines Schlags entthronen Könige! Außerdem — ich hab dich nie leiden können!«

»Herr!« sagte der Kleine.

»Nein!« erwiderte der Anführer. *»Nein!«*

Straff richtete er sich auf, während der Kleine eine Bewegung machte. Eine Minute lang etwa standen sie sich gegenüber. Über ihnen trieben die Spinnenkugeln... Ein plötzliches Knirschen der Kiesel... hastende Füße... ein Schrei der Verzweiflung... ein Aufstöhnen und ein Hieb...

Als die Nacht einbrach, legte sich der Wind. In ruhiger Heiterkeit sank die Sonne. Der Mann, der einst mit silbernem Zaum geritten war, kam vorsichtig über einen leichten Hang aus der Schlucht empor. An der Hand führte er jetzt den Schimmel, der dem Kleinen gehört hatte. Er wäre gern wieder zurückgegangen und hätte sich von seinem Pferd den Silberzaum geholt; aber er fürchtete, die Nacht und neuer Wind könnten ihn hier, im Tal, noch einholen. Und außerdem... der Gedanke, daß er etwa sein Pferd ganz in Spinnweben eingesponnen, halb aufgefressen vielleicht, vorfinden würde, war ihm widerlich...

Als er so an die Spinnwebe dachte und an all die Gefahren, denen er entgangen war, und wie er heute wieder vor dem Schlimmsten bewahrt worden war, tastete seine Hand nach einem kleinen Reliquiar, das ihm am Hals hing; einen Augenblick lang ergriffen seine Finger es in aufrichtiger Dankbarkeit. Und dabei schweiften seine Augen über das Tal.

»Die Leidenschaft hat mich verblendet«, sagte er. »Auch *sie* ist ihrem Schicksal nicht entgangen. Auch sie sind zweifellos...«

Und siehe da! Fern, aus den waldigen Hängen jenseits des Tals und doch in der Klarheit des Sonnenuntergangs deutlich und unverkennbar, sah er eine kleine Rauchsäule...

Der Ausdruck ruhiger Resignation wandelte sich in Staunen und Grimm. Rauch? Er warf den Kopf des Schimmels herum und zögerte. Währenddessen strich eine leichte Brise durch das Gras. Dort hinten, auf ein paar Schilfrohren, zitterte ein undeutlicher Fetzen Grau. Er blickte nach den Spinnweben; er blickte nach dem Rauch.

»Na ja... wer weiß... vielleicht sind sie es gar nicht!« sagte er schließlich.

Aber *er* wußte es besser...

Nachdem er eine Zeitlang nach dem Rauch hinübergestarrt hatte, stieg er auf den Schimmel.

Vorwärtsreitend bahnte er sich seinen Weg durch Massen von gestrandeten Spinnweben. Viele tote Spinnen lagen herum, und die überlebenden saugten blutschänderisch ihre Gefährten aus. Beim Stampfen der Hufe flohen sie...

Ihre Zeit war um. Vom Erdboden aus, ohne einen Lufthauch, der sie trug, konnten ihm diese Dinger trotz ihrem Gift nichts anhaben.

Er schlug mit seinem Gürtel nach einzelnen, die ihm seiner Meinung nach allzu nahe kamen. Einmal, als eine ganze Anzahl dicht aneinandergedrängt über eine flache Wegstelle huschte, war er drauf und dran, abzusteigen und sie zu zertreten; aber er unterdrückte sein Verlangen... Von Zeit zu Zeit wandte er sich um und blickte zurück nach dem Rauch.

»Spinnen!« murmelte er immer wieder. »Spinnen! Na ja! Na ja!... Nächstesmal spinne *ich* ein Netz.«

AMBROSE BIERCE

Der mittlere Zeh vom rechten Fuß

Während der vergangenen einhundert Jahre hat man das Werk von Ambrose Bierce unter anderem als »paranoid«, »feindselig«, »krankhaft« und »gehässig« bezeichnet — was insofern durchaus zutreffende Bewertungen sein mögen, als all diese Eigenschaften unleugbare Facetten von Bierces Charakter darstellten. Aber es trifft auch zu, daß Bierce ein Meister des Stils und der Handlung war, besonders wenn er sich an Geschichten des Schreckens und des Übernatürlichen versuchte, und daß er wußte, wovon er in diesen Geschichten sprach, nämlich von Geistern, die den menschlichen Verstand heimsuchen. »Der mittlere Zeh vom rechten Fuß« ist wahrscheinlich seine beste und zynischste Erzählung dieser Art — und eine verteufelt gute Gruselgeschichte obendrein.

In dem alten Haus der Mantons spukt es. In der ganzen ländlichen Umgebung und sogar in der eine Meile entfernten Stadt Marshall gibt es keinen vorurteilsfreien Menschen, der daran zweifelt. Der Beweis, daß es in dem Haus spukt, ist von zweierlei Art — die Aussagen von Augenzeugen und das Zeugnis des Hauses selbst. Erstere mag man auf Grund verschiedener Einwände, die von einigen Skeptikern gegen sie vorgebracht werden könnten, unbeachtet lassen; aber Tatsachen, die im Beobachtungsbereich aller liegen, sind fundiert und nachweisbar.

Zunächst einmal ist das Haus der Mantons seit mehr als zehn Jahren unbewohnt und dem langsamen Zerfall preisgegeben — ein Umstand, den der Einsichtige kaum ignorieren wird. Es steht etwas abseits der Straße von Marshall nach Harriston, wo sie am einsamsten ist, auf einer Lichtung, die einmal Viehweide und Ackerland war und noch immer von verrottenden Weidezäunen entstellt ist. Brombeerranken und wilde Staudengewächse bedecken eine steinige und unfruchtbare Erde. Das Haus selbst ist in leidlich gutem Zustand, aber von Wind und Wetter mitgenommen und bedarf dringend der Aufmerksamkeit des Glasers, seit die jüngere männliche Bevölkerung der Gegend auf ihre Weise ihr Mißfallen an Wohnungen ohne Bewohner ausgedrückt hat. Das Haus ist nahezu würfelförmig, hat zwei Stockwerke, und seine Front wird von einer einzigen Türöffnung durchbrochen, die zu beiden Seiten von bretterverschlagenen Fenstern flankiert ist. Die ungeschützten Fenster des Obergeschosses dienen dazu, Licht und Regen in die oberen Räume einzulassen. Gras und Unkraut gedeihen ringsumher ziemlich üppig, und ein paar Schattenbäume, vom Wind gezaust, neigen sich alle in eine Richtung und scheinen eine gemeinsame Anstrengung zum Weglaufen zu machen. Kurzum, wie der Stadthumorist von Marshall in den Spalten des ›Advance‹ erklärt, ist die Überzeugung, daß das Haus der Mantons von bösem Spuk unsicher gemacht wird, die einzige logische Folgerung aus diesem Zustand des Anwesens. Die Tatsache, daß Mr. Manton es in diesem Haus zweckmäßig fand, eines Nachts vor zehn Jahren aufzustehen, seiner Frau und zwei kleinen Kindern die Kehlen durchzuschneiden und sich unverzüglich in einen anderen Teil des Landes zu begeben, hat zweifellos ihren Teil dazu beigetragen, die öffentliche Aufmerksamkeit auf die Eignung des Ortes für übernatürliche Phänomene zu lenken.

Zu diesem Haus kamen eines Sommerabends vier Männer auf einem Pferdefuhrwerk. Drei von ihnen kletterten sofort herunter, und derjenige, der den Wagen gelenkt hatte, band die Pferde an den einzigen verbliebenen Pfosten des Zauns. Der vierte Mann blieb auf dem Fuhrwerk sitzen. »Kommen Sie«, sagte einer seiner Gefährten und ging auf ihn zu, während die anderen sich in der Richtung des Gebäudes entfernten, »dies ist der Ort.«

Der Angeredete rührte sich nicht. »Bei Gott!« sagte er barsch. »Dies ist ein fauler Trick, und mir scheint, daß Sie Ihre Hände im Spiel haben.«

»Vielleicht«, sagte der andere in einem Tonfall, der etwas von Verachtung in sich hatte. »Sie werden sich jedoch erinnern, daß die Wahl des Schauplatzes mit Ihrer eigenen Zustimmung der anderen Seite überlassen wurde. Aber, wenn Sie sich vor Spukerscheinungen fürchten . . .«

»Ich fürchte mich vor nichts«, unterbrach der Mann mit einem weiteren Fluch und sprang auf die Erde. Die zwei gesellten sich dann zu den anderen. Einer von ihnen hatte bereits mit einiger Schwierigkeit, verursacht durch das rostige Schloß, die Tür geöffnet. Im Inneren des Hauses war es dunkel. Aber der Mann, der die Tür aufgesperrt hatte, zog eine Kerze und Zündhölzer aus der Rocktasche und machte Licht. Dann, während sie alle im Hausgang standen, schloß er seine Tür zu ihrer Rechten auf. Dies verschaffte ihnen Zutritt zu einem großen, viereckigen Raum, den die Kerze nur matt erhellte. Auf dem Boden lag dichter Staub, der ihre Stiefeltritte dämpfte. Spinnweben hingen von der Decke herunter und bewegten sich im Luftzug. Der Raum hatte zwei Fenster, aber aus keinem war mehr zu sehen als die rohen Oberflächen von Bretterläden, wenige Zentimeter hinter dem staubigen Glas. Es gab keinen Kamin, keinen Ofen, keine Möbel. Es gab nur die Spinnweben, den Staub und die vier Männer.

Seltsam genug sahen sie im gelben Licht der Kerze aus. Der Mann, der so zögernd vom Fuhrwerk gestiegen war, fiel besonders auf. Er war von mittlerem Alter, kräftigem Wuchs, hatte breite Schultern und einen mächtigen Brustkasten. Beim Anblick seiner Gestalt konnte man vermuten, daß er die Kräfte eines Riesen hätte, und seine Züge ließen den Schluß zu, daß er seine Kräfte wie ein Riese gebrauchen würde. Er war glattrasiert, mit kurzgeschnittenem, grauschwarzen Haar. Tiefe Querfalten durchzogen seine niedrige Stirn, und über der Nasenwurzel wurden sie von ebenso tiefen Falten gekreuzt. Unter dichten, schwarzen Brauen glühte tief eingesunken ein Augenpaar von ungewisser Farbe und offensichtlich zu klein für seinen massigen Schädel. Es war etwas Abstoßendes in dem Blick dieser Augen, und das wurde von dem grausamen Mund und dem breiten, kräftigen Kinn nicht gemildert.

Am Aussehen der anderen Männer war nichts Besonderes. Alle waren jünger als der Breitschultrige, und zwischen ihm und dem ältesten der anderen gab es offenbar keine freundschaftlichen Gefühle. Sie vermieden, einander anzusehen.

»Gentlemen«, sagte der Mann, der Kerze und Schlüssel hielt, »ich glaube, wir können anfangen. Sind Sie bereit, Mr. Rosser?«

Der Angesprochene verneigte sich und lächelte. »Und Sie, Mr. Grossmith?«

Der Breitschultrige nickte kurz.

»Gut. Sie werden gebeten, Ihre äußere Kleidung abzulegen.«

Die Hüte, Jacken, Westen und Krawatten wurden vor die Tür in den Hausgang geworfen. Nun nickte der Mann mit der Kerze, und der vierte Mann — derjenige, der Grossmith zum Verlassen des Wagens gedrängt hatte — zog zwei lange, mörderisch aussehende Buschmesser aus seinem Überrock.

»Sie sind genau gleich«, sagte er, nachdem er die Messer aus den Lederscheiden gezogen hatte und jedem der beiden Kontrahenten eines präsentierte. Jeder der beiden Duellanten nahm ein Messer, untersuchte es kritisch im Licht der Kerze und prüfte die Stärke von Klinge und Griff über dem angehobenen Knie. Dann wurde jeder vom Sekundanten des anderen nach verborgenen Schußwaffen durchsucht.

»Wenn es Ihnen recht ist, Mr. Grossmith«, sagte der Mann mit der Kerze, »nehmen Sie jetzt in dieser Ecke Aufstellung.«

Er zeigte in die von der Tür am weitesten entfernte Ecke des Raumes. Grossmith zog sich dorthin zurück, nachdem sein Sekundant sich von ihm mit einem Händedruck verabschiedet hatte, in dem nichts von Herzlichkeit zu spüren war. Mr. Rosser ging in die der Tür nächste Ecke, und nach kurzem Geflüster verließ ihn sein Sekundant und traf sich mit dem anderen an der Tür. In diesem Moment verlöschte plötzlich die Kerze, und es herrschte völlige Dunkelheit. Dies mochte durch einen Luftzug von der geöffneten Tür her geschehen sein.

»Gentlemen«, sagte eine Stimme, die in der Finsternis seltsam fremd klang. »Gentlemen, Sie werden sich nicht von der Stelle bewegen, bis Sie die äußere Tür zufallen hören.«

Ein Getrampel von Stiefeln folgte, dann das Schließen der inneren Tür. Und endlich ließ das Zuschlagen der Haustür das ganze Haus erzittern.

Einige Minuten später begegnete ein Farmerjunge einem leichten Fuhrwerk, das in wilder Fahrt in Richtung der Stadt Marshall ratterte. Später erklärte er, daß hinter den zwei Gestalten auf dem Kutschbock eine dritte gestanden hätte, die Hände auf den gebeugten Schultern der anderen, die vergeblich bemüht schienen, sich von ihrem Zugriff zu befreien. Diese Gestalt war im Gegensatz zu den anderen in Weiß gekleidet und hatte zweifellos den Wagen geentert, als er am Spukhaus vorbeigefahren war. Da sich der Junge beträchtlicher früherer Erfahrungen mit dem Übernatürlichen in der Gegend rühmen konnte, hatte sein Wort das Gewicht, das dem Zeugnis eines Experten rechtmäßig zusteht. Die Geschichte erschien — im Zusammenhang mit den Ereignissen des nächsten Tages — kurz darauf im ›Advance‹, nicht ohne einige literarische Ausschmückungen und die abschließende Andeutung, daß man den beteiligten Gentlemen Gelegenheit geben würde, ihre Version des nächtlichen Abenteuers in den Spalten der Zeitung abzudrucken. Aber das Privileg wurde nie in Anspruch genommen.

Die Ereignisse, die zu diesem Duell im Dunkeln führten, waren einfach genug.

Eines Abends saßen drei junge Männer der Stadt Marshall in einer Verandaecke des örtlichen Hotels, rauchten und diskutierten träge über Themen, wie sie drei gebildete junge Männer einer südlichen Kleinstadt von Natur aus interessant finden mögen. Ihre Namen waren King, Sancher und Rosser. In Hörweite, aber ohne an der Unterhaltung teilzunehmen, saß ein vierter Mann. Er war ein Fremder. Die anderen wußten nur, daß er nach seiner Ankunft an diesem Nachmittag sich mit dem Namen Robert Grossmith ins Hotelregister eingetragen hatte. Niemand hatte ihn mit irgend jemand sprechen sehen, den Hoteldiener ausgenommen. Der Fremde schien mit seiner eigenen Gesellschaft vollauf zufrieden zu sein.

»Ich hasse jede Form von Häßlichkeit bei einer Frau«, sagte King gerade, »sei sie angeboren oder erworben. Ich habe eine Theorie, daß jeder körperliche Defekt seinen entsprechenden geistigen und moralischen Defekt hat.«

»Dann darf ich wohl annehmen«, sagte Rosser träge, »daß eine Dame ohne den moralischen Vorteil einer Nase es schwierig finden würde, Mrs. King zu werden.«

»Natürlich kannst du es auch so ausdrücken«, war die Antwort. »Aber im Ernst, ich ließ einmal ein sehr nettes Mädchen fallen, nur weil ich ganz zufällig erfahren hatte, daß ihr ein Zeh amputiert worden war. Mein Verhalten war brutal, wenn ihr so wollt, aber wenn ich dieses Mädchen geheiratet hätte, wäre ich mein ganzes Leben lang unglücklich gewesen und hätte auch sie unglücklich gemacht.«

»Wohingegen«, sagte Sancher mit einem leichten Lachen, »sie durch die Heirat eines Gentlemans von liberaleren Ansichten mit einer durchschnittenen Kehle davonkam.«

»Ah, du weißt, wen ich meine. Ja, sie heiratete Manton, aber über seine Liberalität weiß ich nichts. Ich halte es für denkbar, daß er ihr die Kehle durchschnitt, weil er entdeckte, daß ihr der mittlere Zeh vom rechten Fuß fehlte.«

»Seht euch den Kerl an!« sagte Rosser mit halblauter Stimme, seine Augen auf den Fremden gerichtet, der mit unverkennbarer Aufmerksamkeit ihrer Unterhaltung lauschte.

»Verdammte Frechheit!« rief King. »Was wollen wir tun?«

»Das ist ganz einfach«, erwiderte Rosser und erhob sich. »Sir«, fuhr er zu dem Fremden gewandt fort, »ich glaube, es wäre besser, wenn Sie Ihren Stuhl zum anderen Ende der Veranda trügen. Die Anwesenheit von Gentlemen ist Ihnen offenbar eine wenig vertraute Situation.«

Der Mann sprang auf und kam mit geballten Fäusten herüber, das Gesicht bleich vor Wut. Alle waren aufgestanden. Sancher trat zwischen die Kontrahenten.

»Du bist jähzornig und ungerecht«, sagte er zu Rosser. »Dieser Herr hat nichts getan, was eine solche Ausdrucksweise verdient.«

Aber Rosser wollte kein Wort zurücknehmen. Nach Landessitte konnte der Streit nur einen Ausgang haben.

»Ich verlange die einem Gentleman zustehende Satisfaktion«, sagte der Fremde, etwas ruhiger geworden. »Ich habe keine Bekannten in dieser Gegend. Vielleicht wollen Sie, Sir«, mit einer Verbeugung zu Sancher, »so freundlich sein, mich in dieser Sache zu vertreten.«

Sancher nahm den Vertrauensbeweis an — etwas zögernd allerdings, denn die Erscheinung und das Auftreten des Mannes gefielen ihm ganz und gar nicht. King, der seine Augen während des Wortwechsels kaum vom Gesicht des Fremden abgewandt und selbst kein Wort gesagt hatte, willigte mit einem Nicken ein, für Rosser zu handeln, und nachdem die Streitenden sich zurückgezogen hatten, wurde für den nächsten Abend ein Zusammentreffen vereinbart. Ein Duell mit Messern in einem dunklen Raum war damals ein gewohnter Brauch im Südwesten der Staaten.

Der Sonnenschein des Sommermittags liebkoste warm und zärtlich das alte Manton-Haus, ungeachtet seines schlimmen Rufs. Gras und Gestrüpp ringsum wuchsen und blühten in freudigem Überschwang. Im anmutigen Spiel von Licht und Schatten, bevölkert von zwitschernden Vögeln, bemühten die vernachlässigten Bäume sich nicht mehr wegzulaufen, sondern beugten sich demütig unter ihrer Last aus Sonne und Gesang. Selbst die glaslosen Fenster des oberen Stockwerkes boten einen Anblick von Frieden und Genügsamkeit, der aus dem lichterfüllten Inneren kam.

Unter diesen Aspekten präsentierte sich der verrufene Ort Sheriff Adams und zwei anderen Männern, die von Marshall herausgekommen waren. Einer dieser Männer war King, des Sheriffs Deputy: der andere, dessen Name Brewer war, war ein Bruder der verstorbenen Mrs. Manton. Gemäß einem wohltätigen Gesetz des Staates über Vermögenswerte, wenn sie von einem Besitzer, dessen Aufenthalt nicht festzustellen war, verlassen wurden, war der Sheriff juristischer Treuhänder der Manton-Farm. Sein gegenwärtiger Besuch hing mit der Bearbeitung eines Antrags auf Besitzzuweisung zusammen, den Brewer als Erbe seiner verstorbenen Schwester beim Distriktgericht gestellt hatte. Durch bloßen Zufall wurde der Besuch am Tag nach jenem Abend gemacht, an dem Deputy King das Haus zu einem anderen und sehr verschiedenen Zweck geöffnet hatte. Durch bloßen Zufall wurde der Besuch am Tag nach jenem Abend gemacht, an dem Deputy King das Haus zu einem anderen und sehr verschiedenen Zweck geöffnet hatte. Seine Anwesenheit jetzt war nicht eine Sache eigener Wahl. Er hatte den Befehl erhalten, seinen Vorgesetzten zu begleiten, und im Moment fiel ihm nichts Klügeres ein, als Bereitwilligkeit zu zeigen.

Als er die Eingangstür aufgesperrt hatte, sah der Sheriff zu seiner Verblüffung einen Haufen Männerkleider im Hausgang auf dem Fußboden liegen. Eine Prüfung ergab, daß dieser Haufen aus zwei Hüten und der gleichen Anzahl von Jacken, Westen, Hemdkragen und Krawatten bestand, alle in bemerkenswert gutem Zustand, wenn auch etwas staubig. Brewer war ebenfalls erstaunt, aber Kings Gefühle sind nicht bezeugt. Der Sheriff öffnete nun eine Tür auf der rechten Seite, und die drei traten ein. Der Raum schien leer zu sein, doch als ihre Augen sich an die Düsternis gewöhnt hatten, war in der entferntesten Ecke etwas erkennbar — eine menschliche Gestalt, die eines Mannes, der dort im Winkel kauerte. Etwas in seiner Haltung brachte die Eindringlinge knapp an der Schwelle zum Stehen. Die Gestalt zeichnete sich nun zusehends deutlicher ab. Der Mann hockte auf einem Knie, sein Rücken war in den Winkel der Wand gedrückt, die Schultern bis in die Höhe seiner Ohren hochgezogen, die Hände hatte er vor seinem Gesicht, mit den Handflächen nach außen, die Finger gespreizt und wie Klauen gekrümmt. Das bleiche Gesicht, auf dem eingezogenen Hals nach oben gerichtet, zeigte den Ausdruck grenzenloser Angst. Der Mund stand offen, die Augen waren unnatürlich geweitet. Er war tot. Mit Ausnahme eines Buschmessers, das offenbar seiner eigenen Hand entfallen war, war kein anderer Gegenstand im Raum.

In dem dichten Staub, der den Boden bedeckte, waren Fußabdrücke in der Nähe der Tür und entlang der Wand erkennbar. Entlang der anstoßenden Wand, unter den vernagelten Fenstern, führte die Fußspur, die der Mann beim Erreichen seiner Ecke selbst hinterlassen hatte. Die drei Männer folgten instinktiv dieser Fährte. Der Sheriff ergriff einen der vorgestreckten Arme des Toten. Er war völlig steif, und die Anwendung sanfter Gewalt bewegte den ganzen Körper. Brewer blickte aufmerksam in das verzerrte Gesicht.

»Gnädiger Gott!« rief er plötzlich. »Es ist Manton!«

»Sie haben recht«, sagte King, merklich um Gelassenheit bemüht. »Ich kannte Manton. Damals trug er einen Vollbart, und er hatte langes Haar. Aber er ist es.«

Er hätte hinzufügen können: »Ich erkannte ihn, als er Rosser herausforderte. Ich sagte Rosser und Sancher, daß es Manton war, bevor wir ihm den schrecklichen Streich spielten. Als Rosser dieses dunkle Zimmer zusammen mit uns verließ, in der Aufregung seine Oberbekleidung vergaß und in Hemdsärmeln mit uns wegfuhr — während dieser ganzen schimpflichen Vorgänge wußten wir, daß wir es mit dem Mörder und Feigling Manton zu tun hatten.«

Davon sagte King nichts. Mit seinem besseren Wissen versuchte er, hinter das Geheimnis um den Tod dieses Mannes zu kommen. Manton hatte sich nicht aus der Ecke wegbewegt, in der er postiert worden war; seine Haltung war weder eine des Angriffs noch eine der Verteidigung gewesen; er hatte seine Waffe fallengelassen. Offenbar war er an schierem Entsetzen über etwas gestorben, das er gesehen hatte — das alles waren Umstände, die King nicht zu deuten wußte.

Während er grübelte und nach einem Anhaltspunkt suchte, fiel sein Blick auf etwas, das ihn sogar jetzt, bei Tageslicht und in Gesellschaft seiner Begleiter, mit Schrecken erfüllte. In dem Staub von Jahren, der dicht die Dielenbretter bedeckte — ausgehend von der Tür, durch die sie hereingekommen waren, quer durch den Raum und bis unmittelbar vor Mantons kauernden Leichnam —, waren drei parallele Linien von Fußspuren zu erkennen, Abdrücke von bloßen Füßen, die äußeren jene von kleinen Kindern, die mittleren augenscheinlich von einer Frau.

Von dem Punkt, wo sie kaum einen Meter vor Manton endeten, kehrten sie nicht zurück, sie zeigten alle in eine Richtung. Brewer, der sie im selben Augenblick bemerkt hatte, beugte sich nach vorn. Alle Farbe wich aus seinem Gesicht. Ein ächzender Laut kam von seinen Lippen. Sheriff Adams wandte den Kopf, sah den anderen vornübergebeugt stehen und fragte besorgt: »Ist Ihnen nicht wohl, Mr. Brewer?«

»Sehen Sie hier!« sagte Brewer und zeigte mit beiden Händen auf den Abdruck vom rechten Fuß der Frau, dorthin, wo sie anscheinend stehengeblieben war. »Der mittlere Zeh fehlt — es war Gertrude!«

Gertrude war die ermordete Mrs. Manton, Brewers Schwester.

H. P. LOVECRAFT

Pickmans Modell

Seit Poe hat kein Autor den Bereich der Gruselliteratur nachhaltiger beeinflußt als Howard Phillips Lovecraft. Seine Erzählungen über Cthulhu — bösartige Lebewesen von einem anderen Stern, die in unsere Welt eindringen und die Menschheit vernichten wollen — haben Dutzende von Schriftstellern angeregt (unter anderem August Derleth, Robert Bloch, Henry Kuttner und J. Ramsay Campbell), diesen Mythos mit eigenen Erzählungen fortzusetzen. Lovecraft hat jedoch auch andere Geschichten des Grauens und des Übernatürlichen verfaßt, von denen einige der besten in Anlage und Wirkung an Poe erinnern. »Pickmans Modell« ist solch eine Geschichte. Einige halten sie für Lovecrafts wirkungsvollste Erzählung über Alpträume; zu ihren Vorzügen zählt, daß sie von der gesamten Literatur über das Unheimliche eine der grauenvollsten und überraschendsten Wendungen nimmt.

»Glaube du bloß nicht, ich sei verrückt, Eliot, es gibt ne Menge anderer Leute, die mit weit merkwürdigeren Abneigungen herumlaufen. Nimm doch mal Olivers Großvater, der um keinen Preis in ein Auto steigen würde — warum lachst du nicht über ihn? Und wenn ich persönlich diese verdammte Untergrundbahn nicht ausstehen kann, so ist das meine Sache; und außerdem sind wir ja mit dem Taxi schneller hergekommen. Wenn wir mit der Untergrundbahn gekommen wären, hätten wir den ganzen Hügel von Park Street hinaufgehen müssen.

Ich weiß, ich bin seit meinem letzten Besuch im Vorjahr eher nervöser geworden, aber halte mir jetzt um Himmels willen keine psychiatrischen Vorlesungen. Ich habe weiß Gott mehr als einen Grund dafür, und muß mich außerdem noch glücklich schätzen, nach all diesen Erlebnissen nicht den Verstand verloren zu haben.

Gut, wenn du es unbedingt hören willst, warum sollte ich dir nicht alles erzählen? Vielleicht ist das sogar notwendig, sonst schreibst du mir am Ende wieder besorgte Briefe, weshalb ich nicht mehr im Künstlerclub erscheine und Pickman meide. Jetzt, da er verschwunden ist, gehe ich sogar ab und zu wieder hin, aber dennoch — meine Nerven sind einfach nicht mehr das, was sie waren.

Nein, ich habe nicht die geringste Ahnung, was aus Pickman geworden ist und will auch nicht darüber nachdenken. Wahrscheinlich vermutest du, daß ich ihn aus einer inneren Eingebung heraus fallengelassen habe. Und damit hast du nicht unrecht. Was aus ihm geworden ist — darüber will ich lieber gar nicht nachdenken. Nach ihm zu forschen ist Sache der Polizei, mag sein, daß sie Glück haben. Bisher haben sie noch nicht einmal herausbekommen, daß er unter dem Namen Peters irgendwo in North End eine Bude gemietet hatte. Ich bin nicht besonders sicher, daß ich sie selbst wiederfände — ganz abgesehen davon, daß ich das niemals versuchen würde, nicht einmal am hellen Tag! Ja, ich weiß, oder fürchte zu wissen, wozu er sie gebraucht hatte. Ich werde dir das gleich erklären. Und dann wirst du auch verstehen, warum ich der Polizei davon nichts erzähle. Die würden glatt verlangen, daß ich ihnen den Weg dahin zeige. Das aber brächte ich, selbst wenn ich es könnte, nicht über mich. Es war irgendein *Ding* dort — und seitdem ich *das* gesehen habe, wage ich mich in keine Untergrundbahn mehr, von mir aus lach drüber, in Keller oder sonstige Räume, die unter der Erde liegen.

Ich hoffe sehr, daß du nicht angenommen hast, ich hätte Pickman aus denselben Gründen fallengelassen, wie sie diese Waschweiber von Dr. Reid, Joe Minot oder Rosworth gegen ihn vollbrachten. Das Morbide in der Kunst schockiert mich keineswegs, und wenn ein Mensch so genial veranlagt ist, wie Pickman es war, fühle ich mich durch seine Bekanntschaft nur geehrt, ganz gleich in welcher Richtung sich sein Werk bewegt. Boston hat niemals einen größeren Maler als Richard Upton Pickman besessen. Das war schon immer meine Überzeugung, ich habe sie nie geändert, bin keinen Zoll breit von ihr abgewichen, selbst nicht dann, als er mir sein Gemälde ›Ghoule beim Fraß‹ zeigte. Das war damals, du erinnerst dich sicher noch daran, als Minot erklärte, er wolle mit ihm nichts mehr zu schaffen haben.

Du weißt, es bedarf einer großen, wirklichen Begabung und einer profunden Einsicht in die Natur vieler Dinge, um *solche* Themen wie Pickman malen zu können. Ist doch heutzutage jeder lausige Titelillustrator imstande, Farbe auf die Leinwand zu klatschen, um dann das Ganze meinetwegen ›Nachtmahr‹, ›Hexenritt‹ oder gar ›Portrait des Satans‹ zu nennen; aber nur ein Genie vermag so zu malen, daß das Bild wirklich Furcht erregt und einfach stimmt. Denn nur der wahre Künstler kennt die tatsächliche Anatomie des Grauens oder die Psychologie der würgenden Furcht, deren genaue Linien und entsprechende Farbkontraste und Lichtwirkungen unserem Unterbewußten eine unerklärliche Angst einflößen. Ich brauche dir wohl nicht zu sagen, warum uns ein Füßli zutiefst erschauern läßt, während die billige Titelillustration zu einer Geistergeschichte bloß lächerlich wirkt. Es gibt da irgendwas, was die Burschen einfangen, etwas aus einer anderen Sphäre, das uns, wenn auch vielleicht nur einen Augenblick, Einsicht in eben diese andere Sphäre vermittelt. Doré besaß diese Gabe, und heute haben wir Sime, und Angarola in Chicago. Aber Pickman hatte sie in einem so hohen Maße wie kein anderer zuvor — und ich hoffe, er wird der letzte gewesen sein. Frage mich bitte nicht, *was* sie sehen; du weißt, in der Kunst ist es normalerweise so: der ganze Unterschied, der gemacht wird, ist der zwischen den belebten, atmenden Dingen, die nach der Natur oder nach Modellen gezeichnet werden auf der einen Seite und andrerseits der artifizielle Plunder, den geschäftstüchtige Möchtegerns nach akademischen Regeln in einem kahlen Atelier auf die geduldige Leinwand hinhauen. Tja, ich würde sagen, der wahre Maler des Makabren besitzt eine Art Sehergabe, die Modelle anzufertigen, in denen er die gespenstische Welt, in der er lebt, nachvollzieht. Weiß Gott, er versteht es, Bilder hervorzubringen, neben denen sich die Pfefferkuchenträume mancher Kleckser ausnehmen wie die Bilder eines begabten Portraitisten neben den Machwerken eines Fernkursusteilnehmers. Hätte ich jemals Pickmans Visionen gehabt — aber nein! Komm, laß uns einen Schluck trinken, bevor ich weitererzähle. Mein Gott, ich wäre wohl nicht mehr am Leben, oder bei gesundem Verstand, hätte ich je das gesehen, was dieser Mensch — wenn er überhaupt ein Mensch war! — gesehen hat.

Du weißt, Portraits waren Pickmans Stärke. Ich meine, es hat seit Goya wohl keinen anderen Maler gegeben, der es vermocht hätte, in ein Antlitz den Ausdruck der schieren Hölle zu setzen. Und vor Goya mußt du schon weit ins Mittelalter zurückgehen — da haben sie die Wasserspeier und Höllenfratzen von Notre-Dame und Mont Saint-Michel aus den Steinen gehauen. Sie glaubten an eine Menge Dinge, diese Burschen — und vielleicht sahen sie sogar tatsächlich alles mögliche; das Mittelalter hatte da einige sehr merkwürdige Perioden. Ich entsinne mich, wie du selbst einmal Pickman fragtest, von wo zum Kuckuck er all diese Ideen und Gesichter herhabe. Erinnerst du dich noch an das böse Lachen, das er dir zur Antwort gab? Dieses Lachen dürfte auch der Grund gewesen sein, weshalb der gute Reid nichts mehr mit ihm zu tun haben wollte. Reid begann damals, wie du weißt, sich mit vergleichender Pathologie zu beschäftigen und war mit allerlei prächtigem Zeug wie »biologische oder evolutionäre Bedeutung mentaler und physikalischer Symptome« zum Brechen voll. Er behauptete, daß Pickman ihn von Tag zu Tag mehr abstoße, daß sein Gesichtsausdruck sich in einer solch abscheulichen Weise verändere, daß es nicht mehr menschlich zu nennen sei; ja, er habe einen förmlichen Horror in seiner Gegenwart. Pickman war seiner Meinung nach anomal und höchstgradig pervertiert veranlagt. Du hast, glaube ich, sogar selbst einmal Reid in einem Brief geschrieben, daß nicht Pickman es sei, der ihn nervlich zermürbe und aufwühle, sondern dessen Bilder. Ich selbst sagte ihm damals ähnliches.

Du darfst aber von mir nicht denken, ich habe Pickman etwa wegen solcher Dinge gemieden, ganz im Gegenteil, meine Bewunderung für ihn wuchs sogar, denn dieses ›Ghoule beim Fraß‹ bedeutete einen immensen Fortschritt in seiner Kunst. Trotzdem fand sich, wie du weißt, nicht eine Galerie, die dieses Bild ausgehängt hätte, und das ›Museum of Fine Arts‹ weigerte sich, es als Geschenk anzunehmen. Kein Mensch wollte es kaufen, das versteht sich wohl von selbst, und Pickman stammte, wie du weißt, von dort her, und eine seiner weiblichen Vorfahren wurde 1692 als Hexe hingerichtet.

Ich hatte es mir angewöhnt, Pickman immer häufiger zu besuchen, besonders, nachdem ich mit Vorstudien zu einer Abhandlung über makabre Kunst begonnen hatte. Es ist wahrscheinlich, daß mich seine Bilder auf diese Idee gebracht haben; es erwies sich auch bald, daß er mir für meine Arbeit sehr wertvolle Ratschläge und Hinweise zu geben vermochte. Er zeigte mir seine ganzen Gemälde und Zeichnungen einschließlich einiger Federskizzen, welche letzteren, wären sie bekannt geworden, ihn zweifellos die Mitgliedschaft im Club gekostet hätten. Es dauerte auch nicht lange, so war ich einer seiner eifrigsten Bewunderer geworden und konnte ihm stundenlang wie ein Schuljunge bei seinen Theorien und philosophischen Spekulationen zuhören, die bizarr genug waren, um ihn für das Irrenhaus von Denver zu qualifizieren. Meine Verehrung für ihn, die sich mit der Tatsache verband, daß ihn die Leute immer mehr mieden, bestärkte sein Vertrauen zu mir. Und eines Abends sagte er, er wolle mir einige seiner Bilder zeigen, die alles bisher Gezeigte in den Schatten stellen würden.

›Wissen Sie‹, sagte er, ›da existieren einige Dinge, die in Newburry Street unmöglich sind, Dinge, die dort fehl am Platze wären und ohnedies nur an anderen Orten entstehen können. Ich betrachte es als meine Aufgabe, die Nuancen der menschlichen Psyche sichtbar zu machen, ihre ungeheuerlichsten Abgründe zu offenbaren — aber unter den Snobs, die da in ihren neuen Villen sitzen, werde ich diese kaum finden. Back Bay ist noch lange nicht Boston; ja, es ist vorläufig noch gar nichts, ist viel zu jung, um seine eigenen Traditionen, Erinnerungen oder gar Geister zu besitzen. Und sollten dort Geister umgehen, so sind es jämmerlich zahme Erscheinungen, Gespenster aus einer seichten Bucht, Vogelscheuchen aus den salzigen Nebelmarschen vor der Stadt. Was ich aber brauche, das sind Geister von menschlichen Wesen, die die Hölle erlebt haben und die auch verstanden haben, was sie in ihr sahen.

Der einzige Ort, wo ein Maler leben kann, ist North End. Und würde es einer von diesen Ästheten wirklich ernst meinen, so müßte er auf der Stelle in die Slums ziehen — schon der Traditionen wegen, denen man dort auf Schritt und Tritt begegnet. Herrgott, Mann! haben Sie sich einmal überlegt, daß dieses Viertel nicht gebaut wurde, sondern gewachsen ist, richtig gewachsen? Ganze Generationen lebten, fühlten und starben dort!

Und das alles zu Zeiten, wo die Leute noch keinerlei Angst hatten zu leben, zu fühlen, zu sterben. Wußten Sie eigentlich, daß 1632 auf Coppshill eine Windmühle stand und daß die Hälfte der Straßen dieser Stadt bereits vor 1650 angelegt wurde? Ich kann Ihnen Häuser zeigen, die vor zweihundertfünfzig Jahren und mehr errichtet wurden, die vieles gesehen haben, Dinge, darüber moderne Häuser längst in Staub und Asche zerfallen wären. Was weiß man heutzutage vom Leben und dem, was dahinter ist? Sie halten die Hexenprozesse von Salem für Wahnwitz und Aberglauben, aber ich möchte wetten, meine Ururahnin hätte Ihnen da allerhand hübsche Stücklein vorzaubern können. Man henkte sie auf Gallows Hill, und der werte Cotton Mather stand mit salbungsvoller Miene dabei und sah zu. Aber Mather — der Teufel hol ihn! — hatte im Grunde genommen nur Angst, es könne sich jemand aus dem monotonen Käfig jener Zeit losreißen. Daß ihn doch einer verflucht oder allnächtlich sein Blut gesogen hätte!

Ich kann Ihnen ein Haus zeigen, in dem er wohnte, aber auch ein anderes, das er nie betreten hätte, obwohl er immer so kühne Reden schwang. Ja, er wußte von einigen Dingen, die er nie in seinen albernen *Magnalia* oder in den hirnrissigen *Wundern der Unsichtbaren Welt* zu erwähnen gewagt hätte. Wußten Sie eigentlich, daß das ganze North End von unzähligen Gängen durchzogen war, in denen gewisse Leute von einem Haus zum anderen, zum Friedhof oder ans Meer gelangen konnten, ohne von einer Menschenseele gesehen zu werden? Mochten sie auch oben ihre hündischen Streifzüge halten — unter der Erde ging das lichtscheue Treiben ungestört vor sich, und in den Nächten hörte man Gelächter, aber man wußte nie, woher es kam.

Mann, ich möchte mit Ihnen wetten, daß in acht von zehn Häusern, die noch vor 1700 gebaut wurden, allerlei merkwürdige Dinge in den Kellern zu entdecken wären! Es vergeht kaum ein Monat, daß nicht bei Ausschachtungsarbeiten neue Funde gemacht werden — die Arbeiter stoßen auf zugemauerte Gänge, verschüttete Durchlässe, bodenlose, abgrundtiefe Brunnen. Im letzten Jahr wurde ein solcher Brunnen in Henchman Street freigelegt, hier gleich in der Nähe. Früher hausten dort Hexen und die Geister, die sie heraufbeschworen; Piraten mit ihrer maritimen Beute; Schmuggler; Straßenräuber; die Leute verstanden damals zu leben und die Grenzen ihrer eher beengten Zeit zu durchbrechen, das kann ich Ihnen sagen! Und es war nichts weniger als nur eine Welt, die damals ein kühner unternehmungslustiger Mann für sich beanspruchen durfte, ha! Er konnte in eine Menge anderer vordringen. Und heutzutage fallen die Herren Künstler bereits in Ohnmacht, wenn sie ein Bild sehen, das die Horizonte eines Teestundenplausches in Beacon Street überschreitet.

O diese zartrosa Lämmerhirne! Das einzig Trostreiche an unserer gegenwärtigen Zeit ist tatsächlich das Faktum, daß der Durchschnittsmensch viel zu beschränkt ist, um sich mit den Fragen der Vergangenheit näher zu befassen. Was sagt einem denn schon ein Stadtplan oder ein Führer über das North End? Bah, ich garantiere Ihnen, daß ich Sie durch dreißig oder vierzig schmale Gassen und Straßen führen kann, die alle nördlich von Prince Street liegen und kaum von einem Menschen betreten worden sind, ausgenommen die Italiener, die in dieser Gegend wohnen. Aber was wissen diese Dagoes schon darüber? Nein, Thurber, diese uralten Gegenden sind voll der traumhaftesten Wunder und Schrecken, voll der Flucht aus dem Banalen, was aber nützt es, wenn keine Menschenseele daraus Gewinn zu ziehen versteht? Oder besser gesagt, eine gibt es doch — nicht umsonst habe ich in der Vergangenheit herumgegraben!

Sehen Sie, Sie interessieren sich doch für dergleichen. Was würden Sie sagen, wenn ich mir dort oben ein zweites Atelier eingerichtet hätte? Ein geheimes Atelier, wo ich die Nachtmahre und uralten Schreckgespenster auf mich einwirken lasse, wo ich Dinge zu malen vermag, die mir hier in Newbury Street nicht einmal im Traume einfielen. Es versteht sich natürlich von selbst, daß ich darüber nie etwas im Club erzählen würde — mir genügt es schon, wenn Mr. Reid hinter meinem Rücken verbreitet, ich befände mich mitten in einem Prozeß, der eine Umkehrung der menschlichen Evolution bedeute. Und da ich nun mal der Auffassung bin, daß ein Künstler nicht bloß das Erbauliche, Schöne, sondern auch das Schreckliche, Grauenerregende darstellen soll, habe ich mich an verschiedenen Orten umgesehen, wo ich es zu finden hoffen konnte.

Ich habe in einem Viertel, das Fremde höchstens einmal im Jahr, und dann auch nur aus purem Zufall, zu Gesicht bekommen, eine kleine Wohnung gemietet. Sie liegt ganz in der Nähe der Untergrundbahn, geistig aber und seelisch trennen sie Jahrhunderte von unserer Gegenwart. Ich habe sie vor allem wegen dem alten Brunnen, der sich im Keller befindet, genommen — einem jener unsäglichen Schächte, wie ich sie vorher erwähnte. Es macht mir nicht viel aus, wenn mir die alte Bruchbude fast über dem Kopf zusammenstürzt, die Summe, die ich dafür bezahle, ist ja lächerlich. Es gibt kein Fenster, das nicht mit alten Brettern vernagelt wäre, ein Umstand, der meinen Absichten jedoch nur entgegenkommt, weil ich für meine Arbeit kein Tageslicht brauche, noch gebrauchen kann. Ich male im Keller, dort ist die Atmosphäre am dichtesten, habe mir aber im Erdgeschoß ein paar Räume möblieren lassen. Das Haus gehört einem Sizilianer, und ich habe es unter dem Namen Peters gemietet.

Wenn Sie mitmachen wollen und Lust haben, lade ich Sie heute abend ein, mit mir dorthin zu gehen. Ich bin überzeugt, daß Ihnen die Bilder gefallen werden. Ich habe mich in ihnen, sagen wir, ein wenig ausgetobt. Es ist gar nicht so weit — hin und wieder lege ich sogar den Weg zu Fuß zurück; ich möchte kein Aufsehen mit einem Taxi erregen. Und wenn wir mit der Untergrundbahn bis zur Battery Street fahren, haben wir nicht mehr viel zu laufen.‹

Du kannst dir vorstellen, Eliot, wie begeistert ich über seine Einladung war. Für mich gab es nach diesem Gespräch nicht viel mehr zu tun als in das nächstbeste Taxi zu springen. Wir stiegen an der South Station in die Untergrundbahn um und erreichten gegen Mitternacht die uralten, ausgetretenen Steintreppen, die von Battery Street den Hafen entlang in Richtung Constitution Wharf führen. Dort in dem zitternden Halbdunkel verlor ich bald völlig die Orientierung, und ich kann mich unmöglich mehr daran erinnern, die wievielte Seitengasse es war, in die wir schließlich einbogen. Greenough Lane war es jedenfalls nicht.

Wir stiegen die verfallenste und schmutzigste Gasse, die ich je in meinem Leben gesehen habe, hoch — vermodernde Giebel, eingeschlagene uralte Fensterscheiben und rußdunkle, unwirklich hohe Schornsteine, die im hellen Mondlicht wie Kirchhofgespenster wankten. Die Häuser müssen unwahrscheinlich alt gewesen sein, denn es waren mindestens zwei unter ihnen, die eine Art Walmdach besaßen, wie sie zu Cotton Mathers Zeit üblich waren, obwohl dir jeder Historiker versichern wird, daß diese architektonische Seltenheit in ganz Boston nicht mehr anzutreffen ist. Von dieser Gasse aus bogen wir in eine noch dunklere ab, dann ging es einige Minuten geradeaus weiter, bis wir schließlich vor einem veritablen Labyrinth aus finsteren Hinterhöfen und engen Durchlässen standen. Pickman, der mich am Arm genommen hatte, brachte eine Taschenlampe zum Vorschein, in deren kreisrundem Lichtkegel ich eine wurmzerfressene Türe erblickte, die nahezu aus den Angeln fiel. Er schloß auf und schob mich in einen kahlen Korridor, der eine Täfelung aufwies, die sicher einst sehr prachtvoll gewesen war. Sie bestand aus dunklem Eichenholz, war zwar einfach gearbeitet, gemahnte aber bestürzend an Andros, Phipps und die Hexenzeit. Dann bat er mich durch eine Türe, die sich links neben dem Eingang befand, entzündete eine Petroleumlampe und bot mir einen Stuhl an.

Du weißt, Eliot, ich bin, wie man so schön sagt, ein hartgesottener Bursche. Aber ich muß dir gestehen, daß mir das, was mir dort von den Wänden entgegenblickte, kalte Schauer über den Rücken jagte. O ja, das waren in der Tat die Bilder, die er unmöglich in Newbury Street hätte malen können, und er hatte nur zu recht, als er zuvor meinte, er habe sich in ihnen *ausgetobt.* Komm, nimm noch einen Schluck — ich zumindest brauche einen.

Es wäre zwecklos, wenn ich dir jetzt die Gestalten auf seinen Bildern beschriebe, denn dieser grauenhaft tropfende Horror, diese ungeheure Abscheulichkeit, dieser namenlos seelenzermürbende Leichengestank, den diese alles Irdischen baren Geschöpfe und Wesen ausstrahlten, diese krankhafte pervertierte Phantasie ist mit menschlichen Worten nicht zu schildern. Nicht, daß du glaubst, Pickman habe sich der eher ausgefallenen Technik von Sidney Sime bedient, oder meinetwegen der Effekte, wie sie Clark Ashton Smith bei seinen transsaturnischen Paysagen oder den lunaren Pilzwucherungen anwendet, die uns das Blut unserer Adern vereisen. Die Hintergründe waren fast immer alte Begräbnisstätten, tiefe, schwarzverschleimte Wälder; Klippen, die sich eklig und unheilig grün in das vermoderte Herz einer fahlen See hinausschoben; düstere getäfelte Säle oder einfach das Mauerwerk von Grüften, deren Anblick einem die Seele hätte abwürgen können. Der Friedhof von Copps Hill, der von dort aus keine drei Häuserblöcke entfernt liegen dürfte, war eine seiner liebsten Szenerien.

Der grauenhafte Wahnsinn und die Monstrosität ging größten Teils von den nokturnen Gestalten im Vordergrunde aus — denn Pickmans morbides Genie erstreckte sich vor allem auf die Darstellung infernalischer Porträts. Diese Wesen, obgleich sie alles andere als menschlich genannt werden konnten, zeigten dennoch mehr oder minder menschliche Züge. Dem Körperbau nach waren sie zwar als Zweibeiner zu erkennen, allein ihre vorgebeugte Haltung hatte etwas Canines, Hündisches. Die Bizarrerie ihrer Extremitäten hatte die Beschaffenheit von zähem Schleim und grauem, warm zerfließendem Gummi — puh! ich habe sie noch förmlich vor Augen.

Über ihre Beschäftigung will ich mich lieber nicht auslassen — die meisten waren fressend und schmatzend dargestellt — aber frage mich nicht, woran sie schmatzten und fraßen! Einige dieser Gemälde zeigten ganze Rudel von abscheulichen, außerweltlichen Kreaturen auf nebelzerkauten Friedhöfen oder in unterirdischen Gängen, und oft schien es, als rissen sie sich wie Hyänen und Schakale um ihre grausige Beute — oder, dieser Ausdruck wäre hier besser angebracht, um ihre ausgegrabenen Leichenschätze. Und welchen unglaublichen Ausdruck dieser infernalische Pickman manchmal den Gesichtern jener bereits halb zu As gewordenen menschlichen Beute zu geben vermochte! Häufig kamen diese grauenhaften Wesen des Nachts durchs offene Fenster gesprungen, ja, kauerten grinsend auf der Brust schlafender Menschen, zermarterten mit abscheulichen grünen Gebissen deren Kehlen, saugten sich in lebenden Augen fest. Ein Bild zeigte sie in unaussprechlich grausem Gehopse um eine gehängte Hexe, und das Antlitz der sich langsam Entfleischenden schien mir mit den Tänzern eine verdammte Ähnlichkeit aufzuweisen. Bilde dir aber jetzt bloß nicht ein, es sei die Morbidität seiner Szenerie und Thematik gewesen, die mich vor Übelkeit fast an den Rand einer Ohnmacht brachte, nein, Eliot, das hätte ich alles noch ertragen, schließlich bin ich kein dreijähriger Junge und habe in dieser Welt schon allerlei gesehen. Es waren die Gesichter, Eliot, diese verfluchten unheiligen Gesichter, die mich mit der Schmierigkeit des tiefsten Höllensumpfes anstarrten und die gleich einem mephitisch stinkenden Morast aus der Leinwand wider mich hervorzustürzen drohten! Und wie die lebten! O Gott, Mann, Eliot! Ich glaube tatsächlich, ich bin in diesem Augenblick zum Leben erwacht. Dieser geniale wie ekle Zauber hatte die Flammen der untersten Hölle beschworen, sein Pinsel war ein magischer Stab gewesen, der diese Nachtmahre förmlich gelaicht hatte. Komm, Eliot, gib mir mal die Karaffe herüber.

Ein Bild trug den Titel ›Die Lektion‹ — dem Himmel sei es geklagt, daß ich es jemals erblickte! Hör zu: kannst du dir vorstellen, wie es aussieht, wenn so ein Haufen unaussprechlich widerlicher, hundehafter Wesen rund um ein zartes Kind hockt, um ihm beizubringen, wie es sich nach ihrer eigenen schauderhaften Weise zu ernähren habe? Gegen einen Wechselbalg eingetauscht! Du kennst doch diese alten Geschichten, in denen die Unter- oder Unirdischen ihre höllische Brut in den Wiegen der Säuglinge, die sie gestohlen haben, zurücklassen? Und Pickman stellte hier in meisterhafter Art dar, was aus solchen unglücklichen Kindern wird, wie es ihnen ergeht, wie sie aufwachsen — und durch diese Darstellung wurde mir zum ersten Mal die abstoßende Ähnlichkeit zwischen jenen menschlichen und nichtmenschlichen Geschöpfen klar. Pickman zeigte in grausiger Eindringlichkeit den sukzessiven Übergang von der niedrigsten und verkommensten Stufe menschlichen Lebens zu diesen nicht mehr menschlichen Bestialwesen auf. Ich fragte mich gerade, was wohl aus diesen Wechselbälgern werden mochte, die man den Bestohlenen ins Nest gelegt hatte, als mein Auge auf ein anderes Gemälde fiel, das diesen Vorgang verkörperte. Es zeigte ein altertümliches puritanisches Interieur, die Familie war zu einer Andacht versammelt, der Vater las aus der Heiligen Schrift. Auf allen Gesichtern lag ein Ausdruck von edler Frömmigkeit und religiöser Hingebung — nur eines trug einen abgründigen Hohn. Es gehörte einem jungen Mann, offenbar dem ältesten

Sohn des Vorlesenden, denn eine gewisse Ähnlichkeit mit diesem war keinesfalls zu verkennen; aber der innere Ausdruck seines Wesens war dennoch der, den eine dieser unreinen Kreaturen bei ähnlicher Gelegenheit empfunden haben würde. Er war der Wechselbalg — und Pickman hatte ihm in einer Stimmung von raffinierter Ironie seine eigenen Züge gegeben.

Währenddessen hatte mein Gastgeber im Nebenzimmer Licht gemacht und hielt mir nun lauernd zuvorkommend die Türe auf. Ob ich nichts von seinen modernen Studien sehen wolle?

Ich war bislang noch nicht dazugekommen, ihm meine Meinung über das Gesehene zu sagen — ich war zu sprachlos vor Ekel und Furcht — glaubte aber dennoch, daß er sich über meine Sprachlosigkeit höchlich geschmeichelt fühlte. Du weißt, Eliot, ich bin kein Hasenfuß, der, weicht etwas vom Üblichen ein wenig ab, in Ohnmacht fällt, aber bei dem, was sich mir jetzt bot, stieß ich einen erstickten Schrei des Grauens aus; ich schwöre dir, mir versagten die Knie, und ich mußte mich an den Türrahmen klammern, um nicht der Länge nach hinzustürzen. Wohl hatten die Bilder im ersten Zimmer alle möglichen Hexen und Monstren gezeigt, grauenhaftes Gelichter, das in der Welt unserer Altvorderen sein Unwesen trieb, allein die Gemälde in diesem Raum versetzten jene Höllenvisionen in unsere Gegenwart. Herrgott, wie dieser Mensch malen konnte! Eine dieser Studien hieß »Unfall in der Untergrundbahn« und zeigte ein Rudel dieser Ungeheuer, das eben aus einer Spalte im Erdreich nach oben kroch, ein ekliges grauses Gewühle, das sich madenhaft blaß aus einer unbekannten Katakombe kommend über den Bahnsteig der Boylston Street Station ergoß, um die wartenden Fahrgäste anzufallen. Ein anderer Versuch wieder stellte ein schreckliches Reigengewoge zwischen den modrigen grasüberwucherten Grabmälern von Copps Hill dar. Der dazugehörige Hintergrund war jedoch ohne weiteres als das neue Boston zu erkennen. Dann folgte eine Reihe von Kelleransichten, in denen grauenvolles Unwesen durch geborstenes Mauerwerk und verschimmelte Löcher kroch, satanisch grinsend in dunklen Ecken hockte oder sich hinter Fässern und alten Öfen verbarg, um dort dem ersten besten, der die Treppe herunterkommen sollte, aufzulauern.

Eines dieser wahnsinnserregenden Gemälde zeigte mir ein ungeheures Katakombensystem auf Beacon Hill, in dem sich ganze Heerscharen dieser mephitischen Monstren ameisengleich auf- und abtummelten. Tänze in den modernen Friedhöfen der Stadt waren schonungslos dargestellt, und es war einer dieser unaussprechlichen Entwürfe, der mich fast um die Besinnung brachte: ein namenlos grauenhaftes Gezücht wimmelte um einen Menschen, der einen wohlbekannten Reiseführer von Boston in der Hand hielt und offensichtlich laut daraus vorlas. Jedes der Dinge deutete nach einer gewissen Stelle, jede ihrer Fratzen war zu einer dämonischen, epileptisch verzerrten Karikatur verzogen, ja, man meinte förmlich, ihr schreckliches Gelächter zu hören. Das Bild trug folgenden Titel: *Holmes, Lowell und Longfellow liegen auf dem Mount Auburn beerdigt.*

Nachdem ich mich wieder ein wenig gefaßt und an dieses zweite Schreckenskabinett gewöhnt hatte, betrachtete ich dessen einzelne Stücke mit größerer Ruhe, um die Ursachen jener abgrundtiefen Abscheulichkeit genauer zu analysieren, die mich bei ihrem Anblick überfallen hatte. Ich sagte mir, daß wohl vor allem die Tatsache schuld daran war, daß sie Pickman in seiner exzessiven Unmenschlichkeit zeigten. Er mußte ein gnadenloser Feind aller Menschheit sein, daß ihn die Folter des Hirns und des Fleisches und die Erniedrigungen der sterblichen Hülle so entzückten. Dazu gesellte sich freilich auch die meisterhafte Manier, in der die Bilder gemalt worden waren. Es war vor allem die ihnen innewohnende Überzeugungskraft — denn, stand man vor diesen Werken, so sah man die Dämonen unmittelbar. Seltsamerweise aber erzielte Pickman diese Effekte nicht etwa durch grobe Kontraste oder überspitzte Bizarrerien. Nichts an seinen Studien war diffus, verzerrt oder abgemildert, die Umrisse traten scharf und lebensecht auf, sämtliche Details waren mit peinlichster Genauigkeit ausgeführt. Und diese Gesichter!!

Hier war nicht ein Künstler am Werk gewesen, der das von ihm Gesehene in ihm gemäße Formen übertragen hatte; es war ein schieres Pandämonium, objektiv klar wie Kristall. Bei Gott, das war es! Dieser Mann war weder ein Phantast noch ein Romantiker — er versuchte keineswegs, uns die schäumenden, prismatischen Ephemera des Traums zu oktroyieren, nein, er schilderte mit eiskalter Überlegung eine wohlfundierte Welt des Horrors, die er ohne Beschönigungsversuche oder barmherzige Abstriche in klaren Formen ausdrückte. Weiß der Teufel, wo diese Welt gelegen oder wo er diese heillosen, verdammten Wesen, die da schlurften, hopsten, madenhaft krochen, erschaut haben mag! Eine Tatsache war jedenfalls evident: Pickman war – gemessen an Beobachtung und Ausführung – in jeder Beziehung ein durch und durch genauer, ja fast wissenschaftlich vorgehender *Realist.*

Mein Gastgeber ging jetzt voraus, um mir sein eigentliches Atelier in den Kellerräumen zu zeigen, und ich bereitete mich im stillen auf einige abominable Szenen bei den noch unvollendeten Studien vor. Als wir an der untersten Stufe der Kellertreppe angelangt waren, schaltete er seine Taschenlampe ein und richtete sie gegen ein kreisrundes Gebilde, das aus Backstein ausgeführt war, und augenscheinlich die Einfassung eines Brunnens darstellte. Als ich näher herantrat, sah ich, daß mich meine Vermutung nicht getäuscht hatte. Der Brunnen besaß einen Durchmesser von etwa fünf Fuß, die Wandung war gut einen Fuß dick und erhob sich nahezu sechs Zoll über dem feuchten, modernden Fliesenboden – solide Maurerarbeit aus dem 17. Jahrhundert, wenn ich mich nicht irre. Pickman zeigte darauf und erklärte mir, daß dieser Brunnen ein Teil jenes unterirdischen Systems von Gängen und Gewölben sei, über das er mir berichtet hatte. Im Vorbeigehen stellte ich fest, daß die Öffnung nicht zugemauert, sondern bloß mit einem schweren, dunklen Holzdeckel verschlossen war. Einen Augenblick entsann ich mich wieder Pickmans Schilderungen jener grausigen Vorgänge, welche sich vor Zeiten hier abgespielt haben mochten, und fuhr erschreckt zusammen. Schaudernd folgte ich ihm durch eine enge Türe in einen Raum mittlerer Größe, der als Malatelier eingerichtet war. Eine große Azethylenlampe versorgte ihn mit dem nötigen Licht für seine Arbeit.

Die noch unfertigen Bilder entlang der feuchten Wände oder auf den Staffeleien waren nicht minder entsetzenerregend als die im Erdgeschoß hängenden. Aber an ihnen konnte man die peinlich genauen Methoden des Malers besser verfolgen. Die einzelnen Szenen waren sorgfältig mit Kohle ausgeführt und mit feinen Strichen in quadratische Felder eingeteilt, damit Pickman später Perspektive und Proportion entsprechend übertragen konnte. Der Mann war großartig! Ich ändere auch jetzt, nachdem ich all das über ihn erfahren habe, nicht mein Urteil. Eine große Fotokamera, die auf einem Tisch lag, erregte mein Interesse. Ich fragte mich, wozu sie dienen möge, und erfuhr, daß er damit die Szenen fotografierte, die er als Hintergrund für seine Gemälde verwendete, anstatt sie nach der Natur zu malen, es wäre ihm zu mühsam, seine gesamte Malausrüstung wegen dieser oder jener Ansicht durch die ganze Stadt zu schleppen. Er meinte, eine fotografische Aufnahme würde vollauf genügen, und verriet mir auch, daß er den Apparat regelmäßig verwende.

Es lag etwas ungeheuer Bedrückendes in all diesen Skizzen und unvollendeten Monstrositäten, die aus allen Ecken und Enden dieses Raumes lauerten und drohten, so daß ich vollends die Beherrschung verlor und laut aufschrie, als Pickman unversehens eine riesige Leinwand enthüllte, die bisher mit einem Tuch verhängt gewesen war. Mein Schrei — der zweite in dieser Nacht — echote von den schimmelpilzigen Wänden dieses alten Gewölbes, und es war, als wolle er kein Ende nehmen. Nur mit Mühe konnte ich ein hysterisches Gelächter unterdrücken, das sich in meiner Kehle qualvoll breitmachte . . .

Allmächtiger Gott, Eliot, ich weiß wahrhaftig nicht mehr, was daran Wirklichkeit und was Fiebertraum war, aber noch heute erscheint es mir undenkbar, daß unsere Erde eine solch höllische Vision beherbergen könnte!

Es war eine kolossale und grauenhafte Blasphemie, ein unsäglich verbotenes Ungeheuer mit infernalisch glühenden roten Augen, das in seinen skeletthaften Krallen einen lebenden Menschen umklammert hielt, dessen Kopf es, wie ein Kind, das sich an einer Zuckerstange gütlich tat, abknabberte. Es schien sprungbereit niedergekauert zu sein, so daß man den Eindruck gewann, es könne jeden Augenblick seine grausige Beute fallenlassen, um nach einer saftigeren Beute zu fassen. Aber, verdammt noch mal, es war ja nicht einmal gar so sehr dieses höllische Hundewesen, das mir diesen panischen Schock versetzte, es waren nicht diese Hundeschnauze, die zottigen Fledermausohren, die blutunterlaufenen Augen, die breitgedrückte Nase, die zurückgezogenen Lefzen, aber auch nicht die schuppigen Krallen, der lehmüberkrustete Rumpf oder die halbhufigen Satansfüße — obgleich schon allein dieser Anblick genügt hätte, einen weniger stabilen Menschen in den ausweglosesten Wahnsinn zu treiben.

Es war diese ausgeklügelte Technik, Eliot — diese verdammte, unheilige, gottlose, perverse Technik! So wahr ich hier vor dir stehe, ich habe noch nie ein Bild gesehen, das wie dieses von Leben erfüllt zu sein schien. Das Monster existierte — es starrte und nagte und nagte und nagte — und ich erkannte in diesem schrecklichen Augenblick, daß es nicht aus dieser Welt stammen konnte, sondern aus einer anderen, die nur denen offensteht, die ihre Seele verkauft haben. Dieses Bild konnte nur einer gemalt haben, für den die Gesetze der Natur nicht mehr gültig waren.

In einer Ecke der riesigen Leinwand hing ein zerknautschtes Stück Papier, vermutlich das Foto, dachte ich, nach dem Pickman den Hintergrund malen wollte, Ich griff danach, um es zu glätten, doch in diesem Augenblick zuckte Pickman wie von einer Natter gestochen zusammen. Seit mein Entsetzensschrei die Stille dieser Gewölbe zerbrochen hatte, lauschte er mit einer eigentümlichen Intensität, und es war, als empfände er jetzt irgendwie Angst, eine Angst, die man zwar nicht mit der meinen vergleichen konnte, und die mehr körperlich als geistig zu sein schien. Er zog einen Revolver aus der Tasche, bedeutete mir durch eine Geste zu schweigen, schlich in den Hauptkeller hinaus und zog hinter sich die Türe zu. Ich glaube, ich war in diesem Augenblicke wie gelähmt. Dann lauschte ich aufmerksam, wie Pickman zuvor, und bildete mir kurz darauf ein, aus einer nicht näher zu bestimmenden Richtung Quieken und undeutliches Gescharre zu hören. Ich dachte an riesenhafte Ratten und schauderte bei dieser Vorstellung. Bald darauf drang aus dem andern Raum ein eigenartiges Geklapper herüber, das mich noch mehr in Schrecken versetzte. Es klang wie Holz, das auf Stein oder Ziegel aufschlägt. Holz auf Ziegel — woran mußte ich dabei denken?

Dann kam dieses Geräusch abermals, nur war es jetzt lauter, als sei das Holz aus größerer Höhe auf die Ziegel gefallen, dann erklang ein Knirschen, dem ein unverständlicher Wortschwall aus Pickmans Mund folgte, und gleich darauf hörte ich, wie er alle sechs Schüsse aus seinem Revolver abfeuerte — wahrscheinlich in die Luft wie ein Dompteur, der seine Löwen einzuschüchtern sucht. Es folgte ein ersticktes Quieken und ein dumpfer Knall. Nach einem kurzen Schweigen öffnete Pickman, wodurch ich heftig zusammenfuhr, wieder die Türe. Er hielt die noch rauchende Waffe in der Hand und fluchte über aufgedunsene Ratten, die hier den ganzen Brunnen heimsuchten! »Weiß der Teufel, von was die da drunten leben, Thurber«, sagte er seltsam grinsend, »diese alten Gänge führten früher einmal nach den Friedhöfen, Hexenhöhlen und ans Meer. Ist ja auch gleich, es wird ihnen wahrscheinlich der Proviant ausgegangen sein, denn anders hätten sie sicher nicht so verzweifelt nach einem Ausweg gesucht. Mag sein, daß sie Ihr Geschrei aufgescheucht hat. In diesen alten Gebäuden muß man etwas vorsichtig sein — unsere knabbernden Freunde sind hier der einzige Nachteil, obgleich ich manchmal glaube, daß sie für Atmosphäre und Kolorit im Grunde genommen unerläßlich sind.«

Und damit, Eliot, ging dieses nokturne Abenteuer zu Ende — Pickman hatte mir versprochen, er würde mir seine Wohnung zeigen — und das hat er, bei Gott, getan! Er führte mich auf einem anderen Weg in bekanntere Gegenden zurück, wir kamen durch eine lange Reihe von Mietshäusern und alten Gebäuden, im Scheine einer Straßenlaterne las ich auf einem Schild »Charter Street«, ich war aber viel zu verwirrt gewesen, um zu bemerken, wie wir eigentlich dorthin gelangt waren. Die Untergrundbahn fuhr nicht um diese Zeit, und wir gingen durch die Hanover Street stadteinwärts. Ich weiß das noch genau. Von Tremont bogen wir nach Beacon ein, und Ecke Joy verabschiedete sich Pickman von mir. Ich habe seither nie wieder mit ihm gesprochen.

Weshalb ich das getan habe, fragst du mich? Sei bitte nicht ungeduldig, warte einen Augenblick, ich will vorher noch nach Kaffee klingeln. Alkohol haben wir schon genug in uns, aber irgend etwas brauche ich doch noch. Nein, nicht wegen der Bilder, die ich dort gesehen habe — obgleich ich dir schwören kann, daß er ihretwegen, hätte jemand von ihnen erfahren, aus neun von zehn guten Häusern und Clubs ausgestoßen worden wäre. Ich will dir das erklären, damit du dich nicht mehr wundern mußt, weshalb ich vor allen Kellern und Untergrundbahnen ein solch unaussprechliches Grauen empfinde. Es war wegen dieser zerknitterten Fotografie, die ich am nächsten Morgen in meiner Manteltasche fand. Ich muß sie unwillkürlich abgerissen und eingesteckt haben, vielleicht wollte ich mir eben den zukünftigen Hintergrund für das Ungeheuer ansehen, als ich so erschreckt wurde ... Aha, hier ist der Kaffee, Eliot, trink ihn schwarz, Mann, du wirst es gebrauchen können!

Ja, dieses Stückchen Papier war tatsächlich der Grund, daß ich mit Pickman brach — mit Richard Upton Pickman, dem genialsten Maler, den ich je zu Gesicht bekommen habe und der zur gleichen Zeit das widerwärtigste Subjekt war, das je seinen Fuß über jene ungewisse Grenzlinie zwischen unserem diesseitigen Leben und dem Höllenpfuhl aus Mythos und Wahnsinn gesetzt hat. Eliot, der gute alte Reid hatte recht! Pickman hatte aufgehört, ein Mensch in unserem Sinne zu sein. War er unter dem Schatten eines seltsamen Sternes geboren worden, oder hatte er Mittel und Wege gefunden, mit deren Hilfe er die Verbotene Pforte zu öffnen vermochte? — Aber wie es auch sei, er ist in die fürchterliche Dunkelheit zurückgekehrt, mit der er so leichtfertig gespielt hatte.

Frage mich nicht, was ich an diesem Morgen nach dem Besuch bei Pickman verbrannt habe. Frage mich auch nicht nach jenen seltsamen Geräuschen, die, nach seiner Erklärung, von den Ratten herrühren sollten. Wie du weißt, gibt es Geheimnisse, die uns seit den Tagen von Salem überliefert sind — und Cotton Mather erzählt noch weitaus merkwürdigere Dinge. Du weißt doch, wie verdammt lebensecht Pickmans Bilder waren, wie wir uns alle wunderten, von woher er nur diese Gesichter haben mochte.

Nun, dieses Stückchen Papier zeigte eben nicht die Fotografie eines x-beliebigen Hintergrundes, sondern schlicht und einfach das grauenvolle Wesen, das auf jenem entsetzlichen Bild zu sehen gewesen war. Es war sein Modell — und als Hintergrund war nur eine der Wände seines Kellerateliers zu erkennen. Aber bei Gott, Eliot, *es war eine Blitzlichtaufnahme nach dem Leben ...*

ROBERT BLOCH

Ihr sehr ergebener Jack the Ripper

Robert Bloch jagt schon seit über fünfundvierzig Jahren den Menschen Angst und Schrecken ein, und er ist trotzdem noch gut in Form. Obwohl er vor allem wegen Psycho immer in Erinnerung bleiben wird, hat er ein riesiges Korpus an erstklassigen Schauergeschichten verfaßt, von denen einige durch andere Autoren für Film und Fernsehen bearbeitet worden sind. Im Jahre 1959 hat er für seine phantastische Geschichte »That Hell-Bond Train« den Hugo Award erhalten. Die für diesen Band ausgewählte Erzählung beweist, daß er seinen guten Ruf sehr wohl verdient.

Ich schaute diesen Bilderbuch-Engländer an. Er schaute mich an.

»Sir Guy Hollis?« fragte ich.

»Ganz recht. Habe ich das Vergnügen, mit John Carmody, dem Psychiater, zu sprechen?«

Ich nickte. Meine Augen glitten über die Gestalt meines distinguierten Besuchers. Er war groß und hager, hatte strohblondes Haar und den traditionellen buschigen Schnurrbart. Selbstverständlich trug er einen Tweedanzug. Ich hatte ihn in Verdacht, daß er in seiner Westentasche ein Monokel verbarg, und fragte mich, ob er seinen Stockschirm im Vorzimmer gelassen hatte.

Aber vor allen Dingen fragte ich mich, was, zum Teufel, Sir Guy Hollis von der Britischen Botschaft veranlaßt haben könnte, einen völlig fremden Psychiater hier in Chicago aufzusuchen.

Er warf mir einen vernichtenden Blick zu und holte tief Luft.

»Das ist kein Tratsch«, stieß er hervor. »Das ist eine Sache auf Leben und Tod1«

In seine Augen trat ein Zug von Besessenheit.

Ich seufzte innerlich. Vielleicht war das sein Tick. Ich würde ihm also zuhören. Wir Psychiater werden schließlich dafür bezahlt, daß wir zuhören.

»Also gut«, nickte ich, »schießen Sie los.«

»London 1888«, begann er, und seine Gedanken schienen sich in der Vergangenheit zu verlieren. »Es ging vom Spätsommer bis zum frühen Herbst. Aus dem Nebel. Aus dem Nichts tauchte Jack the Ripper auf. Ein Schatten mit einem Messer in der Hand; ein Schatten, der den Osten von London unsicher machte. Eine besondere Vorliebe hatte er für die schmutzigen Gassen in Whitechapel und Spitalfields. Keiner wußte, woher er kam. Aber er brachte den Tod. Den Tod mit dem Messer.

Sechsmal durchschnitt dieses Messer die Kehlen von Londoner Frauen, und zerstückelte ihre Körper. Meist waren es Huren und leichte Mädchen, die ihm zum Opfer fielen. Am 7. August zerfleischte er die erste Frau. Als man sie fand, wies ihr Körper neununddreißig Stichwunden auf. Er war ein grausamer Mörder. Am 31. August mußte sein nächstes Opfer das Leben lassen. Die Presse wurde auf sein Treiben aufmerksam. Aber die Bewohner der Slums interessierten sich fast noch mehr für ihn.

Wer war dieser unbekannte Mörder, der unter ihnen leben mußte und in ihren Straßen zu mitternächtlicher Stunde wütete? Und was noch wichtiger war: Wann würde er das nächstemal zuschlagen?

Er tat es am 8. September. Scotland Yard arbeitete auf vollen Touren. Die Gerüchte vermehrten sich und verbreiteten sich mit rasender Geschwindigkeit. Es waren nicht so sehr die Morde selbst als die Grausamkeit, mit der sie ausgeführt wurden, die die Menschen beschäftigt.

Der Mörder benutzte sein Messer mit absoluter Perfektion. Er schnitt die Kehlen durch und trennte dann bei seinen toten Opfern gewisse Körperteile ab. Er suchte seine Opfer und den Zeitpunkt der Tat mit teuflischem Bedacht aus. Kein Mensch sah oder hörte etwas. Aber dann stolperten die Polizisten auf ihrer Runde über die zerstückelten menschlichen Überreste, die ein neues Werk von Jack the Ripper waren.

Wer war es? Was war er? Ein verrückter Chirurg? Ein Schlächter? Ein wahnsinniger Wissenschaftler? Ein Entlaufener aus dem Irrenhaus? Ein degenerierter Adliger? Ein Mitglied der Polizei?

Dann erschien in den Zeitungen ein kleiner Reim von einem unbekannten Verfasser:

Ich bin kein Schlächter und kein Mann der Gosse,
Kein Jude, Neger oder Kohlenschipper,
Ich bin nichts weiter als ein lieber Zeitgenosse.
Ihr sehr ergebener Jack the Ripper.

Mit dem Abdruck dieses Verses sollten die letzten Ereignisse bagatellisiert werden, aber die Wirkung auf die Leser war gerade umgekehrt. Die Menschen wurden nur noch verstörter.

Und am 30. September wurden zwei weitere Kehlen durchschnitten.«

Ich rutschte ungeduldig auf meinem Stuhl hin und her und hatte das dringende Bedüfnis, den Redeschwall Sir Guys kurz zu unterbrechen.

»Sehr interessant«, murmelte ich, aber ich glaube, der Sarkasmus in meiner Stimme war nicht zu überhören.

Er zuckte leicht zusammen. Aber dann fuhr er unbeirrt mit seiner Erzählung fort.

»Danach herrschte in London für eine Weile Ruhe. Aber es war die Ruhe vor dem nächsten Sturm. Wann würde der ›rote Jack‹ wieder zuschlagen? Der ganze Oktober verging, ohne daß etwas geschah. Aber die Angst war nicht von den Menschen gewichen. Jeder Schatten im Nebel konnte Jack the Ripper sein. Er konnte überall und zu jeder Zeit auf sein nächstes Opfer lauern. Der November kam und mit ihm der rauhe Wind. Londons Straßenmädchen zitterten. Aber sie zitterten nicht nur vor Kälte. Sie atmeten immer erleichtert auf, wenn der nächste Morgen anbrach.

9. November. Sie fanden sie in ihrem Zimmer. Sie lag sehr ruhig und ordentlich auf dem Fußboden ausgestreckt. Und neben ihrem Körper hatte man ebenfalls mit pedantischer Ordentlichkeit ihren Kopf und ihr Herz gelegt. Jack the Ripper hatte sich selbst überboten.

Als dieser Mord bekannt wurde, erreichte die Panik ihren Höhepunkt. Aber die Panik war unnötig. Die Presse, die Polizei und die Bevölkerung warteten voller Entsetzen auf die nächste Bluttat – aber Jack the Ripper schlug nicht mehr zu.

Monate vergingen. Als ein Jahr um war, war zwar die Furcht von den Menschen gewichen, aber die Erinnerung blieb. Man sprach davon, daß sich Jack nach Amerika abgesetzt hätte. Andere wollten wissen, daß er Selbstmord begangen hat. Bis zum heutigen Tag wird über Jack gesprochen und geschrieben. Es gibt tausend Theorien, Vermutungen, Kommentare und Abhandlungen. Aber trotz allem weiß kein Mensch, wer Jack the Ripper war. Oder warum er mordete. Oder warum er aufgehört hat, zu morden.«

Sir Guy schwieg. Er erwartete offensichtlich eine Äußerung von mir.

»Sie haben die Geschichte gut erzählt«, sagte ich schließlich. »Wenn auch mit einem gewissen gefühlsmäßigen Vorurteil.«

»Ich habe mir alle Unterlagen beschafft«,sagte Sir Guy Hollis. »Und ich habe das ganze Material sorgfältig studiert.«

Ich stand auf und tat so, als müßte ich ein Gähnen unterdrükken. »Mir hat Ihre kleine Geschichte sehr gefallen, Sir Guy. Ich finde es sehr nett von Ihnen, daß Sie Ihre Pflichten bei der Britischen Botschaft vernachlässigt haben, um einen armen Psychiater mit Ihren Anekdoten zu erfreuen.«

Er warf mir einen raschen Seitenblick zu.

»Ich nehme an, Sie wollen wissen, weshalb mich diese Geschichte so sehr interessiert, nicht wahr?« fragte er, und seine Stimme klang etwas heiser.

»Ja, das möchte ich wirklich wissen. Wieso interessiert Sie das?«

»Weil«, erwiderte Sir Guy Hollis langsam und ließ jedes Wort auf der Zunge zergehen. »Weil ich *jetzt* auf der Spur von Jack the Ripper bin. Ich glaube, daß er sich hier aufhält. Hier, in Chicago!«

Ich ließ mich auf den Stuhl fallen. »Sagen Sie das noch einmal«, stotterte ich.

»Jack the Ripper lebt! Hier in Chicago! Und ich werde ihn finden!«

»Moment — Moment mal«, sagte ich. »Das ist doch wohl nicht Ihr Ernst?«

Er lachte nicht. Er machte keinen Spaß.

»Wann, sagten Sie, haben die Morde stattgefunden?« fragte ich eindringlich.

»Von August bis November 1888.«

»1888? Da man mit Sicherheit annehmen kann, daß Jack the Ripper zum Zeitpunkt seiner Morde ein ausgewachsener Mann war, muß er längst tot sein. Menschenskind, selbst wenn er 1888 geboren wäre, müßte er heute fünfundsiebzig Jahre alt sein!«

Sir Guy Hollis Lippen kräuselten sich zu einem spöttischen Lächeln. »Müßte *er?* Könnte man nicht genauso sagen: müßte *sie?* Jack the Ripper kann doch auch eine Frau gewesen sein — oder nicht? Vielleicht waren es auch mehrere Personen —«

»Sir Guy«, sagte ich milde. »Sie haben gut daran getan, zu mir zu kommen. Es besteht kein Zweifel, daß Sie die Hilfe eines Psychiaters brauchen.«

»Wer weiß... Haben Sie das Gefühl, Mr. Carmody, daß ich verrückt bin?«

Ich schaute ihn an und zuckte die Achseln. Aber eine direkte Frage verlangte eine direkte Antwort.

»Offengestanden — nein.«

»Dann darf ich Ihnen vielleicht erklären, weshalb ich annehme, daß Jack the Ripper immer noch am Leben ist...«

»Also gut.«

»Ich beschäftige mich seit dreißig Jahren mit diesem Fall. Ich habe die Tatorte aufgesucht. Ich habe mich bei den maßgebenden Behörden informiert, und ich habe mich mit den Freunden und Bekannten der armen Mädchen, die umgebracht worden sind, unterhalten. Die ganze Nachbarschaft habe ich zusammengetrommelt. Das Material, daß ich über Jack the Ripper zusammengetragen habe, dürfte absolut vollständig sein. Keine Theorie oder Ansicht konnte so verrückt sien, daß ich mich nicht mit ihr beschäftigt hätte.

Es ist klar, daß ich mir dadurch mein eigenes Bild über den Fall gemacht habe. Aber keine Bange — ich werde Sie nicht mit meinen Theorien und Schlußfolgerungen langweilen.

Abgesehen von dem Ripper-Fall interessiert mich jedes unaufgeklärte Verbrechen, jeder nicht geklärte Mordfall. Nennen Sie es ein Hobby oder einen Tick von mir. Wie dem auch sei, ich beschäftige mich seit Jahren mit der Kriminologie.

Ich könnte Ihnen meine Sammlung von Zeitungsausschnitten zeigen. Sie stammen aus den größten Städten der Welt. Schanghai, Kalkutta, San Franzisko, Paris, Berlin, Madrid, Kairo, Mailand . . . um nur einige zu nennen.

Viele der unaufgeklärten Morde haben eines gemeinsam: Soweit es sich bei den Opfern um Frauen handelte, wurden sie mit durchschnittenen Kehlen aufgefunden. Ihre Körper waren grausam verstümmelt. Ich habe intensiv diese blutige Spur verfolgt. Sie führte von New York nach Westen, quer durch den ganzen Kontinent. Dann zum Pazifik, und von dort aus nach Afrika. Während des Ersten Weltkrieges verlor sie sich in Europa, danach tauchte sie in Südamerika auf und führte 1930 wieder in die Vereinigten Staaten. Und hier läßt sie sich bis auf den heutigen Tag weiterverfolgen. Im ganzen sind es achtundsiebzig Morde. Jeder geschulte Kriminologe müßte sie für das Werk Jack the Rippers halten.

Erinnern Sie sich an die Schaudergeschichten aus Cleveland, die vor kurzem durch die ganze Presse gingen? Denen zufolge ein weiblicher Torso nach dem anderen aufgefunden wurde? Es war eine grauenhafte Mordserie. Danach folgten jetzt zwei Morde hier in Chikago. Und alle wiesen dieselbe Technik auf. Soll das vielleicht ein Zufall sein? Glauben Sie mir: All diese Morde gehen auf das Konto von Jack the Ripper!«

»Eine lückenlose Theorie«, sagte ich. »Ich will Ihre Beweise und Schlußfolgerungen nicht in Frage stellen, denn Sie sind der Kriminologe, während ich nur ein Psychiater bin. Aber es gibt etwas, was Sie mir noch erklären müssen. Nur eine Kleinigkeit — aber man sollte es doch nicht außer acht lassen...«

»Und das wäre?« fragte Sir Guy. »Wie sollte ein Mann von — sagen wir — fünfundneunzig Jahren in der Lage sein, diese Verbrechen zu begehen? Denn wenn wir davon ausgehen, daß Jack the Ripper 1888 zwanzig Jahre alt war, müßte er heute fünfundneunzig sein.«

Sir Guy Hollis schwieg.

Na also, dachte ich, damit hätten wir ihn wohl...

Aber weit gefehlt!

»Nehmen Sie einmal an, er ist nicht älter geworden«, flüsterte Sir Guy.

»Wie soll ich das nun wieder verstehen?«

»Können Sie sich nicht vorstellen, daß Jack the Ripper nicht älter geworden ist? Können Sie sich nicht vorstellen, daß er heute immer noch ein junger Mann ist?«

»Nun ja«, seufzte ich, »ich werde es mir einen Augenblick lang vorstellen. Danach werde ich die Schwester rufen und Ihnen eine Zwangsjacke anlegen lassen.«

»Ich meine es völlig ernst«, sagte Sir Guy bestimmt.

Ich nickte. »Sie meinen es alle völlig ernst. Das ist ja der Jammer. Sie sind alle überzeugt davon, die Stimmen zu hören und die Dämonen zu sehen. Aber sie gehören alle — ohne Ausnahme — in eine Anstalt.«

Das war grausam von mir, aber es verfehlte seine Wirkung nicht. Er erhob sich und schaute mich fest an.

»Ich weiß selber, daß das eine verrückte Theorie ist, sagte er. »Aber vergessen Sie nicht, daß alle Theorien über Jack the Ripper verrückt sind. Die Begründungen, weshalb er ein Arzt oder ein Wahnsinniger oder eine Frau gewesen sein soll, sind fadenscheinig genug. Warum also sollte meine Theorie unglaubwürdiger sein als die anderen?«

Ich hob die Schultern. »Ganz einfach darum, weil die Menschen älter werden«, erwiderte ich. »Auch Ärzte, Verrückte und Frauen werden älter.«

»Und was ist mit Zauberern?«

»Zauberern?«

»Ja, Zauberer. Oder Hexenmeister, wenn Ihnen das besser gefällt, oder Wesen, die die Schwarze Magie ausüben.«

»Worauf wollen Sie hinaus?«

»Im Zusammenhang mit den Morden habe ich mich auch eingehend mit den Daten befaßt, an denen sie verübt wurden. Dabei habe ich festgestellt, daß sie einem gewissen Rhythmus unterworfen sind, einem Rhythmus, der im Zusammenhang mit dem Sonnen- und Mondsystem und den Sternbildern steht. Ich bin zu der Überzeugung gekommen, daß die Morde eine astrologische Bedeutung haben.«

Dieser Mann war verrückt. Darüber konnte kein Zweifel bestehen. Aber ich hörte ihm weiter zu.

»Nehmen Sie einmal an, daß Jack the Ripper nicht nur aus Freude am Töten mordete. Vielleicht wollte er — ein Opfer darbringen...«

»Was für ein Opfer?«

Sir Guy zuckte die Achseln. »Man sagt, daß die dunklen Mächte dem eine Gunst erweisen, der ihnen ein Blutopfer darbringt. Und wenn das Blutopfer zur rechten Zeit — wenn der Mond und die Sterne in einem gewissen Verhältnis zueinander stehen — und mit der rechten Zeremonie dargebracht wird, gewähren die schwarzen Götter die Gnade der Jugend. Der ewigen Jugend.«

»Das ist doch dummes Zeug!«

»Nein. Das erklärt das Phänomen Jack the Ripper!«

Ich stand auf. »Das ist zweifellos die interessanteste Theorie, die ich je gehört habe«, sagte ich. »Aber können Sie mir erklären, weshalb Sie zu mir gekommen sind und mir die Geschichte erzählt haben, Sir Guy? Ich bin weder für Zauberkräfte zuständig noch bin ich ein praktizierender Psychiater. Ich wüßte nicht, was ich für Sie tun könnte —«

Sir Guy lächelte.

»Aber Ihr Interesse ist geweckt, nicht wahr?»

»Nun ja — schon — aber...«

»Ich wollte mich erst vergewissern, ob Sie interessiert sind, ehe ich Ihnen meinen Plan erzähle.«

»Und — was schwebt Ihnen vor?«

Sir Guy warf mir einen langen Blick zu, ehe er feierlich verkündete: »Mr. Carmody — Sie und ich werden Jack the Ripper fassen.«

So kam diese Geschichte ins Rollen.

Ich hielt es für notwendig, dieses erste Gespräch mit Sir Guy Hollis in allen Einzelheiten wiederzugeben. Wenn Ihnen auch manches langweilig vorgekommen sein mag, so trägt meine ausführliche Schilderung doch dazu bei, daß Sie sich ein genaues Bild von Sir Guys Charakter und seinen Ansichten machen können. Und im Hinblick auf das weitere Geschehen...

Aber das werden Sie selbst sehen.

Sir Guys Plan war sehr simpel.

Bei genauer Betrachtung war es noch gar kein fest umrissener Plan. Es war mehr ein Versuch aufs Geratewohl.

»Ich weiß, mit welchen Leuten Sie verkehren«, sagte er. »Ich habe mich vorher genau erkundigt. Und deshalb bin ich zu Ihnen gekommen. Ich glaube, daß Sie der geeignete Mann für meine Zwecke sind. Ihr Bekanntenkreis besteht zum größten Teil aus Schriftstellern, Malern und Poeten, mit einem Wort:

den sogenannten Intellektuellen. Die hundertzehnprozentigen Bohemiens.

Es würde zu weit führen, Ihnen das zu erklären, aber ich habe meine Gründe dafür, anzunehmen, daß Jack the Ripper Mitglied dieser Gesellschaftsklasse ist. Er hat sich entschlossen, die Rolle eines Exzentrikers zu spielen. Ich habe einfach das Gefühl, daß ich, wenn ich mich Ihnen anschließen darf und Sie mich bei diesen Leuten einführen, auf die Person, die ich suche, stoßen könnte.«

»Mir soll es recht sein«, sagte ich. »Aber wie wollen Sie Jack the Ripper herausfinden? Sie sagten doch selbst, er kann überall und jeder sein. Und Sie haben keine Ahnung, wie er aussieht. Er kann jung oder alt sein. Er kann jede Art von Beruf haben. Vielleicht ist es ein reicher Mann, ein Dieb, ein Arzt, ein Rechtsanwalt — wie wollen Sie ihn erkennen?«

»Das wird sich herausstellen.« Sir Guy seufzte schwer. „Auf alle Fälle muß ich ihn finden. Und zwar sofort.«

»Warum diese Eile?«

Sir Guy seufzte wieder. »Weil er übermorgen wieder einen Mord begehen wird.«

»Sind Sie sicher?«

»Das ist genauso sicher wie das Sternbild, das in zwei Tagen am Himmel erscheinen wird. Ich sagte Ihnen ja schon, daß alle Morde mit einem gewissen astrologischen Rhythmus übereinstimmen. Es ist für einen Laien ein kompliziertes System, aber wenn man sich, so wie ich, jahrelang damit beschäftigt hat, kommt man dahinter. Und wenn ich mit meiner Vermutung recht habe, daß er Blutopfer darbringt, um seine Jugend zu erneuern, dann muß er einfach in zwei Tagen jemanden töten. Darum muß ich ihn irgendwie vorher finden.«

»Und wie stellen Sie sich meine Hilfe vor?«

»Führen Sie mich herum. Nehmen Sie mich zu Parties mit. Stellen Sie mich Ihren Freunden vor.«

»Aber bei wem soll man anfangen? Abgesehen davon, daß meine Freunde das Exzentrische lieben, sind sie ganz normale Bürger.«

»Das gleiche trifft für Jack the Ripper zu. Ein ganz normaler Bürger. Mit Ausnahme gewisser Nächte...« In Sir Guys Augen trat wieder der abwesende Blick. »Dann verwandelt er sich in ein zeitloses, krankhaft veranlagtes Ungeheuer, das mit seinem Messer durch die Gassen schleicht, um unter einem gewissen Sternbild ein Menschenleben zu opfern.«

»Schon gut, schon gut«, beeilte ich mich zu sagen. »Sie können mich heute abend begleiten, Sir Guy. Ich würde sowieso zu irgendeiner Party gehen. Nach allem, was ich heute nachmittag von Ihnen zu hören bekommen habe, habe ich das dringende Bedürfnis, einige Drinks zu mir zu nehmen.«

Nach kurzem Überlegen entschloß ich mich für Lester Bastons Studio. Als uns der Fahrstuhl surrend in das Dachgeschoß brachte, hielt ich es für zweckmäßig, Sir Guy zu warnen.

»Baston ist ein echter Spinner«, sagte ich eindringlich. »Und seine Gäste sind nicht viel anders. Man kann nie wissen, was ihnen plötzlich durch den Kopf schießt.« Ich zuckte die Achseln. »Sie wollten es so, Sir Guy, aber Sie müssen auf alles gefaßt sein.«

»Das bin ich auch«, erwiderte Sir Guy mit todernstem Gesicht. Er griff in seine Hosentasche und brachte einen Revolver zutage. Ich schnappte nach Luft.

»Was, zum Teufel —«, begann ich.

»Sie sehen, daß ich wirklich auf alles gefaßt bin.« Sir Guys Lächeln war ohne Humor.

»Aber, Mann Gottes, Sie können doch nicht mit einem geladenen Revolver in der Tasche auf einer Party herumrennen!«

»Keine Sorge! Ich werde keine Dummheiten machen!«

Ich nagte an meiner Unterlippe. Man konnte diesen Sir Guy Hollis wahrlich nicht als einen normalen Zeitgenossen bezeichnen.

Als wir den Fahrstuhl verlassen hatten und auf Bastons Wohnungstür zugingen, warf ich Sir Guy einen raschen Blick zu.

»Nebenbei gesagt«, murmelte ich, »wie wollen Sie eigentlich vorgestellt werden? Soll ich denen« — ich deutete mit dem Daumen auf die Tür — »sagen, wer Sie sind und was Sie suchen?«

»Das ist mir egal, aber wahrscheinlich ist es am gescheitesten, die Wahrheit zu sagen.«

»Aber würde dann nicht ›the Ripper‹, falls er oder sie durch ein Wunder anwesend sein sollte, Lunte riechen und sich völlig in das Schneckenhaus zurückziehen?«

»Ich glaube eher, daß die betreffende Person bei der Bemerkung, daß ich auf der Jagd nach Jack the Ripper bin, so verdattert ist, daß sie sich durch irgendeine Geste verrät.« Sir Guy blickte versonnen vor sich hin.

»Sie würden selbst einen ganz guten Psychiater abgeben«, meinte ich lächelnd. »Ihre Idee ist nicht schlecht. Aber ich muß Sie ernsthaft warnen. Das kann sehr leicht ins Auge gehen. Bedenken Sie, daß Sie eine Ansammlung von Wilden vorfinden werden.«

Aber Sir Guy lächelte nur.

»Ich bin vorbereitet«, verkündete er. »Ich habe mir einen kleinen Schlachtplan zurechtgelegt. Ich danke Ihnen für Ihre Warnung; aber ich möchte Sie ebenfalls warnen. Was immer ich auch tun werde, lassen Sie sich durch nichts aus der Fassung bringen!«

Das kann ja reizend werden, dachte ich, aber ich sagte nichts. Ich nickte lediglich und klingelte.

Baston riß die Tür auf und torkelte uns entgegen. Seine Augen waren so rot wie die Maraschino-Kirsche in seinem Cocktail. Er schwankte beachtlich, als sein Blick von meinem steifen Homburg zu Sir Guys Schnurrbart wanderte.

»Aha«, lallte er. »Hochwürden haben heute ein Walroß mitgebracht...«

Ich stellte Sir Guy vor.

Baston schlug sich vor die Brust und verneigte sich tief. »Herzlich willkommen! Welch Glanz in meiner Hütte...« Mit einer weit ausholenden Handbewegung forderte er uns auf, einzutreten. Er schob uns in sein verrückt eingerichtetes Wohnzimmer.

Ich schaute auf die Menge, die sich rastlos durch den Zigarettenqualm bewegte.

Die Zeit und demzufolge die Stimmung war schon sehr fortgeschritten. Jede Hand hielt ein Glas, und jedes Gesicht hatte einen hektischen roten Schimmer. In einer Ecke des Zimmers hämmerte jemand wild auf dem Klavier herum, aber die profanen Laute der Kartenspieler in einer anderen Ecke übertönten den Rhythmus von ›I love you — don't you forget it‹.

Sir Guys Blick wanderte von einem zum anderen. Er sah, wie

LaVerne Gonnister, die Lyrikerin, Hymie Kralik ein blaues Auge schlug. Er sah, wie Hymie Kralik daraufhin zu Boden ging und weinte, bis Dick Pool, der sich einen neuen Drink holen wollte, versehentlich auf seinen Magen trat.

Er hörte, wie die Artistin Nadia Vilinoff zu Johnny Odcutt sagte, daß seine Tätowierungen das Allerletzte wären, und er beobachtete, wie Johnnys Frau mit Barclay Melton unter den Tisch kroch.

Er hätte seine zoologischen Betrachtungen gewiß noch lange fortsetzen können, wenn sich Lester Baston nicht auf einmal mitten im Zimmer aufgebaut hätte und sich dadurch Gehör verschaffte, daß er eine Vase auf den Boden schmiß.

»Wir haben heute distinguierte Gäste in unserer Mitte«, grölte er und schwenkte sein halbvolles Glas in unsere Richtung. »Einen Pfarrer und ein Walroß. Das Walroß ist Sir Guy Hollis, ein Edelmann oder so etwas Ähnliches von der Britischen Botschaft. Hochwürden ist, wie wir alle wissen, unser geliebter John Carmody, der berühmte Erlöser von all unseren sexuellen Nöten.«

Er torkelte auf Sir Guy zu, packte ihn beim Arm und zog ihn in die Mitte des Zimmers. Einen Augenblick lang dachte ich, Sir Guy würde sich diese Behandlung verbitten, aber der rasche Blick, den er mir zuwarf, überzeugte mich von seinem Entschluß, mit den Wölfen zu heulen.

»Es ist bei uns Sitte«, quäkte Baston, »neue Gäste einem Kreuzverhör zu unterziehen. Bei unseren formellen Zusammenkünften legen wir auf diese kleine Formalität wert. Sind Sie bereit, Sir Guy Hollis, Fragen zu beantworten?«

Sir Guy grinste und nickte.

»So ist es recht«, grunzte Baston. »Freunde, ich übergebe euch dieses Bündel aus Großbritannien zum Kreuzverhör.«

Die Meute johlte und bestürmte Sir Guy mit Fragen. Ich wollte mir nichts entgehen lassen, aber in diesem Augenblick entdeckte mich Lydia Dare und zog mich mit sanfter Gewalt auf den Korridor. Dort verwickelte sie mich in eins der beliebten Liebling-ich-warte-seit-Tagen-auf-deinen-Anruf-Gespräche.

Als ich sie endlich wieder loswurde und ins Zimmer zurückkam, war das Frage-und-Antwort-Spiel in vollem Gange. So, wie sich die Meute verhielt, konnte ich annehmen, daß sich Sir Guy auf ihre Wellenlänge eingestellt hatte.

Aber dann stellte Baston eine Frage, die dem lärmenden Spiel eine ungeahnte Wendung gab.

»Und was — wenn ich mir die Frage erlauben darf — führt Sie heute in unsere Mitte? Welcher Mission haben wir Ihre werte Gegenwart zu verdanken?«

»Ich bin auf der Suche nach Jack the Ripper.«

Keiner lachte.

Vielleicht waren sie alle so betroffen, wie ich es heute nachmittag gewesen war. Ich schaute nachdenklich von einem zum anderen.

LaVerne Gonnister. Hymie Kralik. Harmlos. Dick Pool. Nadia Vilinoff. Johnny Odcutt und seine Frau. Barclay Melton. Lydia Dare. Einer war so harmlos wie der andere.

Aber warum lächelte Dick Pool so gezwungen? Und was hatte das scheue und dennoch so selbstbewußte Grinsen auf Barclay Meltons Gesicht zu bedeuten?

Aber ich versichere Ihnen, das war alles absurd. Ich sah nur auf einmal diese Leute in einem anderen Licht. Vielleicht schaute ich sie mir in meinem Leben zum erstenmal wirklich an. Was wußte ich schon von ihrem Leben? Im Grunde gar nichts. Ich kannte sie nur auf Parties; aber auch für sie bestand das Leben nicht nur aus Parties...

Wie viele von ihnen mochten ein Doppelleben führen? Wie viele mochten etwas zu verbergen haben?

Wer von ihnen könnte Hekate anbeten und der Mondgöttin Blutopfer darbringen?

Selbst Lester Baston könnte ein Doppelleben führen.

Einen kurzen Augenblick lang waren wir alle der gleichen Stimmung unterworfen. Jeder hatte tausend unausgesprochene Fragen in seinem Blick.

Sir Guy war sich der Situation, die er heraufbeschworen hatte, absolut bewußt, und er schien Gefallen daran zu finden.

Ich hätte etwas darum gegeben, zu wissen, was mit Sir Guy *wirklich* los war. Seine fixe Idee mit Jack the Ripper mußte doch einen Grund haben. Vielleicht hatte er auch Geheimnisse zu verbergen...

Es war schließlich Baston, der die eigentümliche Stimmung zerriß. Er schlug Sir Guy kräftig auf die Schultern und legte seinen Arm um ihn. Dann setzte er zu einer pathetischen Rede an.

»Freunde, laßt euch sagen, daß das Walroß keinen Spaß macht. Unser Vetter aus Großbritannien ist wirklich dem geheimnisumwitterten Jack the Ripper auf der Spur. Ich denke doch, daß ihr alle schon von Jack the Ripper gehört habt. Wenn ich mich recht erinnere, war er zu seiner Zeit ein recht bekannter Halsabschneider...«

Er kicherte, ehe er fortfuhr: »Aus irgendeinem Grunde glaubt unser Walroß hier, daß Jack the Ripper noch am Leben ist und in diesen Tagen mit seinem Pfadfindermesser durch die Straßen Chicagos schlendert. Um genau zu sein —«, Baston legte eine bedeutungsvolle Pause ein, ehe er ein bühnenreifes Flüstern hervorstieß, »— um genau zu sein, hat er Gründe anzunehmen, daß sich Jack the Ripper heute — hier — in unserer Mitte aufhält!«

Das erwartete Kichern und Gluckern der Gäste blieb nicht aus. Baston schaute Lydia Dare bedeutungsvoll an. Dann deutete er mit dem Zeigefinger auf sie und sagte grinsend: »Du brauchst gar nicht so laut zu lachen. Wußtest du nicht, daß Jack the Ripper in Wirklichkeit auch eine Frau sein kann? So eine Art ›Jill the Ripper‹.«

»Soll das heißen, daß tatsächlich einer von uns verdächtigt wird?« kreischte LaVerne Gonnister und lächelte Sir Guy einfältig an. »Aber ist dieser Jack the Ripper nicht seit Ewigkeiten verschwunden? War das nicht so um 1888?«

»Aha!« grölte Baston. »Junge Dame, wie kommt es, daß du so gut Bescheid weißt? Das ist ja sehr verdächtig! Behalten Sie sie im Auge, Sir Guy — vielleicht ist sie nicht mehr ganz so jung, wie sie erscheint. Diese weiblichen Poeten haben meist eine dunkle Vergangenheit!«

Die Spannung war gewichen; die eigentümliche Stimmung war verflogen. Das Ganze war zu einem verrückten Partyscherz geworden.

Der Pianist fing wieder an, das Klavier zu bearbeiten, LaVerne Gonnister stieß Johnny Odcutt in die Rippen, und Lydia Dare ließ sich von Barclay Melton einen neuen Drink mixen.

Lester Baston nahm seinen Arm von Sir Guys Schultern und ließ ihn sinken. Dabei streifte er zufällig einen harten Gegenstand in Sir Guys Tasche.

»Wißt ihr was, Freunde«, schrie er. »Unser Walroß hat eine Kanone bei sich.«

Ehe es Sir Guy verhindern konnte, hatte der andere die Pistole aus seiner Tasche hervorgezogen.

Verrückte Freunde hin, verrückte Freunde her, ich hatte das Gefühl, daß das Ganze anfing, entschieden zu weit zu gehen. Aber als mir Sir Guy jetzt einen raschen Blick zuwarf, erinnerte ich mich an seine Worte, daß ich mich durch nichts aus der Fassung bringen lassen sollte.

Darum mischte ich mich auch nicht ein, als Baston jetzt eine echte Schnapsidee vorbrachte.

»Wir wollen unserem Freund, dem Walroß, eine faire Chance geben«, grölte er. »Sir Guy hat in seiner Mission den weiten Weg von England zu unserer Party nicht gescheut. Da keiner von euch bereit zu sein scheint, ein Geständnis abzulegen, würde ich vorschlagen, daß wir unserem Freund die Chance geben, die Wahrheit selbst herauszufinden, eine Chance, bei der es allerdings um ›alles oder nichts‹ geht.«

»Fabelhafte Idee«, grunzte Johnny Odcutt. »Aber kannst du dich nicht deutlicher ausdrücken?«

»Ich werde eine Minute lang das Licht ausmachen. Sir Guy kann hier mit seinem Revolver in der Hand stehenbleiben. Falls einer in diesem Raum Jack the Ripper sein sollte, kann er sich entweder aus dem Staub machen oder aber die Gelegenheit beim Schopfe fassen und — nun ja, seinen Verfolger mundtot machen. Ist das ein fairer Vorschlag?«

Dieser Vorschlag war vielleicht noch verrückter, als er im ersten Augenblick klang, aber er entsprach genau der Mentalität der Anwesenden. Sir Guys Proteste gingen in dem Stimmengewirr unter. Und ehe ich vortreten konnte, um ein paar passende Worte zu sagen, stand Lester Baston schon beim Lichtschalter.

»Und daß sich keiner von der Stelle rührt«, warnte er mit gespieltem Ernst. »Eine Minute lang werden wir im Dunkeln bleiben. Vielleicht wird uns ein Mörder dafür dankbar sein. Wählen Sie Ihre Partner, meine Damen und Herren.«

Das Licht erlosch.

Irgend jemand kicherte.

Ich hörte Schritte in der Dunkelheit.

Eine männliche Stimme murmelte etwas.

Eine Hand fuhr über mein Gesicht.

Meine Armbanduhr tickte aufreizend laut. Aber etwas war noch lauter; und das war das Pochen meines Herzens.

Es war absurd. Ich stand hier im Dunkeln zwischen einem Haufen angetrunkener Narren. Aber dennoch: Eine finstere Ahnung schien die Anwesenden zu befallen; ein ungeahntes Grauen erfüllte die Dunkelheit.

Jack the Ripper wählte für seine Streifzüge diese Dunkelheit. Und Jack the Ripper hatte ein Messer. Jack the Ripper hatte einen kranken Geist. Die Taten bewiesen seinen Wahnsinn.

Aber Jack the Ripper war tot. Nach menschlichem Ermessen mußte sich sein Körper schon vor vielen, vielen Jahren in Staub verwandelt haben.

Aber die menschliche Logik und Vernunft lassen uns im Stich, wenn uns die Dunkelheit mit aller Macht zum Bewußtsein kommt; wenn wir ahnen, was die Dunkelheit alles verbergen kann. Wenn die Masken von den Gesichtern fallen und sich Gedanken und Absichten ins Herz einschleichen, die so finster wie die Dunkelheit selber sind...

Sir Guy Hollis schrie auf.

Dem Schrei folgte ein dumpfer Aufschlag.

Als Lester Baston das Licht angeschaltet hatte, schrien alle auf.

Sir Guy Hollis lag mitten im Zimmer auf dem Fußboden ausgestreckt. Seine Hand umklammerte immer noch den Revolver.

Ich schaute von einem zum anderen und staunte, wie verschieden die Ausdrucksfähigkeit der Menschen ist, wenn sie einem grauenhaften Geschehen gegenüberstehen.

Ich vermißte kein Gesicht in der Runde. Keiner war geflohen. Und Sir Guy Hollis lag am Boden...

LaVerne Gonnister jammerte und verbarg ihr Gesicht in den Händen.

»Das wär's!«

Sir Guy sprang auf und lächelte.

»Das war ein kleines Experiment, meine Freunde. Wenn sich

Jack the Ripper unter Ihnen befunden hätte und gedacht hätte, ich sei ermordet worden, würde er sich, sobald das Licht anging, irgendwie verraten haben.

Ich bin jetzt von der Unschuld jedes einzelnen überzeugt. Ich habe mir nur einen kleinen Scherz erlaubt, meine Freunde.«

Baston glotzte Sir Guy an. Auch die anderen schauten nicht gerade geistreich drein.

»Wollen wir gehen, John?« wandte sich Sir Guy an mich. »Ich glaube, es ist spät geworden.«

Als wir gingen, sagte keiner ein Wort.

Ich kann mir nicht vorstellen, daß an diesem Abend die Party noch sehr lustig geworden ist.

Ich hatte mich mit Sir Guy für den nächsten Abend an einer Straßenecke von South Halsted verabredet.

Nach den Ereignissen der letzten Nacht war ich so ziemlich auf alles vorbereitet. Sir Guy stand in einen dunklen Hauseingang gepreßt und erwartete mich bereits.

»Buh!« machte ich und sprang plötzlich auf ihn zu.

Er lächelte. Aber seine rasche Handbewegung verriet mir, daß er instinktiv zur Waffe gegriffen hatte.

»Wir wollen also jetzt das Phantom aufspüren, nicht wahr?« fragte ich mit leisem Lächeln.

»Ja«, nickte er. »Ich bin Ihnen sehr dankbar, daß Sie auf diese Verabredung eingegangen sind, ohne viel zu fragen. Das beweist mir, daß Sie Vertrauen zu meinem Unternehmen haben.« Er nahm meinen Arm und zog mich auf die Straße. Wir gingen langsam weiter.

»Es ist heute sehr neblig, John«, murmelte Sir Guy nach einer Weile. »Wie in London ...«

Ich nickte.

»Für November ist es auch schon beachtlich kalt.«

Ich nickte wieder und schlug automatisch den Mantelkragen hoch.

»Seltsam«, murmelte Sir Guy versonnen. »November und Londoner Nebel. Die Zeit und der Schauplatz der Ripper-Morde.«

Ich grinste ihn durch die Dunkelheit an. »Aber darf ich Sie darauf aufmerksam machen, daß das hier Chicago und nicht

London ist? Es ist außerdem nicht der November 1888. Wir schreiben das Jahr 1963.«

Sir Guy erwiderte mein Grinsen ohne Fröhlichkeit. »Ich bin da nicht so ganz sicher«, sagte er leise. »Schauen Sie sich doch nur einmal um. Die Gassen sind genauso eng und winklig und schmutzig wie in East End. Und ganz gewiß sind sie fünfundsiebzig Jahre alt, wenn nicht älter.«

»Aber wir sind nicht in East End, sondern im Negerviertel in der South Clark Street«, bemerkte ich trocken. »Und warum Sie mich in diese gottverlassene Gegend geschleift haben, ist mir immer noch nicht klar.«

»Es ist eine fixe Idee von mir«, gab Sir Guy zu. »Oder nennen Sie es eine Vorahnung, John. Ich möchte hier in dieser Gegend herumstreifen. Die Gassen hier gleichen denen, in denen sich Jack the Ripper herumtrieb und mordete, wie ein Ei dem anderen. Ich glaube darum, daß wir ihn hier finden werden. Er scheute das Licht. Er lauerte seinen Opfern in der Dunkelheit auf.«

»Haben Sie deshalb wieder Ihren Revolver bei sich?« Meine Frage sollte sarkastisch klingen, aber meine Nervosität war nicht zu überhören. Sein ganzes Gerede, seine Besessenheit von seiner Version über Jack the Ripper gingen mir mehr auf die Nerven, als ich mir eingestehen wollte.

»Wir werden die Waffe vielleicht brauchen können«, verkündete Sir Guy mit ernster Stimme. »Heute ist immerhin die Nacht, in der er morden *muß*.«

Wir wanderten durch die nebligen, ausgestorbenen Gassen. Hin und wieder leuchtete eine schwache Lampe über einer finsteren Kneipe auf. Ansonsten gab es nur Dunkelheit und Schatten.

Wir arbeiteten uns schweigend und verbissen durch den dichten Nebel wie zwei kleine Würmer durch ein Leichentuch.

Als mir dieser Vergleich einfiel, zuckte ich zusammen. Diese Umgebung und die ganze Stimmung machten mir langsam auch zu schaffen. Wenn ich mich nicht zusammenriß, würde ich bald genauso spinnen wie Sir Guy.

Ich zupfte ungeduldig an seinem Mantelärmel. »Sie sehen doch selbst, daß in diesen Straßen keine Menschenseele ist«, sagte ich.

»Warten Sie ab. Er muß kommen, weil es ihn einfach hierhertreibt. Ich baue darauf, daß ihn diese Gassen magisch anziehen. Wenn er seine Opfer überwältigt hat, geschah es immer in den Slums.

Seine Vorliebe für den Schmutz ist eine seiner großen Schwächen. Darüber hinaus sind die Frauen, die er für seine Opferungen bevorzugt, in den Kaschemmen oder Kneipen der Elendsviertel leichter zu finden.«

Ich grinste. »Wie wäre es, wenn wir eine dieser Kaschemmen oder Kneipen aufsuchten?« schlug ich vor. »Mir ist kalt, und ich habe das dringende Bedürfnis, mich innerlich aufzuwärmen. Dieser verdammte Nebel geht einem durch Mark und Bein. Ihr Engländer seid da ja härter im Nehmen, aber mir ist warmer Mief lieber als kalter Ozon.«

Nach einigen hundert Metern schimmerte uns ein schwaches blaues Licht durch die weißen Nebelwolken entgegen, das sich beim Näherkommen als eine nackte Birne entpuppte, die über dem Eingang einer Kneipe baumelte.

»Ein Versuch kann nicht schaden«, meinte ich. »Mir klappern langsam die Zähne vor Kälte.«

»Wenn Sie vorgehen wollen«, sagte Sir Guy und trottete hinter mir her. Vor der Eingangstür blieb ich einen Augenblick stehen. »Worauf warten wir?« wollte Sir Guy wissen.

»Ich will erst einen kurzen Blick hineinwerfen«, erklärte ich ihm. »In dieser finsteren Gegend kann man nie wissen, wo man hineingerät, Sir Guy. Ich habe keine Lust, in einen Streit verwikkelt zu werden. In einigen dieser Negerkneipen hat man etwas gegen weiße Gäste.«

»Gut, wenn man so etwas weiß«, murmelte Sir Guy.

Ich schaute durch die Tür. »Es scheint leer zu sein«, warf ich Sir Guy über die Schulter zu. »Wir werden es versuchen.«

Wir betraten einen düsteren, schmutzigen und übelriechenden Raum. Über der Theke flackerte ein schwaches Licht, dessen Schein jedoch nicht bis in die einzelnen Nischen zu dringen vermochte.

Hinter der Theke flegelte sich ein riesiger Neger, ein Koloß mit einem hervorspringenden Kinn und einem affenartigen Körper.

Er rührte sich nicht von der Stelle. Aber ich sah, daß sich seine Augen leicht verengten, und wußte, daß er uns bemerkt hatte und uns abschätzend betrachtete.

»'n Abend«, sagte ich.

Er schien sein Urteil über uns noch nicht abgeschlossen zu haben, denn er ließ sich mit der Antwort Zeit. Aber dann verzog sich sein Mund zu einem breiten Grinsen.

»'n Abend, die Herren. Was darf's sein?«

»Gin«, sagte ich. »Zwei Glas Gin. Die Nacht ist kalt.«

»Das stimmt, Herr.«

Er schenkte ein, ich zahlte und trug die Gläser zu einer der Nischen. Wir leerten sie in einem Zuge. Der Alkohol rann angenehm wärmend durch unsere Kehlen.

Daraufhin ging ich zur Theke und kaufte die ganze Flasche. Während Sir Guy und ich uns jetzt selber einschenkten, ließ sich der gewaltige Neger hinter der Theke auf einen Stuhl fallen und döste vor sich hin. Ein halb offenes wachsames Augen ruhte allerdings ständig auf uns.

Die Uhr über der Theke tickte. Wir hörten draußen den Wind pfeifen. Er nahm rasch an Stärke zu und zerriß die dichte Nebelwolke in Schwaden. Aber Sir Guy und mir konnte er nichts anhaben. Wir saßen geborgen in unserer warmen Nische und tranken Gin.

Der Alkohol löste Sir Guys Zunge. Er redete unaufhörlich.

Zunächst einmal erzählte er mir all das, was ich schon langsam auswendig kannte. Er erzählte es so ausführlich, als hätte ich noch nie etwas davon gehört. So sind die armen Teufel eben, die von einer Idee besessen sind.

Ich hörte ihm geduldig zu. Ich schenkte ihm noch einen Gin ein. Und noch einen.

Aber der Redestrom brach nicht ab. Ganz im Gegenteil. Er steigerte sich immer mehr in dieses Thema hinein. Er äußerte sich lang und breit über rituelle Morde und über die unnatürliche Verlängerung des Lebens. Und natürlich wiederholte er pausenlos, daß er überzeugt wäre, daß sich Jack the Ripper heute noch in diesen Gassen herumtreibe.

Es wäre besser gewesen, ihn nicht weiter anzuspornen, aber ich konnte es mir nicht verkneifen.

»Alles schön und gut«, sagte ich und konnte nicht verhindern, daß meine Stimme etwas ungeduldig klang. »Wenn wir einmal annehmen, daß Ihre Theorie stimmt — wobei wir allerdings jede menschliche Vernunft außer acht lassen müssen —, aber nehmen wir einmal der Diskussion als solcher zuliebe an, daß Sie recht haben. Dann ist also Jack the Ripper der Mensch, der entdeckt hat, daß man sein Leben durch Blutopfer verlängern kann. Dann reiste er — wie Sie glauben — in der Weltgeschichte herum und hält sich zur Zeit mit Mordabsichten in Chicago auf. Mit anderen Worten, nehmen wir einmal an, daß Ihre Theorie in allen Punkten mit der Wirklichkeit übereinstimmt . . . Na und?«

»Was ›na und‹?« fragte Sir Guy. »Genau das: na und?« antwortete ich. »Wenn das alles wahr sein sollte — müßte man es beweisen. Das kann man kaum, wenn man in einer schmierigen Kneipe sitzt und eine Ginflasche vor sich hat. Die Chancen, daß sich Jack the Ripper hier ebenfalls aufwärmen will und Sie ihn dann der Polizei übergeben können, sind sehr gering. Bei dieser Vorstellung fällt mir ein, daß ich nicht die leiseste Ahnung habe, was Sie mit ihm anstellen würden, wenn Sie ihn wirklich fänden.«

Sir Guy leerte sein Glas. »Ich würde dieses blutige Schwein festnehmen«, stieß er hervor. »Dann würde ich ihn zusammen mit allen Dokumenten und Beweisen, die ich in den langen Jahren gesammelt habe, der Polizei übergeben. Ich habe für die Nachforschungen ein Vermögen ausgegeben. Glauben Sie mir: ein Vermögen! Ich bin überzeugt davon, daß durch seine Gefangennahme Hunderte von unaufgeklärten Verbrechen aufgeklärt würden. Glauben Sie mir doch, daß ein verrücktes Ungeheuer heute noch frei herumläuft; ein zeitloses Ungeheuer, das der Mondgöttin Hekate Menschenopfer entgegenbringt!«

In *vino veritas?* Oder hatte er einfach zuviel Gin getrunken? Mir war es egal. Ich füllte sein Glas wieder und sann darüber nach, was ich mit ihm machen sollte. Eins stand fest: Sir Guy Hollis war sturzbetrunken.

Während ich nachdachte, fragte ich ihn: »Eins müssen Sie mir noch erklären. Weshalb glauben Sie eigentlich, daß Ihnen Jack the Ripper über den Weg läuft?«

»Er wird es! Ich weiß es!« murmelte Sir Guy. »Ich bin ein Seelenforscher.«

Das mochte sein. Aber im Augenblick war er nichts weiter als ein rührseliger Betrunkener, dessen Gesicht immer mehr verfiel. Er sah sehr alt aus.

Ich wurde wütend. Ich hatte langsam von dieser Geschichte endgültig die Nase voll. Seit einer Stunde saßen wir hier, und ich war gezwungen, für einen senilen, sabbelnden Idioten die Rolle einer Krankenschwester zu spielen. Und das auch noch, obwohl er nicht einmal ein richtiger Patient von mir war!

»Jetzt langt es«, sagte ich und streckte die Hand aus, als Sir Guy erneut nach der Flasche greifen wollte. »Sie haben weiß Gott genug getrunken. Ich möchte Ihnen statt dessen einen Vorschlag machen. Wir sollten uns eine Taxe bestellen und hier verschwinden. Es ist schon spät, und es sieht nicht so aus, als ob unser unbekannter Freund noch auftauchen würde. Und morgen würde ich an Ihrer Stelle die ganzen Dokumente und Papiere dem F.B.I. übergeben. Wenn Sie die Leute dort von Ihrer Idee überzeugen können, werden sie nicht eher ruhen, bis sie Ihren Mann gefunden haben.«

»Nein.« Sir Guy war so halsstarrig wie alle Betrunkenen. »Keine Taxe.«

Nach einem Blick auf die Uhr sagte ich eindringlich: »Wir werden aber auf alle Fälle gehen. Es ist schon weit nach Mitternacht.«

Er seufzte und zuckte die Achseln. Dann erhob er sich schwankend. Als er mit unsicheren Schritten auf die Tür zuging, zerrte er seinen Revolver aus der Tasche.

»Geben Sie mir das Ding«, zischelte ich ihm zu. »So können Sie doch nicht durch die Straße laufen.«

Ich nahm ihm den Revolver aus der Hand und ließ ihn in meiner Manteltasche verschwinden. Dann packte ich seinen rechten Arm und führte ihn an die frische Luft. Der Neger schaute nicht auf, als wir gingen.

Wir standen auf der Straße und froren. Der Nebel war inzwischen noch dichter geworden. Man konnte keine drei Schritte weit sehen. Es war kalt, feucht und stockfinster. Trotz des Nebels war der Wind geblieben. Er flüsterte den Schatten hinter uns seine Geheimnisse zu.

Die frische Luft wirkte auf Sir Guy genauso, wie ich es erwartet hatte. Eine Ginfahne vertrug sich nun einmal nicht gut mit Nebel. Er torkelte neben mir her, als ich ihn langsam durch die dicke Suppe führte.

Sir Guy blickte trotz seiner Betrunkenheit angespannt nach allen Seiten, als erwarte er, daß ein Wesen aus dem Nichts auftauchen würde.

Lange konnte ich mir das nicht schweigend ansehen.

»Seien Sie nicht kindisch«, schnauzte ich ihn an. »Sie und Ihr Jack the Ripper! Sie gehen mit Ihrem Hobby ein bißchen zu weit!«

»Hobby?« Er wandte mir sein Gesicht zu. Durch den Nebel hindurch sah ich, wie verzerrt es war. »Sie nennen das ein Hobby?«

»Wie sollte ich es sonst nennen?« brummte ich. »Wenn es kein Hobby ist, müßten Sie eine Erklärung dafür haben, weshalb Sie so sehr daran interessiert sind, den geheimnisvollen Mörder zur Strecke zu bringen.«

Sein Blick war jetzt so starr, daß ich mich unbehaglich fühlte.

Seine Stimme sank zu einem heiseren Flüstern herab. »Eins der Mädchen . . . die 1888 in London . . . Jack the Ripper zum . . . Opfer fielen . . . war meine Mutter!«

»Was?«

»Mein Vater hat mich später anerkannt und mir seinen Namen gegeben. Wir haben uns geschworen, unser Leben der Suche nach Jack the Ripper zu widmen. Zuerst hat sich mein Vater auf die Suche gemacht. Er starb 1929 in Hollywood – als er Jack the Ripper auf die Spur gekommen war. Es heißt, daß er bei einem Krawall von einem Unbekannten niedergestochen worden sei. Aber ich weiß, wer der Unbekannte war.

Ich habe dann seine Suche fortgeführt. Ich habe nur für diese Aufgabe gelebt. Und ich werde nicht eher ruhen, bis ich Jack the Ripper gefunden und ihn mit meinen eigenen Händen umgebracht habe.

Er hat meiner Mutter und unzähligen anderen das Leben genommen, um sein eigenes teuflisches Dasein zu verlängern. Er hat sich wie ein Vampir von dem Blut anderer gemästet. Er ist heimtückisch und teuflisch listig. Aber ich werde nicht ruhen, bis ich ihn gefunden habe. Niemals!«

Ich glaubte ihm. Er würde niemals aufgeben. Er war jetzt alles andere als ein plappernder Betrunkener. Er war so fanatisch, so zielbewußt und so unbarmherzig wie Jack the Ripper selbst.

Morgen würde er wieder nüchtern sein. Er würde die Suche fortsetzen. Vielleicht würde er seine Unterlagen wirklich dem F.B.I. übergeben. Früher oder später würde seine Beharrlichkeit zum Ziel führen. Im Unterbewußtsein hatte ich von Anfang an gewußt, daß er ein Motiv haben müßte.

»Wir wollen weitergehen«, murmelte ich und griff wieder nach seinem Arm.

»Einen Moment«, sagte Sir Guy. »Geben Sie mir bitte meinen Revolver wieder.« Er taumelte leicht. »Ich fühle mich mit einer Waffe wohler.«

Er drängte mich in den tiefen Schatten einer Toreinfahrt.

Ich versuchte, ihn beiseite zu schieben, aber er war hartnäckig.

»Ich möchte den Revolver haben, John«, murmelte er.

»Also gut«, erwiderte ich.

Ich griff in meine Tasche und nahm die Hand wieder heraus.

»Aber das ist nicht mein Revolver«, stotterte er. »Das ist ein Messer.«

»Ich weiß.«

Ich überwältigte ihn mühelos.

»John!« schrie er.

»Vergessen Sie den ›John‹«, flüsterte ich und hob das Messer.

»Nennen Sie mich einfach . . . Jack.«

CORNELL WOOLRICH

Das gellende Lachen

Woolrich schrieb Alpträume mit System; die Dichte, Geschlossenheit und Düsterheit seiner Fantasie hat man in seinem eigenen Lande vielleicht nie so gut verstanden wie in Europa, wo er als einer der großen amerikanischen Schriftsteller gilt und wo ein »The Bride Wore Black« die Grundlage für einen der erfolgreichsten Filme Truffauts aus der Schwarzen Serie bildete. Von den Kurzgeschichten, die er in den 30er und 40er Jahren für die Pulp-Magazine verfaßte, ist wohl keine so furchtbar wie »Das gellende Lachen«, wo die letzten Seiten uns in tiefen Schrecken versetzen, dem wir (und Woolrich selbst) vielleicht nur entkommen, weil er sich uns auf Umwegen nähert.

Eines Morgens klingelte gegen sieben bei der Bezirksdirektion der Polizei das Telefon. Der Anruf kam von Milford Junction, es war ein örtlicher Arzt namens Johnson, der den Tod eines gewissen Eleazar Hunt, der irgendwann während der Nacht eingetreten war, meldete. Nur eine Routinemeldung, wie sie das Gesetz verlangte.

»Ja, ich bin grad' fertig geworden mit der Untersuchung. Ich hab' festgestellt, daß ein Blutgefäß geplatzt ist, — weil er zu heftig gelacht hat. Nichts Ungewöhnliches an dem Fall, aber das müssen natürlich Sie entscheiden.«

»Gut, ich schick' jemanden zur Überprüfung 'rüber.« Der Sheriff wandte sich zu Al Traynor, einem Mitglied seiner Polizeiwache, um, der gerade hereingekommen war. »Fahren Sie 'runter nach Milford Junction, Al. Ein gewisser Eleazar Hunt, der dort in der Nähe gewohnt hat, ist gestorben, weil er zu heftig gelacht hat. Schaun Sie sich die Sache mal an, nur fürs Protokoll.«

»Zu heftig gelacht?« Traynor schaute ihn an, als er das hörte. Dann zuckte er die Achseln. »Na ja, wenn man schon abtreten muß, ist's wohl besser lachend als weinend.«

Er ging zurück zu seinem Auto und fuhr nach Milford Junction. Die Fahrt über die neue Bundesautobahn, die erst vor zwei oder drei Jahren fertiggestellt worden war, dauerte ungefähr eine dreiviertel Stunde, auch wenn das Dörfchen selbst nicht direkt an der Autobahn lag, sondern nur durch eine Zubringerstraße zu erreichen war, die davon abzweigte. Das Haus von Hunt befand sich etwa eine halbe Meile jenseits davon, nahe einem Punkt, wo die Autobahn wieder eine Kurve zurück machte, um wieder auf die Abkürzung zu treffen und dabei eine Ecke von dem Grund des verstorbenen Mr. Hunt abschnitt.

Das weißgestrichene Farmhaus mit seinen grünen Fensterläden leuchtete grell im Licht der frühen Morgensonne. Blühende Pfirsichbäume, die davor standen, verdeckten das Dach und warfen einen blauen Schatten auf den Boden. Hinten umschloß ein Drahtzaun eine Geflügelfarm, und dahinter waren Hühnerhäuser, ein Verschlag, aus dem eine schwarz-weiße Kuh traurig hervorschaute, ein Geräteschuppen, ein überdachter Brunnen, ein Gemüsegarten. Der kleine Besitz wirkte ungemein gemütlich, und wenn der Tod hier überhaupt zugeschlagen hatte, gab es jedenfalls kein äußeres Anzeichen dafür.

Auf der Straße vor dem Haus stand ein Coupé, das wahrscheinlich dem Arzt gehörte, der den Todesfall gemeldet hatte. Traynor rollte mit ausgeschaltetem Motor bis kurz hinter das Coupé, bremste, stieg aus und ging durch das Tor hinein. Er mußte sich bücken, um unter einigen der tief herabhängenden Äste des Pfirsichbaumes hinunterzukommen. Eine Katze sonnte sich auf der unteren Türstufe. Er streckte die Hand aus, um sie zu kraulen, als ein Mann um die Ecke des Hauses kam, stehenblieb und ihn ansah.

Er war von der Sonne gebräunt, stämmig und um die dreißig. Er trug einen Overall und hielt einen leeren Hirsesack in der Hand. Nach dem Aufruhr zu urteilen, der von hinten zu hören war, hatte er gerade die Hühner gefüttert. Seine Augen blickten verschlagen unter schweren, ständig zusammengekniffenen Lidern hervor, und das hatte nichts mit der Sonne zu tun.

»Sin' Se schon der Leichenbestatter?" wollte er wissen.

»Polizei«, fuhr Traynor ihn an, in keiner Weise erfreut über den Vergleich. »Sie arbeiten hier?«

»Jap. Lohnarbeiter.«

»Wie lang?«

»So sechs Monate.«

»Wie heißen Sie?«

»Dan Fears.«

»Hat noch jemand anders für ihn gearbeitet?«

Gears antwortete indirekt, mit einer verächtlichen Geste nach hinten. »Is' nich' mal genug Arbeit für einen. Auf eine einzige Kuh aufpassen und 'n paar Eier aufsammeln.«

Traynor fragte sich, warum die Kuh noch nicht auf die Weide gebracht und das Geflügel noch nicht gefüttert worden war, wenn es nur so wenig zu tun gab. Er ging hinein und hob seine Beine hoch über die Katze hinweg. Sie beobachtete seinen Absatz träge von unten, als er sich über sie hinwegbewegte.

Ein Mann mit zotteligen Haaren bewegte sich langsam auf die Tür mit dem Fliegengitter zu, um Traynor zu empfangen, als dieser sie gerade mit einem einzigen flüchtigen Klopfen an den Rahmen aufstieß. Johnson war ein typischer Landarzt, von der Art, wie sie von Jahr zu Jahr seltener wird. Man konnte, wenn man ihn nur anschaute, sagen, daß er in seinem ganzen Leben noch nie in Eile gewesen war oder sich aufgeregt hatte. Es war anzunehmen, daß er auch noch niemals einen Anruf, der mitten in der Nacht, im tiefsten Winter von weit her gekommen war, nicht gefolgt war. Er war wahrscheinlich sehr fähig, trotz seiner Ländlichkeit, die einen in dieser Hinsicht zu falschen Schlüssen verleiten konnte.

»Hallo, mein Junge.« Er nickte wohlwollend. »Sind Sie von der Polizei? Ich wollte grade wieder zu mir fahren und den Totenschein ausstellen.»

»Kann ich einen Blick auf die Leiche werfen?«

»Aber klar. Gleich da drin.« Der Arzt schob die zwei Teile einer altmodischen Schiebetür zurück und gab so den Blick auf die »Eingangshalle« des Hauses frei. Über den oberen Teil eines jeden Fensters war ein kurzer Volant aus verblichenem roten Plüsch gespannt, der in einer Reihe kleiner Plüschkugeln endete. Auf einem Tisch stand eine Öllampe — so weit draußen gab es keine Elektrizität— mit einem Schirm aus mattem Glas und einer Menge kleiner Glasprismen, die daran herunterhingen.

Neben dem Tisch und der Lampe stand ein altmodischer Lehnstuhl mit verstellbarer Rückenlehne. Im Moment war sie nur ein wenig schräggestellt, befand sich in einer bequemen Position zum Lesen. Der Stuhl war zum Teil mit einem gewöhnlichen Bettlaken zugedeckt, wie Möbel es im Sommer manchmal sind, nur daß das Laken sich an manchen Stellen beulte und eine krallenartige Hand darunter hervor, über den Arm des Stuhls, hing. Traynor streckte die Hand aus, schlug die obere Ecke des Lakens zurück. Es fiel ihm schwer, nicht aus der Fassung zu geraten. Das Gesicht war ein Zerrbild eingefrorener Ausgelassenheit. Es war nicht nur jene totenkopfartige Grimasse, die wegen der entblößten Zähne so oft ein wenig an ein Grinsen erinnert. Sie erinnerte nicht nur an ein solches Grinsen, sie war eines. Das war *das* Lachen, eine im Tod verewigte Momentaufnahme. Die Augen waren zu Schlitzen zusammengekniffen; die getrockneten, aber immer noch leicht glänzenden Salzspuren der Tränen, die entlang seiner Nase über ihr übliches Bett getreten waren, waren noch zu sehen. Der Mund war ein breiter umgekippter Halbmond voller gelblicher Pferdezähne. Der ganze Kopf war in einem Winkel voll unkontrollierbarer Lächerlichkeit erstarrt. Das ganze war nur unheimlich, weil es so bewegungslos, so still, so ewig war. »Sie haben ihn genauso gefunden?«

»Klar. Hab' ihn natürlich untersuchen müssen, aber die Totenstarre hatte schon eingesetzt; nichts, was ich gemacht hab', wird ihn also wohl sonderlich gestört haben.« Johnson kicherte innerlich, warf Traynor einen gespielt vorwurfsvollen Blick zu. »Na, mein Junge, Sie glauben doch wohl nicht, daß das *so* eine Angelegenheit ist? Schande über Sie!«

Er sah, daß er den jüngeren Mann mit seinem Spott nicht überzeugt hatte. »Schaun Sie, ich hab' ihn gründlich untersucht, mein Junge«, versicherte er sanft. »Ich versteh' mein Handwerk schon. Ich sag' Ihnen, diesem Mann ist nicht ein Haar gekrümmt worden. Ihm ist nichts passiert außer dem, was ich gesagt hab'. Ihm ist ein Blutgefäß geplatzt, weil er zu heftig gelacht hat. Klar, wenn Sie wollen, daß ich 'ne vollständige Obduktion vornehme. seinen Magen und das, was drin ist, ins Gerichtslabor schicke —« Er sagte das mit väterlichem Gleichmut, wie wenn er gerade einem starrköpfigen Jungen seinen Willen ließ.

»Ich zweifle nicht an Ihren Fähigkeiten, Doktor. Was ist das denn?« Traynor nahm ein kleines Buch in die Hand, das wie ein Zelt mit der Schrift nach unten auf dem Tisch lag.

Joe Millers Witzbuch stand auf dem Umschlag, und das Copyright stammte aus dem Jahre 1892.

»Das hat er gerade gelesen. Das hat ihm den Garaus gemacht denk' ich. Hab's auf dem Boden unter seiner rechten Hand gefunden. Ist ihm wohl im Augenblick des Todes aus den Fingern gefallen.«

»Dieselbe Seite?«

»Dieselbe, die jetzt aufgeschlagen ist. Sie wollen genau den Witz finden, den er gerade gelesen hat, als er gestorben ist, wollen Sie darauf hinaus, mein Junge?« Wieder diese väterliche Überheblichkeit.

Offensichtlich wollte Traynor das wirklich herausfinden, oder doch wenigstens, wie dieser tödliche Witz wohl ungefähr aussah. Er hörte mit allem anderen auf, stand fünf Minuten stocksteif, las gewissenhaft jeden Witz auf den beiden aufgeschlagenen Seiten, ungefähr ein Dutzend insgesamt. Der erste ging folgendermaßen:

Pat: Warst Du ruhig und gefaßt, als sich die Explosion ereignet hat?

Mike: Ich war ruhig, und Murphy wurde gefaßt.

Die anderen Witze waren ungefähr genauso schlecht, manche waren sogar noch abgedroschener.

»Tun Sie mir einen Gefallen, Doktor«, sagte er unvermittelt und reichte ihm das dünne Buch. »Lesen Sie die selber.«

»Na hören Sie mal, wenn, nein —«, wehrte sich Johnson mit einem bekümmerten Blick auf die stille Gestalt auf dem Stuhl, aber er nahm es doch und tat, um was Traynor ihn gebeten hatte.

Traynor beobachtete seinen Gesichtsausdruck genau. Er hatte diesen Mann gerade erst kennengelernt, aber er konnte bereits sagen, daß er voll von trockenem Humor steckte. Aber da leuchtete nichts auf, sein Gesicht veränderte sich die ganze Zeit nicht; er wurde, wenn überhaupt etwas, traurig.

»Verstehn Sie jetzt, was ich meine?« Das war das einzige, was Traynor sagte, er nahm das kleine Buch und warf es beiseite.

Johnson schüttelte den Kopf. »Keine zwei Leute haben dieselbe Art von Humor, denken Sie daran, mein Junge. Was dem einen grausam komisch vorkommt, kommt bei 'nem anderen nicht mal an. Wahrscheinlich waren diese Witze neu für ihn; hatten für ihn noch keinen Bart wie für Sie oder für mich.«

»Haben Sie ihn überhaupt gekannt, Doktor?«

»Hab' nur Hallo zu ihm gesagt auf der Straße.«

»Haben Sie ihn oft lachen sehen?«

»Könnt' ich nicht behaupten. Aber an 'nem Hallo ist eben nichts Lächerliches. Auf was wollen Sie 'raus, mein Junge?«

Traynor antwortete nicht. Er ging zu der Leiche hinüber, knöpfte ihr das Hemd auf und untersuchte die Unterarme und Rippen eingehend und aufmerksam.

Der Arzt stand einfach dabei und sah zu. »Sie werden keine Spuren von Gewaltanwendung finden, mein Junge. Ich hab' das alles schon nachgeprüft.«

Dann ging Traynor neben den Beinen der Leiche in die Hokke, schob zuerst ein Hosenbein bis zu den Knien hoch, dann das andere. Johnson hielt ihn inzwischen, das war deutlich zu sehen, für einen schweren Fall von dementia detectivis. Traynor schien endlich etwas zu sehen; er lächelte grimmig. Das einzige, was Johnson sehen konnte, war ein Paar Unterschenkel, die in Wollsocken steckten, die von Strumpfhaltern gehalten wurden. Praktische Strumpfhalter, wie sie millionenfach verkauft und millionenfach getragen werden.

»Irgendwas Verdächtiges gefunden?« fragte er, jedoch ohne Überzeugung, das war leicht zu sehen.

»Verdächtig ist nicht der richtige Ausdruck«, murmelte Traynor leise. »Verdammt.«

»Wer ist verdammt und weswegen?« fragte Johnson trocken.

Wieder antwortete Traynor nicht.

Er schnürte hastig Hunts Schuhe auf, ließ sie beide herunterfallen. Dann löste er einen Strumpfhalter und streifte die Socke vom Fuß. Drehte sie um und untersuchte die Sohle. Untersuchte auch die Fußsohle selbst. Er streifte auch die zweite Socke vom Fuß und wiederholte denselben Vorgang. Johnson schüttelte mittlerweile den Kopf mißbilligend, wie wenn seine Geduld überbeansprucht würde.

»Sie sind der seltsamste junge Kerl, der mir je über den Weg gelaufen ist«, stöhnte er.

Traynor ballte die beiden Socken zusammen und steckte jeweils einen in jede Manteltasche, mit dem Strumpfhalter und allem Drum und Dran. Sie waren schwarz — zum Glück. Er warf das Laken mit einer schnellen Handbewegung wieder über die nackten Füße und verbarg sie so. Irgendein kleines Stäubchen erhob sich dabei in die Luft, aufgestört von dem Zug, den er erzeugte, flatterte nervös hin- und her, schwang wieder nach unten. Eine kleine Flaumfeder, so schien es wenigstens. Er griff dennoch danach, sicherte sie sich, nahm einen Umschlag aus seiner Tasche und steckte sie hinein.

Johnson war inzwischen nicht einmal mehr in der Lage, das, was er tat, in Frage zu stellen; er war davon überzeugt, daß es an vernünftigen Maßstäben gemessen ohnehin nicht zu erklären war. »Würden Sie gern mit Mrs. Hunt sprechen?« fragte er.

»Ja, das würde ich gern«, sagte Traynor kurz angebunden.

Johnson ging auf den Flur hinaus und rief höflich die Treppe hinauf: »Mrs. Hunt, Liebste.«

Sie kam ziemlich bereitwillig herunter, stellte Traynor fest. Ihre Schritte näherten sich, fast schon, bevor der Doktor ausgesprochen hatte. Wie wenn sie gleich am oberen Ende der Treppe gespannt auf die Aufforderung gewartet hätte.

Er konnte seine Überraschung nicht ganz verhehlen, als sie in sein Blickfeld kam. Er hatte jemanden etwa in Hunts Alter erwartet. Sie war ungefähr achtundzwanzig, der Typ »dralle Blondine«. »Zweite Frau«, dachte Traynor.

Sie war jetzt am Fuß der Treppe angelangt, und der Arzt stellte sie einander vor.

»Das ist Mr. Traynor von der Polizei.«

»Guten Tag«, meinte sie voller Trauer. Aber ihre Augen waren klar, sie mußte also schon etliche Zeit vorher aufgehört haben zu weinen. »Wollten Sie mit mir sprechen?«

»Ich wollt' Sie nur die wichtigsten Dinge fragen, das ist alles.«

»Oh. Tja, gehn wir 'raus, ja? Hier drin ist alles irgendwie — so bedrückend.« Sie warf einen Blick auf die etwas geöffneten Türen der Diele und schaute dann schnell wieder weg.

Sie gingen hinaus, begannen, ziellos an der Vorderseite des

Hauses entlangzuwandern, dann um die Ecke und die Seite entlang. Er konnte sehen, wie Fears da draußen in der Sonne, hinter der Geflügelfarm, das Gemüsebeet hackte. Fears wandte den Kopf, schaute sie über die Schulter an, als sie ins Blickfeld kamen, schaute dann wieder zu Boden. Hunts Witwe schien seine Anwesenheit nicht zu bemerken.

»Nun ja«, sagte sie gerade, »das einzige, was ich Ihnen sagen kann, ist, daß ich gestern abend so gegen zehn Uhr hinauf ins Bett gegangen bin und er da drunten bei der Lampe noch gelesen hat. Ich hab' 'nen tiefen Schlaf, und bevor ich es gemerkt hab', war schon Tagesanbruch, und die Hähne haben mich aufgeweckt. Ich hab' gesehen, daß er überhaupt nicht 'rauf ins Bett gekommen war. Ich bin hinuntergelaufen, und da war es noch, genauso wie ich ihn verlassen hab', die Lampe immer noch an und alles, nur das Buch war ihm aus der Hand gefallen. Er hatte dieses breite Grinsen auf dem Gesicht und —«

»Tatsächlich?«

»Ja. Ist das nicht gespenstisch?« Sie erschauerte. »Haben Sie's gesehen?«

»Ja, das hab' ich. Und gespenstisch«, sagte er langsam, »ist ein sehr gutes Wort dafür.«

Wenn er damit etwas Bestimmtes sagen wollte, schien ihr das völlig zu entgehen.

Sie spulte das wenige, was noch in ihrer Geschichte fehlte, ab. »Ich hab' versucht, ihn zu wecken, und als mir das nicht gelungen ist, hab' ich gewußt, was los war. Ich hab' nach Fears gerufen, aber der war irgendwo draußen, da bin ich also selbst den ganzen Weg 'runter zu Dr. Johnsons Haus gelaufen und hab' ihn hierhergebracht.«

»War das üblich, daß er nachts so allein drunten geblieben ist und gelesen hat?«

»Ja. Nur, am Anfang, gleich nachdem ich ihn geheiratet hab', hat er gewöhnlich so Sachen wie Versandkataloge und sowas ähnliches gelesen. Na ja, ich hab' in letzter Zeit versucht, ihn 'n bißchen aufzumuntern. Ich hab' ihm dieses Witzbuch gekauft und hab's so 'rumliegen lassen, hab' versucht, ihn dazu zu bringen, daß er's liest. Er wollte zuerst nichts davon wissen und hat so getan, wie wenn er sich nicht dafür interessiert, aber ich glaub', heimlich hat er dann immer mal wieder 'reingelesen, wenn ich abends nach oben gegangen bin. Er war's nicht gewöhnt zu lachen, und er hat 'n Lachanfall gekriegt, oder so. Vielleicht hätt' er sich geschämt, wenn ich ihn dabei erwischt hätt' und hat versucht, es zurückzuhalten — und das ist's, was mit ihm passiert ist.«

Sie schlenderten gerade am Fenster der Diele vorbei. Er war fast unmerklich stehengeblieben, so mußte sie das auch notgedrungen. Er sah sich gelangweilt um, die Augen auf die Baumspitzen gerichtet, Schäfchenwolken strichen vorbei, auf alles gerichtet, nur nicht auf die richtige Stelle. Er hatte etwas am Boden gesehen, und seine Aufgabe bestand nun darin, es vor ihren Augen zu bekommen, ohne daß sie etwas davon bemerkte.

»Haben Sie was dagegen?« meinte er und nahm eine Packung Zigaretten heraus. Sie war zerknittert, weil er sie tagelang mit sich herumgetragen hatte, und als er versuchte, eine Zigarette herauszuschütteln, fielen ihm fast alle heraus. Er bückte sich und hob sie einzeln wieder auf, unter auffälliger Mißachtung der Hygiene, und jedesmal war noch etwas anderes mit dabei. Er machte das recht geschickt. Sie bekam überhaupt nichts davon mit.

Sie drehten um und gingen wieder langsam zur Vorderseite des Hauses zurück. Als sie die Ecke wieder umrundeten, schaute sich Traynor um. Er sah, wie Fears den Kopf hob und ihnen in diesem Augenblick nachsah. »Hat schwer was dagegen, daß ich hier bin«, dachte Traynor bei sich selbst.

Johnson kam aus der Tür heraus.

»Der Leichenbestatter ist da.«

Und er sah Traynor fragend an; der letztere nickte, der Leichnam konnte entfernt werden.

Sie sagte: »Oh, ich geh' wohl lieber nach oben; ich will nicht sehen, wie er — verschwindet« und rannte hastig nach drinnen.

Traynor trieb sich dann auch nicht mehr länger dort herum, um zuzusehen. Er wanderte wieder um die Seite des Hauses herum. Er ging durch die Geflügelfarm und am anderen Ende wieder hinaus, wo Fears recht geschäftig tat. Er ging mit auffälliger Ziellosigkeit auf ihn zu, wie ein Mann, der nichts mit sich allein anzufangen weiß und auf den nächsten Menschen zusteuert, den er sieht, um die Zeit mit einem Schwätzchen totzuschlagen.

»Er hatte 'n netten Besitz hier«, bemerkte er.

Fears richtete sich auf, lehnte sich auf seine Hacke, wischte sich mit dem Ärmel über die Stirn. »Steckt aber kein Geld drin.« Er schaute in die andere Richtung, weg von Traynor.

»Was glauben Sie, wird sie machen, das Ganze weiterführen, jetzt wo er tot ist?«

Diese Frage hätte sein Gegenüber wenigstens dazu bringen können, ihm den Kopf zuzuwenden. Das war jedoch nicht der Fall. Fears spuckte nachdenklich aus und schaute immer noch stur von ihm weg.

»Ich glaub' nich', daß sie dafür geschaffen ist, glaub' nicht', daß sie's da zu was bringen würd'.«

Irgend etwas ist in dieser Richtung, was ich nicht sehen soll, in der, in die er nicht schaut, sagte Traynor zu sich selbst. Er drehte sich vorsichtig um, so daß er nach hinten schauen konnte, ohne den ganzen Kopf zu drehen.

Dort befand sich ein Geräteschuppen. An seine hintere Wand waren Geräte gelehnt. Die Tür stand offen, und die Sonne schien genügend weit hinein, daß er die Geräte erkennen konnte. Die Sonne funkelte an den Kanten der Schaufeln, Rechen und Spaten. Aber ihm fiel eine Kelle auf, an deren Keil feuchte, lehmige Erde trocknete; sie trocknete zu einem schmutzig-gräulichen Weiß.

»Das sieht wie der Brunnen aus«, dachte er. Laut meinte er: »Die Sonne wird jede Minute heißer. Glaub', ich werd' was trinken.« Fears ließ den Griff der Hacke fallen, bückte sich und nahm ihn wieder in die Hand.

»Ich würd' Ihnen raten, holen Sie's aus der Küche«, sagte er steif. »Der ganze Brunnen ist aufgewühlt und verschlammt, schaut so aus, wie wenn 'n Teil von den Seitenwänden eingefallen ist. Muß sich wieder am Grund absetzen.«

»Oh, ich bin nicht wählerisch«, meinte Traynor und schlenderte darauf zu. Es hatte wochenlang nicht mehr geregnet. Er ging hinüber zur anderen Seite des Brunnens, von wo aus er Fears von vorne sehen konnte, während er vorgab, sich mit dem angeketteten Trinkbecher zu beschäftigen.

Es gab keinen Zweifel, der Mann da draußen in der Sonne wurde plötzlich angespannt, erstarrte, auch wenn er steif weiterhackte. Jegliches Zusammenspiel seiner Schultern und Arme wirkte gezwungen. Er paßte nicht einmal auf, was er tat, seine Hacke zerstörte gerade einige junge, zarte Triebe. Traynor machte sich nicht die Mühe, das Wasser trotz allem zu holen. Er wußte jetzt alles, was er wissen mußte. Was hat Fears da drunten zu schaffen gehabt, was ich nicht herausfinden soll? — fragte sich Traynor. Und was noch wichtiger war, hatte es irgend etwas mit Eleazar Hunts Tod zu tun? Er konnte die erste Frage — noch — nicht beantworten, aber er hatte bereits mehr als einen leisen Verdacht, daß die Antwort auf die zweite ja war.

Er schlenderte zu dem Landarbeiter zurück.

»Sie haben recht«, gab er zu; »ist 'ne rechte Brühe.«

Mit jedem Schritt, mit dem er sich weiter vom Brunnenrand entfernte, konnte er sehen, wie immer mehr von der Angst von Fears abfiel. Die Art, wie er sich wieder aufrichtete, dort vor seinen Augen lockerer zu werden schien, bis er wieder ganz entspannt war, war fast greifbar.

»Hab's Ihnen ja gesagt«, brummte Fears, und wieder wischte er sich mit weit ausholendem Arm über die Stirn. Aber diesmal sah es eher nach Erleichterung aus als nach Schweiß.

»Na ja, machen Sie sich nichts draus.« Traynor wanderte träge noch einmal zur Vorderseite des Hauses zurück. Er wußte, daß ihm Fears' Blick jeden Schritt seines Weges folgte; er konnte fast spüren, wie seine Augen sich in seinen Hinterkopf bohrten. Aber er wußte, wenn er sich umdrehte und sich umschaute, würde der andere seinen Kopf zu schnell senken, als daß er ihn dabei erwischen könnte, und deshalb machte er sich nicht die Mühe.

Hunts Leiche war inzwischen weggeschafft worden, und Dr. Johnson war dabei, das Haus zu verlassen. Sie gingen zusammen hinaus auf die Fahrbahn zu ihren Autos.

»Nun, mein Junge«, wollte der Arzt wissen, »suchen Sie immer noch nach einem Haar in der Suppe oder sind Sie zufrieden?«

»Bin jetzt vollkommen zufrieden«, versicherte ihm Traynor mit grimmiger Miene, aber er sagte ihm nicht, wie er das meinte. »Sagen Sie mal ehrlich, Doktor«, fügte er noch hinzu, »haben Sie vorher schon mal eine Leiche gesehen, die ein so breites Grinsen hatte?«

»Also fangen Sie schon wieder damit an«, stöhnte Johnson. »Nun gut, nein, hab' ich noch nicht gesehen. Aber es gibt so etwas wie einen Krampf, den die Leiche kriegt, wissen Sie.«

»Gibt es schon«, stimmte Traynor zu. »Aber das hier ist nicht so was. Es ist sogar so bemerkenswert, daß ich es fotografieren lasse, bevor der Leichenbestatter ihn anrühren darf. Ich möchte es gerne im Bild festhalten.«

»Quatsch«, sagte der Arzt verächtlich, als er in sein Coupé einstieg. »Ich wette mit Ihnen, es ist noch nie jemand ganz normal gestorben, ohne daß man's nicht hätte unnatürlich aussehen lassen können, wenn man sich nur genug anstrengt.«

»Und es ist noch nie jemand auf unnatürliche Weise gestorben«, antwortete Traynor ruhig, »ohne daß man's nicht hätte ganz normal aussehen lassen können — wenn man nur gewillt ist, alles als selbstverständlich zu akzeptieren.«

Nachdem er dafür gesorgt hatte, daß die Aufnahmen gemacht wurden, schaute er bei der Gemischtwarenhandlung vorbei. So ein Ort, das wußte er, war sozusagen die Schaltzentrale, das Vermittlungsamt des Dorfes. Die Nachricht von Eleazar Hunts Tod hatte sich inzwischen herumgesprochen, und die ständige Diskussionsrunde im Laden führte im Geiste eine Autopsie durch. Traynor, den keiner der Anwesenden vom Sehen kannte, weil ihn seine Amtspflichten noch nicht oft in diese Gegend geführt hatten, gab sich nicht zu erkennen, aus Angst, sie könnten sich durch die Präsenz eines Gesetzesvertreters gehemmt fühlen. Er schaute sich um, versuchte, sich zwischen zwei Sorten Priemtabak zu entscheiden, von denen er gar keine kaufen wollte, und konnte in der Zwischenzeit eine Flut von Beschimpfungen mit anhören. »All-so«, sagte eine Person, die an einem Strohhalm kaute, »werden jetzt wohl nie mehr erfahren, ob er wirklich das ganze Geld von der Straßenbehörde gekriegt hat, wie's sich die Leute erzählen, weil se ihm 'ne Ecke von sei'm Besitz abknöpfen mußten, um 'ne neue Straße dadurch zu bauen.«

»Er hat immer behauptet, er hätt' nix gekriegt. Nicht 'n Pfennig ist in der Bank aufgetaucht. Mein Cousin arbeitet da, und der wär' der erste gewesen, der's gewußt hätte.«

»Die Leute sagen, er hätt's draußen bei sich versteckt, deshalb. Zu knauserig, um's der Bank anzuvertrauen, und er wollte nicht, daß die Leute glauben, er wär' reich.«

Ein alter Mann von achtzig Jahren trat nach vorne, im rechten Winkel über seinen Hickorystock gebeugt, und klopfte gebieterisch auf den Boden, um sich Gehör zu verschaffen. »Zeigt euch doch, daß es sich nicht lohnt; was Hänschen nicht lernt, lernt Hans nimmermehr. Ich kenn' den Eleazar Hunt, seit er grad' aus den Windeln raus ist, und das hier, das ist das erstemal, wo ich gehört hab', er soll sogar gelächelt haben, geschweige denn so gelacht haben, daß es ihn umgebracht hat, wie sie's sagen, es soll so gewesen sein. Außer einmal, aber da konnt' er's nicht kontrollieren, und das zählt nicht.«

»Wann war denn das?« fragte Traynor und schaltete sich ganz beiläufig in das Gespräch ein. Er wußte aus Erfahrung, daß man die Dorfbewohner am besten dazu bringen kann, ihre erzählerischen Fähigkeiten zu entfalten, wenn man so tut, als sei man zu Tode gelangweilt.

Der alte Mann hielt sich eifrig an ihn, froh, einen Zuhörer gefunden zu haben. »Hier, genau hier, wo wir jetzt stehen, war ungefähr vor zwei Jahren. Er und ich, wir standen da an der Theke, wollten bedient werden, und Andy hat mich zuerst drangenommen und mich gefragt, was ich will. Ich hab' also diesen Stock hier von mir hochgehoben, und ohne es zu wollen, hab' ich Eleazar mit der Spitze an der Seite gestreift – ich seh' nicht mehr so gut, müssen Se wissen. Also, Sir, eine Minute hab' ich meinen Ohren nicht getraut. Da stand er, hat nicht nur gelacht, sondern wie ein Mädchen gekichert, hat sich seine Seiten festgehalten und ist vor mir zurückgewichen. Im selben Augenblick, wo er sich vom Stock losgemacht hat, ist er wieder ganz normal geworden, hat die Mundwinkel herabgezogen und mich angeknurrt: ›Passen Se auf, was Se da machen, ja!‹ Kitzlig war der, das ist alles. Einige sind's mehr als andere.«

»Hat außer Ihnen das sonst noch jemand gesehen?«

»Ich hab's gesehen«, sagte der Ladenbesitzer. »Hab' direkt hinter der Theke gestanden, als das passierte. Ich hab' das bis dahin auch noch nicht von ihm gewußt. Komische Mischung, kitzlig sein, wenn man von Natur aus so mürrisch ist wie der.«

»Und sonst, sagen Sie, haben Sie ihn nie lachen sehen?«

»Nicht mal, als er noch jung war!« erklärte der alte Mann heftig.

»Aber *sie* hat ihn schon in der letzten Zeit munter gemacht«, schränkte der Ladenbesitzer ein. »Hab' gehört, sie hat auch verdammt schnelle Fortschritte gemacht.«

»Wer hat Ihnen das erzählt?« fragte Traynor und schloß fast die Augen.

»Hat sie selbst mir erzählt.«

Traynor nickte nur vor sich hin. Vorher geplant, dachte er bei sich.

»Ja, und genau das hat ihn umgebracht!« betonte der geschwätzige alte Mann. »Stell' mir das so vor, daß er niemals seine Muskeln rund um den Mund betätigt hat, die, die man zum Lachen braucht, und da sind sie ganz schlaff geworden, weil ihnen die Übung gefehlt hat. Genau wie wenn man seinen rechten Arm fünfzig Jahre nicht braucht, dann verkümmert er am Körper. Nun kommt sie daher und bringt ihn dazu, über Witzbücher und wer weiß was zu lachen, und die Belastung war einfach zu groß für ihn. Wie ich schon vorher gesagt hab', was Hänschen nicht lernt, lernt Hans nimmermehr! Diese komischen alten Kauze, die so junge Hüpfer heiraten!«

Das einzige, was Traynor machte, nachdem der alte Mann herausgestapft war und mit dem Stock genau gegen den Messingbehälter in der Tür geklopft hatte, war, seinen Namen von dem Ladenbesitzer zu erfahren und ihn sich in seinem Notizbuch zu notieren, ohne daß es jemand bemerkte. Den Alten könnte man vielleicht ganz gut als Zeugen gebrauchen, wenn es zu einem Mordprozeß kommen sollte — immer natürlich vorausgesetzt, daß der Alte es noch so lange durchhielt.

»Also, wie sieht's aus?« fragte der Sheriff Traynor, als er schließlich wieder in der Polizeidirektion ankam.

»Es sieht nicht gut aus«, antwortete er grimmig. »War Mord.« Der Sheriff holte unwillkürlich Luft. »Irgendwelche Beweise?« sagte er endlich.

Seine Augen weiteten sich voller Erstaunen, als ein kleines Witzbuch, eine Handvoll Hühnerfedern und ein Paar schwarze

Socken, an denen immer noch die Strumpfhalter befestigt waren, auf seinem Schreibtisch landeten. »Was haben die Dinge damit zu tun?« fragte er verblüfft. »Sie wollen mir doch nicht weismachen, daß — daß das Ihre Beweise sind, oder?«

»Genauso ist es«, sagte Traynor düster. »Das sind die einzigen Beweise, die es gibt, und mehr wird es auch nie geben. Das hier und die Fotos, die ich von seinem Gesicht hab' machen lassen. Das ist das raffinierteste Ding, das je auf dieser Erde gedreht worden ist. Aber doch noch nicht raffiniert genug.«

»Meinen Sie nicht, Sie sollten mir besser mal erzählen, warum Sie Ihrer Sache so sicher sind? Was haben Sie denn gesehen?«

»Okay«, sagte Traynor gereizt, »ich erzähl' Ihnen, was ich gesehen hab' — und ich weiß genau, daß Sie sofort sagen werden, das ergibt noch keine Reihe von Beweisen. Ich hab' einen toten Mann mit einem breiten Grinsen auf seinem Gesicht gesehen, zu breit, als daß es natürlich gewirkt hätte. Ich hab' Hühnerfedern verstreut auf dem Boden liegen sehen —«.

»Es ist doch schließlich eine Geflügelfarm; die ziehen dort Hühner auf.«

»Aber all ihre Spitzen sind im rechten Winkel zum Kiel umgeknickt, zeigen Sie mir mal ein Huhn, das das selbst machen kann. Und die Federn lagen *außerhalb* des mit Draht eingezäunten Geheges, unter dem Fenster von dem Zimmer, wo sich der tote Mann befand.«

»Und das?« sagte der Sheriff und deutete auf die Socken.

»Ein paar Fasern von denselben Hühnerfedern, hingen an den Socken. Die Socken sind schwarz, glücklicherweise! Ich konnte die Fasern mit bloßem Auge sehen.«

»Aber ist es denn nicht wahrscheinlich, daß dieser Hunt auf Strümpfen herumlief, selbst draußen — wo die Hühnerfedern herumliegen?«

»Ja, schon. Aber diese Fasern hingen von innen an den Socken, nicht außen an den Sohlen. Ich hab' sie umgedreht, als ich sie ihm ausgezogen hab'.«

»Sonst noch was?«

»Hat nicht direkt was mit der Morduntersuchung zu tun, hängt aber doch damit zusammen. Ich hab' eine Kelle gesehen, und an deren Rändern trocknete weiße Erde an, und ein Paar dicke Handschuhe, mit denen man was auf die Pfirsichbäume spritzen kann, hingen im Geräteschuppen. Jetzt sagen Sie mir nur nicht, das nützt uns nichts.«

»Nützt mit Sicherheit nichts!« erkärte der Sheriff mit Nachdruck. »Mensch, man würde mich doch auslachen, wenn ich aufgrund solcher Beweise gegen jemand vorgehen würde. Sie sprechen in Rätseln, Mann! Ich werd' daraus nicht schlau. Sie haben mir noch nicht einmal gesagt, wen Sie verdächtigen, und Sie haben mir schon gar nicht die Methode oder das Motiv genannt.«

Traynor trommelte mit den Fingerspitzen auf den Schreibtisch. »Und trotzdem bin ich todsicher. Ich bin mir jetzt und hier so sicher, als hätt' ich es mit meinen eigenen Augen gesehen. Ich kann Ihnen auf der Stelle die Methode nennen, aber wozu? Sie würden mich doch nur auslachen, das kann ich doch schon an Ihrem Gesicht sehen. Ich könnte Ihnen auch das Motiv und die Verdächtigungen nennen, aber solange ich den richtigen nicht hab', hat's keinen Sinn, die anderen mit hineinzuziehen. Es würde nicht ausreichen, sie festzuhalten.«

»Also« — sein Vorgesetzter zuckte mit den Achseln und hob die Hände — »was soll ich Ihrer Meinung nach machen?«

»Sehr wenig«, murmelte Traynor, »außer daß Sie mir eine wasserdichte Taschenlampe leihen, falls Sie eine haben. Und hierbleiben, bis ich wieder zurückbin; ich hab' so eine Ahnung, als würd' ich nicht allein kommen. Wir müßten dann wohl über ein paar Dinge sprechen, die Sie vielleicht interessieren.«

»Wo sind Sie denn in der Zwischenzeit?« rief ihm der Sheriff nach, als Traynor die Lampe in die Tasche steckte und zur Tür ging.

»Unten in Eleazar Hunts Brunnen«, antwortete er geheimnisvoll. »Und nicht etwa, weil ich so durstig bin.«

Am selben Abend gegen halb elf Uhr ließ Traynor seinen Wagen geräuschlos ausrollen, ein ziemliches Stück von Hunts Haus entfernt, die Straße weiter runter und außer Sichtweite. Er schaltete rasch die Scheinwerfer aus, prüfte die Taschenlampe, die ihm der Sheriff geliehen hatte, um sich zu vergewissern, daß sie richtig funktionierte, bahnte sich dann einen Weg quer durch die Bäume und ging unter ihnen weiter, parallel zur Straße, aber von dort aus nicht zu sehen.

Es brannte kein Licht, als er in Sichtweite des Hauses kam. Ob Todesfall oder nicht, die Leute auf dem Lande gehen früh schlafen. Er wußte, daß Hunt keinen Hund hatte, deshalb zögerte er nicht, ins Freie zu treten und ums Haus herum nach hinten zu gehen. Es war die Rede davon, Hunt sei zu knauserig gewesen, sich einen Hund zu halten, mißgönnte ihm das bißchen, womit er ihn hätte füttern müssen. Sein griesgrämiges Gesicht, so lautete das allgemeine Urteil, reichte aus, um jeden Unbefugten zu vertreiben.

Er stellte fest, daß die Geflügelfarm verschlossen war, aber was er wollte, hatte nichts damit zu tun; im fahlen Mondlicht ging er außen um die Farm herum und bewegte sich vorsichtig, um seine Anwesenheit nicht zu verraten. Er ließ kurz das Licht über die Tür des Geräteschuppens gleiten; sie war zu, aber glücklicherweise nicht abgesperrt. Er öffnete sie behutsam, schnappte sich die Kelle und die Strickleiter, die er am Morgen bemerkt hatte, und eilte damit zum Brunnen hinüber. Vielleicht brauchte er die Kelle gar nicht, aber er nahm sie mit, um ganz sicherzugehen. Die Erde war übrigens in der Zwischenzeit sorgfältig abgekratzt worden — aber zu spät, um Fears noch von Nutzen zu sein; der Schaden war schon angerichtet.

Traynor klammerte die Eisenhaken, die die Leiter am Ende hatte, fest an den Brunnenrand und ließ sie dann den ganzen Schacht hinunter ablaufen, bis er hörte, wie sie mit einem gedämpften Spritzen eintauchte. Es klang tiefer, als es ihm in Gedanken lieb war, aber wenn Fears da heruntergeklettert war, sich abschleppend, dann konnte er das auch.

Er knipste seine Lampe an, klemmte sie fest unter die Achselhöhle, stieg über das Schutzgitter des Brunnens und fing an, nach unten zu klettern, die Kelle in die Manteltasche gezwängt. Die Leiter drehte sich unter seinem Gewicht leicht von einer Seite zur anderen, aber solange sie sich nicht völlig verhedderte, machte das nichts aus. Nach ein paar Sprossen hielt er immer an und leuchtete in kreisförmigen Bewegungen den Schacht ab. Über der Wasseroberfläche war nichts zu sehen, genauso wenig wie am Morgen; aber es mußte einen Grund haben, daß an der Kelle Erde geklebt hatte und daß das Wasser vom Schmutz getrübt war. Er stieß ganz unerwartet auf das Wasser und fuhr zusammen, weil es schneidend kalt war. Er wußte, er konnte es nicht lange darin aushalten, ohne zu erstarren, aber er kletterte Sprosse für Sprosse weiter hinunter. Das Wasser stieg an seinen Beinen hoch, berührte seine Nieren und erhob sich schließlich über die Lampe unter seinen Arm. Die war wasserdicht und brannte weiter. Er streckte ein Bein von der Leiter weg nach unten und tastete nach dem Grund. Kein Grund da; der Schacht schien bis ins Unendliche zu reichen. Aber so weit reichte *seine* Kraft nicht — und er mußte auch noch weiter atmen.

Mit seiner freien Hand untersuchte er unterhalb der Wasseroberfläche den Brunnenrand, um sich herum und, soweit er es schaffte, auch nach unten. Die Erde war weich wie Samt, unberührt. Noch eine Sprosse — sie hatten einen weiten Abstand voneinander —, und er würde mit dem Kopf unter Wasser sein, und das wollte er nicht riskieren; er wurde ohnehin schon am ganzen Körper gefühllos.

Dann traf plötzlich das Bein, mit dem er die Tiefe auszuloten versuchte, auf so was Ähnliches wie ein Brett. Aber an der anderen Seite des Schachtes, hinter ihm. Er hatte die Leiter an der falschen Brunnenseite befestigt. Trotzdem reichte er noch gut an das Brett heran; der Umfang des Brunnenloches war nicht übermäßig groß. Er stellte sich mit dem Bein auf die Höhe des Brettes ein und trat mit der Hacke darauf. Prüfte, ob es das aushielt, und es zerbrach nicht, obwohl es doch schon jahrelang im Wasser gelegen haben mußte. Es war anscheinend fest in die Erde eingesetzt, wie eine Art Regal, das weiter eingelassen war, als es tatsächlich hervorstand. Trotzdem war es gefährlich, sich ihm anzuvertrauen; ihm kam der Gedanke, es sei mehr als Markierung denn als Halt gedacht. Er drehte seinen Körper nach außen, um dem Brett gegenüberzustehen, schaffte es ohne Zwischenfälle, zum Brett zu gelangen, brachte aber als Vorsichtsmaßnahme die Leiter — über die Schulter geworfen — mit. Während dieses ganzen Manövers befand er sich die meiste Zeit unter Wasser, und die Kälte drang schnell bis zu seinen Knochen vor. Daß Fears vor ihm das Ganze ohne einen guten, überzeugenden Grund durchgemacht hatte, das konnte er einfach nicht glauben.

Fast sofort fand er auf jener Brunnenseite eine Höhlung. Sie lag nur wenige Zentimeter über dem Brett, eine große, rechtekkige Nische, die aus der festen Erde herausgemeißelt war. Soweit seine vom Wasser überspülten Fingerspitzen feststellen konnten, schloß eine große, leere Keksdose genau mit der Brunnenwand ab, das offene Ende nach außen. Sozusagen eine Art handgearbeiteter, aber trotzdem wirkungsvoller Banksafe.

Aber das Wichtige daran war, daß er fühlen konnte, wie ein schweres, gummiartiges Päckchen darin lag. Flach, wie ein Beutel geformt. Er zog den Beutel heraus, und seine Zähne klapperten, als das Wasser für einen Augenblick in seine Nasenlöcher drang. Er stellte fest, daß der Beutel zu dick war, als daß er ihn in die Tasche zwängen konnte; deshalb steckte er ihn unter Wasser in den Hosenbund, denn er wollte nicht Gefahr laufen, ihn unter dem Arm nach oben zu schaffen und vielleicht auf den Boden des Brunnens fallenzulassen, wenn er sich gerade dem oberen Ende näherte. Die Kelle, die er schließlich doch nicht gebraucht hatte, warf er über die Schulter, damit sie der Vergessenheit des Wassers anheimfiel. Die Lampe behielt er allerdings, obwohl sie ihn, so wie er sie gegen seine Seite gepreßt hielt, behinderte, aber sie gehörte eben nicht ihm, sondern dem Sheriff.

Er griff wieder nach der mitgeführten Leiter, nahm seine Füße von dem Gerüst und ließ sich mit der Leiter zur ursprünglichen Brunnenseite zurückschwingen. Den leichten Aufprall spürte er überhaupt nicht, was zeigte, daß er inzwischen durch und durch gefühllos war, und auf welches Risiko er sich jeden Augenblick einließ; denn er konnte unwillkürlich seinen Halt lockern und in die Tiefe stürzen. Als sein Körper endlich aus dem Wasser heraus war, konnte er auch keinen Unterschied feststellen; er mußte also zusehen, daß er möglichst schnell da unten herauskam.

Aber um wieder nach oben zu gelangen, brauchte er doppelt so lange, wie er benötigt hatte, um herunterzuklettern. Durch die Schuhe und alles andere hindurch konnte er nicht feststellen, wann er die jeweils folgende Stufe fest unter seinen gekrümmten Füßen hatte. Jedesmal machte er mit dem ganzen Bein blödsinnige, scharrende Bewegungen, bevor er endlich Halt fand. Es mußte bestimmt sehr komisch aussehen, aber nicht da unten, wo er war.

Schließlich begann sich die mit Feuchtigkeit übersättigte Luft ein wenig zu heben, und er wußte, daß er sich dem Ende näherte. Dann fuhr ein Luftzug, den er nie gespürt hätte, wenn er trocken gewesen wäre, mit eiskalten Nadelstichen durch seine durchnäßten Kleider; das war Beweis genug. Seine Zähne schlugen wie die Tasten einer Schreibmaschine aufeinander.

Aber da war noch etwas, eine unbestimmte Warnung erreichte ihn. Er hörte sie eigentlich weniger, als daß er sie spürte. Als wenn irgend jemand direkt über seinem Kopf in den Schacht hinunter atmete; und das noch leicht verstärkt, wie durch einen Resonanzboden. Er reagierte sofort, mehr aus Instinkt, als daß er sich der Gefahr tatsächlich bewußt war. Zog die Lampe unter seinem Arm hervor und richtete sie nach oben. Der Rand war schon viel näher, als er geglaubt hatte, kaum einen Meter entfernt. Der Strahl leuchtete Fears mitten ins Gesicht; dieser hatte sich tief über ihn gebeugt, das Gesicht zu einer wahnsinnigen Grimasse drohender Vernichtung verzerrt, und schwang irgend etwas mit beiden Armen hoch über seinem Kopf. Es sah aus wie die flache Seite einer Schaufel, aber er hatte keine Zeit mehr, das herauszufinden oder noch irgend etwas anderes zu machen, als der Schaufel zu entkommen. Sie sauste zischend in einem großen Bogen herunter gegen den Brunnenschacht. Sie hätte ihm den Schädel wie ein Ei zertrümmert, die Teile zu Staub zermalmt — angespannte Muskeln standen wie Peitschenschnüre aus den Armen heraus, die die Schaufel schwangen —, aber er riß seinen Körper heftig von der Leiter weg zur Seite, hing nur noch mit einer Hand und einem Fuß daran, und die Schaufel brauste wie ein Zyklon vorbei, verfehlte ihn nur um Bruchteile von Zentimetern und bohrte sich mit einem dumpfen Schlag in die Erde.

Fears hatte es viel zu eilig gehabt. Wenn er Traynor noch eine einzige Sprosse hätte höher kommen lassen, so daß sein Kopf gut aus dem Brunnen herausragte, dann hätte ihn nichts davor bewahren können, daß der Schlag ihm den Schädel zertrümmert hätte. Die Lampe sauste allerdings mit einem entfernt zu hörenden *plink!* in die Vergessenheit hinunter. Eine Sekunde später folgte ihr die Schaufel; Fears gab sich keine Mühe, sie noch einmal aus der Schlaghaltung nach oben zu heben, sondern ließ sie los — vielleicht in der falschen Annahme, daß sie ihren Zweck erfüllt haben und das Opfer nur deshalb nicht heruntergefallen sei, weil sich der leblose Körper in den Stricken verfangen habe.

Traynor konnte spüren, wie die Leiter unter ihm bebte, als sein Möchte-Gern-Mörder die Haken, die am Brunnenrand befestigt waren, zu lösen versuchte, um das ganze Zeug mit einer schlängelnden Bewegung auf den Grund zu werfen. Besonders jedoch durch das Gewicht seines Körpers, den er innen fest gegen den Schacht preßte, wurde der erste Versuch zunichte gemacht, und Traynor hatte noch eine zusätzliche Frist von einer Sekunde. Um die Haken loszumachen, mußte Fears zuerst das ganze Gewicht des Hinaufkletternden, die Leiter und alles andere, hochheben, um genügend Spielraum zu bekommen.

Traynor hatte keine Zeit mehr, um aus dem Brunnen zu klettern. Er sprang mit der Behendigkeit des Verzweifelnden noch eine Sprosse höher, so daß sein Kopf den Rand des Schachtes überragte; er stieß seinen Arm heraus und packte Fears am gesenkten Kopf, voll auf seine Aufgabe konzentriert, zog den Kopf dann in einem Fesselgriff zu sich hin, wie es ein Ertrinkender macht. Fears gab einen unterdrückten Schrei der Bestürzung von sich und versuchte, seinen nach vorn gebeugten Rücken in die entgegengesetzte Richtung zu krümmen. Kurze Zeit konnte er noch das Gleichgewicht halten, dann nahmen die Schwerkraft und ihre vereinten kopflastigen Stellungen ihren Lauf. Fears stürzte strampelnd in die Öffnung des Brunnens, brach Traynor durch die Verlagerung des Gewichts zur anderen Seite fast das Rückgrat, riß ihn aus seinem eigenen unsicheren Halt, und sie fielen beide unwiderstehlich von der Leiter. Als sie sich der Vernichtung näherten, verschmolzen die zwei Schreie hohlklingend zu einem einzigen.

Gefühllos und halberfroren, wie es Traynor schon war, traf ihn der Schock des Untertauchens offensichtlich weniger als Fears, der mit weit geöffneten Poren und wahrscheinlich erhitzt, weil er direkt aus dem warmen Bett zum Brunnen geeilt war, nach unten stürzte. Traynor hatte schon einmal mit dem Wasser Bekanntschaft gemacht, spürte deshalb weniger, als wenn es das erste Mal gewesen wäre. Wie wenn zum Beispiel Leute ihren Körper an kühles Wasser gewöhnen, bevor sie vom Brett aus hineinspringen.

Er stieß auf keinen Grund, auch jetzt nicht. Er tauchte allein wieder auf — der Fall mußte den Klammergriff gelöst haben, mit dem er den anderen Mann festgehalten hatte — und schlug wild nach allen Seiten um sich, denn er wußte, wenn er noch einmal unterging . . . Der Radius der begrenzenden Wand war glücklicherweise eng. Er kam mit der Leiter in Berührung, verschmolz seine Hände mit ihr zu einem Griff, den selbst Lötlampen nicht hätten lösen können, stieg wieder auf die Leiter und zog sich schnell aus dem Wasser hoch.

So wartete er eine Minute, bereit, eine Hand auszustrecken, aber unfähig, noch mehr zu tun. Fears tauchte nicht wieder auf. Außer dem leisen Wogen des Wassers durchbrach kein Laut die tintenschwarze Stille um Traynor herum. Der Schock hatte entweder dazu geführt, daß der Mann das Bewußtsein verloren hatte, oder er war mit dem Kopf gegen seine eigene Schaufel auf dem Grund geschlagen. Wenn es überhaupt einen Grund gab, was Traynor langsam bezweifelte.

Noch einmal ins Wasser zu gehen und zu versuchen, ihn zu finden, das schaffte er nicht mehr. Jeder verkrampfte Muskel in seinem Körper, seine nur noch beschränkt arbeitenden Lungen und das hämmernde Herz warnten ihn. Es würde unvermeidlich auch für ihn den sicheren Tod bedeuten. Es gibt Zeiten, wo man das voraussagen kann. Er war nicht einmal sicher, daß er es noch einmal ohne Hilfe bis nach oben schaffte.

Aber schließlich gelang es ihm doch; schmerzerfüllt schwankte er Sprosse für Sprosse nach oben und hatte das Gefühl, als habe er das schon die ganze Nacht gemacht. Er schwang sich über den Brunnenrand, doch auf dem Bauch wie ein Halb-Ertrunkener vom Brunnen weg, wälzte sich dann auf den Rücken und machte nicht viel mehr als nur atmen. Ab und zu schüttelten ihn Ausbrüche eines unkontrollierbaren Schauderns. Schließlich richtete er sich auf, zog seine durchnäßten Sachen aus — Mantel, Hemd und selbst das Unterhemd — und begann, seinen ganzen Körper mit Schlägen zu bearbeiten, um dadurch den Kreislauf wieder in Gang zu bringen.

Erst als er das wieder geschafft hatte, dachte er daran, nach dem Gummibeutel zu suchen, der bisher zwei Menschenleben gekostet hatte, und beinahe sogar ein drittes — sein eigenes.

Aber der Beutel war, anstatt herauszufallen, in die Hose gerutscht und hatte sich oben in einem Hosenbein verfangen, war zu groß, um noch weiterrutschen zu können. Er hatte nicht mehr genügend Gefühl in seinem Bein, das ihm hätte verraten können, wo der Beutel war, bis er ihn mit beiden Händen herausgezogen hatte.

»Geld«, murmelte er, als er ihn schließlich aufgerissen und untersucht hatte. Er wandte sich um und schaute zu der unheimlichen Öffnung im Boden zurück. »Ich hab' mir schon gedacht, daß das der Grund war. Es ist fast immer der Grund.«

Es waren 75 000 Dollar in dem Beutel, so gut geschützt, daß sie auch nach dreijährigem Aufenthalt im Wasser nicht einmal feucht waren.

Er zog seinen Mantel an und ging wieder zum Haus zurück. Eines der Schiebefenster im oberen Stock öffnete sich leise, und eine Stimme flüsterte vorsichtig in die Stille hinunter:

»Hst du ihn erwischt, Dan?«

»Nein, Dan hat ihn nicht erwischt, Mrs. Hunt«, antwortete er mit kräftiger Stimme. »Ziehen Sie sich was an und kommen Sie runter; ich muß Sie zum Büro des Sheriffs mitnehmen. Und lassen Sie mich bitte nicht hier unten warten. Ich bin schon bis auf die Knochen kalt.«

Der Sheriff schreckte aus dem Schlaf auf, als Traynor die Bürotür aufstieß und Mrs. Hunt zu ihm hinführte.

»Das ist der eine Übeltäter«, sagte er, »und der andere liegt mit all den übrigen schleimigen Dingen auf dem Grund des Brunnens, da, wo er hingehört. Setzen Sie sich, Mrs. Hunt, während ich für meinen Vorgesetzten hier die Tatsachen durchgehe.

Ich fange am Anfang an. Der Staat hat eine bildschöne Betonstraße gebaut, die eine kleine Ecke des Besitzers von Eleazar Hunt abschnitt. Er hatte das Glück — oder, wie es sich jetzt herausstellt, das Pech — 75 000 Dollar dafür zu kasssieren. Hier sind sie.« Er warf das Päckchen, das im Wasser gelegen hatte, auf den Boden. »Da haben Sie Ihr Motiv. Zuerst hat es Hunt einmal eine zweite Frau eingebracht, fast bevor er es selbst begriff. Dann hat es ihm — durch die Frau — einen Lohnarbeiter eingebracht. Schließlich hat es ihm — durch den Lohnarbeiter *und* die Frau — die Todesfolter eingebracht.«

Er wandte sich an die Gefangene, die da saß und nervös an ihrem Taschentuch zerrte. »Wollen Sie die übrige Geschichte erzählen oder soll ich? Sie liegt mir auf der Zungenspitze, wissen Sie — denn ich hab' alles aufgeklärt.«

»Ich erzähl's schon«, sagte sie dumpf. »Sie scheinen es ja ohnehin zu wissen.«

»Wie sind Sie darauf gekommen, daß er überempfindlich auf Kitzeln reagierte?«

»Durch Zufall. Ich hab' eines Abends bei ihm auf der Lehne gesessen und versucht, es mit meinen Reizen aus ihm herauszukriegen — wo das Geld ist, wissen Sie. Ich hab' ihn zufällig unterm Kinn gekitzelt, und er ist fast bis unter die Decke gesprungen. Dan hat's auch gesehen, und das hat ihn auf die Idee gebracht. Wochenlang hat er mir's schmackhaft gemacht. ›Wenn wir ihn irgendwo festbinden‹, hat er gesagt, ›so daß er nicht entkommen kann, dann kann er das nicht lange aushalten, dann muß er es uns erzählen. Es ist so, als ob wir ihn foltern würden, aber es würde ihm nicht wehtun.‹ Es klang phantastisch, deshalb hab' ich eingewilligt.

Aber ehrlich, ich wußte nicht, daß Dan ihn töten wollte. *Er* hat's getan, nicht ich! Ich hab' gedacht, wir würden nur das Geld nehmen und türmen und El gefesselt zurücklassen.«

»Schon gut: erzählen Sie weiter.«

»Dan hatte sich alles wunderschön ausgedacht. Er ließ mich zuerst im Dorf verbreiten, ich hätte vor, El zum lachen zu bringen und ihn aufzumuntern. Er ließ mich sogar im Laden das Witzbuch kaufen. Gestern abend um halb elf, als sich El beim Lampenlicht noch einige Saatkataloge angesehen hat, hab' ich Dan ein Zeichen gegeben, und er hat sich von hinten mit einem Strick und Kissen aus dem Bett und Handschuhe für das Insektenspray an El herangemacht. Er hat ihn festgehalten, während ich ihm die Handschuhe angezogen hab' — sie sind aus gutem, dicken Buckram —, so daß man, wenn er anfing zu kämpfen, keine Wundflecke von dem Strick sehen könnte, und dann hat er seine Arme mit den Handschuhen darüber auf der Lehne festgebunden. Aus demselben Grund haben wir auch die Kissen gebraucht, um an Hose und Schenkeln die Stricke abzustumpfen. Dann hat Dan den Stuhl fast ganz flach nach hinten zurückgelehnt und El die Schuhe und Socken ausgezogen und aus dem Hof eine Handvoll Hühnerfedern geholt, sich wie ein Indianer vor ihn hingehockt und angefangen, seine Fußsohlen rauf und runter zu streicheln. Es war ziemlich schrecklich, das mit anzusehen und mitanzuhören: ich hatte mir das nicht so schlimm vorgestellt. Aber dieses gellende Lachen! Kitzeln klingt gar nicht so entsetzlich, wissen Sie!

Jedes Mal, wenn eine Feder stumpf geworden war, hat Dan sie weggeworfen und eine neue benutzt. Und in seiner einschläfernden Art hat gesagt: ›Al-so, willst du nicht sagen, wo es jetzt ist? Nein? Al-so, du mußt es ja am besten wissen.‹ Ich wollte ihm einmal Wasser holen, aber Dan hat mich nicht gelassen, hat gesagt, das würde ihm nur helfen, länger auszuhalten.

El war so ein hartnäckiger Dummkopf. Er hat kein einziges Mal gesagt, er hätte das Geld nicht; er hat nur gesagt, er würde lieber zur Hölle fahren, als daß er uns erzählt, wo es ist. Um zwölf ist er dann zum erstenmal ohnmächtig geworden. Danach wurde er die ganze Zeit immer schwächer, konnte nicht mehr lachen, nur noch die Rippen heben.

Schließlich hat er nachgegeben, hat leise gesagt, es sei in einer Blechdose in den Brunnen eingegipst, unter der Wasseroberfläche. Er hat weiter gesagt, er hätte eine Strickleiter, die hätte er sich selbst angefertigt, um runterzukommen; sie sei auf dem Dachboden versteckt. Dan hat sich runtergelassen, das Geld rausgeholt, nach oben gebracht und gezählt. Ich wollte sofort weg, aber er hat's mir ausgeredet. ›Wir verraten uns nur, wenn wir das machen‹, hat er gesagt. ›Wir wissen doch jetzt, wo das Geld ist. Wir lassen es dort noch ein bißchen länger liegen; vielleicht lebt er gar nicht *so lange, wie du denkst.*‹ Ich verstehe jetzt, was er meinte; damals noch nicht. Ich hab' auf ihn gehört; er hatte scheinbar die ganze Sache so raffiniert geplant. Er ist wieder mit dem Geld zurückgeklettert und hat es da unten gelassen. Dann sind wir zum Haus zurückgelaufen. Ich bin nach oben gegangen, und ich war gerade da, als ich hörte, wie El wieder mit dem Wimmern und Girren anfing, wie ein kleines, neugeborenes Baby. Ich bin schnell nach unten gerannt, um ihn davon abzubringen, aber es war schon zu spät. Gerade als ich reinkam, hat sich El überanstrengt und ist plötzlich ganz schlaff geworden. Das bißchen, was Dan Fears ihm noch zusätzlich gegeben hat, das hat ihn getötet, und er wußte das ganz genau, deshalb hat er's gemacht!

Ich hab' schreckliche Angst gekriegt, aber er hat zu mir gesagt, ich brauche mir keine Sorgen zu machen, er habe alles in der Hand, und man würde in Millionen Jahren nicht dahinterkommen. Wir haben ihm natürlich die Stricke, Kissen und Handschuhe abgenommen, und es waren keine Flecke zu sehen. Dann haben wir den Stuhl wieder in die Lesestellung gebracht und das Witzbuch neben seiner Hand fallenlassen, und ich hab' ihm die Schuhe und Socken ausgezogen. Nur, nachdem er kurze Zeit tot war, hat sein Gesicht allmählich wieder dieses griesgrämige, mißmutige Aussehen angenommen, was er schon sein ganzes Leben lang hatte, und das paßte nicht zu dem Witzbuch. Nun, Dan hat sich auch darum gekümmert. Er hat gewartet, bis El anfing, starr zu werden, und dann hat er mit seinen Händen die Lippen und den Mund so bearbeitet, daß es aussah, als habe er sich totgelacht; und schließlich haben sich die Züge verfestigt und sind so geblieben. Danach hat Dan mich weggeschickt, um einen Arzt zu holen.« Sie ließ den Kopf hängen. »Es schien alles so perfekt. Ich weiß nicht, warum es fehlgeschlagen ist.«

»Wie sind Sie so schnell dahintergekommen, Al?« fragte der Sheriff Traynor, während sie darauf warteten, daß eine Stenographin kam und das Geständnis protokollierte.

»Erstens, das Lachen. Man konnte sehen, daß seine Gesichtszüge nach dem Tode verändert worden waren. Bevor die Leichenstarre eintritt, entspannt sich das Gesicht und nimmt seinen normalen Ausdruck an. Zweitens, die Witze waren nicht gut. Fears hat sich vielleicht gedacht, eine griesgrämige Visage würde nicht zu den Witzen passen, aber sie hätte viel besser dazu gepaßt als die, die sie ihm gegeben haben. Drittens, als ich die Aufschläge von seiner Hose hochgezogen hab', hab' ich gemerkt, daß er seine Socken falsch anhatte, wie wenn jemand, der sich in solchen Dingen nicht auskennt, es in Eile gemacht hätte — deshalb war's vermutlich eine Frau. Die Verschlüsse von den Strumpfhaltern waren innen an den Waden befestigt, aber die ursprünglichen Abdrücke außen waren auch immer noch zu sehen. Viertens, die umgeknickten Hühnerfedern. Ich hab's trotzdem nicht ganz verstanden, bis ich heute nachmittag in dem Laden erfahren hab', daß er überempfindlich auf Kitzeln reagierte. Deshalb konnte ich mir ein genaues Bild machen, in allen Einzelheiten. Ich hatte vorher schon die Erde auf der Kelle gesehen, und Fears hat sein möglichstes getan, um mich vom Brunnen fernzuhalten; da brauchte ich nicht viel Phantasie, um mir vorzustellen, wo das Geld versteckt war. An den Wänden waren zwar keine Spuren von dem Strick zu sehen, aber die Handschuhe hatten von der Reibung Brandflecke. Das konnte ich selbst beim Schein der Taschenlampe deutlich sehen, als ich heute abend zum Geräteschuppen zurückgegangen bin.

Ziemlich guter Plan, muß ich zugeben. Wenn sie nur sein Gesicht in Ruhe gelassen hätten! Ich glaub' nicht, daß mein Verdacht von Anfang an geweckt worden wäre. Sie haben alles verdorben, weil sie es übertrieben haben. Es reichte ihnen nicht, die Schlußfolgerung, wie er gestorben war, nur anzudeuten — sie hatten ein schlechtes Gewissen, deshalb wollten sie auf jeden Fall sichergehen, daß ihre Andeutung auch verstanden wurde, daß sie dem Zuschauer sofort ins Auge fiel. Und das war das einzige, was er in seinem Leben nie hatte — einen Sinn für Humor. Es war zum Schluß keineswegs mehr ein Spaß aus dem Witzbuch. Der Spaß ging auf ihre Kosten.«

THEODORE STURGEON

Biancas Hände

Als eine der führenden Größen auf dem Gebiet der Science-fiction in den vierziger und fünfziger Jahren hat Theodore Sturgeon während seiner gesamten schriftstellerischen Laufbahn die Liebe in all ihren Veränderungen und Verkettungen untersucht. Da er ein sanftmütiger, feinfühliger Mensch ist, kann man ihn sich nur schwer als Anwärter auf einen Platz in einer Sammlung von Schauergeschichten vorstellen — aber vielleicht sind auch Liebe und Schrecken keineswegs sich gegenseitig ausschließende Gefühle, wie »Biancas Hände« anschaulich belegt.

Biancas Mutter führte sie an der Hand, als Ran sie zum erstenmal sah. Bianca war von gedrungener und kleiner Gestalt, hatte strähnige Haare und schlechte Zähne. Ihr Mund hing schief. Sie sabberte. Entweder war sie blind, oder es machte ihr einfach nichts aus, überall anzustoßen. Darauf kam es aber nicht an, weil Bianca schwachsinnig war. Ihre Hände...

Es waren wunderschöne Hände, anmutige Hände, Hände, so weich und glatt und weiß wie Schneeflocken, Hände, deren Farbe sanft rosig angehaucht war wie das Schimmern des Mars' auf Schnee. Die Hände lagen nebeneinander auf der Ladentheke und sahen Ran an. Sie waren halb geschlossen, kauernd, pulsierten mit einer Bewegung, die dem Keuchen einer Feldmaus glich, und sie blickten. Sie beobachteten nicht. Später beobachteten sie ihn. Jetzt blickten sie. Sie taten es, weil Ran ihre vereinigten Blikke spürte und sein Herz heftig schlug.

Biancas Mutter verlangte mit schriller Stimme Käse. Ran brachte ihn ganz ruhig, während sie ihn beschimpfte. Sie war eine verbitterte Frau, wie jede Frau es sein darf, die Ehefrau keines Mannes und Mutter eines Monsters ist. Ran gab den Käse und nahm das Geld und bemerkte wegen der Hände Biancas gar nicht, daß es nicht genug war. Als Biancas Mutter eine der Hände zu ergreifen versuchte, zuckte diese vor der unerwünschten Berührung zurück. Sie hob sich nicht von der Theke, sondern lief auf ihren Fingerspitzen zur Kante und sprang in eine Falte von Biancas Kleid. Die Mutter packte den widerstandslosen Ellenbogen und führte Bianca hinaus...

Ran blieb bewegungslos hinter der Ladentheke stehen und dachte an Biancas Hände. Ran war kräftig gebaut und hatte bronzefarbene Haut und war nicht sehr aufgeweckt. Von Schönheit und Fremdartigkeit hatte man ihn nie etwas gelehrt, aber dieser Lehren bedurfte er nicht. Seine Schultern waren breit, seine Arme schwer und kräftig, aber er hatte große, sanfte Augen und dichte Wimpern. Sie schirmten seine Augen jetzt ab. Verträumt sah er wieder Biancas Hände vor sich. Das Atmen fiel ihm schwer...

Harding kam zurück. Harding war der Besitzer des Ladens, ein großer, grobschlächtiger Mann, in dessen Wangen die Gesichtszüge unterzugehen drohten. Er sagte barsch: »Mach sauber, Ran. Wir schließen heute eher.« Dann ging er hinter die Theke und zwängte sich an Ran vorbei.

Ran holte den Besen und begann langsam zu kehren.

»Eine Frau hat Käse gekauft«, sagte er plötzlich. »Eine arme Frau in sehr abgetragener Kleidung. Sie führte ein Mädchen an der Hand. Ich kann mich nicht erinnern, wie das Mädchen aussah, außer — wer war das?«

»Ich habe sie hinausgehen sehen«, erklärte Harding. »Die Frau ist Biancas Mutter, das Mädchen ist Bianca. Ihren anderen Namen kenne ich nicht. Sie reden nicht viel mit den Leuten. Beeil dich, Ran.«

Ran tat, was notwendig war, und stellte seinen Besen beiseite. Bevor er ging, fragte er: »Wo wohnen sie, Bianca und ihre Mutter?«

»Auf der anderen Seite. Ein Haus ohne Straße, weitab von den Leuten. Gute Nacht, Ran.«

Ran ging vom Laden direkt zur anderen Seite, ohne auf sein Abendessen zu warten. Das Haus fand er ohne Mühe, denn es stand in der Tat abseits der Straße, ganz ungebührlich für sich allein. Die Leute in der Stadt hatten das Haus durch unbebaute Felder ringsum isoliert.

»Was willst du?« fragte Biancas Mutter scharf, als sie die Tür öffnete.

»Darf ich eintreten?«

»Was willst du?«

»Darf ich eintreten?« fragte er noch einmal. Sie schien die Tür zuschlagen zu wollen, trat aber dann doch zur Seite. »Komm rein.«

Ran trat ein und blieb stehen. Biancas Mutter ging durch das Zimmer und setzte sich unter eine alte Lampe in den Schatten. Ran setzte sich ihr gegenüber auf einen dreibeinigen Hocker. Bianca war nicht im Zimmer.

Die Frau versuchte etwas zu sagen, aber die Verlegenheit schnürte ihr die Kehle zusammen. Sie zog sich in ihre Bitterkeit zurück und schwieg. Sie spähte immer wieder zu Ran hinüber, der still dasaß, die Arme verschränkt, ein ungewisses Licht in den Augen. Er wußte, daß sie bald sprechen würde; er konnte warten.

»Ach ja...« Danach schwieg sie wieder eine Zeitlang, aber nun hatte sie ihm sein Eindringen verziehen. Schließlich: »Es ist lange her, seitdem mich jemand besucht hat, sehr lange . . . früher, da war es anders. Ich bin ein recht hübsches Mädchen gewesen —«

Die Worte rissen ab. Ihr Gesicht zuckte aus dem Schatten, eingeschrumpft und schlaff, als sie sich vorbeugte. Ran sah, daß sie besiegt und gedemütigt war und nicht ausgelacht werden wollte.

»Ja«, sagte er leise. Sie seufzte und lehnte sich zurück, bis ihr Gesicht wieder mit dem Schatten verschmolz. Sie sagte einen Augenblick lang nichts, saß nur da und sah Ran an. Sie mochte ihn. »Wir waren glücklich, wir beide«, fuhr sie versonnen fort, »bis Bianca kam. Er mochte sie nicht, das arme Ding, nein, nicht mehr, als ich sie jetzt mag. Er ging fort. Ich blieb bei ihr, weil ich ihre Mutter war. Ich würde auch fortgehen, das würde ich tun, aber die Leute kennen mich, und ich habe keinen Penny — keinen Penny... sie würden mich zu ihr zurückbringen, das würden sie, damit ich für sie sorge. Aber jetzt spielt es keine große Rolle mehr, weil die Leute mich so wenig haben wollen wie sie, nein...«

Ran scharrte unsicher mit den Füßen, weil die Frau weinte.

»Habt ihr hier für mich Platz?« fragte er.

Ihr Kopf hob sich ins Licht.

Ran sagte schnell: »Ich gebe Ihnen jede Woche Geld und bringe mein eigenes Bettzeug und alles.« Er fürchtete, sie könnte ablehnen.

Sie verschwand wieder mit den Schatten.

»Wenn du willst«, sagte sie, zitternd ob ihres großen Glücks. »Aber warum du das willst... immerhin, wenn ich ein bißchen Geld hätte, um ordentlich zu kochen, und einen guten Grund dafür, könnte ich es hier einem Menschen richtig behaglich machen. Aber — *warum?*« Sie stand auf. Ran ging zu ihr hin und drückte sie sanft wieder in den Sessel. Er stand hochaufragend vor ihr.

»Ich will, daß Sie mich das niemals fragen« sagte er ganz langsam. »Hören Sie?«

Sie schluckte und nickte stumm.

»Ich komme morgen mit dem Bett und allem«, erklärte er.

Er ließ sie dort unter der Lampe sitzend zurück, wo sie aus dem Halbdunkel blinzelte, eingehüllt in ihr Elend und ihr Staunen.

Die Leute begannen darüber zu reden. Die Leute sagten: »Ran ist in das Haus von Biancas Mutter gezogen. Der Grund muß sein —«

»Ach«, sagte jemand, »Ran war schon immer ein seltsamer Junge. Der Grund muß sein —«

»Aber *nein!*« riefen andere entsetzt. »Ran ist ein so guter Junge. Er würde nie —«

Auch Harding erfuhr es. Er erschreckte die geschäftige kleine Frau, die es ihm erzählte.

»Ran ist sehr still, aber er ist ehrlich und tut seine Arbeit. Solange er morgens erscheint und sich seinen Lohn verdient, kann er tun, was er will und wo er will. Es ist nicht meine Sache, ihn zu maßregeln.« Er sagte es so scharf, daß die kleine Frau nichts weiter zu erwidern wagte.

Ran war sehr glücklich, als er in das Haus zog. Er sprach wenig und begann Biancas Hände allmählich zu verstehen.

Er sah zu, wie Bianca gefüttert wurde. Ihre Hände wollten sie nicht füttern, diese zauberhaften Aristokraten. Als wunderschöne Schmarotzer zogen sie ihr Leben aus dem schweren, gedrungenen Körper, der sie trug, und leisteten nichts dafür. Sie lagen pulsierend zu beiden Seiten des Tellers auf dem Tisch, während Biancas Mutter Nahrung in den uninteressierten sabbernden Mund schob. Sie wirkten unter Rans verzaubertem Blick scheu, die Hände. Nackt ertappt im Licht, offen auf der Tischplatte liegend, schoben sie sich zur Kante und entschwanden dem Blick — bis auf vier rosige Fingerspitzen, die sich in das Tischtuch krallten.

Sie hoben sich nie von einer Fläche. Wenn Bianca irgendwohin ging, schwangen ihre Hände nicht hin und her, sondern krallten sich in den Stoff ihres Kleids und wenn sie auf einen Tisch oder den Kaminsims zuging und stehenblieb, liefen ihre Hände schwerelos hinauf und sprangen hoch, landeten gleichzeitig, ruhten stumm, wachsam, mit jenem Pulsieren, das ihnen eigentümlich war.

Die Hände waren einander zugetan. Bianca selbst wollten sie nicht berühren, aber eine Hand pflegte die andere. Es war die einzige Tätigkeit, zu der sie sich herabließen.

Drei Abende nach seinem Einzug versuchte Ran eine der Hände in die seine zu nehmen. Bianca war allein im Zimmer; Ran ging zu ihr und setzte sich neben sie. Sie bewegte sich so wenig, wie ihre Hände es taten. Sie lagen auf einem kleinen Tisch vor ihr und putzten sich. Das war der Augenblick, von dem an sie ihn zu beobachten begannen. Er spürte es bis in die Tiefen seines verzauberten Herzens. Die Hände streichelten einander unablässig, und doch wußten sie, daß er da war, kannten sie sein Begehren. Sie reckten sich vor ihm kokett, wollüstig, und sein Blut pochte heiß. Bevor er sich zurückhalten konnte, streckte er den Arm aus und versuchte sie zu ergreifen. Er war kräftig und seine Bewegung unvermittelt und ungeschickt. Eine der Hände schien zu verschwinden, so rasch fiel sie in Biancas Schoß. Aber die andere —

Rans dicke Finger umfaßten sie und hielten sie gefangen. Sie wand sich, riß sich beinahe los. Sie bezog keine Kraft aus dem Arm woran sie lebte, denn Biancas Arme waren schlaff und schwach. Ihre Kraft war wie ihre Schönheit innere Natur, und

Ran konnte sie nur festhalten, weil er nach dem aufgedunsenen Unterarm griff. So versessen war er darauf, sie zu berühren, sie festzuhalten, daß er die andere Hand nicht vom Schoß des schwachsinnigen Mädchens hochzucken und geduckt auf dem Tischrand landen sah. Sie bäumte sich auf, die Finger spinnenartig gekrümmt, und sprang ihn an, umkrallte sein Handgelenk. Sie packte mit qualvoller Schmerzhaftigkeit zu, und Ran spürte, wie Knochen knirschten und nachgaben. Mit einem Aufschrei ließ er den Arm des Mädchens los. Ihre Hände schnellten zueinander und tasten sich gegenseitig ab, suchten nach einem kleinen Kratzer, irgendeinem winzigen Schaden, den er in seiner Leidenschaft angerichtet haben mochte. Und während er dasaß und sein Handgelenk umklammerte, sah er die Hände zur anderen Seite des kleinen Tisches laufen, sich über die Kante krümmen, zusammenziehen und das Mädchen von seinem Platz hochreißen. Sie hatte keinen eigenen Willen — oh, aber ihre Hände! Über die Wände kriechend, an der Täfelung kaum spürbaren, schwachen Halt suchend, zerrten sie das Mädchen aus dem Zimmer.

Und Ran saß da und schluchzte, nicht so sehr wegen der Schmerzen in seinem anschwellenden Arm, sondern aus Scham für das, was er getan hatte. Auf andere, sanftere Weise wären sie für ihn vielleicht zu gewinnen gewesen . . .

Sein Kopf war tief gesenkt, aber auf einmal spürte er den Blick der Hände. Er sah rasch genug auf, um eine von ihnen um den Türpfosten davonhuschen zu sehen. Sie war also zurückgekommen, um nachzusehen . . . Ran stand schwerfällig auf und ging allein mit seiner Scham hinaus. Und doch wurde er gezwungen, an der Tür stehenzubleiben, wie Biancas Hände es getan hatten. Er spähte verstohlen umher und sah sie ins Zimmer kommen, sie zerrten die widerstandslose Schwachsinnige herein. Sie führten sie zu der langen Bank, wo Ran zuvor bei ihr gesessen hatte. Sie drückten sie darauf nieder, warfen sie auf den Tisch und begannen sie auf höchst seltsame Weise umherzurollen und flach hinzulegen. Ran begriff plötzlich, daß dort etwas von ihm mit im Spiel war, und fühlte sich ein wenig getröstet. Sie genossen, tranken durstig, labten sich an seinen Tränen.

Danach ließen die Hände Ran neunzehn Tage lang Buße tun.

Er kannte sie als unverletzbar und unnachgiebig; sie wollten sich ihm nicht zeigen, blieben stets verborgen in den Falten von Biancas Kleid oder unter dem Eßtisch. Während dieser neunzehn Tage wuchsen Rans Leidenschaft und Begierde. Mehr noch, seine Liebe wurde zu wahrer Liebe, denn nur wahre Liebe kennt Ehrfurcht, und der Besitz der Hände wurde zu einem Daseinsgrund, zum Ziel in dem Leben, das dieser Grund ihm gegeben hatte.

Zuletzt verziehen sie ihm. Sie küßten ihn verschämt, wenn er nicht hinsah, berührten ihn am Handgelenk, ergriffen ihn einen herrlichen Augenblick lang und hielten ihn fest. Er war bei Tisch . . . eine gewaltige Macht durchflutete ihn, und er blickte hinab auf die Hände, die in Biancas Schoß zurückgekehrt waren. Ein kräftiger Muskel in seinem Unterkiefer zuckte und zuckte, wölbte sich und erschlaffte. Glück durchströmte ihn wie goldener Glanz, Leidenschaft trieb ihn an, Liebe nahm ihn gefangen. Ehrfurcht war das Gold im Licht. Das Zimmer kreiste und wirbelte um ihn, unvorstellbare Kräfte durchzuckten ihn. Innerlich mit sich ringend, in all der Pracht trotzdem erschlafft, saß Ran regungslos, jenseits der Welt, versklavt und doch Besitzer all dessen. Biancas Hände überzogen sich mit rosigem Hauch, und wenn jemals Hände einander angelächelt hatten, nun taten sie es.

Er stand unvermittelt auf, schleuderte den Stuhl von sich, fühlte die Kraft seines Rückens und der Schultern. Biancas Mutter, inzwischen über alles Staunen hinaus erhaben, sah ihn an und senkte den Blick. In seinen Augen war das, was ihr nicht gefiel, denn es zu ergründen, hätte sie verstört, und sie wollte keine Schwierigkeiten. Ran schritt aus dem Zimmer und hinaus ins Freie, um allein mit sich zu sein und mehr zu erfahren über das, wovon er besessen war.

Der Abend senkte sich herein. Die krumm gerundete Stadtsilhouette trank das schwebende schwindende Licht der Sonne in sich hinein, zog es heran, sog es gierig ein. Ran stand auf einer kleinen Anhöhe, die Nasenflügel gebläht, und lotete die Tiefe seiner Lungenflügel. Er saugte die frische Luft in sich hinein, und sie roch neu für ihn, als wären wahrhaftig die Schatten des Sonnenuntergangs in ihr. Er spannte die Muskeln seiner Oberschenkel an und starrte seine glatten, festen Fäuste an. Er hob die Hände hoch über den Kopf, reckte sich und stieß einen so mächtigen Schrei aus, daß die Sonne versank. Er beobachtete sie, wußte, wie stark und groß er war, kannte den Sinn von Sehnen und Zugehören. Und dann legte er sich nieder auf die reine Erde und weinte.

Als der Himmel so kalt wurde, daß der Mond der Sonne hinter die Berge folgte, und noch eine Stunde verstrichen war, kehrte Ran ins Haus zurück. Er entzündete in dem Zimmer von Biancas Mutter, wo sie auf einem Bündel alter Kleider schlief, ein Licht. Ran kauerte sich zu ihr und wartete, bis das Licht sie weckte. Sie wandte sich ihm zu und stöhnte, öffnete die Augen und zuckte vor ihm zurück.

»Ran ... was willst du?«

»Bianca. Ich will Bianca heiraten.«

Ihr Atem rasselte pfeifend.

»Nein!« Es war keine Weigerung, mehr ein ungläubiges Staunen. Ran berührte sie ungeduldig am Arm. Dann lachte sie.

»Bianca — heiraten. Es ist spät, Junge. Geh wieder schlafen. Am Morgen wirst du ihn vergessen haben, diesen Traum.«

»Ich bin nicht im Bett gewesen«, sagte er ungeduldig, aber sein Zorn wuchs. »Gibst du mir Bianca oder nicht?«

Sie setzte sich auf und stützte ihr Kinn auf die verdorrten Knie.

»Du tust recht daran, mich zu fragen, denn ich bin ihre Mutter. Aber trotzdem — Ran, du bist gut gewesen zu uns, zu Bianca und zu mir. Du bist — du bist ein guter Junge, aber — verzeih mir, Ran, ein Narr bist du auch. Bianca ist ein Monstrum. Ich sage das, obwohl ich für sie bin, was ich bin. Tu, was du willst, ich werde nie ein Wort dagegen sagen. Das hättest du wissen sollen. Es tut mir leid, daß du mich gefragt hast, denn du hast mir die Erinnerung gegeben, so mit dir gesprochen zu haben. Ich verstehe dich nicht, aber tu, was du willst, Junge.«

Es hätte ein Blick werden sollen, wurde aber ein Glotzen, als sie in sein Gesicht sah. Er verschränkte die Hände bedächtig hinter dem Rücken. Sie wußte, daß er sie sonst umgebracht hätte.

»Dann — heirate ich sie?« flüsterte er.

Sie nickte angstvoll.

»Wie du willst, Junge.«

Er blies das Licht aus und verließ sie.

Ran arbeitete hart, sparte seinen Lohn und richtete ein Zimmer für Bianca und sich ein. Er bastelte einen weichen Sessel und einen Tisch, der wie ein Altar war für Biancas geheiligte Hände. Und ein mächtiges Bett, schwerer Stoff schmückte die nackten Wände, und ein kleiner Teppich deckte den Boden.

Sie heirateten, obwohl das Zeit kostete. Ran mußte lange suchen, bevor er jemanden fand, der das Nötige tun wollte. Der Mann kam von weit her und verschwand danach wieder, so daß niemand davon erfuhr. Ran und seine Frau wurden allein gelassen. Die Mutter war Trauzeugin, und Biancas Hand bebte erschrocken bei der Berührung des Rings, wand und wehrte sich, lag dann ergeben, errötend und unfaßbar schön. Aber es war geschehen. Biancas Mutter erhob keinen Einwand; den wagte sie nicht. Ran war glücklich, und Bianca — nun, auf Bianca achtete niemand.

Nach der Hochzeit folgte Bianca Ran und seinen zwei Bräuten in das schöne Zimmer. Er wusch Bianca und versprühte teure Düfte. Er wusch und kämmte ihr Haar und bürstete es viele Male, bis es glänzte, damit sie den Händen angemessener war, die er geheiratet hatte. Er berührte die Hände nie, gab ihnen aber Seifen und Salben und Geräte, mit denen sie sich pflegen konnten. Sie waren erbaut von all der Fürsorge. Einmal glitt eine von ihnen an seinem Rock hinauf und berührte seine Wange; er war verzückt.

Er verließ sie und kehrte mit dem Herzen voller Musik in den Laden zurück. Er arbeitete angestrengter denn je; Harding freute sich und ließ ihn früh nach Hause gehen. Er verbrachte die Stunden damit, am Ufer eines Bachs entlangzuwandern und die Sonne auf dem glucksenden Wasser zu beobachten. Ein Vogel kam und umflatterte ihn, flog furchtlos durch die Aura des Glücks, die ihn umgab. Die zarte Spitze eines Flügels streifte ihn mit einem Hauch wie der erste geheime Kuß der Hände Biancas. Der Gesang, der ihn erfüllte, hatte teil an der Natur des Lachens, am Gurgeln des Wassers, am Wispern des Windes im Uferschilf. Er sehnte sich nach den Händen und wußte, daß er nun hingehen und sie ergreifen und besitzen konnte; statt dessen streckte er sich am Ufer aus und lag lächelnd am Boden, ganz verloren in der Süße und Tiefe des Wartens, seiner Sehnsucht trotzend. Er lachte aus purer Freude in einer Welt ohne Haß, die in den makellosen Flächen von Biancas Händen lag.

Als es dunkelte, ging er nach Hause. Während des ganzen Hochzeitsessens wanden Biancas Hände sich um eine der seinen, während Biancas Mutter die Tochter fütterte. Die Finger schlangen sich umeinander und um die seine, so daß drei Hände aus einem Fleisch gemacht zu sein und am Ende seines Arms zu einer zauberhaften Last zu werden schienen. Als es ganz dunkel war, gingen sie in das schöne Zimmer und lagen, wo er und die Hände durch das Fenster die klaren, hellen Sterne aus dem Wald heraufschweben sehen konnten. Haus und Zimmer waren dunkel und stumm. Rau war so glücklich, daß er kaum zu atmen wagte.

Eine Hand flatterte hinauf über seine Haare, die Wange hinab, und kroch in die Senke seiner Kehle. Ihr Pulsieren vibrierte im Takt mit seinem Herzschlag. Er öffnete die eigenen Hände weit und verkrampfte die Finger, als wolle er diesen Augenblick fassen und festhalten.

Bald schon schob sich die zweite Hand hinauf zur anderen. Eine Stunde wohl lagen sie reglos, kühl an Rans warmem Hals. Er spürte sie mit seiner Kehle, jede glatte Wendung, jede feste, kleine Dehnung. Er konzentrierte sich mit seinem Inneren, das Herz im Hals, auf jeden Teil der Hände, die ihn berührten, fühlte mit seinem ganzen Wesen zuerst eine Berührung, dann eine zweite, obwohl die Hände unbewegt lagen. Und er wußte, daß es nun bald geschehen würde, bald.

Wie auf einen geheimen Befehl drehte er sich auf den Rücken und grub den Kopf ins Kissen. Er starrte in die undeutlich dunklen Behänge an der Wand und begann zu begreifen, was es war, wofür er so lange gearbeitet, was er so lange erträumt hatte. Er bog den Kopf noch weiter zurück und lächelte im Warten. Das würde Besitz sein, Vollendung. Er atmete tief ein, und die Hände begannen sich zu bewegen.

Die Daumen kreuzten sich über seiner Kehle, die Fingerspitzen fanden der Reihe nach unter seine Ohren. Einen langen Augenblick blieben sie liegen, sammelten Kraft. Dann wurden sie in vollkommener Harmonie, in wechselseitiger Zusammenarbeit, gleichzeitig starr, eisenhart. Sie lagen noch immer leicht auf ihm, schwerelos... nein, nun gaben sie ihre Starrheit an ihn weiter, verwandelten sie in Druck. Sie vergrößerten ihn langsam, gemessen und gleichmäßig. Ran lag stumm. Er konnte nicht mehr atmen und wollte es nicht. Seine kraftvollen Arme lagen gekreuzt auf seiner Brust, seine geballten Fäuste in den Achselhöhlen, sein Inneres war erfüllt von Frieden. Bald nun...

Welle um Welle flutender, glorreicher Qual bäumte sich auf und ebbte ab. Er sah Farben, die es nicht gab, ohne Licht. Er bäumte sich auf, hinauf, hinauf... die Hände drückten mit all ihrer verborgenen Kraft, und Rans Körper spannte sich wie ein Bogen, nur auf Fersen und Schultern. Hinauf, hinauf...

In ihm barst etwas entzwei — seine Lunge, sein Herz —, darauf kam es nicht an. Es war vollbracht.

An den Händen von Biancas Mutter war Blut, als man sie am Morgen in dem schönen Zimmer fand, wo sie Rans Hals zu glätten versuchte. Man nahm Bianca mit und begrub Ran, aber Biancas Mutter wurde gehängt, weil sie den Leuten weiszumachen versuchte, Bianca habe es getan, Bianca, deren Hände ganz tot waren und wie verwelktes, fahles Laub an ihren Handgelenken hingen.

FRITZ LEIBER

Das Mädchen mit den hungrigen Augen

»Es gibt solche und solche Vampire«, sagt der Erzähler dieses kleinen Alptraums, »und die, die Blut saugen, sind nicht einmal die schlimmsten.« Die Wahrheit dieser Worte wird Ihnen sogleich einleuchten, wie sie auch dem Erzähler einleuchtete, wenn Sie auf »Das Mädchen mit den hungrigen Augen« treffen — vielleicht die beängstigendste all der makabren Schöpfungen des mit Preisen ausgezeichneten, dem Phantastischen verpflichteten Fritz Leiber. Und keine Geschichte kann ein höheres Lob für sich beanspruchen, selbst wenn man an andere Meisterwerke von Leiber denkt, beispielsweise »Smoke Ghost«, »The Hound« und »Conjure Wife«.

Na gut, ich will Ihnen sagen, warum ich bei dem Mädchen eine Gänsehaut bekomme. Warum ich es nicht aushalte, in die Innenstadt zu fahren und zu sehen, wie der Pöbel zu ihr am Turm aufgeifert, mit der Limoflasche oder Packung Zigaretten, oder was sie neben sich hat. Warum ich mir keine Zeitschriften mehr ansehe, weil ich weiß, daß sie irgendwo im Büstenhalter oder Schaumbad auftaucht. Warum ich nicht gerne daran denke, daß Millionen Amerikaner dieses vergiftende Lächeln in sich aufnehmen. Eine verrückte Geschichte ist das — mehr, als Sie erwarten.

Nein, ich habe nicht plötzlich eine elitäre Empörung über das Böse an der Werbung und dem nationalen Glamour-Girl-Komplex entwickelt. Das wäre lächerlich für einen Mann in meinem Beruf, nicht? Sie werden aber zugeben, daß es ein bißchen pervers ist, den Sex auf diese Weise auszunützen. Mir macht das nichts aus. Und ich weiß, daß wir schon alles Mögliche gehabt haben, das ›Gesicht‹, den ›Körper‹, den ›Look‹, warum soll also nicht jemand daherkommen, der die Summe bildet, so daß wir sie ›Das Girl‹ nennen und auf allen Plakatwänden von New York bis Los Angeles ausstellen müssen?

Aber das Girl ist nicht wie die anderen. Sie ist unnatürlich. Sie ist morbid. Sie ist unheimlich.

Ach, wir haben das Zwanzigste Jahrhundert, und das, was ich meine, ist mit der Hexerei untergegangen? Aber, sehen Sie, ich weiß selbst nicht genau, was ich meine, über einen bestimmten Punkt hinaus. Es gibt Vampire und Vampire, und nicht alle saugen Blut.

Und es gab die Morde, wenn es Morde waren.

Außerdem möchte ich Sie etwas fragen. Warum erfahren wir nicht mehr über sie, wenn Amerika von dem Girl besessen ist? Warum erscheint sie nicht auf dem Umschlag des ›Time‹-Magazins, mit einer hübschen Biographie im Innern? Warum kein Profil von ihr im ›New Yorker‹, in einer anderen Zeitschrift? Noch nicht soweit? Quatsch!

Warum reißt sich Hollywood nicht um sie? Warum erscheint sie nicht im Fernsehen? Warum sehen wir sie nicht mit politischen Kandidaten? Warum wird sie nicht hier und dort zu dieser oder jener Königin gewählt?

Warum lesen wir nichts von ihrem Geschmack und ihren Steckenpferden? Warum wird sie nicht interviewt und gefragt, mit wem sie befreundet ist?

Schließlich — und das ist der Knüller — warum ist sie nie gezeichnet oder gemalt worden?

O nein, das ist sie nicht. Wenn Sie etwas davon verstünden, wüßten Sie das. Alle diese Bilder stammen von einem Foto. Gut gemacht? Gewiß. Die besten Leute haben daran gearbeitet. Aber so wird es gemacht.

Und jetzt erzähle ich Ihnen den Grund für das alles. Es liegt daran, daß im ganzen Werbe-, Medien- und Nachrichtengeschäft nicht ein einziger Mensch weiß, wo das Girl hergekommen ist, wo sie wohnt, was sie macht, wer sie ist, ja nicht einmal, wie sie heißt.

Im Ernst. Mehr noch, kein einziger Mensch sieht sie auch nur — außer einem armen, verdammten Fotografen, der mehr Geld durch sie verdient, als er sich je erhoffen konnte, und der den ganzen Tag ängstlich und elend ist.

Nein, ich habe nicht die geringste Ahnung, wer er ist oder wo er sein Atelier hat. Aber ich weiß, daß es einen solchen Mann geben muß, und ich bin überzeugt davon, daß er sich so fühlt, wie ich es eben beschrieben habe.

Ja, ich könnte sie vielleicht finden, wenn ich mich anstrengen würde. Ich bin mir aber nicht sicher — inzwischen hat sie vermutlich andere Sicherungen. Außerdem will ich es nicht.

Ach, ich bin nicht bei Trost, wie? So etwas kann es Mitte des Zwanzigsten Jahrhunderts nicht geben? Niemand kann sich auf die Dauer verstecken, nicht einmal die Garbo?

Nun, ich weiß zufällig, daß es geht, weil ich im vergangenen Jahr der arme, verdammte Fotograf war, von dem ich Ihnen erzählte. Ja, voriges Jahr, als das Girl zum erstenmal in unserer großen kleinen Stadt auftauchte.

Ja, ich weiß, da waren Sie noch nicht hier, und Sie wissen nichts davon. Selbst das Girl mußte klein anfangen. Aber wenn man in den alten Zeitungen nachstöbert, findet man ein paar Anzeigen, und ich könnte ein paar Werbepräsentationen finden — Lovelybelt verwendet noch eine. Ich hatte einen ganzen Berg von Aufnahmen, bevor ich ihn verbrannte.

Ja, ich habe mich bei ihr gesundgestoßen. Nicht in dem Ausmaß, wie der andere Fotograf jetzt, aber immerhin so viel, daß ich mir diesen Whisky leisten kann. Sie war komisch, was das Geld anging. Das will ich Ihnen erzählen.

Aber zuerst etwas über mich. Ich hatte im Hauser Building im dritten Stock ein Atelier, schräg gegenüber dem Ardleigh Park.

Das Gebäude war alt, die Treppenstufen knarrten, aber es war billig, und ich hatte ein Oberlicht. Das Geschäft ging schlecht. Ich machte bei allen Agenturen und Werbefirmen die Runde, und man hatte nichts gegen mich, aber ich bekam kaum Aufträge. Ich war fast pleite und hatte Mietschulden.

Es war einer von diesen dunklen, grauen Nachmittagen. Im Haus war es ganz still. Ich entwickelte ein paar Aufnahmen, die ich ohne Auftrag für ein paar Firmen geschossen hatte. Mein Modell war gegangen, eine Miss Leon. Sie war Lehrerin und betätigte sich nur nebenberuflich für mich. Nach einem Blick auf die Abzüge entschied ich, daß Miss Leon nicht das richtige für Korsetts war. Ich wollte Schluß machen für diesen Tag.

Dann fiel unten die Haustür zu, ich hörte Schritte auf der Treppe, und sie kam herein.

Sie trug ein billiges, glänzendes schwarzes Kleid. Schwarze Pumps. Keine Strümpfe. Über einem Arm hatte sie einen grauen Stoffmantel, sonst waren ihre mageren Arme nackt.

Und dann der schmale Hals, das ein wenig hagere Gesicht, die dunklen, schweren Locken, und darunter die hungrigsten Augen der Welt.

Das ist der eigentliche Grund dafür, warum sie jetzt im ganzen Land an allen Wänden zu sehen ist, wissen Sie — diese Augen. Nichts Vulgäres, aber trotzdem sehen sie dich mit einem Hunger an, der ganz Sex ist und mehr als Sex. Danach suchen alle seit dem Jahr Eins — ein wenig mehr als Sex.

Nun, Jungs, da war ich allein mit dem Girl, in einem Büro, in dem es langsam dunkel wurde, in einem fast leeren Haus. So etwas haben sich Millionen Männer schon vorgestellt, mit allen Details. Wie fühlte ich mich? Ich hatte Angst.

Ich weiß, daß Sex Angst erregen kann. Das kalte Gefühl, das Herzklopfen, wenn man mit einem Mädchen allein ist und fühlt, daß man es berühren wird. Aber wenn es diesmal Sex war, dann stand noch etwas dahinter.

Jedenfalls dachte ich nicht an Sex.

Ich erinnere mich, daß ich einen Schritt zurücktrat und meine Hand zuckte, so daß die Aufnahmen auf den Boden flatterten.

Ich hatte ein leichtes Schwindelgefühl, so, als werde etwas aus mir herausgezogen. Nur ein kleines bißchen.

Das war alles. Dann öffnete sie den Mund, und alles war für eine Weile wieder normal.

»Ich sehe, daß Sie Fotograf sind, Mister«, sagte sie. »Können Sie ein Modell gebrauchen?«

Ihre Stimme klang nicht sehr kultiviert.

»Das bezweifle ich«, sagte ich und hob die Bilder auf. Ich war nämlich nicht beeindruckt. Die kommerziellen Möglichkeiten ihrer Augen waren mir noch nicht aufgegangen. »Was haben Sie bisher schon gemacht?«

Sie erzählte mir eine vage Geschichte, und ich prüfe ihre Kenntnisse von Modellagenturen und Ateliers und Preisen und so, und dann sagte ich: »Hören Sie, Sie haben noch nie für einen Fotografen gearbeitet. Sie sind einfach so hereingekommen.«

Nun, sie gab zu, daß das mehr oder weniger stimmte.

Ich hatte die ganze Zeit das Gefühl, daß sie sich auf irgendeine Weise zurechtzufinden versuchte.

»Und Sie glauben, Modell sein kann jeder?« fragte ich mitleidig.

»Sicher«, sagte sie.

»Hören Sie«, sagte ich, »ein Fotograf kann ein Dutzend Negative vergeuden, nur um ein halbwegs menschliches Bild von einer Durchschnittsfrau zu bekommen. Was glauben Sie, wie viele er verschwenden muß, um ein wirklich auffallendes Bild von ihr zu machen?«

»Ich glaube, ich könnte es«, erklärte sie.

Na, ich hätte sie gleich hinauswerfen sollen. Vielleicht bewunderte ich ihre Art, vielleicht berührte mich ihr unterernährtes Aussehen. Oder ich wollte es ihr einfach beweisen.

»Okay, das werden wir sehen«, sagte ich. »Ich mache ein paar Aufnahmen von Ihnen. Wohlgemerkt, rein auf Verdacht. Falls jemand wirklich ein Foto von Ihnen verwenden möchte, wofür nichts spricht, zahle ich Ihnen das übliche Stundenhonorar. Sonst nicht.«

Sie lächelte. Zum erstenmal. »Einverstanden«, sagte sie.

Nun, ich machte drei oder vier Aufnahmen, Nahaufnahmen von ihrem Gesicht, weil mir ihr billiges Kleid nicht gefiel, und sie ertrug wenigstens meinen Sarkasmus. Dann fiel mir das Korsett ein. Sie zog auch das an, und ich machte Bilder davon und im Strandkostüm.

Die ganze Zeit fühlte ich nichts Besonderes in der einen oder anderen Richtung, nur wurde mir ab und zu ein bißchen schwindlig. Die Unruhe muß also schon dagewesen sein.

Ich warf ihr eine Karte und einen Bleistift hin.

»Schreiben Sie mir Ihren Namen, die Adresse und die Rufnummer auf«, sagte ich und ging in die Dunkelkammer.

Kurz danach ging sie. Ich rief ihr keinen Abschiedsgruß nach. Ich entwickelte die Negative, machte ein paar Abzüge, sah sie mir an und fand, daß sie nicht viel schlechter waren als die von Miss Leon. Kurz entschlossen legte ich sie zu den anderen Bildern, mit denen ich am nächsten Tag die Runde machen wollte.

Am nächsten Morgen fing ich an. Zuerst besuchte ich die Brauerei Munsch. Man suchte dort ein ›Munsch-Girl‹. Papa

Munsch mochte mich, obwohl er meine Bilder gern heruntermachte. Er hatte ein gutes Auge. Ich traf ihn in der Abfüllhalle, wo er seine Anweisungen gab und Bier aus der Dose trank. Er wischte sich die großen Hände am Schurz ab und griff nach den Fotos.

Er hatte sie halb durchgesehen und machte Geräusche mit Zunge und Zähnen, als er auf sie stieß. Ich hätte mich verfluchen können, weil ich sie mitgebracht hatte.

»Das ist sie«, sagte er. »Die Bilder sind nicht besonders, aber das ist sie.«

Es war entschieden. Ich frage mich, warum Papa Munsch sofort sah, was das Mädchen an sich hatte, während es mir entgangen war. Es lag wohl daran, daß ich sie zuerst sozusagen leibhaftig gesehen hatte.

In dem Augenblick spürte ich nur die Schwäche.

»Wer ist sie?« fragte er.

»Eines von meinen neuen Modellen«, sagte ich beiläufig.

»Bringen Sie sie morgen her. Und Ihre Ausrüstung. Wir machen hier Aufnahmen. Ich will es Ihnen zeigen.« Er sah mich an. »Na, nur nicht blaß werden«, meinte er. »Trinken Sie ein Bier.«

Als ich ging, sagte ich mir, das könne nur eine Pleite werden, morgen würde sie mit ihrer Unerfahrenheit alles verpatzen.

Aber bei Mr. Fitch von Lovelybelt-Miederwaren legte ich ihr Bild obenauf.

Mr. Fitch spielte den Kunstkritiker. Er beugte sich zurück, kniff die Augen zusammen, wedelte mit den Fingern und sagte: »Hmm. Was meinen Sie, Miss Willows? Hier, in dem Licht. Der Schrägschnitt kommt auf dem Bild nicht heraus, und wir nehmen auch besser die ›Imp‹-Linie statt der ›Angel‹. Aber das Mädchen . . . Binns, kommen Sie mal her, ich will sehen, wie ein Ehemann reagiert.« Er konnte nicht verbergen, daß er den Köder geschluckt hatte.

Genauso ging es mir bei Buford und Playground, nur brauchte da Costa keinen Ehemann.

»Ganz heiße Sache«, sagte er. »O Mann, ihr Fotografen!«

Ich hetzte ins Büro und griff nach der Karte, die ich ihr gegeben hatte.

Sie war leer.

Ich muß ehrlich gestehen, die nächsten fünf Tage waren so ungefähr die schlimmsten, die ich je durchgemacht habe. Als ich sie am Morgen danach immer noch nicht gefunden hatte, mußte ich die Leute hinhalten.

»Sie ist krank«, sagte ich Papa Munsch am Telefon.

»Liegt sie im Krankenhaus?«

»So ernst ist es nicht.«

»Dann bringen Sie sie her. Was sind schon Kopfschmerzen?«

»Tut mir leid, das geht nicht.«

Papa Munsch wurde argwöhnisch.

»Haben Sie die Kleine wirklich?«

»Natürlich.«

»Na, ich weiß nicht, ich hätte sie für ein New Yorker Modell gehalten, wenn Ihre miesen Bilder nicht wären.«

Ich lachte.

»Also, Sie bringen Sie morgen her, verstanden?«

»Ich geb' mir Mühe.«

»Nichts Mühe. Sie bringen sie her.«

Er wußte nicht, wieviel Mühe ich mir gab. Ich besuchte alle Modell- und Vermittlungsagenturen. Ich spielte Detektiv. Ich setzte Anzeigen in alle drei Zeitungen. Ich lief von Lokal zu Drugstore, von Kaufhaus zu Bar. Ich streifte durch die Straßen.

Am fünften Tag wußte ich, daß ich geschlagen war. Um sechs Uhr lief Papa Munschs letzte Frist ab. Mr. Fitch hatte schon abgewinkt.

Ich saß am Atelierfenster und starrte auf den Ardleigh Park hinunter.

Sie kam herein.

»Hallo«, sagte ich und sah sie kaum an.

»Hallo«, sagte sie.

»Noch nicht entmutigt?«

»Nein.« Es klang nicht unsicher oder trotzig. Es war einfach eine Feststellung.

Ich schaute kurz auf die Uhr, stand auf und sagte: »Passen Sie auf, ich gebe Ihnen eine Chance. Ein Kunde von mir sucht einen ganz bestimmten Typ. Wenn Sie wirklich gut sind, können Sie es schaffen. Wenn wir uns beeilen, können wir heute noch hin.« Ich griff nach meinen Sachen. »Los. Und wenn Sie wieder mal eine Gefälligkeit erwarten, dann hinterlassen Sie Ihre Rufnummer.«

»M-m«, sagte sie, ohne sich zu rühren.

»Was heißt das?«

»Ich gehe nicht zu einem Kunden von Ihnen.«

»Das ist ja wohl —«, sagte ich. »Sie kleine Irre, ich gebe Ihnen wirklich eine Chance.«

Sie schüttelte langsam den Kopf.

»Mich täuschen Sie nicht, wirklich nicht. Die *wollen* mich.« Und sie lächelte zum zweitenmal.

Damals dachte ich, sie müßte meine Zeitungsanzeige gesehen haben. Jetzt bin ich mir nicht mehr so sicher.

»Und jetzt sage ich Ihnen, wie wir es machen«, erklärte sie. »Sie bekommen weder meinen Namen, noch meine Adresse oder Rufnummer. Die bekommt niemand. Und wir machen alle Aufnahmen hier. Nur wir beide.«

Man kann sich vorstellen, wie ich aufbrüllte. Ich war alles zugleich — zornig, sarkastisch, geduldig, erläuternd, aus dem Häuschen, drohend, flehend.

Ich hätte ihr am liebsten ein paar Ohrfeigen gegeben, aber ihr Gesicht war ein fotografisches Kapital.

Schließlich mußte ich Papa Munsch anrufen und ihm ihre Bedingungen mitteilen. Ich wußte, daß ich keine Chance hatte, aber ich mußte es versuchen.

Er beschimpfte mich, sagte ein paarmal ›nein‹ und hängte ein.

Das störte sie nicht.

»Wir fangen morgen früh um zehn Uhr an«, sagte sie.

Gegen Mitternacht rief Papa Munsch zurück.

»Ich weiß nicht, aus welcher Irrenanstalt Sie das Mädchen ausleihen«, sagte er, »aber ich nehme sie. Kommen Sie morgen früh vorbei und ich will Ihnen beizubringen versuchen, wie ich die Bilder haben will. Und es freut mich, daß ich Sie aus dem Bett geholt habe!«

Danach lief alles von selbst. Sogar Mr. Fitch überlegte es sich anders, erklärte mir zwei Tage lang, es sei unmöglich, und nahm die Bedingungen dann an.

Am nächsten Tag war sie pünktlich, und wir fingen an. Das eine muß man ihr lassen, sie wurde nie müde und ungeduldig.

Ich kam gut mit ihr aus, hatte aber immer noch das Gefühl, daß irgend etwas weggeschoben wurde. Vielleicht spüren Sie das auch, wen Sie ihr Bild sehen.

Als wir fertig waren, erfuhr ich, daß es noch mehr Regeln gab. Ich wollte mit ihr hinunter zu Kaffee und einem Sandwich.

»M-m«, sagte sie. »Ich gehe allein. Und wenn Sie versuchen, mir zu folgen, wenn Sie auch nur Ihren Kopf zum Fenster hinausstrecken, können Sie sich gleich ein anderes Modell suchen.«

Man kann sich denken, wie das an meiner Beherrschung nagte — und an meiner Phantasie. Ich erinnere mich, daß ich das Fenster öffnete, als sie fort war — ich hatte ein paar Minuten gewartet — und frische Luft in mich hineinsog und mir zu erklären versuchte, was dahinterstand, ob sie sich vor der Polizei versteckte oder die entlaufene Tochter eines Millionärs war, oder was auch immer.

Aber ich mußte mich um die Bilder kümmern.

Im Rückblick ist es verblüffend, sich zu überlegen, wie schnell ihr Zauber die ganze Stadt ergriff. Wenn ich bedenke, was danach kam, macht mir Angst, was mit dem ganzen Land — und vielleicht mit der ganzen Welt — geschieht. Gestern habe ich in ›Time‹ gelesen, daß das Girl auf Plakatwänden in Ägypten aufgetaucht sei.

Der Rest meiner Geschichte wird zeigen, warum ich mich so fürchte. Aber ich habe da eine Theorie, die ich Ihnen kurz schildern will.

Sie wissen, wie die moderne Werbung die Gedanken aller Leute in dieselbe Richtung zu lenken versucht, damit sie alle dasselbe wollen, sich dasselbe vorstellen. Und die Psychologen betrachten die Telepathie nicht mehr so skeptisch wie früher.

Das muß man miteinander verbinden. Unterstellt, daß die gleichartigen Wünsche von Millionen Menschen sich auf eine einzige telepathische Person richten. Auf ein Mädchen, etwa.

Man stelle sich vor, daß sie die verborgensten Begierden von Millionen Männern kennt. Man stelle sich vor, daß sie tiefer in sie hineinblicken kann als die Betroffenen selbst, daß sie den Haß und den Todeswunsch hinter der Lust sieht. Man stelle sich vor, daß sie nach diesem kompletten Bild formt und so fern bleibt wie Marmor. Und dann die Begierde, die sie als Antwort auf die Begierde der anderen empfindet.

Aber damit entferne ich mich weit von den Fakten. Die sind zum Teil ganz klar. Das Geld, zum Beispiel. Wir verdienten Geld.

Das war das Komische, was ich sagen wollte, Ich fürchtete, das Girl wolle mich ausnehmen. Sie hatte mich ja in der Hand.

Aber sie verlangte nichts als das übliche Honorar. Später bestand ich darauf, ihr mehr Geld zu geben, eine ganze Menge. Aber sie nahm es mit einem verächtlichen Ausdruck, so, als wolle sie es in den nächsten Gully werfen. Vielleicht hat sie es wirklich getan.

Jedenfalls hatte ich Geld. Zum erstenmal seit langer Zeit hatte ich genug Geld, um mich zu betrinken, neue Garderobe zu kaufen, Taxi zu fahren. Ich konnte mich um jedes Mädchen bewerben. Ich brauchte nur zu wählen.

Und ich ging natürlich her und suchte mir —

Aber zuerst muß ich von Papa Munsch erzählen.

Papa Munsch war nicht der erste, der mein Modell kennenlernen wollte, aber wohl der erste, der sich wirklich in sie verknallte. Ich sah es in seinen Augen, als er die Bilder betrachtete. Sie wurden weich und ehrfürchtig. Mama Munsch war seit zwei Jahren tot.

Eines Morgens kam er zu mir.

Ich stritt mit ihm, ich veralberte ihn, ich erklärte ihm, daß er nicht wisse, wie ernst sie es mit ihren verrückten Ideen meine. Ich beschimpfte ihn sogar.

Er wiederholte nur immer wieder: »Ich muß sie aber sehen, Dave.«

Die Haustür fiel ins Schloß.

»„Das ist sie«, sagte ich leise. »Sie müssen verschwinden.«

Er wollte nicht, also schob ich ihn in die Dunkelkammer.

»Und keinen Laut«, mahnte ich. »Ich sage ihr, daß ich heute nicht arbeiten kann.«

Ich wußte, daß er versuchen würde, sie zu sehen, aber sonst konnte ich nichts tun.

Die Schritte erreichten mein Stockwerk, aber sie erschien nicht an der Tür. Ich wurde unruhig.

»Werfen Sie den Kerl hinaus!« schrie sie plötzlich. »Ich gehe noch eine Treppe höher. Wenn der fette Kerl nicht augenblicklich hinuntergeht, sieht er nie mehr von mir ein Bild, außer eines, auf dem ich in sein scheußliches Bier spucke.«

Papa Munsch kam aus der Dunkelkammer. Er war kalkweiß. Er sah mich nicht an, als er hinausging. Er sah sich vor mir nie mehr ihre Bilder an. Das war Papa Munsch. Jetzt berichte ich von mir. Ich redete bei ihr um den Brei herum, machte Andeutungen, versuchte es schließlich.

Sie löste meine Hand von ihrem Körper wie ein nasses Tuch.

»Nein, Freundchen«, sagte sie. »Wir sind bei der Arbeit.«

»Aber später —«, sagte ich.

»Gelten immer noch die Regeln.« Und ich erntete, was vermutlich das fünfte Lächeln war.

Schwer zu fassen, aber sie wich von diesem verrückten Standpunkt nie ab. Ich durfte im Atelier nicht anfangen, weil unsere Arbeit sehr wichtig war und sie nicht abgelenkt werden wollte. Und sonst konnte ich sie nirgends treffen, denn wenn ich es versuchen sollte, würde ich nie mehr eine Aufnahme von ihr machen — und das, während das Geld hereinströmte und ich nie so dumm war, zu meinen, das habe etwas mit meiner Fotografie zu tun. Ich wäre natürlich kein Mann gewesen, wenn ich es nicht immer wieder versucht hätte. Ich erreichte nichts, und Lächeln gab es auch keines mehr.

Ich veränderte mich. Ich wurde ein bißchen komisch und hatte manchmal das Gefühl, mein Schädel müßte platzen. Und ich sprach die ganze Zeit mit mir. Über mich.

Es war, als befände ich mich ständig in einem Delirium, das sich auf das Berufliche nicht auswirkte. Ich achtete nicht auf das Schwindelgefühl. Es wirkte natürlich.

Manchmal, glaube ich, hatte ich eine höllische Angst vor ihr. Sie schien die fremdartigste, schrecklichste Person auf der ganzen Welt zu sein. Aber bei anderen Gelegenheiten...

Und ich redete. Es spielte keine Rolle, was ich tat, ich redete unaufhörlich. Ich erzählte ihr alles, was ich über mich wußte. Sie achtete nie darauf. Ich wußte nicht einmal, ob sie mir zuhörte.

Als wir dann Angebote von Großagenturen bekamen, beschloß ich, ihr zu folgen, als sie heimging.

Augenblick, ich kann das genauer sagen. Sie erinnern sich

vielleicht an die Meldungen in der Presse — über die Vielleicht-Morde, von denen ich sprach. Ich glaube, es waren sechs.

Ich sage ›Vielleicht‹-Morde, weil die Polizei nie genau wußte, ob es nicht Herzinfarkte gewesen waren. Aber es erregt Verdacht, wenn Leute mit einem gesunden Herzen plötzlich umkippen, und das immer nachts, wenn sie allein sind und nicht zu Hause, und wenn man sich fragt, was sie gemacht haben.

Die sechs Todesfälle erzeugten eine Art Angstpsychose vor geheimnisvollen Giften. Und später hatte man das Gefühl, daß es nicht aufgehört hatte, sondern auf weniger verdächtige Weise weiterging. Das gehört zu den Dingen, die mir jetzt Angst machen. Aber damals empfand ich nur Erleichterung darüber, daß ich beschlossen hatte, ihr zu folgen.

Ich arbeitete eines Nachmittags mit ihr, bis es dunkel wurde. Ich brauchte keine Ausrede, wir erstickten in Aufträgen. Ich wartete, bis die Haustür zufiel, dann rannte ich hinunter. Ich trug Schuhe mit Gummisohlen. Ich hatte einen dunklen Mantel angezogen, den sie nicht kannte.

Ich stand unter der Tür, bis ich sie sah. Sie ging durch den Ardleigh Park zur Stadtmitte. Es war ein warmer Herbstabend. Ich folgte ihr auf der anderen Straßenseite. Zunächst wollte ich nur herausbekommen, wo sie wohnte.

Sie blieb am Kaufhaus Everly vor einem Schaufenster stehen.

Ich erinnerte mich, daß wir für Everly eine Großaufnahme von ihr gemacht hatten. Die sah sie sich an. Wenn Leute vorbeikamen, drehte sie sich ein wenig zur Seite oder trat in den Schatten zurück. Dann kam ein einzelner Mann vorbei. Ich konnte sein Gesicht nicht genau sehen, aber er schien im mittleren Alter zu sein. Er blieb stehen und starrte ins Schaufenster.

Sie kam aus dem Schatten und stellte sich neben ihn.

Was würden Sie sagen, meine Herren, wenn Sie vor einem Bild des Girls stünden und sie plötzlich neben Ihnen auftauchen und ihren Arm bei Ihnen einhängen würde?

Die Reaktion des Mannes war unverkennbar. Ein verrückter Traum war für ihn Wahrheit geworden.

Sie sprachen kurz miteinander, dann winkte er einem Taxi, sie stiegen ein und fuhren davon.

Ich betrank mich an diesem Abend. Es war beinahe so, als

habe sie gewußt, daß ich ihr folgte, und diesen Weg gewählt, um mir wehzutun. Vielleicht war es so. Vielleicht war das das Ende.

Aber am nächsten Morgen kam sie wie gewohnt, und ich war wieder im Delirium, nur mit ein paar neuen Zügen.

An dem zweiten Abend, als ich ihr folgte, wählte sie einen Platz unter einer Straßenlaterne, einem der Munsch-Girl-Plakate gegenüber. Nach etwa zwanzig Minuten fuhr ein Kabriolett langsam an ihr vorbei, stieß zurück und hielt. Ich stand diesmal in größerer Nähe. Ich konnte das Gesicht des Mannes deutlich sehen. Er war etwas jünger, ungefähr in meinem Alter.

Am nächsten Morgen sah ich das Gesicht auf der ersten Seite der Zeitung. Man hatte das Kabrio in einer Seitenstraße abgestellt gefunden. Er war im Wagen gewesen. Wie bei den anderen ›Vielleicht-Morden‹ war die Todesursache ungewiß.

An diesem Tag schwirrten allerhand Gedanken durch meinen Kopf, aber es gab nur zwei Dinge, die ich wirklich wußte. Ich hatte das erste Angebot von einer im ganzen Land bekannten Werbefirma, und ich würde das Girl beim Arm nehmen und mit ihr die Treppe hinuntergehen, wenn die Arbeit beendet war.

Sie wirkte nicht überrascht.

»Sie wissen, was Sie tun?« fragte sie.

»Ich weiß es.«

Sie lächelte.

»Ich habe mich schon gefragt, wann Sie soweit sein würden.«

Ich fühlte mich gut. Ich ließ alles sausen, aber ich hatte sie in den Armen.

Es war wieder ein warmer Herbstabend. Wir gingen in den Ardleigh Park. Dort war es dunkel, aber am ganzen Himmel sah man den rosaroten Schimmer der Werbeschriften.

Wir gingen lange Zeit durch den Park. Sie sagte nichts und sah mich nicht an, aber ich konnte sehen, wie ihre Lippen zuckten, und nach einer Weile schloß sich ihre Hand fester um meinen Arm. Wir blieben stehen. Wir waren über Gras gegangen. Sie sank auf den Boden und zog mich mit. Sie legte die Hände auf meine Schultern. Ich sah auf ihr Gesicht hinunter. Es war vom Widerschein des Leuchtens am Himmel ganz schwach gerötet. Die hungrigen Augen waren dunkle Flecken.

Ich nestelte an ihrer Bluse. Sie zog meine Hand weg, nicht so wie im Atelier.

»Das will ich nicht«, sagte sie.

Zuerst sage ich Ihnen, was ich nachher getan habe. Schließlich erzähle ich Ihnen, was sie sagte.

Was ich tat, war, weglaufen. An alles erinnere ich mich nicht, weil mir schwindlig war und der rötliche Himmel hinter den dunklen Bäumen schwankte. Aber nach einer Weile wankte ich auf die beleuchtete Straße. Am nächsten Tag schloß ich das Atelier. Das Telefon läutete, als ich die Tür absperrte, und auf dem Boden lagen ungeöffnete Briefe. Ich sah das Girl leibhaftig nie mehr wieder, wenn das der richtige Ausdruck ist.

Ich tat es, weil ich nicht sterben wollte. Ich wollte nicht, daß mir das Leben ausgesogen wurde. Es gibt Vampire und Vampire, und diejenigen, die Blut saugen, sind nicht die schlimmsten. Ohne die Warnung der Schwindelanfälle und Papa Munsch und das Gesicht in der Zeitung wäre ich den Weg der anderen gegangen. Aber ich begriff, womit ich es zu tun hatte, solange es noch Zeit war, mich loszureißen. Ich begriff, daß sie, woher sie auch kam, was sie auch geformt haben mochte, die Quintessenz des Schrecklichen hinter der bunten Plakatwand ist. Sie ist das Lächeln, das einen dazu bringt, sein Geld und sein Leben wegzuwerfen. Sie ist der Blick, der einen fortlockt und fortlockt und einem dann den Tod zeigt. Sie ist das Wesen, das alles nimmt und nichts dafür gibt. Wenn Sie sich nach ihrem Gesicht auf der Plakatwand sehnen, denken Sie daran. Sie ist der Lockvogel. Sie ist der Köder. Sie ist das Girl.

Und gesagt hat sie: »Ich will dich. Ich will deine Höhepunkte. Ich will alles, das dich glücklich gemacht und das dir sehr wehgetan hat. Ich will dein erstes Mädchen. Ich will das funkelnde Fahrrad. Ich will die Prügel. Ich will die erste Kamera.Ich will Bettys Beine. Ich will den blauen Himmel voller Sterne. Ich will den Tod deiner Mutter. Ich will dein Blut auf dem Pflaster. Ich will Mildreds Mund. Ich will das erste Bild, das du verkauft hast. Ich will die Lichter von Chikago. Ich will den Gin. Ich will Gwens Hände. Ich will deine Begierde nach mir. Ich will dein Leben.Füttre mich, Baby, füttre mich.«

TRUMAN CAPOTE

Schließ die letzte Tür

Diese Geschichte des erst dreiundzwanzigjährigen Truman Capote erhielt 1948 den ersten Preis aus der jährlichen Sammlung der mit dem O. Henry Prize ausgezeichneten Geschichten. Obwohl Capote erst anschließend sein bedeutenderes literarisches Korpus verfaßte (sein erster Roman Other Voices, Other Rooms erschien im selben Jahr), stellt »Schließ die letzte Tür« vielleicht seine beste Leistung im Bereich der kürzeren Prosaliteratur dar, so flüssig, elegant, zum Schluß hin gefährlich, daß es dem Leser völlig den Boden unter den Füßen wegzieht und ihm, wie der Hauptfigur, nur noch den Pulsschlag und die Andeutungen seines eigenen leidgeprüften Herzens beläßt.

»Hör zu, Walter: Wenn die Leute dich nicht mögen, dich ablehnen, glaub mir, es liegt nicht an ihnen, du allein schaffst diese Situationen.«

Anna hatte so zu ihm gesprochen, und wenn sein gesünderes Ich ihm auch sagte, daß sie nichts Böses beabsichtige (denn wenn nicht einmal Anna ein Freund war, wer war es denn sonst?), er verabscheute sie deswegen; er war herumgegangen und hatte allen erzählt, wie sehr er Anna verabscheue und was für eine gemeine Person sie sei. »Dieses Weib!« hatte er gesagt, »traut der bloß nicht. Ihre rücksichtslose Offenheit — nichts als eine Bemäntelung all ihrer unterdrückten Feindseligkeit; eine schreckliche Lügnerin obendrein, man kann ihr kein Wort glauben: Gefährlich ist die, ach du lieber Gott!« Und natürlich kam alles, was er gesagt hatte, zu Anna zurück, so daß sie ihm antwortete, als er wegen der Anfangszeit eines Theaterstückes anrief, das sie sich gemeinsam hatten ansehen wollen: »Tut mir leid, Walter, aber ich kann nicht mehr. Ich versteh' dich sehr gut, und ich habe auch eine gewisse Sympathie für dich. Er ist absolut zu begreifen, dein Groll, und man sollte dir auch nicht zu viel

Schuld geben, aber ich will dich nicht mehr wiedersehen, weil ich meiner selbst nicht so sicher bin, daß ich es mir leisten könnte.« Aber warum? Was hatte er denn getan? Ja, gut, er hatte über sie geredet, aber er hatte es nicht so gemeint, und schließlich, so sagte er zu Jimmy Bergman (er war ein Heuchler, wie er im Buche stand), wofür hatte man denn Freunde, wenn man sich nicht objektiv über sie unterhalten konnte?

Er hat gesagt, du hast gesagt, sie haben gesagt, wir haben gesagt, so ging das immer im Kreis herum. Immer im Kreis herum, wie der paddelblattförmige Ventilator, der sich über ihm an der Decke drehte; er drehte und drehte sich, wirbelte die verbrauchte Luft sinnlos auf, machte ein Geräusch, das sich anhörte wie das Ticken einer Uhr, und zählte in der Stille die Sekunden. Walter rückte langsam an eine kühlere Stelle in seinem Bett und schloß die Augen vor dem dunklen, kleinen Raum. Um sieben war er heute abend in New Orleans angekommen. Um sieben Uhr dreißig hatte er sich in diesem Hotel eingetragen, das anonym in einer Seitenstraße lag. Es war August, und es war, als ob riesige Feuer am nächtlichen roten Himmel brannten; und die unnatürliche Landschaft der Südstaaten, die er unablässig vom Zug aus betrachtet hatte und die er jetzt aus der Erinnerung nachzeichnete in dem Versuch, alles andere zu sublimieren, verstärkte in ihm das Gefühl, bis ans Ende gereist zu sein, bis an den Rand der Welt.

Aber warum er in dem stickigen Hotel hier in dieser weltabgeschiedenen Stadt war, konnte er nicht sagen. Das Zimmer hatte ein Fenster, aber ihm schien, er würde es nicht aufbringen, und er fürchtete sich, den Hotelboy zu rufen (was für merkwürdige Augen der Junge hatte!), und er hatte Angst, das Hotel zu verlassen. Wenn er sich nun verirren würde? Denn wenn er sich verirrte, auch nur ein bißchen, wäre er vollkommen verloren. Er hatte Hunger; seit dem Frühstück hatte er nichts gegessen; er fand noch ein paar Erdnußbutter-Keks in einer Packung, die er in Saratoga gekauft hatte, und spülte sie mit einem Schluck Four Roses hinunter, es war der Rest. Ihm wurde schlecht davon. Er erbrach sich in den Papierkorb, fiel zurück auf sein Bett und weinte, bis das Kopfkissen naß war. Eine Zeitlang lag er da, in dem heißen Zimmer fröstelnd, lag nur so da und sah zu, wie der

Ventilator sich langsam drehte; da gab es keinen Anfang und kein Ende; es war ein ewiger Kreislauf.

Ein Auge, die Erde, die Jahresringe eines Baumes, alles ist rund, und jeder Kreis, sagte sich Walter, hat einen Mittelpunkt. Er war verrückt, von Anna zu behaupten, daß er alles, was geschehen war, selbst verschuldet hätte. Wenn da wirklich irgend etwas mit ihm nicht stimmte, dann hatten ihn die Umstände so gemacht, ohne daß er etwas dafür konnte, vielleicht war seine bigotte Mutter schuld oder sein Vater, ein Versicherungsangestellter in Hartford, oder seine ältere Schwester Cecile, die einen Mann geheiratet hatte, der vierzig Jahre älter war als sie. »Ich wollte nur von zu Hause fort.« Das war ihre Entschuldigung, und um die Wahrheit zu sagen, Walter hatte es sehr vernünftig gefunden.

Aber er wußte nicht, wo er damit anfangen sollte, über sich selbst nachzudenken, er wußte nicht, wo der Mittelpunkt zu finden war. Der erste Telefonanruf? Nein, das war erst vor drei Tagen gewesen, genau genommen war das das Ende, nicht der Anfang. Nun, er konnte mit Irving beginnen, denn Irving war der erste Mensch, den er in New York kennengelernt hatte.

Irving war ein lieber kleiner Junge mit einer bemerkenswerten Begabung für Schach, aber für nicht viel mehr: Er hatte seidenweiches Haar und rosige Babywangen, er sah aus wie sechzehn. In Wirklichkeit war er schon dreiundzwanzig, genau wie Walter. Sie hatten sich in einer Bar im Künstlerviertel kennengelernt. Walter war allein und sehr einsam in New York, und als der liebe kleine Irving dann so freundlich zu ihm war, dachte er, es wäre gut, auch freundlich zu sein, weil man ja nie wissen konnte . . . Irving kannte eine Menge Leute, alle hatten ihn sehr gern, und er machte Walter mit all seinen Freunden bekannt.

Da war auch Margaret. Margaret war mehr oder weniger Irvings Freundin. Sie sah nicht besonders aus (sie hatte hervorquellende Augen, immer etwas Lippenstift auf den Zähnen und zog sich an wie eine Zehnjährige), aber sie war von einer hektischen Heiterkeit, die Walter anziehend fand. Er konnte nicht verstehen, warum sie sich überhaupt mit Irving herumquälte.

»Warum tun Sie das?« fragte er auf einem der langen Spaziergänge, die sie jetzt gemeinsam im Central Park machten.

»Irving ist lieb«, sagte sie, »und seine Liebe zu mir ist so rein. Wer weiß: Ich glaube, ich könnte ihn sogar heiraten.«

»Das wäre verdammt dumm«, sagte er. »Irving könnte nie Ihr Mann sein, weil er in Wirklichkeit Ihr kleiner Bruder ist. Für jeden ist Irving wie ein kleiner Bruder.«

Margaret war klug genug, um zu erkennen, daß es wirklich so war. Und als Walter sie dann eines Tages fragte, ob er sie in die Arme nehmen dürfe, sagte sie ja, sie hätte nichts dagegen. Und dies war nur das erste von vielen Malen.

Schließlich kam Irving dahinter, und an einem Montag gab es eine häßliche Szene, merkwürdigerweise gerade in derselben Bar, in der sie sich kennenlernten.

An jenem Abend hatte es eine Party für Kurt Kuhnhardt gegeben (Reklamebüro Kuhnhardt), Margarets Chef. Sie war mit Walter zusammen dort gewesen, und sie hatten anschließend an jener Bar haltgemacht, um vor dem Schlafengehen noch etwas zu trinken. Mit Ausnahme von Irving und ein paar Mädchen in Slacks war es hier leer. Irving saß an der Bar mit geröteten Wangen und ziemlich glasigen Augen. Er sah aus wie ein kleiner Junge, der Erwachsensein spielt, denn seine Beine waren zu kurz und reichten nicht bis zur Fußleiste des Hockers; sie baumelten wie bei einer Puppe herunter. Sofort als Margaret ihn bemerkte, versuchte sie umzukehren und wieder hinauszugehen, aber Walter ließ es nicht zu. Außerdem hatte Irving sie auch schon entdeckt: Während er sie unverwandt ansah, kippte er seinen Whisky hinunter, kletterte langsam vom Barhocker und schritt mit einer irgendwie traurigen, vorgetäuschten Angriffslust in steifer Haltung vorwärts.

»Irving, Lieber«, sagte Margaret, hielt aber inne, weil er sie mit einem schrecklichen Blick ansah.

Sein Kinn bebte. »Geh du weg«, sagte er, so wie er als kleiner Junge geschrien hatte, wenn ihn jemand quälte, »ich hasse dich.« Dann holte er mit einer fast langsamen Bewegung aus und stieß, als hielte er ein Messer umklammert, gegen Walters Brust. Es war kein fester Schlag, und als Walter nur lächelte, taumelte Irving gegen einen Musikautomaten und schrie: »Schlag wieder, du verdammter Feigling, komm her, und ich bring' dich um, ich schwör' dir bei Gott, ich tu' das.«

So hatten sie ihn verlassen.

Auf dem Nachhauseweg weinte Margaret still und müde vor sich hin. »Er wird nie wieder lieb sein«, sagte sie.

Und Walter sagte: »Ich weiß nicht, was du meinst.«

»O doch, du weißt schon«, flüsterte sie. »Du weißt schon, wir beide haben ihn gelehrt zu hassen. Ich glaube nicht, daß er es bisher gekonnt hat.«

Walter war nun schon vier Monate in New York. Sein ursprüngliches Kapital war von fünfhundert Dollar auf fünfzehn zusammengeschrumpft, und Margaret lieh ihm Geld, damit er seine Januar-Miete im Brevoort bezahlen konnte. Warum, so wollte sie wissen, zog er nicht irgendwohin, wo es billiger war? Nun, sagte er, es sei besser, eine gute Adresse angeben zu können. Und wie war es mit einer Stellung? Wann wollte er anfangen zu arbeiten? Oder tat er es schon? Sicher, sagte er, sicher, er hätte es sich wirklich schon lang und breit überlegt. Aber er dächte nicht daran, seine Zeit mit irgendeinem kleinen Job zu vergeuden, der sich gerade bot. Er wolle etwas Ordentliches tun, etwas mit Aufstiegsmöglichkeiten, etwas, sagen wir, was mit Reklame zu tun hatte. Schon gut, sagte Margaret, vielleicht könne sie ihm helfen; jedenfalls würde sie mit Mr. Kuhnhardt, ihrem Chef, sprechen.

2

Die K.K.A., wie sie hieß, war eine Agentur mittlerer Größe, aber sie war sehr gut, die beste ihrer Art. Kurt Kuhnhardt, der sie im Jahre 1925 gegründet hatte, war ein merkwürdiger Mann mit einem merkwürdigen Ruf: Ein magerer, schwer zufriedenstellender Deutscher, ein Junggeselle. Er wohnte in einem eleganten, düsteren Haus am Sutton Place, in einem Haus, das interessant eingerichtet war. Unter anderem gab es dort drei Picassos, eine prächtige Spieldose, Masken von den Südsee-Inseln und einen stämmigen dänischen Burschen, den Hausdiener. Kurt Kuhnhardt lud gelegentlich einen seiner Angestellten zum Essen ein, seinen jeweiligen Favoriten, denn er suchte ständig jemanden zu protegieren. Es war eine gefährliche Position, denn diese Beziehungen waren wunderlich und undurchschaubar: Der Günstling fand sich beim Studium der Stellenangebote wieder, auch wenn er am Tage vorher mit seinem Gönner herrlich gespeist hatte. Während seiner zweiten Woche bei der K.K.A. erhielt Walter, der als Hilfskraft für Margaret eingestellt worden war, eine kurze Mitteilung von Mr. Kuhnhardt, mit der er ihn zum Lunch bat. Er war natürlich sehr aufgeregt.

»Spielverderber?« sagte Margaret, während sie seine Krawatte zurechtrückte und einen Faden von seinem Rockaufschlag zupfte. »Nur das nicht. Das da ist doch nur eine — schau, für Kuhnhardt kannst du gut arbeiten, solange du dich nicht allzu sehr mit ihm beschäftigst, oder die Arbeit leidet darunter —, das da ist doch nur eine Episode.« Walter wußte, worauf Margaret hinauswollte; sie machte ihm keinen Augenblick etwas vor; er hatte den Wunsch, ebenso aufrichtig zu sein, hielt sich aber zurück; jetzt hatte er keine Zeit. In den nächsten Tagen allerdings mußte er versuchen, sie loszuwerden, und zwar bald. Es war erniedrigend, dieses Arbeiten für Margaret. Außerdem würde das gelingen, dachte er, während er in Herrn Kuhnhardts wasserblaue Augen sah, niemand würde es fertigbringen, ihn zu ducken.

»Du bist doch ein Idiot«, sagte Margaret. »Mein Gott, diese kleinen Freundschaften von K.K. hab' ich schon dutzendmal gesehen, sie bedeuten einen Dreck. Mit der Telefonistin hat er auch herumgeflirtet. Einen muß er immer zum Narren halten. Ehrenwort, Walter, so kommst du nicht schneller zum Ziel: Wichtig ist allein, wie du deine Arbeit machst.«

Er sagte: »Kannst du dich über mich beklagen? Ich mache meine Arbeit, so wie man es von mir erwarten kann.«

»Kommt immer drauf an, was du unter erwarten verstehst«, sagte sie.

An einem der darauffolgenden Samstage verabredete er sich mit ihr am Hauptbahnhof. Sie wollten nach Hartford fahren und den Nachmittag bei seiner Familie verbringen, dafür hatte sie sich ein neues Kleid gekauft, einen neuen Hut und neue Schuhe. Aber er ließ sich nicht blicken. Statt dessen fuhr er mit Mr. Kuhnhardt nach Long Island und war hier der ehrfürchtigste von dreihundert Gästen auf Rosa Coopers erstem Ball. Rosa Cooper (geborene Kuppermann) war Erbin der Cooper Dairy

Products: ein dunkles, dralles, freundliches junges Mädchen mit gekünsteltem britischen Akzent, dem Ergebnis einer vierjährigen Erziehung bei Miß Jewett. Sie schrieb ihrer Freundin Anna Stimson einen Brief, den diese später einmal Walter zeigte: »Dem göttlichsten Mann begegnet. Sechsmal mit ihm getanzt, ein göttlicher Tänzer. Er ist Abteilungsleiter in einem Reklamebüro und sieht schrecklich gut aus. Wir haben uns verabredet — zum Abendessen und ins Theater!«

Margaret erwähnte diese Episode nicht, und Walter tat es auch nicht. Es war, als wäre nichts geschehen, außer daß sie — wenn nicht gerade geschäftliche Dinge zu erledigen waren — nicht mehr miteinander sprachen und sich auch nicht mehr sahen. Eines Nachmittags, als er genau wußte, daß sie nicht zu Hause war, ging er in ihre Wohnung mit einem Schlüssel, den sie ihm früher einmal gegeben hatte; er hatte noch ein paar Sachen bei ihr, Kleider, einige Bücher, seine Pfeife; während er herumwühlte und alles zusammensuchte, fand er ein Foto von sich, das mit Lippenstift rot bemalt war: Einen Augenblick hatte er das Gefühl, als fiele er in einen Traum. Er geriet auch an das einzige Geschenk, das er ihr je gemacht hatte, ein Fläschchen L'Heure bleue, es war noch unberührt. Er setzte sich auf die Bettkante, und während er eine Zigarette rauchte, strich seine Hand über das kühle Kopfkissen, und er erinnerte sich daran, wie ihr Kopf hier gelegen hatte, er erinnerte sich auch, wie sie hier am Sonntagvormittag immer gelegen und einander Comics vorgelesen hatten, von Barney Google und Dirk Tracy und Joe Palooka.

Sein Blick fiel auf das Radio, es war ein kleiner grüner Kasten; sie hatten immer bei Musik miteinander geschlafen, es war ganz gleich, was gespielt wurde, Jazz, Symphonien, Schlager: Es war ihr Zeichen gewesen, denn immer, wenn sie ihn gewollt hatte, hatte sie gesagt: »Wollen wir Radio hören, Liebling?« Jedenfalls war es nun vorbei, und er haßte sie, daran sollte er lieber denken. Er sah das Parfümfläschchen wieder und steckte es in die Tasche: Rosa würde sich vielleicht über eine Überraschung freuen.

Als er am nächsten Tag im Büro beim Eiswasserbehälter stehenblieb, stand Margaret da. Sie lächelte ihn beherrscht an und sagte: »Ich wußte gar nicht, daß du ein Dieb bist.« Es war das erste deutliche Zeichen von Freundschaft zwischen ihnen. Und plötzlich kam es Walter zum Bewußtsein, daß es im ganzen Büro niemand gab, der zu ihm hielt. Kuhnhardt? Auf ihn konnte man absolut nicht rechnen. Und alle andern waren seine Feinde: Jackson, Einstein, Fischer, Portner, Capehart, Ritter, Villa Byrd. O sicher, sie waren klug genug, es ihm nicht offen zu zeigen, nicht solange K. K.s Schwärmerei für ihn anhielt.

Nun ja, eine richtige Abneigung war schließlich nur etwas Positives, und das einzige, was Walter nicht ertrug, waren vage Beziehungen, vielleicht weil er in seinen eigenen Gefühlen so schwankend und unklar war. Er war sich nie sicher, ob er einen Menschen mochte oder nicht. Er brauchte Liebe, aber er war unfähig, selbst zu lieben. Er konnte dem andern gegenüber nie aufrichtig sein, ihm nie mehr als fünfzig Prozent der Wahrheit sagen. Auf der anderen Seite war es ihm unmöglich, dem andern die gleichen Schwächen zuzubilligen: Zu irgendeinem Zeitpunkt, dessen war Walter sicher, wurde er immer betrogen. Er hatte Angst vor dem andern, fürchtete ihn. In der Oberschule hatte er einmal ein Gedicht plagiiert und es in der Schülerzeitung veröffentlicht; er konnte die letzte Zeile nicht vergessen: *»Alles was wir tun, tun wir aus Angst.«* Und als ein Lehrer ihn überführte, hatte er je irgend etwas als ungerechter empfunden?

3

Zu Beginn des Sommers verbrachte er das Wochenende meist bei Rosa Cooper auf Long Island. Das Haus war gewöhnlich voller netter Studenten aus Yale und Princeton. Ihn irritierten sie aber, denn sie waren von der Art junger Männer, bei denen er schon in Hartford immer ein zittriges Gefühl in der Magengegend bekommen hatte, wenn er sie nur sah, und selten genug erkannten sie ihn auch als ebenbürtig an. Aber Rosa war ein lieber Kerl, das fand jeder, sogar Walter.

Aber wer so nett ist, meint es selten ernst, und Rosa meinte es auch nicht ernst mit Walter. Er machte sich nicht allzuviel daraus. Er konnte immerhin an einem solchen Wochenende eine

Menge Bekanntschaften machen: Taylor Ovinton, Joyce Randolph (ein Starlet), E. L. McEvoy und über ein Dutzend anderer Leute, deren Namen seinem Adressenbuch einen beträchtlichen Glanz verliehen. Eines Abends ging er mit Anna Stimson in einen Film, in dem die Randolph mitspielte. Und sie saßen noch nicht richtig, da wußten schon alle Leute um sie herum, daß es eine Freundin von ihm war, daß sie trank, unmoralisch lebte und nicht annähernd so hübsch war, wie Hollywood sie herausbrachte. Anna sagte, er benähme sich wie ein unreifes kleines Mädchen. »Ein Mann bist du nur in einer Beziehung, mein Herz«, sagte sie.

Anna Stimson hatte er bei Rosa kennengelernt. Sie war Redakteurin an einem Modemagazin, fast ein Meter achtzig groß, trug nur schwarze Kleider und hatte eine Vorliebe für Spazierstöcke, Monokel und Pfunde klimpernden mexikanischen Silbers. Zweimal war sie verheiratet gewesen, das erste Mal mit Buck Strong, dem Cowboy-Film-Idol, und sie hatte ein Kind, einen vierzehnjährigen Sohn, den sie hatte fortgeben müssen, in eine »Besserungs-Akademie«, wie sie es nannte.

»Es ist ein garstiges Kind«, sagte sie. »Er macht sich ein Vergnügen daraus, mit einem Kleinkalibergewhr aus dem Fenster wild in die Gegend zu schießen, wirft mit allem Möglichen um sich und stiehlt bei Woolworth: Ein abscheuliches Gör, genau wie du.«

Trotzdem war Anna gut zu ihm, und in ihren weniger depressiven, weniger boshaften Phasen hörte sie freundlich zu, wenn er seine Probleme hinausstöhnte und erklärte, warum er gerade so war, wie er war. Sein ganzes Leben lang hatte irgendein Betrüger ihm immer die falschen Karten zugeteilt. Da er Anna alle Laster zutraute, nur nicht, daß sie dumm war, betrachtete er sie als eine Art von Beichtvater: Nichts von dem, was er ihr zu erzählen hatte, konnte sie im Grunde mißbilligen. Er konnte zum Beispiel erzählen: »Ich habe Kuhnhardt eine Menge über Margaret vorgelogen; ich weiß, daß das ziemlich gemein ist, aber sie würde es mit mir genauso machen; und ich will ja gar nicht, daß er sie rauswirft, aber vielleicht versetzt er sie in sein Büro nach Chikago.«

Oder: »Ich war in einer Buchhandlung, ein Mann stand dort

und wir kamen ins Gespräch: Es war ein Mann in mittleren Jahren, ziemlich nett, sehr intelligent. Als ich ging, folgte er mir in kurzem Abstand: Ging ich über die Straße, ging er auch über die Straße, ging ich schneller, ging er auch schneller. Wir kamen so an sechs oder sieben Häuserblocks vorbei, und als mir endlich klar wurde, was er wollte, machte es mir Spaß, und ich überlegte, wie ich ihn ordentlich an der Nase herumführen konnte. Ich blieb also an der Ecke stehen und winkte einem Taxi; dann drehte ich mich um und sah den Burschen lange, lange an. Er kam angehetzt, war ein einziges Lächeln. Und ich sprang ins Auto, schlug die Tür zu, lehnte mich zum Fenster raus und lachte ihn schallend aus: Sein Gesichtsausdruck, der war schrecklich, er sah aus wie Christus. Ich kann ihn nicht vergessen. Sag, Anna, warum tu' ich so verrücktes Zeug? Mir war, als hätte ich es auf diese Weise allen denen heimgezahlt, die mich je gequält haben, aber es war auch noch etwas anderes.« Diese Geschichten pflegte er Anna zu erzählen, und dann ging er nach Hause und legte sich schlafen. Seine Träume waren licht und blau.

Nun interessierte er sich für das Problem Liebe, hauptsächlich deshalb, weil es für ihn kein Problem war. Er war sich jedoch dessen bewußt, daß er von niemandem geliebt wurde. Dieses Wissen war wie ein zusätzlicher Herzschlag in seinem Innern. Es liebte ihn wirklich kein Mensch. Anna vielleicht. Ob Anna ihn liebte? »Oh«, sagte Anna, »wann ist etwas schon das, was es zu sein scheint? Im Augenblick ist es eine Kaulquappe und wenig später ein Frosch. Es sieht aus wie Gold, aber steckt man es an den Finger, hinterläßt es einen grünen Streifen. Nimm zum Beispiel meinen zweiten Mann: Er schien ein netter Mensch zu sein und entpuppte sich dann auch als Lump. Du brauchst dich ja bloß in diesem Zimmer umzusehen: Warum kann man in diesem Kamin keinen Weihrauch verbrennen, und die Spiegel dort, sie lassen den Raum größer erscheinen und lügen. Nichts ist das, Walter, was es zu sein vorgibt. Weihnachtsbäume sind Zellophan, und der Schnee, das sind nur Seifenflocken. In uns schwirrt irgend etwas herum, was Seele genannt wird, und wenn man stirbt, ist man nicht tot; so lange wir aber am Leben sind, leben wir hinwiederum nicht. Und da willst du wissen, ob ich dich liebe? Sei nicht töricht, wir sind nicht einmal Freunde ...«

Hör, der Ventilator: Ein sich drehendes, wisperndes Rad: Er hat gesagt, du hast gesagt, sie haben gesagt, wir haben gesagt, immer im Kreise herum, langsam und schnell, während die Vergangenheit sich in endlosem Geschwätz wieder in Erinnerung bringt. Der alte Ventilator bricht das Schweigen: Der dritte August, der dritte, der dritte.

Am dritten August, es war ein Freitag, stand sein Name in der Zeitung, in der Klatschspalte von Winchell: »Walter Ranney, einflußreicher Reklamespezialist, und Rosa Cooper, Molkerei-Erbin, sagen ihren Freunden, daß sie anfangen sollen, Reis zu kaufen.« Walter selbst hatte dieses Gerücht dem Freund eines Freundes von Winchell zugetragen. Er zeigte die Notiz dem Verkäufer bei Whelan, wo er frühstückte. »Das bin ich«, sagte er, »der Mann bin ich«, und der Gesichtsausdruck des Jungen tat seiner Verdauung gut.

An jenem Morgen war es schon spät, als er ins Büro kam, und als er den Gang zwischen den Tischen entlangschritt, ging ihm eine leichte Unruhe unter den Stenotypistinnen voraus, die ihm wohltat. Aber kein Mensch sagte etwas. Gegen elf, nachdem er eine herrliche Stunde des Nichtstuns hinter sich gebracht hatte, ging er bei bester Laune hinunter in den Drugstore, um eine Tasse Kaffee zu trinken. Hier waren drei Männer aus dem Büro, Jackson, Ritter und Byrd. Als Walter hereinkam, stieß Jackson Byrd an und Byrd stieß Ritter an und alle drei drehten sich um. »Was du nicht sagst, einflußreicher Reklamespezialist?« sagte Jackson, ein Mann mit rötlicher Haut und frühzeitiger Glatze. Die beiden anderen lachten. Walter tat so, als hätte er nichts gehört, und verschwand schnell in einer Telefonzelle. »Hunde«, sagte er und gab vor, eine Nummer zu wählen. Schließlich, als er eine ganze Weile gewartet hatte, bis sie fort waren, telefonierte er wirklich. »Hallo, Rosa, hab' ich dich geweckt?«

»Nein.«

»Sag, hast du Winchell gesehen?«

»Ja.«

Walter lachte. »Kannst du dir denken, wo er das her hat?«

Keine Antwort.

»Was ist los? Du bist so komisch.«

»Wirklich?«

»Bist du ärgerlich?«

»Nur enttäuscht.«

»Warum?«

Stille. Und dann: »Das war schäbig, was du da getan hast, Walter, sehr schäbig.«

»Wovon sprichst du?«

»Leb wohl, Walter.«

Beim Fortgehen zahlte er die Tasse Kaffee, die er zu trinken vergessen hatte. In demselben Gebäude war ein Friseur. Er sagte, er wolle rasiert werden; nein — schneiden Sie mir die Haare; nein — maniküren bitte; und als er sich plötzlich im Spiegel entdeckte und sein Gesicht ihm entgegensah, fast so weiß wie der Frisierumhang, merkte er, daß er gar nicht wußte, was er wollte. Rosa hatte recht, er war schäbig. Er war immer bereit, seine Fehler einzusehen, denn wenn er sie zugab, war es, als ob er sie dadurch auslöschte. Er ging wieder hinauf, setzte sich an seinen Tisch, und er hatte das Gefühl, als ob er innerlich blute. Er wünschte sich sehnlichst, an Gott glauben zu können. Eine Taube stolzierte draußen am Fenstersims entlang. Eine Weile betrachtete er ihr glänzendes, sonnendurchflutetes Gefieder und die wippende Würde ihrer Bewegungen. Dann, ehe er selbst begriff, was er tat, hatte er den gläsernen Briefbeschwerer gefaßt und nach ihr geworfen. Sie stieg ruhig auf, und der Briefbeschwerer drehte sich, während er fiel, und sah aus wie ein riesengroßer Regentropfen: Vermutlich, dachte er, einem entfernten Schrei lauschend, vermutlich habe ich jemanden verletzt oder gar getötet? Aber es geschah nichts. Nur die Finger der Stenotypistinnen hämmerten, dann klopfte es: »He, Ranney, K. K. will Sie sprechen.«

»Es tut mir leid«, sagte Mr. Kuhnhardt und spielte zerstreut mit seinem goldenen Füllfederhalter. »Und Sie können natürlich ein Empfehlungsschreiben von mir haben, Walter, jederzeit.«

Im Fahrstuhl stand Walter eingekeilt in eine feindliche Masse, die mit ihm in die Tiefe glitt. Margaret war da, sie trug ein blaues Band im Haar. Sie sah ihn an, und ihr Gesicht unterschied sich von den andern, es war nicht so hohl und leer: Hier war noch ein bißchen Mitgefühl. Aber sie sah ihn an und sah auch durch ihn hindurch. Es ist alles nur ein Traum: Er durfte sich nicht gestatten, etwas anderes zu glauben; und doch, hier unter dem Arm trug er den Gegenbeweis für diesen Traum, einen Umschlag aus Manilahanf, in den alle Sachen von seinem Tisch hineingepfropft waren, die ihm gehörten. Als der Fahrstuhl seine Last in die Eingangshalle ausspie, wußte er, daß er mit Margaret sprechen mußte, sie fragen, ob sie ihm verzeihen könne, sie um Hilfe bitten. Aber sie schlüpfte geschwind zu einem der Ausgänge, und er verlor sie in dieser feindlichen Umgebung aus den Augen. Ich liebe dich, sagte er und eilte ihr nach, ich liebe dich, sagte er und blieb doch stumm.

»Margaret! Margaret!«

Sie drehte sich um. Das blaue Band paßte zu ihren Augen. Diese Augen sahen ihn an, wurden sanft, beinahe freundlich. Oder war es Mitleid?

»Bitte«, sagte er, »ich dachte, wir könnten zusammen etwas trinken, drüben bei Benny vielleicht. Wir sind doch immer gern bei Benny gewesen, erinnerst du dich?«

Sie schüttelte den Kopf. »Ich bin verabredet und komme schon zu spät.«

»Oh!«

»Ja, ich hab' keine Zeit«, sagte sie und fing an zu laufen. Er stand da und sah ihr nach, wie sie die Straße entlangrannte mit flatterndem Band, das im schwindenden Sommerlicht leuchtete. Und dann war sie fort.

Seine Einzimmer-Wohnung in einem Haus ohne Fahrstuhl in der Nähe von Grammercy Park hätte eigentlich gelüftet und saubergemacht werden müssen, aber Walter goß sich einen Whisky ein, sagte: »Soll sich der Teufel drum kümmern« und streckte sich auf seiner Couch aus. Was nützte es alles? Es war ganz gleich, was man tat und wie sehr man sich bemühte, am Ende war alles gleich Null; jeder wurde jeden Tag und überall betrogen, wem war da ein Vorwurf zu machen. Aber es war schon merkwürdig; während er hier in dem dämmrig-grauen Zimmer lag und seinen Whisky schlürfte, fühlte er sich ruhig wie schon eine Ewigkeit nicht mehr. Es war wie damals, als er in Algebra versagt und sich danach so erlöst gefühlt hatte, so frei; es war seine Bestimmung, zu versagen, dies wurde ihm zur Gewißheit; und das, was gewiß ist, macht ruhig. Er wollte nun New York verlassen, eine Ferienreise machen; er hatte noch ein paar hundert Dollars, die würden bis zum Herbst reichen.

Und während er sich fragte, wohin er fahren solle, sah er plötzlich, als ob ein Film vor ihm abliefe, seidene Mützen, kirschrot und zitronengelb, und kleine Männer mit klugen Gesichtern, die lebhaft gepunktete Hemden trugen. Er schloß die Augen und war plötzlich fünf Jahre alt. Es war wunderbar, sich an die Freuden damals zu erinnern, die warmen Würstchen, das große Fernglas seines Vaters. Saratoga: Schatten verhüllten sein Gesicht, es wurde dunkel. Er knipste eine Lampe an, goß noch einen Whisky ein, ließ eine Rumbaplatte abspielen und fing an zu tanzen. Seine Schuhsohlen glitten auf dem Teppich: Oft hatte er gedacht, mit einem bißchen Training hätte er vielleicht ein Turniertänzer werden können.

Gerade als die Musik zu Ende war, läutete das Telefon. Er stand regungslos da, hatte irgendwie Angst sich zu melden, und das Lampenlicht, die Möbel, alles im Zimmer versank. Als er endlich dachte, daß es aufgehört hätte zu klingeln, fing es wieder an, noch lauter, schien es ihm, und eindringlicher. Er stolperte über eine Fußbank, hob den Hörer ab, ließ ihn sinken, nahm ihn wieder auf und sagte: »Ja?«

Ferngespräch: Ein Anruf aus irgendeiner Stadt in Pennsylvanien, den Namen verstand er nicht. Eine Weile knackte es im Apparat, dann kam eine klare geschlechtslose Stimme, die er nie zuvor gehört hatte. »Hallo, Walter!«

»Wer ist dort, bitte?«

Keine Antwort, nur ein tiefes regelmäßiges Atmen vom anderen Ende; die Verbindung war sehr gut, der andere schien direkt neben ihm zu stehen, die Lippen gegen sein Ohr gepreßt. »Ich mag solchen Unsinn nicht. Wer ist dort?« — »Oh, du kennst mich, Walter. Du kennst mich schon sehr lange.« Ein Klicken, und dann nichts mehr.

5

Es war Nacht, und es regnete, als der Zug in Saratoga ankam. Er hatte fast die ganze Fahrt über geschlafen und in der heißen

Feuchtigkeit des Abteils geschwitzt. Er hatte von einem alten Schloß geträumt, in dem nur alte Truthähne lebten. In einem andern Traum kamen sein Vater vor, Kurt Kuhnhardt, irgendwer ohne Gesicht, Margaret und Rosa, Anna Stimson und eine merkwürdige dicke Dame mit Diamantenaugen. Er stand auf einer langen, ausgestorbenen Straße; außer einem langsam herannahenden Zug schwarzer Autos, die an Leichenwagen erinnerten, schien da nichts Lebendiges zu sein. Dennoch wußte er, daß aus jedem Fenster unsichtbare Augen ihn in seiner Nacktheit beobachteten, und er winkte wie wahnsinnig dem ersten Auto; es hielt an, und ein Mann, es war sein Vater, öffnete einladend die Tür. Papa, schrie er und stürzte vorwärts, da schlug die Tür wieder zu, zerquetschte ihm die Finger, und mit brüllendem Gelächter lehnte sich sein Vater zum Fenster hinaus und warf ihm einen riesengroßen Kranz aus Rosen zu. Im zweiten Auto war Margaret, im dritten die Dame mit den Diamantenaugen (war es nicht Fräulein Casey, seine alte Algebralehrerin?), im vierten saß Mr. Kuhnhardt mit einem neuen Schützling, dem Geschöpf ohne Gesicht. Jede Tür öffnete sich, jede schloß sich wieder, alle lachten sie, alle warfen Rosen. Der feierliche Zug rollte ruhig die stille Straße hinunter. Und mit einem schrecklichen Schrei fiel Walter in den Berg von Rosen: Die Dornen rissen ihn blutig, und ein plötzlicher Regen, ein grauer Wolkenbruch, vernichtete die Blüten und spülte das fahle Blut fort, das auf die Blätter getropft war.

An dem fixierenden Blick der Frau, die ihm gegenübersaß, erkannte er, daß er im Traum geschrien hatte. Er lächelte sie blöde an, und es kam ihm vor, als ob sie verlegen fortsähe. Sie war verkrüppelt; an ihrem linken Fuß trug sie einen riesigen Schuh. Später, auf dem Bahnhof in Saratoga, half er ihr das Gepäck tragen, und sie nahmen zusammen ein Taxi; sie sprachen kein Wort miteinander: Jeder saß in seiner Ecke und sah in den Regen und die verschwommenen Lichter. Vor ein paar Stunden hatte er in New York seine ganzen Ersparnisse von der Bank abgehoben, die Tür seiner Wohnung verschlossen und keine Nachricht hinterlassen; außerdem, in dieser Stadt gab es keine Menschenseele, die ihn kannte. Das war ein gutes Gefühl.

Das Hotel war überfüllt. Abgesehen von der sich drängenden

Menschenmenge, sagte ihm der Portier, tage hier ein Ärztekongreß. Nein, es tue ihm leid, aber er wisse nirgends ein Zimmer. Vielleicht morgen.

So machte Walter die Bar ausfindig. Wenn er schon die ganze Nacht aufbleiben mußte, warum sollte er dann nicht wenigstens trinken. Die Bar war sehr groß, sehr heiß und laut, sie leuchtete von den Farben grotesker Sommerkleidung: Da gab es Damen mit Silberfüchsen, die um sie herumbaumelten, kleine, zu kurz geratene Jockeis und blasse Männer mit lauten Stimmen, die billige Anzüge mit phantastischen Karos trugen. Doch nach ein paar Drinks schien der Lärm weit weg zu sein. Als er sich nun umschaute, sah er die Krüpplige. Sie war allein an einem Tisch, saß steif da und nippte an einem Pfefferminzlikör. Sie tauschten ein Lächeln aus. Er stand auf und ging zu ihr hinüber. »Es ist gar nicht so, als ob wir Fremde wären«, sagte sie, als er sich setzte. »Sie sind wohl zu den Pferderennen hergekommen?«

»Nein«, sagte er, »nur um mich zu erholen. Und Sie?«

Sie schürzte die Lippen. »Sicher haben Sie gesehen, daß ich einen Klumpfuß habe. O doch, tun Sie nicht so überrascht: Sie haben es bemerkt, man sieht es ja sofort. Schaun Sie«, sagte sie und drehte ihren Strohhalm im Glas herum, »schaun Sie, mein Doktor wird auf diesem Kongreß einen Vortrag halten, er wird über mich und meinen Fuß sprechen, weil ich ein besonderer Fall bin. Ach, ich hab' schreckliche Angst. Ich glaube, ich werde meinen Fuß vorzeigen müssen.«

Walter sagte, es tue ihm leid, sie aber antwortete, da wäre nichts, was einem leid tun könnte, denn schließlich hätte sie ja dadurch ein paar Tage Ferien. »Sechs Jahre bin ich nicht mehr von zu Hause fort gekommen. Vor sechs Jahren war ich eine Woche im Berggasthof zum Bären.« Ihre Wangen waren gerötet, wie gefleckt, und ihre Augen, die zu dicht zusammenstanden, waren lavendelfarben und brennend: Sie schienen nie zu blinzeln. Sie trug einen goldenen Ehering; es war reines Theater: Sicher fiel niemand darauf herein.

»Ich bin Hausangestellte«, antwortete sie auf seine Frage. »Ich finde gar nichts dabei. Ich verdiene auf ehrliche Weise mein Brot und mache es gern. Die Leute, bei denen ich arbeite, haben das goldigste Kind, das ich kenne, es heißt Ronnie. Ich liebe ihn mehr als seine Mutter, und er mag mich auch lieber; er hat es mir selbst gesagt. Das ist eine. Die ist den ganzen Tag betrunken.« Ihr zuzuhören war deprimierend, aber Walter hatte plötzlich Angst, allein zu sein, er blieb, trank und sprach mit ihr, wie er früher mit Anna Stimson gesprochen hatte. »Pst«, sagte sie an einer Stelle, als er zu laut geworden war, und viele Leute zu ihnen herüberschauten. Walter sagte, zum Teufel mit ihnen, was gingen sie ihn an; es kam ihm vor, als wäre sein Gehirn aus Glas, und als hätte aller Whisky, den er bisher getrunken hatte, sich in einen Hammer verwandelt: Er spürte, wie die Glassplitter in seinem Kopf klirrten. Alles erschien ihm verzerrt und verfälscht; die Krüpplige zum Beispiel schien nicht nur eine Person zu sein: Sie war Irving, seine Mutter, ein Mann namens Bonaparte, Margaret und noch andere: Mehr und mehr kam er zu der Erkenntnis, daß alles Erlebte einen Kreis bildete, aus dem kein Augenblick isoliert oder vergessen werden konnte.

6

Die Bar wurde geschlossen. sie ließen sich ihre Rechnungen getrennt geben, und während sie auf ihr Wechselgeld warteten, sprach keiner ein Wort. Als sie ihn mit ihren unbeweglichen lavendelfarbenen Augen ansah, schien sie sich völlig in der Hand zu haben, aber Walter spürte dennoch in ihr eine geheime Erregung. Als der Kellner zurückkam, teilten sie das Wechselgeld, und sie sagte: »Wenn Sie wollen, können Sie mit mir mitkommen.« Eine brennende Röte flog über ihr Gesicht. »Ich meine, weil Sie sagten, daß Sie nicht wüßten, wo Sie schlafen sollen...« Walter nahm ihre Hand: Ihr Lächeln war rührend scheu.

In einer Wolke von billigem Parfum kam sie aus dem Badezimmer, sie hatte nur einen durchsichtigen, fleischfarbenen Kimono an und das Monstrum von schwarzem Schuh. In diesem Augenblick begriff er, daß er es nicht würde tun können. Nie zuvor war er sich so jämmerlich vorgekommen: Das hätte nicht einmal Anna Stimson ihm je verziehen. »Nicht herschaun«, sagte sie, und ihre Stimme zitterte, »ich bin komisch darin, irgend jemand meinen Fuß zu zeigen.«

Er drehte sich zum Fenster, wo dichte Ulmenblätter im Regen rauschten und Blitze hell herüberleuchteten, die zu weit entfernt waren, als daß man den Donner hätte hören können. »Fertig«, sagte sie. Walter regte sich nicht.

»Fertig«, wiederholte sie ängstlich. »Soll ich das Licht ausmachen? Ich meine, vielleicht wollen Sie sich lieber im Dunkeln ausziehn.«

Er trat an die Bettkante, beugte sich nieder und küßte ihre Wange. »Ich weiß, daß Sie sehr lieb sind, aber...«

Das Telefon unterbrach ihn. Sie sah ihn stumm an. »Jesus Christus«, sagte sie dann und hielt die Muschel mit der Hand zu, »ein Ferngespräch! Ich wette, es ist wegen Ronnie! Ich wette, er ist krank, oder — hallo — was? Ranney? Aber nein. Falsch ver...«

»Warten Sie«, sagte Walter und nahm den Hörer. »Ich bin es selbst, hier ist Walter Ranney!«

»Hallo, Walter.«

Diese eintönige, geschlechtslose, weitentfernte Stimme war wie ein Schlag in die Magengrube. Das Zimmer schien zu schwanken, sich zu verzerren. Wie ein Schnurrbart standen Schweißperlen auf seiner Oberlippe. »Wer ist dort?« sagte er so langsam, daß die Worte gar nicht zusammenzuhängen schienen.

»Oh, du kennst mich, Walter. Du kennst mich schon sehr lange.« Dann Stille: Wer es auch immer gewesen war, er hatte eingehängt.

»Hm«, sagte die Frau, »können Sie sich denken, woher die wissen, daß Sie in meinem Zimmer sind? Ich meine — sagen Sie, haben Sie eine schlechte Nachricht bekommen? Sie sehen so aus, als ob ... —

Walter ließ sich auf sie fallen, klammerte sich an sie, preßte seine nasse Wange gegen die ihre. »Halt mich fest«, sagte er, und entdeckte, daß er noch weinen konnte. »Bitte, halt mich fest!«

»Armer kleiner Junge«, sagte sie und tätschelte seinen Rükken. »Mein armer, kleiner Junge: Wir sind schrecklich allein auf dieser Welt, ich weiß.« Und er schlief auf der Stelle in ihren Armen ein.

Aber seitdem hatte er nicht mehr geschlafen, und er konnte es auch jetzt nicht, nicht einmal, wenn er dem eintönigen Gesumme des Ventilators zuhörte; in seinem Kreisen hörte er Eisenbahnräder: Von Saratoga nach New York, von New York nach New Orleans. Und New Orleans hatte er nur gewählt, weil es eine Stadt war, in der er keinen Menschen kannte, und sie war weit weg. Vier sich drehende Ventilatorenflügel, Räder und Stimmen, immer im Kreis herum; und nach allem, so wie er es jetzt sah, gab es bei diesem Spinnennetz aus Bosheit überhaupt kein Ende.

In den Rohren an den Wänden rauschte das Wasser hinunter, über ihm tappten Schritte, Schlüssel klapperten in der Halle, ein Nachrichtensprecher rasselte irgendwo seinen Text herunter, im nächsten Zimmer sagte ein kleines Mädchen: »Warum? Warum? WARUM?« Nur in seinem Zimmer war eine Spur von Stille. Bei dem Licht, das durch das Fenster in der Tür hereinfiel, sahen seine Füße aus wie abgeschlagene Steine: Seine glänzenden Fußnägel waren zehn kleine Spiegel, die alles grün widerspiegelten. Er setzte sich auf und trocknete sich mit einem Handtuch den Schweiß ab; mehr als alles andere ängstigte ihn jetzt die Hitze, denn an ihr erkannte er deutlich seine ganze Hilflosigkeit. Er warf das Handtuch durchs Zimmer, es landete auf einem Lampenschirm und schaukelte hin und her. In diesem Augenblick klingelte das Telefon. Und es klingelte. Es war so laut, daß er meinte, man müsse es im ganzen Hotel hören. Ein Heer von Leuten würde kommen und an seine Tür hämmern. So vergrub er sein Gesicht ins Kopfkissen, hielt sich die Ohren zu und dachte: Denk an nichts, denk an den Wind!

FREDRIC BROWN

Komm und werd verrückt

Geistesgestörtheit gehört zu den erschreckendsten Phänomenen, die es gibt. Aber was ist Geistesgestörtheit? Und was ist „Normalität"? Ist die Realität so, wie wir sie wahrnehmen, oder ist sie etwas völlig anderes — etwas, das unsere wildesten Alpträume übersteigt? Das sind die Fragen, die Fredric Brown, ein Meister des Sarkastischen und Phantastischen, in dieser Kurzgeschichte, die uns frösteln macht, stellt — und die Antworten, die er gibt, sind schrecklich genug, um uns zum Wahnsinn zu treiben…

I

Er hatte es irgendwie gewüßt, als er an jenem Morgen aufgewacht war. Jetzt, als er aus dem Fenster der Redaktion in das Licht der frühen Nachmittagssonne hinausstarrte, das schräg zwischen den Gebäuden hindurchfiel und ein Muster aus Licht und Schatten wob, war er sich noch sicherer. Er wußte, daß bald, vielleicht noch heute, etwas Wichtiges passieren würde. Ob es gut oder schlecht sein würde, wußte er nicht, aber er hatte eine dunkle Ahnung. Und das hatte seinen Grund; es gibt wenig Gutes, das einem Menschen unerwartet widerfährt, das heißt etwas von bleibender Bedeutung. Das Unheil kann aus unzähligen Richtungen hereinbrechen, auf erstaunlich unterschiedliche Weise.

Eine Stimme sagte: »He, Mr. Vine«, und er wandte sich langsam vom Fenster ab. Das war an sich schon seltsam, denn es war eigentlich nicht seine Art, sich langsam zu bewegen; er war ein kleiner, lebhafter Mann, von fast katzenartiger Schnelligkeit der Reaktionen und Bewegungen.

Aber jetzt veranlaßte ihn etwas dazu, sich langsam vom Fenster abzuwenden, fast als erwartete er, dieses Chiaroscuro eines frühen Nachmittags nie mehr wiederzusehen.

Er sagte: »Hallo, Red.«

Der sommersprossige Laufbursche meinte: »Ihre Majestät will Sie sprechen.«

»Jetzt gleich?«

»Nö. Wie's Ihnen paßt. Irgendwann nächste Woche vielleicht. Wenn Sie grad beschäftigt sind, geben Sie ihm doch 'nen Termin!«

Er hielt Red die Faust ans Kinn und versetzte ihm einen leichten Stoß, und der Laufbursche stolperte in gespielter Verzweiflung zurück.

Er ging hinüber zum Wasserspender. Er drückte mit dem Daumen auf den Knopf, und Wasser gurgelte in den Papierbecher.

Harry Wheeler schlenderte herüber und sagte: „Tagchen, Nappy. Was is' los? Wohl zum Chef zitiert worden?«

Er meinte: »Klar, wegen 'ner Gehaltserhöhung.«

Er trank, zerknüllte den Becher und warf ihn in den Abfalleimer. Er ging zu der Tür mit der Aufschrift PRIVAT hinüber und ging hinein.

Walter J. Candler, der Chefredakteur, schaute von der Arbeit auf seinem Schreibtisch auf und meinte leutselig: »Setzen Sie sich, Vine. Bin gleich fertig«, und wandte sich dann wieder seinen Papieren zu.

Er machte es sich auf dem Stuhl gegenüber Candler bequem, fingerte eine Zigarette aus seiner Hemdtasche und zündete sie an. Er studierte die Rückseite des Blattes Papier, von dem der Chefredakteur die Vorderseite las. Auf der Rückseite stand nichts.

Der Chefred. legte das Papier beiseite und sah ihn an. »Vine, ich hab' da was Verzwicktes. Sie sind doch Spezialist für verzwickte Fälle.«

Er grinste den Chefred. bedächtig an. Er meinte: »Wenn das ein Kompliment sein soll — danke.«

»Klar ist das 'n Kompliment. Sie haben für uns 'n paar ganz schön vertrackte Sachen erledigt. Dieser Fall liegt anders. Ich hab' bis jetzt noch nie 'nen Reporter gebeten, was zu machen, das ich nicht selber machen würde. *Ich* würd' das hier nicht machen, also bitt' ich Sie auch nicht drum.«

Der Chefred. nahm wieder den Zettel in die Hand, den er vorher gelesen hatte, und legte ihn dann wieder weg, ohne das Blatt Papier überhaupt angeschaut zu haben. »Jemals was von Ellsworth Joyce Randolph gehört?«

»Leiter der Nervenheilanstalt? Na klar, ich hab' ihn mal getroffen, zufällig.«

»Was haben Sie für 'nen Eindruck von ihm?«

Er war sich bewußt, daß der Chefredakteur ihn angespannt anstarrte, daß das keine zufällige Frage war. Er wich aus. »Wie meinen Sie das? Meinen Sie: Ist er ein netter Kerl, ist er ein guter Politiker, kann er als Psychiater gut mit seinen Patienten umgehen oder was?«

»Ich meine: Was glauben Sie, wie normal er ist?«

Er sah Candler an, und sah: Candler scherzte nicht. Candlers Gesicht war völlig ausdruckslos.

Er begann zu lachen, und dann hörte er auf zu lachen. Er lehnte sich nach vorne über Candlers Schreibtisch. »Ellsworth Joyce Randolph«, sagte er. »Sie reden von Ellsworth Joyce Randolph?«

Candler nickte. »Dr. Randolph ist heute morgen hier gewesen. Er hat eine reichlich seltsame Geschichte erzählt. Er wollte nicht, daß ich sie drucke. Er wollte aber, daß ich sie überprüfe, daß ich unseren besten Mann hinschicke, um sie zu überprüfen. Er hat gesagt, wenn wir herausfinden, daß sie stimmt, könnten wir sie mit Großbuchstaben und in roter Farbe drucken.« Candler verzog den Mund zu einem Grinsen. »Und das würde auch hinhauen.«

Er drückte seine Zigarette aus und musterte Candlers Gesicht. »Aber die Geschichte selbst ist so verquer, daß Sie nicht genau wissen, ob Dr. Randolph nicht selbst verrückt ist.«

»Genau.«

»Und was ist so schwierig an dem Auftrag?«

»Der Doktor sagt, ein Reporter könnte die Story nur von innen kriegen.«

»Sie meinen, als Wärter oder so was 'reingehen?«

Candler meinte: »Als irgendwas.«

»Oh.«

Er stand vom Stuhl auf und ging zum Fenster hinüber, wandte dem Chefredakteur den Rücken zu, schaute hinaus. Die Sonne war fast nicht weitergewandert. Trotzdem sahen die Schattenmuster in den Straßen anders aus, merkwürdig anders. Auch das Schattenmuster in seinem Innern sah anders aus. Er wußte, daß es so hatte kommen müssen. Er drehte sich um. Er sagte: »Nein. Zum Teufel noch mal, nein.,«

Candler zuckte fast unmerklich die Achseln. »Kann ich Ihnen nicht verübeln. Ich hab' Sie nicht mal drum gebeten. Ich selbst würd's auch nicht machen.«

Er fragte: »Was glaubt Ellsworth Joyce Randolph denn, daß in seiner Klapsmühle vor sich geht? Das muß ja ganz schön verquer sein, wenn Sie sich deswegen fragen, ob Randolph selber normal ist.«

»Das kann ich Ihnen nicht sagen, Vine. Hab's ihm versprochen, egal, ob Sie den Auftrag annehmen oder nicht.«

»Sie meinen — selbst wenn ich den Job annehme, weiß ich immer noch nicht, wonach ich suche?«

»Genau. Sie wären sonst voreingenommen. Sie wären nicht mehr objektiv. Sie würden nach etwas suchen, und Sie würden vielleicht denken, Sie haben's gefunden, egal, ob's existiert oder nicht. Oder Sie könnten so voreingenommen dagegen sein, es zu finden, daß Sie sich sogar dann noch weigern würden, es zu erkennen, wenn es Ihnen förmlich »ins Gesicht springt«.

Er marschierte vom Fenster zum Schreibtisch hinüber und ließ seine Faust darauf heruntersausen.

Er sagte: »Verdammt noch mal, Candler, warum ausgerechnet *ich?* Sie wissen doch, was vor drei Jahren mit mir passiert ist.«

»Sicher. Gedächtnisschwund.«

»Sicher. Gedächtnisschwund. Einfach so. Aber ich hab' kein Geheimnis draus gemacht, daß ich nie über diesen Gedächtnisschwund weggekommen bin. Ich bin dreißig Jahre alt — oder bin ich das überhaupt? Mein Gedächtnis reicht drei Jahre zurück. Wissen Sie, wie es ist, wenn man grad' drei Jahre zurück eine weiße Wand im Hirn hat?

Ja, sicher, ich weiß, was auf der anderen Seite dieser Wand ist. Ich weiß es, weil's mir jeder sagt. Ich weiß, daß ich hier vor zehn Jahren als Laufbursche angefangen habe. Ich weiß, wann ich geboren bin und wo, und ich weiß, daß meine Eltern beide tot sind. Ich weiß, wie sie ausgesehen haben — weil ich ihre Fotos gesehen habe. Ich weiß, daß ich weder Frau noch Kinder hatte, weil jeder, der mich gekannt hat, mir gesagt hat, daß ich keine hatte. Und hören Sie jetzt besonders gut zu — jeder, der mich gekannt hat, nicht jeder, den ich gekannt habe. Ich habe niemanden gekannt.

Sicher, ich bin ganz gut zurechtgekommen seitdem. Nachdem ich aus dem Krankenhaus gekommen bin — und ich erinnere mich nicht mal mehr an den Unfall, der mich da 'reingebracht hat —, bin ich hier wieder ganz gut zurechtgekommen, weil ich immer noch gewußt habe, wie man Berichte schreibt, auch wenn ich alle Namen wieder ganz neu lernen mußte. Ich war nicht schlechter dran als ein neuer Berichterstatter, der bei einer Zeitung in einer fremden Stadt von der Pieke auf anfängt. Und alle waren verdammt hilfsbereit.«

Candler hob eine Hand besänftigend, um den Wortschwall einzudämmen. Er meinte: »In Ordnung, Nappy. Sie haben nein gesagt, und das genügt. Ich versteh' nicht, was das alles mit dieser Story zu tun hat, aber das einzige, was Sie tun mußten, war nein sagen. Also vergessen Sie das Ganze.«

Die Anspannung war nicht von ihm gewichen. Er sagte: »Sie verstehen nicht, was *das* mit der Story zu tun hat? Sie bitten mich — oder gut, Sie bitten mich nicht, Sie schlagen vor —, daß ich mich für unzurechnungsfähig erklären lasse, als Patient in eine Anstalt gehe. Und das, wenn — wieviel Vertrauen in seinen eigenen Verstand kann jemand haben, wenn er sich nicht an seine Schulzeit erinnern kann, wenn er sich nicht daran erinnern kann, wie er die Leute, mit denen er jeden Tag zusammenarbeitet, kennengelernt hat, sich nicht daran erinnern kann, wie er in seinem jetzigen Job angefangen hat, sich an nichts erinnern kann — was vor diesen drei Jahren liegt?«

Unvermittelt schlug er wieder mit der Faust auf den Tisch, und kam sich dann deswegen lächerlich vor. Er sagte: »Tut mir leid. Ich wollt' mich nicht so 'reinsteigern.«

Candler meinte: »Setzen Sie sich.«

»Die Antwort lautet immer noch nein.«

»Setzen Sie sich trotzdem.«

Er setzte sich und fummelte eine Zigarette aus der Tasche, zündete sie sich an.

Candler sagte: „Ich wollte das nicht mal erwähnen, aber jetzt muß ich das wohl. Jetzt, wo Sie so reagiert haben. Ich hab' nicht gewußt, daß Sie so 'ne Einstellung zu Ihrem Gedächtnisverlust haben. Ich hab' gedacht, daß die Angelegenheit schon längst vom Tisch ist.

Hören Sie mir jetzt gut zu. Als Dr. Randolph mich gefragt hat, welcher Reporter von uns diese Story am besten übernehmen könnte, hab' ich ihm von Ihnen erzählt. Über Ihre Vergangenheit. Er hat sich auch dran erinnert, daß er Sie mal getroffen hat. Aber er hatte nicht gewußt, daß Sie unter Gedächtnisschwund leiden.«

»Ist das der Grund, warum Sie mich vorgeschlagen haben?«

»Lassen wir diesen Punkt mal, bis ich fertigerzählt habe. Er hat gesagt, er wäre gern bereit, eine der neueren milderen Schocktherapien mit Ihnen zu versuchen, solange Sie dort sind, und daß das Ihre verlorene Erinnerung wieder zurückbringen könnte. Er hat gesagt, es würde sich lohnen, das zu probieren.«

»Er hat nicht gesagt, daß es funktionieren würde.«

»Er hat gesagt, es könnte funktionieren, auf jeden Fall würde es Ihnen nicht schaden.«

Er drückte die Zigarette aus, an der er nur dreimal gezogen hatte. Er schaute Candler wütend an. Er mußte nicht sagen, was in seinem Kopf vorging; der Chefredakteur konnte es selbst an seinem Gesicht ablesen.

Candler meinte: »Beruhigen Sie sich, mein Junge. Denken Sie dran, ich hab' kein Wort davon gesagt, bis Sie selbst damit angefangen haben, wie sehr Sie diese Wand in Ihrem Gedächtnis quält. Ich hab' mir das nicht bewußt aufgespart. Ich hab's nur erwähnt, weil ich Ihnen gegenüber fair sein wollte, nach dem, was Sie gesagt haben.«

»Fair!«

Candler zuckte die Achseln. »Sie haben nein gesagt. Ich hab' das akzeptiert. Dann haben Sie angefangen, hier 'rumzutoben, und mich soweit gebracht, daß ich etwas erwähnen mußte, woran ich bis zu dem Zeitpunkt kaum gedacht hatte. Vergessen Sie's. Wie geht's mit dieser Schiebungsgeschichte voran? Irgendwelche neuen Hinweise?«

»Setzen Sie jemand anders auf die Anstaltsstory an?«

»Nein. Sie wären der einzig Richtige dafür.«

»Was *ist* das für eine Geschichte? Muß ganz schön vertrackt sein, wenn Sie sich deswegen fragen, ob Dr. Randolph normal ist. Denkt er, daß seine Patienten mit seinen Ärzten die Plätze tauschen sollen oder was?«

Er lachte. »Klar, das können Sie mir nicht sagen. Verleiht der Sache wirklich 'nen wunderschönen doppelten Reiz. Neugier — und die Hoffnung, diese Wand einzureißen. Was hängt da sonst noch dran? Wenn ich ja statt nein sage, wie lange muß ich drinbleiben, unter welchen Umständen? Wie groß ist meine Chance, daß ich wieder 'rauskomme? Und wie komm' ich 'rein?«

Candler meinte bedächtig: »Vine, ich bin mir nicht mehr so sicher, ob Sie das wirklich probieren sollen. Vergessen wir die ganze Angelegenheit.«

»Nein. Jedenfalls nicht, solange Sie nicht meine Fragen beantwortet haben.«

»Okay. Sie würden anonym 'reingehen, so daß kein schlechter Ruf an Ihnen hängenbleibt, wenn die Geschichte schiefgeht. Wenn sie klappt, können Sie die ganze Wahrheit erzählen — auch Dr. Randolphs geheimes Einverständnis, Sie 'rein- und wieder 'rauszuschleusen. Die Katze ist dann aus dem Sack.

Es ist möglich, daß Sie das, was Sie suchen, schon nach ein paar Tagen finden — und Sie würden auf keinen Fall mehr als ein paar Wochen dranbleiben.«

»Wie viele Leute in der Anstalt außer Randolph würden wissen, wer ich bin und warum ich da bin?«

»Keiner«, Candler beugte sich vor und hielt vier Finger seiner linken Hand hoch. »Vier Leute müßten davon wissen. Sie.« Er deutete auf einen Finger. »Ich.« Auf einen zweiten. »Dr. Randolph.« Der dritte Finger. »Und noch ein anderer Reporter von hier.«

»Nicht, daß ich was dagegen hätte, aber warum der andere Reporter?«

»Vermittler. In doppelter Hinsicht. Zuerst wird er mit Ihnen zu einem Psychiater gehen; Randolph wird einen empfehlen, den Sie relativ leicht an der Nase herumführen können. Er wird Ihren Bruder spielen und verlangen, daß Sie untersucht und für unzurechnungsfähig erklärt werden. Sie überzeugen den Psychiater, daß Sie verrückt sind, und er wird Sie für unzurechnungsfähig erklären. Es sind natürlich zwei Ärzte nötig, damit Sie eingewiesen werden, aber Randolph wird der zweite sein. Ihr angeblicher Bruder wird verlangen, Randolph als zweiten hinzuzuziehen.«

»Das Ganze unter falschem Namen?«

»Wenn Ihnen das lieber ist. Obwohl es eigentlich keinen richtigen Grund dafür gibt.«

»Finde ich auch. Halten Sie's nur aus den Zeitungen 'raus. Sagen Sie's allen hier — außer meinem — hoppla, in meinem Fall könnten wir ja gar keinen Bruder erfinden. Aber Charlie Doerr im Vertrieb ist mein Cousin ersten Grades und mein nächster noch lebender Verwandter. Der wär' doch grad richtig, oder?«

»Sicher. Und er müßte dann auch die restliche Zeit Vermittler spielen. Sie in der Anstalt besuchen und alles 'rausbringen, was Sie zum 'Rausschicken haben.«

»Und wenn ich nach ein paar Wochen noch nichts gefunden habe, holen Sie mich dann wieder 'raus?«

Candler nickte. »Ich geb's weiter an Randolph; er wird sich mit Ihnen unterhalten und Sie für geheilt erklären, und schon sind Sie draußen. Sie kommen hierher zurück, und für die Leute hier sind Sie in Urlaub gewesen. Das ist alles.«

»Was für eine Geisteskrankheit soll ich vortäuschen?«

Er hatte den Eindruck, daß Candler sich ein wenig auf seinem Stuhl wand. Candler meinte: »Tja — wäre diese Nappy-Geschichte nicht genau das Richtige? Ich meine, Paranoia ist eine Form der Geistesgestörtheit, die — das hat mir Dr. Randolph gesagt — keine physischen Symptome hat. Es handelt sich nur um einen Wahn, der von einem systematischen, rationalisierenden Gedankengebäude aufrechterhalten wird. Ein Paranoiker kann in jeder Hinsicht — außer der einen — ganz normal sein.«

Er beobachtete Candler, und ein schwaches, verzerrtes Grinsen spielte um seine Lippen. »Sie meinen, ich sollte glauben, ich bin Napoleon?« Candler machte eine kleine Bewegung. »Suchen Sie sich selbst Ihren eigenen Wahn aus. Aber — wäre das nicht genau das Richtige? Ich meine, die Jungs im Büro nehmen Sie doch die ganze Zeit auf den Arm und nennen Sie Nappy. Und...« Er schloß wenig überzeugend, »...und überhaupt.«

Und jetzt sah Candler ihn direkt an. »Wollen Sie's machen?«

Er stand auf. »Ich glaub' schon. Ich laß' es Sie morgen früh wissen, wenn ich drüber geschlafen hab', aber inoffiziell — ja. Reicht Ihnen das?«

Candler nickte.

Er sagte: »Ich nehm' den restlichen Nachmittag frei; ich geh' in die Bibliothek, les' mir was über Paranoia an. Hab' sonst eh' nichts zu tun. Und ich sprech' heut' abend mit Charlie Doerr. In Ordnung?«

»Prima. Danke.«

Er grinste Candler an. Er beugte sich über den Schreibtisch. Er meinte: »Ich verrat' Ihnen ein kleines Geheimnis, jetzt, wo die Dinge soweit gediehen sind. Sagen Sie's aber nicht weiter. Ich bin wirklich Napoleon!«

Das war ein guter Schlußsatz, und damit ging er hinaus.

II

Er nahm Hut und Mantel und ging hinaus, aus dem klimatisierten Gebäude hinein in das heiße Sonnenlicht. Hinaus aus dem ruhigen Tollhaus eines Zeitungsbüros nach Redaktionsschluß in das noch ruhigere Tollhaus der Straßen an einem schwülen Julinachmittag.

Er rückte den Panamahut auf seinem Kopf zurecht und wischte sich mit dem Taschentuch über die Stirn. Wo wollte er hin? Jedenfalls nicht in die Bibliothek, um sich mit Wissen über Paranoia vollzustopfen; das war nur ein Trick gewesen, um den Rest des Nachmittags freizubekommen. Er hatte bereits vor über zwei Jahren alles gelesen, was es in der Bibliothek über Paranoia — und über angrenzende Phänomene — gab. Er war in dieser Hinsicht Experte. Er konnte jeden Psychiater im Land dazu bringen zu glauben, daß er normal war — oder das Gegenteil.

Er ging nach Norden zum Park und setzte sich auf eine der Bänke im Schatten. Er legte den Hut neben sich auf die Bank und wischte sich wieder die Stirn ab.

Er starrte auf das Gras, leuchtend grün im Sonnenlicht, auf die Tauben mit ihrer lächerlichen Art, sich kopfwackelnd fortzubewegen, auf ein Eichhörnchen mit rötlichem Pelz, das auf der einen Seite eines Baumes herunterhuschte, sich umsah und dann auf der anderen Seite desselben Baumes wieder hinaufrannte.

Und er dachte zurück bis an die Wand in seinem Gedächtnis, die dort seit drei Jahren aufragte.

Die Wand, die keine war. Der Satz faszinierte ihn: Wand, die keine war. Tauben auf dem Gras, das war's. Wand, die keine war.

Es war gar keine Wand; es war eine Veränderung, ein plötzlicher Wechsel. Eine Linie war gezogen worden zwischen zwei Leben. Siebenundzwanzig Jahre eines Lebens vor dem Unfall. Ein dreijähriges Leben nach dem Unfall.

Sie waren nicht dasselbe Leben.

Aber das wußte niemand. Bis zu diesem Nachmittag hatte er niemandem gegenüber die Wahrheit — wenn es die Wahrheit *war* — auch nur angedeutet. Er hatte sie als Schlußsatz hingeworfen, als er Candlers Büro verließ, denn er wußte, daß Candler das als Scherz auffassen würde. Aber sogar so mußte man vorsichtig sein; man muß so einen Einfall nur ein paarmal zu oft verwenden, und schon beginnen die Leute sich zu wundern.

Der Tatsache, daß er sich bei jenem Unfall unter anderem auch den Kiefer gebrochen hatte, war es wahrscheinlich zu verdanken, daß er heute frei war und nicht in einer Nervenheilanstalt saß. Jener Kieferbruch — sein Kiefer war in Gips gewesen, als er achtundvierzig Stunden, nachdem sein Auto zehn Meilen außerhalb der Stadt frontal mit einem Lastwagen zusammengestoßen war, wieder zu Bewußtsein kam — hatte ihn drei Wochen lang am Sprechen gehindert.

Und während dieser drei Wochen, trotz der Schmerzen und der Verwirrung, die ihn erfüllt hatten, hatte er genug Gelegenheit gehabt, über alles nachzudenken. Er hatte die Wand erfunden. Den Gedächtnisverlust, den bequemen Gedächtnisverlust, der um so vieles glaubhafter war als die Wahrheit, wie er sie kannte.

Aber sah die Wahrheit *wirklich* so aus, wie er sie kannte?

Das war das Gespenst, das ihn seit nunmehr drei Jahren verfolgte, seit der Stunde, als er in einem weißen Raum in völligem Weiß aufgewacht war, und ein Fremder, seltsam gekleidet, war neben einem Bett gesessen, wie er noch nie eines in einem Lazarett gesehen und von dem er auch noch nie zuvor etwas gehört hatte. Ein Bett mit einem Aufbau darüber. Und als er von dem Gesicht des Fremden auf seinen eigenen Körper herunterschaute, sah er, daß eines seiner Beine und seine beiden Arme in Gips lagen und daß der Gips an seinem Bein in einem Winkel nach oben stand; und ein Seil lief über eine Rolle, um sein Bein in dieser Stellung zu halten.

Er hatte versucht, seinen Mund zu öffnen, um zu fragen, wo er war, was mit ihm passiert war, und das war der Augenblick, als er den Gips an seinem Kiefer entdeckte.

Er hatte den Fremden angestarrt in der Hoffnung, daß dieser genug Menschenverstand besitzen würde, ihn von sich aus zu informieren, und der Fremde hatte ihn angegrinst und hatte gesagt: »Hallo, George. Wieder unter den Lebenden, hm? Wird schon alles wieder gut werden.«

Und irgend etwas war komisch an der Sprache — bis er erkannte, was es war. Englisch. War er in die Hände der Engländer gefallen? Das war doch eine Sprache, die er nicht besonders gut konnte, aber trotzdem verstand er den Fremden ausgezeichnet. Und warum nannte ihn der Fremde George?

Vielleicht schien in seinen Augen etwas von der heftigen Verwirrung auf, denn der Fremde lehnte sich näher an das Bett heran. Er meinte: »Vielleicht bist du noch ein bißchen durcheinander, George. Du hast da 'nen ganz netten Zusammenstoß gehabt. Bist mit deinem Coupé frontal in einen Kieslaster gefahren. Das war vor zwei Tagen, und du kommst jetzt das erste Mal zu dir. Es ist alles okay, aber du wirst 'n bißchen im Krankenhaus bleiben müssen, bis die Knochen, die du dir gebrochen hast, wieder zusammenwachsen. Nichts Schlimmes.«

Und dann waren Wellen des Schmerzes herangerollt und hatten die Verwirrung weggewischt, und er hatte die Augen geschlossen.

Eine andere Stimme in dem Zimmer sagte: »Wir geben Ihnen jetzt eine Spritze, Mr. Vine«, aber er hatte nicht gewagt, die Augen wieder zu öffnen. Mit geschlossenen Augen war es einfacher, gegen den Schmerz anzukämpfen.

Er hatte den Einstich einer Nadel in seinem Oberarm gespürt. Und ganz kurz darauf war da nur noch das Nichts.

Als er wieder zu sich kam — zwölf Stunden später, wie er nachträglich erfuhr —, war das im selben weißen Zimmer, demselben fremden Bett, aber diesmal war eine Frau im Zimmer, eine Frau in einer merkwürdigen weißen Tracht; sie stand am Fußende des Bettes und studierte ein Blatt Papier, das an einem Brett befestigt war.

Sie lächelte ihn an, als sie sah, daß er die Augen aufgeschlagen hatte. Sie sagte: »Guten Morgen, Mr. Vine. Ich hoffe, es geht Ihnen wieder besser. Ich sag' gleich Dr. Holt Bescheid, daß Sie wieder unter uns weilen.«

Sie ging weg und kehrte mit einem Mann zurück, der ebenfalls so merkwürdig angezogen war, etwa in derselben Art wie der Fremde, der ihn George genannt hatte.

Der Arzt sah ihn an und kicherte. »Endlich mal 'n Patient, der mir keine dummen Antworten geben kann. Nicht mal Zettelchen schreiben.« Dann nahm sein Gesicht einen nüchternen Ausdruck an. »Aber — haben Sie Schmerzen? Zwinkern Sie einmal mit den Augen, wenn's nicht weh tut, und zweimal, wenn Sie Schmerzen haben.«

Der Schmerz war im Augenblick nicht wirklich schlimm, deshalb zwinkerte er einmal. Der Arzt nickte zufrieden. »Ihr Cousin«, sagte er, »hat die ganze Zeit angerufen. Er wird froh sein, wenn er erfährt, daß Sie bald wieder — nun ja, daß Sie zumindest zuhören, wenn Sie schon nicht selber reden können. Vermute, es wird Sie nicht umbringen, wenn Sie ihn heut' abend für 'ne Weile sehen.«

Die Schwester zupfte sein Bettzeug zurecht, und dann gingen sie und der Arzt — Gott sei Dank — und ließen ihn allein bei dem Versuch, seine verworrenen Gedanken zu ordnen.

Sie zu ordnen? Das war vor drei Jahren gewesen, und er hatte sie bis jetzt immer noch nicht ordnen können:

Die überraschende Tatsache, daß sie Englisch sprachen und er diese barbarische Sprache ausgezeichnet verstand, obwohl er sich früher ziemlich schwer damit getan hatte. Wie konnte ein Unfall die Wirkung haben, daß er plötzlich eine Sprache flüssig sprach, die er vorher kaum verstanden hatte?

Die überraschende Tatsache, daß sie ihn mit einem anderen Namen angesprochen hatte. »George« war der Name gewesen, den der Mann an seinem Bett am vorigen Abend verwendet hatte. »Mr. Vine« hatte ihn die Schwester genannt. George Vine, ein englischer Name, das stand fest.

Aber es gab noch etwas, das noch tausendmal überraschender war als die beiden anderen Dinge: Es war das, was der Fremde (war es möglich, daß er der »Cousin« war, von dem der Arzt gesprochen hatte?) gestern abend über den Unfall erzählt hatte. »Du bist mit deinem Coupé frontal in einen Kieslaster gefahren.«

Das Erstaunliche, das Widersprüchliche daran war, daß er *wußte*, was ein *Coupé* und was ein *Laster* war. Nicht, daß er irgendeine Erinnerung daran gehabt hätte, daß er gefahren war, oder an den Unfall selbst oder an irgend etwas über jenen Zeitpunkt hinaus, als er nach der Schlacht von Lodi in seinem Zelt gesessen war, aber — wie konnte das Bild eines Coupés, das Bild von einem Ding, das von einem Benzinmotor angetrieben wurde, vor seinem geistigen Auge auftauchen, wenn eine solche Vorstellung nie vorher *in* seinem Gehirn gewesen war?

Da war diese verrückte Vermengung zweier Welten — die eine klar umrissen und sicher. Die Welt, in der er seine siebenundzwanzig Lebensjahre zugebracht hatte, die Welt, in die er vor siebenundzwanzig Jahren hineingeboren worden war, am 5. August 1769 auf Korsika. Die Welt, in der er sich schlafen gelegt hatte — es erschien ihm wie gestern nacht —, in seinem Zelt in Lodi, als General der Armee in Italien, nach seinem ersten bedeutenden Sieg auf dem Schlachtfeld.

Und dann war da diese verwirrende Welt, in der er aufgewacht war, diese weiße Welt, in der die Menschen ein Englisch sprachen, das sich — jetzt, wo er darüber nachdachte — von dem Englisch unterschied, das er in Brienne, Valence, Toulon sprechen gehört hatte, das er aber ausgezeichnet verstand, von dem er instinktiv wußte, daß er es sprechen könnte, wäre sein Kiefer nicht eingegipst. Diese Welt, in der die Menschen ihn George Vine nannten und in der sie, was am allermerkwürdigsten war, Worte verwendeten, die er nicht kannte, die er auch gar nicht kennen konnte, die aber dennoch Bilder in ihm wachriefen.

Coupé, Laster. Beide waren verschiedene Arten von — das Wort kam ihm in den Sinn, ohne daß er es abgerufen hätte —

Automobilen. Er konzentrierte sich darauf, was ein Automobil war und wie es funktionierte, und die Information war tatsächlich da. Der Zylinderblock, die Kolben, die durch kleine Explosionen von Benzindampf angetrieben wurden, den ein elektrischer Funke aus einer Lichtmaschine entzündete . . .

Elektrizität. Er öffnete die Augen und schaute hinauf zu dem abgedunkelten Deckenlicht, und er wußte irgendwie, daß das *elektrisches* Licht war, und in groben Zügen wußte er auch, was Elektrizität war.

Der Italiener Galvani — ja, er hatte von einigen Experimenten Galvanis gelesen, aber sie hatten zu keinen praktischen Ergebnissen wie solch einem Licht geführt. Und während er das abgedunkelte Licht anstarrte, stellte er sich dahinter Wasserkraft vor, die Dynamos antrieb, kilometerlange Drähte, Motoren, die Generatoren antrieben. Er holte tief Atem bei der Vorstellung, die in ihm aufstieg, aus seinem eigenen Gehirn, oder einem Teil seines Gehirnes.

Die unsicheren, tastenden Versuche Galvanis mit schwachen Strömen und zuckenden Froschbeinen hatten wohl kaum das eigentlich gar nicht so rätselhafte Rätsel jenes Deckenlichts ahnen lassen; und das war nun das Allermerkwürdigste; einem Teil seines Gehirnes kam es rätselhaft vor, und ein anderer Teil hielt es für selbstverständlich und verstand in etwa, wie das alles funktionierte.

Überlegen wir mal, dachte er, das elektrische Licht wurde von Thomas Alva Edison erfunden, irgendwann um — lächerlich; er hatte gerade sagen wollen um 1900, und jetzt war doch erst 1796!

Und dann schoß ihm das wirklich Furchtbare durch den Kopf, und er versuchte — unter Schmerzen und vergeblich —, sich im Bett aufzusetzen. Es *war* 1900 gewesen, das sagte ihm sein Gedächtnis, und Edison war 1931 gestorben — und ein Mann namens Napoleon Bonaparte war einhundertzehn Jahre davor gestorben, im Jahre 1821.

In diesem Moment wäre er fast wahnsinnig geworden.

Und, wahnsinnig oder nicht, nur die Tatsache, daß er nicht sprechen konnte, hatte ihn vor der Irrenanstalt bewahrt; das hatte ihm Zeit zum Nachdenken gegeben, Zeit zu erkennen, daß seine einzige Chance darin lag, Gedächtnisverlust vorzutäuschen, so zu tun, als würde er sich an nichts aus seinem Leben vor dem Unfall erinnern. Wegen Gedächtnisverlust wird man nicht ins Irrenhaus gesteckt. Es wird einem gesagt, wer man ist, man wird in das zurückgeschickt, was angeblich das frühere Leben war. Man darf die Fäden wiederaufnehmen und sie miteinander verknüpfen, während man versucht, sich zu erinnern.

Vor drei Jahren hatte er all das getan. Jetzt, morgen, würde er zu einem Psychiater gehen und sagen: »Ich bin ... Napoleon!«

Die Sonne fiel jetzt schräger ein. Droben dröhnte ein großer Flugzeugvogel vorbei; er blickte hinauf und begann zu lachen, still und nur für sich selbst — nicht das Lachen des Wahnsinns. Echtes Lachen, denn es entsprang der Vorstellung, daß Napoleon Bonaparte in einem Flugzeug wie diesem flog, und außerdem der überwältigenden Widersinnigkeit dieser Vorstellung.

Da kam ihm der Gedanke, daß er niemals, jedenfalls soweit er sich erinnerte, in einem Flugzeug geflogen war. Vielleicht hatte George Vine das getan; irgendwann in dem siebenundzwanzigjährigen Leben des George Vine mußte er das wohl getan haben. Aber hieß das, daß *er* in einem geflogen war? Das war eine Frage, die ein Teil der großen Frage war.

Er stand auf und ging weiter. Es war fast fünf Uhr; Charlie Doerr würde das Zeitungsgebäude bald verlassen und zum Abendessen heimgehen. Vielleicht sollte er Charlie lieber anrufen, um sicherzugehen, daß er diesen Abend zu Hause war.

Er ging zur nächsten Bar und telefonierte von dort aus; er erreichte Charlie gerade noch rechtzeitig. Er sagte: »Hier ist George. Bist du heut' abend daheim?«

»Klar, George. Ich wollte eigentlich zu 'nem Pokerspiel, aber ich hab's abgesagt, als ich gehört hab', daß du kommen würdest.«

»Als du gehört hast — oh, Candler hat mit dir gesprochen?«

»Jaa. Hör' mal, ich hab' ja nicht geahnt, daß du mich anrufen würdest, sonst hätt' ich mit Marge telefoniert. Aber wie steht's: Gehn wir zusammen zum Essen? Ihr wird das schon recht sein, ich ruf' sie jetzt an, wenn dir das mit dem Essengehen paßt!«

Er sagte: »Nein danke, Charlie. Hab' schon 'ne Verabredung zum Essen. Und, hör' mal, die Geschichte mit dem Kartenspiel;

du kannst da schon hingehen. Ich kann so um sieben dasein, und wir müssen schließlich nicht den ganzen Abend reden; eine Stunde oder so dürfte genügen. Du würdest ja sowieso nicht vor acht gehen.«

Charlie meinte: »Mach' dir deswegen keine Gedanken; ich hab' eh' keine große Lust, und du bist schon 'ne ganze Weile nicht mehr aus gewesen. Ich seh' dich also dann um sieben.«

Von der Telefonzelle ging er hinüber zur Bar und bestellte ein Bier. Er fragte sich, warum er die Einladung zum Abendessen ausgeschlagen hatte; wahrscheinlich weil er insgeheim noch ein paar Stunden für sich wollte, bevor er mit irgend jemandem redete, auch wenn es Charlie oder Marge waren.

Er trank sein Bier langsam, weil er wollte, daß es lange reichte; er mußte heute abend nüchtern bleiben, stocknüchtern. Jetzt war noch Zeit, seine Entscheidung rückgängig zu machen; er hatte sich ein Hintertürchen offengelassen, auch wenn es noch so klein war. Er konnte am Morgen immer noch zu Candler gehen und ihm sagen, daß er sich entschlossen habe, es nicht zu tun.

Er starrte sich über den Rand seines Glases in dem Spiegel hinter der Bar an. Klein, sandfarbenes Haar, Sommersprossen auf der Nase, untersetzt. Der kleine, untersetzte Teil paßte ganz gut; aber der Rest! Nicht die entfernteste Ähnlichkeit!

Er trank — sehr langsam — noch ein zweites Bier, und schon war es halb sechs.

Er schlenderte hinaus und ging diesmal in Richtung Stadt. Er kam am *Blade* vorbei und sah zum dritten Stock und zu dem Fenster hinauf, zu dem er gerade in dem Augenblick hinausgeschaut hatte, als Candler ihn rufen ließ. Er fragte sich, ob er jemals wieder an diesem Fenster sitzen und in einen sonnenhellen Nachmittag hinausblicken würde.

Vielleicht. Vielleicht auch nicht.

Er dachte an Clare. Wollte er sie heute abend wirklich sehen?

Nun, nein, um ganz ehrlich zu sein, er wollte es nicht. Aber wenn er einfach zwei Wochen oder so verschwand, ohne ihr wenigstens auf Wiedersehen gesagt zu haben, dann mußte er sie wohl abschreiben.

Das sollte er vielleicht auch.

Er machte bei einem Drugstore halt und rief sie an. Er sagte: »Hier ist George, Clare. Hör' mal, ich muß morgen wegen 'nem Auftrag 'raus aus der Stadt; weiß noch nicht, wie lange ich wegbleibe. So 'ne Angelegenheit, die 'n paar Tage oder aber auch 'n paar Wochen dauern kann. Aber könnt' ich dich später heut' abend sehen, um mich von dir zu verabschieden?«

»Na klar, George. Um wieviel Uhr?«

»Es kann nach neun werden, aber nicht viel später. Ist dir das recht? Ich treff' mich vorher mit Charlie, geschäftlich; möglich, daß ich nicht vor neun wegkomme.«

Er blieb bei einer Hamburger-Bude stehen, obwohl er keinen Hunger hatte, und es gelang ihm, ein Sandwich und ein Stück Kuchen zu essen. Jetzt war es Viertel nach sechs, und wenn er zu Fuß ging, würde er gerade zur richtigen Zeit bei Charlie sein. Also ging er zu Fuß.

Charlie fing ihn an der Tür ab. Den Finger auf den Mund gelegt, deutete er schnell mit dem Kopf zurück zur Küche, wo Marge gerade Teller abtrocknete. Er flüstete: »Ich hab's Marge nicht gesagt, George. Es würde sie nur beunruhigen.«

Er wollte Charlie fragen, warum es Marge beunruhigen würde oder sollte, aber er tat es nicht. Vielleicht fürchtete er sich ein wenig vor der Antwort. Denn das bedeutete wohl, daß Marge sich bereits Sorgen um ihn machte, und das war ein schlechtes Zeichen. Er hatte eigentlich geglaubt, er hätte die letzten drei Jahre alles ganz gut über die Bühne gebracht.

Jedenfalls konnte er ohnehin nicht fragen, weil Charlie ihn jetzt ins Wohnzimmer führte, und von der Küche aus konnte man alles hören, und Charlie sagte gerade: »Bin froh, daß du doch mit mir Schach spielen willst, George, Marge geht heut' abend aus; 'n Film, den sie im Kino um die Ecke sehen möchte. Ich hatte mich aus Rache zu diesem Kartenspiel verabredet, aber eigentlich hab' ich gar keine Lust gehabt.«

Er holte das Schachbrett und die Figuren aus dem Wandschrank und begann, auf dem Kaffeetisch ein Spiel aufzustellen.

Marge kam mit einem Tablett, Gläser voll kaltem Bier darauf, herein und stellte es neben dem Schachbrett ab. Sie sagte: »Hallo, George. Hab' gehört, du gehst 'n paar Wochen weg.«

Er nickte. »Aber ich weiß nicht, wohin. Candler — der Chefredakteur — hat mich gefragt, ob ich frei wäre für 'nen Auftrag außerhalb der Stadt, und ich hab' gesagt, na klar, und er hat gemeint, er sagt mir morgen mehr darüber.«

Charlie streckte ihm seine geballten Hände entgegen, einen Bauern in jeder, und er berührte Charlies linke Hand und bekam Weiß. Er setzte den Bauern auf d4 und rückte, als Charlie dasselbe tat, seinen Damenbauern vor.

Marge fingerte vor dem Spiegel nervös an ihrem Hut herum. Sie erklärte: »Falls du nicht mehr da sein solltest, wenn ich zurückkomme: Wiedersehen und viel Glück.«

Er sagte: »Danke, Marge, Tschüß.«

Er machte noch ein paar Züge, bevor Marge herüberkam, bereit zum Weggehen, Charlie einen Kuß gab und dann auch ihn leicht auf die Stirn küßte. Sie sagte: »Paß auf dich auf, George.«

Einen Augenblick lang trafen sich seine und ihre hellblauen Augen, und er dachte, sie *macht* sich Sorgen um mich. Das machte ihm ein wenig Angst.

Nachdem die Tür sich hinter ihr geschlossen hatte, meinte er: »Laß uns das Spiel nicht zu Ende spielen, Charlie. Laß uns zur Sache kommen, weil ich Clare so gegen neun treffen muß. Weiß nich', wie lange ich weg bin, ich kann also nicht gut gehn, ohne mich von ihr zu verabschieden.«

Charlie schaute zu ihm hoch. »Ist das mit Clare und dir was Ernstes, George?«

»Ich weiß nicht.«

Charlie nahm sein Bierglas in die Hand und trank einen Schluck. Plötzlich klang seine Stimme lebhaft und geschäftsmäßig. Er meinte: »Also gut, packen wir's an. Wir haben morgen vormittag um elf 'nen Termin mit einem Kerl namens Irving, Dr. W. E. Irving, im Appleton Block. Er ist Psychiater; Dr. Randolph hat ihn empfohlen.

Ich hab' ihn heut' nachmittag angerufen, nachdem Candler mit mir geredet hatte; Candler hatte schon mit Randolph telefoniert. Ich hab' meinen richtigen Namen angegeben. Meine Geschichte sieht folgendermaßen aus: Ich hab' 'nen Cousin, der sich in letzter Zeit etwas merkwürdig verhalten hat und mit dem er sich mal unterhalten soll. Ich hab' den Namen des Cousins nicht genannt. Ich hab' ihm nicht gesagt, inwiefern du dich seltsam verhalten hast; ich bin der Frage ausgewichen und hab' gesagt, mir wär's lieber, wenn er sich unvoreingenommen ein Urteil bildet. Ich hab' gesagt, ich hätte dich überredet, mit einem Psychiater zu sprechen, und daß der einzige, den ich kenne, Randolph ist; daß ich schon mit Randolph telefoniert habe, und daß der gesagt hat, er praktiziere nicht viel privat und empfehle Irving. Ich hab' ihm gesagt, daß ich dein nächster noch lebender Verwandter bin.

Das läßt den Platz für den zweiten Namen auf der Bescheinigung für Randolph frei. Wenn du Irving davon überzeugen kannst, daß du wirklich verrückt bist und er dich einweisen will, kann ich darauf bestehen, daß Randolph unterschreibt, den ich von Anfang an haben wollte. Und dann wird Randolph natürlich zustimmen.«

»Du hast kein Wort darüber verlauten lassen, was für eine Art von Geisteskrankheit ich deiner Ansicht nach habe?«

Charlie schüttelte den Kopf und sagte: »Jedenfalls gehen wir alle beide nicht zur Arbeit. Ich geh' zur üblichen Zeit von daheim weg, damit Marge nichts merkt, aber ich treff' dich in der Stadt — sagen wir mal im Foyer vom Christina —, um Viertel vor elf. Und wenn du Irving davon überzeugen kannst, daß ein Grund vorliegt, dich einzuweisen — so nennt man das doch? — fahren wir gleich zu Randolph und regeln die ganze Angelegenheit gleich morgen.«

»Und wenn ich mich anders entscheide?«

»Dann sag' ich den Termin ab. Das ist alles. Horch mal, mehr ist da doch nicht zu besprechen, oder? Laß' uns dieses Schachspiel zu Ende spielen; es ist erst zwanzig nach sieben.«

Er schüttelte den Kopf. »Ich würd' lieber reden, Charlie. Du hast jedenfalls eins vergessen. Nach morgen. Wie oft kommst du mich besuchen und holst die Berichte für Candler ab?«

»O ja, das hab' ich vergessen. Sooft Besuchszeit ist — dreimal die Woche. Jeweils Montag, Mittwoch und Freitag nachmittag. Morgen ist Freitag, wenn du also 'reinkommst, werd' ich dich das erste Mal am Montag sehen können.«

»In Ordnung. Sag' mal, Charlie, hat Candler irgendwas 'rausgelassen, was das für 'ne Story ist, die ich da drin kriegen soll?«

Charlie Doerr schüttelte den Kopf langsam. »Kein Wort. Worum geht's denn? Oder ist es so geheim, daß du nichts drüber sagen darfst?«

Er starrte Charlie nachdenklich an. Und plötzlich hatte er das Gefühl, daß er die Wahrheit nicht sagen konnte: daß er sie auch nicht kannte. Er würde reichlich dumm dastehen. Es hatte sich nicht so lächerlich angehört, als Candler ihm den Grund — jedenfalls *einen* Grund — genannt hatte, warum er es ihm nicht sagen wollte, aber der würde jetzt lächerlich klingen.

Er meinte: »Wenn er dir's nicht gesagt hat, glaub' ich, tu ich's wohl auch lieber nicht, Charlie.« Und da das nicht allzu überzeugend klang, fügte er hinzu: »Ich hab's Candler versprochen.«

Mittlerweile waren beide Gläser leer, und Charlie trug sie zum Nachfüllen in die Küche.

Er folgte Charlie, da er irgendwie die Zwanglosigkeit der Küche vorzog. Er saß rittlings auf einem Küchenstuhl, die Ellbogen auf dessen Rücken gestützt, und Charlie lehnte sich gegen den Kühlschrank. Charlie sagte: »Cheers!«, und sie tranken, und dann fragte Charlie: »Hast du dir eine Geschichte für Doktor Irving zurechtgelegt?«

Er nickte. »Hat Candler erzählt, was ich ihm erzählen soll?«

»Du meinst, daß du Napoleon bist?« Charlie kicherte.

Klang dieses Kichern echt? Er sah Charlie an, und er wußte, daß das, was er dachte, völlig unglaublich war. Charlie war so offen und aufrichtig wie es nur ging. Charlie und Marge waren seine besten Freunde, sie waren die drei Jahre, an die er sich erinnerte, seine besten Freunde gewesen. Noch länger, eine ganze Zeit länger, laut Charlies Aussage. Aber über diese drei Jahre hinaus — das stand wieder auf einem anderen Blatt.

Er räusperte sich, weil ihm die Worte allmählich im Munde klebten. Aber er mußte fragen, er mußte ganz sichergehen. »Charlie, ich werd' dir jetzt 'ne furchtbare Frage stellen. Ist diese Angelegenheit koscher?«

»Was?«

»Es ist furchbar, so was zu fragen. Aber — schau, du und Candler, ihr denkt doch nicht etwa, daß ich verrückt bin; oder? Ihr habt das nicht zusammen ausgeheckt, damit ich ganz unauffällig eingesperrt — oder jedenfalls untersucht werde, ohne daß ich was davon merke, bis es schließlich zu spät ist, oder?«

Charlie starrte ihn an. Er meinte: »Mein Gott, George, du glaubst doch nicht, daß ich so was machen würde, oder?«

»Nein, das glaube ich nicht. Aber — ihr könntet glauben, daß es zu meinem eigenen Besten ist, und ihr könntet das unter diesen Umständen tatsächlich machen. Hör mal, Charlie, wenn das so *ist,* wenn du das *glaubst,* dann laß' mich betonen, daß das nicht fair ist. Ich nehm's morgen mit 'nem Psychiater auf, will ihn anlügen, will ihn davon überzeugen, daß ich unter einem Wahn leide. Ich will ihm gegenüber nicht ehrlich sein. Und das wär' mir gegenüber verdammt unfair. Das verstehst du doch, oder, Charlie?«

Charlies Gesicht wurde ein wenig blaß. Er sagte sehr langsam: »Ehrenwort, das ist nicht der Fall. Das einzige, was ich darüber weiß, ist das, was ihr, Candler und du, mir erzählt habt.«

»Du glaubst, daß ich normal bin, völlig normal?« Charlie befeuchtete seine Lippen. Er meinte: »Soll ich ehrlich sein?«

»Ja.«

»Ich hab' bis zu diesem Moment nie dran gezweifelt. Wenn nicht — nun ja, Gedächtnisverlust ist wohl eine Art Geistesverwirrung, und du bist da nie ganz drüber weggekommen, aber das ist es nicht, was du meinst, oder?«

»Nein.«

»Dann, bis eben jetzt — George, das klingt nach Verfolgungswahn, wenn du das, was du mich gefragt hast, ernst meinst. Eine Verschwörung, um dich dazu zu bringen . . . du siehst doch wohl selber ein, wie lächerlich das ist. Was für einen Grund könnten Candler oder ich haben, dich dazu bringen zu wollen, daß du es durch Lügen schaffst, eingewiesen zu werden?«

Er meinte: »Es tut mir leid, Charlie. Das war nur so ein komischer Einfall. Nein, ich glaub' das natürlich nicht.« Er schaute auf seine Armbanduhr. »Laß uns das Schachspiel zu Ende spielen, ja?«

»Gute Idee. Wart, bis ich uns nachgeschenkt hab'.«

Er spielte unkonzentriert, und schaffte es, innerhalb von fünfzehn Minuten zu verlieren. Er schlug Charlies Angebot einer Revanche aus und lehnte sich in seinen Stuhl zurück.

Er meinte: »Charlie, hast du jemals was von roten und schwarzen Schachfiguren gehört?«

»Nein. Entweder schwarz und weiß oder rot und weiß, jedenfalls alle, die ich jemals gesehen hab'. Warum?«

»Na ja . . .« Er grinste. »Vermutlich sollte ich dir das lieber nicht erzählen, nachdem ich dich grad verunsichert hab', ob ich nun wirklich normal bin, aber ich hab' in letzter Zeit immer wieder dieselben Träume gehabt. Auch nicht verrückter als normale Träume, außer daß ich immer wieder dasselbe geträumt hab'. Einer der Träume dreht sich irgendwie um 'n Spiel zwischen den Roten und den Schwarzen; ich weiß nicht mal, ob's Schach ist. Du weißt, wie das ist, wenn man träumt; Dinge scheinen 'nen Sinn zu kriegen, egal, ob sie wirklich einen haben oder nicht. Im Traum frage ich mich nicht, ob die Rot-Schwarz-Geschichte Schach ist oder nicht; ich weiß es, ich errate es, oder scheine es zu wissen. Aber das Wissen kommt nicht 'rüber. Verstehst du, was ich meine?«

»Sicher. Erzähl' weiter.«

»Nun, Charlie, ich hab' mich gefragt, ob es einfach was zu tun haben könnte mit der anderen Seite dieser Wand in meinem Gehirn, über die ich nie drübergekommen bin. Das ist das erstemal in meinem — na ja, vielleicht nicht in meinem Leben, aber in den drei Jahren, an die ich mich erinnere, daß ich wiederkehrende Träume habe. Ich frage mich, ob . . . ob mein Gedächtnis nicht grad' versucht, wieder durchzukommen.

Hab' ich zum Beispiel jemals ein Spiel mit roten und schwarzen Schachfiguren gehabt? Oder haben sie in irgendeiner Schule, in die ich gegangen bin, im Schulhof Basketball oder Baseball mit roten und schwarzen Mannschaften gespielt oder so was ähnliches?«

Charlie überlegte einen Augenblick, bevor er den Kopf schüttelte. »Nein«, sagte er, »nicht in der Richtung. Es gibt natürlich Rot und Schwarz im Roulette — *rouge et noire.* Und es sind die zwei Farben in einem Kartenspiel.«

»Nein, ich bin ziemlich sicher, daß das nichts mit Karten oder Roulette zu tun hat. Das ist nicht — ist nicht so. Es ist ein Spiel *zwischen* den Roten und den Schwarzen. Sie sind irgendwie die Spieler. Denk' scharf nach, Charlie; nicht darüber, wo *du* über diesen Gedanken gestolpert sein könntest, sondern *ich.*«

Er sah, wie Charlie sich abmühte, und sagte nach einer Weile:

»Ist schon recht, zermartere dir jetzt nicht das Gehirn, Charlie. Versuch's mal damit: *Das helle Leuchten.*«

»Das helle Leuchten von was?«

»Bloß die drei Worte, *das helle Leuchten.* Ergibt das irgendeinen Sinn für dich?«

»Nein.«

»Ist gut«, meinte er. »Vergiß es.«

IV

Er war zu früh da und ging an Clares Haus vorbei bis zur Ecke, stellte sich dort unter die große Ulme, rauchte seine Zigarette zu Ende und hing seinen düsteren Gedanken nach.

Eigentlich brauchte er über gar nichts nachzudenken; das einzige, was er machen mußte, war, ihr auf Wiedersehen sagen. Zwei simple Worte. Und ihre Fragen ausweichend beantworten, wohin er denn reisen und wie lange genau er weg sein würde. Dabei ganz ruhig, gleichgültig und kühl sein, als würden sie einander nicht sonderlich viel bedeuten.

Er *mußte* so sein. Er kannte Clare Wilson seit anderthalb Jahren, und er hatte sie die ganze Zeit hingehalten; das war nicht fair. Es mußte jetzt zu Ende sein, ihretwegen. Er hatte etwa dasselbe Recht, eine Frau zu bitten, ihn zu heiraten, wie — wie ein Verrückter, der sich für Napoleon hält.

Er ließ seine Zigarette fallen und trat sie voller Zorn mit dem Absatz aus, ging dann zum Haus zurück, zur Veranda hinauf und läutete.

Clare kam selbst an die Tür. Das Licht im Flur hinter ihr ließ ihr Haar aussehen, als sei es ein Reif gesponnenen Goldes um ihr überschattetes Gesicht herum.

Sein Verlangen, sie in die Arme zu schließen, war so groß, daß er die Hände zu Fäusten zusammenballen mußte, damit er die Arme unten ließ.

»Hallo, Clare. Wie geht's?« sagte er benommen.

»Ich weiß nicht, George. Wie soll's schon gehen? Willst du nicht reinkommen?«

Sie war vom Eingang zurückgetreten, um ihn vorbeizulassen,

und das Licht fiel ihr jetzt ins Gesicht, lieblich und ernst. Sie weiß, daß irgend etwas in der Luft liegt, dachte er bei sich; ihr Ausdruck und ihr Tonfall ließen dies erkennen.

Er wollte nicht eintreten. »Der Abend ist so wunderschön, Clare«, sagte er. »Komm, wir machen einen kleinen Spaziergang.«

»Einverstanden, George.« Sie kam auf die Veranda heraus. »Es ist wirklich ein schöner Abend — und die herrlichen Sterne.« Sie drehte sich um und sah ihn an. »Gehört einer davon dir?«

Er fuhr ein wenig zusammen. Dann trat er auf sie zu, faßte sie am Ellbogen und geleitete sie die Verandatreppe hinunter. »Das sind alles meine. Willst du einen kaufen?« sagte er leichthin.

»Du würdest mir keinen *schenken?* Vielleicht nur ein klitzekleines Sternchen? Eins, für das ich sogar ein Fernrohr bräuchte?«

Sie waren jetzt draußen auf dem Gehsteig angelangt, nicht mehr in Hörweite des Hauses, und abrupt änderte sich ihre Stimme; der neckische Ton verschwand, und sie stellte ihm eine weitere Frage: »Was ist los mit dir, George?«

Er machte den Mund auf und wollte sagen, es sei alles in Ordnung, doch dann schloß er ihn wieder. Ihm fiel keine Lüge ein, die er ihr erzählen konnte, und die Wahrheit konnte er ihr auch nicht sagen. Daß sie diese Frage stellte, und wie sie sie stellte, hätte eigentlich alles leichter machen müssen; aber es machte das Ganze noch schwerer.

Sie fragte weiter: »Du wolltest auf Wiedersehen sagen, für... für immer, nicht wahr, George?«

»Ja«, antwortete er, und seinMund war sehr trocken. Er wußte nicht, ob es deutlich als eine einzige Silbe herausgekommen war oder nicht, deshalb feuchtete er seine Lippen an und versuchte es noch einmal. »Ja, so ist es leider, Clare«, sagte er.

»Warum?« Er schaffte es nicht, sich umzudrehen und sie anzusehen; er starrte wie betäubt vor sich hin. »...ich kann es dir nicht sagen, Clare«, antwortete er. »Aber es ist das einzige, was ich machen kann. Es ist für uns beide das beste.«

»Sag mir nur, George, fährst du wirklich weg? Oder war das bloß eine Ausrede?«

»Es stimmt. Ich fahre weg; ich weiß noch nicht, für wie lange. Aber frag mich bitte nicht, wohin ich fahre. Ich kann es dir nicht sagen.«

»Vielleicht kann ich es dir sagen, George. Macht es dir was aus, wenn ich es dir sage?«

Es machte ihm schon was aus; es machte ihm sogar eine ganze Menge aus. Aber wie sollte er ihr das erklären? Er sagte gar nichts, weil er auch nicht ja sagen konnte.

Sie waren jetzt am Park angelangt, dem kleinen Park in der Nähe, der nur einen Block im Quadrat groß war und der nicht viel Platz für Heimlichkeiten bot; aber es gab dort wenigstens Bänke. Und George dirigierte sie — oder sie dirigierte ihn, er wußte nicht, was von beidem — in den Park, und sie setzten sich auf eine Bank. Es waren auch noch andere Leute im Park, aber nicht unmittelbar in der Nähe. Ihre Frage hatte er jedoch immer noch nicht beantwortet.

Sie saß ganz dicht neben ihm auf der Bank. »Du hast dir Sorgen um deinen Verstand gemacht, nicht wahr, George?«

»Nun ja ... irgendwie schon.«

»Und daß du wegfährst, hat was damit zu tun, ja? Du fährst irgendwohin, um dich beobachten oder behandeln zu lassen oder sogar beides?«

»So ähnlich ist es. Aber ganz so einfach ist es auch wieder nicht, Clare, und ich ... ich kann es dir wirklich nicht sagen.«

Sie legte ihre Hand auf seine Hand, die auf seinem Knie ruhte. »Ich hab' mir so was Ähnliches schon gedacht, George«, sagte sie. »Und ich bitte dich auch nicht darum, mir was von der Geschichte zu erzählen. Aber sag nicht das, was du sagen wolltest. Sag nicht leb wohl. Sag: bis später. Du brauchst mir auch nicht zu schreiben, wenn du nicht willst. Sei bitte nicht so rücksichtsvoll wegen mir auf der Stelle Schluß zu machen mit allem. Warte wenigstens, bis du da gewesen bist, wo du jetzt hinfährst. Ja?«

Er schluckte. Wie sie es sagte, »Also gut, Clare«, sagte er kläglich. »Wenn du es so willst.«

Sie stand plötzlich auf. »Komm, wir gehen zurück, George.«

Er stand neben ihr. »Aber es ist noch früh.«

»Ich weiß, aber manchmal ... Nun, es gibt da so was wie ein psychologisches Moment — man merkt, wenn ein Rendezvous zu Ende ist. Ich weiß, es klingt albern, aber nach dem, was wir jetzt besprochen haben, wäre es da nicht — eh — geradezu widersinnig ... etwas ...«

Er lachte leise. »Ich weiß, was du sagen willst«, erwiderte er.

Sie gingen schweigend heim. Er wußte nicht, ob es ein glückliches oder ein unglückliches Schweigen war; dafür war er einfach zu verwirrt.

Auf der in Schatten getauchten Veranda, vor der Haustür, drehte sie sich um und sah ihm ins Gesicht. »George«, sagte sie. Schweigen.

»Also, verdammt noch mal, George; hör doch auf, so *rücksichtsvoll* zu sein — oder wie du es sonst nennen willst. Außer natürlich, wenn du mich *nicht* liebst. Wenn dies nur eine ausgeklügelte Art von — von Hinhaltetaktik ist. Ist es das?«

Er konnte nur zwei Dinge machen. Entweder konnte er Hals über Kopf wegrennen. Oder er konnte das machen, was er auch wirklich machte. Er nahm sie in die Arme und küßte sie. Leidenschaftlich.

Als das vorbei war — und es war nicht allzu schnell vorbei —, atmete er ein wenig heftiger und konnte nicht besonders klar denken, denn er sagte das, was er eigentlich gar nicht sagen wollte: »Ich liebe dich, Clare. Ich liebe dich; ich liebe dich so sehr.«

Und sie sagte: »Ich liebe dich auch, mein Schatz. Du kommst doch zu mir zurück?« und er sagte: »Ja. Ja.«

Von Clare bis zu seiner Wohnung waren es ungefähr vier Meilen, aber er ging zu Fuß, und der Gang schien nur Sekunden zu dauern.

In seinem Zimmer saß er, ohne das Licht einzuschalten, am Fenster und dachte nach, aber die Gedanken bewegten sich in denselben alten Bahnen wie immer in den vergangenen drei Jahren.

Es hatte sich nichts Neues ergeben, außer daß er jetzt seinen Kopf riskieren würde, ja, sogar Kopf und Kragen riskieren würde. Vielleicht, aber nur vielleicht, würde sich die Geschichte so oder so entscheiden.

Dort draußen, vor seinem Fenster, glänzten die Sterne am Himmel wie Diamanten. War einer davon sein Schicksalsstern? Wenn ja, dann wollte er ihm folgen, sogar in die Irrenanstalt folgen, falls der Stern ihn dorthin führte. Er spürte die feste Überzeugung in sich, daß dies kein Zufall war, kein versehentliches

Zusammentreffen von Umständen, das dazu geführt hatte, daß er unter dem Deckmantel der Unwahrheit die Wahrheit gesagt hatte.

Sein Schicksalsstern.

Leuchtete hell? Nein, diese Worte aus seinen Träumen konnten sich nicht darauf beziehen; es war keine Verbalphrase, sondern ein Substantiv. *Das Helle Leuchten.* Aber was war *Das Helle Leuchten?*

Und das Rote und das Schwarze? Er dachte an all das, was Charlie vermutet hatte, und auch noch an andere Dinge. Zum Beispiel an das Damespiel. Aber das war es nicht.

Das Rote und das Schwarze.

Nun, wie auch immer die Antwort lauten mochte, er bewegte sich mit vollem Tempo auf sie zu, nicht von ihr weg.

Erst viel später ging er ins Bett, aber es dauerte lange, bis er eingeschlafen war.

V

Charlie Doerr kam aus dem Büro mit dem Schild PRIVAT und streckte die Hand aus. »Viel Glück, George«, sagte er. »Der Doktor will jetzt mit dir sprechen.«

Er schüttelte Charlie die Hand und sagte: »Du kannst ruhig gehen. Ich seh' dich dann am Montag, am ersten Besuchstag.«

»Ich warte hier«, sagte Charlie. »Ich hab' mir den Tag sowieso freigenommen, vergessen? Außerdem, vielleicht brauchst du gar nicht weg.«

Er ließ Charlies Hand los und blickte ihm ins Gesicht. Langsam sagte er: »Was soll das heißen, Charlie — vielleicht brauch' ich gar nicht weg?«

»Also . . .« Charlie sah verwirrt aus. »Also, vielleicht sagt er, daß mit dir alles in Ordnung ist, oder er schlägt dir nur vor, du sollst ihn regelmäßig aufsuchen, bis er dich wieder in Ordnung gebracht hat, oder . . .«, sagte Charlie wenig überzeugend zum Schluß, ». . . oder irgend so was.«

Ungläubig blickte er Charlie an. Er wollte ihn fragen, bin jetzt ich verrückt oder du, aber das hätte sich unter den gegebenen

Umständen wirklich verrückt angehört. Trotzdem mußte er sich vergewissern, sicher sein, daß Charlie nicht etwas rausgerutscht war; vielleicht war Charlie in die Rolle geschlüpft, die er spielen sollte, wenn er jetzt mit dem Doktor redete. »Erinnerst du dich, Charlie, daß . . .«, setzte er an. Aber es schien sogar wahnwitzig, die Frage zu Ende zu führen, während Charlie ihn verständnislos anschaute. Die Antwort war Charlie ins Gesicht geschrieben; sie brauchte nicht mehr über seine Lippen zu kommen.

Charlie sagte noch einmal: »Ich warte natürlich. Viel Glück, George.«

Er blickte Charlie in die Augen und nickte; dann drehte er sich um und ging durch die Tür mit dem Schild PRIVAT. Er schloß sie hinter sich und musterte den Mann, der hinter dem Schreibtisch gesessen hatte, als er eintrat, und der nun aufgestanden war. Ein großer Mann, breitschultrig, silbergraues Haar.

»Dr. Irving?«

»Ja, Mr. Vine. Wollen Sie bitte Platz nehmen?«

Er ließ sich in den bequemen, gepolsterten Sessel gleiten, der gegenüber von dem Schreibtisch des Doktors stand.

»Mr. Vine«, sagte der Doktor, »beim ersten Mal ist ein solches Gespräch immer ein bißchen schwierig. Ich meine, für den Patienten. Bis Sie mich näher kennen, wird es für Sie schwer sein, eine gewisse Zurückhaltung zu überwinden, wenn Sie über sich selbst sprechen. Möchten Sie von sich aus reden und von Ihrem Standpunkt aus über die Dinge sprechen, oder ziehen Sie es vor, wenn ich Ihnen Fragen stelle?«

Er dachte darüber nach. Er hatte sich eine Geschichte zurechtgelegt, aber die wenigen Worte, die er mit Charlie im Wartezimmer gewechselt hatte, hatten die Situation völlig verändert.

»Vielleicht wäre es besser, wenn Sie Fragen stellen«, sagte er.

»Sehr gerne.« Dr. Irving hielt einen Bleistift in der Hand, und vor ihm auf dem Schreibtisch lag Schreibpapier. »Wann sind Sie geboren und wo?«

Er holte tief Luft. »Soviel ich weiß, am 15. August 1769 auf Korsika. Natürlich erinnere ich mich nicht an meine Geburt. Aber ich erinnere mich an verschiedene Dinge aus meiner Kindheit auf Korsika. Wir sind dort geblieben, bis ich zehn war, und danach bin ich nach Brienne in die Schule gegangen.«

Der Doktor klopfte leicht mit der Bleistiftspitze auf das Papier, anstatt zu schreiben. »Welchen Monat haben wir, und welches Jahr?« fragte er.

»August 1947. Ja, ich weiß schon, danach müßte ich etwas älter als einhundertundsiebzig sein. Sie wollen bestimmt wissen, wie ich das erklären kann. Ich kann es nicht. Und ich kann mir auch nicht die Tatsache erklären, daß Napoleon Bonaparte im Jahre 1821 gestorben ist.«

Er lehnte sich in seinem Sessel zurück, verschränkte die Arme und starrte die Decke an. »Ich mache gar nicht erst den Versuch, die Paradoxien und Unstimmigkeiten zu erklären. Ich nehme sie, so wie sie sind, zur Kenntnis. Aber meinem eigenen Gedächtnis zufolge — und unabhängig vom logischen Für und Wider — war ich siebenundzwanzig Jahre lang Napoleon. Ich brauche Ihnen ja nicht zu erzählen, was in dieser Zeit geschehen ist; das steht alles in den Geschichtsbüchern.

Aber im Jahre 1796 — das war nach der Schlacht von Lodi, als ich die Truppen in Italien anführte — bin ich eingeschlafen. Soweit ich weiß, genauso, wie jeder jederzeit irgendwo einschläft. Aber ich bin in einem Krankenhaus hier in der Stadt aufgewacht, übrigens ohne das geringste Gefühl dafür zu haben, wieviel Zeit inzwischen verstrichen war, und man hat mich aufgeklärt, daß ich George Vine heiße, daß wir das Jahr 1944 schreiben und daß ich siebenundzwanzig Jahre alt sei.

Die Sache mit den siebenundzwanzig Jahren paßte genau, aber das war auch das einzige. Absolut das einzige. Ich kann mich an nichts aus dem Leben von George Vine erinnern, bevor er — ich — nach dem Unfall im Krankenhaus wieder aufgewacht ist. Ich weiß jetzt schon ein bißchen mehr über sein früheres Leben, aber nur, weil man es mir erzählt hat.

Ich weiß, wann und wo er geboren wurde, wo er zur Schule gegangen ist und wann er angefangen hat, beim *Blade* zu arbeiten. Ich weiß, wann er zur Armee eingezogen und wann er entlassen worden ist — Ende 1943 —, weil er sich nach einer Beinverletzung einen Knieschaden zugezogen hat. Übrigens nicht an der Front, und an meiner — seiner — Entlassung war nichts Psychoneurotisches.«

Der Doktor hörte auf, mit dem Bleistift herumzukritzeln. Er

fragte ihn: »So geht es Ihnen jetzt schon drei Jahre — und Sie haben das geheimgehalten?«

»Ja. Nach dem Unfall hatte ich genügend Zeit, über all das nachzudenken, ja, und ich habe mich entschlossen, das alles zu akzeptieren, was man mir über meine Person erzählte. Und im übrigen habe ich mich wirklich *bemüht,* eine Antwort zu finden. Ich habe mich mit Dunnes Theorie der Zeit beschäftigt — sogar mit Charles Fort!« Er lächelte plötzlich: »Schon mal was von Kaspar Hauser gehört?«

Dr. Irving nickte.

»Vielleicht hat er es auch so raffiniert gedeichselt wie ich. Und ich möchte nicht wissen, wie viele andere Leute mit Amnesie angeblich nicht wissen, was vor einem bestimmten Zeitpunkt passiert ist, nur damit sie nicht zugeben müssen, daß ihre Erinnerungen ganz offensichtlich im Widerspruch zu den Tatsachen stehen.«

Dr. Irving sagte langsam: »Ihr Cousin hat mir berichtet, daß Sie vor Ihrem Unfall auf das Thema Napoleon, hm, ›voll abgefahren‹ sind, so nannte er es. Welche Erklärung haben Sie dafür?«

»Ich habe Ihnen schon gesagt, ich hab' überhaupt keine Erklärungen. Aber ich kann das nur bestätigen, unabhängig davon, was Charlie Doerr dazu sagt. Anscheinend habe ich mich — ich, das heißt George Vine, wenn ich jemals George Vine gewesen bin — sehr für Napoleon interessiert, viel über ihn gelesen, ihn zum Helden hochstilisiert und ziemlich viel von ihm gesprochen. Wenigstens genug, daß die Arbeitskollegen vom *Blade* ihm den Spitznamen ›Nappy‹ gegeben haben.«

»Mir fällt auf, daß Sie zwischen sich und George Vine einen Unterschied machen. Sind Sie jetzt George Vine oder sind Sie es nicht?«

»Ich bin es drei Jahre lang gewesen. Davor — da kann ich mich nicht daran erinnern, George Vine gewesen zu sein. Ich glaube auch nicht, daß ich das war. Ich glaube — wenn ich überhaupt an etwas glaube —, daß *ich* vor drei Jahren in George Vines Körper aufgewacht bin.«

»Und was haben Sie dann mehr als einhundertundsiebzig Jahre gemacht?«

»Ich habe nicht die geringste Ahnung. Übrigens, ich bezweifle nicht, daß dies hier wirklich George Vines Körper ist und daß ich mit dem Körper zugleich auch sein Wissen geerbt habe — aber nicht seine persönlichen Erinnerungen. Ich wußte zum Beispiel, wie ich seinen Job bei der Zeitung verrichten mußte, aber ich konnte mich an niemanden von den Leuten erinnern, die da arbeiteten. Ich konnte zum Beispiel auch so gut Englisch wie er und genauso gut schreiben. Ich wußte, wie man mit einer Schreibmaschine umgeht. Meine Handschrift ist mit seiner identisch.«

»Wenn Sie der Meinung sind, Sie sind nicht Vine, welche Erklärung haben Sie dafür?«

Er beugte sich nach vorne. »Ich glaube, daß ich teilweise Vine bin und teilweise nicht. Ich glaube, daß eine Verwandlung stattgefunden hat, die außerhalb der ganz normalen menschlichen Erfahrung liegt. Daraus folgt nicht notwendigerweise, daß das etwas Übernatürliches ist — und auch nicht, daß ich wahnsinnig bin. *Stimmt's?*«

Dr. Irving gab keine Antwort. Statt dessen fragte er: »Sie haben dies alles aus verständlichen Gründen drei Jahre lang geheimgehalten. Jetzt entschließen Sie sich, vermutlich aus anderen Gründen, es nicht mehr zu verschweigen. Was sind das für andere Gründe? Was veranlaßt Sie dazu, Ihre Haltung zu ändern?«

Das war die Frage, vor der er sich gefürchtet hatte.

Langsam sagte er: »Weil ich nicht an Zufall glaube. Weil sich an der Situation selbst etwas geändert hat. Weil ich bereitwillig riskiere, als paranoid eingesperrt zu werden, damit ich die Wahrheit herausfinde.«

»Was hat sich denn an der Situation geändert?«

»Gestern hat mir mein Arbeitgeber vorgeschlagen, daß ich für einen Auftrag Wahnsinn vortäusche. Und zwar dieselbe Art von Wahnsinn, wie ich sie habe, wenn überhaupt. Ich will gerne die Möglichkeit zugestehen, daß ich wahnsinnig bin. Aber ich kann für mich nur davon ausgehen, daß ich es nicht bin. Sie wissen, daß Sie Dr. Willard E. Irving sind; nur davon können Sie ausgehen — aber woher *wissen* Sie, daß Sie es sind? Vielleicht sind Sie wahnsinnig, aber Sie können nur so handeln, als wären Sie es nicht.«

»Sie glauben also, Ihr Arbeitgeber ist an einem, hm, Komplott gegen Sie beteiligt? Sie glauben, man hat sich verschworen, um Sie ins Sanatorium zu bringen?«

»Ich weiß es nicht. Ich erzähl' Ihnen mal, was seit gestern nachmittag passiert ist.« Er holte tief Luft. Dann legte er los. Er erzählte Dr. Irving die ganze Geschichte von seiner Unterhaltung mit Candler, was Candler über Dr. Randolph gesagt hatte, berichtete von seinem Gespräch mit Charlie Doerr am letzten Abend und von Charlies verblüffendem Stimmungsumschwung im Wartezimmer.

Als er fertig war, sagte er: »Das ist alles.« Er blickte in Dr. Irvings ausdrucksloses Gesicht, mehr aus Neugierde als aus Besorgnis, und versuchte, darin zu lesen. Dann fügte er, ganz beiläufig hinzu: »Sie glauben mir natürlich nicht. Sie halten mich für wahnsinnig.«

Er erwiderte fest Dr. Irvings Blick. »Sie haben keine Wahl«, sagte er, »außer wenn es Ihnen gefallen sollte anzunehmen, ich würde Ihnen ein ausgeklügeltes Lügenmärchen auftischen, um Sie davon zu überzeugen, daß ich wahnsinnig bin. Ich meine, als Wissenschaftler und Psychiater können Sie nicht einmal die Möglichkeit konzedieren, daß das, was ich glaube — *weiß* —, objektiv gesehen stimmt. Ich hab' doch recht, oder?«

»Ich fürchte, ja. Also?«

»Also nur zu! Unterschreiben Sie die Einweisung. Ich bringe diese Geschichte zu Ende. Selbst in dem Punkt, daß Dr. Ellsworth Joyce Randolph als zweiter unterschreibt.«

»Sie haben keine Einwände?«

»Würde es irgendwas nützen, wenn ich sie hätte?«

»In einer Hinsicht schon, Mr. Vine. Wenn ein Patient einem Psychiater gegenüber voreingenommen ist oder Wahnvorstellungen hat, dann sollte er besser nicht in der Obhut gerade dieses betreffenden Psychiaters bleiben. Wenn Sie meinen, Dr. Randolph sei an einem Komplott gegen Sie beteiligt, dann würde ich vorschlagen, daß jemand anders benannt wird.«

»Selbst wenn ich mich für Randolph entscheide?« sagte er ruhig.

Dr. Irving hob abwehrend die Hände: »Wenn Sie und Mr. Doerr es natürlich vorziehen. . .«

»So ist es.«

Der silbergraue Kopf nickte ernst. »Sie müssen sich natürlich über eins im klaren sein. Wenn Dr. Randolph und ich zu der Entscheidung kommen, Sie sollten ein Sanatorium aufsuchen, dann geschieht das nicht als Sicherheitsverwahrung. Es geschieht, damit Sie durch eine Behandlung wiederhergestellt werden.«

Er nickte.

Dr. Irving stand auf. »Sie entschuldigen mich einen Augenblick? Ich möchte Dr. Randolph anrufen.«

Er sah zu, wie Dr. Irving durch die Tür in ein Nebenzimmer ging. Er dachte sich, direkt auf seinem Schreibtisch steht ein Telefon, aber er will nicht, daß ich das Gespräch mitanhöre.

Er blieb ganz ruhig sitzen, bis Irving zurückkam und sagte: »Dr. Randolph hat Zeit. Ich habe ein Taxi gerufen, um dorthin zu fahren. Sie entschuldigen mich noch einmal? Ich möchte gern mit Ihrem Cousin, Mr. Doerr, sprechen.«

Er saß da und sah nicht hin, als der Doktor in der entgegengesetzten Richtung zum Wartezimmer ging. Er hätte zur Tür gehen und versuchen können, ein paar Worte des leise geführten Gesprächs aufzuschnappen, aber er tat es nicht. Er saß nur da, bis er hörte, wie sich die Wartezimmertür hinter ihm öffnete und Charlie sagte: »Komm, George. Das Taxi wartet bestimmt schon.«

Sie fuhren mit dem Aufzug nach unten; das Taxi stand vor der Tür. Dr. Irving erklärte dem Fahrer, wohin sie wollten.

Auf halbem Wege sagte George: »Ein herrlicher Tag.« Charlie räusperte sich und sagte: »Jaa, mag sein.« Auf der restlichen Strecke versuchte er es nicht noch einmal, und keiner sagte ein Wort.

VI

Er trug eine graue Hose und ein graues Hemd, mit offenem Kragen und ohne Schlips, damit er nicht auf den Gedanken kommen konnte, sich zu erhängen. Auch keinen Gürtel, aus demselben Grund, obwohl die Hose im Bund so eng saß, daß keine

Gefahr bestand, er könnte sie verlieren. Genauso wie keine Gefahr bestand, er könnte sich aus einem der Fenster stürzen; sie waren vergittert.

Er befand sich nicht etwa in einer Zelle; es war eine große Station im dritten Stock. Auf der Station waren noch sieben weitere Männer. Er ließ seinen Blick über sie wandern. Zwei spielten Dame und saßen mit dem Brett zwischen sich auf dem Boden. Einer saß in einem Sessel und blickte angestrengt ins Leere; zwei lehnten sich gegen die Gitterstäbe an einem der offenen Fenster, schauten hinaus und redeten beiläufig und normal. Einer las eine Zeitschrift. Einer saß in einer Ecke und spielte auf einem Klavier, das gar nicht existierte, fließende Arpeggios.

Er stand gegen die Wand gelehnt und beobachtete die anderen sieben. Seit zwei Stunden war er jetzt da; es erschien ihm wie zwei Jahre.

Das Gespräch mit Dr. Ellsworth Joyce Randolph war ohne Schwierigkeiten verlaufen; es war praktisch eine Wiederholung seines Gesprächs mit Irving gewesen. Und ganz offensichtlich hatte Dr. Randolph zuvor noch nie etwas von ihm gehört.

Das hatte er natürlich erwartet.

Er fühlte sich jetzt sehr ruhig. Er hatte beschlossen, eine Zeitlang an nichts zu denken, sich keine Sorgen zu machen; er wollte nicht einmal etwas fühlen.

Er schlenderte hinüber und sah sich im Stehen das Damespiel an.

Das Damespiel verlief normal; man hielt sich an die Regeln.

Einer der Männer blickte auf und sagte: »Wie heißen Sie?«

Die Frage war völlig normal; es war lediglich unnormal, daß derselbe Mann dieselbe Frage nun schon zum viertenmal in den zwei Stunden, die er da war, gestellt hatte.

»George Vine«, sagte er.

»Heiß' Bassington, Ray Bassington. Sagen Sie einfach Ray. Sind Sie verrückt?«

»Nein.«

»Einige von uns sind es und einige nicht. Der da ist verrückt.« Er sah den Mann an, der auf dem imaginären Klavier spielte. »Spielen Sie Dame?«

»Nicht sehr gut.«

»Macht nichts. Jetzt gibt's bald was zu essen. Wenn Sie irgendwas wissen wollen, fragen Sie mich einfach.«

»Wie kommt man hier wieder raus? Warten Sie mal, ich mein' das nicht als Witz oder so. Ganz ernsthaft, wie muß man da vorgehen?«

»Sie müssen sich einmal im Monat der Kommission stellen. Die fragen Sie was und entscheiden dann, ob Sie rausdürfen oder hierbleiben müssen. Manchmal geben Sie einem auch Spritzen. Warum sitzen Sie?«

»Sitzen? Was meinen Sie damit?«

»Geistesschwach, manisch-depressiv, dementia praecox, involutionsbedingte Melancholie . . .«

»Oh. Paranoia, nehm' ich an.«

»Das ist dumm. Dann kriegen Sie Spritzen.«

Irgendwo klingelte es.

»Essen ist fertig«, sagte der andere Damespieler. »Schon mal versucht, Selbstmord zu begehen? Oder jemanden zu töten?«

»Nein.«

»Dann dürfen Sie an einem der A-Tische essen, mit Messer und Gabel.«

Die Stationstür wurde aufgemacht. Sie öffnete sich nach außen, und draußen stand ein Wärter und sagte: »Auf geht's.« Sie gingen hintereinander hinaus, alle außer dem Mann, der im Sessel saß und ins Leere starrte.

»Was ist mit dem da?« fragte er Ray Bassington.

»Er verpaßt heute abend sein Essen. Manisch-depressiv, kommt gerade in die depressive Phase. Einmal darf man eine Mahlzeit verpassen. Wenn man dann auch zur nächsten nicht erscheint, dann holen sie einen, und man wird gefüttert. Sind Sie manisch-depressiv?«

»Nein.«

»Da haben Sie aber Glück. Es ist die reine Hölle, wenn's auf den Tiefpunkt zugeht. Hier geht's durch, durch die Tür da.«

Es war ein großer Raum. An den Tischen und Bänken drängelten sich Männer in grauen Hemden und grauen Hosen, wie er. Ein Wärter packte ihn am Arm, als er durch die Tür ging, und sagte: »Dort drüben. Der Platz da.«

Er saß direkt neben der Tür. Sie hatten das Essen auf einen

Blechteller geklatscht, und daneben lag ein Löffel. »Kriege ich kein Messer und keine Gabel?« fragte er. »Man hat mir gesagt . . .«

Der Wärter schubste ihn auf seinen Sitz zu. »Beobachtungszeit, sieben Tage. Keiner kriegt 'n richtiges Besteck, bis die Beobachtungszeit vorbei ist. Komm, setz dich auf deine vier Buchstaben.«

Er setzte sich. Keiner an seinem Tisch hatte ein Besteck. Alle aßen, einige geräuschvoll und unordentlich. Er hielt den Blick auf seinen eigenen Teller gerichtet, auch wenn das Zeug unappetitlich aussah. Er spielte an seinem Löffel herum und schaffte es, aus dem Eintopf einige Kartoffelstückchen und ein oder zwei Brocken von dem meist mageren Fleisch zu fischen.

Der Kaffee war in einer Blechtasse, und er fragte sich, warum eigentlich, bis ihm klar wurde, wie zerbrechlich gewöhnliche Tassen waren und wie tödlich einer der schweren Becher sein könnte, wie sie in den billigen Restaurants verwendet wurden.

Der Kaffee war dünn und kalt; er konnte ihn nicht trinken.

Er lehnte sich zurück und schloß die Augen. Als er sie wieder öffnete, standen ein leerer Teller und eine leere Tasse vor ihm, und der Mann zu seiner Linken aß sehr schnell. Es war derselbe Mann, der auf dem nichtexistierenden Klavier gespielt hatte.

Er dachte bei sich: Wenn ich nur lange genug hier bin, dann kriege ich auch genug Hunger, um das Zeug zu essen. Aber der Gedanke, so lange da zu sein, gefiel ihm nicht besonders.

Nach einiger Zeit klingelte es, und sie standen auf — jedes Mal ein Tisch, auf ein bestimmtes Zeichen hin, das er nicht bemerkte — und gingen hintereinander hinaus. Seine Gruppe war als letzte gekommen; sie brach als erste auf.

Ray Bassington ging hinter ihm auf der Treppe. »Sie gewöhnen sich schon daran«, sagte er. »Wie war noch mal Ihr Name?«

»George Vine.« Bassington lachte. Die Tür wurde hinter ihnen zugemacht, und ein Schlüssel drehte sich im Schloß.

Er sah, daß es draußen dunkel war. Er trat an eines der Fenster und starrte zwischen den Gitterstäben hindurch. Am Himmel war ein einziger heller Stern zu sehen, der genau über der Spitze der Ulme im Hof stand. Sein Stern? Nun, er war ihm hierher gefolgt. Eine Wolke legte sich über ihn.

Jemand stand neben ihm. Er wandte den Kopf und sah, daß es der Mann war, der Klavier gespielt hatte. Er hatte ein dunkles, fremdländisch aussehendes Gesicht mit großen schwarzen Augen; er lächelte gerade, wie über einen geheimen Witz.

»Sie sind neu hier, nicht wahr? Oder nur auf diese Station verlegt? Was von beidem?«

»Neu. Heiße George Vine.«

»Baroni. Musiker. War ich wenigstens mal. Also – schießen Sie los. Was wollen Sie über diese Anstalt hier wissen?«

»Sicher. Wie man rauskommt.«

Baroni lachte, nicht besonders erfreut, aber auch nicht bitter. »Zuerst müssen Sie die Leute überzeugen, daß mit Ihnen wieder alles in Ordnung ist. Macht's Ihnen was aus, wenn Sie mir sagen, was mit Ihnen los ist – oder wollen Sie nicht darüber sprechen? Einigen von uns macht's was aus, anderen nicht.«

Er blickte Baroni an und überlegte, wonach ihm zumute war. Schließlich sagte er: »Ich glaub', mir macht's nichts aus. Ich ... ich bin der Meinung, ich bin Napoleon.«

»Sind Sie es?«

»Was soll ich sein?«

»*Sind* Sie Napoleon? Wenn Sie es nicht sind – das ist die eine Möglichkeit. Dann kommen Sie vielleicht in ungefähr sechs Monaten wieder hier raus. Wenn Sie es aber *sind* – dann sieht's schlecht für Sie aus. Dann bleiben Sie wahrscheinlich bis zu Ihrem Tode hier.«

»Warum denn? Ich mein', wenn ich es wirklich *bin*, dann bin ich normal und ...«

»Darauf kommt's nicht an. Es kommt darauf an, ob die Sie für normal halten oder nicht. Die denken, wenn Sie glauben, Sie sind Napoleon, dann sind Sie nicht normal. *Quod erat demonstrandum.* Also bleiben Sie hier.«

»Selbst wenn ich denen erzähle, ich sei überzeugt, daß ich George Vine bin?«

»Die haben sich schon vorher mit Paranoia beschäftigt. Und deshalb sind Sie hier drin, da können Sie sich drauf verlassen. Und jedes Mal, wenn ein Paranoiker einen Ort satt hat, dann versucht er, durch Lügen rauszukommen. Die sind nicht von gestern. Die wissen das genau.«

»Im allgemeinen schon, aber wie...«

Plötzlich lief ihm ein kalter Schauer den Rücken herunter. *Sie geben einem Spritzen* — als Ray Bassington das gesagt hatte, war ihm die genaue Bedeutung nicht klar gewesen.

Der dunkle Mann nickte. »Wahrheitsserum«, sagte er. »Wenn ein Paranoiker den Punkt erreicht hat, wo er geheilt ist, *falls* er tatsächlich die Wahrheit sagt, dann vergewissern die sich, daß er auch wirklich die Wahrheit sagt, bevor sie ihn wieder rauslassen.«

Im stillen dachte er, was ist das für eine schöne Falle, in die ich da hineingetappt bin. Ich werde jetzt wahrscheinlich bis zu meinem Tod hierbleiben müssen.

Er lehnte seinen Kopf gegen die kühlen Eisenstangen und schloß die Augen. Er hörte, wie sich Schritte entfernten, und wußte, daß er allein war.

Er öffnete die Augen und schaute nach draußen in die Schwärze; nun hatten sich die Wolken auch über den Mond gelegt...

Clare, dachte er; *Clare.*

Eine Falle.

Aber — wenn es eine Falle gab, mußte es auch einen Fallensteller geben.

Er war normal oder er war verrückt. Wenn er normal war, war er in eine Falle getappt, und *wenn es eine Falle gab, mußte es auch einen Fallensteller geben oder sogar mehrere.*

Wenn er verrückt war...

O Gott, hoffentlich war er wirklich verrückt. Dann ergab alles einen Sinn, und eines Tages könnte er vielleicht wieder hier raus, könnte wieder für den *Blade* arbeiten, möglicherweise sogar, indem er sich an alle Jahre, die er dort gearbeitet hatte, erinnerte. Oder die jener George Vine dort gearbeitet hatte.

Das war der Haken an der Sache. *Er* war nicht George Vine.

Und es gab da noch einen Haken. *Er* war nicht wahnsinnig.

Nach einer Weile hörte er, wie die Tür aufging, und schaute sich um. Zwei Wärter waren hereingekommen. Eine wilde Hoffnung, ohne Grund, brandete in ihm auf. Sie war nicht von Dauer.

»Schlafenszeit, Leute", sagte einer der Wärter. Er blickte den Manisch-Depressiven an, der bewegungslos in seinem Sessel saß, und sagte: »Der spinnt. He, Bassington, helfen Sie mir mal, den Kerl ins Bett zu bringen.«

Der andere Wärter, ein kräftig gebauter Mann mit kurzgeschorenem Haar wie bei einem Ringer, kam zum Fenster herüber.

»Sie da. Sie sind doch der Neue hier. Vine, ja?«

Er nickte.

»Auf Ärger aus oder hübsch brav sein?« Der Wärter schloß die Finger der rechten Hand zusammen, die Faust holte aus.

»Will keinen Ärger. Hab' schon genug davon.«

Der Wärter entspannte sich ein wenig. »Okay, halten Sie sich dran, und wir kommen miteinander aus. Da drüben ist ein leeres Bett.« Er deutete hinüber. »Eins von denen auf der rechten Seite. Müssen Sie morgen selbst machen. bleiben Sie schön in Ihrer Koje und kümmern Sie sich um Ihre eigenen Angelegenheiten. Wenn's hier auf der Station Krach und Ärger gibt, kommen wir und regeln die Sache. Auf unsere Art. Würde Ihnen nicht gefallen.«

Er traute sich nicht zu sprechen, deshalb nickte er nur. Er drehte sich um und ging durch die Tür in den Schlafraum, auf den der Wärter gezeigt hatte. Zwei Betten standen darin; der Manisch-Depressive, der im Sessel gesessen hatte, lag jetzt flach auf dem Rücken in dem einen Bett und starrte mit weitgeöffneten Augen und leerem Blick die Decke an. Sie hatten ihm die Schuhe ausgezogen, ihn sonst aber angekleidet gelassen.

Er wandte sich zu seinem eigenen Bett um, wußte, daß er auf dieser Welt nichts für den anderen Mann tun konnte, daß es keine Möglichkeit gab, ihn durch die undurchdringbare Mauer schieren Elends hindurch zu erreichen, die den Manisch-Depressiven zeitweilig begleitet.

Er schlug die graue Wolldecke auf seinem Bett zurück und fand darunter eine weitere graue Wolldecke auf einer harten, aber glatten Unterlage. Er schlüpfte aus Hemd und Hose und hängte sie an einem Haken am Fußende des Betts auf. Er blickte suchend nach einem Schalter, um das Deckenlicht auszumachen, konnte aber keinen finden. Doch während er noch suchte, ging das Licht aus.

Ein einziges Licht brannte noch irgendwo draußen im Zimmer der Wärter, und beim Schein dieses Lichts konnte er Schuhe und Socken ausziehen und ins Bett kriechen.

Eine Zeitlang lag er ruhig da und hörte nur zwei Geräusche, beide nur schwach und anscheinend weit entfernt. Irgendwo in einem anderen Schlafraum außerhalb der Station sang jemand leise vor sich hin, einen wortlosen Gesang; irgendwo anders schluchzte jemand. In seinem Schlafraum hörte er nicht einmal seinen Zimmergenossen atmen.

Dann vernahm er das Schlurfen von bloßen Füßen, und jemand sagte durch die geöffnete Tür: »George Vine.«

»Ja?« sagte er.

»Schschsch, nicht so laut. Ich bin Bassington. Will Ihnen was über den Wärter erzählen; ich hätte Sie schon vorher warnen sollen. Lassen Sie sich ja nicht mit ihm ein.«

»Hab' ich bisher noch nicht gemacht.«

»Ich hab's gehört; Sie waren clever. Er reißt Sie in Stücke, wenn Sie ihm dazu eine Gelegenheit geben. Er ist ein Sadist. Das sind viele von den Wärtern; deshalb arbeiten sie in der Klapsmühle; so nennen sie es selbst — Klapsmühle. Wenn sie an der einen Stelle rausfliegen, weil sie zu grausam sind, dann fangen sie woanders wieder an; ich hab' mir gedacht, ich warne Sie lieber."

Der Schatten an der Tür war wieder weg.

George lag im Halbdunkel, dem Fast-Dunkeln, fühlte eher, als daß er dachte. Stellte sich Fragen. Wußten Wahnsinnige eigentlich, daß sie wahnsinnig sind? Konnten sie das selbst erkennen? War sich jeder von ihnen sicher, so wie er sich sicher war ...?

Jenes ruhige, stille Ding, das im Bett nebenan lag, das litt, ohne daß es das deutlich zum Ausdruck brachte, das dem menschlichen Zugriff entzogen war, in äußerster Not allein war, jenseits des normalen Verstehens ...

»Napoleon Bonaparte!«

Eine deutlich vernehmbare Stimme, aber war sie aus seinem Inneren oder von draußen gekommen? Er richtete sich in seinem Bett auf. Seine Blicke durchbohrten das Halbdunkel, konnten aber an der Tür keine Kontur, keinen Schatten erkennen.

»Ja?« sagte er.

VII

Erst in diesem Augenblick, als er im Bett saß und »Ja« antwortete, kam ihm der Name zu Bewußtsein, bei dem ihn die Stimme gerufen hatte.

»Steh auf. Zieh dich an.« Er schwang seine Beine über die Bettkante und stand auf. Er griff nach seinem Hemd und steckte gerade seine Arme hinein, als er innehielt und fragte: »Warum?«

»Um die Wahrheit zu erfahren.«

»Wer bist du?« fragte er.

»Sprich nicht so laut. Ich kann dich hören. Ich bin in dir und außerhalb von dir. Ich habe keinen Namen.«

»*Was* bist du dann?« Er sagte diese Worte laut, ohne nachzudenken.

»Ein Werkzeug Des Hellen Leuchtens.«

Er ließ die Hose, die er in der Hand gehalten hatte, zu Boden fallen. Vorsichtig setzte er sich auf die Bettkante, beugte sich nach vorne und tastete nach der Hose.

Sein Verstand tastete sich auch langsam vorwärts. Tastete nach wer weiß was. Schließlich stieß er auf die Frage — *die* Frage. Dieses Mal stellte er sie nicht laut; er dachte sie sich, konzentrierte sich auf sie, als er seine Hose glattstrich und seine Beine hineinsteckte.

»Bin ich wahnsinnig?«

Die Antwort — *Nein* — kam klar und deutlich vernehmbar wie ein gesprochenes Wort, aber hatte wirklich jemand gesprochen? Oder war es nur ein Laut, den er gedacht hatte?

Er fand seine Schuhe und zog sie an. Als er die Schnürsenkel zu irgendeiner Art Knoten schnürte, dachte er: »Wer... was...ist Das Helle Leuchten?«

»Das Helle Leuchten ist *diese Erde.* Es ist die Intelligenz unseres Planeten. Es ist eine der drei Intelligenzen im Sonnensystem, eine der vielen im Universum. Die Erde ist eine davon; sie heißt Das Helle Leuchten.«

»Das verstehe ich nicht«, dachte er.

»Du wirst es verstehen. Bist du fertig?«

Er band den zweiten Knoten zu. Er stand auf. Die Stimme sagte: »Komm. Kein Wort, während du gehst.«

Es war, als führte ihn jemand durch das Fast-Dunkel, aber er spürte keine körperliche Berührung; er sah niemanden neben sich, der körperlich existierte. Trotzdem ging er zuversichtlich weiter, allerdings leise und auf Zehenspitzen, wußte, er würde nicht gegen etwas stoßen oder über etwas stolpern. Er passierte den großen Raum, der für die Kranken bestimmt war, und dann berührte seine ausgestreckte Hand den Türgriff.

Er drehte ihn sachte, und die Tür öffnete sich nach innen. Licht blendete ihn. Die Stimme sagte: »Warte«, und er stand regungslos da. Er konnte ein Geräusch hören — das Rascheln von Papier, das Umblättern einer Seite, draußen vor der Tür, in dem beleuchteten Korridor.

Dann kam von der anderen Seite des Korridors ein schriller Schrei. Stuhlbeine scharrten, Füße sprangen auf und entfernten sich in Richtung des Schreis. Eine Tür öffnete und schloß sich.

Die Stimme sagte: »Komm«, und er zog die Tür ganz auf und ging nach draußen, an dem Tisch und dem leeren Stuhl vorbei, die gleich vor der Stationstür standen.

Noch eine Tür, noch ein Korridor. Die Stimme sagte: »Warte«, die Stimme sagte: »Komm«; dieses Mal schlief der Wärter. George ging auf Zehenspitzen an ihm vorbei. Die Treppe hinunter.

In Gedanken fragte er: »Was wird aus mir?«

»Ein Wahnsinniger«, sagte die Stimme.

»Aber du hast doch gesagt, ich bin nicht...« Er hatte wirklich gesprochen, und das Geräusch erschreckte ihn fast noch mehr als die Antwort auf seine letzte Frage. Und in der Stille, die auf seine Worte folgte, hörte er — am Ende der Treppe, um die Ecke herum — das Geräusch einer summenden Schalttafel, und sagte da nicht jemand: »Ja?... Okay, Doktor, ich bin gleich oben?« Schritte und das Schließen einer Aufzugtür.

Er lief die übrigen Stufen hinunter, um die Ecke herum, und dann befand er sich vorne in der Eingangshalle. Dort stand ein leerer Tisch mit einer Schalttafel daneben. Er ging daran vorbei, zur Haustür. Sie war verriegelt; er schob den schweren Riegel zurück.

Er trat nach draußen, in die Nacht hinaus.

Leise ging er über Zementboden, über Kies; dann berührten

seine Schuhe Gras, und er brauchte nicht mehr auf Zehenspitzen zu gehen. Es war jetzt dunkel wie im Inneren eines Wals; er merkte, daß Bäume in der Nähe standen, und gelegentlich streiften Blätter sein Gesicht, aber er schritt schnell und zuversichtlich aus; gerade noch rechtzeitig streckte er seine Hand aus und berührte eine Ziegelmauer.

Er griff hinauf und konnte das obere Ende fassen; er zog sich hoch und schwang sich hinüber. Oben, auf dem flachen Teil der Mauer lag zerbrochenes Glas; es zerriß ihm die Kleider und schnitt ihm tief ins Fleisch, aber er spürte keine Schmerzen, merkte nur, daß das Blut feucht und klebrig war.

Er ging einen beleuchteten Weg entlang, ging dunkle und leere Straßen entlang, ging eine noch dunklere Allee entlang. Er öffnete das rückwärtige Tor eines Hofes und ging zur Hintertür des Hauses. Er öffnete die Tür und trat ein. Vorne im Haus brannte in einem Zimmer Licht; er konnte das helle Rechteck am Ende des Flurs sehen. Er ging den Flur entlang, in das beleuchtete Zimmer.

Jemand, der an einem Schreibtisch saß, stand auf. Jemand — ein Mann, dessen Gesicht er kannte, den er aber nicht —

»Ja«, sagte der Mann und lächelte. »Du kennst mich, aber du kennst mich doch nicht. Dein Denken steht zum Teil unter unserer Kontrolle, und deine Fähigkeit, mich zu erkennen, ist ausgeschaltet. Davon und von deiner Analgesie abgesehen — du bist von den Glasscherben auf der Mauer blutverschmiert, aber du spürst keinen Schmerz —, ist dein Verstand in Ordnung, und du bist normal.«

»Was soll das alles?« fragte er. »Warum hat man mich hierher gebracht?«

»Weil du normal bist. Das tut mir leid, weil es dir nicht leid tun kann. Nicht so sehr, weil du die Erinnerung an dein früheres Leben behalten hast, nachdem du verpflanzt worden bist. Das kann passieren. Sondern vielmehr, weil du irgendwie was weißt, was du eigentlich nicht wissen solltest — etwas von Dem Hellen Leuchten und von dem Spiel zwischen Rot und Schwarz. Deshalb...«

»Deshalb was?« fragte er.

Der Mann, den er kannte und doch nicht kannte, lächelte milde. »Deshalb mußt du auch das übrige erfahren, damit du dann überhaupt nichts mehr weißt. Denn aus allem zusammen ergibt sich — nichts. Die Wahrheit wird dich in den Wahnsinn treiben.«

»Das glaube ich nicht.«

»Natürlich nicht. Wenn du die Wahrheit begreifen könntest, würde sie dich nicht wahnsinnig machen. Aber du kannst die Wahrheit nicht im entferntesten begreifen.«

Ein ungeheurer Zorn stieg in ihm auf. Er blickte in das vertraute Gesicht, das er kannte und doch nicht kannte, und er blickte an sich herunter: zerrissene, blutig-graue Anstaltskleidung, zerschnittene und blutige Hände. Sie krümmten sich wie Klauen, die das Verlangen haben zu töten... irgend jemanden, denjenigen — wer das auch gerade sein mochte —, der vor ihm stand.

»Was bist du?«

»Ich bin ein Werkzeug Des Hellen Leuchtens.«

»Dasselbe Werkzeug, das mich hierher gebracht hat, oder ein anderes?«

»Eins ist wie alle. Alle sind wie eins. Zwischen dem Ganzen und seinen Teilen gibt es keinen Unterschied. Ein Werkzeug ist wie das andere, und das Rote ist das Schwarze, und das Schwarze ist das Weiße, und es gibt keinen Unterschied. Das Helle Leuchten ist die Seele der Erde. Ich sage *Seele,* weil es von den Worten, die du kennst, der Sache am nächsten kommt.«

Haß war fast so etwas wie ein helles Licht. Haß war fast so etwas, gegen das man sich lehnen konnte, mit seinem ganzen Gewicht lehnen konnte.

»Was ist Das Helle Leuchten?« fragte er. Er ließ die Worte wie einen Fluch klingen.

»Wissen wird dich in den Wahnsinn treiben. Willst du es wirklich wissen?«

»Jaaa.« Er machte aus diesem einfachen, dumpfen Wort einen Fluch.

Das Licht wurde schwächer. Oder trübten sich seine Augen? Das Zimmer wurde dunkler und rückte gleichzeitig weiter weg. Es wurde zu einem winzigen Würfel aus mattem Licht, von weitem und von außerhalb wahrgenommen, von irgendwo aus der fernen Dunkelheit, rückte immer weiter weg, verwandelte sich in einen Lichtpunkt, und mitten in diesem Lichtpunkt stand die ganze Zeit das verhaßte Ding, dieser Mensch — war es ein Mensch? — neben dem Schreibtisch.

In die Dunkelheit hinaus, in das All, über der Erde und weg von ihr — eine matte Sphäre in der Nacht, eine zurückweichende Sphäre, die sich von der gestirnten Schwärze des ewigen Alls abhob, die Sterne verdunkelte, eine schwarze Scheibe.

Das Licht wich nicht mehr weiter zurück, und die Zeit blieb stehen. Es war, als stünde die Uhr des Alls still. Neben ihm, gleichsam aus dem Nichts, sprach die Stimme des Werkzeugs von Dem Hellen Leuchten.

»Siehe«, sagte sie. »Das Sein der Erde.«

Und er sah es. Nicht, als ob eine äußerliche Veränderung eintrat, vielmehr eine innere, so als ob sich seine Sinne veränderten, damit er das bislang Unsehbare auch sehen konnte.

Der Ball, der die Erde war, fing an zu glühen. Hell zu leuchten.

»Du siehst die Intelligenz, die die Erde lenkt«, sagte die Stimme. »Die Summe aus Schwarz und Weiß und Rot, die alle eins sind, nur unterteilt, wie ein Gehirn unterteilt ist, die Dreifaltigkeit, die eins ist.«

Der glühende Ball und die Sterne dahinter verblaßten, und die Dunkelheit verwandelte sich in immer stärkere Dunkelheit, und dann sah er ein mattes Licht, und er befand sich wieder in dem Zimmer, wo der Mann an dem Tisch stand.

»Du hast es nun gesehen«, sagte der Mann, den er haßte. »Aber du verstehst es nicht. Du fragst dich, *was* du eigentlich gesehen hast, *was* Das Helle Leuchten ist. Es ist eine Gruppenintelligenz, die wirkliche Intelligenz der Erde, eine von drei Intelligenzen im Sonnensystem, eine von vielen im Universum.«

Und was ist dann der Mensch? Menschen sind Bauern in den Spielen einer — für dich — unvorstellbaren Vielfalt, zwischen dem Roten und dem Schwarzen, zwischen dem Weißen und dem Schwarzen, zum Vergnügen. Spiele, die ein Teil des Organismus gegen den anderen Teil austrägt, um sich einen Augenblick der Ewigkeit zu vertreiben. Es gibt noch gewaltigere Spiele, die zwischen den Galaxien ausgetragen werden. Ohne Menschen.

Der Mensch ist ein Parasit, der nur auf der Erde, die seine Existenz eine Zeitlang duldet, vorkommt. Es gibt ihn nirgendwo sonst im Kosmos, und auch hier lebt er nicht lange. Eine kurze Zeit, ein paar Kriege auf dem Schachbrett, die er selbst zu führen glaubt — du fängst an zu begreifen.

Der Mann am Tisch lächelte.

»Du willst etwas über dich selbst wissen? Nichts ist unwichtiger. Nur ein Zug in einem Spiel, vor Lodi. Die Roten hatten die Möglichkeit zu einem Zug; eine stärkere, rücksichtslosere Person wurde benötigt; es war ein Wendepunkt in der Geschichte — was bedeutet: in dem Spiel. Begreifst du jetzt? Ein Ersatz wurde ins Spiel gebracht, und der wurde zu Napoleon.«

Er brachte nur zwei Worte heraus: »Und dann?«

»Das Helle Leuchten tötet nicht. Man mußte dich irgendwo eine Zeitlang unterbringen. Sehr viel später starb ein Mann namens George Vine bei einem Unfall; sein Körper war noch zu gebrauchen. George Vine war nicht wahnsinnig gewesen, aber er litt unter einem Napoleon-Komplex. Die Verwandlung war recht amüsant.«

»Ohne Zweifel.« Wieder konnte er nicht an den Mann neben dem Tisch herankommen. Der Haß lag als Mauer zwischen ihnen. »Dann ist George Vine also tot?«

»Ja. Und du mußt, weil du ein wenig zuviel weißt, wahnsinnig werden, damit du nichts mehr weißt. Die Wahrheit zu kennen, wird dich in den Wahnsinn treiben.«

»Nein!«

Das Werkzeug lächelte nur.

VIII

Das Zimmer, der Lichtwürfel, wurde schwächer, schien zu kippen. Obwohl er immer noch stand, fiel er rückwärts, und aus seiner senkrechten Stellung wurde eine waagrechte.

Es zog ihn nach hinten, und unter sich spürte er die weiche und zugleich harte Glätte des Bettes, das Kratzen einer grauen Wolldecke. Und er konnte sich bewegen; er setzte sich auf.

Hatte er geträumt? Oder war er wirklich aus der Anstalt weggewesen? Er hob seine Hände, drückte sie gegeneinander, und sie waren von irgendwas Klebrigem feucht. Genau wie seine Hemdbrust und auch seine Hosenbeine.

Und er hatte Schuhe an.

Das Blut vom Überqueren der Mauer war noch da. Und jetzt verschwand allmählich die Schmerzlosigkeit, und der Schmerz floß langsam in seine Hände, seinen Brustkasten, seinen Magen und seine Beine. Stechender, beißender Schmerz.

Er sagte laut: *»Ich bin nicht wahnsinnig. Ich bin nicht wahnsinnig.«* Schrie er diese Worte heraus?

Eine Stimme sagte: »Nein. Noch nicht.« War das die Stimme, die er vorher hier im Zimmer gehört hatte? Oder war es die Stimme des Mannes aus dem beleuchteten Zimmer? Oder war es beide Male dieselbe Stimme gewesen?

Sie sagte: »Frag, ›Was ist der Mensch?‹«

Mechanisch stellte er die Frage.

»Der Mensch ist eine Sackgasse in der Evolution; er ist zu spät gekommen, um konkurrieren zu können. Das Helle Leuchten, das schon alt und weise war, bevor der Mensch aufrecht gehen konnte, hat den Menschen immer kontrolliert und mit ihm gespielt.

Der Mensch ist ein Parasit auf einem Planeten, der schon vor ihm bewohnt war, bewohnt von einem Wesen, das eines und zugleich viele ist, eine Billion Zellen, doch nur ein einziger Verstand, eine einzige Intelligenz, ein einziger Wille — und das gilt auch für alle anderen bevölkerten Planeten im Universum.

Der Mensch ist ein Witz, ein Trottel, ein Parasit. Er ist ein Nichts; er wird noch weniger als ein Nichts werden.

Komm und werd' verrückt.«

Er stand wieder auf; er machte sich auf den Weg. Durch die Tür des Schlafraums, die Station entlang. Zu der Tür hin, die auf den Flur führte. Ein schmaler Lichtstreifen schimmerte unter der Tür durch. Aber dieses Mal streckte er nicht seine Hand nach dem Griff aus. Statt dessen stand er da und sah die Tür an, und sie begann zu glühen, wurde langsam hell und sichtbar.

Als tanze ein unsichtbarer Scheinwerfer von irgendwoher auf ihr herum, wurde die Tür zu einem sichtbaren Rechteck in der sie umgebenden Schwärze, so hell und deutlich zu sehen wie der Lichtstreifen unter ihr.

Die Stimme sagte: »Vor dir siehst du eine Zelle deines Herrschers, eine Zelle, die für sich genommen ohne Intelligenz ist, jedoch als winziger Teil zu einer Einheit gehört, die über Intelligenz verfügt, eine der Trillionen Einheiten, aus denen sich *die* Intelligenz zusammensetzt, die die Erde beherrscht — und dich. Und diese erdumfassende Intelligenz ist eine von Millionen Intelligenzen, die das Universum beherrschen.«

»Die *Tür?* Ich verstehe nicht . . .«

Die Stimme schwieg; sie hatte sich zurückgezogen, aber irgendwo in seinem Innern vernahm er das Echo eines stillen Lachens.

Er beugte sich noch weiter nach vorne und sah, was er sehen sollte. Eine Ameise krabbelte über die Tür.

Er folgte ihr mit seinem Blick, und lähmendes Entsetzen kroch rasend schnell seinen Rücken herauf. Hundert Dinge, die er gehört und gelesen hatte, fügten sich plötzlich zu einem Bild zusammen, zu einem Bild des schieren Grauens. Das Schwarze, das Weiße, das Rote; die schwarzen Ameisen, die weißen Ameisen, die roten Ameisen; das Spiel mit den Menschen, getrennte Teile eines einzigen Gruppengehirns, die Intelligenz, die nur eine einzige war. Der Mensch als Zufall, als Parasit, als Bauer in einem Spiel; eine Million Planeten im Universum, jeweils von einem Insektenstamm bevölkert, der eine einzige Intelligenz für den Planeten war — und alle Intelligenzen zusammen bildeten die kosmische Intelligenz, und die hieß — *Gott!*

Er brachte das einsilbige Wort nicht heraus.

Statt dessen wurde er wahnsinnig.

Er schlug auf die nun dunkle Tür ein, mit den blutigen Händen, mit den Knien, mit dem Gesicht, mit seinem ganzen Körper, obwohl er schon vergessen hatte, warum; vergessen hatte, was er eigentlich zertrümmern wollte.

Er tobte im Wahn — dementia praecox, nicht Paranoia —, als sie seinen Körper erlösten, indem sie ihn in eine Zwangsjacke steckten, ihn aus der Raserei erlösten und zur Ruhe kommen ließen.

Er ruhte im Wahn — Paranoia, nicht dementia praecox —, als sie ihn elf Monate später als geheilt entließen.

Wissen Sie, Paranoia ist ein merkwürdiges Leiden; es weist

keinerlei körperliche Symptome auf; es existiert nur eine fixe Idee. Eine Reihe von Metrazolschocks hatte die dementia praecox beseitigt, und nur die fixe Idee bestand weiter, er sei der Reporter George Vine.

Dieser Meinung war auch die Anstaltsverwaltung; deshalb wurde der Wahn als solcher nicht erkannt, und sie entließen ihn und gaben ihm eine Bescheinigung, die bestätigte, daß er normal war.

Er heiratete Clare; er arbeitet immer noch beim *Blade* — für einen Mann namens Candler. Er spielt immer noch mit seinem Cousin, Charlie Doerr, Schach. Er geht immer noch sowohl zu Dr. Irving als auch zu Dr. Randolph, um sich in regelmäßigen Abständen untersuchen zu lassen.

Wer von beiden lächelt im stillen? Was würde es Ihnen nützen, wenn Sie es wüßten?

Es hat keine Bedeutung. Begreifen Sie das nicht? Nichts hat Bedeutung!

EVAN HUNTER

Der scharlachrote König

Evan Hunter ist einer von jenen beneidenswerten und zudem hervorragenden Prosaschriftstellern, die in jedem von ihnen gewählten Genre Beachtliches leisten. Die Kritiker haben verschiedenen seiner Romane, die zu Bestsellern wurden, Beifall gezollt (The Blackboard Jungle; Lust Summer; Sons; Love, Dad); eine seiner Erzählungen aus dem Playboy wurde in die angesehene Sammlung Best American Short Stories aufgenommen; und seine unter dem Namen Ed McBain verfaßte Kriminalserie über das 87. Polizeirevier ist nicht nur die beste Serie über die Polizeiarbeit, sondern zählt zu den zehn führenden auf der ewigen Bestenliste im Bereich der Spannungsliteratur. Wenn er sich der Schauergeschichte zuwendet, wie er es gelegentlich Anfang der fünfziger Jahre tat, dann entsteht unweigerlich eine Geschichte, die sowohl thematisch besticht (weil sie die verheerenden Auswirkungen des Krieges auf den Einzelmenschen psychologisch beschreibt), als auch jedem einen solchen Schrecken versetzt, daß ihn eine Gänsehaut überläuft. Hier nun präsentiert sich Evan Hunter von seiner makabren Seite, mit der Erzählung »Der scharlachrote König« . . .

Die kleinen Dinge waren es, die ihn ärgerten, immer die kleinen Dinge, die — und natürlich der Herzkönig.

Wenn ihn doch nur diese kleinen Dinge nicht so stören würden, wenn er sie doch nur gelassen betrachten und sagen könnte: »Ihr stört mich nicht, ihr könnt mich gar nicht stören«, dann wäre alles in Ordnung. Aber so war es einfach nicht. Sie störten ihn doch. Es fing an, indem sie an seinen Nerven nagten, winzigkleine Stiche der Verärgerung, bis er mit seinen Nerven am Ende und bereit war zu explodieren. Und dann griff die Verärgerung, ohne zu rasten, auf seine Muskeln über, bis sein Gesicht zu zukken begann und seine Hände anfingen, sich krampfhaft zusammenzuballen und wieder zu öffnen. Er konnte das nervöse Zukken und den ungewollten Krampf der Hände nicht unter Kontrolle bringen, und dieses Unvermögen, sich in der Gewalt zu haben, ärgerte ihn noch mehr, bis ihn ein nutzloser Zorn der Enttäuschung erfüllte, und immer dann schoß ihm der Herzkönig durch den Kopf.

Selbst jetzt, selbst wenn er wie in diesem Augenblick nur an die Dinge dachte, die ihn ärgerten, konnte er den König sehen. Es war kein einäugiger König wie der Karokönig, o nein. Der Herzkönig hatte zwei Augen, zwei Augen, die ihn aus dem zynisch und höhnisch lächelnden Gesicht auf der Spielkarte anstarrten. Der König hielt ein Schwert in der Hand, aber das Schwert war verborgen, so geschickt verborgen, empor gehoben, zum Schlag bereit, aber nur der Griff und ein kleiner Teil der Klinge waren zu sehen, während das übrige Schwert, der Teil, der verletzen, zerschlagen und aufschlitzen konnte, hinter dem Haupt und der Krone des Königs verborgen war.

Es war ein schlauer König, der Herzkönig, und er war die Ursache für alles, dafür, daß die Verärgerung gelegentlich außer Kontrolle geriet, er war die Ursache, ja, er war die Ursache, dieser zweiäugige Dreckskerl — *warum hört das Mädchen da oben nicht mit dem gottverdammten Klavierspielen auf!*

Nun mal langsam, sagte er sich. Reiß dich zusammen, denn wenn du dich nicht zusammenreißt, kriegen wir Schwierigkeiten. Nun denk mal nicht an dieses kleine Miststück da oben, das die Tonleitern herunterhämmert, rauf und runter, rauf und runter, *do, re, mi, fa, so, la, ti do, ti la, so . . .*

Denk nicht an sie!

Verdammt noch mal, denk nicht an sie!

Er durchquerte das Zimmer und knallte das Fenster zu, aber er konnte immer noch den monotonen Klang des Klaviers hören, einen Klang, der durch die Dielen sickerte und die Wände heruntertröpfelte. Er hielt sich mit den Händen die Ohren zu, aber der Klang strömte durch seine Finger, *do, re, mi, fa, so . . .*

Denk an etwas anderes, befahl er sich.

Denk an Tom.

Es war schön, daß Tom ihm die Wohnung überlassen hatte. Tom war ein guter Bruder, einer der besten. Und es war schön von ihm, daß er so bereitwillig auf seine Wohnung verzichtet hatte, aber eigentlich war er ja sowieso auf einem Jagdausflug, so daß die Wohnung das ganze Wochenende leer war, und Tom konnte unmöglich von dem kleinen Mädchen da oben und seinem gottverdammten Klavier gewußt haben. Tom war bekannt, daß ihn Dinge sehr ärgerten, aber Tom kannte bei weitem nicht alles; mein Gott, es würde ihm die Zornesröte ins Gesicht treiben, wenn er einiges wüßte; aber wie auch immer, für das kleine Mädchen über ihm konnte man ihn wirklich nicht verantwortlich machen.

Er war dem Mädchen gestern begegnet, als es mit seiner Mutter in dem kleinen Park jenseits der Straße spazierenging — ein nettaussehendes Mädchen und eine hübsche Mutter — und er hatte gelächelt und mit dem Kopf genickt, doch das war noch, bevor er wußte, daß das kleine Mädchen ein aufstrebendes Talent war. Heute hatte er die Mutter kurz vor Mittag weggehen sehen, wie sie auf den Park zuhielt und der Herbstwind mit ihren Rockschößen spielte. Und kurz darauf war das mit dem Klavier losgegangen.

Es war jetzt beinahe zwei Uhr, und die Mutter war immer noch nicht zurück, und das Klavier war schon seit Mittag in Betrieb, die verdammten Tonleitern rauf und runter; würde sie denn niemals aufhören zu üben, wie lange muß jemand üben, um . . .

Jetzt sind wir wieder an demselben Punkt, dachte er, und das ist gefährlich. Wir müssen diese kleinen Ärgernisse vergessen, weil ihm einfach diese kleinen Ärgernisse gefallen. Wenn wir die Kontrolle über die Ärgernisse verlieren, schreitet er mit seinem höhnisch grinsenden Gesicht und dem hinter Krone verborgenen Schwert einher. Deshalb dürfen wir nicht die Kontrolle über die Ärgernisse verlieren. Also, sie übt Klavier, was ist daran so schrecklich? Darf denn etwa ein kleines Mädchen nicht in der Wohnung Klavier üben? Ist dies nicht ein freies Land? Verdammt noch mal, habe ich nicht dafür gekämpft, daß es frei bleibt?

Er wollte auch nicht an die Kämpfe denken, aber er hatte doch daran gedacht, und jetzt kreisten seine Gedanken immer wieder darum, und er wußte, er konnte das alles nicht aus seinen Gedanken verdrängen, bis er jede Facette dieses Alptraums, der ihn seit jenem Tag begleitete, erforscht hatte.

Der Tag war klar gewesen, das Wetter in Korea dem in New York überraschend ähnlich, und an der ganzen Front herrschte Ruhe; jeder sprach davon, daß es das dann wohl wäre — das, damit war das Ende gemeint. Er hatte nicht gewußt, ob er den Gerüchten Glauben schenken sollte oder nicht, aber ohne Zweifel war ein Gefühl des Endes zu spüren; nicht ein einziger Schuß war seit dem letzten Abend gefallen, die gesamte Front so still und gleichgültig wie ein Bergsee.

Er hatte mit Scarpa, einem Kumpel aus New York, den er schon seit seiner Zeit in Fort Dix kannte, im Schützengraben gesessen. Sie hatten den ganzen Morgen um halsabschneiderische Beträge gepokert; Scarpa hatte unheimlich gewonnen und die Streichhölzer, die als Spielmarken dienten, einkassiert, jedes Streichholz einen Dollar wert. Sie machten eine Pause, um zu futtern, und dann spielten sie weiter, und Scarpa gewann immer wieder, gewann unheimlich, und Scarpas Glückssträhne fing an, ihn zu ärgern. Er nahm jedes neue Blatt verzweifelt und wie unter Druck auf; er wollte Scarpa jetzt besiegen, wollte unbedingt gewinnen. Scarpa hatte ihm die Zehn, den Buben, die Dame und das As gegeben, und jetzt griff er ungeduldig nach der fünften Karte, voller Hoffnung, es sei der König, voller Hoffnung, er könnte es sich mit einem Royal Flush gemütlich machen, während Scarpa zuversichtlich gegen ihn setzte.

Die fünfte Karte war die Kreuzvier gewesen.

Überrascht bemerkte er, daß seine Hände zitterten. Er schaute über das Kochgeschirr, das als Tisch diente, legte die Kreuzvier ab und sagte: »Eine Karte.«

Scarpa blickte neugierig zu ihm auf.

»Zwei Pärchen?« fragte er und lächelte flüchtig.

»Komm, gib mir eine Karte, sonst nichts.«

»Klar«, sagte Scarpa.

Er legte die Karte mit der Bildseite nach unten auf das Kochgeschirr.

»Ich nehme keine«, erklärte Scarpa und lächelte.

Er griff nach der Karte. Wenn Scarpa keine nahm, dann hatte er entweder eine Sequenz, einen Flush oder ein Full House in der Hand. Oder vielleicht hatte er auch nur zwei Pärchen und zog keine Karte, aus Angst, er könnte sein Blatt verraten. Aber das war unwahrscheinlich. Wenn Scarpa glaubte, der andere hätte schon zwei Pärchen in der Hand, dann hätte er eine Karte genommen, in der Hoffnung, damit ein Pärchen zu einem Drilling aufzustocken.

Nein. Scarpa hatte eine Sequenz, einen Flush oder ein Full House.

Wenn er den Herzkönig ziehen würde, wäre Scarpa geschlagen.

»Setze fünf Dollar«, sagte Scarpa.

Er nahm die mit der Bildseite nach unten liegende Karte immer noch nicht auf. Er warf zehn Streichhölzer in den Topf und sagte: »Erhöhe um fünf.«

»Ohne dir deine Karte anzusehen?« fragte Scarpa ungläubig.

»Ich erhöhe um fünf. Gehst du mit oder nicht?«

Scarpa lächelte spöttisch. »Klar. Und weil wir groß einsteigen, treiben wir's noch mal um fünf rauf.«

Er blickte zu Scarpa herüber. Er wußte, er sollte eigentlich die Karte aufnehmen und sie sich ansehen, aber irgend etwas an Scarpas frecher Haltung reizte ihn. Er nahm die Karte nicht auf.

»Setzen wir doch alles auf diese eine Runde«, sagte er mutig. »Alles, was ich dir schulde. Verdoppeln oder nichts.«

»Ohne daß du die Karte aufnimmst?« fragte Scarpa.

»Ja.«

»Du kannst ohne die fünfte Karte nicht gegen mich gewinnen. Das ist dir doch klar, oder?«

»Verdoppeln oder gar nichts«, sagte er.

Scarpa zuckte die Achseln. »Klar. Verdoppeln oder gar nichts. Abgemacht. Nimm deine Karte auf.«

»Vielleicht brauch' ich die Karte gar nicht«, sagte er. »Vielleicht habe ich einen Vierer.«

Scarpa kicherte. »Kann sein«, sagte er. »Aber es ist besser, einen *hohen* Vierer zu haben.«

Da spürte er zum erstenmal eine stechende Angst. Er hatte Scarpa falsch eingeschätzt. Scarpa hatte wahrscheinlich einen niedrigen Vierer, was bedeutete, daß er jetzt zum Royal Flush aufstocken mußte. Eine hohe Sequenz würde nicht mehr hinhauen. Es mußte der Herzkönig sein.

Er griff nach der Karte und hob sie auf.

Zuerst spürte er eine unbändige Freude, so etwas wie einen wilden Triumph, der seinen Körper durchpeitschte, als er den König mit dem emporgehaltenen, verborgenen Schwert sah. Er hob den Kopf und öffnete den Mund, bereit herauszuschreien: »Ein Royal Flush!« Und dann sah er den Mongolen.

Der Mongole war groß, und er hielt ein noch größeres Schwert in der Hand, und einen Augenblick lang konnte er nicht glauben, daß das, was er sah, Wirklichkeit war. Er blickte zum Herzkönig zurück, und er öffnete seinen Mund weit, um Scarpa mit einem Schrei zu warnen, aber der Mongole hob das Schwert, das größte Schwert, das er jemals in seinem Leben gesehen hatte, und dann sauste das Schwert in einem mächtigen, glitzernden Bogen herunter, und er sah, wie der Schmerz Scarpas Gesicht verzerrte, als die Klinge auftraf, und dann teilte sich sein Kopf in der Mitte, wie ein Apfel unter einem scharfen Schälmesser, und das Blut spritzte aus Augen, Nase und Mund.

Er blickte Scarpa an, und dann blickte er wieder den Mongolen an, und er dachte nur: *Ich hatte einen Royal Flush, ich hatte einen Royal Flush.* Er spürte das Bajonett in seiner Hand. Er sah seinen Arm rückwärts schwingen, und dann hackte er auf den Mongolen ein, und er bemerkte, wie sich seitlich am Hals des Mongolen ein roter Streifen bildete, und er schlug wieder zu, und noch einmal, bis Hals und Schulter des Mongolen ein sprudelndes rotes Gewirr von Fetzen waren. Der Mongole brach im Schützengraben zusammen und fiel der Länge nach über die verstreuten Karten. Neben seinem Körper grinste der Herzkönig.

Der befehlhabende Offizier konnte nicht begreifen, wie es der Mongole geschafft hatte, durch die Stellungen zu gelangen. Er tadelte seine Leute, und dann bemerkte er den seltsamen, benommenen Ausdruck auf dem Gesicht des Mannes, der den Mongolen erschlagen hatte. Er schickte ihn umgehend ins Feldlazarett.

Die Ärzte nannten es Schock, und sie stellten ihn auf den Kopf, und schließlich wurden sie aus seinem Kauderwelsch schlau, aber nicht schlau genug. Sie schickten ihn in die Staaten zurück. Die Irrenärzte unterhielten sich mit ihm, verordneten ihm Beschäftigungstherapie und konnten nicht verstehen, warum er sich weigerte, mit den anderen Männern Karten zu spielen. Ihnen waren schon vorher Männer begegnet, denen das Töten geschadet hatte. Nicht alle Männer konnten töten. Und ein Mann, der nicht töten konnte, war für die Armee wertlos. Sie entließen ihn.

Ihnen war verborgen geblieben, daß das alles mit dem Royal Flush zusammenhing. Ihnen war verborgen geblieben, wie er sich den ganzen Tag über Scarpa geärgert hatte und daß jener rote Herzkönig, jener scharlachrote König, der Schlüssel dazu war, die ganze Verärgerung zu entwirren.

Hier, in der Sicherheit der Wohnung seines Bruders, dachte er wieder an jenen Tag, und der dachte daran, wie sich der Mongole eingemischt und wie diese Einmischung seinen Triumph zunichte gemacht hatte. Wenn es doch nur anders gewesen wäre! Wenn er doch nur hoch hätte sagen können: »Scarpa, du Mistkerl, ich hab' einen Royal Flush. Schau dir das an! Schau dir das an, damit dir dein gottverdammtes Grinsen vergeht! Schau dir das an, Scarpa!«

Der Mongole hatte das Grinsen auf Scarpas Gesicht zerschnitten, aber der Herzkönig lag unten im Schützengraben, und nichts konnte jenes überlegene Lächeln auf seinem Gesicht auslöschen, nichts, nichts.

Es stand schlecht. Er wußte, daß es schlecht stand. So sollte man nicht reagieren. Normale Menschen reagieren nicht so. Wenn ein kleines Mädchen Klavier spielt, laß sie spielen. *Mein Gott, wann hört sie endlich auf!*

Man ärgert sich nicht darüber — nicht, wenn man normal ist. Man läßt sich von so was nicht derart beunruhigen, daß man die Kontrolle über sich verliert.

Tom würde sich von diesen kleinen Dingen nicht ärgern lassen. Tom war in Ordnung, und hatte Tom nicht auch einen Krieg durchgemacht? Den großen Krieg, nicht das Kinderspiel in Korea; aber hatte Tom jemals einen mongolischen Reiterangriff erlebt, wenn die Gongs dröhnten und die Trompeten schmetterten? Hatte Tom das jemals mitgemacht, jemals den schrecklichen Gestank der Furcht empfunden, wenn man hinter den vorrückenden Pferden stand?

Nun, der Mongole, den er getötet hatte, hatte nicht auf einem Pferd gesessen, also konnte er das nicht als Ausrede vorbringen.

Der Mongole war in gewisser Hinsicht leicht zu verwunden gewesen, trotz seiner riesenhaften Gestalt und trotz seines riesengroßen Schwertes. Das Bajonett hatte seine Haut aufgeschlitzt wie die eines jeden anderen Menschen, und sein Blut war so rot geflossen wie das von der Frau in Baltimore.

Ich will nicht an diese Frau in Baltimore denken, sagte er sich.

Er schaute zur Zimmerdecke hinauf und betete: *Bitte, kleines Mädchen, bitte, hör auf, Klavier zu spielen. Bitte, bitte.*

Do, re, mi, fa, so, la, ti . . .

Die Frau in Baltimore war eine nette alte Dame gewesen. Außer der Unart, daß sie mit den Lippen schmatzte. Er hatte in dem Zimmer, das ihr im Flur gegenüber lag, gewohnt, und sie hatte ihn nachmittags immer zum Tee hereingebeten und ihm sehr leckere kleine Plätzchen serviert, mit Spuren von Schokoladeguß überzogen. Ihm schmeckten die Plätzchen und der Tee, bis ihm aufzufallen begann, daß die alte Dame schmatzte. Sie hatte ausgetrocknete, verdörrte Lippen, und jedesmal wenn sie einen Schluck von ihrem Tee trank, schmatzte sie laut und spitzte ihren Mund, und daran war etwas Abstoßendes, ja fast etwas Unanständiges. Es fing an, ihn zu ärgern.

Es fing an, ihn so zu ärgern, wie ihn Scarpa an jenem Tag im Schützengraben geärgert hatte.

Er versuchte, der alten Dame aus dem Weg zu gehen, aber das funktionierte nicht. Er wollte zu ihr hineingehen und sagen: »Können Sie nicht das gottverdammte vulgäre Schmatzen mit den Lippen bleiben lassen, Sie scheinheilige alte Hexe?" Das hätte ihr den Mund gestopft, bestimmt. Das hätte ihr klargemacht, daß er ihr abstoßendes Schlürfen nicht mehr länger ertragen wollte.

Aber er konnte sich nicht dazu überwinden, und deshalb ärgerte sie ihn weiter, bis sein Gesicht nervös zu zucken begann und seine Hände anfingen zu zittern, und eines Tages schnappte er sich ein Messer aus der Küchenschublade und zerhackte ihren Nacken, bis ihre Drosselvene in einer scharlachroten Blase aus Blut zerriß.

Er hatte Baltimore verlassen.

Er war nach Miami gezogen und hatte in einem der großen Hotels einen Job als Schwimmlehrer angenommen. Er war immer ein guter Schwimmer gewesen, einer, den man zu Unterwasserkommandos oder ähnlichen Dingen hätte einteilen sollen, nicht aber in einen Schützengraben abschieben, zusammen mit Leuten, die nicht schwimmen konnten. In Baltimore hatte er Glück gehabt, weil die alte Dame die Pension, in der er gewohnt hatte, selbst leitete. Es gab noch einen anderen Pensionsgast, einen alten Mann, der sein Zimmer nie verließ. Die alte Dame war der einzige Mensch, der seinen Namen kannte, und sie verriet ihn niemandem — nicht mehr.

Aber in Miami legte er sich, angesichts dessen, was er getan hatte, und voller Furcht, es könnte wieder passieren, einen Decknamen zu, einen Namen, den er jetzt vergessen hatte. Jeder nannte ihn bei seinem Decknamen, und er heimste dicke Trinkgelder von den sonnengebräunten Leuten ein, die am Rande des Schwimmbeckens herumlungerten. Und das einzige, was er machen mußte, war, ihre Liegestühle aufstellen oder ihnen ab und zu einen Orangensaft bringen. Er hatte ein gutes Leben und es war ihm immer sehr warm, und er fühlte sich sehr gesund, und eine Zeitlang glaubte er, er könnte den Herzkönig und den Mongolen und die alte Dame in Baltimore völlig vergessen.

Bis Carl anfing dahinterzukommen.

Er hatte Carl von Anfang an nicht gemocht. Carl war einer von diesen kernigen, muskulösen Kerlen, die auf dem Sprungbrett immer eine große Schau abzogen, eine von diesen Figuren, die gerne sechsmal unter Wasser durch das ganze Becken schwammen und sich dann später damit brüsteten.

Carls Prahlerei fing an, ihm auf die Nerven zu gehen. Sicher, Carl war wirklich ein guter Schwimmer, aber er war auch gut!

Es begann eines Abends, als sie gerade den Boden des Bekkens absaugten.

»Ich vergeude meine Zeit in diesem Sauladen«, sagte Carl. »Ich sollte irgendwo bei einer Wasserrevue mitmachen.«

»Dafür bist du nicht gut genug«, hatte er geantwortet.

Carl blickte auf. »Was willst du damit sagen?«

»Genau das, was ich gesagt habe. Ich hab' schon bessere Schwimmer gesehen.«

»Hast du, hm?«

»Ja.«

»Wen denn zum Beispiel? Johnny Weissmüller?«

»Nein, ich red' nicht von Johnny Weissmüller. Ich hab' nur schon bessere Schwimmer gesehen, sonst nichts. Selbst ich kann besser schwimmen als du.«

»Meinst du?«

»Ja, meine ich. Weiß ich sogar. Ich hab' als Kind im Ferienlager eine Medaille gewonnen. Im Schwimmen.«

»Du weißt ja selbst, was solch eine Medaille wert ist, oder?« fragte Carl.

»Ich sag's ja nur, weil du wissen sollst, daß du nicht so toll bist, mehr nicht.«

»Junge, vielleicht hast du Lust, mit deinem Geld dasselbe wie mit deinem Maul zu machen, hm?«

»Worauf willst du hinaus?«

»Einen Wettkampf. Jeden Stil, den du willst. Oder alle Stile, wenn du's möchtest. Wir schwimmen im Becken um die Wette. Was hältst du davon?«

»Jederzeit«, antwortete er.

»Wieviel kannst du einsetzen?«

»Ich wette alles, was ich gespart hab, seit ich hier bin.«

»Und wieviel ist das?«

»Ungefähr 500 Dollar.«

»Die Wette gilt«, sagte Carl, streckte die Hand aus und besiegelte so das Abkommen. Die Wette beunruhigte ihn. Nun, da er sie abgeschlossen hatte, war er keineswegs sicher, daß er wirklich besser schwimmen konnte als Carl, keineswegs. Er dachte darüber nach, und je mehr er darüber nachdachte, um so mehr ärgerte er sich, bis schließlich wieder das Zucken und Zittern einsetzten und er den unterdrückten Zorn in sich spürte. Er wollte die Wette abblasen, wollte Carl sagen, er habe bessere Schwimmer gesehen und selbst *er* sei ein besserer Schwimmer, aber er sehe keine Notwendigkeit, es beweisen zu müssen; warum zum Teufel sollte er deshalb seine Zeit für mickrige 500 Dollar vergeuden? Das wollte er Carl eigentlich sagen, aber ihm war klar, daß es nach Kneifen klingen würde, und er wußte nicht, was er tun sollte, und seine Verärgerung wuchs, und hinter all dem steckte der scharlachrote König, und er haßte diese Karte mit aller Kraft, und sein Haß dehnte sich auf Carl aus.

Er konnte sich nicht auf diesen Wettkampf einlassen.

Am Abend vor dem Wettschwimmen stahl er ein Brotmesser aus der Küche und ging zu Carls Zimmer. Carl wunderte sich, ihn zu sehen, und er wunderte sich noch mehr, als das Messer seinen Nacken und seine Schulter in regelmäßigen Schlägen zu zerhacken begann, bis er leblos und blutüberströmt am Boden zusammenbrach.

Und alles wegen des Herzkönigs. Alles wegen dieser schlauen, raffinierten Gestalt mit dem verborgenen Schwert.

Der Tankwart in Georgia, auf dem Weg hoch in den Norden, der war der Schlimmste gewesen, weil jener Mann ihn nur sehr wenig geärgert hatte als er um den Benzinpreis feilschte, aber er hatte ihn trotzdem umgelegt, niedergeschlagen mit der schneidend scharfen Kante eines Montiereisens, auf den Beton seiner Einmann-Tankstelle geworfen und dann auf ihn eingehackt, bis der Mann nicht mehr zu erkennen war.

Und jetzt das kleine Mädchen über ihm, das auf dem Klavier herumhämmerte, ihn so ärgerte, wie ihn all die anderen geärgert hatten, ärgerte, ärgerte, bis er rot sah und in diesem Rot der König Gestalt annahm und heimtückisch grinste.

Wenn er nur den König besiegen könnte, dann könnte er auch alle übrigen besiegen.

Eigentlich kam es nur darauf an, dem König direkt in die Augen zu sehen, selbst wenn er sich fürchterlich ärgerte, ihm direkt in die Augen zu sehen, und ihm nicht zu gestatten, die Oberhand zu gewinnen. Ja, natürlich, das war das Richtige! Wer war der König denn eigentlich? Nur eine Karte, oder? Konnte er denn nicht eine Karte durch seinen Blick bezwingen? Was war denn daran so schwierig?

... mi, fa, so, la, ti ...

Mensch, hör auf, schrie er wortlos die Decke an. Hör doch auf! Du weißt gar nicht, wie du mir zusetzt. Du weißt gar nicht, was ich durchmache, nur um mich davon abzuhalten, dich... dich... zu verletzen. Also hör jetzt auf! Hör nur einen Augenblick mit dem gottverdammten Hämmern auf, während ich ein Kartenspiel suche! Irgendwo muß doch hier ein Kartenspiel sein. Spielt denn Tom nicht Karten? Aber klar, jeder spielt Karten.

Er fing an, die Wohnung zu durchsuchen; sein Gesicht zuckte

nervös, seine Hände zitterten, die Töne des Klaviers dröhnten durch den Boden über ihm, sie glitten an den Wänden der Wohnung herunter. Als er das Spiel in einer Schublade des Nachttisches fand, riß er es schnell auf, schaute sich nicht die Aufschrift an, kümmerte sich um nichts, als diese Karten in die Hände zu bekommen, wollte nur den Herzkönig durch seinen Blick bezwingen, wollte gegen den König gewinnen, wußte, daß seine Nöte zuende waren, wenn er den König besiegen konnte.

Er mischte die Karten und legte sie mit der Bildseite nach unten auf den Tisch.

Er zitterte jetzt unkontrolliert und blickte nach oben, und dieses Mal schrie er das kleine Mädchen und ihr Klavier laut an.

»Hör auf! Es ist wichtig! Kannst du nicht einen Augenblick aufhören?«

Das kleine Mädchen hatte ihn entweder nicht gehört oder sie wollte einfach nicht mit dem Üben aufhören.

»Du kleines Miststück«, flüsterte er. »Ich mach' das nur für dich, aber dir ist es egal, nicht wahr? Eigentlich sollte ich da raufgehen und dir nur sagen, daß du sauschlecht spielst, sonst nichts, daß du sowieso nie vernünftig Klavier spielen wirst, daß ich — selbst mit einer Hand auf den Rücken gebunden — besser Klavier spielen könnte; das sollte ich eigentlich machen. Aber ich mein's gut mit dir. Ich nehm' diese ganze Mühe auf mich, versuch', den roten König zu besiegen, und das alles wegen dir, und dich kümmert's einen Dreck.«

Böse drehte er die erste Karte um.

Eine Karozehn.

Er spürte, wie ihn eine Woge der Erleichterung erfaßte. Entschlossen drehte er die zweite Karte um. Eine Kreuzdame. Erneut atmete er auf, aber wieder setzte er alles auf eine Karte. Eine Herzneun. Ein Pikbube. Und dann...

Der Herzkönig.

Über ihm hämmerte das Mädchen auf dem Klavier, und die Tonleitern tröpfelten klebrig und eintönig die Wände herunter. Sein Gesicht zuckte wie wild. Er starrte den König an, und seine Hände zitterten auf der Tischplatte, und er suchte die bösartigen Augen und den höhnisch grinsenden Mund und das verborgene Schwert, und er wollte nach oben stürzen und das Klavierspiel zu einem Ende bringen, aber er wußte: wenn er den König besiegen konnte, wenn er nur den König besiegen konnte...

Er starrte weiter das Gesicht auf der Karte an.

Er rührte sich nicht vom Tisch weg. Er starrte weiter die Karte an und hörte über sich das *do, re, mi, fa,* und nach wenigen Augenblicken war das Zucken vorbei, und er konnte seine Hände unter Kontrolle bringen und spürte, wie ihn ein wilder Jubel der Erleichterung erfaßte.

Ich habe ihn besiegt, dachte er, *ich habe ihn wirklich besiegt! Er kann mir nichts mehr anhaben. Das ist der letzte Herzkönig! Der König ist tot!*

Und während er jubelte und triumphierte, begann er, andere Karten aufzudecken, eine nach der anderen, begrub den König, verbannte ihn auf ewig aus seinen Augen, deckte Neunen und Zehnen und ein As und eine Dame um und...

Den Herzkönig.

Ihm stockte das Herz.

Der Herzkönig!

Aber das war..., nein, es war unmöglich... er hatte... der König war tot, er hatte ihn durch seinen Blick bezwungen, ihn besiegt, ihn begraben, aber...

Er starrte die Karte an. Es war der Herzkönig — kein Zweifel, das grinsende Gesicht und das verborgene Schwert — war wieder da, wieder da, um ihn zu peinigen, o Gott, o Gott, es gab keinen Ausweg, überhaupt keinen Ausweg, er hatte ihn getötet, und jetzt war er wieder da, starrte zu ihm herauf, starrte zu ihm herauf: *do, re, mi, fa...*

»Hör auf!« brüllte er. »Gottverdammich noch mal, kannst du nicht aufhören?«

Er fegte die Karten vom Tisch, und der unterdrückte Zorn stieg wieder in ihm auf. Er erblickte die Schachtel, in der die Karten gelegen hatten, fegte sie auch auf den Boden und übersah den Aufdruck auf der Vorderseite: *Rommékarten.*

Er ging in die Küche; sein Gesicht zuckte, und seine Hände zitterten, und er lauschte dem Klavier über sich. Er nahm ein Hackmesser aus der Küchenschublade, und dann ging er, traurig und resignierend, in den Flur und nach oben.

Zu dem Mongolen, der Klavier spielte.

KARL EDWARD WAGNER

Stöcke

Dr. Karl Edward Wagner ist von Beruf Arzt und kennt sich in der menschlichen Natur und in den menschlichen Ängsten bestens aus. Er ist besonders durch seine heldenhaften, phantastischen Geschichten mit »Kane« an der Spitze bekannt geworden, und seine Kurzprosa hat seit den frühen siebziger Jahren den Bereich der Horrorliteratur maßgeblich beeinflußt. Als anerkannte Autorität für phantastische Erzählungen schreibt er jeden Monat eine Kolumne für den Fantasy Newsletter und leitet die Carcosa Press, einen der führenden kleinen Verlage auf dem Buchmarkt. »Stöcke« dürfte wohl seine beste Kurzgeschichte sein und wurde auch 1974 mit dem British August Derleth Fantasy Award ausgezeichnet.

›Stöcke‹ wurde teils als Gefälligkeit, teils als Abschiedsgruß für meinen Freund Lee Brown Coye, den verstorbenen Fantasy-Künstler, geschrieben, dessen Arbeit die Seiten von Weird Tales und zahlreichen Horrorbüchern zierte. Stuart David Schiff, der Herausgeber des (damals) neuen Magazins Whispers, plante eine Sonderausgabe als Tribut an Coye. Ich hatte Stuart von meiner Idee für ›Stöcke‹ erzählt, und er bat mich, die Geschichte für die Sonderausgabe zu schreiben. Ich war zu jener Zeit Medizinstudent, schaffte es aber irgendwie, die Geschichte rechtzeitig fertigzustellen. In ihr wimmelt es nur so von Insider-Witzen und Anspielungen, die der ernste Fan erkennen wird, und sie war einzig und allein zur Veröffentlichung als Teil des Tributs an Lee Brown Coye bestimmt. Ich habe weder erwartet, daß sie nachgedruckt wird, noch habe ich erwartet, daß irgend jemand außer den etwa siebenhundert Lesern von Whispers sie interessant finden könnte.

Es kam anders als gedacht. ›Stöcke‹ wurde die beliebteste, je in Whispers veröffentlichte Geschichte. Es war die erste meiner Geschichten, die in eine Anthologie aufgenommen werden sollte, und man hat sie häufiger und in mehr Sprachen neugedruckt als irgend etwas anderes, das ich geschrieben habe. 1975 gewann sie den British Fantasy Award (der damals noch August Derleth Fantasy Award hieß) und bekam den zweiten

Preis beim World Fantasy Award. An Halloween 1982 wurde sie als Radiohörspiel vorgestellt, um die Reihe Out of the Blue des National Public Radio einzuleiten. Für die kurzlebige Fernsehserie Darkroom, von James Coburn geleitet, wurden die Fernsehrechte für ›Stöcke‹ gekauft, doch die Show wurde abgesagt, bevor man sie zeigte.

Alles in allem ist ›Stöcke‹ die beliebteste Geschichte, die ich geschrieben habe, und ich denke gern, daß Lee Browns Geist jedesmal stillvergnügt in sich hineinlächelt, wenn jemand Neuer sie liest.

I

Das zusammengebundene Stockgefüge ragte aus einem kleinen Steinhügel neben dem Bach heraus. Colin Leverett studierte es mit Verwirrung – ein halbes Dutzend unterschiedlich lange Zweige, die für keinen ergründbaren Zweck mit Draht an Querwinkeln befestigt waren. Es erinnerte ihn unangenehm an irgendein absonderliches Kruzifix, und er fragte sich, was wohl unter dem Steinhügel liegen könne.

Es war das Frühjahr 1942 – die Art von Tag, die den Krieg fern und unwirklich erscheinen ließ, auch wenn der Einberufungsbefehl auf seinem Schreibtisch lag. In wenigen Tagen würde Leverett sein ländliches Studio abschließen und sich fragen, ob er seine Bleistifte und Pinsel und Schnitzwerkzeuge wieder benutzen könne, wenn er zurückkehrte. Es hieß auch den Wäldern und Bächen im nördlichen Teil des Staates New York Lebewohl zu sagen. Keine Angelruten, keine Wanderungen durch die Landschaft in Hitlers Europa. Sinnlos, das Angeln in jenem Forellenbach zu verschieben, an dem er einst vorbeigefahren war, als er die Straßen im Hinterland des Otselic-Tals erkundete.

Der Mann Brook – so war er auf der alten geologischen Vermessungskarte markiert – zog sich südöstlich von DeRuyter entlang. Die wenig befahrene Landstraße verlief über eine alte Steinbrücke, die noch aus der Zeit vor dem ersten pferdelosen Wagen stammte, doch Leveretts Ford manövrierte langsam darüber und auf das Bankett hinauf. Neben seiner Angelausrüstung nahm er einen Flachmann mit und befestigte eine Eisenpfanne an seinem Gürtel.

Es war ein schöner, klarer Bach, obwohl es schwierig war, darin zu angeln, da dichte Büsche vom Ufer heraushingen, unterbrochen von Streifen offenen Wassers, die schwer abzufischen waren, ohne gesehen zu werden. Die Forellen sprangen jedoch kühn an seine Angel, und Leverett war guter Laune.

Von der Brücke aus begann das Tal am Mann Brook entlang als ziemlich offenes Weideland, doch eine halbe Meile stromabwärts war das Land verkommen und dicht mit Immergrün, junge Pflanzen zwischen altem Bestand, und verkrüppelten Apfelbäumen bewachsen. Eine weitere Meile, und das Gestrüpp verschmolz mit dichtem Wald, der sich ununterbrochen hinzog. Das Land hier, so hatte er erfahren, war vor vielen Jahren vom Staat übernommen worden.

Als Leverett dem Bach folgte, bemerkte er die Überreste eines alten Eisenbahndamms. Keine Spur von Gleisen oder Schwellen — nur der Damm selbst, mit großen Bäumen bewachsen. Der Künstler war erfreut über die schönen Trockendammdurchlässe, die sich über den Bach erstreckten, während er sich durch das Tal schlängelte. Ihm kam sie unheimlich vor, diese vergessene Eisenbahnlinie, die da wirklich und wahrhaftig durch eigentliche Wildnis verlief.

Er konnte sich eine alte, mit Holz geheizte Lok mit einem kegelförmigen Schornstein vorstellen, die das Tal entlangdampfte und zwei oder drei Holzwaggons hinter sich herzog. Er kam zu dem Schluß, daß es die Nebenlinie der alten Oswego Midland Rail Road sein mußte, die um 1870 plötzlich stillgelegt wurde. Leverett, der ein Gedächtnis für Einzelheiten hatte, wußte darüber Bescheid von einer Geschichte, die sein Großvater erzählt hatte, über eine Fahrt mit dieser Bahn von Otselic nach DeRuyter in seinen Flitterwochen im Jahre 1871. Die Lokomotive hatte sich so die steile Steigung über Crumb Hill hinaufgequält, daß er ausstieg, um nebenherzulaufen. Wahrscheinlich war dieser steile Anstieg der Grund für die Aufgabe der Bahnlinie.

Als er auf ein Stück Brett stieß, das an mehrere, in eine Steinmauer eingelassene Stöcke genagelt war, war sein dunkelster Gedanke der, daß ›Betreten verboten‹ daraufstünde. Obwohl das Brett zur Unkenntlichkeit verwittert war, schienen die Nägel seltsamerweise recht neu. Leverett verschwendete keinen weiteren Gedanken darauf, bis er ein kurzes Stück später auf ein weiteres derartiges Gebilde stieß. Und noch eins.

Nun kratzte er sich den einen Tag alten Stoppelbart an seinem langen Kinn. Dies ergab keinen Sinn. Ein Streich? Aber wem gespielt? Ein Kinderspiel? Nein, die Anordnung war viel zu kompliziert. Als Künstler wußte Leverett die Kunstfertigkeit der Arbeit zu würdigen — die berechneten Winkel und Längen, die absichtliche Verworrenheit der so verrückt unerklärlichen Objekte. Ihre Wirkung hatte etwas ausgesprochen Beunruhigendes an sich.

Leverett fiel wieder ein, daß er zum Angeln hierhergekommen war, und setzte seinen Weg stromabwärts fort. Als er sich aber um ein Dickicht herumarbeitete, blieb er erneut voller Verwirrung stehen.

Hier war eine kleine offene Fläche mit weiteren Stockkonstruktionen und einer Anordnung von flachen, auf dem Boden ausgelegten Steinen. Die Steine — wahrscheinlich von einem der vielen Trockenmauerdurchlässe genommen — bildeten ein etwa zwanzig mal fünfzehn Fuß großes Muster, das auf den ersten Blick einem Grundriß für ein Haus ähnelte. Verblüfft sah Leverett rasch, daß dem nicht so war. Wenn es der Grundriß für irgend etwas wäre, dann müßte es der für ein kleines Labyrinth sein.

Die sonderbaren Gitterstrukturen waren überall. In bizarrer Anordnung zusammengenagelte Stöcke von Bäumen und Brettstückchen. Sie spotteten jeder Beschreibung; keine zwei schienen gleich. Einige bestanden nur aus ein oder zwei geraden, parallel oder winklig zusammengebundenen Stöcken. Andere waren aus Dutzenden von Stöcken und Brettern zu komplizierten Gittern verarbeitet. Eines hätte das Baumhaus eines Kinds sein können — es war in drei Ebenen gebaut, aber derart abstrakt und sinnlos, daß es nichts weiter sein konnte als eine aberwitzige Anhäufung von Stöcken und Draht. Manchmal waren die Gebilde in einen Steinhaufen oder in eine Mauer gesteckt, manchmal in den Bahndamm getrieben oder an einen Baum genagelt.

Es hätte lächerlich sein sollen. Es war nicht lächerlich. Statt dessen schien es irgendwie unheilvoll — diese völlig unerklärlichen, peinlich genau konstruierten Stockgitter, in einer Wildnis verteilt, wo nur ein baumbewachsener Damm oder eine vergessene Steinmauer davon zeugten, daß der Mensch je hier durchgekommen war. Leverett vergaß Forellen und Froschschenkel und grub statt dessen in seinen Taschen nach einem Notizbuch und einem Bleistiftstummel. Emsig begann er, die verschlungenen Strukturen zu skizzieren. Vielleicht könnte jemand sie erklären; vielleicht war etwas an ihrer verrückten Kompliziertheit, das eine eingehende Studie für seine eigene Arbeit rechtfertigte.

Leverett war ungefähr zwei Meilen von der Brücke entfernt, als er auf die Ruinen eines Hauses stieß. Es war ein unschönes, kastenförmiges Kolonialfarmhaus mit einem Walmdach, das unaufhaltsam verfiel. Die Fenster waren dunkel und leer; die Kamine an beiden Enden sahen aus, als wollten sie jeden Moment umstürzen. Durch offene Lücken im Dach zeigten sich Dachsparren, und die verwitterten Bretter der Wände waren stellenweise weggefault, um gefällte Holzstämme zu enthüllen. Das Fundament war aus Stein und übertrieben massiv. Von der Größe der nichtverputzten Steinblöcke her zu schließen, hatte der Erbauer beabsichtigt, daß das Fundament ewig stehen sollte.

Das Haus wurde von Gestrüpp und üppig wuchernden Fliederbüschen fast verschluckt, doch Leverett konnte deutlich erkennen, was einst ein Rasen mit eindrucksvollen, schattenspenden Bäumen gewesen war. Weiter hinten gab es knorrige und kränkliche Apfelbäume und einen verwilderten Garten, wo noch ein paar vereinzelte Blumen blühten — blaß und krumm von den Jahren in der Wildnis. Die Stockgitter waren überall — der Rasen, die Bäume, sogar das Haus waren mit den unheimlichen Strukturen bedeckt. Sie erinnerten Leverett an Hunderte mißgeformter Spinngewebe, so dicht zusammengruppiert, als wollten sie das ganze Haus und die Lichtung beinahe in ihren Schlingen fangen. Verwundert skizzierte er Seite um Seite von ihnen, während er sich vorsichtig dem verlassenen Haus näherte.

Er war sich nicht sicher, was genau er im Innern zu entdecken erwartete. Der Anblick des Farmhauses war offen gesagt drohend, wie es so in finsterer Einsamkeit dastand, wo der Wald die Werke des Menschen verschlungen hatte — wo das einzige Zeichen, daß der Mensch in diesem Jahrhundert hiergewesen war, diese irrsinnig gearbeiteten Gitterwerke aus Stöcken und Brettern waren. Einige wären an dieser Stelle vielleicht umgekehrt. Leverett, dessen Faszination für das Makabre in seiner Kunst augenscheinlich war, war hingegen gefesselt. Er zeichnete eine grobe Skizze des Farmhauses und der Anlage, von den rätselhaften Objekten, von Heckendickicht und verborgenen Blumen überwuchert. Er bedauerte, daß es vielleicht Jahre dauern würde, bis er das Unheimliche des Orts auf Skizzenbrett oder Leinwand einfangen könnte.

Die Tür hing aus den Angeln, und Leverett trat behutsam ein, wobei er hoffte, daß der Fußboden stabil genug blieb, um seinen dünnen Körper zu tragen. Die Nachmittagssonne brach durch die leeren Fenster und sprenkelte die zerfallenden Bodenbretter mit großen Lichtflecken. Staub trieb im Sonnenlicht. Das Haus war leer – man hatte jegliches Mobiliar ausgeräumt; was geblieben war, war ein dunkles Gewirr von Steinschutt, mit Verfall und den verwehten Blättern vieler Jahreszeiten überhäuft.

Jemand war hiergewesen, und zwar kürzlich. Jemand, der die von Mehltau überzogenen Wände buchstäblich mit Diagrammen der geheimnisvollen Gitterstrukturen bedeckt hatte. Die Zeichnungen waren direkt auf die Wände aufgetragen und liefen in kühnen schwarzen Linien kreuz und quer über die verfaulte Tapete und den zerbröckelnden Gips. Einige von schwindelerregender Kompliziertheit bedeckten wie ein verrücktes Wandgemälde eine ganze Wand. Andere waren klein, nur einige wenige gekreuzte Linien, und erinnerten Leverett an Keilschriftglyphen. Sein Bleistift flog über die Seiten seines Notizbuchs. Leverett nahm fasziniert zur Kenntnis, daß mehrere Zeichnungen als schematische Darstellungen von Gittern wiedererkennbar waren, die er früher skizziert hatte. War dies also der Planungsraum für den Verrückten oder den gebildeten Idioten, der diese Strukturen konstruiert hatte? Die von der Holzkohle in den weichen Gips eingegrabenen Vertiefungen sahen frisch aus – vielleicht vor Tagen oder Monaten ausgeführt.

Eine schwärzliche Türöffnung führte in den Keller. Waren dort ebenfalls Zeichnungen? Und was sonst noch? Leverett überlegte, ob er es wagen solle. Bis auf Lichtstreifen, die durch Ritzen im Fußboden krochen, lag der Keller im Dunkeln.

»Hallo?« rief er. »Irgend jemand hier?« Das schien gar nicht einmal so dumm. Diese Stockgitter waren allem Anschein nach kaum das Werk eines gesunden Geistes. Leverett war keineswegs angetan von der Aussicht, solch einer Person in diesem dunklen Keller zu begegnen. Ihm kam der Gedanke, daß praktisch alles hier passieren könnte, und niemand in der Welt von 1942 würde es je erfahren.

Und das an sich war ein zu großer Reiz für einen Mann von Leveretts Temperament. Vorsichtig begann er die Kellertreppe hinunterzugehen. Die Stufen waren aus Stein und somit massiv, aber tückisch durch Moos und Schutt.

Der Keller war riesig — in der Dunkelheit sogar noch riesiger. Leverett erreichte den Fuß der Treppe und blieb stehen, damit seine Augen sich an das feuchte Dunkel gewöhnen konnten. Ein früherer Eindruck kehrte ihm ins Gedächtnis zurück. Der Keller war zu groß für das Haus. Hatte hier ursprünglich ein anderes Wohngebäude gestanden — vielleicht zerstört und von einem Besitzer mit weniger Vermögen wieder aufgebaut? Er untersuchte die Steinmetzarbeit. Hier gab es große Gneisblöcke, die ein Schloß stützen konnten. Bei näherem Hinsehen erinnerten sie ihn an eine Festung — denn die Trockenmauertechnik war überraschend mykenisch.

Wie das Haus oben, so schien auch der Keller leer zu sein, obwohl Leverett ohne Licht nicht sicher sein konnte, was die Schatten verbargen. An Abschnitten der Grundmauer entlang schienen dunklere Schattenflächen zu sein, die an Öffnungen zu jenseits liegenden Kammern denken ließen. Leverett begann sich unwillkürlich unbehaglich zu fühlen.

Es war etwas hier — eine große tischartige Masse in der Mitte des Kellers. Dort, wo ein paar zarte Lichtfäden hinabtrieben, um ihren Rand zu berühren, war sie anscheinend aus Stein. Vorsichtig ging er über den Steinboden zu der Stelle, wo sie sich auftürmte — taillenhoch, vielleicht acht Fuß lang und weniger breit. Eine grobgeformte Gneisplatte, vermutete er, und von Pfeilern aus nichtverputztem Stein getragen. In der Dunkelheit konnte er sich nur eine vage Vorstellung von dem Objekt machen. Er ließ die Hand an der Platte entlanggleiten. Am Rand entlang schien sie eine Rinne zu haben.

Seine tastenden Finger stießen auf Stoff, auf etwas Kaltes und Ledriges und Nachgebendes. Von Mehltau bedeckter Harnisch, schätzte er angeekelt.

Etwas schloß sich um sein Handgelenk, grub eisige Nägel in sein Fleisch.

Leverett schrie und machte mit verzweifelter Kraft einen Satz vorwärts. Er wurde festgehalten, doch das Objekt auf der Steinplatte zog sich nach oben.

Ein schwacher Sonnenstrahl kam herunter, um ein Ende der Platte zu berühren. Er reichte aus. Während Leverett sich rückwärts kämpfte und das Ding, das ihn festhielt, sich von dem Steintisch hochwuchtete, tauchte sein Gesicht kurz in dem Lichtstrahl auf.

Es war das Gesicht eines Leichnams — ausgetrocknetes, fest über seinen Schädel gespanntes Fleisch. Schmutzige, verfilzte Haarsträhnen bedeckten seine Kopfhaut, zerfetzte Lippen waren von den abgebrochenen gelblich verfärbten Zähnen weggezogen, und in den Höhlen eingesunkene Augen, die tot sein sollten, strahlten vor abscheulichem Leben.

Leverett schrie wieder, verzweifelt vor Angst. Mit der freien Hand packte er die an seinem Gürtel festgebundene Eisenpfanne.

Er riß sie los und schleuderte sie mit ganzer Kraft in das schauerliche Gesicht.

Für einen eisigen Moment des Grauens ließ das Sonnenlicht ihn sehen, wie die Pfanne wie eine Axt durch die von Schimmel zerfressene Stirn krachte und das trockene Fleisch und den brüchigen Knochen aufspaltete. Der Griff um sein Handgelenk lokkerte sich. Das leichenartige Gesicht tauchte weg, und der Anblick seiner eingedrückten Stirn und seiner unerschrockenen Augen, zwischen denen dickes Blut herauszusickern begonnen hatte, würde Leverett in zahllosen Nächten aus einem Alptraum wecken.

Doch nun riß Leverett sich frei und floh. Und wenn seine schmerzenden Beine versagten, während er kopfüber durch das Gestrüpp stürzte, wurde er von der Erinnerung an die Fußschritte, die hinter ihm die Kellertreppe hochgestolpert kamen, zu verzweifelter Energie angespornt.

II

Als Colin Leverett aus dem Krieg heimkehrte, bezeichneten seine Freunde ihn als einen veränderten Mann. Er war gealtert. Es gab graue Strähnen in seinem Haar; sein federnder Schritt war langsamer geworden. Sein athletischer schlanker Körper war zu einer ungesunden Hagerkeit abgemagert. Unauslöschliche Furchen hatten sich in sein Gesicht gegraben, und sein Blick war gehetzt. Beunruhigender war die Temperamentsveränderung. Ein beißender Zynismus hatte seine frühere Art schrulliger Askese zerstört. Seine Faszination für das Makabre hatte eine dunklere Stimmung, eine morbide Besessenheit angenommen, die seine alten Bekannten besorgniserregend fanden. Aber es war nun eben einmal diese Art von Krieg gewesen, besonders für diejenigen, die sich durch die Apenninen gekämpft hatten.

Leverett hätte sie vielleicht eines Besseren belehren können, hätte er Interesse daran gehabt, über sein schauerliches Erlebnis am Mann Brook zu sprechen. Leverett behielt seine Meinung jedoch für sich, und wenn er sich verbissen diese Kreatur ins Gedächtnis zurückrief, mit der er in dem verlassenen Keller gerungen hatte, überzeugte er sich gewöhnlich, daß es nur ein menschliches Wrack, ein Ausgestoßener gewesen sei — ein verrückter Einsiedler, dessen Aussehen durch das schlechte Licht und durch seine eigene Einbildungskraft verzerrt worden war. Auch war sein Hieb mit der Pfanne nur an der Stirn des Mannes abgeprallt, redete er sich ein, da der andere sich rasch genug erholt hatte, um die Verfolgung aufzunehmen. Das Beste war, nicht über solche Dinge nachzudenken, und diese vernünftige Erklärung half, seine geistige Gesundheit wiederherzustellen, wenn er aus Alpträumen von diesem Gesicht erwachte.

Somit kehrte Colin Leverett in sein Studio zurück und hantierte noch einmal mit seinen Bleistiften und Pinseln und Schnitzwerkzeugen. Die Schundblätter und billigen Zeitschriften, wo begeisterte Anhänger seine Arbeit vor dem Krieg sehr gelobt hatten, hießen ihn mit langen Listen von Aufträgen wieder willkommen. Es gab auch Aufträge von Galerien und Sammlern, unfertige Skulpturen und Holzmodelle. Leverett war überaus rührig.

Es gab nun jedoch Probleme. *Short Stories* schickte eine Umschlagzeichnung als »zu grotesk« zurück. Die Verleger einer neuen Anthologie von Horrorgeschichten sandten zwei seiner Innenillustrationen zurück — »zu grauenhaft, besonders die verwesten, aufgedunsenen Gesichter jener Gehängten«. Ein Kunde schickte ein Silberfigürchen zurück und beklagte sich, daß der gemarterte Heilige zu gemartert ausgefallen sei. Selbst *Weird Tales,* das seine Rückkehr zu den von Ghulen heimgesuchten Seiten verkündet hatte, fing an, Illustrationen abzulehnen, die man für »zu stark, sogar für unsere Leser« hielt.

Leverett versuchte lustlos, die Dinge abzuschwächen, fand die Ergebnisse ausdruckslos und wenig inspiriert. Die Aufträge wurden immer weniger und blieben schließlich ganz aus. Leverett, der immer mehr zum Einsiedler wurde, während die Jahre vergingen, verbannte die Schundblatt-Tage aus seinen Gedanken. Er arbeitete ruhig in seinem abgeschiedenen Studio und fand einen Lebensunterhalt darin, gelegentliche Kommissionsstücke anzufertigen und Galeriearbeiten auszuführen und von Zeit zu Zeit ein Bild oder eine Skulptur an die größeren Museen zu verkaufen. Die Kritiker hatten viel Lob für seine absonderlichen, abstrakten Skulpturen.

III

Der Krieg war seit fünfundzwanzig Jahren vorbei, als Colin Leverett einen Brief von einem guten Freund aus den Schundblatt-Tagen erhielt — Prescott Brandon, nun Herausgeber-Verleger von Gothic-House, einer kleinen Druckerei, die sich auf Bücher des Genres ›Unheimliches und Fantastisches‹ spezialisiert hatte. Obwohl es viele Jahre lang keine Korrespondenz zwischen ihnen gegeben hatte, fing Brandons Brief in seiner typisch direkten Art an: The Eyrie/Salem, Mass./2. August

An den makabren Einsiedler der Midlands:
Colin, ich stelle gerade eine dreibändige Luxusausgabe mit einer Auswahl von H. Kenneth Allards Horrorgeschichten zusammen. Ich entsinne mich gut, daß Kents Geschichten deine persönlichen Lieblingsgeschichten wa-

ren. Wie wäre es, wieder aus der Versenkung aufzutauchen und diese für mich zu illustrieren? Brauche zweifarbige Schutzumschläge und je ein Dutzend Innenillustrationen. Hoffe doch, daß du die Fangemeinde mit einigen besonders scheußlichen Zeichnungen für diese Bände überraschen kannst — etwas anderes als die alltäglichen Totenschädel und Fledermäuse und Werwölfe, die halbnackte Damen wegschleppen.
Interessiert? Ich schicke dir das Material und die Einzelheiten, und du hast freie Hand. Gib mir Bescheid — Scotty.

Leverett war begeistert. Er verspürte eine gewisse Sehnsucht nach den Schundblatt-Tagen, und er hatte stets Allards natürliche Begabung bewundert, Visionen kosmischen Horrors in überzeugende Prosa zu verwandeln. Er schrieb Brandon eine enthusiastische Antwort.

Er verbrachte Stunden damit, die für die Sammlung gedachten Geschichten wiederzulesen, und machte dabei Notizen und vorbereitende Skizzen. Hier gab es keine zimperlichen Zweitredakteure zu verletzen; Scotty meinte, was er gesagt hatte. Leverett beugte sich seiner Aufgabe mit manischem Vergnügen.

Etwas anderes, hatte Scotty verlangt. Eine freie Hand. Kritisch prüfte Leverett seine Bleistiftskizzen. Die Gestalten schienen in die richtige Richtung zu gehen, aber den Zeichnungen fehlte noch etwas — etwas, das die Stimmung des unheilvollen Bösen einimpfen würde, von der Allards Werk erfüllt war. Grinsende Totenschädel und lederartige Fledermäuse? Banal. Allard verlangte mehr.

Die Idee hatte unerbittlich von ihm Besitz ergriffen. Vielleicht, weil Allards Geschichten dasselbe Gefühl des Grauens hervorriefen, vielleicht, weil Allards Visionen verfallender neuenglischer Farmhäuser und ihrer verderbten Geheimnisse ihn so sehr an jenen Frühlingsnachmittag am Mann Brook erinnerten ...

Zwar hatte er sich geweigert, sich den Ort des Geschehens seit dem Tag anzuschauen, an dem er halbtot vor Entsetzen und Erschöpfung hereingetaumelt kam, doch Leverett erinnerte sich genau daran, wo er sein Notizbuch in aller Eile verstaut hatte. Er holte es wieder aus dem hinteren Teil eines kaum benutzten Ordners hervor und blätterte nachdenklich durch die zerknitterten Seiten. Diese hastigen Skizzen erweckten in ihm erneut das

Gefühl von kommendem Bösen, das leichenhausartige Grauen jenes Tages. Beim Betrachten der bizarren Gitterformen erschien es Leverett unmöglich, daß andere nicht auch das Gefühl des Grauens teilen würden, das die Stockgebilde in ihm hervorriefen. Er begann, Teile der Stockgitterarbeit in seine Bleistiftfaustskizzen zu zeichnen. Die höhnisch grinsenden Gesichter von Allards entarteten Kreaturen nahmen etwas zusätzlich Drohendes an. Leverett nickte, mit der Wirkung zufrieden.

IV

Einige Monate danach unterrichtete ein Brief von Brandon Leverett, daß er die letzten der Allard-Zeichnungen erhalten hätte und mit der Arbeit äußerst zufrieden sei. Brandon fügte ein Postskriptum hinzu:

Um Himmels willen, Colin — was hat es mit diesen verrückten Stökken auf sich, die überall in den Illustrationen auftauchen! Die verdammten Dinger werden nach einer Weile wirklich gruselig. Wie auf Erden bist du darauf gekommen?

Leverett glaubte Brandon eine Erklärung zu schulden. Pflichtbewußt schrieb er einen langen und ausführlichen Brief, in dem er die Umstände seines Erlebnisses am Mann Brook aufzeichnete — nur das grauenvolle Ding, das sein Handgelenk in dem Keller gepackt hatte, ließ er unerwähnt. Sollte Brandon ihn ruhig für überspannt halten, aber nicht für einen Verrückten und Mörder. Brandons Antwort erfolgte umgehend:

Colin — dein Bericht über den Zwischenfall am Mann Brook ist faszinierend — und unglaublich! Er liest sich wie der Anfang von einer von Allards Geschichten! Ich habe mir die Freiheit herausgenommen, deinen Brief an Alexander Stefroi in Pelham zu schicken. Dr. Stefroi ist ein ernstzunehmender Kenner der Geschichte dieser Gegend — wie du vielleicht schon weißt. Ich bin sicher, daß dein Bericht ihn interessieren wird, und er kann möglicherweise etwas Licht auf diese unheimliche Angelegenheit werfen.

Erwarte, daß der erste Band, Voices from the Shadow, *nächsten Monat fertig vom Buchbinder kommt. Die Seiten sehen großartig aus.*

Beste Grüße — Scotty.

Die folgende Woche brachte einen in Pelham, Mass., abgestempelten Brief:

Ein gemeinsamer Freund, Prescott Brandon, hat mir Ihren fesselnden Bericht über die Entdeckung merkwürdiger Stöcke und Steinartefakte auf einer verlassenen Farm im nördlichen Teil des Staats New York geschickt. Ich fand dies höchst interessant und frage mich, ob Sie sich wohl an weitere Einzelheiten entsinnen können? Können Sie die genaue Stätte nach dreißig Jahren wiederentdecken? Wenn möglich, würde ich die Grundmauern in diesem Frühjahr gern genauer untersuchen, da sie mich an ähnliche Stätten in dieser Gegend erinnern. Einige von uns sind daran interessiert, das ausfindig zu machen, was wir für die Überreste einer in die Bronzezeit zurückdatierenden megalithischen Konstruktion halten, und ihre mögliche Verwendung bei Ritualen schwarzer Magie in der Kolonialzeit zu bestimmen. Heutiges archäologisches Beweismaterial deutet darauf hin, daß es ca. 1700—2000 v. Chr. aus Europa einen Zustrom von Völkerstämmen aus der Bronzezeit in den Nordosten gab. Wir wissen, daß die Bronzezeit die Entstehung einer außerordentlich fortschrittlichen Kultur erlebte und daß diese Völkerstämme als Seefahrer bis zu den Wikingern keine Ebenbürtigen haben sollten. Überreste einer aus dem Mittelmeerraum stammenden megalithischen Kultur kann man an der Löwenpforte in Mykene, in Stonehenge und in ganz Europa in Dolmen, Ganggräbern und Hügelgräbern sehen. Ferner hat dies allem Anschein nach weit mehr als einen für das Zeitalter eigenen Architekturstil dargestellt. Es scheint ein religiöser Kult gewesen zu sein, dessen Anhänger eine Art Erdmutter verehrten, für sie Fruchtbarkeitsrituale abhielten und ihr Opfer darbrachten und glaubten, daß die Unsterblichkeit der Seele durch Beisetzungen in megalithischen Gräbern gesichert werden könne.

Nach den Hunderten von in unserer Gegend gefundenen — und nun anerkannten — megalithischen Überresten zu schließen, kann es keinen Zweifel daran geben, daß diese Kultur nach Amerika kam. Die bis heute wichtigste zu datierende Stätte ist Mystery Hill in New Hampshire, die sehr viele Mauern und Dolmen megalithischer Bauweise umfaßt — äußerst bemerkenswert das Hügelgrab der Y-Höhle und der Opfertisch (siehe Ansichtskarte). Zu weniger spektakulären megalithischen Stätten gehören die Gruppe von Hügelgräbern und gemeißelten Steinen am Mineral Mountain, unterirdische Kammern mit Steindurchgängen wie etwa in Petersham und Shutesbury und unzählige geformte Megalithe und versenkte ›Mönchszellen‹ überall in dieser Gegend.

Weiterhin von Interesse ist, daß diese Stätten ihre mystische Aura für die Menschen der frühen Kolonialzeit bewahrt zu haben scheinen, und zahlreiche megalithische Stätten zeigen deutliche Spuren, daß Hexenmeister und Alchimisten dieser Zeit sie für finstere Zwecke benutzten. Dies bewahrheitete sich besonders, nachdem die Hexenverfolgungen viele Ausübende der schwarzen Magie in die Wildnis des Westens trieben — was erklärt, warum der nördliche Teil des Staats New York und das westliche Massachusetts in späteren Jahren das Auftauchen derart vieler Kultgruppen gesehen haben.

Von besonderem Interesse ist hier Shadrach Irelands ›Brüder des Neuen Lichts‹, die daran glaubten, daß die Welt bald von den bösen ›Mächten von außen‹ vernichtet werden würde und daß sie, die Auserwählten, dann körperliche Unsterblichkeit erlangen würden. Die Körper der Auserwählten, die vorher starben, sollten auf Steintischen aufbewahrt werden, bis die ›Alten‹ hervorkamen, um sie ins Leben zurückzubringen. Wir haben die megalithischen Stätten in Shutesbury eindeutig mit späteren verderbten Praktiken des Kults ›Neues Licht‹ in Verbindung gebracht. 1781 wurde er Mutter Ann Lees Shakern einverleibt, und Irelands verwesende Leiche wurde von dem Steintisch in seinem Keller gezerrt und verbrannt. Somit halte ich es für wahrscheinlich, daß Ihr Farmhaus unter Umständen bei ähnlichen geheimen Praktiken eine Rolle gespielt hat. Am Mystery Hill wurde 1826 ein Farmhaus errichtet, das einen Dolmen in seinen Grundmauern enthielt. Das Haus brannte ca. 1848—1855 nieder, und es gab einige widerliche örtliche Geschichten darüber, was dort stattfand. Meine Vermutung ist, daß Ihr Farmhaus über einer megalithischen Stätte erbaut worden war oder eine solche enthalten hatte — und daß Ihre ›Stöcke‹ auf einen unbekannten, dort noch bestehenden Kult hindeuten. Ich kann mich an gewisse vage Hinweise auf in Geheimzeremonien auftauchende Gittergebilde erinnern, kann aber nichts Bestimmtes definieren. Möglicherweise stellen sie eine Entwicklung okkulter, in gewissen Beschwörungen zu verwendender Symbole dar, doch dies ist nur eine Mutmaßung. Ich schlage vor, daß Sie in Waites Ceremonial Magic *oder ähnlichem nachsehen, um festzustellen, ob Sie ähnliche magische Symbole erkennen können.*

Hoffe, dies ist für Sie von einigem Nutzen. Bitte lassen Sie von sich hören.

Mit freundlichen Grüßen
Alexander Stefroi

Dem Brief lag eine Ansichtskarte bei — ein Foto von einer viereinhalb Tonnen schweren, von einer tiefen Rinne mit einem Abflußrohr umgebenen Granitplatte, als der Opfertisch am Mystery Hill ausgewiesen. Auf die Rückseite hatte Stefroi geschrieben:

Sie müssen etwas ähnliches wie diesen Opfertisch entdeckt haben. Sie sind nicht selten — wir haben einen in Pelham, den man von einer nun unter dem Quabbin Reservoir befindlichen Stätte entfernte. Sie wurden für Opfer — Tiere und Menschen verwendet, und die Rinne dient vermutlich dazu, das Blut in eine Schale zu leiten.

Schaudernd ließ Leverett die Karte fallen. Stefrois Brief rief wieder das alte Grauen hervor, und er wünschte nun, er hätte die Angelegenheit in seinen Ordnern ruhen lassen. Natürlich konnte man es nicht vergessen — selbst nach dreißig Jahren nicht. Er schrieb Stefroi einen sorgfältig abgefaßten Brief, in dem er sich für seine Informationen bedankte und seinem Bericht einige unbedeutende Einzelheiten hinzufügte. In diesem Frühjahr, so versprach er und fragte sich, ob er das Versprechen wohl hielt, würde er versuchen, das Farmhaus am Mann Brook wiederzuentdecken.

V

Der Frühling kam in diesem Jahr spät, und erst Anfang Juni fand Colin Leverett Zeit, zum Mann Brook zurückzukehren. An der Oberfläche hatte sich in drei Jahrzehnten wenig verändert. Die alte Steinbrücke stand immer noch, und auch die Landstraße war nicht gepflastert worden. Leverett überlegte, ob seit seiner von Entsetzen motivierten Flucht irgend jemand vorbeigefahren war.

Mühelos fand er den alten Eisenbahnübergang, als er sich auf den Weg stromabwärts machte. Dreißig Jahre, sagte er sich — doch das eisige Gefühl der Angst in ihm verdichtete sich nur. Das Gehen war weitaus schwieriger als zuvor. Der Tag war unerträglich heiß und feucht. Als er sich mühsam durch das üppige Unterholz arbeitete, stiegen Wolken schwarzer Fliegen hoch, die ihn wütend anfielen.

Offensichtlich hatte der Bach in den vergangenen Jahren schwere Überschwemmungen gesehen, nach Schutt und aufgehäuften Baumstämmen zu schließen, die seinen Weg versperrten. Ganze Flächen waren zu kahlen Felsen und Geröll ausgehöhlt. Anderswo sahen riesige Schranken aus entwurzelten Bäumen und Trümmern wie alte und zerfallende Festungen aus. Als er sich das Tal hinunterarbeitete, erkannte er, daß seine Suche nichts ergeben würde. Die Stärke der lang zurückliegenden Überschwemmungen war derart intensiv gewesen, daß selbst der Bach seine Richtung verändert hatte. Viele der Trockenmauerdurchlässe überspannten nicht mehr den Bach, sondern saßen einsam und verloren weit von seinen jetzigen Ufern entfernt. Andere waren von der Strömung umgerissen und weggespült worden oder waren unter Unmassen von vermodernden Baumstämmen begraben.

Als Leverett sich durch Unkraut und Gebüsch tastete, fand er an einer Stelle Reste eines Obstgartens mit Apfelbäumen. Er glaubte, daß das Haus dicht in der Nähe sein müsse, aber hier war die Überschwemmung besonders schwer gewesen, und offensichtlich waren selbst diese massigen Steingrundmauern umgestürzt und unter Trümmern begraben worden.

Leverett kehrte schließlich zu seinem Wagen zurück. Sein Schritt war leichter.

Einige Wochen später erhielt er eine Antwort von Stefroi auf seinen Bericht über den Mißerfolg:

Verzeihen Sie meine verspätete Antwort auf Ihren Brief vom 13. Juni. Vor kurzem habe ich Erkundigungen angestellt, die, wie ich hoffe, möglicherweise zur Entdeckung einer bislang unbekannten megalithischen Stätte größerer Bedeutung führen. Natürlich bin ich enttäuscht, daß von der Mann-Brook-Stätte keine Spuren übriggeblieben sind. Ich habe zwar versucht, keine allzu großen Erwartungen zu hegen, doch es wäre anzunehmen gewesen, daß die Fundamente noch gestanden hätten. Bei der Durchsicht regionaler Daten stellte ich fest, daß es im Juli 1942 und dann wieder im Mai 1946 im Otselic-Gebiet besonders schwere plötzliche Überschwemmungen gab. Höchstwahrscheinlich wurde Ihr altes Farmhaus mit seinen rätselhaften Stockgebilden nicht lang nach Ihrer Entdekkung der Stätte völlig zerstört. Dies ist seltsames und wildes Land, und es gibt zweifellos viel, das wir nie erfahren werden.

Ich schreibe dies mit einem tiefen Gefühl des persönlichen Verlusts über den Tod von Prescott Brandon vor zwei Nächten. Dies war ein schwerer Schlag für mich — ebenso wie gewiß auch für Sie und für alle, die ihn gekannt haben. Ich hoffe nur, daß die Polizei die gemeinen Mörder erwischt, die diese sinnlose Tat begangen haben — offenbar beim Durchwühlen seines Büros überraschte Diebe. Aufgrund der gedankenlosen Brutalität ihres Verbrechens glaubt die Polizei, daß die Mörder im Drogenrausch gewesen seien.

Ich habe gerade ein Exemplar des dritten Allard-Bands, Unhallowed Places, *erhalten. Ein prächtig gestaltetes Buch, und diese Tragödie wird umso unüberwindlicher mit der Erkenntnis, daß Scotty der Welt keine derartigen Schätze mehr geben kann.*

In Kummer,
Alexander Stefroi

Erschüttert starrte Leverett auf den Brief. Er hatte keine Nachricht von Brandons Tod erhalten. Erst vor einigen Tagen hatte er ein Paket von dem Verleger mit einer Erstausgabe von Unhallowed Places geöffnet. Eine Zeile aus Brandons letztem Brief fiel ihm wieder ein — eine Zeile, die damals amüsant gewesen schien:

Deine Stöcke haben ziemlich viele Fans verwirrt, Colin, und ich habe mit der Beantwortung von Anfragen ein ganzes Farbband vertippt. Insbesondere ein Bursche — ein Major George Leonard — hat mich um Einzelheiten bestürmt, und ich fürchte, ich habe ihm zuviel erzählt. Er hat sich mehrmals nach deiner Anschrift erkundigt, aber da ich weiß, wie sehr du dein Privatleben schätzt, habe ich ihn einfach gebeten, mir zu erlauben, dir etwaige Briefe nachzusenden. Er möchte deine Originalskizzen sehen, folgere ich, doch diese anmaßenden Typen, die es mit dem Okkulten haben, gehen mir auf die Nerven. Offen gestanden wäre mir selbst nicht daran gelegen, den Mann kennenzulernen.

VI

»Mr. Colin Leverett?«

Leverett studierte den großen, schlanken Mann, der lächelnd in der Türöffnung seines Studios stand. Der Sportwagen, mit dem er vorgefahren war, war schwarz und sah teuer aus. Das gleiche galt für den Rollkragenpullover und die Lederhose, die er trug, und für die geschmeidige Aktenmappe, die er in der Hand hielt. Die Schwärze verlieh seinem Gesicht eine tödliche Blässe. Leverett schätzte sein Alter wegen seines sich lichtenden Haars auf Ende vierzig. Dunkle Gläser verbargen seine Augen, schwarze Autohandschuhe seine Hände.

»Scotty Brandon hat mir gesagt, wo ich Sie finden kann«, sagte der Fremde.

»Scotty?« Leveretts Stimme klang wachsam.

»Ja, wir haben einen gemeinsamen Freund verloren, muß ich bedauerlicherweise sagen. Ich hatte unmittelbar davor mit ihm gesprochen . . . Aber ich sehe an Ihrem Gesichtsausdruck, daß Scotty nie die Zeit hatte, Ihnen zu schreiben.« Er geriet ins Stokken. »Ich bin Dana Allard.«

»Allard?«

Sein Besucher schien betreten. »Ja — H. Kenneth Allard war mein Onkel.«

»Ich hatte mir nicht vorgestellt, daß Allard eine Familie hinterließ«, sagte Leverett nachdenklich und schüttelte die ausgestreckte Hand. Er hatte den Schriftsteller nie persönlich kennengelernt, aber es bestand eine starke Ähnlichkeit mit den wenigen Fotografien, die er gesehen hatte. Und Scotty hatte in irgendeine Vermögensmasse Schecks über Tantiemengelder einbezahlt, erinnerte er sich. »Mein Vater war Kents Halbbruder. Später nahm er den Namen seines Vaters an, aber es gab keine Heirat, wenn Sie mir folgen können.«

»Natürlich.« Leverett war in Verlegenheit gebracht. »Bitte nehmen Sie doch irgendwo Platz. Und was führt Sie hierher?«

Dana Allard klopfte auf seine Aktenmappe. »Etwas, das ich mit Scotty besprochen hatte. Erst neulich grub ich einen Stapel unveröffentlichter Manuskripte meines Onkels aus.« Er klinkte die Aktenmappe auf und reichte Leverett ein Bündel vergilbter Papiere. »Als nächster Angehöriger hatte Vater Kents persönliche Habe aus dem staatlichen Krankenhaus abgeholt. Er hat nie viel von meinem Onkel oder seiner Schreiberei gehalten. Er verstaute dies auf unserem Speicher und vergaß es. Scotty war ziemlich aufgeregt, als ich ihm von meiner Entdeckung erzählte.«

Leverett sah rasch das Manuskript durch — Seite um Seite in

enger Handschrift, mit Korrekturen durchsetzt wie ein nicht zu entzifferndes Puzzle. Er hatte Fotos von Allards Manuskripten gesehen. Dies war unverwechselbar.

Auch die Prosa. Leverett las mit versunkener Hingabe einige Textpassagen. Es war authentisch — und brillant.

»Onkels Gedanken haben anscheinend eine besonders morbide Wendung genommen, als seine Krankheit dem Ende zuging«, wagte Dana zu sagen. »Ich bewundere seine Arbeit ganz außerordentlich, aber ich finde diese letzten Werke... nun, ein bißchen zu grausig. Vor allem seine Übersetzung seines mythischen *Book of Elders.*«

Leverett sagte es voll und ganz zu. Er nahm kaum Kenntnis von seinem Gast, als er in die spröden Seiten vertieft war. Allard beschrieb eine megalithische Konstruktion, auf die sein vom Schicksal verdammter Erzähler in den Krypten unter einem alten Friedhof gestoßen war. Es gab Hinweise auf ›ältere Glyphen‹, die seinen Gitterobjekten ähnelten.

»Sehen Sie hier«, deutete Dana mit dem Finger. »Diese Beschwörungsformeln zeichnet er hier aus Alorri Zokos verbotenem Wälzer auf. ›Yogth-Yugth-Sut-Hyrath-Yogng‹ — Teufel nochmal, ich kann sie nicht aussprechen. Und er hat ganze Seiten davon.«

»Dies ist unglaublich!« beteuerte Leverett. Er versuchte, die fremden Silben auszusprechen. Man könnte es fertigbringen. Er entdeckte sogar einen Rhythmus. »Nun, ich bin erleichtert, daß es Ihren Beifall findet. Ich hatte schon befürchtet, daß diese letzten paar Geschichten und Fragmente sich als ein bißchen viel für Kents Fans erweisen könnten.«

»Dann werden Sie sie also veröffentlichen?«

Dana nickte. »Scotty war im Begriff, es zu tun. Ich hoffe nur, daß diese Diebe nicht das hier gesucht haben — ein Sammler würde ein Vermögen bezahlen. Scotty sagte jedoch, er würde die Sache geheimhalten, bis er für die Veröffentlichung bereit sei.« Sein dünnes Gesicht sah traurig aus. »Also werde ich sie nun selbst herausgeben — in einer Luxusausgabe. Und ich möchte, daß Sie sie illustrieren.«

»Ich würde mich geehrt fühlen!« gelobte Leverett, unfähig, es zu glauben.

»Mir haben diese Zeichnungen, die Sie für die Trilogie gemacht haben, wirklich gefallen. Ich würde gern mehr wie diese sehen — so viele, wie Sie Ihrem Gefühl nach machen wollen. Ich gedenke, bei der Veröffentlichung dieser Geschichten keine Kosten zu sparen. Und diese Stockdinger...«

»Ja?«

»Scotty hat mir deren Geschichte erzählt. Faszinierend! Und Sie haben ein ganzes Notizbuch davon? Darf ich es sehen?« Leverett grub hastig das Notizbuch aus seinem Ordner und kehrte zum Manuskript zurück.

Ehrfürchtig blätterte Dana das Buch durch. »Diese sind vollkommen absonderlich — und es gibt Hinweise auf derartiges im Manuskript, um das Ganze noch fantastischer zu machen. Können Sie sie alle für das Buch wiederholen?«

»Alle, an die ich mich erinnern kann«, versicherte Leverett ihm. »Und ich habe ein gutes Gedächtnis. Aber hieße das nicht, es zu übertreiben?«

»Ganz und gar nicht! Sie passen in das Buch. Und sie sind völlig einzigartig. Nein, tun Sie alles, was Sie haben, in dieses Buch. Ich werde es *Dwellers in the Earth* betiteln, nach dem längsten Stück. Ich habe bereits seinen Druck vorbereitet, daher fangen wir an, sobald Sie die Entwürfe fertig haben. Und ich weiß, daß Sie Ihr Ganzes geben werden.«

VII

Er schwebte im Raum. Gegenstände trieben an ihm vorbei. Sterne, dachte er zuerst. Die Gegenstände trieben näher heran. Stökke, Stockgitter aller Arten. Und dann trieb er zwischen ihnen und sah, daß es keine Stöcke waren — keine Stöcke aus Holz. Die Stockkonstruktionen bestanden aus einer todbleichen Substanz, wie Streifen gefrorenen Sternenlichts. Sie erinnerten ihn an Glyphen irgendeines unirdischen Alphabets — komplizierte, rätselhafte, zum Verzaubern angeordnete Symbole — zum Verzaubern wovon? Und da gab es in der Tat eine Anordnung — ein dreidimensionales Muster. Ein Labyrinth von ungemein verblüffender Verworrenheit. Dann war er irgendwie in einem

Tunnel. Einem engen, mit Stein ausgekleideten Tunnel, durch den er auf dem Bauch hindurchkriechen mußte. Die feuchten, mit schleimigem Moos bedeckten Steine preßten sich dicht an seinen sich windenden Körper und riefen schrilles Geflüster klaustrophobischer Furcht hervor.

Und nachdem er eine unendliche Weile durch diesen Tunnel und durch weitere mit Steinen ausgekleidete Gänge und manchmal durch Passagen, deren Winkel seine Augen schmerzen ließen, gekrochen war, kam er endlich in eine unterirdische Kammer. Große, einige Dutzend Fuß breite Granitplatten bildeten die Wände und die Decke dieser versenkten Kammer, und zwischen den Platten durchlöcherten weitere Gänge die Erde. Einem Altar gleich wartete eine gigantische Gneisplatte in der Mitte der Kammer. Zwischen den Steinsäulen, die den Tisch stützten, sprudelte dunkel eine Quelle. Um ihren Rand herum zog sich eine Rinne, die auf Übelkeit erregende Weise von der Substanz verfleckt war, die in der Steinschale unter ihrem Sammelpunkt gerann.

Andere tauchten aus den verdunkelten Gängen auf, die die Kammer umgaben — gekrümmte Gestalten, nur undeutlich wahrgenommen und unbestimmt menschlich. Und eine Gestalt in einem zerlumpten Umhang kam aus dem Schatten auf ihn zu — streckte eine klauenartige Hand aus, um sein Handgelenk zu ergreifen und ihn zum Opfertisch hinzuziehen. Er folgte widerstandslos, da er wußte, daß man irgend etwas von ihm erwartete.

Sie erreichten den Altar, und in dem von den keilförmigen, in die Gneisplatte gemeißelten Gitter ausgehenden Leuchten konnte er das Gesicht seines Führers sehen. Ein vermoderndes Leichengesicht, der verfaulte Knochen seiner Stirn nach innen gegen die Fäule zertrümmert, die herausdrang...

Und Leverett erwachte zu dem Echo seiner Schreie...

Er hatte zu hart gearbeitet, sagte er sich, als er in der Dunkelheit herumstolperte und sich anzog, weil er zu aufgerüttelt war, um wieder einzuschlafen. Die Alpträume waren jede Nacht gekommen. Kein Wunder, daß er erschöpft war.

Doch in seinem Studio wartete seine Arbeit auf ihn. Schon fast fünfzig Zeichnungen waren fertiggestellt, und er plante weitere zwanzig. Kein Wunder, die Alpträume.

Es war ein mörderisches Tempo, aber Dana Allard war hingerissen von der Arbeit, die er geleistet hatte. Und *Dwellers in the Earth* wartete bereits. Trotz Problemen mit dem Schriftsetzen, mit der Beschaffung des Spezialpapiers, das Dana wollte — das Buch wartete nur auf ihn.

Obwohl seine Knochen vor Ermüdung schmerzten, wanderte Leverett entschlossen durch die sich grau färbende Nacht. Gewisse Besonderheiten des Alptraums dürften interessant zu malen sein.

VIII

Die letzte der Zeichnungen war an Dana Allard in Petersham abgeschickt worden, und Leverett, fünfzehn Pfund leichter und zum Umfallen müde, setzte einen Teil der Sonderzulage in einen Kasten guten Whiskys um. Dana hatte die Offsetpressen am Laufen, kaum daß man Platten von den Zeichnungen gemacht hatte. Trotz seiner genauen Planung waren Druckpressen kaputtgegangen; ein Drucker hatte ohne Angaben von Gründen gekündigt; bei dem neuen Drucker hatte es einen schweren Unfall gegeben — scheinbar unzählige Probleme, und Dana war bei jeder Verzögerung wütend gewesen. Dennoch ging die Produktion rasch voran. Leverett schrieb, daß das Buch verflucht sei, doch Dana antwortete, daß es in einer Woche fertig sei.

Leverett amüsierte sich in seinem Studio damit, Stockgitter zu konstruieren, und zu versuchen, seinen Schlaf nachzuholen. Er erwartete ein Exemplar des Buchs, als er einen Brief von Stefroi erhielt:

Habe versucht, Sie in den letzten paar Tagen telefonisch zu erreichen, aber keine Antwort in Ihrem Haus. Ich bin momentan in Zeitdruck, muß mich daher kurz fassen. Ich habe in der Tat eine unvermutete megalithische Stätte von ungeheurer Bedeutung freigelegt. Sie befindet sich auf dem Grundstück einer seit langem prominenten Familie aus Massachusetts — und da ich keine Genehmigung bekomme, sie zu besuchen, werde ich nicht sagen, wo. Habe heimlich (und ziemlich illegal) eines Nachts für kurze Zeit Nachforschungen angestellt und bin fast erwischt worden. Stieß in der Bibliothek einer Religionsschule auf Hinweise auf den Ort in einer

Sammlung von Briefen und Dokumenten aus dem 17. Jahrhundert. Verfasser prangert die Familie als Horde von Zauberern und Hexen an, Hinweise auf alchimistische Tätigkeiten und andere weniger appetitliche Gerüchte — und beschreibt unterirdische Steinkammern, megalithische Artefakte etc., die ›für übels Tun und teuflische Praktiken‹ benutzt werden. Habe nur einen flüchtigen Blick erhascht, doch seine Beschreibung war nicht übertrieben. Und, Colin — als ich durch die Wälder schlich, um zu der Stätte zu gelangen, stieß ich auf Dutzende Ihrer geheimnisvollen ›Stöcke‹! Habe einen kleinen mit zurückgebracht und habe ihn hier, um ihn Ihnen zu zeigen. Erst unlängst konstruiert und genau wie Ihre Zeichnungen. Mit Glück werde ich Einlaß finden und ihre Bedeutung herausbekommen — zweifellos haben sie eine Bedeutung —, auch wenn diese Kultanhänger eigensinnig sein können, wenn es um das Mitteilen von Geheimnissen geht. Werde erklären, mein Interesse sei wissenschaftlich, mache mich somit nicht lächerlich — und werde sehen, was sie sagen. Werde mir auf die eine oder andere Weise einen genaueren Einblick verschaffen. Ich bin also auf dem Weg!
Ihr ergebener
Alexander Stefroi

Leverett hob die buschigen Brauen hoch. Allard hatte bestimmte dunkle Rituale eingeschüchtert, bei denen die Stockgitter eine Rolle spielten. Allard hatte seine Geschichten jedoch vor über dreißig Jahren geschrieben, und Leverett nahm an, daß der Briefschreiber auf etwas ähnliches wie die Mann Brook-Stätte gestoßen war. Stefroi berichtete über etwas Gegenwärtiges. Er hoffte fast, daß Stefroi nichts anderes als einen albernen Schwindel entdecken würde.

Die Alpträume verfolgten ihn noch immer — vertraut nun, obwohl er ihre Szenerien und Trugbilder nur im Traum besuchte. Vertraut. Das Entsetzen, das sie hervorriefen, war unvermindert. Nun ging er gerade durch Wald — ein bewaldeter Abschnitt mit Hügeln, die allem Anschein nach diejenigen in der Nähe waren. Eine riesige Granitplatte war beiseite gezogen worden, und wo sie gelegen hatte, gähnte eine Grube. Ohne Zögern ging er in die Grube, und die abgerundeten Stufen, die nach unten führten, waren seinem Schritt bekannt. Eine versenkte Grabkammer und davon wegführend mit Stein ausgekleidete Gänge. Er wußte, in welchen er kriechen mußte.

Und wieder der unterirdische Raum mit seinem Opferaltar und seiner dunklen Quelle darunter, wieder der versammelte Kreis kaum wahrgenommener Gestalten. Eine Traube von ihnen drängte sich um den Steintisch, und als er auf sie zutrat, sah er, daß sie einen sich verzweifelt windenden Mann fesselten.

Es war ein kräftig gebauter Mann, das weiße Haar wirr, das Fleisch ausgemergelt und schmutzig. In seinen verzerrten Zügen zeigte sich jäh so etwas wie Wiedererkennen, und Leverett fragte sich, ob er den Mann kennen sollte. Doch nun flüsterte ihm der Leichnam mit dem eingedrückten Schädel ins Ohr, und er versuchte, nicht an die unreinen Dinge zu denken, die aus jener gespaltenen Stirn spähten, und nahm statt dessen das Bronzemesser aus der skelettartigen Hand und hob das Messer hoch. Und da er nicht schreien und aufwachen konnte, tat er mit dem Messer das, was der zerlumpte Priester geflüstert hatte . . .

Und als er nach einer Zeitspanne ruchlosen Wahnsinns endlich doch aufwachte, war das Klebrige, das ihn bedeckte, nicht kalter Schweiß, und auch das halbverschlungene Herz, das er in einer Faust umklammerte, war kein Alptraum.

IX

Irgendwie fand Leverett genug gesunden Verstand, um sich des zerfetzten Fleischklumpens zu entledigen. Er stand den ganzen Morgen unter der Dusche und schrubbte sich die Haut wund. Er wünschte, er könnte sich übergeben.

Das Radio brachte eine Nachricht. Der zerquetschte Körper des bekannten Archäologen Dr. Alexander Stefroi war in der Nähe von Whately unter einer umgestürzten Granitplatte entdeckt worden. Die Polizei stellte Vermutungen an, daß die gigantische Platte sich bei den Ausgrabungen des Wissenschaftlers an ihrer Basis verlagert hatte. Die Identifizierung erfolgte durch persönliche Habe.

Als seine Hände so weit zu zittern aufgehört hatten, daß er fahren konnte, flüchtete Leverett nach Petersham — er erreichte Dana Allards altes Steinhaus gegen Einbruch der Dunkelheit. Nur langsam antwortete Allard auf sein wahnsinniges Klopfen.

»Nanu, guten Abend, Colin! Was für ein Zufall, daß Sie gerade jetzt herkommen. Die Bücher sind fertig. Sie sind gerade vom Buchbinder abgeliefert worden.«

Leverett stürzte an ihm vorbei. »Wir müssen sie vernichten!« platzte er heraus. Seit dem Morgen hatte er gründlich nachgedacht.

»Sie vernichten?«

»Es gibt da etwas, womit keiner von uns gerechnet hat. Diese Stockgitter — es gibt einen Kult, irgendeinen verwerflichen Kult. Die Gitter haben eine Bedeutung bei ihren Ritualen. Scott deutete einmal an, daß sie möglicherweise so etwas wie Glyphen sein könnten; ich weiß nicht. Der Kult jedoch existiert noch. Sie wollen nicht, daß man ihre Geheimnisse enthüllt. Sie haben Scotty getötet . . . sie haben Stefroi getötet. Sie sind hinter mir her — ich weiß nicht, was sie vorhaben. Sie werden Sie töten, um Sie von der Veröffentlichung dieses Buchs abzuhalten!«

Besorgt runzelte Dana die Stirn, doch Leverett wußte, daß er ihn nicht auf die richtige Art und Weise beeindruckt hatte.

»Colin, dies klingt verrückt. Sie haben sich wirklich verausgabt, wissen Sie. Sehen Sie, ich werde Ihnen die Bücher zeigen. Sie sind im Keller.«

Leverett ließ sich von seinem Gastgeber nach unten führen. Der Keller war ziemlich groß, mit Fliesen ausgelegt und trocken. Ein Berg brauneingewickelter Bündel erwartete sie.

»Hab' sie hier hingelegt, wo sie den Boden nicht durchdrükken«, erklärte Dana. »Ab morgen werden sie an die Großhändler ausgeliefert. Hier, ich werde Ihr Exemplar signieren.«

Beunruhigt öffnete Leverett ein Exemplar von *Dwellers in the Earth.* Er starrte auf seine liebevoll wiedergegebenen Zeichnungen verkommener Kreaturen und versenkter Steinkammern und befleckter Altäre — und überall die rätselhaften Gitterwerkstrukturen. Er schauderte.

»Hier.« Dana Allard reichte Leverett das Buch, das er signiert hatte. »Und um Ihre Frage zu beantworten, es *sind* ältere Glyphen.«

Doch Leverett starrte auf die Widmung in ihrer unverkennbaren Handschrift: »Für Colin Leverett, ohne den dieses Buch nie die Vollendung gesehen hätte — H. Kenneth Allard.«

Allard war im Sprechen. Leverett sah Orte, wo das hastig aufgetragene Make-up nicht ganz das verbarg, was darunterlag. »Glyphen als Symbole fremder Dimensionen — unerklärlich für den menschlichen Geist, aber wesentliche Bruchstücke einer so undenkbar weiten Beschwörung, daß das ›Pentagramm‹ (wenn Sie so wollen) Meilen jenseits ist. Einmal zuvor haben wir es versucht — doch Ihre eiserne Waffe hat einen Teil von Althols Gehirn zerstört. Im letzten Augenblick irrte er sich — vernichtete uns fast damit. Althol war beim Formulieren der Beschwörung gewesen, seit er vor dem Fortschritt des Eisen vor vier Jahrtausenden geflohen war.

»Dann sind Sie wieder aufgetaucht, Colin Leverett — Sie mit Ihrem Wissen des Künstlers und den Diagrammen von Althols Symbolen. Und nun werden tausend neue Seelen die Beschwörung lesen, die Sie uns zurückgegeben haben, werden sich mit unserem Verstand vereinigen, während wir an den Verborgenen Orten stehen. Und die Großen Alten werden aus der Erde hervorkommen, und wir, die Toten, die ihnen treu gedient haben, werden die Herrscher der Lebenden sein.«

Leverett drehte sich um und wollte losrennen, aber nun kamen sie aus den Schatten des Kellers hervorgekrochen, als massive Fliesen zurückglitten, um die Tunnels darunter freizugeben. Er begann zu schreien, als Althol kam, um ihn wegzuführen, aber er konnte nicht erwachen, konnte nur folgen.

NACHWORT

Einige Leser stellen vielleicht gewisse Ähnlichkeiten zwischen Personen und Ereignissen in dieser Geschichte und den Laufbahnen von Personen aus dem wirklichen Leben fest, Fans dieses Genres gut bekannt. Dies war unvermeidlich, und es ist keine Respektlosigkeit beabsichtigt. Denn ein Großteil dieser Geschichte ist tatsächlich passiert, auch wenn Sie das schon vorher einmal gehört haben.

Bei der Zusammenarbeit mit Lee Brown Coye an Wellmans *Worse Things Waiting* fragte ich ihn schließlich, warum seine Zeichnungen so häufig Stöcke in ihrem Entwurf enthielten. Lees

Arbeit ist mir sehr gut bekannt, aber ich hatte festgestellt, daß die ›Stöcke‹ erst in seiner Arbeit für Ziff-Davis in den frühen 60ern aufzutauchen begannen. Lee schickte mir endlich eine Mappe mit Zeitungsausschnitten und Briefen, weit unheimlicher als diese Geschichte — und auf Tatsachen beruhend.
1938 stieß Coye *tatsächlich* auf ein mit Stöcken übersätes Farmhaus in der verlassenen Mann Brook-Gegend. Er behielt dies für sich bis zum Herbst 1962, als John Vetter den Bericht an August Derlerth und an den Antiquar und Archäologen Andrew E. Rothovius schickte. Derlerth hatte vor, Coyes Abenteuer als kurzen Lovecraft-Roman zu schreiben, tat dies aber nie. Rothovius erörterte die mögliche megalithische Bedeutung der Stätte mit Coye in einer Reihe von Briefen und Zeitungsartikeln, auf die ich kaum eingegangen bin. Im Juni 1963 kehrte Coze zur Mann Brook-Stätte zurück und fand sie zerstört. Es ist eine seltsame Gegend, wie HPL weiß.
Cozes faszinierende Präsentation ihrer Briefe erschien in fünf wöchentlichen Fortsetzungen seiner ›Splitter & Späne‹-Kolumne im *Mid-York Weekly* vom 22. August bis zum 26. September 1963. Rothovius, dessen Forschungsarbeit über die Neuengland-Megalithe in vielen Zeitschriften veröffentlicht worden ist, schrieb eine hervorragende und beunruhigende Zusammenfassung über seine Untersuchung in Arkham Houses *The Dark Brotherhood,* auf die der Leser verwiesen wird.

RAY RUSSELL

Sardonicus

Ray Russell nimmt eine bedeutende Stellung innerhalb der modernen Horror-, Fantasy- und Science-fiction-Literatur ein, und zwar sowohl als Verfasser wie auch als Herausgeber. Er war zum großen Teil dafür verantwortlich, daß der frühe Playboy zu einem der führenden (und gut zahlenden) Organe für fantastische Literatur mit Niveau wurde, und er ist der — ungenannte — Herausgeber der meisten oder sogar aller Taschenbücher der Playboy-Presse in diesen Genres. Als Verfasser hat er Dutzende von hervorragenden Geschichten auf einer Vielzahl von Gebieten herausgebracht, und sein Werk The Case Against Satan (1962), das bedauerlicherweise bis heute kaum beachtet wird, kann als Vorläufer und Vorwegnahme von The Exorcist gelten. Weitere erwähnenswerte Bücher sind Incubus (1976, eine Verfilmung ist im Gespräch) und eine Sammlung aus dem Jahre 1961, die den Titel der hier ausgewählten Geschichte trägt (im selben Jahr mit dem Titel Mr. Sardonicus verfilmt).

Im Spätsommer des Jahres 18.. hatte mich eine Reihe von beruflichen Erfolgen in einen solchen Erschöpfungszustand versetzt, daß ich ernsthaft begonnen hatte, eine lange Ruhepause auf dem Kontinent zu erwägen. Ich hatte mir nahezu drei Jahre lang keinen richtigen Urlaub mehr gegönnt, denn zusätzlich zu meiner normalen Praxis war ich noch intensiv mit einem Forschungsprogramm beschäftigt gewesen, und die Ergebnisse dieser speziellen Arbeit (sie hatte mit Sehnen und Muskeln zu tun und konnte — so hoffte ich — vielleicht nutzbringend bei verschiedenen Arten von Lähmungen angewandt werden) waren so vielversprechend gewesen, daß ich die Stadt nur mit Widerwillen länger als eine Woche verließ. Da ich nicht verheiratet war, fehlte mir eine besorgte Ehefrau, die sich über meinen Gesundheitszustand hätte Sorgen machen können; so kam es, daß ich bis zu einem Punkt überarbeitet war, wo ein Urlaub für mein Wohlbefinden absolut notwendig wurde; deshalb war mir der Brief, den ich eines Morgens gegen Ende jenes Sommers überreicht bekam, höchst willkommen.

Als mein Diener ihn mir beim Frühstück vorlegte, drehte ich ihn wieder und wieder herum, wog das kostbare Papier, das fast so schwer und starr wie Pergament war, in der Hand; betrachtete nachdenklich das große scharlachrote Wachssiegel, in das ein so kompliziertes Ornament eingeprägt war, daß es schwierig war zu entschlüsseln, was es bedeutete; prüfte schließlich die Handschrift, in der die Adresse geschrieben worden war: *Sir Robert Cargrave, Harley Street, London.* Es war eine weibliche Handschrift, soviel war sicher, und ihre Zierlichkeit wie auch ihre Deutlichkeit (bei letzterer handelt es sich um eine bewundernswerte Eigenschaft, die bei der Handschrift von Damen leider nur allzu selten anzutreffen ist) hatten etwas seltsam Vertrautes. Die frische Deutlichkeit jener Handschrift — wo hatte ich sie nur schon gesehen? — ließ auf eine Offenheit schließen, die der fast unergründlichen Verschnörkeltheit des Siegels zu widersprechen schien, das ich nach näherer und konzentrierterer Betrachtung schließlich als ein bloßes, einzelnes »S« erkannte, ein »S« allerdings, dessen sich windende Wellen einen fast unverschämt anzugrinsen schienen, ein »S«, das aus nicht viel mehr als aus eben diesem Grinsen zusammengesetzt zu sein schien, ein »S« von solch geschmackloser Anmaßung, daß ich zugeben muß, einen Augenblick lang darüber verärgert gewesen zu sein, jedoch im nächsten Augenblick meine Verärgerung als albern empfand — denn, so ermahnte ich mich selbst, es gibt sicher Dinge, die viel ärgerlicher sind als ein Siegel, über das man sich aufregt, oder?

Ich schmunzelte über meine Schwäche, wog dabei weiter den Brief in meiner Hand und überlegte, welcher meiner Freunde oder Bekannten einen Namen trug, der mit »S« begann. Da war der alte Shipley aus dem Ärzteseminar; da war Lord Henry Stanton, mein immer zu Scherzen aufgelegter, geistreicher Freund; und das war es auch schon. War es vielleicht Harry? Er blieb selten lange an einem Ort und war ein treuer und begabter Briefeschreiber.

Doch Harrys kräftige Handschrift war alles andere als weiblich, und außerdem würde er nie ein solches Siegel verwenden — es sei denn, als Ulk, als dummen Scherz unter Freunden. Mein Diener hatte, als er mir den Brief gab, gesagt, daß er nicht mit der Post gekommen sei, sondern von einem Boten abgeliefert worden war, und obwohl mir diese Mitteilung nicht bemerkenswert vorgekommen war, lieferte sie nun meiner Neugierde Nahrung, und ich erbrach das ärgerliche Siegel und entfaltete das starre, knisternde Papier.

Die Botschaft war in derselben klaren, irgendwie bekannten Handschrift abgefaßt. Mein Blick wanderte zuerst bis zum Ende, um dort die Unterschrift aufzufinden, aber diese Unterschrift — Madame S. — sagte mir nichts, denn ich kannte keine Madame S.

Ich las den Brief. Er liegt jetzt, da ich diesen Bericht niederschreibe, vor mir, und ich werde ihn Wort für Wort wiedergeben:

›Mein lieber Sir Robert,

Es ist jetzt fast sieben Jahre her, daß wir uns zuletzt gesehen haben — eigentlich waren Sie zu diesem Zeitpunkt noch gar nicht Sir Robert, sondern einfach Robert Cargrave (auch wenn man wohl schon über Ihre bevorstehende Erhebung in den Adelsstand munkelte), und deshalb frage ich mich, ob Sie sich überhaupt an Maude Randall erinnern.‹

Mich an Maude Randall erinnern? Die liebe Maude, mit der glockenhellen Stimme, dem kastanienbraunen Haar und den großen braunen Augen, einem Temperament so voller Anmut und Lebhaftigkeit, daß die jungen Männer in London nur für sie Augen hatten. Sie stammte aus einer guten Familie, aber während eines Aufenthaltes in Paris hatte ihr Vater wohl irgendwelche unüberlegten Spekulationen gewagt, die das Familienvermögen in einem solchen Maße verringert hatten, daß sich der unglückliche Mann das Leben nahm und die Randalls gänzlich aus der Londoner Gesellschaft verschwanden. Maude, so hatte ich jedenfalls gehört, hatte einen Herrn aus dem Ausland geheiratet und war in Europa geblieben. Das war eine traurige Nachricht gewesen, denn kein junger Mann in London war jemals so sehr in Maude verliebt gewesen wie ich, und der Glaube, daß meine Gefühle wenigstens zum Teil erwidert wurden, hatte meinem Selbstgefühl gutgetan. Mich an Maude Randall erinnern?

»Ja, Ja«, hätte ich beinahe laut gesagt. Und jetzt, sieben Jahre später, war sie »Madame S.« und hatte noch immer dieselbe Handschrift, die ich zahllose Male auf Einladungen gesehen hatte. Ich las weiter.

›Ich denke oft an Sie, denn — auch wenn es sich vielleicht nicht schicken mag, so etwas zu sagen — mir war die Gesellschaft nur weniger Herren so angenehm wie die Ihre, und die Londoner Soirées, die meine liebe Mutter gab und bei denen Sie anwesend waren, gehören nun zu meinen liebsten Erinnerungen. Aber nein! Zu große Offenheit ist schon immer mein Fehler gewesen, wie meine Mutter mich immer zu erinnern pflegte. Sie, die so gut und freundlich war, hat meinen Vater nicht einmal um ein Jahr überlebt, aber ich nehme an, Sie wissen das schon.

Mir geht es ganz gut, und wir leben hier sehr komfortabel, obwohl wir nur selten Besuch empfangen und den größten Teil der Zeit uns selbst genügen. Mr. S. ist ein gütiger Herr, jedoch von ruhiger und zurückgezogener Wesensart, und Menschenmassen, Gesellschaften, Bälle etc. sind seiner Natur zuwider; deshalb ist es mir eine besondere Freude, daß er mich ausdrücklich gebeten hat, Sie für vierzehn Tage hierher in das Schloß einzuladen — oder, wenn ich Ihnen seine genauen Worte mitteilen darf: »Mindestens für vierzehn Tage, oder jedenfalls so lange, wie Sir Robert bei so langweiligen Leuten, wie wir es wohl in seinen Augen sind, bleiben möchte.« (Sehen Sie, ich habe Ihnen ja gesagt, daß er gütig ist!)‹

Ich muß wohl die Stirn gerunzelt haben, während ich las, denn die Worte von Mr. S. waren meiner Meinung nach weniger gütig als unerhört und genauso geschmacklos wie sein absurdes Siegel. Dennoch hielt ich diese Gefühle im Zaum, denn mir war klar, daß meine Empfindungen diesem Mann gegenüber in nicht unbeträchtlichem Maße von Eifersucht bestimmt waren. Er hatte schließlich um Maude Randall geworben und sie auch gewonnen, eine junge Dame mit Scharfsinn und Feinfühligkeit: War sie wirklich fähig gewesen, einen kriecherischen Rüpel zu heiraten? Ich hielt das für unwahrscheinlich. Und ein Schloß! Welch romantischer Prunk! ». . . Sie hierher in das Schloß einladen . . .« hatte sie geschrieben, aber wo war dieses

»hier«? Der Briefumschlag gab, da er nicht mit der Post gekommen war, keinen Hinweis; deshalb las ich weiter:

›Erst gestern habe ich mich im Verlaufe eines Gespräches an mein früheres Leben in London zurückerinnert und Ihren Namen erwähnt. Mr. S., hatte ich das Gefühl, zeigte plötzlich Interesse. »Robert Cargrave?« sagte er. »Da gibt es doch einen bekannten Arzt dieses Namens, aber ich kann mir nicht vorstellen, daß es sich um denselben Herrn handelt.« Ich lachte und teilte ihm mit, daß es sich tatsächlich um denselben Herrn handele und daß ich Sie schon gekannt hatte, bevor Sie so berühmt wurden. ›Hast du ihn gut gekannt?‹ fragte mich daraufhin Mr. S., und Sie werden mich für töricht halten, aber einen Augenblick lang dachte ich tatsächlich, daß er eifersüchtig sei! Das war jedoch nicht der Fall, wie sich im Laufe des Gesprächs herausstellte. Ich erzählte ihm, daß Sie ein Freund meiner Familie und häufiger Gast in unserem Haus gewesen waren. »Das trifft sich ja ausgezeichnet«, meinte er. »Ich wollte Sir Robert Cargrave schon lange kennenlernen, und deine frühere Freundschaft mit ihm verschafft dir eine glänzende Gelegenheit, ihn für einen Urlaub hierher einzuladen.«

Und so, Sir Robert, komme ich hiermit seinem Wunsche nach — und gehorche gleichzeitig dem Gebot meiner eigenen Neigung —, indem ich Sie ganz herzlich einlade, uns so lange Sie wollen, zu besuchen. Ich bitte Sie aufrichtig darum zu kommen, denn wir sehen so wenige Menschen hier, und es wäre ein großes Vergnügen, mit jemandem aus den alten Tagen zu sprechen und den neuesten Londoner Klatsch zu hören. Würden Sie mir deshalb bitte umgehend einen Brief zurückschicken. Mr. S. hat kein Vertrauen in die Post, deshalb habe ich diesen Brief durch einen unserer Diener geschickt, der mit einem besonderen Auftrag nach London fahren sollte; bitte übermitteln Sie Ihre Antwort durch ihn.‹

Ich klingelte nach meinem Diener. »Wartet der Bote, der diesen Brief gebracht hat, auf eine Antwort?« fragte ich.

»Er sitzt in der Eingangshalle, Sir Robert«, sagte er.

»Das hätten Sie mir sagen sollen.«

»Ja, Sir.«

»Schicken Sie ihn jetzt herein. Ich möchte ihn sehen.«

Mein Diener ging hinaus, und ich brauchte kaum eine Minute, um eine kurze zustimmende Antwort zu Papier zu bringen. Sie lag schon für den Boten bereit, als er in den Raum geführt wurde. Ich sagte zu ihm: »Sie sind in Diensten von Madame . . .« Zum erstenmal wurde mir bewußt, daß ich den Namen ihres Ehemannes nicht kannte.

Der Diener — ein wortkarger Bursche mit slawischen Gesichtszügen — sprach mit starkem Akzent: »Ich stehe in Diensten von Mr. Sardonicus, Sir.«

Sardonicus! Ein Name, so schillernd wie das Siegel, dachte ich für mich. »Dann geben Sie diese Mitteilung bitte Madame Sardonicus, sobald Sie zurück sind.«

Er verbeugte sich leicht und nahm den Brief aus meiner Hand entgegen. »Ich werde sie sofort meinem Herrn überbringen, Sir«, sagte er.

Seine Art reizte mich. Ich korrigierte ihn. »Ihrer Herrin«, sagte ich kühl.

»Madame Sardonicus wird Ihre Mitteilung erhalten, Sir«, sagte er.

Ich entließ ihn, und erst zu diesem Zeitpunkt kam es mir in den Sinn, daß ich nicht die entfernteste Vorstellung davon hatte, wo sich das Schloß von Mr. Sardonicus befand. Ich wandte mich noch einmal Maudes Brief zu:

. . . Bitte übermitteln Sie Ihre Antwort durch ihn, und ich bitte Sie, stimmen Sie zu, denn ich hoffe wirklich, Ihnen einen angenehmen Aufenthalt in . . . zu bereiten.

Ich konsultierte einen Atlas. Der Ort, den sie erwähnte, war — so entdeckte ich — ein Bezirk in einem abgelegenen und bergigen Gebiet Böhmens.

Voller Erwartung beendete ich mein Frühstück mit neuem Appetit, und noch am selben Nachmittag begann ich, Vorbereitungen für meine Reise zu treffen.

Ich mag das Reisen nicht — wie mein Freund Harry Stanton — um seiner selbst willen. Harry hat mich deswegen schon oft getadelt und mich einen knochentrockenen Akademiker und »unverbesserlichen Londoner« genannt — und ich nehme an, daß ich das auch bin. Denn es gibt tatsächlich nur wenige Dinge, die langweiliger für mich sind als Schiffe und Züge und Wagen;

und obwohl ich an den fremden Städten großen Gefallen gefunden und viel von diesen Aufenthalten profitiert habe, hat mich doch, sobald ich einmal angekommen war, die Langeweile der Reise oft dazu gebracht, es mir gründlich zu überlegen, ob ich mich jemals wieder auf eine lange Reise begeben sollte.

Dennoch fand ich mich weniger als einen Monat, nachdem ich Maudes Einladung angenommen hatte, in dem Land wieder, das sie sich als Heimat gewählt hatte. Nach Aufenthalten in London, Paris, dann Berlin, schließlich Böhmen holte mich in . . . ein Kutscher ab, der nur mangelhaft Englisch sprach, dem es aber dennoch gelang, mir in seiner ernsten Art mitzuteilen, daß er zum Personal von Schloß Sardonicus gehörte. Nachdem er mein Gepäck verstaut hatte, hieß er mich in die Kutsche einsteigen, die von zwei Pferden gezogen wurde.

Ich saß allein in der Kutsche und zitterte, denn es wehte ein scharfer Wind, und ich war sehr müde. Die Straße war voller Furchen und Steine, und die Fahrt war alles andere als angenehm. Es verschaffte mir auch nicht viel Freude, mich dem Ausblick zuzuwenden, den ich durch das Fenster hatte, denn die Nacht war dunkel; das Land war jedenfalls wild und unwirtlich, nicht geschaffen für eine beschauliche Betrachtung. Die einzigen Geräusche waren das Klappern der Hufe und der Räder, das Quietschen der Kutsche und die schrillen, mißtönenden Schreie unsichtbarer Vögel.

»Wir empfangen nur selten Besuch«, hatte Maude geschrieben, und jetzt sagte ich mir: Kein Wunder! In dieser rauhen und — so könnte man sagen — schier unbewohnbaren Gegend, weit weg von der Etikette der kultivierten Gesellschaft, wen sollte man da auch empfangen; oder, was mich anbetraf, von wem sollte man da empfangen werden? Ich seufzte, denn die menschenleere Landschaft und der Gedanke an das, was sich als Urlaub ohne jegliches interessante Ereignis herausstellen könnte, hatten dazu beigetragen, daß ich mich in meiner ohnehin schon ermüdeten Stimmung in eine melancholische Gemütsverfassung einhüllte.

Ich befand mich in dieser Stimmung, als Schloß Sardonicus in mein Blickfeld kam — anfangs noch eine undurchdringliche, gekrümmte Kontur, dann, bei einem momentanen Aufflackern des

Mondlichtes, ein großer, starrender Totenkopf, bei dessen Anblick ich scharf einatmete. Beim Ausatmen mußte ich über mich selbst schmunzeln. »Na, na, Sir Robert«, schalt ich mich innerlich, »es ist schließlich nur ein Schloß, und du bist doch kein albernes kleines Mädchen, das in die Höhe fährt, wenn es einen Schatten sieht, und bei Mitternachtsgeschichten Angst bekommt!«

Das Schloß liegt am Ende einer langen, sich nach oben windenden Bergstraße. Es bietet der Welt einen etwas abweisenden Anblick, denn es hat wenig, was Heiterkeit oder Wärme oder irgendwelche jener Eigenschaften vermuten ließe, die dem Reisenden das sichere Gefühl des Willkommenseins vermitteln würde. Statt dessen verströmt dieses weitläufige steinerne Gebäude eine kalte und abweisende Strenge, eine Ahnung von längst begrabenen alten Rätseln, einen Hauch von mittelalterlichem Moder und Verfall. Nachts, und besonders in den Nächten um Neumond oder wenn der Mond sich hinter Wolken verbirgt, ist es ein verschwommener Fleck am Horizont, nur ein Schatten ohne klare Gestalt, abgesehen von seinem mit vielen Türmen bewehrten Umriß; und wenn der Mond einmal für kurze Zeit seiner wolkigen Gefangenschaft entflieht, verleihen seine flüchtigen Strahlen auch nur wenig Trost, denn sie dienen nur dazu, das Schloß in ein plötzliches, überraschendes Chiaroscuro zu werfen, wobei seine Fenster vorübergehend die Gestalt von selbst unsichtbaren, jedoch alles sehenden Augen annehmen, sein Fallgitter für einen Augenblick zu einem weit aufgerissenen Mund wird, seine ganze Form das körperliche wie geistige Auge wie der Anblick eines gewaltigen Totenschädels trifft.

Aber obwohl das Schloß sich meinem Blick gezeigt hatte, dauerte es noch eine volle Viertelstunde, bis die Kutsche knarrend ihren Weg die abschüssige, gewundene Straße zu dem großen Tor hinauf beendet hatte, das Eindringlingen den Weg in das Anwesen versperrte. Das Tor war aus Schmiedeeisen — es schien schwarz in der dürftigen Beleuchtung — und setzte sich zusammen aus komplizierten Schnörkeln, die, jeder einzelne von ihnen, zu einem riesigen verschlungenen Ornament in der Mitte führten, das in den seltenen Augenblicken, in denen der

Mond durchschimmerte, metallisch herunter zu lächeln schien, das sich aber, als ich meine fünf Sinne zusammennahm, als nichts anderes herausstellte als die vergrößerte Ausgabe jenes anmaßenden Siegels: Ein massives, einzelnes ›S‹. Dahinter, am Ende der zerfurchten Straße, stand das Schloß selbst — dunkel, mit Ausnahme des Lichtscheins in zweien seiner vielen Fenster.

Mein Kutscher und jemand, der sich hinter dem Tor befand, wechselten einige Worte in einer fremden Sprache. Das Tor wurde von innen entriegelt und schwang langsam, mit einem langgezogenen, schriller werdenden Quietschen rostiger Angeln auf; und die Kutsche fuhr hindurch.

Als wir näher kamen, wurde die Tür des Schlosses aufgestoßen, und freundliches Licht ergoß sich über die Auffahrt. Das Fallgitter, das mir bereits vorher aufgefallen war, war offensichtlich ein Überbleibsel aus früheren Tagen und wurde jetzt nicht mehr benutzt. Die Kutsche hielt an, und ich wurde mit großem Ernst von einem Butler begrüßt, den ich als den Boten wiedererkannte, der Maudes Einladung nach London gebracht hatte. Ich gab ihm durch ein Nicken zu verstehen, daß ich ihn wiedererkannt hatte. Er akzeptierte dies und sagte: »Sir Robert, Madame Sardonicus erwartet Sie, und wenn Sie mir folgen wollen, werde ich Sie zu ihr führen.« Der Kutscher nahm sich meiner Tasche an, und ich folgte dem Butler ins Schloß.

Es stammte, so nahm ich an, aus dem zwölften oder dreizehnten Jahrhundert. Rüstungen — unschätzbare Relikte, wie ich feststellte — standen in den weitläufigen Sälen herum; Gobelins hingen an allen Wänden; massive, schwere, reichverzierte Möbel befanden sich überall. Die Mauern bestanden aus Stein, der der Zeit trotzte, aus großen grauen Blöcken. Ich wurde in eine Art Salon geführt, mit bequemen Sesseln, einem Teetisch und einem Spinett. Maude stand auf, um mich zu begrüßen.

»Sir Robert«, sagte sie sanft, ohne zu lächeln. »Wie schön, Sie endlich zu sehen.«

Ich nahm ihre Hand. »Meine Liebe, so sehen wir uns also wieder.«

»Sie sehen gut aus und wohlhabend«, meinte sie.

»Mir geht es gut, aber im Augenblick bin ich ziemlich müde von der Reise.«

Sie ließ mich Platz nehmen und setzte sich ebenfalls, dann meinte sie, daß ein Essen und etwas Wein mich bald wieder auf die Beine bringen würden. »Mr. Sardonicus wird sich uns bald anschließen«, fügte sie hinzu.

Ich sprach von ihrem Aussehen und sagte, daß sie nicht einen Tag älter aussähe als damals, als ich sie zum letztenmal in London gesehen hatte. Das stimmte, was ihr Äußeres anbelangte, denn ihr Gesicht hatte nicht eine einzige Falte, ihre Haut war noch immer genauso frisch wie damals, und ihr prachtvolles kastanienbraunes Haar glänzte noch immer vor Farbe und Gesundheit. Worüber ich jedoch nicht sprach, war die Veränderung in ihrem Wesen. Sie, die ehemals so fröhlich und lebhaft gewesen war, die Freude aller Soiréen, war nun zurückhaltend und abwesend, wirkte ernsthaft, lächelte nicht. Es tat mir leid, dies zu sehen, schrieb es jedoch den sieben Jahren zu, die seit ihrer sorglosen Mädchenzeit vergangen waren, dem Verlust ihrer geliebten Eltern und sogar dem abgeschiedenen Leben, das sie nun hier führte.

»Ich brenne darauf, Ihren Ehemann kennenzulernen«, sagte ich.

»Und er, Sir Robert, brennt ebenfalls darauf, Sie kennenzulernen«, versicherte mir Maude. »Er wird gleich herunterkommen. Erzählen Sie mir doch in der Zwischenzeit, wie es Ihnen in der Welt ergangen ist.«

Ich erzählte — in aller Bescheidenheit, wie ich hoffe — von meinen Erfolgen in dem von mir gewählten Beruf, von dem Adelstitel, den ich von der Krone erhalten hatte; ich beschrieb meine Londoner Wohnung, mein Laboratorium und mein Büro; ich erwähnte gewisse gemeinsame Freunde und erzählte ihr ganz allgemein Neuigkeiten aus dem Londoner Leben, wobei ich besonders vom Theater sprach (denn ich wußte, daß Maude es geliebt hatte) und Mr. Macreadys Abschiedsvorstellung als Macbeth im Haymarket Theater schilderte. Als Maude zum letztenmal in London gewesen war, hatte es Gerüchte gegeben, daß aus dem Covent Garden Theatre ein Opernhaus werden sollte, und ich erzählte ihr, daß jene Pläne durchgeführt worden waren. Ich sprach von der Londoner Premiere von Verdis neuester Oper in Her Majesty's Theatre. Als ich diese Theater und Vorstellungen erwähnte, leuchteten ihre Augen auf, aber sie äußerte sich erst, als ich von der Oper sprach.

»Die Oper!« seufzte sie. »Oh, Sir Robert, wenn Sie nur wüßten, wie sehr ich sie vermisse. Die Aufregung einer Premiere, die Damen und Herren in Gala, die mitreißenden Klänge der Ouvertüre und dann, wenn der Vorhang aufgeht...« Sie brach ab, als schäme sie sich, daß sie sich für einen Augenblick hatte hinreißen lassen. »Aber ich lasse alle Partituren kommen, und es verschafft mir größte Befriedigung, wenn ich sie mir vorspiele und vorsinge. Ich muß die neue Verdi-Oper in Rom bestellen. Sie heißt *Ernani,* sagten Sie?«

Ich nickte und fügte hinzu: »Mit Ihrer Erlaubnis werde ich versuchen, einige der bekannteren Melodien zu spielen.«

»Oh, bitte, Sir Robert, tun Sie das!« sagte sie.

»Sie werden Ihnen vielleicht übermäßig modern und mißtönend erscheinen.« Ich setzte mich ans Spinett und spielte — gerade eben annehmbar, befürchte ich, und improvisierend, wenn ich mich nicht mehr genau an die Noten erinnern konnte — ein Potpourri von Melodien aus dieser Oper.

Sie applaudierte meinem Spiel. Ich drängte sie, ebenfalls zu spielen, denn sie war eine vollendete Klavierspielerin und hatte außerdem eine angenehme Stimme. Sie gab meiner Bitte nach und spielte ein Menuett aus *Don Giovanni* und sang dann das *Voi che sapete* aus *Le Nozze di Figaro.* Als ich über sie gebeugt stand, zusah, wie ihre zarten Hände über die Tasten glitten, ihre reine, klare Stimme hörte, überkamen mich mit einemmal wieder alle meine alten Gefühle, und meine Augen schmerzten ob der ungetrübten Anmut und Tugend dieser Dame. Als sie mich bat, mit ihr das Duett *Là ci darem la mano* zu singen, stimmte ich zu, obwohl meine Stimme nicht einmal durchschnittlich ist. Beim zweiten Singen des Wortes *mano* — Hand — trieb mich eine Laune dazu, ihre linke Hand in die meine zu nehmen. Ihr Spiel wurde dadurch natürlich behindert, und die Musik hinkte ein paar Takte hinterher; ich ließ ihre Hand mit glühendem Gesicht wieder los, und wir beendeten das Duett. Voller Umsicht tadelte sie mich weder für mein Handeln, noch ermutigte sie mich; vielmehr handelte sie so, als hätte ich die unüberlegte Geste nie ausgeführt.

Um meine Verlegenheit zu überspielen, verlegte ich mich nun auf unverbindliches Plaudern, das dazu bestimmt war, jegliche Spannung, die zwischen uns bestehen mochte, aufzuheben; ich sprach von vielen Dingen, zum größten Teil törichten Dingen, und fragte sogar, ob Mr. Sardonicus später noch etwas von der Eifersucht gezeigt hatte, derer sie ihn irrtümlicherweise verdächtigt und von der sie in ihrem Brief berichtet hatte. Darüber mußte sie lachen — und das erhellte den Raum, denn dies war das erstemal, daß ihr Gesicht seinen ernsten Ausdruck verlor; mir fiel auf, daß dies die erste Äußerung menschlicher Fröhlichkeit war, seit ich in die Kutsche gestiegen war — und sie sagte: »O nein! Ganz im Gegenteil, Mr. Sardonicus hat gesagt, daß er sich um so mehr freut, je näher wir uns in den alten Tagen standen.«

Es erschien mir seltsam und grob, daß ein Mann so etwas zu seiner Frau sagen sollte, und so antwortete ich heiter: »Ich hoffe, Mr. Sardonicus hat gelächelt, als er das sagte.«

Sofort verschwand Maudes eigenes Lächeln aus ihrem Gesicht. Sie sah zur Seite und begann, von anderen Dingen zu sprechen. Ich war verblüfft. Hatte ich sie mit meiner unschuldigen Bemerkung verletzt? Das schien unmöglich. Einen Augenblick später jedoch kannte ich den Grund für ihr merkwürdiges Verhalten, denn ein hochgewachsener Herr glitt in den Raum, und ein einziger Blick auf ihn erklärte vieles.

»Sir Robert Cargrave?« fragte er, aber er hatte Schwierigkeiten beim Sprechen, bestimmte Laute — wie zum Beispiel das *b* in Robert und das *v* in Cargrave — konnte er fast nicht aussprechen. Um diese Laute zu formen, muß man die Lippen verwenden, und der Herr, der vor mir stand, war das Opfer irgendeines schrecklichen Leidens, das dazu geführt hatte, daß seine Lippen auf ewig auseinandergezogen waren, so daß seine Zähne in einem fortwährenden, gespenstischen Lächeln freilagen. Es war dasselbe humorlose Grinsen, das ich schon früher einmal gesehen hatte: im Gesicht eines Menschen, der sich im letzten Schmerz der Kiefersperre wand. Wir Mediziner haben einen Namen für diese abstoßende Fratze, einen lateinischen Namen, und als mir das einfiel, schien er noch ein weiteres Geheimnis zu lüften, denn die Bezeichnung, die wir verwenden, um das zwanghafte Grinsen bei Kiefersperre zu beschreiben, lautet: *risus sardonicus.* Eine Blässe, die schon fast phosphoreszierend wirkte, vervollständigte seine erstaunliche Erscheinung.

»Ja«, erwiderte ich und überspielte meinen Schock über den Anblick seines Gesichtes. »Habe ich das Vergnügen, mit Mr. Sardonicus zu sprechen?«

Wir gaben uns die Hand. Nach dem Austausch von Höflichkeiten sagte er. »Ich habe angeordnet, daß das Abendessen in einer Stunde im großen Speisesaal serviert wird. In der Zwischenzeit wird Sie mein Diener zu Ihren Räumen begleiten, denn ich bin mir sicher, daß Sie sich frischmachen wollen nach Ihrer Reise.«

»Das ist sehr freundlich von Ihnen.« Der Diener erschien — ein Mann mit einem ernsten Gesicht, wie der Butler und der Kutscher —, und ich folgte ihm eine lange Steintreppe hinauf. Als ich so hinter ihm herging, dachte ich über die nie lächelnden Gesichter in diesem Schloß nach, und sie waren nicht länger verwunderlich. Denn wer wäre wohl dazu geneigt, unter ein und demselben Dach mit dem zu lächeln, der auf ewig lächeln muß? Auch das spontanste Lächeln würde in der Gegenwart jenes leidenden Gesichtes als Hohn erscheinen. Ich war voller Mitleid für Maudes Ehemann: Von allen Geschöpfen Gottes ist der Mensch allein gesegnet mit der Fähigkeit zu lächeln; aber für den Herrn von Schloß Sardonicus war Gottes Segen zu einem schrecklichen Fluch geworden. Als Arzt mischten sich in mir Mitleid und berufliche Neugierde. Sein Lächeln ähnelte dem *risus* der Kiefersperre, aber Kiefersperre tritt meist bei tödlichen Lähmungen auf, und Mr. Sardonicus war, trotz seines totenschädelartigen Grinsens, recht lebendig. Ich schämte mich für einige meiner früheren kalten Gedanken über diesen Herrn, denn einem so sehr vom Unglück Gezeichneten konnte sicherlich vieles vergeben werden. Welche Bitterkeit mußte in seiner Brust schwären; welche Verzweiflung mußte in seinem Inneren nagen!

Meine Zimmer waren geräumig und ganz sicher so behaglich, wie sie es in diesem düsteren Steingebäude nur sein konnten. Ein heißes Bad wurde eingelassen, für das mein müder und von Staub bedeckter Körper höchst dankbar war. Während ich in dem warmen Wasser lag, begann sich der Appetit angenehm zu regen. Ich freute mich auf das Abendessen. Nach dem Bad legte ich frische Wäsche und Abendkleidung an. Dann verließ ich, nachdem ich für meinen Gastgeber und meine Gastgeberin zwei kleine Geschenke — ein Fläschchen Parfüm für Maude, eine Schachtel Zigarren für ihren Mann — aus meiner Tasche genommen hatte, meine Räume.

Ich war nicht so töricht anzunehmen, daß ich den Weg zum großen Speisesaal ohne Hilfe finden würde; aber da ich früh dran war, beschloß ich, etwas herumzuwandern und die alte Pracht des Schlosses auf mich wirken zu lassen.

Überall hingen Gobelins, auf die das »S« meines Gastgebers gestickt war. Sie waren auffallend neu, ihre Farben kräftig, nicht wie die verblaßte Pracht der anderen Gobelins. Daraus — und aus der Tatsache, daß Mr. Sardonicus keinen Titel trug — schloß ich, daß das Schloß nicht innerhalb der Familie weitervererbt, sondern lediglich von ihm gekauft worden war, wahrscheinlich von einem verarmten Adeligen. Obwohl er keinen Titel hatte, verfügte Mr. Sardonicus ganz augenscheinlich über gewaltigen Reichtum. Ich dachte über dessen Quelle nach, aber meine Überlegungen wurden durch den Klang von Maudes Stimme unterbrochen.

Ich blickte auf. Die akustischen Effekte in alten Schlössern sind oft merkwürdig — sie waren mir schon in unseren englischen Schlössern aufgefallen —, und obwohl ich weder neben irgendeinem Raum noch neben irgendeiner Tür stand, konnte ich hören, wie Maude in betrübtem Tonfall sprach. Ich stand gerade an einem offenen Fenster, das auf eine Art Hof hinunterging. Jenseits des Hofes war noch ein anderes Fenster geöffnet. Ich nahm an, daß dies das Fenster von Maudes Zimmer war; ihre Stimme wurde auf irgendeine Weise zufällig durch die Form des Hofes und die Lage der beiden Fenster verstärkt und herübergetragen. Wenn ich sehr aufmerksam lauschte, konnte ich die meisten ihrer Worte verstehen.

Sie sagte gerade: »Das werde ich nicht. Du kannst das nicht von mir verlangen. Das schickt sich nicht.« Und dann antwortete die Stimme ihres Mannes: »Du sollst und wirst, meine Liebe. In meinem Schloß bin immer noch ich derjenige, der entscheidet, was sich schickt und was nicht. Nicht du.« Es war mir peinlich, diese private Auseinandersetzung über etwas zu belauschen, das offensichtlich ein schmerzliches Thema war, deshalb wollte ich mich gerade vom Fenster zurückziehen, um nichts mehr zu hören, wurde aber dadurch, daß Maude meinen Namen aussprach, zurückgehalten. »Ich habe Sir Robert höflich behandelt«, sagte sie. »Du mußt ihn mehr als höflich behandeln«, erwiderte Mr. Sardonicus. »Du mußt ihn herzlich behandeln. Du mußt in seiner Brust wieder jene Gefühle entfachen, die er in früheren Zeiten für dich gehegt hat . . .«

Ich konnte nicht länger zuhören. Das Gespräch war widerlich. Ich zog mich vom Fenster zurück. Was für ein Wesen war dieser Sardonicus nur, der seine Frau in die Arme eines anderen Mannes trieb? Als Arzt, als Mann, der sich der Aufgabe verschrieben hatte, die Übel der Menschheit zu heilen, hatte ich mich immer bemüht, so viel wie möglich über den Geist des Menschen wie auch über seinen Körper zu lernen. Ich glaubte fest daran, daß Ärzte irgendwann einmal in der Zukunft den Körper über den Geist heilen würden, denn diese *terra incognita* ist es, wo alle Geheimnisse versteckt liegen. Ich wußte, daß die Liebe viele Masken trägt; Masken der Unterwerfung und der Unterdrückung; und noch schrecklichere Masken, die die Natur sich selbst entfremden und »die Wahrheit Gottes in eine Lüge verwandeln«, wie der heilige Paulus schrieb. Es gibt sogar eine Art von Liebe, wenn man sie überhaupt mit diesem hehren Namen bezeichnen kann, die ihr größtes Vergnügen daraus gewinnt, die Geliebte in den Armen eines anderen zu sehen. Dies sind unangenehme Überlegungen, die vielleicht eines Tages von Heilkundigen in ein System gebracht und untersucht werden, über die man aber bis dahin nicht zu lange nachdenken darf, wenn der Geist nicht krank werden und unter der Last des Widerwillens ins Wanken geraten soll.

Mit schwerem Herzen suchte ich einen Diener und bat ihn, mich in den Speisesaal zu bringen. Er war ein ganzes Stück entfernt, und als ich dort ankam, saßen Sardonicus und seine Dame bereits am Tisch und erwarteten mich. Er stand auf und zeigte mit diesem abstoßenden Lächeln auf einen Stuhl; sie stand ebenfalls auf, nahm meinen Arm, redete mich mit »lieber Sir Robert« an und führte mich zu meinem Platz. Ihre Berührung, die mich zu jedem früheren Zeitpunkt beglückt hätte, war nun ganz entschieden nicht nach meinem Geschmack.

Während des ganzen Essens hing eine hohle Fröhlichkeit über dem Tisch. Maudes Lachen erschien mir als leichtfertig und falsch; Sardonicus trank zuviel Wein, und seine Aussprache wurde noch undeutlicher. Es gelang mir, über triviale Themen zu sprechen, wobei ich einige Anekdoten über das Londoner Theater wiederholte, die ich vorher bereits Maude erzählt hatte, und noch einmal Macreadys Interpretation von Macbeth beschrieb.

»Manche Schauspieler«, sagte Sardonicus, »interpretieren den schottischen Stammesführer als ein Wesen, das absolut böse ist, ohne daß sich irgendwelche guten Eigenschaften darunter mischen würden. Solche Interpretationen werden oft von denjenigen kritisiert, die glauben, daß kein menschliches Wesen so erbarmungslos böse sein kann. Stimmen Sie dem zu, Sir Robert?«

»Nein«, sagte ich mit ruhiger Stimme; und dann, wobei ich Sardonicus voll ins Gesicht schaute, fügte ich hinzu: »Ich glaube, daß ein Mensch tatsächlich in der Lage ist, keine einzige Tugend zu besitzen, also ein Dämon in menschlicher Gestalt zu sein.« Schnell begann ich eine Diskussion über den Charakter von Jago, der ein aasendes Vergnügen dabei empfunden habe, seine Mitmenschen zu quälen.

Das Abendessen war, so nehme ich an, erstklassig, und der Wein stammte aus einem erlesenen Jahrgang, aber ich muß gestehen, daß ich nur wenig von dem probierte, was man mir anbot. Am Ende des Essens verließ Maude uns für einige Zeit, und Sardonicus geleitete mich in die Bibliothek, wohin er Brandy bringen ließ. Er öffnete die Zigarrenschachtel, drückte seine Bewunderung und seinen Dank aus und streckte sie mir entgegen. Ich nahm eine, und wir rauchten beide. Wenn er Zigarre rauchte, sah Sardonicus sogar noch grotesker aus: Da er unfähig war, sie zwischen den Lippen zu halten, faßte er sie mit seinen ständig sichtbaren Zähnen und bot dabei ein grausiges Schauspiel. Es wurde Brandy serviert; ich tat mich gütlich daran, auch wenn ich gewöhnlich nicht viel trinke, denn der Brandy schien meiner gedämpften Stimmung nun wohlzutun.

»Sie haben vor einigen Augenblicken das Wort ›aasend‹ benutzt, Sir Robert«, sagte Sardonicus. »Es ist eines jener Wörter, die man so leicht einmal im Gespräch verwendet — man spricht es aus, ohne darüber nachzudenken, was es bedeutet. Aber meiner Meinung nach ist es kein Wort, das man leichthin benutzen sollte. Wenn man es verwendet, sollte man ein festes, unerschütterliches Bild von einem Leichenfledderer vor seinem geistigen Auge haben.«

»Vielleicht hatte ich das auch«, entgegnete ich.

»Vielleicht«, gab er zu. »Vielleicht aber auch nicht. Lassen Sie uns eine genaue Definition des Wortes versuchen.« Er stand auf und ging zu einem der Bücherregale, die entlang den Wänden des Raumes standen. Er griff nach einem großen zweibändigen Lexikon. »Schauen wir mal«, murmelte er. »Wir brauchen Band Zwei, von L bis Z, nicht wahr? Also dann: ›Laben‹ — ein seltsames Wort, was, Sir Robert?‹ sich durch Essen und Trinken erfrischen und beleben‹ — ›Leben‹ . . . ›Lee‹ . . . ›Legierung‹ . . . ›Leiche‹ . . . ach ja, ›Leichenfledderer‹: ›Bei den östlichen Völkern ein imaginäres böses Wesen, das Gräber plündert und sich von Leichen ernährt.‹ Man könnte also fast sagen, daß es sich an Leichen labt?« Sardonicus kicherte in sich hinein. Er kehrte zu seinem Stuhl zurück und goß sich Brandy nach. »Als Sie Jagos Handlungen als ›aasend‹ bezeichnet haben«, fuhr er fort, »haben Sie ihn sich da als Angehörigen eines östlichen Volkes vorgestellt? Oder als imaginäres Wesen gegenüber der Realität von Othello und Desdemona? Und wollten Sie wirklich ernsthaft behaupten, daß es seine Gewohnheit war, Gräber zu plündern und sich dann über die ekelerregende Nahrung herzumachen, die er darin fand?«

»Ich habe das Wort im übertragenen Sinn verwendet«, antwortete ich.

»Aha«, meinte Sardonicus. »Das liegt daran, daß Sie Engländer sind und nicht an Leichenfledderer glauben. Wären Sie Mitteleuropäer, wie ich es bin, würden Sie an ihre Existenz glauben und kämen gar nicht in Versuchung, das Wort anders als in seinem eigentlichen Sinne zu verwenden. In meinem Land — ich bin in Polen geboren — verstehen wir solche Dinge. Ich habe zum Beispiel selbst einen Leichenfledderer gekannt.« Er hielt einen Moment inne, sah mich an und meinte dann: »Die Engländer sind so blasiert. Nichts schockiert Sie. Ich sitze hier und teile Ihnen eine Angelegenheit von entsetzlicher Bedeutung mit, und Sie zucken nicht einmal mit der Wimper. Kann das daher kommen, daß Sie mir nicht glauben?«

»Es wäre flegelhaft, an dem Wort meines Gastgebers zu zweifeln«, antwortete ich.

»Und ein Engländer darf vieles sein, aber niemals ein Flegel, nicht wahr, Sir Robert? Lassen Sie mich nachdenken, mein Freund, und dann lassen Sie mich Ihnen von Leichenfledderern erzählen – die übrigens keineswegs imaginär sind, wie uns dieses dumme Lexikon glauben machen will, und nicht nur in den östlichen Völkern auftauchen. Sie ernähren sich auch nicht notwendigerweise von Aas, obwohl sie sich für den ekelerregenden Inhalt von Gräbern interessieren, sogar *sehr* interessieren. Lassen Sie mich eine Geschichte aus meinem Land erzählen, Sir Robert, eine Geschichte, nach der Sie – wenn ich auch nur ein wenig Geschick als Geschichtenerzähler habe – fest an Leichenfledderer glauben werden. Das wird Sie unterhalten – das hoffe ich jedenfalls –, aber ich hoffe auch, daß Sie etwas dazulernen. Sie werden zum Beispiel lernen, wie tief ein Mensch sinken kann, wie wahrhaft *ungeheuerlich* ein Mensch werden kann. Sie müssen in Gedanken einige Jahre zurückgehen und sich in eine ländliche Gegend meiner Heimat versetzen. Sie müssen sich bekannt machen mit einer Familie auf dem Lande – hart arbeitend, gesetzestreu, gottesfürchtig, mit bescheidenen Mitteln –, deren Oberhaupt ein einfacher, tugendhafter Mann namens Tadeusz Boleslawski war. Er war ausgeglichen, allen Menschen gegenüber freundlich und der liebende Ehemann einer treu ergebenen Frau und der Vater von fünf kräftigen Jungen. Er war außerdem ein strenggläubiger Christ, der den Namen des Herrn selten ohne Grund im Munde führte. Die stark geschminkten Frauen, die ihrem Gewerbe in gewissen erstklassigen Häusern der nächsten größeren Stadt, Warschau, nachgingen, besaßen keinerlei Anziehungskraft für ihn, obwohl mehrere seiner männlichen Nachbarn solchen Lockungen bei ihren Besuchen in der Metropole mit schöner Regelmäßigkeit erlagen. Er trank auch nicht übermäßig: ein Glas Bier zum Abendessen, auch einmal einen Schluck Wein zu besonderen Anlässen. Nein: Schnaps, Fluchen, Frauen auf die Schnelle — das waren nicht die Schwächen von Tadeusz Boleslawski. Seine Schwäche war das Spiel.

Er pflegte jeden Monat nach Warschau zu fahren, um seine Erzeugnisse auf den Märkten zu verkaufen und zu kaufen, was zu Hause gebraucht wurde. Während seine Kameraden die Spelunken und Bordelle aufsuchten, pflegte sich Tadeusz ausschließlich mit geschäftlichen Angelegenheiten abzugeben — er kam nur in einer Hinsicht etwas vom rechten Pfade ab. Er kaufte gewöhnlich ein Lotterielos, verstaute es sicher in einer kleinen, engen Tasche seiner besten Weste — die er nur sonntags und bei seinen Fahrten in die Stadt trug — verdrängte dies dann völlig aus seinem Gedächtnis bis zum folgenden Monat, wo er es, sobald er in der Stadt ankam, aus der Tasche zog und die Gewinnerliste genau durchging. Dann, nachdem er die Liste nach immer demselben System in Stücke gerissen hatte (denn Tadeusz erlebte nie einen Lotteriegewinn), pflegte er ein neues Los zu kaufen.

Dies war zum Ritual für ihn geworden; er huldigte ihm jeden Monat, nun schon seit dreiundzwanzig Jahren, und die Tatsache, daß er nie gewann, entmutigte ihn nicht. Seine Frau wußte um diese Gewohnheit, aber da dies die einzige Schwäche des tugendhaften Mannes war, sagte sie nie etwas darüber.«

Ich hörte, wie draußen der Wind jammernd heulte. Ich nahm noch etwas Brandy, als Sardonicus fortfuhr:

»Jahre vergingen; drei der fünf Söhne heirateten; zwei (Henryk und Marek, der jüngste) wohnten noch bei den Eltern, als Tadeusz — der sich immer einer robusten Gesundheit erfreut hatte — eines Tages auf den Feldern zusammenbrach und starb. Ich werde Ihnen eine Beschreibung der Familientrauer ersparen; wie die verheirateten Söhne mit ihren Frauen zurückkehrten, um dem Leichenbegängnis beizuwohnen; das Begräbnis in dem kleinen Friedhof jener Gemeinde. Der gute Mann hatte nur wenige Habseligkeiten hinterlassen, aber das wenige wurde gemäß seinem schriftlichen Testament aufgeteilt unter die Hinterbliebenen, wobei der Löwenanteil natürlich an den ältesten Sohn fiel. Obwohl dies so Sitte war, konnten die anderen Söhne nicht umhin, etwas verstimmt hierauf zu reagieren, aber sie verhielten sich im großen und ganzen still, besonders der jüngste, Marek, der vielleicht liebenswürdigste von ihnen, ein Bursche, der von Natur aus ruhig und daran interessiert war, sein Los durch das Wissen zu verbessern, das er in Büchern fand.

Stellen Sie sich das Erstaunen der Witwe vor, Sir, als sie, ganze drei Wochen nach der Beerdigung ihres Mannes, von Leuten, die aus Warschau zurückgekehrt waren, die Nachricht erhielt, daß das Lotterielos, das Tadeusz gekauft hatte, nun als Gewinner gezogen worden war. Das war natürlich eine bemerkenswerte Ironie des Schicksals, aber die Umstände waren schwierig geworden für die arme Frau, und würden jetzt nach dem Tode ihres Mannes noch schwieriger werden, und so hatte sie keine Zeit, über jene Ironie nachzudenken. Sie machte sich daran, die Habseligkeiten ihres Mannes nach dem Lotterielos zu durchsuchen. Schubladen wurden auf den Boden geleert; Kisten und Schränke durchwühlt; die Familienbibel ausgeschüttelt; vor Jahren hatte Tadeusz die Gewohnheit gehabt, Geld vorübergehend unter einem losen Dielenbrett im Schlafzimmer zu verstecken — dieser Hohlraum wurde gründlich, aber vergeblich erforscht. Man schickte nach den Söhnen: Lag das Los etwa unter den wenigen persönlichen Gegenständen, die ihnen vermacht worden waren? In der Schnupftabakdose? In irgendeinem Kleidungsstück?

Und hier, Sir Robert, sprang der älteste Sohn auf. ›Ein Kleidungsstück!‹ rief er aus. ›Vater hat in der Stadt immer seine Sonntagsweste getragen, wenn er seine Lotterielose kaufte — genau die Weste, in der er begraben worden ist!‹

›Ja, ja!‹ riefen die anderen Söhne im Chor, außer Marek, und man begann, Pläne zu schmieden für die Exhumierung des Toten. Aber die Witwe sagte mit Bestimmtheit: ›Euer Vater ruht in Frieden. Er darf nicht gestört werden. Keine noch so große Menge Gold könnte unser Gewissen beruhigen, wenn wir ihn stören würden.‹ Die Söhne protestierten heftig, aber die Witwe ließ sich nicht beirren. ›Keiner von meinen Söhnen wird das Grab seines Vaters entweihen — es sei denn, er bringt zuerst seine Mutter um!‹ Murrend ließen die Söhne von ihren Plänen ab. Aber in jener Nacht wachte Marek auf und stellte fest, daß seine

Mutter das Haus verlassen hatte. Er machte sich Sorgen, denn das war ganz und gar untypisch für sie. Eine Eingebung trieb ihn zum Friedhof, wo er sie fand, wie sie einsame Nachtwache vor dem Grab ihres Mannes hielt und ihn vor der Gier von Grabräubern beschützte. Marek flehte sie an, aus der Kälte zu gehen, nach Hause zurückzukommen; zuerst weigerte sie sich; erst als Marek sich erbot, selbst die ganze Nacht Wache zu halten, ließ sie sich erweichen und ging nach Hause und ließ ihren jüngsten Sohn zurück, um das Grab vor einer Entweihung zu schützen.

Marek wartete eine volle Stunde. Dann zog er unter seinem Hemd eine kleine Schaufel hervor. Er war ein kräftiger Junge, und die Gier eines jüngsten Sohnes, der der Erbschaft beraubt worden war, verlieh seinen Armen zusätzliche Kraft. Er grub unermüdlich, hielt selten inne, um eine Pause zu machen, bis der Sarg schließlich freigelegt war. Er hob den knarrenden Dekkel. Übermächtiger Gestank stieg ihm in die Nase und ließ ihn fast in Ohnmacht fallen. Er nahm seinen ganzen Mut zusammen und durchsuchte die Taschen der vermodernden Weste.

Der Mond stürzte ihn ins Verderben, Sir Robert. Denn plötzlich trafen seine Strahlen, die bis dahin verborgen gewesen waren, auf das Gesicht seines Vaters, und beim Anblick dieses Gesichts schreckte der Junge zurück und taumelte gegen die Wand des Grabes, nach Atem ringend. Nun, Sie müssen wissen, daß er sich gegen den bloßen Anblick seines Vaters — sogar in einem fortgeschrittenen Stadium der Verwesung — gewappnet hatte, aber was er *nicht* vorhergesehen hatte . . .«

Hier beugte sich Sardonicus nahe zu mir herüber, und sein blasser, grinsender Kopf nahm mein ganzes Blickfeld ein. »Was er nicht vorhergesehen hatte, mein lieber Herr, war, daß das Gesicht des Vaters ihn in der Leichenstarre direkt und grausig anstarren würde.« Die Stimme von Sardonicus wurde zu einem schlangenartigen Zischen. »Und, Sir Robert«, fügte er hinzu, »was am schrecklichsten und unerwartetsten vor allem war, die toten Lippen waren über die Zähne zurückgezogen in einem ewigen, die Seele erschütternden Lächeln!«

Ich weiß nicht, ob es daran lag, daß seine Geschichte so gespenstisch war oder daß ich sein grausiges Gesicht so nahe bei meinem sah, oder daß draußen so ein unbehaglich scharfer

Wind wehte oder daran, daß ich soviel Brandy getrunken hatte oder an allem zusammen; aber als Sardonicus jene letzten Worte sprach, wurde mein Herz von einer kalten Hand gepackt, und einen Augenblick — einen langen Augenblick, der aus dem Gewebe der Zeit gerissen war — war ich ohne Zweifel und jeder Logik zum Trotz davon überzeugt, daß das Gesicht, in das ich jetzt blickte, das Gesicht jenes Kadavers war, durch dunkle Künste wiedererweckt, um unter den Lebenden umzugehen, tot und zugleich nicht tot.

Der Moment des Schreckens ging schließlich vorüber, und die Vernunft siegte. Sardonicus, der von seiner Geschichte selbst sehr aufgewühlt war, lehnte sich zitternd in seinen Sessel zurück. Nach nicht allzu langer Zeit sprach er weiter:

»Die Erinnerung an jene Nacht, Sir Robert, erfüllt mich, obwohl sie nun schon viele Jahre her ist, immer noch mit Grauen. Sie werden das verstehen können, wenn ich Ihnen sage, was Sie vielleicht ohnehin schon erraten haben — daß *ich* jener Sohn Marek, der Leichenfledderer, bin.«

Das hatte ich nicht erraten; da ich ihm aber nicht sagen wollte, daß ich einen Augenblick lang geglaubt hatte, er sei der tote Vater, sagte ich nichts.

»Als ich wieder zur Besinnung kam«, sagte Sardonicus, »kletterte ich aus dem Grab und rannte, so schnell mich meine Beine trugen. Ich hatte das Friedhofstor erreicht, als mir plötzlich bewußt wurde, daß ich meine Mission nicht erfüllt hatte — das Lotterielos befand sich noch immer in der Tasche meines Vaters!«

»Aber sicherlich . . .«, hob ich an.

»Sicherlich ignorierte ich diese Tatsache und lief weiter? Nein, Sir Robert. Trotz meines Schreckens blieb ich stehen und zwang mich dazu, jenen Weg, den ich so hastig gerannt war, wieder zurückzugehen. Trotz meiner Angst stieg ich noch einmal in dieses stinkende Grab. Trotz meines Ekels griff ich in die vermodernde Westentasche meines Vaters und zog das Los heraus! Ich muß wohl kaum hinzufügen, daß ich diesmal meine Augen von seinem Gesicht abwandte.

Aber das Schreckliche war noch nicht vorbei. Es hatte vielmehr erst begonnen. Ich kam zu später Stunde zu Hause an, und meine Familie schlief. Ich war dankbar dafür, denn meine Kleidung war bedeckt mit Erde, und ich zitterte noch immer nach meinem furchtbaren Erlebnis. Ich goß Wasser in das Becken und wollte mir gerade den Friedhofsschmutz von Gesicht und Händen waschen. Während ich meine Waschungen vollzog, blickte ich auf in den Spiegel *und schrie so laut, daß ich das ganze Haus aufweckte!*

Mein Gesicht war so, wie Sie es jetzt vor sich sehen, ein Ebenbild desjenigen meines Vaters: die Lippen zurückgezogen in einem ewigen, höhnischen Grinsen. Ich versuchte, den Mund zu schließen. Es gelang mir nicht. Die Muskeln ließen sich nicht bewegen, waren wie in eisiger Totenstarre. Ich konnte hören, wie meine Familie sich bei meinem Schrei regte, und da ich nicht wollte, daß sie mich sah, rannte ich aus dem Haus — Sir Robert, um nie wiederzukehren.

Als ich auf den Landstraßen dahinwanderte, suchte mein Verstand nach der Ursache des Leidens, das mir auferlegt worden war. Obwohl ich nur ein Junge vom Land war, hatte ich viel gelesen, war aufgeschlossen für alles und vernünftig und außerdem nicht anfällig für die volkstümlichen und naiven Erklärungen des Übernatürlichen. Ich wollte nicht glauben, daß Gott seinen Fluch auf mich geladen hatte, um mich für meine Tat zu bestrafen. Ich wollte nicht glauben, daß irgendeine schwarze Macht von jenseits des Grabes meinem Gesicht seinen Stempel aufgedrückt hatte. Schließlich begann ich zu glauben, daß es der gewaltige Schock gewesen war, der mein Gesicht in den jetzigen Zustand gezwungen hatte, und daß mein großes Schuldgefühl dazu beigetragen hatte, es so zu formen, wie das Gesicht meines toten Vaters geformt war. Schock und Schuld: starke Mächte nicht von Gott oben oder dem Teufel unten, sondern in meiner eigenen Brust, meinem eigenen Gehirn, meiner eigenen Seele.

Lassen Sie mich diese Geschichte zu einem schnellen Ende führen, Sir Robert. Sie müssen nur wissen, daß ich das Lotterielos trotz meines entstellten Gesichtes einlöste und eine Summe Geldes erhielt, die Ihnen nicht als groß erscheinen wird, die jedoch größer als jede Summe war, die ich bis dahin gesehen hatte. Sie war der Drehpunkt, von dem aus ich den Hebel betätigte, der mich mit Hilfe umsichtiger Spekulationen zu einem der reichsten Männer in Mitteleuropa machen sollte. Natürlich machte ich Ärzte ausfindig und flehte sie an, meinem Gesicht wieder die ursprüngliche Form zu verleihen. Es gelang keinem, obwohl ich gewaltige Summen bot. Mein Gesicht behielt dieses abscheuliche, immerwährende Lächeln, und meinem Herzen widerfuhr die tiefste Verzweiflung, die man sich vorstellen kann. Ich konnte nicht einmal meinen eigenen Namen aussprechen! Eine schreckliche Ironie wollte es so, daß es meinen erstarrten Lippen unmöglich war, die Anfangsbuchstaben meines Vor- und Zunamens auszusprechen. Dies schien die äußerste Erniedrigung zu sein, die es gab. Ich gebe zu, daß ich mich in dieser Zeit gefährlich nahe am Rande der Selbstzerstörung befand. Aber der Selbsterhaltungstrieb war stärker. Ich änderte meinen Namen. Ich hatte vom *Risus sardonicus* gelesen, und meinem verbitterten Geist gefiel, wie schrecklich zutreffend diese Bezeichnung war, und so wurde ich Sardonicus — ein Name, den ich ohne Schwierigkeiten aussprechen kann.«

Sardonicus machte eine Pause und nippte an seinem Brandy. »Sie fragen sich wahrscheinlich«, meinte er dann, »inwiefern meine Geschichte Sie etwas angeht.«

Ich konnte es mir denken, aber ich sagte: »Das tue ich.«

»Sir Robert«, sagte er, »Sie sind in der ganzen medizinischen Fachwelt bekannt. Die meisten Laien haben vielleicht noch nicht von Ihnen gehört; aber ein Laie wie ich, ein Laie, der die medizinischen Zeitschriften begierig liest, um nur ja keine Nachricht über irgendwelche neuen Entdeckungen auf dem Gebiet der Heilung von Muskellähmungen zu versäumen, hat immer wieder von Ihnen gehört. Ihre Forschungen zu diesem Leiden haben Ihnen hohes berufliches Ansehen verschafft; sie haben Ihnen sogar einen Adelstitel eingebracht. Ich habe schon seit langer Zeit vorgehabt, nach London zu fahren und Sie ausfindig zu machen. Ich habe viele Ärzte aufgesucht, angesehene Männer — Keller in Berlin, Morignac in Paris, Buonagente in Mailand —, und keiner hat mir helfen können. Ich war völlig verzweifelt. Das hat mich davon abgehalten, die lange Reise nach England zu unternehmen. Aber als ich hörte — welch unvergleichlicher Zufall! —, daß meine eigene Frau mit Ihnen bekannt gewesen ist, schöpfte ich Mut. Sir Robert, ich flehe Sie an, mich zu heilen, diesen Fluch von mir zu nehmen, mich wieder wie einen Menschen aussehen zu lassen, so daß ich wieder im Licht der Sonne umhergehen kann, unter meinen Mitmenschen, wie einer von ihnen — nicht mehr wie ein gräßlicher Wasserspeier, den man meidet und fürchtet und über den man sich lustig macht. Sie können, *werden* mich nicht abweisen?«

Meine Gefühle gegenüber Sardonicus, pendelähnlich, schlugen wieder zu seinen Gunsten aus. Seine Geschichte, seine Lage, hatten mir fast das Herz zerrissen, und ich kehrte zu meiner früheren Meinung zurück, daß so einem Manne vieles vergeben werden müsse. Die seltsame Unterhaltung zwischen Maude und ihm, die ich belauscht hatte, war vorübergehend vergessen. Ich sagte: »Ich werde Sie untersuchen, Mr. Sardonicus. Sie hatten recht, mich zu bitten. Wir dürfen die Hoffnung niemals aufgeben.«

Er drückte die Hände fest zusammen. »Ah, Sir! Seien Sie für immer gesegnet!«

Ich untersuchte ihn auf der Stelle. Auch wenn ich ihm das nicht sagte, so hatte ich doch noch nie so starre Muskeln gesehen wie jene in seinem Gesicht. Sie waren nur mit Stein zu vergleichen, so unbeweglich waren sie. Dennoch sagte ich: »Morgen fangen wir mit der Behandlung an. Wärme und Massage.«

»Das hat man schon versucht«, sagte er ohne Hoffnung.

»Massage ist je nach den Händen verschieden«, antwortete ich. »Ich habe so manchen Erfolg mit meinen speziellen Techniken erzielt, haben Sie also Vertrauen. Seien Sie guten Mutes, Sir, und teilen Sie meinen Glauben.«

Er ergriff meine Hand mit der seinen. »Das tue ich«, sagte er. »Ich muß es. Denn wenn Sie — wenn sogar *Sie,* Sir Robert Cargrave, mich im Stich lassen...« Er führte den Satz nicht zu Ende, aber seine Augen nahmen einen so bitteren Ausdruck an, so voller Haß, so merkwürdig kalt und gleichzeitig lodernd, daß sie in jener Nacht noch durch meine Träume geisterten.

Ich schlief nicht gut, wachte oft auf in einem Fieber, das vom Trinken und den aufgewühlten Emotionen herrührte. Als die ersten Strahlen des Morgenlichts auf mein Kopfkissen fielen, stand ich wenig erfrischt auf. Nach einer kalten Wäsche und einem leichten Frühstück in meinem Zimmer ging ich zum Salon hinunter, aus dem Musik drang. Maude war bereits dort und spielte ein hübsches kleines Stück auf dem Spinett. Sie blickte auf und begrüßte mich. »Guten Morgen, Sir Robert. Kennen Sie die Musik von Gottschalk? Er ist ein amerikanischer Pianist. Ich spiele gerade *Maiden's Blush* von ihm. Reizend, nicht wahr?«

»Ganz reizend«, antwortete ich pflichtschuldig, obwohl ich nicht in der Stimmung für gezierte Politesse war.

Maude beendete das Stück und schloß das Notenheft. Sie wandte sich mir zu und sagte in ernstem Tonfall: „Ich habe gehört, was Sie für meinen armen Mann tun werden, Sir Robert. Ich kann meine Dankbarkeit kaum ausdrücken.«

»Das ist auch nicht nötig«, versicherte ich ihr. »Als Arzt — wie auch als Ihr Freund — ist das das Geringste, was ich tun kann. Hoffentlich verstehen Sie jedoch, daß die Heilung nicht sicher ist. Ich werde es versuchen, und ich werde bis an die Grenzen meiner Fähigkeiten gehen, aber darüber hinaus kann ich nichts versprechen.«

Ihre Augen flehten mich an: »Oh, heilen Sie ihn, Sir Robert! Ich bitte Sie darum!«

»Ich verstehe Ihre Gefühle, meine Liebe«, sagte ich. »Es ist nur billig, daß Sie sich seine Wiederherstellung sehnlich wünschen; eine hingebungsvolle Frau könnte gar nicht anders empfinden.«

»Oh, Sir«, sagte sie, und nun klang eine gewisse Schärfe in ihrer Stimme mit, »Sie verstehen mich falsch. Meine brennende Hoffnung entspringt purer Selbstsucht.«

»Wie ist das möglich?« fragte ich.

»Wenn es Ihnen nicht gelingt, ihn zu heilen«, teilte sie mir mit, »werde ich leiden.«

»Ich versteh das, aber...«

»Nein, Sie verstehen nicht«, sagte sie. »Aber ich kann Ihnen nicht viel mehr erzählen, ohne Sie zu verletzen. Manches bleibt besser ungesagt. Es soll ausreichen, wenn ich Ihnen mitteile, daß mein Ehemann beabsichtigt, Ihnen mit meiner Bestrafung zu drohen, um Sie zur äußersten Anstrengung zu treiben, an die Grenzen Ihrer Fähigkeiten, wie Sie soeben gesagt haben.«

»Das ist ungeheuerlich!« rief ich aus. »Ich kann das nicht dulden. Aber wie, bitte, sollte er es wagen, Sie zu bestrafen? Er würde Sie doch sicher nicht schlagen?«

»Ich wünschte, er würde sich damit zufrieden geben, mich nur zu schlagen«, stöhnte sie, »aber er hat sich in seiner Schlauheit eine schlimmere Folter ausgedacht. Nein, er droht mir — und Ihnen durch mich — mit einer weit schlimmeren Bestrafung; einer Bestrafung (glauben Sie mir!), die den normalen Empfindungen so abscheulich, so absolut niederträchtig und entartet vorkommen wird, daß mein Verstand davor zurückschreckt, darüber nachzudenken. Ersparen Sie mir weitere Fragen, Sir, ich flehe Sie an; denn das zu beschreiben, würde mich in einen Abgrund der Erniedrigung und Scham stürzen!«

Sie brach in Schluchzen aus, und Tränen liefen ihre Wangen hinunter. Ich war nicht mehr länger in der Lage, meine zärtlichen Gefühle für sie zu zügeln, und eilte ihr zur Seite und nahm ihre Hände in die meinen. »Maude«, sagte ich, »darf ich dich so nennen? In der Vergangenheit habe ich dich immer nur mit Miss Randall angeredet; jetzt darf ich dich nur Madame Sardonicus nennen; aber in meinem Herzen — damals wie heute — bist du einfach Maude, meine liebe Maude, bist es immer gewesen und wirst es immer sein!«

»Robert«, seufzte sie, »liebster Robert. ich habe mich die ganzen langen Jahre danach gesehnt, meinen Vornamen aus deinem Munde zu hören.«

»Die Zuneigung, die wir füreinander empfinden«, sagte ich, »darf, auf meine Ehre, niemals ihre Erfüllung finden. Aber — vertrau mir, liebste Maude! — ich werde dich aus der Tyrannei dieser Kreatur befreien: Das schwöre ich dir!«

»Ich habe keine Hoffnung«, sagte sie, »außer auf dich. Ob ich so weiterleben kann wie bisher oder mich unaussprechlichem Grauen aussetzen muß, hängt von dir ab. Mein Schicksal liegt in deinen Händen — diesen starken, heilenden Händen, Robert.« Ihre Stimme senkte sich zu einem Flüstern: »Laß mich nicht im Stich! Oh, laß mich nicht im Stich!«

»Versuch, deiner Angst Herr zu werden«, sagte ich. »Geh zu deiner Musik zurück. Sei guten Mutes; oder, wenn du das nicht kannst, tu wenigstens so. Ich gehe jetzt und behandle deinen Mann und werde ihn auch mit dem konfrontieren, was du mir gerade erzählt hast.«

»Tu das nicht!« rief sie. »Tu das nicht, ich flehe dich an, Robert; damit er nicht, wenn du keinen Erfolg haben solltest, die Qualen, in die er mich stürzen wird, noch auf schreckliche Weise verfeinert!«

»Also gut«, sagte ich. »Ich werde ihm nichts davon sagen. Aber ich brenne darauf, zu erfahren, wie die Folter aussieht, vor der du Angst hast.«

»Frag nicht weiter, Robert«, sagte sie und wandte sich ab. »Geh zu meinem Mann. Heile ihn. Dann werde ich nicht länger Angst haben müssen vor dieser Folter.«

Ich drückte ihre liebe Hand und verließ den Salon.

Sardonicus erwartete mich in seinen Gemächern. Dorthin hatten die Diener auf meine Anweisung hin ganze Mengen heißen Wassers und stapelweise Handtücher gebracht. Sardonicus saß mit nacktem Oberkörper da, und so wurde sein starker, muskulöser Rumpf, der aber von derselben nahezu phosphoreszierenden Blässe wie sein Gesicht war, sichtbar. Das war, wie mir nun klar wurde, die Blässe eines Menschen, der das Tageslicht schon seit Jahren mied. »Wie Sie sehen, Sir«, begrüßte er mich, »bin ich bereit für Ihre Dienste.«

Ich bat ihn, sich auf der Couch zurückzulegen und begann mit der Behandlung.

Niemals zuvor hatte ich so lange mit so wenig Erfolg gearbeitet. Nach abwechselnder Anwendung von Wärme und Massage über eine Zeitdauer von dreieinviertel Stunden hatte ich keinen Fortschritt erzielt. Die Muskeln seines Gesichtes waren noch immer starr wie Marmor; sie hatten sich keinen Augenblick gelockert. Ich war todmüde. Er ließ einen Imbiß in seine Gemächer bringen, und nach einer kurzen Pause begann ich von neuem. Die Uhr schlug sechs, als ich schließlich in einen Sessel sank, zitternd vor Erschöpfung und Anstrengung. Sein Gesicht war genauso wie zuvor.

»Was bleibt noch zu tun, Sir?« fragte er mich.

»Ich will ihnen nichts vormachen«, sagte ich. »Es liegt nicht in meiner Fähigkeit, Ihren Zustand zu verbessern. Ich kann nicht mehr tun.«

Er erhob sich schnell von der Couch. »Sie *müssen* mehr tun!« kreischte er. »Sie sind meine letzte Hoffnung!

»Sir«, sagte ich, »in der Medizin werden immer wieder neue

Endeckungen gemacht. Vertrauen Sie auf den, der Sie geschaffen hat.«

»Hören Sie sofort mit diesem abscheulichen Blödsinn auf!« fuhr er mich an. »Ihre winselnde Sentimentalität macht mich ganz krank! Fangen Sie wieder mit der Behandlung an!«

Ich weigerte mich. »Ich habe mein ganzes Wissen, mein ganzes Können auf Ihr Leiden angewandt«, versicherte ich ihm. »Wieder mit der Behandlung anzufangen, wäre müßig und töricht, denn — das haben Sie selbst erkannt — Ihr Zustand ist das Produkt Ihres eigenen Geistes.«

»Beim gestrigen Abendessen«, entgegnete Sardonicus, »sprachen wir von Macbeth's Charakter. Erinnern Sie sich nicht an die Worte, die er an *seinen* Arzt richtete?

Kannst nichts ersinnen für ein krank Gemüt?
Tief wurzelnd leid aus dem Gedächtnis reuten?
Die Qualen löschen, die ins Hirn geschrieben
Und mit Vergessens süßem Gegengift
Die Brust entled'gen jener gift'gen Last,
Die schwer das Herz bedrückt?«

»Ich erinnere mich daran«, sagte ich; »und ich erinnere mich auch an die Antwort des Arztes: ›Hier muß der Kranke selbst das Mittel finden.‹« Ich stand auf und ging zur Tür.

»Einen Augenblick, Sir Robert«, sagte er. Ich drehte mich um. »Verzeihen Sie meinen übereilten Ausbruch gerade eben. Trotzdem, trotz der psychischen Natur meines Leidens, und obwohl diese Art der Behandlung fehlgeschlagen ist: Es gibt doch sicher noch andere Arten der Behandlung?«

»Keine«, sagte ich, »die ausreichend erprobt wären. Keine, deren Anwendung ich an einem menschlichen Körper wagen würde.«

»Ah!« rief er aus. »Dann *gibt* es also andere Arten der Behandlung!«

Ich zuckte die Achseln. »Vergessen Sie das, Sir. Sie stehen Ihnen im Moment nicht zur Verfügung.« Ich hatte Mitleid mit ihm, und ich fügte hinzu: »Es tut mir leid.«

»Doktor!« sagte er. »Ich flehe Sie an, wenden Sie an, was es immer an Behandlungsmethoden gibt, und seien sie noch so unerprobt!«

»Sie stecken voller Gefahren«, sagte ich.

»Gefahren?« Er lachte. »Was für Gefahren? Die Gefahr der Entstellung? Gewiß war noch niemals ein Mensch so entstellt wie ich! Die Gefahr des Todes? Ich bin bereit, mein Leben aufs Spiel zu setzen!«

»Ich bin aber nicht bereit, Ihr Leben aufs Spiel zu setzen«, sagte ich. »Jedes Leben ist wertvoll. Sogar Ihres.«

»Sir Robert, ich zahle Ihnen tausend Pfund.«

»Das ist keine Frage des Geldes.«

»Fünftausend Pfund, Sir Robert, zehntausend!«

»Nein.«

Er sank auf die Couch. »Also gut«, sagte er. »Dann werde ich Ihnen den äußersten Anreiz bieten.«

»Und selbst wenn es eine Million Pfund wären«, sagte ich, »könnten Sie mich nicht umstimmen.«

»Der Anreiz, von dem ich spreche«, sagte er, »ist nicht Geld. Wollen Sie mir zuhören?«

Ich setzte mich. »Sprechen Sie, Sir«, sagte ich, »wenn Sie es so wollen. Aber nichts wird mich dazu bringen, eine Behandlung durchzuführen, die Sie das Leben kosten könnte.«

»Sir Robert«, sagte er nach einer Pause, »gestern abend, als ich heruntergekommen bin, um Sie kennenzulernen, habe ich heitere Geräusche aus dem Salon gehört. Sie sangen gerade eine reizende Melodie zusammen mit meiner Frau. Später konnte mir einfach nicht entgehen, wie Sie sie ansahen . . .«

»Meine Blicke wurden nicht erwidert, Sir«, erklärte ich, »und hiermit biete ich Ihnen die unterwürfigste Entschuldigung für mein ungehöriges Benehmen an.«

»Sie verstehen mich falsch«, sagte er. »Sie gehören zu ihren Freunden, noch aus den alten Tagen in London; zu dieser Zeit haben Sie eine brennende Zuneigung für sie empfunden, möchte ich fast annehmen. Das überrascht mich nicht: Denn sie ist eine Dame, deren Gesicht und Gestalt sinnliche Vergnügungen versprechen, und dennoch eine Dame, deren Benehmen von höchster Schicklichkeit und Korrektheit ist. Ich würde des weiteren vermuten: Daß Ihre Leidenschaft über die Jahre nicht geringer geworden ist; daß die Glut sich bei ihrem Anblick entflammt hat. Nein, Sir, hören Sie mir bis zum Ende zu. Was würden Sie sagen, Sir Robert, wenn ich Ihnen mitteilen würde — daß Sie diese Flamme löschen können?«

Ich runzelte die Stirn. »Was meinen Sie, Sir?«

»Muß ich noch deutlicher werden? Ich biete Ihnen die Gelegenheit, die Liebe zu erfüllen, die in Ihrem Herzen brennt. Sie in einer einzigen Nacht zu erfüllen, wenn Ihnen das genügt, oder über längere Zeit hinweg: Wochen, Monate; ein Jahr, wenn Sie wollen; so lange Sie das Bedürfnis haben.«

»Schuft!« brüllte ich und sprang auf. Er beachtete mich nicht, sondern sprach weiter: ». . . Als mein Gast, Sir Robert! Ich biete Ihnen ein orientalisches Paradies unbegrenzter Verzückungen!« Er lachte und begann dann eine Aufzählung der vortrefflichen Eigenschaften seiner Frau. »Denken Sie an jenen Busen wie Alabaster, der seinesgleichen sucht, der mit dem Rot der Rose durchtränkt ist, an jene geschmeidigen weißen Glieder.«

»Genug!« rief ich. »Ich will nichts mehr hören von Ihren Obszönitäten.« Ich schritt zur Tür.

»Doch, Sir Robert, Sie werden«, sagte er hastig. »Sie werden sich noch etliches mehr von diesen Obszönitäten anhören müssen. Sie werden hören, was ich mit Ihrer geliebten Maude zu tun gedenke, falls es Ihnen nicht gelingen sollte, mich von dieser Entstellung zu befreien.«

Wieder blieb ich stehen und wandte mich um. Ich sagte nichts, sondern wartete darauf, daß er weitersprach.

»Ich sehe, daß ich Ihr Interesse geweckt habe«, sagte er. »Hören Sie mir zu: Denn wenn Sie glauben, daß ich bis jetzt obszön gewesen bin, werden Sie mir bald zustimmen müssen, daß meine bisherigen Worte im Vergleich so untadelig waren wie das Gebetbuch in der Kirche. Wenn Belohnungen Sie nicht lokken, dann werden Sie vielleicht Drohungen zwingen. Kurz und gut, Maude wird bestraft werden, wenn Sie keinen Erfolg haben, Sir Robert.«

»Sie kann nichts dafür.«

»Ganz recht. Deshalb sollte Ihnen auch der Gedanke an ihre Bestrafung um so schmerzlicher und unerträglicher sein.«

Meine Gedanken gingen wild durcheinander. Ich konnte einfach nicht glauben, daß jemand solche Worte aussprechen konnte.

»Tief im Innern dieses alten Schlosses«, sagte Sardonicus, »befinden sich Verliese. Nehmen wir einmal an, ich würde Ihnen sagen, daß ich beabsichtige, meine Frau dorthin zu zerren und ihren geschmeidigen Körper auf der Folterbank auf unerträgliche Weise zu strecken.«

»Das würden Sie nicht wagen!« rief ich.

»Es geht hier nicht darum, ob ich es wage oder nicht. Ich spreche nur von der Folterbank, um Ihnen versichern zu können, daß Maude jene grauenvolle Maschine der Art von Bestrafung, die ich ihr tatsächlich zugedacht habe, um unendlich vieles vorziehen würde. Ich werde Ihnen die Bestrafung beschreiben. Sie werden sich setzen wollen, nehme ich an.«

»Ich werde stehen bleiben«, sagte ich.

»Wie Sie wollen.« Sardonicus selbst setzte sich. »Vielleicht haben Sie sich schon über die Tatsache gewundert, daß Maude ausgerechnet mich geheiratet hat. Wenn die Welt doch so voller ansehnlicher Männer war — voller Männer wie Sie, die sie anbeteten —, warum wählte sie da ein Ungeheuer, ein Geschöpf, das abscheulich anzusehen ist und das überdies keinerlei Tugend wie Integrität der Seele oder Herzlichkeit oder Charme als Ausgleich zu bieten hat?

Ich lernte Maude Randall in Paris kennen. Ich sage ›lernte sie kennen‹, aber es wäre richtiger, einfach zu sagen, daß ich sie gesehen habe — nämlich von meinem Hotelzimmerfenster aus. Selbst in der Pariser Gesellschaft, wo es Frauen von bemerkenswerter Schönheit im Überfluß gibt, mußte sie einem auffallen. Sie würden vielleicht sagen, daß ich mich in sie verliebte, aber ich mag das Wort Liebe nicht und werde nur soviel sagen, daß ihr Anblick meine Sinne mit angenehmster Nachhaltigkeit entflammte. Ich beschloß, sie in meinen Besitz zu bringen. Aber wie? Indem ich ihr mein unwiderstehlich attraktives Gesicht zeigte? wohl kaum. Ich begann ganz systematisch: Ich heuerte Geheimdetektive an, um alles über sie und ihre Mutter und ihren Vater herauszufinden — beide waren damals noch am Leben. Ich entdeckte, daß ihr Vater die Gewohnheit hatte zu spekulieren. Ich sorgte dafür, daß er angeblich zuverlässige, aber tatsächlich sehr schlechte Ratschäge erhielt. Er spekulierte mit hohen Beträgen und war auf der Stelle ruiniert. Ich muß zugeben, daß ich seinen daraus resultierenden Selbstmord nicht geplant hatte, aber als dieses beklagenswerte Ereignis eintrat, war ich erfreut, denn es wirkte sich zu meinem Vorteil aus. Ich stellte mich der hinterbliebenen Witwe und der Tochter vor, erklärte ihnen, daß Mr. Randalls hervorragende Eigenschaften in weiten Kreisen der Geschäftswelt bekannt seien und daß ich mich fast als Freund betrachtete. Ich erbot mich, ihnen auf jede erdenkliche Weise zu helfen. Durch maßlose Bescheidenheit und Überredungskunst gewann ich ihr Vertrauen, und es gelang mir, ihre Abneigung gegen mein Gesicht abzubauen. Sie müssen wissen, daß dies viele Monate dauerte. Ich sprach nicht von Heirat, zeigte der Tochter gegenüber mindestens sechs Monate lang kein Zeichen meiner Zuneigung; als ich es schließlich doch tat – wiederum mit großem Respekt und großer Zurückhaltung –, wies sie mich höflich zurück. Ich zog mich mit Anstand zurück und sagte nur, daß ich hoffte, ich könne mit ihr und ihrer Mutter befreundet bleiben. Sie antwortete, daß sie diese Hoffnung aufrichtig teile, denn obwohl sie mich nie als Gegenstand ihrer Liebe werde betrachten können, halte sie mich doch für einen wahren Freund. Die Mutter, die nach dem Tode des Vaters vor Kummer fast umkam, starb bald; wieder ein nicht geplantes, aber willkommenes Ereignis für mich. Nun war das schöne Kind ganz allein auf der Welt, in einer fremden Stadt, ohne Geld, ohne jemanden, der ihr weitergeholfen hätte, ohne jemanden, bei dem sie hätte Zuflucht suchen können – außer dem freundlichen Mr. Sardonicus. Ich wartete viele Wochen, dann machte ich ihr wieder einen Heiratsantrag. Mehrere Tage lang lehnte sie mein Angebot immer wieder ab, aber ihre Ablehnung wurde immer schwächer, bis sie schließlich eines Tages folgendes zu mir sagte:

»›Sir, ich schätze Sie sehr als Freund und Wohltäter, aber meine sonstigen Gefühle Ihnen gegenüber haben sich nicht verändert. Wenn Sie sich mit einer so außergewöhnlichen Situation zufriedengeben könnten; wenn Sie der Heirat mit einer Dame zustimmen könnten und sie dennoch nur als einen geistesverwandten Menschen ansehen würden; wenn die Aussicht auf eine Ehe ohne Leidenschaft und Kinder Sie nicht abschreckt – was gut der Fall sein könnte –, dann, Sir, würde meine unglückliche Lage mich dazu zwingen, Ihr freundliches Angebot anzunehmen.‹

Ich sagte ihr sofort, daß ich die reinste und tiefste Hochachtung für sie empfände; daß mir die Begierden des Fleisches unbekannt wären; daß ich auf einer vollkommen vergeistigten Ebene lebte und mir nur ihre süße und anregende Gesellschaft durch die Jahre hindurch wünschte. All das war natürlich eine Lüge. Das genaue Gegenteil war der Fall. Aber ich hoffte, sie durch diese Unwahrheit zur Hochzeit zu verleiten; danach könnte ich langsam und geplant ihr Nachgeben und meine Glückseligkeit erreichen. Sie zögerte noch immer; denn, wie sie mir offen mitteilte, sie glaubte daran, daß die Liebe ein edler und wesentlicher Bestandteil einer Ehe ist; und daß eine Heirat ohne sie nur eine leblose Geste sein kann; und daß, obwohl mir die Begierden des Fleisches fremd waren, sie dasselbe nicht ehrlich von sich selbst behaupten konnte. Dennoch wiederholte sie, daß, was meine eigene Person anbelangte, eine platonische Beziehung das einzige wäre, was jemals zwischen uns bestehen könnte. Ich zerstreute ihre Befürchtungen. Kurze Zeit darauf heirateten wir.

Und nun, Sir Robert, werde ich Ihnen etwas Überraschendes mitteilen. Ich habe mich als den irdischen Vergnügungen zugetan bekannt; als Arzt und Mann von Welt ist Ihnen klar, daß ein Mann mit starken Begierden diese nicht lange zügeln kann, ohne Aufruhr und Bedrängnis in seiner Brust zu schüren. Und dennoch, Sir, ist es mir in den Jahren unserer Ehe nicht einmal — ich wiederhole, nicht *einmal* — gelungen, meine Frau dazu zu überreden oder sie dazu zu verführen nachzugeben und die verbindlichen Abmachungen unserer Ehevereinbarung zu brechen. Jedesmal, wenn ich es versucht habe, ist sie mit Schrecken und Abscheu vor mir zurückgewichen. Das liegt — wie sie selbst zugegeben hat — nicht daran, daß sie alles Fleischliche verabscheut, sondern an meinem ungeheuerlichen Gesicht.

Jetzt verstehen Sie die absolute Notwendigkeit dieser Heilung vielleicht besser. Und jetzt verstehen Sie vielleicht auch das volle Ausmaß von Maudes Leiden, wenn es Ihnen nicht gelingen sollte, diese Heilung zu bewerkstelligen. Denn — und vergessen Sie meine Worte nicht: Falls Sie keinen Erfolg haben sollten, wird meine Frau dazu gezwungen werden, wirklich meine Ehefrau zu werden — mit brutaler Gewalt, und nicht nur für eine flüchtige Stunde, sondern jeden Tag und jede Nacht ihres Lebens, wann auch immer ich es verlange, auf welche Weise auch immer ich mein eheliches Recht ausüben möchte! Als nachträgliche Überlegung fügte er hinzu: »Ich bin von Natur aus recht einfallsreich.«

Ich war so schockiert, daß es mir die Sprache verschlug. Ich konnte ihn nur ungläubig anstarren. Er sprach weiter:

»Wenn Sie das als leichte Strafe empfinden, Sir Robert, wissen Sie nicht, wie sehr es sie vor meiner Person ekelt. Sie wissen nicht, wie groß der Abscheu ist, der in ihr aufsteigt, wenn ich nur meine Finger auf ihren Arm lege, Sie wissen nicht, wie sehr sie sich in der Gewalt haben muß, um ihre Übelkeit zu verbergen, wenn ich ihre Hand küsse. Überlegen Sie also, überlegen Sie, was für einen Greuel sie empfinden würde, wenn meine Aufmerksamkeiten ihr gegenüber leidenschaftlicher, fordernder würden! Es würde ihren Verstand aus dem Gleichgewicht bringen, Sir; dessen bin ich sicher, denn sie würde eher ein Reptil umarmen.«

Sardonicus stand auf und zog sein Hemd an. »Ich schlage vor, wir beginnen beide, uns fürs Abendessen anzukleiden«, sagte er. »Während Sie sich umziehen, denken Sie noch einmal über die Angelegenheit nach. Fragen Sie sich selbst, Sir Robert: Könnten Sie sich noch jemals ohne Scham und Abscheu betrachten, wenn Sie die schöne, untadelige Maude Randall auf dem Altar gemeinster Verderbtheit opfern sollten? Überlegen Sie, wie schlecht Sie Nacht für Nacht in Ihrem Londoner Bett schlafen würden, wenn Sie wüßten, was sie zur gleichen Zeit erlitte; erlitte, weil *Sie* sie im Stich ließen, weil *Sie* es zuließen, daß sie zum Spielzeug eines Ungeheuers wurde.«

Die Tage, die darauf folgten, waren im großen und ganzen monoton, aber voller Beklemmung. Während dieser Zeit kamen ständig Lieferungen von London und anderen Orten an; Sardonicus scheute keine Ausgaben, wenn es darum ging, mir alles zu besorgen, was ich als für die Behandlung nötig erachtete. Ich mied seine Gesellschaft so gut es ging, aß nicht einmal mehr mit ihm zusammen und gab den Bediensteten Anweisung, mein

Essen in meine Räume zu bringen. Auf der anderen Seite jedoch suchte ich die Gesellschaft von Maude und bemühte mich, sie zu trösten und ihre Ängste zu mindern. In jenen Stunden, wenn ihr Mann mit geschäftlichen Angelegenheiten beschäftigt war, sprachen wir im Salon miteinander und musizierten. So waren dies Tage, die immer wieder einmal kleine Freuden brachten, die um so größer erschienen, als wir sie im Schatten des Elends erhaschten.

Ich lernte Maude in jener Zeit besser kennen, als ich sie in London jemals gekannt hatte. Das Unglück streifte alle Äußerlichkeiten von unseren Zusammenkünften ab, und wir redeten offen miteinander. Ich lernte ihre Wärme, aber auch ihre Stärke kennen. Ich sprach freimütig von meiner Liebe, obwohl ich ihr im nächsten Atemzug versicherte, daß ich mir der Hoffnungslosigkeit jener Liebe bewußt war. Ich sagte ihr nichts von der „Belohnung", die ihr Mann mir angeboten hatte — und die ich abgelehnt hatte —, und es freute mich zu hören (ich erfuhr es auf Umwegen), daß Sardonicus, obwohl er sie beschworen hatte, über alle Maßen herzlich mit mir zu sein, den letzten und schändlichen Zweck jener Herzlichkeit nicht enthüllt hatte.

»Robert«, sagte sie einmal, »besteht Aussicht, daß er geheilt wird?«

Ich sagte ihr nicht, wie wenig Aussicht bestand. »Dir zuliebe, Maude«, sagte ich, »werde ich länger durchhalten als ich es je zuvor in meinem Leben getan habe.«

Schließlich kam der Tag, an dem ich alles, was notwendig war, zusammen hatte: Einige Pflanzen aus der Neuen Welt, bestimmtes Gerät aus London und ein wichtiges Instrument aus Schottland. Ich arbeitete lange und weit in die Nacht hinein, in völliger Abgeschiedenheit, und destillierte eine Flüssigkeit, die ich benötigte, aus den Pflanzen. Am nächsten Tag wurden mir Hunde lebend geliefert und tot wieder weggebracht. Drei Tage später verließ ein Hund mein Labor lebend, und meine Mühen, die ich auf das Destillieren verwendet hatte, nahmen ein Ende.

Ich teilte Sardonicus mit, daß ich bereit war, die Behandlung durchzuführen. Er kam in mein Labor, und ich bildete mir ein, daß ein fast hämischer Triumph in seinem unbeweglichen Lächeln lag. »Das sind die Früchte konzentrierter Anstrengung«, meinte er. »Der Mensch ist ein träges Wesen, aber welcher Wunder ist er nicht fähig, wenn man das Feuer der Furcht unter ihm entzündet!«

»Sprechen Sie nicht von Wundern«, sagte ich, »obwohl Ihnen Gebete jetzt nicht schaden könnten, denn Sie werden sich bald in Lebensgefahr befinden.« Ich winkte ihn zu einem Tisch und hieß ihn sich darauflegen. Das tat er, und ich begann, ihm die Behandlung zu erklären. »Der Entdecker Magellan«, sagte ich, »berichtete über eine Substanz, die die wilden Einwohner des südamerikanischen Kontinents auf Pfeilspitzen auftragen. Sie führt den Tod auf der Stelle herbei und bringt sogar große Tiere um. Die Substanz wird aus gewissen Pflanzen gewonnen und ist im wesentlichen dieselbe Substanz, mit deren Gewinnung ich in den letzten Tagen beschäftigt war.«

»Ein Gift, Sir Robert?« fragte er.

»Wenn man es konzentriert verwendet«, sagte ich, »tötet es, indem es eine *völlige* Lockerung der Muskeln bewirkt — insbesondere der Herz- und Lungenmuskeln. Ich glaube aber schon seit langem, daß man dieses Gift verdünnt nutzbringend für die Lockerung der stark verkrampften Muskeln von paralysierten Patienten verwenden könnte.«

»Höchst scharfsinnig, Sir«, sagte er.

»Ich muß Sie warnen«, fuhr ich fort, »daß dieses Destillat noch niemals an einem Menschen erprobt worden ist. Es könnte Sie töten. Ich muß notgedrungen noch einmal nachdrücklich betonen, daß Sie nicht auf seiner Verwendung bestehen, Ihr Schicksal annehmen und Ihre Frau von der Drohung, sie zu bestrafen, befreien sollten.«

»Sie wollen mir Angst einjagen, Doktor«, kicherte Sardonicus, »um Zweifel in mir zu wecken. Aber ich habe keine Angst vor Ihnen — ein englischer Ritter und ein angesehener Arzt würde nie eine so ehrlose Tat begehen, einen ihm anvertrauten Patienten vorsätzlich zu töten. Sie sind durch Ihr Ethos als Gentleman wie auch durch Ihren Berufseid gebunden. Ihre Tugenden sind, kurz ausgedrückt, die besten Verbündeten meiner Laster.«

Ich wurde ungehalten. »Ich bin kein Mörder wie Sie«, sagte ich. »Wenn Sie mich dazu zwingen, diese Behandlung anzuwenden, werde ich alles in meiner Macht Stehende tun, um ihren

Erfolg zu gewährleisten. Aber ich darf Ihnen die Möglichkeit, daß Sie dabei sterben können, nicht verschweigen.«

»Sorgen Sie dafür, daß ich am Leben bleibe«, sagte er ganz unumwunden, »denn wenn ich sterbe, werden meine Leute sowohl Sie als auch meine Frau töten. Sie werden Sie nicht schnell töten. Sorgen Sie auch dafür, daß ich geheilt werde — wenn Maude nicht das Schicksal treffen soll, das sie mehr fürchtet als die grausamste aller Foltern.« Ich sagte nichts. »Dann bringen Sie mir jetzt sofort dieses Elixier«, sagte er, »und lassen Sie es mich austrinken und dem ganzen ein Ende machen!«

»Es wird nicht getrunken«, erklärte ich ihm.

Er lachte. »Haben Sie vor, es auf Pfeile zu schmieren wie die Wilden?«

»Ihr Scherz ist höchst passend«, sagte ich. »Ich habe tatsächlich vor, es mittels eines spitzen Instrumentes in Ihren Körper einzuführen — mittels eines neuen Instrumentes, das noch nicht sehr bekannt ist und das mir aus Schottland geschickt wurde. Ursprünglich stammt die Anregung von Dr. Christopher Wren von der Universität in Oxford und ist schon etwa zweihundert Jahre alt, aber erst vor kurzem schien sie durch die Weiterentwicklung meines Freundes Dr. Wood in Edinburgh durchführbar zu werden. Es handelt sich lediglich um eine Spritze« — ich zeigte ihm das Instrument — »die mit einer Nadel verbunden ist; aber die Nadel ist hohl, so daß die heilenden Drogen unmittelbar in den Blutkreislauf gelangen, sobald sie in die Haut eindringt.«

»Die Kunst der Medizin wird nie aufhören, sich meine Bewunderung zu verdienen«, sagte Sardonicus.

Ich zog die Spritze auf. Mein Patient sagte: »Warten Sie.«

»Haben Sie Angst?« fragte ich.

»Seit jener denkwürdigen Nacht im Grab meines Vaters«, antwortete er, »kenne ich keine Angst mehr. Ich habe sie damals im Übermaß erfahren; das wird mein Leben lang genügen. Nein: Ich möchte nur einem meiner Leute Anweisungen geben.« Er erhob sich vom Tisch, und während er zur Tür ging, sagte er einem seiner Diener, daß er Madame Sardonicus ins Labor bringen solle.

»Warum muß sie dabei sein?« fragte ich.

»Ihr Anblick«, sagte er, »wird Sie vielleicht daran erinnern, was sie im Falle meines Todes erwartet, oder an die Bestrafung, die sie erwartet, wenn sich Ihre Behandlung als wirkungslos herausstellen sollte.«

Maude wurde zu uns gebracht. Sie betrachtete meine Ausrüstung — die blubbernden Retorten und Röhrchen, die spitze Spritze — voller Erstaunen und Furcht. Ich begann, ihr das Prinzip der Behandlung zu erklären, aber Sardonicus unterbrach mich: »Madame gehört nicht zu Ihren Studenten, Sir Robert; es ist nicht nötig, daß sie diese Einzelheiten weiß. Zögern Sie nicht länger; beginnen Sie sofort!«

Er streckte sich wieder auf dem Tisch aus und richtete seine Augen auf mich. Ich warf Maude einen Blick des Trostes zu und ging zu meinem Patienten hinüber. Er zuckte nicht zusammen, als ich die Nadel der Spritze in die linke und dann in die rechte Seite seines Gesichtes trieb. »Nun, Sir«, sagte ich — und das Zittern in meiner Stimme überraschte mich — »müssen wir zehn Minuten warten.« Ich ging zu Maude, sprach leise mit ihr und wandte meinen Blick dabei nie von meinem Patienten ab. Er starrte an die Decke; sein Gesicht verharrte erstarrt in jenem gottlosen Grinsen. Exakt zehn Minuten später entrang sich ihm ein kurzes Keuchen; ich eilte an seine Seite, und Maude folgte dicht hinter mir. Wir sahen mit wachsender Faszination zu, wie jenes verkrampfte Gesicht langsam weicher wurde, sich entspannte, veränderte; wie die Lippen sich immer stärker einander annäherten und allmählich jene entblößten Zähne und das Zahnfleisch bedeckten und die eingegrabenen Falten sich auseinanderzogen und glätteten. Noch ehe eine Minute vergangen war, blickten wir auf einen Mann mit einem Gesicht von vollendeter Schönheit. Seine Augen leuchteten vor Freude, und er schickte sich an zu sprechen.

»Nein«, sagte ich, »versuchen Sie noch nicht zu sprechen. Ihre Gesichtsmuskeln sind so gelockert, daß Sie im Moment nicht die Kraft haben, Ihre Lippen zu bewegen. Aber das geht vorbei.« Es lag Jubel in meiner Stimme, und einen Augenblick lang war unsere Feindschaft vergessen. Er nickte, sprang dann vom Tisch und stürzte zu einem Spiegel, der an einer nahen Wand hing. Obwohl sein Gesicht seine Freude noch nicht ausdrücken konnte, schien sein ganzer Körper in einer großen Geste des Triumphs aufzublühen, und ein gedämpfter Schrei des Glücks rang sich aus seiner Kehle.

Er drehte sich um und ergriff meine Hand; dann blickte er Maude direkt in die Augen. Nach einem Augenblick sagte sie: »Ich freue mich für Sie, Sir«, und sah zur Seite. Ein krächzendes Lachen drang aus seiner Kehle; er ging zu meinem Arbeitstisch, riß ein Blatt aus einem meiner Notizbücher und kritzelte etwas darauf. Er gab das, was er niedergeschrieben hatte, Maude, die es las und an mich weitergab. Es stand folgendes darin:

›Haben Sie keine Angst, meine Liebe. Sie werden meine Umarmungen nicht erdulden müssen. Ich weiß nur zu gut, daß die wiederhergestellte Schönheit meines Gesichtes nicht ein Jota wiegen wird in der Waagschale von Anziehung und Abscheu. Durch dieses Dokument löse ich unsere frühere Ehe. Sie, die Sie nur dem Namen nach meine Ehefrau waren, sind nun nicht einmal mehr das. Ich gebe Ihnen Ihre Freiheit.‹

Ich blickte auf, nachdem ich dies gelesen hatte. Sardonicus hatte wieder etwas geschrieben. Er riß ein weiteres Blatt aus dem Notizbuch und gab es gleich mir. Es stand folgendes darin:

›Dieses Papier ist Ihr Freibrief aus dem Schloß hinaus und ins Dorf. Gold steht Ihnen zur freien Verfügung, aber ich zweifle daran, daß Ihre englischen Bedenken es zulassen werden, Geld von mir anzunehmen. Ich erwarte von Ihnen, daß Sie meinen Grund und Boden vor dem Morgen verlassen und sie mitnehmen.‹

»Wir brechen noch in dieser Stunde auf«, erklärte ich ihm und führte Maude zur Tür. Bevor wir den Raum verließen, wandte ich mich Sardonicus zum letztenmal zu.

»Für Ihre schmutzigen Drohungen«, sagte ich; »Für den indirekten, aber deshalb nicht weniger tückischen Mord an den Eltern dieser Dame; für die Entweihung des Grabes Ihres eigenen Vaters; für die Gier und Unmenschlichkeit, die Sie geleitet haben, schon bevor Ihnen Ihr entstelltes Gesicht eine Entschuldigung für Ihr Verhalten geliefert hat; dafür und für all die mir unbekannten Verbrechen, die im großen Buch gegen Sie vermerkt sind — empfangen Sie dieses Zeichen meiner Mißbilligung und meiner Abscheu.« Ich schlug ihm heftig ins Gesicht.

Er reagierte nicht. Er stand immer noch im Labor, als ich den Raum mit Maude verließ.

Dieser seltsame Bericht sollte wahrscheinlich hier enden. Es gibt nicht mehr über den Charakter zu sagen, der in seinem Mittelpunkt stand, denn weder Maude noch ich sahen ihn nach jener Nacht je wieder oder hörten von ihm. Und von uns beiden gibt es nur die glückliche Nachricht zu vermelden, daß wir nun schon seit zwölf Jahren höchst glücklich miteinander verheiratet und Eltern eines kräftigen Jungen und zweier Mädchen sind, die das reizende Ebenbild ihrer Mutter sind.

Ich habe jedoch noch meinen Freund Henry Stanton erwähnt, den eingefleischten Reisenden und treuen Briefschreiber, und ich muß nun hier in Auszügen eine Botschaft wiedergeben, die ich erst vor einer Woche von ihm erhalten habe, und die eigentlich der Anlaß dafür gewesen ist, daß ich diese Geschichte von Mr. Sardonicus berichtet habe:

›...aber, mein lieber Bobbie‹, ›schrieb Stanton‹, eigentlich gibt es in diesem Teil der Welt nur wenig, worüber man sich freuen könnte, und ich werde glücklich darüber sein, London wiederzusehen. Die Aufregung und die Dramatik haben ihren Reiz verloren (wenn sie überhaupt jemals existiert haben), und man muß sich mit den Geschichten zufriedengeben, die man sich an den Kaminen der Gasthäuser erzählt, während die Flammen prasseln und der Glühwein angenehm in der Kehle brennt. Die Einheimischen hier mögen besonders gern schreckliche Geschichten, Erzählungen voll Blut und Grauen, von Geistern und Leichenschändern und grausigen Begebenheiten, und ich muß zugeben, daß ich solcher Unterhaltung nicht abgeneigt bin. Sie zeigen einem einen Fleck an der Wand und erzählen einem, daß dies das Blut einer ermordeten Unschuld ist, die dort vor fünfzig Jahren gestorben ist: Kein Waschen, sei es noch so ausdauernd, wird diesen Fleck jemals beseitigen, erzählen sie einem mit Grabesstimme, und tatsächlich wird er größer und dunkler an einem bestimmten Tag des Jahres, dem Jahrestag ihres gewaltsamen Dahinscheidens. Es wird natürlich von einem erwartet, daß man ernsthaft nickt, und man tut das auch, wenn man noch weitere Geschichten hören möchte. Damals, im elften Jahrhundert, so wird einem mitgeteilt, wurde ein Bataillon fremder Eindringlinge von den Skeletten schon vor langem verstorbener Patrioten in die Flucht geschlagen, die aus dem Grab aufstanden, um ihr Heimatland zu verteidigen, und die dann in die Erde zurückkehrten, nachdem der Feind zu den Grenzen zurückgedrängt worden war. (Und da sie in der Lage sind, einem tatsächlich die Gräber dieser lebendigen Skelette zu zeigen, wie könnte man ihnen da keinen Glauben schenken, Bobbie?) Oder sie zeigen auf den öden Schädel eines Schlosses (das Land hier ist reich an solch bedrückenden Ruinen) und erzählen einem von dem gespenstischen Tyrannen, der vor kaum einem Dutzend Jahren verzweifelt und einsam dort starb. Verlassen von den Schmeichlern, die ihn schon immer gehaßt hatten, durchstreifte das schreckliche Geschöpf das Dorf, leichenblaß und ausgemergelt, mit verwirrtem Geist, schweigend die Hilfe auch noch der geringsten Bettler erflehend. Ich sage schweigend, und das ist der beste Teil dieser langen Geschichte: Denn, so wie dieses erfinderische Völkchen sie rund um das Feuer erzählt, konnte dieser arme Unglückliche nicht sprechen, konnte nicht essen und konnte nicht trinken. Du fragst warum? Aus dem einfachen Grund, weil er, obwohl er ganz furchtbar an seinem eigenen Gesicht herumkratzte und obwohl er die Hilfe starker Männer anwarb — völlig unfähig war, den Mund zu öffnen. Verflucht von Luzifer, so geht die Rede, dürstete und hungerte er inmitten des Überflusses, umgeben von Fässern voll Getränken und Tischen voll des ausgesuchtesten Essens, und er litt Tantalusqualen, bis er schließlich starb. Ach, Bobbie! Die Anstrengungen unserer Romanschreiber verblassen gegenüber alldem. Englische Literaten besitzen nicht die schamlose, wilde Einbildungskraft dieser Leute! Ich werde Mrs. Radcliffe nie wieder mit Freude lesen können, das versichere ich Dir, und der Geist von König Hamlet wird von heute ab keinen Schrecken mehr in meiner Seele hervorrufen und mein Herz nur noch mit belanglosem Mitleid erfüllen. Dennoch bin ich nun für dieses Mal genug in fremden Gefilden herumgereist, und ich sehne mich nach England und jenem guten englischen Stumpfsinn, der mir nur von Dir und Deiner lieben Gattin (der Du meine herzlichsten Grüße übermitteln mußt) erleichtert wird. Bis nächsten Monat verbleibe ich Dein launenhafter Freund, Harry Stanton (Böhmen, März 18 . .)

Nun, es wäre keine geistige Meisterleistung, sofort anzunehmen, daß der Unglückliche in jener letzten Geschichte Sardonicus war — dies ist auch der Grund dafür, daß ich Maude den Brief von Stanton bis jetzt nicht gezeigt habe: Denn sie hat, obwohl sie Sardonicus zutiefst verabscheute, einen so mitleidsvollen und empfindlichen Charakter, daß sie sich darüber grämen würde, von seinem gräßlichen Tod zu hören. Aber ich bin Wissenschaftler und ziehe keine Schlüsse aufgrund solch hauchdünner Beweise. Harry erwähnte die Provinz in Böhmen nicht, die angeblich die Bühne jenes schrecklichen Dramas dargestellt hatte; und den Brief hatte Harry erst aufgegeben, als er nach Berlin kam, obwohl er ihn in Böhmen geschrieben hatte; der Poststempel sagt mir also gar nichts. Schlösser wie das von Sardonicus sind nicht selten in Böhmen — Harry selbst sagt, daß jenes Land »reich ist an solchen bedrückenden Ruinen« — ; deshalb habe ich vor, endgültige Überlegungen über die Angelegenheit aufzuschieben, bis ich Harry wieder zu Hause willkommen heißen und ihm Einzelheiten der exakten Lage entlocken kann.

Denn wenn jener »öde Schädel eines Schlosses« tatsächlich Schloß Sardonicus ist, und wenn man der Geschichte von dem Verhungernden Glauben schenken darf, komme ich zu einem furchtbaren und seltsamen Schluß:

Fünf Tage lang hatte ich mich damit beschäftigt, eine Flüssigkeit aus den südamerikanischen Pflanzen zu destillieren. Während dieser Tage wurden Hunde tot aus meinem Labor getragen. Ich hatte die armen Geschöpfe willentlich mit dem unverdünnten Gift getötet, um Sardonicus von seiner Tödlichkeit zu überzeugen. Ich wollte nie — und habe tatsächlich auch nie — eine verdünnte Lösung dieses tödlichen Giftes bereitet, denn seine Eigenschaften waren zu unbekannt, seine verborgenen Kräfte zu gefährlich. Die Flüssigkeit, die ich Sardonicus einspritzte, war reines, destilliertes Wasser — nichts anderes. Das war schon die ganze Zeit mein Plan gewesen. Die Bestellung von *materia medica* aus weit entfernten Ländern war nur eine ausgeklügelte Fassade, die dazu bestimmt war, nicht auf den körperlichen Teil von Sardonicus einzuwirken, sondern auf seinen Geist; denn nachdem Dellers, Morignacs, Buonagentes und meine eigenen Massagetechniken fehlgeschlagen waren, war ich davon überzeugt, daß man seinen Körper nur über den Geist heilen konnte. Es war jedoch nötig, ihn davon zu überzeugen, daß er ein starkes Medikament erhielt. Sein Geist, so hoffte ich, würde den Rest beitragen — und das tat er ja dann auch tatsächlich.

Wenn sich die Geschichte vom »gespenstischen Tyrannen« als wahr herausstellt, dann müssen wir den menschlichen Geist mit Verwunderung und Schrecken betrachten. Denn dann gab es nichts — keinen physischen Grund — der den Unglücklichen daran gehindert hätte, den Mund zu öffnen und sich sattzuessen. Allein in jenem Schloß, mit genügend Essen direkt vor seiner Nase, hatte er eine schreckliche Bestrafung erlitten, die — um Sardonicus' eigene Worte wiederzugeben — *nicht von Gott oben oder dem Teufel unten gekommen war, sondern aus seiner eigenen Brust, seinem eigenen Gehirn, seiner eigenen Seele.*

ROBERT PHILLIPS

Lehrers Lohn

Das Leben ist Wiederholung – die große Lektion der mittleren Lebensjahre und des Sterbens –, aber Wiederholung ist der zweite Schritt; der erste ist Verständnis. (»Die ersten vierzig Jahre sind Text, der Rest Kommentar«, so hat es jemand einmal ausgedrückt.) Phillips, ein mit vielen Preisen ausgezeichneter Dichter, ein sehr produktiver Autor von Kurzgeschichten, Herausgeber einer Anthologie (Aspects of Alice, 1972) und Biograph (Denton Welch: The Lost Poetry of Delmore Schwartz), bringt mit ruhiger und ehrfurchtgebietender Eleganz Argumente für diesen ersten Schritt vor.

»Wie, sagten Sie, ist Ihr Name?« fragte die alte Dame hinter der Gittertür. Er stand auf der dunklen Veranda.

»Raybe. Raybe Simpson. Sie waren in der dritten Klasse meine Lehrerin – vergessen?«

»Simpson... Simpson... Ach ja«, sagte sie. Ihre Hand ruhte immer noch auf der Klinke.

»Natürlich erinnern Sie sich. Ich war Ihr Liebling, der Junge mit den weißen Haaren. »Mein Weißschopf«, nannte mich mein Großvater immer, obwohl Sie das ja nicht wissen können. Ich bin in der ersten Reihe gesessen. Sie haben mir immer mit dem Lineal auf die Finger geklopft – vergessen?«

»Ach, zu meiner Zeit habe ich vielen auf die Finger geklopft. Jungen sind Jungen. Aber – Liebling, weißes Haar, erste Reihe...« Ihre Stimme verlor sich, als sie einen beinahe hörbaren Versuch unternahm, den alten Mechanismus der Erinnerung wieder in Gang zu setzen.

»Sicher erinnern Sie sich«, sagte er. »›Miss Scofield vergißt nie einen Namen.‹ Das haben uns all die älteren Kinder erzählt. Das haben auch all die andern Lehrer gesagt. ›Miss Scofield vergißt niemals einen Namen.‹«

»Natürlich nicht. Ich habe in meinen 48 Jahren als Lehrerin nie einen Namen vergessen. Kommen Sie doch rein.« Sie öffnete die Gittertür und stieß sie weit auf. Die Federung knarrte.

»Ich kann nicht lange bleiben. Ich war heute in der Stadt und hab' mir gedacht, ich schau mal bei Ihnen vorbei. Sie waren so eine gute Lehrerin. Ich hab' niemals vergessen, was Sie für mich getan haben.«

»Nun, das finde ich ausgesprochen freundlich von Ihnen.« Sie musterte ihn von oben bis unten durch ihre Drahtgestellbrille. »Wann war das nochmal, als ich Sie unterrichtet habe?«

»1938. Draußen in der alten Schule.«

»Ach ja. In der alten Schule. Jammerschade, das mit dem Feuer.«

»Ich hab' was davon gehört, daß sie abgebrannt ist. Aber ich war weg. Wann war das mit dem Feuer?«

»Oh, schon vor Jahren. Ein oder zwei Jahre, bevor ich mich zur Ruhe gesetzt habe. Ich konnte in dem neuerbauten Backsteinschulhaus nicht mehr unterrichten. Hatte etwas mit dem Haus zu tun. Zu kalt, zu hell. Und das Klassenzimmer war so lang. Man konnte kaum von einem Ende bis zum anderen sehen...« Sie machte mit der Hand eine hilflose Geste. Er beobachtete die Hand, wie sie sich bewegte: sehr klein, zart, durchsichtig, ein Netz blauer Adern, die unter der Oberfläche klar erkennbar verliefen; die Haut hing in Falten herunter, wie nasses Kreppapier. Denison-Papier hatte man es genannt, als er in der Schule war.

»Das ist hart. Aber Sie müssen doch sowieso nahe dran gewesen sein, sich zur Ruhe zu setzen, oder?«

Ihre wäßrigen blauen Augen blickten böse. »Ich darf wohl sagen: nein! Mein ganzes Leben lang bin ich zum Lehren berufen gewesen. Wirklich berufen. Ich habe immer gesagt, ich würde unterrichten, bis ich tot umfalle. Es ist so ein lohnendes Geschäft. Ein Lehrer erhält seinen Lohn in etwas anderem als Geld ausbezahlt... Es war einfach dieses neue rote Backsteinschulhaus! Das Licht war zu hell, neumodische Leuchtröhren, strahlend gelb. Und das Zimmer war zu lang...« Ihr Blick forderte ihn heraus, ihr zu widersprechen.

»Ich halte auch nicht viel von diesen modernen Gebäuden.«

»Kästen«, sagte sie in bestimmendem Ton.

»Wie bitte?«

»Kästen, Kästen, nichts als Kästen, was anderes sind die nicht. Ich weiß nicht, wohin das noch mal führen soll, muß ich sagen. Also, Mr....« »Simpson. Mr. Simpson. Aber Sie können mich Raybe nennen, wie Sie es immer getan haben.«

»Ja. Raybe. Das ist ein schöner Name. Er hat irgendwie einen *ehrlichen* Klang. Also wirklich, was für Namen die Leute *heute* ihren Kindern geben! Da gibt's eine Familie, die hat ihre Kinder Cindy, Heidi und Morgenröte genannt. Klingt nach Geschöpfen aus einem Walt-Disney-Film. Im letzten Jahr, als ich unterrichtet habe, hatte ich eine Schülerin mit Namen Kristall. Ein kleines Mädchen namens Kristall! Warum nennen sie sie nicht Silber oder Porzellan? Und einen Jungen namens Jet. Das war sein Vorname, Jet. Oder hieß er Astronaut? Ich weiß es nicht. Wie auch immer er hieß, der Name war fürchterlich.«

»Sie haben mich einmal Klein-Raybe genannt, und das kam an. So haben mich hinterher alle Kinder genannt.«

»Wirklich? O je. Da müssen Sie damals etwas Kindisches gemacht haben.«

Eine Mauer des Schweigens stand plötzlich zwischen ihnen. Endlich lächelte sie, wie zu sich selbst, und sagte fröhlich: »Ich war gerade dabei, Tee zu machen, bevor Sie vorbeikamen. Möchten Sie auch einen schönen heißen Tee?«

»Nun, ich wollte eigentlich nicht lange bleiben, wie gesagt.« Er scharrte mit den Füßen.

»Es dauert nur einen Augenblick. Der Kessel summt schon die ganze Zeit.« Sie schien fest entschlossen, und er durfte sie nicht enttäuschen. »Okay, wenn Sie auch einen Tee trinken.«

»Prima. Nehmen Sie Zitrone oder Milch?«

»Keins von beiden. Eigentlich trink' ich nicht oft Tee. Ich versuch's mal ohne alles. Nur mit Zucker. Ich mag gern Süßes.«

»Sie mögen gern Süßes! Warten Sie mal, ist das was, woran ich mich bei Ihnen erinnere? Raybe Simpson mag gern Süßes? Nein, glaube ich nicht. Einer von den Jungens hat immer während des Unterrichts Schokolade genascht. In dem Augenblick, wo ich mich umgedreht habe, hat er heimlich einen neuen Riegel aus seinem Pult gekramt. Aber das waren nicht Sie, oder?«

»Nein.«

»Ich habe auch nicht angenommen, daß Sie das waren«, sagte sie schnell. »Für mich war eine Tafel immer schwarz. Wußten Sie, daß sie in dem neuen Schulgebäude grün war?«

»Was war grün?«

»Die Tafel war *grün*. Und die Kreide war *gelb*. Es hieß, das sei besser für die Augen der Kinder. Und wohlgemerkt, sie besaßen die Frechheit, so was Tafel zu nennen. Wie kann man von Kindern erwarten, daß sie etwas lernten, wenn man eine Tafel, die normalerweise schwarz ist, grün macht?«

»Hmmm.«

Sie holte zwei zierliche Tassen mit aufgemalten rosa Rosen heraus. Sie stellte sie auf ein Tablett aus Blech, und dazwischen ein Zuckerschälchen. Das Schälchen hatte in der Mitte einen Sprung und war mit vergilbtem Tesafilm geklebt. Als der Tee schließlich fertig war, gingen sie ins Wohnzimmer. Das Besuchszimmer, wie sie es nannte.

»Nun, wie ist's Ihnen seitdem ergangen, Miss Scofield?« fragte er.

»Kann mich nicht beklagen, außer ein bißchen Arthritis in den Händen. Kann mich nicht beklagen.«

»Das freut mich.« Er musterte ihre Hände und blickte dann um sich. »Nettes kleines Häuschen haben Sie hier.« Er nahm einen Schluck von seinem Tee, merkte, wie stark und bitter er war, und gab noch zwei gehäufte Teelöffel Zucker dazu.

»Ja, es ist zwar klein, aber für mich reicht's. Für mich reicht's.« Sie lehnte sich behaglich in ihrem Schaukelstuhl zurück.

»Sie sind immer noch Miss Scofield?«

»Wie meinen Sie?« Sie beugte sich in ihrem Stuhl nach vorne, als wolle sie ihr Ohr näher an den Sprecher heranbringen.

»Ich habe Sie gefragt, ob Sie immer noch Miß Scofield heißen? Sie haben nie geheiratet?«

»Gott sei Dank, nein. Ich bin immer eine herrenlose Wohltat gewesen. So habe ich mich immer genannt. ›Eine herrenlose Wohltat.‹«

Sie lächelte lieb.

»Sie leben immer noch allein, nehme ich an.«

»Ja, das stimmt. Ich hatte allerdings einmal eine Katze. Eine gierige, alte, streunende Katze, hieß Tom. Aber er ist gestorben. Hat sich überfressen, glaube ich. Hat mir die Haare vom Kopf gefressen, so ziemlich.«

»Was Sie nicht sagen.«

»Doch, wirklich. Er fraß alles. Bauch so dick wie ein Basketball, annähernd. Er hat mir trotzdem treu Gesellschaft geleistet. Manchmal vermisse ich den alten Tom.«

»Das kann ich mir vorstellen.«

Über ihnen schlug eine altmodische Uhr.

»Was, sagten Sie, machen Sie geschäftlich, Mr. Simp ... Raybe?«

»Hab' bisher nichts davon gesagt.«

»Stimmt, davon haben Sie nichts gesagt. Nun, was machen Sie denn?«

»Ich bin zur Zeit arbeitslos.«

Sie stellte ihre Tasse auf ein Spitzendeckchen auf der Tischplatte und verzog ein wenig mißbilligend ihr Gesicht. »Arbeitslos. Verstehe. Wie kommen Sie dann zurecht?«

»Ach, ich schaff's schon, irgendwie. In den letzten zehn Jahren hat man sich immer sehr um mich gekümmert. War weg.«

»Sie leben bei Ihren Verwandten? Meinen Sie das?« Ermutigung schimmerte auf ihren Wangen.

»Meine Verwandten sind tot. Sie waren schon tot, als ich noch bei Ihnen in der Schule war, falls Sie sich daran erinnern. Großvater ist auch gestorben. Ich habe bei einer Tante gewohnt. Sie ist jetzt auch tot.«

»Ach, das tut mir leid. Ich glaube, mir war damals gar nicht klar ...«

»Nein, ich glaub nicht, daß es Ihnen ... Schon gut, Miß Scofield. Sie mußten sich ja um viele Schüler kümmern.«

»Ja, aber trotzdem; es paßt gar nicht zu mir, wenn ich mich nicht daran erinnern kann oder wenn ich nicht weiß, daß einer von meinen Jungens eine *Waise* war. Sie haben nichts dagegen, wenn ich dieses Wort benutze, nicht wahr, Mr. .. Raybe? Viele Leute reagieren bei Worten empfindlich.«

»Ich hab' nichts dagegen. Ich bin nicht empfindlich.«

»Nein, das dachte ich mir schon. Sie sind ohne Zweifel ein strammer Kerl heute. Und was ist mit all Ihrem Haar geschehen?

Sie sind ja kahl wie ein Baby.« Als sie seinen Kopf anblickte, brach sie in ein lautes, verrücktes Lachen aus. »Mensch, es muß Ihnen doch heiß in der Jacke sein. Warum ziehen Sie sie nicht aus? Sie sieht sehr schwer aus.«

»Ich behalt' sie an, wenn's Ihnen nichts ausmacht.«

»Macht mir absolut nichts, wenn Sie sich wohlfühlen.« Was mochte er nur in jener Jacke haben, fragte sie sich. Er schleppte irgend etwas mit sich herum.

»Ich fühl' mich prima«, sagte er und strich über seine Jacke.

Sie begann, in ihrem Stuhl zu schaukeln, und schaute in dem armseligen Zimmer herum, wie, um zu prüfen, ob man es einem unerwarteten Besucher vorzeigen könnte. Vielleicht hatte er sein Essen darin, in einer Papiertüte, und war zu verlegen, um es sehen zu lassen.

»Also, was wissen Sie noch von unserem gemeinsamen Jahr, was ich vielleicht vergessen habe? Waren Sie in der Klasse von Jay McMaster? Jay war so ein netter Junge. So höflich. Man kann gute Erziehung immer erkennen . . .«

»Er war ein oder zwei Jahre weiter als ich. Trotzdem, Sie sind dicht dran.«

»Nun, natürlich bin ich das. Was ist mit Nathan Pillsbury? Dem Sohn vom Zahnarzt. Er war bei Ihnen in der Klasse, nicht wahr?«

»Stimmt.«

»Sehen Sie!« Sie stieß es triumphierend heraus. »Auch so ein netter Junge. Seine Eltern hatten einen Swimmingpool. Nathan hat mir einmal zu Weihnachten einen riesigen Weihnachtsstern gebracht. Der hat fast das ganze Zimmer ausgefüllt.«

»Er war bei mir in der Klasse, stimmt. Er war der Liebling der Lehrerin, könnte man sagen.« Raybe beobachtete sie über den Rand seiner Tasse mit dem bitter schmeckenden Tee hinweg. Er blickte auf ihre Knöchel.

»Nathan mein Liebling? Nathan Pillsbury? Ich kann mich an nichts dergleichen erinnern. Außerdem habe ich nie jemanden vorgezogen. Das ist eine schlechte Angewohnheit.« Sie schob ihre Lippen vor und zurück.

»Wie andern auf die Finger klopfen«, lachte er und stellte seine halbvolle Tasse auf den Boden.

Sie brach wieder in ihr wildes Lachen aus. »Ach, hören Sie doch damit auf, Raybe. Wenn ich wirklich mal jemandem auf die Finger geklopft habe, dann hatte er es bestimmt verdient.«

»Das haben Sie schon gemacht«, sagte er sachlich.

»Wirklich? Hab' ich das wirklich gemacht? Ja, ich glaube schon, daß ich das gemacht habe. Wissen Sie auch noch weswegen? Briefchen schreiben? Aus dem Fenster gaffen?«

»Wegen rein gar nichts. Sie haben es viele Male gemacht. *Dutzende* Male.« Er räusperte sich.

»Wirklich? Ach, du lieber Gott. Es ist mir gar nicht klar, daß ich das gemacht habe. Ich habe nur auf die Finger geklopft, wenn man mich maßlos herausgefordert hat, wissen Sie. *Maßlos* herausgefordert.« Sie nahm einen großen Schluck von ihrem Tee. Was war es denn eigentlich, woran sie dieser Junge besonders erinnerte? Irgend etwas. Es ließ ihr keine Ruhe. Sie konnte sich nicht daran erinnern, was es war. Irgendein Charakterzug.

»Sie haben's viele Male gemacht«, fuhr er fort. »Vor der ganzen Klasse. Die haben mich ausgelacht.«

»Ich? Meine Güte, was für ein Gedächtnis! Nun, es scheint Ihnen keineswegs geschadet zu haben. Ein wenig Disziplin hat noch nie jemandem geschadet ... Was sagten Sie noch mal, was Sie von Beruf machen?«

»Bin im Gefängnis gewesen«, sagte er mit einem matten Lächeln. Er bemerkte, wie ihr Mund herunterklappte.

»Gefängnis? Sie waren im *Gefängnis?* Oh, ich verstehe, das sollte ein Spaß sein.« Sie versuchte wieder zu lachen, aber dieses Mal wollte es ihr nicht gelingen, so richtig laut loszulachen.

»Versuchen Sie's doch mal, zehn Jahre hinter jenen Mauern zu hocken, ob Sie dann immer noch glauben, daß es ein Spaß ist.« Er suchte in seiner Tasche nach einer Packung Zigaretten, holte eine heraus und steckte sie langsam an. Er blies einen Rauchkringel über den Tisch.

»Nun, ich muß schon sagen! Sie sind sicher der einzige von meinen Jungens, der ... der jemals im Gefängnis gelandet ist. Aber ich bin sicher, es gab ... *Umstände* ... die dazu führten. Ich bin sicher, Sie sind ein feiner Kerl, trotz- und alledem.« Sie bewegte ihre Lippen jetzt noch schneller. Ihr Blick wanderte zum Fenster, das in die Nacht hinausging.

»Ja, es gab *Umstände,* wie Sie es nennen. Ganz besondere Umstände.« Er blies einen riesigen Rauchkringel in ihre Richtung. Die alte Frau fing an zu husten. »Das kommt vom Rauch. Ich bin es nicht gewohnt, daß in meiner Nähe geraucht wird. Macht es Ihnen etwas aus, wenn Sie es bleiben lassen?«

»Ja, macht mir was aus«, sagte er grob. »Ich werd' diese Zigarette zu Ende rauchen, egal wie.«

»Ja, wenn das so ist, dann ist es eben so«, sagte sie nervös und machte Anstalten aufzustehen. »Aber lassen Sie mich ein wenig das Fenster öffnen . . .«

»SETZEN SIE SICH WIEDER AUF IHREN STUHL!«

Sie wich in den Schaukelstuhl zurück.

»Also, jetzt hören Sie mal zu, Sie altes Miststück«, fing er an.

»Beschimpfen Sie mich nicht. Wagen Sie es ja nicht!. Wie können Sie es *wagen!* Kein Wunder, daß Sie hinter Gittern waren. Ein ganz gewöhnlicher Knastbruder. Ein entarteter Mensch. Keinen Respekt vor Älteren.«

»Halt die Klappe, Oma.« Er warf den Zigarettenstummel auf den Boden und trat ihn auf dem — wie es schien — Orientteppich aus. Sie bekam Stielaugen. »Ich erinnere mich jetzt ganz deutlich an Sie«, schrie sie, und griff sich mit den Händen an den Kopf. »Ich erinnere mich an Sie. Mit Ihnen war von Anfang an nichts los. Keine Motivation. Kein Durchhaltevermögen. Ich wußte schon, wo Sie landen würden. Sie haben sich ganz meinen Erwartungen gemäß entwickelt.« Sie blickte ihn trotzig an.

»Halt die Klappe, du Miststück«, sagte er ruhig und begann endlich, den Reißverschluß von seiner Lederjacke aufzumachen.

»Das werde ich *nicht,* ich werde meine Meinung sagen. Sie waren ein Tunichtgut. Ich erinnere mich an den Tag, als Sie schmutzige, eklige Worte auf die Wand des Lehrmittelraums geschrieben haben. Schreckliche Worte. Als ich zurückgegangen bin, um die Unterlagen zu holen, die ich verteilen wollte, habe ich sie gesehen. Ich mußte sie lesen, und ich wußte schon, wer sie geschrieben hatte.«

»Ich hab' sie nicht geschrieben.«

»O doch, Sie haben sie geschrieben. Und ich habe Ihnen mit dem Lineal ordentlich auf die Finger gehauen, wenn ich mich recht erinnere.«

»Sie haben mir ordentlich auf die Knöchel gehauen, aber ich hab' jene Worte nicht geschrieben.«

»Doch!«

»Nein.« Es klang wie bei zwei Schulkindern. Er schälte sich aus seiner Jacke heraus.

»Solche Fehler habe ich nie gemacht«, sagte sie sanft und beobachtete, wie er die Jacke auszog. »Ich habe einfach gewußt, wer aus meiner Klasse eine strenge Hand brauchte.«

Er stand jetzt vor ihr und hielt die schwere Jacke in der Hand. Darunter hatte er nur ein T-Shirt aus irgendeinem groben grauen Halbwollzeug an. Sie sah seine muskelbepackten Arme, und er sah, daß sie sie sah. Sie war sich sicher, daß sie den Gefängnisgeruch an ihm wahrnehmen konnte, obwohl sie nie näher an ein Gefängnis herangekommen war als bei der Lektüre von Dickens.

»Ich habe nie Fehler gemacht«, wiederholte sie mit schwacher Stimme. »Und jetzt ziehen Sie mal besser den Mantel da schnell wieder an und gehen. Dahin zurück, woher auch immer Sie gekommen sind.«

»Kann ich jetzt nicht machen, du Miststück. Ich muß noch eine alte Rechnung begleichen.«

»Alte Rechnung? Begleichen?« Sie tastete mit den Händen auf den Lehnen des Schaukelstuhls nach einem Halt.

»Ja. Ich hatte viel Zeit, um über alles nachzudenken. Zehn Jahre, um darüber nachzudenken. Viele Nächte habe ich auf einem Brett von Bett in dem Saustall gelegen und versucht, alle Teile zusammenzusetzen. Wie es dazu kam, daß ich *dort* war. War es meine Tante? Nee, sie hat ohne einen Pfennig Geld ihr Bestmögliches getan. Waren's die Typen, mit denen ich mich auf der Oberschule angefreundet hatte? Nee, es war schon vorher etwas geschehen, sonst hätte ich mich von vornherein nie mit solchen Leuten angefreundet, mit so'ner Rockerclique. Und dann, eines Abends da bin ich draufgekommen. *Sie* waren's.«

»Ich? Ich war's? Was habe ich denn gemacht?« Ihre Lippen bewegten sich jetzt heftig, rein und raus, wie bei einem Blasebalg. Ihre Hände hielten sich krampfhaft an den Lehnen des Schaukelstuhls fest, die wie Spinnenbeine aussahen.

»Mich dahin gebracht. Weil Sie die ganze Zeit auf mir herumgehackt haben. Mich schlechter gemacht haben, als ich war. Sie haben mir nie die gleiche Chance gegeben, wie sie die anderen hatten. Die anderen Kinder haben mich von ihren Spielen und so ausgeschlossen, weil Sie sich daranhielten, ich sei schlecht. Und Sie haben immer zu mir gesagt, ich sei dreckig. Nur weil mich meine Tante nicht mit so reinen Hemden versorgen konnte, wie einige der anderen sie hatten. Für alles, was geschehen ist, haben Sie mich bestraft. Aber am schlimmsten war es an dem Tag mit den Worten auf der Wand. Sie haben mich so heftig geschlagen, daß meine Knöchel bluteten. Meine Hände waren wochenlang wund wie Geschwüre.«

»*Nun* übertreiben Sie aber.«

»Überhaupt nicht. Dies sind *meine* Hände, also müßte ich es eigentlich wissen. Und ist Ihnen klar, wer jene Worte auf die Wand geschrieben hat? *Wissen Sie es?«* brüllte er, und sein Gesicht war ihrem ganz nah.

»Nein, wer?« flüsterte sie, atemlos vor Furcht.

»Nathan Pillsbury, der war's!« schrie er, biß die Zähne zusammen und schüttelte ihren zarten Körper, der ihm völlig ausgeliefert war. *»Nathan Pillsbury, Nathan Pillsbury!«*

»Lassen Sie mich los«, wimmerte sie. »Lassen Sie mich los.«

»Ich lasse Sie erst los, wenn meine Rechnung beglichen ist.«

Die Augen der alten Frau drehten sich zu den schwarzen, blinden Fenstern hin. »Was wollen Sie mit mir machen?« keuchte sie.

»Nur begleichen, meine Liebe«, sagte er und holte den Hammer aus der Jacke. »Also, legen Sie Ihre Hände auf die Tischplatte.«

»Meine Hände? Auf die Tischplatte?« flüsterte sie.

»Auf die Tischplatte«, wiederholte er pedantisch, wie ein Lehrer. »So.« Er machte zwei Fäuste und legte sie fest auf die Oberfläche.

Sie weigerte sich.

»So!« brüllte er, zerrte an ihren zitternden Händen und drückte sie mit Gewalt auf die Tischplatte. Dann hob er mit der freien Hand den Hammer hoch.

Ausnahmsweise brachte er einmal etwas zum Abschluß.

THOMAS M. DISCH

Küchenschaben

Thomas M. Disch, der Autor von Camp Concentration (1968), 334 (1974) und The Genocides (1965), zählt zu den besten amerikanischen Autoren, die die Science Fiction in ihrer fünfzigjährigen Geschichte hervorgebracht hat. In diesem elegant geschriebenen frühen Stück hat der junge Schriftsteller, hier schon an der Spitze seines Könnens angelangt, Freude an der klassischen Aufmachung und handhabt sie mit Leichtigkeit und Würde; eine Geschichte, die schon die Schreckensvisionen der siebziger Jahre anklingen läßt, aber auch dem gebändigten und sichtbaren Grauen seine Reverenz erweist, das Amerika in den fünfziger Jahren die Grenzen der Nacht zeigte.

Miß Marcia Kenwell hatte einen ausgeprägten Abscheu gegen Küchenschaben. Es war ein völlig anderer Abscheu als derjenige, den sie zum Beispiel gegen die braunrote Flohfarbe hegte.

Marcia Kenwell ekelte sich vor den kleinen Dingern. Sie konnte keines sehen, ohne einen Zwang zum Schreien in sich zu spüren. Ihre Abneigung war so enorm, daß sie es nicht einmal ertragen konnte, sie mit den Schuhsohlen zu zertreten. Nein, das wäre zu schrecklich gewesen. Statt dessen lief sie nach der Sprühdose mit ›Insektentod‹ und überflutete die kleine Bestie mit Gift, bis sie aufhörte, sich zu bewegen oder in eine der Ritzen krabbelte, wo sie alle zu leben schienen. Es war furchtbar, unaussprechlich furchtbar, sie sich vorzustellen, wie sie in den Wänden und unter dem Linoleum nisteten und nur darauf warteten, daß die Lichter ausgemacht würden, um dann ... Nein, es war am besten, nicht daran zu denken.

Jede Woche sah sie die New York Times durch, in der Hoffnung, eine andere Wohnung zu finden. Aber entweder waren die Mieten unerschwinglich (Marcias Lohn betrug bloße 62,50 Dollar brutto), oder das Gebäude war offensichtlich schabenbefallen. Sie erkannte es immer: Die leeren Hüllen toter Schaben lagen in dem Staub unter dem Abfluß herum — klebten an der fettigen Rückseite des Herdes — umsäumten Küchenborde, die außerhalb der normalen Reichweite lagen. Sie verließ solche Räume, von Ekel erfüllt, und war, bis sie ihre eigene Wohnung wieder erreichte, nicht zum Denken fähig. Dort war die Luft geschwängert durch den Gestank von ›Insektentod‹, von ›Sprühtod‹ und den Geruch der giftigen Pasten, die auf Kartoffelscheiben gestrichen und in hundert Ritzen versteckt waren, von denen nur sie und die Schaben wußten.

Wenigstens, dachte sie, *halte ich meine Wohnung sauber.* Und wahrhaftig: Das Linoleum unter dem Abfluß, die Rückseite und die Unterseite des Herdes und das weiße Klebpapier, das ihre Küchenborde säumte, waren makellos. Sie konnte nicht verstehen, daß andere Leute diese Dinge einfach so völlig schleifen ließen. *Das müssen Portorikaner sein,* entschied sie — und schüttelte sich von neuem vor Grauen, wenn sie an diesen gräßlichen Abfall aus leeren Hüllen, an den Schmutz und die Krankheiten dachte.

Solch extremer Widerwille gegen Insekten — gegen ein bestimmtes Insekt — mag übertrieben scheinen. Aber Marcia Kenwell war darin wirklich nicht außergewöhnlich. Es gibt viele Frauen, die dieses Gefühl teilen; obwohl man um der himmlischen Barmherzigkeit willen hoffen möchte, daß sie Marcias eigentümlichem Schicksal entgehen.

Marcias Angstzustände waren, wie das meist der Fall ist, erblich bedingt. Das will heißen, daß sie sie von ihrer Mutter geerbt hatte, die von einer krankhaften Furcht vor allem besessen war, was krabbelte oder kroch oder in kleinen Löchern lebte. Mäuse, Frösche, Schlangen, Würmer, Käfer — sie alle konnten Mrs. Kenwell zur Hysterie treiben, und es wäre wirklich ein Wunder gewesen, wenn die kleine Marcia nicht nach ihr geraten wäre. Es war jedoch ziemlich seltsam, daß ihre Furcht sich so spezialisiert hatte. Und noch seltsamer, daß es besonders Küchenschaben sein sollten, die ihre Fantasie gefangen hielten. Denn Marcia hatte bei bereits sehr ausgeprägter Furcht noch keine einzige Küchenschabe gesehen, sie wußte gar nicht was sie waren. (Die Keanwells waren nämlich eine Familie aus dem Mittelwesten, und Familien im Mittelwesten haben keine Küchenschaben!) Tatsache war, daß das Thema sich nicht ergab, bis Marcia neunzehn war und sich aufmachte (bewaffnet mit nichts weiter als einem Oberschul-Abschlußzeugnis und einer Gitarre), um New York zu erobern.

Am Tag ihrer Abreise kam ihre liebste und einzige noch lebende Tante mit ihr zum Autobus-Bahnhof und gab ihr zum Abschied diesen Rat: »Nimm dich vor den Schaben in acht, Marcia, mein Schatz. New York ist voller Küchenschaben!« Zu jener Zeit beachtete Marcia die Tante kaum, die von Anfang an gegen die Reise gewesen war und hundert oder mehr Gründe aufgezählt hatte, warum Marcia besser nicht fahren sollte — jedenfalls nicht, bis sie älter war.

Ihre Tante hatte in allen Punkten recht behalten: Nach fünf Jahren und fünfzehn Arbeitsvermittlungsgebühren konnte Marcia in New York nichts als langweilige Jobs bei mäßiger Bezahlung finden; sie besaß nach dem ersten Wohnungswechsel auch nicht mehr Freude als zu der Zeit, als sie in der 16. Weststraße gelebt hatte; und abgesehen von dem Ausblick auf ein Stückchen Himmel, stellte ihre gegenwärtige Wohnung in der Unteren Thompson-Straße gegenüber der Vorgängerin keine große Verbesserung dar. Die Stadt war voller Verheißungen, aber sie galten allen anderen Leuten.

Die Stadt, die Marcia kannte, war sündig, indifferent, schmutzig und gefährlich. Jeden Tag las sie Berichte über Frauen, die in Untergrundbahnstationen angegriffen worden waren, in den Straßen genotzüchtigt, in ihren eigenen Betten erstochen. Hundert Menschen sahen die ganze Zeit über neugierig zu und leisteten keine Hilfe. Und als Gipfelpunkt alles übrigen gab es die Schaben.

Schaben waren überall, wenn Marcia sie auch nicht sah, bis sie einen Monat in New York gewesen war. Sie liefen ihr zu, oder sie ihnen — in Silversmith's Bürowarenladen in der Nassau-Straße, wo sie gerade seit drei Tagen arbeitete. Es war der erste Job, den sie hatte finden können. Allein oder von einem pickligen Lagerburschen unterstützt, wanderte sie an Reihen rauhkantiger Metallregale in dem moderigen Tiefparterre entlang und machte Inventur von Bündeln und Stapeln und Kartons mit Briefpapier, kunstledereingebundenen Tagebüchern, Nadeln und Klammern und Kohlepapier. Das Tiefparterre war schmutzig und so schwach beleuchtet, daß sie für die untersten Fächer eine Taschenlampe brauchte. In der dunkelsten Ecke tropfte aus einem Wasserhahn ständig Wasser in ein graues Abflußbecken: Sie hatte in der Nähe dieses Abflußbeckens Pause gemacht und eine Tasse lauwarmen Kaffee getrunken. Sie dachte wahrscheinlich gerade daran, wie sie sich verschiedene Dinge leisten könne, die sie sich einfach nicht leisten konnte — als sie die dunklen Punkte bemerkte, die sich neben dem Becken bewegten. Zuerst dachte sie, es seien nichts weiter als kleine Trübungen, die in der Gallerte ihrer Augen schwammen; oder jene kleinen Punkte, die man nach Überanstrengungen an einem heißen Tag sieht.

Aber sie blieben zu lange da, um eine Illusion zu sein. Und Marcia ging näher heran. *Woher weiß ich denn, daß das Insekten sind?* dachte sie.

Wie sollen wir die Tatsache erklären, daß das, was uns am meisten abstößt, zu gewissen Zeiten übermäßig attraktiv sein kann? Warum ist die Kobra, die sich zum Biß aufrichtet, so schön? Die Faszination des Greuels ist etwas, das wir lieber nicht erklären wollen. Das Thema grenzt an Obszönität, und es besteht keine Notwendigkeit, sich hier damit zu befassen; außer daß man das atemlose Staunen feststellen muß, mit dem Marcia diese ihre ersten Schaben beobachtete. Ihr Stuhl war so nahe an den Abfluß herangezogen, daß sie die Sprenkelung der ovalen, ungegliederten Körper sehen konnte und das eilige Getrippel ihrer dünnen Beine und das schnelle Flattern ihrer Fühler. Sie bewegten sich regellos und schienen außerordentlich aufgestört zu sein. *Vielleicht,* dachte Marcia, *hat meine Anwesenheit eine krankhafte Auswirkung auf sie?*

Erst da wurde ihr voll bewußt, daß dies die Küchenschaben waren, vor denen sie gewarnt worden war. Ekel packte sie. Sie schrie und fiel in ihren Stuhl zurück, wobei sie fast ein Regal umwarf. Gleichzeitig verschwanden die Schaben im Ausguß.

Mister Silversmith kam herunter, um sich nach der Ursache von Marcias Angst zu erkundigen, und fand sie bewußtlos. Er besprenkelte ihr Gesicht mit Leitungswasser, und sie erwachte mit einem Schauder. Sie weigerte sich, zu erklären, warum sie geschrien hatte, und bestand darauf, daß sie Mister Silversmiths Dienste unverzüglich verlassen müsse. Er nahm an, daß der picklige Lagerbursche (der sein Sohn war) zudringlich geworden war, zahlte sie für die drei Tage aus, die sie gearbeitet hatte, und ließ sie ohne Bedauern ziehen. Von diesem Moment an waren Küchenschaben ein regelmäßiger Zug in Marcias Dasein.

In der Thompson-Straße war es Marcia vergönnt, eine Art Unentschieden mit den Küchenschaben zu erreichen. Sie entwickelte eine Routine der Pasten und der Puder, des Schrubbens und des Wachsens, der Vorbeugung (sie trank niemals auch nur eine Tasse Kaffee, ohne Tasse und Kaffeekanne unmittelbar hinterher auszuwaschen und abzutrocknen) und der rücksichtslosen Ausrottung. Die einzigen Schaben, die sich Übergriffe auf ihre zwei gemütlichen Zimmer erlaubten, kamen von der Wohnung darunter. Und die blieben auch nicht lange, dessen können Sie sicher sein! Marcia hätte sich ja bei der Hauswirtin beschwert, nur — es war die Wohnung der Wirtin, und es waren ihre Schaben.

Marcia war in dieser Wohnung gewesen, um am Heiligen Abend ein Glas Wein mit ihr zu trinken, und sie mußte zugeben, daß es dort eigentlich gar nicht so besonders schmutzig war. Es war sogar mehr als normal sauber — aber *das* war in New York nicht genug. Wenn *jedermann,* dachte Marcia, *so viel Vorsicht walten lassen würde wie ich, dann gäbe es bald keine Küchenschaben in New York City mehr.*

Dann (es war März und ihr sechstes Jahr in der Stadt) zogen eine Tür weiter die Schchapalows ein. Zwei Männer und eine Frau — und sie waren alt, obwohl man schwer sagen konnte, wie alt: Sie waren durch mehr als durch die Zeit alt geworden. Vielleicht waren sie nicht älter als Vierzig. Die Frau zum Beispiel, obwohl ihr Haar noch braun war, hatte ein Gesicht, so schrumpelig wie eine Dörrpflaume, und ihr fehlten verschiedene Zähne. Sie hielt Marcia immer im Flur oder auf der Straße an und redete auf sie ein — stets die gleiche simple Klage über das Wetter, das zu heiß oder zu kalt oder zu naß oder zu trocken war. Marcia verstand niemals auch nur die Hälfte dessen, was die alte Frau sagte. Sie nuschelte nämlich. Danach wackelte sie dann zum Feinkostladen davon mit ihrer Einkaufstasche voll leerer Flaschen.

Die Schchapalows tranken. Marcia, die eine ziemlich übertriebene Vorstellung von den Einkaufspreisen für Alkohol hatte, machte sich Gedanken, wo sie das Geld für dieses viele Trinken hernahmen. Sie wußte, daß sie nicht arbeiteten. Denn an solchen Tagen, an denen Marcia mit einer Grippe zu Hause lag, konnte sie die drei Schchapalows durch die dünne Wand zwischen deren Küche und ihrer eigenen hören. *Sie leben von der Wohlfahrt,* entschied Marcia. Vielleicht bekam der Mann eine Versehrtenrente.

Ihre Streitereien hörte Marcia nicht so sehr (sie war nachmittags selten zu Hause), aber ihren Gesang konnte sie nicht ausstehen. Am frühen Abend fingen sie an und sangen sich durch die Radiostationen mit. Es gab Gebrüll, Gebell und Schreie.

Etwas Ähnliches hatte Marcia einmal auf einer Folklore-Schallplatte mit tschechoslowakischen Hochzeitsliedern gehört. Sie war ziemlich außer sich, sobald der schreckliche Lärm begann, und mußte das Haus verlassen, bis ihre Nachbarn damit zu Ende kamen. Eine Beschwerde hätte nichts geholfen, denn die Schchapalows hatten das Recht, zu solchen Stunden zu singen.

Außerdem hieß es, einer der Männer sei durch Heirat mit der Hauswirtin verwandt. Auf diese Weise hatten sie wohl auch die Wohnung bekommen, die bis zu ihrem Einzug als Lagerraum verwendet worden war. Marcia verstand sowieso nicht, wie die drei auf so wenig Raum überhaupt Platz fanden. Nur eineinhalb Räume mit einem schmalen Fenster, das in den Luftschacht hinausging.

Aber wenn schon deren Gesinge sie bedrängte, was sollte sie dann erst gegen die Schaben tun? Die weibliche Schchapalow war die Schwester des einen Mannes, und mit dem anderen war sie verheiratet. Manchmal, so schien es Marcia nach den Worten, die durch die Wände drangen, daß sie mit keinem verheiratet war oder mit beiden. Also diese Schchapalow war eine schlechte Hausfrau. Die Wohnung der Schchapalows wimmelte bald von Schaben. Da Marcias Abfluß und jener der Schchapalows an dieselben Rohre angeschlossen waren, ergoß sich ein steter Schaben-Überschuß in Marcias untadelige Küche. Sie konnte sprühen und noch mehr vergiftete Kartoffeln auslegen; sie konnte schrubben und abstauben und Kleenex-Papiertücher in Löcher stopfen, wo die Rohre durch die Wand kamen — es nützte nichts. Die Schchapalow-Schaben brauchten nur eine weitere Million Eier in die Mülltüten zu legen, die unter dem Abfluß der Schchapalows verrotteten. In wenigen Tagen wimmelten sie dann durch die Rohre und Risse auf Marcias Küchenborde.

Marcia legte sich ins Bett und beobachtete sie (dies war möglich, weil sie in jedem Raum ein Nachtlicht brennen ließ). Sie gingen quer über den Boden vor und die Wände hoch, wobei sie den Unrat und die Krankheitskeime der Schchapalows überall umherschleppten.

An einem solchen Abend waren die Schaben besonders schlimm, und Marcia versuchte sich zu dem Entschluß durchzuringen, aus ihrem warmen Bett zu steigen und sie mit ›Schabentod‹ anzugreifen. In der Überzeugung, daß Küchenschaben Kälte nicht mögen, hatte sie die Fenster offengelassen; aber sie fand, daß sie selbst das noch viel weniger mochte. Wenn sie schluckte, tat es weh, und sie wußte, daß sie bald mit einer Erkältung im Bett festliegen würde.

»Oh, geht doch weg!« bettelte sie. *»Geht weg! Raus aus meiner Wohnung!«*

Sie sprach die Schaben mit derselben verzweifelten Intensität an, mit der sie manchmal Gebete zum Allmächtigen gesprochen hatte. Einmal hatte sie die ganze Nacht darum gebetet, von ihrer Akne befreit zu werden, aber am Morgen war sie schlimmer gewesen als je. Menschen in unerträglichen Situationen beteten zu allem und jedem. In Schützenlöchern liegen nie Atheisten: Die Männer dort beten zu den Bomben, doch woanders herunterzukommen.

Das Seltsame in Marcias Fall ist, daß ihre Gebete auch erhört wurden. Die Schaben flohen aus ihrer Wohnung so schnell, wie ihre kleinen Beine sie tragen konnten. Hatten sie sie gehört? Hatten sie verstanden?

Marcia konnte eine Schabe noch sehen, die von dem Küchenbord herunterkam. *»Halt!«* befahl sie. Und die Schabe hielt an.

Auf Marcias Kommando marschierte die Schabe auf und ab, nach links und nach rechts. In dem Verdacht, daß ihre Furcht zum Irrsinn herangereift war, verließ Marcia ihr warmes Bett, machte das Licht an und näherte sich vorsichtig der Schabe, die bewegungslos blieb, wie ihr geheißen worden war. *»Wackle mit deinen Fühlern«*, befahl sie. Die Küchenschabe wackelte mit ihren Fühlern.

Sie fragte sich, ob *alle* ihr gehorchen würden — und fand innerhalb der nächsten Tage heraus, daß sie ihr in der Tat alle gehorchten. Sie taten alles, was sie ihnen sagte. Sie fraßen ihr Gift aus der Hand! Nun, nicht gerade aus der Hand, aber es lief auf dasselbe hinaus. Sie waren ihr ergeben. Sklavisch.

Das ist das Ende, dachte sie, *meines Schabenproblems.* Aber natürlich war es nur der Anfang.

Marcia fragte nicht allzusehr nach dem Grund, aus dem ihr die Schaben gehorchten. Sie hatte sich nie sehr mit abstrakten Problemen abgemüht. Nachdem sie den Schaben so viel Zeit und Aufmerksamkeit gewidmet hatte, schien es nur natürlich, daß sie eine gewisse Macht über sie hatte. Doch sie war weise genug, von dieser Macht nie zu jemandem anderen zu sprechen — nicht einmal zu Miß Bismuth im Versicherungsbüro. Miß Bismuth las Horoskop-Magazine und behauptete, mit ihrer 68jährigen Mutter telepathisch in Verbindung zu stehen. Ihre Mutter lebte in Ohio. Aber was hätte Marcia sagen sollen: daß *sie* telepathisch mit Küchenschaben in Verbindung stand? Unmöglich!

Ebensowenig setzte Marcia ihre Macht zu irgendeinem anderen Zweck ein als dem, die Küchenschaben von ihrer Wohnung fernzuhalten. Sobald sie eine sah, befahl sie ihr einfach, in die Schchapalow-Wohnung zu gehen und dort zu bleiben. Es war immerhin überraschend, daß ständig weitere Schaben durch die Rohre zurückkamen. Marcia nahm an, daß es jüngere Generationen waren. Küchenschaben vermehren sich bekanntlich schnell. Aber es war leicht genug, sie den Schchapalows auf den Hals zu schicken.

»In ihre Betten«, fügte sie bei weiterem Nachdenken hinzu. *»Geht in ihre Betten.«* Unappetitlich, wie diese Idee war, verschaffte sie ihr doch einen angenehmen Kitzel.

Am nächsten Morgen wartete das Schchapalow-Weib, das noch ein wenig übler roch als sonst, an ihrer offenen Wohnungstür. Sie wollte Marcia sprechen, bevor Marcia zur Arbeit ging. Ihr Hauskleid war von einem Versuch verdreckt, den Boden zu schrubben.

»Keine blasse Ahnung! Sie haben ja keine Ahnung, wie schlimm es ist . . .«

»Was?« fragte Marcia, die nur zu gut wußte, was da kam.

»Die Käfer! Oh, die Käfer sind einfach überall. Haben Sie die nicht, Herzchen? Ich weiß nicht, was ich machen soll. Ich müh mich doch, ein anständiges Haus zu führen, weiß Gott . . .« Zum Zeugnis ihrer Worte richtete sie ihre schmutzig-feuchten Augen zum Himmel, ». . . aber ich weiß nicht mehr, was ich machen soll.« Sie lehnte sich vertraulich vor. »Sie werden mir das nicht glauben, Herzchen, aber heute nacht . . .«

Eine Küchenschabe begann aus den schlaffen Haarsträhnen, die der Frau in die Augen hingen, herauszuklettern. ». . . die sind zu uns ins Bett gekommen! Ist das noch zu glauben? Es müssen ein paar hundert gewesen sein. Ich habe zu Ossip gesagt, habe ich gesagt — was ist denn, Herzchen?«

Marcia, sprachlos vor Grauen, zeigte auf die Schabe, die fast die Nasenwurzel der Frau erreicht hatte. »Iiik!« schrie die Frau, schlug die Schabe tot und wischte sich den beschmutzten Daumen an dem beschmutzten Kleid ab. »Gottvafluchte Käfer! Ich hasse sie, ich schwör's zu Gott. Aber was soll man machen? Also, was ich Sie mal fragen wollte, Herzchen: Haben Sie eigentlich auch Schwierigkeiten mit die Keefa? Indem Sie doch gleich nächste Tür wohnen, hab' ich mir gedacht . . .« Sie lächelte ein vertrauliches Lächeln, als ob sie sagen wollte: Es bleibt ganz unter uns Damen. Marcia erwartete fast, eine Schabe zwischen ihren lückenhaften Zähnen herauskrabbeln zu sehen.

»Nein«, sagte sie. »Nein, ich verwende ›Insektentod‹.« Rückwärtsgehend zog sie sich vom Wohnflur gegen die Sicherheit des Treppenflurs zurück. »Insektentod«, sagte sie noch einmal lauter.

»Insektentod!« schrie sie von unten hinauf. Ihre Knie zitterten so, daß sie sich am eisernen Treppengeländer festhalten mußte.

Im Versicherungsbüro konnte Marcia an diesem Tag ihre Gedanken keine fünf Minuten auf die Arbeit konzentrieren. Sie dachte immer wieder an die Küchenschaben in dem verfilzten Haar des Schchapalow-Weibes; an deren Bett, das von Schaben wimmelte; an andere, nicht so konkrete Schrecken am Rand ihres Bewußtseins. Die Zahlen schwammen und drehten sich vor ihren Augen durcheinander. Zweimal mußte sie die Damentoilette aufsuchen, aber jedesmal war es ein falscher Alarm. Nichtsdestoweniger war sie zur Mittagszeit ganz ohne Appetit. Statt in die Angestelltenkantine hinunterzugehen, trat sie hinaus in die frische Aprilluft und schlenderte die 23. Straße hinunter. Trotz des Frühlings schien alles einen Niedergang anzukündigen, einen fauligen Verfall. Aus den Steinen des Flatiron-Gebäudes suppte feuchte Schwärze; in den Gossen häufte sich weiche Fäulnis; vor den billigen Restaurants hing der Geruch von brennendem Fett wie Zigarettenrauch in einem engen Raum.

Der Nachmittag war noch schlimmer. Ihre Finger fanden nicht die korrekten Zahlen auf der Maschine, sobald sie nicht direkt hinsah. Eine alberne Phrase ging ihr wieder und wieder durch den Kopf: »Etwas muß geschehen. Etwas muß geschehen.« Sie hatte völlig vergessen, daß erst sie die Schaben in das Bett der Schchapalows geschickt hatte.

An diesem Abend, statt unmittelbar nach Hause zu gehen, ging sie in ein Stinkkino in der 42. Straße. Die besseren Filme konnte sie sich nicht leisten. Susan Haywards kleiner Junge ertrank beinahe im Treibsand, das war das einzige, woran sie sich hinterher erinnerte.

Dann tat sie etwas, was sie nie zuvor getan hatte. Sie ging in eine Bar und trank etwas. Sie trank noch etwas. Niemand belästigte sie; niemand blickte auch nur in ihre Richtung. Sie nahm ein Taxi zur Thompson-Straße (die U-Bahn war zu dieser Stunde nicht sicher) und kam gegen elf Uhr vor ihrer Tür an. Für ein Trinkgeld war ihr nichts mehr geblieben. Der Taxifahrer sagte, er verstehe schon.

Unter der Tür der Schchapalows war Licht, und sie waren mitten im Singen. Es war elf Uhr. »Es muß etwas *geschehen*«, flüsterte Marcia sich selbst zu. »Es muß etwas *geschehen.*«

Ohne das Licht anzumachen, sogar ohne ihre neue Frühlingsjacke auszuziehen, ließ sich Marcia auf die Knie nieder und kroch unter den Abfluß. Sie riß das Kleenexpapier heraus, das sie in die Risse rund um die Rohre gestopft hatte.

Da waren sie alle drei, die Schchapalows, und tranken. Die Frau plumpste auf den Schoß des einäugigen Mannes, und der andere Mann — in schmutzigem Unterhemd — stampfte mit dem Fuß den Takt zu den lauten Mißklängen ihres Gesanges. Fürchterlich. Natürlich tranken sie, das hätte sie wissen müssen, und jetzt drückte die Frau ihren schabenverseuchten Mund auf den Mund des einäugigen Mannes — furchtbar.

Marcias Hände krallten sich in ihr mausfarbenes Haar, und sie dachte: *Der Schmutz, die Krankheitskeime!* Hatten sie denn aus der letzten Nacht überhaupt keine Lehren gezogen?

Etwas später (Marcia hatte jedes Zeitgefühl verloren) wurde das Deckenlicht in der Wohnung der Schchapalows ausgemacht. Marcia wartete, bis sie keine Geräusche mehr von sich gaben.

»Jetzt!« sagte Marcia, »ihr alle! Ihr alle in diesem Gebäude, ihr alle, die ihr mich hören könnt, versammelt euch um das Bett, aber wartet noch eine kleine Weile. Geduld. Ihr alle . . .« Die Worte ihres Befehls fielen in kleine Bruchstücke auseinander, die sie wie zu Perlen eines Rosenkranzes sprach — kleine, braune, eiförmige, hölzerne Perlen.

». . . versammelt euch ringsherum . . .« Ihre Hand streichelte rhythmisch die kalten Wasserrohre, und es schien, daß sie sie hören konnte — wie sie sich versammelten, wie sie durch die Wände herantrippelten, wie sie von den Küchenborden kamen, aus den Mülltüten — ein Schwarm, eine Armee. Und sie war ihre absolute Königin.

»Jetzt vorwärts!« sagte sie. »Besteigt sie! Bedeckt sie! Freßt sie auf!«

Es gab keinen Zweifel, daß sie sie jetzt hören konnte. Sie hörte sie geradezu fühlbar. Ihr Geräusch war wie Gras im Wind, wie die ersten Rollbewegungen von Kies, der von einem Lastwagen ausgeschüttet wird. Dann war der Schrei des Schchapalow-Weibes und Flüche von den Männern! So schreckliche Flüche, daß Marcia es kaum ertragen konnte, darauf zu lauschen.

Ein Licht ging an, und Marcia konnte sie sehen — die Schaben. Überall! Jede Oberfläche, die Wände, die Fußböden, der schäbige Bruch von Möblierung, saß dickgesprenkelt voller *blattelae germanicae.* Sie saßen mehrere Schichten dick.

Das Schchapalow-Weib stand auf dem Bett und kreischte monoton. Ihr rosafarbenes Kunstseidennachthemd war von schwarzbraunen Punkten gesprenkelt. Ihre knotigen Finger versuchten Insekten aus dem Haar zu streifen, aus dem Gesicht zu streifen. Der Mann im Unterhemd, der wenige Minuten vorher mit seinen Füßen zur Musik den Takt gestampft hatte, stampfte jetzt viel dringlicher, eine Hand noch immer an der Lichtkordel. Bald war der Fußboden schlüpfrig von zertrampelten Schaben, und er rutschte aus. Das Licht ging aus. Das Kreischen der Frau wirkte jetzt erstickt, als ob . . .

Aber Marcia wollte an so etwas nicht denken. »Genug«, flüsterte sie. »Nicht mehr. Halt.«

Sie kroch von dem Abfluß fort — quer durch den Raum auf ihr Bett, das sich tagsüber mit Hilfe von ein paar Kissen als Couch ausgab. Ihr Atmen wurde mühsam, und in ihrer Kehle zog sich auf merkwürdige Weise etwas zusammen. Sie schwitzte.

Aus dem Raum der Schchapalows kamen Laufgeräusche, eine Tür knallte zu, laufende Füße — und dann ein lauteres Geräusch, vielleicht ein Körper, der die Treppen hinunterfiel. Die Stimme der Hauswirtin: »Was zum Teufel glaubt ihr, daß ihr . . .« Andere Stimmen, die ihre übertönten. Unzusammenhängendes Gerede und Schritte, die die Treppen heraufkamen. Dann wieder die Hauswirtin: »Da sind doch keine Käfer! Die Käfer sind in euren Köpfen! Weiße Mäuse habt ihr gesehen. Aber es wäre kein Wunder, wenn es hier Käfer gäbe. Die Wohnung ist dreckig! Seht euch mal diesen Mist auf dem Fußboden an. Den Dreck habe ich mir jetzt lange genug angesehen. Morgen zieht ihr aus, verstanden? Hier ist ein anständiges Haus!«

Die Schchapalows protestierten nicht gegen ihren Hinauswurf. Sie warteten nicht einmal bis zum Morgen mit dem Auszug. Sie verließen ihre Wohnung mit nur einem Koffer, einer Wäschereitüte und einem elektrischen Toaster. Marcia sah ihnen durch ihre halboffene Tür zu, wie sie die Treppen hinuntergingen. Das *wäre erledigt,* dachte sie. Es ist alles *vorbei.*

Mit einem Seufzer fast sinnlicher Freude machte sie die Lampe neben dem Bett an, dann die anderen Lampen. Der Raum schimmerte makellos. Sie beschloß ihren Sieg zu feiern und ging zu dem Küchenbord, wo sie eine Flasche *Crème de Menthe* hatte.

Das Küchenbord war voller Schaben.

Sie hatte ihnen nicht gesagt wohin sie gehen sollten, und wo sie *nicht* hingehen sollten, als sie die Schchapalow-Wohnung verließen. Es war ihre eigene Schuld.

Die große, schweigende Masse Schaben betrachteten Marcia ruhig, es schien dem verwirrten Mädchen, daß sie ihre Gedanken lesen konnte — oder vielmehr ihren Gedanken, denn sie hatten nichts als einen einzigen Gedanken. Sie konnte ihn so klar und deutlich lesen, wie sie die Leuchtreklame des Warenhauses vor ihrem Fenster lesen konnte. Der Gedanke war so fein wie Musik, die aus tausend kleinen Instrumenten kam. ›Wir lieben dich, wir lieben dich, wir lieben dich, wir lieben dich.‹

Etwas Seltsames ereignete sich da in Marcia — sie erwiderte das Gefühl.

»Ich liebe euch auch«, antwortete sie. »Oh, ich liebe euch! Kommt zu mir, ihr alle. Kommt zu mir. Ich liebe euch. Kommt zu mir. Ich liebe euch. Kommt zu mir.«

Aus jeder Ecke Manhattans, aus den zerfallenden Wänden von Harlem, aus den Restaurants in der 56. Straße, von Lagerhäusern längs des Flusses, aus Abflußrohren und von Orangenschalen, die in Mülltonnen moderten, kamen die liebenden Schaben hervor und begannen auf ihre Herrin zuzukriechen.

HENRY SLESAR

Der Stau

Ein kleines Juwel von einem weiteren unterschätzten Talent — an diese Geschichte sollten Sie eigentlich jedesmal dann denken, wenn Sie gerade im dichten Verkehr stecken.

Sie verließen Stukeys Bude so gegen acht Uhr morgens; so war das vergangene Wochenende gewesen. Früh ins Bett, früh aus den Federn. Stukey lachte, blinzelte durch die verdreckte Windschutzscheibe des zerbeulten Ford, drückte aufs Pedal, bis die Nadel zwanzig, dreißig Meilen über die Höchstgeschwindigkeit ausschwang. Es war alles Mitchs Schuld, aber Mitch, zusammengerollt auf dem Sitz neben ihm wie ein Embryo in einem schwarzen Lederbauch, schien sich nicht drum zu scheren. Er hatte zu große Schmerzen, denn er brauchte dringend den schnellen Schuß der süßen, spitzen Nadel und den heißen Strom des Stoffs in seinen Adern. Mann, was für ein Wochenende, dachte Stukey, und es war noch nicht mal vorbei. Der Stoff war da draußen, irgendwo in der Wildnis von New Jersey, und Stukey, der dieses dreckige Zeug selbst nie anrührte, spielte gerade Guter Samariter. Er hing über dem Lenkrad wie in Indianapolis, drückte mit dem rechten Handballen unablässig auf die Hupe, schrie die vorbeifahrenden Autos an, daß sie ausweichen sollten, *ausweichen, du Hurensohn, paß' auf, wo du hinfährst, Blödmann, fahr rüber, fahr rüber, du lausiger…*

»Gib's ihnen, Mann«, sagte Mitch leise, »zeig ihnen, was 'ne Harke ist.«

Er zeigte es ihnen nicht, er ließ es sie fühlen. Er riß die Farbe von einem Buick ab, als er sich in die Schlange ein- und wieder ausfädelte, und fuhr so knapp auf einen MG auf, daß er glatt über die kleine rote Karre hinwegfahren hätte können. Mitch begann zu kichern, trieb ihn voran, vergaß für einen

Augenblick sein Ziel und seine Not, freute sich an der Art, wie Stukey mit dem Auto wie mit einer Kreissäge umging und sich einen Pfad schnitt durch die Plätze in ihrem sonntäglichen Verkehrsstumpfsinn. »Paß auf, Mann«, gluckste Mitch, »hier kommt der alte Stukey, jetzt geht's rund.«

Die Verkehrsader begann sich an der Tunneleinfahrt zu verstopfen, und Stukey drückte auf die Pulle, bugsierte den Wagen zuerst nach links, dann nach rechts und grinste bei diesem Spiel. Niemand hatte eine Chance zu gewinnen, wenn Stukey im Sattel saß; Stukey konnte einfach die Augen zumachen und Vollgas geben; niemand sonst konnte das. Sie erreichten die Tunneleinfahrt, nachdem sie einen gelben Caddy seitlich gestreift hatten, ein Zwischenfall, der Mitch vor Vergnügen laut auflachen ließ. Sie fühlten sich beide besser danach, und der Tunnel war kühl nach der heißen Morgensonne. Stukey entspannte sich ein wenig, und Mitch hörte auf mit seinem tiefen Glucksen, ganz zufrieden damit, einfach nur die verschwimmenden weißen Fliesen wie hypnotisiert anzustarren.

»Ich hoffe, wir finden den Stoff, Mann«, meinte Mitch verträumt. »Mein Cousin, der sagt, da muß man einfach hin. Wie lang, glaubst du, dauert's noch, Stukey? Wie lang noch?«

Wutsch! Ein Chevy spritzte auf der anderen Spur an ihm vorbei, und Stukey fluchte. *Wutsch!* machte ein altes Oldsmobile, und Stukey drückte das Gaspedal voll durch, die Rache auf der offenen Straße nach dem Tunnel herausfordernd. Aber der Tunnel wand sich endlos dahin, länger als jemals zuvor. Es wurde langsam heiß, und das Atmen fiel schwer; kleine Schweißperlen bedeckten sein Gesicht und tropften in seinen Lederkragen hinunter; unter der Jacke mit den Messingnieten klebte das Hemd feucht an seinem Rücken und seinen Unterarmen. Mitch begann zu wimmern und kriegte wieder diesen Blick, aufgerissene Augen und Fischmund, und japste: »Mensch, ich erstick' hier. Ich kipp' gleich um...«

»Was soll *ich* denn machen?« schrie Stukey. Der Tunnel wand sich noch immer dahin. *Wutsch!* jagten die Autos auf der Nebenspur vorbei, und Stukey verfluchte seine schlechte Entscheidung, verfluchte die Hitze, verfluchte Mitch, verfluchte alle Sonntage, die es jemals gegeben hatte. Er warf einen schnellen

Blick auf die Plattform, von wo aus die Polizisten den Verkehr überwachten, und beschloß, es zu versuchen. Er ging mit der Geschwindigkeit auf fünfunddreißig herunter und riß das Steuer scharf nach rechts, um mit dem Wagen auf eine schnellere Spur zu schlüpfen, genau vor einen großen Kombi voller Kinder. Sogar im Getöse des Tunnels konnten sie das verärgerte Rufen des Fahrers hören, und Stukey sagte ihm, was er seinetwegen mit seinem Kombi und seinen Kindern machen konnte. Der Tunnel wand sich immer noch dahin.

Sie sahen das heiße, blendende Tageslicht am Ausgang. Mitch stöhnte vor Erleichterung auf, aber nichts konnte Stukeys Zorn besänftigen. Sie kamen aus dem Tunnel heraus und bogen auf die Autobahn ein, jedoch nur, um mit einem Ruck hinter einem Kombi mit stinkendem Auspuff zum Stehen zu kommen. »Na mach schon, na mach schon!« brummte Stukey vor sich hin und drückte auf die Hupe. Aber die Hupe brachte die Autos auch nicht zum Weiterfahren, und Stukey öffnete die Tür fluchend und schaute selbst nach.

»O Mann, o Mann, die stehn da meilenweit!« ächzte er. »Das ist doch nicht zu glauben, das ist doch einfach nicht möglich...«

»Was ist los?« sagte Mitch und rutschte auf seinem Sitz herum. »Was ist los? Ein Unfall?«

»Weiß nicht, ich kann nichts sehen. Aber die rühren sich einfach nicht vom Fleck, keinen Zentimeter...«

»Mir ist schlecht«, stöhnte Mitch. »Mir ist schlecht, Stukey.«

»Halt's Maul!« schrie Stukey und sprang aus dem Auto, um diese Szenerie noch einmal anzustarren, das Band von Automobilen, das sich nach zehn, fünfzehn Meilen am Horizont verlor. Wie ein einziges gewaltiges Reptil wand es sich über die Autobahn, eine Schlange mit vielfarbiger Haut, die in der heißen Sonne schlief. Er kletterte wieder ins Auto, und der Kombi bewegte sich ein paar Zentimeter, einen halben Meter weiter, und gierig verleibte er sich den Zwischenraum ein, den Fuß immer auf dem Gaspedal. Ein Polizist auf einem Motorrad hüpfte zwischen den Spuren hin und her, und Stukey lehnte sich aus dem Fenster, um ihm zuzurufen, ihn zu fragen; er rollte ungerührt weiter. Die Hitze wurde schlimmer, sengend wie im Backofen, und er schrie jedesmal auf, wenn seine Hände Metall berührten. Stukey drückte noch einmal wie wild auf die Hupe und hörte, wie sie vor ihm schwach widerhallte. Alle paar Minuten ruckte der Kombi an, und alle paar Minuten schloß Stukey die Lücke. Aber eine Stunde verstrich, und noch mehr, und sie konnten immer noch den Tunnelausgang hinter sich sehen. Mitch wimmerte jetzt, und Stukey stieg ins Auto ein und aus wie ein Verrückter, seine Kleider trieften vor Schweiß, seine Augen flackerten wild, und er fluchte jedesmal wenn er auf das Gaspedal trat und wieder ein paar Zentimeter, wieder einen halben Meter vorwärts kroch...

»Ein Bulle! Ein Bulle!« hörte er Mitch kreischen, als ein Polizist zu Fuß am Fenster vorbeiging. Stukey öffnete die Autotür und packte den Uniformierten am Arm. »Helfen Sie uns mal, ja?« bat er. »Was zum Teufel ist hier los? Wie kommen wir hier wieder raus?«

»Überhaupt nicht«, sagte der Polizist kurz angebunden. »Sie können hier nirgends raus. Sie müssen's einfach abwarten, Mann.«

»Wir steigen ja sogar aus dem verdammten *Wagen* aus. Wir *gehen,* in Gottes Namen. Mir ist der verdammte *Wagen* egal...«

»Tut mir leid, Mister, niemand darf 'runter von der Autobahn, nicht mal zu Fuß. Sie können nicht aus diesem Haufen hier raus, wissen Sie das denn nicht?« Er musterte Stukeys verschwitztes Gesicht und grinste plötzlich. »Ach ja, jetzt versteh' ich. Sie sind neu hier, was?«

»Was meinen Sie mit ›neu‹?«

»Ich glaube, ich hab' Sie noch nie hier im Stau gesehen, mein Freund. Tja, immer mit der Ruhe, mein Lieber.«

»Wie lang?« fragte Stukey heiser. »Wie lang noch, glauben Sie?«

»Das ist eine dumme Frage«, sagte der Polizist mit einem spöttischen Lächeln. »Für immer natürlich. Die Ewigkeit. Die Ewigkeit. Wo, zum Teufel, glauben Sie, daß Sie sind?« Er bohrte Stukey seinen Finger in die Brust. »Aber machen Sie bloß nicht *mir* das Leben schwer, Mann. Das war Ihr *eigener* Unfall da hinten.«

»Unfall?« krächzte Mitch aus dem Auto heraus. »Was für ein Unfall? Mann, von was redet denn der?«

»Der Unfall, den Sie im Tunnel hatten.« Er machte mit seiner behandschuhten Hand eine Bewegung in Richtung Horizont. »Da kommen alle die Scherzbolde her, die, die im Tunnel einen Unfall hatten. Wenn Sie denken, daß das hier schlimm ist, sollten Sie erst mal den Stau an der Autobahnzahlstelle sehen.«

»Unfall? Unfall?« brüllte Mitch, als Stukey wieder hinter das Steuer kletterte. »Was redet der die ganze Zeit von Unfall, Stukey?«

»Halt's Maul!« schluchzte Stukey und trat aufs Gaspedal, um wieder ein paar Zentimeter voranzukommen. »Wir müssen raus, wir müssen raus!« Aber schon in dem Augenblick, als der Kombi wieder einen Ruck nach vorn machte, wußte er, daß er zuviel verlangte. Zu spät.

BILL PRONZINI

Schwarzer Wind

Einer der letzten Bereiche, in denen man damit rechnet, das Grauen anzutreffen, ist die Ehe. Aber überlegen Sie einmal: Männer und Frauen heiraten vielleicht aus Liebe, aber Liebe kann sich in Haß verwandeln, und Haß ist eine Brutstätte für die Saat des Grauens. Besonders, wenn ein »Schwarzer Wind« diese Saat lange und weit genug mit sich geführt hat ...

Es war einer jener eiskalten Abende im Spätnovember, vor Beginn der winterlichen Schneefälle, wenn ein seltsamer Ostwind aus den Bergen über Woodbine Lake, einige hundert Meter vom Dorf entfernt, herunterheult. Das Geräusch, das dieser Wind erzeugt, ist irgendwie teuflisch, voller Schreie und Klagen, die einem die Haare zu Berge stehen lassen, wenn man nicht daran gewöhnt ist. In alter Zeit nannten es die Indianer, die früher in dieser Gegend gelebt hatten, den »schwarzen Wind«; sie glaubten, daß es die Stimmen böser Geister seien und daß es einen Menschen, wenn dieser ihn nur lange genug hörte, zum Wahnsinn treiben konnte.

Nun, es gibt viele Arten von Aberglauben in unserer Gegend im Norden von New York; niemand schenkt ihnen in diesem modernen Zeitalter viel Aufmerksamkeit. Und falls doch, so gesteht man das nicht einmal sich selbst ein. Tatsache ist jedoch, daß die Leute im Ort, wenn der schwarze Wind weht, möglichst in ihrem Haus bleiben und das Dorf nach Einbruch der Dämmerung wie ausgestorben daliegt.

So war es auch an jenem Abend. Mehr als eine Stunde, seit kurz vor sieben, war kein Gast in mein Speiselokal gekommen, und ich war schon fast entschlossen, heute früher zuzumachen und nach Hause zu gehen. Zu einem Glas Brandy und einem warmen Feuer.

Ich goß mir gerade eine letzte Tasse Kaffee ein, als die Scheinwerfer auf den Parkplatz des Lokals schwenkten.

Sie sausten schnell herein, weg von der Landstraße, und ich hörte das Kreischen der Bremsen auf dem Schotter vor dem Eingang. Junge Kerle, dachte ich, weil eine Menge von denen so fährt, selbst hier in der Gegend — schnell und ein bißchen leichtsinnig. Aber es waren keine jungen Kerle. Statt dessen stellte sich heraus, daß es ein Mann und eine Frau waren, Ende dreißig, Fremde, eingemummt in Wintermäntel und Schals; die Frau hatte eine große, schicke Handtasche aus Krokodilleder.

Mit ihnen kam der Wind herein, pfiff schrill und wirbelte durch den Raum. Ich konnte selbst in den wenigen Sekunden, als die Tür geöffnet war, seine betäubende Kälte spüren; er durchschneidet einen wie eine Messerklinge, dieser Wind, bis auf die Knochen.

Der Mann stapfte gleich auf mich zu — ich stand hinter der Theke — und überließ es der Frau, die Tür zu schließen. Er war attraktiv, auf die Art wie Städter es sind, verbindlich, geschniegelt; aber sein Gesicht war verschlossen, eine Maske aus kontrollierter Wut.

»Kaffee«, sagte er. Er stieß das Wort mit einer Stimme hervor, die seinem Gesichtsausdruck glich — hart und wütend, fast wie eine Drohung.

»'türlich, zweimal Kaffee.«

»Einmal Kaffee«, sagte er. »Soll sie sich ihren selbst bestellen.«

Die Frau war zu seiner Linken herangetreten, aber nicht dicht neben ihn — ein Hocker stand zwischen ihnen. Sie sah hübsch aus, auf dieselbe aufgeputzte städtische Art. Oder sie hätte so aussehen können, wenn ihr Gesicht nicht noch verfrorener gewesen wäre als seines; die Haut spannte sich so straff über ihren Backenknochen, daß sie zu platzen drohte. Ihre Augen funkelten wie nasse Steine und zwinkerten überhaupt nicht.

»Kaffee, schwarz«, sagte sie zu mir.

Ich schaute sie an, dann ihn, und ich fühlte mich allmählich ein wenig unbehaglich. Zwischen den beiden lag so eine, ja: grausame Spannung, stark und knisternd; ich konnte sie förmlich spüren. Ich feuchtete meine Lippen an, sagte nichts und griff nach der Kaffeekanne und zwei Bechern hinter mir.

Der Mann sagte: »Ich kriege ein Roggenbrotsandwich mit Schinken und Käse. Keinen Senf, keine Mayonnaise; nur Butter. Zum Mitnehmen.«

»Jawohl. Wie ist's mit Ihnen, gnä' Frau?"

„Thunfisch auf Toast«, sagte sie schwach. Sie hatte kurzgeschnittenes blondes Haar, windzerzaust unter einem losen Tuch; immer wieder strich sie nervös darüber. »Ich esse hier.«

»Nein, macht sie nicht«, sagte der Mann zu mir. »Zum Mitnehmen, genau wie meins.«

Sie warf ihm einen bösen Blick zu. »Ich will hier essen.«

»Schön«, sagte er — wieder zu mir; es war, als ob sie gar nicht da wäre. »Aber ich bin in fünf Minuten weg; sobald ich meinen Kaffee getrunken habe. Ich möchte, daß das Sandwich mit Käse und Schinken dann fertig ist.«

Ich goß den Kaffee ein und stellte die beiden Becher auf die Theke. Der Mann nahm seinen, drehte sich um und stapfte zu einem der Tische. Er setzte sich, starrte die Tür an, blies in seinen Becher und wärmte sich die Hände daran.

»Gut«, sagte die Frau, »gut, gut. Gut.« Viermal, genau so, zu sich selbst. In ihren Augen funkelten nun kleine kalte Lichter, wie Irrlichter.

Ich sagte zögernd: »Gnä' Frau? Möchten Sie Ihr Thunfischsandwich immer noch hier essen?«

Da zwinkerte sie, zum erstenmal, und richtete den Blick auf mich. »Nein. Zum Teufel damit. Ich will gar nichts zu essen.« Sie schnappte sich ihren Becher und trug ihn zu einem anderen Tisch, zwei von dem entfernt, wo er saß.

Ich ging zur Sandwichtheke, nahm zwei Scheiben Roggenbrot heraus und bestrich sie mit Butter. Die Stille drinnen hatte etwas Gezwungenes an sich, fast ins Unheimliche gesteigert durch das ständige Heulen draußen. Ich spürte, wie ich immer nervöser wurde, als die Sekunden verstrichen.

Während ich den Schinken in Scheiben schnitt, beobachtete ich die zwei an den Tischen — er starrte immer noch die Tür an und trank seinen Kaffee mit schnellen, wütenden Schlucken; sie blickte in die andere Richtung, hatte die Hände in ihrem Schoß zu Fäusten geballt, und der Dampf von ihrer Tasse stieg ihr in Spiralen ins Gesicht. Reiches Ehepaar aus New York City, dachte ich; sie trugen beide denselben teuren Ehering. Vielleicht unterwegs zu einem Wochenende in den Bergen oder für ein paar Tage hinauf nach Kanada. Und sie hatten sich wegen irgendwas auf Teufel komm raus gestritten, wie es Verheiratete auf langen, ermüdenden Fahrten eben tun. Das war alles.

Außer daß es eben *nicht* alles war.

Ich besitze dieses Lokal seit dreißig Jahren, und ich habe in dieser Zeit viele Leute kommen und gehen sehen; viele Touristen aus der Stadt, mit allen möglichen Eheproblemen. Aber ich hatte niemals zuvor zwei wie sie gesehen. Diese Spannung zwischen ihnen hatte sich nicht unlängst entwickelt, es war nicht etwa die kurze und im Grunde bedeutungslose Nachwirkung eines Streits. Nein, die beiden haßten sich — Haß, der sich steigert und steigert, der lange, bittere Wochen, Monate oder sogar Jahre gärt. Haß, der einfach irgendwann einmal zum Ausbruch kommen muß.

Nun, eigentlich war das nicht meine Angelegenheit. War es nicht, solange der Wutausbruch nicht hier drinnen passierte, und das war nicht sehr wahrscheinlich. Zumindest versuchte ich mir das einzureden. Aber trotzdem war ich ein bißchen nervös. An einem solchen Abend, wenn der verdammte schwarze Wind wehte und teuflisch mit den Nerven der Leute spielte, konnte alles passieren. Wirklich alles.

Ich machte das Sandwich fertig, halbierte es und wollte es in eine Plastiktüte packen. Gerade als ich es in die Tüte steckte, peitschte ein lautes Geräusch durch den Raum und ließ mich zusammenfahren; es klang wie ein Pistolenschuß. Aber es war nur der Mann, der seinen leeren Becher auf den Tisch geknallt hatte.

Ich holte tief Luft und stieß sie leise wieder aus. Währenddessen rutschte er mit seinem Stuhl zurück, stand auf und stopfte seine Hände in die Manteltaschen. Ohne die Frau anzusehen, sagte er zu ihr: »Zahl du für das Essen« und ging an ihrem Tisch vorbei auf die Toiletten hinten zu.

Sie sagte: »Warum, zum Teufel, soll ich bezahlen?«

Er machte halt und starrte zornig zu ihr zurück. »Du hast das ganze Geld.«

»Ich hab' das ganze Geld? Das ist ja zum Totlachen. *Ich* hab' das ganze Geld!«

»Nur weiter so, nur nicht aufhören.« Dann sagte er lauter, als wollte er sich vergewissern, daß ich es hörte: »Miststück.« Und ging erhobenen Hauptes weiter.

Sie beobachtete ihn, bis er im Gang zu den Toiletten verschwunden war; sie wirkte starr wie ein Stück Holz. So saß sie noch weitere fünf oder sechs Sekunden da, bis der Wind draußen aufheulte, an der Tür und den Fenstern zerrte wie jemand, der einzubrechen versucht. Mit einem Ruck sprang sie auf und kam zu mir an die Sandwichtheke herüber. Die kalten Lichter leuchteten immer noch in ihren Augen.

»Ist sein Sandwich fertig?«

Ich nickte und versuchte zu lächeln. »Ist das alles, gnä' Frau?«

»Nein. Ich hab' es mir anders überlegt. Ich möchte auch was zu essen.« Sie beugte sich nach vorne und stierte auf den Glasbehälter mit dem Tortengebäck hinten auf der Theke. »Was ist das für ein Kuchen?«

»Apfel-Zimt-Kuchen.«

»Ich möchte ein Stück davon.«

»Klar — geht in Ordnung. Nur eins?«

»Ja. Nur eins.«

Ich drehte mich um, nahm den Kuchen heraus, schnitt ein Stück ab und wickelte ihn in Wachspapier. Als ich mich wieder umwandte, wühlte sie in ihrer Handtasche und holte ihre Geldbörse heraus. Hinten bei den Toiletten hörte ich die harten, schweren Schritte des Mannes; im nächsten Augenblick tauchte er auf. Und ging direkt auf die Tür zu.

Die Frau sagte: »Wieviel bin ich Ihnen schuldig?«

Ich steckte den Kuchen zusammen mit dem Sandwich in die Tüte und stellte sie auf die Theke. »Das macht drei Dollar achtzig.«

Der Mann öffnete die Tür; der Wind drang heulend herein und wirbelte eisige Luft vor sich her. Der Mann ging geradewegs weiter nach draußen, schaute die Frau oder mich nicht einmal an und knallte die Tür hinter sich zu.

Sie legte einen Fünfdollarschein auf die Theke. Schnappte sich die Tüte, drehte sich um und ging zur Tür.

»Gnä' Frau«, sagte ich. »Sie kriegen noch Geld raus.«

Sie muß mich gehört haben, aber sie blickte nicht zurück und sie ging auch nicht langsamer. Draußen vor dem Eingang leuchteten die beiden Scheinwerfer auf und schnitten blasse Stücke aus der Dunkelheit; durch das vordere Fenster konnte ich die Nadelbäume am entfernten Ende des Parkplatzes sehen; große, schwankende Schatten, die sich im Wind krümmten. Das Pfeifen wurde zwei oder drei Sekunden wieder stärker und ging dann in ein gedämpftes Heulen über; sie war weg.

Noch nie war ich so froh und erleichtert gewesen, wenn Gäste gingen. Ich atmete noch einmal tief durch, nahm die fünf Dollar und ging zur Registrierkasse hinüber. Über dem Trommeln und Klagen draußen heulte der Motor laut auf, und man konnte das knirschende Geräusch von Reifen hören, die auf dem Schotter durchdrehten. Die Scheinwerfer schwenkten herum und drangen forschend zur Landstraße vor.

Zeit zu schließen und nach Hause zu gehen, endlich; ich brauchte mehr denn je ein Glas Brandy und ein ordentliches warmes Feuer. Ich ging zu den Tischen hinüber, an denen sie gesessen waren, um die Kaffeetassen abzuräumen. Aber so sehr ich mich auch bemühte, die beiden zu vergessen, sie gingen mir einfach nicht aus dem Kopf. Besonders die Frau nicht.

Ich sah immer noch ihre Augen vor mir, kalt und voller Haß — wie der Wind, als wehte auch in ihr ein schwarzer Wind und als hätte sie ihm zu lange zugehört. Ich sah immer noch, wie sie sich über die Theke nach vorne beugte und den Kuchenbehälter anstarrte. Und ich sah immer noch, wie sie in der großen Handtasche aus Krokodilleder wühlte, als ich mich mit dem Stück Kuchen umdrehte. War irgendwas Seltsames an der Art und Weise gewesen, wie sie das gemacht hatte. Als wenn sie nicht nur ihre Geldbörse herausgeholt hätte, um zu bezahlen. Als wenn sie ...

O mein Gott, dachte ich.

Ich rannte zurück hinter die Theke. Dann rannte ich wieder zur Tür, riß sie auf und stolperte auf den Schotterplatz. Aber sie waren längst weg; die Nacht war eine undurchdringliche Mauer, schwarz wie Ebenholz.

Ich wußte nicht, was ich tun sollte. Was konnte ich tun? Vielleicht hatte sie das gemacht, was ich argwöhnte, und vielleicht auch nicht. Ich konnte meiner Sache nicht sicher sein, weil ich keine Inventarliste von den Küchenutensilien hinter der Sandwichstheke habe. Und ich wußte nicht, wer sie waren und wohin sie wollten. Ich wußte nicht einmal, in was für einem Wagen sie unterwegs waren.

Ich blieb da stehen, während mir Schauder den Rücken rauf- und runterjagten, und lauschte, wie der schwarze Wind um mich herum heulte und stöhnte. Fühlte, wie seine kalte, scharfe Schneide mein bloßes Fleisch durchdrang, bis sie auf den Knochen traf.

Genau wie die Klinge eines Messers . . .

ADOBE JAMES

Die Straße nach Mictlantecutli

Im Reich der Schauergeschichte gibt es — wie auch in anderen Bereichen — noch nicht besungene Helden: Autoren, deren Werk gleichbleibend aktuell ist, Erinnerungen heraufbeschwört und mit Sicherheit eine Gänsehaut beschert, die aber beständig (und aus unerklärlichen Gründen) von den Herausgebern der Anthologien und von den Gruselfans übergangen werden. Adobe James (das Pseudonym für einen Lehrer, Romancier und Geschichtenerzähler aus Kalifornien) ist solch ein Autor. Die meisten seiner Erzählungen sind in Männermagazinen der sechziger Jahre erschienen, und nur einige wenige wurden während dieser Zeit in Buchform veröffentlicht. Wenn »Die Straße nach Mictlantecutli« nun in diesem Band erscheint, so wird sich damit — hoffentlich — einiges grundsätzlich ändern. Dieser teuflische Ausflug ins Übernatürliche ist vielleicht die beste seiner Erzählungen, und jeder, der sie liest, wird sie wahrscheinlich nie mehr vergessen. Und den Namen Adobe James auch nicht.

Das Band aus Asphalt — einstmals schwarz, jetzt grau von der unbarmherzig herabbrennenden Sonne — dehnte sich endlos. Weit voraus flimmerte die Luft. Bilder wurden lebendig, zitterten und lösten sich lautlos auf, während das schnelle Auto herankam.

Dem Fahrer Hernandez lief der Schweiß in Rinnsalen über das Gesicht. Vor ein paar Stunden, als sie noch in zivilisierteren Gegenden waren, war er freundlich, mitteilsam, beinahe sympathisch gewesen. Jetzt fuhr er angespannt über das Lenkrad gebeugt mit Höchstgeschwindigkeit, fast wütend. Er wollte in dieser Gegend nicht vom Sonnenuntergang überrascht werden.

»Semejante los buitres no tienen gordo en este distrito execrable«, murmelte er und kniff die Augen zusammen, als ihn die Spätnachmittagssonne blendete.

Der Mann neben ihm, Morgan, lächelte bei dieser Bemerkung: »In diesem verdammten Land sind sogar die Geier dürr und mager.«

Hernandez hatte Humor. Deshalb — und zwar nur deshalb — tat es Morgan leid, daß er gezwungen sein würde, ihn umzubringen.

Aber schließlich war Hernandez ein Polizist — ein mexikanischer Cop, der ihn zurück an die Grenze der Vereinigten Staaten brachte. Dort würde er Morgan der Kriminalpolizei übergeben, und bald darauf würde Morgan strampelnd am Ende eines langen texanischen Stricks baumeln.

Nein, dachte Morgan und wußte, daß er sich nicht irrte, diesmal werden sie mich noch nicht aufhängen. Das nächstemal vielleicht, aber diesmal nicht. Hernandez war dumm, und es war nur eine Frage der Zeit, bis er einen Fehler machen würde. Entspannt döste Morgan vor sich hin. Die Hände in Handschellen lagen ruhig in seinem Schoß.

Er wartete — wartete — wartete ...

Es war beinahe fünf Uhr, als Morgan mit dem sicheren Instinkt des Gejagten seine Chance zur Freiheit spürte. Hernandez wurde unruhig. Die beiden Flaschen Bier, die er nach dem Mittagessen getrunken hatte, waren der Grund. Bald würde der Polizist anhalten müssen. Dann war Morgans Augenblick gekommen.

Zu ihrer Rechten erhoben sich jetzt sanfte Hügel aus der flachen Eintönigkeit der Wüste.

Morgan fragte mit gespielter Langeweile: »Gibt es dahinter irgend etwas?«

Hernandez seufzte: »Wer weiß?«

Das Plateau auf der anderen Seite der Hügelkette soll noch schlimmer sein als dieser Teil. Niemand kann dort existieren, außer ein paar wenigen Indianern, deren Sprache schon alt war, bevor die Azteken kamen. Es ist ein unerschlossenes, ungezähmtes, unzivilisiertes Land, beherrscht von Mictlantecutli.

Jetzt, als die Schatten länger wurden, änderte sich das Land um sie herum. Zum erstenmal, seit sie Agua Lodoso verlassen hatten, sahen sie einige Anzeichen von Vegetation — Moskitobüsche, Kakteen, Dornengestrüpp. Vor ihnen stand wie ein einsamer gigantischer Wegweiser ein gewaltiger Saguarokaktus, fast fünfzig Fuß hoch. Hernandez ließ den Wagen ausrollen und hielt im Schatten des Kaktus an.

»Vertreten Sie sich die Beine, wenn Sie wollen, *amigo.* Dies ist unser letzter Halt vor Hermosillo.«

Hernandez stieg aus, ging um den Wagen herum und öffnete seinem Gefangenen die Tür. Morgan glitt heraus und streckte sich wie eine Katze. Während der Mexikaner sich am Kaktus erleichterte, ging Morgan ein paar Schritte weiter zu einem halbzerfallenen Holzkreuz, das im Sand steckte. Er sah es sich aus der Nähe an. Das Kreuz war nur ein Zeichen — verwittert und zersplittert von den Krallen der Geier, die es als Schlafplatz benützten.

Hernandez trat zu ihm. Auch er starrte auf das Wegzeichen. Sein Mund unter dem schwarzen Schnurrbart verzog sich überrascht.

»Linaculan — hundertzwanzig Kilometer. Ich wußte gar nicht, daß es dorthin eine Straße gibt...« Dann schien ihm etwas einzufallen. »Ah, *si.* Jetzt weiß ich's wieder. Das muß die alte *Real Military* sein, die Militärstraße, die aus dem Landesinneren an die Ostküste führt.«

Mehr brauchte Morgan nicht zu wissen. Wenn Linaculan an der Ostküste lag, dann bedeutete Linaculan Freiheit.

Er gähnte gelangweilt, sein Gesicht verriet nichts.

»Fertig, *amigo?*«

Morgan nickte. »So fertig und bereit, wie ein Mann sein kann, der an den Galgen geliefert wird.«

Der Mexikaner lachte, hustete und spuckte in den Staub. »Na, dann los.«

Er ging voran zum Wagen und hielt seinem Gefangenen die Tür auf. Morgan kam mit hängenden Schultern und gebeugtem Rücken auf ihn zu, wie um sich gegen die drückende Nachmittagshitze zu schützen. Er griff so blitzschnell an, wie eine Schlange auf ihr ahnungsloses Opfer losgeht. Seine gefesselten Hände sausten auf den Kopf von Hernandez herab. Der Polizist stöhnte und sackte zusammen. Im Nu war Morgan über ihm. Seine Hände suchten und fanden den Revolver, den der Mexikaner am Gürtel trug. Dann richtete er sich auf und trat vier Schritte zurück von der Gestalt am Boden.

Hernandez schüttelte benommen den Kopf, zwinkerte mit den Augen und versuchte aufzustehen. Bis auf die Knie hatte er sich schon aufgerichtet, als Morgans eiskalte Stimme ihn erstarren ließ.

Morgan sagte: »Leb wohl, Hernandez. Nimm's mir nicht übel.«

Der Mexikaner sah auf, vor ihm der Tod. *»Dios — dios…«*

Weiter kam er nicht. Die 44er Kugel schlug über der Braue seines linken Auges ein, und von der Wucht des Geschosses wurde er zehn Fuß zurückgeworfen. Er bäumte sich auf, seine Beine zuckten im Staub, und dann war er still.

Morgan ging zu ihm und schüttelte traurig den Kopf. »Da hab' ich mich ja ziemlich getäuscht in dir. Du hast nicht wie ein Feigling ausgesehen, der um sein Leben fleht.«

Er seufzte und fühlte sich beinahe hintergangen.

Er hockte sich neben den Toten und durchsuchte ihn. In der Brieftasche fand er die Polizeimarke, fünfhundert Pesos und ein Farbfoto von einer dicken mexikanischen Frau. Um sie herum standen drei lachende kleine Mädchen und zwei selbstbewußt grinsende Jungen. Morgan grunzte leise vor sich hin und suchte weiter.

Den Schlüssel für die Handschellen fand er schließlich mit einem Heftplaster an die weiße Fußsohle des Toten geklebt.

Das Zwielicht tauchte die mexikanischen Hügel in rotbronzenes Licht, als Morgan Hernandez in den Kofferraum legte. Er schlenderte noch einmal zurück zu dem Wegweiser. Hinter der Kilometerangabe standen die Worte *Ciudado — Peligroso — Vorsicht — Gefährliche Strecke.*

Guter Witz, dachte er. Gab es etwas Gefährlicheres, als aufgehängt zu werden? Oder für die internationale Polizei den Fuchs zu spielen?

Viermal hatten sie ihn schon gefangen und zum Tode verurteilt, und doch war er immer noch ein freier Mann. Und auf dieser endlosen, dreckigen Straße vor ihm würde es nichts geben, was es mit Morgans Kopf, Morgans Schnelligkeit und Morgans Revolver würde aufnehmen können.

Er setzte sich hinter das Lenkrad und fuhr den Wagen wieder auf die Straße. Sie war schlechter, als es zuerst den Anschein hatte, aber trotzdem legte er die ersten dreißig Meilen bei gutem

Tempo zurück. Er fuhr so schnell, daß hinter ihm eine lange Staubfahne zurückblieb, die wie der braune Schweif eines Kometen in der Dämmerung hing.

Die Sonne versank hinter dem Horizont, aber als Morgan die Hügelkette hinauffuhr und eine gewisse Höhe erreicht hatte, war sie noch einmal zu sehen. Sie sah aus wie das rotglühende Auge einer Gottheit, die zornig darüber war, noch einmal gestört zu werden.

Morgan erreichte den höchsten Punkt des Hügels und fuhr langsam hinunter in ein Tal. Das Tal lag im Dunkeln. Einmal hielt er an, wo neben der Straße ein steiler Abgrund war, und warf Hernandez' Leiche hinunter. Er sah zu, wie der Tote in die Tiefe taumelte, bis er schließlich in mehreren hundert Metern Tiefe von den dunklen Schatten verschluckt wurde.

Morgan fuhr weiter. Er schaltete die Scheinwerfer ein, als es um ihn herum Nacht wurde.

Als er das Tal erreicht hatte, fluchte er laut, denn die Straße war plötzlich keine Straße mehr, sondern nur noch ein schmaler, holperiger Weg, der durch die Wildnis führte.

Die nächsten fünf Meilen kosteten den Wagen mindestens fünfzehntausend Meilen seiner Lebenserwartung. Morgan mußte in den ersten Gang herunterschalten, denn riesige Schlaglöcher hatten die vordere Federung zerstört, und auch die Achse war nicht mehr in Ordnung. Versteckte Buckel in der Mitte der Straße zerkratzten das Chassis von unten wie mit tausend eisernen Fingernägeln. Und Staub!

Der Staub war überall. Er hing wie eine dunkle drohende Wolke ringsum; selbst das Innere des Wagens war von einer dicken Staubschicht überzogen wie mit hellem Samt. Der Staub drang Morgan in Nase und Hals, bis er nur noch mühsam atmen und schlucken konnte.

Ein paar Minuten später roch er trotz des Staubs heißes Wasser — Dampf —, und er wußte, daß das Kühlsystem irgendwo aufgerissen sein mußte. Jetzt war Morgan klar, daß der Wagen es niemals bis Linaculan schaffen würde. Im letzten schwachen Lichtschein am Horizont suchte er die Gegend nach irgendeinem Lebenszeichen ab, aber er sah nichts als die grotesken Silhouetten der Kakteen und dornigen Wüstensträucher.

Vom Tachometer las er ab, daß er vierundvierzig Meilen zurückgelegt hatte, als seine schwankenden, zitternden Scheinwerfer die große, schlanke Gestalt eines Priesters ergriffen, der langsam neben der Straße herging. Morgans Augen verengten sich, als er überlegte, ob er dem Priester anbieten sollte, mitzufahren. Das wäre eine Dummheit, dachte er — der Mann konnte ein Bandit sein, mit einem Messer, das er auch zu handhaben verstand, während Morgan sich auf die Straße konzentrierte.

Die Gestalt des Priesters wurde größer in den Scheinwerfern. Er wandte sich nicht nach dem herannahenden Auto um; es schien, als hätte er den Wagen gar nicht bemerkt.

Morgan fuhr mit gleichbleibender Geschwindigkeit vorbei. Sofort war die Gestalt eingehüllt in den Staub und die Dunkelheit der mexikanischen Nacht.

Plötzlich, als würden auf einmal alle Lichter in Morgans Kopf angeschaltet, schrie ihm sein Instinkt etwas zu.

Irgend etwas stimmte nicht — gleich würde etwas geschehen. Er war in eine Falle gegangen. Er kannte dieses Gefühl; man hatte ihm schon oft Fallen gestellt.

Er grinste müde, zog den Revolver aus der Tasche und legte ihn neben sich auf den Beifahrersitz.

Die nächsten drei Meilen kamen ihm endlos vor, als er darauf wartete, daß die Falle zuschnappen würde. Als nichts geschah, fühlte er sich irritiert und fing an, seine zu lebhafte Phantasie zu verfluchen. Der Geruch von heißem Öl und Wasserdampf war jetzt überwältigend, und der Motor arbeitete schwer. Morgan warf einen Blick auf den Thermostat und sah, daß die Nadel schon längst in die rot markierte Gefahrenzone gestiegen war.

Und in diesem Augenblick, als seine Aufmerksamkeit nicht auf die Straße gerichtet war, prallte er mit dem linken Vorderrad gegen einen messerscharfen Felsvorsprung, der den Reifen seitlich aufschlitzte. Das Fahrzeug bockte und schwankte von einer Seite auf die andere wie ein wildes, wütendes, verletztes Tier. Morgan stieg auf die Bremse, aber er wußte, daß es zu spät war. Der Wagen schlitterte seitwärts über das Geröll, schwang nach rechts, schwebte sekundenlang über dem Abgrund — wie in einer Zeitlupenaufnahme im Film — und stürzte dann sich überschlagend hinunter.

Das letzte, was Morgan sah, war ein gewaltiger Felsen dicht vor ihm, der wie die drohende Faust Gottes aussah.

Lange, als er das Bewußtsein schon wiedererlangt hatte, lag Morgan still und hielt die Augen geschlossen. Jemand hatte ihm die Stirn abgewischt und zu ihm gesprochen.

Ein Mann! Vielleicht — der Priester?

Er lauschte auf den schnellen Atem des Mannes; sonst war nichts zu hören. Sie waren allein.

Morgan öffnete die Augen. Es war dunkel, aber nicht mehr so finster wie vorher. Blasses Mondlicht sickerte durch die hohen, kleinen Wölkchen. Der schwarz gewandete Priester — sein dunkles Gesicht — war dicht neben ihm.

»*Señor,* sind Sie verletzt?«

Morgan spannte seine Beinmuskeln, bewegte die Fußgelenke, seine Schultern und drehte den Kopf von einer Seite auf die andere. Nichts tat ihm weh; er fühlte sich überraschend gut. Nun, wozu sollte er das den anderen wissen lassen? Sollte der Priester glauben, daß Morgan sich den Rücken verletzt hatte und keine schnelle Bewegung machen konnte. Und wenn er dann schnell sein mußte, würde der andere unvorbereitet sein.

»Mit meinem Rücken stimmt was nicht.«

»Können Sie aufstehen?«

»Ja — ich glaube schon. Helfen Sie mir.«

Der Priester streckte seine Hand aus, Morgan ergriff sie und zog sich daran hoch, stöhnte laut und stand schließlich aufrecht.

»Sie hatten Glück, daß ich gerade vorbeikam.«

»Ja. Ich bin sehr dankbar.« Morgan befühlte seine Hosentasche. Die Brieftasche war noch da, der Revolver war verschwunden — oder hatte er ihn im Gürtel versteckt? Dann erinnerte er sich wieder. Er hatte ihn auf den Sitz neben sich gelegt. In der Dunkelheit würde er ihn wohl nie wiederfinden. Er mußte sich auf andere Waffen verlassen.

»Wohin wollten Sie?» fragte der Priester.

»Linaculan.«

»Ach ja — eine hübsche Stadt.« Der Priester stand dicht vor Morgan. Er starrte dem Amerikaner ins Gesicht. Der Mond glitt hinter eine Wolke, kam wieder hervor, verschwand. Einen Augenblick lang war es hell gewesen, nur wenige Sekunden, aber das war genug. Plötzlich, zum erstenmal seit vielen Jahren, hatte Morgan Angst. Er hatte Angst vor den Augen dieses Priesters; sie waren zu schwarz, zu stechend, zu wild für einen Priester.

Morgan trat ein paar Schritte zurück — weit genug, daß die Augen des Priesters im Dunkeln nicht mehr zu erkennen waren.

»Sie brauchen sich nicht vor mir zu fürchten«, sagte der Priester. »Ich kann Ihnen nichts tun. Ich kann Ihnen nur helfen.«

Es klang ehrlich. Morgans Nervosität ließ ein wenig nach. Er sog die Luft in seine Nase. Die Angst vor einer Falle war noch immer da, aber nicht mehr so stark wie vorher. Nach wenigen Augenblicken hatte er sich wieder gefangen. Er dachte: Wie geht's jetzt weiter?

Mindestens die halbe Strecke nach Linaculan hatte er schon zurückgelegt, also würde er auch weitergehen, außer — vielleicht fand sich vorher noch ein anderes Transportmittel.

Morgan fragte: »Ist Linaculan die nächste Stadt?«

»Ja.«

»Sind Sie auch auf dem Weg dahin?«

»Nein.«

Und dann, voller Hoffnung: »Haben Sie hier in der Nähe eine Kirche?«

»Nein. Aber ich gehe öfter diese Straße entlang.«

»Um Himmels willen, warum spazieren Sie auf dieser verdammten Straße herum?«

»Aus eben dem Grund, den Sie erwähnten: um des Himmels willen.«

Jetzt hatte sich Morgan wieder ganz beruhigt. Der Priester war harmlos. Ein Verrückter, aber harmlos. »Na«, sagte er beinahe fröhlich, »ich habe noch einen langen Marsch vor mir. Auf Wiedersehen!«

Morgan glaubte zu sehen, daß der Gesichtsausdruck des Priesters bei dieser Bemerkung weicher wurde. »Ich gehe ein Stück mit Ihnen.«

»Ganz wie Sie wollen, Padre. Mein Name ist — Dan Morgan. Ich bin Amerikaner.«

»Ja — ich weiß.«

Die Antwort überraschte Morgan einen Augenblick, und sein

Argwohn nahm wieder zu. Offenbar hatte sich der Priester mit seinen Papieren beschäftigt, während er bewußtlos gewesen war — und vielleicht hatte er auch den Revolver.

Schweigend gingen sie los. Der Mond — dieser ferne Ball kalten weißen Lichtes — gewann seinen Kampf mit den Wolken und schien jetzt hell hinter ihnen. Lange, schlanke Schatten tanzten auf der Straße vor den beiden Männern her. Die Falten des Priestergewandes raschelten leise bei jedem Schritt; das Geräusch seiner Sandalen war ein regelmäßiges Tap-Tap-Tap im dicken Staub der Straße.

Um eine Unterhaltung in Gang zu bringen, fragte Morgan: »Wie weit ist es bis Linaculan von hier aus?«

»Sehr weit.«

»Aber«, fuhr Morgan auf, »ich dachte, es wären nur noch ungefähr fünfzig Kilometer.«

»Der Hochaltar in Linaculan ist vierundfünfzig Kilometer vom Ort Ihres Unfalls entfernt.«

Nun, das war schließlich auch wissenswert. Mit etwas Glück konnte Morgan bis morgen nachmittag dreißig Meilen zurücklegen, und dann würde es leicht sein, ein anderes Auto zu bekommen. Er schritt zügiger aus, aber der Priester neben ihm hielt Schritt.

Nach einer Weile versteckte sich der Mond hinter der Hügelkette, und ihre Schatten verschwanden. Die Dunkelheit um sie herum schien greifbar, weich, beunruhigend, unheimlich wie das Innere eines zugenagelten Sarges. Morgan warf einen Blick auf seine Uhr. Sie war um 8 Uhr 18 stehengeblieben; wahrscheinlich war bei dem Unfall eine Feder gerissen. Er wußte nicht, wie lange er ohne Bewußtsein war, aber seit mindestens zwei Stunden gingen sie schon zu Fuß; so war es vielleicht Mitternacht.

Sie stapften weiter, zwei dunkle Gestalten — Schatten beinahe — marschierten sie die verlassene Straße hinunter. Sie erklommen eine kurze Steigung, und da hing der Mond wieder voll über ihnen. Das gefiel Morgan besser. Die Dunkelheit war zu dunkel gewesen; er glaubte, merkwürdige Dinge zu sehen, unwirklich, unsichtbar, dort, wo das Mondlicht die Straße nicht erreichte.

Auf der anderen Seite des Hügels gingen sie hinunter, und wieder kroch die Dunkelheit heran . . .

»Haben Sie denn überhaupt keine Lichter in dieser gottverlassenen Gegend?« fragte Morgan irritiert.

Der Priester antwortete nicht. Zornig, mit drohender Stimme, wiederholte Morgan seine Frage.

Noch immer keine Antwort. Morgan zuckte die Schultern und sagte sich: Zum Teufel mit dir, mein trübsinniger Kathole. Ich werde mich später um dich kümmern.

Die Straße führte hinunter bis an den Fuß des Hügels. Nacht war ringsum — die bedrückende, alles einschließende Nacht.

Lange wanderten sie durch die schwarze Nacht, bis sie an den nächsten Hügel kamen. Aber diesmal grüßte sie kein Mondlicht. Die einzige Beleuchtung war ein hohles Glühen hinter den Wolken am Horizont. Aber es war hell genug, um die nahe Straßengabelung zu erkennen.

Morgan stutzte und fragte: »Welche Straße führt nach Linaculan?«

Der Priester blieb stehen. Die stechenden schwarzen Pupillen seiner Augen schienen größer geworden zu sein — so groß, daß das Weiße völlig verschwunden war. Er streckte den Arm aus, um sein Priestergewand zurechtzuziehen, und in diesem Augenblick sah er aus wie eine böse schwarze Gottesanbeterin, die ein Opfer vor sich hatte. Sogar in dem Halbdunkel warf er einen Schatten — einen schwarzen, langen Schatten, wie ein gewaltiges Kreuz.

Und jetzt überkam Morgan der Instinkt einer in die Enge getriebenen Bestie. »Antworte!« knurrte er. »Welche führt nach Linaculan?«

»Hast du so wenig Vertrauen?«

Morgans Stimme bebte vor Zorn. »Hör zu, du schwarzer Bastard! Du antwortest mir nicht auf meine Fragen, redest überhaupt kaum ein Wort mit mir. Was hat das mit Vertrauen zu tun? Sag mir gefälligst, wie weit ich bis Linaculan noch zu gehen habe. Mehr verlange ich ja gar nicht von dir. Keine Psalmgesänge, keine Gebete, nichts! Verstanden?«

»Du hast noch weit zu gehen . . .« Seine Stimme verlor sich, und Morgan spürte eine Veränderung in dem Priester. Einen

Augenblick später hörte Morgan es auch: das noch weit entfernte Donnern von Pferdehufen.

Neugierig lugte der Mond ein letztesmal durch die Wolken. Zuerst schien nur ein Schatten über das Land zu fliegen, als das Pferd näher kam, konnte Morgan das Tier erkennen, Mähne und Schweif flatterten wie schwarze Fahnen im Wind. Es war ein herrliches Pferd, das größte, das er je gesehen hatte — mitternachtsschwarz und von überschäumendem Temperament.

Aber was Morgans Atem stocken ließ, war das Mädchen. Sie ritt das Tier, als sei sie ein Teil von ihm. Das Mondlicht umspielte sie, denn sie war ganz in Weiß gekleidet, weiße Stiefel und Reithosen, dazu eine hautenge, langärmlige Bluse und ein spanischer Reitzylinder. Schwarz wie eine Rabenschwinge bauschte sich ihr Haar sanft um ihre Schultern.

Wild riß sie den Hengst an den Zügeln zurück, als sie vor den beiden Männern angelangt war. Das Pferd stieg steil hoch; Morgan sprang nervös zurück, aber der Priester blieb, wo er war.

»Na, Pater«, sagte sie lächelnd und schlug lässig mit der Reitpeitsche gegen ihre Stiefel. »Wie ich sehe, haben Sie einen weiteren Unglücklichen unter Ihre Fittiche genommen.« Das Wort ›Unglücklichen‹ betonte sie eigenartig; Morgan war überrascht und ärgerlich. Er wartete und beobachtete die beiden. Vielleicht war das Ganze so abgesprochen — gehörte zu der Falle. Es spielte keine Rolle — er befand sich nicht in unmittelbarer Gefahr. So stand er da und genoß den Anblick des stolzen Mädchens.

Bald wurde dem Mädchen Morgans Blick bewußt. Ihre Augen antworteten ihm ganz selbstverständlich und so kühn wie sein Blick. Sie warf den Kopf zurück und lachte kehlig. »Sie sind in schlechten Händen, mein amerikanischer Freund. Dieser *hombre* hier«, sagte sie und machte eine abfällige Kopfbewegung zu dem Priester hin, »wird von meinen Leuten der ›alte Unglücksrabe‹ genannt. Immer, wenn er auf der Straße ist, hat es ein Unglück gegeben. Ihnen ist sicher auch etwas passiert, nicht wahr?«

Morgan nickte kurz und sah aus den Augenwinkeln zu dem Priester hinüber.

Aber der Priester beobachtete das Mädchen. Sie lachte unter seinem stechenden Blick.

»Schauen Sie doch nicht so böse drein, mein Alter. Mich können Sie nicht erschrecken. Warum gehen Sie nicht Ihres Weges? Ich werde mich darum kümmern, daß unser amerikanischer Freund sein Ziel erreicht.«

Der Priester streckte seine Hand nach Morgan aus. »Sie dürfen nicht mit ihr gehen. Sie ist böse. Das Böse in Person.«

Er schlug drei Kreuze durch die Luft.

Über Morgans Entscheidung gab es jedoch längst keine Zweifel mehr. Wenn der Priester sagte, sie sei ›böse‹ — aus dem Mund eines Priesters war das geradezu eine Empfehlung. Außerdem würde nur ein Idiot die dunkle Straße weiterlaufen, wenn er statt dessen die Möglichkeit hatte, auf ein Pferd zu steigen, eine nette Unterhaltung obendrein, und — wenn er ihren Blick richtig verstanden hatte — sogar noch mehr. Und doch zögerte er, noch immer das wilde, gejagte Tier, das Angst vor der Falle hatte.

Das Mädchen tätschelte sanft den schweißnassen Hals des Pferdes. »Wohin wollten Sie?«

»Linaculán«, antwortete Morgan.

»Das ist nicht mehr allzu weit. Kommen Sie. Sie können mit mir bis zur Mictlantecutli-Ranch reiten. Von dort aus können Sie dann Hilfe rufen.« Ihre Lippen blieben halb geöffnet; es schien, als erwarte sie fast atemlos seine Antwort.

Morgan wandte sich zu dem Priester um. »Na, dann vielen Dank für die Gesellschaft, Pater. Leben Sie wohl.«

Der Priester ging mit zwei schnellen Schritten auf Morgan zu und hob beschwörend die Hände. »Bleib an meiner Seite. Sie ist böse, sagte ich.«

Das Mädchen lachte laut auf. »Es steht zwei gegen einen, Kirchenvater. Sie haben noch ein Opfer verloren.«

»Opfer?« Morgans Augen verengten sich. Er hatte sich also in dem alten Schurken nicht geirrt. Aber etwas stimmte nicht. Es paßte nicht zusammen. Wenn der Priester ein Dieb und Mörder wäre, warum hatte er Morgan dann nichts getan, als er bewußtlos war?

Der Priester blickte sich über die Schulter nach dem untergehenden Mond um; in ein paar Sekunden würde es wieder dunkel sein. Er griff in die Falten seines Priestergewandes und zog ein elfenbeinernes Kruzifix von etwa zehn Zoll Größe hervor.

»Lege deine Hand auf dieses Kruzifix. Gehe nicht nach Mictlantecutli. Ich bin deine letzte Chance.«

»Fort mit dir! Laß ihn in Ruhe, alter Dummkopf«, rief das Mädchen. »Die Polizei sollte wirklich mehr hinter euch Idioten her sein, die ihr harmlose Reisende auf dieser Straße ängstigt und belästigt — und nicht an ihr Ziel kommen laßt.«

Der Priester kümmerte sich nicht um das Mädchen; er beschwor Morgan noch einmal, und seine Stimme war laut und befehlend. Er blickte in die Ferne, auf den letzten rötlichen Zipfel des Mondes, der hinter dem Hügel verschwand. »Noch ist Zeit . . .«

Das Mädchen riß grob an den Zügeln und bohrte ihrem Pferd die Sporen in die Flanken. Das Tier wieherte vor Wut und Schmerz und stieg erneut hoch; die wirbelnden Vorderhufe sausten durch die Luft. Als er wieder auf allen vieren stand, war der Hengst zwischen Morgan und dem Priester. Das Mädchen lächelte Morgan zu und zog den Stiefel aus einem der Steigbügel.

»Kommen Sie, mein Freund. Steigen Sie auf. Setzen Sie sich hinter mich.«

Sie reichte ihm helfend ihre Hand, und als sie sich hinunterbeugte, öffnete sich der Ausschnitt ihrer Bluse. Morgan grinste und nahm ihre Hand. Er schwang sich auf das Pferd.

»Legen Sie Ihren Arm um mich und halten Sie sich fest«, befahl sie. Morgan gehorchte gern. Es war ein Genuß, sich an ihrem schönen Körper festzuhalten, und aus ihrem Haar strömte der Hauch eines aufregenden exotischen Parfüms.

Er sah auf den Priester hinunter. Der Gesichtsausdruck des Alten war unergründlich. »Leben Sie wohl, Pater. Lassen Sie sich keine selbstgemachten Pesos andrehen.«

Das Mädchen wartete keine Antwort ab. Sie fuhr mit den Sporen in die Flanken des Tieres, und es flog davon in die Dunkelheit. »Festhalten!« rief sie. »Festhalten!«

Fast zehn Minuten lang ritten sie in halsbrecherischem Galopp dahin, bis sie den Hengst zum Schritt zügelte. Jetzt, da es langsamer ging, wurde Morgan der Körper des Mädchens wieder bewußt, und ein heftiges Verlangen packte ihn. Es war schon lange her; weit und breit war kein Mensch, und er hatte das Gefühl, daß sie ihn nicht zurückweisen würde. Nur das Schnaufen des Pferdes, das Klappern der Hufe und das regelmäßige Knarren des Sattels war zu hören, sonst herrschte Stille ringsum. Verstohlen glitt seine Hand höher und höher ihren Körper hinauf. Da sie nicht protestierte, wurde er noch dreister. Schließlich fühlte er das weiche Fleisch ihrer Brüste unter der Seidenbluse.

Es war leichter, als Morgan es für möglich gehalten hatte. Sie zügelte einfach das Pferd und drehte sich halb um. »Wir können hier anhalten — wenn Sie wollen.«

Morgans Stimme war heiser vor Verlangen, als er antwortete: »Ja, ich will.«

Sie glitt vom Pferd herab, und Morgan saß gleichfalls ab. Ihre Arme schlangen sich um seinen Hals, ihre Lippen fanden sich zu einem wilden, brutalen Kuß. Ihre Fingernägel gruben sich in seine Schultern, als er sie an sich preßte. Sie stöhnte leise, als Morgan ihr die Bluse vom Leib riß. Nur das gleichgültig grasende Pferd und die Sterne über ihnen sahen zu, als ihre Körper sich in heißer, wütender Lust vereinigten.

Morgan fühlte sich müde und erschöpft, als er aufwachte. Das war sein erster Eindruck. Dann erst merkte er, daß er das Mädchen noch immer im Arm hielt. Und dann wurde ihm der überwältigende, unerträgliche Verwesungsgeruch bewußt.

Er schlug die Augen auf.

Und schrie.

Es war ein Aufschrei aus seiner tiefsten Seele, denn in dem unsicheren Licht der anbrechenden Dämmerung sah er, daß er in seinen Armen die verwesende Leiche einer Frau hielt. Von dem verfärbten Körper lösten sich große, breite Streifen von fauligem Fleisch. Aus der Totenkopfgrimasse grinsten ihn braune, zerstörte Zähne an, und die Augenhöhlen waren leer.

Morgan rang nach Luft und sprang auf die Füße. Sein Herz hämmerte, als wollte es zerspringen, wie eine wild gewordene Maschine kurz vor der Explosion. Wie ein Tier in Todesangst atmete er qualvoll, keuchend. Und seine weit aufgerissenen Augen flackerten hin und her, als sähe er ringsum Gespenster.

»Ich — ich — ich . . .«, keuchte er. Mehr brachte er nicht heraus. Er rannte die Straße hinunter. Zweimal fiel er zu Boden, riß sich Hände und Knie an dem scharfen Gestein auf. »Ich —

ich — ich . . .« Und dann endlich schrie er hinaus: »Hilfe! So helft mir doch! Hilfe!«

Er hörte die Hufe des Pferdes hinter sich. Es war das Mädchen; sie lebte und war so schön wie bei der ersten Begegnung. Sie lächelte. »Wohin läufst du denn?« fragte sie. Dann, mit einem anzüglichen Unterton: »Wo sind deine Kleider?«

»Ich — ich — ich . . .« Morgan konnte nicht sprechen.

»Komm!« sagte sie.

Morgan schüttelte den Kopf. Er konnte nicht klar denken; nur eines wußte er: er würde nicht mit dem Mädchen reiten.

»Komm!« Diesmal war es ein scharfer Befehl. Das Mädchen spottete nicht mehr über seine Nacktheit und über sein vor Angst unartikuliertes Stammeln.

Morgan zwang sich dazu, sich umzudrehen und wegzulaufen, aber sein Körper gehorchte ihm nicht. Statt dessen stieg er wie eine willenlose Marionette auf das Pferd.

»Na also«, sagte das Mädchen versöhnlich. »Natürlich hättest du besser deine Kleider angezogen, aber es spielt auch keine Rolle mehr.« Sie warf einen Blick nach Osten. »Die Nacht ist fast vorbei. Wir müssen uns beeilen. Ich will dir noch etwas zeigen, bevor wir auf Mictlantecutlis Ranch ankommen.«

Sie schlug den Hengst mit der Peitsche, und das Tier jagte hinter der schwindenden Nacht einher.

Hinter ihnen wurde es jetzt merklich heller, als die Morgendämmerung sich über die mexikanische Wüste legte. In dem noch schwachen Licht des neuen Tages sah Morgan einen Wegweiser, der ihm bekannt vorkam. Und dann sah er neben der Straße, unten in der Schlucht, sein Auto. Vorsichtig stieg das Pferd Schritt für Schritt den steilen Abhang hinunter, bis sie neben dem zerstörten Fahrzeug standen.

Häßliche Geier mit nackten roten Hälsen kreischten und flatterten mit den schwarzen Schwingen, als das Pferd herankam. Einige kämpften um etwas, was wie weißliche, lange Stricke aussah, die aus dem Wagenfenster heraushingen. Ein paar Vögel stiegen in die Luft — aber die meisten blieben dreist sitzen und hüpften nur zögernd ein wenig zur Seite.

»Aber — aber — was machen die hier?« fragte Morgan. »In dem Auto war doch niemand außer mir.«

Er spürte, wie das Mädchen leise in sich hineinlachte. Sie streckte die Hand aus. Mit zusammengekniffenen Augen konnte Morgan die Gestalt erkennen, die von der Lenksäule aufgespießt worden war.

Wieder packte ihn das kalte, nackte Entsetzen. Die Gestalt war ihm bekannt — zu bekannt.

Morgan schluchzte, als das Mädchen den Hengst noch näher herantrieb. Die Geier hatten sich zuerst über die Augen hergemacht — das tun sie meistens. Die Eingeweide des Toten hingen aus dem offenen Fenster heraus, und sie waren der Anlaß für den Kampf unter den Vögeln.

Morgan sah die Kleidung. Der Tote war genauso angezogen wie er. Er trug sogar die gleiche Armbanduhr.

Was für ein grauenvoller Alptraum war dies?

Aufwachen! Wach auf! Wach auf! schrie er, ohne daß ein Laut über seine Lippen kam.

Aber der Alptraum, wirklicher als das Leben, verschwand nicht. Der tote Mann war er selbst, Morgan, darüber gab es keinen Zweifel.

Morgan sah alles vor sich und wollte doch seinen Augen nicht glauben. Sein Verstand verkroch sich vor der Wirklichkeit. Er verlor jegliche Kontrolle über sich. Er schrie, und es war der Schrei eines Irren.

Bei diesem Aufschrei peitschte das Mädchen den Hengst. Das Pferd kletterte den Abhang wieder hinauf.

Oben, auf der Straße, stand der Priester.

»Hilf mir, Vater, hilf mir«, murmelte Morgan und aus seinen schlaff herabhängenden Mundwinkeln rann der Speichel.

»Du hast deine Wahl getroffen. Es tut mir leid.«

»Aber ich wußte nicht, was Mictlantecutli ist.«

»Mictlantecutli hat viele Namen: Diabolo, Satan, Teufel, Luzifer, Mephistopheles. Der jeweilige Name des Bösen ist niemals wichtig, denn seine Gebote sind in jedem Land die gleichen. Du hast das Böse umarmt — du hast deine letzte Entscheidung auf Erden getroffen: Jetzt kann ich dir nicht mehr helfen. Leb wohl...«

Das teuflische Lachen des Mädchens schrillte ihm in den Ohren. Ihre Peitsche zischte dem Pferd über den Nacken, und ihre

Sporen färbten sich blutrot. Sie wirbelten die Straße hinunter. Die Hufe donnerten im jagenden Galopp der Nacht entgegen. Wieder stieg ihm der faulige Gestank in die Nase, und Fleischfetzen aus dem Körper des Mädchens flatterten im Wind.

Sie wandte sich um — sehr langsam diesmal. Und Morgan sah vor sich das schauerliche Grinsen eines Skeletts.

Er wandte den Kopf zur Seite, unfähig, diesen Anblick zu ertragen, und schrie nach Leibeskräften nach dem Priester. Weit hinter ihnen — so weit, wie in einer anderen Welt — sah Morgan die hohe Gestalt des Priesters auf einem der Hügel. Langsam und stetig ging er gen Osten, der aufgehenden Sonne und dem neuen Tag entgegen.

Als Morgan wieder nach vorn sah, hatten sie die schwarze Grenze der Nacht schon erreicht.

Er schluchzte hilflos und wußte, daß es keine Hoffnung für ihn mehr gab — und die Finsternis tat sich auf und verschlang ihn.

ROBERT SILVERBERG

Reisende

Die ›Science Fiction Writers of America‹ wählten diese Erzählung zur besten Science-fiction-Kurzgeschichte des Jahres 1969. »Reisende« ist ein Musterbeispiel der Verführung — kühl und energisch und schrecklich, und bei näherer Prüfung keineswegs Science-fiction (eine Aussage, die in bezug auf gute Science-fiction viel zu oft und nicht immer zu Recht gemacht wird, die aber in diesem Fall tatsächlich zutrifft). Robert Silverberg, vielleicht der beste Science-fiction-Schriftsteller unserer Zeit, hat viele erstklassige Romane und Hunderte von Kurzgeschichten verfaßt, und er hat möglicherweise, ebenso wie Joyce Carol Oates oder Truman Capote, seine wahre Berufung verfehlt, nämlich Schrecken und Aufregung zu erregen.

Jetzt sind nur noch Teile von mir übrig. Fetzen der Erinnerung haben sich gelöst und sind wie abgestoßene Gletscherstücke weggetrieben. So ist es immer, wenn ein Reisender uns verläßt. Wir wissen nie genau, was unsere ausgeliehenen Körper alles gemacht haben. Uns bleiben nur die Spuren, die Zeichen.

Wie Sand, der an einer vom Meer umbrandeten Flasche haftet. Wie das Klopfen in amputierten Beinen.

Ich erhebe mich. Ich sammle mich. Mein Haar ist zerzaust; ich kämme es. Mein Gesicht ist aus Mangel an Schlaf zerfurcht. Ich habe einen sauren Geschmack im Mund. Hat mein Reisender *Dung* mit meinem Mund gegessen? Das machen sie. Sie machen alles.

Es ist Morgen.

Ein grauer, unbeständiger Morgen. Ich starre ihn eine Weile an, und dann verdunkle ich, erschauernd, das Fenster und stehe jetzt statt dessen dem vagen Grau der Innenseite des Fensterladens gegenüber. Es sieht unordentlich aus. War eine Frau hier bei mir? In den Aschenbechern liegt Asche. Ich suche nach Kippen und finde mehrere mit Spuren von Lippenstift. Ja, es war eine Frau hier.

Ich streiche über die Bettlaken. Immer noch warm von gemeinsamer Wärme. Beide Kissen zerwühlt. Doch sie ist weg, und der Reisende ist weg, und ich bin allein.

Wie lange hat es dieses Mal gedauert?

Ich nehme den Hörer ab und rufe die Zentrale. »Den wievielten haben wir?«

Die verbindliche, weibliche Computerstimme antwortet. »Freitag, 4. Dezember 1987.«

»Und die Zeit?«

»9.51 Uhr.«

»Und die Wettervorhersage?«

»Die für heute vorausgesagten Temperaturen liegen zwischen 30 und 38 Grad Fahrenheit. Augenblickliche Temperatur: 31 Grad. Wind von Nord, 16 Meilen die Stunde. Aussichten auf Niederschlag gering.«

»Was empfehlen Sie gegen einen Kater?«

»Zum Essen oder zum Einnehmen?«

»Irgendwas«, sage ich.

Der Computer läßt sich das eine Weile durch den Kopf gehen. Dann trifft er für beides eine Entscheidung und setzt meine Küche in Gang. Aus dem Hahn strömt kalter Tomatensaft. Eier beginnen zu brutzeln. Aus dem Medikamentenschlitz kommt eine lila Flüssigkeit. Der zentrale Computer ist immer so fürsorglich. Besetzen ihn die Reisenden eigentlich nie? frage ich mich. Könnte das nicht einen Reiz für sie haben? Eigentlich müßte es doch aufregender sein, sich die Millionen von Gehirnen aus der Zentrale auszuleihen, als eine Zeitlang in dem unvollkommenen, kurzgeschlossenen Geist eines verfallenden Menschen zu leben!

4. Dezember, hatte die Zentrale gesagt. Freitag. Also hatte mich der Reisende drei Tage besessen. Ich trinke das lila Zeug und untersuche behutsam meine Erinnerungen, so wie jemand wahrscheinlich eine eiternde Wunde untersucht.

Ich erinnere mich an Dienstag morgen. Auf der Arbeit läuft alles schief. Keine von den Tabellen wird richtig was. Der Abteilungsleiter gereizt; ihn haben die Reisenden innerhalb von fünf

Wochen dreimal besetzt, und infolgedessen herrscht Unordnung in seiner Abteilung, und seine Weihnachtsgratifikation ist gefährdet. Selbst wenn man — entsprechend unserem System — jemanden für gewöhnlich nicht wegen Fehlern benachteiligt, an denen die Reisenden schuld sind, hat der Abteilungsleiter anscheinend das Gefühl, man werde ihn nicht gerecht behandeln. Wir haben es schwer. Tabellen überarbeiten, am Programm rumbasteln, zehnmal die Vorgaben überprüfen. Dann kommen sie heraus: die genauen Prognosen über Preisschwankungen bei den Wertpapieren von Versorgungsbetrieben, Februar — April 1988. Nachmittags werden wir uns zusammensetzen und die Tabellen und das, was sie bedeuten, besprechen.

Ich erinnere mich nicht an Dienstag nachmittag.

Da muß mich der Reisende in Besitz genommen haben. Vielleicht bei der Arbeit; vielleicht sogar in dem mahagonigetäfelten Sitzungssaal, während der Besprechung. Überall um mich herum rosige, besorgte Gesichter; ich huste, ich taumle, ich stürze stolpernd von meinem Platz. Sie schütteln traurig den Kopf. Keiner kommt mir zu Hilfe. Keiner hält mich zurück. Es ist zu gefährlich, sich mit jemandem einzulassen, den ein Reisender besetzt hat. Das Risiko ist groß, daß ein zweiter Reisender im körperlosen Zustand in der Nähe lauert und sich nach einem Träger umsieht. Deshalb meidet man mich. Ich verlasse das Gebäude.

Und danach, was war dann?

Ich sitze an diesem trostlosen Freitagmorgen in meinem Zimmer, esse meine Rühreier und versuche, die drei verlorenen Tage zu rekonstruieren.

Das ist natürlich unmöglich. Das Bewußtsein arbeitet zwar während der Zeit der Gefangenschaft, aber sobald sich der Reisende zurückzieht, verschwindet auch fast jedes Erinnerungsvermögen. Nur ein kleiner Rest bleibt zurück, ein grobkörniger Film mit schwachen und gespenstischen Erinnerungen. Der Träger ist hinterher niemals mehr genau dieselbe Person; obwohl er sich nicht an die Einzelheiten seines Erlebnisses erinnern kann, verändert es ihn auf subtile Art und Weise.

Ich versuche mich zu erinnern.

Ein Mädchen? Ja: Lippenstift an den Kippen. Also Sex hier in meinem Zimmer. Jung? Alt? Blond? Dunkel? Alles ist verschwommen. Wie hat sich mein ausgeliehener Körper verhalten? War ich ein guter Liebhaber? Ich versuche es zu sein, wenn ich ich selbst bin. Ich halte mich fit. Mit achtunddreißig schaffe ich an einem Sommernachmittag drei Sätze im Tennis, ohne zusammenzubrechen. Ich kann eine Frau so zum Erglühen bringen, wie eine Frau erglühen soll. Keine Prahlerei, nur eine Feststellung. Wir haben alle unsere Fähigkeiten. Das sind meine.

Aber Reisende, so sagt man, finden ein seltsames Vergnügen daran, gegen unsere Fähigkeiten anzugehen. Hat es deshalb meinem Besitzer vielleicht irgendwie Spaß gemacht, mir eine Frau zu suchen und mich zu zwingen, mehrmals hintereinander bei ihr zu versagen?

Mir gefällt dieser Gedanke nicht.

Der Nebel über meinem Verstand lichtet sich nun. Das von der Zentrale verordnete Medikament wirkt rasch. Ich esse, ich rasiere mich, ich stehe unter dem Vibrator, bis meine Haut sauber ist. Ich mache meine Gymnastik. Hat der Reisende am Mittwoch- und Donnerstagmorgen meinen Körper trainiert? Wahrscheinlich nicht. Ich muß das nachholen. Ich bin jetzt kurz vor den mittleren Lebensjahren; verlorene Muskelkraft läßt sich nicht leicht wiedergewinnen.

Ich berühre zwanzigmal meine Zehen, Knie durchgedrückt.

Ich trete mit den Beinen in die Luft. Ich lege mich flach hin und pumpe mich mit den Ellbogen hoch.

Der Körper reagiert, selbst wenn er möglicherweise schlecht behandelt worden ist. Das ist der erste Lichtblick nach meinem Erwachen: das Kribbeln innen ist zu spüren, zu wissen, daß ich immer noch Kraft habe.

Das nächste, was ich brauche, ist frische Luft. Schnell schlüpfe ich in meine Kleider und gehe los. Ich brauche mich heute nicht wieder zur Arbeit zurückzumelden. Sie wissen, daß ich seit Dienstag nachmittag von einem Reisenden besessen war; sie brauchen nicht zu wissen, daß der Reisende am Freitag schon vor dem Morgengrauen wieder aufgebrochen ist. Ich habe einen Tag frei. Ich werde auf den Straßen der Stadt spazierengehen, meine Glieder strecken und so meinen Körper für den Mißbrauch, den er durchlitten hat, entschädigen.

Ich steige in den Aufzug. Ich sinke fünfzig Stockwerke hinunter. Ich trete in die Trostlosigkeit des Dezembers hinaus.

Um mich herum erheben sich die Türme von New York.

Auf den Straßen strömen die Autos vorwärts. Fahrer sitzen nervös hinter dem Steuer. Man weiß nie, wann der Fahrer eines benachbarten Autos ausgeliehen wird, und einen Augenblick lang fällt immer die Koordination aus, wenn der Reisende die Kontrolle übernimmt. Auf diese Weise sterben viele Menschen auf unseren Straßen und Autobahnen; aber niemals ein Reisender.

Ich beginne ziellos herumzulaufen. Ich überquere die 14. Straße, gehe nach Norden und höre das gedämpfte, aber kraftvolle Surren der Elektromotoren. Ich sehe einen Jungen auf der Straße herumspringen und weiß, daß er besessen ist. An der Kreuzung von 5. und 22. Straße kommt mir ein wohlhabend aussehender, dicker Mann entgegen, Schlips schief, und aus der Tasche seines Mantels ragt die Morgenausgabe des *Wall Street Journal.* Er kichert. Er streckt seine Zunge raus. Besessen. Besessen. Ich weiche ihm aus. Ich gehe schnell weiter, komme zu der Unterführung, die den Verkehr unter der 34. Straße hindurch zur Queens hinüber leitet, mache eine kleine Pause und beobachte zwei junge Mädchen, die sich am Rand des Gehsteiges streiten. Die eine ist eine Negerin. Sie rollt die Augen in panischer Angst. Die andere stößt sie immer näher an das Geländer. Besessen. Aber der Reisende hat keinen Mord im Sinn, nur Vergnügen. Das Negermädchen wird erlöst, sackt zu einem kauernden Häuflein zusammen und zittert. Dann erhebt sie sich und rennt davon. Das andere Mädchen nimmt eine lange Strähne glänzendes Haar in den Mund, kaut darauf herum, scheint zu erwachen. Sie sieht verwirrt aus.

Ich wende meinen Blick ab. Man schaut nicht zu, wenn ein Mitleidender erwacht. Es gibt eine Ethik der Besessenen; wir haben in diesen dunklen Zeiten so viele neue gesellschaftliche Regeln entwickelt.

Ich eile weiter.

Wohin gehe ich so eilig? Ich bin schon mehr als eine Meile gelaufen. Ich bewege mich scheinbar auf irgendein Ziel zu, als ob mein Reisender immer noch in meinem Schädel hockte und mich umhertriebe. Aber ich weiß, daß es nicht so ist. Zumindest im Augenblick bin ich frei. Kann ich dessen sicher sein?

Cogito ergo sum hat keine Gültigkeit mehr. Wir denken weiter, selbst wenn wir besessen sind, und wir leben in stiller Verzweiflung, unfähig, dem Lauf unseres Lebens, wie schrecklich und selbstzerstörerisch er auch sein mag, Einhalt zu gebieten. Ich bin sicher, daß ich zwischen dem Zustand, wenn ich einen Reisenden trage, und dem Zustand der Freiheit unterscheiden kann. Aber vielleicht auch nicht. Vielleicht trage ich einen besonders teuflischen Reisenden, der mich keineswegs verlassen, sondern sich lediglich ins Kleinhirn zurückgezogen hat und mir die Illusion der Freiheit gibt, während er mich heimlich die ganze Zeit zu seinem eigenen Ziel vorantreibt.

Hatten wir jemals mehr als das: die Illusion der Freiheit?

Aber das ist beunruhigend – der Gedanke, ich könnte vielleicht besessen sein, ohne daß ich es weiß. Mir bricht der Schweiß aus allen Poren, nicht nur, weil mich das Laufen anstrengt. Bleib stehen. Bleib hier stehen. Warum mußt du weitergehen? Du bist an der 42. Straße. Dort befindet sich die Bibliothek. Nichts zwingt dich, weiterzugehen. Bleib einen Moment stehen, sage ich mir. Ruh dich auf den Stufen zur Bücherei aus.

Ich sitze auf den kalten Steinen und rede mir ein, ich hätte diese Entscheidung selbst getroffen.

Habe ich das wirklich? Es ist das alte Problem, freier Wille kontra Determinismus in seiner fatalsten Form. Determinismus ist nicht mehr ein philosophisches Abstraktum; es sind kalte, überirdische Ranken, die sich durch die Schädelnähte ziehen. Die Reisenden sind vor drei Jahren gekommen. Seitdem bin ich fünfmal besessen gewesen. Unsere Welt ist jetzt ganz anders. Aber selbst dem haben wir uns angepaßt. Wir haben uns angepaßt. Wir haben unseren Sittenkodex. Das Leben geht weiter. Unsere Regierungen herrschen, unsere Legislative tritt zusammen, unsere Börsen wickeln ihre Geschäfte wie üblich ab, und wir haben Methoden, um das willkürliche Chaos auszugleichen. Das ist die einzige Möglichkeit. Was sollen wir sonst machen? In der Niederlage verkümmern? Wir haben einen Feind, den wir nicht bekämpfen können; bestenfalls können wir durch Aushalten Widerstand leisten. Deshalb halten wir aus.

Die Kälte der Steinstufen dringt durch meinen Körper. Im Dezember sitzen hier nur wenige Leute.

Ich rede mir ein, daß ich aus freiem Willen stehengeblieben bin, daß kein Reisender jetzt mein Gehirn besetzt hält. Vielleicht. Vielleicht. Ich kann mir doch nicht eingestehen, daß ich nicht frei bin.

Könnte es sein, so frage ich mich, daß der Reisende einen noch wirksamen Befehl in mir hinterlassen hat? Geh zu dieser Stelle, bleib an dieser Stelle stehen? Das ist auch möglich.

Ich schaue mir die anderen an, auf der Bibliothekstreppe um mich herum.

Ein alter Mann mit leerem Blick, der auf einer Zeitung sitzt. Ein Junge, etwa dreizehn, dessen Nasenflügel sich blähen. Eine mollige Frau. Sind sie alle besessen? Heute scheinen sich die Reisenden in Scharen um mich herum zu versammeln. Je mehr ich die Besessenen beobachte, um so mehr komme ich zu der Überzeugung, daß ich zur Zeit frei bin. Letztes Mal lagen drei Monate Freiheit zwischen den Phasen des Besessen-Seins. Einige Leute, so erzählt man sich, sind fast nie frei. Ihre Körper sind sehr gefragt, und sie erleben nur hier und da ein Aufflackern von Freiheit, mal einen Tag, mal eine Woche, eine Stunde. Wir konnten bisher nicht feststellen, wie viele Reisende unsere Welt verseuchen. Vielleicht Millionen. Oder vielleicht fünf. Wer kann das schon wissen?

Ein Hauch von Schnee wirbelt von dem grauen Himmel herunter. Die Zentrale hatte gesagt, die Aussicht auf Niederschlag sei gering. Ist heute morgen auch die Zentrale besessen?

Ich sehe das Mädchen.

Sie sitzt schräg über mir, fünf Stufen weiter oben und etwa dreißig Meter weg, hat ihren schwarzen Rock über die Knie hochgezogen und zeigt ihre schönen Beine. Ihr Haar hat ein tiefes, sattes Rotbraun. Ihre Augen sind blaß. Aus dieser Entfernung kann ich ihre genaue Farbe nicht erkennen. Sie ist einfach gekleidet. Sie ist noch keine dreißig. Sie trägt einen dunkelgrünen Mantel, und ihr Lippenstift ist leicht lila getönt. Ihre Lippen sind voll, ihre Nase schmal, mit einem hohen Rücken, ihre Augenbrauen sorgsam gezupft.

Ich kenne sie.

Ich habe die vergangenen drei Nächte mit ihr in meinem Zimmer verbracht. *Sie* ist es. Besessen kam sie zu mir, und besessen schlief ich mit ihr. Ich bin mir dessen sicher. Der Schleier der Erinnerung hebt sich; ich sehe ihren schlanken Körper nackt auf meinem Bett.

Wie kommt es, daß ich mich daran erinnern kann?

Die Erinnerung ist zu stark, als daß es eine Täuschung sein könnte. Bestimmt ist es etwas, an das ich mich — aus Gründen, die ich nicht begreifen kann — erinnern *darf*. Und ich erinnere mich noch an mehr. Ich erinnere mich an ihre leisen, keuchenden Laute der Lust. Ich weiß, daß mich mein eigener Körper in jenen drei Nächten nicht enttäuscht hat.

Und ich erinnere mich an noch mehr. An dahinströmende Musik, den Duft von Jugend in ihrem Haar. Das Rauschen von Bäumen im Winter. Irgendwie erinnerte sie mich an eine Zeit der Unschuld, an eine Zeit, da ich noch jung bin und Mädchen geheimnisvoll sind, eine Zeit der Parties und des Tanzens, des Wohlbehagens und der Geheimnisse.

Ich fühle mich jetzt zu ihr hingezogen.

Auch in solchen Dingen gibt es Regeln des Anstands. Es zeugt von wenig Benehmen, wenn man sich jemandem nähert, dem man im Zustand der Besessenheit begegnet ist. Solch ein Zusammentreffen räumt einem keine besonderen Rechte ein; ein Fremder bleibt ein Fremder, egal, was wir beiden während des unfreiwilligen Zusammenseins gemacht oder gesagt haben.

Trotzdem fühle ich mich zu ihr hingezogen.

Warum diese Verletzung eines Tabus? Warum dieser plumpe Bruch der Anstandsregeln? Ich habe das noch nie zuvor gemacht. Ich bin immer sehr gewissenhaft gewesen.

Aber ich stehe auf und gehe die Stufe, auf der ich gesessen habe, entlang, bis ich mich unter ihr befinde, und ich blicke hinauf, und unwillkürlich verschränkt sie die Beine und preßt ihre Knie aneinander, als sei sie sich bewußt, daß ihre Stellung unzüchtig ist. Aus dieser Reaktion schließe ich, daß sie jetzt nicht besessen ist. Meine Blicke begegnen ihren. Sie hat Augen, sie haben ein verschwommenes Grün. Sie ist schön, und ich zermartere meine Erinnerung, um weitere Einzelheiten unserer leidenschaftlichen Liebe zu erfahren.

Ich steige Stufe für Stufe hinauf, bis ich vor ihr stehe.

»Hallo«, sage ich.

Sie wirft mir einen gleichgültigen Blick zu. Sie scheint mich nicht zu erkennen. Ihre Augen sind verschleiert, wie sie es häufig sind, wenn der Reisende sich gerade zurückgezogen hat. Sie schürzt die Lippen und mustert mich reserviert.

»Hallo«, antwortet sie kühl. »Ich glaube nicht, daß ich Sie kenne.«

»Nein, tun Sie auch nicht. Aber ich hab das Gefühl, Sie möchten gerade jetzt nicht alleine sein. Und ich weiß, daß ich das auch nicht will.« Ich versuche, sie mit meinen Augen zu überzeugen, daß ich keine unanständigen Absichten habe. »Es liegt Schnee in der Luft«, sage ich. »Wir könnten uns einen wärmeren Platz suchen. Ich würde gerne mit Ihnen reden.«

»Worüber?«

»Gehn wir woanders hin, und ich sag's Ihnen. Ich bin Charles Roth.«

»Helen Martin.«

Sie steht auf. Sie hat ihre kühle Gleichgültigkeit immer noch nicht abgelegt; sie ist argwöhnisch, fühlt sich unwohl. Aber zumindest willigt sie ein mitzugehen. Ein gutes Zeichen.

»Ist es noch zu früh für einen Drink?« frage ich.

»Ich bin mir nicht sicher. Ich weiß kaum, wie spät es ist.«

»Noch nicht Mittag.«

»Ich bin trotzdem für einen Drink«, sagt sie, und wir lächeln beide.

Wir gehen in eine Cocktailbar auf der gegenüberliegenden Straßenseite. Während wir uns in dem schummrigen Licht gegenübersitzen, nippen wir an unseren Drinks — Daiquiri für sie, Bloody Mary für mich. Sie entspannt sich ein wenig. Ich frage mich, was ich eigentlich von ihr will. Das Vergnügen ihrer Gesellschaft, ja. Ihre Gesellschaft im Bett? Aber dieses Vergnügen habe ich schon gehabt, drei Nächte lang, obwohl sie das nicht weiß. Ich will noch mehr. Noch mehr. Was denn?

Ihre Augen sind blutunterlaufen. Sie hat in den vergangenen drei Nächten wenig geschlafen.

»Ist es sehr unangenehm für Sie gewesen?« sage ich.

»Was?«

»Der Reisende.«

Ihr Gesicht zuckt, wie von einer Peitsche getroffen, zusammen. »Woher wollen Sie denn wissen, daß ich einen Reisenden gehabt habe?«

»Ich weiß es.«

»Wir dürfen nicht darüber sprechen.«

»Ich nehm's nicht so genau«, sage ich zu ihr. »Mein Reisender hat mich irgendwann letzte Nacht verlassen. Ich bin seit Donnerstag nachmittag besessen gewesen.«

»Meiner hat mich vor ungefähr zwei Stunden verlassen, glaube ich.« Ihre Wangen röten sich. Es ist mutig von ihr, so zu reden. »Ich bin seit Montag abend besessen gewesen. Es war das fünfte Mal.«

»Bei mir auch.«

Wir spielen an unseren Gläsern herum. Unsere Harmonie wächst, fast ohne daß wir Worte brauchen. Unsere jüngsten Erlebnisse mit den Reisenden verbinden uns, obwohl es Helen nicht bewußt ist, wie intim diese gemeinsamen Erlebnisse waren.

Wir reden. Sie dekoriert Schaufenster. Sie hat eine kleine Wohnung, einige Blocks von hier entfernt. Sie lebt alleine. Sie fragt mich, was ich beruflich mache. „Wertpapieranalysen«, antworte ich ihr. Sie lächelt. Ihre Zähne sind makellos. Wir bestellen die zweite Runde. Ich bin jetzt sicher, sie ist das Mädchen, das während des Besessen-Seins in meinem Zimmer war.

Hoffnung keimt in mir auf. Es war eine glückliche Fügung des Schicksals, die uns so schnell wieder zusammenführte, nachdem wir uns als Träumer trennten. Und auch eine Fügung des Schicksals, daß eine Spur des Traums in mir haften blieb.

Wir haben etwas gemeinsam erlebt, wer weiß schon genau was, und es muß gut gewesen sein, weil es solch einen lebendigen Eindruck bei mir hinterlassen hat, und nun will ich mich ihr bewußt nähern, offen, als mein eigener Herr, will diese Beziehung wiederherstellen, sie dieses Mal zu einer echten machen. Es ist eigentlich nicht richtig, denn ich mißbrauche ein Vorrecht, das mir nicht zusteht, außer wenn es die kurze Anwesenheit der Reisenden in uns erlaubt. Dennoch brauche ich sie. Ich will sie.

Sie scheint mich auch zu brauchen, ohne sich darüber im klaren zu sein, wer ich bin. Aber Furcht hält sie zurück.

Ich habe Angst, sie zu ängstigen, und ich versuche nicht, meinen Vorteil zu schnell auszunutzen. Vielleicht würde sie mich jetzt mit zu sich nehmen, vielleicht auch nicht, aber ich frage nicht. Wir trinken aus. Wir verabreden uns für morgen, wieder an der Treppe zur Bibliothek. Einen Augenblick lang streift meine Hand die ihre. Dann ist sie weg.

In jener Nacht fülle ich drei Aschenbecher. Immer wieder denke ich darüber nach, ob mein Handeln sinnvoll ist. Warum soll ich sie nicht einfach in Ruhe lassen? Ich habe kein Recht, ihr zu folgen. So, wie unsere Welt geworden ist, ist es für uns das Klügste, getrennt zu bleiben.

Und trotzdem — da bleibt diese peinigende, halbbewußte Erinnerung, wenn ich an sie denke. Die verwischten Lichter von versäumten Gelegenheiten hinter Treppen, vom Lachen der Mädchen auf den Fluren des zweiten Stocks, von geraubten Küssen, von Tee und Kuchen. Ich erinnere mich an das Mädchen mit der Orchidee im Haar und an das in dem paillettenbesetzten Kleid und an das mit dem Kindergesicht und den Frauenaugen, alles schon so lange vorbei, alles verloren, alles vorüber, und ich sage mir, daß ich sie dieses Mal nicht verlieren will, daß ich sie mir nicht entreißen lassen will.

Der Morgen kommt, ein ruhiger Samstag. Ich kehre zu der Bibliothek zurück, erwarte kaum, sie dort anzutreffen, aber sie ist dort, auf den Stufen, und sie zu sehen ist wie eine Gnadenfrist. Sie sieht mißtrauisch, beunruhigt aus; anscheinend hat sie viel nachgedacht, wenig geschlafen. Gemeinsam gehen wir die Fifth Avenue entlang. Sie ist mir ganz nahe, aber sie hakt sich nicht ein. Ihre Schritte sind schnell, kurz, nervös. Ich will ihr vorschlagen, daß wir statt in die Cocktailbar in ihre Wohnung gehen. In dieser Zeit, solange wir frei sind, müssen wir schnell handeln. Aber ich weiß, es wäre ein Fehler, dies als eine taktische Angelegenheit anzusehen. Gedankenlose Eile wäre verhängnisvoll, würde mir vielleicht zu einem gewöhnlichen Sieg verhelfen, doch eine bedrückende Niederlage wäre darin eingeschlossen. Ohnehin scheint ihre Stimmung heute nicht gerade vielversprechend. Ich sehe sie an, denke an Streichmusik und Neuschnee, und sie blickt zum grauen Himmel hinauf.

Sie sagt: »Ich kann spüren, wie sie mich die ganze Zeit beobachten. Wie in der Luft zum Sturzflug ansetzende Geier, die warten, warten. Bereit niederzustoßen.«

»Aber es gibt eine Möglichkeit, sie zu besiegen. Wir können uns kleine Fetzen des Lebens schnappen, wenn sie nicht hinsehen.«

»Sie sehen immer hin.«

»Nein«, sage ich zu ihr. »Dafür sind es zu wenige. Manchmal schauen sie woanders hin. Und währenddessen können zwei Menschen zusammenkommen und versuchen, die Wärme zu teilen.«

»Aber wozu?«

»Sie sind zu pessimistisch, Helen. Die Reisenden nehmen monatelang keine Notiz von uns. Wir haben eine Chance. Wir haben eine Chance.«

Aber ich kann ihren Panzer der Furcht nicht durchdringen. Sie ist von der Nähe der Reisenden gelähmt, will nichts anfangen, aus Furcht, unsere Peiniger könnten es uns entreißen. Wir kommen zu dem Haus, in dem sie wohnt, und ich hoffe, sie wird ihre Zurückhaltung aufgeben und mich hereinbitten. Einen Moment zögert sie, aber nur einen Moment: Sie nimmt meine Hand in ihre beiden Hände und lächelt, und das Lächeln erstirbt, und sie ist weg, läßt mich mit den Worten allein: „Wir treffen uns morgen wieder an der Bibliothek. Mittags.«

Ich lege den langen, bedrückenden Weg nach Hause allein zurück. Etwas von ihrem Pessimismus strömt in dieser Nacht in mich hinein. Es ist scheinbar sinnlos, irgend etwas zu retten zu versuchen: Es ist gemein von mir, ihr näherzukommen zu wollen, schändlich, ihr eine unentschlossene Liebe anzutragen, wenn ich nicht frei bin. In dieser Welt, so sage ich mir, sollten wir uns von anderen ganz fernhalten, so daß wir niemanden schaden, wenn wir heimgesucht und besessen werden.

Ich werde sie nicht treffen.

So ist es am besten, behaupte ich. Ich habe kein Recht, leichtfertig mit ihr umzugehen. Ich stelle mir in Gedanken vor, wie sie auf der Treppe zur Bibliothek wartet, sich fragt, warum ich zu spät dran bin, nervös, ungeduldig, dann ärgerlich wird. Sie wird wütend sein, weil ich unser Rendezvous platzen lasse, aber ihre Wut wird vergehen, und sie wird mich bald vergessen.

Der Montag kommt. Ich gehe wieder zur Arbeit.

Selbstverständlich spricht niemand über meine Abwesenheit. Es ist, als sei ich nie weggewesen. Die Börse ist an diesem Morgen stabil. Die Arbeit fordert mich ganz: der Morgen ist deshalb vorbei, bevor ich überhaupt an Helen denken kann. Aber sobald ich an sie denke, kann ich an nichts anderes mehr denken. Meine Feigheit, daß ich sie versetzt habe. Wie kindisch die düsteren Gedanken vom Samstagabend waren. Warum das Schicksal so passiv auf sich nehmen? Warum nachgeben? Ich will jetzt kämpfen, mir wider alle Erwartungen einen kleinen Hort der Sicherheit schaffen. Ich bin fest davon überzeugt, daß es zu schaffen ist. Dann würden vielleicht die Reisenden uns zwei nie wieder belästigen. Und jener Anflug eines Lächelns am Samstag vor ihrem Haus, jenes flüchtige Leuchten — ich hätte wissen müssen, daß sie hinter der Mauer der Furcht dieselben Hoffnungen hegte. Sie wartete darauf, daß ich voranging. Und statt dessen blieb ich zu Hause. Um die Mittagszeit gehe ich zur Bibliothek, überzeugt davon, daß es vergeblich ist.

Aber sie ist da. Sie läuft die Stufen entlang; der Wind nagt an ihrer schlanken Gestalt. Ich gehe auf sie zu.

Sie schweigt einen Augenblick. »Hallo«, sagt sie schließlich.

»Das mit gestern tut mir leid.«

»Ich habe lange auf Sie gewartet.«

Ich zucke mit den Schultern. »Ich dachte mir, es hat keinen Sinn zu kommen. Aber ich habe es mir doch anders überlegt.«

Sie versucht, böse dreinzublicken. Aber ich weiß, sie freut sich, mich wiederzusehen — warum sonst ist sie heute hergekommen? Sie kann ihre innere Freude nicht verbergen. Ich auch nicht. Ich zeige auf die Cocktailbar auf der anderen Straßenseite.

»Einen Daiquiri?« sage ich. »Als Friedensangebot?«

»Prima.«

Es ist heute voll in der Bar, aber irgendwo finden wir eine freie Nische. Ihre Augen glänzen, wie ich es vorher noch nie gesehen habe. Ich spüre, daß eine Barriere in ihr zerbricht.

»Sie haben weniger Angst vor mir, Helen«, sage ich.

»Ich hab noch nie vor Ihnen Angst gehabt. Ich habe Angst davor, was geschehen könnte, wenn wir ein Risiko eingehen.«

»Das brauchen Sie nicht. Brauchen Sie bestimmt nicht.«

»Ich versuche ja, keine Angst zu haben. Aber manchmal scheint alles so hoffnungslos. Seit sie hier sind . . .«

»Wir können versuchen, unser eigenes Leben zu leben.«

»Vielleicht.«

»Wir müssen es. Wir schließen einen Pakt, Helen. Keine gedrückte Stimmung mehr. Keine Sorge mehr wegen der schrecklichen Dinge, die vielleicht einmal geschehen könnten. Ja?«

Zögern. Dann eine kühle Hand an meiner. «In Ordnung.«

Wir trinken aus, und ich zeige meine Kreditkarte vor, um zu bezahlen, und wir gehen nach draußen. Ich will, daß sie zu mir sagt, ich soll nicht an meine Arbeit heute nachmittag denken und mit zu ihr nach Hause gehen. Es ist jetzt unvermeidlich, daß sie mich bittet, und je früher, desto besser.

Wir gehen um den Block. Sie spricht die Einladung nicht aus. Ich spüre den Kampf in ihr, und ich warte, lasse den Kampf auf natürliche Weise zu Ende gehen, ohne daß ich mich einmische. Wir gehen auch noch um den nächsten Block. Sie hat sich bei mir eingehakt, aber sie spricht nur von ihrer Arbeit, vom Wetter, und die Unterhaltung ist distanziert, verbindlich. An der nächsten Ecke dreht sie um, wieder von ihrer Wohnung weg, zurück zu der Cocktailbar. Ich versuche, Geduld mit ihr zu haben.

Ich brauche die Dinge jetzt nicht zu überstürzen, sage ich mir. Ihr Körper birgt für mich keine Geheimnisse. Wir haben unsere Beziehung verkehrt herum begonnen, den körperlichen Teil zuerst; jetzt brauchen wir Zeit, um uns zu dem schwierigeren Teil zurückzuarbeiten, den manche Leute Liebe nennen.

Aber natürlich weiß sie nicht, daß wir uns auf diese Weise kennengelernt haben. Der Wind bläst uns wirbelnde Schneeflocken ins Gesicht, und irgendwie weckt dieses kalte Stechen meinen Sinn für Ehrlichkeit. Ich weiß, was ich sagen muß. Ich muß auf meinen unfairen Vorteil verzichten.

Ich sage zu ihr: »Helen, als ich letzte Woche besessen war, hatte ich ein Mädchen bei mir im Zimmer.«

»Warum sollen wir jetzt von solchen Dingen reden?«

»Ich muß es, Helen. Das Mädchen waren Sie.«

Sie bleibt stehen. Sie wendet sich mir zu. Die Leute auf der Straße eilen an uns vorbei. Ihr Gesicht ist sehr blaß, und dunkelrote Flecken zeigen sich auf ihren Wangen.

»Das ist aber gar nicht komisch, Charles.«

»Soll es auch nicht sein. Sie waren von Dienstag abend bis frühmorgens am Freitag bei mir.«

»Woher wollen Sie das wissen?«

»Ich weiß es. Ich weiß es eben. Die Erinnerung ist deutlich. Irgendwie ist sie noch da, Helen. Ich sehe Ihren ganzen Körper.«

»Lassen Sie das, Charles.«

»Es lief sehr gut mit uns«, sagte ich. »Es muß unseren Reisenden gefallen haben, weil es so gut mit uns lief. Sie wiederzusehen — das war, als erwachte ich aus einem Traum und stellte fest, daß der Traum Wirklichkeit ist, daß das Mädchen ja direkt . . «

»Nein!«

»Kommen Sie, wir gehen in Ihre Wohnung und beginnen von vorne.«

Sie sagt: »Sie sind mit Absicht gemein, und ich weiß nicht warum, aber Sie hatten keinen Grund dazu, alles zu verderben. Vielleicht war ich bei Ihnen und vielleicht auch nicht, aber das können Sie sowieso nicht wissen, und wenn Sie es doch wüßten, dann sollten Sie nicht davon sprechen und . . .«

«Sie haben ein Muttermal von der Größe eines Zehn-Cent-Stücks«, sage ich, «ein paar Zentimeter unter Ihrer linken Brust.«

Sie schluchzt und stürzt sich auf mich, mitten auf der Straße. Ihre langen silbrigen Nägel zerkratzen meine Wangen. Sie trommelt auf mich ein. Ich packe sie. Sie stößt mich mit den Knien. Niemand achtet darauf; die Vorübergehenden nehmen an, wir sind besessen, und schauen sich um. Sie ist wie verrückt, aber meine Arme umklammern sie wie Metallbänder, so daß sie nur stampfen und schnauben kann, und ihr Körper ist dicht an meinen gepreßt. Sie ist starr, erleidet Qualen.

Leise und eindringlich sage ich: «Wir werden sie besiegen, Helen. Wir beenden das, was sie angefangen haben. Kämpfen Sie nicht gegen mich. Sie haben doch keinen Grund, gegen mich zu kämpfen. Ich weiß, es ist reiner Zufall, daß ich mich an Sie erinnere, aber lassen Sie mich mitgehen und ich beweise Ihnen, daß wir zusammengehören.«

»Lassen Sie . . . los . . .«

«Bitte. Bitte. Warum sollten wir Feinde sein? Ich führe nichts

Böses gegen Sie im Schild. Ich liebe Sie, Helen. Erinnern Sie sich daran, wie wir als Kinder Verliebtsein gespielt haben? Ich habe das gemacht und Sie müssen das auch gemacht haben. Als wir sechzehn, siebzehn waren. Das Getuschel, die Heimlichkeiten — das war alles ein großes Spiel, und wir wußten es. Aber das Spiel ist vorbei. Wir können es uns nicht leisten, uns zu necken und dann davonzulaufen. Wir haben so wenig Zeit, wenn wir frei sind . . . wir müssen vertrauen, uns öffnen . . .«

»Es ist unrecht.«

»Nein. Nur weil zwei Menschen, die die Reisenden zusammengebracht haben, sich aus dummer Angewohnheit aus dem Wege gehen sollen, heißt das noch lange nicht, daß wir das befolgen müssen. Helen . . . Helen . . .«

Irgend etwas in meinem Tonfall kommt bei ihr an. Sie hört auf zu kämpfen. Ihr starrer Körper erschlafft. Sie schaut zu mir auf, ihr tränenverschmiertes Gesicht taut auf, und ihre Augen sind verschwommen. »Vertrauen Sie mir doch«, sagte ich. »Vertrauen Sie mir, Helen!«

Sie zögert. Dann lächelt sie.

In diesem Augenblick spüre ich hinten an meinem Kopf den kalten Schauder, habe das Gefühl, als würde mir eine Stahlnadel tief in den Knochen getrieben. Ich erstarre. Meine Arme fallen jäh herunter. Einen Augenblick lang verliere ich den Kontakt, und als sich der Nebel verzieht, ist alles anders.

»Charles?« sagt sie. »*Charles?*«

Sie preßt die Knöchel gegen ihre Zähne. Ich drehe mich um, achte nicht auf sie und gehe wieder in die Cocktailbar. Ein junger Mann sitzt vorne in einer der Nischen. Sein dunkles Haar glänzt von Pomade; seine Wangen sind glatt. Seine Augen begegnen meinen.

Ich setze mich. Er bestellt Drinks. Wir reden nicht.

Meine Hand senkt sich auf sein Handgelenk und bleibt dort liegen. Der Barkeeper, der uns die Drinks serviert, macht ein böses Gesicht, sagt aber nichts. Wir trinken unseren Cocktail aus und stellen die leeren Gläser weg.

»Komm, wir gehen«, sagt der junge Mann.

Ich folge ihm nach draußen.

JOHN LUTZ

Der Sprengstoffexperte

Und manchmal kommt der Schrecken auf Umwegen — ein Geräusch vor der Tür oder auf der anderen Seite der Straße, ein Flackern nur aus einem anderen Teil der Stadt. Manchmal ist der Schrecken auf Umwegen die leiseste und doch nachhaltigste Art von Schrecken überhaupt. In dieser meisterhaften Geschichte liefert John Lutz — Autor von mehreren hundert Kurzgeschichten und mehreren Romanen, die neuesten sind Jericho Man und Lazarus Man — den Beweis für diese Hypothese.

Billy Edgemore, der Nachmittagsbarkeeper, stand hinter der langen Theke des Lokals ›Zur Endstation‹ und blinzelte durch die Dunkelheit in das Sonnenlicht jenseits des Vorderfensters. Er war ein drahtiger Mann, größer als er auf den ersten Blick erschien, und er sah aus, als wäre er zum Barkeeper geboren, mit seinem kahlen Kopf, seinem von Lachfalten durchzogenen Gesicht und seiner leuchtend roten Weste, der Uniform des Barkeepers in der ›Endstation‹. Hinter ihm fingen lange Reihen von glänzenden Flaschen das Licht am verspiegelten hinteren Teil der Theke auf, jene glitzernden, klaren Gins und Wodkas, die herrlichen bernsteinfarbenen Bourbons und helleren Scotches, die vielfältigen Schattierungen der verschiedene Weine, Brandies und Liköre. Die Bar im Lokal ›Zur Endstation‹ war gut bestückt.

Jenseits der Farne, die die Sicht aus dem (und in das) Vorderfenster versperrten, sah Billy eine Gestalt den schmalen Streifen Lichtes durchqueren und sich umdrehen, um dann durch die Buntglastür einzutreten — der erste Gast, den er an diesem Tage bedienen würde.

Es war Sam Daniels. Sam arbeitete in der Hulton-Fabrik ein

Stück weiter oben in der Straße wie die meisten anderen Gäste der ›Endstation‹ auch.

»Tag, Sam«, sagte Billy und schaltete sein berufsmäßiges Lächeln an. »Bißchen früh dran heute, was?«

»Hab' heut frei«, erklärte Sam und bestieg einen Barhocker, ganz als ob's ein Pferd wäre. »Bier.«

Billy zapfte ein Bier und legte einen Untersetzer vor Sam auf die Mahagonitheke. »Hätte den ersten Kunden erst so in zwei Stunden erwartet, wenn Fabrikschluß ist«, sagte Billy.

»Hätt' ich nicht«, meinte Sam und nippte an seinem Bier. Er war klein, hatte ein dunkles Gesicht, einen Lockenkopf und einen Bauch, der zu dick war für jemanden Anfang dreißig — ein Mann, der ganz gerne mal einen hob.

«Hab' mir schon gedacht, daß du nicht zur Arbeit gehst, als ich gesehen hab', daß du deine Plakette nicht trägst«, sagte Billy. Die Hulton-Fabrik stellte irgend etwas Geheimes für die Regierung her, einen Bestandteil der Wasserstoffbombe, und jeder Angestellte mußte seine kleine Plastikplakette mit seinem Namen, seiner Nummer und seinem Foto darauf tragen, wenn er die Fabrik betreten oder wieder verlassen wollte.

»Bist 'n richtiger Sherlock«, sagte Sam und schwenkte das Bier in seinem Glas.

»Es fällt einem vieles auf als Barkeeper«, meinte Billy und wischte die Theke mit einem sauberen weißen Tuch ab. *Es fällt einem vieles auf,* wiederholte Billy für sich selbst, *und man lernt die Leute kennen, und wenn man sie kennenlernt, richtig kennenlernt, muß man sie hassen.* »Ich glaub', ich war an den falschen Plätzen Barkeeper.«

»Was sagst du?« fragte Sam Daniels.

»Hab' nur laut gedacht«, sagte Billy und hängte das Tuch an einen verchromten Haken. Wenn Billy seine Vergangenheit betrachtete, schien er einen langen Tunnel voll von leeren Flaschen, Betrunkenen und hohlem Lachen hinunterzustarren; voll von knappen Bestellungen, Blicken, die ihn gar nicht wahrnahmen, und trostlosen Gesprächen. Er hatte seinen Job nie gemocht, aber er hatte die vergangenen dreißig Jahre nichts anderes gekannt.

»Meine Frau will mich bald hier treffen«, sagte Sam. »Sie

macht heute früher Schluß.« Er zwinkerte Billy vielsagend zu.

»Zahnweh.«

Billy lächelte sein automatisches Lächeln und nickte. Er hatte Sam nie gemocht, der dazu neigte, laut und gewalttätig zu werden, wenn er betrunken war.

Nach wenigen Minuten kam Rita Daniels herein. Sie war eine große, hübsche Frau, etwas jünger als ihr Mann. Sie hatte eine gute Figur, dunkle Augen und für teures Geld gebleichtes Haar, das nun wegen der Hitze draußen ein wenig strähnig aussah.

»Cola und Bourbon«, bestellt sie, ohne Billy anzuschauen. Er brachte ihr den Highball an ihren Platz an der Theke, neben ihrem Mann.

Während Rita an ihrem Drink nippte, sagte eine Weile niemand etwas. Das Geräusch des Verkehrs draußen, das durch die dicke Tür der ›Endstation‹ gedämpft wurde, durchdrang die Stille. Als entfernt eine Hupe ertönte, sagte Rita: »Tote Hose hier drin. Steck 'nen Quarter in die Jukebox.«

Sam tat, was seine Frau ihm gesagt hatte, und sanfte Jazzmusik erstickte den Verkehrslärm.

»Du weißt doch, daß ich keinen Jazz mag, Sam.« Rita kippte ihren Drink schneller als ihr eigentlich guttat und rutschte dann vom Hocker herunter, um zur Toilette zu gehen.

»Hab' gestern abend Doug Baker gesehen«, sagte Billy und nahm das leere Glas in die Hand. Doug Baker war ein Restaurantbesitzer, der am anderen Ende der Stadt wohnte, und es war kein Geheimnis, daß er nur zur ›Endstation‹ kam, um Rita Daniels zu sehen, auch wenn Rita fast immer in Begleitung ihres Mannes war.

»Und . . .?« meinte Sam. »Noch mal das gleiche für uns beide.«

Rita kehrte zu ihrem Hocker zurück, und Billy stellte zwei Highballs vor sie und ihren Mann.

»Ich hab' 'n Bier gehabt«, sagte Sam laut.

»Du hast recht«, antwortete Billy und lächelte dabei sein ›Mein-Fehler-Lächeln‹. Er zeigte auf die Highballs. »Auf Kosten des Hauses. Es sei denn, ihr wollt lieber Bier.«

»Nein«, sagte Sam, »ist schon recht.«Billy hatte sich schon gedacht, daß Sam so antworten würde. Seine Knausrigkeit gehörte zu den Dingen, die Billy am meisten an ihm haßte. Er wußte, daß das zu den Dingen gehörte, die auch Rita am meisten an Sam Daniels haßte.

«Wie ist's heut gelaufen mit den Wasserstoffbomben?« fragte Rita ihren Mann. »Bist heut wohl gar nicht dort gewesen, was?«

Billy konnte sehen, daß sie verärgert war und jetzt versuchte, an ihm herumzunörgeln.

»Nein«, sagte Sam, »und ich mach' auch keine Wasserstoffbomben."

»Ha!« lachte Rita. »Das ist doch so ziemlich das einzige, was du überhaupt kannst.« Sie wandte sich um, bevor Sam antworten konnte. »He, Billy, weißt du irgendwas über Wasserstoffbomben?«

»Nee«, sagte Billy. »Dein Mann kennt sich da besser aus als ich.«

»Jaa«, meinte Rita, »die Gewerkschaft betrachtet ihn als Experten. Und was für 'n Experte! Dreht so 'n paar Drähte zusammen.«

»Fünf Dollar die Stunde«, sagte Sam, »und das Doppelte für Überstunden.«

Rita fuchtelte mit ihrem bereiften Arm über ihrem Kopf herum. »Huiii...«

Wie viele andere Ehepaare auch versäumten Sam und Rita keine Gelegenheit aufeinander herumzuhacken, sobald sie in die ›Endstation‹ kamen. Billy lachte. ›Die freundlichen Daniels.‹ Sam lachte nicht.

»Stichel nicht die ganze Zeit 'rum«, sagte Sam zu Rita. »Ich bin heut schlecht aufgelegt.«

»Kopf hoch, Sam«, sagte Billy. »Das zeigt, daß sie dich liebt, oder jedenfalls, daß sie *jemanden* liebt.«

Sam schenkte Billy keine Beachtung und trank seinen Drink aus. »Wo warst du gestern abend?« fragte er seine Frau.

»Du weißt genau, daß ich bei meiner Schwester war. Ich war sogar vorher noch mal ungefähr 'ne halbe Stunde hier. Billy kann das bestätigen.«

»Stimmt«, sagte Billy.

»Ich dachte, du hast gesagt, daß Doug Baker gestern abend hier war«, sagte Sam mit zusammengekniffenen Augen zu ihm.

»Das war er auch«, sagte Billy. »Er ist... tja... spät gekommen.« Er drehte sich um, um weitere Drinks herzurichten, stellte die Gläser Rand an Rand und goß in einem einzigen gekonnten Strom Bourbon in beide gleichzeitig, ohne einen Tropfen zu verschütten. Er machte sie diesmal ein wenig stärker, gab geübt einen Schuß Soda hinzu, steckte Cocktailstäbchen zwischen die Eiswürfel und stellte die Gläser auf die Theke.

»Du versuchst doch nichts zu vertuschen, oder, Billy?« Sams Stimme hatte einen bösen, scharfen Klang angenommen.

»Na hör mal«, sagte Rita. »Wenn du glaubst, daß ich gestern abend hierhergekommen bin, um Doug Baker zu treffen, dann bist du verrückt!«

»Tja«, Sam rührte heftig in seinem Drink und trank einen Schluck, »Billy hat erwähnt, daß Baker hier war...«

»Ich hab' doch gesagt, daß er spät gekommen ist«, sagte Billy schnell.

»Und er hat grad so getan, wie wenn er irgendwas vertuschen wollte«, sagte Sam und schaute Billy vorwurfsvoll an.

»*Was* vertuschen?« Rita wandte sich Billy zu, die nachgezeichneten Augenbrauen zu einem Stirnrunzeln verzogen. »Hast du mich jemals mit einem anderen Mann gesehen?«

»Nee«, meinte Billy beschwichtigend, »natürlich nicht. Ihr solltet euch nicht streiten...«

Immer noch entrüstet schwang Rita auf ihrem Hocker herum und saß jetzt ihrem Mann direkt gegenüber. »Bin ich dir jemals untreu gewesen?«

»Wie, zum Teufel, soll ich das wissen?«

»Gut gesagt«, meinte Billy mit einem gezwungenen Lachen.

»Das find' ich gar nicht zum Lachen!« fuhr Rita auf.

»Beruhigt euch mal wieder, Leute«, sagte Billy ernsthaft.

»Ihr wißt ganz genau, daß wir hier keinen Ärger wollen.«

»Tut mir leid«, sagte Rita, aber ihre Stimme klang verärgert. Sie schwang herum, saß jetzt wieder mit dem Gesicht zur Theke und nahm ärgerlich einen Schluck von ihrem Drink. Billy sah, daß der Alkohol ihr zu Kopf stieg, daß er beiden zu Kopf stieg.

Eine Weile herrschte Stille, dann sagte Rita mürrisch: »Ich *sollte* dich eigentlich sitzenlassen, du Fünf-Dollar-Wasserstoffbombenexperte! Du denkst doch sowieso, daß ich das mache, und Doug Baker hat wenigstens Geld.«

Sam packte ihr Handgelenk und brachte so die Armbänder

zum Klirren. Sie versuchte, sich loszureißen, aber er hielt ihren Arm so fest, daß seine Knöchel weiß hervortraten. »Wenn du dich jemals hinter meinem Rücken mit Baker triffst, bring' ich euch beide um!« Er spuckte diese Worte fast aus.

»Na, na«, sagte Billy sanft, »sagt doch so was nicht, Leute!« Er legte die Hände sanft auf Sam Daniels' Arm und spürte, wie sich die Muskeln entspannten, als Sam seine Frau losließ. Sie neigte sich still auf ihrem Stuhl vor und hielt das Gelenk, als ob es gebrochen sei. „Einen Drink auf Kosten des Hauses«, sagte Billy und nahm ihre fast leeren Gläser. »Um Frieden zu schließen.«

»Gib' mir meinen pur«, sagte Sam. Er atmete schwer, und sein Gesicht war rot.

»Scher' dich zum Teufel!« stöhnte Rita. Sie fiel fast vom Hokker und ging schnell, aber torkelnd zur Toilette.

Billy begann, die Drinks schnell und mit Geschick zu mixen, ganz so, als ob ein Dutzend Leute an der Theke wären und darauf warteten, bedient zu werden. In dem matten roten Schimmer der elektrischen Uhr mit der Bierwerbung sah er aus wie ein alter Alchimist vor seinen Reihen von vielfarbigen Flaschen. »Du solltest nicht so streng mit ihr sein«, sagte er geistesabwesend, während er mixte. »Man soll nicht alle Gerüchte glauben, die man über so 'ne hübsche Frau wie Rita hört, und ein harmloser Kuß hat noch niemandem weh getan.«

»Gerüchte?« Sam lehnte sich über die Theke. »Kuß? Was für ein Kuß? Hat sie Baker gestern abend geküßt?«

»Immer mit der Ruhe«, meinte Billy. »Ich hab' dir doch schon gesagt, daß Baker spät gekommen ist.« Das Telefon klingelte — wie immer in den letzten fünfzehn Minuten vor Fabrikschluß —, weil Ehefrauen Nachrichten hinterließen und nach herumstreunenden Ehemännern fragten. Als Billy zurückkehrte, war Rita wieder an der Theke.

»Geh'n wir 'raus hier«, sagte sie. Tränenschlieren durchzogen ihr Make-up.

»Trinkt eure Drinks aus und geht friedlich nach Hause, Leute.« Billy stellte die Gläser auf die Theke.

Rita trank das ihre langsam leer, aber Sam stürzte seinen Drink hinunter und stierte vor sich. Billy stellte, ohne etwas zu sagen, ein weiteres volles Glas vor ihn hin.

»Ich hör' da grade, daß du *doch* hier gewesen bist mit Baker, gestern abend«, sagte Sam mit leiser Stimme. »Es hat sogar jemand gesehen, wie du ihn geküßt hast.«

»Du bist verrückt!« Ritas Stimme klang belegt und war voller Empörung.

Billy bewegte sich schnell auf die beiden zu. »Das hab' ich nicht gesagt.«

»Ich hab's doch gewußt, daß du da was vertuschst!« Sam starrte ihn haßerfüllt an. »Wir werden ja sehen, was Baker dazu sagt, weil ich jetzt sofort 'rüberfahre zu ihm und ihm den Schädel einschlage!«

»Aber ich hab' doch Baker gestern abend nicht mal gesehen!« Rita trank einen Schluck und versuchte, sich zu beruhigen. Sam wirbelte unvermittelt mit seinem Unterarm herum und traf gleichzeitig Ritas Kinn und das Highball-Glas. Es klirrte, als das Glas gegen ihre Zähne schlug und sie rückwärts vom Hocker fiel.

Billy griff unter die Theke, und seine Hand kam mit einer glänzenden Chromautomatikpistole wieder zum Vorschein, die jeden Lichtstrahl im Raum einzufangen schien. Es war eine Herrenwaffe, und wie er so in seinem weißen Hemd und der roten Weste dastand, sah Billy auch aus wie ein Herr.

»Paßt auf jetzt, keine Bewegung, Leute.« Er richtete die Waffe direkt auf Sams Bauch. »Ihr wißt, daß wir hier keinen Ärger wollen.« Er schaute hinunter und sah, wie Blut durch Ritas Finger sickerte, während sie sich die Hand vor den Mund hielt. Billy machte ein sauberes Tuch naß und warf es ihr zu, und sie hielt es sich ans Gesicht, verdrückte sich nach hinten und saß schluchzend in der letzten Nische.

Billy beugte sich nahe zu Sam hinüber. »Hör mal«, sagte er mit aufrichtiger, flüsternder Stimme, »ich will nicht, daß ihr — Baker oder auch du — wegen mir Ärger kriegt, ich kann also nicht einfach so dabeistehn, dich rübergehn, ihn umbringen lassen und zusehen, wie du dein eigenes Leben wegwirfst. Es war gar nicht er, mit dem sie hier war. Er ist wirklich erst später gekommen.«

»Es war gar nicht er?« fragte Sam verblüfft und wütend. »Wer war's dann?«

»Ich weiß es nicht«, sagte Billy, immer noch flüsternd, so daß

Rita es nicht hören konnte. »Er hatte ne Plakette anstecken, er muß also in der Fabrik arbeiten, ich weiß es aber nicht, wer es ist, und das ist die Wahrheit.«

»*O nein!*«

»Immer mit der Ruhe, Sam. Sie hat ihn nur geküßt, da drüben in der Nische. Und ich bin mir nicht mal sicher, ob ich das wirklich gesehen hab'. Die Nische war dunkel.«

Sam kippte den Drink, der auf der Theke stand, in sich hinein und stöhnte. Er starrte auf die Automatik, und Billy konnte sehen, daß er sich unbedingt wieder frei bewegen wollte.

Eine warme Stille erfüllte die Bar, da läutete das Telefon schrill und verwandelte die Stille in Eiszapfen.

»Bleib ganz ruhig«, sagte Billy und ging langsam rückwärts die Theke entlang bis zu der Stelle, wo das Telefon an der Wand hing. »Ein Kuß hat gar nichts zu bedeuten.« Als das Telefon wieder läutete, konnte er fast sehen, wie das Geräusch durch Sams angespannten Körper schrillte. Billy legte die Automatik auf die Theke und ging die letzten fünf Schritte zum Telefon. Er ließ es noch einmal klingeln, bevor er abhob.

»Nee«, sagte Billy in den Hörer und wandte dabei Sam und Rita den Rücken zu, »er ist nicht hier.« Er blieb noch einen langen Augenblick so stehen, statt aufzuhängen, ganz so, als ob noch jemand am anderen Ende der Leitung wäre.

Der Schuß kam plötzlich, zornig, bellend.

Billy legte den Hörer auf und drehte sich um. Sam stand zusammengesunken da und stützte sich mit der Hand am Barhokker ab. Rita war auf dem Boden unter dem Tisch in der Nische, wo sie gesessen war, zusammengesackt, die Augen geöffnet, das blonde Haar glänzend vor Blut.

Den Kopf immer noch gesenkt, fing Sam zu zittern an.

Innerhalb weniger Minuten war die Polizei zur Stelle, unter der Leitung eines jungen Detektivs in Zivil mit dem Namen Parks.

»Sie sagen, sie haben sich gestritten, und dann ist er einfach aufgesprungen und hat sie erschossen?« fragte Parks gerade, als seine Männer Sam hinausführten.

»Er hat ihr vorgeworfen, daß sie fremdgeht«, sagte Billy. »Sie haben sich gestritten, er hat sie geschlagen, und ich wollte sie gerade 'rausschmeißen, als das Telefon geklingelt hat. Ich hab' die Pistole einen Augenblick hingelegt, als ich den Hörer abgenommen hab', und er hat sie sich geschnappt und geschossen.«

»Hm«, meinte Parks fachkundig und warf einen Blick auf die Stelle, wo Ritas Körper gelegen hatte, bevor sie ihn fotografiert und weggebracht hatten. »Alles ganz einfach, nehme ich an. Daniels hat sofort gestanden, als wir gekommen sind. Eigentlich wollte er gar nicht mehr aufhören. Ganz schön fertig mit den Nerven.«

»Wer wäre das nicht?« meinte Billy.

»Heben Sie sich noch ein bißchen Mitleid für das Mädchen auf.« Parks sah sich um. »Sieht ganz nett aus hier. Ich versteh' gar nicht, warum es hier soviel Ärger gibt.«

Billy zuckte die Achseln. »Egal, ob in 'ner Spelunke, 'ner Luxuskneipe oder so was wie hier, die Leute sind im großen und ganzen gleich.«

Parks grinste. »Wahrscheinlich haben Sie recht«, meinte er und ging zur Tür. Bevor er sie aufstieß, hielt er inne und drehte sich um. »Wenn Sie merken, daß sich wieder so was zusammenbraut, rufen Sie uns an, ja?«

»Klar«, meinte Billy, polierte dabei ein Glas und hielt es gegen das schwächer werdende Nachmittagslicht. »Sie wissen ja: Wir wollen hier keinen Ärger.«

RAMSEY CAMPBELL

Ruf zuerst an

Vor Ihnen liegt eine beeindruckende Geschichte über Gewalt, die von einem der jüngsten, jedoch erfahrensten Meister des Faches stammt. Denn obwohl Ramsey Campbell erst Mitte dreißig ist, ist er schon ein alter Fuchs in diesem Genre, seine Geschichten werden nämlich bereits seit achtzehn Jahren veröffentlicht. Zu seinen großen Tugenden (die sich in Büchern wie etwa Demons by Daylight, 1973; The Height of the Scream, 1976 und The Doll Who Ate His Mother, 1978 zeigen) gehört seine unübertroffene Fähigkeit, ganz Alltägliches so furchteinflößend darzustellen, daß man es tatsächlich mit der Angst zu tun bekommt.

Es waren die anderen Pförtner, die Ned dazu brachten, daß er unbedingt herausfinden wollte, wer in dem Haus des alten Mannes ans Telefon ging.

Nicht, daß er das nicht schon vorher hatte wissen wollen. Er hatte das als sein Recht angesehen, eigentlich gleich, nachdem das Ganze angefangen hatte, schon vor Monaten. Er war gerade hinter seinem Schreibtisch am Bibliothekseingang gesessen und hatte darauf gewartet, daß jemand versuchte, eine Tasche in die Bibliothek mitzunehmen, so daß er ihm dann nachrufen konnte, daß er das nicht dürfe, als der Bibliothekar aus der Abteilung mit den Nachschlagewerken den alten Mann zu Neds Schreibtisch führte und sagte: »Lassen Sie diesen Herrn hier Ihr Telefon benützen.« Vielleicht hatte er damit nicht jedesmal gemeint, wenn der alte Mann in die Bibliothek kam, aber dann hätte er das auch sagen sollen. Der alte Mann sprach gewöhnlich mit dem Bibliothekar und erzählte ihm Dinge über Bücher, die nicht einmal er kannte, und das war der Grund, warum er ihn telefonieren ließ. Das einzige, was Ned tun konnte, war, verstimmt zu sein. Den Leuten stand es nicht zu, sein Telefon zu benutzen, und nicht einmal er selbst durfte aus dem Gebäude hinaustelefonieren.

Und es wirkte auch nicht so, als ob die Gespräche des alten Mannes interessant wären. Ned hätte es ja nichts ausgemacht, wenn es sich wenigstens gelohnt hätte zuzuhören.

»Ich komm' jetzt heim.« Das war das einzige, was er immer sagte; dann legte er den Hörer auf und verschwand eilig. Es war die Art, wie er es sagte, die Ned stutzen ließ. Es steckte kein Gefühl hinter den Worten, sie klangen so, als ob er sie nur sagte, weil er dazu gezwungen war, vielleicht wünschte er sich, daß er sie nicht sagen müßte. Ned wußte, daß die Leute manchmal so redeten: zum Beispiel seine Eltern in der Kirche und die meiste Zeit auch zu Hause. Er fragte sich, ob der alte Mann wohl seine Frau anrief, denn er trug einen Ring am Finger, wenn sich auch in der Fassung, wo ein Stein hätte sein sollen, etwas befand, das wie ein Stück gelber Fingernagel aussah. Aber Ned glaubte, daß es nicht seine Frau sein konnte. Jeden Tag verließ der alte Mann die Bibliothek zur selben Zeit, warum hätte er sich da die Mühe machen sollen anzurufen?

Dann war da noch die Art, wie der alte Mann Ned anschaute, wenn er telefonierte: Wie wenn er nicht wichtig wäre und wie wenn er die Art, wie ihn die meisten Pförtner anschauten, nicht verstehen könnte. Es war dieser Blick, der eines Tages in Ned hochstieg, und dieser Blick war schuld, daß er einen der anderen Pförtner überredete, seinen Schreibtisch zu übernehmen, während er selbst darauf wartete, beim Gespräch des alten Mannes mitzuhören. Das Mädchen, das Ned immer anlächelte, saß in der Vermittlung, und sie lauschten gemeinsam. Sie hörten, wie das Telefon in dem Haus klingelte, hörten, wie abgenommen wurde, hörten das, was er sagte, und dann, daß der Hörer aufgelegt wurde: sonst nichts, nicht einmal Atmen, abgesehen von dem des alten Mannes. »Wer, glauben Sie, ist es?« fragte das Mädchen, aber Ned dachte, sie würde lachen, wenn er sagte, er wüßte es nicht. Er zuckte die Achseln übertrieben und ging.

Jetzt war er entschlossen. Das nächstemal, als der alte Mann in die Bibliothek kam, rief Ned bei ihm zu Hause an, nachdem er gesehen hatte, welche Nummer der alte Mann wählte. Als es zu klingeln begann, schien der Rhythmus absichtlich langsam, und Ned fühlte, wie das Blut schneller durch seinen Körper pulsierte. Siebenmal Klingeln, und der Hörer in dem Haus wurde mit einem heftigen Klicken abgenommen. Ned hielt den Atem an, aber das einzige, was er hören konnte, war, wie das Blut in seinen Ohren pochte. »Hallo«, sagte er, und nach einer Pause räusperte er sich und sagte wieder: »Hallo!« Vielleicht war es einer jener Anrufbeantworter, wie sie die Leute im Film in ihren Büros benutzten. Er kam sich albern vor und fühlte sich unsicher, als er so in das große, stille, metallene Ohr hineinsprach, und legte den Hörer auf. Erst als er schon im Bett lag und kurz vor dem Einschlafen war, fragte er sich, warum der alte Mann wohl einem Anrufbeantworter sagen sollte, daß er jetzt nach Hause komme.

Am nächsten Tag erzählte Ned den anderen Pförtnern in der Bar, wo sie sich alle mittags trafen, von dem still lauschenden Telefon. »Er ist schon merkwürdig, der alte Mann«, sagte er, aber jetzt, wo die anderen genug davon hatten, sich über den alten Mann lustig zu machen, schienen sie nicht mehr interessiert, und er mußte versuchen, das Gespräch wieder an sich zu reißen. »Er liest seltsame Bücher«, sagte er. »Alles über Hexen und Magie. Echte, keine erfundenen Geschichten.«

»Erzähl uns doch was, was wir noch nicht wissen«, sagte jemand, und das Gespräch lief nun an Ned vorbei. Seine Aufmerksamkeit begann abzuschweifen, er verlor den Faden, er mußte lächeln und nicken wie immer, wenn sie ihn anschauten, und er dachte: ›Sie schauen mich jetzt so an wie den alten Mann. Ich werd's ihnen schon zeigen. Ich werde in sein Haus gehen und nachschauen, wer dort ist. Vielleicht nehme ich sogar etwas mit, um ihnen zu beweisen, daß ich dortgewesen bin. Dann werden sie mir zuhören müssen.‹

Aber am nächsten Tag zur Mittagszeit, als er bei der Adresse ankam, die er auf dem Bibliotheksausweis des alten Mannes gesehen hatte, hätte Ned eigentlich am liebsten nur an der Eingangstür geklopft, um dann wegzurennen. Das Haus wirkte bedrohlich; es war groß und bildete das Ende einer Straße, in der die anderen Fenster mit bunten Ziegeln zugemauert waren. Fundamente lagen offen da wie abgebrochene Zähne und ragten aus dem Dreck rund um die Straße hervor, während Hunderte von Yards entfernt ein fünfstöckiger, halbmondförmiger Block von

Wohnungen stand, der aussah, als sei er in Einzelteilen geplant worden, die dann ein Zweijähriger zusammenfügen sollte. Ned versuchte, immer das Haus zwischen sich und den Wohnungen zu haben, während er in die Fenster spähte.

Das einzige, was er durch das verschmutzte Vorderfenster sehen konnte, waren nackte Dielenbretter; als er sich endlich überwand, durch das Seitenfenster zu schauen, das gleiche. Er fürchtete, von dem alten Mann erwischt zu werden, auch wenn er ihn erst vor zehn Minuten hinter einem Stapel Bücher hatte sitzen sehen. So lange hatte Ned gebraucht, um hierher zu kommen; der alte Mann konnte nicht so schnell gehen, und es gab auch keinen Bus, den er hätte nehmen können. Schließlich drückte sich Ned schnell um den hinteren Teil des Hauses und spähte in die Küche: ein paar Teller im Waschbecken, einige Lebensmittelkonserven, ein alter Kocher. Niemand zu sehen. Er kehrte wieder zur Eingangstür zurück und fragte sich, was er tun sollte. Vielleicht sollte er doch klopfen. Er griff nach dem Türklopfer und überlegte dabei, was er sagen würde, und da öffnete sich die Tür.

Der Gang, der nach hinten zur Küche führte, war lang und düster. Ned trat auf der Schwelle unentschlossen von einem Fuß auf den anderen. Er würde sich schnell entscheiden müssen, denn seine Mittagspause war gleich um. Es war wie eines jener leeren Häuser, in denen er früher immer mit den anderen Kindern gespielt hatte und wo sie sich gegenseitig dazu angestachelt hatten, die wackeligen Treppen hinaufzusteigen. Nicht einmal die Sachen in der Küche ließen das Haus bewohnt aussehen. Er würde es ihnen zeigen. Er ging hinein. Im Vertrauen auf die vage Vorstellung, daß der Mitbewohner des alten Mannes nicht zu Hause war, schloß er die Tür, um zu hören, wenn er zurückkehrte.

Zu seiner Rechten lag das vordere Zimmer; zu seiner Linken, hinter der Treppe und dem Telefon, ein weiteres der leeren Zimmer, die er von draußen gesehen hatte. Er ging auf Zehenspitzen die Treppe hinauf. Die Stufen knarrten und schwankten ein wenig, vielleicht waren sie nicht an jemanden mit Neds Gewicht gewöhnt. Er erreichte den Treppenabsatz, atmete schwer, fühlte, wie Staub in seinem Hals kratzte. Stufen führten hinauf zu einer verschlossenen Speichertür, aber er schaute in die Zimmer, die vom Treppenabsatz abgingen.

Hinter zweien der Türen, die er vorsichtig öffnete, konnte er nur Dielen und aufgewirbelte Staubwolken sehen. Der Treppenabsatz vor der dritten sah sauberer aus, als würde die Tür oft geöffnet. Er zog sie zu sich heran und stemmte sie dabei in die Höhe, damit sie nicht am Boden entlangstreifte; schließlich trat er ein.

Das meiste schien keinen Sinn zu ergeben. Da stand ein Einzelbett mit ausgebleichten Laken. An die Wände herangerückt waren Tische und daneben Stöße alter Bücher aufgestapelt. Sogar manche der Bücher sahen so aus, als würden sie nicht mehr benutzt. Schwarze Kerzen und Regale aus kleinen Pappkartons standen herum. Auf einem der Tische lag ein Buch. Ned tappte über die Teppichflicken und öffnete das Buch in dem dünnen Strahl des Sonnenlichts, der durch die Fensterläden drang.

Zwischen den aufgeworfenen Umschlagdeckeln befand sich eine einzelne Seite, und Ned wurde langsam klar, daß sie aus der Bibel gerissen war. Es war die Geschichte von Lazarus. Kritzeleien, die Buchstaben darstellen mochten, füllten den Rand, und unten auf der Seite stand: »S. 491.« Von einer plötzlichen Eingebung geleitet, blätterte Ned zu jener Seite des Buches. Darauf war die Zeichnung einer Leiche zu sehen, die aufrecht in ihrem Sarg saß, aber das ganze Buch war in der Sprache, die manchmal in der Kirche gesprochen wurde: Latein. Er überlegte, ob er einen der Bibliothekare fragen sollte, was es bedeutete. Dann erinnerte er sich daran, daß er einen Beweis dafür brauchte, in dem Haus gewesen zu sein. Er stopfte die Seite aus der Bibel in seine Tasche.

Als er sich rasch die Treppe hinunterschlich, beunruhigte ihn etwas. Er kam im Flur an und glaubte zu wissen, was es war. Er wußte immer noch nicht, wer zusammen mit dem alten Mann in dem Haus lebte. Wenn sie hinten wohnten, gäbe es dafür vielleicht in der Küche Anzeichen. Obwohl — wenn es seine Frau wäre, dachte Ned, als er den Flur hinunterhastete, konnte sie nicht wie Neds Mutter sein, die es niemals zugelassen hätte, daß von beiden Wänden in Schulterhöhe abgerissene Tapetenstreifen herunterhingen. Er hatte bereits die Küchentür erreicht, als ihm klar wurde, was ihn die ganze Zeit beunruhigt hatte. Als er aus dem Schlafzimmer gekommen war, hatte die Speichertür offengestanden.

Er schaute unwillkürlich zurück und sah, wie eine Frau den Flur in die entgegengesetzte Richtung hinunterging.

Er befand sich hinter der geschlossenen Küchentür, bevor er Zeit hatte, Angst zu empfinden. Die kam erst, als er sah, daß die Hintertür mit rostigen Nägeln zugenagelt war. Dann nahm er sich zusammen. Sie war schließlich nur eine Frau; sie konnte nicht viel ausrichten, wenn sie ihn fand. Er öffnete die Tür einen winzigen Spalt. Der Flur war leer.

Auf halber Höhe des Flurs mußte er in das seitliche Zimmer schlüpfen — das Herz klopfte ihm gegen die Rippen — denn sie war wieder zwischen Treppe und Eingangstür aufgetaucht. Er fühlte, wie er langsam zornig und unachtsam wurde, und wie dies immer schneller geschah, als er die Tür öffnete und zurückweichen mußte, weil er ihre Hand vorbeihuschen sah. Die Finger sahen abgezehrt aus, hatten die Farbe von altem Fett, und es waren lange, gelbe, eingerissene Nägel daran. Am Ringfinger, an dem ein einfacher Ring steckte, wuchs kein Nagel. Sie kam gerade aus Richtung Küche zurück, weshalb Ned nicht mit ihr gerechnet hatte.

Durch den Türspalt hörte er, wie sie die Treppe hinauftappte. Es hörte sich so an, als wäre sie barfuß. Er wartete, bis er sie nicht mehr hören konnte und drückte sich dann hinaus auf den Flur. Die Tür ging langsam mit leichtem Knarren auf, und er zog sie vorsichtig zu. Er schritt zur Eingangstür. Wenn er nicht gesehen hätte, wie ihr Schatten die Treppe herunterkroch, wäre er ihr direkt begegnet.

Er lauschte jetzt hinter der Küchentür, der Panik nahe, als ihm klar wurde, daß sie von seiner Anwesenheit im Haus wußte. Sie spielte mit ihm. Mit einem Schlag wurde er zornig. Sie war nur eine alte Frau, ihr Körper unter dem langen weißen Kleid war sicherlich genauso dürr wie ihre Hände, sie konnte nicht mehr tun als schreien, wenn sie ihn sah, sie konnte ihn nicht daran hindern zu gehen. Nur noch ein paar Minuten, dann würde er zu spät zur Arbeit kommen. Er stieß die Küchentür auf und stolperte den Flur hinunter.

Als er sah, daß sie den Telefonhörer aufhob, stockte sein Schritt einen Augenblick. Vielleicht wollte sie die Polizei anrufen. Er hatte doch nichts getan; sie konnte auch ihre Seite aus der Bibel wiederhaben. Aber sie hatte den Hörer neben die Gabel gelegt. Warum? Wollte sie sichergehen, daß der alte Mann nicht anrufen konnte?

Als sie sich wieder vom Telefon aufrichtete, packte sie zwei Pfosten des Treppengeländers, um sich abzustützen. Sie knickten mit einem lauten, splitternden Knacken zusammen. Ned hielt inne, verwirrt. Er rang immer noch darum, wieder zum Handeln fähig zu werden, als sie sich ihm zuwandte und er ihr Gesicht sah. Ein Teil davon hing immer noch am Schädel.

Er wich erst zurück, als sie sich ihm näherte; ihre Nägel rissen dabei neue Streifen von beiden Wänden. Das einzige, was er sehen konnte, waren ihre vorstehenden Augen, die nicht in Fleisch eingebettet waren. Sein Geist wich schneller zurück als er, aber er war zu einer schrecklichen Einsicht gelangt. Er wußte sogar, warum sie sichergestellt hatte, daß der alte Mann sie nicht stören konnte, bis sie fertig war. Seine Anrufe waren überhaupt nicht wie Gespräche mit einem Anrufbeantworter. Sie waren wie das Abschalten einer Alarmanlage.

ARTHUR PORGES

Die Fliege

In der fantastischen Literatur hat es immer schon viele ungelobte Meister gegeben, und Arthur Porges gehört zu den am sträflichsten vernachlässigten. In ihm haben wir einen Mann vor uns, der gleichbleibend interessante und oft glänzende Arbeit auf dem Gebiet der Science-fiction, der Fantasy- und Horrorgeschichte geleistet hat, und dennoch ist sein Werk noch nie als Gesamtausgabe erschienen. Bis zu seiner Pensionierung im Jahre 1975 hat er an mehreren Universitäten als Mathematiker unterrichtet. Seine Werke wurden während der 50er und 60er Jahre ziemlich regelmäßig veröffentlicht — die besten erschienen in »The Magazine of Fantasy & Science Fiction«. Obwohl er auch Kriminalgeschichten geschrieben hat, lag sein größtes Talent im Bereich der Fantasy- und Horrorgeschichten, wie »Die Fliege« beweist — eine Geschichte, an die Sie sich jedesmal, wenn Sie ein Summen im Ohr hören, erinnern werden.

Kurz nach Mittag schnallte der Mann seinen Geigerzähler ab und stellte ihn vorsichtig auf einen flachen Felsen neben einem üppigen, einladenden Flecken Gras. Er hörte einen Augenblick lang auf das schwache, unregelmäßige Ticken im Hintergrund und knipste dann den Strom aus. Es hatte keinen Sinn die Batterie zu verschwenden, nur um verirrte kosmische Strahlen und Radioaktivität zu hören.

Bis jetzt hatte er nichts Überzeugendes gefunden, nicht eine einzige Spur abbauwürdiges Erz.

Er ging in die Hocke und packte einen reichlichen Mittagsimbiß aus — hartgekochte Eier, Brot, Obst und eine Thermosflasche schwarzen Kaffee. Er aß hungrig, aber mit den bedächtigen Gesten eines Mannes, der oft im Freien ist und keinen Krümel verkommen läßt; und als der letzte Bissen vertilgt war, steckte er sich, gestützt auf die Ellbogen, aus, um die letzten Tropfen Kaffee zu schlürfen. Es ist schon ein tolles Gefühl, dachte er, sich nach einer Sechsstundentour endlich langlegen zu können.

Als er so dalag und das starke Gebräu genoß, verengten sich seine Augen plötzlich und blieben an einem Punkt hängen. Unmittelbar vor seinen Augen breitete, kunstvoll zwischen zwei Zweigen und einem kleinen bemoosten Findling gesponnen, eine raffinierte Falle für die Unachtsamen ihre Fäden aus feuchtem Silber zu einem Netzwerk des Todes. Sie war das geniale Werk eines Meisteringenieurs, eine fast perfekte logarithmische Spirale, die sich sanft in einem leichten Wind bewegte.

Er betrachtete sie neugierig, verfolgte mit wachsendem Interesse das eine Kabel, das nur an den Enden festgemacht war und von einem silbernen Kissen in der Mitte des Netzes hinauf zu einer Ritze in dem Findling führte. Er wußte, daß die Hüterin der Falle dort verborgen sein mußte, mit einem Hinterbein auf ihrem einfachen Telegraphendraht kauerte und jene willkommenen Schwingungen erwartete, die bedeuteten, daß ein Opfer hilflos in den klebrigen Fäden herumzappelte.

Er wandte den Kopf und entdeckte sie. Tief in der dunklen Ritze bildeten die Augen der Spinne ein unheilverkündendes, juwelenartiges Muster. Ja, sie war zu Hause, geduldig und wachsam. Es war alles recht praktisch eingerichtet, und er betrachtete nachdenklich und träge von seinen Anstrengungen und seinem vollen Magen das kleine Wunder vor sich: daß ein Fleckchen Protaplasma, ein bloßes Pünktchen weißen Nervengewebes, das Gehirn einer Spinne, den Geist eines Euklid um zahllose Jahrhunderte vorweggenommen hatte. Spinnen sind ein altes Geschlecht; Äonen, bevor der Mensch durch eine scharfsinnige Abstraktion von Punkten und Linien Wunderdinge vollbrachte, hatte bereits eine Spirale wie diese den Wind eines prähistorischen Sommers durchschnitten.

Dann blinzelte er, seine Aufmerksamkeit wuchs. Ein gleißendes Juwel, metallisch-blau glänzend, hatte sich mitten in das Netz hineingesetzt. Wie von einem Zauberkünstler gelenkt war die Schmeißfliege aus dem Nichts aufgetaucht. Er kam zu dem Schluß, daß es sich um ein außergewöhnlich schönes Exemplar handelte, groß, von vollendeter Gestalt und glänzender, intensiver Farbe.

Er beäugte das Insekt erstaunt. Wo blieb die übliche Panik, der wütende Kampf, das hohe, angsterfüllte Summen? Es blieb einfach da sitzen mit einer seltsamen Gleichgültigkeit seiner eingeschränkten Bewegungsfreiheit gegenüber; das verwirrte ihn.

Es gab mindestens eine vernünftige Erklärung. Die Fliege war vielleicht krank oder lag im Sterben, die Beute von Parasiten. Pilze und die allgegenwärtigen Nematoden erschütterten die Reihen sogar der fruchtbarsten. Diese Fliege verhielt sich so unnatürlich ruhig, daß die Spinne, die ihre federleichte Landung überhaupt nicht bemerkt hatte, in ihrem schattigen Lager weiterträumte.

Dann, während er weiter zusah, zog die Schmeißfliege, völlig dumm und gegen jede Erwartung, mit einem einzigen scharfen Ruck; ihre kräftigen Flügel verwischten einen Augenblick lang, und ein hohes Summen erklang. Der Mann seufzte, fast versucht, sich einzumischen. Nicht daß es von Bedeutung gewesen wäre, wie bald sich die Fliege verriet. Die Spinne hätte schließlich doch irgendwann eine Routineinspektion unternommen; und besser als die meisten anderen Leute kannte er sie als einen zuverlässigen Freund des Menschen, einen unermüdlichen Bekämpfer von Insektenplagen. Es stand ihm nicht zu, ihr das Abendessen zu rauben und das Netz zu zerreißen.

Jetzt jedoch glitt sie, wie eine Erbse auf acht haarigen Beinen, ruhig und geschwind über ihr schwankendes Netz. Gleich würde sich eine uralte Tragödie abspielen, und der Mann wartete mit mitleidvollem Interesse auf ihr unausweichliches Ende.

Wenige Zentimeter von ihrer Beute entfernt, hielt die Spinne kurz inne und schätzte die Lage mit seelenlosen, wie Diamanten leuchtenden Augen ab. Der Mann wußte, was nun kommen würde. Voller Verachtung für eine einfache Fliege, die weder Stachel noch Giftzahn besaß — und möge sie noch so groß sein — würde die Spinne sich, ohne zu zögern, nähern, das Insekt mit Seide umhüllen und es zu ihrem Nest im Felsen zerren, wo sie es in aller Ruhe würde verzehren können.

Aber statt furchtlos anzugreifen, schob sich die Spinne langsam und vorsichtig näher heran. Sie schien Zweifel zu hegen, ja sogar unsicher zu sein. Die seltsame Passivität der Fliege beunruhigte sie allem Anschein nach. Er sah, wie der nadelspitze Unterkiefer arbeitete, der ihn auf drollige Weise an eine Frau erinnerte, die die Hände in verzweifelter Unentschlossenheit rang.

Zögernd kroch sie weiter. Nur noch einen Augenblick, dann würde sie sich umdrehen, zuerst einen Strahl von Seide über die Schmeißfliege spritzen und dann die Fliege in ein schimmerndes Leichentuch einhüllen, indem sie sie mit ihren Hinterbeinen immer wieder geschickt herumdrehte.

Und so geschah es auch, denn sie vergaß, zufriedengestellt durch diese kurze Untersuchung, ihre Befürchtungen und wirbelte herum und reckte ihre Spinndrüse dem bewegungslosen Insekt zu.

Dann sah der Mann etwas Verblüffendes, ja Unglaubliches. Es blitzte metallen auf, als eine Spitze antennenartig aus dem Kopf der Fliege hervorschoß wie ein fantastisches Rapier. Es stach mit blitzartiger Präzision hervor, bohrte sich in den runden Unterleib der Spinne, blieb ausgestreckt und bildete so eine schreckliche Verbindung zwischen ihnen.

Er schluckte in ungläubiger Anspannung. Eine Schmeißfliege, die gewöhnlich nur an Aas leckte, sollte einen ausschnellbaren Saugrüssel haben! Das war unmöglich. Ihre Zunge ist lediglich ein absorbierendes Polster, nur dazu geeignet Flüssigkeiten aufzusaugen. Aber war das denn wirklich überhaupt eine Fliege? Insekten ahmen einander häufig nach, und er kannte sich in solchen Dingen nicht mehr besonders gut aus. Nein, eine Schmeißfliege kann man nicht verwechseln; außerdem, das war eine richtige Fliege, mit zwei Flügeln und allem Drum und Dran. Aus der Übung oder nicht, soviel erkannte er immer noch.

Die Spinne war erstarrt, als die seltsame Lanze sie traf. Jetzt war sie steif, offensichtlich gelähmt. Und ihr aufgeschwollener Unterleib zog sich zusammen wie eine winzige Faust, während die Fliege ihre Lebenssäfte durch jene schlanke, pulsierende Röhre einsog.

Er ging noch näher heran, erhob sich auf die Knie und wünschte, er hätte ein Vergrößerungsglas. Es erschien seinem angestrengten Blick so, als ob jener grausige Rüssel überhaupt nicht aus dem Mund kam, sondern aus einer winzigen, lukenartigen Öffnung zwischen den Facettenaugen, mit einer halb geöffneten, viereckigen Tür, die fast nicht mehr zu erkennen war. Aber das war absurd; es mußte das blendende Licht sein, und — da! Die Spitze zog sich zuckend zurück; jetzt war da keine solche Öffnung mehr. Allem Anschein nach hatte ihm die Sonne einen Streich gespielt. Die Spinne stand, zusammengeschrumpelt, eine mitleiderregende Hülle, noch immer aufrecht auf ihren dünnen Beinen.

Eines war sicher, er mußte diese bemerkenswerte Fliege haben. Selbst wenn sie keiner neuen Spezies angehörte, so war sie doch bestimmt sehr selten. Zum Glück klebte sie im Netz fest. Die Spinne zu töten konnte ihr da nicht helfen. Er kannte die stählerne Widerstandskraft jener elastischen Fäden, jeder davon eine dichte Helix, die mit unnachgiebig haftendem Gummi gefüllt war. Nur ganz wenige Insekten, und von ihnen auch nur die stärksten, reißen sich jemals los. Er steckte vorsichtig Daumen und Zeigefinger aus. Vorsicht jetzt; er mußte die Fliege aus dem Netz ziehen, ohne sie zu zerdrücken.

Dann hielt er inne, als er das Insekt schon fast berührte und schaute angestrengt. Er war unsicher, hatte ein wenig Angst. Ein hell leuchtender Punkt, glänzend sogar noch im gleißenden Sonnenlicht, pochte ganz an der Spitze des blauen Unterleibes. Ein dünnes, kaum hörbares Wimmern kam von dem gefangenen Insekt. Einen Moment lang dachte er an Glühwürmchen, jedoch nur, um diesen Gedanken mit Verachtung für seine eigene Dummheit wieder zu verwerfen. Ein Glühwürmchen war natürlich ein Käfer, und das Ding da war — jedenfalls keiner.

Aufgeregt streckte er wieder seine Finger aus, aber als sie sich wie pflückend näherten, flog die Fliege ganz mühelos senkrecht nach oben, zog dabei eine Pyramide angespannter Fäden mit sich hoch und riß ein Loch in das Netz, genauso leicht wie ein fallender Stein. Der Mann war jedoch wachsam. Seine gewölbte Hand schnappte schnell und nervös über dem Insekt zu, und er grunzte befriedigt.

Aber die Gefangene summte mit einer wütenden Energie in seinem gierigen Griff, die ihn entsetzte, als ein sengender, schneidender Schmerz seine empfindliche Handfläche verbrannte. Ein elektrisch-blauer Strahl war zu sehen, als seine Beute in der Sonne glänzend in die Höhe stieg. Einen Augenblick lang sah er hinten jenes seltsame Glühwürmchenleuchten, einen blendenden Funken vor dem dunkleren Himmel, dann nichts mehr.

Er untersuchte die Wunde und fluchte. Sie war purpurrot, und es bildeten sich bereits kleine Blasen. Es war kein Einstich zu sehen. Offensichtlich hatte das Geschöpf nicht seine Lanzette benutzt, sondern nur Gift — vielleicht Säure — auf die Haut gespritzt. Jedenfalls fühlte sich die Verletzung ganz ähnlich wie eine schwere Verbrennung an. Verflixt und zugenäht! Er hatte eine richtige Entdeckung einfach so weggeworfen, ein Insekt, das der Wissenschaft wahrscheinlich neu war. Mit etwas mehr Umsicht hätte er es fangen können.

Er stand steif, verärgert und mürrisch auf und packte die Imbißdose wieder zusammen. Er griff nach dem Geigerzähler, knipste den Strom an, ging einen Schritt auf einen etwas entfernt liegenden Felsvorsprung zu — und erstarrte. Das leichte Hintergrundgeräusch war einem wahrhaftigen Donnern gewichen, einer elektronischen Lawine, was nur eines bedeuten konnte. Er stand da, untersuchte den grasbewachsenen Hügel genau und schüttelte den Kopf in tiefer Verwunderung. Mit einem Stirnrunzeln stellte er den Zähler ab. Als er die Hand zurückzog, verschwand das rasende Knistern. Er wartete, halb vornübergebeugt, mit stumpfem Blick. Plötzlich leuchteten seine Augen auf, weil er jetzt — wenn auch noch zweifelnd, halb ängstlich — begriff. Katzenartig hielt er das knackende Instrument mit dem einen Arm ausgestreckt weit von sich und näherte es langsam seiner mit Blasen bedeckten Handfläche.

Der Geigerzähler begann wieder zu toben.

ELIZABETH MORTON

Namensvettern

Im Anfang war das Wort –

Tasard zwängte sich durch die feine Leitung in die obere Zelle und sagte sich vor, daß dieses Gefühl der Beklemmung doch ganz normal war. Die Beklemmung war nichts, worüber man sich hätte Sorgen machen müssen: jeder fühlte sich so, wenn er erwählt wurde. Noch während er sich auf die glatte, vertraute Oberfläche (die der Zelle unten so sehr ähnelte) zuwand und in Meditation verfiel, begann die Beklemmung zu schwinden. Entsinne dich der unbeschreiblichen Freude der Erwählten, so hatte ihr Ratschlag gelautet, als sie ihn nach oben geschickt hatten. »Die unbeschreibliche Freude der Erwählten«, sagt Tasard, »ihre Einsamkeit und ihre Verpflichtung«. Mantra. Die Aufseher hatten recht, nicht wahr? Und wenn nicht, wie sollte er es wissen? In Tasard stieg wieder Nervosität auf. Das stellte ihn nicht zufrieden. Er seufzte und kauerte sich zusammen und versank durch seine Willenskraft wieder in Meditation.

Die Träume von der Transzendenz waren in letzter Zeit eindringlicher geworden (sie hatten ihn für den Ruf vorbereitet), und er gab sich ihnen ganz hin, gab ihrer Sinnlichkeit statt. Die Träume handelten von Wärme und vom Eindringen, von Flüssigkeit und Feuer, vom Steigen und Fallen, und als sie ihn jetzt ergriffen, war es, als ob das Ganze nicht mehr länger Meditation war, sondern das Feuer selbst, das schmelzende Feuer . . .

Er hörte das Brausen und wußte nun, daß es nicht mehr länger Meditation war. Sie hatten ihn also doch angelogen; das hier passierte tatsächlich.

Er wurde hochgehoben.

Eine Gewalt schleuderte ihn zum anderen Ende der Zelle; Lichtblitze zerflackerten sein Sehen. Er roch Weihrauch und wurde hoffnungslos in die Welt hinausgeschleudert.

Und brüllte in der unbeschreiblichen Freude der Erwählten.

Leon Tasard ergriff den Revolver und zielte damit auf seinen Kopf, den Finger am Abzug. Nur einen Augenblick lang zögerte er; der schreckliche, schwächende Unwille hielt seinen Finger zurück, und er blickte aus dem Fenster in das Licht, das er nie wieder sehen würde, auf die Gebäude, auf die Stadt . . . nein, es war zu spät dafür, er hatte keine Gewissensbisse mehr, machte sich nichts mehr vor. *Es wird immer so bleiben,* dachte Tasard, *und deshalb muß jetzt Schluß sein.* Selbstmord ist eine Bestätigung.

Weinend drückte er den Abzug.

Die Kugel mit seinem Namen darauf jagte durch seine Schläfe.

JACK DANN

Lager

Das echte Grauen geht einem natürlich unter die Haut und läßt das Blut gefrieren, und die uns vertrauten Geister und Ghule sind lediglich Metaphern dafür. In dieser hochmodernen und vorbildlich verwirklichten Schauergeschichte zeigt uns Jack Dann die Gestalten, die in der posttechnologischen Nacht umgehen werden. Wie in allen Meisterwerken geht es auch in dieser Geschichte zunächst um das, um das es vordergründig geht, aber zugleich geht es auch noch um weitaus mehr. Dann, ein noch junger Autor, dessen zweiter Roman, »Junction«, kurz vor dieser Sammlung erschienen ist, gehört zu den literarisch bedeutsamsten Stimmen, die in den von Geistern erfüllten siebziger Jahren zum erstenmal zu hören waren.

Stephen liegt im Bett, und alles, was er noch denken kann, ist Schmerz.

Er empfindet ihn als scharf und blau. Wenn man ihm eine Demerol-Injektion verpaßt hat, betritt er die kalten Regionen des Schmerzes als Forscher, als objektiver Besucher. Es ist ein Land aus Eis und Glas, aus monochromen Ebenen und Tälern, angefüllt mit waschblauen Scherben aus Eis, mit Kristallpyramiden, mit kristallinen Zinnen, mit Quadraten, Rechtecken und allen möglichen Arten von Polyedern — Blöcken aus gemaltem blauen Schmerz.

Obgleich es mitten am Nachmittag ist, spiegelt Stephen sich vor, es sei dunkel. Seine Augen sind fest geschlossen, doch das Tageslicht, das durch die beiden großen Fenster in den Raum hereinströmt, dringt als mattrotes Feld ein, ein Feld, das sich hinter den Lidern unendlich weit ausdehnt.

»Josie«, sagt er durch einen Mund, der wie aus Baumwolle ist, »kann ich nicht wieder einen Schuß haben?« Josie ist frisch und lebhaft und groß in ihrer gestärkten weißen Uniform. Ihre spitze Schwesternhaube ist auf mausbraunes Haar aufgesteckt.

»Ich habe Ihnen doch gerade eine Injektion gegeben. Sie wird gleich wirken.« Josie streichelt seine Hand, und er träumt von Eis.

»Bringen Sie mir etwas Eis«, flüstert er.

»Wenn ich Ihnen eine Schüssel mit Eis bringe, dann schütten Sie sie doch wieder aus.«

»Bringen Sie mir etwas Eis ...« Wenn er die Eiswürfel berührt, wenn er sie in der Hand dreht gleich einem Spieler, der sein Glück beim Würfeln günstig zu stimmen sucht, kann er sich selbst in das wunderbare blaue Land transportieren. Später allerdings wird das Eis schmelzen, und er wird die Schüssel umwerfen. Der Schock aus Kälte und Schmerz wird ihn dann wieder wecken.

Stephen glaubt zu sterben, und er ist entschlossen, anständig zu sterben. Jeder Besuch des kalten Landes bringt ihn dem Tod näher, und Tod — das hat er nun erfahren — ist nur ein langsamer Gang durch ein Eisfeld. Er ist jetzt soweit, das völlige Fehlen von Wärme und das wunderbar kantige Antlitz seines magischen Landes lieben zu können.

Aber er ist mit der hellen platten Welt des Krankenhauses mit Plastikschläuchen verbunden — einer preßt kalten Sauerstoff in sein linkes Nasenloch, ein zweiter geht durch sein rechtes Nasenloch durch seine Kehle in den Magen, ein dritter führt ihm intravenös Nahrung zu, und einer läßt seinen Urin ablaufen.

»Hier ist Ihr Eis«, sagt Josie. »Aber passen Sie auf und schütten Sie es nicht wieder aus.« Sie stellt die kleine Schüssel auf das fahrbare Serviertischen und schiebt es an sein Bett. Ein moschusartiger Geruch aus Schweiß und Parfüm geht von ihr aus; Stephen muß an alte Frauen und Studentinnen denken.

»Schlaf jetzt, mein Süßer.«

Ohne die Augen zu öffnen, streckt Stephen die Hand aus und legt sie auf das Eis.

»Los, Stephen, wachen Sie auf! Dr. Volk ist da.«

Stephen spürt die kühle Berührung von Josies Hand, und er öffnet die Augen und sieht den Doktor neben sich stehen. Der Arzt hat ein hageres langes Gesicht und schütter werdendes braunes Haar; er trägt einen zerknitterten grünen Anzug.

»Wir wollen uns mal Ihren Verband ansehen, Stephen«, sagt er und zieht die Gazebinde von Stephens Bauch herunter.

Stephen fühlt den Schmerz, aber wie von weit her. Sein einziger Wunsch ist es, in sein blaues Traumland zurückzukehren. Er sieht zu, wie der Arzt die säuberlichen Lagen der Mullbinden abschält. Ein fürchterlicher Gestank zieht das Zimmer.

Josie steht ein ordentliches Stück weit weg.

»Und jetzt kommen die Drainagen dran.« Der Arzt zieht einen langen Drainageschlauch aus Stephens Bauch, spült und desinfiziert die Wunde, und wiederholt dann das Ganze mit einem weiteren Schlauch knapp unter Stephens Rippen.

Stephen hat die Vorstellung, daß er aus dem Zimmer hinausschwimme. Er hat versucht, die verschwommene Grenze zu kühleren Regionen zu überschreiten, aber es ist schwer, sich zu konzentrieren. Er hat nur noch eine halbe Stunde, und dann wird die Wirkung des Demerols nachlassen. Der Schmerz drängt schon nach vorn, und er wird keine weitere Spritze bekommen, ehe die Nachtschwester ihren Dienst antritt. Aber die Nachtschwester wird ihm die Injektion nicht ohne Widerstand geben. Sie wird ihm erklären, er müsse gegen den Schmerz ankämpfen. Aber ohne einen Schuß kann er nicht kämpfen.

»Morgen nehmen wir Ihnen diesen Sauerstoffschlauch aus der Nase«, sagt der Arzt, aber seine Stimme scheint von weit her zu kommen, und Stephen fragt sich, wovon er überhaupt redet.

Er greift nach der Eisschüssel, aber er kann sie nicht finden.

»Josie, Sie haben meine Eisschüssel weggenommen.«

»Ich habe sie weggenommen, als der Doktor kam. Warum versuchen Sie nicht, mit mir zusammen ein wenig fernzusehen. Sie zeigen Soupy Sales.«

»Bringen Sie mir bloß ein bißchen Eis«, sagt Stephen. »Ich möchte mich ein wenig ausruhen.« Er kann spüren, wie die scharfen Kanten des Schmerzes durch die Mullbinden des Demerols brechen.

»Ich liebe Sie, Josie«, sagt er schläfrig, als sie eine frische Schüssel mit Eis auf sein Tablett stellt.

Auf seiner Wanderung durch seine eisblaue Traumwelt sieht Stephen ein Rechteck aus blendend weißem Licht. Es sieht aus wie ein Eingang in eine anschließende Welt der Helligkeit. Er hat ihn früher schon im Demerolrausch flüchtig gesehen. Neben dem hellen befindet sich ein pechschwarzer zweiter Eingang.

Er geht auf die Tore zu, er durchquert weißblaue Felder aus Kegeln.

Die Zeit wird immer kürzer. Die Droge kann sie nicht mehr länger dehnen. Stephen weiß, daß er zwischen dem hellen und dem dunklen Tor zu wählen hat, das eine oder das andere. Er zieht den Gedanken umzukehren nicht einmal in Betracht, denn ihm träumte, hinter ihm seien das Eis und das Glas und die kalten blauen Edelsteine geschmolzen.

Für Stephen macht es keinen Unterschied, welchen Eingang er wählt. Aus einem jähen Impuls heraus tritt er in die blendende, brennende Weiße.

Jäh befindet er sich in einer verkrampften Welt aus Menschen und Lauten.

Die Tür des Güterwagens wurde aufgestoßen. Stephen wurde aus dem überfüllten Güterwagen, der nach Schweiß, Fäkalien und Urin stank, hinausgestoßen. Einige Leute waren in dem Wagen gestorben, und der Gestank ihres Todes kommt zur übelriechenden Luft hinzu.

»Carla, bleib in meiner Nähe«, schrie ein Mann neben Stephen. Er war von seiner Frau durch eine junge Frau getrennt worden, die sich bei dem Versuch, in die Sicherheit des dunklen Waggons zurückzukehren, zwischen sie gedrängt hatte.

Überall waren SS-Männer in schwarzen, schmutzigen Uniformen. Sie traten jeden und prügelten jeden, der in ihre Nähe kam. Deutsche Schäferhunde bissen und knurrten. Stephen wurde von einem der wütenden Hunde gebissen. Eine Frau neben ihm wurde von Soldaten getreten. Und alle wurden sie systematisch in einen Pferch hinter einem hohen Stacheldrahtzaun getrieben. Neben dem Zaun war eine Mauer.

Stephen sah sich nach einem Fluchtweg um, aber er wurde von anderen Gefangenen eingekeilt, die sich gegen ihn drängten. Soldaten schossen wahllos in die Menge, erschossen gleichermaßen Frauen wie Kinder.

Der Mann, der nach seiner Frau gerufen hatte, wurde erschossen.

»Sholom, hilf mir, hilf mir!« schrie eine dürre junge Frau, deren Haut so gelb und picklig war wie das Fleisch eines jungen Huhns.

Und Stephen begriff, daß er Sholom war. Er war ein Jude in dieser brennenden, stinkenden Welt, und irgendwie bedeutete ihm diese Frau etwas. Er fühlte nach dem gelben Stern, der auf die Brust seiner dreckigen Jacke genäht war. Er schnitt unkontrollierte Grimassen. Die sonderbarsten Gedanken schossen ihm durch den Kopf, Erinnerungen an eine andere Kindheit: Die Morgengebete mit dem Vater und einem reichen Onkel, das ausgedehnte Frühstück am Samstag, die Geräusche von Vater und Mutter, die im anschließenden Zimmer sich gelassen dem Beischlaf hingaben, brennende Kerzen im Wohnzimmer, sein Bruder, der am Pessachtisch die ›Vier Fragen‹ rezitierte.

Abermals griff er nach dem Stern, und dabei fiel ihm der euphemistische Naziwitz ein: Pour le Semite.

Er wollte um sich schlagen, er wollte die Nazis töten, kämpfen und sterben. Aber er bemerkte, daß er mit den anderen marschierte, als habe er keinen eigenen Willen. Er fühlte, daß er in zwei Hälften gespalten war. Er hatte jetzt zwei Ichs; das eine sah dem anderen zu. Ein Ich wollte kämpfen. Das andere war stumpf, es dachte nur an sich selbst. Es war entschlossen zu überleben.

Stephen sah sich nach der Frau um, die nach ihm gerufen hatte. Sie war nirgends zu sehen.

Hinter ihm waren Eisenbahnschienen und elektrisch geladene Drähte, der konische Turm und das Haupttor des Lagers. Vor ihm lag die löchrige Straße, gepflastert mit Leichen und ihren Habseligkeiten. Gewehre wurden abgefeuert, und überall war ein schwerer, krankmachender Geruch. Stephen würgte, andere übergaben sich. Es war der alles beherrschende Gestank des Todes, verwesenden und brennenden Fleisches. Schwarze Wolken hingen über dem Lager, und Flammen schossen aus den riesigen Kaminen häßlicher Bauten wie aus infernalischen Maschinen.

Stephen ging weiter; er war stumpf, unfähig zu kämpfen, unfähig sogar zu sprechen. Was um ihn herum geschah, war nicht möglich, es war Stoff aus Träumen.

Den Gefangenen wurde befohlen, anzuhalten, und die Soldaten begannen jene, die durch Verbrennen zu Tode kommen sollten, von jenen zu trennen, die durch Arbeit umkommen sollten. Alte Männer, Frauen und Kinder wurden aus der Menge herausgezogen. Manche wurden geschlagen oder auf der Stelle getötet, während die anderen ungläubig zusahen. Stephen schaute zu, und es war, als ginge ihn dies nichts an. Alles war irreal, traumhaft. Es gehörte nicht hierher.

Die neuen Gefangenen sahen aus wie ›Muselmänner‹, der wandelnde Tod. Jene, die erst krank werden, geschlagen werden mußten, die hungern mußten, ehe sie zur Realität des Lagers ›erwachten‹, wurden ›Muselmänner‹. ›Muselmänner‹ konnten nicht mehr denken oder fühlen. Sie schlurften umher, im Geist bereits tot, bis eine Wache oder die Schwäche oder die Kälte oder der Hunger sie töteten.

»Weitergehen!« schrie eine Wache, als Stephen vor einem ausgemergelten alten Mann stehen blieb, der am Boden kroch. »Du wirst noch früh genug genauso aussehen.«

Plötzlich, als erwache er aus einem Traum und fände sich in einem anderen wieder, fiel Stephen wieder ein, daß das hühnerhäutige Mädchen seine Frau war. Er erinnerte sich an ihr gemeinsames Leben, an ihre Kinder und die von Menschen wimmelnde Wohnung. Er erinnerte sich an das Muttermal an ihrem Bein, ihren Geruch, ihre hungrige Art, Sex zu machen. Ihretwegen hatte er sich einmal mit einem anderen Jungen geprügelt.

Er fuhr zusammen in Angst und Scham; er hatte ihre Schreie um Hilfe ignoriert. Er blieb stehen und drehte sich um, sah der nächsten Gruppe entgegen. »Fruma!« schrie er. Dann begann er zu rennen.

Eine Wache schlug ihm mit dem Gewehrkolben in die Rippen, und Stephen fiel ins Dunkle.

Er schüttet wieder Eiswasser aus und erwacht mit einem Schrei. »Es ist meine Schuld«, sagt Josie und zieht die Bettücher ab. »Ich hätte die Schüssel wegnehmen sollen. Aber Sie haben sich gewehrt.«

Stephen lebt wieder mit seinem Schmerz. Er stellt sich vor, daß in seinem Bauch ein kleines Feuer brennt und ihn langsam aufzehrt. Er starrt auf den Fernsehapparat hoch oben an der Wand und sieht Soupy Sales zu.

Während Josie den Plastiksack auswechselt, der die Salzlösung für die intravenöse Ernährung enthält, schiebt ein Krankenwärter einen Wagen ins Zimmer und fragt Stephen, ob er ein Bild für die Wand haben möchte.

»Ist es Ihnen recht, wenn ich etwas für Sie aussuche?" fragt Josie.

Stephen schüttelt den Kopf und bittet den Krankenwärter, ihm alle Drucke zu zeigen. Die meisten sind vertraute Stilleben und Landschaften, eines aber erregt seine Aufmerksamkeit. Es ist das Bild eines Kornfeldes. Obgleich der Himmel unheildrohend dunkel aussieht, ist das Korn hell in großen breiten Pinselstrichen wiedergegeben. Ein Weg durchschneidet das Feld, und Krähen fliegen darüber hin.

»Dieses da«, sagt Stephen. »Hängen Sie mir das auf.«

Nachdem der Pfleger den Druck aufgehängt hat und hinausgegangen ist, fragt Josie, warum Stephen gerade dieses Bild gewählt habe.

»Ich mag van Gogh«, sagt er träumerisch, während er versucht, in den Wogen seiner Unterleibsschmerzen einen Rhythmus zu finden. Aber es sind nur Gase.

»Haben Sie einen besonderen Grund, warum Sie van Gogh mögen?« fragt Josie. »Er ist mein Lieblingsmaler.«

»Ich habe nicht gesagt, daß er mein Lieblingsmaler ist«, sagt Stephen, und Josie zieht einen Flunsch, was ihrem frühzeitig durch Falten gezeichneten Gesicht nicht steht. Stephen schließt die Augen, erhascht mit einem Blick das kalte Land und sagt: »Ich liebe dieses Gemälde, weil es so strahlend ist, weil es beinahe erschreckend ist. Und dieser Weg, der durch das Feld geht . . .« — er öffnet die Augen — ». . . führt nirgendwohin. Er endet einfach in dem Feld. Und die Krähen fliegen herum wie Aasgeier.«

»Die meisten Leute sehen es einfach als ein hübsches Bild«, sagt Josie.

»Wie heißt es?«

»Kornfeld mit schwarzen Vögeln.«

»Gut. Der Magen tut mir weh, Josie. Helfen Sie mir, mich auf die Seite zu drehen.« Josie hilft ihm auf die linke Seite, schüttelt seine Kissen auf und führt ihm einen kurzen Schlauch in den

After ein, damit die Gase entweichen können. »Ich mag auch das Bild mit den großen Sternen, die alle so verschwommen aussehen«, sagt Stephen. »Wie heißt das?«

»Sternennacht.«

»Das ist auch erschreckend«, sagt Stephen. Josie mißt seinen Blutdruck, notiert die Werte auf seiner Karte, setzt sich dann neben ihn und hält ihm die Hand. »Ich erinnere mich an etwas«, sagt er, »etwas so ...« Er fährt zusammen, als es ihm einfällt, und Schmerz schießt durch seinen geblähten Magen. Josie beruhigt ihn, überprüft die Nadel in der Vene und fragt ihn, an was er sich erinnere.

Aber die Erinnerung an den Traum weicht in dem Maße zurück, in dem der Schmerz schärfer wird. »Es tut mir die ganze Scheißzeit weh, Josie«, sagt er und verändert seine Lage. Josie zieht den Schlauch aus dem Rectum, ehe er sich auf den Rücken wälzt.

»Sie sollten sich nicht so ausdrücken. Ich mag das nicht. Ich weiß, daß Sie heftige Schmerzen haben«, sagt sie mit gedämpfter Stimme.

»Es ist Zeit für eine Spritze.«

»Nein, mein Süßer, das dauert noch eine Weile. Sie werden es ganz gut aushalten.«

Stephen erinnert sich wieder an seinen Traum. Er hat Angst vor ihm. Sein Atem geht flach, und er hat das Gefühl, sein Herz schlüge im Hals, doch er erzählt Josie den ganzen Traum.

Er bemerkt nicht, wie ihr Gesicht alle Farbe verloren hat.

»Es ist nur ein Traum, Stephen. Wahrscheinlich eine Geschichte, die Sie bei Ihrem Studium der Vergangenheit aufgegabelt haben.«

»Aber es war so real, so gar nicht wie ein Traum.«

»Es reicht jetzt«, sagt Josie.

»Es tut mir leid, wenn ich Sie aufgebracht habe. Ärgern Sie sich nicht.«

»Ich ärgere mich nicht.«

»Es tut mir leid«, sagt er, beißt die Zähne wegen der Schmerzen zusammen und drückt fest Josies Hand. »Haben Sie mir nicht gesagt, daß Sie im Zweiten Weltkrieg waren?«

Josie ist schon wieder besänftigt. »Ja, das war ich, aber ich staune, daß Sie sich noch daran erinnern. Sie waren sehr krank. Ich war Schwester drüben und habe die meiste Zeit des Krieges in England gedient. Aber ich war eine der ersten Pflegerinnen, die in einem Konzentrationslager waren.«

Stephen treibt in seinem Schmerz dahin. Er scheint zu schlafen.

»Sie haben wohl sehr hart gearbeitet«, flüstert Josie ihm zu.

Es ist zwölf. Das Zimmer ist totenstill. Die scharfen Schatten scheinen die härtesten Dinge im Raum zu sein. Die Leuchtröhren draußen in der Halle brennen ruhig.

Stephen schaut hinaus in den Gang, aber er kann nur die lange weiße Wand erkennen. Er wartet darauf, daß die Nachtschwester kommt. Es ist Zeit für eine Spritze. Eine junge Schwester geht an seiner Tür vorbei. Stephen stellt sich vor, sie sei ein Papierschiffchen, das durch die Gänge segelt.

Er drückt auf den Knopf, der mit einer Klammer an seinem Kopfkissen befestigt ist. Die Nachtschwester wird schon noch einige Zeit brauchen, sagt er sich. Er erinnert sich daran, daß er mit ihr stritt. Ärgerlich drückt er ein zweites Mal auf die Klingel.

Auf der anderen Seite des Gangs beginnt ein Mann zu schreien, Schwestern stürzen in sein Zimmer. Das Schreien wird zum Betteln und Winseln. Obgleich Stephen den Mann im gegenüberliegenden Zimmer noch nie gesehen hat, ist er soweit, ihn zu hassen. Wie Stephen hat er irgend etwas am Magen, aber er ist nicht fähig, es zu ertragen. Er kann nur betteln und schreien, er kann nur mit den Schwestern, Ärzten, mit Gott und den Engeln rechten. Stephen schafft es nicht, für diesen Mann irgendwie Mitleid aufzubringen.

Schließlich kommt die Nachtschwester in sein Zimmer und sagt: »Sie müssen versuchen, ohne das Zeug auszukommen«, und gibt ihm eine Injektion mit Demerol.

»Warum schreit der Mann auf der anderen Seite des Gangs so arg?« fragt Stephen, aber die Schwester ist schon wieder dabei, aus dem Zimmer zu hasten.

»Weil er Schmerzen hat.«

»Die habe ich auch«, sagt Stephen laut. »Aber ich kann es für mich behalten.«

»Dann hören Sie auf, dauernd wegen einer Spritze nach mir zu klingeln. Dem Mann auf der anderen Seite hat man den halben Magen entfernt. Er hat einen Grund zu schreien.«

Das habe ich auch, denkt Stephen, aber die Schwester verschwindet, ehe er es ihr sagen kann. Er versucht sich vorzustellen, wie der Mann jenseits des Gangs aussieht. Er stellt ihn sich kahlköpfig und klein vor, ein altgewordenes Baby. Stephen versucht, Mitleid für den Mann aufzubringen, aber sein unaufhörliches Winseln stößt ihn ab.

Das Mittel beginnt zu wirken; die Schreie werden leiser, während er durch die dunklen Gänge eines Traumes wirbelt. Das kalte Land ist dunkel, denn Stephen kann die Nachtschwester nicht dazu überreden, ihm etwas Eis zu bringen. Wieder sieht er zwei Eingänge. Während die Welt hinter ihm zusammenschmilzt, tritt er durch das dunkle Tor ein.

In der Finsternis hört er Alarm, ein nervenzerreißendes Schellen.

Er konnte den Gestank vieler dicht zusammengepferchter ungewaschener Menschenleiber riechen. Sie lagen alle auf zwei miserabel zusammengenagelten hölzernen Regalen. Der Boden bestand aus Erde; der Geruch von Urin wich nie aus der Baracke.

»Wach auf!« sagte ein Mann. Stephen wußte, daß er Viktor hieß. »Wenn die Wache dich im Bett findet, kriegst du wieder Prügel.«

Stephen stöhnte, noch immer eingehüllt in seine Träume. »Wach auf, wach auf!« murmelte er zu sich selbst. Er hatte noch ein paar Minuten Zeit, ehe die Wache mit den Hunden kam. Bei dem Gedanken an Hunde wurde es Stephen übel. Er war einmal von einem großen Hund ins Gesicht gebissen worden.

Er öffnete die Augen, noch immer halb im Schlaf, erschöpft. Du bist in einem Todeslager, sagte er zu sich. Du mußte aufwachen! Du mußt kämpfen, indem du aufwachst! Oder du wirst im Schlaf sterben. Ein unkontrollierbares Zittern überlief ihn, und er sagte: »Willst du im Ofen enden? Vielleicht hast du heute Glück und bleibst am Leben.«

Als er die Beine zum Boden niederließ, fühlte er die Entzündungen an den Fußsohlen. Er fragte sich, wer heute wohl alles sterben würde und zuckte die Achseln. Es war seine dritte Woche im Lager. Gegen jede Möglichkeit, gegen alle Voraussagen hatte er überlebt. Die meisten von denen, die er im Zug getroffen hatte, waren entweder umgekommen oder zu Muselmännern geworden. Wäre nicht Viktor gewesen, wäre er ein Muselmann geworden. Er hatte einen Zusammenbruch und brabbelte in Englisch. Doch Viktor redete ihm den Tod aus, teilte seine Lebensmittelration mit ihm und lehrte ihn die neuen Lebensregeln.

»Wie alle, die überleben, komme erst ich und dann noch mal ich und zum drittenmal ich — dann erst versuche ich alles für irgendeinen anderen zu tun«, sagte Viktor.

»Ich will überleben«, wiederholte Viktor für sich, als die Wachen die Tür aufrissen, in den Raum kamen und zu schreien begannen. Die Hunde knurrten und schnappten, blieben aber bei Fuß. Die Wachen sahen schläfrig aus; einer hatte keine Mütze auf, und sein rotes Haar war verwuschelt.

Vielleicht hat er die Nacht bei einer von den Lagerhuren verbracht, dachte Stephen. Vielleicht würde es heute gar nicht so schlimm werden...

Und so beginnt das Ritual des Morgens: Josie kommt Viertel vor acht in Stephens Zimmer, macht sich an der Karte zu schaffen, die am Fußende seines Bettes hängt, tappt ziellos umher und geht schließlich ins Badezimmer. Sie kommt zurück, ihre gestärkte Uniform macht raschelnde Geräusche. Stephen kann fühlen, wie sie an seinem Bett steht und auf ihn herabsieht. Aber er öffnet die Augen nicht. Er wartet auf den Schlag.

Sie wendet sich ab, und dann läßt sie die Bettpfanne fallen. Gestern war es der Metallaschenbecher; am Tag zuvor war sie gegen das Bettgestellt gestoßen.

»Guten Morgen, Schatz, es ist ein herrlicher Tag heute«, sagt sie und geht dann durch das Zimmer zum Fenster. Sie zieht die verblichenen orangefarbenen Vorhänge zurück und öffnet die Jalousien.

»Wie geht es Ihnen heute?«

»Okay, glaube ich.«

Josie fühlt den Puls und fragt: »Ist Mr. Gregory gestern abend vorbeigekommen?«

»Ja«, sagt Stephen. »Er bringt mir gerade Gin-Rommé bei. Was fehlt ihm eigentlich?«

»Er ist sehr krank.«

»Das sieht man. Hat er Krebs?«

»Ich weiß nicht«, sagt Josie, während sie seinen Nachttisch abwischt.

»Sie lügen schon wieder«, sagt Stephen, doch sie ignoriert seine Bemerkung. Nach einiger Zeit sagt er: »Seine Freundin hat mich gestern abend besucht. Ich wette, heute abend kommt seine Frau.«

»Reden Sie bloß nicht darüber«, sagt Josie. »Raus aus dem Bett, damit ich Ihre Laken wechseln kann.«

Stephen sitzt den ganzen Morgen auf dem Stuhl. Es geht ihm gut, aber er fühlt sich schwach. Kurz vor dem Essen rollt der Pfleger seinen Wagen ins Zimmer und fragt, ob Stephen das Bild an der Wand durch ein anderes ersetzt haben möchte.

»Ich habe die anderen alle schon gesehen«, sagt Stephen. »Ich behalte das, das ich habe.« Stephen hat das Gemälde von van Gogh noch nicht über, manchmal schien es ihm, als hätten die Krähen sich bewegt:

»Vielleicht gefällt Ihnen das hier«, sagt der Pfleger und zieht einen Druck auf Pappe von van Goghs ›Sternennacht‹ hervor. Es ist die Studie eines Dorfes, das zwischen Hügel geschmiegt und von Schatten verhüllt ist. Aber alles scheint sich wie in einem Fiebertraum zu winden, scheint zu brausen. Eine Zypresse im Vordergrund sieht aus wie eine schwarze Flamme, und der schwindelnde Himmel ist übersät mit großen, unscharfen Sternen. Es ist der Traum eines Betrunkenen. Der Krankenpfleger lächelt.

»So haben Sie es doch gehabt«, sagt Stephen.

»Nein, ich habe ein paar andere Bilder dagegen umgetauscht. Sie hatten im Westflügel einen Druck.«

Stephen sieht ihm zu, wie er es aufhängt, dankt ihm und wartet, bis er geht. Dann steht er auf und betrachtet das Bild sorgfältig und genau. Er befühlt die erhabenen Faksimile-Pinselstriche und wendet sich mit einem sonderbaren Gefühl in der Leistengegend zu Josie um. Er betrachtet sie, als sähe er sie zum erstenmal. Sie hat einen übermäßig vollen Mund, dessen Winkel sich beim Lächeln nach unten biegen. Sie ist nicht hübsch — zu fett, denkt er.

»Tanzen Sie mit mir«, sagt er, schwenkt die Arme und macht einen Schritt nach vorn, wobei er sich der Schmerzen im Magen bewußt ist.

»Sie sind noch zu krank zum Tanzen.« Aber sie lacht ihn an und beugt die Knie in einer ironischen Verbeugung.

Sie hat zu kleine Brüste für eine so massige Frau, denkt Stephen. Da ihm plötzlich schwindlig wird, macht er einen Schritt auf das Bett zu. Er fühlt, wie er zu Boden sinkt, er fühlt, wie Josies Haar über sein Gesicht streift, er träumt, daß er überall von ihrer Zunge naß ist, er fühlt ihre Arme um sich, die ihn innig drücken, dann fühlt er das Gewicht ihres Körpers, der sich auf ihn preßt, der ihn erdrückt...

Er wacht im Bett wieder auf, mit Röhren gespickt. Er hat eine Nadel in der Vene des linken Handgelenks, und es fällt ihm schwer zu schlucken, denn ein Schlauch steckt in seiner Kehle.

Er stöhnt, versucht sich zu bewegen.

»Ruhig, Stephen«, sagt Josie und streichelt seine Hand.

»Was ist passiert?« murmelt er. Er kann sich nur daran erinnern, daß ihm schwindlig wurde.

»Sie hatten einen kleinen Rückfall, Sie müssen ruhig bleiben. Der Doktor mußte Ihre Lunge ruhigstellen. Sie müssen sehr ruhig liegen bleiben.«

»Josie, ich liebe Sie«, flüstert er, aber er ist zu weit weg, als daß man ihn hätte verstehen können. Er fragt sich, wie viele Stunden oder Tage vergangen sein mochten. Er schaut zum Fenster hin. Es ist dunkel, und niemand ist im Zimmer.

Er drückt auf den Knopf an seinem Kissen, und ein Traum fällt ihm ein...

»Du mußt kämpfen«, sagte Viktor.

Es war dunkel, die anderen schliefen alle, und die Baracke war erfüllt von ihrem Röcheln und Schnarchen. Stephen wünschte, sie könnten alle sterben, an ihrem eigenen Atem ersticken. Es wäre ein Akt der Gnade.

»Warum kämpfen?« fragte Stephen, und er deutete auf das schmierige Fenster, hinter dem die Öfen waren, die Tag und Nacht qualmten. Er machte eine flatternde Bewegung mit der Hand — aufsteigender Rauch.

»Du mußt kämpfen, du mußt leben, leben ist alles. Es ist das einzige, was hier noch einen Sinn hat.«

»Wir werden aber trotzdem alle sterben«, flüsterte Stephen. »Genau wie deine Schwester ... und wie meine Frau.«

»Nein, Sholom, wir werden leben. Die anderen mögen vielleicht sterben, aber wir werden leben. Das mußt du ganz fest glauben.«

Stephen begriff, daß Viktor sich selbst verzweifelt zu überzeugen versuchte, daß Leben sinnvoll sei. Viktor tat ihm leid; an einem Ort wie diesem konnte es keine vernünftige Begründung für das Leben geben.

Stephen grinste und spürte Blut am Mundwinkel, und er sagte: »Vielleicht werden wir die Nacht überleben.«

Und vielleicht auch morgen, dachte er. Er würde das Spiel des Überlebens noch ein wenig länger spielen.

Er fragte sich, ob Viktor morgen noch am Leben sein würde. Er lächelte und dachte: Wenn Viktor stirbt, dann werde ich seine Stelle einnehmen und die anderen davon überzeugen müssen, daß sie am Leben bleiben mußten.

Einen Augenblick lang hoffte er, Viktor werde sterben, damit er seine Stelle einnehmen konnte.

Die Sirene heulte los. Es war drei Uhr morgens, Zeit, den Tag zu beginnen.

An diesem Morgen war Stephan auf den Beinen, noch ehe die Wache die Tür aufreißen konnte.

»Wachen Sie auf«, sagt Josie und berührt leicht seinen Arm. »Los, wachen Sie auf!«

Stephen hört ihre Stimme als Echo. Er stellt sich vor, er sei in einem langen Tunnel; er hört den Wind in seinen Ohren pfeifen, aber er kann nichts sehen.

»Wasisslos?« fragt er. Im Mund hat er ein Gefühl, als sei er mit Baumwolle ausgestopft; seine Lippen sind trocken und reißen. Plötzlich hat er einen Zorn auf Josie und die Plastikschläuche, die ihn in diesem Bett festhalten, als sei er ein moderner Gulliver. Er hat das Verlangen, diese Schläuche herauszuziehen, die Beutel mit der Salzlösung an die Wand zu schmeißen, die Binden abzureißen.

»Sie haben Deutsch gesprochen«, sagt Josie.

»Wußten Sie das?«

»Kann ich ein bißchen Eis haben?«

»Nein«, sagt Josie ungeduldig. »Sie haben es wieder ausgeschüttet. Sie waren über und über naß.«

». . . für den Mund, trocken . . .«

»Können Sie sich daran erinnern, Deutsch gesprochen zu haben? Ich muß das wissen.«

»Ich erinnere mich nicht. Bringen Sie mir Eis. Ich werde versuchen, darüber nachzudenken.«

Während Josie ihn verläßt, um etwas Eis zu holen, versucht er, sich an seinen Traum zu erinnern.

»Hier haben Sie, lutschen Sie das Eis.« Sie gibt ihm einen kleinen Berg zerstoßenen Eises auf einem Teelöffel.

»Warum haben Sie mich aufgeweckt, Josie?« Die Schichten des Traumes beginnen sich aufzulösen. Während das Demerol auf sein System wirkt, muß er sich darauf konzentrieren, den brennenden Schmerz in seinem Magen niederzukämpfen.

»Sie haben Deutsch gesprochen. Wo haben Sie das gelernt?«

Stephen versucht sich zu erinnern, was er gesagt hat. Er kann überhaupt kein Deutsch, nur ein bißchen Schulfranzösisch. Er blickt auf seine Beine (er hat das Laken weggeschlagen) und stellt zum erstenmal fest, daß seine Beine so dünn sind wie seine Arme. »Mein Gott, Josie, wie kommt es, daß ich soviel Gewicht verloren habe?«

»Sie haben so um die vierzig Pfund verloren, aber machen Sie sich deswegen keine Sorgen, das kommt alles wieder. Sie sind jetzt schon auf dem Weg der Besserung. Bitte, versuchen Sie, sich an Ihren Traum zu erinnern.«

»Ich kann nicht, Josie! Es sieht so aus, als könnte ich ihn nicht fassen.«

»Versuchen Sie es.«

»Warum ist das so wichtig für Sie?«

»Sie haben kein Hochdeutsch gesprochen. Sie haben einen Dialekt gesprochen, wie ich ihn seit den vierziger Jahren nicht mehr gehört habe.«

Stephan spürt, wie ihm die Kälte langsam das Rückgrat heraufkriecht. »Was habe ich gesagt?«

Josie wartet einen Augenblick lang und sagt dann: »Sie haben über das Sterben gesprochen.«

»Ja?« sagt sie und zerrt an ihren Fingern.

»Wann wird der Schmerz endlich aufhören?«

»Es wird bald vorbei sein.« Sie gibt ihm einen zweiten Löffel Eis. »Sie haben mehrfach im Traum den Namen Viktor wiederholt. Können Sie sich an irgend etwas über ihn erinnern?«

Viktor, Viktor, tiefblaue Augen, ein kahl werdender Schädel, gebrochene Nase, nannte sich selbst einen Galizier. Rettete mir das Leben. »Da fällt mir ein«, sagt Stephen, «sein Name ist Viktor Shmone. Er taucht jetzt immer in meinen Träumen auf.«

Josie stößt scharf die Luft aus.

»Sagt Ihnen das etwas?« fragt Stephen aufgeregt.

»Ich habe einmal einen Mann aus einem dieser Lager kennengelernt.« Sie spricht sehr langsam und deutlich. »Sein Name war Viktor Shmone. Ich habe ihn gepflegt. Der gehörte zu den wenigen Leuten, die lebend aus dem Lager herauskamen. Nachdem die Deutschen geflohen waren.« Sie greift nach ihrer Handtasche, die sie auf Stephens Nachttisch gelegt hatte, und fummelt aus einer Plastikhülle eine alte, abgegriffene Fotografie heraus.

Stephen betrachtet die Fotografie genau und beginnt zu schluchzen. Eine schlankere und viel jüngere Josie steht neben Viktor und zwei anderen, ausgemergelt aussehenden Männern. »Dann träume ich gar nicht«, sagt er, »und ich werde sterben. Das also bedeutet es.« Er beginnt zu zittern, gerade so, wie er es im Traum erlebt hat, und ohne zu denken, macht er zu Josie hin die Geste aufsteigenden Rauches. Er beginnt zu lachen.

»Hören Sie auf!« sagt Josie und hebt die Hand, um ihm eine herunterzuhauen. Dann umarmt sie ihn und sagt: »Weine nicht, Schatz, es ist nur ein Traum. Irgendwie träumst du die Vergangenheit.«

»Warum?« fragt Stephen, noch immer zitternd.

»Vielleicht träumst du meinetwegen, weil wir uns so nahe sind. Irgendwie habe ich das Gefühl, daß du mich besser kennst als irgendein anderer, ohne Zweifel besser als irgendein Mann. Es kann sein, daß du aus einem bestimmten Grund träumst; vielleicht kann ich dir helfen.«

»Ich habe Angst, Josie.«

Sie beruhigt ihn und sagt: »Jetzt erzähle mir einmal alles, was dir von diesen Träumen einfällt.«

Er ist erschöpft. Während er ihr seine Träume erzählt, sieht er wieder das helle Tor. Er fühlt, wie er hineingesaugt wird. »Josie«, sagt er, »ich muß wach bleiben, ich will nicht schlafen, träumen . . .«

Josies Gesicht ist starr wie eine Maske, sie weint.

Stephen greift nach ihr, gleitet in das helle Tor, in einen neuen Traum.

Der Morgen war hell und kalt. Hunderte von Gefangenen arbeiteten in den Steinbrüchen, jede Arbeitsgruppe kam aus einer anderen Baracke. Die meisten Gruppen bestanden aus Muselmännern, der gesichtslosen Majorität des Lagers. Sie bewegten sich wie Automaten, sie hoben die großen Steine, trugen sie zu den numerierten Karren, die dann über die Gleise geschoben werden sollten.

Stephen war schweißgebadet. Er hatte Fieber und fürchtete, sich Typhus zugezogen zu haben. In der letzten Woche war im Lager eine Epidemie ausgebrochen. Jeden Morgen kamen zusammen mit den Wachen mehrere Ärzte. Jene, die zu krank waren, um aufzustehen, wurden abgeführt, um entweder vergast oder zu Experimenten im Hospital benützt zu werden.

Obwohl Stephen kaum noch stehen konnte, zwang er sich, in Bewegung zu bleiben. Er versuchte seine ganze Aufmerksamkeit auf das zu konzentrieren, was er tat. Er machte ein Ritual daraus, sich zu bücken, einen Stein von einer bestimmten Größe auszusuchen, ihn aufzuheben, ihn zum nächsten Karren zu schleppen, und dann die gleiche Anzahl Schritte zurück zu machen.

Ein Muselmann fiel um, aber Stephen machte keine Anstalten, ihm zu helfen. Wenn er jemandem ein wenig helfen konnte, dann tat er es, aber er würde nicht für einen Muselmann seinen Hals riskieren. Aber irgend etwas zerrte an Stephen. Er erinnerte sich an eine Fotografie, auf der Viktor und dieser Muselmann mit einem Mann und einer Frau zusammenstanden, die er nicht erkennen konnte. Doch Stephen konnte sich nicht entsinnen, wo er eine solche Fotografie gesehen haben könnte.

»He du!« schrie ein Wachmann. »Schlepp den Kerl da zum Karren!«

Stephen nickte und zog den Muselmann fort.

»Wer ist der neue Patient unten in der Halle?« fragt Stephen, während er ein wenig von den Getreideflocken von dem Frühstückstablett ißt, das Josie vor ihn hingestellt hat. Er fühlt sich jetzt sehr viel besser. Sein Fieber ist heruntergegangen, und die Schläuche, Katheter und Venennadeln sind verschwunden. Er kann sogar ein wenig umhergehen.

»Wie haben Sie das herausgekriegt?« fragt Josie.

»Sie haben mit der Schwester von Mr. Gregory gesprochen. Glauben Sie, ich sei schon tot? Ich kann immer noch hören.«

Josie lacht und nimmt einen Schluck von Stephens Tee. »Sie sind weit davon entfernt, tot zu sein! Heute ist sogar ein Freudentag: Sie werden zum erstenmal wieder duschen. Was halten Sie davon?«

»Dafür geht es mir noch nicht gut genug«, sagt er und hat Angst, er müsse das Krankenhaus verlassen, ehe er völlig in Ordnung ist.

»Nun, Dr. Volk denkt anders darüber. Und sein Wort ist hier Gesetz.«

»Erzählen Sie mir etwas von dem neuen Patienten.«

»Sie haben gestern abend einen Mann gebracht, der zwei Liter Motorenöl getrunken hat. Er hängt jetzt an der Dialysemaschine.«

»Wird er es schaffen?«

»Nein, ich glaube nicht; er hat zuviel Gift in seinen Eingeweiden.«

Wir sollten alle sterben, denkt Stephen. Es wäre ein Akt der Gnade. Er wirft einen Blick auf das Lager.

»Stephen!«

Er fährt zusammen, erwacht.

»Sie haben heute nacht gut geschlafen, Sie brauchen nicht schon wieder ein Nickerchen zu machen. Kommen Sie, jetzt geht es unter die Dusche, damit Sie es hinter sich haben!« Josie schiebt das Tablett vom Bett weg. »Kommen Sie, ich habe Ihren Bademantel schon hier.«

Stephen zieht den Bademantel an, und sie gehen durch den Gang zu den Duschen. Es gibt drei leere Duschkabinen, eine Bank und ein Becken für Unterwassermassage. Stephen zieht den Bademantel aus, während Josie in der Eckkabine Wasserdruck und Temperatur einstellt.

»Was ist los?« fragt Stephen und geht in die Kabine. Josie steht davor, hält sein Handtuch, sieht ihn aber nicht an. »Stellen Sie sich nicht so an«, sagt er. »Sie haben mich doch auch vorher schon nackt gesehen.«

»Das war etwas anderes.«

»Wieso?« Er berührt einen harten und häßlichen Schorf, der sich über einer der Wunden auf dem Bauch gebildet hat.

»Als Sie so sehr krank waren, habe ich Sie im Bett gewaschen, als ob Sie ein Baby wären. Jetzt ist das etwas anderes.« Sie blickt auf den nassen Fliesenboden, als sei sie in Gedanken versunken.

»Ich glaube, das ist ein bißchen blöd«, sagt er. »Hören Sie, es ist schwer, mit jemandem zu sprechen, der immerzu irgendwo anders hinschaut. Ich könnte mir hier drin glatt das Genick brechen, und Sie würden immer noch auf den Scheißboden gucken.«

»Ich habe Sie schon mehrfach gebeten, dieses Wort nicht zu gebrauchen«, sagt sie mit sehr leiser Stimme.

»Sehen meine Augen noch immer so gelb aus?«

Sie sieht ihm direkt ins Gesicht und sagt: »Nein, Sie sehen prima aus.«

Stephan fühlt sich plötzlich schwach, und dann wird ihm schlecht; er hat zu lange gestanden. Während er sich an die kalte Wand der Kabine lehnt, fällt ihm der letzte Traum ein. Er ist wieder im Steinbruch. Er kann den Schweiß der Männer um ihn herum riechen, er fühlt, wie die Sonne ihn ausdörrt, ihm die Kraft aus den Knochen zieht. Alles ist so hell...

Er kommt wieder zu sich, sitzt auf der Bank und starrt in die Lampe an der gegenüberliegenden Wand. Ich habe Typhus, denkt er und bemerkt erst dann, daß er im Krankenhaus ist. Josie ist bei ihm.

»Es tut mir leid«, sagt er.

»Ich hätte Sie nicht so lange stehen lassen dürfen. Es war meine Schuld.«

»Mir ist wieder ein Traum eingefallen.« Er beginnt zu zittern, und Josie legt ihre Arme um ihn.

»Es ist ja alles gut. Erzähl Josie etwas von deinem Traum.«

Sie ist eine alte, fette Frau, denkt Stephen. Während er seinen Traum wiedergibt, schwindet das Zittern langsam.

»Weißt du, wie der Mann hieß?« fragt Josie. »Ich meine den, den du auf Befehl der Wache wegschleppen mußtest.«

»Nein«, sagt Stephen. »Es war ein Muselmann, aber ich glaube, es war etwas Vertrautes an ihm. In meinem Traum erinnerte ich mich an die Fotografie, die Sie mir gezeigt haben. Er war mit drauf.«

»Was passiert mit ihm?«

»Die Wachen übergeben ihn den Ärzten für ihre Experimente. Wenn sie ihn nicht gebrauchen können, wird er vergast.«

»Du darfst das nicht zulassen«, sagt Josie und hält ihn fest.

»Warum?« fragt Stephen und fürchtet, er könne wieder in den Traum zurückfallen.

»Er war der Mann, den du auf dem Bild gesehen hast, du darfst ihn nicht sterben lassen. Deine Träume müssen zur Vergangenheit passen.«

»Ich habe Angst.«

»Es wird alles gut werden, Kleiner«, sagt Josie und klammert sich an ihn. Sie zittert und atmet schwer.

Stephen fühlt, wie er eine Erektion bekommt. Er beruhigt sie, drückt sein Gesicht gegen das ihre und greift ihr an die Brust. Sie sagt, er solle dies lassen, aber sie stößt ihn nicht weg.

»Ich liebe dich«, sagt er und schiebt seine Hand unter ihren gestärkten Rock. Er kommt sich ungeschickt und lächerlich vor, als er den Mittelfinger endlich unter der Naht ihres eng sitzenden Schlüpfers durchgeschoben hat.

»Das ist nicht richtig«, flüstert sie keuchend.

Als Stephen sie küßt und ihre dicke Zunge in seinem Mund fühlt, beginnt er wieder zu träumen...

Stephen hielt inne, um sich ein paar Sekunden auszuruhen. Der Muselmann war wahnsinnig schwer. Ich kann nicht weiter, dachte Stephen; aber er beugte sich hinunter, packte den Muselmann bei der Jacke und zog ihn zu dem Wagen hin. Er warf einen Blick auf den Karren; er war gefüllt mit Kranken und Toten und Erschöpften. Es sah nicht anders aus als ein Karren voller Leichen, die für das Massengrab bestimmt waren.

Eine langgestreckte, graue Wolke verdeckte die Sonne, zog vorbei und zeichnete Schatten auf die verbrannten Hügel.

In einem jähen Impuls zog Stephen den Muselmann in eine Rinne hinter einigen Kalkfelsen. Warum mache ich das? fragte er sich. Wenn ich erwischt werde, bin ich auch nur noch Asche im Ofen. Ihm fiel ein, was Viktor ihm gesagt hatte: »Du mußt immerzu an dich selbst denken, sonst kannst du auch für keinen anderen eine Hilfe sein.«

Der Muselmann stöhnte, dann hob er schweratmend den Arm. Sein Gesicht war grau von Staub, und seine Augen waren glasig.

»Du mußt ruhig liegen bleiben«, flüsterte Stephen. »Gib keinen Laut von dir. Ich habe dich vor den Wachen versteckt, aber wenn sie dich hören, sind wir alle dran. Ein Laut, und du bist ein toter Mann. Du mußt um dein Leben kämpfen. Du bist in einem Todeslager, aber du mußt kämpfen, damit du später davon sprechen kannst.«

»Ich habe keine Familie, sie sind alle...«

Stephen legte rasch die Hand auf den Mund des Mannes und flüsterte: »Kämpfe, rede nicht! Wach auf, du kannst nicht den Tod überleben, wenn du schläfst.«

Der Mann nickte, und Stephen kroch aus der Rinne. Er half zwei Männern, einen großen Stein zum nächsten Karren zu schleppen.

»Was machst du da?« schrie eine Wache.

»Ich habe bloß diesen Männern bei dem Stein geholfen. Ich gehe jetzt an meinen Platz zurück.«

»Was, zum Teufel, machst du da?« fragte Viktor.

Stephen hatte ein Gefühl, als sei er vom Fieber ausgebrannt. Er wischte sich den Schweiß aus den Augen, aber immer noch war alles verschwommen.

»Du bist auch krank. Du kannst von Glück sagen, wenn du den Tag überlebst.«

»Ich überlebe«, sagte Stephen. »Aber ich will, daß du mir hilfst, ihn ins Lager zurückzubringen.«

»Ich möchte das nicht riskieren, nicht für einen Muselmann. Er ist schon so gut wie tot. Laß ihn.«

»So wie du mich hast liegenlassen?«

Ehe die Wachen aufmerksam wurden, begannen sie zu arbeiten. Obgleich Viktor älter war als Stephen, war er körperlich kräftiger. Er arbeitete jeden Tag schwer und bekam niemals eine der Krankheiten, die die Zahl der Barackenbelegschaft jeden Tag reduzierte. Stephen hatte eine Neigung zum Tod, wie Viktor es nannte und war oftmals krank.

Sie arbeiteten bis zur Dämmerung, bis die schrägen Strahlen der Sonne den Staub der Steinbrüche in einen Schleier verwandelten. Sogar die Wache hatte das Gefühl, daß dies eine ruhige Zeit sei, denn nun sammelten sie sich und sprachen im Flüsterton miteinander.

»Komm jetzt, hilf mir!« flüsterte Stephen Viktor zu. »Das habe ich schon den ganzen Tag getan«, sagte Viktor. »Ich werde genug Mühe haben, dich zum Lager zurückzubringen, und kann mich nicht auch noch um diesen Muselmann kümmern.«

»Wir können ihn nicht liegenlassen.«

»Warum kümmerst du dich so sehr um diesen Muselmann? Selbst wenn wir es schaffen, ihn ins Lager zurückzubringen, sind seine Chancen gleich Null. Ich weiß es, ich habe genug gesehen, ich weiß, wer eine Chance hat durchzukommen.«

»Diesmal irrst du dich«, sagte Stephen. Ihm war schwindlig, und er hatte Mühe, auf den Beinen zu bleiben. Es sieht so aus, als würde ich die Nacht nicht überleben, und Viktor weiß es, dachte er. »Ich hatte einen Traum, und ich habe das Gefühl, daß ich sterbe, wenn dieser Mann stirbt. Ich fühle es.«

»Hier lernen wir es, etwas auf unsere Träume zu geben«, sagte Viktor. »Sie haben genausoviel Bedeutung wie das...« Er machte die Geste des aufsteigenden Rauches und blickte zu den Öfen hinüber, die Feuer und schwarze Asche in den Himmel spieen.

Im Westen war der Himmel gelb, aber über den Öfen war er rot und purpurfarben und dunkelblau. Obgleich dieser Gedanke Stephen entsetzte: Darin lag eine makabre Schönheit. Sollte er überleben, er würde nie diese sinnlichen Wahrnehmungen vergessen, die stärker waren als alles, was er bisher erfahren hatte. So nahe am Tod lebte er zum erstenmal vielleicht wirklich. Im

Lager dachte man nicht an Selbstmord. Man haschte nach jedem Augenblick, man saugte sich am Leben fest wie ein Kind an der Mutterbrust, man lebte, als gäbe es keine Zukunft.

Die Wachen befahlen den Gefangenen anzutreten, es war Zeit, zu den Baracken zurückzumarschieren.

Während die anderen durcheinanderliefen, hoben Stephen und Viktor den Muselmann aus der Rinne. Die in der Nähe waren, versuchten, die Wachen abzulenken. Als sie abmarschierten, hielten Stephen und Viktor den Muselmann zwischen sich, denn er konnte kaum noch stehen.

»Los, los, du Toter, schlepp dein Gewicht selber!« sagte Viktor. »Bist du so tot, daß du mich nicht mehr hörst? Bist du schon so tot wie deine Familie?« Der Muselmann ächzte und zog die Beine nach. Viktor trat ihn. »Du wirst jetzt gehen, oder wir lassen dich hier liegen, daß die Wachen dich finden.«

»Laß ihn!« sagte Stephen.

»Bist du tot, oder hast du einen Namen?« fuhr Viktor fort.

»Berek«, stieß der Muselmann hervor. »Ich bin nicht tot.«

»Dann haben wir ein schönes Bett für dich«, sagte Viktor. »Du kannst noch eine Nacht den Gestank der Kranken riechen, ehe die Wachen dich selektieren.« Viktor machte die Geste des aufsteigenden Rauches.

Stephen starrte auf die Baracken vor ihnen. Sie schienen wie die aufsteigende Luft über dem Boden zu schwanken. Er zählte jeden Schritt. Bald würde er fallen, er konnte nicht mehr, er konnte den Muselmann nicht mehr schleppen.

Er begann, Englisch vor sich hinzumurmeln.

»Du sprichst ja wieder Amerikanisch«, sagte Viktor.

Stephen rüttelte sich selbst wach und setzte mühsam einen Fuß vor den anderen.

»Träumst du wieder von deiner amerikanischen Geliebten?«

»Ich kann nicht Englisch, und ich habe auch keine amerikanische Geliebte.«

»Wer ist dann diese Josie, von der du im Schlaf dauernd sprichst?«

»Warum hast du geschrien?« fragt Josie, während sie ihm das Gesicht mit einem feuchten Lappen abwäscht.

»Ich kann mich nicht entsinnen, geschrien zu haben«, sagt Stephen. Er entdeckt ein Fieberbläschen auf der Lippe. In der Erwartung, wieder die Kanüle in der Armbeuge zu sehen, hebt er die Hand.

»Du brauchst keine Infusion«, sagt Josie, »du hast nur ein bißchen Fieber. Dr. Volk hat ein neues Mittel verschrieben.«

»Wie spät ist es?« Stephen starrt an die Decke.

»Gleich drei. Ich gehe bald.«

»Dann habe ich den größten Teil des Tages verschlafen«, sagt Stephen, und er fühlt, wie etwas in ihm hochkriecht. Er fürchtet, daß der Traum ihn noch immer in den Fängen hat. »Kriege ich wieder einen Rückfall?«

»Es geht dir gut«, sagt Josie.

»Es soll mir jetzt gut gehen. Ich will nicht mehr träumen.«

»Hast du schon wieder geträumt? Erinnerst du dich nun an etwas?«

»Ich habe geträumt, daß ich den Muselmann gerettet habe«, sagt Stephen.

»Wie hat er geheißen?« fragt Josie.

»Berek, glaube ich. Ist das der Mann, den du kennst?«

Josie nickt, und Stephen lächelt ihr zu. »Vielleicht sind damit die Träume zu Ende«, sagt er, aber sie gibt keine Antwort. Er will die Fotografie nochmals sehen.

»Nicht jetzt«, sagt Josie.

»Aber ich muß sie sehen! Ich möchte sehen, ob ich mich selbst darauf erkennen kann!«

Stephen träumte, er sei tot, aber es war nur das Fieber. Viktor saß neben ihm auf dem Boden und beobachtete die anderen. Der Kranke stöhnte und weinte. Sie schliefen dicht beieinander auf den zusammengehauenen Gestellen, als ob ihnen die gegenseitige Nähe ein paar Stunden mehr Leben sicherte. Fahles Mondlicht schien die Baracke zu erfüllen.

Stephen erwachte, fiebernd. »Ich verbrenne«, flüsterte er Viktor zu.

»Wir haben deinen Muselmann hierher geschafft«, sagte Viktor. »Wenn er lebt, lebst auch du. Das hast du doch gesagt, oder nicht?«

»Ich weiß nicht mehr. Ich wußte nur, daß ich ihn nicht sterben lassen konnte.«

»Du schläfst jetzt besser wieder, du wirst deine Kraft noch brauchen. Sonst müssen wir morgen dich durch die Gegend schleppen.«

Stephen versuchte zu schlafen, aber das Fieber ließ Lichter und Flecken vor seinen Augen tanzen. Als er schließlich einschlief, träumte er von einem dunklen Land, das voller Edelsteine und großer Felsen aus Eis und Glas war.

»Was ist?« fragte Stephen und setzte sich jäh auf, erwacht aus dumpfschwarzen Träumen. Er schaute sich um und sah, daß alle auf Berek blickten, der am Ende des Raumes unter dem Fenster saß.

Berek sang sehr sanft das Kol Nidre. Es war das Yom Kippur-Gebet, das am heiligsten aller Tage gesungen wurde. Er wiederholte das Gebet dreimal und dann noch einmal mit lauterer Stimme. Die anderen antworteten und intonierten das Gebet als Rezitativ. Viktor weinte leise, und Stephen glaubte, daß der Heilige Geist Berek beseelte. Natürlich, sagte er sich, dieses Gesicht, diese blassen, blicklosen Augen waren die eines Toten. Die Geschichte des Golems fiel ihm ein, er schauderte, bemerkte, daß er selbst sang und im Fieber zuckte.

Als das Gebet zu Ende war, fiel Berek in seine Fiebertrance zurück. Die anderen schwiegen, und dann schliefen sie ein. Aber es war diese Nacht etwas Neues bei ihnen in der Baracke, ein fast augenfälliger Jubel. Stephen blickte auf die Schlafenden ringsum und dachte: Wir überleben, mehr tot als lebendig, aber wir leben...

»Du hattest recht, mit diesem Muselmann«, flüsterte Viktor, »es ist gut, daß wir ihn gerettet haben.«

»Vielleicht sollten wir uns zu ihm setzen«, sagte Stephen. »Er ist allein.« Aber Viktor war bereits eingeschlafen. Und Stephen fürchtete plötzlich, das heilige Feuer Bereks würde ihn verbrennen, wenn er sich neben ihn setzte.

Während Stephen durch Schlaf und Träume fiel, brannte sein Gesicht im Fieber.

Wieder wacht er schreiend auf.

»Josie«, sagt er. »Ich kann mich an den Traum erinnern, aber da ist noch etwas, das ich nicht sehen kann, etwas Schreckliches...«

»Reg dich nicht auf«, sagt Josie, »es ist nur das Fieber.« Aber sie sieht sorgenvoll aus, und Stephen ist sicher, daß sie etwas weiß, von dem er keine Ahnung hat.

»Erzähl mir, was mit Viktor und Berek passiert ist«, sagt Stephen. Er preßt die Hände gegeneinander, um das Zittern einzudämmen.

»Sie blieben am Leben, wie auch du leben wirst, und zwar ein anständiges Leben.«

Stephen beruhigt sich und erzählt ihr seinen Traum.

»Siehst du«, sagt sie, »du träumst sogar vom Überleben.«

»Ich verbrenne.«

»Dr. Volk sagt, daß es mit dir aufwärts geht.« Josie setzt sich neben ihn, und er beobachtet die Muster des Fiebers, die hinter seinen geschlossenen Augenlidern vorbeiziehen.

»Erzähl mir, was jetzt geschieht, Josie.«

»Es wird dir gutgehen.«

»Da ist noch etwas anderes...«

»Pst, schweig jetzt! Da ist nichts anderes.« Sie macht eine Pause und sagt dann: »Mr. Gregory wird dich heute abend wahrscheinlich besuchen. Er macht ein bißchen die Runde. Den ganzen Tag ist er schon mit seinem Rollstuhl herumgefahren. Er hat mir erzählt, daß ihr beide so eine Art Abkommen über die Verteilung der Schwestern getroffen habt.«

Stephen lächelt, öffnet die Augen und sagt: »Es war Mr. Gregorys Idee. Was fehlt ihm?«

»Nun, er hat Krebs, aber er weiß es nicht, und du mußt es für dich behalten. Sie haben ihm die Nerven im Bein durchtrennt, weil die Schmerzen nicht mehr zu dämpfen waren. Jetzt geht es ihm ganz gut, aber denk daran, du darfst ihm nicht sagen, was ich dir erzählt habe.«

»Wird er am Leben bleiben?« fragt Stephen. »Er hat mir von den Plänen erzählt, die er hat. Deshalb dachte ich, er glaubt, hier wieder herauszukommen.«

»Er hat nicht mehr lange zu leben, und der Arzt will ihm nicht den letzten Mut nehmen.«

»Ich meine, man sollte es ihm sagen.«

»Das kannst du nicht entscheiden und ich auch nicht.«

»Sterbe ich auch, Josie?«

»Nein«, sagt sie und berührt seinen Arm, um ihn zu beruhigen.

»Wie kann ich wissen, daß das die Wahrheit ist?«

»Weil ich es sage. Ich könnte dir nicht mehr in die Augen sehen und ruhig mit dir sprechen, wenn es nicht wahr wäre. Ich hätte es mir denken können, daß es ein Fehler war, dir etwas über Mr. Gregory zu erzählen.«

»Es war schon richtig«, sagt Stephen. »Ich werde es nicht mehr erwähnen. Jetzt, wo ich es weiß, fühle ich mich besser.«

»Glaubst du, du bist munter genug, um dich mit ihm heute abend zu unterhalten?«

Stephen nickt, obgleich er todmüde ist. Während er einschläft, lösen sich die Muster des Fiebers auf und lassen ein helles Feld zurück. Mit einem Ruck öffnet er die Augen: Er hat den Rand eines weiteren Traumes erreicht.

»Was ist mit dem Mann jenseits des Gangs geschehen, der immerzu geschrien hat?«

»Er ist nicht mehr auf der Station«, sagt Josie. »Mr. Gregory sollte sich beeilen, wenn er mit dir Karten spielen will. Sie bringen schon bald das Abendessen.«

»Du meinst, er ist gestorben, nicht wahr?«

»Ja, wenn du es unbedingt wissen willst, er ist gestorben. Aber du wirst leben.«

Aus dem Gang ist ein krachendes Geräusch zu hören. Irgend jemand schreit, und Josie rennt aus der Tür.

Stephen versucht wach zu bleiben, aber er wird in das kalte Land hineingezogen.

»Mr. Gregory ist hingefallen, als er versucht hat, allein in seinen Rollstuhl zu kommen«, sagt Josie. »Er hätte warten sollen, bis seine Schwester da war, aber sie war gerade nicht im Zimmer, und er wollte dich besuchen.«

Aber Stephen hört kein Wort mehr von dem, was sie sagt.

Es gab Betrieb in dem Lager, das kurz vor seiner Befreiung stand. Es war schon spät, aber niemand schlief. Die Schatten in den Baracken schienen länger als gewöhnlich.

»Es wäre besser für uns, wenn die Alliierten nicht kämen«, sagte Viktor zu Stephen.

»Warum sagst du so etwas?«

»Hast du noch nicht bemerkt, daß die Öfen Tag und Nacht in Betrieb sind? Die Nazis haben es eilig.«

»Ich versuche zu schlafen«, sagte Stephen.

»Schau dich um, sogar die Muselmänner sind aufgeregt«, sagte Viktor. »Die Tiere werden unruhig, wenn der Metzger kommt. Ich habe mit Tieren zu tun gehabt. Die Menschen sind gar nicht so anders.«

»Halt den Mund und laß mich schlafen!« sagte Stephen, und er träumte, er könne entfernten Kanonendonner hören.

»Achtung!« schrien die Wachen, als sie in die Baracken stürzten. Es waren mehr Wächter als gewöhnlich, und jeder von ihnen hatte zwei deutsche Schäferhunde dabei. »In einer Reihe aufstellen! Los! Beeilung!«

»Sie werden uns umbringen«, sagte Viktor, »dann werden sie das Lager evakuieren und sich selbst in Sicherheit bringen.«

Die Wachen führten die Gefangenen zum Nordabschnitt des Lagers. Obgleich es noch dunkel war, war es heiß und feucht, ohne eine Andeutung des morgendlichen Fröstelns. Die Öfen spien Feuer und färbten den Himmel rot. Alle waren ruhig, denn es war nichts zu tun. Die Wachen waren nervös und würden jeden niedermachen, der auch nur einen Laut von sich gab, als warnendes Beispiel für die anderen.

In einiger Entfernung konnte man das Donnern schwerer Geschütze hören. Wenn ich sterben muß, dachte Stephen, dann kann es auch jetzt gleich sein, und ich kann einen Nazi mitnehmen. Plötzlich brach all die unterdrückte Furcht, die Aggression, die Unterdrückung auf; sein Gesicht wurde heiß, und er hatte ein Gefühl, als schlüge sein Herz in der Kehle. Aber Stephen widersprach sich selbst. Es gab immer noch eine Chance. Einmal hatte er von einigen Frauen gehört, die bereits in der Reihe vor dem Ofen warteten; ohne ersichtlichen Grund hatten die Wachen sie zu den Baracken zurückgeschickt. Alles konnte geschehen. Es gab immer noch eine Chance. Doch ein Angriff auf einen Posten würde den sicheren Tod bedeuten.

Der Kanonendonner wurde lauter. Stephen war nicht sicher, aber er hatte den Eindruck, daß die Geräusche aus dem Westen kamen. Der Gedanke schoß ihm durch den Kopf, daß es am besten wäre, alle wären tot. Das würde die Kanonen, die schreienden Stimmen, die verkrampften Fäuste und die wild pochenden Herzen zur Ruhe bringen. Die Nazis sollten alle töten und dann auch sich selbst, als Segen für die Menschheit.

Die Wachen ließen die Gefangenen auf einem offenen Gelände halten, das auf drei Seiten von Wald eingeschlossen war. Es waren nur noch Augenblicke bis zum Sonnenaufgang; purpurschwarze Wolken trieben über den Himmel, grau angehaucht im Osten. Das versprach einen heißen Tag.

Walter, ein Judenratsympathisant, der für die Wachen arbeitete, gab Schaufeln ohne Stiele aus.

»Er ist wirklich schlimmer als die Nazis«, sagte Viktor leise zu Stephen.

»Der Judenrat will leben«, sagte Berek, »aber er wird als Jude genauso sterben wie wir anderen.«

»Jetzt, wo es zu spät ist, scheint der Muselmann wieder zu sich zu kommen«, sagte Viktor.

»Beeilung!« schrien die Wachen, »oder ihr verreckt jetzt gleich. Solange ihr grabt, solange lebt ihr noch.«

Stephen kauerte und begann mit der stiellosen Schaufel zu graben.

»Glaubst du, wir kommen davon?« winselte Berek.

»Halt's Maul und grab!« sagte Stephen. »Hier kommt keiner davon, also bleib am Leben solange du kannst. Hör auf zu winseln! Oder bist du wieder ein Muselmann geworden?« Stephen stellte fest, daß andere Gefangene Äste und Zweige sammelten. Dann haben die Nazis vor, uns zuzudecken, dachte er.

»Genug jetzt«, schrie einer der Wächter. »Legt die Schaufeln vor euch hin und stellt euch in einer Reihe auf.«

Die Gefangenen standen Schulter an Schulter am Rande des Massengrabes. Stephen stand zwischen Viktor und Berek. Einer schrie und rannte davon und wurde niedergeschossen.

Ich will die Bäume oder die Wachen oder meine Freunde nicht mehr sehen, dachte Stephen und starrte in die aufgehende Sonne. Ich will bloß noch die Sonne sehen, sie soll mir die Augen ausbrennen, sie soll meinen Kopf mit reinem Licht füllen. Er zitterte unkontrolliert, er bebte vor Angst.

Im Hintergrund brüllten die Kanonen.

Vielleicht werden die Wachen uns nicht umbringen, dachte Stephen, sogar noch, als er das Krachen ihrer Gewehre hörte. Männer schrien und bettelten um ihr Leben. Stephen wendete den Kopf, nur um zu sehen, wie einem anderen das Gesicht weggerissen wurde.

Schreiend, den Geschmack von Erbrochenem im Mund, fiel Stephen nach hinten und riß Viktor und Berek mit sich ins Grab.

Finsternis, dachte Stephen. Seine Augen waren geöffnet, doch es war dunkel. Ich muß tot sein, dies mußte der Tod sein . . .

Er konnte sich kaum bewegen. Leichen können sich nicht bewegen, dachte er. Irgend etwas strich über sein Gesicht. Er streckte die Zunge heraus und schmeckte etwas Bitteres. Stephen hob erst einen Arm, dann den anderen und schob einige Zweige zur Seite. Über sich konnte er ein paar schwache Sterne sehen; die Wolken wurden von einem Viertelmond angestrahlt.

Er berührte den Körper neben sich; er bewegte sich. Das muß Viktor sein, dachte er. »Viktor, bist du am Leben? Sag etwas, wenn du lebst«, flüsterte Stephen, als hätte er Angst, den Tod zu stören.

Viktor stöhnte und sagte: »Ja, ich lebe, und Berek auch.«

»Und die anderen?«

»Alle tot. Kannst du den Gestank nicht riechen? Aber du bist ja den ganzen Tag bewußtlos gewesen.«

»Sie können nicht alle tot sein«, sagte Stephen und weinte.

»Beruhige dich«, sagte Viktor und berührte Stephens Gesicht, um ihn zu beruhigen. »Wir leben, das ist doch schon etwas. Sie hätten ja auch noch eine Salve in die Grube abgeben können.«

»Ich dachte, ich wäre tot«, sagte Berek. Er war ein Schatten unter Schatten.

»Warum sind wir noch hier?« fragte Stephen.

»Wir sind hier geblieben, weil es am sichersten ist«, sagte Viktor.

»Aber sie sind doch alle tot«, flüsterte Stephen, erstaunt darüber, daß man in einem Grab sprechen und diskutieren konnte.

»Glaubst du, daß es jetzt sicher genug ist, hier herauszugehen?« fragte Berek an Viktor gewandt.

»Vielleicht, ich glaube, das Töten hat aufgehört. Jetzt haben die Amerikaner oder die Engländer oder sonst jemand das Lager übernommen. Ich habe Schüsse und Schreie gehört. Ich denke, es ist das beste, noch ein wenig zu warten.«

»Hier?« fragte Stephen. »Hier unter den Toten?«

»Hier ist man am sichersten.«

Es war später Nachmittag, als sie aus dem Grab kletterten. Die Luft war schwarz von Fliegen. Ihr Summen war gewaltig. Stephen sah die Leichen, die in verzerrten Stellungen unter der Decke aus Ästen und Zweigen lagen. »Wie kann ich bloß leben, wenn alle anderen tot sind?« fragte er sich selbst laut.

»Du lebst, das genügt«, erwiderte Viktor.

Sie hielten sich am Waldrand und tasteten sich vorsichtig zum Lager hin.

»Seht dort!« sagte Viktor und gab Stephen und Berek ein Zeichen, sich zu verbergen. Stephen konnte Lastwagen sehen, die sich auf das Lager zubewegten.

»Amerikaner«, flüsterte Berek.

»Wir brauchen jetzt nicht mehr zu flüstern«, sagte Stephen. »Wir sind gerettet.«

»Aber es könnten sich immer noch irgendwo Wächter versteckt haben«, sagte Viktor. »Ich habe nicht in einem Grab geschlafen, um jetzt noch erschossen zu werden.«

Sie gingen ins Lager durch eine breite Bresche im Stacheldrahtzaun, die von einem Artilleriegeschoß gerissen worden war. Als sie die Baracken erreichten, stießen sie auf Schwestern, Ärzte und Armeepersonal, das umherlief.

»Du kannst Englisch«, sagte Viktor zu Stephen, als sie an einigen Hütten vorbeigingen. »Du könntest doch für uns sprechen.«

»Ich habe dir doch schon gesagt, ich kann kein Englisch.«

»Aber ich habe es doch gehört.«

»He, wartet!« rief eine amerikanische Rotkreuzschwester. »Ihr geht falsch.« Sie war untersetzt und sprach perfekt Deutsch. »Ihr müßt euch erstmal in der Krankenbaracke melden! Sie ist da hinten.«

»Nein«, sagte Berek und schüttelte den Kopf. »Dahin möchte ich nicht gehen.«

»Ihr braucht doch jetzt keine Angst mehr zu haben«, sagte sie. »Ihr seid frei. Kommt mit, ich bringe euch zum Krankenhaus.«

Irgend etwas ist mir vertraut an ihr, dachte Stephen. Ihm wurde schwindlig, und alles wurde grau.

»Josie«, murmelte er, als er zusammensank.

»Was ist los?« fragt Josie. »Es ist alles gut. Josie ist hier.«

»Josie«, murmelt Stephen.

»Es ist alles gut.«

»Wie kann ich leben, wenn alle anderen tot sind?« fragt er.

»Es war ein Traum«, sagt sie und wischt ihm den Schweiß von der Stirn. »Siehst du, dein Fieber ist runtergegangen, und jetzt geht es aufwärts mit dir.«

»Wußtest du von dem Grab?«

»Alles ist vorbei, vergiß den Traum.«

»Wußtest du es?«

»Ja, sagt Josie. »Viktor hat mir erzählt, wie ihr das Grab überlebt habt, aber das ist lange her, zu einer Zeit, da du noch nicht einmal geboren warst. Dr. Volk hat mir gesagt, daß du bald nach Hause kannst.«

»Ich möchte nicht gehen, ich möchte hier bei dir bleiben.«

»Hör auf mit dem Unsinn, du hast noch das ganze Leben vor dir. Es dauert nicht lange, und dann wirst du das alles vergessen, und du wirst auch mich vergessen.«

»Josie, sagt Stephen, »laß mich noch einmal die alte Fotografie sehen. Nur noch einmal.«

»Aber denk daran, es ist das letzte Mal«, sagt sie und gibt ihm das vergilbte Foto.

Er erkennt Viktor und Berek, aber der junge Mann zwischen ihnen ist nicht Stephen. »Das bin ich ja gar nicht«, sagt er und ist sicher, daß er nie wieder in das Lager zurückkehren wird.

Doch immer noch hallen die Schüsse in seinem Gedächtnis nach.

THEODORE R. COGSWELL

Ihr kennt doch Willie

Theodore R. Cogswell, ein schon immer unterschätzter Verfasser von Science-fiction in den fünfziger Jahren, ist der Autor eines uneinheitlichen, aber mitunter erstaunlichen Werkes, das sich den verborgenen Strömungen seiner Zeit stärker annäherte als die meisten anderen. »Ihr kennt doch Willie« ist ein perfekter, sachlicher Alptraum mit einem Ende, das durch seine Untertreibung nachhallt und weitergeht, weitergeht, weitergeht . . .

In der alten Zeit hätte es kein Theater gegeben, weil Willie McCracken einen Neger erschossen hatte, aber jetzt war eben nicht mehr die gute alte Zeit. Der Richter saß schwitzend da und lauschte der Stimme aus der Landeshauptstadt, die aus dem Telefonhörer brüllte.

»Aber Sie können doch nicht 'n Weißen hängen, weil er 'n Nigger erschossen hat!«

»Wer hat denn was von hängen gesagt?« fragte die Stimme ungeduldig. »Ich möchte nur, daß die ganze Angelegenheit sauber aussieht, das ist alles. Also sehen Sie zu, daß Sie's nicht auf die Schnelle erledigen — nehmen Sie sich ruhig zwei Wochen Zeit, wenn's nötig ist.«

Der Richter nahm sich folgsam zwei Wochen Zeit. Es gab eine lange Parade von Zeugen der Verteidigung und eine ebenso lange für die Anklage, und während der ganzen Zeit saßen die Geschworenen, die vorher ordnungsgemäß instruiert worden waren, feierlich da, glücklich über eine Atempause von der heißen Sonne und den Feldern — und über das Bargeld, das sich für jeden von ihnen mit einer Geschwindigkeit von drei Dollar pro Tag anhäufte. Ein intelligenter junger Mann war aus der Hauptstadt gekommen, um alles zu überwachen, und das Ergebnis war, daß Willie McCrackens Verhandlung vorbildlich nach juristischen Verfahrensregeln ablief.

Die Anklage brachte so starke Punkte gegen Willie vor, wie sie nur konnte, ohne dabei jedoch solch nachteilige Beweise vorzulegen wie beispielsweise, daß die kleine Tankstelle, die der Tote eröffnet hatte, nachdem er von Korea zurückgekommen war, mit alarmierender Geschwindigkeit derjenigen, die Willie leitete, die Kunden wegnahm, oder daß es allgemein bekannt war, daß Willie der Dreifach Ehrwürdige Hexenmeister des örtlichen Kapitels der Ritter vom Flammenden Schwert war und dem Verstorbenen in dieser offiziellen Eigenschaft eine Woche gegeben hatte, um aus der Stadt zu verschwinden, andernfalls . . .

Es gab zwei wichtige Zeuginnen. Die eine war sehr alt und sehr schwarz, die andere war auch nicht mehr die allerjüngste, aber sie war wenigstens weiß. Die erste konnte man ohne weiteres als Hexe bezeichnen — obwohl es einen anderen, wohlklingenderen Namen für das gab, was sie war, in der vergessenen Stammessprache, die sie bei ihren Riten benutzte —, aber entgegen den alten Verfügungen war es ihr nicht nur gestattet worden zu leben, sondern sogar — in bescheidenem Umfang — ganz gut zu leben. Es gab wenige im Gerichtssaal, die nicht irgendwann einmal insgeheim von den Diensten Tante Hatties Gebrauch gemacht hätten. Und obwohl die meisten der Bitten sich auf verhältnismäßig harmlose Liebestränke oder schützende Amulette bezogen hatten, gab es genügend Leute, die sie mit düstereren Dingen im Kopf aufgesucht und so dazu beigetragen hatten, daß sie mit ungewöhnlicher Achtung behandelt wurde.

Tante Hattie war die älteste Einwohnerin der Stadt — es ging die Legende, daß sie bereits eine erwachsene Frau gewesen war, als Lincoln wie ein Räuber die Sklaven befreite — und der Tote war ihr einziger lebender Blutsverwandter gewesen.

Nachdem sie ordnungsgemäß vereidigt worden war, sagte sie aus, daß der Angeklagte, Willie McCracken, in ihre Hütte gekommen war, als sie gerade dabei war, das Essen fertigzumachen, nach dem Toten gefragt und ihm dann zwischen die Augen geschossen hatte, als er an die Tür kam.

Auf sie folgte Willies Frau, eine kleine rundliche Blondine in einem zu engen Kleid, die offensichtlich die Aufmerksamkeit, die man ihr entgegenbrachte, genoß. Sie beschwor ihrerseits, daß Willie zur fraglichen Zeit zu Hause mit ihr im Bett gewesen sei, wo er hingehörte. Aus dem Gesichtsausdruck der Geschworenen war klar zu entnehmen, daß sie dachten, er wäre ein verdammter Trottel gewesen, wenn er nicht dort gewesen wäre.

Acht Ritter vom Flammenden Schwert saßen um Willies Küchentisch. Willie zog einen Krug vom Boden zu sich heran, nahm einen langen Schluck und wischte sich den Mund nervös mit dem behaarten Handrücken ab. Er schaute zu dem verbeulten Wecker auf der Ablage über dem Waschbecken und hob dann wieder den Krug. Als er ihn absetzte, griff Peter Martin herüber und packte ihn.

»Kopf hoch, Junge«, meinte er, als er den Krug schüttelte, um festzustellen, wieviel noch drin war. »Solang wir hier sind, geht dir niemand an den Kragen.«

Willie zitterte. »Ihr habt sie nicht jede Nacht da draußen unter der Pappel hocken sehen wie ich.« Er griff nach dem Krug, aber Martin lachte und zog ihn weg.

»Wenn du die Finger vom Schnaps läßt, siehst du auch nicht jedesmal Tante Hattie, wenn du dich umdrehst. So wie du das Zeug seit der Verhandlung säufst, ist's 'n Wunder, daß du jetzt nicht schon Schlangen vom Tisch aufhebst.«

»Ich hab' sie aber gesehn, ich sag's euch«, entgegnete Willie trotzig. »Sechs Nächte hintereinander hab' ich sie jetzt schon da draußen unter dem Baum warten sehn, daß Vollmond wird, genauso deutlich, wie ich jetzt euch hier vor mir seh'.« Er griff wieder nach dem Krug, aber Martin stieß seine Hand weg.

»Du hast schon genug getrunken. Bleib ganz ruhig da sitzen. Ich will dir jetzt mal was sagen, Tante Hattie ist tot, und Jackson ist tot, und die sind alle zwei begraben, sechs Fuß unter der Erde. Ich kann dir's nicht verübeln, daß dir jetzt die Nerven flattern, nach dem, was sie im Gerichtssaal geschrien hat, bevor sie umgekippt ist, aber denk nur dran, daß es *den* Nigger noch nicht gibt, mit dem die Ritter nicht fertig werden, tot oder lebendig. Geh jetzt 'rauf und leg dich 'n bißchen aufs Ohr. Du bist doch fix und fertig. Ich glaub', du hast noch keine sechs Stunden richtig geschlafen, seit die Verhandlung 'rum ist. Glaubst du vielleicht, daß Winnie Mae sich deswegen die Nacht um die Ohren schlägt?«

Willie knetete seinen Glatzkopf mit seinen dicken Fingern.

»Ich kann ja doch nicht schlafen«, sagte er mit belegter Stimme. »Nicht, wenn die da draußen hockt. Sie hat gesagt, er kommt beim ersten Vollmond zurück, und er ist jetzt jede Nacht voller und voller geworden.«

»Wenn er zurückkommt, geben wir's ihm schon, Willie«, sagte Martin mit beruhigender Stimme. »Mach jetzt, was ich dir gesagt hab'. Der Mond geht erst in gut zwei Stunden auf. Geh und schlaf 'n bißchen; wir rufen dich dann schon rechtzeitig.«

Willie zögerte, stand dann doch auf und polterte die Treppe hinauf. Er war so müde, daß er über seine eigenen Füße stolperte. Sobald er in dem dunklen Schlafzimmer war, zog er seine Kleider aus und warf sich auf das Messingbett neben Winnie Mae. Er versuchte wachzubleiben, aber er schaffte es nicht. Schon nach einem Augenblick vermischte sich sein schweres Schnarchen mit ihrem schwächeren.

Der Mond schien hell ins Zimmer, als Willie aufwachte. Sie hatten ihn nicht gerufen! Unten aus der Küche hörte er Stimmengemurmel und dann betrunkenes Gelächter. Langsam, wie hypnotisiert, schwang er seine feisten Beine über die Bettkante und stolperte zum Fenster. Er versuchte, nicht hinunterzuschauen, aber es gelang ihm nicht. Sie würde da sein, unter der alten Pappel hocken, eine kleine, verschrumpelte, schwarze Mumie, die wartete ... wartete ... wartete ...

Willie preßte plötzlich die Knöchel gegen seine Augen, rieb heftig und schaute dann wieder. Da unten war nichts! Nichts. Wo der dicke alte Stamm in den Boden hineinwuchs — nichts außer einem Büschel staubiger Quecken. Er stand zitternd da und starrte hinunter auf den mit Abfällen übersäten Hof, als ob er das Schönste wäre, was er jemals gesehen hatte. Es lag etwas Heilsames in der ruhigen Flut des Mondlichts. Der harte Knoten, den er in seinem Kopf herumgeschleppt hatte, löste sich, und er fühlte sich wieder jung und stark. Er hätte am liebsten geschrien, wäre am liebsten im Zimmer herumgetollt.

Winnie Mae murmelte etwas im Schlaf, und er drehte sich um und warf einen Blick auf sie. Ihr dünnes Baumwollnachthemd hatte sich unter ihren Armen zusammengeknäult, sie lag mit gespreizten Beinen da, und der rundliche Körper schimmerte weiß im Mondlicht. Sie jammerte, als sie sich mühselig aus dem

Schlaf hochrappelte und schloß dann die Arme um den schweren Körper, der sich auf sie preßte. »Denk an mich«, flüsterte er, »ich bin Willie. Du kennst doch Willie.«

Sie kicherte und zog ihn fester an sich heran. Ihr Atem begann schneller zu werden, und ihre Finger kratzten ihm den Rücken auf. Während sie sich unter ihm wand, wanderte ihre Hand höher, über seine Schultern, seinen Nacken...

Unter ihm kam es plötzlich zur Explosion, und ein hoher Schrei des Entsetzens war zu hören. Willie fuhr zurück, als ihre Nägel über sein Gesicht kratzten; und dann fühlte er einen plötzlichen stechenden Schmerz, als sie ihr Knie hochstieß. Er taumelte vom Bett weg, die Hände vor das blutende Gesicht geschlagen.

Seine Hände! Die Zeit kam zu einem alptraumhaften Stillstand, als seine Finger ihm eine Botschaft schickten, die durch seine Nervenenden pulsierte — daß nämlich auf seinem kahlen Kopf irgendwie ein dichter Schopf gekräuselten Haares gesprossen war. Er riß die Hände herunter und hielt sie vor sich. Das frische Blut war schwarz im Mondlicht, und nicht nur das Blut. Er wirbelte zu dem zersprungenen Spiegel herum und sah sich zum erstenmal. Der schwabbelige Körper mit dem Hängebauch war verschwunden. An seiner Stelle stand da der Körper eines dunkelhäutigen Fremden... und doch nicht fremden.

Seine Finger glitten über seine Stirn auf der Suche nach einer kleinen roten Schußwunde, die nicht mehr da war. Und dann fing die Zeit wieder an voranzueilen. Winnie Maes Schreien ging immer weiter, und er hörte, wie schwere Schritte die Treppe von der Küche heraufstrampelten. Er versuchte, das alles zu erklären, aber in seiner Stimme lag eine neue Sanftheit, die seine stammelnden Worte Lügen strafte. Als die Tür aufsprang, stand er einen Augenblick mit bittend ausgestreckten Armen da.

»Nein«, wimmerte er. »Ich bin Willie. Ihr kennt doch Willie.«

Als sie langsam aus dem Schatten herauskamen, brach er aus. Er ging langsam einen Schritt zurück und dann zwei, und dann, als er den niedrigen Sims an seinen Waden spürte, drehte er sich um und stürzte aus dem Fenster auf das abgeschrägte Dach. Als er auf dem Boden ankam, versuchte er wieder zu erklären, aber irgend jemand erinnerte sich an seine Waffe.

Willie, wie er früher gewesen war, wäre schon nach einer Meile in die Enge getrieben worden, aber sein neuer geschmeidiger Körper trug ihn ohne jede Anstrengung durch die Nacht. Wenn die Hunde nicht gewesen wären, wäre er vielleicht entkommen.

Irgend jemand hatte ein Kartenspiel dabei, und sie zogen alle eine Karte. Pete Martin zog die niedrigste, deshalb mußte er zurückgehen und das Benzin holen.

C. M. KORNBLUTH

Der Gedankenschmarotzer

Der verstorbene Cyril M. Kornbluth hat in seinem allzu kurzen Leben viele hervorragende Geschichten geschrieben. Einige sind bittersüß, andere ernsthaft und anspruchsvoll, manche satirisch und ein paar — wie die für diesen Band ausgewählte — grauenerregend. Keine ist jedoch lustig — Kornbluth war in dem, was er geschrieben hat, nie lustig.
Der Vampir gehört zu den Geschöpfen des Grauens, denen die meiste Ehre zuteil geworden ist, aber in der gesamten Literatur existierte bisher kein solches Geschöpf wie ›Der Gedankenschmarotzer‹.

Der gutaussehende Fähnrich und die hübsche Krankenschwester wehrten sich so lange dagegen, wie man es angemessenerweise erwarten konnte, aber das blaue Wasser des Pazifik, die trägen tropischen Nächte, das niedrige, verträumte Atoll am Horizont — und die Tatsache, daß keine anderen netten jungen Leute da waren, die ihnen auf dem kleinen, unbequemen Beiboot Gesellschaft leisten konnten, taten das ihrige. Am 30. Juni beobachteten sie durch die abgedunkelten Gläser, wie das glänzende Ding über dem Geschwader und dem Atoll explodierte. Erregt und voller Grauen griffen ihre gepflegten Hände nach seinem Arm. Eine nicht spürbare Strahlung rieselte durch ihre Lenden.

Ein drittklassiger Geschäftsinhaber namens Bielaski beobachtete das junge Pärchen mit mehr Interesse, als er dem Test ›Abel‹ entgegenbrachte. Schließlich hatte er noch 25 Dollar Einsatz auf die Krankenschwester ausstehen. In jener Nacht verlor er dieses Geld an den Maat eines Hauptbootsmannes, der auf den Fähnrich gesetzt hatte.

Im Laufe der Zeit wurde die leichtsinnige Krankenschwester unter ganz und gar nicht ehrenhaften Umständen entlassen. Der Fähnrich, der nicht gerne etwas schriftlich machte, rief sie die ganze Strecke von Manila aus an, um ihr zu sagen, daß das eine verdammte Schande sei. Als ihre Dankbarkeit in genaueres Nachfragen überging, brach die Überseeleitung zusammen, und er mußte auflegen.

Sie bekam ein Kind, einen Jungen, übergab ihn dem Findelhaus, verschwand aus seinem Leben, hatte eine Reihe guter Jobs und heiratete schließlich.

Der Junge wuchs heran, dumm, schwächlich und störrisch, gierig und unglücklich. Zu dem lustigen jungen Sportlehrer des Heims sagte er ganz unvermittelt: »Sie hassen mich. Sie glauben, ich blamiere die übrigen Jungs.«

Der Sportlehrer brach in brüllendes Gelächter aus und erzählte später dem Arzt beim Kaffee: »Ich seh' mich bei den Jungs vor. Sie sind auf Draht — sie fangen einen Blick oder eine Geste auf, und es ist für sie wie ein Schlag ins Gesicht; ich weiß das, deshalb seh' ich mich vor. Woher hat er es also gewußt?«

Der Arzt sagte zu dem Jungen: »Drei Pfund mehr in diesem Monat ist nicht schlecht, aber wie wär's, wenn du *jeden* Tag tüchtig reinhaust und deinen Teller leerputzt. Kannst schließlich nicht von Fleisch und Wasser leben; das Gemüse, das macht groß und stark.«

Der Junge sagte: »Was ist 'n ›neurasthenisch‹?«

Der Arzt sagte später zu dem Leiter: »Ich habe eine Gänsehaut bekommen. Ich schaute mir diesen kleinen, spindeldürren Körper an und verpaßte ihm den alten aufmunternden Quatsch von wegen groß und stark werden, und in Gedanken sagte ich nur: ›Den hätten wir früher als neurasthenisch bezeichnet‹, und schon kommt er damit raus. Was sollen wir machen? Sollen wir überhaupt was machen? Vielleicht gibt sich das wieder. Ich versteh' nichts von solchen Dingen. Ich weiß nicht, ob überhaupt jemand was davon versteht.«

»Kann wohl Gedanken lesen, hm?« fragte der Leiter. *Soll verdammt sein, wenn er meine Gedanken über die zehn Prozent vom ›Schultz Meat Market‹ lesen kann.* »Doktor, ich glaub, ich geh' dieses Jahr ziemlich früh in Urlaub. Hat jemand Interesse daran gezeigt, das Kind zu adoptieren?«

»Nicht an ihm. Er war schon kein hübsches Püppchen, als wir

ihn gekriegt haben, und zur Zeit sieht der Junge ungewöhnlich häßlich aus. Sie wissen doch, daß den Leuten außer dem Aussehen alles piepegal ist.«

»*Einige* Paare würden alles nehmen, so sagt man wenigstens.«

»Als Pflegeeltern abgelehnt, meinen Sie die?«

»Der Papierkrieg und willkürliche Anordnungen engen uns manchmal bei unseren Adoptionen zu stark ein.«

»Wenn Sie ihn an irgendein verrücktes Paar abgeben wollen, das die Gerichte als ungeeignet abgelehnt haben, will ich damit nichts zu tun haben.«

»Sie brauchen absolut nichts damit zu tun zu haben, Doktor. Übrigens, in welchem Schlafsaal liegt er?«

»In dem im Westen«, knurrte der Arzt und verließ das Büro.

Der Leiter rief einige Freunde zusammen — einen Richter, ein Ehepaar, an das ihn der Richter verwiesen hatte, und einen Protokollführer. Dann verließ er durch den Ostflügel das Gebäude.

Der Junge hielt es drei Monate bei den Berrymans aus. Mimi, eine starke Trinkerin, liebkoste und schimpfte abwechselnd mit ihm; Edward W. versuchte, ein prima Kerl zu sein, verlor allmählich das Interesse und behandelte ihn schließlich wie Luft. Im Juni landete er auf der Straße und schlug sich eine Zeitlang so durch. Er trug eine Pfadfinderuniform, und Pfadfinder können überall und zu jeder Zeit auftauchen. Das Geld, das er mitgenommen hatte, reichte einen Monat. Drei Tage, nachdem er den letzten Penny vom letzten Dollar ausgegeben hatte, trieb er sich in einer Prärie in Nebraska herum. Er hatte die letzte kleine Stadt verlassen, weil der Polizist anfing, sich zu fragen, warum in aller Welt er da herumlungerte und wohin er denn gehörte. Die Stadt war meilenweit entfernt; die Autos, die ab und zu vorbeifuhren, hielten nicht an.

Vor ihm lag einer der ›Flüsse‹ Nebraskas — zu dieser Jahreszeit völlig ausgetrocknet, unter dem ein Eisenbahntunnel hindurchführte. In ihrem Schatten saßen einige Männer, und er war hungrig.

Es waren abstoßende, dreckige Männer, und ihre Gedanken waren verworren und dumm. Sie nannten ihn ›Winzling‹ und gaben ihm ein bißchen schmutziges Brot und ein paar stinkende

Sardinen aus der Dose. Die Gedanken von einem von ihnen wurden klarer und gemeiner. Er sprach mit den übrigen, ohne daß der Junge sie verstehen konnte, und sie bogen sich vor Lachen. Der Junge wollte weglaufen, aber seine Beine trugen ihn nicht mehr.

Er konnte ganz deutlich die Gedanken der Männer lesen, als sie auf ihn zukamen. Empörung, Angst und Ekel verschmolzen in ihm und schlugen irgendwie von innen nach außen um, und einer der Männer lag plötzlich tot auf dem trockenen Boden, und Heuschrecken hüpften auf seinem Flanellhemd herum, und die anderen wichen zurück — jetzt selbst erschreckt, nicht Schrecken verbreitend.

Er war nun nicht mehr hungrig; er fühlte sich satt und zufrieden. Er stand auf und ging auf die anderen Männer zu; die rannten weg. Der letzte von ihnen dachte: *Gott, der hat den bösen Blick, hab'n doch nur . . .*

Wiederum ließ der Junge die Gedanken in seinen Kopf strömen, und wiederum umschloß er sie schnell mit seinen eigenen Gedanken; es war ganz leicht. Es war anders — der Schrecken dieses Mannes und die lüsterne Ewartung des anderen. Aber beide erfüllten ihren Zweck . . .

In aller Ruhe raubte er den Leichen drei Dollar und vierundzwanzig Cents.

Danach eilte ihm sein Ruhm wie ein Todeswind voraus. Zwei Jahre war er unterwegs, und er entwickelte sich und nährte sich von den langweiligen und blöden Gedanken derer, die ihm begegneten. Er zog in die Städte im Norden, hier ein Jahr, dort ein Jahr, ruhig, unauffällig, vorsichtig — ein Genießer.

Sebastian Long wachte plötzlich auf; irgend etwas beschäftigte ihn. Als sich der nächtliche Nebel verzog, erinnerte er sich vergnügt. Heute würde er mit der Demeter-Schale anfangen. Endlich hatte er Zeit, und endlich hatte er Geld — 623 Dollar auf der Bank. Den Abend zuvor hatte er die drei Dutzend Cocktailgläser, in die er Mrs. Klausmans Initialen eingraviert hatte, verpackt und auf die Post gebracht — sein letzter Auftrag für all die Monate, die die Schale in Anspruch nehmen würde.

Er tauschte das Nachthemd gegen Jeans, trank hastig einen

Kaffee, kochte sich ein Ei, war aber zu aufgeregt, um es zu essen. Er ging in den vorderen Teil seines Geschäfts-Werk-Wohnraums, sah nach dem Schloß, winkte den Nachbarskindern auf ihrem Weg zur Schule zu und stellte feierlich ein Schild in das vollgestopfte Fenster.

Darauf stand: NEHME BIS AUF WEITERES KEINE AUFTRÄGE AN.

Aus einem Schrank holte er liebevoll einen verhüllten Gegenstand — er brauchte beide Hände dazu — legte ihn auf die Werkbank und enthüllte ihn vorsichtig. Eine Glasschale kam zum Vorschein — aber *was für eine* Glasschale! Das klarste schwedische Bleiglas, der reinste Schliff, den er je gesehen hatte, sein heimlicher Schatz seit dem verrückten Tag, als er die Schale gekauft hatte, vor langer Zeit, für das Einkommen von sechs Monaten. Seine Frau hatte ihm deswegen bis zum Tage ihres Todes die Hölle heiß gemacht. Aus dem Schrank holte er eine Mappe mit Skizzen und Zeichnungen, die bis zu dem Tag zurückreichten, an dem er die Schale gekauft hatte. Er lächelte über die erste, die er aufgeregt hingekritzelt hatte — ein schwülstiger Rokoko-Entwurf, der nicht zu dem klassischen Schliff und der klaren Ruhe des vollkommenen Glases paßte.

Jahrelang und auf Hunderten von Skizzen hatte er seinen Entwurf bis zu dem Punkt verfeinert, wo dieser, wie Sebastian Long bescheiden glaubte, dem Stoff nicht unangemessen war. Eine kräftig geformte Demeter sollte das Stück dominieren, eine Matrone so klar und ruhig wie das Glas, und alle Früchte der Erde würden sich aus ihren ausgestreckten Armen ergießen.

Vergnügt fing er an zu arbeiten. Mit einer Kerze schwärzte er einen ovalen Bereich außen auf der Schale leicht ein. Mit zwei Fingern drückte er die Demeter-Zeichnung gegen die schwarze Kohle; mit einer haarfeinen Nadel in der anderen Hand zog er ihre Linien nach. Als Sebastian Long den Entwurf übertragen hatte, bereitete er seine Drehbank vor. Er setzte ein kleines Kupferrad — leicht abgenutzt, so wie er sie gern hatte — in das Spannfutter ein und trug mit den Fingern das zarteste Rouge aus Rouen auf. Er nahm einen Aschenbecher, der bei der Lieferung einen Sprung bekommen hatte, und hielt ihn gegen die sich drehende Scheibe. Sie fraß sich problemlos hinein, rief dabei ein leicht kratzendes Gefühl hervor, das genau richtig war. Nachdem er seine Hände ausgestreckt und gesehen hatte, daß die Finger nicht vor Aufregung zitterten, setzte er die große Schale behutsam auf die Drehbank und war gerade dabei, den ersten von Millionen winziger Schnitte, die in das Meisterwerk eingehen würden, zu machen.

Jemand klopfte an die Tür und rüttelte am Türgriff.

Sebastian Long bewegte sich nicht und schaute auch nicht zur Tür. Dieser Übereifrige würde das Schild schon sehen und weggehen. Aber das Klopfen und Rütteln ging weiter. Er stellte die Schale vorsichtig hin, ging wütend zum Fenster, hob das Schild hoch und schwenkte es dem draußen, wer es auch immer sein mochte, entgegen — er konnte das Gesicht nicht sehr gut erkennen. Aber der Schwachkopf wollte einfach nicht gehen.

Der Graveur schloß die Tür auf, öffnete sie einen Spalt und schnauzte den Mann an: »Der Laden ist geschlossen. Ich nehme in den nächsten Monaten keine Aufträge mehr an. Belästigen Sie mich jetzt bitte nicht.«

»Ich komme wegen der Demeter-Schale«, sagte der Störenfried.

Sebastian Long starrte ihn an. »Was, zum Teufel, wissen Sie über meine Demeter-Schale?« Er sah, daß der Mann ein Fremder war, ein bißchen kleiner als normal, in mittlerem Alter . . .

»Lassen Sie mich bitte herein«, bat der Mann eindringlich. »Es ist wichtig. Bitte!«

»Ich weiß nicht, wovon Sie reden«, sagte der Graveur. »Aber was wissen Sie über meine Demeter-Schale?« Er hakte seinen Daumen herausfordernd am Hosenbund der Jeans ein und sah den Fremden finster an. Der Fremde nutzte es sofort aus, daß Sebastian seine Hand von der Klinke genommen hatte, und schlüpfte hinein.

Sebastian Long dachte kurz, es sei ein Alptraum, als der Mann in seinem Laden herumflitzte, sich eine Graviernadel griff und sie auf den Boden warf, sich ein Gravierrädchen griff und es auf den Boden warf. »Also hören Sie mal!« brüllte er, als sich der Fremde einen verstellbaren Schraubenschlüssel griff, den er nicht zu Boden warf.

Als Long sich auf ihn stürzen wollte, flitzte der Fremde zur

Werkbank und zerschmetterte mit einem Schraubenschlüssel die Schale.

Sebastian Longs Herz brach vor Trauer und Wut; ein Strom von Gefühlen, wie er sie noch nie erlebt hatte, durchbrauste ihn. Gelähmt sah er, wie der Fremde erwartungsvoll lächelte.

Die Beine des Graveurs klappten unter ihm zusammen, und er fiel zu Boden, ausgesaugt und tot.

Der Gedankenschmarotzer, im Schlafzimmer vorne in seinem Sandsteinhaus eingeschlossen, lächelte wieder in der Erinnerung daran.

Lächelnd kreuzte er auch diesen Tag auf einem Wandkalender an.

»Dolores!« schrie ihre Mutter auf spanisch. »Willst du etwa den ganze Tag da drin verbringen?«

Sie hatte im Badezimmerspiegel geübt, mit gesenkten Wimpern und sexy zu lächeln wie Laureen Bacall. Sie stürzte heraus und schrie auf englisch: »Ich weiß nicht, wie oft ich dir noch sagen muß, daß du mich nicht mit diesem Bastard-Namen anreden sollst, nie mehr!«

»Dolly!« spottete ihre Mutter. »Dol-ly! Hat's vielleicht je eine heilige Dolly gegeben, nach der du dich nennen kannst, hm?«

Das Mädchen schrie ihrer Mutter irgendeinen ordinären Ausdruck auf spanisch zu und rannte die Treppe des Mietshauses hinunter. Mensch, bestimmt wieder mal zu spät dran!

Als sie von einer Autoschlange zwischen sich und der Straßenbahn aufgehalten wurde und ungeduldig auf-und-abtänzelte, geschah das Wunder. Genau wie im Film hielt ein großes Kabriolett vor ihr, und der lässig dasitzende Fahrer sagte, indem er die Tür öffnete: »Sie scheinen in Eile zu sein. Kann ich Sie irgendwo absetzen?«

Zwar verwirrt, daß hundert Träume plötzlich Wirklichkeit wurden, vergaß sie doch nicht, dem Fahrer zuzulächeln, mit gesenkten Wimpern und sexy, während sie „Aber sicher, *danke!*« murmelte und einstieg. Er war nicht unbedingt Cary Grant, aber sein Haar sah genauso aus . . . eigentlich klein, aber das war sie auch, und das Kabriolett hatte *Schonbezüge aus Leopardenfell!*

Das Auto ordnete sich in den Verkehrsstrom ein und surrte den Boulevard hinunter. »Ein wunderschöner Tag«, sagte sie. »Eigentlich zu schön, um zu arbeiten.«

Der Fahrer lächelte schüchtern, ungefähr so wie Jimmy Steward, auch wenn er natürlich nicht so groß war, und sagte: »Ich hab' auch Lust blauzumachen. Wie wär's mit einer Spritztour nach Long Island?«

»Wäre phantastisch!« Das Kabriolett fegte nach links in eine Straße mit einer ungeraden Nummer.

»Blaumachen, sagten Sie. Was machen Sie von Beruf?«

»Bin in der Werbebranche.«

Werbebranche! Dolly hätte sich jetzt dafür ohrfeigen können, daß sie jemals Zweifel gehabt hatte, daß sie jemals in Augenblikken der Niedergeschlagenheit, wenn sie sich selbst verabscheute, geglaubt hatte, es würde nicht klappen, sie würde einen Kaufmann oder Mechaniker heiraten und auf ewig in einem übelriechenden Mietshaus wohnen und alt und krank und krumm werden. In ihrer glücklichen Verwirrung hatte sie das undeutliche Gefühl, es wäre vielleicht toller gewesen, sie hätte ihn zufällig in einen Teich oder sonstwohin gestoßen, aber das hier war toll genug. Ein Mann aus der Werbebranche, Schonbezüge aus Leopardenfell ... was sonst konnte sich ein Mädchen mit einem sexy Lächeln und einer hübschen kleinen Figur wünschen? Als sie am Südufer entlangbrausten, erfuhr sie, daß er Michael Brent hieß, ganz so, wie es sein sollte. Sie wünschte sich, sie hätte ihm sagen können, sie sei Jennifer Brown oder irgendso einen wirklich tollen Namen, wie man sie heutzutage hatte, aber sie war beruhigt, als er ihr sagte, er meine, Dolly Gonzales sei ein wundervoller Name. Er fügte nicht — und sie bemerkte dies sehr wohl —, hinzu: »Das ist der wundervollste Name, den ich je gehört habe!« Das, so beruhigte sie sich in Gedanken, als sie es sich auf den Polstern bequem machte, würde später noch kommen.

Sie hielten in Medford an, um zu essen, ein wundervolles Essen in einem kleinen Restaurant, zu dem man einige Stufen hinunterstieg und wo Kerzen auf dem Tisch standen. Sie nannte ihn »Michael«, und er nannte sie »Dolly«. Sie erfuhr, daß er dunkelhaarige Mädchen mochte, daß er glaubte, die Geschichten in

True Story seien wirklich wahr, und daß er glaubte, sie sei groß genug und Greer Garson sei wundervoll, aber anders, als sie es sei, und daß er glaubte, ihr Kleid sei einfach wundervoll.

Hinter Medford fuhren sie langsamer, und Michael Brent redete die meiste Zeit. Er hatte die ganze Welt durchreist. Er war im Krieg gewesen und verwundet worden — nur eine Fleischwunde. Er war achtunddreißig und einmal verheiratet gewesen, aber sie war gestorben. Sie hatten keine Kinder gehabt. Er war allein auf dieser Welt. Er hatte niemanden, der, wenn er einmal fünfzig war, sein Reihenhaus in der Stadt, sein Landhaus in Westchester, seine Hütte in den Wäldern mit ihm teilen würde. Jedes Wort ließ das Mädchen immer höher auf einer Woge des Glücks schwimmen; die Zeichen waren nicht zu verkennen.

Als sie Montauk Point erreichten, das letzte sandige Stück Kontinent vor dem blauen Wasser und Europa, ging gerade die Sonne unter, und ein großes, zerknittertes Tuch aus Purpur und Rosa breitete sich über den halben Himmel, und die ersten Sterne erschienen über dem dunklen Horizont des Wassers.

Die beiden ließen den Wagen stehen und liefen an den Strand, allein, eingetaucht in prächtiges Technicolor. Ihr Herz platzte fast vor Freude, als sie Michael Brent sagen hörte, während er sie mit seinen Armen umschloß: »Liebling, willst du mich heiraten?«

»Aber *ja,* Michael!« hauchte sie und starb.

Der Gedankenschmarotzer döste vor sich hin, als er plötzlich den scharfen Stachel der Gefahr spürte. Er warf suchend seine Gedankensauger aus, durchkämmte mit ihnen die große Stadt:

». . . .sterbe, wenn sie mich nicht läßt . . .«

». . . sechs un' sechs is' zwölf eins gemerkt un' drei is' vier . . .«

». . . schmatzschmatz madre de dios pero soy schmatzschmatz . . .«

». . . wett' auf Domino und Missab und setz' alles auf Duchess Peg im Hauptrennen . . .«

». . . Harz schmelzen das Silberchlorid hinzufügen und in Lavendelöl auflösen stehenlassen und abgießen, erhitzen zu einem Kegel null zwölf gibt Ihren Wänden strahlenden Glanz . . .«

». . . verfluchter Blödmann schmatzschmatz wollt' 'm d' Augen auskratzn wassislos mit 'm . . .«

»... O Gott ich bedaure von Herzen wider Dich gesündigt zu haben, indem ich ...«

»... redet daher wie 'n Roter...«

»... schmatzschmatzschmatz zwo Dollar fünf 'n' zwanzig Tsents schmatz ...«

»... nur 'n Schluck und füll's auf mit Wasser und putz' mir die Zähne ...«

»... wissen eigentlich, daß ich Gott bin fürchten sich aber ihre Sünden zu bekennen ...«

»... dreckiger lausiger dick-köpfiger klauen-händiger watschel-füßiger glotz-äugiger rotz-nasiger buckel-rückiger schwach-sinniger dick-bäuchiger Sohn einer ...«

»... schreib' an die Wand Alfi is 'n Stinka und dann ...«

»... meint ich glaub es ist 'n Fernseher aber ich weiß er hat 'ne Bombe da drin aber wem kann ich's sagen wer kann da helfen so allein ...«

»... schwatz was ich weiß nicht schwatz geh bei Broadwei schwatz ...«

»... habt mein daughter Rosie such a fella schmatzschmatz ...«

»... frag mich ob's der nicht zurückgeschaut hat ...«

»... mit ihr im Restaurant in Medford gesehen ...«

Der Gedankenschmarotzer saugte sich in diesen Gedanken.

»... keine Verletzung zu finden aber die Gerichtsmedizin hat schon öfter unrecht gehabt und Herzversagen will sowieso nichts heißen versuch mit ihrer Alten zu reden genehmige eine Obduktion schnapp mir Pancho der Kleine spricht Spanisch wird's beste sein ...«

Der Gedankenschmarotzer wußte, daß er wieder weiter mußte — bald. Es tat ihm leid; einige der Gedanken, die er angezapft hatte, versprachen eine gute ... Jagd?

Voller Bedauern warf er wieder sein Netz aus:

»... unter Chartreuse-Drinks verstehe ich Drauben könnt' 'n Drink vertragen wenn ich mir's so überlege ...«

»riep-biep-riep-biep riepedi-biepedi-biep bop Mann was für 'n Beat ...«

»$(\Delta^2\Psi_n + 8x\pi^2 M/H^2 E_n + \frac{E^2 Z}{r})\Psi_n = 0$« *Was, zum Teufel, war das?*

Der Gedankenschmarotzer zog sich hastig zurück. Diese Intelligenz war gewaltig; der Strom in ihr überlagerte die Gedanken eines energischen Erwachsenen. Er hatte an gewissen gefährlichen Kindern gelernt, daß ein gleichmäßiger Strom Gefahren barg. Verunsichert und erschreckt faßte er eine Reise ins Auge. Er würde mehr brauchen, als dieses unglückliche Mädchen geliefert hatte, und es würde nicht gerade epikureisch sein. Er würde keine Zeit haben, Personen in einer ausgereiften emotionalen Krise zu finden oder sie in eine solche hineinzumanövrieren. Es würde nur einfaches Schmatzen sein. Der Gedankenschmarotzer trank ein Glas Wasser, das sein Stoffwechsel ebenfalls benötigte.

ACHT TOTE IN
VORORTKINO GEFUNDEN:
»WÜSTLING« GESUCHT

Am Mittwochabend wurden acht Personen, darunter drei Frauen, auf weit auseinanderliegenden Balkonplätzen des Odeon-Theaters Ecke 117. Straße/Broadway tot aufgefunden. Die Todesursache konnte bisher nicht geklärt werden. Die Polizei sucht einen Mann, der sich laut Aussage des Platzanweisers Michael Fenelly (18) verhielt, als wolle er »Frauen belästigen«.

Fenelly entdeckte die erste Tote, nachdem er beobachtet hatte, »wie der Mann mehrere Male von einem leeren Sitz zum anderen wechselte«. Er wollte eine Frau auf einem Sitz neben einem derjenigen, die der Mann soeben verlassen hatte, fragen, ob er sie belästigt habe. Sie war tot.

Fast gleichzeitig gellte ein Schrei durch das Kino. In einem anderen Teil des Balkons stieß Mrs. Sadie Rabinowitz (40) diesen Schrei aus, als ein weiteres Opfer von dem Sitz neben ihr kippte.

Der Theaterleiter J. J. Marcusohn beendete die Vorstellung und schaltete die Lichter des Hauses an. Er wollte sein Personal anweisen, das Publikum am Gehen zu hindern, bis die Polizei kam. Es gelang ihm jedoch nicht, ihnen das rechtzeitig mitzuteilen, und die meisten Zuschauer waren bereits gegangen, als eine Einsatzgruppe vom 24. Revier und eine Ambulanz vom Harlem-Krankenhaus am Schauplatz des Geschehens die Kontrolle übernahmen.

Das gerichtsmedizinische Institut hat sich bis jetzt noch nicht über die Ursachen der Todesfälle geäußert. Ein Sprecher teilte mit, daß die Opfer keine Anzeichen von Gift oder Gewaltanwendung aufwiesen. Er fügte hinzu, es sei »unvorstellbar, daß es sich um einen Zufall handelt«.

Hauptmann John Braidwood vom 24. Revier sagte über den angeblichen Wüstling: »Wir haben eine ganz gute Beschreibung von ihm, und selbstverständlich werden wir versuchen, ihn zum Verhör vorzuführen.«

Rattatata, rattatata sangen die Schienen, als der Gedankenschmarotzer in der Eisenbahn vor sich hindöste.

Ein paar Leute kamen gerade vom Speisewagen nach vorne. Einer dachte: »Der Kerl sieht ungewöhnlich aus. (a) Er ist geistesgestört; (b) er ist nicht geistesgestört und krank. Streiche (b) — normale Atmung, glatte und gesunde Haut, kein Gliederzukken, gepflegt. Geistesgestörtheit ist (1) geringfügig. (2) signifikant. Streiche (1) — hat kein unwillkürliches Interesse gezeigt, als ... seltsam! *Rennt* zur Toilette! Unerwartet, denn (a) Gepflegtheit läßt auf Eigenliebe schließen; nicht zu vereinbaren damit, sich in den Augen anderer lächerlich zu machen; (b) augenscheinliche Gesundheit nicht zu vereinbaren mit ...« Das alles hatte nur eine Sekunde gedauert, war aber bis ins kleinste durchdacht.

Der Gedankenschmarotzer fragte sich in der verriegelten Eisenbahntoilette, was wohl der nächste Halt sein würde. Er würde dort aussteigen — nicht verschreckt, nur vorsichtig. Weich ihnen aus, weich ihnen immer wieder aus, und alles ist in Ordnung. Strecke deine Gedankensauger nicht aus, bis der Zug weit weg und alles in Ordnung ist.

Er stieg in einer Stadt in West Virginia aus, wo Kohle und Eisen abgebaut wurden und die umgeben war von ausgelaugten Bergen und dafür voll vom Abschaum Osteuropas. Serben, Albanier, Kroaten, Ungarn, Slowenen, Bulgaren und alle nur erdenklichen Mischungen und Abarten. Er entfernte sich langsam von dem rauchgeschwärzten Bahnhof aus Sandstein. Der Zug war weitergedonnert.

»... is' kein Tschendlmän, dassis klar fün' Tsents Trinkgeld für 'ne Superpolitur von mir ...«

»... Volltrottel weiß nich' mal wie man 'n Frachtbrief ausstellt wird's auch nie mehr lernen also setz' ihn auf die Straße bring's hinter dich . . .«

». . . schwatzschwatzschwatz . . .« Hier verstand er kein einziges Wort.

». . . schmatzschmatz fertammtes Weip ich brech' sie 's G'nick . . .«

». . . schmatz drink Visky Tschin Glassbier schmatzschmatzschmatz . . .«

». . . schwatzschwatzschwatz . . .«

». . . macht mich noch ganz schmatzschmatz wahnsinnig kleine nichtsnutzige Nutte nein isse nich' aber ich laß' mich nich' gern stehen von so 'ner Tussie . . .«

Ein blonder doofer Junge rauchend unter einer Straßenlaterne.

». . . 'raus mit Casey Oswiak könnt' ihn umbringn den dämlichen Laffen will sie die ganze Zeit antatschn . . .«

Da war eine Gelegenheit. Der Gedankenschmarotzer ging näher heran.

». . . mich einfach für diesen schmatzschmatz Laffen stehenlassen eigentlich sollt' ich sie zu Brei haun wie mein Alter immer sagt . . .«

»Hallo«, sagte der Gedankenschmarotzer.

»Willst'n?«

»Casey Oswiak meint, ich soll dir sagen, daß du nicht mehr auf dein Mädchen warten brauchst. Heut abend geht er mit ihr aus.«

Die Wut des blonden Jungen brodelte in seinem Gesicht und schoß aus seinen Augen. Er wollte gerade ausholen, als der Gedankenschmarotzer zu saugen begann. Das war wie Fasan nach Huhn, wie Wild nach Rind. Die rauhe Umgebung oder die alte Anspannung? fragte sich der Gedankenschmarotzer, als er die Straße hinunterschlenderte. Ein Mädchen ging an ihm vorbei:

». . . ojeh aber er wird wieder toben wie letztes Mal wär' ich bloß gleich gekommen so eifersüchtig irgendwie lieb aber er wird mir noch mal eine scheuern sei nett zu ihm heut abend da isser lehnt an 'ner Straßenlaterne schaut irgendwie komisch aus mein Gott hoffentlich isser nich' besoffen schaut irgendwie komisch aus schläft krank oder bozhe moi schwatzschwatzschwatz . . .«

Ihre Gedanken schweiften in eine fremde Sprache ab, von der der Gedankenschmarotzer kein Wort verstand. Nachdem der hysterische Anfall vorüber war, erinnerte sie sich in der fremden Sprache daran, daß sie an ihm vorbeigegangen war.

Der Gedankenschmarotzer beschloß, angeregt durch die ungewohnte Qualität der letzten Mahlzeit, einige Tage zu bleiben. Er trug sich in einem Hotel in der Hauptstraße ein.

Grüblerisch durchkämmte er mit seinen Gedankensaugern die Stadt.

»... schmatzschmatzwammirrschmatzrusskischmatzschwatzriusk ...«

»... bringt 'n 'runter in 'n Keller prügelt dem verdammten Russki-Dieb den Teufel aus 'm Leib zeigt ihm was 'ne Harke ist prügelt 's in seinen Kopf 'rein daß er hier in meinem Bezirk nich' so einfach 'n Güterwaggon aufbrechen kann ...«

»... schwatzschwatz ...«

»... ruf' 'n alten Mister Ryan in Schi-kargo an und der wird diesen miesen Kartenhaien die die Wettbürorechte hier im Viertel haben sagen verdammt noch mal zahlen kein Schutzgeld für kein Schutz ...«

Der Gedankenschmarotzer verfolgte das weiter; es klang, als ob er hier irgendwie zu Geld kommen konnte, wenn er nur lange genug in der Stadt blieb.

Die Osteuropäer der Stadt, so dachte er irrtümlicherweise, waren genauso wie die Tramps und Penner, die er während seiner Jahre auf der Straße kennengelernt und von denen er sich ernährt hatte — dumm und ungefährlich und dumm, genauso.

Am Morgen fand er keine Notiz über den Tod des doofen Jungen in der örtlichen Zeitung und glaubte, daß er praktisch unbemerkt geblieben war. Das war auch so, was die Zeitung anbelangte, die von der Kohlen- und Eisengesellschaft, von ihnen und für sie und ihre echt amerikanischen Bosse und Vorarbeiter herausgebracht wurde. Der anderen Stadt, derjenigen ohne Gesetz und Polizei, die nur eine oder zwei Wochenzeitungen aus der nächstgelegenen Stadt hatte, entging er jedoch nicht. Die andere Stadt hatte Wurzeln, die mehr als zweitausend Jahre tief reichten und die nicht so einfach herauszuziehen sind. Aber der Gedankenschmarotzer wußte nicht, daß es sie gab.

Er saugte wieder in jener Nacht, an einer jungen Dirne, in deren Zimmer. Er hatte sie mit einer Handvoll Zehn-Dollar-Scheinen völlig aus der Fassung gebracht und gleichzeitig entzückt, bevor er sich vollzustopfen begann. Wieder war da der köstliche Unterschied zu den Leuten aus der Stadt . . .

Und wieder war er am Morgen unbemerkt geblieben — glaubte er. Die ordentliche Stadt wischte die Angelegenheit vom Tisch; — man wollte nicht zugeben, daß es hier Dirnen gab oder daß man sie tot auffand. Der einzige in diesem Teil der Stadt, dem es wirklich etwas ausmachte, war der echt amerikanische Polizist, der hier immer seine Runde machte und wöchentlich seinen Anteil bei dem toten Mädchen abgeholt hatte.

Doch in der anderen Stadt, die der Gedankenschmarotzer nicht kannte, verbreitete sich die Geschichte wie ein Lauffeuer. Eine Delegation begab sich zu dem einzigen Beamten der anderen Stadt. Unglücklicherweise war er jung, hatte eine amerikanische Ausbildung genossen, wußte vielleicht nicht einmal über die grundlegenden Dinge Bescheid. Denn was er ihnen sagte, war folgendes: »Das ist dummer Aberglaube. Geht wieder heim.«

Der Gedankenschmarotzer wühlte die Oberfläche der eigentlichen Stadt auf, indem er sich in ein Pokerspiel im Foyer des Hotels verwickeln ließ. Er konnte es nicht besonders gut, er mochte es nicht, und er ging erleichtert, als er sechs gerissene, trinkfeste Herumtreiber um etwa dreihundert Dollar erleichtert hatte. Einer von ihnen ging schnurstracks zur Polizei und beschuldigte den Unbekannten des Betrugs. Ein spaßiger Sergeant, so stellte der Gedankenschmarotzer erfreut fest, vertrieb dem Herumtreiber die schlechte Laune durch Scherze.

Wieder Einbruch der Dunkelheit, wieder Hunger . . .

Er ging die Straßen der Stadt entlang und stellte fest, daß sie leer waren. Das war seltsam. Die echten Amerikaner waren unterwegs, arbeiteten als Barkeeper, machten ihre Runde, sammelten ihre Mieten ein, leiteten ihre Kinos — aber wo waren die anderen? Er warf sein Netz aus:

». . . schmatzschmatzschmatz wamm irr schmatz . . .«

». . . verrückte alte Pollakenmami von mir will mich einsperren mit Errol Flynn im Majestic kriegt ja doch nie was mit wenn ich mich hinten 'raus verdrück'. . .«

Das war in der Nähe. Er ging über die Straße, und jetzt war es noch näher. Er steuerte den folgenden Gedanken an:

»... Gott is' das 'n Bär von 'm Mann wie Stanley schaut mich aber nie an diese Vera Kowalik ich würd' ihr am liebsten einmal 'reintreten in ihren schmatzschmatzschmatz verrückte alte Mami will nich' amerikanisch werden schämt sich so ...«

Das war nur einen halben Block weiter, eine Seitenstraße hinunter. Backsteinhäuser, zweistöckig, mit Garten hinterm Haus. Sie kam gerade hinten heraus.

Wie seltsam still es in der Gasse war.

»... Vor-sicht die Stufen 'runter muß 's verdammte Brett richten so hat sie mich letztsmal erwischt warum haben die alle bloß so Angst hab' Vater Drugas besucht sagt nix wett' irgend jemand hat's wieder damit daß Vera Kowalik und ihr großer ...«

»...schmatz bozhe schmatz wamm irr schmatz ...«

Sie war jetzt ganz in der Nähe, ganz in der Nähe.

»... Halten mich alle noch für 'n Kind werd's denen schon zeigen wer 'n Kind is wett' wenn Stanley mich ganz allein hier draußen inner dunklen Gasse und so treffen würd' würd' er mich nich' für 'n Kind halten diese verdammte Vera Kowalik ihre Leut' halten die nich' mehr für 'n Kind ...«

Trotz ihrer Angeberei erstarrte sie fast vor Schreck, als er sagte: »Hallo.«

»Wer — wer — wer?« stotterte sie.

Schnell, bevor sie schreien konnte. Ihre Furcht war die reinste Wonne.

Noch nicht so gesättigt, daß er nicht wachsam gewesen wäre, suchte er herum, noch immer auf der Jagd.

»... schmatzschmatzschmatz wamm irr.«

Die zahllosen Augen der anderen Stadt, die mehr als zweitausend Jahre Erfahrung hatte in solchen Dingen, waren ihm die ganze Zeit gefolgt. Was ihm wie ein sinnloses Einerlei von Geräuschen vorgekommen war, war in Wirklichkeit ein erregter Gefühlsausbruch in einem nahegelegenen Haus.

»Ihr Narren! Narren! Jetzt hat er sich eine Jungfrau geholt! Ich hab gleich gesagt, daß wir nicht warten sollen. Was sollen wir bloß ihrer Mutter sagen?«

Ein alter Mann mit stattlichem Schnauzbart, der die Hemdsärmel trotz der Hitze ordentlich heruntergerollt und an den Mannschetten zugeknöpft hatte, meinte ruhig: »Mein Herz hat mit dem ihren aufgehört zu schlagen, Casimir, aber man muß ganz sichergehen. Es wäre furchtbar, wenn wir in so einer Angelegenheit einen Fehler machten.«

Die älteren Konservativen waren seiner Meinung; andere alte Männer mit Schnauzbärten, von denen sich manche vielleicht an längst vergangene Fehler erinnerten, nickten und sagten: »Furchtbar. Furchtbar.«

Der Gedankenschmarotzer schlenderte zurück zu seinem Hotel und machte ein kurzes Nickerchen auf dem frisch gemachten Bett. Das Prickeln der Gefahr weckte ihn. Sofort warf er sein Netz aus:

». . . schmatzschmatz wammirr. —

». . . wammpirr.«

»WAMPIR!"

Ganz nah! Ganz nah und tödlich!

Die Tür zu seinem Zimmer wurde aufgebrochen, und alte Männer mit Schnauzbärten und heruntergerollten Hemdsärmeln, die ordentlich an den Manschetten zugeknöpft waren, marschierten herein, ohne zu zögern. Ihre Gedanken ein einziger Aufruhr fremdartiger Geräusche, ausländisches Kauderwelsch, das er nicht mit seinen Gedanken umspinnen konnte, das ihn völlig aus der Fassung brachte, das aus allen Richtungen kam.

Der zugespitzte Pflock war bereits durch sein Herz und das Sensenblatt durch seine Kehle gedrungen, als ihm schließlich klar wurde, daß er nicht der erste seiner Art gewesen war; und daß das, was schlaue Leute noch nicht gelernt haben, von einigen ganz normalen Leuten noch nicht ganz vergessen worden ist.

ROBERT SHECKLEY

Warm

Robert Sheckley schaffte es in den frühen Jahren seiner Karriere, und zwar von 1952 bis 1956, eine ganze Reihe von fast völlig solipsistischen Alptraumgeschichten, die sich aus sehr guten Ideen entwickelten, in den Science-Fiction-Magazinen (vor allem in »Galaxy«) unterzubringen. Diese Geschichten stimmen aus schwer zu verstehenden, unerklärlichen Gründen beinahe ununterscheidbar mit der Aufmachung der Magazine in jenen Jahren überein. Von ihnen gehört »Warm« (in der Juni-Ausgabe 1953 von »Galaxy«) zu den frühesten und wohl mit Sicherheit auch zu den besten. Sheckley machte anschließend eine der glänzendsten Karrieren in der Science Fiction und erreichte mit seinem unbekannten Meisterwerk »Dimensions of Miracles« (1968, inzwischen wieder aufgelegt) den Höhepunkt, aber »Warm« gelingt es irgendwie, die Bedeutung von Sheckleys Werk in 3500 tödlichen, Unbehagen bereitenden Worten zusammenzufassen.

Anders lag auf seinem Bett, angezogen bis auf die Schuhe und seine dunkle Krawatte, und dachte mit etwas unwohlem Gefühl an den Abend, der vor ihm lag. In zwanzig Minuten würde er Judy in ihrem Appartement abholen, und das war die Ursache der unangenehmen Gefühle.

Er hatte erst vor wenigen Sekunden festgestellt, daß er in Judy verliebt war.

Nun, er würde es ihr erzählen müssen. Der Abend würde ihnen für immer in Erinnerung bleiben. Er würde einen guten Eindruck machen, es würde Küsse geben, und das Siegel des Einverständnisses würde, bildlich gesprochen, auf seine Stirn gestempelt prangen.

Keine allzu begeisternde Aussicht, entschied er. Es wäre wirklich erheblich angenehmer, nicht verliebt zu sein. Wie war es nur dazu gekommen? Ein Blick, eine Berührung, ein Gedanke?

Es brauchte nicht viel, wußte er, und streckte sich, um noch einmal herzhaft zu gähnen.

»Hilf mir!« sagte eine Stimme.

Seine Muskeln zuckten zusammen, und da er gleichzeitig gähnte, bekam er fast eine Maulsperre. Er setzte sich kerzengerade auf, dann grinste er und entspannte sich wieder.

»Du mußt mir helfen«, beharrte die Stimme.

Anders bückte sich und langte nach einem seiner polierten Schuhe. Er konzentrierte sich ganz darauf, die Schnürsenkel zu binden.

»Kannst du mich hören?« fragte die Stimme. »Das kannst du doch? Hallo?«

Das reichte. »Ja, ich kann dich hören«, sagte Anders, der die Sache mit bestem Humor ertrug. »Erzähl mir nicht, du wärst die Stimme meines Gewissens oder mein schuldbewußtes Unterbewußtsein, das mich wegen eines Kindestraumas anmachen will, um das ich mich nie richtig gekümmert habe. Ich nehme an, du willst, daß ich in ein Kloster eintrete.«

»Ich weiß nicht, wovon du da redest«, sagte die Stimme weiter. »Ich bin niemandes Unterbewußtsein. Ich bin *ich.* Hilfst du mir?«

Anders glaubte an so viel Stimmen, wie jeder andere das auch tut, was heißt, er glaubte nicht im geringsten daran, bis er nun eine hörte. Schnell checkte er die Möglichkeiten durch. Schizophrenie war natürlich die beste Antwort und eine, der seine Kollegen sofort zustimmen würden. Aber Anders besaß ein beklagenswert festes Zutrauen zu seiner geistigen Gesundheit. In diesem Fall —

»Wer bist du?« fragte er.

»Ich weiß nicht«, sagte die Stimme.

Anders erkannte, daß die Stimme aus dem Inneren seines eigenen Geistes zu ihm sprach, aus seinem Kopf sozusagen. Sehr verdächtig.

»Du weißt also nicht, wer du bist«, stellte Anders fest. »Na gut. *Wo* bist du?«

»Ich weiß das auch nicht.« Die Stimme schwieg einen Augenblick. »Schau mal, ich weiß ja, wie lächerlich das alles klingt. Glaube mir, ich befinde mich in einer Art Limbo. Ich weiß nicht, wie ich hier wieder rauskommen kann und wer ich bin, aber ich will ganz verzweifelt weg von hier. Willst du mir helfen?«

Noch immer gegen die Idee ankämpfend, daß es in seinem Kopf Stimmen gab, wußte Anders, daß seine nächste Entscheidung von vitaler Bedeutung war. Er mußte ablehnen oder akzeptieren, daß er verrückt war.

»Gut«, sagte Anders und band sich den andern Schuh zu. »Ich will mal davon ausgehen, daß du eine Person in Schwierigkeiten bist und dich in einer Art telepathischen Kontakt mit mir befindest. Kannst du mir sonst noch etwas über dich sagen?«

»Ich fürchte nicht«, sagte die Stimme mit unendlicher Traurigkeit. »Du mußt alles selbst herausfinden.«

»Kannst du niemanden anderes kontaktieren?«

»Nein.«

»Wieso kannst du dann überhaupt mit mir sprechen?«

»Keine Ahnung.«

Anders ging zum Ankleidespiegel und band sich die dunkle Krawatte um, wobei er vergnügt vor sich hinsummte. Nachdem er gerade entdeckt hatte, daß er verliebt war, konnte er sich nicht noch wegen einer Kleinigkeit, wie einer Stimme in seinem Kopf, Sorgen machen.

»Ich verstehe wirklich nicht, wie ich dir helfen könnte«, sagte Anders und schnippte sich ein paar Flusen vom Jackett. »Du weißt nicht, wo du bist, und es scheint keinerlei Orientierungspunkte zu geben, die zu deinem derzeitigen Aufenthalt führen. Wie soll ich dich da finden?« Er wandte sich noch einmal an der Tür um und ließ seinen Blick durchs Zimmer wandern, ob er irgend etwas vergessen hätte.

»Ich weiß, wenn du mir nahe bist«, sagte die Stimme. »Du bist jetzt gerade ziemlich warm, und das bist du dann, wenn du näher kommst.«

»Jetzt gerade?« Alles, was er getan hatte, war, durch den Raum zu blicken. Er tat es noch einmal und drehte dabei langsam seinen Kopf. Und dann passierte es.

Der Raum sah aus einem bestimmten Winkel anders aus. Er wurde plötzlich zu einer Mischung verwischter Farben statt der vertrauten, sorgsam aufeinander abgestimmten Pastelltöne. Die Linien der Wände, des Fußbodens und der Decke hatten auf seltsame Art ihre Proportionen verloren und sich in ein unzusammenhängendes Zickzack verwandelt.

Dann wurde alles wieder normal.

»Du warst gerade sehr warm«, sagte die Stimme.

Anders widerstand dem Verlangen, sich am Kopf zu kratzen, denn das hätte sein sorgfältig gekämmtes Haar durcheinandergebracht. Was er gerade gesehen hatte, war nicht so ungewöhnlich. Jeder sieht ein- oder zweimal in seinem Leben Dinge, die ihn an seiner Normalität zweifeln lassen, an seiner geistigen Gesundheit, an der Existenz des Universums sogar. Für einen Augenblick ist die Ordnung des Universums gestört, und alle Wertvorstellungen verlieren ihre Bedeutung.

Aber solche Augenblicke gehen vorbei.

Anders erinnerte sich, daß er einmal als Junge nachts aufgewacht war und alles in seinem Zimmer völlig fremd ausgesehen hatte! Stühle, der Tisch, Schränke, alles schien in der Dunkelheit angeschwollen und unproportioniert. Die Decke drückte sich wie in einem Traum auf den Boden.

Aber auch das war vorbeigegangen.

»Nun, alter Junge«, meinte er, »wenn ich wieder warm werde, sag mir Bescheid.«

»Das werde ich«, flüsterte die Stimme in seinem Kopf. »Ich bin ich, du findest mich.«

»Freut mich, daß du so sicher bist«, sagte Anders gut gelaunt, knipste das Licht aus und ging.

Hübsch und lächelnd empfing Judy ihn an ihrer Türe. Während er sie ansah, spürte Anders deutlich ihr Wissen um die Situation in diesem Moment. Hatte sie die Veränderung seiner Empfindungen für sie ihm gerade erst angemerkt oder hatte sie alles schon vorausgesehen? Oder ließ die Liebe ihn schon grinsen wie einen Idioten?

»Magst du noch einen Drink vor der Party?« fragte sie ihn.

Er nickte, und sie führte ihn in ihr Appartement zur Couch. Als er sich setzte, entschied Anders, daß er es ihr sagen würde, wenn sie mit dem Drink zurückkam. Es hatte keinen Zweck, den fatalen Augenblick hinauszuzögern. Ein verliebter Lemming, sagte er sich. Wir sind alle Lemminge.

»Du wirst wieder wärmer«, sagte die Stimme.

Er hatte seinen unsichtbaren Freund fast vergessen. Oder Feind, denn das konnte ja genausogut der Fall sein. Was würde Judy sagen, wenn sie wüßte, daß er Stimmen hörte? Kleinigkeiten wie diese, erinnerte er sich, zerstören oft die schönsten Beziehungen im Keim.

»Hier«, sagte sie und reichte ihm seinen Drink.

Noch immer lächelnd, stellte er fest. Das Lächeln Nummer Zwei — für einen möglichen Liebhaber, provokativ und verstehend. Ihm war zu Beginn ihrer Beziehung das Nummer-Eins-Lächeln vorausgegangen, das Ich-bin-ein-nettes-Mädchen-das-nicht-falsch-verstanden-werden-möchte-Lächeln, das sie bei allen Gelegenheiten trug, solange noch keine Beziehung auf korrektem Wege angebahnt war.

»So ist es richtig«, sagte die Stimme. »Es hängt mit der Art und Weise zusammen, wie du die Dinge betrachtest.«

Was betrachtete? Anders spähte zu Judy hinüber und fühlte sich von seinen eigenen Gedanken abgestoßen. Wenn er den Liebhaber spielen wollte, warum sollte er sich das nicht erlauben! Selbst bei seiner durch die emotionale Anteilnahme eingeschränkten Wahrnehmungsfähigkeit ließ sich ohne Einschränkungen erkennen, daß ihre graublauen Augen eine aparte Form besaßen, ihre Haut makellos war (wenn man von der kleinen Unreinheit auf der linken Wange absah) und ihre Lippen voll, der weiche Schwung geschickt durch den Lippenstift betont.

»Wie war deine Vorlesung heute?« fragte sie.

Natürlich mußte sie so etwas sagen. Liebe verlangt Anteilnahme. »Ganz nett«, sagte er. »diesen jungen Affen Psychologie beizubringen ist —«

»Ach, komm, hör auf.«

»Wärmer«, sagte die Stimme.

Was ist los mit mir, fragte sich Anders. Sie ist wirklich ein hübsches Mädchen. Die *Gestalt,* die Judy bildet, das Muster aus Gedanken, Ausdrücken, Bewegungen, macht sie zu dem Mädchen, das ich —

Ich was?

Liebe?

Anders schob seinen langen Körper unsicher auf der Couch

hin und her. Er verstand nicht so richtig, wie er auf diese Gedankenkette gekommen war. Sie mißfiel ihm. Der analytisch denkende Psychologie-Dozent war im Vorlesungssaal besser aufgehoben. Konnte die Wissenschaft nicht bis 9 Uhr am nächsten Morgen warten?

»Ich habe heute an dich gedacht«, sagte Judy, und Anders wußte, daß sie die Veränderung in seiner Stimmung genau spürte. »Merkst du es?« fragte die Stimme ihn. »Du wirst schon viel besser.«

»Ich merke gar nichts«, dachte Anders, aber die Stimme hatte recht. Es war so, als habe er eine direkte Einsicht in Judys Gehirn. Ihre Gefühle waren nackt vor ihm ausgebreitet und von der gleichen Bedeutungslosigkeit wie vorhin der Anblick seines Zimmers, als sich die gewohnte Ordnung blitzartig aufgelöst hatte.

»Ich habe wirklich an dich gedacht«, wiederholte sie.

»Jetzt sieh sie dir an«, sagte die Stimme.

Anders beobachtete den Ausdruck von Judys Gesicht und fühlte, wie sich wieder das Gefühl der Fremdartigkeit über alles legte. Er hatte dieselbe alptraumhafte Wahrnehmungsgabe, wie in jenem Augenblick in seinem Zimmer. Diesmal war es eher so, als beobachte er eine Maschine in einem Laboratorium. Zweck dieser Maschine war die Erzeugung und Erhaltung bestimmter Emotionen. Die Maschine rief aus ihrem Speicher bestimmte Assoziationsketten ab, die sie ausprobierte, bis sie das Gewünschte gefunden hatte.

»Du denkst an mich ...?« fragte er, von seiner neuen Betrachtungsweise begeistert.

»Ja ... ich dachte, was du wohl heute nachmittag gerade machtest«, sagte die Emotionsmaschine ihm gegenüber auf der Couch, während sich dabei ihr ausgeprägt geformter Brustkasten leicht verschob.

»Von dir träumen, natürlich«, sagte er zu dem fleischbehangenen Skelett hinter der zusammengesetzten *Gestalt* Judy. Die Menschmaschine veränderte die Stellung ihrer Gliedmaßen zu einer Pose mit einer bestimmten Funktion, während sich ihr Mund leicht öffnete, um Freude anzuzeigen. Der Mechanismus suchte aus einem Komplex von Ängsten, Hoffnungen, Sorgen und halb verschütteten Erinnerungen analoge Situationen heraus, analoge Lösungen.

Und das war, was er liebte. Anders sah das Objekt seiner Zuneigung zu deutlich und haßte sich selbst dafür. In seiner neuen alptraumhaften Wahrnehmungsart sah Anders den ganzen Raum plötzlich als etwas erschreckend Absurdes.

»Hast du das wirklich?« fragte ihn das artikulierende Skelett.

»Du kommst näher«, flüsterte die Stimme.

Wem? Der Persönlichkeit? Es gab nichts Derartiges. Es gab keine wirkliche Verbindung in dem Gespinst der Emotionen, keine Tiefe, nur ein Netz von oberflächlichen Reaktionen, das über ein Gerüst unverrückbarer chemisch festgelegter Instinkte gebreitet war.

Er kam der Wahrheit näher.

»Sicher«, sagte er säuerlich.

Die Maschine summte los, die passende Antwort zu finden.

Anders fühlte eine rasch vergehende Anwandlung von Furcht vor der völlig fremden Qualität dieser neuen Perspektive. Er hatte alle vorgeprägten Wahrnehmungsmuster abgeschüttelt und seine Erkenntnisfähigkeit von allen Emotionen befreit. Was würde sich ihm als nächstes enthüllen?

Er sah alles so deutlich, erkannte er, wie vielleicht noch kein Mensch vor ihm. Es war ein seltsam aufregender Gedanke.

Aber konnte er noch in die Normalität zurückkehren?

»Soll ich dir noch einen Drink holen?« fragte die Emotionsmaschine.

In diesem Moment war Anders so wenig verliebt, wie ein Mann nur nicht verliebt sein kann. Sein Liebesobjekt als ein depersonalisiertes, geschlechtsloses Stück chemischer Maschinerie zu sehen, ist nicht gerade sehr verführerisch. Aber es kann sehr stimulierend sein, intellektuell jedenfalls.

Anders wollte in keine Normalität zurück. Ein Vorhang war vor ihm hochgezogen worden, und er wollte sehen, was dahinter lag. Wie hatte da jemand — war es nicht ein russischer Wissenschaftler, ja, Ouspensky war es gewesen — so richtig gesagt? *»Denke in anderen Kategorien.«*

Genau damit hatte er begonnen, und er wollte damit fortfahren. »Wiedersehen«, sagte er plötzlich.

Die Maschine beobachtete ihn mit aufgerissenem Mund, während er zur Tür ging. Eine vorübergehende Überforderung des Assoziationsmechanismus brachte die Maschine zum Schweigen, bis sie die Aufzugtür zufallen hörte.

»Du warst sehr warm da drinnen«, wisperte die Stimme in seinem Kopf, als er auf die Straße trat. »Aber du verstehst noch nicht alles.«

»Dann erklär es mir«, sagte Anders und staunte ein wenig über seine eigene Anpassungsfähigkeit. In einer knappen Stunde hatte er zu einer völlig neuen Sicht der Realität gefunden, aber er kam ganz natürlich damit zurecht.

»Ich kann nicht«, sagte die Stimme. »Du mußt es selbst herausfinden.«

»Also sehen wir mal zu«, begann Anders. Er sah sich die Massen von Mauerwerk in seiner Umgebung an, die als Straße bezeichnete Linienführung, die den architektonisch organisierten Betonklumpen durchschnitt. »Das menschliche Leben«, sagte er, »ist eine Kette von Konventionen der Wahrnehmung. Wenn du ein Mädchen ansiehst, verlangt die Konvention von dir, ein Muster zu erkennen — nicht die darunter liegende Formlosigkeit.«

»Das stimmt«, sagte die Stimme, jeodch mit einem leichten Zweifel im Unterton.

»Im Grunde gibt es gar keine Formen. Der Mensch produziert in seinem Hirn *Gestalten,* mit denen er Formen aus dem Nichts schneidet. Es ist so, als ob man auf eine Rorschach-Figur schaut und dann sagt, sie stelle etwas Bestimmtes dar. Wir betrachten eine Materieballung, lösen sie von ihrem Hintergrund und sagen, das ist ein Mensch. Aber in Wahrheit existiert gar kein solches Gebilde. Es gibt nur die menschenförmige Gestalt in unserem Denken, die wir dann nach draußen projizieren. Alle Materie ist untrennbar miteinander verbunden und daher formlos, solange wir sie nicht mit unserer artspezifischen Perspektive betrachten.«

»Du siehst es noch nicht ganz«, sagte die Stimme.

»Verdammt noch mal«, sagte Anders. Er war sicher, daß er einer großen Sache auf der Spur war, einer ultimativen Erkenntnis sogar. »Jeder hat irgendwann die Erfahrung. Irgendwann in seinem Leben sieht jeder einmal auf ein vertrautes Objekt und kann plötzlich nichts mehr Vertrautes darin erkennen. Für einen Augenblick hat er das *Gestalt*-Sehen aufgegeben, aber dieser Augenblick geht vorbei. Der Geist kehrt zu den ihm aufgeprägten Mustern zurück. Die Normalität ist wiederhergestellt.«

Die Stimme schwieg. Anders ging weiter durch die *Gestalt*-Stadt.

»Es geht noch weiter, nicht wahr?« fragte Anders.

»Ja.«

Was konnte das sonst noch sein, fragte er sich. Mit sich klärenden Augen schaute Anders auf das Formenmuster, das er bisher die Welt genannt hatte.

»Gib mir 'nen Groschen für 'n Kaffee?« fragte etwas, ein Ding, das sich von den anderen Dingen nicht unterscheiden ließ.

»Der alte Bischof Berkeley würde dir einen nicht existierenden Groschen für deine nicht existierende Gegenwart geben«, erwiderte Anders vergnügt.

»Mir geht's wirklich mies«, winselte die Stimme, und Anders erkannte, daß sie nicht mehr als eine Serie modulierter Molekülvibrationen war.

»Ja! Weiter so!« befahl die Stimme.

»Wenn ich 'nen Vierteldollar kriegte...«, formten die Vibrationen, verzweifelt um eine vorgetäuschte Bedeutung bemüht.

Nein, was stand also hinter dem sinnlosen Muster? Fleisch, Materie. Was war das? Zusammengeballte Atome. Alles bestand aus Atomen.

»Ich bin so verdammt hungrig«, murmelten die komplex verknüpften Atome.

Alles Atome. Verbunden miteinander. Es gab keine wirkliche Trennung zwischen den einzelnen Atomen. Fleisch war Stein, Stein war Licht, Anders sah sich die Ballungen von Atomen an, die Solidität, Bedeutung und Vernunft vorzutäuschen versuchten.

»Kannst du mir denn nich' ein bißchen helfen?« fragte ein Atomklumpen. Aber der Klumpen war identisch mit all den anderen Atomen. Wenn man erst die darübergelegten Muster ignorierte, konnte man deutlich erkennen, daß die Atome eine diffuse Einheit bildeten.

»Ich glaube nicht an dich«, sagte Anders.

Der Atomklumpen war verschwunden.

»Ja!« schrie die Stimme. »Ja!«

»Ich glaube an kein einziges Muster mehr«, sagte Anders. Aber was waren Atome am Ende überhaupt?

»Weiter!« rief die Stimme. »Du bist heiß! Ganz nah. Weiter!«

Was war ein Atom? Ein leerer Raum, umgeben von einem leeren Raum.

Absurd!

»Dann ist alles Täuschung!« sagte Anders. Und er befand sich allein unter den Sternen.

»Das ist nicht richtig!« brüllte die Stimme in seinem Kopf. »Nichts!«

Aber Sterne, dachte Anders. Wie konnte man glauben —

Die Sterne verschwanden. Anders befand sich in einem grauen, wesenlosen Nichts, einer Leere. Nichts um ihn herum existierte, außer dem wesenlosen Grau.

Wo war die Stimme?

Verschwunden.

Anders durchschaute die Täuschung in dem Grau der Leere, und dann gab es überhaupt nichts mehr.

Völliges Nichts, und er selbst befand sich in diesem völligen Nichts.

Wo war er? Was bedeutete das? Anders' Geist versuchte, zu einer Schlußfolgerung zu kommen.

Unmöglich. *Das* konnte nicht *die* Wahrheit sein.

Noch einmal stellte Anders' Geist die Rechnung auf, aber er konnte das Ergebnis nicht akzeptieren, nicht ertragen. Verzweifelt radierte der überlastete Geist die Ergebnisse aus, radierte das Wissen aus, radierte sich selbst aus.

»Wo bin ich?«

Im Überhauptnichts. Allein.

Gefangen.

»Wer bin ich?«

Eine Stimme.

Die Stimme von Anders suchte das Überhauptnichts ab und rief: »Ist hier jemand?«

Keine Antwort.

Aber da war jemand. Alle Richtungen waren dieselben, aber

wenn er einer folgte, bekam er Kontakt... zu jemandem. Die Stimme von Anders griff nach jemandem, der ihn retten konnte. Vielleicht.

»Rette mich«, sagte die Stimme zu Anders, der auf seinem Bett lag, angezogen bis auf die Schuhe und seine dunkle Krawatte.

BARRY N. MALZBERG

Übergang

Das Motiv des Werwolfs gehört zu den ältesten in der Literatur. Es taucht bereits lange vor Shakespeare (der es ganz eindeutig in »King Lear« verwendet) und sogar vor der griechischen Tragödie auf (man denke nur an »Medusa« oder auch »Medea«), und zwar schon im Anfangskapitel der Genesis. Jede moderne realistische Behandlung des Themas müßte nicht nur das, was im Bereich der Mythen, sondern auch das, was in dem der Psychologie darüber geschrieben worden ist, berücksichtigen; ›Übergang‹ ist eine moderne Auseinandersetzung mit diesem Thema, in der New York, auch wenn es keinen Garten Eden darstellt, doch diesen Gefilden kurz nach dem (oder auch während des) Sündenfall(es) ähneln könnte.

Ich habe den Feind getroffen, und er ist ich. Oder ich bin er. Oder ich und er sind wir; es fällt mir wirklich schwer, das auszudrücken oder es irgendwie richtig zu beschreiben. Die sonderbare und verwirrende Situation, in der ich mich jetzt befinde, ist mir völlig aus der Hand geglitten und hat ihren Weg der Verwüstung auf ein meiner Meinung nach ganz gewiß verhängnisvolles Schicksal zu genommen; und dennoch bin ich immer ein Mensch gewesen, der an die Ordnung geglaubt hat, der geglaubt hat, daß die Ereignisse — ganz egal, wie chaotisch sie auch sind — sich in eine Ordnung bringen lassen, sich klären und sich schließlich in die reine Klarheit DES WORTES fügen würden, mit viel Geduld eingemeißelt wie in Stein. Ich muß damit aufhören und mich zusammennehmen.

Ich habe den Feind getroffen, und er ist ich.

Immer wenn ich in den Spiegel starre, das Wogen und Sichkräuseln DER VERÄNDERUNG beobachte, im Spiegel sehe, wie die Bestie Gestalt annimmt (es passiert immer mitten in der Nacht; ich warte nur darauf, daß der Übergang im Laufe des

Morgens oder — was noch schlimmer wäre — zur Mittagsstunde mitten in der Kantine geschieht; Wogen werden mich vielleicht überkommen, und dann werde ich, sogar an den Maßstäben des tiefsten Manhattan gemessen, etwas so Ekelerregendes und Furchtbares, daß ich die meisten der Versammelten dazu bringe, daß sie ihren Mittagsimbiß nicht mehr bei sich behalten können), habe ich das Gefühl, daß doch alles seine Richtigkeit hat. Es war wohl schon von jeher so vorbestimmt. Kam ich mir nicht seltsam vor als Kind, als Junge, als Jugendlicher? Sogar noch als Erwachsener fühlte ich dieses Seltsame in mir; auf den Straßen starrten sie mich an mit einem Wissen, das unmöglich das meinige sein konnte. Die Frauen wandten sich mit verächtlichem Lächeln von mir ab, wenn ich versuchte, mich ihnen zu nähern, meine Kollegen in der Dienststelle behandelten mich mit jener Barschheit und Förmlichkeit, die immer darauf schließen ließen, daß sie hinter meinem Rücken lachten. Ich weiß, was sie von mir denken.

Ich weiß, was sie von mir denken.

Ich habe mein ganzes einsames Leben damit zugebracht, irgendeinen Sinn in diesen Reaktionen zu finden, und ich weiß, daß ich keine Beziehung habe zur Masse der normalen Menschen, genauso wie diese Menschen keine Beziehung haben zu dem Wogen und der Erschütterung, der Verwüstung und der Dunkelheit, aus der sie entstanden sind. In den Spiegel starren. In den Spiegel starren, und ich sehe.

In den Spiegel starren, und ich sehe die Bestie, die ich geworden bin, ein Ding mit Greifarmen und Stacheln, seltsamen, ekelhaften Anschwellungen entlang jener Extremitäten, zu denen meine Arme geworden sind, die Beine wohlgeformt und furchtbar trotz all dieser Zerstörung, Beine, die mich vorwärtsbrandend, stark und beständig durch die schlafende Stadt tragen; und jetzt, da ich akzeptiert habe, was ich geworden bin, was mich in der Nacht befallen wird, bin ich nicht mehr entsetzt, sondern füge mich. — Ja, ich juble, könnte man in diesem Augenblick fast sagen, weil ich immer schon gewußt habe, daß es so kommen mußte, daß mir in der letzten aller Nächte ein Spiegel vors Gesicht gehalten wird, und ich dann sehen werde, was ich bin und warum die Masse der Menschen mir ausweicht. Ich weiß, was ich bin, und jene ruhigen, kalten Augen, die mir aus dem Ungeheuer vom Spiegel her entgegenstarren, wissen auch nur allzugut, was ich bin, und wenn ich sie vom Spiegel ab- und den Ecken meines möblierten Zimmers zuwende, das trotz des ganzen Gerümpels noch immer gemütlich ist, fühle ich, wie Energie mich in kleinen Lichtblitzen und -vibrationen durchzuckt, eine Energie, die, das weiß ich genau, die Welt erlösen könnte, wenn man ihr nur die eine Gelegenheit gäbe, die sie braucht. Die Bestie schläft nicht. In meiner völligen Verwandlung habe ich den Schlaf abgeworfen wie den Mantel jeglicher Vernunft und springe aus diesen Zimmern, stürze die drei Stockwerke des Sandsteingebäudes zur Straße hinunter und sehe, sobald ich dort ankomme in den dicht besiedelten, schlafenden Vierteln der Stadt, niemanden, nähere mich niemandem (das würde ich niemals tun und habe es auch nie getan), während ich mich auf die Stadtmitte zu bewege, um meine furchtbaren, jedoch notwendigen Aufgaben zu erfüllen.

Die Bestie schläft nicht, deshalb schlafe auch ich nicht. Zuerst überkam mich die Verwandlung einmal in der Woche und dann zweimal... aber in den letzten Monaten hat sie sich immer häufiger vollzogen, jetzt sechs- oder siebenmal in der Woche, und von nun an kann ich die Verwandlung durch meinen *Willen* herbeiführen. Während sie zuerst noch unwillkürlich ablief und mich wie eine verirrte Kugel überraschte, scheine ich sie nun kontrollieren zu können, je mehr meine Kraft und meine Geschicklichkeit zunehmen. Damals noch ein latentes Merkmal, irgendein rezessives Gen, das sich scheu seinen Weg heraustastete, als ich fünfundzwanzig war, zuerst noch bescheiden, dann mit wachsender Macht, und schließlich, je mehr ich mich an die Macht gewöhnte, erlangte ich Kontrolle über sie.

Ich kann jetzt die Bestie werden, wann immer auch ich es möchte.

Jetzt ist es nicht die Bestie, sondern ich, der sich in den Stunden der Verzweiflung aus dem Schutz der Decken wühlt und zum Bad taumelt; wenn ich vor jenem Spiegel stehe, rufe ich meine Verwandlung selbst herbei, läute die Veränderungen ein, und dann blickt mir die Bestie entgegen, einen Greifarm erhoben, als ob sie mich grüßte oder zurückwiese. Mit einem Achselzucken haste ich die Stufen hinunter und hinein in die Stadt. Im Morgengrauen kehre ich zurück. In der Zwischenzeit...

... mache ich meine Reisen.

Meine Reisen, meine Besorgungen! Über Kanaldeckel, schnell, wie mit Helium gefüllt (die Bestie ist mächtig; die Bestie hat unendliche Ausdauer), mit einem Satz in die Blocks der West Side hinein und wieder hinaus, mit einem Sprung hinauf zu verlassenen Veranden, dann wieder zurück in die Gosse, wie mit einer Sense durch die Häuserreihen der Stadt, mit einem Schlenker um die gelegentlich träge herumstreifenden Autos herum, mit einem Satz über Tore und aus dem Blickfeld und weg von den Wagen der Müllabfuhr, noch nie ist die Bestie in all jenen Monaten, in denen sie unterwegs war, entdeckt worden... und zwischen diesen Ausweichmanövern verrichte ich meine Arbeit.

Verzeihen Sie. Verzeihen Sie bitte. Ich verrichte nicht *meine* Arbeit. Die Bestie verrichtet *ihre* Arbeit.

Ich muß zwischen der Bestie und mir unterscheiden, weil wir nicht dasselbe sind und ich nur sehr wenig mit der Bestie zu *tun* habe, obwohl ich natürlich sie bin. Und sie ist ich.

Und nun die Menschen in der Dunkelheit angreifen.

Ein Griff nach der Kehle von unseligen Passanten und Betrunkenen in der Dämmerung, ein Anpirschen von hinten, dann auf sie, völlig mühelos und leicht, mit Schwung auf sie, um ihre Kehle oder ihre Leiste mit einem Griff zu packen, der so sicher und gekonnt ist, wie ich sonst noch nie einen gesehen habe, und dann, wenn sie auf die Knie gezwungen sind, unter mir in der Gosse liegen, mache ich...

Nun, ich...

... Nun, muß ich wirklich sagen, was ich mache? Ja, ich muß es wahrscheinlich sagen; diese Erinnerungen sind nicht oberflächlich, sie sind auch nicht berechnend, sondern stellen gewissermaßen nur einen Versuch dar, das Bild zurechtzurücken. Die Gerüchte, Berichte und Ausflüchte über das Verhalten der Bestie haben den Charakter ausgemachter Lügen angenommen (es geht nicht eine Bande von Mördern in den Straßen um, sondern nur ein einziger; es gibt keinen sorgfältig ausgeklügelten Plan, wie die Stadt in Terror versetzt werden soll, sondern nur eine Bestie, ein bescheidenes, hart arbeitendes Tier, das seine Gerechtigkeit übt), deshalb muß ich bemerken, daß ich sie, während ich ihnen ihr Leben und ihr Leid herauspresse, oft *herumdrehe,* damit sie der Bestie ins Auge blicken, sehen können, was sie mit ihnen macht, und damit ich in ihren Augen das Entsetzen sehen kann, wie ihr Herz bricht, das klopfende Zeichen des Lebewohls ihrer Sterblichkeit.

Aber dahinter sehe ich noch etwas anderes.

Lassen Sie mich davon erzählen, es ist von entscheidender Bedeutung: Ich sehe eine Zustimmung, die so gewaltig ist, daß sie sich in all ihrer Zustimmung fast verweigert, denn sie ist heilig. Jener innere Friede, der jedes Verständnis übersteigt, blitzt aus ihren Augen und durchströmt sie schließlich und fährt aus ihnen mit ihrem letzten Lebenshauch, wenn sie mit einem brechenden Seufzer gegen mich gepreßt sterben. Ich muß Hunderte getötet haben, nein, ich will nicht übertreiben, das stimmt nicht, ich muß ungefähr achtzig getötet haben. Zuerst habe ich noch Buch geführt über meine Reisen und Erfolge, aber als es fast dreißig waren, wurde mir klar, daß es verrückt war, greifbare Beweise irgendeiner Art für meine Erfolge aufzubewahren — denn das bedeutete es —, und außerdem existiert nach jenem neunten Mord oder dem neunzehnten nicht mehr länger das Gefühl des Sieges, sondern nur noch die *Notwendigkeit.* Es ist nur noch eine rein geschäftliche Angelegenheit.

Alles ist nur eine geschäftliche Angelegenheit gewesen.

Eine geschäftliche Angelegenheit jedenfalls für die Bestie. Sie muß töten, genauso wie ich atmen muß, jenes Wesen in mir, das ich schon immer im Begriff war zu werden (alles Seltsame, das ich als Kind empfand, schreibe ich nun der embryonalen Form der Bestie zu, die da drinnen auf ihrem immer breiter werdenden Pfad dahinstampfte und -drängte), löscht menschliches Leben so beiläufig aus, wie ich mein Mittagssandwich in der hiesigen Kantine esse und dazu etwas trinke, bevor ich mich wieder an meine trübselige Büroarbeit in der Dienststelle mache, um Zeit anzuhäufen für die Rente, die mir nach zwanzig oder dreißig Jahren zustehen wird. Die Bestie muß töten; sie bezieht ihre Stärke aus dem Töten, wie ich die meine aus der Nahrung, und da ich während jener Kämpfe nur in ihr wohne, als hilfloser (wenngleich wachsamer und interessierter) Altar, der in der Bestie weilt und alles beobachtet, was vor sich geht, kann ich selbst keine Verantwortung für das übernehmen, was geschehen ist, sondern lege alles eindeutig ihr zur Last, und da ist es auch an der richtigen Stelle.

Vielleicht hätte ich mich in Behandlung begeben oder zu irgendeinem Psychiater gehen sollen, als das alles anfing, aber was hätte das schon für einen Sinn gehabt? Was für einen? Sie hätten nicht geglaubt, daß ich besessen bin; sie hätten mich für harmlos verrückt gehalten, und die andere Möglichkeit, nämlich, daß sie mir geglaubt hätten, wäre noch viel schlimmer gewesen: Verwicklungen, Eingesperrtsein, Tobsuchtsanfälle. Ich hätte sie überzeugen können. Soviel weiß ich jetzt, seit ich stark genug geworden bin, durch meinen eigenen Willen die Bestie zu werden, ich hätte mich, selbst in ihren eigenen Räumen, in dieses Ungeheuer verwandeln können, und dann hätten sie mir geglaubt, hätten meine Ängste für Gewißheit genommen... aber die Bestie, manisch in der Verfolgung ihrer Ziele, hätte sich auf jene unseligen Psychiater, Assistenzärzte und Sozialarbeiter gestürzt, genauso wie sie sich auf alle ihre nächtlichen Opfer gestürzt hatte, und was dann?

Was dann? Sie tötet so beiläufig und geschickt, wie ich meine Ablagen in der Dienststelle mit Anmerkungen versehe. Man kann sie nicht davon abbringen. Nein, das hätte ich nicht tun können. Die Bestie und ich, für die Ewigkeit oder doch zumindest für die Dauer des noch vor mir liegenden Lebens dazu verurteilt, hier zu verweilen: Möglicherweise wird es eines Tages einen anderen, recht gewichtigen Urteilsspruch dazu geben, aber darüber kann ich mir jetzt keine Sorgen machen. Warum sollte ich bekennen? Was gibt es schon zu bekennen? Der Glaube, daß das Bekenntnis selbst schon Sühne bedeutet, ist so tief in der Kultur verwurzelt — ich bin ein nachdenklicher Mensch und habe lange darüber nachgegrübelt, obwohl ich keine höhere Ausbildung genossen habe —, daß er selbst schon Teil dieser Verrücktheit ist, aber ich glaube das nicht. Furchtbare Taten zuzugeben bedeutet lediglich, sie durch mannigfaltige Brechung zusammenzusetzen, und deshalb sind Lügen notwendiger als die Wahrheit, um das Funktionieren der Welt zu gewährleisten.

Oh, wie sehr ich das glaube. Wie sehr ich das glaube.

Ich habe versucht, mit der Bestie zu diskutieren. Das ist nicht einfach, aber im Augenblick des Übergangs gibt es einen langen, betäubenden Moment, wenn die Maske ihrer Züge noch nicht völlig starr ist und es mir — wenn auch noch so schwach — möglich ist zu sprechen. »Warum mußt du das tun?« frage ich sie. »Das ist Mord, Massenmord. Das sind Menschen, weißt du, das ist wirklich ganz fürchterlich.« Meine leise Stimme flötet schwach, während meine eigene Kraft dahinschwindet und dann die Bestie vor dem Spiegel steht, mit ihren Greifarmen winkt, die Muskeln ihrer kräftigen Beine anspannt und dann sagt (sie spricht ein perfektes Englisch, wenn sie will, obwohl sie meistens nicht sprechen will): »Sei kein Narr, dies ist mein Schicksal, und außerdem bin *ich* kein Mensch, das Ganze ist also nicht mein Problem.«

Darauf weiß ich nichts zu antworten: ich werde bereits durch den Übergang zum Schweigen gebracht. Ich wühle da drinnen herum, und die Bestie begibt sich singend und sich duckend auf die Straßen, wieder einmal bereit zur Erfüllung ihrer Aufgaben. Warum muß sie töten? Soweit ich das verstehe, ist ihre Lust darauf so gewöhnlich und einfach wie meine eigene auf weniger furchtbare Ereignisse; es ist ein Drang, der so sehr Teil von ihr ist wie jener nach Atmung. Die Bestie ist ein unschuldiges Geschöpf, makellos gezeugt. Sie macht sich ans Morden wie ihr Opfer sich ans Trinken macht. Sie sieht keinerlei Andeutung einer moralischen Schlußfolgerung oder eines Entsetzens, nicht einmal in den blutigsten und gräßlichsten Erdrosselungen, sondern tut nur das was getan werden muß, mit der nötigen Gewalt. Niemals mehr. In manchen Nächten hat sie zehn Morde begangen. Ihre Opfer sind im Norden und Süden über die Straßen der Stadt verstreut.

Aber ihre Opfer! O ja, sie, so viele von ihnen, haben schon so lange auf den Tod gewartet, davon geträumt, ihn in der Nacht berührt (genau wie ich eben diese Bestie berühre), daß dies die Grundlage jener Zustimmung darstellen muß, die sie im Augenblick des Zustoßens durchströmt. Sie, diese Opfer, haben schon die ganze Zeit nach einem Ereignis gesucht, das einen solchen Höhepunkt darstellen würde, daß sie in der Lage wären, die Verantwortung für ihr Leben aufzugeben, und hier, im Akt des

Mordes, erfahren sie endlich diese Bestätigung. Manche von ihnen umfingen die Bestie mit Leidenschaft, als sie ihren letzten Schlag führte. Andere haben sich ihr auf dem Gehsteig schutzlos ausgeliefert und auf ihre lebenswichtigen Organe gedeutet. Denn die Stadt, ja die Energie dieser Stadt, das glaube ich nun jedenfalls — denn ich habe lange darüber nachgedacht — gründet auf der Allgegenwart des Todes, und zu sterben bedeutet, endlich völlig eins zu werden mit dem finsteren Herzen einer Stadt, die für den Tod ersonnen worden ist. Ich werde jetzt zu philosophisch. Ich werde nicht mehr versuchen, mich zu rechtfertigen.

Denn es *gibt* keine Rechtfertigung. Was passiert, passiert eben. Die Bestie hat mir zumindest das beigebracht (zusammen mit so vielem anderen). Heute nacht stürzen wir uns überhastet auf die Stadt, die Bestie ist schon seit zwei Nächten nicht mehr draußen gewesen, sie hat drinnen mit einer Abneigung gegen die Jagd herumgewühlt, ist nicht einmal auf Aufforderung erschienen, aber jetzt, um vier morgens in dieser kältesten aller Winternächte, hat sie in mir gehämmert, danach geschrien, befreit zu werden, und ich habe ihr ihren Willen mit gewissem Eifer gelassen, weil auch ich mir (und ich gebe das ehrlich zu) ihr zuliebe die Erregung der Jagd versagt hatte.

Nun rast die Bestie die Gehsteige entlang, ihr Atem eine Feuerzunge gegen das Eis. An der ersten Kreuzung sehen wir eine junge Frau, die auf Licht wartet, die eine Reisetasche fest an sich preßt und eine Hand hochhält, um ein Taxi anzuhalten, das nicht kommen wird. (Ich weiß, daß es nicht kommen wird.) Eine frühmorgendliche Aussiedlerin aus der Stadt oder so etwas ähnliches flüstere ich der Bestie zu. Vielleicht wäre es am besten, sie in Ruhe zu lassen, denn sie sieht mager aus, und es muß schmackhafteres Fleisch geben in den Gassen da drüben ... Aber das Wesen hört nicht. Es hört auf nichts, was ich zu sagen habe. Das ist die Quelle seiner Stärke, und meine eigene Ablehnung zählt nichts gegenüber der seinen.

Denn hören Sie mir zu, hören Sie mir jetzt gut zu: Es fegt auf eine Weise in seine eigenen Vorhaben, die mich mit Bewunderung erfüllt. Es stürzt sich jetzt auf die junge Frau. Es stürzt sich auf sie. Es nimmt sie von hinten.

Es nimmt sie von hinten. Sie wehrt sich in seinem Griff wie ein Insekt in einer riesigen, gleichgültigen Hand, nur mehr Beine und Energie, ein Greifen und Grapschen, und nun stößt es ihr ganz nebenbei die Reisetasche aus der Hand, zieht sie in eine Gasse, um sie noch gründlicher zu untersuchen, den Schädel der Frau ist an seine flache, ölige Brust gepreßt, mit ihren kleinen Händen und Füßen schlägt sie um sich, und sie schreit auf so jammervolle und hoffnungslose Weise, daß ich weiß, sie wird niemals gehört werden, und sie weiß das sicher ebensogut. Das Schreien hört auf. Auch das schwache Stöhnen und Flehen, die die Pausen inmitten des Lärms ausgefüllt hatten, hören auf, und mit plötzlich ausbrechender Kraft windet sie sich in seinem Griff, wirft sich dann gegen seine Brust und blickt auf zu seinem Gesicht, um endlich das Gesicht des Mörders zu sehen, von dem sie ganz gewiß geträumt hat, diese Hexe, in so vielen Nächten. Sie sieht die Bestie. Die Bestie sieht sie.

Auch ich kenne sie.

Sie arbeitet in der Dienststelle. Sie ist eine Kollegin, die zwei Reihen weiter unten und drei weiter drüben arbeitet, eine hübsche Frau, in ihren Gesten nicht gleichgültig, sondern eher, und so wenige von diesen Hexen in der Dienststelle sind das, nett und lebhaft, nett sogar zu *mir.* In ihren Augen sitzt nie der Schalk, wenn sie mich ansieht, sie blicken immer traurig. Ich habe mit ihr nie mehr als nur gescherzt, aber ich fühle, *fühle,* daß sie mich, wenn ich ihr jemals näher käme, nicht demütigen würde.

»Oh«, sage ich im Innern der Bestie, gefangen und hilflos, während ich sie anblicke, »oh — oh.«

»Nein!« sagt sie und sieht uns dabei an. »O nein, nicht Sie, das können nicht Sie sein!« und die Bestie packt sie jetzt noch fester. »Das können nicht Sie sein! Sagen Sie nicht, daß *Sie* das sind, der mir das antut!« und ich sehe sie jetzt voll Zärtlichkeit und unendlichem Verständnis an und weiß, daß ich sie nicht retten kann, und bin so der Verantwortung enthoben, aber auch traurig. Traurig, weil die Bestie noch niemals zuvor ein Opfer gefangen hat, das ich kenne. Ich sage mit schwacher Stimme, die sie niemals hören wird (weil ich innen drin gefangen bin): »Es tut mir leid, es tut mir so leid, aber es muß sein, verstehen Sie? Wieviel kann ich noch ertragen?« und ihre Augen, das weiß ich, ihre Augen leuchten voll Verständnis auf, verdunkeln sich auch, leuchten auf und verdunkeln sich durch das Wissen, das ich übermittelt habe.

Und als jetzt der Druck beginnt, der Druck, der in zehn Sekunden ihre Kehle knacken lassen und sie töten wird, während die erstarrenden Farben der Stadt sich herabsenken, begegnen wir einander in völliger Einsamkeit, unsere Blicke treffen sich, unsere Körper berühren sich, und man kann überhaupt nichts dagegen machen. Ihr Genick bricht, und ich muß in vieler vieler vieler Hinsicht zugeben — ich werde alles zugeben —, daß dies das befriedigendste Opfer von allen gewesen ist. Von allen.

JOYCE CAROL OATES

Die Puppe

Wir haben hier eine klassische Schauergeschichte vor uns, verfaßt von einer hochangesehenen Schriftstellerin: die Schemen unauslöschlicher Erinnerungen dringen in die Wirklichkeit ein; langsam, mit einem Rascheln und Beben, wird einem der Boden unter den Füßen weggezogen. Joyce Carol Oates' glänzende Karriere als Romanschriftstellerin (»Them«, 1970 mit dem National Book Award ausgezeichnet; »Bellefleur«, 1980; außerdem fast ein Dutzend weiterer Romane) hat ihre Bedeutung für die amerikanische Kurzgeschichte verblassen lassen. Das ist paradox, weil in den jährlichen Anthologien aus Anlaß des O. Henry Prize kein anderer Schriftsteller öfter (siebzehnmal) oder häufiger hintereinander (achtmal) vertreten war als Ms. Oates. Ihre Geschichten sind seit 1961 in allen bedeutenden amerikanischen Magazinen erschienen, angefangen vom »Playboy«, »Esquire«, »Cosmopolitan« und dem »Atlantic« bis zur »Hudson Review«, dem »Virginia Quarterly« und der »Southern Review«. »In the Region of Ice« (1967) und »The Dead« (1973) wurden im O.-Henry-Wettbewerb mit dem ersten Preis ausgezeichnet, »Accomplished Desires« (1969) und »Saul Bird Says« (1972) mit dem zweiten.

Vor vielen Jahren lebte ein kleines Mädchen, das zu seinem vierten Geburtstag ein altes Puppenhaus geschenkt bekam — ein Puppenhaus von ungewöhnlicher Schönheit, Vielgestaltigkeit und Größe: denn es schien — beinahe — groß genug, daß ein Kind hineinkriechen konnte.

Das Puppenhaus war angeblich fast einhundert Jahre vorher von einem entfernten Verwandten der Mutter des kleinen Mädchens gebaut worden. Es war innerhalb der Familie weitervererbt worden und befand sich immer noch in einem ausgezeichneten Zustand: Es hatte ein steiles Giebeldach, viele hohe, schmale Fenster mit Scheiben aus echtem Glas; dunkelgrüne

Fensterläden, die tatsächlich schlossen; drei Kamine aus Stein; nachgemachte Blitzableiter; an den Seiten mit nachgemachten Schindeln gedeckt (weiß); eine Veranda, die beinahe das ganze Haus umgab; farbiges Glas an der Haustür und am Treppenabsatz des ersten Stocks; und sogar eine Kuppel, deren winzige Wölbung sich auf wundersame Art abhob. In dem großen Schlafzimmer stand ein von einem Baldachin überdachten Bett mit weißem Volant aus Organdy, sogar winzige Blumenkästen waren an den meisten Fenstern; die Möbel — natürlich alle aus viktorianischer Zeit — waren ausnahmslos elegant, mit peinlich genauer Sorgfalt und Liebe hergestellt. Die Lampenschirme waren mit winzigen Fransen aus Gold geschmückt; es existierte auch eine herrliche Wanne mit klauenartigen Füßen; und in fast jedem Zimmer hing ein Kronleuchter. Als das kleine Mädchen am Morgen seines vierten Geburtstages das Puppenhaus zum erstenmal sah, war es so überrascht, daß es nichts sagen konnte; denn das Geschenk kam unerwartet und sah unheimlich »echt« aus. Es sollte das herausragende Geschenk und die herausragende Erinnerung seiner Kindheit werden.

Florence besaß verschiedene Puppen, die alle zu groß waren — sie hatten durchschnittliche Größe —, um in das Haus zu passen, aber sie brachte sie nahe an das Haus heran, gegenüber seiner offenen Seite, und spielte dort mit ihnen. Sie regte sich über sie auf, sprach leise mit ihnen, schimpfte sie aus und dachte sich kleine Unterhaltungen zwischen ihnen aus; eines Tages fiel aus heiterem Himmel der Name *Bartholomew* — der Name der Familie, der das Puppenhaus gehört hatte. Wo hast du diesen Namen her? fragten sie ihre Eltern, und Florence erwiderte, daß so die Leute hießen, die in dem Haus wohnten. Ja, aber woher wußte sie den Namen? fragten sie.

Verdutzt und ein wenig verwirrt zeigte das Kind auf die Puppen und sagte kein Wort.

Eine der Puppen war ein Mädchen, mit glänzenden blonden Ringellocken und blauen Augen, die dichte Wimpern hatten und fast zu rund waren; eine andere war ein rothaariger, sommersprossiger Junge in einem Jeans-Overall und einem karierten Hemd. Sie waren offensichtlich Bruder und Schwester. Eine weitere Puppe war eine Frau, vielleicht die Mutter, die leuchtend rote Lippen hatte und einen Hut trug, geschickt aus weichen weiß-grauen Federn gefertigt. Sie hatte selbst eine Babypuppe, aus ganz weichem Gummi, ohne Haare und ohne Gesichtsausdruck und im Verhältnis zu den anderen Puppen ein wenig zu groß; und einen Spaniel, gut zwanzig Zentimeter lang, mit großen braunen Augen und einem drolligen aufgerichteten Schwanz. Manchmal war die eine Puppe Florences besonderer Liebling, manchmal eine andere. Es gab Tage, da zog sie das blonde Mädchen vor, das mit den Augen rollen konnte und das eine liebliche, zarte Pfirsichhaut hatte. Es gab Tage, da war anscheinend der schelmische rothaarige Junge ihr Liebling. Manchmal verbannte sie alle Menschenpuppen und spielte nur mit dem Spaniel, der so klein war, daß er in die meisten Zimmer des Puppenhauses paßte.

Gelegentlich zog Florence die Menschenpuppen aus und wusch sie mit einem winzigen Schwamm ab. Wie seltsam sie aussahen, ohne ihre Kleider . . .! Ihre Körper hatten keine Poren, waren glatt und ausdruckslos, und sie hatten nichts Geheimnisvolles oder Widerliches an sich, keine Spalten, in denen sich der Schmutz verbergen konnte, und sie machten überhaupt keine Sorgen. Ihre Gesichter waren nicht aus der Ruhe zu bringen, immer gleich. Augen, die ruhig, klug, furchtlos und starr blickten und die keine schroffen Worte oder Schläge beunruhigen konnten. Aber Florence liebte ihre Puppen sehr und verspürte nur selten das Bedürfnis, sie zu bestrafen.

Natürlich war das Puppenhaus ihr Schatz, mit dem steil abfallenden viktorianischen Dach und seinem Fachwerk, das wie Lebkuchen aussah, und den zahllosen Fenstern und jener prächtigen Veranda, auf der kleine Schaukelstühle aus Holz standen, die alle mit winzigen Kissen ausgestattet waren. Die Besucher — Freunde ihrer Eltern oder gleichaltrige Mädchen — waren immer erstaunt, wenn sie es zum erstenmal sahen. Sie sagten dann: O ist das schön! Und sie sagten: Also, es ist fast so groß wie ein echtes Haus, nicht wahr? — obwohl das natürlich nicht stimmte; es war nur ein Puppenhaus, weniger als einen Meter hoch.

Fast vier Jahrzehnte später, als Florence Parr gerade die East

Fainlight Avenue in Lancaster in Pennsylvania entlangfuhr, einer Stadt, in der sie noch nie zuvor gewesen war und von der sie weiter nichts wußte, bemerkte sie voller Erstaunen hoch oben auf einem prächtigen, von Ulmen überschatteten Hügel, etwas von der Straße abgelegen, ihr altes Puppenhaus — das heißt, sein Ebenbild. Das Haus. Das Haus selbst.

Sie war so überrascht, daß sie einige Sekunden lang nicht überlegen konnte, was sie machen sollte. Ihre allererste Reaktion war, den Wagen abzubremsen — denn sie war eine vorsichtige, sogar übervorsichtige Fahrerin; beim ersten Anzeichen einer verwirrenden oder schwierigen Situation hielt sie immer ihren Wagen an.

Eine breite, schöne, von Ulmen und Platanen gesäumte Straße, in einer bezaubernden Stadt, die ihr vollkommen unbekannt war. Spätapril: ein duftender, fast betäubender Frühling nach einem bitterkalten und lang anhaltenden Winter. Selbst die Luft zitterte, durchtränkt von Wärme und Farbe. Die Gebäude und Anlagen in diesem Teil dieser Stadt waren so beeindruckend, so prächtig, wie sie derlei noch nie zuvor gesehen hatte: eigentlich waren die Häuser Villen, die ihren Reichtum zur Schau trugen und deren sanftabfallende, gepflegte Rasenflächen durch Ziegelmauern oder schmiedeeiserne Zäune oder dichte immergrüne Hecken von der Straße abgeschirmt waren. Und überall Azaleen, diese herrlichsten aller Frühlingsblumen — scharlachrot und weiß und gelb und pfirsichfarben; sie blendeten einen fast mit ihrer Schönheit. Und frisch bepflanzte Beete mit Tulpen, meistens von roter Farbe; und erlesene Apfelblüten und Kirschblüten und andere blühende Bäume, die Florence wohl kannte, jedoch nicht bei ihrem Namen, *Ihr* Haus war von einem altmodischen schmiedeeisernen Zaun umgeben, und in dem riesigen Vorgarten wuchsen rote und gelbe Tulpen, die sich durch das unkrautdurchwucherte Gras ihren Weg gebahnt hatten.

Sie wurde sich plötzlich bewußt, daß sie auf dem Gehweg stand, am vorderen Tor. Wie jenes unhandliche Tor, das dazu bestimmt war, die Auffahrt zu verschließen, war auch dieses Tor nicht nur offen, sondern seine Eisenspitzen hatten sich unten in den Boden gebohrt; es war schon einige Zeit nicht mehr geschlossen worden und konnte wahrscheinlich nicht herausgenommen werden. Irgend jemand hatte vor nicht allzu langer Zeit ein schwarz beschriftetes, mit der Hand gemaltes Schild angebracht: 1377 East Fainlight. Aber kein Name, nicht einmal ein Familienname. Florence stand da und starrte das Haus an, während ihr Herz wie wild klopfte. Sie konnte nicht glauben, was sie da sah. Ja, dort stand es, kein Zweifel — aber es *konnte* einfach nicht sein, nicht in solch genauer Übereinstimmung.

Das alte Puppenhaus. Ihres. Nach so vielen Jahren. Das steil abfallende Dach aus — wie es schien — Schiefer; die alten Blitzableiter; die absurde kleine Kuppel, die so entzückend aussah; die Veranda; die weißen Schindeln an den Seiten (die in der hellen Frühlingssonne einen verwitterten und grauen Eindruck machten); vor allem aber, am auffälligsten, die acht hohen, schmalen Fenster, vier auf jedem Stockwerk, mit ihren dunklen Fensterläden. Florence konnte nicht erkennen, ob die Fensterläden in sehr dunklem Grün oder in Schwarz gehalten waren. Welche Farbe hatten sie denn in dem Puppenhaus gehabt . . . Sie bemerkte, daß das Fachwerk, das wie Lebkuchen aussah, ziemlich verrottet war.

Die erste Woge der Erregung, fast des Schwindels, die sie im Auto überkommen hatte, war abgeebbt; aber sie hatte immer noch ein unangenehmes, bedrückendes Gefühl. Ihr altes Puppenhaus. Hier in der East Fainlight Avenue in Lancaster/Pennsylvania. Das sie so plötzlich an diesem warmen Frühlingsmorgen erblickt hatte. Und was hatte das zu bedeuten . . . ? Es gab ganz sicher eine Erklärung. Ihr Onkel, dieser entfernte Verwandte, der das Haus für seine Tochter gebaut hatte, hatte dieses Haus — oder irgendeines, das diesem glich — einfach nachgemacht; es gab zweifellos viele Häuser wie dieses. Florence wußte nur wenig über viktorianische Architektur, aber sie nahm an, daß viele Nachahmungen existierten, selbst von großen, kostspieligen Häusern. Anders als die Architekten heutzutage, mußten die Architekten jener Zeit in ihren Möglichkeiten beträchtlich eingeschränkt gewesen sein, dazu gezwungen, immer wieder bestimmte Grundstrukturen und eine bestimmte Grundornamentik zu verwenden — die Kuppeln, die Giebel, das komplizierte Fachwerk. Was ihr so seltsam, so geheimnisvoll vorkam, war eigentlich nichts anderes als ein Zufall. Sie konnte eine interessante Geschichte, eine lustige Anekdote daraus machen, wenn sie wieder nach Hause kam; obwohl es vielleicht nicht einmal der Erwähnung wert war. Ihre Eltern hätten sich sehr dafür interessiert, aber sie waren beide tot. Und sie selbst war immer ziemlich vorsichtig, wenn sie auf sich, auf ihr Privatleben, zu sprechen kam, denn sie dachte mehr oder weniger, daß ihre Freunde, Bekannten und Kollegen fast alles, was sie an privaten Dingen erzählte, entsprechend ihren Vorstellungen umdeuten würden, die sie von ihr als einer im öffentlichen Leben stehenden Person hatten; und das wollte sie vermeiden.

An einem der oberen Fenster bewegte sich etwas, das ihren Blick auf sich zog. Dann übertrug sich die Bewegung, gleichsam fließend und wundersam, auf die anderen Fenster, glitt von rechts nach links weiter ... Aber nein, es spiegelten sich nur die Wolken darin wider, die hoch über ihrem Kopf am Himmel dahintrieben.

Sie rührte sich nicht vom Fleck. Es war ihr gar nicht ähnlich, es war ganz untypisch für sie, doch sie stand still da. Sie wollte nicht zur Veranda hinaufgehen, sie wollte nicht an der Tür klingeln, solch ein Verhalten wäre lächerlich, und es fehlte ihr sowieso die Zeit dazu; eigentlich sollte sie weiterfahren. Man erwartete sie in Kürze. Aber sie konnte sich nicht abwenden. Weil es wirklich das Haus war. Nicht zu glauben, es war ihr altes Puppenhaus. (Das sie natürlich verschenkt hatte, vor dreißig — fünfunddreißig? — Jahren. Und an das sie seitdem selten gedacht hatte.) Es war lächerlich, hier zu stehen, so überrascht, so langsam im Denken, so ganz gegen ihre Natur verletzbar ... doch welche andere Haltung war angemessen, welche andere Haltung würde nicht das sonderbare Gefühl des Heiligen, des Jenseitigen verletzen, das das Haus geweckt hatte.

Sie würde doch an der Tür klingeln, warum nicht? Sie war eine großgewachsene, zuversichtliche Frau mit ziemlich breiten Schultern, trug ein geschmackvolles cremefarbenes Frühlingskleid; es war nicht ihre Art, sich für etwas zu entschuldigen oder sich verlegen zu fühlen. Vor vielen Jahren vielleicht, als Mädchen, als schüchternes, albernes, gehemmtes Mädchen — aber jetzt nicht mehr. Sie hatte ihr welliges, allmählich schon grau werdendes Haar elegant aus der hohen kräftigen Stirn zurückgekämmt. Sie trug kein Make-up, hatte schon vor Jahren aufgehört, sich damit abzuplagen, und bei ihrem von Natur aus geröteten, glatten Teint war sie eine hübsche Frau — und besonders dann attraktiv, wenn sie lächelte und ihre dunklen, starr blickenden Augen etwas freundlicher dreinschauten. Sie *würde* an der Tür klingeln und sehen, wer zur Tür kam, und dann irgend etwas sagen, was ihr gerade in den Sinn kam. Sie sei auf der Suche nach einer Familie, die in der Nachbarschaft wohnte, sie werbe um Stimmen für die Wahl zur Schulverwaltung, sie wolle anfragen, ob sie ein paar alte Kleider, alte Möbelstücke hätten, um . . .

Auf halbem Weg erinnerte sie sich daran, daß sie den Schlüssel in der Zündung hatte stecken lassen und der Motor noch lief. Und ihre Handtasche lag noch auf dem Sitz.

Ihr fiel auf, daß sie ungewöhnlich langsam ging. Das paßte gar nicht zu ihr, und das seltsame, verwirrende Gefühl, gar nicht wirklich zu existieren, eine andere Welt betreten zu haben, war ihr völlig neu. Ein Hund fing irgendwo in der Nähe zu bellen an, und dieses Geräusch schien ihre Brust und ihr Innerstes zu durchbohren. Sie geriet in Panik. Die Augenlider flatterten unwillkürlich . . . Aber das war natürlich unsinnig. Sie würde an der Tür klingeln, irgend jemand würde öffnen, vielleicht ein Bediensteter, vielleicht eine ältere Frau, sie würden sich kurz unterhalten, Florence würde einen Blick in die Diele werfen, um festzustellen, ob der alte Messingleuchter noch da war, ob der »Marmor«boden noch existierte. Kennen Sie eine Familie Parr, würde Florence fragen, wir leben schon seit Generationen in Cummington in Massachusetts, möglicherweise hat einer aus meiner Familie Sie in diesem Haus besucht, aber natürlich ist das schon sehr lange her. Tut mir leid, wenn ich störe, aber ich kam gerade vorbei, und da hab' ich Ihr eindrucksvolles Haus gesehen, und ich konnte nicht widerstehen und hab' aus Neugier einen Moment angehalten . . .

Da waren ja die Scheiben aus farbigem Glas auf jeder Seite der Eichentür! Aber so groß und die Farben so kräftig. In dem Puppenhaus waren sie kaum zu sehen gewesen, nur Splitter aus farbigem Gals. Aber hier maß jede ungefähr einen Fuß im Quadrat, unfaßbar schön: rot, grün, blau. Wie die Glasfenster in einer Kirche.

Tut mir leid, wenn ich störe, flüsterte Florence, aber ich kam gerade vorbei und ...

Tut mir leid, wenn ich störe, aber ich suche eine Familie namens Bartholomew, ich habe Grund zu der Annahme, daß sie hier in der Gegend wohnt ...

Aber als sie gerade auf die Veranda treten wollte, nahm das Gefühl der Panik zu. Sie atmete flach und gehetzt, ihre Gedanken rasten wie wild nach allen Richtungen, sie hatte einfach schreckliche Angst und konnte sich nicht von der Stelle rühren. Das Bellen des Hundes war inzwischen regelrecht hysterisch geworden.

Wenn Florence wütend oder niedergeschlagen oder beunruhigt war, dann murmelte sie für gewöhnlich ihren Namen vor sich hin, Florence Parr, Florence Parr, das besänftigte, Florence Parr, es klang fast wie ein Tadel, denn schließlich *war* sie ja Florence Parr, und das brachte sowohl Verantwortung als auch Autorität mit sich. Sie nannte ihren Namen, wies sich aus. Das reichte normalerweise, um ihre zügellosen Gedanken unter Kontrolle zu bringen. Aber sie war schon seit vielen Jahren nicht mehr in Panik geraten. Die ganze Kraft schien aus ihrem Körper geflohen, ihm entzogen worden zu sein. Der Gedanke jagte ihr Angst ein, sie könnte auf dem Gehsteig ohnmächtig werden. Wie lächerlich würde sie sich da machen ...

Als junge Dozentin war sie eines Tages beinahe einer Panik erlegen, mitten in einer Vorlesung über die metaphysischen Dichter. Seltsamerweise war das nicht zu Beginn des Semesters passiert, sondern erst später, im zweiten Monat, als sie schon zu der Überzeugung gelangt war, sie sei eine durchaus fähige Lehrerin. Das höchst ungewöhnliche Gefühl der Furcht, einer unergründlichen und grundlosen Furcht, die sie danach nie hatte verstehen können ... Gerade noch hatte sie über Donnes berühmtes Bild in dem Gedicht »Die Reliquie« gesprochen — einem Reif von »glänzend' Haar um das Gebein« —, da überfiel sie im nächsten Augenblick eine so panische Angst, daß sie kaum mehr atmen konnte. Sie wollte aus dem Hörsaal rennen, wollte aus dem Gebäude rennen. Es war, als wenn ihr der Teufel erschienen wäre. Er blies ihr ins Gesicht, stieß sie umher, versuchte, sie nach unten zu ziehen. Sie würde ersticken, sie würde vernichtet werden. Dieses Gefühl war vielleicht das Unangenehmste, was sie bisher in ihrem Leben durchgemacht hatte, obwohl es nicht von Schmerzen oder bestimmten Vorstellungen begleitet war. Warum sie so erschreckt war, konnte sie nicht verstehen. Warum sie sich nichts sehnlicher wünschte, als aus dem Hörsaal zu rennen, den neugierigen Augen der Studenten zu entfliehen, sollte sie niemals begreifen.

Aber sie flüchtete doch nicht. Sie zwang sich dazu, am Rednerpult zu bleiben. Obwohl ihre Stimme stockte, blieb Florence nicht stecken; sie fuhr mit der Vorlesung fort und sprach gegen einen blendenden Dunst an. Ganz bestimmt hatten die Studenten ihr Zittern bemerkt... Aber sie war hartnäckig, sie war wirklich ganz schön resolut für eine junge Frau von vierundzwanzig, und dadurch daß sie sich dazu zwang, sich selbst zu imitieren, ihren normalen Tonfall und ihre Angewohnheiten zu imitieren, konnte sie den Anfall überwinden. Als er allmählich vorüberging und sie wieder klarer zu sehen vermochte, sich ihr Herzschlag verlangsamte, schien sie zu wissen, daß sich ein solcher Ausbruch nie mehr in einem Hörsaal wiederholen würde — und das erwies sich als richtig.

Aber jetzt konnte sie ihre Angst nicht überwinden. Sie hatte kein Rednerpult zum Festhalten, sie hatte keine Vorlesungsnotizen, an denen sie sich orientieren konnte, hatte niemanden zum Imitieren, sie konnte sich nur fürchterlich lächerlich machen. Bestimmt beobachtete sie irgend jemand vom Haus aus... Ihr kam plötzlich der Gedanke, daß sie eigentlich keinerlei Grund, keine Ausrede hatte, warum sie hier war. Was in aller Welt sollte sie sagen, wenn sie an der Tür klingelte! Wie würde sie sich einem skeptischen Fremden gegenüber rechtfertigen können! Ich mußte einfach Ihr Haus von innen sehen, würde sie leise sagen; eine Kraft, die ich selber nicht erkären kann, hat mich diesen Weg heraufgeführt, bitte entschuldigen Sie, bitte, lassen Sie mir meinen Willen, ich fühle mich nicht wohl, ich bin gar nicht ich selbst heute morgen, ich wollte nur Ihr Haus von innen sehen, um festzustellen, ob es wirklich das Haus ist, an das ich mich erinnere... Ich hatte ein Haus wie das Ihre. Es war Ihres. Aber niemand wohnte in meinem Haus außer Puppen; außer einer Puppenfamilie. Ich liebte sie, aber ich hatte immer das Gefühl, daß sie mir den Weg versperrten, zwischen mir und etwas anderem standen ...

Dem bellenden Hund schloß sich ein weiterer an, ein Nachbarhund. Florence wich zurück. Drehte sich dann um und eilte wieder zu ihrem Wagen, wo tatsächlich noch der Schlüssel in der Zündung steckte und ihre elegante Ledertasche auf dem Sitz lag, auf dem sie sie reichlich unvorsichtig zurückgelassen hatte.

So floh sie vor dem Puppenhaus, während ihr armes Herz pochte. Was bist du doch für eine Närrin, Florence Parr, dachte sie unbarmherzig, und eine tiefe, warme Röte stieg ihr ins Gesicht.

Der übrige Tag — der Empfang am späten Nachmittag, das eigentliche Essen, das gesellige Zusammensein nach dem Essen — ging ohne Schwierigkeiten, ja sogar routinemäßig vorbei, erschien ihr aber eher als unwirklich. Es war nicht sehr überzeugend; daß sie Florence Parr, die Präsidentin des Champlain College war, daß sie auf dieser Tagung von Verwaltungsbeamten aus privaten Colleges, die geisteswissenschaftliche Fächer lehrten, einen Vortrag halten sollte — aus irgendeinem Grund kam es ihr wie Betrug, wie Schwindelei vor. Vor ihrem inneren Auge erschien immer wieder das Puppenhaus. Wie merkwürdig, wie äußerst merkwürdig war doch das Erlebnis gewesen, aber es gab niemanden, mit dem sie darüber sprechen, der ihr vielleicht sogar helfen konnte, dem Geschehen eine geringere Bedeutung zuzumessen, es in eine vergnügliche Anekdote zu verwandeln ... Die anderen bemerkten ihr Unbehagen nicht. Sie behaupteten doch tatsächlich, sie sehe gut aus, sie seien entzückt, Florence zu treffen und ihr die Hand schütteln zu dürfen. Viele waren alte Bekannte, Männer und Frauen, aber in erster Linie Männer, mit denen sie in der Vergangenheit an dem einen oder anderen College zusammengearbeitet hatte; eine ganze Reihe war ihr unbekannt, jüngere Verwaltungsbeamte, die von ihren gewaltigen Anstrengungen am Champlain College gehört hatten und die ihr nun vorgestellt werden wollten. In der lauten Atmosphäre beim vorabendlichen Cocktail und dann beim Essen hörte sie sich mit leicht verwirrter Stimme von den üblichen Dingen sprechen: abnehmende Studentenzahlen, Aktionen für Baugelder, Unterstützung durch ehemalige Studenten, Stiftungen, Investitionen, Staats- und Bundesmittel. Ihre Ausführungen stießen auf dieselbe gebührende Aufmerksamkeit wie immer, so als wäre alles mit ihr in Ordnung.

Zum Essen zog sie ein Leinenkleid mit hellblauen und dunkelblauen Streifen an, das ihre hochgewachsene, ziemlich anmutige Figur betonte und den Blick von ihren breiten Schultern und ihren etwas stabilen Oberschenkeln ablenkte; sie trug neue Schuhe mit einem modischen, sieben Zentimeter hohen Absatz, obwohl sie solche Schuhe verabscheute. Ihr Haarschnitt stand ihr gut, sie hatte ihre Nägel am Abend vorher manikürt und sogar lackiert, sie nahm an, sie sah attraktiv genug aus, besonders zwischen diesen Leuten, die alle mittleren Alters oder älter waren. Aber ihre Gedanken wanderten immer wieder von den Anwesenden weg, von dem hübschen, wenngleich ziemlich düsteren Eßzimmer aus der Kolonialzeit, selbst von der lebendigen, geistreichen Tischrede eines beliebten Verwaltungsbeamten und Schriftstellers, des ehemaligen Präsidenten vom Williams College und früher einmal — vor sehr, sehr langer Zeit — ein Kollege von Florence in Swarthmore. Sie lächelte und lachte, wenn die anderen auch lächelten und lachten, aber sie konnte dem scharfen Witz dieses vornehmen weißhaarigen Herrn nicht die rechte Aufmerksamkeit schenken; ihre Gedanken wanderten immer wieder zu dem Puppenhaus, draußen an der East Fainlight Avenue. Es war schon richtig gewesen, daß sie nicht an der Tür geläutet hatte, denn was wäre gewesen, wenn jemand, der auch an der Tagung teilnahm, ihr die Tür geöffnet hätte; schließlich war das Lancaster College der Gastgeber. Sie hätte sich unglaublich lächerlich gemacht . . .

Kurz nach zehn begab sie sich auf ihr Zimmer in dem aus Stein gebauten Haus für die ehemaligen Studenten, obwohl es offensichtlich war, daß immer noch einige Leute mit ihr sprechen wollten, und sie wußte, daß ihr eine schlaflose Nacht bevorstand. Als sie dann wirklich in dem Zimmer mit den alten Möbeln und der auffallend auffälligen Tapete war, bedauerte sie es, die überschäumende Stimmung unten im Haus verlassen zu haben. Obwohl die kleinen privaten Colleges, wie allgemein bekannt, in Schwierigkeiten steckten, und obwohl die meisten Verwaltungsbeamten, die an der Tagung teilnahmen, in ihren

Fachbereichen ernste finanzielle Probleme hatten und auch allgemein eine schlechte Atmosphäre herrschte, existierte doch ein kameradschaftlicher, herzlicher Geist. Das war nur die natürliche Folge davon, daß sich die Leute ziemlich regelmäßig trafen. In einem solchen Rahmen kann man der spaßigen Bemerkung, dem dankbaren Lachen, dem Gefühl vergnügter Mittäterschaft (auch wenn es das Schicksal nicht sonderlich gut mit einem meinte) gar nicht widerstehen. wie rätselhaft doch die menschliche Persönlichkeit ist, dachte Florence, als sie sich zum Schlafen fertigmachte, sich dabei untypisch langsam bewegte, wenn man für andere nur als öffentliche Person existierte, für einen selbst als private, und trotzdem beide Wirklichkeit waren. Beide als wirklich erfahren wurden.

Sie lag in dem fremden Bett und konnte nicht schlafen. In der Ferne hörte sie Geräusche; sie schaltete die Klimaanlage ein, nur den Ventilator, um sie zu übertönen. Trotzdem konnte sie nicht schlafen. Das Haus an der East Fainlight Avenue, das Puppenhaus ihrer Kindheit — sie lag mit offenen Augen da, dachte absurde, unzusammenhängende Dinge, fragte sich jetzt, warum sie sich eigentlich *nicht* durch den belanglosen Angstausbruch hindurch bis zur Verandatreppe und zur Tür vorgekämpft hatte, schließlich war sie doch Florence Parr, sie brauchte sich nur vorzustellen, wie die Leute sie anschauten — der Fachbereichsrat, die Studenten, ihre Kollegen aus der Verwaltung —, um zu wissen, wie sie sich zu verhalten hatte, wie entgegenkommend sie sein, welches Selbstvertrauen sie ausstrahlen mußte. Nur wenn sie vergaß, wer sie eigentlich war, und sich vorstellte, sie sei völlig auf sich allein gestellt, dann lähmte sie die Ungewißheit, und man konnte ihr leicht Angst einjagen.

Die Leuchtziffern auf ihrer Uhr verrieten ihr, daß es erst fünf nach halb elf war. Sicher noch nicht zu spät, um sich anzukleiden, zu dem Haus zurückzukehren und an der Tür zu klingeln. Natürlich würde sie nur klingeln, wenn unten noch Licht brannte, wenn bestimmt noch jemand auf war... Vielleicht lebte dort ein älterer Herr, allein, jemand, der ihren Großvater gekannt hatte, jemand, der die Parrs in Cummington besucht hatte. Denn es *mußte* eine Verbindung geben. Man konnte natürlich gut von Zufall reden, aber sie wußte, wußte dank einer tiefen, unerschütterlichen Überzeugung, daß eine Verbindung zwischen dem Puppenhaus und dem Haus hier in der Stadt bestand, eine Verbindung zwischen ihrer Kindheit und diesem Haus... Wenn sie sich jedoch gegenüber jemandem, der die Tür aufmachte, rechtfertigen würde — wer immer das sein mochte —, dann mußte dies in einem zwanglosen Plauderton geschehen. Die Jahre in der Verwaltung hatten sie diplomatisches Verhalten gelehrt; man durfte nicht *zu* ernst erscheinen. Ernst wirkt bei führenden Persönlichkeiten beunruhigend; was man haben mußte, war ein leichter, zuversichtlicher Ton, einen Ausdruck, als verfüge man über irgendein persönliches oder sogar geheimes Wissen. Die Leute wollen nicht mit ihren Führern auf gleicher Stufe stehen: sie wollen, sie haben das dringende Bedürfnis, daß diese ihnen überlegen sind. Diese Überlegenheit muß jedoch stillschweigend zum Ausdruck kommen, sonst wirkt sie verletzend...

Plötzlich fürchtete sie sich. Es schien ihr durchaus möglich, daß diese panische Angst sie vielleicht am nächsten Morgen überfallen könnte, wenn sie ihren Vortrag halten würde (»Die Zukunft der Geisteswissenschaften im amerikanischen Bildungssystem«). Ihr Vortrag war für halb zehn vorgesehen; sie würde der erste Redner an diesem Tag und der erste wirkliche Redner der Tagung überhaupt sein. Und es war durchaus möglich, daß dieser beunruhigende Schwächeanfall wiederkommen würde, dieses Gefühl völliger, fast kindlicher Hilflosigkeit...

Sie richtete sich auf, schaltete das Licht ein und sah ihre Aufzeichnungen durch. Sie waren mit der Hand, nicht mit der Maschine geschrieben; sie hatte zu ihrer Sekretärin gesagt, sie solle sich nicht die Mühe machen, die Aufzeichnungen zu tippen, die Rede hatte sie schon bei verschiedenen Gelegenheiten gehalten, sie wollte die ganze Sache eher im Gesprächston als hochoffiziell angehen, obwohl sie natürlich die notwendigen Statistiken zitieren würde... Aber vielleicht war es doch ein Fehler gewesen, die Aufzeichnungen nicht tippen zu lassen. Zu bestimmten Zeiten konnte sie ihre eigene Handschrift nicht entziffern.

Vielleicht würde ein Drink helfen. Aber sie konnte schlecht zum Lancaster Inn hinübergehen, wo die Tagung stattfinden sollte und wo es eine Bar gab; und natürlich hatte sie auch nichts hier auf ihrem Zimmer. eigentlich trank sie nur selten Alkohol. Sie trank nie allein. Wenn ihr jedoch ein Drink in den Schlaf verhelfen, ihre sich wild jagenden Gedanken beruhigen würde . . .

Es waren auch Bekannte von ihr da, und sogar zwei oder drei Leute, die sich für Freunde halten mochten, aber die konnte sie nicht um Hilfe bitten; allein schon der Gedanke war erniedrigend. Und dann würde es sich natürlich hinterher herumsprechen. Florence Parr hier, Florence Parr da. Sie würde sich lächerlich machen, sie würde vernichtet und besiegt werden. Trotzdem: wenn sie nicht schlafen konnte, wenn sie der Gedanke an das Puppenhaus die ganze Nacht verfolgen würde, dann könnte es sehr gut sein, daß sie am nächsten Morgen ihren Vortrag nicht halten konnte. »Die Zukunft der Geisteswissenschaften im amerikanischen Bildungssystem.« Wenn sie ihre Skepsis so geschickt vorbringen wollte wie der frühere Präsident vom Williams College, dann sollte sie vielleicht mit den Worten beginnen: »Gibt es überhaupt eine Zukunft — welcher Art auch immer — im amerikanischen Bildungssystem . . .« und alle würden lachen. Man konnte alles sagen. Aber man durfte nicht zusammenbrechen, man durfte nicht stottern und stocken und gezwungen sein, das Rednerpult zu verlassen.

Florence Parr hier, Florence Parr da.

Das Puppenhaus war ein Geburtstagsgeschenk gewesen. Vor vielen Jahren. Sie konnte sich nicht erinnern, vor wie vielen schon. Und sie dachte an ihre Puppen, an ihre kleine Puppenfamilie, an die sie ihr ganzes Leben nicht mehr gedacht hatte. Sie spürte das schmerzhafte Gefühl des Verlustes, der Zärtlichkeit . . .

Florence Parr, die ziemlich häufig unter Schlaflosigkeit litt. Aber natürlich wußte das niemand.

Florence Parr, der man einen Knoten aus der rechten Brust entfernt hatte, nur eine Zyste, völlig harmlos, kurz nach ihrem achtunddreißigsten Geburtstag. Aber keiner von ihren Freunden in Champlain wußte etwas davon. Nicht einmal ihre Sekretärin wußte es. Und das böse kleine Ding stellte sich als gutartig heraus: völlig harmlos. Also war es gut, daß keiner etwas davon wußte.

Florence Parr, von der man sich erzählte, daß sie zurückhaltend, bisweilen sogar reserviert sei. Man könne nicht richtig an sie herankommen, behauptete jemand. Und trotzdem hieß es oft von ihr, sie sei äußerst herzlich und offen und ehrlich und ihr gehe jede Arglist ab. Eine beliebte Präsidentin. Und trotzdem konnte sie auf die Unterstützung durch ihren Fachbereich bauen. Hier und da kam es schon einmal zu persönlichen Eifersüchteleien, besonders unter den Vizepräsidenten und Dekanen, aber im allgemeinen unterstützten sie alle, und das wußte sie und war dafür dankbar und wollte diese Unterstützung auch behalten.

Nur war es so, daß ihr Verstand immer arbeitete, bis spät in die Nacht. Dahinraste. Nicht stillstehen wollte.

Wenn sie manchmal glaubte, sie hätte geschlafen oder sie sei völlig in Musik versunken gewesen, stellte sie fest, daß ihr Verstand — ihre unermüdlich rasenden Gedanken — eigene Wege gegangen waren, Komplotte geschmiedet hatten.

Komplotte, Möglichkeiten, Spekulationen. Wenn ich das mache, hat das zur Folge . . . Wenn ich das nicht mache, hat das zur Folge . . .

Sollte sie ihrem inneren Drang nachgeben, sich schnell anziehen und zu dem Haus zurückkehren? Es würde nicht länger als zehn Minuten dauern. Und höchstwahrscheinlich würde das Licht unten *nicht* brennen, die Bewohner würden schon schlafen, sie würde von der Straße aus erkennen, daß ein Besuch völlig ausgeschlossen war, sie würde einfach weiterfahren. Und davor bewahrt werden, verwegen zu handeln.

Wenn ich das mache, hat das zur Folge . . .

Wenn ich das nicht mache . . .

Natürlich, sie war kein impulsiv handelnder Mensch. Und sie schätzte auch impulsive, »spontane« Leute nicht besonders — sie hielt sie für unreif, oft mit einem Hang zur Selbstdarstellung. Es war häufig der Fall, daß diese Leute sich ihrer eigenen Spontanität sehr wohl bewußt waren . . .

Sie verteidigte sich immer gegen den Vorwurf, berechnend zu sein. Allzu vorsichtig zu sein. Sie war einfach von Natur aus sehr pragmatisch. Sie nahm Aufgaben mit dem größten Interesse in Angriff und ging völlig darin auf, eine nach der anderen, Monat für Monat und Jahr für Jahr, und andere Überlegungen mußten in den Hintergrund treten. Sie hatte zum Beispiel nie geheiratet. Das Überraschende daran wäre nicht gewesen, daß Florence Parr geheiratet hätte, sondern daß sie die Zeit dazu gefunden hätte, eine Beziehung zu pflegen, die mit einer Heirat endete. Ich persönlich habe nichts gegen eine Heirat, sagte sie einmal mit unbeabsichtigter Naivität, aber es würde zuviel Zeit kosten, einen Mann kennenzulernen, mit ihm auszugehen, zu reden ... In Champlain, wo jeder sie mochte und Anekdoten über sie kannte, erzählte man sich, sie habe, selbst als sie noch jünger war, Männer gar nicht wahrgenommen, selbst die nicht, die ihr besondere Aufmerksamkeit widmeten; sie habe einige Jahre später einen jungen Sprachwissenschaftler, dessen Arbeitsplatz in der Widener Library direkt neben dem ihren lag nicht wiedererkannt, obwohl der junge Mann behauptete, er habe sie jeden Tag gegrüßt und gelegentlich zum Kaffee eingeladen. (Sie hatte immer abgelehnt, sie war viel zu beschäftigt gewesen.) Als er in Champlain auftauchte, verheiratet, Autor eines wohlwollend aufgenommenen Buches über linguistische Theorie und außerordentlicher Professor in der geisteswissenschaftlichen Abteilung, war Florence nicht nur nicht in der Lage gewesen, ihn wiederzuerkennen, sie konnte sich vielmehr überhaupt nicht an ihn erinnern, obwohl er sich lebhaft an sie erinnerte und sogar die Anwesenden dadurch erheiterte, daß er Florence die verschiedenen Kleidungsstücke beschrieb, die sie in jenem Winter getragen hatte, selbst die Farbe ihrer Stricksocken erwähnte. Sie war natürlich zutiefst verlegen gewesen, fühlte sich aber trotzdem geschmeichelt und belustigt. Schließlich war es ein Beweis dafür, daß Florence Parr immer und zu jeder Zeit Florence Parr war.

Hinterher war sie freilich etwas betrübt, denn die Anekdote besagte doch, daß sie sich tatsächlich *nicht* für Männer interessierte. Sie war nicht etwa eine alte Jungfer, weil sie sitzengeblieben war, auch nicht, weil sie bei ihrer eigenen Wahl zu anspruchsvoll gewesen war, sondern schlicht deshalb, weil sie sich nicht für Männer interessierte, sie nicht einmal »sah«, wenn sie sich ihr vorstellten. Es war traurig, aber es war nicht zu leugnen. Sie war ein Asket, nicht aufgrund eines Willensaktes, sondern aufgrund ihrer Veranlagung. Was bedeutete es denn wirklich, wenn eine Frau sagte, sie fühle sich zu dem Mann *hingezogen*... Erotische Liebe, sexuelle Beziehungen, sie waren geheimnisvoll, rätselhaft. Was hatten sie für eine Bedeutung, warum interessierten sich alle dafür, warum investierten sie soviel Kraft...? Natürlich hatte sie mit niemandem über diese Dinge gesprochen, weil ihr klar war, daß andere Leute unmöglich mehr wissen konnten als sie, daß sie höchstwahrscheinlich weniger wußten; aber vor vielen Jahren vertraute ihr eine verzweifelte Professorin in Swarthmore einmal an, sie habe, obwohl sie mit einundzwanzig Jahren geheiratet habe, mit fünfundzwanzig geschieden worden sei und mit neunundzwanzig wieder geheiratet habe, und obwohl sie so viele Liebhaber gehabt hatte, daß sie diese nicht mehr zählen, geschweige denn sich an sie erinnern könne, selbst sie, mit all dieser außergewöhnlichen Erfahrung, habe keinen blassen Schimmer von Liebe oder Sex oder der »Beziehung zwischen den Geschlechtern«. Halb weinend, halb lachend (denn die Frau trennte sich gerade von ihrem damaligen Liebhaber, einem verheirateten Englischprofessor, den Florence gut kannte und dessen Liaison mit dieser Frau Florence nicht im entferntesten geahnt hatte) hatte sie Florence erzählt, daß all ihre Liebhaber zusammengenommen noch keinen einzigen Freund ergäben und daß ihre Ehen und Liebesaffären für sie in der Rückschau die Qualität melodramatischer, zweitrangiger Filme besäßen, die man eine bestimmte Zeit aushalten kann, weil man sich dazu verpflichtet fühlt, denn schließlich hat man ja dafür bezahlt. Ich habe nie herausfinden können, sagte die Frau, ob Sex etwas Gesellschaftliches ist, etwas gesellschaftlich Bedingtes oder einfach ein körperlicher Trieb, den man auf andere überträgt.

Florence wollte fast sagen: »Aber was ist, wenn einer nicht einmal diesen körperlichen Trieb besitzt« — doch sie hatte natürlich klugerweise, wohlweislich, geschwiegen.

An dieser Stelle geschah es, daß sie ihre Aufzeichnungen für den Vortrag beiseiteschob, denn ihr Herz klopfte so wild wie das eines jungen Mädchens. Sie hatte keine andere Wahl, sie *mußte* ihre Neugierde wegen des Hauses befriedigen, wenn sie schlafen wollte, wenn sie normal bleiben wollte.

Wie das Geschenk des Puppenhauses das herausragende Ereignis ihrer Kindheit war, so sollte der Besuch des Hauses an der East Fainlight Avenue das herausragende Ereignis ihres Erwachsenenlebens werden; obwohl Florence Parr sich hinterher nie wieder einen Gedanken daran gestatten sollte.

Es war eine milde, ruhige Nacht, die nach Blüten duftete, in keiner Weise Angst einjagte. Florence fuhr zu der Avenue, zu dem Haus; die zahlreichen Lichter, die in der Umgebung brannten, beruhigten sie. Natürlich war es noch nicht zu spät, natürlich hatte ihr Vorhaben nichts Außergewöhnliches an sich.

Licht brannte in den Zimmern im unteren Stockwerk. Wer immer dort leben mochte, war noch auf, im Wohnzimmer. Wartete auf sie.

Erstaunlich, ihre Ruhe. Nach so vielen törichten Stunden der Unschlüssigkeit.

Sie stieg die Verandastufen hinauf, die unter ihrem Gewicht leicht nachgaben. Klingelte an der Tür. Nach etwa einer Minute ging draußen ein Licht an — sie fühlte sich ungeschützt, begann nervös zu lächeln. Man lächelt, und man lernt schnell, wie. Es gab keinen Weg zurück.

Sie sah die alten Korbmöbel auf der Veranda. Zwei Schaukelstühle, eine Couch. Früher einmal weiß gestrichen, jetzt aber verwittert. Keine Kissen.

Florence Parr, Florence Parr. Sie wußte, wer sie war, aber es gab keinen Grund, es *ihm* zu sagen. Wer immer es auch sein mochte, der sie durch das dunkelfarbige Glas anstarrte — ein älterer Mann, der zurückgelassene Großvater von irgend jemand. Aber trotzdem, dieses Haus in diesem Teil der Stadt zu besitzen, ließ auf Geld und gesellschaftlichen Rang schließen: Man kann über solche Dinge verächtlich lächeln, aber sie haben nun einmal Bedeutung. Allein schon die Vermögenssteuer und das Schulgeld zu bezahlen . . .

Die Tür öffnete sich, und ein Mann stand dort, blickte sie flüchtig lächelnd, fragend an. Es war nicht der Mann, den sie erwartet hatte, er war noch nicht sehr alt, sondern von unbestimmtem Alter, vielleicht jünger als sie. »Ja? Hallo? Was kann ich für Sie . . . ?« sagte er.

Sie hörte seine Stimme, guttural und ruhig. Die geprobten

Fragen. Fragen. Eine entschuldigende Miene, hinter der ihre Zuversicht standhielt. ». . . bin irgendwann heute hier durch die Umgebung gefahren, wohne bei Freunden . . . Wüßte einfach gern was über eine alte Verbindung zwischen unseren Familien . . . Oder auf jeden Fall zwischen meiner Familie und den Leuten, die das Haus hier gebaut haben . . .«

Er war offensichtlich von ihrer Anwesenheit überrascht und begriff ihre Frage nicht ganz. Sie redete viel zu schnell, sie würde alles noch einmal wiederholen müssen.

Er bat sie hinein. Das war sehr höflich. Eine Höflichkeit, die ihr unbewußt, automatisch vorkam. Er hatte vorzügliche Umgangsformen. War verdutzt, aber nicht mißtrauisch. Nicht unfreundlich. Vielleicht zu jung für dieses Haus — für so ein altes, schäbig-elegantes Haus. Ihr Erscheinen an seiner Tür, ihre kühnen Fragen, ihr fröhlich-gezwungenes Lächeln, das mußte ihn schon erstaunt haben, aber er hielt sie nicht für sonderbar; er behandelte sie mit Achtung, sah sie nicht abschätzig an. Ein liebenswürdiger, einfacher Mensch. Was natürlich für sie eine Erleichterung war. Vielleicht mochte er sogar ein wenig einfältig sein. Langsam von Begriff. Er hatte mit Sicherheit nichts zu tun mit . . . womit auch immer sie möglicherweise zu tun hatte, in diesem Winkel der Erde. Er würde keinem was von ihr erzählen.

». . . fremd in der Stadt? . . . wohnen bei Freunden?«

»Ich wollte nur fragen: Sagt Ihnen der Name Parr irgend etwas?«

Ein Hund bellte, war jetzt außer sich. Blieb aber vorsichtig auf Distanz.

Er führte Florence ins Wohnzimmer, anscheinend das einzige beleuchtete Zimmer im Erdgeschoß. Sie nahm die alte Treppe zur Kenntnis, anmutig wie eh und je. Aber mit der Täfelung war etwas Fürchterliches geschehen, sie war mit einem eigenartigen Blaugrau übermalt worden. Und der Boden bestand nicht mehr aus Marmor, sondern war eine armselige Imitation, irgendeine Art Linoleumfliesen . . .

»Der Kronleuchter«, sagte sie plötzlich.

Der Mann wandte sich zu ihr um und lächelte sein liebenswürdiges, fragendes, müdes Lächeln.

»Ja . . .?«

»Er sieht wunderschön aus«, sagte sie. »Muß ein antikes Stück sein.«

In dem angenehmen, orangefarbenen Licht des Wohnzimmers sah sie, daß er rotblonde, am Scheitel dünner werdende Haare hatte. Aber jungenhaft kraus an den Seiten. Er hätte etwa Ende dreißig sein können, aber sein Gesicht wies vorzeitige Falten auf, und er stand da, die eine Schulter etwas höher als die andere, als ob er sehr müde wäre. Sie entschuldigte sich noch einmal dafür, daß sie ihn gestört hatte. Dafür, daß sie seine Zeit mit ihrer spontanen, wahrscheinlich sinnlosen Neugierde beanspruchte.

»Macht gar nichts«, sagte er. »Ich gehe meistens erst weit nach Mitternacht ins Bett.«

Florence saß, ohne es bemerkt zu haben, plötzlich am Ende eines überladenen Sofas. Ihr Lächeln war gezwungen, aber breit wie immer; Hitze stieg ihr allmählich ins Gesicht. Vielleicht würde er ihr Erröten gar nicht bemerken.

»... Schlaflosigkeit?«

»Ja. Manchmal.«

»Ich auch ... Manchmal.«

Er hatte ein grün-blau-kariertes Hemd an, mit schmalen roten Streifen. Ein Flanellhemd. Die Ärmel bis zu den Ellbogen aufgerollt. Und Hosen, die wie Arbeitshosen aussahen. Jeans. Vielleicht die Kleidung eines Gärtners. Sie dachte wieder an seinen Garten, an seinen Rasen. So viele wunderschöne Tulpen. Die meisten davon rot. Und die Platanen, und einige Ulmen ...

Er sah sie an und beugte sich nach vorn, die Ellbogen auf die Knie gestützt. Leicht von der Sonne verbranntes Gesicht. Gesichtsfarbe eines Rothaarigen, etwas sommersprossig.

Der Sessel, in dem er saß, kam ihr fremd vor. Er war häßlich braun, eine Imitation aus Samtvelours. Florence fragte sich, wer ihn wohl gekauft hatte: vielleicht eine dumme junge Frau.

»... die Familie Parr?«

»Aus Lancaster?«

»O nein. Aus Cummington in Massachusetts. Wir leben da schon seit vielen Generationen.«

Er schien über den Namen nachzudenken und schaute stirnrunzelnd auf den Teppich.

»...klingt schon bekannt...«

»Ja, wirklich? Ich hatte gehofft...«

Der Hund kam näher und bellte nicht mehr. Er wedelte mit dem Schwanz und schlug gegen die Seite des Sofas, das Bein eines altmodischen Sofas, und stieß beinahe eine Lampe um. Der Mann schnipste mit den Fingern nach dem Hund, und dieser blieb stehen; er zitterte, machte ein halb knurrendes, halb stöhnendes Geräusch und legte sich, mit der Schnauze auf den Pfoten, hin, den dünnen Schwanz ausgestreckt, kaum einen Meter von Florence entfernt. Sie wollte ihn besänftigen, Freundschaft mit ihm schließen. Aber es war ein solch häßliches Geschöpf — zum Teil ohne Haare, nur mit schmuddeligen weißen Schnurrhaaren und nacktem, schlaff herabhängenden Bauch.

»Wenn Sie der Hund stört...«

»O nein, überhaupt nicht.«

»Er will eigentlich nur seine Freude zeigen.«

»Das sehe ich«, sagte Florence und lachte mädchenhaft. »...Er sieht sehr hübsch aus.«

»Hörst du das?« sagte der Mann und schnipste wieder mit den Fingern. »Die Dame sagt, du siehst sehr hübsch aus! Kannst du nicht wenigstens aufhören zu sabbern, hast du denn überhaupt keine Manieren?«

»Ich selbst habe keine Haustiere. Aber ich mag Tiere gern.«

Ihr war allmählich ganz behaglich zumute. Das Wohnzimmer sah nicht ganz so aus, wie sie das erwartet hatte, aber es war nicht *zu* schlimm. Da war einmal das ziemlich niedrige, überladene Sofa, auf dem sie saß, Kissen aus einem silbrig-weißen, silbergrauen Material, glänzend wie eine Stahlfeder, prall, riesig, wie Bäuche oder Brüste, ein abscheuliches altes Möbelstück, jedoch keines, das man verkaufen würde; es war sicherlich in der Familie weitervererbt worden, es mußte schon aus der Zeit um die Jahrhundertwende stammen. Da war weiter der viktorianische Tisch mit den verschämten, kunstvollen Beinen, der mit Troddeln geschmückten Tischdecke und der ungewöhnlichen, überdimensionalen Lampe, ein Gegenstand, über den Florence in einem Antiquitätenladen lächeln würde, der aber hier genau richtig am Platz wirkte. Eigentlich sollte sie etwas über die Lampe sagen, da sie diese so unverhohlen anstarrte.

»... antik? Aus Europa?«

»Ich glaube, ja«, sagte der Mann.

»Soll es eine Frucht sein oder ein Baum oder ...«

Wie eine Knolle und fleischfarben, pfirsichfarben. Mit einem matt schimmernden Messingständer. Einem vom Staub getrübten goldenen Lampenschirm mit gestickter blauer Verzierung, der früher einmal sehr hübsch gewesen sein mußte.

Sie sprachen über Antiquitäten. Über alte Häuser. Familien.

Ein seltsamer Geruch machte sich bemerkbar. Er war nicht direkt unangenehm.

»Möchten Sie etwas trinken?«

»Nun, ja, ich ...«

»Entschuldigen Sie mich bitte einen Augenblick.«

Als sie allein war, überlegte sie, ob sie wohl im Zimmer herumstöbern könnte. Aber es war lang und schmal und am anderen Ende nur schwach beleuchtet; das hintere Ende ging sogar in Dunkelheit über. Die Möbelstücke waren nur noch schemenhaft zu erkennen, ein altes Spinett, ein Wirrwarr von Stühlen, ein Erkerfenster, das zum Garten hinaus liegen mußte. Sie hätte sehr gerne ein Porträt über dem Kaminsims näher in Augenschein genommen, aber vielleicht würde der Hund bellen oder unruhig werden, wenn sie sich bewegte.

Er war näher an den Tisch herangekrochen und zitterte vor Freude.

Der rothaarige, leicht gebeugte Mann brachte Gläser mit irgend etwas Dunklem darin. In der einen Hand hielt er sein eigenes Glas, in der anderen Hand ihres.

»Probieren Sie mal. Sagen Sie mir, was Sie davon halten.«

»Es scheint ziemlich stark zu sein ...«

Schokolade. Schwarz und bitter. Und dick.

»Eigentlich müßte man sie heiß servieren«, sagte der Mann.

»Ist da irgendeine Art Likör drin?«

»Ist es Ihnen zu stark?«

»O nein. Nein. Keineswegs.«

Florence hatte noch nie etwas Bittereres getrunken. Sie würgte beinahe.

Aber einen Augenblick später fühlte sie sich besser; sie zwang sich, einen zweiten Schluck zu trinken und einen dritten.

Und das prickelnde, schmerzhafte Gefühl in ihrem Mund verging.

Der rothaarige Mann ging nicht zu seinem Sessel zurück, sondern stand vor ihr und lächelte. Während er in dem anderen Zimmer gewesen war, hatte er schnell irgend etwas mit seinen Haaren gemacht; vielleicht versucht, sie mit den Händen nach hinten zu streichen. Ein leichter Schweißfilm glänzte auf seiner hohen Stirn.

»Leben Sie hier allein?«

»Das Haus scheint wirklich ziemlich groß, nicht wahr? Wenn nur eine Person allein darin wohnt.«

»Aber Sie haben ja Ihren Hund...«

»Leben *Sie* jetzt für sich allein?«

Florence stellte das Glas Schokolade hin. Plötzlich fiel ihr ein, an was sie das Getränk erinnerte: Ein Geschäftspartner ihres Vaters hatte vor vielen Jahren von einer Reise nach Rußland eine Schachtel Schokolade mitgebracht. Das kleine Mädchen hatte ein Stück in den Mund gesteckt und war über den unerwartet bitteren Geschmack entsetzt gewesen.

Sie hatte das Zeug in ihre Hand gespuckt. Während alle zuschauten.

Als wenn er ihre Gedanken lesen könnte, zuckte der Mann zusammen und bewegte ruckartig seinen Kiefer und seine rechte Schulter. Aber er lächelte weiter, wie zuvor, und Florence gab nicht zu erkennen, daß sie beunruhigt war. Sie sprach sogar freundlich über die Einrichtung des Wohnzimmers und brachte noch einmal ihre Bewunderung für so hübsche alte Häuser wie dieses zum Ausdruck. Der Mann nickte, als wartete er darauf, daß sie noch mehr sagte.

»...eine Familie namens Bartholomew? Natürlich ist das schon viele Jahre her.«

»Bartholomew? Haben die hier in der Nachbarschaft gewohnt?«

»Ja, ich glaub' schon. Das ist der eigentliche Grund, warum ich angehalten habe. Ich habe einmal ein kleines Mädchen gekannt, das...«

»Bartholomew, Bartholomew«, sagte der Mann langsam und runzelte die Stirn. Er verzog das Gesicht. Ein Mundwinkel zuckte, weil er sich angestrengt konzentrierte; und wieder ruckte er mit der rechten Schulter. Florence hatte Angst, er würde seine Schokolade verschütten.

Offensichtlich hatte er irgendein nervöses Leiden. Aber sie durfte ihn nicht danach fragen.

Er murmelte den Namen *Bartholomew* vor sich hin, mit ernstem, sogar zweifelndem Gesichtsausdruck. Florence wünschte sich, sie hätte die Frage nicht gestellt, weil es schließlich eine Lüge war. Sie log nur selten. Aber sie war ihr entschlüpft, sie war ihrem Mund unwillkürlich entglitten.

Sie lächelte schuldbewußt und zog den Kopf ein. Sie trank noch einen Schluck von ihrer Schokolade.

Ohne daß sie es bemerkt hatte, hatte sich der Hund Stückchen für Stückchen vorwärtsgeschoben. Sein großer Kopf ruhte jetzt auf ihren Füßen. Seine feuchten braunen Augen blickten zu ihr auf, merkwürdig liebevoll. Babyaugen. Es stimmte, daß er sabberte, er sabberte sogar auf ihre Knöchel, aber er konnte ja nichts dafür... Dann stellte sie fest, daß er auf den Teppich gemacht hatte. Kaum einen Meter entfernt. Ein dunkler Flecken, eine kleine Pfütze. Doch sie konnte nicht einfach vor Abscheu zurückweichen. Schließlich war sie hier zu Gast, und es war noch nicht an der Zeit zu gehen.

»...Bartholomew. Sie meinen, die Leute lebten in der Nachbarschaft?«

»O ja.«

»Aber wann?«

»Nun, ich weiß nicht... ich war noch ein Kind von...«

»Aber wann war denn das?«

Er starrte sie seltsam an, fast unverschämt. Das Zucken um seinen Mundwinkel hatte sich noch verstärkt. Er bewegte sich, um sein Glas hinzustellen, und diese Bewegung war ruckartig, wie bei einer Puppe. Dennoch starrte er sie die ganze Zeit an. Florence wußte, daß sich die Leute wegen ihrer dunklen, übergroßen starr blickenden Augen oft unbehaglich fühlten: aber sie konnte nichts dagegen machen. Sie *spürte* nicht das Ungestüme, den Vorwurf, den ihr Ausdruck andeutete. Deshalb versuchte sie, ihn durch ein Lächeln zu mildern. Aber manchmal mißlang das Lächeln, es täuschte überhaupt niemanden.

Nun, da ihr Gastgeber aufgehört hatte zu lächeln, konnte sie erkennen, daß er sich wohl eher über sie lustig machte. Seine buschigen rotblonden Augenbrauen hoben sich ironisch.

»Sie haben gesagt, Sie sind hier fremd in der Stadt, und jetzt sagen Sie, Sie sind schon hier gewesen...«

»Aber es ist schon so lange her, ich war noch...«

Er richtete sich zu voller Größe auf. Er war nicht hochgewachsen, und er war auch nicht stämmig gebaut. Er hatte für einen Mann sogar eine schlanke Taille, und er trug merkwürdige Hosen oder Jeans, die sich an den Schenkeln spannten, ohne Reißverschluß oder Druckknöpfe, ohne Schritt. Sie saßen wie angegossen, alles war glatt, nichts stand hervor. Im Verhältnis zum Rumpf und zu den Armen waren seine Beine ziemlich kurz.

Er begann, Florence anzulächeln. Ein verschmitztes, anklagendes Lächeln. Sein Kopf ruckte mechanisch und zeigte auf etwas auf dem Boden. Er versuchte, mit dem Kinn darauf zu deuten, und die Geste war unbeholfen.

»Sie haben etwas Widerliches gemacht. Da auf dem Boden. Auf dem Teppich.«

Florence schnappte nach Luft. Sofort zog sie sich von dem Hund zurück, sofort leugnete sie es ab. »Ich habe nicht ... ich bin nicht...«

»Direkt da auf dem Teppich. Kann jeder sehen. Riechen.«

»Das habe ich ganz bestimmt nicht gemacht«, sagte Florence und errötete vor Wut. »Sie wissen ganz genau, es war der...«

»Irgend jemand wird es saubermachen müssen, und *ich* werde das nicht sein«, sagte der Mann und grinste.

Aber er blickte immer noch zornig.

Er mochte sie überhaupt nicht — sie sah das. Der Besuch war ein Fehler, aber wie konnte sie gehen, wie konnte sie entkommen, der Hund war wieder zu ihr gekrochen und schnüffelte und sabberte an ihren Knöcheln, und der rothaarige Mann, der zuerst so freundlich schien, beugte sich jetzt über sie, die Hände auf den schlanken Hüften, und grinste unverschämt.

Als wollte er sie erschrecken, so wie man vielleicht ein Tier oder ein Kind erschrecken kann, klatschte er plötzlich in die Hände. Bei dem unerwarteten Geräusch zwinkerte Florence mit den Augen. Und dann beugte er sich nach vorne und klatschte wieder in die Hände, direkt vor ihrem Gesicht. Sie schrie ihn an, er solle sie in Ruhe lassen, ihre Augen schmerzten von Tränen, sie lehnte sich gegen die Kissen, den Kopf soweit es ging nach hinten gebeugt, und dann klatschte er noch einmal in die Hände, laut, näherte sich ihren brennenden Wangen, schlug Florence gleichzeitig auf beide Wangen, und ein scharfes, spitzes, brennendes Gefühl strömte durch ihren Körper, vom Gesicht und vom Hals zu ihrem Bauch, zu ihrer Magengrube und in die Brust hinauf, in ihren Mund, und selbst bis in ihre starren Beine hinunter. Sie schrie den rothaarigen Mann an, er solle aufhören, und wand sich krampfhaft auf dem Sofa, um ihm zu entkommen.

»Lügnerin! Böses Mädchen! Schmutziges Mädchen!« schrie jemand.

Sie trug ihre neue Lesebrille mit dem gutaussehenden Kunststoffgestell. Und ein Frühlingskostüm, elegant geschnitten, dazu eine Seidenbluse mit einem Blumenmuster. Und die engen, aber modischen Schuhe.

Ihre Zuhörer, höflich und aufmerksam, konnten ihre zitternden Hände hinter dem Rednerpult oder ihre leicht bebenden Knie nicht bemerken. Sie wären überrascht gewesen, wenn sie gewußt hätten, daß sie an jenem Morgen nicht in der Lage gewesen war zu frühstücken — daß sie sich deprimiert und erschöpft fühlte, obwohl sie es am Abend vorher geschafft hatte einzuschlafen, wahrscheinlich gegen zwei, und offensichtlich, wie immer, in einen traumlosen Schlaf versunken war.

Sie räusperte sich mehrere Male nacheinander, eine Angewohnheit, die sie bei anderen verabscheute.

Aber allmählich strömte die Kraft in sie zurück. Der Morgen war so sonnig, so unschuldig. Diese Leute waren schließlich ihre Kollegen und Freunde; sie wünschten ihr sicherlich nur das Beste und schienen sogar ernsthaft daran interessiert zu sein, was sie über die Zukunft der Geisteswissenschaften zu sagen hatte. Vielleicht wußte Frau Dr. Parr etwas, was sie nicht wußten, vielleicht würde sie ihre Berufsgeheimnisse mit ihnen teilen...

Als die Minuten vergingen, konnte Florence selbst hören, wie ihre Stimme stärker und fester klang, langsam ihren gewohnten

Rhythmus fand. Sie entspannte sich allmählich. Sie fing an, in gleichmäßigen Abständen zu atmen. Nun bewegte sie sich auf vertrauten Bahnen, brachte Argumente vor, die sie schon unzählige Male vorher angebracht hatte, bei ähnlichen Treffen, bei ihren Dekanen und Institutsleitern in Champlain, bei anderen Pädagogen. Einige Leute applaudierten kräftig, als sie von der Gefahr sprach, daß die kleinen privaten Colleges törichterweise miteinander konkurrierten; applaudierten wieder, als sie betonte, mit Nachdruck betonte, daß in einer Zeit der Multiversitäten der Wunsch nach der kleinen Privatschule Berechtigung habe. Sicher, das waren Bemerkungen, die jeder hätte machen können, es war nichts Originelles daran, doch ihre Zuhörer waren scheinbar außerordentlich erfreut, so etwas von ihr zu hören. Sie bewunderten in der Tat Florence Parr unwahrscheinlich, das war offensichtlich.

Sie nahm ihre Lesebrille ab und sprach weiter, ohne ihre Aufzeichnungen anzuschauen. Dieser Teil der Rede — eine detaillierte Zusammenfassung der Auswirkungen von bestimmten Versuchsprogrammen in Champlain, die sie, seit sie Präsidentin war, eingeleitet hatte — war spezieller, interessanter, und natürlich kannte sie ihn auswendig.

Die Nacht war unangenehm gewesen, wenigstens am Anfang: ihr Verstand, der hilflos dahinraste, diese flammengleichen Stiche der Furcht, ihre Schlaflosigkeit. Und keine Abhilfe. Und kein Ausweg. Offensichtlich war sie eingeschlafen, als sie ihre Aufzeichnungen durchlas, denn sie war plötzlich aufgewacht, ihr Herz hatte buchstäblich in ihrer Brust gehämmert, ihr Körper war schweißgebadet — und so lag sie da, nach hinten verdreht gegen das Kopfende, mit steifem und schmerzendem Nacken und einem gefühllosen Bein unter ihrem Körper. Aber hinterher, nachdem sie einen kalten Waschlappen gegen ihr Gesicht gepreßt hatte, konnte sie sich entspannen und schlafen, und soweit sie wußte, hatte sie ruhig und traumlos geschlafen.

Und ihr Vortrag war ein Erfolg, sie hätte sich gar keine Sorgen zu machen brauchen. Sie hatte schließlich solche Vorträge schon viele Male vorher gehalten, und immer hatte man ihr von ganzem Herzen applaudiert.

Hinterher gratulieren ihr alle. Der Kaffee war fertig.

Konversation, Geplauder. Gute Stimmung. Tratsch. Florence errötete vor Freude und Erleichterung. Warum macht man sich eigentlich um alles Sorgen, dachte sie, lächelte in freundliche Gesichter und schüttelte Hände. Das waren alles nette Leute, und sie mochte sie sehr.

Kunstvoll arrangierte Azaleensträuße standen da, und der Kaffee war frisch. Florence wurde plötzlich vom Hunger gepackt und aß einen Krapfen mit Zuckerguß, den sie sich von einem Silbertablett genommen hatte.

Das Unbehagen der Nacht wich allmählich, die Erinnerung an das Puppenhaus vom vorherigen Nachmittag war nur noch schwach da, verschwand allmählich. Sie konnte ihm keine Beachtung mehr schenken, sie hatte keine Zeit. Wie leicht man die Nacht (ver)bannen kann, dachte Florence flüchtig, während ihr Gesicht aufleuchtete, als sich Freunde um sie scharten. Fragen wurden gestellt, herausfordernde Fragen, in ein oder zwei Fällen sogar liebenswerte Einwände gemacht, alle sehr willkommen.

Die Tagung war ein Erfolg, obwohl zum Schluß, am letzten Nachmittag, alle müde wurden und darauf bedacht waren abzureisen. Aber das war nur natürlich. Das war immer der Fall. Florence verließ Lancaster auf seiner Route nach Süden, um sich noch eine Gegend anzusehen, durch die sie auf dem Hinweg nicht gekommen war, und sie fand — wie zu erwarten — die Gegend wunderschön. Natürlich ist dieser Teil von Pennsylvania, wie alle behaupten, auch wirklich wunderschön.

Die Tagung war ein Erfolg, obwohl Florence sie ein oder zwei Wochen danach vergessen hatte, das meiste davon vergessen hatte; aber auch das war nur allzu natürlich. Es fanden so viele Tagungen statt, so viele Vorträge wurden wohlwollend aufgenommen. Im Frühling war immer viel zu tun. Und sie mußte die gesetzgebende Versammlung in Champlain vorbereiten, die in der ersten Juniwoche stattfinden sollte, es war immer viel zu tun.

Ein Scheck über dreihundert Dollar kam, das Honorar für ihren Vortrag. Sie durchlitt einen Augenblick des Schuldgefühls, denn vielleicht sollte sie kein Geld für eine Arbeit annehmen, die sie liebte? — und zu dieser Zeit konnte sie sich kaum noch an die Begleitumstände des Vortrags erinnern, geschweige denn, wo sie ihn gehalten hatte.

CHARLES L. GRANT

Wenn Damon kommt

Jede Generation gibt dem Schmerz neue Namen und ein anderes Repertoire von journalistischen Etiketten oder psychiatrischen Bezeichnungen, aber der Schmerz ist zeitlos und seine Wirkung unvermeidlich. Wenn er die Zwischenräume der Beherrschung durchdringt, wird er zum Schrekken; das beweist — so gut wie kaum je zuvor — diese Geschichte. Charles L. Grant, dem die ›Science Fiction Writers of America‹ zwei Auszeichnungen für Kurzprosa verliehen haben und der viele Romane und Kurzgeschichten der verschiedensten Art geschrieben hat, glaubt von sich selbst, daß seine besten Arbeiten zum Horrorgenre gehören. Er ist mit Sicherheit einer der zwei oder drei bedeutendsten Schriftsteller, die auf diesem Gebiet in den siebziger Jahren in Erscheinung getreten sind.

Nebel, Nachtatem des Flusses, der, ohne zu flüstern, in der dichten Krone einer Ulme hockt, der sich, ohne zu kreischen, um den Sockel eines Kamins legt; er zog an Verandalichtern vorbei und verschleierte sie im Vorbeiziehen, senkte sich über die Straßenlaternen und ließ sie während des Sinkens grau werden. Er schlich sich mit der Mitternacht herein, um bis zum Morgengrauen zu bleiben, und es wehte kein Wind, um das Licht aus seinem Versteck hervorzulocken.

Frank erschauerte und zog den Kragen seines Regenmantels enger um seinen Hals, hielt den Mantel mit der einen Hand zu, während die andere die feuchten Tröpfchen abwischte, die an seinen Wangen, an seinem kurzen dunklen Haar hafteten. Er pfiff laut, einmal, aber während er lauschte, hörte er nichts, nicht einmal ein Echo. Er trampelte mit den Füßen gegen die Novemberkälte an und ging bis zur nächsten Ecke, kniff die Augen zusammen und sah nichts. Er wußte, daß die Katze verschwunden war, hatte es schon seit dem Augenblick gewußt, als er auf der Veranda hinten die Untertasse gesehen hatte, die immer noch bis zum Rand voll Milch war. Damon hatte danebengesessen, mit gefalteten Händen, fest zusammengepreßten Knien und in die Seiten gestemmten Ellbogen. Er fror, weigerte sich aber, es zuzugeben, und Frank hatte seinen Sohn nur kurz an den seidigbraunen Haaren gezogen, ihn einmal an der Schulter gedrückt und war ins Haus gegangen, um seiner Frau auf Wiedersehen zu sagen.

Und jetzt... jetzt lief er durch die Straßen von Oxrun Station, hielt Ausschau nach einer Siamkatze, die er nur einmal gesehen hatte — ein Halbblut mit einem Gesicht weiß wie Milch —, pfiff wie verrückt, als fürchte er sich vor der Dunkelheit, und suchte nach dem richtigen Ton, der das Tier herbeilocken würde.

Und während er herumlief, erinnerte er sich — und es war eine unangenehme Erinnerung an einen Abend im Jahr zuvor, als er auf irgendeiner Party einen zuviel getrunken hatte, einmal zu oft jemandem eine verliebte Prahlerei ins Ohr flüsterte, und er sich schließlich mit einer Frau, die er nur flüchtig kannte, an einer Straßenecke wiederfand. Sie küßten sich, einmal und lange, und als sie innehielten, drehte er sich um und sah, wie Damon zu ihm heraufstarrte. Der Junge machte kehrt, flüchtete, und Frank war fast die ganze Nacht von zu Hause weggeblieben, weil er nicht wußte, ob Susan etwas davon erfahren hatte, mehr noch, weil er sich davor fürchtete, was Damon sich gedacht hatte. Es war unbeschreiblich schrecklich gewesen, dem Jungen wieder unter die Augen zu treten, aber Damon hatte so getan, als sei nichts geschehen; und das Schuldgefühl ging vorüber, als die Monate vorübergingen, ebenso wie die Verwunderung, warum denn sein Sohn überhaupt dort draußen gewesen war.

Er pfiff. Kauerte sich nieder und schnipste mit den Fingern nach etwas Dunklem irgendwo im Gebüsch. Dann richtete er sich wieder auf und stieß einen lang angehaltenen Atemzug aus. Keine Katze zu sehen, keine Autos zu sehen; schließlich gab er seinen schmerzenden Füßen und seinem schmerzenden Rücken nach und machte sich auf den Weg nach Hause. Schnell. Sah zu, wie der Nebel die Straße vor ihm streichelte, sie hinter ihm scharf abschnitt.

Es war einfach ungerecht, dachte er, die Hände tief in den Taschen, die Schultern gebeugt, als erwartete er einen Schlag. In seinem kurzen, achtjährigen Leben hatte Damon den Verlust von zwei Hunden wegen rücksichtsloser Fahrer zu beklagen, einen Kanarienvogel wegen einer Krankheit, die er nicht einmal aussprechen konnte, und zwei totgeborene Brüder — es wurde langsam zu einem Problem. Er wurde zu einem Problem, kämpfte jeden Tag dagegen an, daß er zur Schule gehen mußte, wimmerte und weinte, wenn die Ferien nahten und man Reisen plante.

Er hatte schon Dr. Simpson deswegen gefragt, als Damon sieben wurde. Zu abhängig, hatte der ihm gesagt; klammert sich an die drei einzigen Dinge, die ihm in seinem Leben blieben — seinem kurzen, kurzen Leben —, und an deren Beständigkeit er immer noch glaubte: sein Zuhause, seine Mutter... und Frank.

Und Frank hatte an der Ecke eine Frau geküßt, und Damon hatte ihn dabei gesehen.

Frank schauderte und schüttelte schnell den Kopf; erinnerte sich, wie der Junge während der nächsten drei Wochen mindestens einmal am Tag zum Büro gekommen war, nichts sagte, nur auf dem Gehsteig stand und durch das Fenster hineinschaute. Nur einen Augenblick lang. Gerade lange genug, um sich zu vergewissern, daß sein Vater noch da war.

Als er dann endlich wieder zu Hause war, zog Frank seinen Mantel aus und hängte ihn auf den Ständer neben der Haustür. Ein Ruf, eine gedämpfte Antwort, und er nahm zwei Treppenstufen auf einmal und zuckte durch den Flur zu Damons Zimmer über der Küche.

»Tut mir leid, Freund«, sagte er achselzuckend, als er sich am Rande der Matratze niederließ. »Ich glaub', die Katze ist nach Hause gelaufen.«

Damon, klein unter der geblümten Decke, unschuldig hinter langen, geschwungenen Wimpern, schüttelte heftig den Kopf. »Nein«, sagte er. »Hier ist zu Hause. Wirklich, Vati, ganz bestimmt.«

Frank kratzte sich hinten am Kopf. »Also, ich glaube, sie hat das etwas anders gesehen.«

»Vielleicht hat sie sich verirrt, hm? Es ist schrecklich gruselig da draußen. Vielleicht hat sie Angst, wieder da rauszukommen, wo sie sich versteckt hat.«

»Eine Katze hat niemals...« Er hielt inne, als er den Ausdruck auf dem schmalen Gesicht des Jungen sah. Dann nickte er und setzte ein mitleidiges Lächeln auf. »Na, vielleicht hast du recht, Freund. Vielleicht hat sie der Nebel ein bißchen durcheinandergebracht.« Damons Hand schob sich in seine, und er drückte sie, während er dachte, der Junge ist viel zu dünn; dadurch sieht sein Kopf so unvorteilhaft aus. »Morgen früh«, versprach er. »Morgen früh. Wenn sie dann nicht wieder da ist, nehme ich mir den Tag frei, und wir machen uns zusammen auf die Suche.«

Damon nickte ernst, nahm seine Hand wieder weg und zog sich die Decke bis zum Kinn hoch. »Wann kommt Mutti nach Hause?«

»Später. Es ist doch Freitag. Freitags kommt sie immer spät. Und samstags.« Und, dachte er, auch mittwochs und donnerstags.

Damon nickte wieder. Und als Frank an der Tür war und das Licht ausknipste, sagte er: »Vati, singt sie schön?«

»Wie ein Vogel, Freund«, sagte er lächelnd. »Wie ein Vogel.«

In der Dunkelheit war seine Stimme leise zu hören: »Ich hab' dich lieb, Vati.«

Frank mußte tief schlucken und nickte, bevor ihm klar wurde, daß ihn der Junge ja nicht sehen konnte. »Nun, Freund, ich glaub', ich hab' dich auch lieb. Aber jetzt ruhst du dich besser ein bißchen aus.«

»Ich hab' gedacht, du würdest dich im Nebel verirren.«

Frank blieb stehen, um die Tür zu schließen. Er sollte sich besser selbst ein wenig ausruhen, dachte er; das klang wie eine Drohung.

»Ich nicht«, sagte er schließlich. »Du würdest mir immer zu Hilfe kommen, ja?«

»Ja, Vati.«

Frank lächelte, schloß die Tür und lief fast eine halbe Stunde lang in dem kleinen Haus herum, bevor er sich in der Küche wiederfand. Seine Hände bewegten sich neben ihm hin und her, als wollten sie etwas machen. Kaffee. Nein. Er hatte heute schon zuviel davon getrunken. Aber nach dem Laufen war er durchgefroren, seine Knochen schienen irgendwie brüchig geworden zu sein. Warme Milch vielleicht; er öffnete den Kühlschrank, schaute nach, nahm dann einen Behälter heraus und goß den Inhalt in einen Topf. Er stand am Ofen, rührte alle paar Sekunden mit dem Finger durch die Milch, um zu prüfen, wie weit sie war. Blöde Katze, dachte er; es sollte eigentlich ein gesetzliches Verbot geben, damit man so was einem kleinen Jungen nicht antun konnte, der niemals jemandem etwas zuleide tat, niemals jemanden hatte, dem er etwas zuleide tun konnte.

Er goß sich ein Glas ein, lächelte, als er keinen Tropfen verschüttete, weigerte sich aber, sich umzudrehen und nach der Uhr zu schauen; statt dessen starrte er in die Flammen, während er sein zweites Glas austrank, und fragte sich, wie es wohl wäre, wenn er seinen Finger ins Feuer steckte. Er hatte irgendwo gelesen... er glaubte, er hätte irgendwo gelesen, daß das Blau ungefähr in der Mitte am heißesten sei, es sonst aber nicht so schlimm wäre. Seine Hand zuckte, aber er überlegte es sich anders, denn er wollte keine Verbrennung riskieren, nur weil er glaubte, etwas gelesen zu haben; außerdem — zu diesem Schluß kam er, als er ins Wohnzimmer ging —, so wie es im Augenblick lief, hatte er es wahrscheinlich falsch in Erinnerung.

Er setzte sich in einen Sessel naben dem Fernseher, nahm eine Zeitschrift aus dem Gestell neben sich und hatte gerade das Inhaltsverzeichnis gefunden, als er das Geräusch einer zugeschlagenen Wagentür in der Auffahrt hörte. Er wartete, schaute auf und lächelte, als die Haustür aufflog und Susan hereinstürmte. Sie warf ihm aus der Ferne eine Kußhand zu, rief *ich komme gleich* und rannte die Treppen hinauf. Sie war viel kleiner als er, hatte schwarzes Haar, das ihr bis zur Taille reichte, und lose in dem von ihr selbst verursachten Wind wehte. Sie nahm schon seit mehreren Jahren Gesangsunterricht, und als sie nach Oxrun Station gezogen waren — Damon war damals fünf gewesen —, hatte sie eine Stelle als Sängerin im Chancellor Inn angenommen. Sentimentale Lieder, Liebeslieder, romantische Lieder, erotische Lieder; es kam so gut an, daß man sie nach der Premiere bat weiterzumachen; aber sie fing so spät an, daß Damon sie noch nie gehört hatte. Und in den vergangenen sechs Monaten waren aus den zwei Abenden in der Woche vier geworden, und Frank entwickelte sich zum Experten im Kochen.

Als sie zurückkam, war sie abgeschminkt und hatte einen

grünlich schimmernden Morgenrock an. Sie ließ sich auf die Couch ihm gegenüber fallen und rieb sich ihre Knie, Schenkel und Oberarme. »Wenn dieser miese Schlagzeuger noch einmal versucht, mich in den Hintern zu kneifen, dann kastrier' ich ihn, so wahr ich hier sitze.«

»Das ist kaum die angemessene Ausdrucksweise für eine Dame«, sagte er lächelnd. »Wenn du nicht achtgibst, muß ich dich bestrafen. Auspeitschen auf dreißig Schritte Entfernung.«

Früher einmal — sehr viel früher, dachte er, hätte sie gelacht und sich auf ein Spielchen eingelassen, das fast eine Stunde gedauert hätte. In letzter Zeit jedoch und auch heute abend runzelte sie die Stirn über ihn, als ob sie es mit einem geistig beschränkten, ungebildeten Kind zu tun hätte. Er achtete nicht darauf und hörte ihr höflich zu, als sie ausführlich den Abend schilderte, die Gäste, die Komplimente, die erhoffte Gehaltserhöhung, damit sie sich ihren eigenen Wagen kaufen konnte.

»Du brauchst keinen Wagen«, sagte er, ohne nachzudenken.

»Aber hast du es nicht langsam satt, jeden Abend nach Hause zu laufen?«

Er klappte die Zeitschrift zu und ließ sie auf den Boden fallen. »Anwälte, meine Liebe, sind eine sitzende Spezies. Etwas Bewegung tut mir ganz gut.«

»Wenn du nicht immer so lange an diesen verdammten Fällen arbeiten würdest«, sagte sie, ohne ihn anzusehen, »und pünktlich ins Bett gehen würdest, dann würde ich dir all die Bewegung verschaffen, die du brauchst.«

Er blickte auf seine Uhr. Es war fast zwei.

»Die Katze ist verschwunden.«

»O nein«, sagte sie. »Kein Wunder, daß du so müde aussiehst. Hast du draußen nach ihr gesucht?«

Er nickte, und sie richtete sich plötzlich zu einer sitzenden Stellung auf. »Doch nicht mit Damon...«

»Nein. Er war im Bett, als ich nach Hause kam.«

Sie sagte sonst nichts, schaute nur ihre Fingernägel an. Er beobachtete sie genau — das Spiel ihrer Haare, die ihr ins Gesicht fielen; das Blinzeln, woran er sehen konnte, daß ihre Kontaktlinsen noch auf der Frisierkommode lagen. Und er wußte, sie meinte: *Hast du etwa Damon mitgenommen?* Sie wollte wissen, ob

Damon ihm nachgegangen war. Wie an dem nebligen Abend mit der Frau; wie die verschiedenen Male am Büro; wie bei den Dutzenden anderer Gelegenheiten, als der Junge rein zufällig aufgetaucht war, im Gerichtsgebäude, im Park, als Frank unter einem Baum was zu Mittag aß, einmal spätabends im nahegelegenen Haus eines Freundes, als er behauptete, er hätte einen Alptraum gehabt, und der Babysitter könnte ihm helfen.

Wie ein Schatten.

Wie ein Gewissen.

»Wirst du sie ersetzen?« Er zwinkerte mit den Augen. »Die Katze, Dummerchen. Besorgst du ihm eine neue Katze?«

Er schüttelte den Kopf. »Wir haben mit Tieren zuviel Pech gehabt. Ich glaube nicht, daß er es noch einmal verkraften könnte.«

Sie schwang sich von der Couch herunter und stand vor ihm, die Hände in die Hüften gestemmt, die Lippen zusammengepreßt, die Augen zu einem Schlitz verengt. »Er interessiert dich nicht, nicht wahr?«

»Was ist los?«

»Er folgt dir wie ein gottverdammtes Haustier, weil er Angst hat, dich zu verlieren, und du kaufst ihm nicht mal so 'nen verfluchten kleinen Hund oder was Ähnliches. Das hätte ich nicht von dir gedacht, Frank, wirklich nicht. Ich arbeite mich kaputt und versuche, dieser Familie...«

»Mein Gehalt reicht bei weitem aus«, sagte er schnell.

»...zu helfen, und du möchtest mich sogar davon abbringen.«

Er richtete sich zu voller Größe auf; seine Brust streifte ihre und zwang sie zurückzugehen. »Jetzt hör mal zu«, sagte er gepreßt, »mir ist es egal, wenn du dir zigmal in der Woche das Herz aus dem Leibe singst, aber wenn du anfängst, mit deinen Pflichten hier zu kollidieren...«

»Meine *Pflichten?«*

»... Ja, dann werde ich alles tun, um sicherzustellen, daß du zu Hause bleibst, wie du es eigentlich solltest.«

»Du fängst an zu schreien. Du weckst Damon auf.«

Es war die gewohnte Diskussion, altbekannt, ebenso wie die Wut, die er spürte und die seine Muskeln sich verkrampfen ließ. Aber dieses Mal wollte sie nicht aufhören, als sie seinen Zorn sah. Sie machte weiter und immer weiter, und sein Bewußtsein registrierte nicht einmal, daß sich seine Hand hob und er Susan auf die Wange schlug. Sie stolperte einen Schritt zurück, drehte sich schnell um, wollte aus dem Zimmer rennen und blieb abrupt stehen.

Damon stand unter der Treppe.

Er lutschte an seinem Daumen.

Er starrte seinen Vater an.

»Geh ins Bett. Schatz«, sagte Frank ruhig. »Es ist alles in Ordnung.«

In der nächsten Woche war die Spannung im Hause so stark, daß man sie sprichwörtlich mit dem Messer zerschneiden konnte. Damon blieb so lange auf, wie er nur konnte, und saß neben seinem Vater, während sie fernsahen oder in den Lieblingsbüchern des Jungen blätterten. Susan blieb in der Nähe, berührte ihn aber nicht, summte vor sich hin und spielte mit ihrem Sohn, wann immer er — vorübergehend — von der Seite seines Vaters wich. Ihr Lächeln wurde jedoch von Mal zu Mal gequälter, ihr Lachen gezwungener, und es war Frank klar, daß Damon sie nur duldete, sonst nichts. Das erstaunte ihn. Er war es doch gewesen, der sie geschlagen hatte, nicht umgekehrt, und seine instinktive Anhänglichkeit hätte den Jungen ins Lager der Mutter treiben müssen. Aber es war nicht so. Und es war klar, daß sich Susan mit jedem Tag mehr darüber ärgerte. Mit jeder Stunde. Mit jedem Mal, wenn sich Damon wortlos an Franks Seite schlich, ihn mit seinem Arm umfaßte oder die Hand in Franks Hand schob oder in seine Tasche steckte.

Er fing wieder beim Büro an, bis Susan eines Nachmittags den Wagen mit quietschenden Reifen am Bordstein zum Stehen brachte, herausrannte, sich den Jungen schnappte und ihn praktisch auf den Vordersitz warf, während sie wild auf ihn einschlug. Frank sprang von seinem Schreibtisch auf und raste zur Tür hinaus, beugte sich nach vorne und klopfte ans Fenster, bis Susan die Scheibe herunterdrehte.

»Was, zum Teufel, soll das?« flüsterte er und warf einen Blick auf den Jungen.

»Du hast mich geschlagen oder hast du das etwa vergessen?« flüsterte sie zurück. »Und dann ist da noch die Entfremdung meines Sohnes.«

Er richtete sich etwas auf. »So reden Rechtsanwälte, Susan«, sagte er.

»Nicht hier«, antwortete sie. »Nicht im Beisein des Jungen.«

Er trat schnell zurück, als der Wagen vom Bordstein wegpreschte, ging wie benommen zu seinem Schreibtisch, saß dort, das Kinn in eine Hand gestützt, und blickte aus dem Fenster, während sich der Nachmittag verfinsterte und es leicht zu regnen begann. Seine Sekretärin murmelte etwas von einem Gerichtstermin am nächsten Morgen, und Frank nickte, bis sie ihn anstarrte, nach Tasche und Regenmantel griff und eilig wegging. Er nickte weiter, ohne sich der Bewegung bewußt zu sein, versuchte zu begreifen, was er getan hatte, was sie beide getan hatten, daß es zu diesem Augenblick hatte kommen können. Ehrgeiz, ohne Frage. Ein Generationskonflikt, wo Frauen Hausmütterchen waren und Frauen Karriere machten; wo Männer sich anzupassen versuchten, wenn sie nicht beides haben konnten. Aber er hatte sich bemüht, sagte er sich... oder glaubte, er hätte es, bis sich das Geschirr türmte und der Staub auf den Möbeln liegenblieb und Damon sagte: *Singt sie schön?*

Es sind immer die Kinder, die darunter leiden müssen, dachte er wütend.

Hatte Anfang Dezember immer noch diese Meinung, als die Scheidungsunterlagen fertig waren; als er in der Vorhalle stand und zusah, wie sein Auto, seine Frau und sein Sohn Oxrun Station verließen und nach Süden Richtung Stadt fuhren. Damons Gesicht war im Rückfenster zu sehen, die Nase plattgedrückt, die Hände flach ausgebreitet, das Haar gegen die Stirn gepreßt. Er winkte, und Frank winkte zurück. *Ich hab' dich lieb, Vati.*

Frank wischte sich mit der Hand über die Nase und ging wieder hinein, durchsuchte das Haus nach irgendwas Alkoholischem und ging, als er keinen Erfolg hatte, direkt ins Bett, wo er die Schatten des Mondes beobachtete, die aus den Gardinen Ungeheuer machten.

»Vati«, sagte der Junge, »muß ich mit Mutti gehen?«

»Ja, leider. Der Richter... nun, er weiß besser, was jetzt im Augenblick richtig ist, ob du's nun glauben willst oder nicht. Mach dir keine Sorgen. Ich besuche dich zu Weihnachten.«

»Ich möchte das nicht, Vati. Ich laufe weg.«

»Nein. Du machst schön, was dir deine Mutter sagt, verstanden? Du benimmst dich anständig, gehst jeden Tag zur Schule und ich... besuche dich sooft wie möglich.«

»Die Stadt mag mich nicht, Vati. Ich möchte in Oxrun Station bleiben.«

Frank sagte nichts.

»Es ist wegen der Frau, oder?«

Er hatte sich umgeschaut, aber Susan wandte ihnen den Rükken zu und beugte sich über einen Koffer, der nicht schließen wollte, nachdem er an der Haustür wieder aufgesprungen war.

»Wovon redest du eigentlich?« hatte er barsch gesagt.

»Ich hab's dir gesagt«, fuhr Damon fort, als ob nichts wäre. »Du durftest das nicht machen.«

Als Susan sich aufrichtete, lächelte sie verzerrt.

Und als sie wegfuhren, sagte Damon: *Ich hab' dich lieb, Vati.*

Frank wachte früh auf, machte sich ein Frühstück, stand an der Hintertür und blickte in den Hof. Es war wieder neblig, nichts Ungewöhnliches, wenn das Wetter in Connecticut darum kämpfte, in die Beständigkeit des Winters überzugehen. Aber als er seinen Kaffee trank und daran dachte, wie groß das Haus geworden war, wie groß und wie leer, bemerkte er eine Bewegung mitten auf dem Hof neben dem Kirschbaum. Nebelschwaden stiegen auf, aber er war sicher...

Er riß die Tür auf und schrie: »Damon!«

Der Nebel senkte sich, und er schüttelte den Kopf. Immer sachte, alter Knabe, sagte er sich; noch drehst du nicht durch.

Tage.

Nächte.

Er telefonierte regelmäßig mit Susan, zweimal in der Woche zu vorher verabredeten Zeiten. Aber als Weihnachten kam und Weihnachten vorüberging, wurde sie immer wortkarger und sein Sohn immer verdrießlicher.

»Er hat gute Noten, Frank, ich kümmere mich darum.«

»Ihm scheint's fürchterlich zu gehen.«

»Er verliert ein wenig an Gewicht, sonst nichts. Holt sich schnell eine Erkältung. Es dauert eine Weile, bis man sich an die Stadt gewöhnt, Frank.«

»Ihm gefällt's nicht in der Stadt.«

»Hier ist er zu Hause. Wird ihm schon gefallen.«

Mitte Januar ging Susan nicht ans Telefon, und voller Verzweiflung rief er schließlich die Schule an, erhielt die Antwort, Damon sei seit fast einer Woche im Krankenhaus. Die Krankenschwester meinte, es sei wahrscheinlich Lungenentzündung.

Als er an jenem Abend ankam, lagen überall im Wartezimmer graubraune Tücher und Überzieher, füllten Getuschel, Seufzer und einige unterdrückte Schluchzer den Raum. Susan stand am Fenster und schaute zu den Lichtern hinaus, die weit kälter als die Sterne waren. Sie wandte sich nicht um, als sie ihn hörte, antwortete nicht, als er zu wissen wünschte, warum sie sich nicht mit ihm in Verbindung gesetzt hatte. Er packte sie an der Schulter und drehte sie schnell herum; ihre Augen blickten matt, ihr Gesicht war von den roten Spuren der Kälte verfroren.

»Also gut«, sagte sie. »Also gut, Frank, ich wollte einfach nicht, daß du ihn aufregst.«

»Wovon zum Teufel sprichst du eigentlich?«

»Er hätte dich gesehen, und er hätte mit dir nach Oxrun Station zurückgehen wollen.« Ihre Augen verengten sich. »Hier ist er zu Hause, Frank! Er muß lernen, damit fertig zu werden.«

»Ich nehme mir einen Anwalt.«

Sie lächelte. »Tu das. Tu das nur, Frank.«

Er brauchte es nicht. Einige Minuten später sah er Damon und konnte kaum länger als einen Augenblick ertragen. Trübes Licht lag über dem Jungen; er war fast nicht zu sehen, zu dünn, um unter dem durchsichtigen Plastikzelt und den Röhren und den Monitoren noch wirklich zu existieren... zu schwach, so sagte der Arzt mit fachmännischer Besänftigung, schon viel zu lange zu schwach, und Frank erinnerte sich an den Abend auf der Veranda, mit der Untertasse voll Milch, als er dasselbe gedacht und sich doch nichts dabei gedacht hatte.

Nach der Beerdigung kehrte er zurück, aller Ärger war verflogen. Er hatte Susan beschuldigt, eine Mörderin zu sein, und wußte doch in dem Augenblick, wie dumm das gewesen war, fühlte sich aber besser, weil es ihn selbst von Schuld freisprach. Er hatte sich entschuldigt. Hatte — vorläufig — Vergebung erlangt. War aus dem Zug ausgestiegen, hatte geweint, tief durchgeatmet und beschlossen weiterzuleben.

Ging am folgenden Tag zurück ins Büro, stapelte seinen Schreibtisch mit Akten voll, versteckte sich den größten Teil des Morgens dahinter. Er schaute nur einmal auf, als ihm seine Sekretärin etwas über das Anliegen eines neuen Klienten mitzuteilen versuchte und er in Höhe ihrer Taille die Gestalt seines Sohnes verschwommen wahrnahm, wie er durch das Fenster blickte.

»Damon«, murmelte er, stieß die Frau zur Seite und rannte auf den Gehsteig hinaus. Ein weißlicher Nebel lag über der Straße, aber er konnte nichts sehen, nicht einmal ein Auto, nicht einmal das Blinken des Warnlichts an der nächsten Kreuzung.

Sofort nach dem Essen wählte er Susans Nummer, starrte auf den Hörer, als niemand abnahm, und legte wieder auf. Wunderte sich.

»Sie sehen blaß aus«, sagte seine Sekretärin sanft. Sie zeigte mit dem Bleistift auf seinen Schreibtisch. »Sie haben schon die Arbeit für einen ganzen Tag erledigt. Warum gehen Sie nicht nach Hause und legen sich hin? Ich kann doch abschließen. Es macht mir nichts aus.«

Er lächelte, drehte sich um, als sie ihm in den Mantel half, strich über ihre Wange... und erstarrte.

Damon war im Fenster zu sehen.

Nein, sagte er zu sich... und Damon war weg.

Er ruhte sich zwei Tage aus, ging wieder an die Arbeit und vertiefte sich in die Auseinandersetzung um ein Testament, das ein Richter für rechtswirksam erklärt hatte, den er — um es milde auszudrücken — für nichts weniger als altersschwach hielt. Er versuchte wieder, Susan anzurufen, und erneut ging niemand ans Telefon.

Und Damon ließ ihn einfach nicht in Ruhe.

Wenn es neblig, regnerisch, wolkig, windig war... dann war er für gewöhnlich auch da, am Fenster, am Kirschbaum, in der dunkelsten Ecke der Veranda.

Er wußte, es waren Schuldgefühle, weil er nicht hart genug gekämpft hatte, um seinen Sohn bei sich zu behalten; er glaubte, wenn er das getan hätte, könnte sein Sohn noch am Leben sein; sah sein Gesicht überall, hörte die Anschuldigungen, warum, wenn der Junge ihn liebte, er ihn nicht genauso wiederlieben konnte.

Ende Februar kam er zu der Einsicht, es sei an der Zeit, einen Freundschaftsbesuch bei einem Bekannten zu machen, einem Arzt, der seine Praxis im selben Gebäude hatte. Nicht so sehr wegen der Gesichter, die er sah — er hatte sich langsam daran gewöhnt und nahm an, sie würden mit der Zeit wieder verschwinden; aber an jenem Morgen lag Schnee, und in dem Schnee am Kirschbaum sah er die Fußspuren eines kleinen Jungen. Als er den Arzt in den Hof führte, um sie ihm zu zeigen, waren sie weg.

»Du hast ganz recht, Frank. Du fühlst dich schuldig. Aber an und für sich nicht wegen des Jungen. Das Gesetz und die Neigung der meisten Richter sind ganz eindeutig — niemand konnte von dir erwarten, daß du ihn in seinem Alter behältst. Du machst dir immer noch Gedanken wegen der Frau, die du geküßt hast, und Gedanken darüber, daß Damon dich gesehen hat; und darüber, daß du deiner Meinung nach sein Leben irgendwie hättest retten können, selbst wenn es die Ärzte nicht konnten; und schließlich darüber, daß du ihm nicht so etwas wie Haustiere, wie jene Katze, geben konntest. Nichts von alldem ist wirklich deine Schuld, wirklich nicht. Es ist bloß etwas Unangenehmes, dem du dich stellen mußt. Jetzt.«

Obwohl er sich nicht wesentlich besser fühlte, wußte Frank die Ruhe zu schätzen, die ihn überkam, als das Gespräch zu Ende war und sie sich trennten. Er arbeitete hart — den übrigen Tag, die übrige Woche; aber er wußte, daß es nicht Schuldgefühle waren und auch nicht seine Phantasie, überhaupt nichts, was der Arzt wegerklären konnte, als er am Samstagmorgen die Tür öffnete und sorgfältig oben auf seiner Zeitung — die siamesische Katze mit dem weißen Gesicht fand. Tot. Mit gebrochenem Genick.

Er taumelte über die Schwelle zurück, drehte sich schnell um und raste ins Bad, wo er neben der Toilette auf die Knie fiel und sein Frühstück von sich gab. Die Tränen brannten, die Schluchzer brachten seine Lunge fast zum Platzen und ließen seinen Magen sich zusammenkrampfen, und als er sich wieder unter Kontrolle hatte, wußte er, was da ablief.

Der Arzt, die Sekretärin, sogar seine Frau... sie hatten alle unrecht.

Es existierte keine Schuld. Es existierte nur... Damon.

Ein kleiner Junge mit großen braunen Augen, der seinen Vater liebte. Der seinen Vater so sehr liebte, daß er ihn niemals verlassen wollte. Der seinen Vater so sehr liebte, daß er sich vergewissern wollte, vollständig vergewissern, daß er nie einsam sein würde.

Du bist ein böser Junge gewesen, Vati. Frank richtete sich stolpernd auf, taumelte in die Küche, lehnte sich gegen die Hintertür. Am Kirschbaum stand eine Gestalt, dunkel und ohne Konturen; aber er wußte, daß es sinnlos war, nach draußen zu rennen. Die Gestalt würde verschwinden.

Du hast diese Katze nie wirklich gemocht, Vati. Oder die Hunde. Oder Mutti.

Das Telefon klingelte. Er ließ sich Zeit, als er hinging, starrte es einige Augenblicke stumm an, bevor er den Hörer abnahm. Er konnte den ganzen Flur überblicken, bis in die Küche. Er hatte die Deckenleuchte nicht eingeschaltet, und deshalb konnte er durch die kleinen Scheiben der Hintertür bis in den Hof blicken. Die Luft draußen trübte sich vom bevorstehenden Schnee. Grau. Fast leblos.

»Frank? Frank, hier ist Susan. Frank, ich habe nachgedacht, ... über dich und mich ... und über das, was geschehen ist.«

Er richtete den Blick weiter auf die Tür. »Es ist vorbei, Sue. Vorbei.«

»Frank, ich weiß nicht, was geschehen ist. Bei Gott, ich hab mich angestrengt, ich hab's wirklich. Er kriegte die besten Noten in der Schule, hatte viele Freunde... ich hab ihm sogar einen kleinen Hund gekauft, einen Pudel, zwei Wochen bevor er... Ich weiß nicht, was geschehen ist, Frank! Ich bin heute morgen aufgewacht, und ganz plötzlich fühlte ich mich so verdammt *einsam.* Frank, ich habe Angst. Kann... kann ich nach Hause kommen?«

Das Grau wurde dunkler. Auf der Veranda war ein Schatten zu sehen, jetzt viel länger als der Schatten im Hof.

»Nein«, sagte er.

»Verdammt noch mal, er hat die ganze Zeit an dich gedacht«, sagte sie, und ihre Stimme wurde hysterisch. »Einmal hat er versucht wegzurennen, um zu dir zurückzugehen.«

Der Schatten füllte die Scheiben, die Fenster auf jeder Seite aus, und plötzlich war die Leitung gestört, und Susans Stimme verlor sich. Er ließ den Hörer fallen und drehte sich um.

Vorne.

Schatten.

Er hörte den Heizungskessel summen, doch im Haus wurde es immer kälter.

Das Licht im Wohnzimmer flackerte, verlosch, schien einen Augenblick lang hell auf, bevor die Glühbirne zersplitterte.

Er hatte ... unrecht.

O Gott, wie hatte er unrecht!

Damon ... Damon liebte ihn nicht.

Nicht mehr seit jener Nacht an der Ecke, im Nebel; nicht mehr seit jener Nacht, als er nicht ernsthaft versucht hatte, eine Katze mit einem Gesicht weiß wie Milch aufzuspüren.

Damon wußte das.

Und Damon liebte ihn nicht.

Er ließ sich auf Hände und Knie nieder und suchte in der Dunkelheit nach dem Hörer, fand ihn und warf ihn fast weg, als der bitterkalte Kunststoff seine Finger zu verbrennen drohte.

»Susan!« schrie er. »Zum Teufel noch mal, Susan, hörst du mich denn nicht?«

Ein böser Junge, Vati.

Wieder atmosphärische Störungen, aber er glaubte, hören zu können, wie sie mit dem Wind weinte.

»Susan ... Susan, das ist verrückt, ich hab keine Zeit, es dir zu erklären, aber du mußt mir helfen. Du mußt etwas für mich tun.«

Vati.

»Bitte, Susan ... er kommt zurück, ich weiß, er kommt zurück. Frag mich nicht wie, aber ich weiß es! Paß auf, du mußt was für mich tun. Susan, verdammt noch mal, hörst du mich denn nicht?«

Vati, ich bin ...

»Um Himmels willen, Susan, wenn Damon kommt, sag ihm, es tut mir leid!«

... zu Hause.

ARTHUR L. SAMUELS

Requiem ohne Gesang

Im 19. Jahrhundert erzählte man sich, der berühmte Geiger Niccolò Paganini habe dem Teufel seine Seele für seine Begabung verkauft, und mit seinen übergroßen Gliedmaßen und mit seinem grausamen, bitterbösen Blick sei er sogar die Verkörperung des Teufels selbst gewesen. Paganini, der hervorragend Geige spielte und dessen Fähigkeiten als Komponist immer unterschätzt werden (man denke nur an die zwei Violinkonzerte und seine vierundzwanzig Capriccios für Solovioline) und der einige für seine Zeit beachtliche Veranstaltungen organisierte, wehrte sich nicht gegen dieses Gerede. »Requiem ohne Gesang« ist die andere Schauergeschichte über einen Geigenvirtuosen.

Craigus beugte sich über das Bett des sterbenden Geigers. An den Wänden hingen Bilder seines Freundes aus besseren Zeiten, die Guarneri in der Hand, den Bogen angesetzt; darüber steckten einige klägliche Andenken — seine ehrenvolle Erwähnung im Queen-Elizabeth-Wettbewerb, ein signiertes Bild von Stokowski, doch all das hatte heute keinerlei Bedeutung mehr. *Sic transit,* dachte Craigus. »Ich bitte dich darum«, sagte der Geiger mit schwacher Stimme, »du darfst nicht zulassen, daß sie mir das antun; so darf es einfach nicht enden. Denk an unseren Pakt.«

Craigus zuckte mit den Achseln. »Ich denk' schon daran«, sagte er.

»Versprich mir, daß du es auch wirklich machst, bitte.« Craigus schaute sich das Bild des Mannes an, als er noch jünger gewesen war: die Augen voller Hoffnung, die Finger korrekt über dem Griffbrett, das sie am Ende doch nicht ganz gemeistert hatten. »Ich werde es bestimmt machen«, sagte er.

Dankbar starb der Geiger.

Abgemacht ist abgemacht. Spätabends zündete Craigus den Ofen an. Als die Meßnadel 1000 Grad Celsius anzeigte, öffnete er die schwere Stahltür und schob sorgfältig die Gußformen in das glühendheiße Innere. Er verschloß den Ofen sorgfältig. In zehn Minuten würde ein Signal ertönen, daß die Gußformen fertig waren. Danach würden die kleinen Kästchen und zum Schluß der große Kasten an die Reihe kommen. Groß genug für alle Streicher.

Zumindest beim Vorspielen für das Detroiter Symphonieorchester hätten sie den Geiger nicht ablehnen dürfen. Das war wirklich ungerecht, dachte Craigus. Und er dachte weiter: ein vernünftiger Mensch, es ist nur ausgleichende Gerechtigkeit. Ich habe es versprochen. Ich bin nicht wie das Detroiter Symphonieorchester; ich halte, was ich verspreche.

Craigus ging zu der langen Theke. Er stellte seinen Koffer darauf und öffnete ihn, suchte ein paar Proben heraus und legte sie dem Besitzer der Strad Music Company vor. »Ausgezeichnet«, murmelte Craigus vor sich hin. »Sie lassen sich im Einzelhandel bestimmt für 3,95 Dollar verkaufen. Sie wären schön dumm, wenn Sie für einen solchen Preis nicht gleich alle nehmen würden.«

»Der Preis ist gut«, sagte der alte Mann, »aber ich habe eine Menge von diesem Zeug, das ich nicht absetzen kann.«

»Nichts, was diesem gleicht«, sagte Craigus. Er murmelte noch etwas.

Der Besitzer zuckte zögernd mit den Achseln und ging weg, um sein Scheckheft zu holen.

Craigus passierte mit der übrigen Menge den Eingang und setzte sich leise in die letzte Reihe. Das Kammerorchester La Scala, fünfundvierzig Mann stark, sauberer Klang, kam auf die Bühne. Auf jedem der Ständer lag ein neues Stück Kolophonium. Während Craigus aufmerksam zuschaute, rieben zuerst der Konzertmeister und dann alle anderen ihre Bögen geistesabwesend ein. Wie bei Kindern und Schlamm, dachte Craigus; die Streicher konnten ihre Hände nicht von neuem Kolophonium lassen. Wie Oboisten und ihre Rohrblätter. Gekonnt stimmten sie ihre Instrumente. Das Licht ging aus, und der Dirigent trat ein. Craigus erinnerte sich noch gut an ihn. Als er jung war, hatte er als Richter beim Queen-Elizabeth-Wettbewerb mitgemacht. In Brüssel.

Das Dritte Brandenburgische Konzert. Craigus hörte gelassen zu. Plötzlich wurden die Töne schriller, und ein Cello quietschte. Eine Geige gab einen herzzerreißenden Ton von sich, und auf einmal ließ der Dirigent seinen Taktstock aus der Hand fallen, sein Gesicht war von Schrecken gezeichnet, was Craigus sogar sechsundzwanzig Reihen entfernt noch hocherfreut wahrnahm. Hervorragend.

Der Geruch wehte langsam durch den Saal. Wenn er schon bis zur letzten Reihe des Parketts vorgedrungen war, dann mußte es ganz weit vorne bestimmt ziemlich schlimm sein. Von der Bühne ganz zu schweigen. Die Mitglieder des Orchesters versuchten, die Bühne zu verlassen; einige von ihnen hielten sich Mund oder Magen. Nicht alle schafften es bis nach draußen. Craigus hörte den würgenden Geräuschen zu.

Zeit zu gehen, dachte er.

Er stand auf und ging.

»Der Pakt«, sagte er draußen zum Himmel gewandt . . . während drinnen das Publikum zu schreien anfing.

Der Pakt, dachte er, als er in sein Auto stieg, den Koffer auf dem Sitz neben sich. Ging vielleicht ein bißchen weiter, als der Geiger es gewollt hatte; aber andererseits: da es so gut klappte, warum sollte er mit Detroit aufhören! Es gab noch viele Orchester, die gutes Kolophonium brauchen konnten.

EDWARD D. HOCH

Das längliche Zimmer

Ein Jahrzehnt später geschah es dann... die Ereignisse aus Hochs grauenerregender Geschichte wiederholten sich in New York City. So etwas verstärkt nicht den Schrecken des »länglichen Zimmers«, und es vermindert ihn auch nicht; die Angst entsteht aus einer inneren logischen Wahrheit der Bedingungen menschlicher Existenz, die Hoch als Künstler erkannte. Diese Geschichte wurde 1967 als beste Kurzgeschichte des Jahres mit dem Preis der ›Mystery Writers of America‹ ausgezeichnet. Hoch, der produktivste Kurzgeschichtenautor in Amerika, hat hier ein Meisterwerk verfaßt, dessen Schluß nicht nur das Geschehen dem Bereich menschlicher Erfahrung entrückt, sondern auch das Vorstellungsvermögen der Figuren übersteigt und dank seiner absoluten Zeitlosigkeit Geschichte wird.

Es war von Anfang an Fletchers Fall, aber Captain Leopold begleitete ihn, als damals der Anruf kam. Die Sache war scheinbar glasklar, denn man hatte den einzigen Verdächtigen gefunden, wie er buchstäblich noch über sein Opfer gebeugt dastand, und Leopold fand, daß an einem so trüben Tag eine Fahrt zur Universität hinaus ganz angenehm sein könnte. Hier, am Fluß entlang, leuchteten die Bäume schon oktoberfarben, und im Park hing stellenweise leichter Dunst von verbrennenden Blättern über der Straße. Für die herbstliche Jahreszeit war es ein warmer Tag, ein sonniger Tag. Eigentlich kein Tag für einen Mord.

»Die Universität hat sich nicht sehr verändert«, bemerkte Leopold, als sie in die schmale Straße einbogen, die an den Häusern der Studentenverbindungen vorbei zum Bibliotheksturm führte. »Ein paar neue Studentenheime und ein neues Stadion. Das ist so ziemlich alles.«

»Seit den Bombenanschlägen vor vier oder fünf Jahren ist hier nichts Aufregendes mehr passiert«, sagte Fletcher. »Dieser Fall scheint allerdings viel einfacher zu liegen. Sie haben den Kerl schon. Hat seinen Zimmergenossen erstochen, und dann ist er doch tatsächlich dort bei der Leiche geblieben.«

Leopold schwieg. Sie hatten vor einem der großen neuen Studentenwohnheime angehalten, die zum Himmel aufragten, als handele es sich um Wohnblocks für Leute mittleren Einkommens, ganz aus Ziegel und Beton; jetzt wimmelte es dort von Studenten. Leopold steckte sich seine Polizeimarke an und ging voraus.

Das Zimmer lag im vierten Stock, mit Blick auf den Fluß. Es schien allen anderen zu gleichen — ein bedrückendes Rechteck, Etagenbetten, doppelte Arbeitstische, Kleiderschränke und ein großes Panoramafenster gegenüber der Tür. Der Gerichtsarzt war schon da, und er blickte auf, als Leopold und Fletcher eintraten. »Wir können ihn wegschaffen. Einverstanden, Captain?«

»Unsere Leute haben ihre Aufnahmen gemacht? Dann hab' ich nichts dagegen. Fletcher, versuchen Sie rauszubekommen, soviel Sie können.« Dann sagte er, an den Gerichtsarzt gewandt: »Wie ist er denn getötet worden?«

»Durch einige Stichwunden. Ich lasse eine Autopsie machen. Aber es gibt kaum einen Zweifel.«

»Und wie lange schon tot?«

»Ungefähr einen Tag.«

»Einen Tag!«

Fletcher hatte sich beim Befragen der anderen Notizen gemacht. »Die Leute vom Revier haben die Sache schon so ziemlich im Griff, Captain. Der tote Knabe heißt Ralph Rollings, Student im zweiten Jahr. Sein Zimmergenosse gibt zu, etwa zwanzig Stunden mit dem Leichnam allein gewesen zu sein, bevor man sie entdeckt hat. Der Zimmergenosse heißt Tom McBern. Ist jetzt im Zimmer nebenan.«

Leopold nickte und ging durch die Verbindungstür. Tom McBern war hochgewachsen und schlank und sah für einen Studenten erstaunlich gut aus. »Haben Sie ihn auf seine Rechte hingewiesen?« fragte Leopold einen der Polizisten.

»Jawohl, Sir.«

»Okay.« Leopold setzte sich auf das Bett gegenüber von McBern. »Was haben Sie mir zu sagen, mein Lieber?«

Die tiefliegenden braunen Augen blickten auf und begegneten Leopolds Blick. »Nichts, Sir. Ich glaube, ich will einen Anwalt.«

»Das ist natürlich Ihr gutes Recht. Sie wollen also keine Aussage darüber machen, wie Ihr Zimmergenosse umgekommen ist oder warum Sie mehrere Stunden mit ihm in diesem Zimmer geblieben sind, ohne seinen Tod zu melden?«

»Nein, Sir.« Er wandte sich ab und blickte aus dem Fenster.

»Sie sind sich doch darüber im klaren, daß Sie unter Mordverdacht stehen?«

Der Junge wollte nichts mehr sagen, und nach kurzer Zeit ließ ihn Leopold mit dem Polizisten allein. Er ging zu Fletcher zurück und beobachtete, wie sie die Leiche zudeckten und wegtrugen. »Er will nicht aussagen. Möchte einen Anwalt. Wie weit sind wir denn inzwischen?«

Sergeant Fletcher zuckte mit den Achseln. »Wir brauchen nur ein Motiv. Sie hatten wahrscheinlich dasselbe Mädchen oder so.«

»Finden Sie's raus.«

Sie gingen los, um mit dem Jungen zu sprechen, der in dem Zimmer nebenan wohnte, demjenigen, der die Leiche gefunden hatte. Er hatte rotblondes Haar, sah gut aus und hieß Bill Smith.

»Erzählen Sie uns mal, wie das war, Bill«, sagte Leopold.

»Da gibt's nicht viel zu erzählen. Ich hab Ralph und Tom nur flüchtig aus meinem ersten Studienjahr gekannt, aber nie wirklich gut. Sie steckten ziemlich viel zusammen. In diesem Jahr habe ich das Zimmer neben ihnen gekriegt, aber die Verbindungstür war immer abgeschlossen. Jedenfalls ist keiner von beiden gestern zum Unterricht erschienen. Als ich gestern nachmittag zurückgekommen bin, hab' ich an die Tür geklopft und gefragt, ob alles in Ordnung sei. Tom hat zurückgerufen, sie seien krank. Er wollte die Tür nicht öffnen. Ich bin in mein Zimmer gegangen und hab' mir nichts weiter dabei gedacht. Dann aber, heute morgen, hab' ich noch mal geklopft, weil ich wissen wollte, wie's ihnen geht. Toms Stimme klang so... seltsam.«

»Wo war denn Ihr eigener Zimmergenosse während dieser ganzen Zeit?«

»Er ist nicht da. Sein Vater ist gestorben, und er ist zur Beerdigung nach Hause gefahren.« Smiths Hände waren nervös, spielten mit einem Papierschnipsel herum. Leopold bot ihm eine Zigarette an, und er nahm sie. »Wie auch immer, als er die Tür nicht aufmachen wollte, hab' ich mir doch Sorgen gemacht und gesagt, ich würde Hilfe holen. Daraufhin hat er die Tür geöffnet — und ich hab' gesehen, wie Ralph ausgestreckt auf dem Bett lag, blutüberströmt und ... tot.«

Leopold nickte und ging ans Fenster. Von hier aus konnte er die Bäume unten am Fluß sehen, die golden aufflammten, als die Oktobersonne sie streifte. »Haben Sie am Tag zuvor irgendwelche Geräusche gehört? Irgendeinen Streit?«

»Nein. Nichts. Absolut nichts.«

»Hatten Sie in der Vergangenheit irgendwelche Meinungsverschiedenheiten?«

»Nicht daß ich wüßte. Wenn sie nicht miteinander ausgekommen wären, dann hätten sie in diesem Jahr wohl kaum zusammen wohnen wollen.«

»Wie steht's denn mit Mädchen?« fragte Leopold.

»Sie sind beide gelegentlich ausgegangen, glaube ich.«

»Mit irgend jemand im besonderen? Mit einer, die sie beide mochten?«

Bill schwieg den Bruchteil einer Sekunde zu lange. »Nein.«

»Sind Sie sicher?«

»Ich hab' Ihnen schon gesagt, ich kannte sie nicht sehr gut.«

»Hier geht's um Mord, Bill. Nicht um eine Studentenfete oder um irgendwelche Spielchen beim Klassenausflug.«

»Tom hat ihn getötet. Was wollen Sie denn noch?«

»Wie heißt sie, Bill?«

Bill drückte seine Zigarette aus und wandte seinen Blick ab. Dann antwortete er endlich. „Stella Banting. Sie hat noch ein Jahr bis zum Examen.«

»Mit wem ging sie?«

»Ich weiß es nicht. Sie war mit beiden befreundet. Ich glaub', sie ist letztes Jahr so um Weihnachten herum einige Male mit Ralph ausgegangen, aber kürzlich hab' ich sie zusammen mit Tom gesehen.«

»Ist sie älter als die beiden?«

»Nein. Sie sind alle zwanzig. Stella ist nur ein Jahr weiter.«

»Okay«, sagte Leopold. »Vielleicht möchte Ihnen Sergeant Fletcher noch ein paar Fragen stellen.«

Er verließ Smiths Zimmer und ging mit Fletcher hinaus auf den Flur. »Das ist Ihr Fall, Sergeant. Wird Zeit, daß ich ihn Ihnen überlasse.«

»Danke für Ihre Hilfe, Captain.«

»Lassen Sie ihn mit einem Anwalt sprechen und entscheiden Sie dann, ob seine Geschichte überzeugend klingt. Wenn er immer noch keine Aussage machen will, nehmen Sie ihn fest. Ich glaube nicht, daß es irgendwelche Schwierigkeiten bei der Anklageerhebung gibt.«

»Sie wollen mit dem Mädchen sprechen?«

Leopold lächelte. »Hätte schon Lust dazu. Smith schien in bezug auf sie etwas unsicher zu sein. Könnte vielleicht ein Motiv sein. Verständigen Sie mich, sobald der Gerichtsarzt irgendwas Genaueres über den Todeszeitpunkt weiß.«

»Klar, Captain.«

Leopold ging nach unten, drängte sich durch die Studenten und Dozenten, die immer noch die Korridore und das Treppenhaus verstopften. Draußen nahm er seine Maske ab und steckte sie ein. Die Luft war frisch und trocken, als er über das Universitätsgelände zum Verwaltungsgericht schlenderte.

Stella Banting wohnte in dem größten Studentinnenheim auf dem Campus, in einem riesigen, säulenverzierten Gebäude aus roten Ziegeln und mit Efeu bewachsen. Aber als Captain Leopold sie aufspürte, war sie gerade auf dem Weg zurück vom Drugstore und hatte eine Stange Zigaretten und eine Flasche Shampoo bei sich. Stella war hochgewachsen, hatte feste, kantige Züge und ein Gesicht, das vielleicht schön gewesen wäre, wenn sie gelächelt hätte.

»Stella Banting?«

»Ja bitte?«

»Ich bin Captain Leopold. Ich möchte mit Ihnen über den tragischen Unglücksfall im Studentenheim sprechen. Ich glaube, Sie haben schon davon gehört?«

Sie blinzelte und sagte: »Ja, habe ich.«

»Könnten wir irgendwohin gehen und uns unterhalten?«

»Ich lade das hier zu Hause ab, und dann können wir einen Spaziergang machen, wenn Sie wollen. Ich möchte nicht gerne dort mit Ihnen sprechen.«

Sie hatte verschossene Bermuda-Shorts und ein schlabberiges Sweatshirt an, und als er so neben ihr dahinging, fühlte sich Leopold wieder jung. Wenn sie doch nur ab und zu lächeln würde — aber vielleicht war dies kein Tag zum Lächeln. Sie verließen das Zentrum des Campus, gingen zum schweigsamen Oval des Leichtathletikfeldes und auf das Stadion zu. »Sie sind nicht zum Wohnheim hinübergegangen«, sagte er schließlich zu ihr und durchbrach damit das Schweigen.

»Hätte ich das denn tun sollen?«

»Ich habe gehört, daß Sie mit ihnen befreundet waren — hätten sich mit dem toten Studenten letztes Jahr Weihnachten getroffen und mit Tom McBern erst vor kurzem.«

»Hab' ich auch ein paarmal. Ralph war nicht der Typ, den überhaupt jemand richtig kennenlernte.«

»Und was war mit Tom?«

»Das war ein netter Kerl.«

»War?«

»Das ist schwer zu erklären. Ralph hatte einen Einfluß auf die Leute, auf jeden in seiner Umgebung. Als ich merkte, daß es auch bei mir so war, trennte ich mich von ihm.«

»Was für einen Einfluß hatte er denn?«

»Er verfügte über eine Macht — eine Macht, die man einem Einundzwanzigjährigen gar nicht zutrauen würde.«

»Klingt so, als ob Sie die beiden ziemlich gut gekannt hätten.«

»Hab' ich auch. Ich bin jetzt im dritten Jahr an der Universität. In dieser Zeit bin ich erwachsen geworden, glaube ich.«

»Und was ist mit Tom McBern?«

»Ich hab' mich in der letzten Zeit einige Male mit ihm getroffen, einfach um mich zu vergewissern, wie schlimm es tatsächlich war. Ralph hatte ihn völlig unter der Fuchtel. Tom lebte einzig und allein für Ralph.«

»Homosexuell?« fragte Leopold.

»Nein, glaube ich nicht, daß es so was Eindeutiges war, eher wie die Beziehung zwischen Lehrer und Schüler. Anführer und Gefolgsmann.«

»Herr und Sklave?«

Sie drehte sich um und lächelte ihn an. »Sie scheinen doch sehr auf Mitternachtsorgien aus zu sein, nicht wahr?«

»Der Junge ist schließlich tot.«

»Ja. Ja sicher.« Sie blickte zu Boden. »Aber Sie verstehen schon, was ich meine? Ralph war immer der Anführer, der Lehrer — für Tom fast so etwas wie der Messias.«

»Warum wollte er ihn dann töten?« fragte Leopold.

»Das ist es ja gerade — er wollte es bestimmt nicht! Egal, was in jenem Zimmer passiert ist, ich kann mir einfach nicht vorstellen, daß Tom McBern es fertigbrächte, Ralph zu töten.«

»Es gibt schon eine Möglichkeit, Miss Banting. Könnte vielleicht Ralph Rollings irgendwas Abschätziges über Sie gesagt haben? Etwas darüber, als er noch mit Ihnen ging?«

»Ich habe nie mit Ralph geschlafen, wenn Sie darauf hinauswollen. Mit keinem von beiden, falls Sie es genau wissen wollen.«

»So hab' ich es nicht gemeint.«

»Es hat sich genauso abgespielt, wie ich es Ihnen erzählt habe. Wenn ich überhaupt Angst gehabt habe, dann vor Ralph. Ich wollte nicht, daß er auch über mich eine solche Macht gewinnt.«

Irgendwie spürte er, daß ihr Spaziergang zu Ende war, obwohl sie sich noch immer mitten auf dem Campus befanden, ein gutes Stück von den Sportstätten entfernt. »Vielen Dank für Ihre Hilfe, Miß Banting. Es kann sein, daß ich Sie noch einmal sprechen möchte.«

Er ließ sie dort allein und eilte wieder zum Studentenheim. Wohl wissend, daß sie ihn beobachten würde, bis er außer Sichtweite war.

Früh am nächsten Morgen traf Sergeant Fletcher Leopold in seinem Büro dabei an, wie er die täglichen Berichte über die nächtlichen Unternehmungen studierte. „Schlafen Sie eigentlich nie, Captain?« fragte er und zog den verschossenen Ledersessel, der für die seltenen Besucher gedacht war, zu sich heran.

»Ich hab' noch genug Zeit zum Schlafen, wenn ich tot bin. Was haben Sie über McBern rausgekriegt?«

»Sein Anwalt sagt, er weigere sich, eine Aussage zu machen, aber ich vermute, die wollen, daß er sich ›nicht schuldig‹ bekennt, wegen geistiger Umnachtung.«

»Was sagt denn der Gerichtsarzt?«

Fletscher las das maschinengeschriebene Blatt durch. »Zwei Stichwunden, beide in die Herzgegend. Lag offensichtlich lang ausgestreckt auf dem Bett, als es ihn erwischte.«

»Wie lange schon, bevor sie ihn gefunden haben?«

»Er hatte ungefähr eine Stunde vor seinem Tod gefrühstückt, und nach unserem Verhör ergibt sich daraus eine Todeszeit von etwa zehn Uhr. Um acht am nächsten Morgen ging Bill Smith zur Tür und brachte McBern dazu, daß er aufmachte. Da wir wissen, daß McBern am Abend vorher im Zimmer war, als Smith mit ihm durch die Tür gesprochen hat, können wir davon ausgehen, daß er ungefähr zweiundzwanzig Stunden mit der Leiche allein war.«

Leopold starrte aus dem Fenster und verglich in Gedanken die herbstliche Düsterkeit der Stadt mit den Farben der Landschaft, die er am Tag zuvor gesehen hatte. Alles vergeht, nur vergeht es in der Stadt ein wenig schneller. Und ein bißchen langweiliger. »Sonst noch was?« fragte er Fletcher, denn offensichtlich gab es da noch etwas.

»Das war in einer der Schreibtischschubladen«, sagte Fletcher und zog einen Umschlag hervor. »Sechs Stück Würfelzucker, mit LSD getränkt.«

»Schon gut.« Leopold schaute sie sich an. »Schätze, das ist heutzutage auf dem Campus nicht allzu ungewöhnlich. Hat schon mal jemand unter dem Einfluß von LSD einen Mord begangen?«

»Da war doch ein Fall irgendwo draußen im Westen. Und ich glaub', noch einer drüben in England.«

»Reicht das zur Überführung oder beruht das Plädoyer für geistige Unzurechnungsfähigkeit?«

»Ich werde das überprüfen, Captain.«

»Und noch was — holen Sie dieses Bürschchen Smith her. Ich will noch mal mit ihm sprechen.«

Später, als er allein war, fühlte sich Leopold äußerst deprimiert. Der Fall machte ihm zu schaffen. McBern hatte zweiundzwanzig Stunden bei der Leiche von Rollings ausgeharrt. Jeder, der das so lange aushalten konnte, mußte verrückt sein. Er war verrückt, und er war ein Mörder, und mehr steckte nicht dahinter.

Als Fletcher eine Stunde später Bill Smith in das Büro brachte, starrte Leopold wieder aus dem Fenster. Er drehte sich um und gab dem jungen Mann ein Zeichen, sich zu setzen. »Ich habe da noch ein paar Fragen, Bill.«

»Ja?«

»Erzählen Sie mir mal was über das LSD.«

»Wie bitte?«

Leopold kam um den Schreibtisch herum und setzte sich auf die Kante. »Tun Sie nicht so, als hätten Sie nie was davon gehört. Rollings und McBern hatten LSD in ihrem Zimmer.«

Bill Smith schaute zur Seite. »Ich wußte nichts davon. Man hörte nur Gerüchte.«

»Sonst nichts? Keine Geräusche, die durch die Verbindungstür drangen?«

»Geräusche schon. Manchmal war es...«

Leopold wartete darauf, daß er weiterredete, doch als er das nicht tat, sagte er: »Es handelt sich hier um die Untersuchung eines Mordfalls, Bill.«

»Rollings — er verdient es, daß er tot ist, weiter nichts. Er war durch und durch böse, derböseste Mensch, dem ich je begegnet bin. Was er dem armen Tom angetan hat...«

»Stella Banting behauptet, Tom habe ihn regelrecht angebetet.«

»Stimmt, und das machte die ganze Geschichte nur noch schrecklicher.«

Leopold lehnte sich zurück und zündete sich eine Zigarette an. »Wenn die beiden high waren, hätte fast jeder das Zimmer betreten und Ralph erstechen können.«

Doch Bill Smith schüttelte den Kopf. »Das bezweifle ich. Sie hätten es nicht gewagt, die Tür aufzuschließen, solange sie angeturnt waren. Außerdem hätte ihn Tom unter Einsatz seines eigenen Lebens verteidigt.«

»Und trotzdem sollen wir glauben, daß Tom ihn getötet hat? Daß er ihn erstochen und einen Tag und eine Nacht allein bei der Leiche verbracht hat? Und was macht er da die ganze Zeit, Bill? Was macht er da?«

»Ich weiß es nicht.«

»Halten Sie Tom McBern für geisteskrank?«

»Nein, eigentlich nicht. Nicht im gesetzlichen Sinne.« Er blickte zur Seite. »Aber was Rollings anging, da war er ziemlich weggetreten. Früher mal, als wir noch befreundet waren, hat er mir erzählt, er würde alles für Rollings tun — ihm sogar sein Leben anvertrauen. Und das hat er auch tatsächlich gemacht, einmal. Das war bei einem Frühlingsfest, und alle hatten eine Menge getrunken. Tom hing mit dem Kopf nach unten aus dem Fenster des Studentenheims, während Rollings ihn an den Knöcheln festhielt. Das zeigt doch, wie sehr er ihm vertraute.«

»Ich glaube, ich muß noch mal mit Tom McBern sprechen«, sagte Leopold. »Am Tatort.«

Fletcher brachte Tom McBern in Handschellen zum Campus, und Captain Leopold erwartete sie in dem länglichen Zimmer im vierten Stock. »Schon gut, Fletcher«, sagte Leopold. »Sie können uns allein lassen. Warten Sie draußen.«

McBern hatte viel von seiner am Tag vorher zur Schau getragenen Fassung verloren; er saß nun Leopold gegenüber, mit rotgeränderten Augen, und seine Lippen zitterten, als er sprach. »Was ... was wollten Sie mich denn fragen?«

»Eine ganze Menge, mein Lieber. Alle Fragen, die man sich nur denken kann.« Leopold atmete tief durch und bot dem jungen Mann eine Zigarette an. »Sie und Rollings haben doch LSD genommen?«

»Ja, haben wir.«

»Warum? Aus Jux und Tollerei?«

»Nicht aus Jux und Tollerei. Sie können das mit Ralph nicht verstehen.«

»Ich weiß, daß Sie ihn getötet haben. Was gibt es da sonst noch zu verstehen? Genau da drüben auf dem Bett haben Sie ihn erstochen.«

Tom McBern holte tief Luft. »Wir haben das LSD nicht aus Jux und Tollerei genommen«, wiederholte er. »Es geschah eher, um das Gefühl religiöser Erfahrung zu intensivieren — eine Art mystisches Erlebnis, das dem Leben erst seinen eigentlichen Sinn gibt.«

Leopold schaute den jungen Mann stirnrunzelnd an. »Ich bin nur ein Kriminalbeamter, mein Lieber. Bis gestern waren Sie und Rollings Fremde für mich, und ich glaube mittlerweile, daß er immer ein Fremder für mich bleiben wird. Das ist eine der Schwierigkeiten in meinem Beruf. Ich lerne die Leute erst kennen, wenn es schon zu spät ist, wenn das Unglück« — er deutete auf das leere Bett — »schon passiert ist. Aber ich will wissen, was sich in diesem Zimmer abgespielt hat, zwischen Ihnen und Rollings. Ich will nichts von Mystizismus oder religiöser Erfahrung hören. Ich will nur hören, was geschehen ist — warum Sie ihn getötet haben und warum Sie hier zweiundzwanzig Stunden lang bei der Leiche gesessen haben.«

Tom McBern schaute die Wände an, sah sie vielleicht zum ersten und tausendsten Male. »Haben Sie schon einmal über dieses Zimmer nachgedacht? Über seine Form? Ralph sagte oft, es erinnere ihn an eine Geschichte von Poe. Die längliche Kiste. Erinnern Sie sich an diese Geschichte? Die Kiste befand sich an Bord eines Schiffes, und natürlich war eine Leiche drin. Wie Queequegs Sarg, der aus dem Meer aufstieg, um Ishmael zu retten.«

»Und dieses Zimmer war Ralphs Sarg?« fragte Leopold ruhig.

»Ja.« McBern blickte auf die Handschellen an seinen Handgelenken. »Sein Grab.«

»Sie haben ihn getötet, nicht wahr?«

»Ja.«

Leopold schaute weg. »Wollen Sie einen Anwalt?«

»Nein. Nichts dergleichen.«

»Mein Gott. Zweiundzwanzig Stunden!«

»Ich habe...«

»Ich weiß, was Sie gemacht haben. Aber ich glaube nicht, daß Sie es jemals dem Richter und den Geschworenen erzählen werden.«

»Ich erzähle es Ihnen, weil Sie es vielleicht verstehen.« Und er begann, mit langsamer, ruhiger Stimme zu sprechen, und Leopold hörte ihm zu, weil das sein Beruf war.

Gegen Abend, als Tom McBern wieder in seiner Zelle war und Fletcher mit Leopold allein zusammensaß, sagte er: »Ich habe den Staatsanwalt von unserem Bezirk benachrichtigt, Captain. Was werden Sie ihm sagen?«

»Wahrscheinlich die Wahrheit. McBern wird ein Geständnis unterzeichnen, und da steht drin, wie es genau passiert ist. Alles weitere liegt nicht in unserer Hand.«

»Möchten Sie darüber sprechen, Captain?«

»Eigentlich möchte ich mit niemandem darüber sprechen. Aber ich nehme an, daß ich es muß. Ich schätze, es war dieses ganze Gerede von religiöser Erfahrung und Särgen, die aus dem Meer aufsteigen, was mich darauf brachte. Wissen Sie, Rollings stellte sich das Zimmer als eine Art Grab vor.«

»Für ihn war es das tatsächlich.«

»Ich wünschte, ich hätte ihn gekannt, Fletcher. Ich wünschte mir nur, ich hätte ihn rechtzeitig kennengelernt.«

»Und was hätten Sie dann gemacht?«

»Vielleicht nur zugehört und versucht, ihn zu verstehen.«

»McBern hat gestanden, daß er ihn getötet hat?«

Leopold nickte. »Anscheinend hat Rollings ihn darum gebeten, und Tom McBern setzte mehr Vertrauen in ihn als in das Leben selbst.»

»Rollings hat darum gebeten, erstochen zu werden, mitten durchs Herz?«

»Ja.«

»Warum ist dann McBern so lange bei der Leiche geblieben? Einen ganzen Tag und eine ganze Nacht?«

»Er wartete«, sagte Leopold ruhig und starrte ins Leere. »Er wartete darauf, daß Rollings von den Toten auferstehen würde.«

WILLIAM F. NOLAN

Die Party

Obwohl man William F. Nolan meistens als Science-fiction-Autor einstuft (»Logan's Run«, »Space for Hire«), stammen viele seiner besten Arbeiten aus dem Bereich der Horrorliteratur und des Thrillers. Er schrieb die Drehbücher für die Filmversionen von »The Turn of the Screw« und »Burnt Offerings«, und Dutzende seiner Geschichten (»Saturday's Shadow« eingeschlossen, eine Erzählung, die 1980 in die engere Wahl für die Auszeichnung mit dem World Fantasy Award kam) erschienen in Sammlungen und Zeitschriften dieses Genres. Es war äußerst schwierig, aus der Vielzahl seiner vorzüglichen Erzählungen eine Geschichte auszusuchen, aber schließlich machte »Die Party« das Rennen, weil sie, wie Sie bald feststellen werden, unvergeßlich ist.

Ashland runzelte die Stirn und versuchte, sich in der warmen Leere der mit dicken Teppichen ausgelegten Eingangshalle zu konzentrieren. Er hatte offensichtlich auf den Knopf für den Aufzug gedrückt, denn er stand hier allein, und der Aufzug, den er aus einem oberen Stockwerk herbeigerufen hatte, blinkte auf dem Weg zu ihm hinunter immer wieder auf. Er kam mit einem kräftigen Zischen an, die bronzefarbenen Türen öffneten sich mit einem Klicken, er stieg ein und dachte: *Blackout. Ich hatte einen Blackout.*

Zuerst hatte er alles doppelt gesehen. Dann das hier. Es wurde immer schlimmer. Er mußte völlige Mattscheibe gehabt haben. Wo zum Teufel war er denn nur? Mußte wohl eine Party sein, sagte er sich. Sicher.

Jemand, den er getroffen hatte und dessen Name ihm wie auch all das andere entfallen war, hatte ihn zu einer Party eingeladen. Eine Wohnungsnummer ging ihm immer wieder durch den Kopf: 9E. Soviel hatte er noch behalten. Eine Nummer — sonst nichts.

Auf dem Weg nach oben, in dem geräuschlosen Aufzugkäfig, erinnerte sich David Ashland noch einmal an den Tag zurück. Die übliche Routine: am Morgen eine Menge Arbeit, dann Lunch mit seiner neuen Sekretärin. Lockerer modebewußter Typ; aber sie soff wie ein Loch; während er zwei Martinis trank, schluckte sie drei. Ins Büro zurück. Noch mehr Arbeit. Am Nachmittag 'nen Drink mit 'nem Schriftsteller. (»Beefeater. Ohne Eis. Sehr trocken.«) Abendessen mit Linda in dem neuen italienischen Laden in der 48. Straße. Reizende Linda. Teures Mädchen. Teuflisch aufreizend, aber treuer. Noch ein paar Drinks, dann — nichts. Blackout.

Der Doktor hatte ihn vor den harten Sachen gewarnt, aber was sonst kann man in New York machen? Der Streß nervt einen, deshalb trinkt man. Jeder trinkt. Und jede Nacht gibt's irgendwo in der Stadt 'ne Party, wo man Kontakte (und Mädchen) kriegen kann...

Der Aufzug hielt, die Türen öffneten sich. Ashland trat unsicher in den Flur. Der gedämpft beleuchtete Durchgang war lang, leer, still. Nein, nicht still. Ashland nahm die vertraute Atmosphäre einer Party wahr: das sich verlagernde Gemurmel einer Cocktailkonversation, wie das Summen in einem Bienenhaus, undeutliches, schrilles Gelächter, das Klirren von Eisstückchen gegen Glas, die Berieselung durch modernen Jazz im Hintergrund... Alles sehr vertraut. Und immer gleich.

Er ging zu 9E. Nichtssagende Wohnungstür. Weiß. Messingverzierung. Goldene Ziffern. Keinerlei Anhaltspunkte. Er seufzte, drückte auf den Summer und wartete nervös.

Ein lächelnder dicker Mann mit schlechten Zähnen öffnete die Tür. Er hielt ein halbvolles Glas in der einen Hand. Ashland kannte ihn nicht.

»Nur rein, mein Freund«, sagte er. »Stoß zu unserer Party.«

Ashland blinzelte in blau wirbelnden Tabakrauch und gewöhnte seine Augen an das schummerige Innere der Wohnung. Das gezeitenhafte Ansteigen und Verebben der Stimmen schien ihn einzuhüllen.

»Schnapp dir 'nen Drink, mein Freund«, sagte der dicke Mann. »Sieht aus, als könntest du einen brauchen!«

Ashland steuerte auf die Bar in der einen Ecke der überfüllten

Wohnung zu. Er hatte wirklich einen Drink nötig. Vielleicht würde ein Drink ihm einen klaren Kopf verschaffen, ihm helfen, dies alles zu verstehen. Bis jetzt hatte er noch kein einziges Gesicht in dem rauchig-nebligen Zimmer erkannt.

An der Selbstbedienungsbar mixte sich eine dürre Frau mit einem Hals wie ein Truthahn und künstlichem Schmuck eifrig einen Black Russian. »Muß man unheimlich vorsichtig mit sein«, erklärte sie Ashland, während sie den Blick auf den Mixer gerichtet hielt. »Zuviel Wodka versaut alles.«

Ashland nickte. »Ist der Gastgeber schon da?« *Ich bin sicher, ich kenne ihn.*

»Kommt später — oder früher. Früher — oder später. Wissen Sie, ich hab' einmal innerhalb von dreißig Tagen drei Black Russians verschüttet, über ein und denselben Mann. Zuerst über seinen Ärmel, dann über seinen Rücken, schließlich über seinen Schoß. Jedes Mal war sein Anzug eine einzige klebrige, zähe Masse. Mein Psychiater hat zu mir gesagt, ich hätte es unbewußt gemacht, aus neurotischem Haß auf diesen einen Mann. Er sah wie mein Vater aus.«

»Der Psychiater?«

»Nein, der Mann, über den ich die drei Black Russians geschüttet habe.« Sie hielt das große Glas in die Höhe und nippte daran. »Ahhh... noch viel zu schwach.«

Ashland suchte im Zimmer nach einem bekannten Gesicht, aber diese Leute waren ihm alle fremd.

Er drehte sich um und sah, wie ihn die Frau mit dem Truthahnhals anstarrte. »Schöne Wohnung«, sagte er mechanisch.

»Beschissen. Ich hasse diese pseudo-chinesische Aufmachung in den braunen Sandsteinhäusern von Manhattan.« Sie ging weg und blickte sich nicht mehr nach Ashland um.

Er goß sich einen Scotch ein und ließ seinen Blick durch die Wohnung wandern. Sie sah in der Tat ziemlich extravagant aus — Elfenbeintische mit Schlangenbeinen; große bemalte Trennwände, auf denen Krieger in Kettenhemden herumsprangen; schwere Brokatvorhänge, silberbestickt; Lampen mit juwelenäugigen Drachen, am Fuß mit einem Schlingenmuster eingefaßt. Und am entfernteren Ende des Zimmers ein riesiger Bronzegong, aufgehängt zwischen zwei dämonengesichtigen

Schwertkämpfern. Ashland musterte den Gong. Etwas, um Tote aufzuwecken, dachte er. Wirklich toll für die Katerstimmung am Morgen.

»Gerade angekommen?« fragte ihn ein Mädchen. Sie war rothaarig, vollbusig, Ende zwanzig. Attraktiv. Verdammt attraktiv. Ashland lächelte sie freundlich an.

»So ist es«, sagte er. »Ich bin gerade angekommen.« Er probierte den Scotch; schmeckte schal und wäßrig. »Wer wohnt denn hier?«

Das Mädchen schaute ihn über ihr Cocktailglas hinweg an. »Wissen Sie wirklich nicht, wer sie eingeladen hat?«

Ashland war verlegen. »Ehrlich gesagt, nein. Deshalb habe ich...«

»Ich heiße Viv. Kommt von Vivian. Ich bin eine Trinkerin. Was machen Sie? Außer trinken?«

»Ich bin Produzent. Beim Fernsehen.«

»Also, ich bin so richtig in der Stimmung zum Tanzen. Sollen wir?«

»Es tanzt doch gar keiner«, protestierte Ashland. »Es würde... albern aussehen.«

Der Jazz schien plötzlich lauter zu werden. Aus den Deckenlautsprechern dröhnte ein Schlagzeugsolo, mit gedämpften Streichern im Hintergrund. Der Körper des Mädchens wiegte sich rhythmisch zu den Klängen.

»Man sollte nie Angst haben, etwas Albernes zu machen«, sagte sie zu ihm. »Das ist das Geheimnis des Überlebens.« Sie gab ihm mit den Fingern ein Zeichen. »Komm schon...«

»Nein, wirklich nicht... nicht jetzt gleich. Vielleicht später.«

»Dann tanze ich eben alleine.«

Sie wirbelte in die Menge, und ihr langes rotes Kleid drehte sich mit ihr. Die übrigen Partygäste achteten gar nicht auf sie. Ashland trank den wäßrigen Scotch aus und besorgte sich noch einen. Er lockerte seinen Schlips, und der Kragenknopf platzte ab. *Verdammt!*

»Ich dressiere Würmer.«

Ashland drehte sich um. Ihm gegenüber stand ein kleiner Mann mit rosigem Gesicht und hervorquellenden, flackernden Augen. »Ich habe gehört, wie Sie gesagt haben, daß Sie beim

Fernsehen sind«, sagte der kleine Mann. »Können Sie in Ihrer Show nicht mal dressierte Würmer gebrauchen?«

»Nein ... nein, so was brauchen wir nicht.«

»Ich züchte sie, dressiere sie. Ich lehre einen Wurm, durch ein Labyrinth zu kriechen. Dann zermahle ich ihn und verfüttere ihn an einen dummen, undressierten Wurm. Und was passiert? Der dumme Wurm kann durch das Labyrinth kriechen! Aber nur vierundzwanzig Stunden lang. Dann hat er es wieder vergessen — außer wenn ich ihn weiter mit dressierten Würmern füttere. Sie können nicht leugnen, daß das hochinteressant ist.«

»Doch, doch.« Ashland nickte und ging von der Bar weg. Der nervöse kleine Mann lächelte ihm nach und trank mit erhobenem Glas auf sein Verschwinden. Ashland spürte, daß er schwitzte.

Wer war der Gastgeber? Wer hatte ihn eingeladen? Er kannte alle Leute von Greenwich Village, aber er hatte noch keinen von ihnen hier entdeckt...

Ein dunkelhaariges, puppengleiches Mädchen bat ihn um Feuer. Er kramte ein paar Streichhölzer heraus.

»Danke«, sagte sie und hauchte blauen Rauch in blauen Rauch hinaus. »Hab' gesehen, wie Sie mit diesem Wurmzüchter geredet haben. Was für ein lausiger Langweiler *der* ist! Mein Ex-Gatte hatte eine zahme Schlange namens Baby, und er hat sie mit Würmern gefüttert. Das ist der einzige, wofür sie gut sind, außer zum Fischen. Fischen Sie auch?«

»Ich habe mal ein bißchen in Kanada gefischt.«

»Mein Ex-Gatte haßte alle Sportarten. Nur die nicht, die drinnen in der Halle stattfinden.« Sie kicherte. »Kennen Sie den schon von der Henne drinnen und dem Hahn draußen?«

»Hören Sie mal, Miss ...«

»Talia. Aber sagen Sie doch einfach Jenny zu mir. Verstanden?« Sie bog sich vor Lachen, lachte hysterisch; dann schwankte sie und ließ ihre Zigarette fallen. »Uuups! Ist mir schlecht. Ich leg' mich besser hin. Meinem kleinen Bäuchlein geht's schrecklich.«

Sie verließ taumelnd die Party, während Ashland ihre glimmende Zigarette mit seinem Absatz austrat. *Dumme Kuh!*

Er schreckte auf, als jemand laut in die Hände klatschte. In der

Mitte des Zimmers bat ein großer Mann in einer Smokingjacke aus grünem Satin um Aufmerksamkeit. Er klatschte erneut. »Sie da«, rief er Ashland zu, »kommen Sie doch mal her.«

Ashland ging zu ihm. Der große Mann bat ihn, seine Armbanduhr abzunehmen. »Ich kann daraus Ihre Vergangenheit lesen«, sagte der Mann. »Ich besitze übersinnliche Kräfte. Ich sage Ihnen, wer Sie sind.«

Widerwillig nahm Ashland seine Uhr ab und reichte sie ihm. Er fand das alles keineswegs lustig. Die Party ärgerte ihn, machte ihn nervös.

»Ich danke Ihnen verbindlichst, mein Herr!« sagte der große Mann mit ausgesuchter, theatralischer Höflichkeit. Er drückte die goldene Uhr gegen seine Stirn, schloß die Augen und holte tief Luft. Das Lärmen der Leute ließ nicht nach; niemand schien sich für übersinnliche Kräfte zu interessieren.

»Aha. Sie heißen David. David Ashland. Sie sind erfolgreich, ein Mann des Big Business... Produzent... und Junggeselle. Sie sind achtundzwanzig... sehr jung für einen erfolgreichen Produzenten. Man muß schon ganz schön gerissen sein, um so schnell aufzusteigen. Was ist, Mr. Ashland, sind Sie tatsächlich so gerissen?«

Ashland wurde rot vor Zorn.

»Sie mögen gern Frauen«, fuhr der große Mann fort. »Viele. Und Sie trinken gern. Eine Menge. Ihr Arzt hat Ihnen gesagt...«

»Das brauche ich mir doch nicht anzuhören«, sagte Ashland verbissen und griff nach seiner Uhr. Der Mann im grünen Satin gab sie ihm zurück, lächelte liebenswürdig und tauchte wieder in der wogenden Menge unter.

Ich sollte, zum Teufel noch mal, abhauen, sagte sich Ashland. Doch die Neugier hielt ihn zurück. Sobald der Gastgeber kommen würde, könnte sich Ashland einen Reim auf diesen Abend machen; dann würde er wissen, warum er hier war, ausgerechnet auf dieser Party. Er ging zu einer Couch neben den geschlossenen Verandatüren und setzte sich. Er würde warten.

Ein Mann mit rundlichem Gesicht setzte sich neben ihn. Der Mann sah aus, als hätte er Schmerzen. »Ich sollte das hier eigentlich nicht rauchen«, sagte er und hielt eine lange Zigarre in die Höhe. »Rauchen Sie Zigarren?«

»Nein.«

»Ich bin Vertreter. Dover-Versicherungen. Wie die weißen Klippen, verstehen Sie. Ich hab' mich mit allen Problemen des Rauchens beschäftigt. Kann trotzdem nicht damit aufhören. Wenn ich das mache, zerrt's an meinen Nerven, schlägt's mir auf den Magen. Ich mach mir 'ne Menge Sorgen, aber machen wir alle, nicht? Ich meine, meine Mutter machte sich immer Sorgen, daß die Erde langsam wird. Hatte irgendwo gelesen, daß die Erde zwischen 1680 und 1690 27/100 Sekunden eingebüßt hat. Das will schon was heißen, hat sie gesagt.«

Ashland seufzte im stillen. Was war nur an Cocktailparties so Besonderes, daß Leute, denen man vorher noch nie begegnet war, sich veranlaßt fühlten, ihre ganzen Sorgen vor einem auszubreiten?

»Man trifft 'ne Menge Spinner in meinem Job«, sagte der Versicherungsvertreter, der aussah, als plagten ihn Schmerzen. »Hab mal 'nem Kerl eine Police verkauft, der ziemlich runtergekommen wohnte. Hatte 'ne verlotterte kleine Bude in der Bronx, mit 'nem Klappbett. So eins, was man in die Wand schiebt. Dort blieb er wirklich — ich mein, in der Wand —, die meiste Zeit. Sein Zimmergenosse hat öfter mal 'n paar Freunde eingeladen, und wenn sie zuviel Krach machten, dann schoß der Kerl aus der Wand hervor, mit seiner Thompson. Bum! Das Bett kam runter, und da saß er mit seiner Maschinenpistole Marke Thompson und hat auf alle gezielt. Wirklich ein Spinner.«

»Und ich hab mal einen Kerl gekannt, der war *doppelt* so verrückt.«

Ashland blickte in ein langes, ausgemergeltes Gesicht. Die Nase war mal gebrochen gewesen und falsch zusammengeflickt worden; sie bog sich unübersehbar nach links. Er klappte sein langes, kantiges Knochengerüst neben Ashland auf der Couch zusammen. »Dieser Kerl glaubte an fallende Großmütter«, erklärte er. »Lebte im oberen Teil von Michigan. ›Paß auf die fallenden Großmütter auf‹, pflegte er mich zu warnen. ›In dieser Gegend kommen sie ganz schön dicht runter. Die meisten haben Schirme und große Schachteln, und sie flattern zu Tausenden vom Himmel runter!‹ Dieser Kerl aus Michigan hat geschworen, daß er gesehen hat, wie eine auf einen Postboten runterknallte. ›War schrecklich, so was mitanzusehen‹, hat er zu mir gesagt. ›Haute die arme Seele glatt um. Hat seinen Schädel zertrümmert, als wär's ein Ei.‹ Ich kann mich noch erinnern, wie ein Zittern ihn überlief, als er mir das erzählte.«

»Spinner«, sagte der Vertreter. »Wie der Kerl, den ich gekannt hab' und der überall die Wände und Decken vollgekritzelt hat. Bezeichnete sich als einen kreativen Schriftsteller. Behauptete, er könne nicht auf Papier schreiben, bräuchte unbedingt eine Wand. Papier wäre zu dünn für ihn. Er hat seine langen Romane hingekritzelt, ein Kapitel in jedem Zimmer, mit einem großen schwarzen Stift. Überall Worte. Damit hat er das ganze Haus gefüllt und sich dann für sein nächstes Buch ein neues gemietet. Ich hab' niemals eins von seinen Häusern gelesen, deshalb weiß ich nicht, ob er wirklich gut war.«

»Sie entschuldigen mich, meine Herren«, sagte Ashland. »Ich brauche noch einen Drink.«

Er goß sich an der Bar schnell einen weiteren Scotch ein. Um ihn herum wogte die Party unaufhaltsam weiter, ohne erkennbaren Mittelpunkt. Wie spät war es eigentlich? Seine Uhr war stehengeblieben.

»Wissen Sie zufällig, wie spät es ist?« fragte er ein langhaariges, orientalisch wirkendes Mädchen, das neben der Bar stand.

»Hab' keine Ahnung«, sagte sie. »Absolut keine.« Das Mädchen fixierte ihn mit den Augen. »Ich hab' Sie beobachtet, und Sie scheinen schrecklich *einsam* zu sein. Ja?«

»Ja, was?«

»Schrecklich einsam.«

»Ich bin mit niemandem hier, wenn Sie das meinen.«

Das Mädchen nahm eine juwelenbesetzte Zigarettenspitze aus ihrer Handtasche und steckte eine Zigarette hinein. Ashland gab ihr Feuer.

»Ich bin eigentlich nie einsam und allein gewesen, seit ich in Milwaukee war«, erzählte sie. »Ich war so um die fünfzehn, und dieser miese Typ wollte, daß ich bei ihm einzog. Meine Eltern waren damals schon beide tot, deshalb war ich ganz allein.«

»Und was haben Sie gemacht?«

»Bin zu dem Typ gezogen. Was denn sonst? Konnte dieses Alleinsein nicht ausstehen. Später hab ich ihn dann getötet.«

»Was haben Sie?«

»Hab' ihm die Kehle durchgeschnitten«, sagte sie mit einem dünnen Lächeln. »In Notwehr natürlich. Er wurde an einem Freitagabend ekelhaft, als er betrunken war, und hat versucht, mich zu erstechen. Ich hatte Zeugen.«

Ashland nahm einen tiefen Schluck von seinem Scotch. Ein finster blickender Kerl in Hemdsärmeln packte das Mädchen am Ellbogen und dirigierte sie reichlich grob weg.

»Ich habe einmal ein Mädchen gekannt, das wie sie ausgesehen hat«, sagte eine Stimme zu Ashlands Rechten. Der Sprecher hatte lockiges Haar, klare Züge und war Ende dreißig. »Eine griechische Bauchtänzerin mit Jersey-Dialekt. Dunkel, wie sie, und irgendwie geheimnisvoll. Sie hat immer diesen Satz von Hemingway zitiert — Sie wissen schon welchen, den an Scott Fitzgerald.«

»Leider nein.«

»Den, der lautet: ›Wir sind alle von Anfang an versaut.‹ Bitter. Ein verbitterter Satz.«

Er streckte seine Hand aus. Ashland schüttelte sie.

»Ich heiße Travers. Ich hab' mal jede Woche auf CBS versucht, Amerika seinen dreckigen Arsch abzuputzen.«

»Wie bitte?«

»Terry Travers. Aus der alten Serie *Triple Trouble for Terry*, Kanal neun. Damals, Ende der fünfziger Jahre. Mußte vielen Leuten auf die Zehen treten, um die Serie zu kriegen.«

»Ich glaube, ich erinnere mich an die Show. Sie war ...«

»Mist. Genau das war sie. Kuhmist. Pferdemist. Das *Allermistigste.* Heiße eigentlich nicht Terry Travers, 'türlich nicht. Heiße in Wirklichkeit Abe Hockstatter. Können Sie sich vorstellen, daß ein Kerl namens Abe Hockstatter jede Woche auf CBS Amerika seinen dreckigen Arsch abzuputzen versucht?«

»Jetzt stehe ich aber ganz schön dumm da.«

Hockstatter zog eine braune Brieftasche aus seinem Mantel und klappte sie auf. »Da hab' ich eine von meinen anderen Perücken auf«, sagte er und tippte mit dem Finger auf ein Foto. »Bin seit der High School ratzekahl. Glatzköpfe haben im Showbusiness keine Chance, deshalb hab ich meine Perücken. Na los, ziehen Sie mal dran.«

Ashland zwinkerte mit den Augen. Der Mann senkte den Kopf. »*Ziehen* Sie mal dran. Nur zu — tun Sie mir den Gefallen!«

Ashland zog an Abe Hockstatters lockigem Toupet.

»Sitzt fest, was? Sitzt wirklich gut. Klebt richtig an der alten Birne fest.«

»Stimmt tatsächlich.«

»Die kosten ein Vermögen. Ich hab' eine vom Wind zerzauste für die Aufnahmen im Freien. Eine steife Brise fegt einem 'ne billige direkt vom Skalp. Dann hatte ich noch eine mit einem Bürstenschnitt und eine für Western mit langen Koteletten. Alle möglichen Arten. Zehn, zwölf... alle erstklassig.«

»Ich bin sicher, ich habe sie schon gesehen«, sagte Ashland. »Ich weiß nur nicht...«

»Macht nix. Können Sie mir glauben. »Ne Menge Leute kennen mich nicht mehr, seit ich die *Terry*-Geschichte nicht mehr mach'. Saufe jetzt wie verrückt. Sie un' ich, wir gehören zu den sechs Millionen Alkoholikern in diesem Land.«

Ashland blickte den Schauspieler wütend an. »Wie kommen Sie dazu, mich...«

»Machen Sie mal halblang. Also, ich hätt' mich nicht dazu äußern sollen. Nur nicht so empfindlich, Kollege.«

»Der Teufel soll Sie holen!« stieß Ashland hervor.

Der Glatzköpfige mit dem lockigen Haar zuckte die Achseln und ging wieder in der Menge unter.

Ashland nahm noch einen tiefen Schluck von seinem Scotch. Diese neurotischen Unterhaltungen... Er fühlte sich erschöpft, ausgelaugt, und der Scotch war beschissen. Kein Pep drin. Die Haut hinten an seinem Hals spannte sich, fühlte sich heiß an. Er würde Kopfschmerzen kriegen; das konnte er schon immer im voraus sagen.

Eine kühle Blonde, schlanke Figur, schwarzes, pailettenbesetztes Kleid, machte sich an ihn heran. Sie strahlte eine Aura von Ehekriegen aus, gekämpft und verloren. Ihr orangefarbener Lippenstift war verschmiert, ihre Wangen alkoholgerötet unter einem abblätternden Karnevals-Make-up. »Ich habe eine Theorie über den Schlaf«, sagte sie. »Möchten Sie sie mal hören?«

Ashland erwiderte nichts.

»Meine Theorie besagt, daß die Welt jede Nacht den Verstand

verliert. Wenn wir schlafen, übernimmt unser Unterbewußtsein das Kommando, und wir müssen alles aushalten, was es heraufbeschwört. Unser logisch denkendes Bewußtsein ist völlig ausgeschaltet. Wir liegen da, hilflos, während uns unser Unterbewußtsein hin und her schleudert. Wir fallen von hohen Gebäuden herunter oder müssen mit riesigen Affen kämpfen oder wir werden vom Treibsand verschluckt... Wir haben völlig die Kontrolle verloren. Das Bewußtsein wirbelt wie verrückt in unserem Schädel herum. Ist es nicht beunruhigend, wenn man an so was denkt?«

»Hören Sie mal«, sagte Ashland. »Wo ist der Gastgeber?«

»Er wird schon noch kommen.«

Ashland setzte sein Glas hin und wandte sich von ihr ab. Eine Woge der Depression erfaßte ihn und trieb ihn zur Tür. Das Zimmer schien vollgepackt mit Körpern, die alle redeten, tranken, in dem milchig-dichten Rauchnebel gestikulierten.

»Kartoffeln haben Augen«, sagte eine Stimme zu seiner Linken. »Davon bin ich fest überzeugt.« Die Bemerkung wurde von einem häßlichen Lachen unterbrochen, das wie das Quaken eines Frosches klang.

»Heute ist das Gestern von morgen«, sagte jemand anders.

Ein schwüler Schwall von Geräuschen:

»Von menschlicher Haut kann man keine Abzüge machen.«

»In China verdienen die Arbeiter 65 Dollar im Jahr. Wie zum Teufel kann man von 65 Dollar im Jahr leben?«

»Deshalb hat er seine Luger herausgezogen und ihr eine Kugel in den Kopf gejagt.«

»Ich hab' mal eine Polizistin gekannt, die wollte alle Nutten ausrotten.«

»Haben Sie jemals versucht, mit acht Kindern, zwei Hunden, einer dreibeinigen Katze und zwölf Goldfischen zusammenleben?«

»Wie ich es ihm gesagt habe — diese Röntgenstrahlen haben seine grauen Zellen zerstört.«

»Man hat sie in der Badewanne gefunden. Mit einem Kleiderbügel stranguliert.«

»Was ich genau hatte, war ein epidermisches Karzinom zweiten Grades als Ausgangspunkt einer seborrhiden Keratose.«

Ashland spürte plötzlich ein unwiderstehliches Bedürfnis: Irgendwie mußte er diese Stimmen zum Schweigen bringen!

Der chinesische Gong leuchtete golden in seinem Augenwinkel auf. Er bahnte sich einen Weg zu ihm und stieß mit seinen Schultern die Partygäste beiseite. Er würde auf den Gong schlagen — und das dröhnende Geräusch würde die Leute betäuben; sie würden mit ihrem dauernden Geplapper, das zum Verrücktwerden war, aufhören müssen.

Ashland holte mit der rechten Faust aus und ließ sie dann auf den bronzefarbenen Kreis niedersausen. Er spürte den Aufprall, und der Gong zitterte unter seinem Schlag.

Aber er gab keinen Ton von sich!

Die Gespräche gingen weiter.

Ashland kämpfte sich quer durch die Wohnung zurück.

»Sie können die Party nicht aufhalten«, sagte der freundliche dicke Mann an der Tür.

»Ich gehe!«

»Nur zu«, lächelte der dicke Mann. »Gehen Sie nur.«

Ashland riß die Tür auf und stürzte auf den Flur, stolperte und fiel beinahe hin. Er erreichte den Aufzug und drückte mit dem Finger auf den Knopf ABWÄRTS.

Er wartete; er konnte nicht schlucken; seine Kehle war ausgetrocknet. Er spürte, wie sein Herz gegen den Brustkasten hämmerte. Sein Kopf schmerzte.

Der Aufzug kam und öffnete sich. Ashland stieg ein. Die Türen schlossen sich geräuschlos, und der Käfig begann seine langsame, automatische Fahrt nach unten.

Abrupt hielt er an.

Die Türen öffneten sich und ließen einen ernst aussehenden Mann in einem dunkelblauen Anzug eintreten.

Ashland schrie auf: »Freddie!«

Das ernste Gesicht verwandelte sich zu einem breiten Lächeln. »Dave. Prima, dich zu treffen! Schon ... lange her!«

»Aber ... du kannst doch gar nicht Fred Baker sein!«

»Warum? Habe ich mich so sehr verändert?«

»Nein, nein, du siehst — genauso aus wie früher. Aber dieser Autounfall in Albany. Ich dachte, du wärst ...« Ashland zögerte, ließ das Wort unausgesprochen. Er war blaß, hatte Angst. Große

Angst. »Paß mal auf, ich bin... ich bin schon spät dran. Jemand wartet zu Hause auf mich. Muß mich beeilen...« Er streckte seine Hand aus, um auf den Knopf ERDGESCHOSS zu drücken.

Es existierte keiner.

Auf dem untersten Knopf stand: 2. ETAGE.

»Wir benutzen diesen Aufzug, um von einer Party zur anderen zu gelangen«, sagte Freddie Baker ruhig, als sich der Käfig nach oben in Bewegung setzte. »Das ist das einzige, wozu er gut ist. Man dreht hier fast durch, also braucht man Abwechslung. Sie sind aber trotzdem alle gleich — die Partys. Aber man lernt, sich anzupassen — mit der Zeit. Müssen wir alle.«

Ashland starrte seinen verstorbenen Freund an. Der Aufzug hielt.

»Steig aus«, sagte Freddie. »Ich stelle dich überall vor. Du wirst es schon kapieren, dich daran gewöhnen. Kein Sex hier. Und der Alkohol ist mit Wasser verdünnt. Kannst nicht besoffen werden. Das ist der Nachteil an der Geschichte.«

Baker griff Ashland am Arm, trieb ihn sanft vorwärts.

Um sich herum, auf ihn eindringend, konnte David Ashland vertraute Geräusche vernehmen: nervöses Gelächter, Eisstückchen im Glas, gedämpfter Jazz — und das endlose Gemurmel von Cocktailstimmen.

Freddie drückte auf den Summer. Eine Tür ging auf.

Der lächelnde dicke Mann sagte: »Nur rein, meine Freunde, stoßt zu unserer Party.«

STEPHEN KING

Die Kiste

Der Autor von »Carrie« (1974), »Salem's Lot« (1975), »The Shining« (1977), »The Stand« (1978), »Night Shift« (1978), »The Dead Zone« (1979) und »Firestarter« (1980) hat es kaum nötig, daß man ihn vorstellt. Man sollte jedoch trotzdem betonen, daß Stephen King (wie sich in der Einleitung zu diesem Buch zeigt) auch eine anerkannte Autorität auf dem Gebiet der Schauerliteratur und deren Beliebtheit ist. »Die Kiste« gehört zu seinen besten Geschichten.

Dexter Stanley hatte Angst. Mehr noch; er fühlte sich, als wäre jene innere Achse, die uns mit dem verbindet, was wir Verstand nennen, einer größeren Belastung ausgesetzt als je zuvor. Als er an jenem Augustabend vor Henry Northrups Haus an der North Campus Avenue anhielt, hatte er das Gefühl, daß er verrückt werden würde, wenn er jetzt nicht mit jemandem reden konnte.

Es gab niemanden, mit dem er hätte reden können, außer Henry Northrup. Dex Stanley war der Leiter des Instituts für Zoologie und hätte früher einmal Präsident der gesamten Universität werden können, wenn er sich in der Hochschulpolitik besser ausgekannt hätte. Seine Frau war vor zwanzig Jahren gestorben, und sie hatten keine Kinder gehabt. Alles, was von seiner eigenen Familie übrig war, lebte westlich der Rocky Mountains. Er schloß nicht schnell Freundschaft.

Northrup bildete da eine Ausnahme. In mancher Hinsicht gehörten sie beide demselben Schlag an; beide waren enttäuscht worden von der zwar meist bedeutungslosen, aber trotzdem hinterhältigen Intrigenwirtschaft an der Universität. Vor drei Jahren hatte sich Northrup um den vakanten Posten des Leiters des anglistischen Instituts beworben. Er war abgelehnt worden, und einer der Gründe dafür war zweifelsohne seine Frau Wilma gewesen, eine aufreibende, unangenehme Frau. Dex schien jetzt förmlich zu hören, wie sie bei den wenigen Cocktailpartys, auf denen er gewesen war und wo Leute aus dem anglistischen und dem zoologischen Institut ganz zwanglos zusammenkommen konnten, immer mit eselsartigem Geschrei irgendeine Frau eines neuen Dozenten aufforderte: »Bitte, nennen Sie mich doch einfach Billie, meine Liebe, das machen alle!«

Dex rannte stolpernd über den Rasen zu Northrups Tür. Es war Donnerstag, und Northrups unangenehme Gattin besuchte am Donnerstagabend immer zwei Kurse. Folglich war das Dex' und Henrys Schachabend. Die beiden Männer spielten nun schon seit acht Jahren miteinander Schach.

Dex drückte auf die Klingel neben der Tür zum Haus seines Freundes, lehnte sich dagegen. Endlich öffnete sich die Tür, und Northrup stand im Eingang.

»Dex«, meinte er, »ich habe dich erst in . . .«

Dex drängte sich an ihm vorbei ins Haus. »Wilma«, sagte er, »ist sie da?«

»Nein, sie ist vor fünfzehn Minuten gegangen. Ich wollte mir gerade was zum Futtern machen. Dex, du siehst ja furchtbar aus.«

Sie traten unter das Licht im Gang, das die käsige Blässe von Dex' Gesicht beleuchtete und die Runzeln, so tief und dunkel wie Risse in der Erde, nachzuzeichnen schien. Dex war einundsechzig, aber an jenem heißen Augustabend sah er eher wie neunzig aus.

»Ist auch kein Wunder.« Dex wischte sich mit dem Handrükken über den Mund.

»Also, was ist los?«

»Ich hab' Angst, daß ich verückt werd', Henry. Oder daß ich es schon bin.«

»Willst du was essen? Wilma hat 'n bißchen kalten Schinken übriggelassen.«

»Ich hätt' lieber 'n Drink. 'nen großen.«

»Okay.«

»Zwei Männer sind tot, Henry«, erklärte Dex unvermittelt. »Und man könnte mich dafür verantwortlich machen, Ja, ich weiß sogar, wie man mich verantwortlich machen könnte. Aber ich war's nicht. Es war die Kiste. Und ich weiß nicht mal, was *drin* ist!« Er stieß ein irres Lachen aus.

»Tot?« fragte Northrup. »Was ist passiert, Dex?«

»Ein Hausmeister. Ich weiß nicht, wie er heißt. Und Gereson. Ein Doktorand. Er war nur zufällig da. Und stand dem . . . was auch immer es ist . . . im Weg.«

Henry musterte Dex' Gesicht einen langen Augenblick und meinte dann: »Ich hol' uns beiden was zu trinken.«

Er ging. Dex trottete ins Wohnzimmer, an dem niedrigen Tisch vorbei, auf dem das Schachspiel bereits aufgestellt war, und starrte aus dem zierlichen Erkerfenster. Dieses Ding in seinem Kopf, diese Achse oder was auch immer es sein mochte, schien jetzt nicht mehr in so großer Gefahr zu sein, umzukippen. Gott sei Dank gab es Henry.

Northrup kam mit zwei kleinen Gläsern zurück, die bis zum Rand mit Eis gefüllt waren. Eis aus der Eismaschine, dachte Stanley unwillkürlich. Wilma, »nennen Sie mich doch einfach Billie, das machen alle«, Northrup bestand darauf, daß ihr alle Annehmlichkeiten des modernen Lebens zur Verfügung standen . . . und wenn Wilma auf etwas bestand, tat sie das nachdrücklich und mit wilder Entschlossenheit.

Northrup füllte beide Gläser mit Cutty Sark. Er gab Stanley eines, der sich etwas Scotch über die Finger schüttete; der Scotch brannte in einer kleinen Schnittwunde, die er sich vor ein paar Tagen im Labor geholt hatte. Bis jetzt war ihm nicht bewußt geworden, daß seine Hände zitterten. Er trank das Glas halb leer, und der Scotch loderte in seinem Magen auf, zuerst heiß, dann beruhigende Wärme verbreitend.

»Setz dich, mein Lieber«, sagte Northrup.

Dex setzte sich und trank noch einen Schluck. Jetzt ging's schon viel besser. Er sah Northrup an, der ganz ruhig über den Rand seines eigenen Glases zurückschaute. Dex wandte seinen Blick ab und richtete ihn auf das blutige Rund des Mondes, der auf dem Rand des Horizontes hockte über der Universität, die angeblich der Sitz der Vernunft, die gedankliche Vorhut des Gemeinwesens war. Wie paßte das zu der Angelegenheit mit der Kiste? Zu den Schreien? Zu dem Blut?

»Tote?« fragte Northrup schließlich. »Bist du sicher, daß sie tot sind?«

»Ja. Die Körper sind jetzt verschwunden. Wenigstens glaube

ich das. Sogar die Knochen ... die Zähne ... aber das Blut ... das Blut, weißt du ...«

»Nein, ich weiß gar nichts. Du mußt schon von vorne anfangen.«

Stanley nahm noch einen Schluck und stellte sein Glas ab. »Natürlich«, sagte er. »Ja. Es fängt genau da an, wo es aufhört. Mit der Kiste. Der Hausmeister hat die Kiste gefunden ...«

Dexter Stanley hatte Amberson Hall, das manchmal auch die Alte Zoologie genannt wurde, an jenem Nachmittag um drei Uhr betreten. Es war ein drückend heißer Tag, und das Universitätsgelände lag träge und öde da, trotz der rotierenden Rasensprenger vor den Häusern der Studentenverbindungen und dem Wohnheim Old Front.

Old Front war um die Jahrhundertwende gebaut worden, aber Amberson Hall war noch viel älter. Es gehörte zu den ältesten Gebäuden der Universität, die vor zwei Jahren ihr dreihundertjähriges Bestehen gefeiert hatte. Es war ein hohes Backsteingebäude, über und über mit Efeuranken umschlossen, die wie grüne, gierige Hände aus der Erde herauszuschießen schienen. Die schmalen Fenster ähnelten eher Schießscharten als echten Fenstern, und Amberson schien die Stirn zu runzeln über die später gebauten Gebäude mit ihren Glaswänden und gekrümmten, unorthodoxen Formen.

Das neue Zoologiegebäude, Cather Hall, war vor acht Monaten fertiggestellt worden, und es würde wahrscheinlich noch achtzehn Monate dauern, bis man mit dem Umzug endgültig fertig war. Niemand wußte, was dann mit Amberson geschehen würde. Wenn die Ausgabe von Schuldverschreibungen für den Bau der neuen Turnhalle von den Abstimmenden wohlwollend aufgenommen würde, würde man es wahrscheinlich abreißen.

Er blieb einen Augenblick stehen, um zuzusehen, wie zwei junge Männer eine Frisbeescheibe hin- und herwarfen. Ein Hund rannte zwischen ihnen hin und her, verdrießlich hinter der sich drehenden Scheibe herjagend. Plötzlich gab der Köter auf und ließ sich in den Schatten einer Pappel plumpsen.

Ein VW mit einem »No-Nukes«-Aufkleber auf dem Kofferraumdeckel rollte langsam in Richtung auf den Oberen Ring vorbei.

Sonst rührte sich nichts. Vor einer Woche war das Sommersemester zu Ende gegangen, und nun lag der Campus ruhig und verlassen da, totes Erz auf dem Amboß des Sommers.
Dex mußte eine Reihe von Akten abholen, das gehörte zu dem anscheinend endlosen Umzug von Amberson nach Cather. Das alte Gebäude schien gespenstisch leer. Seine Schritte hallten verträumt wider, als er an verschlossenen Türen mit Milchglasscheiben, an Schwarzen Brettern mit ihren vergilbten Notizen vorbei auf sein Büro am Ende des Gangs im ersten Stock zuging. Der satte Geruch frischer Farbe hing in der Luft.

Er war schon fast an seiner Tür und klimperte mit den Schlüsseln in der Tasche, als der Hausmeister aus Raum 6, dem großen Hörsaal, hervorschoß und ihn damit ziemlich erschreckte.

Er brummte irgend etwas, lächelte dann ein wenig verschämt, so wie man lächelt, wenn einem gerade eine kleinere Gardinenpredigt gehalten worden ist. »Diesmal haben sie mich erwischt«, sagte er zu dem Hausmeister.

Der Hausmeister grinste und spielte mit dem riesigen Schlüsselbund, der an seinem Gürtel steckte. »Tut mir leid, Professor Stanley«, sagte er. »Ich hab' gehofft, daß Sie's sind. Charlie hat gemeint, daß Sie heut' nachmittag da sind.«

»Charlie Gereson ist noch hier?« Dex runzelte die Stirn. Gereson war ein Doktorand, der gerade an einer verwickelten und möglichereise sehr wichtigen Untersuchung über negative Umweltfaktoren bei Langzeitwanderungen von Tieren arbeitete. Das war ein Thema, das starken Einfluß auf großflächige landwirtschaftliche Bearbeitungsmethoden und die Schädlingsbekämpfung haben könnte. Aber Gerson riß momentan fast fünfzig Stunden pro Woche in dem riesigen (und antiquierten) Labor im Erdgeschoß runter. Der neue Laborkomplex in Cather wäre um vieles besser geeignet gewesen für seine Zwecke, aber die neuen Labors würden noch weitere zwei bis vier Monate nicht voll ausgestattet sein . . ., wenn es überhaupt bis dahin klappte.

»Ich glaub', er ist 'rüber zur Mensa auf 'nen Hamburger«, sagte der Hausmeister. »Ich hab' ihm selbst gesagt, daß er 'ne Weile aufhören und sich was zu essen holen soll. Er ist seit neun heut morgen da. Hab's ihm selbst gesagt. Hab' gesagt, er soll sich was zu essen holen. 'n Mann lebt nicht von der Liebe allein.«

Der Hausmeister lächelte zaghaft, und Dex lächelte zurück. Der Hausmeister hatte recht; Gereson erwies der Wissenschaft gerade einen Liebesdienst. Dex hatte zu viele Schwadronen von Studenten erlebt, die einfach nur malochten und auf gute Noten aus waren, um das nicht anerkennen zu müssen . . . und um sich nicht von Zeit zu Zeit Sorgen um Charlie Geresons Gesundheit und Wohlergehen zu machen.

»Ich hätt's ja *ihm* gesagt, wenn er nicht soviel zu tun gehabt hätte«, sagte der Hausmeister und versuchte es wieder mit seinem vorsichtigen Lächeln. »Außerdem wollt' ich's Ihnen irgendwie selber zeigen.«

»Was gibt's denn?« fragte Dex etwas ungeduldig. Heute war der Schachabend mit Henry; er wollte das hier erledigen und danach noch Zeit haben, um in Ruhe im Hancock House zu essen.

»Nun, vielleicht hat es gar nichts zu bedeuten«, sagte der Hausmeister. »Aber . . . na ja, der Kasten hier ist doch ganz schön alt, und wir graben doch laufend irgendwelche Sachen aus, oder?«

Dex wußte, was er meinte. Es war, wie wenn man aus einem Haus auszieht, das Generationen hindurch bewohnt worden ist. Halley, beispielsweise, die intelligente junge Assistenzprofessorin, die nun schon seit drei Jahren hier war, hatte ein halbes Dutzend antiker Klammern mit kleinen Messingkugeln an den Enden gefunden. Sie hatte nicht die geringste Ahnung gehabt, wofür diese Klammern, die ein wenig wie gespannte Gabelbeine aussahen, gut sein sollten. Dex hatte es ihr sagen können. Nicht allzu viele Jahre nach dem Bürgerkrieg waren diese Klammern dazu verwendet worden, die Köpfe weißer Mäuse einzuklemmen, die man dann ohne Betäubung operierte. Die junge Halley mit ihrer Ausbildung in Berkeley und ihrem glänzend golden herabwallenden Farrah-Fawcett-Majors-Haar hatte ziemlich angewidert dreingeschaut. »Es gab damals noch keine Vivisektionsgegner«, hatte Dex ihr fröhlich mitgeteilt. »Wenigstens nicht in dieser Gegend.« Und Halley hatte ihn darauf mit einem ausdruckslosen Blick angesehen, hinter dem sich wahrscheinlich Ekel oder vielleicht sogar Haß verbarg. Dex war wieder einmal ins Fettnäpfchen getreten. Es sah so aus, als hätte er dafür ein ausgesprochenes Talent.

Sie hatten sechzig Kisten voll *The American Zoologist* in einem abgelegenen Winkel gefunden, und der Speicher hatte sich als ein Labyrinth aus alten Lehrmitteln und vermodernden Akten erwiesen. Einige der Fundstücke konnte niemand — nicht einmal Dexter Stanley — identifizieren.

In dem Wandschrank mit den alten Tierkäfigen im hinteren Teil des Gebäudes hatte Professor Viney ein hochentwickeltes Auslaufgehege für Wüstenspringmäuse mit herrlichen Glasscheiben gefunden. Er wurde vom Museum of Natural Science in Washington als Ausstellungsstück angenommen.

Aber die Zahl der Funde war diesen Sommer zurückgegangen, und Dex glaubte, daß Amberson Hall mittlerweile auch sein letztes Geheimnis preisgegeben hatte.

»Was haben Sie denn gefunden?« fragte er den Hausmeister.

»Eine Kiste. Ich hab' sie direkt unter der Kellertreppe gefunden. Ich hab' sie nicht aufgemacht. Sie ist sowieso zugenagelt.«

Stanley konnte nicht glauben, daß irgend etwas Interessantes so lange unbeachtet geblieben sein konnte, nur weil es unter der Treppe verstaut war. Zehntausende von Menschen gingen sie jede Woche während des akademischen Jahres hinauf und hinunter. Höchstwahrscheinlich war die Kiste, die der Hausmeister gefunden hatte, voll von Institutsakten, die fünfundzwanzig Jahre zurückreichten. Oder einfach noch prosaischer, eine Schachtel mit *National Geographics.*

»Ich glaube kaum . . .«

»Das ist 'ne richtige Kiste«, unterbrach ihn der Hausmeister ernsthaft. »Ich meine, mein Vater ist Zimmermann gewesen, und die Kiste da ist so geschreinert, wie er sie damals in den Zwanzigern gebaut hat. Und er hat das von *seinem* Vater gelernt.«

»Ich weiß wirklich nicht, ob . . .«

»Außerdem liegen fast zehn Zentimeter Staub drauf. Ich hab' 'n bißchen was davon abgewischt, und da ist 'n Datum drunter. Achtzehnhundertvierunddreißig.«

Das war etwas anderes. Stanley schaute auf seine Uhr und beschloß, daß er eine halbe Stunde erübrigen konnte.

Trotz der feuchten Augusthitze draußen war es in dem gefliesten Schlund der Treppe fast kalt. Über ihnen verströmten gelbe matte Glühbirnen ein gedämpftes, trübes Licht. Die Stufen waren einmal rot gewesen, aber in der Mitte, wo Füße all die Jahre hindurch Schicht um Schicht neuer Farbe abgetragen hatten, waren sie jetzt zu einem toten Schwarz abgewetzt. Es herrschte fast absolute Stille.

Der Hausmeister kam zuerst am Fuß der Stufen an und deutete unter die Treppe. »Da drunter«, sagte er.

Dex starrte jetzt ebenfalls in den dunklen, dreieckigen Hohlraum unter der breiten Treppe. Er erschauerte leicht vor Ekel, als er die Stelle sah, wo der Hausmeister einen hauchdünnen Schleier von Spinnweben weggewischt hatte. Jetzt, da er sich den Hohlraum tatsächlich anschaute, hielt er es tatsächlich für möglich, daß der Mann da etwas gefunden hatte, was ein wenig älter war als Nachkriegsakten. Aber 1834?

»Einen Moment«, sagte der Hausmeister und verschwand für einen Augenblick. Nunmehr allein, kauerte sich Dex nieder und spähte in das Loch hinein. Er konnte nichts erkennen außer einem Fleck, der noch tiefer im Schatten lag. Dann kehrte der Hausmeister mit einer großen Taschenlampe mit vier Batterien zurück. »Die wird hell genug sein.«

»Was haben Sie überhaupt da drunten gemacht?« fragte Dexter.

Der Hausmeister grinste. »Ich bin einfach nur dagestanden und hab' versucht, mich zu entscheiden, ob ich zuerst den Gang im zweiten Stock bohnern oder die Laborfenster putzen soll. Ich hab' mich nicht entscheiden können, also hab' ich 'ne Münze hochgeworfen. Bloß — ich hab' sie fallenlassen, und sie ist da drunter gerollt.« Er deutete auf den dunklen, dreieckigen Hohlraum. „Hätt's wahrscheinlich sausen lassen, war aber mein letzter Fuffziger für den Cola-Automaten. Hab' also die Taschenlampe geholt und die Spinnweben runtergerissen, und wie ich druntergekrochen bin, um's rauszuholen, hab' ich die Kiste gesehen. Da, schaun Sie.«

Der Hausmeister leuchtete mit der Taschenlampe in das Loch. Staubkörnchen wirbelten auf und schwebten träge in dem Strahl. Der Lichtkegel der Taschenlampe traf auf die hintere Wand, stieg kurz zu den zickzackförmigen Unterseiten der Stufen herauf, verharrte auf einer uralten Spinnwebe, in der die Mumien schon seit langem toter Käfer hingen; dann wanderte das Licht herab und konzentrierte sich auf eine Kiste, die etwa einen Meter fünfzig lang und achtzig Zentimeter breit und vielleicht neunzig Zentimeter tief war. Wie der Hausmeister schon gesagt hatte: Das war keine zusammengestückelte Sache aus Abfallholz. Die Kiste war sauber aus glattem, dunklem, massivem Holz gezimmert. Ein *Sarg,* dachte Dexter beklommen. *Das sieht aus wie ein Kindersarg.*

Die dunkle Farbe des Holzes war nur an der Seite zu erkennen; ein Griff in der Form eines Fächers. Der Rest der Kiste war einheitlich düster, staubgrau. Irgend etwas war auf die Seite geschrieben — mit einer Schablone draufgeschrieben.

Dex kniff die Augen zusammen, konnte es aber nicht lesen. Er holte umständlich seine Brille aus der Brusttasche, konnte es aber immer noch nicht lesen. Ein Teil dessen, was daraufgeschrieben war, war von einer Staubschicht verdeckt — auf keinen Fall zehn Zentimeter dick, aber trotzdem außergewöhnlich dick.

Da er sich nicht die Hose schmutzig machen wollte, wenn er hineinkroch, ging Dex in der Hocke unter die Treppe und mußte dabei ein plötzliches und erstaunlich starkes Gefühl von Klaustrophobie unterdrücken. Der Speichel trocknete ihm im Mund, und an seine Stelle trat ein trockener, wolliger Geschmack, wie von einem alten Handschuh. Er dachte an die Generationen von Studenten, die diese Stufen hinauf- und hinuntermarschiert waren — bis 1888 alle männlichen Geschlechts, dann in gemischten Schwadronen — die Bücher und Hefte und anatomische Zeichnungen schleppten, an ihre strahlenden Gesichter und leuchtenden Augen, jeder von ihnen davon überzeugt, daß eine sinnvolle und aufregende Zukunft vor ihm lag ... und hier, unter ihren Füßen, spann die Spinne ihre ewige Falle für die Fliege und den umhertorkelnden Käfer, und hier stand in aller Ruhe diese Kiste, fing Staub, wartete ...

Eine Ranke Spinnseide streifte seine Stirn, und er wischte sie mit einem kleinen Aufschrei des Ekels und einer ganz ungewohnten inneren Verkrampfung weg.

»Nicht besonders gemütlich da unten, was?« fragte der Hausmeister voller Mitgefühl, die Lampe direkt auf die Kiste gerichtet. »Mein Gott, ich hasse enge Räume.«

Dex gab keine Antwort. Er war bis zu der Kiste vorgedrungen. Er blickte auf die Buchstaben, die dort aufgetragen waren, und wischte dann den Staub von ihnen weg, der in einer Wolke aufstieg und diesen Geschmack nach Handschuh noch verstärkte. Dex mußte trocken husten. Der Staub hing im Strahl der Lampe des Hausmeisters wie alte Magie, und Dex Stanley las, was irgendein seit langem toter Verladeleiter auf diese Kiste geschrieben hatte.

ZU VERSCHIFFEN ZUR HORLICKS UNIVERSITÄT, lautete die erste Zeile. VIA JULIA CARPENTER, lautete die mittlere Zeile. Die dritte Zeile lautete einfach: EXPEDITION IN DIE ARKTIS. Darunter hatte irgend jemand in kräftigen Zügen mit schwarzer Kohle geschrieben: 19. Juni 1834. Das war die einzige Zeile, die der Hausmeister vollkommen freigelegt hatte.

EXPEDITION IN DIE ARKTIS, las Dex noch einmal. Sein Herz begann zu pochen.

»Na, was halten Sie davon?« drang die Stimme des Hausmeisters zu ihm.

Dex packte ein Ende und hob es an. Schwer. Als er es mit einem leichten Plumpsen wieder zurückfallen ließ, bewegte sich im Inneren etwas — er hörte es nicht, sondern fühlte es durch seine Handflächen, als hätte das, was auch immer da drinnen war, sich aus eigenem Antrieb bewegt. Aber das war natürlich Blödsinn. Es war ein fast flüssiges Gefühl gewesen, als hätte sich da etwas träge bewegt, das noch nicht ganz fest war.

EXPEDITION IN DIE ARKTIS.

Dex empfand die Erregung eines Antiquitätensammlers, der im Hinterzimmer irgendeines Trödelladens in irgendeinem Nest zufällig auf einen unbeachteten Schrank mit einem Fünfundzwanzig-Dollar-Preisschild stößt ... ein Schrank, der ganz gut Chippendale sein konnte. »Helfen Sie mir sie 'rausziehen!« rief er dem Hausmeister zu.

Sie arbeiteten gebückt, um nicht mit dem Kopf gegen die Unterseite der Stufen zu knallen, zogen an der Kiste, bekamen sie heraus, packten sie dann an der Unterseite und hoben sie hoch. Dex hatte seine Hose trotz allem schmutzig gemacht, und in seinem Haar hingen Spinnweben.

Als sie die Kiste in das altmodische Labor, das fast so groß wie ein Bahnhof war, schleppten, hatte Dex wieder das Gefühl, als bewegte sich da drinnen etwas, und am Gesichtsausdruck des Hausmeisters konnte er sehen, daß auch er dieses Gefühl gehabt hatte. Sie setzten sie auf einem der Labortische, die mit hitzebeständigem Plastik beschichtet waren, ab. Auf dem Nebentisch waren Charlie Geresons Sachen verstreut — Notizbücher, Millimeterpapier, Höhenlinienkarten, ein Rechner von Texas Instruments.

Der Hausmeister trat zurück, wischte sich die Hände an seinem grauen Hemd mit den zwei Taschen ab und atmete heftig. »Ganz schön schwer, die Mami«, meinte er. »Das Biest wiegt gut und gern seine hundert Pfund. Sind Sie okay, Professor Stanley?«

Dex hörte ihn kaum. Er sah sich gerade die Stirnseite der Kiste an, wo sich noch eine ganze Reihe anderer Aufschriften befand: PAELLA/SANTIAGO/SAN FRANCISCO/CHICAGO/NEW YORK/HORLICKS.

»Professor . . .«

»Paella«, murmelte Dex, und sagte es dann noch einmal, etwas lauter. Er wurde von einer Art ungläubiger Erregung gepackt, die nur durch den Gedanken im Zaum gehalten wurde, daß das eine Art von Scherz sein könnte. »Paella!«

»Paella, Dex?« fragte Henry Northrup. Der Mond war am Himmel aufgegangen, verwandelte sich in Silber.

»Paella ist eine winzige Insel südlich von Tierra del Fuego«, sagte Dex. »Wahrscheinlich die kleinste Insel, die jemals von Menschen bewohnt worden ist. Gleich nach dem Zweiten Weltkrieg hat man dort eine Anzahl von Monolithen gefunden, die denen auf den Osterinseln ähneln. Nicht übermäßig interessant, verglichen mit ihen größeren Brüdern, aber genauso rätselhaft. Die Eingeborenen von Paella und Tierra del Fuego waren Steinzeitmenschen. Christliche Missionare haben sie vor lauter Güte umgebracht.«

»Wie bitte?«

»Es ist extrem kalt da unten. Im Sommer erreichen die Temperaturen kaum mehr als fünf Grad. Die Missionare gaben ihnen Decken, zum Teil, damit sie nicht mehr froren, hauptsächlich jedoch, damit sie ihre sündige Nacktheit bedecken konnten. Die

Decken wimmelten von Flöhen, und die Eingeborenen beider Inseln wurden durch europäische Krankheiten ausgerottet, gegen die sie kein Immunsystem entwickelt hatten. Hauptsächlich durch die Pocken.«

Dex nahm einen Schluck. Der Scotch hatte seinen Wangen etwas Farbe verliehen, aber sie flackerten wie im Fieber — zwei glühende Flecken, die über seinen Wangenknochen brannten wie Rouge.

»Aber Tierra del Fuego — und dieses Paella —, das ist nicht die Arktis, Dex. Das ist die Antarktis.«

»Nicht 1834«, sagte Dex, setzte sein Glas ab, trotz seiner Verwirrung darauf bedacht, es auf den Untersetzer zu stellen, den Henry bereitgelegt hatte. Wenn Wilma einen Ring auf einem ihrer Beistelltischchen finden würde, hätte sein Freund sicher nichts zu lachen. »Die Bezeichnungen subarktisch, Antarktis und Antarktika waren damals noch nicht eingeführt. In jenen Tagen gab es nur die Nordarktis und die Südarktis.«

»Na schön.«

»Teufel noch mal, ich hab' denselben Fehler gemacht. Ich habe mir einfach nicht vorstellen können, warum auf der Reisestrecke San Francisco als Anlaufhafen angegeben war. Dann ist mir klar geworden, daß ich den Panamakanal einkalkuliert hatte, der erst so ungefähr achtzig Jahre später gebaut worden ist.«

»Eine Expedition in die Arktis? 1834?« fragte Henry zweifelnd.

»Ich hab' bis jetzt noch keine Gelegenheit gehabt, die Berichte zu überprüfen«, sagte Dex und griff nach seinem Glas. »Aber ich weiß noch aus dem Geschichtsunterricht, daß es ›Expeditionen in die Arktis‹ schon zur Zeit von Francis Drake gegeben hat. Nur — keine hat's geschafft, das ist alles. Sie waren fest davon überzeugt, daß sie Gold, Silber, Juwelen, vergessene Kulturen, Gott weiß, was sonst noch, da finden würden. Das Smithsonian Institute hat — ich glaube es war 1881 oder '82 — eine Forschungsreise zum Nordpol finanziert. Sie sind alle umgekommen. Eine Gruppe vom Forscherklub in London hat sich in den 1850er Jahren auf den Weg zum Südpol gemacht. Ihr Schiff ist mit Eisbergen zusammengestoßen und gesunken, aber drei oder vier von ihnen haben überlebt. Sie sind am Leben geblieben, weil sie den Tau aus ihren Kleidern gesaugt und den Seetang gegessen haben, der sich an ihrem Boot verfangen hat, bis man sie aufgefischt hat. Die Zähne sind ihnen ausgefallen. Und sie haben behauptet, daß sie Seeungeheuer gesehen hätten.«

»Was ist dann passiert, Dex?« fragte Henry sanft.

Stanley blickte auf. »Wir haben die Kiste aufgemacht«, sagte er ausdruckslos. »Gott helfe uns, Henry, wir haben die Kiste aufgemacht.«

Er machte eine lange Pause — so schien es jedenfalls —, bevor er wieder zu reden anfing.

»Paella?« fragte der Hausmeister. »Was ist das?«

»Eine Insel an der Südspitze von Südamerika«, sagte Dex. »Ist auch egal. Sehen wir zu, daß wir das Ding da aufkriegen.« Er öffnete eine der Schubladen im Labor und begann darin herumzuwühlen, auf der Suche nach etwas, das er als Brecheisen verwenden konnte.

»Lassen Sie das Zeug da drin«, meinte der Hausmeister. Er wirkte jetzt selbst ganz erregt. »Ich hab' Hammer und Meißel oben in meinem Zimmer. Ich hol' sie. Warten Sie hier.«

Er ging. Die Kiste stand auf der Plastikbeschichtung des Tisches, lauernd und stumm.

Sie hockt da, lauernd und stumm, dachte Dex und erschauderte. Woher war ihm dieser Gedanke gekommen? Aus irgendeiner Geschichte? Die Worte hatten einen rhythmischen, aber unangenehmen Klang. Er verdrängte sie. Er war ein Meister im Verdrängen des Außergewöhnlichen. Er war Wissenschaftler.

Er schaute sich im Labor um, nur um die Augen von der Kiste loszubekommen. Mit Ausnahme von Charlies Tisch war es unnatürlich ordentlich und ruhig — wie der Rest der Universität. Weiß geflieste Wände wie in einer U-Bahn-Station glänzten frisch unter den Deckenlampen; die Lampen selbst schienen sich in den polierten Plastikoberflächen zu verdoppeln und dort einzutauchen. Wie gespenstische Lichter, die aus tiefem Seewasser heraufschimmern. Eine riesige altmodische Schiefertafel beherrschte die Wand gegenüber den Waschbecken. Und Schränke, Schränke überall. Es war sehr einfach — vielleicht zu einfach —, die alten, sepiabraun verblichenen Geister all jener alten Zoologiestudenten mit ihren weißen Mänteln und grünen

Ärmelschonern vor sich zu sehen, das Haar onduliert oder voll Pomade, wie sie sezierten und Berichte schrieben ...

Schritte polterten auf der Treppe; Dex erschauderte und dachte wieder an die Kiste, die so viele Jahre, lange nachdem die Männer, die sie dort hineingeschoben hatten, gestorben und wieder zu Staub geworden waren, dort unter den Stufen gestanden hatte — ja, lauernd und stumm.

Paella, dachte er, und da kam der Hausmeister mit Hammer und Meißel zurück.

»Darf ich das für Sie machen, Professor?« fragte er; Dex wollte schon verneinen, als er den flehenden, hoffnungsvollen Blick in den Augen des Mannes sah.

»Natürlich«, sagte er. Schließlich hatte dieser Mann die Kiste gefunden.

»Wahrscheinlich nix drin wie'n paar Steine und Pflanzen, so alt, daß die gleich zu Staub zerfallen, wenn man sie anrührt. Aber komisch — ich bin irgendwie scharf drauf.«

Dex lächelte unverbindlich. Er hatte keine Ahnung, was in der Kiste war, aber er zweifelte daran, daß es nur Gesteins- und Pflanzenproben waren. Da war dieses leicht flüssige, wälzende Gefühl gewesen, als sie sie bewegt hatten.

»Auf geht's«, meinte der Hausmeister und begann den Meißel mit raschen Hammerschlägen unter das Holz zu treiben. Das Brett wölbte sich ein wenig und enthüllte eine Doppelreihe von Nägeln, die Dex in absurder Weise an Zähne erinnerten. Der Hausmeister drückte den Griff seines Meißels wie einen Hebel herunter, und das Brett löste sich, die Nägel kreischten aus dem Holz heraus. Er machte dasselbe am anderen Ende; das Brett löste sich völlig und polterte zu Boden. Dex lehnte es auf die Seite und bemerkte, daß sogar die Nägel irgendwie anders aussahen — dicker, viereckiger an der Spitze und ohne jenen blau-stählernen Schimmer, der auf ein hochentwickeltes Legierungsverfahren schließen läßt.

Der Hausmeister spähte gerade durch den langen, engen Streifen, den er schon abgedeckt hatte, in die Kiste. »Kann nix sehen«, meinte er. »Wo hab' ich denn meine Lampe gelassen?«

»Lassen Sie mal«, sagte Dex. »Machen Sie weiter und öffnen Sie sie.«

»In Ordnung.« Er deckte ein zweites Brett ab, dann ein drittes. Sechs oder sieben waren über den Deckel des Kastens genagelt. Er machte sich gerade ans vierte Brett, griff über den Zwischenraum, den er bereits abgedeckt hatte, hinweg, um seinen Meißel unter dem Brett anzusetzen, als die Kiste anfing zu pfeifen.

Das Geräusch hatte große Ähnlichkeit mit dem, das ein Teekessel von sich gibt, wenn das Wasser sprudelnd zum Kochen kommt, erzählte Dex Henry Northrup; aber das hier war kein fröhliches Pfeifen, sondern etwas, das in etwa dem scheußlichen, hysterischen Kreischen eines Kindes, das gerade einen Wutanfall hat, ähnelt. Und dieses Pfeifen senkte sich plötzlich und verstärkte sich zu einem tiefen, heiseren, knurrenden Geräusch. Es war nicht laut, aber es hatte einen urtümlichen wilden Klang, der Dex Stanleys Haare zu Berge stehen ließ. Der Hausmeister starrte zu ihm hin, seine Pupillen weiteten sich . . . und dann packte etwas seinen Arm. Dex sah nicht, was ihn packte; seine Augen fixierten instinktiv das Gesicht des Mannes.

Der Hausmeister schrie auf, und das Geräusch trieb Dex die Panik wie mit einem Stilett in die Brust. Der Gedanke, der ihm unwillkürlich kam, war: *Das ist das erste Mal in meinem Leben, daß ich einen erwachsenen Mann schreien höre — was für ein behütetes Leben habe ich nur geführt!*

Der Hausmeister, ein ziemlich großer Kerl, der wohl so um die fünfundneunzig Kilo wog, wurde plötzlich heftig auf eine Seite gerissen. Zur Kiste hin. »Helfen Sie mir!« schrie er. »So helfen Sie mir doch, Doktor, es hat mich erwischt, es beißt mich, es beißt miiiiich.«

Dex sagte sich vor, daß er hinlaufen und den freien Arm des Hausmeisters packen sollte, aber seine Füße hätten genausogut am Boden festgebunden sein können. Der Hausmeister steckte inzwischen bis zu den Schultern in der Kiste. Und dieses verrückte Knurren hörte einfach nicht auf. Die Kiste glitt den Tisch etwa dreißig Zentimeter nach hinten und kam dann bei einer fest verschraubten Gerätehalterung zum Stehen. Sie begann vor- und zurückzuwippen. Der Hausmeister schrie auf und riß sich mit gewaltigem Schwung von der Kiste los. Das Ende des Kastens hob sich vom Tisch und knallte dann wieder darauf zurück. Ein Teil seines Armes ragte plötzlich aus der Kiste, und

Dex sah mit Schrecken, daß der graue Ärmel seines Hemdes zerkaut und zerrissen und von Blut durchtränkt war. Lächelnde, halbmondförmige Bisse waren in das gestanzt, was er von der Haut des Mannes unter den zerfetzten Stofflappen sehen konnte.

Dann riß etwas, das unglaublich stark sein mußte, den Arm wieder zurück. Das Ding in der Kiste begann zu knurren und zu schmatzen. Zwischendurch war ab und zu ein atemloser, pfeifender Ton zu hören. Schließlich löste sich Dex aus seiner Lähmung und stürzte taumelnd vorwärts. Er packte den freien Arm des Hausmeisters. Er zerrte — ohne jeden Erfolg. Es war, als versuchte er, an einem Mann zu ziehen, der mit Handschellen an die Stoßstange eines Sattelschleppers gefesselt ist.

Der Hausmeister schrie wieder — ein langer, jammernder Ton, der zwischen den funkelnden, weiß gefliesten Wänden des Labors hin- und herrollte. Dex konnte den goldenen Schimmer der Zahnfüllungen im Mund des Mannes sehen. Er konnte den gelben Hauch des Nikotins auf seiner Zunge sehen.

Der Kopf des Hausmeisters knallte auf die Kante des Brettes herunter, das er gerade hatte hochstemmen wollen, als das Ding ihn gepackt hatte. Und diesmal sah Dex tatsächlich etwas, auch wenn das alles mit so tödlicher, grausamer Geschwindigkeit ablief, daß er später nicht mehr in der Lage war, es Henry richtig zu beschreiben. Etwas, so trocken und braun und schuppig wie ein Wüstenreptil, kam aus der Kiste — etwas mit riesigen Klauen. Es riß an der sich streckenden, zugeschnürten Kehle des Hausmeisters und durchtrennte seine Halsschlagader. Blut pumpte über den Tisch, bildete eine Pfütze auf dem Plastikbelag und sprudelte auf den weiß gefliesten Boden. Einen Augenblick lang schien ein Nebel von Blut in der Luft zu hängen.

Dex ließ den Arm des Hausmeisters fallen und stolperte zurück, die Hände flach an die Wangen gepreßt, die Augen hervortretend.

Die Augen des Hausmeisters verdrehten sich wie im Delirium zur Decke. Sein Mund klappte auf und schloß sich dann schnappend. Das Klicken seiner Zähne war trotz des hungrigen Knurrens zu hören. Seine Füße, die in schweren schwarzen Arbeitsschuhen steckten, führten einen kurzen, wilden Stepptanz auf dem Boden auf.

Dann schien er das Interesse zu verlieren. Seine Augen sahen nun fast dankbar aus, als sie verzückt auf die Glühbirne an der Decke starrten, die ebenfalls mit Blut bespritzt war. Seine Füße fielen zu einem lockeren V auseinander. Sein Hemd rutschte aus der Hose, jetzt war sein weißer, aufgedunsener Bauch zu sehen.

»Er ist tot«, flüsterte Dex. »Oh, mein Gott.«

Das Herz des Hausmeisters pumpte nur noch stockend und kam aus dem Rhythmus. Jetzt verlor das Blut, das sich aus der tief und unregelmäßig klaffenden Wunde an seinem Nacken ergoß, an Druck und floß nur noch dem Gebot der gleichgültigen Schwerkraft gehorchend hinunter. Die Kiste war mit Blut befleckt und bespritzt. Das Knurren schien endlos weiterzugehen. Die Kiste wippte ein wenig vor und zurück, aber sie war zu stark in der Gerätehalterung verklammert, als daß sie sich hätte weit bewegen können. Der Körper des Hausmeisters rekelte sich grotesk, immer noch fest gepackt von dem, was auch immer sich da drin befand. Sein Kreuz war gegen den Rand des Labortisches gepreßt. Seine freie Hand baumelte herunter, spärliches Haar kräuselte sich auf den Fingern zwischen dem ersten und dem zweiten Knöchel. Sein großer Schlüsselbund schimmerte im Licht wie Chrom.

Und jetzt begann sein Körper langsam hin- und herzuwippen. Seine Schuhe schleiften vor und zurück, jetzt nicht mehr steppend, sondern obszön walzend. Und dann schleiften sie nicht mehr. Sie baumelten vielleicht zwei Zentimeter über dem Boden ... dann vier Zentimeter ... dann fünfzehn Zentimeter über dem Boden. Dex wurde bewußt, daß der Hausmeister in die Kiste gezerrt wurde.

Sein Genick lag jetzt auf dem Brett gegenüber der anderen Seite des Loches im Deckel der Kiste. Er sah aus wie ein Mann, der in irgendeiner Zen-Position des Sich-Versenkens ruhte. Seine toten Augen glitzerten. Und Dex hörte unter den wilden knurrenden Lauten ein schmatzendes reißendes Geräusch. Und dann das Knirschen eines Knochens.

Dex rannte weg.

Er stolperte quer durch das Labor und zur Tür hinaus und die Stufen hinauf. Auf halbem Weg fiel er hin, klammerte sich am Geländer fest, kam wieder auf die Beine und rannte weiter. Er kam im Gang des ersten Stockes an und hastete ihn hinunter, vorbei an den geschlossenen Milchglastüren, vorbei an den Schwarzen Brettern. Seine eigenen Schritte jagten ihn. Dieses verdammte Pfeifen klang immer noch in seinen Ohren.

Er lief geradewegs Charlie Gereson in die Arme, rannte ihn fast über den Haufen und verschüttete den Milchshake, den Charlie gerade trinken wollte, über sie beide.

»Du heiliger Strohsack, was ist denn los?« fragte Charlie und wirkte in seiner Überraschung fast komisch. Er war klein und stämmig, trug eine Khakihose und ein weißes T-Shirt. Eine dikke Brille saß grimmig auf seiner Nase, sie ließ auf Arbeit schließen und verkündete, daß sie auch noch für eine lange Ochserei dort bleiben würde.

»Charlie«, sagte Dex heiser keuchend. »Mein Junge ... der Hausmeister ... die Kiste ... sie pfeift ... *sie pfeift wenn sie Hunger hat und sie pfeift wieder wenn sie voll ist* ... mein Junge ... wir müssen ... Universitätssicherheitskräfte ... wir ... wir ...«

»Immer mit der Ruhe, Professor Stanley«, meinte Charlie. Er sah betroffen und ein wenig erschreckt aus. Man rechnet schließlich nicht damit, in seinem Institut vom dienstältesten Professor gepackt zu werden, wenn man selbst gerade nichts Aggressiveres im Kopf hatte als die Auflistung der unaufhaltsamen Abwanderung von Sandfliegen. »Immer mit der Ruhe, ich weiß ja gar nicht, wovon Sie sprechen.«

Stanley, der sich kaum dessen bewußt war, was er sagte, sprudelte eine völlig wirre Version dessen heraus, was mit dem Hausmeister passiert war. Charlie Gereson sah zunehmend verwirrter und zweifelnder aus. Obwohl er völlig aus der Fassung war, kapierte Dex allmählich, daß Charlie kein Wort von alldem glaubte. Er dachte mit einer neuen Art von Schrecken, daß Charlie ihn bald fragen würde, ob er zuviel gearbeitet habe, und daß Stanley selbst, wenn er das täte, in irres Glucksen ausbrechen würde.

Aber was Charlie sagte, war folgendes: »Das ist aber ganz schön verrückt, Professor Stanley.«

»Das stimmt. Wir müssen die Universitätssicherheitskräfte 'rüberholen. Wir ...«

»Nein, das hat keinen Sinn. Einer von denen würde sicher

gleich seine Hand reinstecken.« Er sah Dex' betroffenen Blick und sprach weiter. »Wenn *ich* schon Schwierigkeiten hab', die Angelegenheit zu schlucken, was werden *die* dann denken?«

»Ich weiß es nicht«, meinte Dex. »Ich ... ich hab' nie gedacht ...«

»Die werden denken, daß Sie gerade von 'ner Riesenzecherei zurück sind und tasmanische Teufel statt rosa Elefanten sehen«, sagte Charlie Gereson fröhlich und rückte seine Brille ein Stück höher seine Stupsnase hinauf. »Außerdem, nach dem, was Sie sagen, hätte die Verantwortung sowieso von Anfang an bei den Leuten von der Zoologie gelegen ... wie schon seit hundertvierzig Jahren.«

»Aber ...« Er schluckte, und es knackte in seiner Kehle, als er sich zusammennahm, um seine schlimmste Befürchtung auszusprechen. »Aber es könnte inzwischen draußen sein.«

»Das glaub' ich nicht«, meinte Charlie, ließ sich aber nicht weiter darüber aus. Und jetzt erkannte Dex zwei Dinge: daß Charlie kein Wort von dem glaubte, was er gesagt hatte, und daß nichts von dem, was er noch sagen konnte, Charlie davon abhalten würde, wieder hinunterzugehen.

Henry Northrup sah auf die Uhr. Sie saßen nun seit etwas mehr als einer Stunde im Arbeitszimmer; Wilma würde erst in zwei Stunden wiederkommen. Genug Zeit. Er hatte – anders als Charlie Gereson – nicht von vornherein ein Urteil über die empirische Grundlage von Dex' Geschichte gefällt. Aber er kannte Dex nun schon länger als der junge Gereson, und er glaubte nicht, daß sein Freund die Symptome eines Mannes zeigte, der plötzlich eine Psychose entwickelt hat. Was er hatte, war ein Blick voll wahnsinniger Angst, nicht mehr und nicht weniger als man bei einem Mann erwarten würde, der noch mal ganz knapp davongekommen ist vor ... nun, noch mal ganz knapp davongekommen ist.

»Er ist 'runtergegangen, Dex?«

»Ja. Das ist er.«

»Du bist mit ihm gegangen?«

»Ja.«

Henry setzte sich ein wenig anders hin. »Ich kann verstehen, warum er die Universitätssicherheitskräfte nicht holen wollte, bevor er die Lage selbst überprüft hatte. Schau, Dex, *du* hast gewußt, daß du die reine Wahrheit sagst, auch wenn *er* das nicht wußte. Warum hast *du* nicht angerufen?«

»Du glaubst mir also?« fragte Dex. Seine Stimme zitterte. »Du glaubst mir doch, Henry?«

Henry überlegte kurz. Die Geschichte war verrückt, ohne Frage. Es bedeutete, daß etwas in der Kiste sein konnte, das groß und lebendig genug war, um nach etwa einhundertvierzig Jahren einen Mann zu töten, und das war verrückt. Er glaubte das nicht. Aber das hier war Dex . . . und daran *zweifelte* er auch *nicht.*

»Ja«, sagte er.

»Gott sei Dank«, sagte Dex. »Gott sei Dank, Henry.«

»Das beantwortet aber noch nicht meine Frage. Warum hast du nicht die Unipolizei geholt?«

»Ich hab' gedacht . . . soweit ich überhaupt was gedacht habe . . . daß es nicht aus der Kiste 'raus, ins helle Licht, *will.* Es muß so lange im Dunkeln gelebt haben . . . so lange . . . und . . . so phantastisch das auch klingen mag . . . ich hab' gedacht, es könnte vielleicht an seine Behausung gebunden sein oder so. Ich hab' gedacht . . . nun ja, er wird sie sehen . . . er wird die Kiste sehen . . . die Leiche des Hausmeisters . . . er wird das *Blut* sehen . . . und dann würden wir die Sicherheitskräfte holen. Verstehst du?« Stanleys Augen flehten ihn um Verständnis an, und Henry verstand. Er fand, daß Dex in Anbetracht der Tatsache, daß es eine rasche Entscheidung in einer Streßsituation gewesen war, doch noch ganz klar gedacht hatte. Das Blut. Wenn der junge Doktorand das Blut sehen würde, wäre er froh, die Polizei holen zu können.

»Aber es ist nicht so gekommen.«

»Nein.« Dex fuhr mit der Hand durch das sich lichtende Haar.

»Warum nicht?«

»Weil der Körper verschwunden war, als wir unten ankamen.«

»Er war *verschwunden*?«

»Genau. Und die Kiste war auch verschwunden.«

Als Charlie Gereson das Blut sah, wurde sein rundes, gutmütiges Gesicht sehr blaß. Seine Augen, die schon wegen der dikken Brille größer wirkten, wurden noch riesiger. Blutpfützen standen auf dem Labortisch. Blut war eines der Tischbeine hinuntergelaufen. Auf dem Boden hatte sich eine kleine Lache gebildet, und Tropfen hingen an der Lampe und der weiß gefliesten Wand. Ja, es war reichlich Blut überall.

Aber da war kein Hausmeister. Keine Kiste.

Dex Stanleys Kinnlade fiel herunter. »Was zum Teufel . . .«, sagte Charlie leise.

Dex sah jetzt etwas, vielleicht das einzige, was es ihm erlaubte, seinen Verstand zu behalten. Er fühlte bereits, wie jene innere Achse wieder aus dem Gleichgewicht geraten wollte. Er packte Charlie bei der Schulter und sagte: »Schauen Sie sich das Blut auf dem Tisch an!«

»Ich hab' genug gesehen«, meinte Charlie.

Sein Adamsapfel hob und senkte sich wie ein Schnellaufzug, als er mit sich kämpfte, um seinen Mittagsimbiß bei sich zu behalten.

»Reißen Sie sich, um Himmels willen, zusammen«, sagte Dex barsch. »Ihr Hauptfach ist immerhin Zoologie. Sie haben doch schon öfter Blut gesehen.«

Das war die Stimme der Autorität, vorerst jedenfalls. Charlie riß sich in der Tat zusammen, und sie gingen etwas näher heran. Die planlosen Blutlachen auf dem Tisch waren gar nicht so planlos wie es zuerst ausgesehen hatte. Jede davon hatte an einer Seite eine scharf konturierte Kante.

»Die Kiste hat hier gestanden«, sagte Dex. Er fühlte sich jetzt ein wenig besser. Die Tatsache, daß die Kiste wirklich dort gewesen *war*, brachte ihn wieder auf die Beine. »Und sehen Sie — da.« Er deutete auf den Boden. Hier hatte sich das Blut zu einer langen, dünnen Spur verschmiert. Sie führte dorthin, wo die beiden standen, ein paar Schritte von der Innenseite der Doppeltür entfernt. Sie wurde immer schwächer und verlor sich schließlich ungefähr in der Mitte zwischen Labortisch und Tür ganz. Jetzt war alles kristallklar für Dex Stanley, und der Schweiß auf seiner Haut wurde kalt und klebrig. *Es war 'rausgekommen.*

Es war 'rausgekommen und hatte die Kiste vom Tisch heruntergestoßen. Und dann hatte es die Kiste weggeschoben . . . wohin? Unter die Treppe natürlich. Wieder unter die Treppe. Wo sie so lange gewesen war.

»Wo ist die . . . die . . .« Charlie führte seinen Satz nicht zu Ende.

»Unter der Treppe«, sagte Dex wie betäubt. »Sie ist wieder dahin zurückgekehrt, wo sie hergekommen ist.«

»Nein, die . . .« Er stieß es endlich hervor. ». . . die Leiche.«

»Ich weiß es nicht«, sagte Dex. Aber er glaubte, daß er es doch wußte. Nur wollte sein Verstand es einfach nicht wahrhaben.

Charlie drehte sich unvermittelt um und ging wieder durch die Tür hinaus.

»Wo gehen Sie hin?« schrie Dex schrill und lief ihm nach.

Charlie blieb vor der Treppe stehen. Das dreieckige schwarze Loch unter ihnen klaffte. Die große Taschenlampe des Hausmeisters mit den vier Batterien lag immer noch auf dem Boden. Und daneben lag ein blutverschmierter grauer Stoff-Fetzen und einer der Stifte, die in der Brusttasche des Mannes gesteckt hatten.

»Geh'n Sie nicht da 'runter, Charlie! Tun Sie's nicht.« Sein Herz pochte wild in seinen Ohren, und das machte ihm noch mehr Angst.

»Nein«, sagte Charlie. »Aber die Leiche . . .«

Charlie ging in die Hocke, packte die Taschenlampe und leuchtete damit unter die Treppe. Und die Kiste war dort, gegen die hintere Wand gerückt, genau wie zuvor, lauernd und stumm. Nur daß jetzt kein Staub mehr darauflag und drei Bretter des Deckels weggestemmt waren.

Das Licht wanderte weiter und war jetzt auf einen der großen Arbeitsschuhe des Hausmeisters gerichtet. Charlie atmete mit einem tiefen, heiseren Keuchen ein. Das dicke Leder des Schuhs war brutal zerbissen und zerfressen. Die Schnürsenkel hingen zerrissen aus den Ösen. »Schaut aus, als hätte ihn irgend jemand in einen Heubündler geschmissen«, meinte er mit rauher Stimme.

»Glauben Sie mir jetzt?« fragte Dex.

Charlie gab keine Antwort. Er hielt sich mit einer Hand leicht an der Treppe fest und beugte sich über den Überhang — wahrscheinlich, um den Schuh zu holen. Später, als Dex in Henrys Arbeitszimmer saß, sagte er, daß er sich nur einen Grund vorstellen konnte, warum Charlie das getan hatte — um den Biß des Dinges in der Kiste zu messen und vielleicht zu kategorisieren. Er war schließlich Zoologe, und obendrein ein verdammt guter.

»Nicht!« schrie Dex und packte Charlie von hinten am Hemd.

Plötzlich starrten zwei grün-goldene Augen über den Rand der Kiste. Sie hatten fast die Farbe von Eulenaugen, nur waren sie kleiner. Ein rauhes, rasselndes, zorniges Knurren war zu hören. Charlie fuhr erschreckt zurück und schlug mit dem Hinterkopf gegen die Unterseite der Stufen. Ein Schatten fuhr mit der Geschwindigkeit eines Geschosses aus der Kiste auf ihn zu. Charlie heulte auf. Dex hörte das trockene Surren seines Hemdes, als es zerriß, und das Klappern, als Charlies Brille auf den Boden fiel und wegschlitterte. Noch einmal versuchte Charlie zurückzuweichen. Das Ding begann zu knurren, dann hörte das Knurren plötzlich auf. Und Charlie Gereson fing in Todespein zu schreien an.

Dex zog mit aller Kraft an dem weißen T-Shirt. Einen Augenblick lang neigte sich Charlie nach hinten, und Dex sah eine pelzige, sich windende Gestalt, die sich flach über die Brust des jungen Mannes ausgebreitet hatte, eine Gestalt, die nicht vier, sondern sechs Beine und den abgeflachten Rundkopf eines jungen Luchses zu haben schien. Charlie Geresons Hemdbrust war so schnell und gründlich zerfetzt worden, daß sie nun aussah wie Papierschlangen, die um seinen Hals hingen.

Dann hob das Ding den Kopf, und die kleinen grün-goldenen Augen starrten unheilverkündend in Dex' eigene. Er hatte noch niemals eine solche Grausamkeit gesehen oder sie sich auch nur träumen lassen. Seine Kräfte schwanden. Sein Griff am Rücken von Charlies T-Shirt lockerte sich einen Augenblick lang.

Und dieser eine Augenblick genügte. Charlie Geresons Körper wurde mit grotesker, trickfilmartiger Geschwindigkeit unter die Treppe gerissen. Einen Augenblick Stille. Dann fingen wieder die knurrenden, schmatzenden Geräusche an.

Charlie schrie noch einmal auf, ein langer Schreckens- und Schmerzensschrei, der abrupt abgeschnitten wurde . . . als ob irgend etwas über seinen Mund gestülpt worden wäre.

Oder in ihn hineingestopft.

Dex versank in Schweigen. Der Mond stand hoch am Himmel. Sein dritter Drink war halb leer — ein bisher fast unbekanntes Phänomen bei ihm —, und er fühlte, wie er darauf langsam mit Schläfrigkeit und Mattigkeit reagierte.

»Was hast du dann gemacht?« fragte Henry. Was er nicht getan hatte, soviel wußte er, war, zu den Universitätssicherheitskräften zu gehen; sie hätten sich so eine Geschichte nicht angehört und ihn dann gehen lassen, so daß er sie seinem Freund Henry weitererzählen konnte.

»Ich bin einfach völlig unter Schock herumgelaufen, nehme ich an. Ich bin wieder die Treppe hinaufgerannt, genauso wie nach ... nachdem es den Hausmeister geholt hat, bloß hat's diesmal keinen Charlie Gereson gegeben, der mir über den Weg laufen konnte. Ich glaube, ich bin ... meilenweit gelaufen. Ich glaube, ich war verrückt. Ich hab' die ganze Zeit an den Rydersee gedacht. Den kennst du doch?«

»Ja«, meinte Henry.

»Ich hab' die ganze Zeit gedacht, daß der tief genug wäre. Wenn ... es eine Möglichkeit gäbe, diese Kiste da 'raus zu bekommen. Ich hab' ... hab' die ganze Zeit gedacht ...« Er schlug die Hände vors Gesicht. »Ich weiß nicht. Ich weiß überhaupt nichts mehr. Ich glaub', ich werd' verrückt.«

»Wenn die Geschichte, die du grad erzählt hast, stimmt, kann ich das verstehen«, meinte Henry ruhig. Er stand plötzlich auf. »Komm. Ich bring' dich heim.«

»Heim?« Dex schaute seinen Freund geistesabwesend an. »Aber ...«

»Ich lass' Wilma 'ne Notiz hier, damit sie weiß, wo wir sind, und dann rufen wir ... wen sollen wir rufen, Dex? Die Universitätssicherheitskräfte oder die Polizei?«

»Du glaubst mir doch? Du glaubst mir? Sag' einfach, daß du's tust.«

»Ja, ich glaube dir«, sagte Henry, und das war die Wahrheit. »Ich weiß nicht, was das für ein Ding sein könnte oder wo es herkommt, aber ich glaub' dir.«

Dex Stanley fing an zu weinen.

»Trink aus, während ich den Zettel für meine Frau schreibe«, sagte Henry, der die Tränen anscheinend nicht bemerkte. Er grinste sogar ein wenig. »Und laß uns, um Himmels willen, hier abhauen, bevor sie zurückkommt.«

Dex packte Henry am Ärmel. »Aber wir gehen nicht in die Nähe von Amberson Hall, ja? Versprich' mir das, Henry. Wir bleiben da weg, ja?«

»Wir wollen doch das Schicksal nicht herausfordern«, sagte Henry Northrup. Es war eine Fahrt von drei Meilen bis zu Dexters Haus außerhalb der Stadt, und bevor sie dort ankamen, schlief er schon fest auf dem Beifahrersitz.

»Die staatliche Polizei, glaub' ich«, meinte Henry. Seine Worte schienen von weit her zu kommen. »Ich denke, Charlie Gereson hat die Universitätspolizei ganz richtig eingeschätzt. Der erste von denen würde wahrscheinlich ganz fröhlich seinen Arm in die Kiste stecken.«

»Ja. In Ordnung.« Durch die Nachwirkungen der Mattigkeit hindurch, der er sich hingegeben hatte, empfand Dex eine undeutliche, aber große Dankbarkeit, daß sein Freund das Kommando übernommen hatte. Ein Teil von ihm, der noch tiefer lag, glaubte daran, daß Henry das nicht hätte tun können, wenn er das gesehen hätte, was er gesehen hatte. »Nur . . . man muß vorsichtig sein . . .«

»Ich kümmere mich schon darum«, sagte Henry grimmig, und das war der Augenblick, als Dex einschlief.

Er erwachte am nächsten Morgen; der hochsommerliche Sonnenschein zauberte kräftige Muster auf die Laken seines Bettes. Nur ein Traum, dachte er mit unbeschreiblicher Erleichterung. Alles nur ein verrückter Traum.

Aber er spürte den Geschmack von Scotch im Mund — Scotch und noch etwas. Er setzte sich auf, und ein stechender Schmerz schoß durch seinen Kopf. Aber nicht etwa der Schmerz, den ein Kater verursacht; nicht einmal, wenn man der Typ ist, der schon von drei Glas Scotch einen Kater kriegt; und so ein Typ war er nicht.

Er setzte sich auf, und da sah er Henry auf der anderen Seite des Zimmers sitzen. Sein erster Gedanke war, daß sich Henry wohl rasieren müßte. Sein zweiter, daß da etwas in Henrys Augen funkelte, das er noch nie zuvor gesehen hatte — etwas wie Eisstückchen. Dex kam ein lächerlicher Gedanke; er ging ihm durch den Kopf und war wieder weg. *Augen wie ein Scharfschütze.*

Henry Northrup, dessen Spezialgebiet die frühenglische Dichtung ist, hat Augen wie ein Scharfschütze.

»Wie fühlst du dich, Dex?«

»Hab' leichte Kopfschmerzen«, sagte Dex. »Henry . . . die Polizei . . . was ist passiert?«

»Die Polizei wird nicht kommen«, sagte Northrup ruhig. »Was deinen Kopf betrifft, das tut mir leid. Ich habe eines von Wilmas Schlafpulvern in deinen dritten Drink geschüttet. Ich versichere dir, es geht vorüber.«

»Was sagst du da, Henry?«

Henry nahm einen Notizzettel aus seiner Brusttasche. »Das ist die Notiz, die ich meiner Frau dagelassen habe. Ich glaube, das wird dir vieles erklären. Ich habe sie mir wiedergeholt, nachdem alles vorbei war. Ich habe es drauf ankommen lassen, daß sie die Notiz auf dem Tisch zurücklassen würde, und es ist gutgegangen.«

»Ich weiß nicht, wovon du . . .«

Er nahm Henry den Zettel aus der Hand und las ihn; seine Augen weiteten sich.

Liebe Billie,

gerade hat mich Dex Stanley angerufen. Er hat durchgedreht. Hat sich scheinbar auf irgendein Abenteuer mit einer von seinen Studentinnen eingelassen. Er ist in Amberson Hall. Das Mädchen auch. Um Himmels willen, komm schnell. Ich weiß nicht genau, wie das alles zusammenhängt, aber vielleicht ist die Anwesenheit einer Frau dringend erforderlich, und unter diesen Umständen kann eine Schwester vom Krankenrevier einfach nichts ausrichten. Ich weiß, daß Du Dex nicht besonders magst, aber so ein Skandal könnte seine berufliche Laufbahn ruinieren. Komm bitte. Henry.

»Um Himmels willen, was hast du gemacht?« fragte Dex mit heiserer Stimme.

Henry riß Dex die Notiz aus der schlaffen Hand, holte sein Feuerzeug heraus und zündete den Zettel an einer Ecke an. Als er richtig brannte, ließ er das verkohlte Papier in einen Aschenbecher auf der Fensterbank fallen.

»Ich habe Wilma getötet«, sagte er mit derselben ruhigen Stimme. »Bim-bam, die böse Hexe ist tot.« Dex versuchte zu sprechen, konnte es aber nicht. Jene innere Achse schien wieder aus dem Gleichgewicht zu geraten. Der Abgrund geistiger Umnachtung tat sich vor ihm auf. »Ich habe meine Frau getötet, und nun bin ich dir ausgeliefert.«

Dex fand allmählich die Sprache wieder. Seine Stimme hatte einen kratzenden, schrillen Klang. »Die Kiste«, sagte er. »Was hast du mit der Kiste gemacht?«

»Das ist ja das Schöne daran«, sagte Henry. »Du hast selbst das letzte Stück in das Puzzle eingesetzt. Die Kiste liegt auf dem Grund vom Rydersee.«

Dex versuchte, das zu begreifen, während er Henry in die Augen schaute. Die Augen seines Freundes. Augen eines Scharfschützen. Man kann nicht seine eigene Königin schlagen, das steht in keinen Schachregeln, dachte er und unterdrückte den Drang, in wildes, widerliches Lachen auszubrechen. Im See, hatte er gesagt. Im Rydersee. Er war mehr als hundert Meter tief, hieß es. Er lag etwa zwölf Meilen östlich von der Universität. Während der dreißig Jahre, die Dex jetzt schon hier war, waren ein Dutzend Leute in ihm ertrunken, und vor drei Jahren hatte die Stadt dort Warnschilder aufgestellt.

»Ich habe dich ins Bett gebracht«, sagte Henry. »Mußte dich in dein Zimmer schleppen. Du warst völlig weg. Scotch, Schlafpulver — und der Schock. Aber du hast ganz normal und kräftig geatmet. Starke Herztöne. Hab' das alles überprüft. Egal, was du glaubst, aber du mußt nicht denken, daß ich dir irgendwas antun wollte, Dex.«

»Es war eine Viertelstunde, bevor Wilmas Kurs zu Ende war, und sie würde eine weitere Viertelstunde brauchen, um nach Hause zu fahren, und schließlich noch eine Viertelstunde, um nach Amberson Hall zu kommen. Mir bleiben also fünfundvierzig Minuten. In zehn Minuten war ich drüben in Amberson Hall. Es war nicht abgeschlossen. Das reichte, um meine letzten Zweifel auszuräumen.«

»Worauf willst du hinaus?«

»Der Schlüsselbund am Gürtel des Hausmeisters war mit ihm zusammen verschwunden.«

Dex erschauerte.

»Wenn die Tür verschlossen gewesen wäre — verzeih, Dex,

aber wenn es einem ernst ist, dann muß man sich nach allen Seiten absichern —, hätte ich noch genügend Zeit gehabt, um vor Wilma wieder zu Hause zu sein und diese Notiz zu verbrennen.«

»Ich bin nach unten gegangen — und ich bin so nah wie ich konnte an der Wand geblieben, als ich die Treppe heruntergegangen bin, das kannst du mir glauben . . .«

Henry betrat das Labor und sah sich um. Es war noch genauso, wie Dex es verlassen hatte, Er feuchtete mit der Zunge seine trockenen Lippen an und fuhr sich dann mit der Hand über das Gesicht. Das Herz pochte in seiner Brust. *Krieg dich in den Griff, Alter. Eins nach dem andern. Schau nicht nach vorn.*

Die Bretter, die der Hausmeister aus dem Deckel der Kiste herausgebrochen hatte, lagen immer noch aufgestapelt auf dem Labortisch. Einen Tisch weiter sah Henry die verstreuten Labornotizen von Charlie Gereson, die nun nie mehr vervollständigt werden würden. Henry registrierte das alles und holte dann seine Taschenlampe — die, die er für den Notfall im Handschuhfach seines Wagens aufbewahrte — aus der Gesäßtasche. Wenn das hier kein Notfall war, was war dann einer?

Er knipste sie an, durchquerte das Labor und ging zur Tür hinaus. Das Licht tanzte einen Augenblick lang in der Dunkelheit auf und ab, dann richtete er es auf den Boden. Er wollte auf nichts treten, worauf er besser nicht treten sollte. Henry bewegte sich langsam und vorsichtig, stellte sich seitlich zur Treppe und leuchtete mit der Lampe darunter. Er hielt den Atem an, und dann atmete er langsam wieder durch. Plötzlich waren alle Anspannung und Furcht verflogen, und er fror nur. Dort unten stand die Kiste, genau wie Dex es geschildert hatte. Und der Kugelschreiber des Hausmeisters lag da. Und seine Schuhe. Und Charlie Geresons Brille.

Henry ließ das Licht langsam von einem Gegenstand zum anderen gleiten und strahlte jeden an. Dann sah er auf seine Uhr, knipste die Taschenlampe aus und steckte sie wieder in die Tasche. Ihm blieb noch eine halbe Stunde. Er durfte keine Zeit vergeuden.

Im Schrank des Hausmeisters einen Stock höher fand er Eimer, Superreiniger, Lappen . . . und Handschuhe. Ja keine Fingerabdrücke. Er ging wieder nach unten, wie der Zauberlehrling, in jeder Hand einen schweren Plastikeimer mit heißem Wasser und schäumendem Reinigungsmittel, die Lappen über die Schulter gehängt. Seine Schritte hallten hohl in der Stille. Er dachte an die Worte von Dex, *Es hockt da, lauernd und stumm.* Und er fror immer noch.

Er begann aufzuräumen.

»Sie ist gekommen«, sagte Henry. »O ja, sie ist wirklich gekommen. Und sie war . . . aufgeregt und glücklich.«

»Was war sie?« sagte Dex.

»Aufgeregt«, wiederholte er. »Sie jammerte und nörgelte in derselben Weise, wie sie es immer machte, mit dieser schrillen, unangenehmen Stimme, aber ich glaube, das war einfach aus Gewohnheit so. In all den Jahren, Dex, war das einzige in meinem Leben, was sie nicht völlig kontrollieren konnte, das einzige, was sie nicht völlig unter ihre Fuchtel bringen konnte, meine Freundschaft zu dir. Unsere zwei Drinks, während sie ihre Kurse besuchte. Unsere Schachpartien. Unsere . . . Kameradschaft.«

Dex nickte. Ja, Kameradschaft war der richtige Ausdruck. Ein kleines Licht in der Dunkelheit der Einsamkeit. Es ging ihm nicht um Schach oder Drinks; es ging ihm darum, wie ihn Henry auf der anderen Seite des Schachbretts ansah, wie er Geschichten aus seinem Institut erzählte, ein bißchen harmlosen Klatsch, ein bißchen Lachen über irgend etwas.

»So jammerte und meckerte sie also in ihrer besten ›Sagen Sie doch einfach Billie zu mir‹-Art, aber ich glaube, es war wirklich nur Gewohnheit. Sie war aufgeregt und glücklich, Dex. Weil sie endlich die Kontrolle über alles gewinnen konnte, über den letzten . . . kleinen . . . Teil.« Er sah Dex ruhig an. »Weißt du, es war mir klar, daß sie sehen wollte, in was für einen Schlamassel du dich gebracht hattest, Dex.«

»Sie sind unten«, sagte Henry zu Wilma. Wilma trug eine helle gelbe Bluse ohne Ärmel und eine grüne Hose, die ihr zu eng war. »Gleich da unten.« Und er brach in lautes Lachen aus.

Wilmas Kopf fuhr herum, und über ihr schmales Gesicht huschte ein Schatten des Verdachts. »Worüber lachst du denn?« fragte sie mit ihrer lauten, dröhnenden Stimme. »Dein bester

Freund sitzt wegen eines Mädchens in der Klemme, und du lachst darüber?«

Nein, er sollte besser nicht lachen. Aber er konnte einfach nicht anders. Es hockte unter der Treppe, hockte da, lauernd und stumm, Wilma, versuch doch mal, dem Ding da in der Kiste zu sagen: Nennen Sie mich doch einfach Billie — und wieder entfuhr ihm ein lautes Lachen und rollte den dämmrigen Flur wie eine Wasserbombe entlang.

»Nun, das Ganze hat auch etwas Lustiges an sich«, sagte er, ohne sich richtig bewußt zu sein, was er sagte. »Warte nur. Du denkst doch . . .«

Ihr Blick, ständig in Bewegung, nie ruhig, fiel auf seine Brusttasche, in die er die Gummihandschuhe gestopft hatte.

»Was ist das denn? Sind das Handschuhe?«

Die Worte sprudelten nur so aus Henry heraus. Gleichzeitig legte er seinen Arm um Wilmas knochige Schultern und lenkte sie zur Treppe. »Also weißt du, er ist umgekippt. Er stinkt wie eine ganze Schnapsbrennerei. Kannst du dir gar nicht vorstellen, wieviel er getrunken hat. Hat alles vollgekotzt. Ich hab' schon saubergemacht. Verdammte Sauerei, Billie. Ich hab das Mädchen überredet, noch ein bißchen zu bleiben. Du hilfst mir doch, oder? Schließlich geht es um Dex.«

»Weiß ich noch nicht«, sagte sie, als sie die Treppe zum Labor im Keller herunterstiegen. Ihre Augen blitzten in düsterer Schadenfreude auf. »Ich muß erst wissen, woran wir sind. Du weißt gar nichts, das ist mir klar. Du bist hysterisch. Genau wie ich es erwartet habe.«

»Das stimmt«, sagte Henry. Sie hatten das Ende der Treppe erreicht. »Direkt hier um die Ecke. Komm nur hier um die Ecke herum.«

»Aber das Labor liegt da drüben . . .«

»Ja . . . aber das Mädchen . . .« Und erneut brach er in ein wildes, verrücktes Gelächter aus.

»Henry, was ist eigentlich mit dir los?« Und nun mischte sich in ihre beißende Verachtung etwas anderes — etwas, das vielleicht Angst gewesen sein könnte.

Das brachte Henry noch mehr zum Lachen. Sein Gelächter hallte wider und prallte zurück, füllte den dunklen Keller mit einem Klang wie von Todesfeen oder Geistern, die einen besonders guten Witz beifällig aufnehmen. »Das Mädchen, Billie«, stieß Henry zwischen den unkontrollierten Lachausbrüchen hervor. »Das Mädchen, das ist so lustig daran, das Mädchen ist unter die Treppe gekrochen und will nicht rauskommen, das ist so lustig daran, *ah-hi-hi-hahahahaa* . . .«

Und nun entzündete sich in ihren Augen das düstere Feuer der Freude; ihre Lippen rollten sich nach oben wie verkohlendes Papier, in einer Weise, die die Bewohner der Hölle ein Lächeln nennen mochten. Und Wilma flüsterte: »Was hat er denn eigentlich mit ihr gemacht?«

»Du schaffst es, sie herauszuholen«, brabbelte Henry und lenkte sie zu dem dunklen, dreieckigen, klaffenden Maul. »Ich bin sicher, du schaffst es, sie herauszuholen, ohne Mühe, ohne Probleme.« Plötzlich packte er Wilma beim Genick und bei den Hüften, drückte sie mit Gewalt nach unten und stieß sie in den Hohlraum unter der Treppe.

»Was machst du da?« schrie sie nörgelnd. »Was machst du denn da, Henry?«

»Was ich schon lange hätte machen sollen«, sagte Henry und lachte. »Kriech schon darunter, Wilma. Sag ihm einfach, es soll dich Billie nennen, du Miststück.«

Sie versuchte, sich umzudrehen, versuchte, gegen ihn anzukämpfen. Eine Hand griff nach seinem Handgelenk — er sah, wie ihre schaufelförmigen Nägel die Luft durchschnitten, aber sie griffen ins Leere. »Hör auf, Henry!« schrie sie. »Hör sofort auf! Hör mit diesen Albernheiten auf! Ich . . . ich schreie!«

»Schrei, soviel du willst!« brüllte er und lachte noch immer. Er hob einen Fuß, setzte ihn mitten auf ihr schmales, armseliges Hinterteil und trat zu. »Ich helfe dir, Wilma! Komm schon raus! Egal was du bist, wach auf! Wach auf! Hier ist dein Essen! Giftiges Fleisch! Wach auf! Wach auf!«

Wilma stieß einen gellenden Schrei aus, ein undefinierbares Geräusch, das immer noch mehr Wut als Angst ausdrückte.

Und dann hörte Henry es.

Zuerst ein leises Pfeifen, das Geräusch, das ein Mensch von sich gibt, wenn er allein arbeitet, ohne daß er sich dessen bewußt ist. Dann stieg das Geräusch an, kletterte die Tonleiter bis zu einem ohrenzerreißenden Heulen hinauf, das kaum mehr wahrzunehmen war. Dann stieg es wieder herunter und wurde zu einem Brummen ... und dann zu einem heiseren Jammern. Es war ein grausames Geräusch. In seiner ganzen Ehe hatte Northrup Angst vor seiner Frau gehabt, aber das Ding in der Kiste ließ Wilma wie ein Kind klingen, das seinen Kindergartenkoller hat. Henry blieb noch soviel Zeit zu denken: *Heiliger Gott, vielleicht ist es wirklich ein tasmanischer Teufel ... irgendeine Art Teufel ist es bestimmt.*

Wilma fing wieder an zu schreien; aber dieses Mal klang es angenehmer — zumindest für die Ohren von Henry Northrup. Es klang nach äußerstem Schrecken. Ihre gelbe Bluse leuchtete in der Dunkelheit unter der Treppe auf, wie ein undeutliches Leuchtfeuer. Sie stürzte auf die Öffnung zu, und Henry stieß sie mit aller Kraft zurück.

»Henry!« heulte sie. *»Henr-riiiii!«*

Sie kam noch einmal, dieses Mal mit dem Kopf voran wie ein Stier, der angreift. Henry packte ihren Kopf mit beiden Händen und spürte, wie seine Hände das straffe borstige Netz mit ihren Locken zerquetschten. Er stieß zu. Und dann sah er über Wilmas Schultern etwas, das wie die goldglänzenden Augen einer kleinen Eule aussah. Augen, die ungeheuer kalt und abscheulich waren. Das Jammern wurde lauter, steigerte sich in einem Crescendo. Und als es nach Wilma schlug, reichten die Schwingungen, die ihren Körper durchfuhren, aus, um ihn nach hinten zu schleudern.

Er sah nur flüchtig ihr Gesicht, ihre Glotzaugen, und dann wurde sie wieder in die Dunkelheit zurückgezerrt. Sie schrie noch einmal.

Nur einmal.

»Sag ihm einfach, es soll doch Billie zu dir sagen«, flüsterte er.

Henry Northrup holte tief Luft und erschauderte.

»So ging es weiter ... noch eine ganze Zeit«, sagte er. »Erst viel später, vielleicht nach zwanzig Minuten, hörten das Brummen und die ... die Freßgeräusche ... auf. Es fing an zu pfeifen. Genau, wie du gesagt hast, Dex. Als wenn es ein Teekessel oder so was Ähnliches wäre. Es pfiff ungefähr fünf Minuten lang, und dann war Schluß. Ich habe wieder mit der Lampe unter die Treppe geleuchtet. Die Kiste war ein Stückchen vorgezogen worden. Da waren . . . frische Blutspuren. Und der Inhalt von Wilmas Handtasche lag überall verstreut herum. Aber es hatte beide Schuhe von ihr erwischt. Das war schon was, nicht wahr?«

Dex gab keine Antwort. Das Zimmer war in Sonnenschein getaucht. Draußen sang ein Vogel.

»Ich habe im Labor fertig saubergemacht«, fuhr Henry endlich fort. »Das hat noch mal vierzig Minuten gedauert, und beinahe hätte ich einen Tropfen Blut übersehen, der an der Deckenleuchte hing. Aber als ich fertig war, sah alles blitzsauber aus. Dann bin ich zu meinem Wagen gegangen und über den Campus zum anglistischen Institut gefahren. Es war schon reichlich spät, aber ich habe mich kein bißchen müde gefühlt. Eigentlich konnte ich nie zuvor in meinem Leben klarer denken, Dex. Im Keller des anglistischen Instituts stand eine Kiste. Das ist mir zu Anfang deiner Geschichte plötzlich eingefallen. Hab' bei einem Ungeheuer gleich an ein anderes gedacht, nehme ich an.«

»Was soll das heißen?«

»Als Badlinger letztes Jahr in England war — du erinnerst dich doch an Badlinger?«

Dex nickte. Badlinger war derjenige, der Henry im Kampf um den Lehrstuhl des Anglistik-Instituts aus dem Rennen geworfen hatte . . . unter anderem, weil Badlingers Frau intelligent, temperamentvoll und gesellig war, Henrys Frau dagegen zänkisch. Zänkisch gewesen war.

»Er hat gerade ein Jahr Forschungsurlaub in England gemacht«, sagte Henry. »Hat alle Sachen in Kisten verpacken und zurücktransportieren lassen. Unter anderem ein riesiges Stofftier. Nessi nennen sie es. Für seine Kinder. Der verfluchte Kerl hat es für seine Kinder gekauft. Ich wollte immer Kinder, das weißt du ja. Wilma wollte keine. Sie sagte immer, Kinder stören nur.

Das Tier ist jedenfalls in dieser riesigen Holzkiste zurückgekommen, und Badlinger hat sie in den Keller des anglistischen Instituts geschleppt, weil er zu Hause in seiner Garage keinen Platz hatte, sagte er, aber er wollte sie auch nicht wegwerfen, weil er sie vielleicht eines Tages ganz gut gebrauchen könnte. In der Zwischenzeit haben unsere Hausmeister sie als eine Art riesigen Abfalleimer benutzt. Wenn sie voll war, haben die Hausmeister sie auf den Lastwagen gekippt, wenn die Müllabfuhr kam, und dann konnten sie sie wieder vollstopfen.

Ich glaube, es war die Kiste, in der Badlingers verdammtes Stoffungeheuer aus England zurückgekommen war, die mich überhaupt auf die Idee gebracht hat. Ich sah plötzlich eine Möglichkeit, wie man deinen tasmanischen Teufel loswerden konnte. Und dabei dachte ich unwillkürlich an etwas anderes, das ich loswerden wollte. Das ich unbedingt loswerden wollte.

Ich hatte natürlich meine Schlüssel bei mir. Ich habe aufgeschlossen und bin nach unten gegangen. Die Kiste stand noch dort. Sie war groß und sperrig, aber der Transportkarren vom Hausmeister war auch da unten. Ich habe das bißchen Abfall, das in der Kiste war, ausgekippt und die Kiste auf den Karren geladen, indem ich sie hochkant stellte. Dann hab' ich sie nach oben gezogen und sie direkt über den Hauptweg nach Amberson Hall zurückgerollt.«

»Du hast doch nicht etwa deinen Wagen benutzt?«

»Nein, meinen Wagen habe ich auf dem Parkplatz vom anglistischen Institut stehenlassen. Die Kiste hätte sowieso nicht reingepaßt.«

Langsam begann es Dex zu dämmern. Henry hatte natürlich seinen MG gefahren — einen schon älteren Sportwagen, den Wilma immer Henrys Spielzeug nannte. Und wenn Henry den MG fuhr, dann hatte Wilma den Scout benutzt — einen Jeep mit einem umklappbaren Rücksitz. Viel Laderaum, wie die Werbung behauptet.

»Niemand ist mir begegnet«, fuhr Henry fort. »Zu dieser Jahreszeit — und zu keiner anderen — liegt der Campus völlig verlassen da. Die ganze Geschichte war beinahe teuflisch perfekt. Ich habe nicht einmal Scheinwerferlicht von irgendeinem Auto gesehen. Ich bin wieder in Amberson Hall angelangt und habe Badlingers Kiste nach unten geschafft. Ich habe sie auf dem Karren gelassen, so daß das offene Ende dem Hohlraum unter der Treppe gegenüberlag. Dann bin ich wieder nach oben zum Schrank des Hausmeisters gegangen und habe mir die lange

Stange geholt, mit der sie die Fenster öffnen und schließen. Jetzt gibt's die Stangen nur noch in den alten Gebäuden. Dann bin ich zurück nach unten und hab' mich dran gemacht, die Kiste — deine Kiste aus Paella — unter der Treppe hervorzuangeln. Da wurde es mir plötzlich mulmig. Mir wurde bewußt, daß der Deckel von Badlingers Kiste weg war. Ich hatte das schon vorher bemerkt, aber jetzt wurde es mir *bewußt.* Ich spürte es richtig in der Magengegend.«

»Was hast du gemacht?«

»Mich entschlossen, das Risiko einzugehen«, sagte Henry. »Ich habe die Stange genommen und die Kiste hervorgezogen. *Ganz behutsam,* als wären Eier drin. Nein . . . als wären Behälter mit Nitroglyzerin drin.«

Dex setzte sich hin und schaute Henry an. »Was . . . was . . .«

Henry erwiderte düster seinen Blick. »Weißt du, ich konnte sie mir zum erstenmal richtig ansehen. Es war schrecklich.« Er machte mit Absicht eine Pause und sagte dann noch einmal: »Dex, es war schrecklich. Sie war mit Blut bespritzt, und etwas davon schien sich richtig in das Holz eingefressen zu haben. Ich dachte unwillkürlich . . . erinnerst du dich noch, wie sie diese Gruselboxen verkauft haben? Man mußte auf einen kleinen Hebel drücken, und dann begann die Box zu knirschen und sich zu schütteln, und dann kam oben eine blaßgrüne Hand heraus und drückte den Hebel zurück und schnappte wieder nach innen. Daran mußte ich unwillkürlich denken.

Ich habe sie herausgezogen — oh, sehr sorgfältig —, und ich hab' zu mir gesagt, du schaust dir das da drinnen nicht an, egal, was geschieht. Aber ich hab's trotzdem gemacht. Und ich habe gesehen . . .« Seine Stimme senkte sich voller Hilflosigkeit, verlor scheinbar alle Kraft. »Ich habe Wilmas Gesicht gesehen, Dex. Ihr *Gesicht.«*

»Nein, Henry . . .«

»Ich habe ihre Augen gesehen; sie haben mich aus der Kiste angeschaut. Ihre glasigen Augen. Ich habe auch noch was anderes gesehen. Etwas Weißes. Einen Knochen, glaube ich. Und irgendwas Schwarzes. Pelz. In sich zusammengerollt. Und da war ein Pfeifen. Ein sehr leises Pfeifen. Ich glaube, es schlief.

Ich hab' die Kiste, soweit es ging, hervorgeangelt, und dann bin ich bloß dagestanden und habe sie mir angeschaut, und ich wußte, ich konnte nicht mit dem Gedanken losfahren, das Ding könnte jederzeit herauskommen ... herauskommen und mir in den Nacken springen. Deshalb suchte ich nach etwas — irgend etwas —, um Badlingers Kiste oben zuzumachen.

Ich bin in den Raum für die Tieraufzucht gegangen, und dort standen einige Käfige, die groß genug waren, daß die Kiste aus Paella darin Platz fand, aber ich konnte die verdammten Schlüssel nicht finden. Deshalb bin ich nach oben gegangen, aber auch da konnte ich nichts finden. Ich weiß nicht, wie lange ich gesucht habe, aber ich hatte immer das Gefühl, daß die Zeit ... wegläuft. Ich fing allmählich an durchzudrehen. Dann schaute ich zufällig in den Hörsaal am anderen Ende des Flurs ...«

»Hörsaal 6?«

»Ja, ich glaube. Die Wände waren dort gestrichen worden. Auf dem Boden lag eine große Plane aus Segeltuch — wegen der Farbspritzer. Die habe ich genommen und bin dann wieder nach unten gegangen, und ich habe die Kiste aus Paella in Badlingers Kiste gesteckt. Ganz sorgfältig! ... Du kannst dir nicht vorstellen, wie sorgfältig ich das gemacht habe, Dex ...«

Als die kleinere Kiste in die größere eingebettet war, lockerte Henry die Gurte an dem Karren aus dem Anglistischen Institut und ergriff das Ende der Plane. Sie raschelte hart in der Stille des Kellers von Amberson Hall. Sein Atem rasselte ähnlich hart. Und er konnte das Pfeifen hören. Er wartete immer darauf, daß es aufhörte, sich veränderte. Nichts dergleichen. Sein Hemd war durchgeschwitzt und klebte an Brust und Rücken.

Er ging vorsichtig vor, kämpfte gegen seine unwillkürliche Hast an und wickelte die Plane dreimal um Badlingers Kiste, dann ein viertes Mal, schließlich ein fünftes Mal. In dem dämmerigen Licht, das aus dem Labor herüberschien, sah Badlingers Kiste jetzt wie eine Mumie aus. Während er den Saum der Plane mit ausgestreckter Hand festhielt, legte er zuerst den einen, dann den anderen Gurt um die Kiste. Er zurrte sie fest und stand dann einen Augenblick regungslos da. Er sah auf seine Uhr. Es war gerade eins vorbei. Sein Puls hämmerte rhythmisch an seinem Hals.

Er bewegte sich wieder, hatte das absurde Verlangen nach einer Zigarette (er hatte schon vor sechzehn Jahren das Rauchen aufgegeben), packte den Karren, kippte ihn leicht zurück und zog ihn langsam die Treppe hinauf.

Draußen sah der Mond mit kaltem Licht zu, wie er die Ladung hochhob, den Karren und all das andere, sie hinten in — wie er immer zu sagen pflegte — Wilmas Jeep einlud, obwohl Wilma seit dem Tag, an dem er sie geheiratet hatte, keinen Pfennig mehr verdient hatte. So schwer hatte er nicht mehr heben müssen, seit er als Student bei einem Spediteur in Westbrook gearbeitet hatte. Als er das Gewicht auf den höchsten Punkt gehievt hatte, schien sich ein stechender Schmerz unten in seinem Rükken festzusetzen. Und trotzdem ließ er die Kiste so behutsam wie ein schlafendes Kind hinten in den Jeep gleiten.

Er versuchte, die Ladeklappe zu schließen, aber sie wollte nicht zugehen; der Griff des Karrens ragte ein paar Zentimeter zu weit heraus. Er fuhr mit herunterhängender Ladeklappe los, und bei jedem Stoß oder Schlagloch schien sein Herz auszusetzen. Er horchte, ob es pfiff, wartete zitternd darauf, daß es sich zu einem schrillen Schreien steigerte und dann zu einem kehligen Wutgeheul abfiel, wartete auf das rauhe Reißen des Segeltuchs, wenn sich Zähne und Klauen einen Weg hindurch bahnen würden.

Und über ihm glitt der Mond, eine geheimnisvolle silberne Scheibe, am Himmel dahin.

»Ich bin zum Rydersee rausgefahren«, erzählte Henry weiter. »Vorne war die Straße gesperrt, aber ich habe den Jeep runtergeschaltet und bin ausgewichen. Ich bin rückwärts direkt bis an den Rand des Sees gefahren. Der Mond schien immer noch, und ich konnte sehen, wie er sich in der Schwärze des Wassers spiegelte, wie ein untergegangener Silberdollar. Ich bin nach hinten gegangen, aber es dauerte eine ganze Weile, ehe ich mich überwinden konnte, das Ding anzufassen. Auf sehr greifbare Art waren es schließlich drei Körper, Dex . . . die Überreste von drei Menschen. Und ich fing an, mich zu fragen . . . wo sind sie geblieben? Ich habe Wilmas Gesicht gesehen, aber es sah . . . Gott steh' mir bei, es sah ganz platt aus, wie eine Halloween-Maske. Wieviel von ihr hat es aufgefressen, Dex? Wieviel *konnte* es denn fressen? Und langsam begriff ich, was du mit der inneren Achse, die aus dem Gleichgewicht gerät, gemeint hast.

Es pfiff immer noch. Ich konnte es gedämpft und schwach durch die Segeltuchplane hindurch hören. Dann packte ich die Kiste und wuchtete sie hoch ... und, wirklich, jetzt oder nie, sagte ich mir. Die Kiste glitt heraus ... und ich hatte das Gefühl, das Ding vermutete vielleicht was, Dex ... denn als der Karren nach hinten ins Wasser zu kippen begann, fing es wieder an zu brummen und zu jammern ... und das Segeltuch wellte und wölbte sich ... und es zerrte wieder daran. Ich legte meine ganze Kraft hinein ... soviel, daß ich beinahe selbst in den verdammten See gefallen wäre. Und dann rutschte die Kiste hinein. Es spritzte ... und weg war sie. Außer einem leichten Kräuseln war alles vorbei. Und dann war auch das Kräuseln vorbei.«

Er verstummte und schaute auf seine Hände.

»Und dann bist du hierher gekommen«, sagte Dex.

»Zuerst bin ich nach Amberson Hall gefahren. Hab' unter der Treppe saubergemacht. Alle Sachen von Wilma aufgesammelt und sie wieder in die Handtasche gesteckt. Hab' den Schuh und den Kugelschreiber vom Hausmeister und die Brille von deinem Doktoranden aufgehoben. Wilmas Handtasche liegt immer noch auf dem Wagensitz. Ich habe das Auto in unserer — in meiner — Auffahrt geparkt. Auf dem Weg zurück habe ich das übrige Zeug in den Fluß geworfen.«

»Und was hast du dann gemacht? Bist du hierher gelaufen?«

»Ja.«

»Was wäre denn gewesen, Henry, wenn ich schon aufgewacht wäre, bevor du hier warst? Wenn ich die Polizei geholt hätte?«

Henry Northrup sagte bloß: »Hast du aber nicht.«

Sie sahen sich an, Dex vom Bett aus, Henry von seinem Stuhl am Fenster.

Henry sagte, so leise, daß es fast nicht zu verstehen war: »Die Frage ist, was geschieht jetzt? Drei Leute werden in Kürze als vermißt gemeldet werden. Zwischen diesen dreien besteht keinerlei Verbindung. Es gibt keine Anzeichen eines gewaltsamen Todes; darauf habe ich geachtet. Badlingers Kiste, der Karren, die Plane der Anstreicher — auch diese Dinge werden wahrscheinlich als verschwunden gemeldet. Es werden Nachforschungen angestellt. Aber das Gewicht des Karrens zieht die Kiste bis auf den Grund des Sees, und . . . es sind keine Leichen da, Dex, oder?«

»Nein«, sagte Dexter Stanley. »Nein, ich nehme an, nein.«

»Aber was wirst du machen, Dex? Was wirst du sagen?«

»Oh, ich könnte da schon eine Geschichte erzählen«, sagte Dex. »Und dann, vermute ich, würde ich in einer staatlichen Nervenheilanstalt landen. Würde vielleicht beschuldigt, den Hausmeister, Gereson, wenn nicht sogar deine Frau ermordet zu haben. Egal, wie gut du saubergemacht hast, die Leute von der Polizei, die die Spuren sichern, würden bestimmt Blutspuren auf dem Boden und an den Wänden des Labors feststellen. Ich glaube, ich halte lieber meinen Mund.«

»Danke«, sagte Henry. »Danke, Dex.«

Dex dachte an das, was Henry erwähnt hatte und was so schwer zu fassen war — Kameradschaft. Ein kleiner Lichtschein in der Dunkelheit. Er dachte daran, vielleicht zweimal statt einmal in der Woche Schach zu spielen. Vielleicht sogar dreimal in der Woche . . . und wenn das Spiel um zehn noch nicht zu Ende war, vielleicht bis Mitternacht weiterzuspielen — falls keiner von ihnen schon früh am Morgen unterrichten mußte —, statt das Brett wegstellen zu müssen (und höchstwahrscheinlich würde Wilma rein »zufällig« die Figuren umwerfen, »als sie Staub wischte«, so daß sie die Partie am nächsten Donnerstagabend wieder ganz von vorne anfangen mußten). Er dachte an seinen Freund, endlich frei von jener anderen Art tasmanischer Teufel, die langsam, aber genauso zuverlässig tötete — durch Herzinfarkt, Schlaganfall, Magengeschwüre, zu hohen Blutdruck und das Gejammer und Gepfeife, das einem ständig in den Ohren klang.

Ganz zum Schluß dachte er an den Hausmeister, wie er beiläufig seinen Fünfziger in die Luft warf und das Geldstück auf den Boden fiel und unter die Treppe rollte, wo ein uralter Alp hockte, lauernd und stumm, von Staub und Spinnweben bedeckt, wartete . . . auf den geeigneten Augenblick wartete . . .

Was hatte Henry gesagt? Die ganze Geschichte war beinahe teuflisch perfekt.

»Kein Grund, mir zu danken, Henry«, sagte er.

Henry stand auf. »Wenn du dich anziehst«, sagte er, »könntest du mich zum Campus runterfahren. Ich würde dann meinen MG holen, mich auf den Weg nach Hause machen und Wilma als vermißt melden.«

Dex dachte nach. Henry bat ihn, eine fast unsichtbare Grenze zu überschreiten, die Grenze, wie es schien, vom Zuschauer zum Komplizen. Wollte er diese Grenze überschreiten?

Schließlich schwang er sich aus dem Bett. »In Ordnung, Henry.«

»Danke, Dexter.«

Dexter lächelte. »Schon in Ordnung«, sagte er. »Wozu hat man schließlich Freunde?«

QUELLENVERMERKE

Die Übersetzungen von Sonja Hauser und Bernd Lenz wurden für diese Ausgabe gemacht. Bei den übrigen Übersetzungen danken wir den angegebenen Verlagen für die Abdruckerlaubnis.

EDGAR ALLAN POE: *Hopp-Frosch.* In: Geschichten des Grauens, Band 2. München 1985, S. 45—55 (Ellermann Verlag, München).

NATHANIEL HAWTHORNE: *Rappaccinis Tochter.* In: Erzählungen. Winkler: München 1977, S. 429—467.

JOSEPH SHERIDAN LE FANU: *Junker Tobys Testament.* In: Der ehrenwerte Herr Richter Harbottle. Diogenes. Zürich 1968, S. 71—128.

BRAM STOKER: *Die Squaw.* In: Draculas Gast. Diogenes. Zürich 1974, S. 42—59.

HENRY JAMES: *Das glückliche Eck.* In: Gespenstergeschichten. Kiepenheuer & Witsch: Köln 1979, S. 477—523.

H. G. WELLS: *Das Tal der Spinnen.* In: Der Apfel vom Baum der Erkenntnis. Berlin 1983, S. 7—22 (Zsolnay Verlag, Wien/Hamburg).

AMBROSE BIERCE: *Der mittlere Zeh vom rechten Fuß.* In: 18 Gespenstergeschichten. Heyne: München 1982, S. 70—77.

H. P. LOVECRAFT: *Pickmans Modell.* In: Cthulhu. Frankfurt 1972, S. 15—39 (Insel Verlag, Frankfurt).

ROBERT BLOCH: *Ihr sehr ergebener Jack the Ripper.* In: 15 Gruselstories. Heyne: München 1960, S. 72—95.

THEODORE STURGEON: *Biancas Hände.* In: Aus vielen Einhorn. Goldmann: München 1985, S. 53—63.

FRITZ LEIBER: *Das Mädchen mit den hungrigen Augen.* In: Spekulationen. Goldmann: München 1968, S. 109—123.

TRUMAN CAPOTE: *Schließ die letzte Tür.* In: Baum der Nacht. München 1984, S. 29—45 (Limes Verlag, München).

KARL EDWARD WAGNER: *Stöcke.* Vorabdruck aus einem Band mit unheimlichen Geschichten, der 1986 bei Heyne, München, erscheinen wird.

THOMAS M. DISCH: *Küchenschaben.* In: Jetzt ist die Ewigkeit. Heyne: München 1973, S. 51—62.

ADOBE JAMES: *Die Straße nach Mictlantecutli.* In: Alfred Hitchcock präsentiert: Mörderisches Bettgeflüster. München 1983, S. 84—98.

JACK DANN: *Lager.* In: Insekten in Bernstein. Heyne: München 1980, S. 56—85.

ROBERT SHECKLEY: *Warm.* In: Grabgeflüster. Bastei/Lübbe: Bergisch Gladbach 1984, S. 169—184.

Für die in der amerikanischen Ausgabe aufgenommene Geschichte *Eine Rose für Emily* von William Faulkner wurde die Abdruckgenehmigung nicht erteilt.